李福標　注譯

新譯
初唐四傑詩集

三民書局　印行

國家圖書館出版品預行編目資料

新譯初唐四傑詩集／李福標注譯.——初版一刷.——
臺北市：三民，2015
面； 公分.——(古籍今注新譯叢書)

ISBN 978-957-14-6010-9 (平裝)

831.4 104005988

新譯初唐四傑詩集

注譯者	李福標
責任編輯	莊婷婷
美術設計	蕭伊寂
發行人	劉振強
著作財產權人	三民書局股份有限公司
發行所	三民書局股份有限公司
	地址 臺北市復興北路386號
	電話 (02)25006600
	郵撥帳號 0009998-5
門市部	(復北店) 臺北市復興北路386號
	(重南店) 臺北市重慶南路一段61號
出版日期	初版一刷 2015年5月
編號	S 033360

行政院新聞局登記證局版臺業字第〇二〇〇號

ISBN 978-957-14-6010-9 (平裝)

http://www.sanmin.com.tw 三民網路書店

刊印古籍今注新譯叢書緣起

劉振強

人類歷史發展，每至偏執一端，往而不返的關頭，總有一股新興的反本運動繼起，要求回顧過往的源頭，從中汲取新生的創造力量。孔子所謂的述而不作，溫故知新，以及西方文藝復興所強調的再生精神，都體現了創造源頭這股日新不竭的力量。古典之所以重要，古籍之所以不可不讀，正在這層尋本與啟示的意義上。處於現代世界而倡言讀古書，並不是迷信傳統，更不是故步自封；而是當我們愈懂得聆聽來自根源的聲音，我們就愈懂得如何向歷史追問，也就愈能夠清醒正對當世的苦厄。要擴大心量，冥契古今心靈，會通宇宙精神，不能不由學會讀古書這一層根本的工夫做起。

基於這樣的想法，本局自草創以來，即懷著注譯傳統重要典籍的理想，由第一部的四書做起，希望藉由文字障礙的掃除，幫助有心的讀者，打開禁錮於古老話語中的豐沛寶藏。我們工作的原則是「兼取諸家，直注明解」。一方面熔鑄眾說，擇善而從；一方面也力求明白可喻，達到學術普及化的要求。叢書自陸續出刊以來，頗受各界的喜愛，使我們得到很大的鼓勵，也有信心繼續推廣這項工作。隨著海峽兩岸的交流，我們注譯的成員，也由臺灣各大學的教授，擴及大陸各有專長的學者。陣容的充實，使我們有更多的資源，整理更多樣化的古籍。兼採經、史、子、集四部的要典，重拾對通才器識的重視，將是我們進一步工作的目標。

古籍的注譯，固然是一件繁難的工作，但其實也只是整個工作的開端而已，最後的完成與意義的賦予，全賴讀者的閱讀與自得自證。我們期望這項工作能有助於為世界文化的未來匯流，注入一股源頭活水；也希望各界博雅君子不吝指正，讓我們的步伐能夠更堅穩地走下去。

新譯初唐四傑詩集 目次

楊炯詩歌

盧照鄰詩歌

駱賓王詩歌

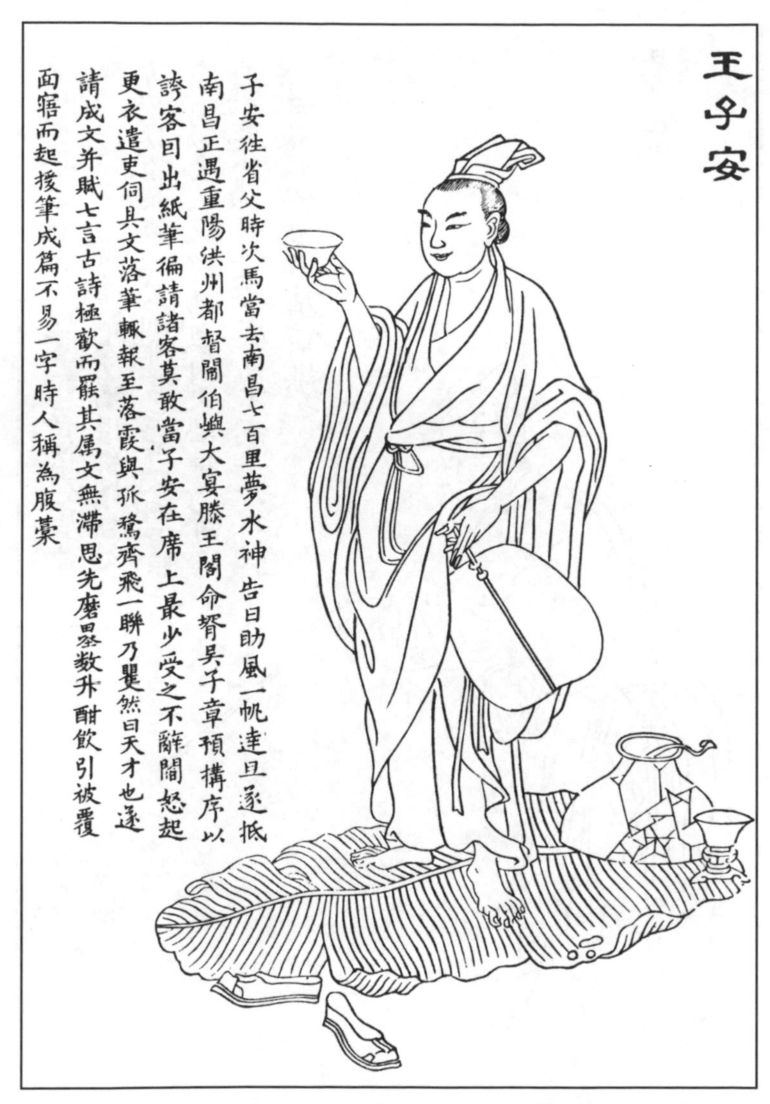

王勃像（清上官周繪，乾隆八年刻本《晚笑堂畫傳》）

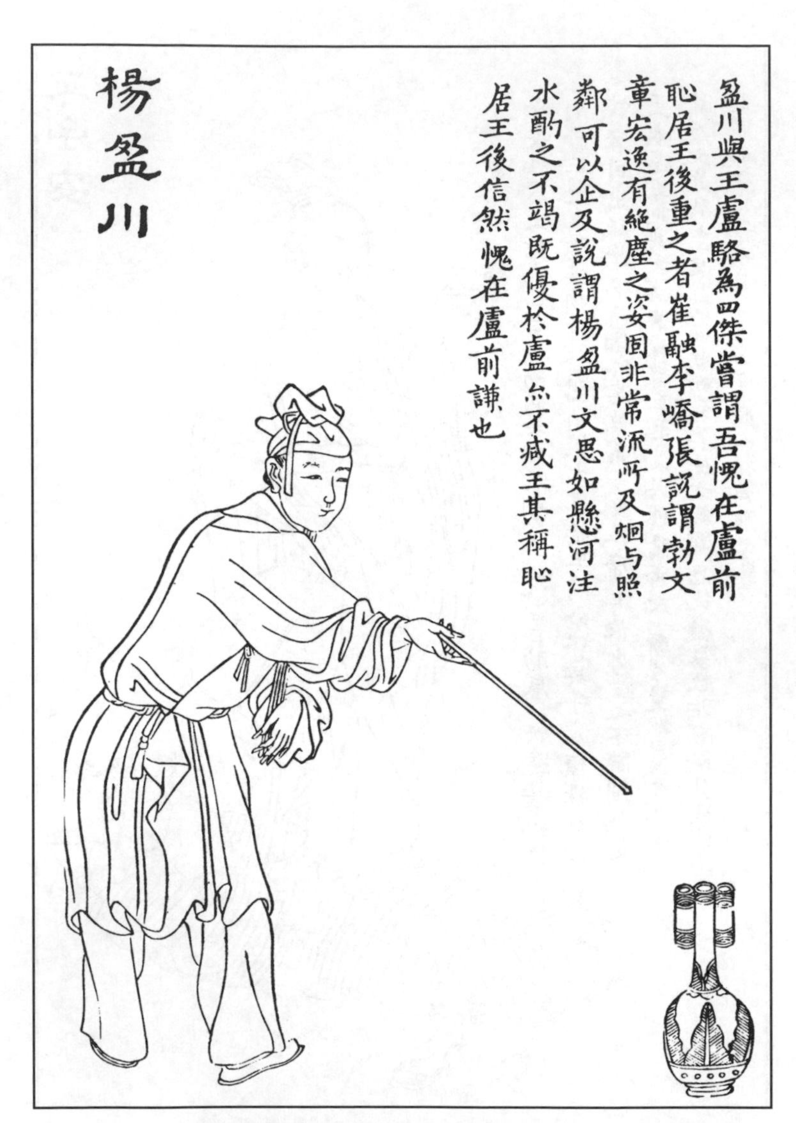

楊炯像（清上官周繪，乾隆八年刻本《晚笑堂畫傳》）

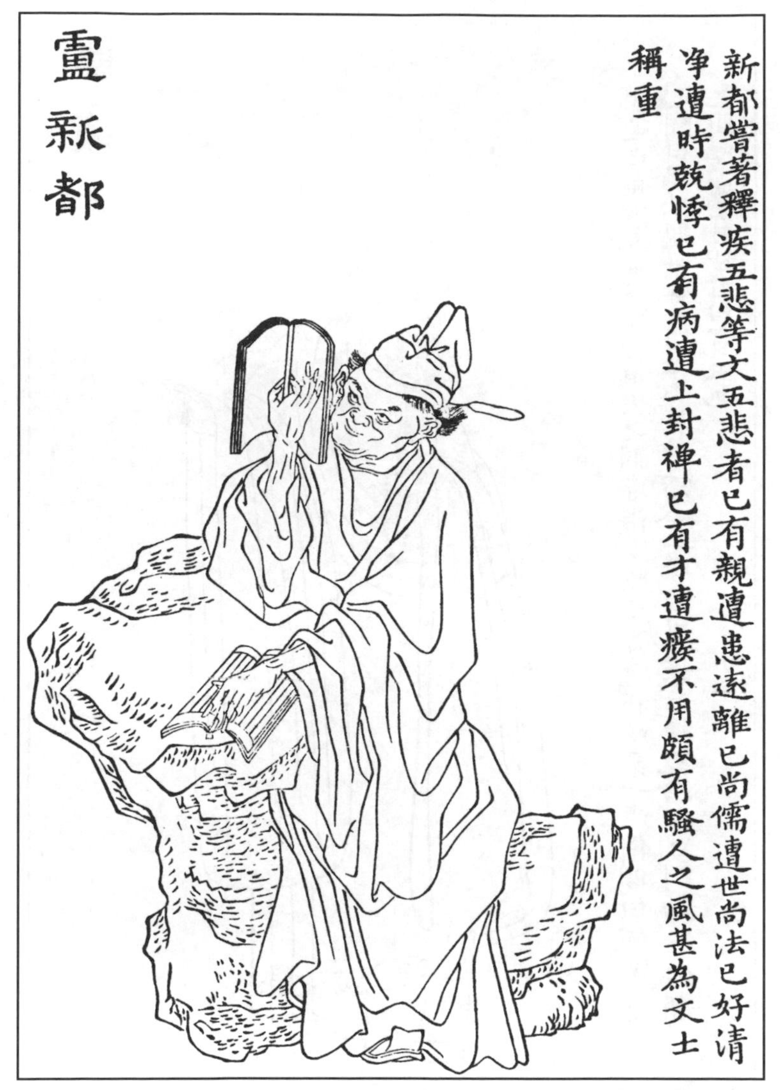

盧照鄰像（清上官周繪，乾隆八年刻本《晚笑堂畫傳》）

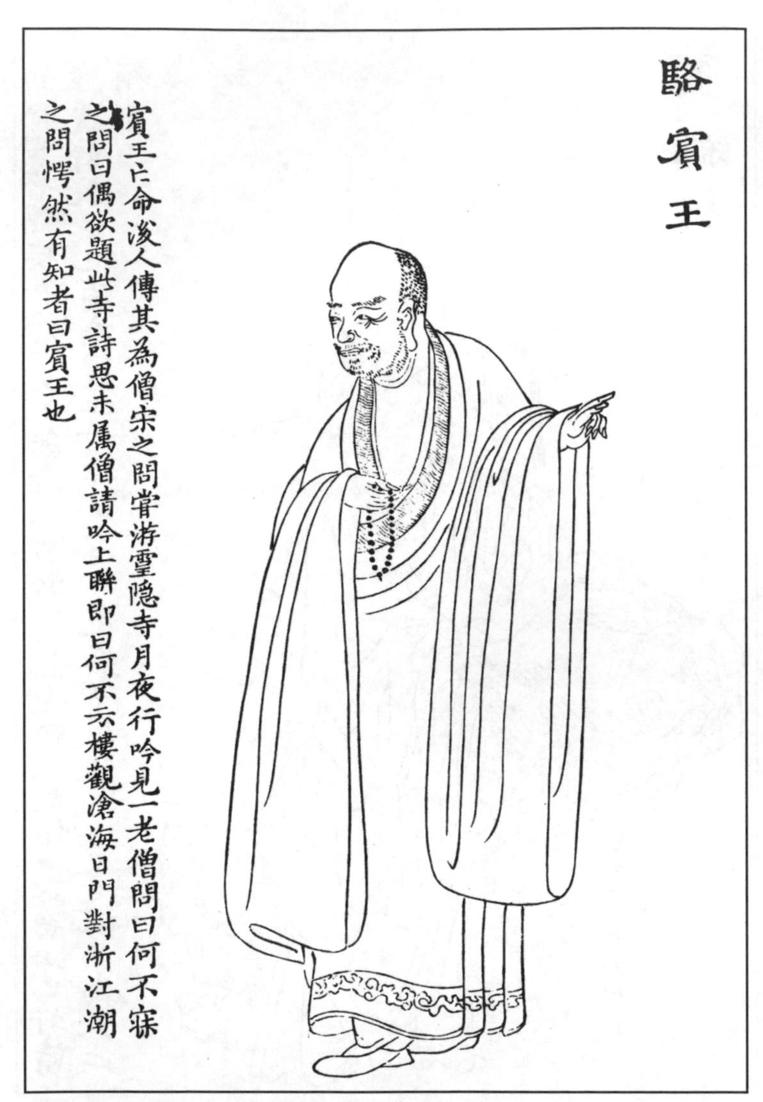

駱賓王像（清上官周繪，乾隆八年刻本《晚笑堂畫傳》）

導讀

一、初唐四傑及其時代

「初唐四傑」，是初唐垂拱年間青年才俊王勃、楊炯、盧照鄰、駱賓王四人的合稱。而此四人，據聞一多先生《唐詩雜論‧四傑》的說法，可大致分為兩個陣營，即「王、楊」和「盧、駱」。當然，聞氏主要是從詩風考察的角度立論的。而從其他方面來考察，王和楊、盧和駱也都有相近處，聞說似亦可通。例如，以年齡而言，王勃（字子安）生於太宗貞觀二十三年（西元六四九年）左右；楊炯約生於高宗永徽元年（西元六五〇年）；盧照鄰（字升之，晚號幽憂子）生年，聞一多《唐詩大系》以為生於貞觀十一年，張志烈《初唐四傑年譜》以為生於貞觀八年；駱賓王（字觀光）生年，聞一多《唐詩大系》認為生於貞觀十四年，駱祥發《初唐四傑研究》推定為高祖武德二年（西元六一九年）。從此看，王、楊為同齡人，而盧、駱年輩亦相差無幾。從地域看，王勃乃絳州龍門（今山西河津）人，楊炯是弘農華陰（今陝西華陰）人，盧照鄰是幽州范陽（今河北涿州）人，駱賓王是婺州義烏（今浙江義烏）人。王、楊的家鄉離唐中央地區不遠，而盧、駱二人出身相對偏遠。

「四傑」並稱的名號中，王勃排首位，名聲也最大。王勃排首位，主要是以其文學地位為依據的。在四傑中，王勃對龍朔形式主義文風的排斥是最激烈的，這除了他自身的思想原因之外，當時政治形勢也是原因之一。麟德元年（西元六六四年）十二月上官儀誅死，牽連了兩個與王勃關係密切的人。一是上書推薦王勃的劉祥道，一是王通的門人薛收之子薛元超。這對積極希望入仕的王勃不可能沒有影響。因此王勃大力反對龍朔文風也可能有這方面的因素。而王勃的文名與此可能也有密切關係。《雲仙雜記》卷九記載：「《翰林盛事》云：王勃所至，請托為文，金帛豐積。人謂『心織筆耕』。」可見當時王勃文名之盛。「王楊盧駱」以王勃居於四傑之首，與他的世家地位也關係甚大。他是隋末大儒王通之孫，大詩人王績族孫。其〈倬彼我系〉詩儘管因為化解其家庭內部的矛盾而寫作，然而字裏行間明顯地為其世家望族地位而驕傲。四傑中的其他人則沒有這樣的家族優勢。例如，楊炯雖有從父德裔、德軒曾任地方州縣要職，而其祖父、父親在仕宦上卻無記載，甚至連姓名也湮沒無聞，故楊炯自稱「吾少也賤」。盧照鄰乃范陽盧氏子，其家族似乎在當地有些聲名，然而他很早就離鄉背井，流浪四方，自然也不會有顯赫的家世的支撐。駱賓王父駱履元，官止青州博昌（今山東博興）縣令。在六朝以至唐初那樣一種重門閥世系的社會氛圍中，士人能有一個驕人的出身，簡直是太重要了。此四人中王勃年紀最輕，又有家族的聲望，當然有人在長安為其延譽，所以他尤其引人注目，完全有資格作為這批新興文人的代表人物。

當然，歷來英雄是不問出身的，尤其是秉持天才的少年英雄。這一點是必須更明確地認識到的。四傑中人都早慧，除盧照鄰之外，文獻明載王、楊、駱少有「神童」之譽。據《舊唐書》本傳：王勃六歲解屬文，構思無滯，詞情英邁，與兄勔、勮才藻相類，被父友杜易簡稱賞為「王氏三珠樹」。九歲，讀顏氏《漢書》，撰《指瑕》十卷。十歲，包綜六經。十二歲，從曹元習醫。十五歲，上書右相劉祥道，祥道表薦之。十七歲，對策及第，為朝散郎，沛王李賢徵為侍讀。十八歲，撰《平臺鈔略》十篇。十九歲，上〈九成宮頌〉。此後有過數年頗不如意的宦遊。上元二年（西元六七五年），二十七歲，由龍門老家出發，開始隨父赴交趾。九月途經洪州，與閻都督宴會，作〈滕王閣序并詩〉。王勃一生短暫，著述卻極為豐富。據各種文獻記載，他詩文富贍，學術著作亦夥。除以上提及的幾種之外，還有〈舟中纂序〉、

《周易發揮》、《次論語》、〈大唐千歲曆〉等，惜多佚失。少年楊炯亦博學善屬文，而且有著特殊而光榮的學習、供職經歷。高宗顯慶五年（西元六六〇年），十歲即舉童子科，待制弘文館。弘文館建於唐武德四年，原名修文館。聚四部書共二十餘萬卷，選入天下名儒，負責詳正圖籍、教授生徒，並參議朝廷禮制。楊炯在這裏有機會閱覽豐富的藏書，受名師指教。這一時期對其以後的創作產生了深遠影響。上元三年，楊炯二十七歲，以應制舉及第，補秘書省校書郎。他意氣風發，以登秘書省這樣的「麒麟鳳凰之署，三臺四部之經，周王羣玉之山，漢帝蓬萊之室」為榮，「陶陶然樂在其中矣」（楊炯〈登秘書省閣詩序〉）。永隆二年（西元六八一年）左右，皇太子舉行祭奠先聖先師禮儀，啟蒙讀書，中書侍郎薛元超舉薦楊炯、祖玄、鄧玄挺、崔融等人充崇文館學士，遷太子詹事司直。盧照鄰十歲左右即跟從揚州曹憲讀《蒼》、《雅》，後北返泗州漣水王義方的家鄉或洹水王義方的任所學經史。可見其雖無明確的「神童」之譽的記載，但也絕對是早慧者。永徽三年，在長安參選。約永徽年間或顯慶（西元六五〇—六六〇年）之初，年在弱冠時，經長安入蜀遊宦。未求得差事，便在梁州入了鄧王府。《舊唐書》本傳載：「初授鄧王府典籤，王甚愛重之，曾謂羣官曰：『此即寡人相如也。』」駱賓王六歲開口詠鵝，一時傳誦鄉里，被譽為神童。約十歲隨父母居博昌，就學齊魯。二十歲左右由瑕丘赴京應舉，落第後南歸義烏。約於顯慶三年，為道王李元慶府屬。麟德元年，為應嶽牧舉，先後上書司列太常伯右相劉祥道和李少常伯某，希望援引。乾封元年（西元六六六年）左右，應舉及第，拜奉禮郎，為東臺詳正學士。可見，此四人都有不同凡響的稟賦，足以讓人對四傑中每一位人的才華表示驚服。但最終我們還是不得不說：四傑都是傑出的，而其中王勃是最傑出的！

四傑的出現不是偶然的。他們主要活動在高宗、武后時期，此時唐王朝已建立三十多年，經歷了歷史上所謂「貞觀」之治，唐王朝國勢興隆，經濟繁榮，已逐步達到封建社會繁榮昌盛的頂點，成為世界上最強大的帝國。《通典・食貨典・戶口》載：「自貞觀以後，太宗勵精為理，至八年、九年，頻至豐穩。米斗四、五錢，馬牛布野……」此時版圖東至日本，南至印尼，西到歐洲，西南到非洲北部。國家的統一和強大，增強了民族的自信心和自豪感。南北、中外的文化交流，各種意識形態的相互滲透，擴大了人們的視野，豐富和提高了人們的精神境界，激發了人們的想像力和創造力。另外，隋末農民抗爭有力地衝擊了門閥士族的統治，唐代中下層庶族地主由於均田制的實行迅速發展起來，促使社會結構、統治集團內部結構都發生了重大變化。貞觀時期，唐太宗非常重視文化建設，刊定公布按新標準修定的《氏族志》，並實行科舉考試取士，主張「釐正訛謬，捨名取實」，按人們的「德行」、「勳勞」、「文學」來確定其社會地位。這些措施給中小地主出身的知識分子帶來了嶄新的希望，激發了他們參與政治的熱情和以文顯名的積極性。四傑就是被這樣一個時代催生的早熟文人。政治上的強烈要求、經濟上的優勢、源遠流長的家教和世代相傳的文化積累，為他們的早熟提供了肥沃的文化土壤。最重要的是，他們本身又有特殊的天賦，故特別突出，引人注目。

然而，任何事物的發展總是有它的兩面性。就社會總體的形勢而言，當然是光明堂皇的，而在另一方面，又存在陰暗和不和諧的因素。原先的士家大族固守著自己的堡壘，看不起異族而起的李唐王朝，認為李唐統治者是蠻荒之人。他們的經濟、文化的地位優越性似乎很難動搖，但李唐王朝打擊他們，使他們的政治地位不斷下移。例如，在唐統治的核心成員中，幾乎找不到山東舊族勢力的席位。後來他們要入仕，就不得不參加科舉考試。高宗時，表面上政治、經濟正常穩步向前發展，而實際上新舊交替鬥爭在潛流湧動。顯慶以後，經過激烈的鬥爭，武則天垂簾聽政。她為打擊、削弱皇戚勳室，大肆收買人心，大開科舉之門，使得大批來自下層的才俊積極參政。「四傑」正生活在這政權交替的敏感時期，他們卻又並非武氏所需要的人物，因為王勃、楊炯、盧照鄰、駱賓王分屬武氏打擊的沛王、太子、鄧王、適王等王府僚屬。儘管他們博學多才，而且很早就頗負文名，卻較少人情世故的歷練，難免在性格上有著大大小小的缺陷。他們有一個共同而顯著的特徵，即恃才傲物，行動也不夠檢束，為社會一般禮法之士所嫉惡。

他們命運慘澹，都有曾流落蜀中異鄉的經歷，又都曾遭牢獄之災，並不得善終。總章二年（西元六六九年）春，王勃因戲為〈檄英王雞〉文，無意間觸及統治階級上層內部爭權奪利的敏感神經，高宗動怒，立被斥出沛王府。咸亨二年（西元六七一年）秋，由蜀地返抵長安。在選曹，李敬玄盛為延譽，而裴行儉貶損之。為改變印象，求得理解，因作〈上吏部裴侍郎啟〉。參選結果補為虢州參軍。咸亨四年冬，因擅殺官奴犯罪當誅。上元元年八月，遇大赦出獄，除名。楊炯在宮闕省中，亦自視甚高，遭人忌恨。武后垂拱元年（西元六八五年）四月至十二月間，楊炯三十六歲時，終因受從祖弟神讓參與徐敬業起兵討武后之事的牽連，出為梓州司法參軍。約天授元年（西元六九〇年）或如意元年（西元六九二年），楊炯自梓州還京，不久被選為盈川令。張說為他送行，並贈送為官箴言，告誡他要嚴格苛刻。楊炯到任果以嚴酷而留惡名，官吏稍有忤意，就笞撲或殺死。約武后長壽二年（西元六九三年）卒於盈川任上，終年四十四歲。盧照鄰為鄧王府典籤後不久在兗州遭橫事被拘，得救免後又有入蜀之舉。約龍朔二年（西元六六二年）春隨軍至漠北，春末仍由河西返京。麟德二年（西元六六五年）為新都尉，乾封二年（西元六六七年）秩滿。總章二年（西元六六九年）五月，又從酆鎬奉使歸蜀。於咸亨二年（西元六七一年）春返洛，不久又遭縲絏之災。滯留兩年後臥病長安，居太白山中，服丹藥中毒，手足殘廢。又在咸亨三年染風疾。因治病向孫思邈執弟子禮，學老莊及醫學。後客居東龍門山，裴瑾之、韋方質、范履冰等人常常給他供衣供藥。最終徙居陽翟縣茨山下，因難以忍受長期病痛的折磨，竟和親屬訣別，自投潁水死去。卒年不詳，死時當在五十歲左右。盧照鄰身經太宗、高宗、武后三朝，一生鬱鬱不得志，往往與時相忤，是中國古代文學史上典型的悲劇文人。駱賓王亦曾在東臺詳正學士任上因事被譴，從軍西域。咸亨三年左右，在姚州道大總管李義軍幕，平蠻族叛亂。約於上元三年（西元六七六年），為關內道京兆府武功主簿。此時恰值吐蕃入西州，上安西都護裴行儉請求從軍作詩中極言其苦無出路，而嚮往軍旅生活，並信誓旦旦云：「若不犯霜雪，虛擲玉京春！」而時隔一月賓王又有〈上吏部裴侍郎書〉，以母老辭職，從軍之事未成。大約因此種反復之事，高高在上的裴行儉頗感嫌惡。儀鳳三年（西元六七八年）駱賓王母喪服闋，補授長安主簿，旋遷侍御史。任上因向武則天上書言事，被誣任長安主簿時贓罪入獄。文明元年（西元六八四年）九月，武則天廢中宗為廬陵王，立小兒子李旦為帝，親自執政。徐敬業在揚州起兵討武，駱賓王毅然加入起義的行列，被署為藝文令，掌文書機要，並代徐敬業起草〈討武氏檄〉文。此文一時天下傳誦，賓王成為朝野矚目的人物。十一月，起義失敗，徐敬業等在逃亡途中被部下所殺，傳首東都。駱賓王則下落不明。或以為兵敗後被殺；或以為兵敗後投水自殺；或以為賓王逃遁後出家為僧；或以為賓王兵敗後隱居於今江蘇南通一帶，或客死於崇川，或終老於灊；或以為老死義烏。

據《舊唐書・王勃傳》載，吏部侍郎裴行儉曾給四傑這批才士一個極低的評價，稱其雖「有才藝」而「無器識」，「浮躁淺露」。這個評價，可以說是當時封建正統階層對他們的普遍認識，並且謬種流傳，後世亦有響應者。如《韻語陽秋》卷三稱：「王楊盧駱亦詩人之小巧者爾。」《竹莊詩話》卷一「品題」引《雪浪齋日記》云：「陶謝詩所以妙者，由其人品高；王楊盧駱叫呼炫鬻以為文耳。」話說回來，四傑之所以「浮躁淺露」，正是因為這些沈淪下僚的才士心中埋藏著一種對社會不公正秩序的鬱憤怨怒。不其然乎？四傑如此早熟，且才華如此特出，他們的思想其實又較為單純，在骨子裏都是崇奉儒教的，在本質上屬於典型的書齋中的文儒，而非當時社會上一般的文吏。所以與高宗、武則天時期重吏才的時代風習格格不入，動輒得咎。他們經歷曲折坎坷，最終沈淪下僚。人生命運的巨大不平衡，撞擊著他們在新時代的蓬蓬勃勃的社會風氣的鼓煽下，他們的入世態度格外積極，夢想及早建功立業。然而，他們的敏感的心靈，其深痛是常人難以揣度的，有時不得不借助佛道的精神來排除內心的痛苦。在這一點上，四傑中以盧照鄰最為突出。

四傑中人，王、楊、盧有明文記載的交往經歷，而駱賓王除與盧照鄰有過關係外，與王、楊均無明確的交誼可考。總章二年，王勃因戲為〈檄英王雞〉文而被斥出沛王府，無疑是其政治生活中的一個突然而巨大的打擊。本年秋，王勃與楊炯同在華陰楊炯老家小住，他年輕而失意落魄的心靈得到友誼的安慰。王勃赴蜀後，心情抑鬱、憤激而不消沈，在創作上取得了豐收，就與這種友誼的鼓舞是相關的。朋友們都注視著他的創作成就，「每有一文，海內驚瞻」（楊炯〈王勃集序〉）。在蜀中，王勃除了眾多的詩作之外，還寫了〈九隴縣孔子廟堂碑〉，轟動一時。不久楊炯也寫了力作〈新都縣學先聖廟堂碑〉。這種在互相瞭解、互相尊重基礎上的創作競賽，始終是王、楊交誼的一個特點。而王勃與盧照鄰相交的過程似乎顯得有些複雜。楊炯〈王勃集序〉稱：「薛令公朝右文宗，托末契而推一變；盧照鄰人間才傑，覽清規而輟九攻。知音與之矣，知己從之矣。」提到了盧照鄰與王勃共同反對龍朔文風的事實。值得注意的是「覽清規而輟九攻」一句，前人注釋已指出，「九攻」出自《墨子》（見《王子安集注》），意即多次攻擊。從今天留下來的盧照鄰的作品，無法確知楊炯所謂「九攻」的具體內容，只能推測在盧照鄰得悉王勃的主張之前，他「九攻」的人物可能是王勃，也可能是其他文人。然而在看到王勃反對龍朔文風之後，盧照鄰開始追隨王勃。龍朔二年，盧照鄰赴蜀時經長安，對王勃反對上官體表示支持，引為知己。此時王勃才十三歲，盧照鄰已二十九歲。咸亨三年王勃二十三歲，春居長安，參加友人曲水宴，作〈三月曲水宴得煙字〉，即是和盧照鄰之作。時盧照鄰居太白山，間至長安。駱賓王與盧照鄰當有過較深的交往。高宗咸亨四年春，駱賓王從軍西域後返回，又經由蜀中出征姚州。在逗留成都時，遇上盧照鄰的舊情人郭氏。郭氏向駱賓王訴說與盧照鄰的戀情及別後相思，駱賓王為之代筆作書，寫下〈豔情代郭氏贈盧照鄰〉詩。此詩借郭氏之口，譴責了「負心漢」盧照鄰以替郭氏出氣，儘管這是一場徹底的誤會。倘曾經沒有相當密切的交往，駱賓王不會有此深刻的關懷，更不會寫此詩。

四傑之並稱，為四人並世且才名相敵之時即已出現。劉開揚《唐詩通論》第二章第三節中稱：「四傑稱號出現的時期，當在龍朔（西元六六一—六六三年）和麟德元年間。」又在〈論初唐四傑及其詩〉

一文中稱：「(盧照鄰)在龍朔以後看到王勃的反對上官體，便停止對王勃的攻擊了。王楊盧駱四傑的稱號應該出現在這一時期(《新唐書·裴行儉傳》載行儉在吏部時，李敬玄盛稱四人之才，引見行儉，又載行儉任吏部侍郎在麟德二年，緊接龍朔後，這裏可以窺見四傑稱號出現的時期)。」四傑的並稱主要是因為四人文名相當，那麼四傑的排名順序也就具有了品評文學成就高下的意味，成了一個文學批評的問題，這也是自唐代以來關於四傑的一個引人注意的話題。縱觀唐代關於四傑的記載，最常見、最有影響的排序就是「王楊盧駱」。如宋之問〈祭杜學士審言文〉：「後復有王楊盧駱，繼之以子躍雲衢。王也才參卿于西陝，楊也終遠宰于東吳，盧則哀其棲山而臥疾，駱則不能保族而全軀。」明確提到了四傑的排名。該文作於唐中宗景龍二年(西元七〇八年)。另外，《朝野僉載》、《大唐新語》中也都採用「王楊盧駱」的排名。似乎當時人對此都沒有異議，其實不然。唐代文獻中提及四傑時，也有不採用王、楊、盧、駱的順序的情況。如張說的〈贈太尉裴公神道碑〉：「在選曹見駱賓王、盧照鄰、王勃、楊炯。」郗雲卿〈駱賓王文集序〉：「駱賓王……高宗朝，與盧照鄰、楊炯、王勃文詞齊名，海內稱焉，號為四傑，亦云盧駱楊王四才子。」張說碑文與郗雲卿序文均以盧、駱居前，王、楊居後，有學者認為，張、郗二人文中的順序並非品第高下，而是按年歲排序。四傑中人對排名也頗有異議。《舊唐書·楊炯傳》載：「炯與王勃、盧照鄰、駱賓王以文詞齊名，海內稱為王楊盧駱，亦號為『四傑』。炯聞之，嘆曰：『吾愧在盧前，恥居王後。』當時議者，亦以為然。其後崔融、李嶠、張說俱重四傑之文。崔融曰：『王勃文章宏逸，有絕塵之跡，固非常流所及。炯與照鄰可以企之，盈川之言信矣。』說曰：『盈川文思如懸河注水，酌之不竭，既優於盧，亦不減王。「恥居王後」，信然；「愧在盧前」，謙也。』」《新唐書》所載略同。四傑中對「王楊盧駱」這個順序提出異議的並不只楊炯一人。《朝野僉載》卷六載：「盧照鄰……後為益州新都縣尉，秩滿，婆娑于蜀中，放曠詩酒，故世稱『王楊盧駱』。照鄰聞之曰：『喜居王後，恥在駱前。』」與楊炯不同，盧照鄰似乎對王勃排名在前非常贊同。

二、初唐四傑詩歌的題材

四傑的合稱，主要是從文、賦的角度產生的。這是一個為當時人所關注的饒有興味的文學批評現象。而明鍾惺《唐詩歸》卷一稱：「王楊盧駱，偶然同時，有此稱耳。非初唐至處也。王森秀，非三子可比，盧稍優於駱，楊寥寥數作，又不能佳，其何稱焉？」這話完全從詩的角度立論，說王楊盧駱根本不足以並稱，自然免不了偏激，是我們不能同意的。然云四傑「非初唐至處」，倒也中肯。初唐詩歌總體上依然沿襲魏晉六朝詞旨華靡之風，無病呻吟的宮廷文學主宰文場，最著名的作家是虞世南、李百藥、上官儀等上層文人，而絕非曾風靡一時卻身居卑下的王、楊、盧、駱。《唐人選唐詩》中現存十種唐人選本，有九種都不選四傑詩，只選初唐詩的《搜玉小集》選了楊、盧、駱各一首。就當時詩壇的橫向維度而言，四傑算不上一流的詩人，然而風靡一時自有風靡一時的理由，儘管他們掀起的波瀾很快為陳子昂的旋風挾走了。四傑在詩歌發展史上的意義，尤其不能忽視。作為初唐詩壇的第一批改革者，將詩歌從狹窄的宮廷延引至廣大的市井，從狹小的臺閣擴大到山川邊塞，開拓了詩歌題材的新領域，有效地打破了當時沈悶的藝術氛圍，使詩歌的表現範圍、表現方式、詩歌的精神風貌來了一個徹底的改革。以題材劃分，四傑詩中最多的種類大約有以下幾類：

(一)酬贈詩

《論語・季氏》：「不學《詩》，無以言。」在各種社交場合，賦詩言志是中國古代詩歌悠久的傳統，酬贈詩是中國古代詩歌中數量最大的種類。然每個時代的酬贈詩都打上了時代的烙印，具有鮮明的特點。初唐四傑作為其時代的典型，其酬贈詩自然不能例外。王勃現存詩才八、九十首，其中酬贈詩約有四十二首，占其全部現存詩作的一半。大多是在長安文場和流落蜀中時朋友間宴集時的應酬之作，如〈送杜少府之任蜀川〉、〈送盧主簿〉、〈餞韋兵曹〉、〈上巳浮江宴韻得阯字〉、〈春日宴樂遊園賦韻得接字〉等。其應酬之作的一個最為顯著的特徵就是，極力謳歌良辰美景，友朋之間的情感大都通過山水的刻劃來表現，含而不露，顯得綺麗而深婉。他的酬贈詩與山水紀遊詩的區別大概就在於所面對的對象之不同。即如〈送杜少府之任蜀川〉一詩，表現的情感較為外露而激烈，而開首二句即為：「城闕輔三秦，風煙望五津。」實際也是由描繪山水之景領起的。楊炯因在宮廷生活時間最長，故寫得最多也最嫻熟的，是與省閣同僚的酬唱應答之詩。從其〈登秘書省閣詩序〉、〈崇文館宴集詩序〉、〈每日藥園詩序〉、〈羣官尋楊隱居詩序〉描述中可以看出，其時省中同僚「公私之暇」，宴集聚會，休沐之時，成羣結伴，遊山玩水，賦詩酬唱，蔚為風氣。除省閣酬贈之外，還有與地方官相酬贈者，如〈和酬虢州李司法〉、〈和劉長史答十九兄〉等；有贈與方外之人者，如〈和輔先入昊天觀〉等；還有贈與不能確定酬贈對象身分者，如〈夜送趙縱〉。盧照鄰詩集中較多的也是酬贈詩，所贈對象也大多為同僚或下層官吏、親友、方外士等，如〈辛司法宅觀妓〉、〈晚渡滹沱敬贈魏大〉、〈和吳侍御被使燕然〉、〈首春貽京邑文士〉等。駱賓王現存詩中酬贈詩計四十九首。其中干謁上層者二首，即〈上吏部侍郎帝京篇〉和〈詠懷古意上裴侍郎〉。前一首是應裴行儉之命而作，詩以漢代京城生活為背景，極寫貴族生活的奢華腐朽及世態炎涼、人情翻覆無常，並表達才人不遇的千古悲憤。後一首是上元三年罷東臺學士職之時，恰值吐蕃入西州，賓王上安西都護裴行儉請求從軍之詩。贈隱士、道士、佛徒等方外之友者五首，代表作有〈夏日游德州贈高四〉，敘歸義烏家鄉之前在德州與高四度過的一段美好時光，以此讚美真誠的友情，歌唱快樂的隱居生活，表達對官場的厭倦、對鄉野生活的熱愛。贈同僚、朋輩者最多，計四十二首，或歌唱友誼，互相鼓勵；或在筵宴中與友人唱和，比競詩才；或在異地他鄉同病相憐，抒發懷才不遇的苦悶；或送別即將入塞的隨軍文官；或送別即將上任的下層官吏；或身陷囹圄而希求朋輩施以援手者。

酬贈詩在四傑詩中比重之大，明顯受自六朝以來就興起，而盛行於當時文壇的宮廷酬贈詩風的影響。然他們酬贈的對象大多是同僚和親朋好友、方外士，與上層唱酬者不多，這就無論從客觀和主觀上都規定了其詩歌的主題、靈魂與宮廷詩風劃然不同。其內容已經不同於一般文人酬贈的無病呻吟，有扎實而真摯的情感充盈其中。雖也表現離別的孤獨和傷愁，但不再千篇一律，更多地充滿對朋友的慰勉，打上了欣欣向榮的時代烙印。

在四傑詩集中，有一類詩其實是可以劃入酬贈詩範疇之內的，這就是哀輓詩。如王勃〈傷裴錄事喪子〉，楊炯〈和崔司空傷姬〉，盧照鄰〈哭金部韋郎中〉、〈哭明堂裴簿〉、〈同崔錄事哭鄭員外〉，駱賓王〈樂大夫挽歌詩五首〉、〈丹陽刺史挽歌詩三首〉等。此類詩表現對死亡的驚歎和對生存的悲情思索，然在內容、主題乃至表現手法上容易流於單調，出現數首如一首的現象。四傑儘管在此類詩中以充沛的感情運筆，深沈低迴，一唱三歎，卻也很難擺落俗套。

㈡紀遊詩

四傑人生經歷曲折坎坷，都有浪遊經驗，有意思的是，他們都曾遊歷蜀中。美好的風物，為他們孤寂的遊子生涯平添無窮的意趣。他們激情四射，頻頻運筆紀行。紀遊詩中占絕大部分的當然是吟詠山水的作品，這又以王勃成就最高。他筆下所取景物雖不外乎魚戲鳥樂、鶯歌蝶舞、花光草露、秋江夜月，但筆端卻處處泄出新鮮的活潑潑的想像。梁陳詩中雖已有此一景百媚的風味，但與王勃詩相比有境界闊狹之別。王勃的〈山中〉、〈滕王閣〉等詩手法簡練，以短小的篇幅表現闊大的境界和高遠的氣度，為初盛唐山水詩指出了主要的發展方向。楊炯因從弟參與討武而遭譴出宮，貶為梓州司法參軍時，一路寫了一些紀遊詩，如經過三峽時所寫的〈廣溪峽〉、〈巫峽〉、〈西陵峽〉就是此方面的典型之作。詩中在展示壯麗山河的自然美時，又深情描述發生在其地的人文歷史，字裏行間又貫注了對個人沈淪生涯的思考，抒發了憂時憤世之情。〈早行〉、〈途中〉二詩，抒寫的是旅途上那縈繞心頭的濃重的思鄉之情，又蘊涵對仕途險惡莫測的感慨，寄予了作者追求品格高潔的理想。在〈遊廢觀〉詩中，表達了底層官吏掙脫樊籠的願望。這些山水詩與六朝純粹模山範水的山水詩不同的，也就在於其中的主體形象鮮明，激情鼓蕩，具穿透力。盧照鄰紀遊詩計二十五首。其中有赴任或出使途中紀遊之作，如〈早度分水嶺〉、〈入秦川界〉、〈宿玄武二首〉、〈至陳倉曉晴望京邑〉、〈晚渡滹沱敬贈魏大〉等，究其內容而言其實亦多為官場的酬贈；有描寫山水田園之作，如〈山莊休沐〉、〈春晚山莊率題二首〉、〈山林休日田家〉等；有遊佛寺道觀之作，如〈遊昌化山精舍〉、〈赤谷安禪師塔〉等；還有詠懷古跡之作，如〈文翁講堂〉、〈相如琴臺〉等。這些紀遊之作如實地記載了盧照鄰大半生輾轉宦遊的足跡，抒發了坎壈失志、懷才不遇的悲情，也表現了他對田園和平生活的熱愛以及對鄉土親友的真摯思念。駱賓王紀遊詩約三十六首。其中有記敘早年離別家鄉之作，如〈早發諸暨〉、〈渡瓜步江〉等；有記敘宦途中足跡所至，兼詠懷古跡者，如〈出石門〉、〈至分陝〉、〈過張平子墓〉、〈夕次舊吳〉等；有身在旅途而思念家鄉親友者，如〈晚渡黃河〉、〈久客臨海有懷〉等；有遊田家之作，如〈晚憩田家〉等，此類詩觸景生情，情景交融，通過色彩鮮明但又略帶悲涼的異鄉景物形象，抒發詩人深沈的鄉國之思和淒愴的羈旅之恨；有遊寺觀之作，如〈陪潤州薛司空丹徒桂明府遊招隱寺〉等，表達對方外生活的嚮往，藉以掃蕩人生的煩惱和拘牽；有在旅途中送別或酬贈友人者，如〈於易水送人一絕〉詩，將古跡與現實融合無痕，表達對遠行友人的真摯同情和美好祝願，短小勁直，雄渾激越，如精鋼一段。

四傑詩中還有少量的遊仙詩，如王勃〈懷仙〉、〈忽夢遊仙〉、〈出境遊山二首〉，楊炯〈遊廢觀〉，盧照鄰〈懷仙引〉，駱賓王〈遊靈公觀〉等。這種詩歌實際上是紀遊詩的一個別種，大多寫夢幻中的仙遊或偶遊方外，能曲折地反映社會現實和作者的反現實心態。

㈢邊塞詩

初唐時期，大一統的和平氣象鼓舞人心，社會經濟不斷發展，軍事上的接連勝利也增強了民族自信心。許多詩人對戰爭題材的創作抱有旺盛而真摯的熱情，藉以抒發其建功立業的遠大抱負。然而王勃集中不見此類題材的詩。楊炯雖足跡不至關外，其心志之激蕩，歌聲之嘹亮，卻不亞於身經邊關之人。其邊塞之作著名者如〈從軍行〉、〈出塞〉、〈紫騮馬〉等，都擲地作金石聲。尤其是〈從軍行〉一詩，以宮中文士的視角寫邊塞的將士，「血暗雕旗畫，風多雜鼓聲」一聯訴諸浪漫的視覺、聽覺，充滿刺激，讓人嚮往不已；「寧為百夫長，勝作一書生」，有力喊出了書生決意從戎的心聲。稍後王維〈送趙都督赴代州得青字〉「豈學書生輩，窗前老一經」、高適〈塞下曲〉「大笑向文士，一經何足窮」、岑參〈送李副使赴磧西官軍〉「功名只向馬上取，真是英雄一丈夫」等，分明受了楊炯此詩的影響。因為不能去到邊塞，故楊炯對游俠題材亦格外關注。邊塞詩中注入游俠詩的因子，是其邊塞詩的鮮明特色。如〈紫騮馬〉一詩，塑造了一位騎著紫騮駿馬、英姿颯爽、壯志滿懷、走南闖北的俠客形象，表現了男兒自當橫行天下的慷慨激情。然而詩人畢竟沒有身經沙場，他雖能深刻表現書生的軒昂意氣，卻不能真切體會邊塞生活的艱苦、戰事的殘酷，只是從詩歌傳統中去感受這一點。如〈戰城南〉「凍水寒傷馬，悲風愁殺人」二句，似由陳琳〈飲馬長城窟行〉「飲馬長城窟，水寒傷馬骨」、〈古詩十九首〉「白楊多悲風，蕭蕭愁傷人」衍化而來。末二句「寸心明白日，千里暗黃塵」，也似學生腔。

初唐寫作邊塞軍旅詩的作者不少，而其中能夠開一代風氣、最能影響後人的應推四傑和陳子昂，四傑中又以盧、駱二人為突出。盧照鄰的邊塞詩，可以算是一種特殊的紀遊詩，如〈隴頭水〉、〈雨雪曲〉、〈關山月〉、〈上之回〉、〈紫騮馬〉、〈戰城南〉，真實地記載了其邊塞的戰爭生活及內心的嚮往、苦悶和思念。盧照鄰大多沿用樂府舊題，但和六朝「落梅芳樹，共體千篇；隴水巫山，殊名一意」（盧照鄰〈樂府雜詩序〉）的形式主義樂府詩有天壤之別，寫出了時代的新意，往往激昂並富有戲劇性。所謂戲劇性，即是將戰場景物關鍵性的斷片通過剪貼、並置的手法，連接成一首具有強烈衝突和刺激性情節的敘事詩。如〈結客少年場行〉就是典型的例子，它展示了一個從飛鷹走狗的游俠浪子轉變為馳騁沙場的英雄的飛躍過程，洋溢著新鮮的浪漫主義氣息。駱賓王曾兩度出塞從軍，經驗特為豐富，其邊塞軍旅詩共十五首。他不僅用細膩的筆觸真實記錄了邊塞風光、邊疆戰士的艱苦生活，表現了嚮慕漢代英雄殺敵報國、建功立業的偉大抱負，其內容涵蓋了盛唐邊塞詩的大多領域，而且格調高亢。如〈從軍行〉一詩乃是以一個邊塞軍人的視角與口吻描寫戰爭，其筆觸深入到軍人的內心，雄渾而悲壯。與楊炯〈從軍行〉用浪漫的筆調寫一個宮廷中文人對戰爭的嚮往與想像，趣味截然不同。〈早秋出塞寄東臺詳正學士〉一詩將邊塞從軍與宮廷中的文官生活聯繫起來，兩相對照，抒發邊塞羈旅之苦。由於駱賓王出塞遙遠而時間漫長，所以他在邊塞詩中展示邊塞風光的同時，思鄉主題顯得尤為真切、婉轉而深沈，在此點上最著者為〈從軍中行路難〉詩。駱賓王有一首特殊的邊塞詩，即〈王昭君〉。此詩殆作於西域從軍的後期，主旨是借敘昭君離別漢宮而遠赴邊塞的故事來抒發懷京思親之情。詩中寫王昭君「辭豹尾」而「度龍鱗」，這對一鬚眉男子而言亦是痛苦莫名之事，而昭君卻能「斂容」、「緘恨」，足證其深明大義，為著民族和國家的利益，不辭萬難，勇於犧牲。其形象千載如生，令人仰視。此本應該算做閨怨詩，然置於邊塞詩中亦大放異彩。賓王的邊塞詩在初唐詩苑中開拓了一片新天地，對日後盛、中唐如高適、岑參、王昌齡、李頎等人邊塞詩派的興起產生過有益影響。

(四)詠懷詩、詠物詩、詠史詩

所謂詠懷詩，即是吟詠抒發詩人懷抱情志的詩。它所表現的是詩人對現實世界的體悟，對生命存在的思考，對個體生命的把握，對未來人生的設計與追求。王勃有〈述懷擬古詩〉，盧照鄰有〈羈臥山中〉、

〈元日述懷〉、〈釋疾文三歌〉，駱賓王有〈在江南贈宋五之問〉、〈詠懷古意上裴侍郎〉、〈詠懷〉等，或展示愉快的笑顏，或傳達悲苦的呼號，多直抒胸臆，一無掩飾。

詠物詩是古代詩人喜歡寫作的一個詩歌種類。據統計，僅《全唐詩》錄詠物詩六〇二一首，其中初唐五〇四首，盛唐七四六首，中唐一四五五首，晚唐三五五六首。初唐四傑詩集中的詠物詩不算多，其中王勃只有〈詠風〉一首，卻是六朝以來詠風詩的極品。此詩借風詠懷，著意讚美風的高尚品格和勤奮精神，寄託其「青雲之志」。盧照鄰有〈失羣雁〉、〈曲池荷〉、〈浴浪鳥〉、〈臨階竹〉、〈含風蟬〉等數首詠物詩，其內容無一不是作者自我人格在所詠對象上的投影，寫作技法純熟老到。駱賓王詠物詩共十六題二十四首，在四傑中最多，也最出色，如〈秋晨同淄州毛司馬秋九詠〉（秋風、秋雲、秋蟬、秋露、秋月、秋水、秋螢、秋菊、秋雁），從寫作場景來看，屬於交際場中的同題共作；從表現手法來看，屬於圖形寫貌的賦體詠物詩，大都流於雕琢競奇，小巧弄筆，受齊梁詠物詩的影響是很顯著的，然而其中又蘊藏著濃烈的抒情成分，追求形似之外的神韻。如其中〈秋雲〉「詎知時不遇，空傷流滯情」、〈秋月〉「西園徒自賞，南飛終未安」、〈秋水〉「唯當御溝上，淒斷送歸情」、〈秋雁〉「何當同顧影，刷羽泛清瀾」等，分明是對齊梁詠物詩的突破。其〈挑燈杖〉、〈詠鵝雜言〉、〈在獄詠蟬〉、〈浮查〉等則屬於典型的比體詠物詩，是超越齊梁詠物詩而對託物言志的比興傳統的回歸。〈鏤雞子〉一詩，既詠物，又詠人，自成一格。詠史詩是指以歷史題材為詠寫物件的詩歌創作。此類詩作在四傑筆下無多。大約朝氣蓬勃的少年才子更習慣於捕捉當下、放眼未來的。但偶一弄筆，也是別開生面，鮮少沈悶之氣、飄浮之態。如盧照鄰〈詠史四首〉，分別借漢朝朱雲、季布、郭泰和鄭泰四個歷史人物，來抒發自己對忠直英雄的景仰、敬羨，含蓄表達自己生不逢時、才不盡用的無奈。

劉熙載在《藝概》中稱：「詠物隱然只是詠懷，蓋個中有我也。」從此一角度目之，詠物可以看做作者自我情感表達的一個曲折的維度，是詠懷詩的一個分支。而詠史詩亦是如此。它們與詠懷詩的不同，在於作者所選取的角度的不同而已。

(五)閨怨詩、豔情詩

閨怨詩，在一定的意義上來說是與邊塞詩相對應的題材，多寫閨中婦女對邊塞征夫的思念。王勃雖未寫過邊塞詩，但對閨中婦女同樣寄予深厚同情，寫過〈秋夜長〉、〈採蓮曲〉等情意婉曲的閨怨詩。楊炯、盧照鄰也沿用樂府舊題，寫過不少閨怨詩，關注閨中婦女的苦悶，如楊炯〈有所思〉、〈梅花落〉、〈折楊柳〉，盧照鄰〈望宅中樹有所思〉、〈明月引〉、〈芳樹〉、〈昭君怨〉、〈折楊柳〉、〈梅花落〉等。而這些可以說是典型的宮體詩，其中雖間接地反映了戰爭的苦難，新意卻終究無多，模仿的痕跡甚重。當然，還有如王勃〈銅雀妓二首〉詩，並非是與邊塞詩對應的一個品種，它關注的是幽閉深宮的婦女的悲慘人生。

與閨怨詩相鄰的一個詩歌種類是豔情詩，盧照鄰詩中有〈巫山高〉、〈十五夜觀燈〉、〈辛司法宅觀妓〉、〈江中望月〉、〈益州城西張超亭觀妓〉、〈七夕泛舟二首〉、〈凌晨〉等，大多寫愛情的歡樂與熬煎，有些詩甚至帶有色情成分，是六朝宮體詩的餘緒。駱賓王豔情詩共六首。如〈詠美人在天津橋〉詩，描寫美人形貌及神態惟妙惟肖，這其實在齊梁詩風中，是詠物詩的一個延伸，而相對於詠物詩來說更見精緻。〈豔情代郭氏贈盧照鄰〉、〈代女道士王靈妃贈道士李榮〉二詩以女子口吻訴說愛情的悲喜，既有曲折的情節，又有堅貞的品格與靈魂，與六朝帶有色情意味的豔情詩有質的不同。

(六)自傳體詩

此類詩相對獨立而私人化，是與酬贈詩相對的一個詩歌種類。對於詩人來說，它可謂是藏之名山傳之後世的事業，不必以之示人，故無需矯揉造作，一任真誠，一味自然。四傑的自傳體詩很好地繼承了屈原〈離騷〉、蔡琰〈悲憤詩〉以來的優秀傳統。王勃有〈倬彼我系〉一詩，敘述家世淵源，深切緬懷先祖功德，亦簡述一己之經歷。盧照鄰〈贈益府羣官〉一詩，敘其艱難曲折的經歷及孤獨無依的處境，表達歲晚思鄉的急切心情。〈失羣雁〉本是一首酬贈詩，為酬答溫縣明府某〈雁詩〉而作。詩中自敘其萬里長征而最終羽毛摧頹的淒慘經歷，並對溫縣明府表示榮羨和安慰。駱賓王〈疇昔篇〉大體按時間先後順序敘述生平種種行跡；〈詠懷〉一詩言其少年心高氣傲，而晚歲理想幻滅。相較〈疇昔篇〉的重敘事而言，〈詠懷〉詩的抒情成分較濃。此二詩是考察駱賓王經歷、思想的最可靠的資料。

(七)頌歌

四傑詩歌中有一個特殊的種類，即頌歌。謝靈運〈撰征賦〉云：「士頌歌於政教，民謠詠於渥恩。」又，宋璟〈謝賜宴表〉云：「欣歡之聲，浹於億兆，銜感之至，形於頌歌。」在初唐欣欣向榮的社會大氛圍下，四傑從心底為之歡呼。楊炯有〈奉和上元酺宴應詔〉，詩敘李唐建國之歷史，極力宣揚唐主之文治武功及上下和洽、萬邦來儀的美好氣象，並歌頌酺宴，祝願唐帝國萬壽無疆，惜其大體蹈襲陳言。盧照鄰有〈登封大酺歌四首〉，乃唐高宗乾封元年春參加益州大都督府舉行的酺宴時所作。又有〈中和樂九章〉，歌頌登封泰山時的宏偉氣象，約乾封元年春作。頌歌一般本是宮廷高級官吏才有資格措筆的題材，而楊炯雖在宮中，卻地位卑微；盧照鄰此時更是身處邊鄙，他涉筆於此，讓讀者不明究竟，但其對朝廷的癡情、對擺脫沈淪、孤苦命運的強烈期盼，則是顯而易見的。

以上對四傑詩的分類，其實並不嚴密。如酬贈詩中又有紀遊詩，紀遊詩、詠物詩中亦有酬贈詩。而邊塞軍旅詩，究其實應該納入紀遊詩的大範疇，因為去到邊塞，是一種特殊的遊歷，只不過帶有鮮明而獨立的文體特徵。總體來看，四傑詩能不為某一題材的規定所圈囿，一切以服務於內容和主題的需要而命筆。從這一點上看，四傑詩也逸出了六朝以來的死板軌道。「詩言志」、「饑者歌其食，勞者歌其事」

的詩歌傳統在四傑手裏開始復活。無論四傑哪一類題材的詩，都很好地表現出當時知識分子積極、健康的心態及其沈鬱、壯大的感情，皆可感受到詩歌日趨剛健、質樸的信息。

三、初唐四傑詩歌的體裁

在論及初唐四傑在體裁運用上的特點時，聞一多《唐詩雜論·四傑》稱：「盧、駱擅長七言歌行，王、楊專工五律。……前乎王、楊，尤其是應制的作品，五言長律用的還相當多。……五言八句的五律，到王、楊才正式成為定型，同時完整的真正唐音的抒情詩也是這時才出現的。」這是非常準確的。「前乎王、楊」云云，殆主要指與「王、楊」最近的上官體詩人。初唐上官體所代表的宮廷詩風在唐高宗顯慶（西元六五六—六六一年）、龍朔（西元六六一—六六三年）年間達到鼎盛。這種詩體過分關注聲律、對偶，講求「六對」（正名對、同類對、連珠對、雙聲對、疊韻對、雙擬對）、「八對」（六對之外加回文對、隔句對）等細緻乖巧的外表，而內容萎靡不振，背離了詩性精神。正如楊炯〈王勃集序〉云：「龍朔初載，文場變體，爭構纖微，競為雕刻。糅之金玉龍鳳，亂之朱紫青黃。影帶以徇其功，假對以稱其美。骨氣都盡，剛健不聞。」四傑與上官體詩人分屬兩個不同的陣營，他們的仕途幾經波折，足跡從封閉的宮廷走向廣袤的外部世界，其眼界和心胸驟然打開，審美趣味與上官體詩人劃然分途。如前所述，其創作實踐在題材和主題上有了根本的轉變和開拓，體裁也在進行關鍵性的蛻變，其詩風由纖細、柔弱而變得活潑、剛健。他們的革新意識是自覺的，故而顯得鮮明而強烈。四傑中楊炯年輩晚於盧、駱，又比王勃多活十數年，這使他對龍朔文體所造成的流弊，和未來文風的指向，有更為深入的考察和沈靜的思索。他在為《王勃集》作序時，對盧照鄰、王勃等人的文學才華，以及在文學革新中的地位深加推許，云：「壯而不虛，剛而能潤，雕而不碎，按而彌堅。大則用之以時，小則施之有序。徒縱橫以取勢，非鼓怒以為資。長風一振，眾萌自偃。……積年綺碎，一朝清廓。翰苑豁如，詞林增峻。反諸宏博，君之力焉。矯枉過正，文之權也。後進之士，翕然景慕。」這實際上也是為他們的文學革新擴張聲勢。深染舊時代風習的四傑，其革新力度和深度自然還稍嫌不夠，但古典詩歌優秀傳統的靈魂在四傑手裏開始復活，而且有了強力的脈動，有了新鮮的血色，唐詩的主旋律在這裏已具備了基本的音符。稍後於四傑的陳子昂，即步他們的後塵，舉起復古改革的大旗。以下談談四傑詩在體裁上的革新成績。

(一)五言律詩

說「王、楊專工五律」，基本是合乎事實的。五律在四傑之前已具胎息，隋末王績寫過一些，數量不多。到四傑手裏，五律多者占二分之一，少者四分之一，王勃和楊炯尤其以五律見長。王勃詩歌創作以二十歲被唐高宗下令斥逐出沛王府為界，可分為兩個時期。前期在政治上充滿熱情，詩歌創作雖受齊梁詩風影響，造語綺麗，然而格調昂揚向上、樂觀開朗，此時多應酬之類的詩什。後期在政治上遭遇打擊，思想感情發生變化，詩歌開始變得低沈起來，然而壯大開闊、昂揚向上的基調沒有改變。這時因羈遊蜀中及其他各處，多紀遊之詩。而應酬和紀遊之詩多以五言律詩出之，技法相當成熟，沒有板滯的應制詩的富貴氣息，能自由地抒情寫意，表達動人的情思。最膾炙人口的莫過於〈送杜少府之任蜀川〉一詩：「城闕輔三秦，風煙望五津。與君離別意，同是宦遊人。海內存知己，天涯若比鄰。無為在歧路，兒女共沾巾。」對仗工整，韻律優美，文情跌宕。美國漢學家斯蒂芬・歐文(Stephen Owen)《初唐詩》第十章〈王勃：新的規範〉對王勃詩歌藝術進行了分析，認為王勃的詩表現了新的謹嚴，影響了之後幾個世紀的律詩。然而王勃五律總體不及沈佺期、宋之問那樣講求聲韻之美，時有拗句出現。如〈羈遊餞別〉詩：「客心懸隴路，遊子倦江干。槿豐朝砌靜，筱密夜窗寒。琴聲銷別恨，風景駐離歡。寧覺山川遠，悠悠旅思難。」三句與次句、五句與四句失粘。

楊炯現存詩集中是清一色的五言詩，多是沿用古樂府舊題、帶有樂府色彩的五律和五排，以酬贈詩、邊塞詩和紀遊詩居多。在布局謀篇、遣詞造句上，能掃除六朝以來那種堆砌詞藻的弊病，以凝練之筆抒發複雜的感情，頗見功力，因而意境開闊，氣勢較大，有一種激昂慷慨的雄勁之氣。其酬贈類詩中有一些儘管沒有完全擺脫當時宮廷詩風的影響，追求詞采和韻律的流轉，如〈和石侍御山莊〉「影濃山樹密，香淺澤花踈」、〈和鄭讎校內省眺矚思鄉懷友〉「霞文埋落照，風物澹歸煙」之類的佳句多有可觀，這倒是在一定程度上改變了其詩的拙實。其五言律詩完全符合近體詩的粘式律，在五言詩定型方面的成就在四傑中最突出，可以與杜審言、宋之問、沈佺期等人相提並論，對後代五律詩有較深影響。如〈從軍行〉詩云：「烽火照西京，心中自不平。牙璋辭鳳闕，鐵騎遶龍城。雪暗凋旗畫，風多雜鼓聲。寧為百夫長，勝作一書生。」直抒胸臆，音韻爽利，擲地作金石聲，堪稱五言律詩的典型。明胡應麟《詩藪》內編卷四說：「盈川近體，雖神俊輸王，而整肅雄渾。究其體裁，實為正始。」

盧照鄰也有相當一部分是沿用樂府舊題所寫的五言律詩，約有六、七十首，在見存詩中占有很大比重。他在文場酬贈詩中利用樂府的通俗流暢，來改造宮廷詩的死板平庸。他在〈樂府雜詩序〉主張「發揮新題，孤飛百代之前；開鑿古人，獨步九流之上」，力主創新，然而他這種帶有樂府意味的近體詩終究不是當行本色。何況其視野逼仄，格調平平，更不能給人強烈的藝術感染力。如〈春晚山莊率題二首〉「田家無四鄰，獨坐一園春」、〈山莊休沐〉「蘭署乘閒日，蓬扉狎遁棲」、〈山林休日田家〉「歸休乘暇日，饁稼返秋場」、「南澗泉初冽，東籬菊正芳。還思北窗下，高臥偃羲皇」等，也不過是對前人的刻意模仿。倒是流浪蜀中時的紀遊詩尚有佳什，能把人生際遇與江山景致交織在一起，達到景中含情、情景交融的境界。總體來說，盧照鄰五言律詩在格律上未臻純正，《詩學淵源》就稱：「當時近體為唐律之漸，未變陳隋之遺，故其（指盧照鄰）〈送梓州高參軍還京〉、〈大劍送別劉右使〉等篇，其第七句每用四平四仄，迨亦四子之創也。又有連用仄仄平平仄、平平仄仄平數聯者，與虞世南應制詩同一機杼，為齊梁與唐律逗變之初。」

駱賓王的五言詩大部分介於古詩與律詩之間。他的一部分五言八句詩，已經進化為成熟的律體，不論平仄、對仗都很安穩工整。而那些長達四五十聯的五言詩也講對仗、講聲韻，有時幾乎聯聯對仗，每聯之間平仄相對，都是律句，跟傳統的古體詩有絕大的差別，是幾近成熟的排律詩，且大多寫邊塞題材。如〈久戍邊城有懷京邑〉一詩共三十八韻，細膩生動地展示了抒情主人公在從軍生涯中複雜的心路歷程，感情抒發搖曳多姿。在由漢魏的古詩演變而成近體詩的過程中，六朝文人發明了音韻、對仗，有開創之功。至初唐上官儀提倡所謂六對和八對，在近體詩的對仗層次上，功勞很大。而賓王詩好以數對，是對上官儀的超越。駱賓王詩中數對的例子不勝枚舉，有的一篇之中數對達十幾次之多，更有的四句連用，也有的一句兩用，且技法嫻熟，讓人讀來流暢自然。以此，時人稱他為「算博士」。《朝野僉載》云：「時楊之為文，好以古人姓名連用，如『張平子之略談，陸士衡之所記』、『潘安仁宜其陋矣，仲長統何足知之』，號為『點鬼簿』。駱賓王文好以數對，如『秦地重關一百二，漢家離宮三十六』，時人號為『算博士』。」這是駱詩在近體詩進化過程中的有益嘗試和特殊貢獻。然而，駱賓王在創新過程中大面積地摻入鋪敘與駢儷成分，卻影響了律化的深度，使一些詩作的文體特徵變得模糊起來，如〈蕩子從軍賦〉既可定為賦，又可劃入詩的疆域。其律化程度比不上王、楊，儘管其中有個別登峰造極之作如〈在獄詠蟬〉詩等。

(二)七言歌行

杜甫〈戲為六絕句〉：「王楊盧駱當時體，輕薄為文哂未休。爾曹身與名俱滅，不廢江河萬古流。」按《容齋四筆・王勃文章》以為「王勃等四子之文，皆精切有本原。其用駢儷作記序碑碣，蓋一時體格如此，而後來頗議之。杜詩云……正謂此。」似指記序碑碣之文而言。《滄浪詩話・詩體》：「以人而論，則有……王楊盧駱體。」又似指人而言。而現代研究者則以為，所謂「王楊盧駱體」實際即指他們具有共同特色的歌行體。這也許是對的，儘管四傑之一的楊炯現存詩中沒有七言歌行體，但並不能說楊炯在當時就一定沒有創作過七言歌行，更何況以「王楊盧駱體」代指七言歌行體，旨在說明一種詩文風尚。關於四傑七言歌行，前人所論夥矣。如《詩藪・古體下》稱：「垂拱四子，一變而為精華瀏亮，抑揚起伏，悉協宮商，開合轉換，咸中肯綮。七言長體，極於此矣。」在七言歌行的發展史上，王、盧、駱上承徐陵、庾信、江總、吳均，下開高適、岑參、李頎、王維，在承前啟後的過渡中呈現出自己獨特的面目。四傑之首的王勃在七言歌行如〈臨高臺〉、〈採蓮曲〉、〈秋夜長〉等詩中，不只在意境上有新的表現，而且形式活潑，富於變化。其賦體之文，也帶有極強的歌行色彩。《藝苑卮言》卷四稱：「子安諸賦，皆歌行也，為歌行則佳，為賦則醜。」發明了這個特徵。其〈滕王閣序〉所附〈滕王閣〉詩可稱得上唐代歌行向七律轉變的一篇代表之作。鄭振鐸在《插圖本中國文學史》中談到王勃的詩對後來詩歌的貢獻時，滿懷激情地說：「正如太陽神萬千縷的光芒還未走在東方之前，東方是先已布滿了黎明女神的玫瑰色的曙光了。」儘管如此，他的歌行體詩數量少，且帶有更為強烈的實驗性、超前性，歌行體本身的特徵反不如盧、駱二人之深刻著明。故聞一多不說「王、楊」，而說「盧、駱擅長七言歌行」，其論是入木三分的。

歌行體從六朝後期小賦變化而來，它吸收了六朝樂府中像〈西洲曲〉一類轆轤輾轉的結構形式以及正在發展中的今體詩的格律，音節和諧，言詞流利，意象翩翩，可歌可誦。盧、駱歌行體亦具這些特點，具體說來：其一，七字之內，平仄錯綜，兩句之間，低昂相對。其平仄格式改變了南北朝歌行音律不諧的面貌。如駱賓王〈上吏部侍郎帝京篇〉「三條九陌麗城隈，萬戶千門平旦開。複道斜通鳷鵲觀，交衢直指鳳凰臺」、盧照鄰〈長安古意〉「借問吹簫向紫煙，曾經學舞度芳年。得成比目何辭死，願作鴛鴦不羨仙」等，粘對完全合律。其二，韻腳以平仄韻互換、四句一轉韻者最為常見，實際上相當若干首七言律絕、古絕連綴而成。由於換韻，即使篇幅很長也不顯得板滯，讀起來生動流轉。其三，雙聲、疊韻、疊字的大量運用，使本來短促的節奏平添一種悠揚婉轉、聲情搖曳的餘音。其四，頂針和蟬聯的運用，使文氣貫通，音節婉轉。頂針必須前一句之尾和後一句之頭緊密銜接，中間不能有其他詞語間隔。而蟬聯是詩歌的後一句或兩句接續重複前一聯中某些詞而使之有上遞下接趣味的修辭法。這種修辭法更為靈活，能造成特有的迴旋往復的環套結構，可以說是「王楊盧駱體」的獨創。沈德潛所謂「四語一轉，蟬聯而下」，指此。駱賓王〈代女道士王靈妃贈道士李榮〉是運用蟬聯的典型：「千回鳥語說眾諸，百過鶯啼說長短。長短眾諸判不尋，千回百過浪關心。何曾舉意西鄰玉，未肯留情南陌金。南陌西鄰咸自保，還轡歸期須及早。」其五，詞藻華麗，意象精美，色彩鮮豔。如「金闕」、「玉樓」、「香車」、「寶馬」、「文窗」、「繡戶」「寶蓋」、「流蘇」、「羅帳」、「錦屏」、「珠簾」、「畫棟」等詞語隨處可見。

四傑七言歌行多用對仗精工的駢偶句式、穠麗繁富的賦體結構。由於詩、文、賦三種文學樣式在六朝都受到駢儷文風的影響，產生了文體的互滲。王勃雖多短章歌行，但其〈春思賦〉規模之巨，足令盧、駱為之擱筆。他每首詩中駢偶句式的比率至少都占全詩的百分之五十以上，有的高達百分之八九十。盧、駱都喜為鴻篇巨製，他們的詩揉和了樂府、古詩以及賦的因子，駢散結合，極盡鋪張之能事，而不似漢賦板重。以他們桀驁不馴的個性，選擇這種亦賦亦詩、鋪排張揚的歌行體來進行創作，正適合於表現初唐那種宏大而又略顯自由、開放的社會氣氛。駱賓王詩歌中五七言句式交錯的篇幅宏大的歌行體數量最多，氣象雄偉，汪洋恣肆。如〈上吏部侍郎帝京篇〉、〈夏日游德州贈高四〉、〈軍中行路難同辛常伯作〉、〈豔情代郭氏贈盧照鄰〉、〈疇昔篇〉等，是這方面的典型。駱賓王尤其擅長以長篇歌行寫邊塞題材，如〈從軍中行路難二首〉一詩共三十二韻，五七言間用，洋洋灑灑，抑揚頓挫，跌宕起伏，極富感染力。這些宏篇巨作，富麗華藻，極揜天下之才，而開合曲折，盡神工之致，莫說中晚唐，就是盛唐邊塞詩大家，也無人能出其右。不僅為排律和歌行走向成熟做出了貢獻，而且為邊塞詩的創作開拓了新的境界。

四傑七言歌行還有一個特點，即用典繁密，而以駱賓王為最突出。駱賓王脫離宮廷詩的規範，但他不是向樸素自然的方向發展，而是借用駢文的結構，喜歡迂迴、隱喻、暗示等各種形式，走向複雜的修辭。用典是一種久遠的傳統，早先大致是「據事以立義，援古以證今」（《文心雕龍．事類》），以增加形象或意境的內涵與深度，使主題更為突出。還可以避免詩意的一覽無餘，拓展讀者聯想和思索的空間。駱賓王詩無一首不用典，大部分詩無一句不用典。駱賓王最喜用漢代人物之典，表現出一定的套式。在酬贈詩、自傳體詩等表達個人懷才不遇的悲苦命運時，喜用司馬相如、揚雄之典；表達世態炎涼、人情淡薄的詩歌中，最喜用漢代翟公等典故；在邊塞詩中喜用李陵、蘇武、霍去病、衛青、班超等漢代英雄之典，表達建功立業的渴望。大量的用典，使得賓王詩顯得典重的同時，也帶上晦澀的色彩。同一典故在不同的詩歌裏反復運用，使詩意多少受到損害。正如《載酒園詩話又編》所云：「駱好徵事，故多滯響。」

駱賓王七言歌行的風格總體來說是樂觀開朗、高昂激越的，而盧照鄰則顯得格外憂鬱。盧照鄰詩題材多樣，抒情主人公亦兼有多重身分，如農夫、隱士、仙人、朝臣等，可見其詩歌的世界多麼複雜，內心的衝突多麼激烈。大概盧照鄰的人生過於悲苦，那種講究聲韻、追求雅致的近體不能很適當的表達他痛苦、複雜的內心。他最終脫離宮廷詩，藝術趣味發生了全面的變化。他真正拿手的是縱橫捭闔、無拘無束、構思精美、意境闊大而情調沈鬱悲涼的歌行。〈長安古意〉一詩尤為引人折腰，可謂初唐詩中一篇劃時代的力作，不僅唐太宗〈帝京篇〉無法比擬，就是駱賓王〈上吏部侍郎帝京篇〉、王勃〈臨高臺〉等在思想性和藝術性上都稍遜一籌，足以奠定他在文學史上的地位。聞一多〈宮體詩的自贖〉一文盛讚此詩「放開了粗豪而圓潤的嗓子」，有「生龍活虎般騰踔的節奏」，「瘋狂中有戰慄，墮落中有靈性」，「對於時人那虛弱的感情，這真有起死回生的力量」，且帶有「勸百諷一」的批判意味，「是宮體詩中一個破天荒的大轉變」。這個描寫都市生活的作品，不但繼承了東漢都城賦的優秀傳統，而且吸收了鮑照〈蕪城賦〉中城市盛衰並置的抒情結構。詩末「寂寂寥寥揚子居，年年歲歲一床書。獨有南山桂花發，飛來飛去襲人裾」一段，對富貴繁華不屑一顧，見出作者超絕的胸襟和抱負，也反映自己在政治上被壓制的不滿情緒。

盧照鄰的騷體詩是歌行體的一個獨特品種，為王、楊、駱筆下所無。《竹林答問》云：「六朝之為有唐，四傑之力也。中間惟盧昇之出入風騷，氣格遒古，非三子所可及。」他在〈病梨樹賦〉、〈失羣雁序〉、〈五悲・悲窮通〉、〈釋疾文〉等諸多作品中，一再痛心地提到「年垂強仕」而遭「幽憂之疾」，經受著精神和肉體的雙重折磨。在臥病長安、太白山、東龍門山、具茨山期間的詩歌情調悲涼，境界幽寂，集中反映了為不幸命運而呼號的騷怨主題。如〈明月引〉借用傳統的閨怨主題，寫其流離故土，且被放逐殊方的哀怨；如〈懷仙引〉，採用神話的手法，寫一次夢中的仙遊，與屈原〈離騷〉神韻絕似；晚年絕筆〈釋疾文〉所附三歌，直抒胸臆，絕望而又平靜，亦稱騷體詩中的上品。這類詩是盧照鄰詩歌的主調，正如劉大杰《中國文學發展史》云：「幽憂是他生活的象徵，也就是他的作品的象徵。」

用寓言體來寫七言歌行，這也是盧照鄰詩所特有。〈失羣雁〉、〈行路難〉二詩，將物擬人化，以平等之心與本無人格的物象交流。這自然可稱得上構思精美奇崛，令人讀來耳目一新。而事實上在這奇美的構思下，卻藏著詩人一顆孤獨苦悶，而不敢或不願面對悲慘現實的靈魂，讓人深痛。在初唐四傑中，只有命運絕苦的盧照鄰喜用這種寓言體的筆法。四傑生活和政治的理想與苦悶，代表了一個新興而跼蹐，沒有出路的知識分子階層的要求和悲涼。帝國之雄偉，個人卻卑屈渺小，矛盾和苦悶由此而來。這就是駱賓王〈上吏部侍郎帝京篇〉、〈夏日游德州贈高四〉、〈在江南贈宋五之問〉以及盧照鄰〈長安古意〉等鴻篇巨製的內在結構。這也是四傑與雍容華貴的宮體詩劃然分途的理由。

㈢絕句

除五言律詩和七言歌行外，四傑在絕句方面的創作也值得注意。初唐格律比較謹嚴完善的五言絕句自王勃始。王勃五言絕句詩在四傑中數量最多，他把這種詩當成新體詩來寫，抒發一時感興，極少雕飾，在初唐詩壇上有一定貢獻。如〈山中〉詩云：「長江悲已滯，萬里念將歸。況屬高風晚，山山黃葉飛。」這是一首典型的合乎格律的五絕。首二句借長江言情，末二句轉寫山中景。首二句悲路遠，末二句傷時晚。《讀雪山房唐詩序例》：「王勃絕句，若無可喜，而優柔不迫，有一唱三歎之音。」楊炯五絕僅存一首，即〈夜送趙縱〉，云：「趙氏連城璧，由來天下傳。送君還舊府，明月滿前川。」純用白描手法，語言洗鍊質樸，且用典貼切，在初唐詩壇上不可多得。盧照鄰、駱賓王的五絕也不及王勃五言絕句詩數量多，且半數以上不完全合律。盧照鄰主張「凡所著述，多以適意為宗；雅愛清靈，不以繁辭為貴」，在創作中講究構思、章法，想像豐富。其語言清疏曉暢，風格清峻。如〈曲池荷〉詩云：「浮香繞曲岸，圓影覆華池。常恐秋風早，飄零君不知。」美人遲暮，懷才不遇，傳統的寫法是以暮春花卉凋零為喻，此詩卻以夏荷為喻，特為新警。駱賓王五絕多沈鬱蒼勁，慷慨激昂。如〈於易水送人一絕〉詩云：「此地別燕丹，壯士髮衝冠。昔時人已沒，今日水猶寒。」懷古蒼涼，勁氣直達，為初唐高格。

四傑的七言絕句似乎是七言歌行體的濃縮版。又因為多在流浪蜀中時所作，故有一個顯著的特徵，即是受蜀地「竹枝詞」的影響較深，往往節奏明朗，通俗可歌。王勃有七絕四首，盧照鄰有五首，駱賓王有一首。如王勃〈蜀中九日〉詩云：「九月九日望鄉臺，他席他鄉送客杯。人情已厭南中苦，鴻雁那從北地來。」盧照鄰〈登封大酺歌四首〉其三云：「翠鳳逶迤登介丘，仙鶴徘徊天上遊。借問乾封何所樂，人皆壽命得千秋。」駱賓王〈憶蜀地佳人〉：「東西吳蜀關山遠，魚來雁去兩難聞。莫怪嘗有千行淚，只為陽臺一片雲。」都是有歌行體特點的。其中以盧照鄰的七絕最為後世所愛。《詩學淵源》稱：

「〈盧照鄰〉詩有奇氣，突出陳隋之上。……七絕則為李杜所宗者也。」

除以上提到的之外，王勃和盧照鄰還寫過幾首四言詩。王勃有〈倬彼我系〉、〈誡劼勸〉二首，盧照鄰寫過〈中和樂九章〉，其中有八首屬於四言詩。然都是模仿的痕跡甚重，沒有多少自己的特色。

總而言之，初唐四傑在詩歌體裁上的革新成績是可觀的。儘管帶有齊梁體詩的痕跡，但風華高傑，分明已具新鮮的面目和精神。《唐音癸籤・評匯一》評云：「王子安雖不廢藻飾，如璞含珠媚，自然發其光彩。盈川視王微加澄汰，清骨明姿，居然大雅。范陽較楊微豐，喜其領韻疏拔，時有一往任筆不拘整對之意。義烏富有才情，兼深組織，正以太整且豐之故，得擅長什之譽，將無風骨有可窺乎。當年四子先後品序，就文章通論，要亦其詩之定評歟。」這是一個對初唐四傑詩歌風貌的較為全面而深刻的評點，可以供我們在閱讀欣賞時參考。

四、初唐四傑詩歌的流傳

王勃文集，據楊炯〈王子安集序〉云：「君平生屬文，歲時不倦，綴其存者，才數百篇。……分為二十卷，具諸篇目。」而《舊唐書》本傳、《崇文總目》、《宋史・藝文志》著錄文集三十卷（《宋史・藝文志》又著錄詩集八卷，不知何據），但宋元舊本今不可見。明嘉靖三十一年（西元一五五二年）永嘉張遜業刊《王勃集》，僅存詩賦兩卷。崇禎中閩漳張燮用永嘉本為基礎，又輯《文苑英華》諸書，得文賦若干首，共編為十六卷。清乾隆四十六年（西元一七八一年）項家達刻《初唐四傑集》，就是用張本校刊的。同治十三年（西元一八七四年）吳縣蔣清翊作《王勃全集箋注》，仍分二十卷，從盈川序原編卷數，但遠非盈川舊第。又，孫星衍《平津館鑒藏書記》三著錄舊影寫本有《唐四傑詩集》四卷。這個影寫本的原本，是一個最古的本子，後來王勃詩的一卷本（如高儒《百川書志》十四所著錄）、張遜業的《王勃集》，大約以此為祖本。王勃詩作，由於這個最古的本子存在，雖然不能說全保存下來，想來佚亡不多。關於王詩的逸篇，歷史上也有過一些爭議。例如清蔣清翊《王子安集注》據明楊一統《唐十二名家詩》等收錄〈田家三首〉，並按云：「今本《王無功集》中卷亦載此詩。」其一：「阮籍生涯懶，嵇康意氣疏。相逢一醉飽，獨坐數行書。小池聊養鶴，閒田且牧豬。草生元亮徑，花暗子雲居。倚床看婦織，登壟課兒鋤。回頭尋仙事，並是一空虛。」其二：「家住箕山下，門枕潁川濱。不知今有漢，唯言昔避秦。琴伴前庭月，酒勸後園春。自得中林士，何忝上皇人。」其三：「平生唯以酒，作性不能無。朝朝訪鄉鄰，夜夜遣人沽。家貧留客久，不暇道精粗。抽簾持益炬，拔簀更燃爐。恒聞飲不足，何見有殘壺。」以其風格論，此類詩斷非王勃所作，何林天《重訂新校王子安集》棄之不錄。又，《古今圖書集成·方輿彙編·職方典》收〈隴西行〉十首，其一云：「隴西多名家，子弟復豪華。千金買駿馬，蹀躞長安斜。」其二云：「雕弓侍羽林，寶劍照期門。南來射猛虎，西去獵平原。」其三云：「既夕罷朝參，薄暮入終南。田間遭罵詈，低語示乘驂。」其四云：「入被鑾輿寵，出視韓門勇。無勞豪吏猜，常侍當無恐。」其五云：「充國出上邽，李廣出天水。門第倚崆峒，家世垂金紫。」其六云：「麟閣圖良將，六郡名居上。天子重開邊，龍雲壘相向。」其七云：「烽火照臨洮，榆塞馬蕭蕭。先鋒秦子弟，大將霍嫖姚。」其八云：「開壁左賢敗，夾戰樓蘭潰。獻捷上明光，揚鞭歌入塞。」其九云：「更欲奏屯田，不必勒燕然。古人薄軍旅，千載謹邊關。」其十云：「少婦經年別，開簾知禮客。門戶爾能持，歸來笑投策。」《唐詩百家全集·王勃集》、《全唐詩續補遺》卷一「王勃」均錄此組詩。又，《古今圖書集成》、《唐詩百家全集·王勃集》收〈宿長城〉一首，詩云：「陰雲凝朔氣，隴上正飛雪。四月草不生，北風勁如切。朝來羽書急，夜救長城窟。道隘行不前，相呼抱鞍歇。人寒指欲墮，馬凍蹄亦裂。射雁旋充饑，斧冰還止渴。寧辭解圍鬥，但恐乘疲沒。早晚邊候空，歸來養羸卒。」《全唐詩》卷四百六十九作長孫佐輔〈隴西行〉，多有異文。按王勃行履未至長城，視其風格，亦當非王勃所作。姑錄之以備考。

楊炯文集，《舊唐書・經籍志》著錄為三十卷，宋晁公武《郡齋讀書志》、《崇文總目》卻著錄為二十卷。可見北宋以還，三十卷本就不存了。就北宋所存的二十卷本，後來也蹤跡渺然。現存宋刊本僅有平津館所藏舊影宋寫本《唐四傑詩集》四卷，存詩一卷。明范氏《天一閣書目》著錄明嘉靖中永嘉張遜業校正《盈川集》五卷。萬曆中，龍游童珮重新詮次，得十卷附錄一卷，其中詩賦四十二首。明代另有多種叢刻本傳世。清代除《全唐詩》本卷五十存三十三首外，通行者尚有同治十年刻《楊盈川集》十卷本。《全唐詩補編》收錄〈幽蘭之歌〉，實出自楊炯〈幽蘭賦〉；又錄擬題〈竹〉詩，出《全芳備祖後集》卷十六，然與楊炯詩風不類。西元一九八〇年中華書局出版徐敏霞整理《楊炯集》，不收此二詩。

盧照鄰生前就可能對自己的作品有過結集，其〈窮魚賦序〉云：「余曾有橫事被拘，為群小所使，將致之深議，友人救護得免。竊感趙壹窮鳥之事，遂作〈窮魚賦〉。常思報德，故冠之篇首云。」可以證之。後張鷟《朝野僉載》卷六明確提及盧照鄰「著《幽憂子》以釋憤焉，文集二十卷」。《舊唐書・經籍志》、《新唐書・藝文志》皆著錄《盧照鄰集》二十卷，《新唐書》另著錄有《幽憂子》三卷。據此可知直至北宋中期，盧照鄰文集尚保存完好。三卷本《幽憂子》和二十卷本文集之間的具體關係已不可考。而兩《唐書》著錄二十卷本之外，還有一個十卷本行世，《崇文總目》卷五著錄之。至南宋時，流行的本子多是十卷本，晁公武《郡齋讀書志》、陳振孫《直齋書錄解題》都作十卷。至元、明時，以前的二十卷本、十卷本文集及三卷本之《幽憂子》均已不存。明代多有叢刻本傳世。清代傳本大都是在明代叢刻本基礎上的複製，無多變化。《全唐詩》卷四十一、四十二收錄一〇五首。盧照鄰見存詩歌，西元一九八〇年中華書局出版徐明霞點校《盧照鄰集》中錄八十一題九十三首，加上《全唐詩》卷四十一收入的二題四首騷體詩，共計一〇二首。任國緒《盧照鄰集編年箋注》、祝尚書《盧照鄰集校注》、李雲逸《盧照鄰集校注》，都依徐明霞本而來。

駱賓王晚年參加討武之事而失敗，其作品遭焚毀。中宗復位後，特下詔搜求賓王詩筆以示褒揚時，已零落無幾。後經郗雲卿搜羅，成《駱賓王文集》十卷，才存詩一三〇餘首、文四十餘篇，這大概只是其全部創作的小部分而已。《新唐書·藝文志》、《崇文總目》、《郡齋讀書志》、《直齋書錄解題》著錄。明人輯刻駱集約有十餘種，大多錯亂蕪雜，名《駱先生集》、《駱子集》、《靈隱子集》、《駱丞集》、《駱侍御集》、《義烏集》、《武功集》、《臨海集》等，不一而足。明人單刻本流傳較廣者有顏文選注四卷本、無名氏刻二卷本、張炳祥刻六卷本、虞更生刻八卷本、孫伯履刻不分卷本、題為《靈隱子》的六卷本、陳魁士注四卷本、黃用中注《駱賓王集》十卷本、王衡等評釋《唐駱先生集》八卷附錄一卷本、明萬曆虞九章等注釋《唐駱先生文集》六卷本。至清代，一些明人未見的宋元舊本重見人間。如北宋刻《駱賓王集》十卷本，遞經毛氏汲古閣、顧氏小讀書堆、黃氏士禮居、楊氏海源閣收藏，今歸國家圖書館。清代刻本有趙忠補輯康熙四十六年（西元一七〇七年）黃之琦覺非齋刻《駱臨海集》十卷本、道光二十九年（西元一八四九年）梅林駱氏滋德堂刻《駱侍御全集》四卷附考異一卷本、清咸豐三年（西元一八五三年）松林宗祠刻陳熙晉《箋注駱臨海集》十卷本。今人駱祥發《駱賓王詩評注》以陳熙晉注為底本，對駱賓王存世的一三〇多篇詩賦用淺近的文字作了簡要的注釋和評介，是上世紀及之前評注駱賓王詩歌最用功的本子。《全唐詩》卷七十七至七十九收駱賓王詩共一一一首。今人輯《全唐詩外編》，除〈懷京邑〉一首肯定為賓王作品外，其他二首尚有爭論。〈靈隱寺〉一首《全唐詩》作宋之問詩，〈隴頭水〉一首《全唐詩》作盧照鄰詩。

叢刻本除前提及的影宋寫本《唐四傑詩集》四卷外，尚有明嘉靖二十七年張明刻《唐四傑集》四卷、明萬曆二十六年（西元一五九八年）鄭雲竹宗文書舍刻《鐫校釋唐四傑文集》四卷本、明楊一統編明萬曆十二年刻《唐十二家詩》十二卷本；又有明朱警編明嘉靖十九年刻《唐百家詩》一百七十一卷本《唐詩品》一卷、明張遜業編明嘉靖黃埻東壁圖書府刻《十二家唐詩》二十四卷本、明許自昌編明萬曆三十一年霏玉軒刻《前唐十二家詩》二十四卷本、明刻《唐十二家詩》四十九卷本、明銅活字印《唐人詩集》；

明張燮編崇禎十三年（西元一六四〇年）於福建漳州編輯刻印《初唐四子集》四十八卷本。明汪應皐刻《盧照鄰集》二卷本，均錄盧照鄰詩二卷、清王杮編《藝苑叢鈔》一百六十三種三百二十六卷稿本、清秦恩復編清嘉慶道光間秦氏石研齋刻《石研齋校刻書七種》六十卷本。

五、此次譯注的體例

我們此次的整理，首先作了簡單的校勘工作。王勃詩歌部分所錄詩歌次序大體依何林天《重訂新校王子安集》，楊炯詩歌部分所收詩及排序一仿徐敏霞整理《楊炯集》，盧照鄰詩歌部分所收詩及排序一仿祝尚書、李雲逸本而來，駱賓王詩歌部分以清陳熙晉箋注本為底本。參校的本子主要有：平津館所藏舊影宋寫本《唐四傑詩集》四卷本、《四部叢刊》影印童本、明楊一統編明萬曆十二年刻《唐十二家詩》十二卷本、明張燮編崇禎十三年刻《初唐四子集》四十八卷本、明張遜業編《十二家唐詩》本、明許自昌編《前唐十二家詩》本、明汪應皐《盧照鄰集》本、明張明刻《唐四傑集》本、《全唐詩》本、徐明霞校本、任國緒箋注本、宋刻《駱賓王集》十卷本、《四部叢刊》影印《駱丞集》本、清趙忠補輯《駱臨海集》本、清秦恩復編《石研齋校刻書七種》本等。遇有異文，簡單出校，以「一作」字樣附於注釋中。

正文之前有題解。主要解釋詩題文字，注明詩歌寫作的大致年分、簡單的時代背景。詩題各本有異文者，以「題一作」等字樣附錄於題解之末。四傑部分詩前有小序，大多為縱肆酣恣，神采飛揚的駢儷小文，或敘述其人生遊蹤、家庭情況，或說明詩篇的創作動機和過程，或抒寫事物盛衰變化、禍福倚伏的人生哲理。特別值得注意的是，其中表現了其詩歌創作的理念。此類本可為理解詩歌之一助，故在題解中或以摘引方式出現，而不加注釋與翻譯。

注釋力求簡明。遇有事典詳為注明出處、交代其原義及詩中新義，一般以撮要概述方式出之，時或引用重要的原文；語典則一般不注，必要時在「研析」中簡單指出其傳承來源，突出其藝術創新之處。四傑詩中有若干超出十五韻或二十韻的鴻篇巨製。遇此，則截為二部分或三部分以注釋之，以便觀覽。每部分注釋之前，以一二語簡要標明其章旨，以加深對文義或詩歌結構的理解。

語譯部分，一般以白話散文直譯出之，遇有詞旨艱深晦澀而不便以白話直譯者，則用意譯。不要求押韻，不體現詩的節奏。此一部分，往往與注釋相發明。每凡遇有譯不通順處，往往可檢覈注釋之正確與否，頗為有益。然部分篇什之譯文或有詩意全無者，讀者諒之。

最末是「研析」部分，參考吸收前人及時賢的四傑研究的已有成果，盡力闡明作者的行蹤、詩歌創作社會背景，揭示詩歌寄寓的要旨含義，分析詩歌藝術上的得失，以及在文學史上的地位及意義。

由於注者學識有限，功力甚淺，對初唐四傑詩的理解不深，譯注及評析時有舛陋，敬請方家批評指正。

王勃詩歌

倬彼我系

【題　解】題猶言「我出身的世系是多麼偉大」。《詩經・大雅・雲漢》：「倬彼雲漢，昭回于天。」倬，顯赫、宏大之意。彼，猶言「那」。系，世系；族系。此詩於咸亨三年（西元六七二年）在長安作，時作者已擬赴虢州司法參軍任，其父在太常博士任。前有勃兄勵（一作「勔」）序云：「〈倬彼我系〉，舍弟虢州參軍勃所作也。傷迫乎家貧，道未成而受祿，不得如古之君子四十強而仕也。故本其情性，原其事業，因陳先人之跡，以議出處，致天爵之艱難也。」詩敘述家世淵源，深切緬懷先祖功德，亦簡述一己之經歷。

倬彼我系，出自有周❶。分疆錫社，派別枝流❷。居衛仕宋，臣嬴相劉❸。乃武乃文，或公或侯❹。

【章　旨】敘其族系血脈高貴，子孫繁衍，且先祖中多才高位重者。

【注　釋】❶倬彼我系二句　即言王氏始祖出自高貴的周王族。《新唐書・宰相世系表》：「王氏出自姬姓。周靈王太子晉，以直諫廢為庶人。」又，「其（指太子晉）子宗敬為司徒，時人號曰『王家』，因以為氏。」❷分疆錫社二句　言其世系中多有地方大臣，子孫繁衍於四方。據杜淹〈文中子世家〉及《新唐書・宰相世系表》等，其二十世祖王殷，官雲中太守，食邑祁；十一世祖王寓，西晉滅亡時東遷；八世祖王元謨，劉宋文帝時為大將；六世祖王虯，北魏太和中為并州刺史，後有大功，天子賜之地，始遷河汾，曰晉陽穆公，自是王氏定居絳州龍門；四世祖王一，曾任濟州刺史，稱安康獻功。分疆，指王侯分封疆土。錫社，猶言賜給社土，與分疆義同。周王朝在國都建有大社，社中有壇，壇分東、西、南、北、中五方，分別置青、白、赤、黑、黃五色土。黃土代表中央。分封諸侯時，按其土地的方位，鑿取代表其方的一色土，上覆以黃土，裹以白茅，交給受封的諸侯，表示得到中央政府的封賜，稱為賜社。見《逸周書・作雒解》。派，水之支流。枝流，即支流。阮籍〈詠懷〉：「臨川羨洪波，同始異支流。」❸居衛仕宋二句　居衛仕宋，言其先祖有在衛、宋兩地做官者。然未可詳考。衛、宋，均為春秋戰國時小國名。衛在今河南、山東之間，國都濮陽；宋在今河南東南部和今山東、江蘇、安徽之間一部分土地，國都原在睢陽（今河南商丘西南），戰國初宋昭公、悼公或遷都彭城（今屬江蘇徐州）。匡嬴，指秦大將王翦及其子孫輔佐秦皇。《史記・白起王翦列傳》：「頻陽東鄉人也。少而好兵，事秦始皇。翦子王賁，秦并天下，王氏功最多。秦二世之時，秦使王翦之孫王離擊趙。」匡，輔佐。一作「臣」。相劉，指王氏先祖王崇在漢平帝時曾為大司空。見《漢書・王吉傳》。又，王允為漢獻帝時司徒。見《後漢書・王允傳》。❹乃武乃文二句　乃武乃文，本用以讚譽天子之德，言其文經天地，武定禍亂。後多指人既有武功又有文德。亦作乃文乃武。《尚書・大禹謨》：「帝德廣運，乃聖乃神，乃武乃文。」此指王氏一族既有武將如王翦等，又有文官如王允等。公侯，即公爵與侯爵。《禮記・王制》：「王者之制祿爵，公侯伯子男凡五等。」西漢以大司徒（丞相）、大司馬（太尉）、大司空（御史大夫）為三公，東漢後以太尉、司徒、司空為三公。王崇為大司空、王允為司徒，均位在三公之列。又，秦王翦封武城侯，王賁封通武侯，王離封武成侯。故云「或公或侯」。

【語譯】我的世系是多麼偉大，出自赫赫有名的周王族。分劃疆域又賜給社土，子孫繁衍像河水的眾多支流。春秋戰國時有在衛國和宋國做官者，秦漢後輔佐嬴政並做劉家王朝的宰相。又有武功又有文德，又有人封公爵又有人封侯爵。

晉曆崩坼，衣冠擾弊❶。粵自太原，播徂江滏❷。禮喪賢隱，時屯道閉❸。王室如燬，生人多殪❹。

【章旨】敘晉朝滅亡後社會混亂、生靈塗炭，而其家族亦遷徙江南。

【注釋】❶晉曆崩坼二句　晉曆，指西晉一代的曆數。曆，曆數。《論語・堯曰》：「咨爾舜，天之曆數在爾躬，允執其中。」何晏注：「曆數，謂列次也。」即上天安排的帝王次序。崩坼，指社會秩序毀壞、分崩離析。《史記・魯仲連鄒陽列傳》：「天崩地坼。」衣冠，古代士以上戴冠，因用以指士以上的服裝。多代指縉紳、士大夫，亦借指禮教、斯文。《後漢書・霍諝傳》：「奏記曰：光衣冠子孫。」擾攘，紛擾破敗。❷粵自太原二句　謂王氏先祖在西晉末由太原遷往長江邊。粵，句首語助詞，無義。播，遷徙；流亡。徂，往。江澨，猶言江邊。此指今東南江蘇、浙江一帶。據《新唐書・宰相世系表》：「(王)威九世孫霸，字孺仲，居太原晉陽。」杜淹〈文中子世家〉：「九代祖寓，遭湣懷之難，遂東遷焉。」❸禮喪賢隱二句　禮喪，指封建秩序遭到破壞而禮儀消失。任昉〈宣德皇后令〉：「禮樂崩喪。」《易・坤》：「天地閉，賢人隱。」屯，阻塞難通。猶言艱難。沈約〈怨歌行〉：「時屯寧易犯。」道閉，猶言道路壅塞不通。❹王室如燬二句　王室如燬，指封建王朝瀕於滅亡。《詩經・周南・汝墳》：「魴魚赬尾，王室如燬。」《毛傳》：「燬，火也。」生人，眾人。猶言生民。唐人避太宗李世民諱而稱「世」為「代」，稱「民」為「人」。《尚書・畢命》：「道洽政治，澤潤生民。」班固〈東都賦〉：「于時之亂，生人幾亡。」殪，死。

【語譯】晉朝的曆數完了，社會分崩離析了，士大夫也遭受了紛擾破敗。於是從太原祖居之地，遷往長江邊隅。禮儀消散而賢人隱居不出，時運阻塞而毫無出路。王室貴族瀕於滅亡，老百姓大多掙扎在死亡線上。

伊我有器，思逢其主❶。自東旋西，擇木開宇❷。田彼河曲，家乎汾浦❸。天未厭亂，吾將誰輔❹。

【章　旨】謂其父祖輩於亂世中懷才不遇而輾轉南北。

【注　釋】❶伊我有器二句　伊我有器，即謂我有才能。伊，發語詞，無義。器，才能、器識。主，指君主。❷自東旋西二句　旋，同「還」。返回、回歸之意。一作「施」。擇木，謂鳥獸選擇樹木棲息。常用以喻擇主而事。《左傳》哀公十一年：「(孔子)命駕而行，曰：『鳥則擇木，木豈能擇鳥？』」開宇，開闢封地。王延壽〈魯靈光殿賦〉：「宅附庸而開宇。」李善注：「《毛詩》曰：大啟爾宇。」此指尋找人生新的落腳點。❸田彼河曲二句　田，同「佃」。耕作。河曲，春秋晉地名。《春秋》文公十二年：「晉人、秦人戰于河曲。」杜預注：「河曲在河東蒲阪縣南。」即今山西永濟西蒲州到芮城西風陵渡一帶。黃河自北向南流，至此折向東流成一曲，故名。家乎汾浦，言其祖王通。楊炯〈王勃集序〉：「祖父通，隋秀才高第，蜀郡司戶書佐，蜀王侍讀。大業末，退講藝於龍門。其卒也，門人諡之曰文中子。」汾浦，即汾水之濱。汾水，出太原晉陽山，西南入黃河。❹天未厭亂二句　天，指上天。此指社會大趨勢。厭，滿足。此引申為停止之意。《洛陽伽藍記》卷一：「元顥與莊帝書曰：天不厭亂。」誰輔，輔佐誰。表反問語氣。猶言沒有誰值得去輔佐的。

【語　譯】話說我王氏懷有一肚子才能，渴望著遇到賞識我的明主。從東又回到西，就像鳥兒選擇棲息的樹木，我也尋找人生的樂土。在黃河之曲耕作，將家安在汾水之濱。天下還正處在動亂之中，我有誰可以去輔佐的呢。

伊我祖德，思濟九埏❶。不常厥所，於茲五遷❷。欲及時也，夫豈願焉❸。其位雖屈，其言則傳❹。

【章　旨】謂其祖志高位卑，雖未立德立功，卻有著述影響後世。

【注　釋】❶伊我祖德二句　祖德，祖宗的功德。《管子・四稱》：「循其祖德，辯其順逆，推育賢人，讒慝不作。」楊炯〈王勃集序〉稱：「君思崇祖德，光宣奧義。」此處言祖者，專指文中子王通。濟，救助。九埏，九州的邊際。《漢書・司馬相如傳》引〈封禪文〉：「下泝八埏。」此指九州、全天下。埏，土地的邊際。❷不常厥所二句　常，固定、安定。厥，相當於現代漢語第三人稱「他」。猶言其。所，處所；居所。五遷，指五次居處的遷徙。《尚書・盤庚》：「不常厥邑，於今五邦。」王通之「五遷」具體不可詳知，殆指其少年隨父遷昌樂、猗氏、銅川及其後為蜀郡司戶書佐，晚又退居龍門之事。據〈文中子世家〉云：「（隆）字伯高，文中子之父也。隋開皇初，以國子博士待詔雲龍門，出為昌樂令，遷猗氏、銅川，所治著稱。」楊炯〈王勃集序〉云：「祖父通，隋秀才高第，蜀郡司戶書佐，蜀王侍讀。大業末，退講藝於龍門。」❸欲及時也二句　及時，謂得到有利時機。猶言逢時。《易・乾》：「君子進德修業，欲及時也。」願，指出仕之慾望。《論語・先進》：「宗廟之事，如會同，端章甫，願為小相焉。」❹其位雖屈二句　謂王通地位雖然卑屈，然其著述卻流傳後世。據〈文中子世家〉載，王通生平未得重用，僅授蜀郡司戶書佐、蜀王侍郎。乃「棄官歸，以著書講學為業」，有《元經》、《中說》等，終成一代大儒。

【語　譯】話說我祖宗的功德，是希望能救濟全天下的。他們居住的地方不固定，到現在已經有五次大的遷徙了。只是想抓緊時間進德修業，豈敢有什麼出仕的奢望。他們的地位雖然卑屈，他們的言論著述卻流傳後世。

爰述帝制，大蒐王道❶。曰天曰人，是祖是考❷。禮樂咸若，《詩》《書》具草❸。貽厥孫謀，永為家寶❹。

【章　旨】謂文中子著述所涉及的內容，包括帝制、王道、天道、人道。先祖中還有其他人也闡述過這些問題。

【注　釋】❶爰述帝制二句　爰，於是。帝制，皇帝的儀制。《漢書・賈誼傳》：「若此諸王，雖名為臣，實皆有布衣昆弟之心，慮亡不帝制而天子自為者。」顏師古注：「言諸侯皆欲同皇帝之制度，而為天子之事。」蒐，同「搜」。求索、尋找之意。王道，儒家所謂以仁義治天下的政治主張。與「霸道」相對。《尚書・洪範》：「無偏無黨，王道蕩蕩。」《史記・十二諸侯年表》：「孔子明王道，干七十餘君，莫能用。」據〈文中子世家〉，隋文帝仁壽三年（西元六〇三年），王通嘗「西遊長安，見隋文帝，奏〈太平十二策〉，尊王道，推霸略，稽今驗古」。❷曰天曰人二句　天，指天象。人，指人事。《中說．述史》：「文中子曰：『《春秋》其以天道終乎，故止於獲麟。《元經》其以人事終乎，故止於陳亡。於是乎天人備矣。』」祖，祖父。考，父親。此言祖考，泛指父祖輩。❸禮樂咸若二句　咸若，都梳理順暢。《尚書．伊訓》：「山川鬼神亦莫不寧，暨鳥獸魚鱉咸若。」《正義》：「鳥獸魚鱉咸若者，謂人君順禽魚，君政善而順彼性，取之有時，不夭殺也。鳥獸在陸，魚鱉在水，水陸所生微細之物，人君為政皆順之，明其餘無不順也。」詩書具草，據〈文中子世家〉：「乃續《詩》、《書》，正《禮》、《樂》，修《元經》，贊《易》道，九年而六經大就。」具草，都擬撰。❹貽厥孫謀二句　《詩經．大雅．文王有聲》：「詒厥孫謀，以燕翼子。」《鄭箋》：「詒，猶傳也。孫，順也。傳其所以順天下之謀，以安其敬事之子孫。」詒，同「貽」。厥，其；他。家寶，家中值得世傳的珍寶。顏延之〈弔張茂度書〉：「足下門教敦至，兼實家寶，一旦喪失，何可為懷？」據《中說．王道》：「文中子曰：『甚矣王道難行也。吾家頃銅川六世矣，未嘗不篤於斯，然亦未嘗得宣其用。退而咸有述焉，則以志其道也。蓋先生之述曰《時變論》六篇，其言化俗推移之理竭矣。江州府君之述曰《五經決錄》五篇，其言聖賢制述之意備矣。晉陽穆公之述曰《政大論》八篇，其言帝王之道著矣。同州府君之述曰《政小論》八篇，其言王霸之業盡矣。安康獻公之述曰《皇即讜義》九篇，其言三才之去就深矣。銅川府君之述曰《興衰要論》七篇，其言六代之得失明矣。余小子獲睹成訓，勤九載矣。服先人之義，稽仲尼之心。天人之事，帝王之道昭昭乎。』」

【語　譯】於是撰述皇帝的儀制，大力伸張歷史上以仁義治天下的政治主張。既鑽研天象也探索人事，我的祖輩和父輩都是如此。古代的禮樂典制都梳理順暢，《詩》、《書》等古代典籍也都仿其體例來撰寫。將這些如何治理天下的智慧留下來，永永遠遠作為傳家寶。

伊余小子，信慚明哲❶。彼綱有條，彼車有轍❷。思屏人事，克終前烈❸。于嗟代網，卒余來絏❹。

【章　旨】自謂欲繼承其祖未竟事業，竟為世俗所牽。

【注　釋】❶伊余小子二句　伊余，猶言我。伊，發語詞，無義。小子，稱宗親中男性同輩年輕者及晚輩。《尚書・康誥》：「肆汝小子，封在茲東土。」此自指。明哲，明智；通達事理。《尚書・說命》：「知之曰明哲，明哲實作則。」此指文中子等先祖。❷彼綱有條二句　謂一切事物皆有其法則、規律。綱條，法則；法紀。《尚書・盤庚》：「若網在綱，有條而不紊。」車轍，本義為車道。此指事物發展的規律。《漢書・賈誼傳》：「秦世之所以亟絕者，其轍跡可見也。」此言作者欲遵循先人開闢的道路前行。❸思屏人事二句　屏人事，意即辭官不做，隱居著述。屏，摒退；謝絕。《後漢書・陳寔傳》：「謝使者曰：寔久絕人事，飾巾待終而已。」終，完成。前烈，前人的功業。《尚書・武成》：「公劉克篤前烈。」楊炯〈王勃集序〉：「君思崇祖德，光宣奧義。續薛氏之遺傳，制《詩》《書》之眾序。包舉藝文，克融前烈。」❹于嗟代網二句　謂其最終受到社會風氣的影響、牽制，考慮入仕。于嗟，嘆詞，表示悲傷、惋惜之情。一作「吁嗟」。代網，即世網。喻社會上法律禮教、倫理道德對人的束縛。嵇康〈答難養生論〉：「奉法循理，不絓世網。」陸機〈赴洛道中作〉：「借問子何之，世網嬰我身。」代，避太宗諱而改。紲，同「絏」。羈絆、捆綁之意。《世說新語・傷逝》：「便為時所羈紲。」

【語　譯】像我這樣的後生小子，確實有愧於明智通達的祖先。就像提網的總綱有條不紊，就像行車要遵循前人開闢軌道。我想遠離人事，以期能完成前人未竟的事業。唉，那世俗的條條框框，最終硬是將我束縛住。

來紲伊何？謂余曰仕❶。我瞻先達，三十方起❷。夫豈不懷，高山仰止❸。願言毓德，啜菽飲水❹。

【章　旨】謂其早早入仕，有愧於先達之高德。

【注　釋】❶來紲伊何二句　伊何，猶言為何、做什麼。《詩經・小雅・頍弁》：「有頍者弁，實維伊何？」伊，猶為、做。仕，為官。楊炯〈王勃集序〉：「咸亨之初，乃參時選，三府交辟，遇疾辭焉。友人陸季友，時為虢州司法，盛稱弘農藥物，乃求補虢州參軍。」❷我瞻先達二句　瞻，往前看。先達，有德行學問的前輩。《後漢書・朱暉傳》：「暉以湛先達，舉手未敢對。」起，起家，猶今之言曰創業。此指出仕。年三十才出仕者，史上多有。此殆有確指，然未詳指何人。❸夫豈不懷二

句　懷，嚮往。《詩經・小雅・四牡》：「豈不懷歸，王事靡盬。」《詩經・小雅・車舝》：「高山仰止，景行行之。」《史記・孔子世家》：「《詩》有之：『高山仰止，景行行止。』雖不能至，然心嚮往之。」❹願言毓德二句　願言，《詩經・邶風・二子乘舟》：「願言思子，中心養養。」鄭玄《箋》：「願，念也。念我思此二子，心為之憂，養養然。」毓德，修養德性。《易・蠱》：「君子以振民育德。」毓，同「育」。又，劉孝標〈辨命論〉：「皆毓德於衡門，並馳聲於天地。」啜菽飲水，謂餓了吃豆羹，渴了喝清水。形容生活清苦。啜，吃。菽，豆類。《荀子・天論》：「君子啜菽飲水，非愚也，是節然也。」《禮記・檀弓下》：「孔子曰：啜菽飲水，盡其歡，斯之謂孝。」

【語　譯】是什麼東西來束縛我？就是我去做了小官。我看那有德行學問的前輩，大都是三十以後才出仕。對他們的崇高境界我怎能不心嚮往之，就像仰望著高山一樣。我願意修養德性，餓了吃豆羹，渴了喝清水。

有烏反哺，其聲嗷嗷❶。言念舊德，憂心忉忉❷。今我不養，歲月其慆❸。僶俛從役，豈敢告勞❹。

【章　旨】謂其努力王事，以此報答父母之恩。

【注　釋】❶有烏反哺二句　烏，鳥名。《說文解字》：「烏，孝烏也。」《小爾雅・廣鳥》：「純黑而反哺者謂之烏。」烏鴉初生，母哺六十日，待母鴉衰老無法覓食時，便由小烏鴉餵哺，謂之反哺。另，烏鴉發現食物時，總是先大聲叫喚，讓長輩先來吃食。嗷嗷，烏呼叫聲。束皙〈補亡詩〉：「嗷嗷林烏，受哺於子。」❷言念舊德二句　言念，懷念。言，發語辭，無義。《詩經・秦風・小戎》：「言念君子，溫其如玉。」舊德，謂先人的德澤。《易・訟》：「食舊德，貞厲，終吉。」此指父母養育的恩德。忉忉，憂勞的樣子。《詩經・齊風・甫田》：「無思遠人，勞心忉忉。」❸今我不養二句　《韓詩外傳》：「樹欲靜而風不止，子欲養而親不待也。往而不可追者，年也，去而不可得見者，親也。」此二句取其義。養，孝養。慆，消逝。《詩經・唐風・蟋蟀》：「今我不樂，日月其慆。」《毛傳》：「慆，過也。」慆，一作「滔」。❹僶俛從役二句　僶俛，即黽勉。勉力、盡力之意。從役，本謂服勞役。此指在外宦遊。告勞，向別人訴說自己的勞苦。《詩經・小雅・十月之交》：

「黽勉從事，不敢告勞。」鄭玄《箋》：「雖勞不敢自謂勞。」

【語　譯】小烏鴉反哺老烏鴉時，其嗷嗷的叫聲多麼洪亮。我一想起父母的恩德，心中總是充滿憂愁。現在不趕緊孝養，歲月就像流水一樣一去不復返。我勉力地在外做公差，怎敢向別人訴說自己的勞苦。

從役❶伊何？薄求卑位❷。告勞伊何，來參軍事❸。名存實爽，負信愆義❹。
靜言遐思，中心是愧❺。

【章　旨】敘其仕宦經歷及遭遇不測的感受。

【注　釋】❶從役　去尋求職位、機會。猶言幹事。❷薄求卑位　追求卑下的職位。薄求，猶言追求。薄，同「迫」。接近。卑位，低下的職位。《鹽鐵論・孝養》：「卑位而言高者，罪也。」❸來參軍事　東漢末始有「參某某軍事」之稱，謂參謀軍事。簡稱「參軍」。晉以後軍府和王國始置為官員。沿至隋唐，兼為郡官。《晉書・孫楚傳》：「參石苞驃騎將軍事。楚初至，長揖曰：『天子命我參卿軍事。』」❹名存實爽二句　據《新唐書》本傳，勃先為沛王府修撰，因為〈檄英王雞〉一文而被斥。後補為虢州參軍，而恃才傲物，為同僚所疾；又藏匿犯罪官奴曹達，竟擅殺之，事發當誅，遇赦除名，其父亦因此左遷為交趾令。二句意謂此。負信愆義，喪失信譽違反道義。《左傳》定公十年：「於德為愆義。」《三國志・蜀書・龐統傳》「先主大笑，宴樂如初」，裴松之注引晉習鑿齒曰：「今劉備襲奪璋土，權以濟業，負信違情，德義俱愆。」❺靜言遐思二句　深自靜思，心中實在愧疚。靜言，靜靜地。言，語辭，無義。《詩經・邶風・柏舟》：「靜言思之。」遐思，猶言深思。中心，亦即心中。《詩經・小雅・隰桑》：「中心藏之。」是，的確。

【語　譯】我拼命地做公差是為了什麼？只不過為了求得一個卑微的官位。訴說自己勞苦有什麼用，我只不過來做一個小小參謀。名義上是一個參謀而實際上是無事可做，我有負於別人的信任也違背了道義。靜靜地作一個深刻的反省，我的心裏實在羞愧。

【研 析】此詩實際是以「我」與「我系」的故事為主幹的。分兩部分。自詩首至「永為家寶」，共四十句，為第一部分。述「我系」之偉大、祖宗功德之豐厚。其中，「倬彼我系」以下至「或公或侯」八句，追溯世系之源。「倬彼我系」言世族之高，「出自有周」言其宗系之長。「分疆」以下四句順承「出自有周」句而具言之，「乃武」二句，落實「倬彼我系」句。「晉曆崩圻」以下八句，寫自漢晉末社會歷史的災難與人民的痛苦，自己家族的播遷亦從此開始。此是第一部分的一大轉折。之下「伊我有器」八句，與「伊我祖德」八句，順敘父祖輩於亂世中的生存維艱與理想幻滅。「自東旋西，擇木開宇」、「不常厥所，於茲五遷」、「吾將誰輔」、「其位雖屈」的難堪，與前「分疆錫社」、「派別枝流」、「匡嬴相劉」的榮耀形成鮮明而痛苦的映照。「其位」二句在結構上起承上啟下的作用。「爰述帝制」以下八句即承此二句而來，主要述及其祖文中子王通的著述事業。可以說，這是另外一種形式的「倬」。

第二部分自「伊余小子」至詩末共三十二句，述「我」之渺小、無奈。言欲繼承先祖遺軌，光大我系，然位卑力薄，中心是愧。「伊余小子」以下八句，慨歎其欲繼承先人偉業，然終被世網所縛之慚恨。「來絏伊何」以下四句，具體言為「世網」所縛之無奈。「有烏反哺」以下八句，又敘其為養親而早早入仕之原委。王勃早年喪母，由父親擔負起撫養教育之責。故其孝養，當指對其父而言。「從役伊何」以下八句，敘其為虢州司法參軍職任之苦衷。

此詩詩題取自首句，實際上就是無題。這是仿照四言詩自《詩經》以來的傳統。全詩以標榜自己的身世高貴起，以抒寫自己心中苦悶為結，八句一換韻，詩意也大致按此韻律節奏轉折以相承。而前後二部分形成極大的反差。身愈高貴，心愈痛苦。然並不頹唐，以先祖有更為痛苦之經歷，自己之苦相較而言只是小小者。王勃作為一個有著深厚家學淵源的早熟者，其才華橫溢，抱負遠大，絕不滿足於做一個庸庸碌碌的宦遊者，欲及時努力，做出比先祖更宏偉的事業，以光大「我系」。「遐思」二字是其詩眼。「彼綱有條，彼車有轍」是其關鍵。全詩氣勢恢宏，情真意切，古雅可風。然不復有古詩一唱三歎之韻致矣。

值得注意的是，在敘及「我」的故事時，連續用「伊何」發出設問，竟有傾倒苦水、苦口婆心之態。大約是在家道並不景氣之時，家庭之中出現了一定的矛盾，兄弟中有對王勃的出仕薄宦心實非之者。王勃寫作〈倬彼我系〉絕非只是如王勵所說的傷慨於「道未成而受祿」以及「致天爵之艱難」，而是想通過這樣的一首追述祖輩業績的史詩，來增強家族成員的認同感，化解家庭矛盾。王勃另有〈述懷擬古詩〉、〈自鄉還號〉、〈誡劼勸〉、〈示助弟〉等，皆諄諄勸誡，苦口婆心，可與〈倬彼我系〉一詩參讀。

上巳浮江宴韻得阯字

【題解】上巳，農曆三月第一個巳日。舊說春秋時鄭國有習俗，上巳日去溱水和洧水用蘭招魂，祓除不祥之氣。浮江宴即承這種風俗而設。韻得，舊時文人即席賦詩限韻，探得某字即以為韻。作者此次宴集賦詩探得阯字。此詩敘上巳道觀浮江宴遊之樂，表現極強烈的懷仙情緒。乃咸亨元年（西元六七〇年）往來梓州、玄武間所作，時作者二十一歲。

披觀玉京路，駐賞金臺阯❶。逸興懷九仙，良辰傾四美❷。松吟白雲際，桂馥青谿裏❸。別有江海心❹，日暮情何已。

【注釋】❶披觀玉京路二句　美言赴道觀宴集時一路江水湛藍，如入神仙妙境。披觀，謂打開視野，沿路觀賞。披，打開。玉京，道家稱天帝所居之處。葛洪《枕中書》：「玄都玉京，七寶山，周回九萬里，在大羅之上。」《魏書・釋老志》：「老子上處玉京，為神王之宗。」駐賞金臺阯，此美言舉辦宴會所在的道觀樓閣。駐賞，停下來欣賞。金臺，神話傳說中神仙居處。《海內十洲記・昆侖》：「其一角有積金為天墉城，而方千里，城上安金臺五所，玉樓十二所。」劉義慶《幽明錄》：「海中有金臺，出水百丈，結搆巧麗，窮盡神功。」阯，水中的小塊陸地。❷逸興懷九仙二句　逸興，超逸豪放的意興。《藝文類聚》卷一引晉湛方生〈風賦〉：「軒濠梁之逸興，暢方外之冥適。」九仙，即九類仙人。《雲笈七籤》卷三：「九仙者，第一上仙，二高仙，三火仙，四玄仙，五天仙，六真仙，七神仙，八靈仙，九至仙。」良辰，美好的時刻。《初學記》引梁元帝《纂要》曰：「春辰曰良辰。」四美，《文選》劉琨〈答盧諶詩〉：「音以賞奏，味以殊珍，文以明言，言以暢神。之子之往，四美不臻。」李善注：「四美：音、味、文、言也。」❸松吟白雲際二句　松吟，松樹在風中呼嘯。桂馥，桂樹散發著濃烈的香氣。馥，香氣。❹江海心　謂泛舟江海、遠離官場之願望。《莊子．刻意》：「就藪澤，處閒曠，釣魚閒處，無為而已矣。此江海之士，避世之人，閒暇者所好也。」謝朓〈和王中丞聞琴〉詩：「無為澹容與，蹉跎江海心。」海，一作「漢」。

【語　譯】放眼遊覽這一路神仙般的江景，在宴會所在的樓臺前停下來仔細欣賞。超逸豪放的意興足以讓人想起那逍遙的九仙，在這美好的時刻盡情享受各種賞心樂事。白雲邊的松樹在風中吟唱，青青山谷中散發著濃烈的桂樹芳香。懷著一份獨特的泛舟江海的志願，在這日暮時分心情如何能平靜。

【研　析】首二句言「浮江」，「玉京」、「金臺」言浮江而來宴集之地。中四句切題中「宴」字。「逸興」句應首句，言浮江之所想；「良辰」句應次句，言宴之美。其中「良辰」切題中「上巳」二字。「松吟」句寫「逸興」，「桂馥」句寫「四美」。末二句以一日時光消逝而不覺，暗襯浮江宴之樂，也抒對世外自由美好生活的依戀。其詩對仗工穩，立意典雅，寫景如畫，是一首上等的應酬之作。

春日宴樂遊園賦韻得接字

【題　解】樂遊園，亦名樂遊苑，漢宣帝時建。故址在今陝西西安南郊。賦韻，眾人同題限韻作詩。宋洪邁《容齋隨筆》：「南朝人作詩，多先賦韻。」接字屬入聲叶韻。本詩應是作者被唐高宗李治下令廢職之前居留長安時之作。通過對春景和酒宴的描述，表達了作者積極向上的喜悅心情。一本題無「賦」字。

帝里寒光盡，神皐春望浹❶。梅郊落晚英，柳甸驚初葉❷。流水抽奇弄，崩雲灑芳牒❸。清尊湛不空，暫喜平生接❹。

【注　釋】❶帝里寒光盡二句　帝里，即帝鄉、帝都。《晉書・王導傳》：「建康，古之金陵，舊為帝里，又孫仲謀、劉玄德俱言王者之宅。」此指長安。寒光，指冬日寒冷氣象。神皐，本指人們接神祭祀的地方。《文選》張衡〈西京賦〉：「實惟地之奧區神皐。」李善注：「謂神明之界局也。」後因以「神皐」指京畿長安。春望，謂春天的美好景色。浹，周匝；遍及。❷梅郊落晚英二句　晚英，後落的花瓣。《詩經・鄭風・有女同車》：「有女同行，顏如舜英。」朱熹《詩集傳》：「英，猶華也。」華與花同。柳甸，長滿柳樹的郊外。甸，郊外。初葉，即新葉。❸流水抽奇弄二句　流水，此既是實寫，又暗用《列子・湯問》「伯牙鼓琴，志在流水，鍾子期曰：善哉，洋洋乎若江河」之典，指琴曲。抽，形容流水如抽絲般緩緩流動。此引申為演奏。奇弄，奇妙的樂曲。弄，琴曲之一曲。嵇康〈琴賦〉：「於是曲引向闌，眾音將歇，改韻易調，奇弄乃發。」崩雲，不規則的亂雲。多形容波浪翻滾。此亦既是實寫，又喻文士吟詩作賦，文采飛揚。灑，飄灑。陸機〈演連珠〉其一：「因雲灑潤，則芬澤易流。」芳牒，花箚；花箋。王充《論衡・效力》：「賢者有雲雨之知，故其吐文芳牒以上。」芳，一作「方」。❹清尊湛不空二句　清尊，潔淨的酒杯。尊，同「樽」、「罇」。湛，充滿。《後漢書・孔融傳》：「及退閒職，賓客日盈其門。常嘆曰：『座上客恒滿，尊中酒不空，吾無憂矣。』」平生，猶言一生、一直以來。《論語・憲問》：「久要不忘平生之言。」嵇康〈與山巨源絕交書〉：「時與親舊敘闊，陳說平生。」接，交接；交往。

【語　譯】京城寒冷的氣象已經消失，長安滿眼都是喜人的春光。郊區的梅樹上殘花飄零，原野上楊柳突然冒出了新綠。伴著淙淙流水，主人演奏著奇妙的音樂，嘉賓們文思富贍如天上變化多端的白雲，鋪灑在美麗的文箋。潔淨的酒杯中倒滿美酒，暫且為我們這一生中最美好的交往而乾杯。

【研　析】前四句寫樂遊園春景，「帝里」、「神皐」、「梅郊」、「柳甸」均指樂遊園。「落晚英」應「寒光盡」，「驚初葉」應「春望浹」，切題中「春日」二字，描寫樂遊園之景。一個「驚」字，道出作者在春望中的情思。後四句寫文宴。「流水」一聯，寫宴集中賓客「賦韻」。「抽」、「灑」二動詞極妙，能傳神寫出宴集中賓客之興高才美。尾聯「清尊」、「平生接」，寫宴集中賓客交遊之歡暢。著一「暫」字，反見客人欲及時而充分享受宴集之美，流連而不忍離去。此詩措辭新奇，立意輕快，是春日宴遊心態的反映。

山亭夜宴

【題　解】作者見存文集中提到山亭有四處：越州山亭、德陽山亭、鄰人張氏山亭、長安附近山亭。此山亭未確知何處。此詩寫一次通宵達旦的山亭宴飲。視其興高采烈、心意歡快的情緒，當是入蜀之前所作。亭，一作「庭」。

桂宇幽襟積，山亭涼夜永❶。森沈野徑寒，肅穆巖扉靜❷。竹晦南阿色❸，荷翻北潭影。清興殊未闌，林端照初景❹。

【注　釋】❶桂宇幽襟積二句　桂宇，用桂木修蓋的房屋。《楚辭・九歌・湘夫人》：「桂棟兮蘭橑。」王逸注：「以桂木為屋棟，以蘭木為榱也。」此美言山亭夜宴主人。幽襟，猶言幽懷、幽情。王羲之〈蘭亭集序〉：「一觴一詠，亦足以暢敘幽情。」此亦代指具有幽懷逸興之赴宴客人。積，聚積。山亭，一作「松臺」。涼夜永，潘岳〈秋興賦〉：「覺涼夜之方永。」涼，一作「驚」。永，漫長。❷森沈野徑寒二句　森沈，謂幽暗陰沈。謝靈運〈山居賦〉：「修竹葳蕤以翳薈，灌木森沈以蒙茂。」又，鮑照〈過銅山掘黃精〉：「銅溪晝森沈，乳竇夜涓滴。」森，盛多的樣子。肅穆，氣氛凜然。應璩〈與滿炳書〉：「沙場夷敞，清風肅穆。」巖扉，山門。此指山亭之門。❸竹晦南阿色　晦，使變得昏暗。阿，山坳；山窩。一作「汀」，一作「河」。❹清興殊未闌二句　殊，特別。消殘。一作「歸」。初景，早晨的日影。景，古影字。

【語　譯】桂木修蓋的堂宇中充滿著幽懷逸興，山間亭臺泛著涼意的夜晚顯得漫長。幽暗深沈的小徑寒氣逼人，肅穆的山門顯得很靜謐。茂密的竹林把南邊山崗變得一片陰暗，荷花隨風搖曳的影子倒映在北潭中。夜宴雅興之高以至於終夜都意猶未盡，不覺樹梢已爬上一輪紅日。

【研析】「桂宇」二句寫山亭之夜宴。「桂宇」、「山亭」寫夜宴之地。中四句寫夜景。「森沈」二句具寫「桂宇」入夜之景，因其徑森沈而寒、其扉肅穆而靜，則可見宴會的規模小、客人少，故末有「清興」二字以點明之，並與「幽襟」呼應。「竹晦」二句具寫「山亭」，是在山亭上遠眺所得之夜未盡而日將出之景，亦即末句所言之「初景」。此四句純為素描，不愧寫景高手。末二句與首二句前後相應，「殊未闌」反接次句「涼夜永」三字，言寒夜儘管漫長，而宴會興致之高，又渾然不覺其「涼」、不覺其「永」矣。

詠風

【題解】此詩讚美風的有情與勤奮。六朝以來詠風詩甚夥，而以此詩最為馳名。當是入蜀前所作。

肅肅涼風生，加我林壑清❶。驅煙尋澗戶，卷霧出山楹❷。去來固無跡，動息如有情❸。日落山水靜，為君起松聲❹。

【注釋】❶肅肅涼風生二句　肅肅，狀聲詞，形容風吹動之聲。蔡琰〈悲憤詩〉：「處所多霜雪，胡風春夏起。翩翩吹我衣，肅肅入我耳。」又，「肅肅」有陰沈、蕭瑟、清冷之意。《莊子・田子方》：「至陰肅肅，至陽赫赫。肅肅出乎天，赫赫發乎地。」涼風，即北風。《詩經・邶風・北風》：「北風其涼。」《爾雅・釋天》：「北風謂之涼風。」風，一作「景」。加，施加。宋玉〈風賦〉：「夫風者，天地之氣，溥暢而至，不擇貴賤高下而加焉。」此作「使……變得」解。林壑，森林繁茂的山谷。❷驅煙尋澗戶二句　驅煙，驅散雲煙。尋澗，一作「入闇」。澗戶，深山溝的住戶。常用以指隱士所居。卷霧，收藏、裹挾著霧靄。霧，一作「露」。楹，露在外邊的屋柱。此代指房屋。❸去來固無跡二句　無跡，沒有蹤影。《莊子・知北遊》：「其來無跡，其往無崖。」跡，一作「際」。動息，謂活動與休息。《抱朴子・暢玄》：「動息知止，無往不足。」有情，猶言有知覺。❹日落山水靜二句　山水靜，猶言山水變得昏暗。謝靈運〈石壁精舍還湖中作〉：「昏旦變氣候，山水含清暉。」松聲，松濤聲。宋玉〈高唐賦〉：「虛聞松聲。」

【語　譯】蕭瑟清涼的秋風肅肅地吹起來了，使我林木繁茂的山谷一下子清爽了。它把煙雲驅散，似乎在尋找山澗中隱士所居，捲走山上霧靄，現出茅屋的影子。它來去本來沒有蹤跡可尋，它或吹動或停息好像都滿含深情。日落時分山水變得昏暗，它又為你吹奏陣陣雄渾的松濤聲。

【研　析】古來詩人筆下的秋風，例有肅殺之感。此詩首句寫風的生起，亦以「肅肅」狀風勢之速，似乎平平無奇。而次句狀風勢之緩急本來無意，下一「加」字，就使之化為有意的行動，彷彿風疾馳而來，正是為了使林壑清爽，彷彿急人所需。頷聯寫風的活動，抓住「驅煙」、「卷霧」等風中的動態景象進行惟妙惟肖的擬人化描寫，具寫「加」字。「去來」二句，承首句具寫風之「生」。讚其無跡而有情之高尚品格，似指人間不求功名利祿而默默進德行善之人。此處「有情」二字是詩眼所在，詠之最有餘味。後來杜甫詠物諸小詩也都得此法之啟示。「日落」二句，與首二句呼應，而更承「有情」二字而深入一層。「君」之一字，遙應詩首「我」字。「君」或指「風」，指「林壑」對「風」的回饋。或指「林壑」，指「風」在日落之後餘「情」不止。二種理解中，以指「林壑」為更「有情」。《唐詩鏡》鍾惺云：「只讀此二語，知世人以王、楊、盧、駱並稱者，為無眼人矣。」其評價之高如此。詩人少有才華，而壯志難酬，他在著名的〈滕王閣序〉中充滿激情的寫道：「無路請纓，等終軍之弱冠；有懷投筆，慕宗愨之長風。」此詩借風詠懷，著意讚美風的高尚品格和勤奮精神，寄託他的「青雲之志」。此首本五言古，然其氣味純然入律。

懷仙

【題解】懷仙，遊心仙境，超凡脫俗之謂。懷仙詩，是古代一種常見詩體。此詩表達對神仙生活的嚮往、對世俗生活的厭倦之情。當是作者被斥出沛王府後在蜀中所作。

鶴岑有奇徑，麟洲富仙家❶。紫泉漱珠液，玄巖列丹葩❷。常希披塵網，眇然登雲車❸。鸞情極霄漢，鳳想疲煙霞❹。道存蓬瀛近，意愜朝市賒❺。無為坐惆悵，虛此江上華❻。

【注釋】❶鶴岑有奇徑二句　鶴岑，即仙鶴所駐之山。《列仙傳》：「（王子喬）遊伊、洛之間，道士浮丘公接以上嵩高山。三十餘年後，求之於山上，見桓良曰：『告我家，七月七日待我緱氏山巔。』至時，果乘白鶴駐山頭，望之不得到，舉手謝時人，數日而去。」借指修仙者所居。麟洲，神仙居處。題東方朔《海內十洲記》：「鳳麟洲在西海之中央，地方一千五百里。洲四面有弱水繞之，洲上多鳳麟，數萬各為羣。又有山川池澤，及神藥百種，亦多仙家。」❷紫泉漱珠液二句　紫泉，紫色之泉水。《述異記》：「林屋洞為左神幽虛之天，中有白芝紫泉，乃神仙之飲餌。」漱，飛蕩。珠液，即清冽的泉水。猶言玉液。張衡〈思玄賦〉：「漱飛泉之瀝液。」玄巖，赤黑色的山崖。❸常希披塵網二句　希，一作「若」。披，打開；裂開。塵網，謂人在世間受種種束縛，如魚在網，故稱。東方朔〈與友人書〉：「不可使塵網名韁拘鎖，怡然長笑，脫去十洲三島。」陶潛〈歸園田居〉之一：「誤落塵網中，一去三十年。」眇然，高遠的樣子。《漢書・王褒傳》：「何必偃卬詘信若彭祖，呴噓呼吸如僑松，眇然絕俗離世哉！」江淹〈效郭璞遊仙〉：「眇然萬里遊，矯掌望煙客。」雲車，傳說中仙人的車乘。仙人以雲為車，故稱。《淮南子・原道》：「昔者馮夷、大丙之御也，乘雷車，六雲蜺，遊微霧。」❹鸞情極霄漢二句　鸞情、鳳想，皆言其乘鳳鸞仙去之思。鸞鳥、鳳凰，皆古之所謂瑞鳥、神鳥。《楚辭・九歎》：「駕鸞鳳以上遊兮，從玄鶴與鷦明。」極，至；到達。霄漢，指天空。疲，本意為疲倦。此指時間太久。煙霞，煙霧、雲霞。實亦指天空。《雲笈七籤》卷三十三：「青童侍衛，玉女歌揚。騰躡煙霞，綵雲捧足。」❺道存蓬瀛近二句　道存，道術具存。道，求仙之道。蓬瀛，蓬萊和瀛洲。相傳海上之神山，為仙人所居之處。亦泛指仙境。朝市，朝廷和市集。泛指名利之場。《史記・張儀列傳》：「臣聞爭名者於朝，爭利者於市，今三川、周室，天下之朝市也。」賒，遙遠。❻無為坐惆悵二句　無為，猶言不用、不必。《西京雜記》卷二：「揚雄讀書，有人語之曰：『無為自苦，《玄》故難傳。』」〈古詩十九首〉：「無為守窮賤，轗軻長苦辛。」坐，徒然。惆悵，因失意或失望而傷感、懊惱。江，指長江、岷江等。代指蜀地。華，美好時光。

【語　譯】神奇的小路通向仙鶴所駐之山，鳳麟洲住著眾多種芝草的神仙。紫色的泉水濺著清冽的飛沫，赤黑的山崖上開放一排排鮮紅的山花。總是希望掙脫塵俗的束縛，登上那高遠的雲中之車。駕馭仙鸞飛上雲霄的心情到了極致，騎坐鳳鳥翱翔天空的念想已太久太久。道術具存則與蓬萊、瀛洲的仙境很近，心情舒暢自覺朝市的喧囂很遠。不要徒然地失意傷感，而白白浪費這江流上的美好時光。

【研　析】此詩或以為在沛王府參軍任上所作。然詩前有序云：「客有自幽山來者，起予以林壑之事，而煙霞在焉。思解纓紱，永詠山水。神與道超，跡為形滯。故書其事焉。」以其序中有「思解纓紱」云，又以其詩中有「常希」、「惆悵」等語目之，則似不當為年少氣盛的沛王府參軍所有，而斷以在蜀地所作為宜。

首四句寫題中「仙」之一字。「鶴岑」、「麟洲」是所懷之仙境。「紫泉」、「玄巖」，承首句「奇徑」而來，具寫仙境之景。「紫」、「玄」二形容詞與「漱」、「列」二動詞的搭配，使讀者有身臨其境之感。這是受幽山客人啟發而馳騁想像之辭，亦即序中所云「林壑」、「煙霞」也。「常希」四句，承次句「富仙家」三字而來，反復寫題中「懷」之一字。「常希」寫「懷」之由來已久且持續不斷，故有「鳳想」之「疲」。「眇然」寫「懷」之超絕而斬然，故下句繼之言「鸞情」而下一「極」字。總之可見其懷仙之深刻、急迫及求仙而不得的苦澀。末四句宕開一層，以「道存」、「意愜」二意自寬，並告誡自己不要無謂的惆悵自失而虛度寶貴的現世光陰。儘管其生存的狀態是「神與道超，跡為形滯」，然又正視現實，終不頹廢，這是以王勃為代表的新興士人階層的精神境界，讓人振奮。

忽夢遊仙

【題解】忽夢，猶言暫夢。遊仙，遊心仙境，脫離塵俗。古常以「遊仙」為題賦詩。此詩敘一次短暫的夢遊仙境的經歷，表達其求仙的渴望與掙脫塵網的迫切希望。是入蜀後所作。

僕本江上客，牽跡在方內❶。寤寐霄漢間，居然有靈對❷。翕爾登霞首，依然躡雲背❸。電策驅龍光，煙途儼鸞態❹。乘月披金帔，連星解瓊珮❺。浮識俄易歸，真遊邈難再❻。寥廓沈遐想，周遑奉遺誨❼。流俗非我鄉，何當釋塵昧❽。

【注釋】❶僕本江上客二句　僕，舊時自謙之稱。江上客，本指遊於江海間之隱者。《楚辭・漁父》：「漁父莞爾而笑，鼓枻而去，歌曰：『滄浪之水清兮，可以濯我纓。滄浪之水濁兮，可以濯我足。』」此猶謂客遊於蜀地的浪子。江，特指長江、岷江。代指蜀地。牽跡，行為被約束。方內，指塵世。對「方外」而言。《莊子・大宗師》：「孔子曰：『彼遊方之外者也，而丘遊方之內者也。』」❷寤寐霄漢間二句　寤寐，指睡夢。徐幹《中論・治學》：「學者如登山焉，動而益高；如寤寐焉，久而愈足。」霄漢，天河。亦借指天空。《後漢書・仲長統傳》：「不受當時之責，永保性命之期。如是，則可以陵霄漢，出宇宙之外矣。」居然，竟；竟然。有靈對，遇上神仙。靈，神；神仙。對，面對。此引申為遇上。❸翕爾登霞首二句　翕爾，一致的樣子。猶言翕然。登霞、躡雲，謂上升雲表，騰雲駕霧，登仙遠去。《楚辭・遠遊》：「載營魄而登霞兮，掩浮雲而上征。」《藝文類聚》引《皇覽記》：「好道者言，黃帝乘龍升雲，登朝霞，上至列闕倒影，經過天宮。」首、背，相對互言。依然，即依舊、又。❹電策驅龍光二句　電策，閃電。閃電之光如鞭形，故名。《淮南子・原道》：「電以為鞭策。」高誘注：

「電，激氣也，故以為鞭策。」電，一作「霓」。驅，追逐。此言煥發。龍光，龍身上的光。喻指不同尋常的光輝。《史記・封禪書》：「黃帝採首山銅，鑄鼎於荊山下。鼎既成，有龍垂胡髯下迎黃帝。黃帝上騎，羣臣後宮從上者七十餘人，龍乃上去。」煙途，謂在雲路上的仙遊。途，一作「道」。儼，儼然；特別像。鸞態，鸞鳥的神采。鸞，傳說中鳳凰一類的瑞鳥。❺乘月披金帔二句　金帔，金色的披肩。連星，天上星宿相連的樣子。《漢書・律曆志上》：「宦者淳于陵渠復覆太初曆晦朔弦望，皆最密，日月如合璧，五星如連珠。」顏師古注引孟康曰：「謂太初上元甲子夜半朔旦冬至時，七曜皆會聚斗、牽牛分度，夜盡如合璧連珠也。」解瓊珮，謂星星消散。亦即天將亮。瓊珮，玉製的佩飾。《楚辭・離騷》：「何瓊佩之偃蹇兮，眾薆然而蔽之。」此喻星星如瓊佩。❻浮識俄易歸二句　浮識，浮淺虛妄的見識。《魏書・釋老志》：「夫學跡沖妙，非浮識所辯；玄門曠寂，豈短辭能究。」此指夢幻。歸，返回。此謂消逝。真遊，猶言仙遊。真，此處作「仙」解。《淮南子・本經》：「莫死莫生，莫虛莫盈，是謂真人。」邈難，一作「魂莫」。邈，遙遠；渺茫。❼寥廓沈遐想二句　寥廓，空曠深遠。此指天空。沈，沈沒；幻滅。遐想，超越現實境界的想法。周遑，彷徨；猶疑不定。亦作周遑。董仲舒〈士不遇賦〉：「使彼聖賢其繇周遑兮，矧舉世而同迷。」潘岳〈悼亡詩〉之一：「悵怳如或存，周遑忡驚惕。」奉遺誨，遵循前人的教誨。指入仕。❽流俗非我鄉二句　流俗，猶言世俗。非我鄉，不是我理想之所。王粲〈七哀詩〉：「荊蠻非我鄉，安能久滯淫。」何當，猶言何時。釋，掙脫；放下。塵昧，塵世的愚迷、執著。

【語　譯】我本是泛遊於江上的浪子，卻被束縛在這煩惱的塵世中行走。睡夢中都在天空遨遊，竟然還真遇上神仙。我們一起登上彩霞之巔，又一同爬上了白雲之背。閃電放著不同尋常的龍光，雲路儼然有鸞鳥飛翔的影子。月亮升上來了，就像披著金色的披肩，連成一片的星星隱去了，就像解下了美麗的玉佩。美夢總是那麼容易倏忽覺醒，仙遊的感覺卻再也難得回來。超越現實的想法在空曠的半空中幻滅了，又要猶疑不定地遵循著前人的教誨。世俗名利場並不是我嚮往的地方，什麼時候才能掙脫這塵世的愚迷。

【研　析】首四句寫題中「忽夢」二字。「僕本」二句，言其身不由己的處境。「江上客」三字，似很瀟脫，實則有隨流飄蕩的辛酸之味；「牽跡」二字，則可見其生活的被逼無奈。總之心情是壓抑、窒悶的。「寤寐」二句，言其心靈片刻的自由飛翔。此與「牽跡」形成反照，表現抒情主人公的突然而巨大的喜悅。「翕爾」以下六句，承上句「有靈對」三字而來，寫題中「遊仙」二字。「翕爾」二句，寫遊仙的神奇過程；「電策」四句，寫仙途所見的攝人魂魄的奇景。其中「電策」、「連星」二句與「翕爾」句相應，寫其遊仙中的快速之狀，而「煙途」、「乘月」與「依然」句相應。詩末六句寫「忽夢」的醒來，是夢後悟語，是一份沈重的歎息。「寥廓」二句與「僕本」二句呼應，寫其為生活所迫的窘態；「流俗」二句與「牽跡」二句呼應，表達對世俗的厭倦，這是詩心之所在。全詩雖富於想像，但其基調是壓抑的，與之相應的結構亦相對較拘謹守法，一絲不亂。

秋夜長

【題解】曹丕〈雜詩〉：「漫漫秋夜長，烈烈北風涼。輾轉不能寐，披衣起彷徨。彷徨忽已久，白露沾我裳。俯視清水波，仰看明月光。」又曰：「草蟲鳴何悲，孤雁獨南翔。鬱鬱多悲思，綿綿思故鄉。」「秋夜長」，取諸此。後為樂府題名，《樂府詩集》入〈雜曲歌辭〉。此詩敘寫一個閨婦為她出征的丈夫趕製寒衣之事，表達了作者對閨婦、征夫的無限同情和對當時侵略擴張政策的不滿。此是入蜀前在長安作。

秋夜長，殊未央❶。月明白露澄清光，層城綺閣遙相望❷。遙相望，川無梁❸。北風受節南雁翔，崇蘭委質時菊芳❹。鳴環曳履出長廊，為君秋夜擣衣裳❺。纖羅對鳳凰，丹綺雙鴛鴦，調砧亂杵思自傷❻。思自傷❼，征夫萬里戍他鄉。鶴關音信斷，龍門道路長❽。君在天一方，寒衣徒自香❾。

【注釋】❶殊未央　殊，猶言還、尚。未央，天未亮。《詩經・小雅・庭燎》：「夜如何其？夜未央，庭燎之光。」《毛傳》：

「央，旦也。」❷月明白露澄清光二句　白露，一作「露白」。清光，指月和露的清冷光澤。層城，古代神話中崑崙山上的高城。《文選》張衡〈思玄賦〉：「登閬風之層城兮，搆不死而為牀。」李善注：「《淮南子》曰：『崑崙虛有三山，閬風、桐版、玄圃，層城九重。』禹云：『崑崙有此城，高一萬一千里。』」此極言邊城之高遠。綺閣，飾彩的樓閣。此指思婦所居。❸遙相望二句　遙相望三字，各本多無，據《樂府詩集》補。川，河流。梁，橋梁。❹北風受節南雁翔二句　受節，指時令交替。受，遭受；遇到。節，時節；節氣。南雁翔，大雁向南飛翔。傅玄〈雜詩〉：「攝衣步前庭，仰觀南雁翔。」崇蘭，高貴的蘭花。委質，《左傳》：「策名委質。」委質，古代仕宦見面時要互贈禮物，亦即委贄。漢武帝〈秋風辭〉：「蘭有秀兮菊有芳。」❺鳴環曳履出長廊二句　鳴環，指古時貴族婦女行走時響動的環佩。《列女傳．貞順傳》：「妃后進退，則鳴玉環佩。」曳履，拖著鞋子。形容閒暇、從容。履，一作「佩」。長廊，一般指有頂的通道，尤指通到分隔間或房間的通道。擣衣裳，古時入秋以後婦女拆洗衣裳。❻纖羅對鳳凰三句　纖羅，細薄透氣的絲織品。《史記．司馬相如列傳》：「於是鄭女曼姬，被阿錫，揄紵縞，雜纖羅，垂霧縠。」對，亦即雙。鳳凰，一種祥瑞之鳥。丹綺，紅色而有文彩的絲織品。鴛鴦，一種雌雄同居之鳥。古詩文中常用以表示夫妻恩愛。調砧，轉動擣衣石上的衣裳。砧，擣衣石。亂杵，指杵聲沒有節奏。杵，擣衣棒。❼思自傷　此句各本多無，據《樂府詩集》補。❽鶴關音信斷二句　鶴關，泛言邊關。據《山堂肆考》卷二百二十九。龍門，先秦時楚國都城郢都門名。《楚辭．九章．哀郢》：「過夏首而西浮兮，顧龍門而不見。」王逸注：「龍門，楚東門也。」此泛指都門、國門。❾君在天一方二句　君，一作「所」。天一方，極言相距之遙遠。庾肩吾〈有所思〉：「佳人遠千里，乃在天一方。」徒自香，白白地泛著香味。古人縫製寒衣，要漿洗、熏烤，故有香味。

【語　譯】秋夜真長，天不知道什麼時候才亮。明亮的月兒，潔白的霜露，散發著清冷的光輝，高高的邊城與綺麗的臺閣遙遙相望。遙遙相望，可惜河川沒有連通的橋梁。北風因節令變化而吹來，鴻雁向南飛翔，高貴的蘭花綻放了花蕾，秋菊也發出清高的芳香。佩環鳴響，拖著鞋子走出長廊，在秋夜裏為出征的丈夫拆洗衣裳。細密的羅衣上織著結對的鳳凰，紅色的絲綢上繡著成雙的鴛鴦，轉動著擣衣石、砧聲雜亂，刻骨思念而獨自神傷。刻骨思念啊獨自神傷，遠行人戍守在萬里之外的他鄉。邊關的音信中斷，回到都門的路途是那麼漫長。你在遙遠的天盡頭，我手中的寒衣徒自散發著清香。

【研　析】首四句，寫秋夜之景色及情人的兩地相思，意境宏闊。因「月明露白」，故可「遙相望」。而事實上層城與綺閣的物理距離相去萬里，如何也無法相望。詩云「遙相望」者，只是展現情人的情感世界。他們的思念是如此之深，如此之切，即使為千山萬水阻礙，他們似乎仍然是可以見到對方深情的目光，感受到雙方心臟的熱動的。「遙相望」以下九句，言其儘管能心靈相通，然終不可見面，竟不如大雁能在秋風起時回到故鄉。因不能見面，故思有所表示，就像「崇蘭委質時菊芳」一樣，思婦亦「為君秋夜搗衣裳」了。然見到衣裳上的「鳳凰」「鴛鴦」圖案時，情思迷亂而不能自拔。自「思自傷」至詩末六句，言征夫在萬里之外音信斷絕，寒衣亦無由到達。此詩首尾呼應，表裏闔合。如「鶴關」應「層城」，「龍門」應「綺閣」，「君在」句應「遙相望」，「寒衣」句應「川無梁」句。

麟德元年（西元六六四年），王勃十五歲時撰〈上劉右相書〉條陳國家大事，大膽陳述其政治主張。其中第一條即抨擊唐王朝侵略擴張，反對討伐高麗，有云：「伏見遼陽未靖，大軍頻進，有識寒心，羣黎破膽……辟土數千里，無益神封；勤兵十八萬，空疲帝卒。」在當時齊梁陳隋頹靡文風盛行之時，作者又寫此詩表現反戰的主題。這種充滿現實主義精神的詩什，氣格嶒崚，古雅可風。或以為鶴關指章懷太子（沛王）所居，通章以「為君秋夜搗衣裳」作主。乃託閨婦之情，以表懷遠自傷之意。「美人香草」，這是古來悠久而優秀的傳統。似亦可備一說。

採蓮曲

【題　解】採蓮曲，本於古〈江南曲〉「江南可採蓮」。《樂府詩集》收〈採蓮曲〉二十九首，此首題作〈採蓮歸〉，入〈清商曲辭・江南弄〉。此詩著重描繪了一個採蓮女的勞動，從而反映了連年不斷的侵略戰爭給整個勞動人民帶來的深重苦難。是作者乾封三年（西元六六七年）遊東吳時所作。

採蓮歸，綠水芙蓉衣，秋風起浪鳧雁飛❶。桂棹蘭橈下長浦，羅裙玉腕輕搖櫓❷。葉嶼花潭極望平，江謳越吹相思苦❸。相思苦，佳期不可駐❹。塞外征夫猶未還，江南採蓮今已暮❺。今已暮，採蓮花，渠今那必盡倡家❻。官道城南把桑葉❼，何如江上採蓮花？蓮花復蓮花，花葉何稠疊❽。葉翠本羞眉，花紅強似頰❾。

【章　旨】寫江上女子日暮採蓮以寄相思。

【注　釋】❶綠水芙蓉衣二句　芙蓉，荷花的別名。《楚辭・離騷》：「製芰荷以為衣兮，集芙蓉以為裳。」此形容採蓮女衣服之美。鳧雁，野鴨與大雁。《楚辭・九辯》：「鳧雁皆唼夫粱藻兮，鳳愈飄翔而高舉。」❷桂棹蘭橈下長浦二句　桂棹，用桂木做的船槳。蘭橈，用蘭木做的船槳。多指代精美優雅的小船。《楚辭・九歌・湘君》：「桂棹兮蘭枻。」梁簡文帝〈江南弄〉：「桂楫蘭橈浮碧水。」浦，水邊。玉腕，極言手腕之白皙。輕搖，一作「搖輕」。櫓，亦指船槳。❸葉嶼花潭極望平二句　葉嶼，林木繁茂的島嶼。嶼，四面環水的小土丘。極望，放眼遠望。江謳，江上的漁歌。越吹，吳越之地的小曲。❹佳期不可駐　佳期，美好的時光。《楚辭・九歌・湘夫人》：「白薠兮騁望，與佳期兮夕張。」駐，停留。❺江南採蓮今已暮　此化用古辭〈江南曲〉「江南可採蓮，蓮葉何田田」之意。❻今已暮三句　「今已暮」三字，各本多闕，據《文苑英華》補。採，一作「摘」。渠今，一作「今渠」。渠，猶言她們。倡家，指歌女。古時歌唱的人叫伶，男伶叫優，女伶叫倡。❼官道城南把桑葉　此句化用〈陌上桑〉「秦氏有好女，自名為羅敷。羅敷善蠶桑，採桑城南隅。……使君從南來，五馬立踟躕」詩意。官道，公家修築的道路、大路。❽稠疊　稠密重迭、密密層層。稠，一作「重」。❾葉翠本羞眉二句　羞眉，羞於眉，不如眉之意。強似，略勝於。似，一作「如」。頰，臉頰。

【語　譯】採蓮將要歸家，綠水面映著芙蓉製的衣裳，秋風吹起波瀾，水鴨和鴻雁在飛翔。小巧精緻的船兒沿著長長的水濱划來，穿著羅裙、露著雪白手腕的人兒輕搖著船槳。林木繁茂的小島和生長蓮花的水潭，放眼望去平坦無垠，那江上的漁歌也好，吳越的小曲也好，唱的都是相思的苦。相思真苦，那美好的時光留不住。

塞外征戰的人還沒有回來，我在江南採蓮又到黃昏寂寞時。現在已到黃昏，有人採摘蓮花，她們現在哪裏一定是倡家女子。當年羅敷曾在城南官道旁採擷桑葉，是否像人們在江上採摘蓮花呢？蓮花啊蓮花，你的花葉是多麼的稠密。翠綠的葉子本來不如美女蛾眉的美，紅色的花兒勉強能和採蓮人的臉頰相比。

佳人不在茲，悵望別離時❶。牽花憐共蒂，折藕愛連絲❷。故情無處所，新物徒華滋❸。不惜西津交佩解，還羞北海雁書遲❹。採蓮歌有節，採蓮夜未歇❺。正逢浩蕩江上風，又值裴回江上月❻。裴回蓮浦夜相逢，吳姬越女何豐茸❼。共問寒江千里外，征客關山路幾重❽。

【章旨】寫女子相思之夜以繼日，且由一女相思之苦推及眾女相思之苦。

【注釋】❶佳人不在茲二句　佳人，原指美人。漢李延年有「北方有佳人，絕世而獨立」。舊時妻子稱自己的丈夫亦稱佳人。曹植〈種葛篇〉：「行年將晚暮，佳人懷異心。」王融〈秋胡行〉：「佳人忽千里，空閨積思生。」在茲，猶言在身邊。一作「茲期」。茲，這裏。悵望，惆悵地想望。❷牽花憐共蒂二句　牽花，採摘蓮花。牽，牽拉；牽扯。此處引申為採摘。憐，亦即愛。共，一作「並」。連絲，蓮藕折斷後還有許多絲連接著不斷開。喻男女之間情思綿綿。❸故情無處所二句　故情，往日的戀情。無處所，無處尋找。無，一作「何」。新物，即所採之蓮。徒，一作「從」，一作「徙」。華滋，樹木花繁枝茂。〈古詩十九首〉：「庭中有奇樹，綠葉發華滋。」❹不惜西津交佩解二句　西津，西邊的渡口。為情人分別之地。西，一作「南」。《文選》陸機〈雜體詩〉：「流念辭南澨，銜怨別西津。」交佩解，將佩玉交付有情人。《列仙傳》卷上：「江妃二女，遊於江濱，逢鄭交甫。交甫不知何人也，目而挑之，女遂解佩與之。交甫受佩而去，行數十步，空懷無佩，女亦不見。」指其不受外來誘惑，堅貞不渝。佩解，一作「解佩」。還，猶言反而。羞，羞赧。此指內心難過。北海雁書，《漢書・李廣蘇建傳》：漢武時蘇武出使匈奴，而為匈奴扣留，並轉移至北海上無人處牧羊十九年。昭帝即位，匈奴與漢和親，漢求還蘇武等，匈奴詭言蘇武已死。常惠教使者言：漢天子射上林苑，得大雁，足有北海上帛書，言蘇武在某澤中。❺採蓮歌有節二句　節，曲拍。歇，盡；停止。❻正逢浩蕩江上風二句　浩蕩，廣大曠遠。《楚辭・九歌・河伯》：「登崑崙兮四望，心飛揚兮浩蕩。」裴回，同「徘徊」。往返迴旋，遊移不定的樣子。曹植〈七哀詩〉：「明月照高樓，流光正徘徊。」一本無「又值裴回江上月」七字。❼裴回蓮浦夜相逢二句　裴回，一本無此二字。蓮浦，長滿蓮花的水濱。吳姬越女，指美貌的女子。《史記・楚世家》：「左抱鄭姬，右抱越女。」豐茸，美好的樣子。❽共問寒江千里外二句　江，一作「光」。征客，遠行在外的遊子。關山，關隘和山川。路，一作「更」。

【語譯】丈夫不在身邊，我不由得帶著惆悵心情念叨著離別時的情景。離別時我們曾採摘著蓮花，分享它們並蒂開放的喜悅，曾折斷蓮藕，都喜歡那拉不斷的藕絲。舊日戀情已無處尋找，今春的花朵徒然掛在繁茂的枝頭。我不吝惜像神女一樣在江邊渡口解佩送人，反而為丈夫像蘇武一樣在北海那邊遲遲不來信而難過。採蓮人踏著節拍唱採蓮曲，採蓮到深夜仍未停止。正趕上廣闊浩渺的江面刮起大風，又和江上的明月一起徘徊不定。夜晚徘徊在這長滿蓮花的水邊，遇見些多麼美貌的吳越女子。我們互相打聽離這寒江千里之外的消息，征人被關山阻隔不知道到底有幾千重幾萬重。

【研　析】此詩可分兩部分。自詩首至「花紅強似頰」，共二十句，為第一部分。著意於寫「採蓮」。首三句托出採蓮女子所在的江面之景。「秋風起浪鳧雁飛」乃借景以起興，遵循著《詩經・關雎》首句「關關雎鳩，在河之洲」的古老軌轍。緊接著以「桂棹蘭橈」二句，擷取一個特寫的鏡頭，寫採蓮的場景。其「羅裙玉腕輕搖櫓」的形象本是優美的，然而在「秋風起浪鳧雁飛」這一宏闊的大背景下，未免又顯得相當刺眼，頗能勾起讀者的懸念：為什麼要女子來搖櫓呢？男子都到哪裏去了？一股憐惜之意不禁油然而生。「葉嶼」二句，分別以視角形象與聽覺形象寫女子的相思，「極望」葉嶼花潭，本亦優美之景，自然賞心悅目。然「極望」之下，空空蕩蕩中實含「相思」之極苦。「相思苦」以下數句，則解釋了上面留給讀者的懸念，言男子遠在萬里邊塞未還，故只能自己搖櫓採蓮了。「今已暮」的反復吟歎，表明此時的牽掛最為苦澀，翠葉紅花的繁茂，表明此時的情思最為熾烈。「渠今」二句，則表明採蓮女子的感情純潔與憨癡。

自「佳人不在茲」至詩末，共十六句，為第二部分。著意於寫「相思」二字。「佳人」以下四句，承前「相思苦，佳期不可駐」二句而來，寫其與佳人離別時的甜蜜回憶。然而昔日愈「憐」愈「愛」而今日愈「苦」。「故情」二句，著一「徒」字，是前段「蓮花復蓮花」四句的結穴。「不惜西津」二句，則與「渠今那必盡倡家」、「官道城南把桑葉」二句暗相呼應，表明其堅貞不渝之性。「採蓮歌有節」與「江謳越吹相思苦」句，「正逢浩蕩江上風」句與前「秋風起浪鳧雁飛」句等一一形成呼應。又以天上月亮的徘徊與採蓮女的徘徊形成映襯，以荷花的稠疊與吳姬越女的「豐茸」形成映襯。末二句與前「塞外征夫猶未還」形成呼應，且著一「共」字，真有千鈞之力，使全篇從一首小曲驟然變為一首轟鳴的交響樂，撼人魂魄。反戰的主題破之而出。或以為此詩為君子採芳懷遠之詞，是即「涉江采芙蓉」之意也，而結句尤得性情之正。此種理解未免如隔靴搔癢，更不到痛處。

此詩寫景如畫，迷離婉約。而繁詞急節，前後相承，又加「相思苦」、「今已暮」、「蓮花復蓮花」等頂針迴環，結構之縝密如此，最宜相思情苦的表達。

臨高臺

【題解】臨高臺，意為登上高高的樓臺遠望。此為古樂府曲名。《樂府詩集》引《古今樂錄》云，漢代鼓吹鐃歌有十八曲，〈臨高臺〉其一也。又，《樂府解題》：「古詞言：『臨高臺，下見清水中有黃鵠飛翻，關弓射之，令我主萬年。』若齊謝朓『千里常思歸』，但言臨望傷情而已。」南朝宋何承天亦有〈臨高臺〉詩云：「臨高臺，望天衢，飄然輕舉凌太虛。」則寫遊仙之思。此詩通過對長安城的描寫，反映了唐王朝建國半個世紀以來的盛況，也揭露了唐初統治階級奢侈豪華、荒淫無恥的生活。此是入蜀前在長安作。

臨高臺，高臺迢遞絕浮埃❶。瑤軒綺構何崔嵬，鸞歌鳳吹清且哀❷。俯瞰長安道，萋萋御溝草❸。斜對甘泉路，蒼蒼茂陵樹❹。高臺四望同，帝鄉佳氣鬱蔥蔥❺。紫閣丹樓紛照耀，璧房錦殿相玲瓏❻。東彌長樂觀，西指未央宮❼。赤城❽映朝日，綠樹搖春風。旗亭百隧開新市，甲第千甍分戚里❾。朱輪翠蓋不勝春，疊樹層楹相對起❿。

【章　旨】謂舊日高臺宏偉富麗，周邊繁華至極。

【注　釋】❶高臺迢遞絕浮埃　「高臺迢遞」上各本多有一「臨」字，而《文苑英華》無，從之。迢遞，高的樣子。謝朓〈隨王鼓吹曲〉：「逶迤帶綠水，迢遞起朱樓。」浮埃，又輕又細的塵土，俗稱遊塵。❷瑤軒綺構何崔嵬二句　瑤軒，用玉石修飾的殿堂。綺構，塗有彩飾的屋舍。構，建築物。陸雲〈登臺賦〉：「爾乃佇眄瑤軒，滿目綺寮。」崔嵬，崇高的樣子。《楚辭・九章・涉江》：「帶長鋏之陸離兮，冠切雲之崔嵬。」鸞歌鳳吹，絕美脫俗的音樂。鮑照〈代淮南王〉：「紫房綵女弄明璫，鸞歌鳳舞斷君腸。」❸俯瞰長安道二句　瞰，俯視。萋萋，草茂盛的樣子。《楚辭・招隱士》：「王孫遊兮不歸，春草生兮萋萋。」御溝，流入宮內的河道。因植楊其上，又稱楊溝。見《三輔黃圖》卷六。❹斜對甘泉路二句　甘泉，宮名。又稱雲陽宮。秦代修建，漢武帝時重修，在此朝諸侯王，饗外國客；夏日亦作避暑之處。見《三輔黃圖》卷二。故址在今陝西淳化西北甘泉山。茂陵，在長安西北八十里，即今陝西興平東北。漢武帝陵寢。❺高臺四望同二句　四望，眺望四方。《楚辭・九歌・河伯》：「登崑崙兮四望，心飛揚兮浩蕩。」帝鄉，神話傳說中指仙都。《莊子・天地》：「乘彼白雲，至於帝鄉。」陶淵明〈歸去來辭〉：「富貴非吾願，帝鄉不可期。」此指帝京。帝鄉，一本無此二字。佳氣，祥瑞之氣。鬱蔥蔥，吉祥之氣旺盛的樣子。王充《論衡・吉驗》：「王莽時，謁者蘇伯阿能望氣，使過春陵，城郭鬱鬱蔥蔥。及光武到河北，與伯阿見，問曰：『卿過春陵，何用知其氣佳也？』伯阿對曰：『見其鬱鬱蔥蔥耳。』」❻紫閣丹樓紛照耀二句　紛，眾多的樣子。璧房錦殿，以美玉、錦緞裝飾的華美宮殿。璧，一作「碧」。玲瓏，明徹的樣子。《文選》揚雄〈甘泉賦〉：「前殿崔巍兮，和氏玲瓏。」李善注引晉灼曰：「玲瓏，明見貌也。」鮑照〈中興歌〉：「白日照前窗，玲瓏綺羅中。」❼東彌長樂觀二句　彌，即彌望。滿眼望去。一作「迷」。長樂觀，亦稱長樂館。秦代修建，稱興樂宮；漢擴建，稱長樂宮。未央宮，漢高祖修建。長樂宮在長安西北十四里，未央宮在長安西北十五里。可知長樂在東，未央在西。❽赤城　城牆塗朱的宮觀。此指皇城。❾旗亭百隧開新市二句　旗亭百隧，《文選》張衡〈西京賦〉：「旗亭五重，俯察百隧。」薛綜注：「旗亭，市樓也。隧，列肆道也。」市樓，亦即酒樓。列肆道，即擺攤賣貨處。隧，一作「隊」。甲第，《史記・孝武本紀》：「賜列侯甲第。」第分甲乙，甲第即上等的住宅。甍，屋棟也。戚里，帝王外戚居住之處。《漢書・萬石君奮傳》：「徙其家長安中戚里。」顏師古注：「與上有姻戚者，則皆居之，故名其里為戚里。」❿朱輪翠蓋不勝春二句　朱輪，指顯貴所乘之車。因用朱紅漆輪，故稱。《文選》楊惲〈報孫會宗書〉：「惲家方隆盛時，乘朱輪者十人，位在列卿，爵為通侯。」李善注：「二千石皆得乘朱輪。」輪，一作「綸」。翠蓋，用翠鳥羽毛修飾棚蓋的車。《淮南子・原道》：「馳要裹，建翠蓋。」高誘注：「翠蓋，以翠鳥羽飾蓋也。」春，唐人把酒稱作「春」。榭，修建在高臺上的房舍。層楹，很高的露明屋柱。此指高樓。

【語譯】登上那高高的樓臺，高高的樓臺高得連輕細的遊塵也飄浮不上來。用玉石修飾的殿堂和塗有文彩的屋舍，是何等的高聳而有氣勢，絕美脫俗的音樂是那麼清麗而哀怨。從上俯視長安的街道，只見御溝長著茂盛的綠草。斜對面是通往甘泉宮的路，漢武帝茂陵周圍的樹木青翠一片。從高臺上向四面眺望，京城到處都是鬱鬱蔥蔥的祥瑞之氣。貴人所住的眾多紫閣紅樓彼此掩映照耀，用玉裝飾的房屋和精緻華美的宮殿光輝奪目。向東望去是長樂觀，向西瞧則是未央宮。朝陽照耀著紅色的皇城，綠樹在春風中搖曳。酒樓與各種各樣的貨攤大街小巷到處都是，上千棟豪宅分布在皇親國戚的居所。顯貴們坐著華麗珍貴的車子，喝得酩酊大醉，重重疊疊的臺榭、樓閣互相競賽著它們的氣派。

復有青樓大道中，繡戶文窗雕綺櫳❶。錦衾夜不襞，羅帷晝未空❷。歌屏朝掩翠，妝鏡晚窺紅❸。為君安寶髻，蛾眉罷花叢❹。塵間狹路黯將暮，雲間月色明如素❺。鴛鴦池上兩兩飛，鳳凰樓下雙雙度❻。物色正如此，佳期那不顧❼。銀鞍繡轂盛繁華，可憐今夜宿娼家❽。娼家少婦不須顰，東園桃李片時春❾。君看舊日高臺處，柏梁銅雀生黃塵❿。

【章　旨】寫富室豪家恣情淫樂，日夜揮霍，精神極度空虛。

【注　釋】❶復有青樓大道中二句　青樓，顯貴們的府第。曹植〈美女篇〉：「青樓臨大路，高門結重關。」繡戶文窗，裝飾華美的門窗。櫳，軒檻。❷錦衾夜不襞二句　錦衾，以錦緞所製的被子。衾夜，一作「衣晝」。夜，一作「夕」。襞，摺疊衣被。羅帷，即羅帳。❸歌屏朝掩翠二句　歌屏，歌女用以掩身的屏風。翠，屏風上裝飾的翠鳥羽毛。紅，指塗著胭脂紅粉的歌女。❹為君安寶髻二句　君，一作「吾」。安，安置。此引申為梳攏。寶髻，髮髻上常簪以珍貴首飾，因叫寶髻。蛾眉，形容女子眉毛又細又長，有如蠶蛾的觸鬚。《詩經・衛風・碩人》：「螓首蛾眉。」罷，本為休止之意。此引申為失色。花叢，叢集的羣花。謝朓〈和王主簿季哲怨情〉：「花叢亂數蝶，風簾入雙燕。」❺塵間狹路黯將暮二句　塵間狹路，一作「狹路塵間」。塵間，原指塵世間。此指市井中。狹路，原指長安狹窄的街道。因此類去處多為倡家所居，故又稱狹邪。古樂府有〈長安有狹邪行〉。雲間，一作「雲開」。素，即白練。班婕妤〈怨歌行〉：「新裂齊紈素，皎潔如霜雪。裁為合歡扇，團團似明月。」❻鴛鴦池上兩兩飛二句　鴛鴦，一種雌雄結對的鳥。《詩經・小雅・鴛鴦》：「鴛鴦于飛。」朱熹《集傳》：「鴛鴦，匹鳥也。」鳳凰，古代傳說中的鳥王，雄曰鳳，雌曰凰。舊時用鳳凰比喻夫妻相親相愛。❼物色正如此二句　物色，景物。鮑照〈秋日示休上人〉：「物色延暮思，霜露逼朝榮。」佳期，指男女約會的日期。梁武帝〈七夕〉：「妙會非綺節，佳期乃良年。」❽銀鞍繡轂盛繁華二句　轂，車輪中心有洞可以插軸的部分。此借指車輪或整個車。繁華，比喻容貌美麗。《西京雜記》卷一：「漢掖庭有月影臺、雲光殿、九華殿、鳴鸞殿、開襟閣、臨池觀，不在簿籍，皆繁華窈窕之所棲焉。」娼家，原指以歌舞為業的人家，此謂妓院。❾娼家少婦不須顰二句　顰，皺眉。東園，泛指園圃。片時春，言繁華短暫。《文選》顏延年〈詠懷詩〉：「嘉樹下成蹊，東園桃與李。秋風吹飛藿，零落從此始。繁華有憔悴，堂上生荊杞。」❿柏梁銅雀生黃塵　柏梁，漢代臺名。《三輔黃圖・臺榭》：「武帝元鼎二年春起此臺，在長安城中北門內。《三輔舊事》云：以香柏為梁也，帝嘗置酒其上，詔羣臣和詩，能七言者乃得上。太初中，臺災。」故址在今陝西長安西北。銅雀，即銅雀臺，亦作銅爵臺。漢末建安十五年冬曹操所建。周圍殿屋一百二十間，連接榱棟，侵徹雲漢。鑄大孔雀置於樓頂，舒翼奮尾，勢若飛動，故名銅雀臺。故址在今河北臨漳西南，與金虎、冰井合稱三臺。生，一作「尚」，一作「在」。

【語譯】還有那坐落在大街上顯貴們的青樓豪宅，有著精緻的門、彩飾的窗和雕刻考究的軒檻。錦緞被子夜晚不折疊，羅帳之中白天睡著美人。歌女所用的屏風一早起來就用翠鳥羽毛掩合著，梳妝打扮的明鏡直到深夜還照著那些搽粉抹紅的靚女。為了心愛的人用寶釵別好髮髻，畫出又細又長的美眉，可以使一切花卉為之失色。市井中娼妓所居的狹邪街道昏暗入夜了，而天上的月色卻像白緞子一樣明亮。鴛鴦在池上成雙成對地起飛，鳳凰鳥在樓下成雙成對遊戲。眼前的景物正是如此，美好快樂的時光又怎麼能不抓住。白銀修飾的馬鞍與油漆得華麗如錦的車轂多麼豪華奢侈，今夜要在娼妓之家住宿，真值得豔羨。娼妓之家的少婦請你不必皺眉頭，你要知道東園的桃李花只能有一個短暫的春天。你看一下過去的高臺所建之處，柏梁臺和銅雀臺都已淪為埋在黃土中的廢墟。

【研析】此詩分二部分。第一部分自詩首至「疊榭層楹相對起」止，共二十句，寫臨高臺所見之宏偉景觀。首四句在臺下仰觀諦聽所得，寫高臺之高。因其臺高「絕浮埃」，故樓上音樂給人的感覺是「清且哀」者。「俯瞰」句至「帝鄉」句，是在臺上俯視、遠望所得的總體景觀，以「萋萋」、「蒼蒼」等字點染「佳氣鬱蔥蔥」之象。「紫閣」以下十六句，寫臨高臺所望見的長安市街一派繁榮景象。雖篇幅之繁遠不至賦體之繁複，然言約意濃，足可抵〈三都〉、〈兩京〉之重。

第二部分自「復有青樓大道中」句至詩末，共二十句，將視角伸入到顯貴們的府第之中，寫他們驕奢淫逸的生活。「復有青樓」以下八句，對豪貴家庭生活的描寫大致是由外至內的，不展現完整的人物形象，只拾取人物的片段。而「塵間」以下八句，寫豪貴們糜爛的夜生活。用鴛鴦、鳳凰的大雅形象，正襯出他們庸俗得令人作嘔的醜陋嘴臉。在大道青樓中仍不滿足，還要入塵間狹路。「娼家少婦」二句借倡女之顰托出主題，舉重若輕，構思奇絕。「錦衾」句應「妝鏡」句，「羅帷」句應「歌屏」句，形容富室豪家恣情極樂，反易晝夜，最有深思。「君看」二句，是總括關鍵。

此詩不過是登高臺望見許多景物耳，然無論第一部分或第二部分，所臨之景、所見之人都是想像之詞，非實望見也。「臨」之一字是本詩的詩眼，其視角由物及人，由靜及動，由外及內。如果說前一部分是採取仰觀、俯瞰和遠望的角度寫臨高臺時的視覺印象，而此部分則是通過細膩而豐富的想像來運筆，用長鏡頭拍攝一組豪貴們揮霍肉欲的特寫鏡頭來反映統治階級內部生活活劇。通篇侈陳繁華壯麗，而結以黃塵，反差之強烈，讀來驚心動魄。如果說前部分是實寫，則此部分是虛筆，層次了了分明。兩部分所用的表示顏色的形容詞亦有大的區別，大體前部分用暖色的詞，而後部分用冷色的詞，帶有恐怖陰冷的氣氛。這也從一定的層面上揭示了主題：老百姓在熱火朝天的創造社會財富，才有了繁華景象，而豪貴們卻夜以繼日沈迷於物欲，恨不得在一天之內將所有的榮華富貴都消化完畢。他們的心靈是多麼空虛、陰暗，多麼可惡、可怕！

滕王閣

【題　解】滕王閣，唐高祖子李元嬰於永徽四年（西元六五三年）鎮豫章時在郡城西漳江門外所建。後元嬰封滕王，故名。亦省稱滕閣。此閣屢經修建，後焚毀。故址在今江西南昌贛江濱。高宗上元三年（西元六七六年）九月九日洪州刺史閻伯嶼在此集會，遠道隨父赴交趾任的王勃途經洪州，與會，並即席作〈滕王閣序〉，序末附此詩，借寫滕王閣今昔之變，抒發物是人非、世事無常之慨。一本題下有「歌」字，或有「詩」字。

滕王高閣臨江渚，佩玉鳴鸞罷歌舞❶。畫棟朝飛南浦雲，珠簾暮捲西山雨❷。

閒雲潭影日悠悠，物換星移幾度秋❸。閣中帝子今何在，檻外長江空自流❹。

【注　釋】❶滕王高閣臨江渚二句　江渚，江中小洲。《詩經・召南・江有汜》：「江有渚，之子歸，不我與。」江，指贛江。朱熹《集傳》：「渚，小洲也。」佩玉鳴鸞，《禮記・玉藻》：「故君子在車則聞鸞和之聲，行則鳴佩玉。」此指參與宴會的貴賓車馬和衣服的飾物。❷畫棟朝飛南浦雲二句　畫棟，塗有彩飾的梁棟。南浦，南面的水濱。古多指送別之地。《楚辭・九歌・河伯》：「送美人兮南浦。」此特指南昌贛江水濱某處。珠，一作「朱」。西山，在江西新建西，一名南昌山。據《歲時廣記》卷三十三引《列仙傳》，為晉許真君得道升仙之所。此句中「朝」、「暮」與「南浦」、「西山」相對交錯為文。❸閒雲潭影日悠悠二句　閒雲，悠然飄浮的雲霞。悠悠，長遠、深遠意。物換星移，謂風物變更，星辰移動，四時代序。多形容世事的變化。物，四季的景物。幾度，一作「度幾」。❹閣中帝子今何在二句　閣中帝子，指滕王元嬰。按王勃〈滕王閣序〉中所云，此時閣都督重建是閣，則滕王已薨。檻，樓閣的欄杆。長江，長長的贛江。空自，猶言徒然。

【語　譯】高高的滕王閣矗立在江中小洲上，當年嘉賓滿座、鸞鳴鏘鏘的歌舞筵宴已然不再。早晨雕梁畫棟上飄來南浦的雲朵，入夜時分玉戶珠簾捲入了西山的風雨。閒雲的影子映在潭中，每天是那麼地悠悠自得，萬物變換、星辰移位，不知過了多少春秋。閣中的滕王如今在何處，只有欄杆外長長的贛江在徒然流淌。

【研　析】前四句寫景，後四句抒情。首句一「高」字，點出滕王閣脫俗而寂寞之態。想當年建閣的滕王已經死去，賓客們坐著鸞鈴馬車、掛著琳琅玉佩、絡繹而來閣上參與宴會的豪華熱鬧場面，也已經一去不復返。「臨」字有深情，似言滕王閣若有所待，故自然引出次句。三四兩句緊承第一句，言人一去不返，終日所伴者，惟南浦雲、西山雨而已，寂然神傷。朝飛、暮捲，似無情而勝有情。閣既無人遊賞，閣內畫棟珠簾當然冷落可憐。五六兩句扣緊第二句，畫棟飛上了南浦的雲，寫出了滕王閣的居高；珠簾捲入了西山的雨，寫出了滕王閣的臨遠。情景交融，寄慨遙深。前四句用「渚」、「舞」、「雨」三個比較沈著的韻腳之後，立即轉為「悠」、「秋」、「流」三個漫長柔和的韻腳。又以一「幾」一「何」連續發問，表達了緊湊的情緒。「檻」字、「江」字回應第一句的高閣臨江，神完氣足。

〈滕王閣序〉偏重寫宴集，而此詩則緊貼題面，全在滕王及滕王閣著眼，再不及宴會。其仿史傳論贊之法，言約而意深。既傷滕王人去樓空，又隱刺閣都督虛張聲勢，慨繁華易盡。則又分明是補序中所未及。結體流麗而深靜，與〈臨高臺〉、〈秋夜長〉的未脫六朝綺靡相比，此方顯灑脫。五十六言中，有千萬言之勢，與盧照鄰〈長安古意〉比肩而無遜色，被譽為唐人短歌之絕。

江南弄

【題解】弄，古樂曲名。《樂府詩集》引《古今樂錄》云：「梁天監十一年冬，武帝改西曲，製〈江南上雲樂〉十四曲，〈江南弄〉七曲：一曰〈江南弄〉……」入〈清商曲辭〉。題一作〈江南行〉，則是今體樂府矣。誤。此詩抒寫情人間刻骨相思之情。當是乾封二年（西元六六七年）遊東吳時所作。

江南弄，巫山連楚夢，行雨行雲幾相送❶。瑤軒金谷上春時，玉童仙女無見期❷。紫霧香煙渺難託，清風明月遙相思❸。遙相思，草徒綠，為聽雙飛鳳凰曲❹。

【注釋】❶巫山連楚夢二句　宋玉〈高唐賦〉：「昔者先王嘗遊高唐，怠而晝寢，夢見一婦人曰：『妾巫山之女也，為高唐之客，聞君遊高唐，願薦枕席。』王因幸之。去而辭曰：『妾在巫山之陽，高丘之阻，旦為朝雲，暮為行雨。朝朝暮暮，陽臺之下。』」後以「巫山雲雨」指代男女幽會歡合。「行雨」二字，各本多無，據《文苑英華》補。❷瑤軒金谷上春時二句　瑤軒，用美玉裝飾的高車。金谷，洛陽西北有金谷澗，有水流經此，謂之金谷水。晉太康中石崇築園於此，曰金谷園。參見《水經注・谷水》。上春，即孟春、初春。玉童仙女，《神異經》：「九府玉童玉女，與天地同休息，男女無為匹配，而仙道自成。」此借指兩個情人。仙，一作「玉」。❸紫霧香煙渺難託二句　紫霧香煙，指來去無蹤的夢境。霧，一作「露」。渺難託，希望渺茫而不可依靠。清風明月，《世說新語・言語》：「劉尹云：清風朗月，輒想玄度。」清風明月，一作「青樓明日」。❹遙相思三句　遙，各本多無，據《文苑英華》補。為聽，猶言請聽。雙飛鳳凰曲，葛洪《西京雜記》：「慶安世善鼓琴，能為雙鳳離鸞之曲。」離鸞，比喻分離的情侶。

【語　譯】彈奏著江南的小曲，巫山神女來入楚王的美夢，他們幾度你來我往朝雲暮雨。春天裏還坐著美玉裝飾的高車去金谷園踏春，這兩個玉童仙女卻從此再無見面的機會。在來去無蹤的夢境相見也希望渺茫，不可依憑，只有在清風明月中遙寄相思之情。遙遙的兩地相思，春草自顧自的綠，請聽那令人傷痛的雙飛離鸞的古曲。

【研　析】此詩借神話傳說，寫迷離恍惚之情思，浪漫而質樸。詩首「江南弄」三句，寫其難捨難分的美好愛情。自「瑤軒」句以下，情勢陡變，寫其永無見期的痛苦相思，而在「上春時」，其相思尤烈。不惟不能相見，且著「紫霧」二句，言其相思也無由通達、寄託，更是苦甚。「遙相思」，不僅是空間的，也是時間的。「草徒綠」句，應「上春時」三字。「為聽」句，聊作自釋，是苦澀之極的淡然。詩意纏綿悱惻，在反反覆覆的詠歎裏，蘊藏著點點血淚，令人傷絕。

落花落

【題　解】此為古樂府體，敘寫女子在春末花落時節對往昔美好愛情的傷痛回憶。當是入蜀前在長安作。《全唐詩》錄為集外詩。

落花落，落花紛漠漠❶。綠葉青跗映丹萼，與君裴回上金閣❷。影拂妝階玳瑁筵，香飄舞館茱萸幕❸。落花飛，撩亂入中帷❹。落花春正滿，春人❺歸不歸。落花度，氛氳繞高樹❻。落花春已繁，春人春不顧❼。綺閣青臺靜且閒，羅袂紅巾復往還❽。盛年不再得，高枝難重攀❾。試復旦遊落花裏，暮宿落花間。與君落花院，樓上起雙鬟❿。

【注　釋】❶紛漠漠　紛，亂。漠漠，布散迷濛的樣子。謝朓〈遊東田〉：「遠樹曖阡阡，生煙紛漠漠。」❷綠葉青跗映丹萼二句　跗，花萼的底部。萼，包在花瓣外面的一圈綠色葉狀薄片，花開時托著花瓣。沈約〈八詠〉：「氛氳桃李花，青跗含素萼。」裴回，即徘徊。金閣，飾金的華美樓閣。鮑照〈舞鶴賦〉：「唳清響於丹墀，舞飛容於金閣。」❸影拂妝階玳瑁筵二句　妝階，裝飾華美的階墀。玳瑁筵，豪華、珍貴的宴席。唐太宗李世民〈帝京篇〉：「羅綺昭陽殿，芬芳玳瑁筵。」茱萸幕，茱萸裝飾的簾幕。茱萸，植物名。香氣辛烈，可入藥。舊俗農曆九月九日重陽節，佩茱萸以祛邪辟惡。曹植〈浮萍篇〉：「茱萸自有芳，不若桂與蘭。」❹撩亂入中帷　撩亂，猶言紛亂、雜亂。中帷，屋中的帷幔。謝莊〈宋孝武宣貴妃誄〉：「庭樹驚兮中帷響，金釭曖兮玉座寒。」❺春人　懷春的人。猶言情人。春，指男女情欲。梁簡文帝蕭綱〈春日〉：「春意春已繁，春人春不見。不見懷春人，徒望春光新。」❻落花度二句　度，飄過。梁簡文帝蕭綱〈箏賦〉：「翾飛花之度窗，看春風之入柳。」氛氳，氣盛的樣子。《文選》謝惠連〈雪賦〉：「霰淅瀝而先集，雪紛糅而遂多，其為狀也，散漫交錯，氛氳蕭索。」李善注引王逸《楚辭注》：「氛氳，盛貌。」❼春人春不顧　此句襲用梁簡文帝蕭綱〈春日〉詩。參見本詩注❺。不顧，猶言不理會。❽綺閣青臺靜且閒二句　綺閣，華麗的樓閣。葛洪《抱朴子・知止》：「仰登綺閣，俯映清淵。」青臺，青色的高樓。《洛陽伽藍記》卷三：「複殿重房，交疏對霤，青臺紫閣，浮道相通。雖外有四時，而內無寒暑。」閒，寬闊；空闊。《楚辭・招魂》：「像設居室，靜閒安些。」羅袂，絲羅的衣袖。亦指華麗的衣著。曹植〈洛神賦〉：「抗羅袂以掩涕兮。」紅巾，婦女用的紅色手帕。梁元帝〈詠雲陽樓簷柳〉：「隙裏映紅巾。」此處羅袂、紅巾，均代指美女。❾盛年不再得二句　盛年，青春年華。《楚辭・九歌・湘君》：「時不可兮再得。」王逸注：「言日不再中，年不再盛也。」高枝，高樹枝。曹植〈公讌詩〉：「潛魚躍清波，好鳥鳴高枝。」又，劉孝綽〈遙見鄰舟主人投一物眾姬爭之有客請余為詠〉：「客心空振蕩，高枝不可扳。」此指美貌而有地位的情人。❿樓上起雙鬟　樓，一作「臺」。雙鬟，兩個相對的髮髻。梁簡文帝蕭綱〈詠風〉：「樓上起朝妝，風花下砌傍。」此指一對情人。鬟，一作「環」。

【語　譯】落花凋零，落花紛亂迷濛一片。綠的葉子、青的花跗，托襯著紅的花萼，與你一起在風中徘徊，登上華美的金色樓閣。花影拂動在裝飾美麗的階墀和華貴的筵席，花香飄散在舞館和茱萸裝飾的簾幕。落花飛舞，雜亂地飄入帷帳中。落花時節春天的氣象正達極盛，情郎你到底是回還是不回。落花飄飄，高樹上花片如煙。落花時節春天的氣象最為繁華，情郎卻對我的心思一點都不理睬。綺麗的樓閣、青色的高臺空闊而靜謐，身著華麗衣裳、手持紅色手巾的美女來來往往。青春年華一去不能重來，你這棵高枝我難得再高攀。請再趁早晨在落花間遊賞，夜晚落宿在花叢間。你我二人來到落花滿地的院宇，樓上豎起兩個並排的髮髻。

【研　析】此詩寫一妓女對戀人的告白。自詩首至「香飄舞館茱萸幕」六句，寫對昔日美好愛情的回憶。自「落花飛」至「春人春不顧」八句，寫春事正盛而愛情不再有。「綺閣」以下四句，寫新人像春天的花朵一樣開了又謝，年長色衰而愛弛，這是無法挽回的悲劇。詩末四句，是吹彈即破的、絕望而淒涼的美夢。

詩以「落花」為觸媒，反復詠歎不絕，以抒發其對舊日情人的思念與怨怒，對盛年不再的無奈，對愛情的甜蜜回味，對未來的痛苦幻想。意境迷離恍惚，而換韻頻繁急促，暗示抒情主人公內心複雜情感的激烈衝突。王勃及四傑其他作家，都關心被侮辱、被損害的地位卑微的女子，筆底常常為她們泛起情感的波濤。他們對這些女子是真正的關心，而不是如六朝宮體詩人的玩賞。因為他們自己的地位相比這些女子來說，也有相似之處。當時有對四傑鄙夷不屑，並譏為「浮躁淺露」者，實在是不懂四傑的。《唐詩鏡》評此詩曰：「自梁陳餘音轉入老秀，芳言如馥。」良是。

寒夜懷友雜體二首

【題　解】雜體，指沒有一定格律規則的詩體，實質上屬於古體絕句詩。此二詩當是斥出沛王府後流落蜀中所作。其一寫寒夜羈遊之思。其二寫寒夜客中懷友之情。

其一

北山煙霧始茫茫，南津霜月正蒼蒼❶。秋深客思紛無已，復值征鴻中夜起❷。

【注　釋】❶北山煙霧始茫茫二句　茫茫，廣大、遼遠的樣子。南津，南邊的渡頭。霜月，寒夜的月亮。鮑照〈和王護軍秋夕〉：「散漫秋雲遠，蕭蕭霜月寒。」蒼蒼，茂盛的樣子。❷秋深客思紛無已二句　客思，遊子的思緒。謝朓〈離夜同江丞王常侍作〉：「客思眇難裁。」紛，雜亂。無已，不得止息。《詩經・魏風・陟岵》：「之子行役，夙夜無已。」值，遭遇。征鴻，遠飛的大雁。江淹〈赤亭渚〉：「雲邊有征鴻。」中夜，猶言夜中。

【語　譯】北邊山上的煙靄變得迷濛無際，南方渡口的月華蒼茫如水。在這深秋的夜晚遊子的思緒紛亂而不可抑制，又何況正遇上南飛的大雁在半夜啟程。

【研　析】此首寫客思侵擾而難以入眠。首二句「始」、「正」，表示時間的流逝，也可見抒情主人公思鄉的癡情不移，第三句下「無已」二字與之照應。「茫茫」、「蒼蒼」，狀迷離恍惚之景，也暗示情思之紛亂，第三句下一「紛」與之照應。言望遠而不可得，更何談歸鄉。人不得歸而雁獨得啟程，豈不傷殺我也！「中夜」二字，亦與「始」、「正」相應，表示夜深而思鄉不願稍息的執著。不說悲苦二字，而悲苦之意自出。總起來說，首二句寫寒夜之景，後二句抒情。第三句根首句，末句承次句。情感步步推逼，讓人何以堪。

其　二

複閣重樓向浦開❶，秋風明月度江來。故人故情懷故宴，相望❷相思不相見。

【注　釋】❶複閣重樓向浦開　複閣重樓，鱗次櫛比的高樓。浦，水邊。❷相望　互相期盼。

【語　譯】鱗次櫛比的高樓門戶向江邊敞開，秋風明月越過江這邊來。我們這對老友有著多年的交情，曾經一起共度的歡宴多麼值得懷念，而今只能遙相期盼、互相牽掛而不得相見。

【研析】首句意境開闊，亦表示心情之爽朗。「複閣重樓」代指抒情主人公所在。「向浦開」三字，言若有所待，一片豪情熱忱在其中。次句意境轉為優美而傷懷寓其中。「秋風」起，自然興思親懷友之想，然有美景而不對故人，若有所失。「明月」朗照，則可寄千里相思，則失落之中似又有一絲安慰矣。「故人」二句，用反復疊字對偶（當句對）之法，不惟音節瀏亮可風，且表情亦穠麗，讓人歎息不止。此詩結構亦緊湊不亂，第三句承首句，末句對次句。總起來說，此二詩寫景如畫。前二寫景之句用平聲韻，而後二抒情之句換仄聲韻，在古體詩中亦屬別致。

雜曲

【題解】雜曲，樂府歌曲名。《樂府詩集・雜曲歌辭一》云：「雜曲者，歷代有之。或心志之所存，或情思之所感，……兼收並載，故總謂之雜曲。」此詩寫歌女容貌之美、歌舞之盛，及歌女對美好愛情的憧憬。詩中涉及蜀地典故，當是入蜀後所作。

智瓊神女，來訪文君❶。蛾眉始約，羅袖初薰❷。歌齊曲韻，舞亂行紛❸。若向陽臺薦枕，何啻得勝朝雲❹。

【注釋】❶智瓊神女二句　智瓊，神話中神女名。《搜神記》卷一：「魏濟北郡從事掾弦超，以嘉平中夜獨宿，夢有神女來從之，自稱天上玉女，東郡人，姓成公，字智瓊。早失父母，天帝哀其孤苦，遣令下嫁從夫。……一旦顯然來遊，駕緇軿車，從八婢，服綾羅綺繡之衣，姿顏容體，狀若飛仙。自言年七十，視之如十五六。」神女，即仙女。文君，漢蜀郡臨邛富商卓王孫女。貌美有才氣，好音律，善鼓琴。新寡家居，司馬相如過飲於卓氏，以琴心挑之。文君夜奔相如，同馳歸成都。

庾信〈歲晚出橫門〉：「智瓊來勸酒，文君過聽琴。」❷蛾眉始約二句　蛾眉，蠶蛾觸鬚細長而彎曲，因以比喻女子美麗的眉毛。《詩經・衛風・碩人》：「螓首蛾眉，巧笑倩兮。」約，塗飾。羅袖，輕軟絲織的舞袖。司馬相如〈美人賦〉：「羅袖拂臣衣。」袖，一作「袒」。薰，原為香草名，即薰香，或稱蕙草。此指用香料薰衣物。❸歌齊曲韻二句　齊，整齊。韻，指曲調和諧悅耳。舞亂，指歌女舞姿令人迷亂。行，舞陣。紛，紛繁。紛，一作「分」。❹若向陽臺薦枕二句　陽臺，神話中地名。宋玉〈高唐賦〉：「昔者先王嘗遊高唐，怠而晝寢，夢見一婦人曰：『妾巫山之女也，為高唐之客，聞君遊高唐，願薦枕蓆。』王因幸之。去而辭曰：『妾在巫山之陽，高丘之阻，旦為朝雲，暮為行雨。朝朝暮暮，陽臺之下。』」後遂以「陽臺」指男女歡會之所。薦枕，進獻枕席。借指侍寢以求親昵之意。何啻，猶言何止、豈只。得，猶言可、能。朝雲，早晨之彩雲。見前引宋玉〈高唐賦〉。後用以直指巫山神女。

【語　譯】下嫁弦超的智瓊神女，來訪問與司馬相如夜奔的才女卓文君。開始描畫美麗的蛾眉，動手用香料薰染絲綢的舞袖。歌聲整齊嘹亮，曲調和諧悠揚，舞姿迷人，行列紛繁。倘若到陽臺去侍寢於楚王，豈止是能比朝雲還要強。

【研　析】此詩以兩大美女為典型，一是神話傳說中的仙女智瓊，一是歷史上著名的才女卓文君，以塑造歌女形象。「蛾眉」二句狀寫歌女的美豔，「歌齊」二句讚其多能，「若向」二句讚其大膽而多情。作者想像自然，並以裝飾、歌舞烘托仙女美麗的姿色，天上人間，渾然一體，短小精巧，情趣橫生。

此詩結穴在讚美歌女對愛情的追求。在作者筆下，愛情是人生最純潔的感情，生活中最高的權利，是超越仙凡、無分貴賤的。這實際上是為妓女鳴不平，亦藉此為自己的政治要求而呼喊。

銅雀妓二首

【題　解】銅雀妓，樂府名。亦名〈銅雀臺〉。《樂府詩集》入〈相和歌辭・平調曲〉。銅雀，原為臺榭名。也叫銅爵臺。乃曹操於建安十五年在鄴城（今河南臨漳境內）修建。臺高極，上有銅鑄之雀，故名。據《鄴都故事》記載：曹操死後葬鄴之西崗，遺命宮妓「每朔望登銅雀臺，望吾西陵」。後人因作〈銅雀妓〉並詩。作者曾往冀州一遊。〈銅雀妓二首〉大約就是這段時間的作品。其一寫銅雀臺歌妓舞女在曹操死後的淒涼景況，並寄予深厚同情。其二寫幽閉深宮的歌女生不如死。

其一

金鳳鄰銅雀，漳河望鄴城❶。君王無處所，臺榭若平生❷。舞席紛何就，歌梁儼未傾❸。西陵松檟冷，誰見綺羅情❹。

【注釋】❶金鳳鄰銅雀二句　金鳳，原指金製的鳳凰。據《續齊諧記》載：漢宣帝賜霍光皂蓋車，至夜，車上金鳳亡去，曉乃還。南郡黃君仲於北山羅得一金鳳，詣闕獻之，俄飛入光家車上。此指臺名。即銅雀臺。《三國志·魏書·武帝操》載：建安十五年冬作銅爵臺，建安十八年作金虎臺。後北齊文宣帝始改銅雀曰金鳳。據此，金鳳或為金虎之訛。或「鄰」字誤。漳河，山西東部有清漳、濁漳兩河，東南流至河北、河南兩省邊境，合為漳河。此指濁漳河，在當時河北道相州鄴縣北面。鄴城，春秋齊桓公始築，自戰國至十六國各朝多定都於此。有南、北二城，此處指北城，曹魏因舊城而增築，周二十餘里，北臨漳水，城西北隅列峙金虎、銅雀、冰井三臺。舊址在今河北臨漳西南。❷君王無處所二句　君王，指曹操。曹操曾受封魏王，死後追為武帝。無處所，沒有定處。曹操墓有七十二疑冢，故云。臺，指銅雀言。若平生，如操生時。平生，猶言平素、往常。❸舞席紛何就二句　席，古人席地而坐，所以席作座位解。一作「筵」。紛，眾多。何就，還有誰來就坐。何，一作「可」。歌梁，《列子·湯問》：古歌女韓娥在齊國雍門賣唱為生，後離開雍門，人們仍感覺到她的歌聲還是「餘音繞梁，三日不絕」。此指舞庭。❹西陵松檟冷二句　西陵，操之墓。曹丕篡位，尊謚為武帝，遂名為陵。松檟，陵前樹木。綺羅，指穿著華麗服飾的歌女。

【語譯】金虎臺緊挨著銅雀臺，鄴城面對著濁漳河。魏王已沒有地方可尋，而亭臺樓榭卻一如往常。當年觀看歌舞的眾多席位還陳列著，可有誰來坐，舞廳還是那麼莊嚴，沒有傾圮。魏王墓地周圍的松樹和檟樹陰森森，身著華麗服飾的歌女的情思有誰懂得。

【研　析】前二句羅列「金鳳」、「銅雀」、「漳河」、「鄴城」，並貫以「鄴」、「望」二字，寫得如君王仍在，故第四句接以「臺榭若平生」。第三句下「君王無處所」一語，說得如夢方醒，卻原來已物是人非事事休。五六兩句承三四兩句而來，言舞席雖紛然陳列而無人就坐，故曰「無處所」也；歌梁依然高懸頭頂，故曰「若平生」也。末二句「誰見」二字，見出歌女孤單無人憐，與首二句「鄴」、「望」的宏大場面相比，此女則顯得多麼渺小，多麼無助！竟不如西陵旁的松櫝尚能日夜陪伴君王。松櫝之冷，歌女之身心較之更冷！中間三四兩句實是詩的關鍵，而「冷」字是詩眼。

其　二

妾本深宮妓，層城閉九重❶。君王歡愛盡，歌舞為誰容❷。錦衾不復襞，羅衣誰再縫❸。高臺西北望，流涕向青松❹。

【注　釋】❶妾本深宮妓二句　妾，歌女自稱。深宮，指銅雀臺。層城，指高高的王宮。《淮南子・墬形》：「昆侖山有層城九重。」九重，極言其深幽。《楚辭・九辯》：「豈不鬱陶而思君兮，君之門以九重。」朱熹集注：「予心雖思君，而君深邃不可至也。」❷君王歡愛盡二句　君王，指曹操。為誰容，為誰梳妝打扮。《詩經・衛風・伯兮》：「豈無膏沐，誰適為容？」❸錦衾不復襞二句　錦衾，緞被。《詩經・唐風・葛生》：「角枕粲兮，錦衾爛兮。」襞，摺疊。羅衣，輕軟絲織品所做的衣服。❹高臺西北望二句　高臺，即指銅雀臺。西北，曹操的陵墓在鄴城西三十里的西崗上。故此西北指代西陵。青松，古時墳地周圍種植松柏等樹木以誌墓。此處指西陵。庾信〈擬詠懷〉：「徒勞銅爵妓，遠望西陵松。」

【語　譯】我原是銅雀臺裏的一名歌女，被高高王宮的重重大門深深鎖閉。君王對我的歡愛消失後，我還能為誰打扮、為誰歌舞。綢緞的被子懶得摺疊了，誰還有心情去縫製綾羅的衣裙。從這銅雀臺向西北遙望西陵，對著那籠罩著墳墓的青松只有兩行淚水。

【研　析】首二句感歎身世，沈鬱悲涼之氣籠罩全篇。據史書記載，銅雀臺很高，上有宮房一百二十間，歌妓們被關閉在重重宮門之中。這裏的「閉」字表現出了深宮裏歌妓沒有自由的痛苦。頷聯進一步描寫歌妓內心的孤寂。她們本來是用自己的姿色、技藝博取君王的歡心的。曹操死了，還為誰歌舞，為誰修飾容貌呢！然而她們仍然得按照曹操的遺命，「每月十五，輒向帳前作妓樂」，為曹操的「魂靈」歌舞。這不是更可悲嗎？頸聯寫歌妓沒有任何希冀和熱情，華貴的鋪蓋不再折疊，綾羅的衣裙也不想再縫製。尾聯承上聯之意作結，言「流涕向青松」者，則求死而不能，竟不如墳頭青松能陪伴君王，其涕淚亦冰冷。這首詩不同於一般的憑弔懷古詩，對於史事不予議論，而以歌妓的口吻自歎自哀，而實是為了以古喻今，針對當時幽深的宮廷生活有感而發的。用意隱然，最為得體。

在結構上，此二詩裁樂府以入律，轉合照應，一氣渾成。

聖泉宴

【題　解】聖泉，又稱聖公泉。傳云昔有人於此修行得道，卓地出泉，能癒萬病，遇旱不竭，故名。在今四川中江縣東南玄武山。王勃因〈檄英王雞〉文被斥出沛王府後客遊劍南，於咸亨元年（西元六七〇年）九月九日和盧照鄰、邵大震等登玄武山。本詩是作者遊玄武山諸詩文之一。前有序。詩抒寫聖泉景物之美，宴遊興致之高。

披襟乘石磴，列籍俯春泉❶。蘭氣熏山酌，松聲韻野弦❷。影飄垂葉外，香度落花前❸。興洽林塘晚，重巖起夕煙❹。

【注　釋】❶披襟乘石磴二句　披襟，敞開衣襟。多喻舒暢心懷。宋玉〈風賦〉：「有風颯然而至，王迺披襟而當之曰：『快哉此風！』」乘，爬上。石磴，狹窄的石級山路。謝靈運〈入華子崗是麻源第三谷〉詩：「石磴瀉紅泉。」磴，一作「蹬」。列籍，依次就坐。籍，通「藉」。一作「席」。《文選》孫綽〈遊天台山賦〉：「藉萋萋之纖草。」李善注：「以草薦地而坐曰藉。」庾信〈步虛詞〉：「春泉下玉溜。」❷蘭氣熏山酌二句　蘭氣，蘭草的芳香。《漢書・禮樂志》：「〈郊祀歌〉：『百末旨酒布蘭生。』」顏師古注：「百末，百草華之末也。旨，美也。以百草華末雜酒，故香且美也。事見《春秋繁露》。」熏，一作「薰」。山酌，山野人家所釀製的酒。此指山間酒宴。庾信〈和樂儀同苦熱〉：「美酒含蘭氣，甘瓜開蜜筒。」韻，聲音相協和而有韻味。野弦，村野的琴弦。《白氏六帖事類集》卷一「風」：「琴曲有〈風入松〉。」荀仲舉〈銅雀臺〉：「況復歸風便，松聲入斷絃。」❸影飄垂葉外二句　梁簡文帝蕭綱〈秋夜〉：「花心風上轉，葉影樹中移。」度，飄過。梁簡文帝蕭綱〈梅花賦〉：「標半落而飛空，香隨風而遠度。」❹興洽林塘晚二句　興洽，興致歡暢。林塘，樹林和池塘。重巖，高峻而連綿的山巖。棗據〈遊覽〉詩：「重巖吐神溜，輕觴挹酒漿。」王融〈奉和南海王殿下詠秋胡妻〉：「高樹升夕煙，層樓滿初月。」

【語　譯】敞開衣襟爬上窄狹的石級山路，在長滿春草的聖泉邊依次就坐。山野的酒宴透著春蘭的香氣，陣陣松濤的伴奏使山村的琴聲變得和諧有味。光影在樹葉之外飄閃，馨香在落花之前散發。意興酣暢，樹林和池塘不覺被夜幕籠罩，重重疊疊的山崖冒出嫋嫋的暮靄。

【研　析】詩前有序，云：「玄武山有聖泉焉，浸淫歷數百千年，乘巖泌湧，接磴分流，下瞰長江，沙堤石岸，咸古人遺跡也。茲乃青蘋綠芰，紫苔蒼蘚，遂使江湖思遠，寤寐寄託。既而崇巒左岐，石壑前縈，丹崿萬尋，碧潭千頃，松風唱響，竹露熏空。瀟瀟乎人間之難遇也，方欲以林壑為天屬，琴樽為日用。嗟乎！古今代謝，方深川上之悲；少長偕遊，且盡山陰之樂。盍題芳什，共寫高情。詩得泉字。」這是一篇寫景簡潔而抒情優雅的短文，而詩是此文的深化和韻律化。

首句寫登山，次句及聖泉。頷聯從味覺和聽覺的脫俗不凡寫聖泉宴，具足次句。著「熏」、「韻」二動詞，讓人倍覺親切。雖字意頗重，以流麗而不覺。《唐詩鏡》評曰：「三四琢矣，然琢而不傷，其氣渾渾。」頸聯從視覺和嗅覺的美妙，寫石徑兩旁林間的自然景色。「飄」、「度」，見客人高情逸興。此是仰視所得之景，具足首句。尾聯「林塘」二字總結中間兩聯，「重巖」應「乘石磴」，以「起夕煙」之景襯托「興洽」二字。王勃在宦海中遭受挫折，開始「雅厭城闕，酷嗜江海」。結句幽潤秀發，含不盡之意於言外。

尋道觀

【題　解】此詩在蜀中作。一本題下有原注云：「其觀即昌利觀，而張天師居也。」昌利觀，在劍南道漢州金堂縣（今四川成都）昌利山。張天師乃漢張道陵後裔的封號，後民間亦泛稱張道陵及其後裔、門徒為「張天師」。此詩讚昌利觀之美，且言升仙不得的遺恨。

芝廛光分野，蓬闕盛規模❶。碧壇清桂閾，丹洞肅松樞❷。玉笈三山記，金箱五嶽圖❸。蒼虯不可得，空望白雲衢❹。

【注　釋】❶芝廛光分野二句　芝廛光分野，言道觀就像天上神仙的芝田，使它在地上的分野劍南（益州）得到光耀。芝廛，仙家住處。猶言芝田。芝，一作「枝」。廛，居住區域之稱。《海內十洲記》載：東海中心方長洲，仙家數十萬，耕田種芝草，課計頃畝，如種稻狀。光，光耀。分野，古人將星空的劃分和地面的區域聯繫起來，地面上的某一區域在星空的某一範圍之內，故稱星分野。其天象的變化暗示著地上相應分野的吉凶。蓬闕，神仙所居。《史記・封禪書》：「蓬萊、方丈、瀛洲，此三神山者，其傳在渤海中，黃金銀為宮闕。」此喻指昌利觀。規模，原指制度、程式。此指氣概、氣勢。《漢書・高帝紀》：

「規模弘遠矣。」❷碧壇清桂閾二句　碧壇，青石道壇，道教舉行法事的場所。桂閾，桂木造的門檻。桂，一作「柱」。閾，一作「影」。丹洞，道士煉丹之所。此指道觀。松樞，松木製的門扇轉軸。樞，門樞。❸玉笈三山記二句　玉笈、金箱，猶《玉樞經》所謂開寶笈之類，蓋以金玉言之，極其貴美。笈，篋，所以負而載物者。箱，亦篋。三山，傳說中的海上三神山。晉王亮《拾遺記・高辛》：「三壺，則海中三山也。一曰方壺，則方丈也；二曰蓬壺，則蓬萊也；三曰瀛壺，則瀛洲也。」五嶽圖，據《神仙傳》卷七：帛和入西域山，事王君，視壁三年，得《神丹方》及五嶽圖。五嶽，道教謂五座仙山。即東嶽廣乘山，南嶽長離山，西嶽麗農山，北嶽廣野山，中嶽崑崙山。見明楊慎《丹鉛總錄・地理》引《道經》。❹蒼虬不可得二句　蒼虬，青色的龍。升天時所乘。虬，龍子無角者。曹植〈九詠〉：「駟蒼虬兮翼轂，駕陵魚兮驂鯨。」得，一作「見」。空望，徒然地遙望。白雲，指神仙所居，即帝鄉。《莊子・天地》：「千歲厭世，去而上仙，乘彼白雲，至於帝鄉。」衢，四達之謂衢。

【語　譯】昌利觀就像天上的芝田，光芒照耀著美麗的劍南道，又像海中神仙的宮闕，氣勢是多麼的宏偉。青石道壇的桂木門戶是如此清靜，煉丹爐的松樹門軸是如此莊嚴。寶玉裝飾的書篋中珍藏著有關海上仙山的載籍，金製的箱子中保存著五座著名仙山的地圖。我想乘坐著去遊仙的青色虬龍不能到手，只有眼巴巴地仰望著那飄浮白雲的天街。

【研　析】首二句先寫道觀的位置和規模，將道觀比作天上的芝廛、海上的蓬闕，言下之意是名聞久矣而未得見，暗應題中「尋」之一字。「尋」者，尋聲來訪之謂也。「碧壇」二句，實應首句之「光」字而來，擇其法壇和燒丹之處二個典型場景以寫道觀，又用「碧」、「丹」二形容詞顯其鮮妍之景觀，使道觀之形象鮮明如畫地突出在讀者眼前。「玉笈」二句，以「三山記」、「五嶽圖」代寫此道觀的整體布局和規制，雖不無誇飾之嫌，然正呼應次句「盛規模」三字。不直寫道觀規模，而寫珍藏在書篋中和道觀有關的文獻圖紙，這是作者匠心獨運之妙。末二句，「白雲衢」，亦即道觀之所在。「空望」二字，應題中「尋」之一字。以自己升仙不可得的遺憾心情，側筆寫道觀之美、道士之高不可及。此詩藏飾華麗，隱曲委婉，意境浩渺幽靜。

散關晨度

【題　解】散關，即大散關，在今陝西寶雞西南。此為作者於咸亨三年（西元六七二年）北返長安途中經散關時所作。詩中寫清晨過大散關的情景，表現其不畏山川險阻、超凡脫俗的形象。

關山凌旦開，石路無塵埃❶。白馬高譚去，青牛真氣來❷。重門臨巨壑，連棟想崇隈❸。即今揚策度，非是棄繻回❹。

【注　釋】❶關山凌旦開二句　關山，關隘和山嶺。此指大散關。凌旦，即平旦、清晨。鮑照〈代放歌行〉：「雞鳴洛城裏，禁門平旦開。」石路，徐陵〈山齋〉：「山寒微有雪，石路本無塵。」❷白馬高譚去二句　白馬高譚，《韓非子・外儲說左上》：宋國有辯士兒說持「白馬非馬」論，以為白是一種顏色，馬是一種物體，二者不同。故不可說「白馬是馬」，只可說「白馬非馬」。齊國稷下能言善辯者與之論難，皆為之折服。但他騎著白馬過關時，卻看著白馬要交關稅而不能為辭了。高譚，猶言高談、善辯。譚，同「談」。青牛真氣，《列仙傳》：老子乘青牛度函谷關，關令尹喜見有紫氣從東南來，以為聖人至，迎之，果得老子。又傳云老子西入關後往遊蜀地而不返。此暗指自己從蜀地返長安。❸重門臨巨壑二句　重門，一層層的門。《易・繫辭》：「重門擊柝。」連棟，接連不斷的房屋。仲長統《昌言・理亂篇》：「豪人之室，連棟數百。」此指高大堅固、戒備森嚴之門。想，猶言仰望。一作「起」，或作「接」。崇隈，高山。隈，山彎曲處。❹即今揚策度二句　策，馬鞭。棄繻，《漢書・終軍傳》：「軍字子雲，濟南人，漢武朝為博士，初步入關，關吏與繻，軍曰：『丈夫西遊，終當傳還。』棄繻而去。後為謁者給事中，建節東出關，關吏識之曰：此使者，前棄繻生也。」繻，在絲綢上寫字，撕開各執一半，將來對合以為憑信。一般過關者皆乘傳車，而乘高車駟馬者不用查驗憑信。終軍棄繻，志在顯赫，不乘高車駟馬不再過此關。

【語　譯】大散關天剛亮就已敞開，出入散關的石路沒一點塵埃。有騎著白馬、高談闊論的人出去，又有坐著青牛駕的車、滿身仙氣的人進來。重重的關門下臨又深又大的山溝，接連不斷的樓房仰望著險峻的高山。現在我就要揚鞭過關了，卻不像漢代終軍扔掉絲綢憑信後做高官回來。

【研　析】首二句，寫散關之「晨」。「白馬」二句，寫題中「度」字，「白馬」是人之度，「青牛」是我之度。二句都用故典而寫今情：騎白馬的人固是威風，也要接受關吏的盤查；而我騎青牛，亦有灑脫不羈之處。「重門」二句，應首句，具寫散關之森嚴。因是「晨度」，景物模糊不清，故著一「想」字。前「白馬」句暗示著不愉快的經歷已過去，「青牛」句預示好運即將來臨，或者說隱退之心已漸萌。故可以說「非是」句乃是承「青牛」句而來者。作者在少年時期非常佩服孟嘗君、賈誼、宗慤、班超、終軍等歷史人物，而自蜀返長安重又過散關的此時，卻明確地和終軍唱了反調。經歷過宦途的曲折之後，作者的思想發生了改變，即如他在〈遊山廟序〉中所說的，開始「雅厭城闕」了。

別薛華

【題　解】題一作〈秋日別薛昇華〉。作者有〈秋夜於綿州羣官席別薛昇華序〉，中云昇華乃其同鄉、通家好友。視其內容二篇殆高宗總章二年（西元六六九年）入蜀後同時作。按薛華即薛曜，字昇華。《新唐書・宰相世系表》：「薛曜，字昇華，給事中，襲汾陰男。」《舊唐書・薛元超傳》稱薛曜「亦以文學知名」。此詩抒異地他鄉送別故友的難堪之情。

送送多窮路，遑遑獨問津❶。悲涼千里道，淒斷百年身❷。心事同漂泊，生涯共苦辛❸。無論去與住，俱是夢中人❹。

【注　釋】❶送送多窮路二句　送送，即一送再送，依依惜別之意。窮路，窮途末路。《後漢書・李固傳》：「守死善道者，滯涸窮路。」又，《世說新語・棲逸》注引《魏氏春秋》：「阮籍常率意獨駕，不由徑路，車跡所窮，輒哭而返。」此言前路之艱難。遑遑，同「惶惶」。心神不安的樣子。《孟子・滕文公下》：「則皇皇如也。」問津，問渡河處。《論語・微子》：「使子路問津焉。」❷悲涼千里道二句　千里道，孫楚〈征西官屬送於陟陽候作〉：「傾城遠追送，餞我千里道。」淒斷，悲苦欲絕之意。百年身，猶言一生。鮑照〈行樂至城東橋〉：「爭先萬里途，各事百年身。」❸心事同漂泊二句　心事，心裏盤算著要做的事。此處亦可作心情解。漂泊，舟船在水上漂浮不定。生涯，《莊子》：「吾生也有涯。」此處作生活解。❹無論去與住二句　去與住，遠行與送別之人。去，指薛昇華。住，作者自指。夢中人，《莊子・齊物論》：「方其夢也，不知其夢也。夢之中又占其夢焉，覺而後知其夢也，且有大覺而後知此其大夢也。而愚者自以為覺，竊竊然知之。」又，文殊師利王子對佛說偈曰：「卻來觀世間，猶如夢中事。」此言在現實中找不到落腳點。

【語　譯】送了又送，遠行人的路途充滿艱難，孤獨而心神不安地打聽前行的方向。遠行的路途沒有盡頭，心中透底的悲涼，想想自己這一輩子的前前後後，真是淒苦欲絕。我們的心情相同，都覺漂泊無依，我們的生活都是那麼地辛苦。無論是遠行的你還是送別的我，都像是活在夢中的人。

【研　析】這是一首成熟的五言律詩。首四句分寫二人，見其身世之悲。首句一「窮」字，次句一「獨」字，把送行人和遠行人悲苦的心情著意寫出，力透紙背。三句承「獨問津」而來，寫遠行人之「千里悲涼」，四句承「多窮路」而來，寫送行人一生的悲苦無告。後四句二人合寫，見其友愛之深。「心事同漂泊，生涯共苦辛」二句，一方面是同情與勸慰對方，一方面也是用以自慰。尾聯借老佛之語，將人生比作大夢，猶如醍醐灌頂，所有的執迷與痛苦都頃刻雲散。然說到底，這看似徹底的開釋，卻包含著沈重的無奈之情，沒有經歷過人生極苦的人是不能體會的。王勃二十出頭時因「戲為〈檄英王雞〉文」，竟觸怒了高宗，斥出沛王府而流落蜀中。這對一個少年即負盛名，素有遠大抱負的人來說，其內心的痛苦是可以想見的。《唐詩鏡》評曰：「率衷披寫，絕不作詩思。末語解愁，愁情轉甚。須知此等下語意味深厚。」「俱是夢中人」的「俱」字，與前「同」、「共」字連成一線，反復詠歎遭遇之不幸，仕途之坎坷，絲絲入扣，字字切題，又一氣流轉，確是感人至深。詩不著意寫「惜別」，而用感人的筆觸，抒發與薛華共同的身世之感，使人感到這種別離是何等痛苦，更顯出這對摯友的分手之難。此詩與作者的另一首〈送杜少府之任蜀川〉相比，雖題材相同，而風格情調迥異，前後判若兩人。這是由於作者在政治上屢遭挫折，未能擺脫個人的哀傷情緒所致。

重別薛華

【題　解】題一作〈重別薛昇華〉。薛昇華即薛華。此與前詩均為作者二十歲入蜀後的作品，內容差同。創作時間相隔應不遠，大約先別於綿州，後別於成都。

明月沈珠浦，秋風濯錦川❶。樓臺臨絕岸，洲渚亘長天❷。旅泊成千里，棲遑共百年❸。窮途唯有淚，還望獨潸然❹。

【注　釋】❶明月沈珠浦二句　沈珠浦，江邊的美稱。浦，水邊。《淮南子・墜形》：「水圓折者有珠，方折者有玉。」又，班固〈東都賦〉：「沈珠於淵。」秋風，一作「鳳飄」。濯錦川，即錦江。《文選》左思〈蜀都賦〉：「貝錦斐成，濯色江波。」劉逵注引譙周《益州志》曰：「成都織錦既成，濯於江水，其文分明，勝於初成。他水濯之，不如江水也。」❷樓臺臨絕岸二句　樓臺，一作「關山」。絕岸，又高又陡的河岸。郭璞〈江賦〉：「絕岸萬丈。」洲渚，《爾雅》：「水中可居者曰洲，小洲曰渚。」亘，綿延。長天，遼遠的天際。❸旅泊成千里二句　旅泊，猶言漂泊。旅，一作「飄」。棲遑，奔波不定，心神不安。班固〈答賓戲〉：「是以聖哲之治，棲棲遑遑。」遑，一作「遲」。❹窮途唯有淚二句　窮途，路的盡頭。喻路途艱難、無出路。參〈別薛華〉注❶。還，一作「還」。獨，特別之意。潸然，淚流的樣子。《詩經・小雅・大東》：「潸然出涕。」

【語　譯】明月升起在美麗的沈珠浦，秋風吹拂著清亮的濯錦川。高樓聳立在又高又陡的河岸，水中的洲渚橫亙在遼闊的天邊。漂泊之路延伸千里萬里，一輩子總是這樣奔波不定、心神不安。在路的盡頭只有兩行眼淚，遠望故鄉特別傷心。

【研　析】首四句，寫離別之景。首句寫明月照耀沈珠浦之優美，以寫薛華；次句寫秋風掃蕩濯錦川之肅殺，以寫己。三句寫送別之地，以應次句；四句寫遠行人漸行漸遠，以應首句。後四句，寫離別之情。一「共」、一「獨」相映，讓人何以堪。全詩抒情寫景融會一體，將彷徨、淒苦和盤托出，平實而深切，不須造作而自露丰姿。

遊梵宇三學寺

【題　解】梵宇，佛舍；寺廟。三學寺，故址在今四川金堂三學山。三學山隋唐時建上、中、下寺，即延祥、廣濟、鴻都寺，後分別改為法海、普濟、廣濟寺，總稱三學寺。三學，即佛家之經學、律學、論學。詩作於咸亨元年（西元六七〇年）入蜀後，寫遊覽三學寺之歡暢心情。學，一作「覺」。

香閣披青磴，琱臺控紫岑❶。葉齊山徑密，花積野壇深❷。蘿幌棲禪影，松門聽梵音❸。遽忻陪妙躅，延賞滌煩襟❹。

【注　釋】❶香閣披青磴二句　香閣，指寺廟。《維摩詰所說經．香積佛品》：「有國名眾香，其界一切，皆以香作樓閣。經行香地，苑園皆香。」庾信〈送炅法師葬〉：「尚聞香閣梵，猶聽竹林鐘。」香，一作「杳」。披，連接、連帶。磴，小阪；登陟之道。謝朓〈侍宴華光殿曲水奉敕為皇太子作〉：「青磴崛起，丹樓間出。」琱臺，雕飾花紋的美麗樓臺。琱，同「雕」。控，高懸。岑，小而高的山。❷葉齊山徑密二句　齊，齊整。此處作茂盛解。徑密，一作「路狹」。野壇，指寺外佛壇。壇，即曼荼羅，念誦佛經的壇場。張正見〈從籍田應衡陽王教作〉：「草發青壇外，花飛蒼玉邊。」❸蘿幌棲禪影二句　蘿幌，藤蘿結成的簾幕。王勃〈遊北山賦〉：「結蘿幌而迎宵，敞茅軒而待曙。」禪影，和尚打坐參禪的身影。松門，兩松相拱猶門狀，故稱松門。猶言松林之間。聽，一作「引」。梵音，念經誦佛之聲。❹遽忻陪妙躅二句　遽忻，頓然感到歡暢。忻，一作「欣」。妙躅，猶言雅遊。延賞，留連賞玩；長時間地觀賞。賞，一作「想」。煩襟，煩惱的心情。

【語　譯】一條條青石階路連接著香煙繚繞的寺廟，綺麗的樓臺聳立在紫色的山頭。樹葉茂盛，使山間小路變得錯綜複雜，鮮花怒放，把寺外的佛壇遮掩得很幽深。透過藤蘿結成的簾幕可窺見和尚打坐參禪的身影，松林中飄來令人深省的誦佛之聲。我頓然歡喜於能陪從來到這個美妙之處，久久的停下來觀賞，清洗了煩惱的心情。

【研　析】首二句，是立於山頂俯瞰之景，突出寺廟的崇高位置。因為三學寺非止一處，遠遠望去，連接三座寺廟的小路就好像青色的帶子，故著一「披」字；三座建在鮮花盛開的山上的廟宇又好像各占據自己山頭的一方領土，故著一「控」字。「披」、「控」二字下筆老辣，其妙在於將物擬人化、情感化。中四句，是遊寺所見。「葉齊」二句寫山徑與野壇；「蘿幌」二句寫禪影和梵音，主要訴諸於好奇的視覺形象，與首二句形成呼應。磴因「葉齊」而「青」，岑因「花積」而「紫」。有蘿幌，故稱璃臺；有松門，故稱香閣。披青磴、控紫岑，故堪稱妙躅；棲禪影、聽梵音，故能滌煩襟。末二句，寫遊寺之感。《瀛奎律髓》評此詩云：「四十字無一不工，豈減沈佺期、宋之問哉。裴行儉以『器識』一語少王、楊、盧、駱，彼專以富貴相取人，而文之以『器識』之說，吾未見裴之合於『四子』也。」言裴行儉既不知人，也不知詩，良是。

麻平晚行

【題　解】麻平，亦稱麻坪。在今四川樂山縣東。此詩乃入蜀紀行之作。寫傍晚征旅之淒清，抒厭倦宦遊、眷戀鄉土之情。

百年懷土望，千里倦遊情❶。高低尋戍道，遠近聽泉聲❷。礀葉才分色❸，山花不辨名。羇心何處盡，風急暮猿清❹。

【注釋】❶百年懷土望二句　百年，猶言一生。《列子．楊朱》：「百年，壽之大齊。」懷土，安於鄉土。《論語．里仁》：「君子懷德，小人懷土。」倦遊，厭倦宦遊，亦即厭倦做官。《史記．司馬相如列傳》：「長卿故倦遊。」❷高低尋戍道二句　戍道，戍壘關防之路。泉，一作「猿」。❸礀葉才分色　礀葉，山溝裏的樹葉。礀，一作「澗」。才，僅僅。❹羇心何處盡二句　羇心，指因旅泊而遊移不定的心情。猶言客思。鮑照〈還都道中〉：「愁來攢人懷，羇心苦獨宿。」暮猿，夜晚的猿鳴聲。清，淒清。庾信〈登廬山〉：「嘈囋晨鵾思，叫嘯夜猿清。」

【語譯】一輩子總希望安於鄉土，客遊千里之外滿肚子厭倦做官的心情。一腳高一腳低地尋找著戍壘關防的古道，泉水忽遠忽近地敲打著耳鼓。山溝裏的樹葉僅僅能分辨出顏色，山上的花朵也叫不出什麼名字。漂泊的心到什麼地方去訴說，秋風呼呼作響，夜晚的猿猴淒厲地哀鳴。

【研析】首二句直抒胸臆，興起無端，可見內心的衝突之劇烈而不可抑制。「百年」、「千里」，下語極其沈痛。末二句以「風急猿清」的聽覺形象寫旅途之急、之累。「羇心」二字，應首二句「懷土」、「倦遊」；「何處」應「百年」、「千里」。中四句寫離開麻平途中夜間景色，緊扣題中「晚行」二字，突出鄉思。此詩以情起，突兀而動人；以景結，含不盡之意於言外。語言平淡而清新，情思深切而淒涼。

送盧主簿

【題解】主簿，漢代中央及郡縣官署多置其官，主管文書，辦理事務。盧主簿，未詳何人。題一作〈送林慮盧主簿〉。則盧主簿是林慮人。按林慮乃河北道林州屬縣，在今河南林縣。作者另有〈別盧主簿序〉一文，殆是同一人。此寫與盧主簿依依惜別的深情。當是入蜀前在長安作。

窮途非所恨，虛室自相依❶。城闕居年滿，琴尊俗事稀❷。開襟方未已，分袂忽多違❸。東巖富松竹，歲暮幸同歸❹。

【注釋】❶窮途非所恨二句　窮途，指處境艱辛，沒有出路可言。用晉阮籍之典。參見〈別薛華〉注❶。虛室，指內心。《莊子·人間世》：「虛室生白，吉祥止止。」用屋室喻心，言心能空虛，就可以被白日照耀，因而吉祥之事就會跟著來到。以此喻他與盧主簿的交往是最大的吉祥之事。❷城闕居年滿二句　城闕，城樓及宮闕。此指京城長安。居年，逗留的時間。琴尊，琴與酒樽。亦作琴樽。謝脁〈和宋記室省中〉：「無歎阻琴樽，相從伊水側。」俗事，世事。《神仙傳》：「欒巴少而好道，不修俗事。」❸開襟方未已二句　開襟，敞開衣服，坦誠相見，相從甚樂。陸機〈猛虎行〉：「人生誠未易，曷云開此襟。」分袂，猶言分別。袂，衣袖。何遜〈仰贈從兄興寧寘南〉詩：「當憐此分袂，脈脈淚沾衣。」多違，久別。❹東巖富松竹二句　此二句暗用《論語·子罕》「歲寒，然後知松柏之後凋也」之典。東巖，即言東山。殆指長安東邊的驪山。松竹，松與竹，舊以喻節操堅貞之人。夏侯湛〈薺賦〉：「均貞固於松竹。」此有自勉自況之意。歲暮，本言歲末，一年中最寒冷的季節。此或又指人的晚年。幸，希望。同歸，同樣的志趣。潘岳〈金谷集作〉詩：「投分寄石友，白首同所歸。」

【語譯】世路艱難並不是我所埋怨的，我們內心虛靜，自然可以互相得到慰藉。在長安城中居留的時間足夠了，我們天天彈琴飲酒，幾乎沒有什麼世俗的煩惱。我們胸襟坦蕩，交往的意興正濃，突然就要執手面臨久久的分別了。東山松樹與竹林是多麼的茂盛，待到我們老了，希望能懷著同樣的志趣回到這裏。

【研析】前四句，以情語而起，寫他與盧主簿超凡脫俗的君子之交。因「城闕居年滿」，又要去尋找新的去處，然新的出路必定不是什麼好的去處，故曰「窮途」；因二人交遊以琴尊為樂，不涉俗事，故曰「虛室」。他們的精神世界是愉快的，能「相依」，故即使在人世間有多不愉快亦不「恨」。後四句，切題寫送別。「開襟」，指二人愉快的交往，「方未已」、「忽多違」，言其相聚何其短暫而離別何其突然。「忽多違」三字尤堪玩味。人生儘管聚少離多，但仍感到突然，顯示其與盧主簿友誼之洽、之切，而不捨之情多深。因痛苦之事是家常便飯，故應首句「窮途非所恨」，末二句也顯得相對的平靜。末二句，寄希望於離別後的重聚，然是否能同歸，則只有天知道了。「幸」字既熱又冷，苦澀之極。此詩先寫盧主簿居官屆滿，自得其樂；後寫離別和希望。「城闕」二句對「虛室」句，「開襟」二句對「窮途」句。敘寫簡約，結構縝密，慨歎沈鬱，情淒意切。

餞韋兵曹

【題解】餞，設酒食送行。兵曹，古代管兵事的職官。漢代為公府、司隸的屬官，唐代為府、州設立的「六曹」（亦稱「六司」）之一，在府稱兵曹參軍，在州稱司兵參軍。韋兵曹，未知何人。此詩寫秋日傍晚設宴送韋兵曹之事，抒依依不捨之情。當是蜀中作。

征驂臨野次，別袂慘江垂❶。川霽浮煙斂，山明落照移❷。鷹風凋晚葉，蟬露泣秋枝❸。亭皐分遠望，延想間雲涯❹。

【注釋】❶征驂臨野次二句　征驂，駕車遠行的馬。亦指旅人遠行的車。驂，車副。野次，郊外餞別之處。次，處所。別袂，舉手告別的友人。袂，衣袖。此代指人。謝惠連〈西陵遇風獻康樂〉：「飲餞野亭館，分袂澄湖陰。」江垂，即江邊。❷川霽浮煙斂二句　霽，雨過天晴。落照，落山的夕陽。❸鷹風凋晚葉二句　鷹風，猶言勁風。《漢書・五行志上》：「立秋而鷹隼擊。」後因以「鷹風」指秋風。《禮記・月令》：「仲春，鷹化為鳩。九月，鳩化為鷹。」蓋鳩化鷹之時，正秋高風急時，故曰鷹風也。蟬露，即清露。以蟬居高飲露，故其德高潔。泣，一作「泫」。❹亭皐分遠望二句　亭皐，水邊的平地。《漢書・司馬相如傳上》：「亭皐千里，靡不被築。」王先謙補注：「亭當訓平……亭皐千里，猶言平皐千里。皐，水旁地。」分，分割。即斷斷續續之意。延想，長久地思念。間，猶言入。雲涯，與雲相接之處、高遠之處。

【語　譯】遠行的車馬來到郊外餞別之地，舉手告別的人神情黯淡地站立在江邊。河川上雨過天晴，飄浮的輕煙消失了，晴朗的山頭，夕陽的餘暉慢慢隱去。大風吹落了最後的黃葉，秋天的樹枝上像是掛著哭泣的清露。在水邊平陸上一次又一次眺望遠方，深長的思念直達天邊。

【研　析】首句寫遠行之韋兵曹，次句寫己之送行。句中「臨」與「慘」二字，雖分屬兩句，似分言兩方，而實為二人共有，可見其依依不捨之狀。中四句，借景寫一「餞」字。江上雖然雨停住，卻又為浮煙所遮；山雖為太陽朗照，然已是黃昏時分，況又有肅肅秋風、寒蟬哀鳴。景語實亦情語，令人神傷。其中「川霽」二句寫其宴席情話多多，而不覺天時已晚；「鷹風」二句言其別後悽愴，孤獨欲絕。末二句，寫餞後送行者的癡情。一「分」字極妙，寫盡其既望而又不忍望，既致祝願又表擔憂的心情，耐人咀嚼。景色慘澹，情思深切，景與意會，渾融無跡。

白下驛餞唐少府

【題　解】白下，地名。在今江蘇南京西北。唐移金陵於此，改名白下縣，後因用為南京的別稱。白下驛，在江寧縣白下門旁邊。驛亭前有三株樹。李白〈金陵白下亭留別〉詩云：「驛亭三株樹，正當白下門。」少府，唐人稱縣尉。唐少府當是作者同鄉，此時成為好友，其欲赴長安，作者為之餞別，寫下此詩。詩中充滿對自己寄食境遇的慨歎，對朋友遠去的依戀和擔憂之情。據張志烈《初唐四傑年譜》，此詩應是作者十八歲赴東吳時所作。

下驛窮交日，昌亭旅食年❶。相知何用早，懷抱即依然❷。浦樓低晚照，鄉路隔風煙❸。去去如何道，長安在日邊❹。

【注釋】❶下驛窮交日二句　下驛，即指白下驛。窮交，患難之交。據《史記・平原君虞卿列傳》：戰國時，趙國宰相虞卿與魏國宰相魏齊自小即是窮朋友，後魏齊得罪秦國當權者，虞卿便辭去趙國相位，與魏齊一起跑到魏信陵君處求救，未果而魏齊自殺。《漢書・游俠傳》云：「趙相虞卿，棄國捐君，以周窮交魏齊之厄。」窮交日由此而來。昌亭，南昌亭的省稱。旅食，寄食。《史記・淮陰侯列傳》：韓信早年窮困，經常寄食於人。他曾去南昌亭長家中連吃幾個月閒飯，亭長妻不高興，韓信馬上離開了亭長家。❷相知何用早二句　相知，猶言相識。《楚辭・九歌・少司命》：「樂莫樂兮新相知。」懷抱，即胸懷。❸浦樓低晚照二句　浦樓，水邊的酒樓，即餞別處。鄉路，回鄉的路。風煙，猶風塵。梁吳均〈與宋元思書〉：「風煙俱靜，天山共色。」❹長安在日邊　日邊，指極遠的地方。猶言天邊。《世說新語・夙慧》：晉明帝年數歲，坐元帝膝上。有人從長安來，元帝問洛下消息，潸然流涕。因問明帝：「汝意謂長安何如日遠？」答曰：「日遠。不聞人從日邊來。」元帝異之。明日，集羣臣宴會，更重問之，乃答曰：「日近。舉目見日，不見長安。」

【語譯】在白下驛未做官而患難相交之時，寄食在昌亭時漂泊無依的年頭。彼此相知何須要早早認識，我們胸懷相通即依依難捨。水邊樓臺沐浴著夕陽的餘暉，回鄉的路被繚繞的雲煙所截斷。去吧去吧，不要說什麼了，你要去的長安正紅日高照。

【研　析】首二句，用故典以表白抒寫了作者與唐少府之間雖然交往時間不長，但處境相似。「相知」二句，謂開心見誠，一見定交。「懷抱」二字是一詩之眼。後四句，就題寫餞別，娓娓不絕地述說了惜別的深情。「浦樓」二句是餞宴時的實景。寫「浦樓」晚照而著一「低」字，頗感壓抑；寫「鄉路」風煙而著一「隔」字，更讓人迷惘自失。依依不捨之情盡在其中矣。然畢竟去不可留，又不能相隨而去，於是末二句故作開釋語，雖有苦味溢於言外，然境界自高，回應了「懷抱」二字。全詩既無虛文，也非俗套。

送杜少府之任蜀川

【題　解】少府，唐人稱縣尉。杜少府，其人未詳。蜀川，即西川。泛指今四川岷江流域、成都平原一帶。此乃王勃廢職前在京城長安送別一位姓杜的朋友到蜀地任縣尉時所作。詩中充滿對遠行友人的深切安慰與熱情勸勉。題一本為〈杜少府之任蜀州〉。「州」字殆誤。唐設蜀州時，王勃已卒。

城闕輔三秦，風煙望五津❶。與君離別意，同是宦遊人❷。海內存知己，天涯若比鄰❸。無為在歧路，兒女共沾巾❹。

【注　釋】❶城闕輔三秦二句　城闕，城樓和宮闕。此指京城長安。輔，護衛。三秦，項羽滅秦後，曾把關中地分為雍、塞、翟三個王國，史稱三秦。輔三，一作「俯西」。望，遙看。此作「連接」、「籠罩」解。五津，岷江古有白華津、萬里津、江首津、涉頭津、江南津五個著名渡口，合稱五津。此則泛指蜀地。❷同是宦遊人　同，一作「俱」。宦遊，在外地做官。❸海內存知己二句　海內，四海之內。亦即天下。比鄰，猶言近鄰。曹植〈贈白馬王彪〉：「丈夫志四海，萬里猶比鄰。恩愛苟不虧，在遠分日親。」❹無為在歧路二句　無為，猶言不要。〈古詩十九首〉：「無為守窮賤，轗軻長苦辛。」歧路，岔路。《後漢書‧鄧彪傳論》：「方軌易因，險途難御。故昔人明慎於所受之分，遲遲於歧路之間也。」歧，一作「岐」。兒女，少男少女。沾巾，猶言涕泣。《後漢書‧來歙傳》：「而反效兒女子涕泣乎？」

【語　譯】三秦大地護衛著長安，迷茫的風煙綿延到遙遠的蜀川。與你離別在即生出無限感慨，你我都是遠離故鄉而奔走仕途的遊子。人世間只要有志同道合的朋友，即使身在天涯也像是在近鄰。不要在分手的路上徘徊憂傷，像那多情的少男少女一樣讓淚水打濕衣裳。

【研　析】首句實寫，狀我送別之地；次句虛寫，點出杜少府即將遠遊之處。「城闕」，人所依戀而被三秦大地所擁護；「五津」，遙遠而為風煙所遮斷。而杜少府卻要離開依戀的地方，去到遙遠迷茫之處了。讀來不自覺為之傷歎。然開篇終是大手筆，將千里河山納入眼底，小小傷情又不在話下矣。因首聯已對仗工穩，為避免板滯，故次聯以散調承之，文情跌宕。「與君」二句，以自己相同的處境來寬解杜少府的傷別之情。三聯，推開一步，奇峯突起。言只要世上還有知心人存在，心就不會寂寞，身亦不覺孤獨。從構思方面看，顯然受曹植〈贈白馬王彪〉的啟發而來，但高度概括，自鑄偉詞，便成千古名句。尾聯緊接三聯，以勸慰杜少府作結。「在歧路」，點出題中「送」字。

江淹〈別賦〉云：「黯然消魂，惟別而已矣。」然全詩只以一二景語起，而議論委曲不絕，多少歎息，不見「黯然」愁語。開篇一「望」字，實攜雄峻之氣，是一詩之眼，而「輔」字只是其襯底耳。其後數句均在「望」字下衍生的多方安慰與勸勉。結句強言「無為」愁，愁實寓於紙背，而毫無逼仄之象，氣骨蒼然，其真情實意，感動人天。此詩開創了唐代新風格的詩派。

仲春郊外

【題　解】仲春，春季第二個月，即農曆二月。郊外，即城外。《爾雅》：「邑外謂之郊。」詩寫春日郊外脫俗之美景，歌唱擺落塵俗的自由。當作於蜀中。

東園垂柳徑，西堰落花津❶。物色連三月，風光絕四鄰❷。鳥飛村覺曙，魚戲水知春。初晴山院裏，何處染囂塵❸。

【注釋】❶東園垂柳徑二句　東園，泛指園圃。陶淵明〈飲酒〉：「青松在東園，眾草沒其姿。」徑，同「逕」。道路。陶淵明〈歸去來辭〉：「三逕就荒，松菊猶存。」堰，壅水的土壩。津，渡口。❷物色連三月二句　物色，即風景、景色。連三月，連續三個月。指整個春天。風光，猶言時光、風景。《文選》謝朓〈和徐都曹出新亭渚〉：「日華川上動，風光草際浮。」李周翰注：「風本無光，草上有光色，風吹動之，如風之有光也。」絕，超越。一作「繞」。❸囂塵　喧囂的塵土。喻喧鬧的塵俗。

【語譯】東邊園圃中有楊柳依依的小路，西邊水壩上有花落滿地的渡頭。這裏優美的景色連續著整個春天，亮麗的風光超越了四面八方。鳥兒觸著曙光飛過村落，魚兒遊戲在水中感受春的溫暖。剛放晴時灑滿陽光的山野小院中，哪裏能看見一絲喧囂的塵土。

【研析】前四句，著意以「垂柳」與「落花」狀寫仲春的自然美景。後四句，借「鳥飛」與「魚戲」為襯托，點明郊外山院中人事的雅靜。總之，是歌唱了內心一片純潔疏朗的自由狀態。措語立意，質樸清新。然詩中亦有瑕疵。《唐詩歸》鍾惺評「初晴」二句：「通篇皆稱，忽以此敗興語結之。苟安之過，最宜戒之。」又，詩既云「物色連三月」，則題為「仲春」稍嫌牽強、生硬，而題「季春」卻是更為合適的。

郊　興

【題解】此詩寫春日郊外閒居之美景及無拘無束的生活。殆作者任虢州參軍時所作。一本題作〈春郊興後〉。

空園歌〈獨酌〉，春日賦〈閒居〉❶。澤蘭侵小徑，河柳覆長渠❷。雨去花光❸

溼，風歸葉影疏。山人不惜醉，唯畏淥尊虛❹。

【注　釋】❶空園歌獨酌二句　空園，人跡稀少的園院。獨酌，樂府詩名。《樂府詩集》卷八十七〈雜歌謠辭〉引陳後主序曰：「齊人淳于髡善為十酒，偶效之作〈獨酌謠〉。」賦閒居，即像潘岳一樣作〈閒居賦〉。《晉書‧潘岳傳》：「既仕宦不達，乃作〈閒居賦〉。」《文選》潘岳〈閒居賦〉題下李善注：「〈閒居賦〉者，此蓋取於禮篇『不知世事，閒靜居坐』之意也。」含有不問世事之意。❷澤蘭侵小徑二句　澤蘭，菊科，多年生草本植物，葉對生，莖葉芳香，秋季開白花。謝靈運〈遊南亭〉：「澤蘭漸被徑，芙蓉始發池。」河柳，即檉柳。《文選》枚乘〈七發〉：「女桑河柳，素葉紫莖。」李善注：「《爾雅》曰：『檉，河柳。』郭璞曰：『今河旁赤莖小楊也。』」渠，水溝。❸花光　花的色澤。❹山人不惜醉二句　山人，隱居山中的人。《楚辭‧九歌‧山鬼》：「山中人兮芳杜若。」此喻不願做官、無拘無束的人。作者自指。淥尊虛，即酒樽空。淥，即醁字。酒名。一作「綠」。尊，酒尊。沈約〈酬謝宣城朓臥疾詩〉：「賓至下塵榻，憂來命綠尊。」尊，一作「樽」。

【語　譯】在空曠的院子裏我唱著〈獨酌謠〉，春天我像晉代潘岳一樣撰作〈閒居賦〉。澤蘭逐漸把人行小道遮蓋了，河柳也將長長的水渠籠罩著。一場雨下過，花的色澤變得溼漉漉，風聲靜止，樹葉影子顯得扶疏婀娜。散漫的山人不在乎昏醉如泥，只怕酒杯裏沒有美酒。

【研　析】首尾四句，寫人事人情，一氣徑達。儘管「獨酌」，然「不惜醉」，見其興致之高；儘管「閒居」，然不怕冷清，只怕「淥尊虛」，見其心胸無滓塵。中四句，寫自然景物，本身互為照應，「花光溼」乃是指「澤蘭」，「葉影疏」乃指「河柳」。而又與首尾四句相映托。「澤蘭」二句著「侵」、「覆」二字，見人跡罕至，則園「空」矣；「雨去」二句，言「葉影疏」，則人已醉眼迷濛矣；「花光」都已溼矣，當然不願酒杯空空。此詩造語不凡，如「溼」言光，「疏」言影，搖曳生姿，清潤可愛。

郊園即事

【題解】郊園，指城外園林風景地。《文選》沈約〈酬謝宣城朓臥疾詩〉：「晚沐臥郊園。」即事，面對眼前事物。陶淵明〈癸卯歲始春懷古田舍〉：「雖未量歲功，即事多所欣。」此指以當前事物為題材的詩。詩寫其郊園閒居之景與自得之情。殆作於虢州司法參軍任。

煙霞春旦賞，松竹故年心❶。斷山疑畫障，縣溜瀉鳴琴❷。草偏南亭合，花開北院深❸。閒居饒酒賦，隨興欲抽簪❹。

【注釋】❶煙霞春旦賞二句　煙霞，五彩雲氣。何遜〈南還道中送贈劉諮議別〉：「天末靜波浪，日際斂煙霞。」此指山水勝景。春旦，春天的早晨。旦，一作「早」。賞，心儀的美景。松竹，松樹和竹子。舊時詩文中常用作堅貞不渝的象徵。故年，舊年；往年。徐陵〈春情〉：「風光今旦動，雪色故年殘。」❷斷山疑畫障二句　斷山，陡峭壁立的高山。劉義慶《世說新語·賞譽》：「世目周侯，嶷如斷山。」畫障，畫有山水花鳥的屏風。障，屏風。縣溜，即瀑布。縣，同「懸」。鳴琴，清脆悅耳的琴聲。❸草偏南亭合二句　南亭，園中南邊的亭子。合，猶言閉。亦即長滿之意。開，一作「濃」。❹閒居饒酒賦二句　閒居，用晉潘岳罷職後撰〈閒居賦〉之典。參〈郊興〉注❶。饒，逸樂。酒賦，《西京雜記》卷四：「梁孝王遊於忘憂之館，集諸遊士，各使為賦……鄒陽為〈酒賦〉。」後遂以「酒賦」指喜好飲酒賦詩。此指酒與賦。隨興，興之所至。猶言即興。抽簪，即棄官不做。簪，古人用來綰定髮髻或冠的長針。古時做官者須束髮整冠，用簪連冠於髮，故稱引退為「抽簪」。張華〈詠史〉：「抽簪解朝衣，散髮歸海隅。」鍾會〈遺榮賦〉：「散髮抽簪，永絕一丘。」此可解作興奮而「忘形」之意。

【語譯】在春天的早晨欣賞山水勝景，這青松翠竹能代表我平素堅貞不渝的心性。陡峭壁立的高山好像彩色的屏風，瀑布飛瀉而下如一首轟鳴的琴曲。春草繁密，長滿了南亭周圍的土地，鮮花盛開在郊園北院的幽深之處。閒居中每日以飲酒賦詩為樂，興之所至甚至可以脫掉官帽辭職不幹。

【研　析】首二句，言郊外有自然美景可賞目，有松竹可為友而以明心性。其悠遊之樂灑然。「春旦」，言其一年最美好時刻也。然往年大部分時間在做什麼，今年又將要去做什麼呢？自然是忙忙碌碌地宦遊，只是不說破罷了。於是詩末下「閒居」一語，表示對「春旦」的格外珍愛。「故年」，言其一貫、平常也。然言下之意已見如今之景況實非如此，故有詩末「欲抽簪」之語與之回應。中四句，寫郊園春景。「斷山」二句主要照應首「煙霞」語，「草徧」二句主要照應末「閒居」二字。景如此美，人如此閒，故末二句是順勢生發，水到渠成也。

宋魏慶之《詩人玉屑・命意》：「凡作詩須命終篇之意，切勿以先得一句一聯，因而成章，如此則意不多屬。然古人亦不免如此，如述懷、即事之類，皆先成詩，而後命題者也。」謝靈運〈遊南亭〉詩云：「我志誰與亮，賞心惟良知。」首二句用此。然則此詩殆從謝靈運詩歌啟發下先有首聯而後成章耶？

觀佛跡寺

【題　解】佛跡寺，即三學寺。據《法苑珠林》卷三十五載，隋開皇十二年，寺東壁有佛跡現，長尺八寸，闊七寸，故稱。三學寺，見〈遊梵宇三學寺〉題解。詩寫三學寺佛跡殘存景觀，抒變遷之感。作於蜀中。

蓮座神容儼，松崖聖趾餘❶。年長金跡淺，地久石文疏❷。頹華臨曲磴，傾影覆前除❸。共嗟陵谷遠，俄視化城虛❹。

【注釋】❶蓮座神容儼二句　蓮座，蓮花座，亦即佛座。佛座作蓮花形，故稱。神容，指佛像。儼，恭敬；莊重。一作「促」。松崖，長有青松的崖壁。聖趾，佛的足跡。趾，腳。一作「跡」。❷年長金跡淺二句　年長，時間久遠。金跡，即指佛跡。地久，與「年長」互文，即言寺院的歷史悠久。石文，石上的花紋。文，同「紋」。一作「芝」。❸頹華臨曲磴二句　頹華，衰敗的樹花。曲磴，曲折的石路。傾影，亦即夕陽、斜陽。前除，殿前臺階。覆，一作「赴」。除，一作「途」。❹共嗟陵谷遠二句　嗟，一作「悲」。陵谷，丘陵變為山谷，山谷變為丘陵。《詩經・小雅・十月之交》：「高岸為谷，深谷為陵。」喻年代的久遠，世事的遷移。化城，一時幻化的城郭。佛教用以比喻小乘境界。佛欲使一切眾生都得到大乘佛果。然恐眾生畏難，先說小乘涅槃，猶如化城，眾生中途暫以止息，進而求取真正佛果。見《法華經・化城喻品》。謝靈運〈緣覺聲聞合贊〉：「厭苦情多，兼物志少。如彼化城，權可得寶。誘以涅槃，救爾生老。」此處指佛寺。城，一作「成」。

【語　譯】蓮花座上的佛像多麼莊嚴，長滿青松的崖壁上遺留有佛的腳印。年代悠遠，佛跡變得很淺，山崖古老，石上的紋路變得很稀疏。殘敗的樹花掉落在曲折的石路，斜陽灑滿殿前的臺階。人們都感歎世事因時間的流逝而發生巨大變化，瞬間就可看見佛寺的幻滅虛無。

【研　析】首句，以蓮座神容寫寺的莊嚴。次句，寫佛跡，言此寺就建在松崖佛跡旁，故稱佛跡寺。「儼」和「餘」是觀之大概印象，然已是對比強烈，動人心弦矣。「年長」二句，寫松崖佛跡的「淺」、「疏」，以應前之「餘」字；「頹華」二句，寫曲磴、前除，似可見寺之規模，以應前之「儼」字。然以「頹華」、「傾影」寫之，亦有感慨係之矣。「臨」、「覆」二動詞，也以時間的推移暗示事物的變化。末二句，寫觀後的感慨。佛跡是寺的昨日前身，也是其未來結局。而前身、未來都歷歷在目，對比鮮明，故有「共嗟」、「俄視」之語的驚歎。

山居晚眺贈王道士

【題　解】山居，山中的住所。此指道觀。王道士，事蹟未詳。此詩寫山中道觀黃昏之景及道侶們不俗的生活。

當是作者入蜀後在金堂縣山居贈王道士時所作。

金壇疏俗宇，玉洞侶仙羣❶。花枝棲晚露❷，峯葉度晴雲。斜照移山影，迴沙擁籀文❸。琴尊方待興，竹樹已迎曛❹。

【注釋】❶金壇疏俗宇二句　金壇，傳說中茅君修道之所。《太平御覽》卷六百六十三引《茅君傳》：「句曲山洞周一百五十里，秦時名為句金之壇，漢時三茅君得道，來治此山。」後道教用以稱供奉神仙的壇。范雲〈答句曲陶先生〉：「石戶棲千秘，金壇謁九仙。」此指王道士所住之道觀。疏，疏離；遠離。此可解作「不同於」。俗宇，世俗人家的居室。玉洞，岩洞的美稱。亦指仙道或隱者的居所。虞羲〈見江邊竹〉：「金明無異狀，玉洞良在斯。」此指作者所訪山居。侶仙羣，與羣仙結伴。仙羣，指道士。❷露　一作「霧」。❸斜照移山影二句　斜照，即夕陽。斜，一作「落」。籀文，即篆文。周宣王時太史籀作大篆，故又稱籀文。籀，一作「溜」。❹琴尊方待興二句　琴尊，琴與酒杯。見〈送盧主簿〉注❷。待興，興致還未到來。曛，黃昏日落時的餘光。

【語譯】供奉神仙的金壇大不同於世俗的居室，修煉的岩洞裏仙道成羣結伴。繁花點綴的枝頭灑滿了秋夜的露水，山峯樹葉上飄過晴朗的雲彩。夕陽下墜，山影移動，迴捲的河沙堆積著篆文的模樣。彈琴飲酒正興致漸濃，翠竹和樹木已灑滿了夕陽的餘暉。

【研析】首二句，寫山中道觀之雅及道侶之盛。中四句，寫山中黃昏之景：「花枝」句是近景，「峯葉」句是遠景，「斜照」句是仰視之景，「迴沙」句是俯視之景。此四句寫景本無奇勝處，除能暗示仙羣宴集時間之長外，亦別無深意，惟「擁籀文」三字，似能顯示此山居之古趣而已。末二句，即明言宴集興致正濃而時已晚。此是應酬之體，雖有雕琢之痕，然寫景層次不亂，抒情超逸清高，不失為一首好詩。

八仙逕

【題　解】八仙逕，在劍南道漢州金堂縣（今屬四川成都）昌利山三學寺以南。八仙，指容成公、李耳、董仲舒、張道陵、莊君平、李八百、范長生、爾朱先生。晉譙秀《蜀紀》以為八人均在蜀得道成仙。逕或因此名。此詩題下一本有原注云：「(三學)寺南又有昌利觀，去寺可數里，巖逕窈窕，杖而後進。」則八仙逕在昌利觀中或附近。昌利觀，見前〈尋道觀〉題解。此是一首遊仙詩，寫攀援八仙逕遊訪昌利觀的經過，表明自己擺脫世俗求仙之渴望。作於蜀中。

柰園欣八正，松巖訪九仙❶。援蘿窺霧術，攀桂俯雲煙❷。岱北鸞驂至，遼西鶴騎旋❸。終希脫塵網，連翼下芝田❹。

【注　釋】❶柰園欣八正二句　柰園，亦作柰苑。《維摩詰經．佛國品》：「聞如是，一時佛遊於維耶離柰氏樹園，與大比丘眾俱。」後因用以稱佛寺。柰，果名，有青、赤、白三種。一作「大」。八正，即八正道。佛家語。《文選》王中〈頭陀寺碑文〉：「憑五衍之軾，拯溺逝川；開八正之門，大庇交喪。」李善注：「《大品經》說八正曰：『正見、正思惟、正語、正業、正命、正精進、正念、正定。』」九仙，即九類仙人。見〈上巳浮江宴韻得阯字〉詩注❷。❷援蘿窺霧術二句　援蘿，攀援藤蘿。窺，一作「規」。霧術，製霧的道術。《後漢書．張楷傳》：「(楷)性好道術，能作五里霧。時關西人裴優亦能為三里霧，自以為不如楷，從學之，楷避不肯見。」攀桂，即爬上桂樹。意謂到隱士所居之深谷去。《楚辭．招隱士》：「攀援桂枝兮聊淹留。」桂，一作「林」。煙，一作「阡」。❸岱北鸞驂至二句　岱，即泰山。齊國臨淄在泰山以北，故稱岱北。一作「代」。鸞驂，神話中仙人所駕之鸞車。遼西鶴騎，傳云遼東人丁令威離家學道於靈墟山。後化鶴歸，集城門華表柱，徘徊空中而言曰：「有鳥有鳥丁令威，去家千年今始歸。城郭如故人民非，何不學仙冢纍纍。」遂高上沖天。見《搜神後記》。此言遼西，未知何故。旋，回還。❹終希脫塵網二句　塵網，舊謂人在世間受到種種束縛，如魚在網，故稱塵網。東方朔〈與友人書〉：「不可使塵網名韁拘鎖，怡然長笑，脫去十洲三島。」又，陶淵明〈歸園田居〉：「誤落塵網中，一去三十年。」連翼，連續不停地飛。表示心情的急迫。芝田，種芝草的田地。《拾遺記》：「上昆侖山第九層，山形漸小狹，下有芝田蕙圃，皆數百頃，羣仙種耨焉。」鮑照〈舞鶴賦〉：「疊霜毛而弄影，振玉羽而臨霞。朝戲于芝田，夕飲乎瑤池。」又據《述異記》：海上仙山方丈亦有瓊田、芝草，如種稻術，皆仙人之所服食者。

【語譯】到佛寺歡喜受行八正之道，在長滿松樹的山巖拜訪各路神仙。攀援藤蘿去窺視製霧的道術，爬上高高的桂樹俯視繚繞的雲霧。岱北神仙所駕的鸞車飄然而至，遼西神仙所騎的飛鶴也已回來。終究希望掙脫人世間的種種束縛，一刻不停地飛向神仙的芝田。

【研析】首二句，敘其自三學寺至八仙逕的遊訪過程。「柰園」代三學寺，「松巖」代八仙逕。「援蘿」二句，以「援」、「攀」二動詞，寫其遊八仙逕之艱；又以「窺」、「俯」二動詞，見出其遊八仙逕之愉快與興奮之情。「岱北」二句，是順「窺」、「俯」二字而逼出的幻象，更能見出其遊興之高，竟至想入非非。末二句，直寫胸臆，「終希」二字尤其值得玩味，表其自「柰園」至「松巖」的遊歷，既是對世俗塵累的無奈厭倦，又是對仙境的由衷嚮往。

春日還郊

【題解】還郊，回到郊外所居。此詩寫春日閒居郊園之自由情景。當是上元二年（西元六七五年）春擅殺官奴得罪而遇赦出獄後所作。

閒情兼嘿語，攜杖赴巖泉❶。草綠縈新帶，榆青綴古錢❷。魚床侵岸水，鳥路入山煙❸。還題平子賦，花樹滿春田❹。

【注釋】❶閒情兼嘿語二句　閒情，閒散的心情。閒，一作「推」。嘿語，即默語。沈默和言說。喻隱居和出仕。《易・繫辭》：「君子之道，或出或處，或默或語。」嘿，通「默」。語，一作「嘿」。攜杖，拄著拐杖。巖泉，猶言山水勝景。❷草綠縈新帶二句　縈，環繞。一作「榮」。新帶，《太平御覽》卷九百九十四引《三齊略記》：「不其城東有鄭玄教授山，山下生草如薤葉，長尺餘，堅紉異常。土人名作康成書帶。」榆，榆樹。一種落葉喬木。綴，連結。古錢，此指榆樹的果實榆莢。初春時先於葉而生，聯綴成串，形小似銅錢，俗呼榆錢。《太平御覽》卷九百五十六引漢崔寔《四民月令》：「二月榆莢成者，收乾以為醬。」庾信〈燕歌行〉：「桃花顏色好如馬，榆莢新開巧似錢。」榆，一作「愉」。❸魚床侵岸水二句　魚床，編竹木如床席大，上投餌料，沈入水中，供魚棲息。參《山堂肆考》卷二百三十八。鳥路，只有鳥才能飛越的極險峻的山路。❹還題平子賦二句　還，此處有模仿之意。猶言隨即。平子，後漢張衡字。張衡南陽西鄂人，曾為河間相。仕途不得意，欲歸於田，因撰〈歸田賦〉。春田，春日的田野。《宋書・周朗傳》：「春田三頃，秋園五畦。」

【語譯】不管做官和隱居我都有閒散的心情，提著拐杖去郊外遊山玩水。春草翠綠，旋轉縈繞像一條條嶄新的書帶，榆樹青青，掛滿了一串串古銅色的榆錢。供魚棲息的魚床沈入靠岸的江水裏，只有鳥兒才能飛越的險峻山路伸向高高的雲中。隨即以張衡〈歸田賦〉為題來抒發胸襟，鮮花盛開的春樹布滿春天的田野。

【研析】首二句入題，寫其閒情洋溢，攜杖還郊。中四句，寫郊外之景。「草綠」二句是靜態之近景，「魚床」二句是動態之遠景。設色布局，層次分明，所謂「詩中有畫」是也。《唐詩鏡》鍾惺對三四兩句最為讚賞，評曰：「有風味。人有問余二語何以佳？余謂此二語一似逢春而感，一似遇物而興，非徒為『草』、『榆』詠也。」末二句，寫還郊之感。「平子賦」，亦即〈歸田賦〉。從此可知首句之「嘿語」一詞偏於「嘿」一義。「兼」字亦不可忽。「語」時固亦有閒情，而「嘿」時則徹底無妨礙矣，心胸像花兒一樣開放。故詩末句以景語結，極貼切地表現了作者心花怒放的生命狀態。中四句是實景，而「花樹滿春田」是虛景，全無扭捏，順手逼出，無不平善精絕。

對酒

【題解】對酒，樂府曲名。《樂府詩集》入〈相和歌辭・相和曲〉。魏武帝〈短歌行〉云：「對酒當歌，人生幾何。」多有兩大主題，或對酒歌太平，言王者德澤廣被；或對酒心自足，言當及時行樂，勿徇名自欺也。此詩言當及時行樂，表示對自然之愛，對官場之厭倦。當是斥出沛王府後所作。各本題下多有「春園作」三字原注。一本題作〈對酒春園作〉，係將原注誤入正題者。

投簪下山閣，攜酒對河梁❶。狹水牽長鏡，高花送斷香❷。繁鶯歌似曲，疏蝶舞成行。自然催一醉，非但閱年光❸。

【注釋】❶投簪下山閣二句　投簪，即是將整冠的簪扔棄，表示不再做官。《文選》左思〈招隱詩〉：「躊躇足力煩，聊以投吾簪。」李善注：「簪，笄也，所以持冠也。」又，〈北山移文〉：「投簪逸海岸。」下山閣，指從官場來到山間小屋。對，朝著。河梁，即河橋。李陵〈與蘇武詩〉：「攜手上河梁，遊子暮何之。」❷狹水牽長鏡二句　牽，牽繞。長鏡，長長的鏡子。此形容水面狹長而清平。斷香，斷斷續續的香味。❸自然催一醉二句　自然，謂無拘無束的狀態。閱，一作「惜」。年光，猶言春光。王績〈春桂問答〉：「年光隨處滿，何事獨無花？」

【語譯】扔掉官帽來到山間小屋，提著酒朝河橋上走來。窄窄的水流像牽著一個長長的鏡子，從高處落下的花兒送來陣陣清香。成羣的黃鶯鳥叫得像唱歌一樣，三五隻蝴蝶很有次序地飛舞。無拘無束的生活能叫人為之酣暢一醉，不僅僅因為觀賞著這美好的春光。

【研析】首二句，敘其罷職而來山野的經歷。「攜酒」二字入題，頗耐人尋味：是「投簪」之後借酒澆愁呢，還是宣洩「下山閣」、「對河梁」的狂放不羈之樂，還是二者兼而有之？其情緒是複雜的。中四句，寫山閣、河梁之景。水「狹」，所以「長」；山「高」，所以「斷」。鏡長，所以「鶯繁」；花高，所以「蝶疏」。末二句，「一醉」之語呼應「攜酒」二字，「年光」，亦即中四句所寫之景。而所謂的「自然」，即指「投簪」本身。言其終於不用在官場陪笑臉，不必對著案頭的文書了，此事本可「一醉」，更何況對此美景。作者一生廢職棄官共兩次：第一次是斥出沛王府，廢除府修撰之職；第二次是為官奴曹達案而被除名。後一次廢職後，作者已決意沈跡為民，拒絕再次為官。此詩情語雖貌灑脫，而景語並不厚重，終不是豪放的氣味，當為作者第一次廢職時的作品。

觀內懷仙

【題解】觀，道觀。疑即昌利觀。《釋名》：「老而不死曰仙。」此是遊仙詩，寫道觀內的美景與閒適生活。乃作者入蜀後在金堂縣昌利觀所作。

玉架殘書隱，金壇舊跡迷❶。牽花尋紫洞，步葉下清谿❷。瓊漿猶類乳，石髓尚如泥❸。自能成羽翼，何必仰雲梯❹。

【注釋】❶玉架殘書隱二句　玉架，玉製的書架。金壇，傳說中茅君修道之所。後道教用以稱供奉神仙的壇。參〈山居晚眺贈王道士〉注❶。此指道觀。跡，一作「路」。❷牽花尋紫洞二句　牽花，攀折花枝。紫洞，傳說仙人所居。猶言紫府。此指道觀。洞，一作「澗」。步葉，踩著落葉。❸瓊漿猶類乳二句　瓊漿，傳說中神仙所飲之物。喻美酒。《楚辭・招魂》：「華酌既陳，有瓊漿些。」石髓，即石鐘乳。道士用於服食以求長生。尚如泥，《神仙傳》卷六載：王烈行太行山中，見山東石裂數百丈，中有一穴，「有青泥流出如髓。烈取泥試為丸之，須臾成石」。此形容道路泥濘難行。❹自能成羽翼二句　羽翼，原指禽鳥的翼翅。此指得道飛升。曹丕〈折楊柳行〉：「服藥四五日，身體生羽翼。」《抱朴子・對俗》：「古之得仙者，或身生羽翼，變化飛行。」仰，一作「俟」。雲梯，《文選》郭璞〈遊仙詩〉：「靈谿可潛盤，安事登雲梯。」李善注：「雲梯，言仙人升天，因雲而上，故曰雲梯。」

【語譯】玉製書架上的殘書亡佚了，供奉神仙的金壇上的神跡模糊不可辨識。攀折著花枝尋找仙人所居的紫色巖洞，踩著落葉下到清涼的山谷。美酒就好像甘甜的乳汁，石鐘乳還像這路上的青泥。自然能生出飛升的羽翼，何必要依靠那傳說中的雲梯。

【研析】首二句寫道觀，虛實融會。「玉架」、「金壇」，乃美言道觀實有之書架、法壇；「殘書隱」、「舊跡迷」，乃美言此道觀之悠久歷史、前輩道士之高邁修行，應題中「懷」字。因「隱」且「迷」，故有三四兩句的「尋」、「下」之探訪。「尋紫洞」，承「玉架」句而來；「下清谿」，應「金壇」句而來。五六兩句是「尋」、「下」所得：紫洞中有美酒像乳汁，清谿中有石髓如泥，其樂不可支。末二句，總結全篇，下「自能」二字，言在此「紫洞」、「清谿」有「玉架」、「金壇」，已覺仙風拂拂，不必再求其他了。對道觀的讚美更深一層。

秋日別王長史

【題解】長史，官名。為隋唐時州、府幕僚之長而無實際職任，故有元僚之稱。多安排閒散及貶謫人員。王長史，未詳何人。此詩寫與王長史依依不捨的別情。當在虢州參軍任上作。題一作〈秋日奉別王長史公〉。

別路餘千里，深恩重百年❶。正悲西候日，更動北梁篇❷。野色籠寒霧，山光斂暮煙❸。終知難再奉，懷德自潸然❹。

【注釋】❶別路餘千里二句　餘千，一作「長千」，一作「千萬」。百年，猶言一生。❷正悲西候日二句　正，一作「空」。西候，秋天的季候。《隋書・天文志》：日循黃道「行西陸謂之秋」。動，一作「重」。北梁篇，指送別友人的篇什。北梁，北邊的橋。古多指送別之地。王褒〈九懷・陶壅〉：「濟江海兮蟬蛻，絕北梁兮永辭。」謝朓〈送遠曲〉：「北梁辭歡宴，南浦送佳人。」梁，一作「京」。❸野色籠寒霧二句　野色，郊野的景色。斂，被淹沒。❹終知難再奉二句　奉，侍奉；陪侍。《禮記・檀弓下》：「黔敖左奉食，右執飲。」懷德，感念恩德。《史記・劉敬叔孫通列傳》：「及周之盛時，天下和洽，四夷鄉風，慕義懷德。」潸然，流淚的樣子。

【語譯】分別的道路在千里之外，你對我恩深情重，我一輩子不會忘記。正悲傷於這秋天的肅殺蕭瑟，又要撰作送別友人的詩篇。郊野的美景蒙上一層寒冷的雲霧，山峯的物色被暮靄所淹沒。最終知道難得再陪侍在你的左右了，感念著你的恩德而獨自潸然淚下。

【研析】前四句，敘言別事。開首二句讓人頗覺此別不同尋常：別路達千餘里，則日後相見極難，甚至幾無再見之可能，故特意來別也；又長史於我有永生難忘之恩，不能不來別也。「正悲」二句，言秋日本自傷懷，恰又遇此分別之事，其別之令人難堪如此。四句意思層層遞進，哽哽咽咽，已覺愴然。後四句，借景而寫別情。因是千里之別，故末二句曰「難再奉」，只能「自潸然」矣。此別給抒情主人公帶來的痛苦之情、可憐之狀，真能讓人窒息，故不直言別情，而在五六兩句插入景語，寫秋日氣象。似欲宕開一面以攄憂，然景中帶情，憂更深重，直令此死別生離之痛，感天動地。

上巳浮江宴韻得遙字

【題解】上巳，農曆三月第一個巳日。舊說春秋時鄭國習俗於上巳日去溱水和洧水用蘭招魂，祓除不祥之氣。後人因引水環曲成渠，流觴取飲為樂，稱為曲水。浮江宴，即承這種習俗而設。韻得，即席限韻賦詩，探得某字為韻。前有〈上巳浮江宴序〉，中云：「披襟朗詠，餞斜光於碧岫之前；散髮高吟，對明月於青溪之下。

客懷既暢，遊思遄征。視泉石而如歸，佇雲霞而有自。昔周川故事，初傳曲路之悲；江甸名流，始命山陰之筆。盍遵清轍，共抒幽襟。」詩即寫浮江宴之美與傷春之情。是被斥出沛王府後往來蜀地梓州、玄武間所作。作者有〈上巳浮江宴序〉，可參看。

上巳年光促，中川興緒遙❶。綠齊山葉滿，紅洩片花銷❷。泉聲喧後澗，虹影照前橋❸。遽悲春望遠，江路積波潮❹。

【注　釋】❶上巳年光促二句　年光，指美好的時光。促，短暫。中川，即川中、江上。興緒，猶言興致、興味。❷綠齊山葉滿二句　山葉，山間樹林。片花，即殘花。一作「岸芝」，一作「岸花」。銷，飄零。❸虹影照前橋　虹影，彩虹之影。此實指水中的橋影。因橋影印水似虹，故稱。照，反襯。蕭子範〈春望古意〉：「光景斜漢宮，橫橋照彩虹。」❹遽悲春望遠二句　遽悲，突然感傷於。春望，春天的氣象與景色。波潮，猶言浪潮。何遜〈答丘長史〉：「千里泝波潮，一朝披雲霧。」

【語　譯】上巳節的美好時光過得很快，江上宴會興致令人回味無窮。翠綠一片，那是山上樹葉生長繁茂，點點紅色如下雨，那是殘花在飄落。泉水的聲音在後邊的山澗裏歡騰，彩虹的影子與前邊的大橋兩相映照。我不由得突然悲傷於春天美景的遠去，茫茫江路波濤滾滾不息。

【研　析】首二句是一詩之綱，寫盡全題：上巳、浮江宴、遙。上巳，良辰也；中川，美景也。「年光」與「興緒」，「促」與「遙」恰互為襯托。後數句都從不同角度補足首二句。「綠齊」二句，言春花漸謝，夏葉初齊之景，補足「年光促」三字。「泉聲」二句，寫「中川」的熱鬧非凡，具寫「浮江宴」，補足「興緒遙」三字。末二句，寫浮江宴歡樂還不止歇。「遽悲」應「促」字，「春望遠」即「綠齊」二句之景，「江路」句應「中川」句。中四句寫景，猶有六朝雕琢的痕跡。

長柳

【題解】長柳，地名。在今陝西漢中城固縣西。《水經注》：「漢水又東，得長柳渡。長柳，村名也。漢太尉李固墓碑銘尚存。」此是入蜀紀行詩，詩寫旅經長柳時所見所聞所感。

晨征犯煙磴，夕憩在雲關❶。晚風清近壑，新月照澄灣❷。郊童樵唱返，津叟釣歌還❸。客行無與晤，賴此釋愁顏❹。

【注釋】❶晨征犯煙磴二句　晨征，清早出發。趙至〈與嵇茂齊書〉：「鳴雞戒旦，則飄爾晨征。」犯煙磴，踏上被煙霧籠罩的狹窄山路。憩，一作「息」。雲關，暮靄籠罩下的關隘。孔稚珪〈北山移文〉：「宜扃岫幌，掩雲關。」關，一作「間」。❷晚風清近壑二句　壑，大山溝。澄灣，清澈的水灣。❸郊童樵唱返二句　樵唱，山野水濱之歌。津叟，渡頭的野老。❹客行無與晤二句　客行，在外旅行。猶言旅途。無與晤，無熟人可相會。劉孝綽〈林下映月〉：「茲林有夜坐，嘯歌無與晤。」與晤，一作「舊識」。釋，開釋；解脫。

【語譯】清早出發踏上晨霧籠罩的山路，晚上休憩在暮靄沈沈的關隘。晚風使附近的山溝變得很清爽，一輪新月照耀著清澈的水灣。郊野的小子唱著樵歌走在回家的路上，渡口釣魚的老頭唱著小曲收工了。旅途中遇不到熟悉的人、熟悉的事，看著這些也能讓我開顏一笑。

【研析】首二句「犯煙磴」、「在雲關」，指起早貪黑往前趕路，亦即末二句所說的「客行」。「客行」，詩中似指自晨征至夕憩之一段時間，然或不止一日，甚至不止一月，而是長時間如此，因為此時、此地已經離故鄉很久、很遠了。可見其旅途不僅匆忙，而且辛苦。中間四句，寫「夕憩」所見。「晚風」二句是所見之景象，而「郊童」二句是所見之人情。亦是末句「此」之內涵。其實此景此情並無奇特之處，大多地方、大多時候都能遇見。然而就憑藉「此」都能釋愁，可見旅途枯寂無聊是何等難以忍受，而此等平常景、平常事所蘊藏的溫情對於抒情主人公來說又是多麼寶貴。

羈遊餞別

【題解】羈遊，即旅居在外。餞別，設酒作食以送別。此詩寫客中送客之難堪。殆是作者居蜀時所作。

客心懸隴路，遊子倦江干❶。槿豐朝砌靜，筱密夜窗寒❷。琴聲銷別恨，風景駐離歡❸。寧覺山川遠，悠悠旅思難❹。

【注釋】❶客心懸隴路二句　懸，懸念；記掛。隴路，即隴坂。《太平御覽》卷五十六引《三秦記》：秦州有大坂名曰隴坻，「其坂九迴，不知高幾里，欲上者七日乃越。……去長安千里，望秦川如帶。又關中人上隴者，還望故鄉，悲思而歌，則有絕死者。」山在今陝西隴縣西北。此藉以泛指險絕處。倦，一作「惓」。江干，江岸。❷槿豐朝砌靜二句　槿，一種落葉灌木或小喬木。《淮南子・時則》高誘注：「木槿朝榮暮落，……其葉與安石榴相似也。雜家謂之朝生。一名舜，《詩》云『顏如舜華』也。」豐，茂盛。一作「濃」。砌，臺階。筱，小竹。❸琴聲銷別恨二句　銷別恨，排遣離別之恨。離歡，離別的歡笑。《顏氏家訓・風操》：「歧路言離，歡笑分首。……腸雖欲絕，目猶爛然。」❹寧覺山川遠二句　覺，一作「竟」。旅思，羈旅中的愁思。謝朓〈之宣城出新林浦向板橋〉：「旅思倦搖搖，孤遊昔已屢。」

【語譯】遠行人的心已經掛在險絕的隴坂之上了，遊子仍疲累地滯留在這遙遠的江岸。早晨階砌上茂盛的槿樹是那麼閒靜，夜晚窗外密密的細竹顯得很冷清。餞別宴上悅耳的琴聲排遣離別之恨，優美的風物能使離別的歡笑暫時停留。哪裏是感慨於跋山涉水一路遙遙，只是覺得那不盡的羈旅之思難以消除。

【研析】本詩採取行客與自身兩相對照的寫法。首句言友人將要遠赴遙遠的西北邊地，「懸」之一字顯示其內心對前途的迷惘與憂懼。次句謂己滯留在偏僻的江邊，「倦」之一字，謂身心疲憊、鄉思勞苦。此二句寫羈遊中之送別，較之地主之送別自是別一種心態。中四句寫「餞」之一字，「槿豐」、「筱密」寫餞別之地景物，著「靜」、「寒」二字，可見主客雙方都默默無言而心情沈重；「琴聲」、「風景」寫餞別之宴，「離」而著一「歡」字，實乃苦中作樂，依依不捨。末二句謂反正你我都在客中，山川之遠近已不掛於心，惟有旅途的憂思最讓人難受，扣緊題面「羈遊」二字。

易陽早發

【題解】易陽，一作「邑楊」。為蜀中地名。此詩乃高宗總章二年（西元六六九年）後入蜀紀行之作，寫易陽早行情景。

飭裝侵曉月，奔策候殘星❶。危閣尋丹嶂，迴梁屬翠屏❷。雲間迷樹影，霧裏失峯形。復此涼飆至，空山飛夜螢❸。

【注釋】❶飭裝侵曉月二句　飭裝，整理行裝。侵曉月，頂著清早未落山的月亮進發。奔策，提著馬鞭騎上征馬。奔，即快馬。候，問候。❷危閣尋丹嶂二句　危閣，即高高的閣道。尋，彎彎曲曲地延伸。丹嶂，紫紅色的如屏障似的險峯。迴梁，曲折的橋梁。屬，連接。翠屏，形容峯巒排列的綠色山崖。《文選》孫綽〈遊天台山賦〉：「踐莓苔之滑石，搏壁立之翠屏。」李善注：「翠屏，石橋之上石壁之名也。」❸復此涼飆至二句　涼飆，即涼風、秋風。《爾雅・釋天》：「北風謂之涼風。」

涼，一作「驚」，一作「商」。夜螢，即螢火蟲。梁簡文帝蕭綱〈傷離新體詩〉：「朧朧月色上，的的夜螢飛。」

【語譯】整理行裝，頂著清早未落山的月亮出發，揚鞭躍馬，冒著稀疏的晨星前行。高高的閣道沿著紫紅色的峭壁延伸，曲折的橋梁連接著翠屏似的山崖。高入雲中的樹林顯得迷迷濛濛，山峯的形狀被濃霧遮掩得不露一點痕跡。再加之一陣涼風吹來，驚飛夜晚空曠山谷中星星點點的螢火蟲。

【研析】首二句入題，寫「早發」二字。「侵曉月」、「候殘星」，意境遼闊，趣味深遠，亦足見行色匆匆。《唐詩鏡》評曰：「如此起句，是大家數。」中四句，寫易陽之地勢及早景。「危閣」、「迴梁」，見地勢之險峻。因有「星」、「月」照耀，故能見嶂之色「丹」、屏之色「翠」。又，「丹嶂」、「翠屏」，是近觀所得印象，故用「尋」、「屬」二字。「雲間」、「霧裏」是遠望所得印象。因天色太早，故山峯、樹影模糊不清，故用「迷」、「失」二字。後二句，以景入情，寫早行易陽之靜謐。承前「迷」、「失」二字，故寫山而著一「空」字。又，只有夜螢在飛，而不見人影，更突出其出發之早，行旅之孤寂。

焦岸早行和陸四

【題解】焦岸，當是蜀中地名。和，酬和。陸四，排行第四的陸姓朋友。疑為曾任虢州司法的陸季友。據楊炯〈王勃集序〉云，王勃出蜀後回到長安參選，因「友人陸季友時為虢州司法，盛稱弘農藥物，迺求補虢州參軍」。此詩寫旅途思友之情。乃斥出沛王府後流連蜀地時作。

侵星違旅館，乘月戒征儔❶。複嶂迷晴色，虛巖辨暗流❷。猿吟山漏❸曉，螢散野風秋。故人渺何際，鄉關雲霧浮❹。

【注　釋】❶侵星違旅館二句　侵星，頂著星星。鮑照〈上潯陽還都道中〉：「侵星赴早路，畢影逐前儔。」違，離開。乘，一作「承」。戒，即戒行。與人約定一同上路。征儔，同行的伴侶。❷複嶂迷晴色二句　複嶂，重重疊疊的懸崖峭壁。虛巖，寂靜的山巖。辨，辨識。暗流，伏流；潛流。暗，一作「岸」。❸山漏　山中用以計時的器物。《高僧傳・慧要傳》：「遠有弟子慧要，長巧思。山中無漏刻，乃于泉水中立十二葉芙蓉，因流波轉以定十二時，晷影無差。」❹故人渺何際二句　故人，老友。渺，遙遠；渺茫。何際，猶言哪個偏遠的地方。際，邊際。鄉關，猶言故鄉。

【語　譯】頭頂著星光離開了旅館，在月色之下與同伴約定一起上路。那重重疊疊的懸崖峭壁擋住了晴朗的曙光，沒有人跡的空山裏隱約可見或遠或近的溪流。猿猴的鳴叫和山中計時器漏水的滴答聲預示著新的一天到來，螢火蟲飛散在山野的風中，秋意已濃。老朋友離我是多麼的遙遠，故鄉在雲霧飄蕩的天邊。

【研　析】首二句，「侵星」、「乘月」言其「早」，「違」、「戒」言其「行」。中四句，描寫焦岸早景。「迷」、「辨」，承前「星」、「月」二字，亦應題中「早行」二字。因其「早」，故光線幽暗，視線模糊，故覺巖「虛」。「猿吟」是聽覺形象，「螢散」是視覺形象，俱見悲意。末二句，與首二句呼應，由「旅館」而念及「鄉關」，由「征儔」而眷戀「故人」，又切題中「和」字。總之緊依題面。此詩雖是酬酢之什，卻無世俗氣味。《唐詩鏡》評曰：「第六句最是高韻。」

深灣夜宿

【題　解】題下有「主人依山帶江」數字原注。此詩寫夜宿深灣所見、所感。當在蜀中作。題一本作〈深渡夜宿〉。

津塗臨巨壑，村宇架危岑❶。堰絕灘聲隱，峯交樹影深❷。江童暮理楫，山女夜調砧❸。此時故鄉遠，寧知❹遊子心。

【注釋】❶津塗臨巨壑二句　津塗，泛指道路。《三國志・蜀書・許靖傳》：「津塗四塞，雖懸心北風，欲行靡由。」此指水渡。巨壑，深溝大谷。村宇，即村舍。危岑，即高山。❷堰絕灘聲隱二句　堰，擋水的堤壩。絕，斷絕。此引申為阻擋。峯交，山峯相錯。峯，一作「風」。❸江童暮理揖二句　理揖，修理船槳。調砧，即把砧上捶搗的衣裳來回轉動。猶言搗衣。揖，一作「楫」。❹寧知　哪裏知道。

【語譯】水渡前邊是一個巨大的山谷，山村的房屋修蓋在高山上。土壩阻擋水流，灘聲隱隱約約，山峯相錯，樹影顯得十分幽暗深邃。入暮時分江上的小艄公仍在修理船槳，深夜山裏的婦女還在石砧上捶搗衣裳。我此時離故鄉是多麼遙遠，故鄉的親人怎會知道遊子熬煎的心。

【研析】首句寫「深灣」，次句及「夜宿」。三四兩句，承首句而來，從視覺和聽覺兩個維度寫所見深灣之夜。巨壑、危岑，灘聲、樹影，繪盡蜀江山村津渡景色。著一「隱」字，而自覺其「深」。五六兩句，呼應首二句，江童理楫，山女調砧，乃是寫所見深灣村宇中之民情。末二句，是由五六兩句直接引發的，也與首二句呼應。「故鄉」與「村宇」相對，「遊子」與「江童」、「山女」相對應。異鄉景色風情，逼出結聯遊子鄉思。此詩悲愁之感無多，而充滿脈脈溫情，所以為初唐之音。

傷裴錄事喪子

【題解】錄事，官名。《新唐書・百官志四》：「大都督府……錄事參軍事一人，正七品上；錄事二人，從九品上。」掌總錄眾官署文簿，舉善彈惡。裴錄事，未詳其人。此詩寫裴錄事喪子事，充滿痛惜之情。未知何時作。

蘭階霜候早，松露穸臺深❶。魄散珠胎沒，芳銷玉樹沈❷。露文晞宿草，煙照慘平林❸。芝焚空歎息，流恨滿籝金❹。

【注　釋】❶蘭階霜候早二句　蘭階，舊時多用以稱譽人子侄之佳。《世說新語・言語》：「謝太傅問諸子侄：『子弟亦何預人事，而正欲使其佳？』車騎答曰：『譬如芝蘭玉樹，欲使其生於階庭耳。』」霜候，下霜的季節。露，一作「路」。穸臺，指墳墓。穸，一作「夜」。❷魄散珠胎沒二句　魄散，靈魂離開身體。指死亡。珠胎，《文選》揚雄〈羽獵賦〉：「剖明月之珠胎。」李善注：「明月珠，蚌子珠，為蚌所懷，故曰胎。」左思〈吳都賦〉：「蚌蛤珠胎，與月虧全。」此喻幼子。芳銷，香氣消散。喻死亡。玉樹，原稱美佳子弟，此處借指裴錄事之子。《世說新語・傷逝》：「庾文康亡，何揚州臨葬云：『埋玉樹著土中，使人情何能已！』」❸露文晞宿草二句　露文，即露水。江淹〈別賦〉：「露下地而騰文。」宿草，隔年的草。《禮記・檀弓上》：「曾子曰：朋友之墓有宿草而不哭焉。」孔穎達疏：「宿草，謂陳根也。草經一年則根陳也，朋友相為哭一期，草根陳乃不哭也。」後喻墓地，用以傷逝。煙照，昏暗的日光。平林，《詩經・小雅・車舝》：「依彼平林。」《毛傳》：「平林，林木之在平地者也。」❹芝焚空歎息二句　芝焚，喻美好事物的消亡。一作「焚芝」。芝，香草名。陸機〈嘆逝賦〉：「嗟芝焚而蕙嘆。」《南史・劉峻傳》：「敬通雖芝殘蕙焚，終填溝壑，而為名賢所慕。」滿籝金，《漢書・韋賢傳》：「韋賢為相五歲。少子玄成，復以明經歷位至丞相。故鄒魯諺曰：『遺子黃金滿籝，不如一經。』」籝，筐籠類之盛物竹器。

【語　譯】長著蘭草的臺階過早地受到嚴霜的侵蝕，深閉的墓臺周圍，松樹掛著寒冷的清露。你的幼子死去，就好像珠胎沈沒，又好像玉樹摧敗，芳香消散。陳年草根上的露水被曬乾，昏黃的日光使平地上的樹林顯得很淒涼。芝草被焚毀，不禁為之徒然歎息，裝黃金的筐籠卻充滿著遺憾。

【研　析】首句以「蘭霜」喻錄事喪子，次句以「松露」喻錄事與子之永訣。寫「霜候」而著一「早」字，寫「穸臺」而著一「深」字，傷懷歎惋之情溢出言外，既傷錄事之子，又傷錄事之喪子。「魄散」二句，應首句，敘錄事之子之美而毀；「露文」二句，寫錄事喪子之後的悲淒之狀。末二句，直抒其哀惋之音。此詩用典繁複，一唱三歎，是典型的輓歌之體。

泥谿

【題解】泥谿，地名。在今江西新淦南。此詩寫在泥谿旅途跋山涉水的艱難。殆作者隨父赴交趾途中所作。

弭櫂凌奔壑，低鞭躡峻岐❶。江濤出岸險，峯磴❷入雲危。溜急船文亂，巖斜騎影移❸。水煙籠翠渚，山照落丹崖❹。風生蘋浦葉，露泣竹潭枝❺。泛水雖云美，勞歌誰復知❻。

【注釋】❶弭櫂凌奔壑二句　弭櫂，按著船槳不動。凌，渡過。奔壑，湍急的山水。低鞭，謂垂下馬鞭不敢抽打。躡，小步走。峻岐，險峻的山嶺。左思〈蜀都賦〉：「羲和假道於峻岐。」岐，通「崎」。❷峯磴　山頂的石級。❸溜急船文亂二句　溜急，水流湍急。船文，行船激起的水波紋。巖斜，山路彎曲。騎影，坐騎的投影。❹水煙籠翠渚二句　翠渚，翠綠的河中小洲。山照，山間夕陽。丹崖，紅色的山崖壁。❺風生蘋浦葉二句　風生，猶言風起。宋玉〈風賦〉：「夫風生於地，起於青蘋之末。」蘋浦，長有蘋草的水濱。蘋，一種生長於淺水中的草本植物。露泣，形容竹上之露如淚。一作「泫」。❻泛水雖云美二句　泛水，在水上行舟遊泛。勞歌，憂傷之歌。

【語譯】緊張地按著船槳，渡過湍急的山水，垂下馬鞭，小步爬上險峻的山嶺。江濤險惡，決出江岸，山頂的石級高聳，蜿蜒伸入雲端。水流湍急，行船激起的漣漪紛亂不堪，山路彎曲，騎馬的投影變化不定。水上煙霧籠罩青翠的河洲，山上的夕陽落下紅色的懸崖。秋風從水邊的蘋草上刮起，深水潭畔的竹枝垂著淚滴一樣的露珠。在這江水上漂蕩雖說不乏美景，但旅途中憂傷的歌又有誰能理解。

【研析】首二句，概寫泥谿之旅。「江濤」以下四句，承前二句而來，具寫其跋涉之狀。江濤而「險」，應首句「凌」字；峯磴而「危」，應次句「躡」字。船文亂，即應首句「弭櫂」字；騎影移，應次句「低鞭」字。「水煙」四句，寫其一路所見山水之景。以上結構一絲不亂，三、五、七句承首句，寫水；四、六、八句應次句，寫山。這種結構似乎拘謹，然正是如此方可見出泥谿之險，跋涉之不易。末二句，雖單云「泛水」，而實際上還隱含「登山」之意，只是江南「泛水」更能體現泥谿之行之「美」而已，是作者以前所未見者。所謂「美」，總括了自「江濤」句至「露泣」句之泥谿風景。而「勞歌」顯是由「風生」、「露泣」而引發，而與首二句呼應，以顯「弭櫂」、「低鞭」之苦、之憂傷。

秋日仙遊觀贈道士

【題解】按畢沅《關中金石記》卷七：「〈仙游觀永陽園詩并序〉，（正大）甲子正月立，藺世一正書并篆額。在麟游。」麟游，今屬陝西寶雞。王勃所詠仙遊觀，當是此處。詩寫仙遊觀之美與己之升仙渴望。當在上元元年八月遇赦出獄後所作。此詩《全唐詩》題下注云：「一作駱賓王，無首四句。」

石圖分帝宇，銀牒洞靈宮❶。迴丹縈岫室，複翠上巖櫳❷。霧濃金竈靜，雲暗玉壇空❸。野花常捧露，山葉自吟風。林泉明月在，詩酒故人同❹。待余逢石髓，從爾命飛鴻❺。

【注釋】❶石圖分帝宇二句　石圖，《太平御覽・偏霸部》「北涼沮渠蒙遜」條：「遜西巡，遂循海至鹽池，祀西王母寺。寺中有玄石神圖。」銀牒，《雲笈七籤》卷七「白銀之編」條：「《金房度命經》云：太常靈神都宮中，有〈金房度命迴年〉之訣，皆鑄金為簡，刻白銀之編，紫筆書編也。」此指珍貴的佛、道經典。牒，書札。帝宇、靈宮，天帝或仙人的住所。此指道觀。❷迴丹縈岫室二句　迴丹，迴環開放的紅花。岫室，依山洞而建的宮室。複翠，指茂密翠綠的樹木。巖櫳，依山巖而築的窗檻。❸霧濃金竈靜二句　金竈，道士煉丹之灶。玉壇，道士講道之所。❹林泉明月在二句　林泉，山林泉石。故人，一作「古人」，一作「故水」。❺待余逢石髓二句　石髓，即石鐘乳。道士用於服食以求長生。《晉書・嵇康傳》：康嘗采藥山澤，遇王烈，共入山。烈嘗得石髓如飴，即自服半，餘半與康，皆凝而為石。命飛鴻，道家言飛升仙遊也。

【語　譯】玄石圖占據道觀的一角，珍貴的典藏在神宮的深處。紅紅的山花曲折地圍繞著依山而建的道房開放，茂密翠綠的樹葉覆蓋著山崖邊的窗檻。濃霧包圍著煉丹的金灶，那麼靜謐，雲彩飄浮在玉壇之上，顯得昏暗而空寂。野花花瓣上常常捧著露珠，山中樹葉自然地迎風鳴響。山林泉石之上，明月依舊，飲酒吟詩，與古人同樂。待我像王烈那樣訪得珍異的石髓，就跟隨你一起駕著飛鴻仙遊遠方。

【研　析】首四句入題，從觀內寫「仙遊觀」三字。「石圖」二句，石圖、銀牒，言此觀之古老、神秘，突出「仙遊」二字。「迴丹」二句，寫觀宇被迴丹、複翠環繞之美，突出「觀」字。「霧濃」四句，從觀外寫「仙遊觀」三字。金灶「霧濃」且「靜」，玉壇「雲暗」而「空」，暗切「仙遊」二字，野花捧露，復寫其靜；山葉吟風，復寫其空。此四句與前四句關合緊密，「金灶」、「玉壇」對「帝宇」、「靈宮」；「野花」對「迴丹」，「山葉」對「複翠」。「林泉」四句，寫遊觀之逸情。「林泉明月」總以上所寫觀之美景。「詩酒故人同」，言道士之厚誼。「待余」二句總括全題，言其由遊仙遊觀而念及仙遊，且欲與道士同遊，落實題中「贈」之一字。

出境遊山二首

【題　解】出境，指離開所任職之地。題一本作〈題玄武山道君廟〉。此二首詩是作者離長安入蜀後遊梓州（在今四川三臺）玄武山時所作。其一著意寫白日遊山的所見和所感，表達升仙不能的遺恨。其二著意寫暮夜遊山中道觀所見和所感，表達對宦遊的厭倦和思鄉的深切。

其一

源水終無路，山阿若有人❶。驅羊先動石，走兔欲投巾❷。洞晚秋泉冷，巖朝古樹新。峯斜連鳥翅，磴疊上魚鱗❸。化鶴千齡早，元龜六代春❹。浮雲今可駕，滄海自成塵❺。

【注釋】❶源水終無路二句　源水，水的源頭。無路，謂找不到通往之路。山阿，山的曲折處。若有人，似有神怪。《楚辭・九歌・山鬼》：「若有人兮山之阿。」王逸注：「若有人，謂山鬼也。阿，曲隅也。」❷驅羊先動石二句　驅羊，化用神話中金華黃初平事。《神仙傳》載：黃初平年十五牧羊時，有道士帶到金華山石室中，居四十餘年。其兄初起尋索歷年，經一道士指引，遂得相見。問初平羊何在，曰在山東。往視，但見白石耳。「初平乃叱曰：『羊起！』於是白石皆變為羊數萬頭。」動石，言效仿神話中黃初平驅羊，欲推動山石。走兔，典出《抱朴子・對俗》：「今數見人以方諸求水於夕月，陽燧引火於朝日。隱形以淪於無象，易貌以成於異物。結巾投地而兔走，鍼綴丹帶而蛇行。」投巾，謂將佩巾投地。❸峯斜連鳥翅二句　峯斜連鳥翅，像鳥翅相連。《水經注》：「郎山眾岑競舉，若樹鳥翅。」蕭愨〈奉和望山應教〉：「峯形疑鳥翅，塞路似狼居。」上魚鱗，踏上魚鱗。❹化鶴千齡早二句　化鶴，變成仙鶴。傳云遼東人丁令威離家學道，後化鶴歸，集城門華表柱，徘徊空中而言曰：「有鳥有鳥丁令威，去家千年今始歸。城郭如故人民非，何不學仙冢纍纍。」見《搜神後記》。元龜，即玄龜。古代用於占卜的一種大龜。《尚書・金縢》：「今我即命於元龜。」《孔傳》：「就受三王之命於大龜，卜知吉凶。」道教用以喻腎藏命門的真氣。《太上九要心印妙經》：「性者，南方赤蛇；命者，乃北方黑龜。」六代春，謂長壽。古人以為龜齡千歲。六代，六個朝代，極言時間久長。❺浮雲今可駕二句　浮雲今可駕，指乘著白雲飛升。《莊子・天地》：「千歲厭世，去而上仙。乘彼白雲，至於帝鄉。」滄海，《十洲記》：「滄海島在北海中，海四面繞島，各廣五千里，水皆蒼色，仙人謂之滄海也。」成塵，變為陸地。《神仙傳》：「麻姑云：『接待以來，已見東海三為桑田。向到蓬萊，水淺，淺於往者會時略半也，其將復還為陵陸乎？』方平笑曰：『聖人皆言海中將復揚塵也。』」

【語　譯】水的源頭終究找不到通往之路，山的曲折處似乎有神怪在出沒。牧人驅趕羊羣令我首先想起黃初平呵斥石頭，奔跑的野兔像是在地上投下的白色佩巾。石洞的黃昏掛著秋日冷澀的泉水，清早懸崖的古樹綻放著新花。眾多的高峯，望上去像是傾斜的鳥翅相連，石路重重疊疊，像是踏上魚的鱗片。遼東人變成仙鶴千歲一回家，為時尚早，能占卜的玄龜經歷了六個朝代的時光。倘如今能駕著白雲升仙，滄海自然就變成了塵土飛揚的陸地。

【研　析】首句言其不在境內，而出境矣，然內外終是「無路」。次句言山之奇特，「有人」前著一「若」字，頗耐人咀嚼。似有似無，故稱「若有」；又，似人似仙，飄忽不定，來往無蹤，亦可稱「若」。總是一種苦悶彷徨之下的幻象。三四二句直承「若有人」而來，用故典神話，也是眼中迷濛之景。「洞晚」以下四句，具寫遊山及其所見風景。「洞晚」二句寫遊歷時間之長；「峯斜」二句寫遊歷路途之險。末四句言遊山之感。末二句應首句「終無路」，表示升仙未能的遺恨。

其二

振翮凌霜吹，正月佇天潯❶。迴鑣凌翠壑，飛軫控青岑❷。巖深靈竈沒，澗毀石渠沈❸。宮闕雲間近，江山物外臨❹。玉壇棲暮夜，珠洞結秋陰❺。蕭蕭離俗影，擾擾望鄉心❻。誰意山遊好，屢傷人事侵❼。

【注　釋】❶振翮凌霜吹二句　振翮，猶言展翅。翮，羽翼。〈古詩〉：「高舉振六翮。」霜吹，即秋風、霜風。正月，猶言端詳月亮。一作「企日」。正，校對；考定。佇，停留。天潯，天邊。❷迴鑣凌翠壑二句　迴鑣，迴馬；迴駕。江總〈羣臣請陳武帝懺文〉：「玉鸞迴鑣。」迴，一作「為」。鑣，馬銜。翠壑，翠綠的山谷。飛軫，駕著飛快的車子。軫，車後橫木。控，猶言登上。青岑，青翠的山峯。❸巖深靈竈沒二句　靈竈，道士煉丹之灶。石渠，石築的水渠。劉楨〈公讌詩〉：「清川過石渠，流波為魚防。」❹宮闕雲間近二句　宮闕，神仙所居。《史記．封禪書》：「三神山者，其傳在渤海中，去人不遠，蓋嘗有至者，諸仙人及不死之藥皆在焉。其物禽獸盡白，而黃金銀為宮闕。未至，望之如雲。及到，三神山反居水下。臨之，風輒引去，終莫能至云。」此指道觀。江山，猶言山水美景。物外，塵世之外。臨，接近。❺玉壇棲暮夜二句　玉壇，道士講道之所。珠洞，仙洞。此指紅色的岩洞。秋陰，秋天的陰霾。❻蕭蕭離俗影二句　蕭蕭，雲動的樣子。多形容淒清、寒冷之象。離俗影，指雲影。擾擾，煩亂的樣子。《列子．周穆王》：「今頓識既往，數十年來存亡、得失、哀樂、好惡，擾擾萬緒起矣。」❼誰意山遊好二句　誰意，誰能料想到。山遊，即遊山。謝靈運〈羅浮山賦〉：「杖桂策以山遊。」好，一作「子」。侵，騷擾。

【語　譯】展翅飛翔在霜風之上，站在天邊端詳著月亮。迴馬跨越翠綠的谿谷，駕著飛快的車子登上青青的山崗。懸崖深深，煉丹爐隱沒其中，山澗湮沒，石築的水渠沈埋於泥沙。仙宮道觀與白雲相鄰，這樣的山水美景只有在塵世之外才能遇到。道士講道的道壇在黑夜裏靜靜歇息，紅色的岩洞積聚著秋天的陰涼景象。那遠離世俗的淒清雲影，正像我煩亂的思鄉之心。誰曾料想這麼美好的遊山經歷，卻屢次被討厭的人事所剝奪。

【研　析】首四句入題，寫「出境」。「振翮」二句，寫出境而至「天潯」。抒情主人公似乎不是凡人，而是能駕鶴飛升的仙子。「迴鑣」二句，寫「遊山」，直應首句。此處「凌」字與首句重出，當為「臨」字之誤。「巖深」以下六句，寫遊山中道觀所見之景。「靈竈沒」、「石渠沈」，言道觀之年深月久，古色古香。「宮闕」二句，言道觀仙氣繚繞、與世隔絕。「棲暮夜」、「結秋陰」言遊歷道觀之時間及流連不願離去的心情。而末四句亦從此行出，寫遊山所感。「蕭蕭」句承「秋陰」而來，「望鄉心」由登「玉壇」而來。「人事侵」指離鄉在外的宦遊經歷。此詩想像豐富，輕盈飄逸。

三月曲水宴得煙字

【題　解】古代於農曆三月上巳日在水濱宴飲，祓除不祥。後人因引水環曲成渠，流觴取飲為樂，稱為曲水。

晉永和九年三月三日，會稽內史王羲之於山陰蘭亭與名士謝安等四十二人宴集，流觴曲水，風流藉盛。後世文人多仿之，相沿成習。此詩寫曲水宴遊山間道觀之真趣，構築了一個高曠幽深的棲隱境界，抒發了清高情懷。約於咸亨三年（西元六七二年）自蜀地返回，春居長安時所作。時盧照鄰在太白山，間至長安，亦參與此次宴集並賦詩，有〈三月曲水宴得樽字〉詩。「得煙字」，言多人同題賦詩，各探一字為韻，王勃探得煙字為韻。一本「煙」作「樽」，誤。

彭澤官初去，河陽賦始傳❶。田園歸舊國，詩酒間長筵❷。列室窺丹洞，分樓矙紫煙❸。縈迴亘津渡，出沒控郊鄽❹。鳳琴調上客，龍轡儼羣仙❺。松石偏宜古，藤蘿不記年。重簷交密樹，複磴擁危泉❻。抗石晞南嶺，乘沙眇北川❼。傅巖來築處，磻溪入釣前❽。日斜真趣遠，幽思夢涼蟬❾。

【注釋】❶彭澤官初去二句　彭澤，本為縣名。在今江西北部。晉陶淵明曾任彭澤令，因不願束帶見督郵，一云不為五斗米折腰向鄉里小兒，乃辭官歸田。後世稱陶彭澤。河陽，縣名。在今河南孟縣西。西晉潘岳曾任河陽縣令，故後世多以河陽代稱潘岳。潘岳在官場不得意，長期免職在家，因作〈閒居賦〉。❷田園歸舊國二句　按陶淵明〈歸去來辭〉云：「歸去來兮，田園將蕪胡不歸！」潘岳〈閒居賦〉云：「席長筵，列孫子。……浮杯樂飲，絲竹駢羅。頓足起舞，抗音高歌。」二句由此括約而成。舊國，猶言故鄉。《莊子・則陽》：「舊國舊都，望之暢然。」間，更迭；交替。長筵，排成長列的筵宴席位。《文選》潘岳〈閒居賦〉：「席長筵，列孫子。」李善注：「曹子建〈名都篇〉曰：『列坐竟長筵。』」❸列室窺丹洞二句　列室，成列的房屋。丹洞，道士煉丹之所。紫煙，紫色雲霞。此指祥瑞的仙氣。❹縈迴亘津渡二句　縈迴，回旋；環繞。亘，橫亘。此作縈繞解。郊鄽，郊野與市廛。統指城內外。《陳書・高祖紀上》：「榮光曖曖，已冒郊廛；甘露瀼瀼，亟流庭苑。」❺鳳琴調上客二句　鳳琴，古琴名，即鳳凰琴。《西京雜記》：「趙后有寶琴曰鳳凰，皆以金玉隱起，為龍鳳螭鸞、古賢列女之象。」

調，彈奏。上客，尊貴的賓客。龍轡，本仙草名。《拾遺記》：「莎蘿草細大如髮，一莖百尋，柔軟香滑，羣仙以為龍鵠之轡。」此指神仙所駕的龍車。儼，恭敬。羣仙，亦指上客。❻重簷交密樹二句　重簷，就外簷下壁，復安板簷以避風吹日曬之防護壁。《禮記・明堂位》：「復廟重檐。」複磴，曲折迴環的石級。危泉，即瀑布。❼抗石睎南嶺二句　抗石，倚著岩石。睎，眺望。南嶺，指長安南的終南山。乘沙，踩著沙灘。眇，即眇視。遠望；眯著眼看。北川，北邊的平川。❽傅巖來築處二句　傅巖，殷高宗賢士傅說隱居於此，並為奴隸版築於此。《尚書・說命》：「說築傅巖之野。」《孔傳》：「傅氏之巖在虞虢之界。通道所經，有澗水壞道，常使胥靡行人築護此道。說賢而隱，代胥靡築之以供食。」地在今山西平陸。磻溪，渭水支流，周文王時高士呂尚隱居垂釣於此。詩中傅巖、磻溪均美稱曲水宴處。❾日斜真趣遠二句　趣，一作「興」。幽思，鬱結於心的思想感情。涼蟬，即秋蟬。秋蟬吸風飲露，品德高潔。江總〈明慶寺〉：「山階步皎月，澗戶聽涼蟬。」

【語　譯】陶淵明的彭澤縣令剛剛辭掉，潘岳的〈閒居賦〉開始流傳。又回到故鄉田園閒居，在長長的宴席上賦詩飲酒，你來我往頻繁交替。透過成排的房屋可以窺見煉丹的岩洞，在高樓的半腰可以俯視祥瑞的紫氣。房舍縈繞迴環，橫亙在渡口，紫氣忽隱忽現籠罩著市區和郊野。鳳凰琴為尊貴的賓客彈奏，高雅的龍車用來恭敬地運載成羣結隊的神仙。松樹和青石特別適宜這古雅的情調，藤蘿粗壯得不知道生長了多少年。屋簷的防護壁與濃密的樹枝相交錯，曲折迴環的石級伸向瀑布的頂端。倚靠著岩石遠眺終南山，踩著沙灘眯眼打量著北邊的平川。這是殷代賢士傅說為奴隸時來版築的地方，周文王時高士呂尚的釣魚臺就在眼前。太陽西下，這份天然的樂趣又漸漸遠去，耿耿於心的情思化為吸風飲露的寒蟬而入夢。

【研　析】此詩首四句以陶潛棄官、潘岳傳賦開篇，寫退職閒居而有宴集。「田園」二句承首二句而來。「田園」句應「彭澤」句，「詩酒」句應「河陽」句，融會無痕，頗為古雅得體。「列室」以下六句承第四句而來，寫道觀詩酒長筵。其中「列室」與「縈迴」二句一氣，寫曲水；「分樓」與「出沒」二句一氣，寫宴集之氣勢。「鳳琴」二句，寫宴會的熱鬧場景。「松石」以下八句承第三句而來，寫田園舊國。其中「松石」四句寫「田園」美景，「抗石」四句寫「舊國」風光。末二句寫曲水宴散集之後的孤獨失落心情，表達對宴集之樂的留戀。殆又分應首二句。此詩采飾富麗，構思奇特。

晚留鳳州

【題解】晚留，夜間留宿。鳳州，州名。西魏置，因州境鳳凰山為名。今陝西鳳縣。作者因戲寫〈檄英王雞〉文被斥出沛王府，離長安入蜀而途經寶雞時作此詩。詩寫自己路出鳳州時對長安城闕的依戀之情。留，一作「屆」。

寶雞辭舊役，仙鳳歷遺墟❶。去此近城闕❷，青山明月初。

【注釋】❶寶雞辭舊役二句　寶雞，地名。在今陝西西部。傳云秦穆公在此獲雌雉（野雞）而得稱霸，因名其地為寶雞。見《太平廣記》卷四百六十一引晉張華《列異傳．陳倉寶雞》。役，一作「域」。仙鳳，《元和郡縣志》卷二十二〈鳳州〉：「按成州同谷縣本是鳳州西界，縣南有鳳凰山，因為州名。」此處寶雞、仙鳳，亦均是作者自嘲之稱。遺墟，猶廢墟，指鳳臺，故址在今陝西寶雞東南。劉向《列仙傳．蕭史》：「蕭史者，秦穆公時人也。善吹簫，能致孔雀、白鶴於庭。穆公有女字弄玉，好之，遂以女妻焉。日教弄玉作鳳鳴。居數年，吹似鳳聲，鳳凰來止其屋。公為作鳳臺，夫婦止其上，不下數年，一旦皆隨鳳凰飛去。」❷城闕　指京城長安。

【語譯】來到寶雞，已經辭去了舊差使，我這隻仙鳳遊歷了鳳臺廢墟。長安城距離這個地方還不遠，青山之上剛剛爬上一輪明月。

【研析】首二句，引用了兩個傳說故事，暗示自己的遭遇。「寶雞辭舊役」，正有些黑色幽默的味道。後二句，寫景抒情。「近城闕」，表達對故都的懷念和對自身遭際的感歎。「青山明月初」，表達一種淡淡的鄉愁。情思隱而不露，含蓄婉轉。張志烈《初唐四傑年譜》云此詩乃自蜀地返長安時作，誤。從〈始平晚息〉詩「觀闕長安近，江山蜀路賒。客行朝復夕，無處是鄉家」可知。

羈春

【題解】羈春，春日羈留在外。詩寫春末思鄉之情。此是咸亨三年（西元六七二年）春日在蜀中作。

客心千里倦，春事一朝歸❶。還傷北園裏，重見落花飛。

【注釋】❶客心千里倦二句　客心，遊子之心。謝朓〈暫使下都夜發新林至京邑贈西府同僚〉：「大江流日夜，客心悲未央。」春事，猶言春景。

【語譯】遊子的心疲累於千里的旅途，春天的景象剎那間就歸去。我又傷懷於北邊園圃裏，再次見到落花飄飛。

【研析】首句，傷旅途之遠、之艱難辛苦。次句，傷美景之易逝，也暗示年華易老。三句，由北園引發對故國的思念。四句，與次句相應，言「重見」之傷。全詩詩眼在一「傷」字，而皆由「重見」而發。作者遠離家鄉，客居異地，深受羈旅之苦，正值春天，重見「北園」「落花飛」，哀傷自己的飄零。借景抒情，自然真切。遣詞造語，平白明快。文疏而意密，無雕琢堆砌之嫌。

林塘懷友

【題解】林塘，樹林和池塘。此詩約寫於客居蜀中時，則林塘殆是蜀中客居之地。詩寫其春景如畫。

芳屏畫春草，仙杼織朝霞❶。何如山水路❷？對面即飛花。

【注　釋】❶芳屏畫春草二句　芳屏，美麗的畫屏。此指美麗的池塘。仙杼，仙女織布的梭子。傳云朝霞乃天上仙女所織的彩錦。此指開滿鮮花的樹林。朝霞，指繁華滿眼如雲霞一般。❷山水路　言山水如畫。

【語　譯】就像美麗的畫屏上畫上了春草，就像仙女的織布梭子織出了絢爛的朝霞。與你所在的一路山水美景相比如何？這裏迎面就是春風吹落的鮮花。

【研　析】劉孝綽〈侍宴餞庾于陵應詔〉詩：「林塘多秀色。」此詩亦寫林塘秀色。首句寫塘，是俯視所得之景，言平靜如鏡的一塘春水倒映著碧綠的春草，故曰芳屏。次句寫林，是仰視所得之景，言樹林中開滿五彩繽紛的鮮花，遠望去像朝霞。三句寫懷友，以設問語氣出之，而實言山陰山水路不如此地。四句作答，「飛花」二字應次句「朝霞」。詩意清通而秀麗。

山扉夜坐

【題　解】山扉，山居的門。此指山間草房。此詩寫春夜與故交的歡聚。當與前詩同時作。

抱琴開野室，攜酒對情人❶。林塘花月下，別似一家春❷。

【注　釋】❶抱琴開野室二句　野室，山野之人所居。情人，感情深厚的友人。❷林塘花月下二句　林塘，樹林和池塘。花月，花和月。泛指美好的景色。下，一作「夜」。似，一作「是」。一家春，一種獨特的美好境界。

【語　譯】打開山野茅屋，抱著琴彈奏起來，提著酒瓶會見我的老交情。在美麗的樹林和池塘的美好景色下，好像是一種獨特的春光。

【研　析】何遜〈劉博士江丞朱從事同顧不值作〉詩：「向夕敞山扉，臨窗翫餘帙。」詩題當取諸此。首二句入題，「野室」即「山扉」，抱琴攜酒而對情人，即「坐」。三句寫山中之夜。四句「別似」二字不可忽過。林塘花月本是美好春光矣，而所謂「別似」者，指「琴」、「酒」、「情人」也。此是友誼的春天，倘僅有花月，而少此種，春從何來，花月又於我何有哉？

春莊

【題　解】詩寫春日莊園高雅脫俗。未知何時作。

山中蘭葉徑，城外李桃園❶。豈知人事靜❷，不覺鳥聲喧。

【注　釋】❶山中蘭葉徑二句　蘭葉徑，蘭葉遮覆的小路。《詩經・衛風・芄蘭》：「芄蘭之葉。」李桃，櫻桃的俗名。❷豈知人事靜　豈，一作「直」。人事，指人世間事。〈古詩為焦仲卿妻作〉：「自君別我後，人事不可量。」

【語　譯】山中長滿蘭草葉的小路，城外櫻桃花開的莊園。哪裏料到人間喧囂在這裏悄無聲息，不知不覺只聽到鳥聲的喧鬧。

【研　析】首二句言其高雅，這是地理的脫俗；末二句言其脫俗，這是靈魂的高雅。「人事」指「山外」、「城裏」所有。以春日鳥聲的喧鬧與人世間的紛擾相較。此中能感到生命的熱情和希望，而人事只能讓人煩惱、如坐針氈。

春遊

【題　解】此詩抒寫由春遊而引起的感慨。殆咸亨三年（西元六七二年）在蜀中作。

客念紛無極，春淚倍成行❶。今朝花樹下，不覺戀年光❷。

【注　釋】❶客念紛無極二句　客念，羈旅中對家鄉的思念。紛，紛亂；雜亂。無極，無邊際；無窮盡。春淚，傷春之淚。倍，更加；尤其。❷今朝花樹下二句　今朝，猶言今日。花樹，春天開滿花朵的樹林。王融〈別王丞僧孺〉詩：「花樹雜為錦。」年光，美好的春光。

【語　譯】遊子的思鄉之情雜亂得沒法形容，感傷春天漸逝的淚水成行流下來。今天在這紅花綠樹下，不自覺地對美好的春光倍加留戀。

【研　析】首句，傷客旅。次句，傷春逝。三句，切題寫春遊。四句，寫春遊之感，言其由春逝而傷及年華老大、一事無成。詩題為「春遊」，卻不著意於景物的描繪，只於第三句稍稍及之，是不忍寫落花飛逝的慘狀的，因為這最能觸目驚心，故有意避之。而落筆於客思繁亂、傷春惜年等意興的抒寫，以「不覺」顯示了留戀年光的真切。此詩發興無端，可見其對在外客遊的厭倦、對歲月遄逝的恐懼。筆法簡練，風格沈鬱。

春園

【題　解】詩寫對春園之至愛。未知何時作。

山泉兩處晚，花柳一園春。還持千日醉，共作百年人❶。

【注釋】❶還持千日醉二句　千日醉，即美酒。《搜神記》：「狄希，中山人也。能造千日酒，飲之千日醉。」又，《博物志》卷五：「昔劉玄石於中山酒家酤酒，酒家與千日酒，忘言其節度。歸至家，當醉。而家人不知，以為死也，權葬之。酒家計千日滿，乃憶玄石前來酤酒，醉向醒耳。往視之，云玄石亡來三年，已葬。於是開棺，醉始醒。俗云『玄石飲酒，一醉千日』。」百年人，猶言作古之人。百年，指人壽百歲。《禮記・曲禮上》：「百年曰期。」即一生。

【語譯】山林和泉石，兩處都來不及去玩賞，鮮花和楊柳構成滿園的春光。我又手端著美酒，在這裏和山林、泉石、花柳一起終生不醒。

【研析】因為晚而不得，故更覺春園花柳之可愛。願在此終生，故更覺其熱愛之深。「共」者，謂與春園花柳而共也。「千日醉」、「百年人」有言外之意，即不願在人事中混跡矣。

林泉獨飲

【題解】詩寫春日林泉獨飲時所感。不知何時作。

丘壑經塗賞，花柳遇時春❶。相逢今不醉，物色自輕人❷。

【注釋】❶丘壑經塗賞二句　丘壑，猶言山水。經塗，即沿途。賞，謂賞心悅目的美景。遇時，正當其時。時，通「是」。善；好。《詩經・小雅・怡弁》：「爾酒既旨，爾殽既時。」❷相逢今不醉二句　意謂今不醉於此良辰美景，則自然會被景色所看不起。今，一作「令」。物色，即景色。輕人，輕視人。

【語譯】沿途都有供人欣賞的山水美景，正遇上美好時候，鮮花和楊柳春意盎然。和此良辰美景相逢而不痛飲入醉，景色當然會輕視我這庸庸碌碌的人。

【研析】首二句寫「林泉」，末二句寫「獨飲」。「醉」字，言其遇良辰美景的愉快心情，也暗示其在人事中疲憊煩惱的日常心態，故渴望一醉，否則辜負「物色」矣。

登城春望

【題解】詩寫春日郊外美景。不知何時作。

物外山川近，晴初景靄新❶。芳郊❷花柳徧，何處不宜春。

【注釋】❶物外山川近二句　物外，世事之外。景靄，日光和雲霧。❷芳郊　美麗的郊野。

【語譯】置身於世事之外可以和優美的山水親近，剛剛天晴之後的日光雲氣新鮮可愛。美麗的郊野滿眼花紅柳綠，哪個地方不是春色宜人。

【研析】首二句，寫「登城」所感。因登上高城，身心通泰，有置身世外之輕鬆感，故著「物外」二字。因感覺脫離了人事的喧囂和案牘官書，滿眼是起伏的山巒和河川，故覺「山川近」。末二句，寫春望所得。著「徧」、「何處」等語，只覺意境開闊，興味朗然。

他鄉敘興

【題　解】詩寫春日邊城思鄉之苦。當是蜀中作。

綴葉歸煙晚，乘花落照春❶。邊城琴酒處，俱是越鄉人❷。

【注　釋】❶綴葉歸煙晚二句　綴葉，連著樹葉。歸煙，歸家時的煙靄。亦即暮靄。落照，即夕陽。❷邊城琴酒處二句　琴酒，彈琴飲酒。越鄉，遠離故鄉。《左傳》襄公十五年傳：「小人懷璧，不可以越鄉。」又，鮑照〈上潯陽還都道中〉：「誰令乏古節，貽此越鄉憂。」

【語　譯】暮靄與樹葉相連，黑夜來到，花兒隨夕陽落下，春意闌珊。邊城上彈琴飲酒之處，都是離鄉背井的人。

【研　析】首二句景中含情。見「歸煙晚」，起鄉思；見「落照春」，起春愁。末二句托出題面，邊城「琴酒處」，煞是熱鬧，其實乃苦中樂而更苦。

夜興

【題　解】詩寫秋夜旅泊獨處之悲。不知何時作。

野煙含夕渚❶，山月照秋林。還將中散興，來偶步兵琴❷。

【注　釋】❶野煙含夕渚　野煙，郊野的煙靄雲氣。含，包含；籠罩。❷還將中散興二句　中散，指晉嵇康。嵇康曾做過三國曹魏的中散大夫，世稱嵇中散。《晉書・嵇康傳》稱其「彈琴詠詩，自足於懷」。中散興，指此。偶，相對。步兵，指晉阮籍。阮籍曾做過步兵校尉，世稱阮步兵。阮籍與當權的司馬氏集團有一定的矛盾。在情勢險惡的政治鬥爭中，阮籍謙退沖虛，寄情琴酒，放浪佯狂以全身。

【語　譯】原野的煙霧籠罩著傍晚的河洲，山頂的月亮照耀著秋天的樹林。又帶著嵇康把酒彈琴的雅興，來與阮籍的琴聲相伴。

【研　析】「野煙」句，言其旅泊也；「山月」句，言其思鄉懷友也。末二句用故典，中有一典偏於飲酒，有一典偏於彈琴，「中散興」、「步兵琴」或錯文互用，寫故人之悲懷，以襯己之憂心烈烈也。

臨江二首

【題　解】臨江，去到江岸。殆客遊蜀中作。其一寫江岸所見，抒發宦中奔波疲累之情。其二寫見秋風落葉而起思歸之情。

其一

泛泛東流水，飛飛北上塵❶。歸驂將別棹，俱是倦遊人❷。

【注　釋】❶泛泛東流水二句　泛泛，水流的樣子，有從流飄蕩之意。劉楨〈贈從弟〉：「泛泛東流水，磷磷水中石。」飛飛北上塵，指北征的車馬揚起的塵土。❷歸驂將別棹二句　歸驂，回歸的馬車。將，猶言與。別棹，離別的船。棹，船槳。借指船。倦遊人，辛辛苦苦為生活奔波的人。

【語　譯】行船在緩緩向東的江水上，一路往北的征人車馬揚起灰塵。不論是回家的車馬還是遠別的舟船，乘載的都是一些為生活所迫四處奔波的人。

【研　析】首句寫水行，次句寫陸行。「泛泛」、「飛飛」，見其奔波勞累之狀，與下「倦」字相呼應。此因臨江而感名利之驅人也。言觀水之流、塵之飛，而知驂棹之不息，凡此孰非倦遊者乎！陸行水往，別送紛然，不勝逐逐風塵之慨。

其　二

去驂嘶別路，歸棹隱寒洲❶。江皐木葉下❷，應想故城秋。

【注　釋】❶去驂嘶別路二句　去驂，離去的征馬。嘶，馬鳴。別路，離別之路。歸棹，歸家的船。寒洲，秋冬水中可居停的陸地。❷江皐木葉下　江皐，江水彎曲處。木葉下，樹葉落下。《楚辭．九歌．湘夫人》：「嫋嫋兮秋風，洞庭波兮木葉下。」

【語　譯】遠去的征馬在離別的路上嘶鳴，回鄉的船停靠在寒涼的河洲。江灣的樹葉隨風蕭蕭落下，讓我想起故鄉應該秋意已深。

【研　析】首二句是臨江所見之景，言人皆得歸去，而我則滯留江上。下「嘶」、「隱」二字，可見鄉愁濃烈。三句寫秋意來臨，則鄉愁更不可遣。末句思鄉懷親，不說「已」、「必」，而下一「應」字，語愈淡情愈濃，讓人不可自拔。感慨深沈，不纖不詭。

江亭夜月送別二首

【題　解】此二詩寫客中送客之情。是作者旅居巴蜀期間所作。其一寫江亭送客之後的孤獨欲絕。其二寫江亭送客之後的寂寞難耐。

其一

江送巴南水，山橫塞北雲❶。津亭秋月夜，誰見泣離羣❷？

【注　釋】❶江送巴南水二句　巴南，古巴郡之南，在今四川東部。塞北，指長城以北。❷津亭秋月夜二句　津亭，舊時建於渡口邊的亭子。離羣，離別朋友。《禮記・檀弓》：「吾離羣而索居，亦已久矣。」鄭注：「羣，謂同門朋友也。」

【語　譯】長江送走了巴郡之南的流水，大山阻斷了塞北的浮雲。這渡口小亭的秋月夜涼如水，有誰看見我因為離別朋友而哭泣？

【研　析】前二句寫景，局勢雖開闊，然景物中卻隱含冷寂、紛亂之意。三句亦寫景，然局勢驟小。在這大小的對比中，情感的表達頗有張力。況且末句著一「泣」字，又用設問，感情流露深切而強烈，顯得殷實而深沈。「誰見」，以反問語氣出之，實即無人見，言其孤獨。沈德潛《唐詩別裁集》選錄此組詩兩首中的「江送巴南水」一首。

其二

亂煙籠碧砌❶，飛月向南端。寂寂離亭掩，江山此夜寒❷。

【注　釋】❶亂煙籠碧砌　亂煙，紛亂的雲霧。碧砌，長滿綠草的階砌。❷寂寂離亭掩二句　離亭，即路旁驛亭。地遠者稱離亭，近者稱都亭。江山，猶言山川、山水。

【語　譯】紛亂的雲霧籠罩著長滿綠草的階砌，飛升而上的月亮掛在南邊的天際。路旁的驛亭關門後一片寂寞，今夜的山川是如此寒涼。

【研　析】首句寫地面景，次句寫天空景，以煙籠月移，既顯示送別後夜色的深沈，又說明時間的推移，暗示詩人佇立凝望時產生的聚散匆匆之感。三句根首句，寫近處離亭，門戶深掩之景與煙籠碧砌之景相照應，以亭掩夜寒顯示人去後周圍的孤獨冷寂。末句頂次句，寫從離亭眺望所見遠方江山夜寒之景，與中天月馳之景相綰合。四句分寫四個畫面，而又相互關聯，融合為一。一片離情，俱從「寒」字托出。既是煙升月轉，見話別之久；亭掩夜寒，覺悄然無人。以「離亭」之小與「江山」之闊相較，愈見其孤獨、渺小、寒冷。

別人四首

【題　解】這四首是作者客中送友之詩。亦當是在蜀中所作。其一寫久別不歸而於閏月送人歸。其二寫目送友人遠去之後的孤獨。其三寫對他日故友重逢的殷切期待。其四勸友人儘快返鄉，其實自己亦更思鄉。

其一

久客逢餘閏❶，他鄉別故人。自然堪下淚，誰忍望征塵❷？

【注　釋】❶餘閏　多一個閏月。❷征塵　遠行車馬揚起的塵土。

【語　譯】多年遠離故土，此時又碰上一個閏月，在外地和老朋友經歷了一次分別。這當然能讓人潸然淚下，誰忍心去看他的車馬一路遠去而揚起的塵土？

【研　析】「餘閏」二字，尤其難耐。本已「久客」矣，卻又偏無端多出一個月！「他鄉別故人」句，化用庾信〈和侃法師〉「誰言舊國人，到在他鄉別」詩。本在他鄉，孤獨已極，卻連最後一個故人都要離別而去，令人潸然淚下。末句設問，哀傷更甚。言「誰忍望」，然畢竟在「望」，情何以堪！

其二

江上風煙積，山幽雲霧多❶。送君南浦❷外，還望將如何？

【注　釋】❶江上風煙積二句　風煙，猶風物、景色。積，聚集；籠罩。《列子．天瑞》：「虹霓也，雲霧也，風雨也，四時也，此積氣之成乎天者也。」山幽，猶言山深。❷南浦　南邊的水濱。舊時稱送別地。《楚辭．九歌．河伯》：「子交手兮東行，送美人兮南浦。」江淹〈別賦〉：「送君南浦，傷如之何？」

【語　譯】江上風物景色目不暇接，山的深處雲霧濃密。送你送到南邊的水濱，又久久望著你遠去的身影，是多麼地悲傷？

【研　析】「江上」乃送別之地，「山」則抒情主人公所居。「風煙積」、「雲霧多」，則佇望遠去之人而不復能見。景物迷茫，設色幽暗，以見別情難遣如此。末句設問，含不盡之意於言外。

其三

桂軺雖不駐，蘭筵幸未開❶。林塘風月賞❷，還❸待故人來。

【注　釋】❶桂軺雖不駐二句　桂軺，用桂木做的小車。美言車，亦表示對出行人的尊重。雖，一作「初」。蘭筵，指珍貴芳香的酒筵。❷林塘風月賞　林塘，樹林和池塘。風月，清風明月。泛指美好的景色。《宋書．始平孝敬王子鸞傳》：「上痛愛不已，擬漢武〈李夫人賦〉，其詞曰：『……徙倚雲日，裴回風月。』」❸還　一作「應」。

【語　譯】高貴的車乘雖然不能停下來，芳香的酒筵也幸好沒有開始。樹林和池塘上清風明月的美景，仍然等待著老朋友你一起來玩賞。

【研　析】首二句言友人離去，而已未能挽留住。下「雖」、「幸」二虛詞，柔情似水。紙上言「幸」，而實際大概並非如此，準備「蘭筵」許久而等待故友許久不來，多少失落在其中，多少祝福在言外，只是不說破，尤耐咀嚼回味。末二句專意承第二句轉出，盼朋友快快回歸，「蘭筵」之美意長存，正如林塘風月永在。此詩最是敦厚。

其　四

霜華淨天末，霧色籠江際❶。客子常畏人，何為久留滯❷。

【注　釋】❶霜華淨天末二句　霜華，指皎潔如霜的月光。天末，天邊；極遠處。江際，江畔；江岸。❷客子常畏人二句　魏文帝曹丕〈雜詩〉：「西北有浮雲，亭亭如車蓋。惜哉時不遇，適與飄風會。吹我東南行，行行至吳會。吳會非我鄉，安得久留滯。棄置勿復陳，客子常畏人。」此二句化用其意，指遊子羈留他方而不得歸的窘況。客子，即遊子。畏人，即害怕在外地與友人相見而分別。或不願在外地與人交往，其實思歸也。

【語　譯】如霜的月光使極遠的天邊泛白，乳色的霧氣籠罩著長長的江岸。遊子總是害怕與人交往，為什麼這麼長時間還留滯在他鄉。

【研　析】此首寫天明淨，江霧迷，唯恐友人久滯不歸，情緒纏綿。「客子」二句，從「霜華淨」流出，反用曹丕詩，言天邊不見浮雲，你為何還要遠去？即使遠去，亦要早歸。卻曲迷陽，憂心悄悄，狀寫孤客自危之心，亦對於所別之人有為而發，勸其早歸也。綿密之意，溢出字外。

贈李十四四首

【題解】李十四，即李姓排行十四者。未詳何人。詩總寫隱居幽雅生活。未知何時作。其一寫與李十四友情歡洽，親密無間。其二讚李十四悠閒高雅的世外生活。其三讚李十四居宅之雅、心志之高。其四讚李十四詩酒之樂。

其一

野客思茅宇，山人愛竹林❶。琴尊唯待處，風月自相尋❷。

【注釋】❶野客思茅宇二句　野客，狂放不羈之人。此作者自指。茅宇，即茅屋。山人，指隱士。此指李十四。竹林，《晉書·嵇康傳》：嵇康曾與魏宗室婚，拜中散大夫，日彈琴詠詩以自娛。所與神交者，惟阮籍、山濤、向秀、劉伶、王戎及籍兄子咸，為竹林之遊，世謂竹林七賢。❷琴尊唯待處二句　待處，彼此接待之時。亦指相逢時。風月，清風明月，指美好的景色。

【語譯】山野之人希望住在茅屋中，隱士喜歡竹林之遊。雅琴、美酒只有等待我去（竹林）才開張，清風明月的美景下自然會到（茅宇）來尋訪。

【研析】首二句言我與李十四興趣品性一致。「思茅宇」、「愛竹林」雖是分寫，而實際為二人共有。三句頂次句，言李十四念我；末句根首句，言我亦念李十四。四句你中有我，我中有你，渾融無跡，真情無限。

其二

小徑偏宜草，空庭不厭花❶。平生詩與酒，自得會仙家❷。

【注釋】❶小徑偏宜草二句　小徑，即小路。不厭花，長滿了各色的花朵。❷自得會仙家　自得，猶言自適。《禮記·中庸》：「君子無入而不自得焉。」仙家，仙人；神仙。此指高雅脫俗之士。

【語譯】小路特別適宜小草的生長，空曠的庭院長滿了各色的花朵。一輩子就喜歡賦詩飲酒，悠然自適地與神仙一類人物相會。

【研析】「小徑」句，言無俗人來往。「空庭」句，言無俗事侵擾。三句項次句，言其生活之悠遊。四句根首句，言其交遊之高雅不凡。

其三

亂竹開三徑，飛花滿四鄰❶。從來揚子宅，別有尚玄人❷。

【注釋】❶亂竹開三徑二句　亂竹，茂密的竹林。亂，本為雜亂之意，此作「茂密」解。開，一作「深」。三徑，三條小路。《三輔決錄·逃名》載：西漢兗州刺史蔣詡，以廉直名。王莽攝位，以病免歸。於舍中竹林下開三徑，唯故人求仲、羊仲從之遊，皆挫廉逃名而不出。後以「三徑」指隱者所居。四鄰，猶言四方、到處。❷從來揚子宅二句　揚子，即西漢揚雄，字子雲。有草玄臺，故址在今四川成都。尚玄，崇尚澹泊清靜。玄，指《太玄》。《漢書·揚雄傳》：哀帝時，丁傅、董賢用事，諸附離之者，或起家至二千石。時揚子雲方擬《易》以著《太玄》，有以自守，泊如也。左思〈詠史〉：「寂寂揚子宅，門無卿相輿。」

【語譯】在茂密的竹林中開闢三條小路，飄飛的花朵滿世界都是。自有甘於寂寞的揚雄家宅以來，另有崇尚澹泊虛靜的人。

【研　析】首二句狀其居宅之雅：亂竹句，言無往還也；飛花句，言少鄰舍也。所居之寂寞如此，則其絕無好名干進之心可知，故末二句以子雲比之。著「從來」、「別有」字，點燃其心志之高古獨絕不同凡人。

其　四

風筵調桂軫，月徑引藤杯❶。直當花院裏，書齋望曉開❷。

【注　釋】❶風筵調桂軫二句　風筵，風雅的宴會。王融〈謝武陵王賜弓啟〉：「敷積玉於風筵，疊連珠於月的。」調，擺弄；彈奏。桂軫，桂木做的琴弦軸，借指琴瑟等弦樂器。引，舉起。藤杯，用藤實做的酒杯。《古今注．草木》：「酒杯藤出西域，藤大如臂，葉似葛花，實如梧桐。實花堅，皆可以酌酒。」❷直當花院裏二句　直當，即當、應當。書齋，讀書室。《藝文類聚》卷六十四引王孚《安成記》：「大和中，陳郡殷府君引水入城穿池，殷仲堪又於池北立小屋讀書。百姓於今呼曰讀書齋。」

【語　譯】在風雅的宴會上彈奏起高雅的琴曲，在灑滿月光的小路上舉起寶貴的酒杯。真應當在鮮花開放的庭院，讀書室的小窗天一亮就敞開。

【研　析】前二句，言夜晚琴尊之雅。後二句，言清晨吟詠之雅。四句如一個純美的人間天堂，令人似曾相識而不可企及。

早春野望

【題　解】野望，在原野遠望。詩寫旅途所見，微露鄉愁。當是在蜀中作。

江曠春潮白，山長曉岫青❶。他鄉臨睨極，花柳映邊亭❷。

【注釋】❶江曠春潮白二句　曠，寬廣。岫，山巒。❷他鄉臨睨極二句　臨睨，站在高處放眼張望。睨，一作「眺」。邊亭，邊遠的亭子。

【語譯】江面空闊，春潮翻滾著白色的浪花，山峯綿延不絕，清晨的岡巒格外青翠。在他鄉向遙遠的地方張望，美麗的花樹中隱約可見邊關的長亭短亭。

【研析】首二句是早春之景，皆野望所得。江曠而水淺，所以潮白；山長而芽嫩，所以岫青。末二句因他鄉而思故鄉，因邊亭而起離愁。言花柳者，乃以樂景寫哀情之典型。

山中

【題解】這是一首敘山中送別，抒旅愁歸思的詩，大概作於咸亨二年（西元六七一年）被斥出沛王府後巴蜀作客期間。題一作〈思歸〉。

長江悲已滯，萬里念將歸❶。況屬高風晚，山山黃葉飛❷。

【注釋】❶長江悲已滯二句　滯，遲滯不動。此指己之羈留蜀地不得歸。將歸，謂即將歸家之友人。❷況屬高風晚二句　屬，碰巧遇到。一作「復」。高風，高處的風。此處指秋風。黃葉，指秋葉。

【語譯】長江水流也似乎為我的羈留他鄉而悲傷，念念不忘萬里之外即將歸家的人。何況又遇著晚秋的風吹起來，崇山峻嶺間的黃葉滿眼飄飛。

【研　析】首句寫己之不得歸鄉，以「長江」襯思鄉之深長而激烈。次句「萬里」實亦指長江也，寫對友人的繫念之不絕。既悲己又念友，心胸之博大可知矣。末二句從〈九辯〉「悲哉秋之為氣也，蕭瑟兮草木搖落而變衰」兩句化出，進一步渲染「悲」、「念」二字，含有餘不盡之意。

這是一首典型合乎格律的五絕。首二句借長江言情，末二句轉寫山中景。首二句悲路遠，末二句傷時晚。或以為次句乃寫其萬里之外的家人念及遊子歸期，亦可備一說。然並不確切。此詩完全借用了宋玉〈九辯〉的意境。後半首所寫之景以前半首所懷之情為胚胎，意境闊大而心情逼仄，苦極，讓人讀來頗覺呼吸困難。與「無為在歧路，兒女共沾巾」的家常語大異其趣。

冬郊行望

【題　解】此詩寫冬日所見而興歸期無日之苦思。當是作者入蜀後所作。

桂密❶巖花白，梨疏林葉紅。江皐寒望盡，歸念斷征蓬❷。

【注　釋】❶桂密　桂樹繁茂。桂樹亦稱木犀，有兩種，花黃者稱金桂，花白者稱銀桂。梁簡文帝〈奉答南平王康賚朱櫻〉：「永植平臺垂，長與雲桂密。」❷江皐寒望盡二句　江皐，江水彎曲處。征蓬，因風飄轉的蓬蒿。《商君書・禁使》：「飛蓬遇飄風而行千里。」喻行人漂泊。蓬，一作「篷」。

【語　譯】茂密的桂樹在山巖上搖曳著白色的花朵，稀疏的梨樹葉在林中染成了紅色。在這淒涼的江灣向天盡頭遙望，我的鄉思就像斷了根而隨風飄蕩的征蓬。

【研　析】桂、梨，是平常習見之物，讓人思家，故有歸念。白、紅，乃「寒望」所得。其設色非為無意，讀之令人既寒心又焦灼。

寒夜思友三首

【題解】詩總寫思念友人之情切。蜀中作客時所作。其一寫獨坐撫琴而思同調。其二寫感傷於故人的遠別。其三寫朝朝夜夜青山綠水都是故友之思。

其一

久別侵懷抱，他鄉變容色❶。月下調鳴琴，相思此何極❷。

【注釋】❶久別侵懷抱二句　侵懷抱，使人心情很難堪。侵，傷害。懷抱，即心胸。容色，臉色。《史記・淮陰侯列傳》：「憂喜在於容色。」❷月下調鳴琴二句　調，彈奏。揚雄〈甘泉賦〉：「若夔牙之調琴。」鳴琴，即琴。《韓非子・說林》：「吾嘗好音，此人遺我鳴琴。」阮籍〈詠懷〉：「中夜不能寐，起坐彈鳴琴。」何極，如何有盡頭。

【語譯】長時間的離別故土使人的心情很難堪，在他鄉作客臉色也變得很憔悴。月光之下彈奏鳴琴，我這痛苦的思念何時才是一個盡頭。

【研析】首言「久別」、末言「相思」，正從〈古詩十九首〉「上言長相思，下言久別離」而來。首句言「久別」，故相思日增日濃；次句言「他鄉」，或許惟抒情主人公一人在他鄉，或俱在他鄉，空間愈遠所思愈切。三四兩句，言在月下調琴以寄相思，著「此何極」三字，言調琴其實亦是無奈之舉，並不能表達，即使能表達，友朋亦未必知。隔絕之苦何其深也。

其二

雲間征思斷，月下歸愁切❶。鴻雁西南飛，如何❷故人別。

【注釋】❶雲間征思斷二句　雲間，指天上。劉孝威〈鬥雞篇〉：「願賜淮南藥，一使雲間翔。」征思，遠行的願望。切，急迫。❷如何　猶言為何、為什麼。

【語譯】乘著浮雲升仙的願望消失了，深夜月光下歸家的憂愁變得格外急迫。鴻雁正在往西南這個方向飛翔，為什麼老朋友卻離別我而去。

【研析】首句暗示己之歸鄉念想破滅，次句言故人歸鄉之情急。三句見鴻雁飛而知秋至，思鄉情切也。末句所表之「故人」，乃與作者同在蜀地流連而精神相通者。末句頂次句，故人遠別，其實是歸鄉也。而己不得歸，孤獨難耐可知。此是一層對比。三句根首句，言己竟連鴻雁也不如，更是恨恨。故末句云「別」，又實乃應首句「斷」字者。此又是一層對比。此詩與後〈蜀中九日〉詩意相反而情相通。

其三

朝朝翠山下，夜夜蒼江曲❶。復此遙相思，清尊湛芳綠❷。

【注釋】❶夜夜蒼江曲　蒼江，江水；江流。以江水呈青蒼色，故稱。曲，江流轉彎處。❷清尊湛芳綠　清尊，酒器。亦借指清酒。亦作清樽、清罇。〈古歌〉：「清樽發朱顏，四坐樂且康。」湛，清澈。此引申為斟滿。芳綠，芬芳的美酒。綠，美酒。因酒的顏色泛綠，故稱。

【語譯】每天都在青翠欲滴的山下，每夜都來到碧綠的江灣。再加之這份遙遠的思念，我的酒杯中總是斟滿芳香的美酒。

【研析】首二句「朝朝」、「夜夜」，言無時不相思；「翠山下」、「蒼江曲」言無地不相思。而三句直抒胸臆，末句「清尊」、「芳綠」，見其獨坐期待之切，亦只是相思也。以上三首同一懷友思鄉之意，而分詠之。前二首各有側重，此首則總結前二首之意，言無時無地不遙思故友也。

始平晚息

【題　解】始平，也叫興平。唐屬關內道京兆府。本漢平陵縣，魏文帝改為始平。即今陝西興平。晚息，即夜宿。此詩寫對前途的憂愁。是作者於高宗咸亨二年（西元六七一年）五月從長安往西蜀途中所作。晚，一作「曉」。

觀闕長安近，江山蜀路賒❶。客行朝復夕，無處是鄉家❷。

【注　釋】❶觀闕長安近二句　觀闕，古代帝王宮門前的兩座樓臺。是「懸法示人」的處所。有臺無門，故稱闕；臺上有樓可觀，故亦稱觀。此泛指宮城。長安近，劉義慶《世說新語・夙慧》：「晉明帝年數歲，坐元帝膝上。有人從長安來，元帝問洛下消息，潸然流涕。因問明帝：『汝意謂長安何如日遠？』答曰：『日遠。不聞人從日邊來。』元帝異之。明日，集羣臣宴會，更重問之，乃答曰：『日近。舉目見日，不見長安。』」路，一作「道」。賒，遼遠。❷鄉家　即家鄉、鄉園。

【語　譯】這裏離帝王宮殿所在的長安很近，跋山涉水去蜀地的路卻還很遠。這樣的旅程夜以繼日，沒有一個地方是自己的鄉里。

【研　析】首二句「近」和「賒」，將依戀和畏懼二種心情寫出，構成強烈的反差，足以對讀者的心靈造成巨大撞擊，讓人窒息。三句緊承二句而來，復寫「賒」字。末句頂首句，重傷其對長安的留戀，對前途迷茫的擔憂、命運多舛的無奈。誰願意去作生離死別，作無謂的長征？然不得不面對也。

扶風晝居離京浸遠

【題解】扶風，古郡名。舊屬三輔之地，唐屬鳳翔府。今屬陝西寶雞。居，到達。浸遠，漸漸遠去。《楚辭・遠遊》：「形穆穆以浸遠兮，離人羣而遁逸。」此詩作意同前首。乃斥出沛王府後離京赴蜀途經扶風而作。

帝里金莖去，扶風石柱來❶。山川殊未已，行路方悠哉❷。

【注釋】❶帝里金莖去二句　帝里，皇帝所居。即京城。金莖，用以擎承露盤的銅柱。《文選》班固〈西都賦〉：「抗仙掌以承露，擢雙立之金莖。」李善注：「《漢書》曰：『孝武又作柏梁、銅柱、承露仙人掌之屬矣。』金莖，銅柱也。」石柱，指石柱橋。《史記・孝文本紀》：「而使宋昌先馳之長安觀變，昌至渭橋。」《索隱》：「《三輔故事》：咸陽宮在渭北，興樂宮在渭南。秦昭王通兩宮之間作渭橋，長三百八十步。又，《關中記》云『石柱以北屬扶風，石柱以南屬京兆也』。」又，《三輔黃圖》引《三輔舊事》云：「秦造橫橋，漢承秦制，廣六丈三百八十步，置都水令以掌之，號為石柱橋。」按唐代扶風縣屬鳳翔，非復漢三輔之舊。石柱橋實非所轄，此處偶用舊典。❷山川殊未已二句　未已，沒有盡頭。悠哉，即遙遠。

【語譯】京城長安的金莖銅柱遠去了，扶風的石柱橋迎面而來。一座座山來一道道水，特別的沒完沒了遠行的道路正漫長。

【研析】首二句「金莖」、「石柱」的形象很刺眼，表明空間的突變、家鄉和親友的驟然離別。末二句承首二句「去」、「來」二字而來，言這樣的離別才開始。著「悠哉」二字，言其憂痛之深。全詩只是一味的依戀，一路的迷惘。可見〈檄英王雞〉文這篇遊戲文字所帶來的意外打擊是多麼沈重，就像一個無辜的孩子突然受到父母的驅逐。

【題解】普安，南朝宋置南安縣，西魏改為普安縣。唐屬劍南道劍州。今屬四川劍閣。建陰，殆普安縣屬郵亭名。題壁，在牆壁上題詩。詩寫歸期無望之極苦。在蜀中所作。

普安建陰題壁

江漢深無極，梁岷不可攀❶。山川雲霧裏，遊子幾時還。

【注釋】❶江漢深無極二句　江漢，二水名。無極，深不見底。《莊子・逍遙遊》：「猶河漢而無極也。」梁岷，蜀中梁山與岷山的並稱。《文選》王粲〈贈文叔良〉詩：「君子于征，爰聘西鄰，臨此洪渚，伊思梁岷。」李周翰注：「梁、岷，蜀二山名。」舊時常用以代指蜀地。

【語譯】長江、漢水深得沒有底，梁山、岷山高得不可登攀。跋涉在這高山深川之間的我，什麼時候才能返回故鄉。

【研析】首句言深不見底，次句言高不見頂。三句總前二句，「山」言梁岷也，「川」言江漢也。都在雲霧裏，故「深無極」、「不可攀」也。謂跋山涉水，永無盡期。故呼天搶地，孤獨欲絕。

九日

【題解】九日，俗以農曆九月九日為重陽節，也叫登高節。詩寫隱居之樂。未知何時所作。

九日重陽節，開門有菊花❶。不知來送酒，若個是陶家❷？

【注釋】❶九日重陽節二句　舊時重陽節有飲菊花酒之習。曹丕〈與鍾繇九日送菊書〉：「歲往月來，忽逢九月九日。九為陽數，而日月並應，俗嘉其名，以為宜於長久，故以享宴高會。是月律中無射，言羣木百草，無有射地而生，惟芳菊紛然獨榮。」❷不知來送酒二句　送酒，《宋書・陶潛傳》載：九月九日無酒，出宅邊菊叢中坐久。值友人王弘送酒至，即便就酌，醉而後歸。若個，哪一個。陶家，陶淵明家。此作者自指。

【語譯】九月九日重陽節這一天，開門即看見菊花。不知道來給我送酒的人，認不認得哪一個是陶淵明的家？

【研析】前二句言九日隱居真景，後二句言貧中人間真情。只見菊花而不見門，故有一問。見菊花之美之盛，而門庭之小之貧可知矣。此詩苦中為樂，設為主客問答，而答案在前，設問在後，格外調皮。化用陶淵明〈飲酒〉「結廬在人境，而無車馬喧。問君何能爾，心遠地自偏。採菊東籬下，悠然見南山」詩語而意轉深細。

秋江送別二首

【題解】詩總寫送別友人之傷感。殆在蜀中作。其一寫早秋江亭送別。其二寫送別友人而己滯留他鄉之孤獨。

其一

早是他鄉值早秋，江亭明月帶江流。已覺逝川傷別念，復看津樹隱離舟❶。

【注釋】❶已覺逝川傷別念二句　逝川，遠去的河水。《論語・子罕》：「子在川上曰：逝者如斯夫，不舍晝夜。」津樹，渡口邊的樹林。

【語譯】早早地就在異鄉遇著了早秋，江亭上的明月倒影在緩緩流淌的江水中。已經深感時日就像這流水一去不返，而悲傷於朋友的分別，又看到渡口的樹陰裏停放著你要離開的舟船。

【研析】首二句寫「秋江」，後二句寫「送別」。前二句對偶別致，兩「早」字對兩「江」字，穿針引線，語意婉轉而音調瀏亮，淡淡憂傷寓於其中。

其二

歸舟歸騎儼❶成行，江南江北互相望。誰謂波瀾纔一水❷，已覺山川是兩鄉。

【注釋】❶儼　整齊的樣子。❷一水　一條小河。〈古詩十九首〉：「盈盈一水間，脈脈不得語。」

【語譯】回家的人乘的船和騎的馬一隊隊整整齊齊走過，你在江的南岸我在江的北岸互相遙望。誰說這中間滾滾的波濤僅僅是一條小河，我已感覺我們所處的山水分明是兩個完全不同的地方。

【研析】首二句言送別友人依依不捨之情。人皆能歸，而我只能送別歸人，其傷痛可知。後二句言送別友人而已滯留他鄉的孤獨。用反問出之，見出傷情之激烈。此二首詩首二句造句對偶均有川中〈竹枝詞〉之趣。

蜀中九日

【題解】九日，見〈九日〉詩題解。一本題作〈九日升高〉。一本題作〈蜀中九日登玄武山旅眺〉。據《元和郡縣志》，玄武山在當時劍南道梓州玄武縣東南二里，即今四川三臺附近。據邵大震〈九日登玄武山旅眺〉詩序云：「高宗時，王勃以檄雞文斥出沛王府，即廢。客劍南，有遊玄武山賦詩。盧照鄰為新都尉，亦有和作。」則此詩為斥出沛王府後客蜀時所作。抒發佳節思親之幽情。《唐詩紀事》題下有「和邵大震」數字，並錄邵大震、盧照鄰和詩各一首。

九月九日望鄉臺❶，他席他鄉送客杯。人情已厭南中苦，鴻雁那從北地來❷？

【注釋】❶望鄉臺　《太平寰宇記》卷七十二引《益州記》云：「升遷亭，夾路有二臺。一名望鄉臺，在成都縣北九里。」又《太平御覽》卷一百七十五引《成都記》：「隋蜀王秀所建。」按望鄉臺各地多有，不必專指成都之一處。❷人情已厭南中苦二句　人情，一作「人今」，一作「今日」。南中，古代夷越所居，有滇濮、句町、夜郎、葉瑜、桐師、嶲唐等十數小王侯國。即今四川南部與雲南北部一帶。鴻雁，俗稱大雁。一種候鳥。《禮記・月令》：「鴻雁來賓。」鴻，一作「鳴」。那從，即哪從。那，為什麼。北地，猶言北方。江淹〈還故國〉詩：「北地三變露，南簷再逢霜。」此指長安。

【語譯】九月九日登上成都的望鄉臺，在別人的故鄉和別人所設的宴席上喝送別朋友的酒。我內心已對南中苦楚的生活感到厭倦，鴻雁為什麼還要從北方飛過來？

【研析】首二句平平敘其九日送客。兩「他」字對兩「九」字，極流動純熟，而正可見設酒送客乃客中之常事。末二句乃望鄉所見所感。三句承首句，因九日佳節登望鄉臺思鄉，則自然是「已厭」南中作客。此亦人情之常。人情，自然包括自己，然更多地是指北返之客。人得歸鄉而我獨不得歸，反在客中送客。此句似含無理之嗔怒、嫉妒，亦見出己之孤獨。末句頂次句，「送客」，乃是送往北地也。或以為「送客」乃是作者旁觀他人送客而聯想及己。亦可備一說。九日登高，遙望故鄉，客中送客，愁思倍加，忽見一隊鴻雁從北方飛來，不禁脫口而問：我欲北歸不得，你為何還要南來？著「已厭」、「那從」四字，以大雁與人形成對比，以無理之問烘托真情，把思鄉的愁緒推到高峯，給人以強烈的感染。「鴻雁」句又反承三句，言「人」厭南中苦而紛紛北歸，惟大雁南來陪伴孤獨之我，似給我一份安慰，心中湧出一份欣喜。此安慰、喜悅是故鄉所賜。然而真有不解而心疼大雁等複雜情緒者，故設問，似言：「大雁你怎麼這樣傻！」唐人絕句類於無情處生情，

「人情」二句是其鼻祖。

此為友朋之間宴集時的同題共作。邵大震先有〈九日登玄武山旅眺〉詩，王勃、盧照鄰繼起和之。邵詩云：「九月九日望遙空，秋水秋天生夕風。寒燕一向南去遠，遊人幾度菊花叢。」而盧照鄰和詩亦云：「九月九日眺山川，歸心歸望積風煙。他鄉共酌金花酒，萬里同悲鴻雁天。」故明楊慎《升庵詩話》評曰：「唐人詩句不厭雷同，絕句尤多。」

河陽橋代竇郎中佳人答楊中舍

【題　解】河陽橋，古孟津跨黃河的浮橋。晉泰始中杜預以孟津渡險，始建浮橋於富平津，世稱河橋。唐稱河陽橋。故址在今河南孟縣西南孟津東北黃河上。郎中，唐各部皆設此職，分掌各司事務，為尚書、侍郎之下的高級官員。竇郎中，生平未詳。中舍，亦稱中舍人，太子右春坊屬官。《文獻通考・職官十四》：「晉咸寧初置中舍人四人，以舍人才學之美者為之，與中庶子共掌文翰。」楊中舍，生平未詳。佳人，猶言美人。此處是詩篇名。此詩歌唱甜蜜愛情。乃作者代竇郎中以〈佳人〉為題，為酬和楊中舍而作者。《全唐詩》錄此為集外詩。

披風聽鳥長河路，臨津織女遙相妒❶。判知秋夕帶啼還，那及春朝攜手度❷。

【注　釋】❶披風聽鳥長河路二句　披風，迎風。長河路，此指河陽橋。長河，黃河。織女，神話中的人物。據南朝梁殷芸《小說》載：織女是天帝之子，在天河之東，年年織雲錦天衣。天帝憐其孤寂，許嫁河西牽牛郎。嫁後廢織，天帝怒，責其歸河東，並只允許一年一度相會。❷判知秋夕帶啼還二句　判知，分明知道。秋夕，即七夕。農曆七月七日夜。春朝，春天的早晨。攜手度，指與情人手牽手度過河陽橋。

【語　譯】在橫架於黃河水路上的河陽橋迎風聽著鳥兒的鳴叫，來到銀河渡口邊的織女遠遠地嫉妒你。這才清楚地知道七夕之夜帶著哭聲回去，哪裏比得上在春天的早上與情人牽手走過這裏。

【研　析】此詩以一年方能與情郎相會一次的織女相妒人間佳人，表現男女情人相擁相愛的甜蜜；以「秋夕帶啼」不如「春朝攜手」，表白及時享受人間歡愛的信念。從另一角度看，也許在紙背正表達對兩地相思痛苦的同情。此詩善用反襯、對照，情真而意切。

九日懷封元寂

【題　解】九日，即重陽節。見〈九日〉詩題解。封元寂，作者友人。生平未詳。此詩寫佳節懷友之思。客遊蜀中時所作。《全唐詩》錄為集外詩。

九日郊原望，平野遍霜威❶。蘭氣添新酌，花香染別衣❷。九秋良會少，千里故人稀❸。今日龍山外，當憶雁書歸❹。

【注　釋】❶九日郊原望二句　郊原，城郊原野。平野，平曠的原野。霜威，寒霜肅殺之威。謝朓〈高松賦〉：「不受令於霜威。」❷蘭氣添新酌二句　蘭氣，蘭花的香氣。新酌，剛熟的美酒。別衣，離別時所穿的衣裳。❸九秋良會少二句　九秋，即秋天。秋季三個月九十天，故稱。良會，美好的聚會。徐幹〈雜詩〉：「念與君相別，各在天一方。良會未有期，中心摧且傷。」千里，極言其相距之遠。《世說新語‧簡傲》：「嵇康與呂安善，每一相思，千里命駕。」少，一作「夕」。❹今日龍山外二句　龍山，在今湖北江陵西北。《晉書‧孟嘉傳》載：九月九日，桓溫曾大集佐僚於龍山。後以「龍山」指重陽登高聚會處。此指封元寂所在。雁書，雁足繫帛書以傳。《漢書‧蘇建傳》附〈蘇武傳〉載：「天子射上林中，得雁，足有繫帛書，言武等在某澤中。」後以「雁書」代指遠方書信。

【語　譯】在九月九日的城郊原野張望，平曠的土地到處是寒霜肅殺的氣氛。蘭草的香氣從剛熟的美酒中冒出，菊花的芳香薰染離別時所穿的衣裳。在這深秋九月美好的聚會變得很少，身在千里之外老朋友的問候也很稀疏。今天的龍山登高聚會之外，大約會記起我在遠方的書信將抵達。

【研　析】首二句入題，寫九日遠望所得之肅殺景象。著一「望」字，則「懷」字已在其中矣。「蘭氣」二句，寫九秋多分別之人及送行之宴會。「九秋」二句，承「蘭氣」二句而來，由人之分別而念及千里之外的故人。因「故人稀」，故曰「良會少」。末二句，設言你在龍山良會之時，也許會想到我。此乃假設之辭，純為一廂情願，實可反見己之懷人之癡情。

採蓮賦附歌

【題　解】此為作者〈採蓮賦〉末所繫之歌辭，總結賦的內容。歌頌蓮的種種與眾不同，表其求知遇之心。《全唐詩》錄之。

芳華兮修名❶，奇秀兮異植❷，紅光兮碧色。稟天地之淑麗，承雨露之沾飾❸。

蓮有藕兮藕有枝，才有用兮用有時。何當婀娜花實移，為君含香藻鳳池❹。

【注　釋】❶芳華兮修名　芳華，香花。亦作芳花。《楚辭・九章・思美人》：「芳與澤其雜糅兮，羌芳華自中出。」修名，美好的名聲。〈離騷〉：「老冉冉其將至兮，恐修名之不立。」此句一作「芳草懼修名」，一作「芳華懼功名」，一作「榮華息，功名惻」。當誤。❷奇秀兮異植　奇秀，奇美的果實。秀，草類結實。異植，與眾不同的枝幹。植，本義為木柱。此作樹木的主幹解。一作「質」。❸稟天地之淑麗二句　淑麗，淑美的品質。沾飾，沾溉；潤澤。一作「華飾」。❹何當嫋娜花實移二句　何當，什麼時候。嫋娜，搖曳的樣子。嫋，一作「婀」。花，一作「華」。含香，古代尚書郎奏事答對時，口含雞舌香以去穢，故常用指侍奉君王。應劭《漢官儀》卷上：「尚書郎含雞舌香，伏奏事。」鳳池，即鳳凰池。禁苑中池沼。魏晉南北朝時設中書省於禁苑，掌管機要，接近皇帝，故稱中書省為「鳳凰池」。《晉書・荀勗傳》：「勗久在中書，專管機事。及失之，甚罔罔悵悵。或有賀之者，勗曰：『奪我鳳凰池，諸君賀我邪！』」

【語　譯】芳香的花朵啊美好的名字，與眾不同的果實啊特殊的枝幹，鮮紅的光澤啊碧綠的顏色。稟承天地間的淑美品質，接受雨露的沾溉潤澤。蓮的根部有藕啊藕有枝莖，才華終需運用啊運用要等待一定的時機。什麼時候這搖曳多姿的蓮花和蓮實移動，為你入住禁苑上書奏事而增添華麗的辭藻。

【研　析】詩首三句，讚美蓮的花、名、秀、植、光、色等，此所能見之種種奇異，與眾不同。「稟天地」二句，言蓮之奇異之由，乃是得天地之養，雨露之滋潤。「蓮有藕」二句，寫蓮深埋水中之藕，表其所未能見之美。並以蓮藕比美人之才用，托出以蓮喻人之旨。末二句承上二句而來，「何當」應「有時」，表達急切求用之志。作者〈採蓮賦〉中有云：「惜時歲兮易晚，傷君王兮未知。」賦末所綴此歌，以騷體出之，反復詠歎年華易逝而恐修名不立的心志，內心焦灼之痛可知。

述懷擬古詩

【題　解】此斷句出自葛立方《韻語陽秋》卷十二，蔣清翊《王子安集注》錄之。此表述自己不追逐富貴榮華而嚮往世外生活的志向。以首句目之，則為二十歲左右所作。

僕生二十祀，有志十數年❶。下策圖富貴，上策懷神仙❷。

【注　釋】❶僕生二十祀二句　祀，即年、歲。有志，有志向。《禮記・禮運》：「孔子曰：大道之行也，與三代之英，丘未之逮也，而有志焉。」❷下策圖富貴二句　下策，拙劣的計策。上策，高明的計策。《漢書・溝洫志》：「賈讓奏言治河，有上、中、下策。」

【語　譯】我已生長到二十歲，懷揣著這個理想也有十幾年。最差的打算是謀取富貴榮華，最好的打算是追求神仙無拘無束的生活。

【研　析】首二句言天才少年立志之早；後二句言其並非不懷富貴之想，然相較之下更愛自由無拘礙的生活，可見其立志之高雅，對人生領悟之透徹。因為是擬古詩，故此份「志」，乃是從博學中來，且經過十數年的深思、審問和篤行。

自鄉還虢

【題　解】出自《韻語陽秋》卷十。《全唐詩續補遺》錄之，題為〈自鄉遠虢〉。此詩寫於與兄弟離別而赴虢州司法參軍任時，在〈倬彼我系〉前後。表達對兄弟情誼恆久不墜的期望。

人生忽如客，骨肉知何常❶。願及百年內，華萼常相將。無使〈棠棣〉廢，
取譬人無良❷。

【注　釋】❶人生忽如客二句　人生忽如客，〈古詩十九首〉：「人生忽如寄，壽無金石固。」骨肉，原指身體。比喻至親，指父母兄弟子女等親人。此指兄弟。❷無使棠棣廢二句　棠棣，指《詩經・小雅・常棣》。此是一首申述兄弟應該互相友愛的詩。「常棣」也作「棠棣」。後常用以指兄弟。曹植〈求通親親表〉：「中詠〈棠棣〉匪他之誡，下思〈伐木〉友生之義。」

無良，即不善、不好。《尚書・泰誓下》：「受克予，非朕文考有罪，惟予小子無良。」

【語　譯】人生匆匆，就好像作客一般，兄弟骨肉之間怎麼知道能長相廝守。只願意在百年之內，能像花朵和花萼一樣互相扶持。不要讓歌詠兄弟友愛的〈棠棣〉之詩變成空話，不要讓別人說不善之人時拿我們來打比方。

【研　析】首二句言人生和兄弟情誼的難得和珍貴，不可一日忽易。此足以為萬世警鐘。「願及」二句乃是正比，「無使」二句是反襯。《韻語陽秋》卷十：「王福畤之子勔、勮、勃皆有才名，故杜易簡稱為『三珠樹』。其後助、劼、勸又皆以文顯，勃于兄弟之間極友愛。〈自鄉還號〉詩云：『人生忽如客，骨肉知何常。願及百年內，花萼常相將。無使〈棠棣〉廢，取譬人無良。』觀此語意豈兄弟中有不相能者耶？及觀〈誡劫勸〉云：『欲不可縱，爭不可常。勿輕小忿，將成大殃。』此二人者似非處於禮義之域者，『棠棣廢』之詩疑為此二人設也。」

誡劫勸

【題　解】出自《韻語陽秋》卷十，見前引。《全唐詩》未錄。詩勸誡兄弟不能放縱慾望，不可不矜細行。當是與〈倬彼我系〉同時所作者。

欲不可縱，爭不可常。勿輕小忿，將成大殃。

【語　譯】慾望不可放縱，爭端不可長久。不要以為小小的怨憤不大要緊，那可能會釀成大禍的。

【研　析】此四句所言「欲」主要指「爭」，亦即「小忿」。倘小忿不加控制，「縱」其長期發展下去，則要釀成大禍。這個大道理，也許人人都明白，但在慾望活躍時卻不一定能人人都清醒。此時大約兄弟間正有了矛盾和紛爭，不顧手足情誼，一意以自我為中心。王勃以簡明斬絕、苦口婆心之語，給兄弟敲了一記醒腦的警鐘。

示助弟

【題　解】出自《韻語陽秋》卷十。《全唐詩》未錄。詩寫盡忠盡孝之志。當作於擅殺官奴遇赦出獄返鄉之後。

自予反初服，無情想高蓋❶。報國情豈忘，從親心所大❷。

【注　釋】❶自予反初服二句　反初服，指辭去官職，重新穿上入仕前的衣服。《楚辭·離騷》：「退將復修吾初服。」反，同「返」。無情，猶言無意。高蓋，指顯貴者所乘之高車。張衡〈東都賦〉：「結飛雲之袷輅，樹翠羽之高蓋。」❷報國情豈忘二句　報國，為國家效力盡忠。馬融《忠經·報國》：「為人臣者官於君，先後光慶，皆君之德，不思報國，豈忠也哉！」從親，順從、贍養父母。

【語　譯】自從我重新穿上入仕前的衣服，就沒有心思再想去坐高車大馬。為國家效力盡忠之志豈敢忘記，然而順從父母之心是我最重視的。

【研　析】首二句言退職後斷絕功名妄念。末二句亮其忠孝之心不忘，而以孝親為重。「報國」句反承「無情」句，「從親」句又轉出深心，情意委曲而決絕。

示知己

【題　解】此斷句出自葛立方《韻語陽秋》卷十二，蔣清翊《王子安集注》錄之。述一己不堪之經歷。當作於擅殺官奴出獄後返鄉之時。

客書同十奏，臣劍已三奔❶。

【注　釋】❶客書同十奏二句　十奏，用蘇秦事。《戰國策‧秦策》：「蘇秦始將連橫，說秦惠王，書十上而說不行，資用乏絕，去秦而歸。」三奔，三次逃亡。《史記‧管晏列傳》：「管仲曰：『吾嘗三戰三走，鮑叔不以我為怯，知我有老母也。』」

【語　譯】客遊中的上書就如同蘇秦說秦王達十次之多，我佩戴的寶劍也經歷了三次的逃亡。

【研　析】寫其一生的辛酸與掙扎。實是字字血淚。

楊炯詩歌

廣溪峽

【題　解】垂拱元年（西元六八五年），楊炯受從弟神讓附徐敬業叛亂之事牽連，由太子詹事司直光崇文館學士貶為梓州（今四川三臺）司法參軍。後約於天授元年（西元六九〇年）離川。此詩與下兩首，乃紀遊之作，並作於途經長江三峽時。詩借歌詠其地雄壯的地理形勢、美好風物及悠久的人文歷史，抒發旅途鬱悶及人生感慨。廣溪峽，即瞿塘峽，為三峽第一峽。

廣溪三峽首，曠望兼川陸❶。山路繞羊腸，江城鎮魚腹❷。喬林百尺偃，飛水千尋瀑❸。驚浪迴高天，盤渦轉深谷❹。漢氏昔云季，中原爭逐鹿❺。天下有英雄，襄陽有龍伏❻。常山集軍旅，永安興版築❼。池臺忽已傾，邦家遽淪覆❽。庸才若劉禪，忠佐為心腹❾。設險猶可存，當無賈生哭❿。

【注　釋】❶廣溪三峽首二句　三峽，長江經今重慶市奉節至湖北宜昌之間時，兩岸重巖疊嶂，無地非峽，而最險者有三，即瞿塘峽、巫峽、西陵峽，稱為三峽。首，第一。曠望，開闊的視野。川陸，指河流和平原。此指大地萬物。❷山路遶羊腸二句　羊腸，喻指崎嶇、曲折的小徑。江城，即奉節縣東白帝城，位於瞿塘峽口。古為巴國，秦、漢時為魚腹縣治。漢末公孫述據蜀為王，在此築城以自固。傳說築城的水井裏有白氣騰空，公孫述以為是白龍飛升的徵兆，遂自立為白帝，名其城為「白帝城」。魚腹，或說本為「魚復」，傳云鰉魚至此不再往上，而往洄游。❸喬林百尺偃二句　喬林，高達百尺的樹林。林，一作「枝」。尺，一作「丈」。偃，向後倒伏。俯倒為仆，仰倒為偃。此形容水流之急，前行船速之快。飛水，極言河流落差之大，水流之迅猛。尋，古代長度單位，一尋等於八尺。瀑，水飛濺。❹驚浪迴高天二句　驚浪，迅奔之水浪。迴，迴旋。左思〈蜀都賦〉：「流漢湯湯，驚浪雷奔，望之天迴，即之雲昏。」盤渦，水流迴旋成渦。晉郭璞〈江賦〉：「盤渦谷轉，淩濤山頹。」❺漢氏昔云季二句　漢氏，即劉漢一朝。季，末年。中原，指黃河中下游地區。逐鹿，比喻羣雄並起，爭奪天下。《漢書・蒯通傳》：「秦失其鹿，天下共逐之。」顏師古注引張宴曰：「以鹿喻帝位。」❻天下有英雄二句　英雄，指劉備。《三國志・蜀書・先主傳》：「曹操從容謂先主曰：『今天下英雄，惟君與操耳，本初（袁紹）之徒不足數也。』」襄陽，即今湖北襄陽、南陽一帶。龍伏，指諸葛亮隱居。據《三國志・蜀書・諸葛亮傳》注引《襄陽記》：劉備訪世事於司馬德操。德操曰：「此間自有伏龍鳳雛，即諸葛孔明、龐士元也。」❼常山集軍旅二句　趙雲，常山真定人。曾幫助劉備在常山招募軍隊。《三國志・蜀書・趙雲傳》注引《趙雲別傳》：「先主與雲同床眠臥，密遣雲合募，得數百人，皆稱劉左將軍部曲，紹不能知。遂隨先主至荊州。」永安，即白帝城。《三國志・蜀書・先主傳》：章武二年（西元二二二年），劉備與吳國軍隊作戰敗退，自猇亭還秭歸，收合離散兵，由步道還魚復，改魚復縣曰永安。版築，築土牆的版和杵。此處指土牆，亦喻劉蜀與孫吳之隔閡。❽池臺忽已傾二句　池臺，池苑樓臺。王嘉《拾遺記》：「魏氏喪滅，池臺鞠為煨燼。」邦家，猶言國家。❾庸才若劉禪二句　劉禪，劉備之子，繼位做蜀漢皇帝，史稱蜀後主。忠佐，指諸葛亮等忠心耿耿的輔佐之臣。❿設險猶可存二句　設險，謂利用險要之地建立防禦工事。《易・坎》：「王公設險，以守其國。」賈生，即賈誼。《史記・屈原賈生列傳》：賈誼被貶長沙王太傅，後懷王騎而墮馬死。賈生自傷為傅無狀，哭泣歲餘，亦死。此暗喻劉禪之不可教。

【語　譯】廣溪峽是三峽第一峽，視野開闊，山川萬物盡收眼底。那山路像羊腸曲折盤繞，峽口的白帝城虎踞江岸，鎮守著魚腹縣。高達百尺的樹林往腦後倒去，瀑布從極高處飛流直下。迅疾的水浪從天滾滾而來，漩渦在深谷中盤轉。從前漢代接近尾聲時，中原地區羣雄並起，爭奪天下。天下大亂之際出現了英雄劉備，襄陽也出現了臥龍諸葛亮輔佐他。在常山募集到數百人的軍旅，在永安建起了城牆。池苑樓臺忽然傾頹，蜀國隨即淪亡。像劉禪那樣的庸才，幸運地擁有諸葛亮那樣的忠心輔佐之臣。利用險要之地建立防禦工事尚可保國，就不會有賈誼那樣的悲泣了。

【研析】詩分二截。前半截八句由「曠望」二字總領，以由遠及近、前後上下的多方視角，繪聲繪色地描寫了廣溪峽壯偉奇異之景，構成一幅立體的山川圖，意境宏大，氣勢不凡。「江城鎮魚腹」一句，刻劃最為形象生動，突出其險要的軍事地位。後半截轉入詠史抒懷。「漢氏昔云季」以下八句，即承前面「江城鎮魚腹」句生發而出。魚腹是漢末三國蜀漢奠定基業的地方，經歷過人生起落的詩人來遊此地，既追懷讚歎劉備和諸葛亮等人的英雄風概，又為其功業凋落而永傷。此段所表現的風雲變幻、波瀾壯闊的歷史畫卷，與前段所描繪的自然的驚濤駭浪相襯，且由「曠望」之舒暢一轉入「哭」之逼仄，可見其抒情、議論的巨大力量將像熔岩奔突而出。「庸才若劉禪」，「若」字有意味，不僅表達出極度的蔑視和憤慨，且擴大了指斥的範圍，增強了詩篇警醒之旨意。「設險猶可存，當無賈生哭」，句意決斷，用典貼切，感慨深長。陸時雍《詩鏡總論》說楊炯詩「雄厚」，從這首詩也可窺見一斑。

巫峽

【題解】此詩寫經歷巫峽時所見所感，表白自己秉持忠信而不畏險阻之心。

三峽七百里，唯言巫峽長❶。重巖窅不極，疊嶂凌蒼蒼❷。絕壁橫天險，莓苔爛錦章❸。入夜分明見，無風波浪狂❹。忠信吾所蹈，泛舟亦何傷❺。可以涉砥柱，可以浮呂梁❻。美人今何在，靈芝徒自芳❼。山空夜猿嘯，征客❽淚沾裳。

【注釋】❶三峽七百里二句　《水經注·江水》：「自三峽七百里中……每至晴初霜旦，林寒澗肅，常有高猿長嘯，屬引淒異，空谷傳響，哀轉久絕。故漁者歌曰：『巴東三峽巫峽長，猿鳴三聲淚沾裳。』」❷重巖窅不極二句　窅，深。嶂，峭壁。蒼蒼，天之顏色，以指代天空。❸莓苔爛錦章　莓苔，即青苔。爛，斑爛，指顏色鮮豔。錦章，錦繡上的花紋圖案。❹入夜分明見二句　言親歷目睹之情形，與舊書所載不同。《水經注·江水》：「（三峽）兩岸連山，略無闕處；重巖疊嶂，隱天蔽日。自非亭午夜分，不見曦月。」又：「或王命急宣，有時朝發白帝，暮到江陵，其間千二百里，雖乘奔御風，不以疾也。」❺忠信吾所蹈二句　謂自己尊奉忠信之道，行為端正，故不以外貶路途險惡為意。《史記·周本紀》：「守以敦篤，奉以忠信。奕世載德，不忝前人。」蹈，遵循。泛舟，乘舟水行。曹植〈贈白馬王彪〉：「泛舟越洪濤，怨彼東路長。顧瞻戀城闕，引領情內傷。」❻可以涉砥柱二句　言無所畏懼。砥柱，山名。在今山西平陸東黃河中流，南與河南陝縣交界，為高峻險阻之地。呂梁，水名。殆在宋國彭城縣。亦險阻之地。《莊子·達生》：「孔子觀於呂梁，縣水三十仞，流沫四十里，黿鼉魚鱉之所不能游也。」❼美人今何在二句　美人，指巫山神女。宋玉〈高唐賦〉：「昔者先王嘗遊高唐，怠而晝寢，夢見一婦人……王因幸之。去而辭曰：『妾在巫山之陽，高丘之阻，旦為朝雲，暮為行雨。朝朝暮暮，陽臺之下。』」靈芝，據《水經注·江水》：丹山西即巫山，天帝之季女瑤姬居焉，未行而亡，封于巫山之臺，精魂為草，實為靈芝。自，一作「有」。❽征客　遠行的遊子。

【語　譯】三峽七百里的路程，人們只說巫峽長。重重的巖巒望不到頭，層層的懸崖直插雲霄。陡峭的山壁橫亙於地勢高險之處，上面的青苔比錦繡的圖案還要絢爛。入夜時就清楚地見到月亮，即使沒有風，波浪亦很凶猛。忠信之道是我所遵循的，在這裏行舟又有什麼讓人心傷。可以駕船到高峻的砥柱山，可以水行到險阻的呂梁。傳說中的巫山神女如今在何處，精魂所化的靈芝徒自芬芳。深夜山中空谷傳來猿的哀叫，遠行人淚水打濕衣裳。

【研　析】此詩直取古歌「巴東三峽巫峽長，猿鳴三聲淚沾裳」之意而衍成篇，以寫己之懷抱。自「三峽」以下八句，先展現「巴東三峽巫峽長」之景。寫巫峽之長、疊嶂絕壁之高險、兩岸之壯美，以及月色、狂瀾，歷歷在目。「入夜分明見，無風波浪狂」，既是敘述，又是寫景，而其中更有強烈的議論成分，顯示出現實比古書中「自非亭午夜分，不見曦月」、「雖乘奔御風，不以疾也」的記載更為險惡。詩人遭到政治上的打擊，遠貶殊方。此刻面對巫峽風波之險，自然也就聯想到仕途的凶險莫測。故此二句語帶憤懣。詩從第九句開始，轉入情緒的抒寫，與前面的景物描繪構成對稱的格局。「忠信」四句即直承「無風波浪狂」句而下，詩人由行舟所歷的天險聯想到宦途所遭人禍，虛實之間，雄氣一片，過渡渾無痕跡。「美人」二句，以美人比喻君王，而以靈芝自喻，這是一種悠久的傳統。託詞雖婉，心情卻頗為激切，對自己忠而見疏、懷才不遇的遭際深感不平，而又莫可奈何。「山空」二句，託景抒情，與古歌「猿鳴三聲淚沾裳」相印證，亦與「巴東三峽巫峽長」之景相呼應。

西陵峽

【題解】西陵峽為長江三峽最後一峽。長江出西陵峽之後，即進入江漢平原。詩寫經西陵峽所見瑰奇之景，並及楚都歷史，既含警誡，又帶自勉之意。

絕壁聳萬仞❶，長波射千里。盤薄荊之門❷，滔滔南國紀❸。楚都昔全盛，高丘烜望祀❹。秦兵一旦侵，夷陵火潛起❺。四維不復設，關塞良難恃❻。洞庭且忽然，孟門終已矣❼。自古天地闢，流為峽中水。行旅相贈言，風濤無極已。及余踐斯地，瓌奇信為美。江山若有靈，千載伸知己❽。

【注　釋】❶絕壁聳萬仞　《水經注・江水》：「《宜都記》曰：自黃牛灘東入西陵界，至峽口一百許里。……絕壁或千許丈。」萬仞，極言其高。仞，長度單位，古有四尺、五尺、七尺、八尺之說。❷盤薄荊之門　盤薄，據持牢固的樣子。荊之門，即荊門，山名。在今湖北宜都西北、長江南岸，隔江與虎牙山相對。江水湍急，形勢險峻。古為巴蜀、荊吳之間的要塞。郭璞〈江賦〉：「虎牙桀豎以屹崒，荊門闕竦而盤薄。」❸滔滔南國紀　謂江、漢二水所流經之處，乃是古代南方諸侯國的統治範圍。《詩經・秦風・終南》：「終南何有？有紀有堂。」注：「紀，基也。」隋楊侗〈贈薛播州〉：「滔滔彼江漢，實為南國紀。」❹楚都昔全盛二句　楚都，即郢都，今湖北江陵。高丘，〈離騷〉：「哀高丘之無女。」王逸注：「楚有高丘之山，女以喻臣。」烜，烜赫；氣勢很盛。望祀，遙望先聖而祝祭。《史記・秦始皇本紀》三十七年：「十一月，行至雲夢，望祀虞舜於九疑山。」祀，一作「杞」，非。❺秦兵一旦侵二句　頃襄王二十一年，秦將白起拔郢，燒毀楚先王在夷陵的陵墓。見《史記・楚世家》。夷陵，今湖北宜昌。火，戰火。❻四維不復設二句　四維，四種維繫國家命脈的要素。《漢書・賈誼傳》：「管子曰：禮、義、廉、恥，是謂四維。四維不張，國乃滅亡。」關塞良難恃，指關塞不能憑藉。❼洞庭且忽然二句　謂倘行不善，即使有洞庭、孟門之險，亦未足恃。洞庭，湖名。在湖南北部、長江南岸。《韓非子・初見秦》：「秦與荊人戰，大破荊。襲郢，取洞庭、五湖、江南。荊王君臣亡走，東服於陳。……此固以失霸王之道一矣。」然，一作「焉」。孟門，隘道名。在今河南輝縣。《戰國策・魏策一》：「殷紂之國，左孟門而右漳釜，前帶河後被山。有此險也，然為政不善，而武王伐之。」❽行旅相贈言六句　《水經注・江水》：「(袁)崧言：常聞峽中水疾，書記及口傳，悉以臨懼相戒，曾無稱有山水之美也。及余來踐躋此，意既至欣然，始信之耳聞不如親見矣。其疊崿秀峯，奇構異形，固難以辭敘。林木蕭森，離離蔚蔚，乃在霞氣之表。……既自欣得此奇觀，山水有靈，亦當驚知己於千古矣。」此化用之，亦是作者親身經歷與感受，故曰「知己」云。伸，指心情舒暢、得意。

【語　譯】陡峭的山壁高聳萬丈，連續不斷的波浪奔向千里之外。荊楚之門雄偉牢固，大水奔流之處都是南國的統治範圍。從前楚都處全盛之時，在高丘之上遙望虞舜而祝祭，氣勢烜赫。一旦秦兵入侵，楚先王在夷陵的墳墓不知不覺被火焚毀。禮、義、廉、恥這四種道德標準不再講究，關隘和要塞實在難以憑藉。洞庭湖況且忽然被奪走，孟門險隘也終被突破。自古以來天地開闢，就已經有了這峽中的流水。從此經過的旅客都互相傳說，峽中風急浪高不停息。直到我來到此地，只見山峯秀美、林木蓊鬱，實在是美。江山若有靈性，千載之下也會為遇到我這個知己而舒暢得意。

【研　析】詩的前二句寫西陵峽兩岸山壁的高聳及峽中流水的壯闊。三四兩句，突出荊門地勢的險絕及其在歷史上的地理位置。自「楚都昔全盛」至「孟門終已矣」八句，即緊承三四兩句，生發出對歷史的緬懷與感歎。自「自古天地闢」至「千載伸知己」八句，反接詩的開首二句，讚頌自然景物的永恆之美。此詩帶有警誡之意：倘不以德治國，則任何煊赫不可一世的人事都將如峽中一朵稍縱即逝的浪花；亦含自勉之意：勇敢面對人生的風浪，美麗瑰奇之景就在常人不經意處。此詩意境開明，讀來爽目。

奉和上元酺宴應詔

【題　解】此詩作於高宗上元元年（西元六七四年）。本年八月，重上高祖、太宗尊號，皇帝稱天皇，皇后稱天后，改年號為上元，大赦。九月辛亥日，敕文武百官新服色，皇帝宴之麟德殿。見《舊唐書・高宗紀》。上元凡三年，惟有此一次酺宴。酺宴，皇帝詔賜臣民聚飲。應詔，魏晉以來稱應帝王之命而作的詩文。此不知和誰之作。詩敘李唐建國之歷史，極力宣揚唐主之文治武功及上下和洽、萬邦來儀的美好氣象，並歌頌酺宴，祝願唐帝國萬壽無疆。

甲乙遇災年，周隋送上弦❶。祆星六文出，沴氣七重懸❷。赤縣❸空無主，蒼生欲問天。龜龍開寶命，雲火昭靈慶❹。萬物睹真人❺，千秋逢聖政。祖宗玄澤遠，文武休光盛❻。

【章　旨】謂唐主靖周、隋之亂世而開聖政，乃是歷史的必然，是天意與民望之所矚。

【注　釋】❶甲乙遇災年二句　謂隋代周。按陰陽五行之說，甲乙屬木，丙丁屬火，戊己屬土，庚辛屬金，壬癸屬水。見《六韜・五音》「五行之道，天地自然」注。此以甲乙指代北周。災年，謂火德之年，代指隋。《隋書・崔仲方傳》：「(高祖)召仲方與高熲議正朔服色事。仲方曰：『晉為金行，後魏為水，周為木，皇家以火承木，得天之統。』」上弦，農曆初七、八的月亮，半邊而似張開的弓弦，稱上弦月。唐李淳風《觀象玩占》卷三：「月上弦盛，明君無威德，臣執權。民背其君，尊其臣。」按《周書・靜帝紀》大定元年春二月庚申，准許相國楊堅劍履上殿，入朝不趨，贊拜不名；建天子旌旗，出警入蹕。甲子，楊堅正式稱帝，國號隋。隋，一作「隨」。❷祆星六丈出二句　謂隋末軍閥混戰，農民起義軍蜂擁而起。祆星六丈出，一作「妖星六紋出」。祆星，謂五殘、六賊、司詭、咸漢四星，分別出於東、南、西、北方。去地約六丈。《漢書・天文志》：「此四星所出非其方，其下有兵沖不利。」此指隋末各地軍閥、農民起義軍。沴氣，災害不祥之氣。七重，謂月暈。李淳風《觀象玩占・月旁氣占》：「月暈七重，天下有急，天子有憂。」❸赤縣　指中國。《史記・孟子荀卿列傳》附〈騶衍傳〉：「中國名曰赤縣神州。」❹龜龍開寶命二句　龜龍，指龜龍之圖。傳說伏羲時有龍馬出河，伏羲據龍馬背上的花紋圖案，畫成八卦，即《河圖》；大禹時有神龜從洛水浮出，背上有字，人們記載下來，即《尚書・洪範》中的一段，此即《洛書》。儒家認為，河出圖，洛出書，是上天垂象，昭示聖君將出。寶命，大命；天帝之命令。《尚書・金縢》：「無墜天之降寶命。」雲火，《水經注・沂水》：「黃帝炎帝以雲火紀官。」靈慶，靈驗吉祥的符讖。❺萬物睹真人　萬物，即萬民。真人，即真命天子。指李淵。《隋書・恭帝紀》載恭帝遜位詔：「若釋重負，感泰兼懷。假手真人，俾除醜惡。」❻祖宗玄澤遠二句　玄澤，聖恩。見《文選》應貞〈晉武帝華林園集〉詩「玄澤滂流」李善注。此指陰德。李淵七世祖暠在晉末據秦、涼以自王，是為涼武昭王。九世祖重耳，為北魏弘農太守。十二世祖太野虎，官至太尉，與李弼等八人佐周代魏有功，皆為柱國，號「八柱國家」。周明帝受魏禪，虎已卒，乃追其功，封唐國公，諡曰襄。李氏稱唐自此始。至李淵父昺仍襲封唐公，故云。武、文，為唐高祖、唐太宗諡號。休光，美勳。

【語　譯】甲乙屬木，遇上了火德之年，送走了上弦月，周主為隋臣所代。這時祆星出現在四方，離地高約六丈，災害不祥之氣頗盛，像七重的月暈懸掛天穹。神州大地空空，沒有君主，蒼生百姓滿懷委屈而訴問於天。神龜出水，龍馬出河，開啟了天帝的命令，效仿黃帝以雲、火命官，宣示了靈驗吉祥的符讖。萬民目睹了真命天子，千年之下又遭遇了聖明之治。祖宗的陰德源遠流長，唐高祖、太宗美好的勳業崇高無比。

大號域中平❶，皇威天下驚。參辰昭文物，宇宙浹聲名❷。漢后三章令，周王五伐兵❸。匈奴窮地角，本自遠正朔。驕子起天街，由來虧禮樂❹。一衣掃風雨，再戰夷屯剝❺。清明日月旦，蕭索煙雲渙❻。寒暑既平分，陰陽復貞觀❼。惟神諧妙物，乃聖符幽贊❽。下武發禎祥，平階屬會昌❾。金泥封日觀，璧水匝明堂❿。業盛勛華德，輿包天地皇⓫。孝思義罔極，易禮光前式⓬。天煥三辰輝，靈書五雲色⓭。敬時窮發斂，卜代盈千億⓮。

【章　旨】敘安定全國，建立禮樂制度與平定邊疆少數民族的戰爭。歌頌有唐王朝政治清明，風調雨順，功業盛隆。唐主勵精圖治，福祚無窮。

【注　釋】❶大號域中平　謂統一天下。大號，堂皇的名號。班固《白虎通德論》卷一：「夏、殷、周者，有天下之大號也。百王同，天下無以相別。」域中，天下。❷參辰昭文物二句　參辰，即參、商。參星居西方，辰（商）星居東方，因借指東西方。文物，禮樂制度。宇宙，《呂氏春秋・本生》注：「宇宙，區域之內，言其德大，皆覆被也。」浹，周浹；周匝；遍及。❸漢后三章令二句　漢后，漢帝。此指代唐高祖李淵。三章令，指漢高祖劉邦入關時的約法三章。《史記・高祖本紀》：「父老苦秦苛法久矣……吾當王關中，與父老約法三章耳：殺人者死，傷人及盜抵罪。餘悉除去秦法。」李淵克京城，亦嘗約法十二條，殺人、劫盜、背軍、叛者死。見《新唐書・高祖紀》。五伐兵，據《史記・周本紀》，周文王曾連續五年出兵征伐犬戎、密須、耆國、邘、崇侯虎等諸侯，擴大了自己的勢力範圍。此亦以文王代指唐高祖。李淵在克京城之前，連克隋師：遣將張倫徇下離石、龍泉、文城三郡；敗宋老生於霍邑；下臨汾郡；克絳郡。見《新唐書・高祖紀》。伐，一作「代」，非。❹匈

奴窮地角四句　《漢書・匈奴傳》：「南有大漢，北有強胡。胡者，天之驕子也。」胡即匈奴，此喻指突厥。窮，盡。《新書・數寧》：「因德窮至遠，近者匈奴，遠者四荒，苟人迹之所能及，皆鄉風慕義，樂為臣子耳。」地角，地的盡頭。比喻極僻遠之處。正朔，此處指華夏族的曆法，代指華夏族文化。正，一年的開始。朔，一月的開始。天街，指國界、邊界。《漢書・天文志》：「畢、昴間天街也。街北胡也，街南中國也。昴為匈奴，參為趙，畢為邊兵。」❺一衣掃風雨二句　一衣，猶言一次。《淮南子・齊俗》：「一衣不可以出歲。」風雨，言其迅速。《戰國策・齊策》：「五家之兵，疾如錐矢，戰如雷電，解如風雨。」夷屯剝，削平動亂。夷，平。屯剝，《易》之二卦名。屯，艱難。剝，剝落。後稱時代動亂、遭遇艱難為屯剝。❻清明日月旦二句　清明，言政治有法度條理。《詩經・大雅・大明》：「肆伐大商，會朝清明。」《毛傳》：「不崇朝而天下清明。」崇朝，終朝；一個早晨。日月旦，謂日月交輝、天地清明之象。蕭索，雲氣疏散的樣子。《史記・天官書》：「若煙非煙，若雲非雲，鬱鬱紛紛，蕭索輪囷，是謂卿雲。」渙，同「煥」。鮮明的樣子。❼寒暑既平分二句　謂風調雨順，社會和平安定。寒暑，指冬季和夏季。平分，均平。陰陽，自然界與人類社會兩兩相對的事物，如天地、日月、男女、君臣等。貞觀，正確的軌道。《易・繫辭下》：「天地之道，貞觀者也。」❽惟神諧妙物二句　神、聖，均指太宗。諧妙物，使眾多奇妙的事物和諧生長發育。幽贊，指或隱或顯的神靈。《易・說》：「昔者聖人之作《易》也，幽贊於神明而生蓍。」注：「幽，深也。贊，明也。」❾下武發禎祥二句　下武，謂後人能繼先祖者。《詩經・大雅・下武》：「下武維周，世有哲王。」傳：「武，繼也。」此處指高宗李治。禎祥，吉兆。《禮記・中庸》：「國家將興，必有禎祥。」平階，指泰階平。泰階，三臺星。上臺、中臺、下臺共六星，兩兩並排如階梯斜上，故名。《文選》左思〈魏都賦〉：「故令斯民睹泰階之平，可比屋而為一。」注引《黃帝泰階六符經》曰：「泰階者，天之三階也。……三階平，則陰陽和，風雨時，歲大登，民人息，天下平。是謂太平。」屬，連接。會昌，謂會當興隆昌盛。《漢書・曹褒傳》：「《河圖》稱：赤九會昌，十世以光，十一以興。」❿金泥封日觀二句　金泥，以水銀和金粉合為泥，用以封印玉牒、玉檢、詔書等，多於封禪時用之。日觀，泰山日觀峯。《水經注》二〈汶水〉引漢應劭《漢官儀》：「泰山東南山頂名曰日觀。日觀者，雞一鳴時，見日始欲出，長三丈所，故以名焉。」明堂，帝王宣明政教之所。凡朝會、祭祀、慶賞、選士、養老、教學等大典，均在此舉行。又稱辟雍。璧水，據蔡邕《明堂月令記》，辟雍之名，乃取其四周環水，圜如璧玉之意。璧，一作「碧」。⓫業盛勛華德二句　勛華，指堯、舜。堯曰放勛，舜曰重華。輿，謂大地版圖。《史記・三王世家》：「御史奏輿地圖。」《索隱》：「謂地為輿者，天地有覆載之德，故謂天為蓋，謂地為輿。」或作興，非。天地皇，上古三皇，有天皇、地皇、泰皇。見《史記・秦始皇本紀》。⓬孝思義罔極二句　孝思，以繼承祖先勳業為孝。罔極，沒有邊際。《詩經・大雅・下武》：「永言孝思，孝思維則……於萬斯年，受天之祜。」易禮，謂改變前人禮法。《史記・商君列傳》：「衛鞅曰：治世不一道，便國不法古。故湯、武不循古而王，夏、殷不易禮而亡。」光，發揚光大。前式，前代的法式。⑬天煥三辰輝二句　煥，一作「渙」。三辰，指日、月、星。靈，神。此指帝王。書，發布詔書。五雲，藉以觀天象之五種雲物。《周禮・春官・宗伯》：「（保章氏）以十有二歲之相觀天下之妖祥，以五雲之物辨吉凶、水旱降、豐荒之祲象。」鄭玄注：「故《春秋傳》曰：凡分至啟閉，必書雲物，為備故也。故曰：凡此五物，以詔救政。」此指皇帝發布五雲之色的詔書以備災變。⑭敬時窮發斂二句　敬時，愛惜光陰。《呂氏春秋・上農》：「故敬時愛日，非老不休，非疾不息，非死不舍。」窮，窮盡；使不餘。發斂，謂四時隨日盈縮，春夏為發，秋冬為斂。此謂一年、每年。窮發，一作「發窮」。卜代，即占測傳國的代數。千億，猶言千秋萬代。億，古時指十萬。

【語譯】堂皇的名號為大唐，全國得統一，皇帝的威力震動天下。東西各方禮樂制度昭明，美好的聲名遍及區域之內。像漢高祖一樣約法三章，又像周文王連續五年出兵征伐邊疆。匈奴在地角的盡頭，本來就不懂中華的文明。號稱天之驕子，起於國之邊境，從來就不講究禮樂制度。與之一戰就掃除風雨，再戰即削平動亂得安寧。政治清明，如清晨的日月，疏散而祥和的雲彩色澤鮮明。一年之中的寒暑季節平均，天地萬物又步入正大和平的軌道。只有聖明的天子才能使奇妙的世界諧和，只有睿智高尚的天子才能與或隱或顯的神明保持一致。後人能繼承先祖的足跡，表現吉兆，天上的泰階平坦，連接著興隆昌盛的人間。用金泥封印玉牒、玉檢等，在日觀峯上祭天，建置宣明政教的明堂，四周碧水環繞像玉璧。功業比堯舜之美德還要崇高，大地版圖包括了上古三皇的地盤。繼承祖先勳業的大孝之思，義高無極，改變前人禮法，而使前人法式更為光大。上天使日月星辰發出燦爛的光輝，神明的詔書呈現五雲之色以備災變。愛惜光陰，不浪費一年中的任何一天，占測傳國的代數，足有千代萬代。

五緯聚華軒，重光入望園❶。公卿論至道，天子拜昌言❷。雷解初開出，星空即便元❸。瑤臺涼景薦，銀闕秋陰徧❹。百戲騁魚龍，千門壯宮殿❺。深仁洽蠻徼，愷樂周寰縣❻。宣室召羣臣，明庭禮百神❼。仰德還符日❽，沾恩更似春。襄城非牧豎，楚國有〈巴人〉❾。

【章　旨】讚天地清明、君臣和諧，敘酺宴的盛況，並點明作詩之意。

【注　釋】❶五緯聚華軒二句　五緯，指金、木、水、火、土五星。此指君臣歡聚，瑞氣充滿。華軒，指朝天子之宮殿。《文選》潘岳〈為賈謐作贈陸機〉：「珥筆華軒。」李善注：「華軒，殿上曲欄也。」重光，指日、月、星。這裏形容皇帝之德如日月星辰，重疊生光。望園，即博望苑，在長安城南杜門外五里。漢武帝為太子據所開，以通賓客。見《三輔黃圖・苑囿》。園，一作「圓」，非。❷公卿論至道二句　至道，最高之道。昌言，盛德、有益之言。《尚書・大禹謨》：「禹拜昌言曰：『俞。』」傳：「昌，當也。以益言為當，故拜受而言之。」❸雷解初開出二句　雷解，即春天雷雨興起。《易・解》：「天地解而雷雨作，雷雨作而百果草木皆甲坼。」甲坼，謂草木發芽時種子外皮裂開。星空，即星回。元，始。謂舊年已去，一元復始。《禮記・月令》：「是月也，日窮于次，月窮于紀，星回于天，數將幾終，歲且更始。」❹瑤臺涼景薦二句　瑤臺、銀闕，本指傳說中西王母所居。此喻皇宮。涼景、秋陰，指秋天的景象。薦，獻；進。猶言來到。❺百戲騁魚龍二句　百戲，來自異域的雜戲。魚龍，魔術之一種。《漢書・孝安帝紀》：「乙酉，罷魚龍、曼延百戲。」顏師古注：「《漢官典職》曰：作九賓，樂舍利之獸，從西方來戲于庭，入前殿激水，化成比目魚。嗽水作霧，化成黃龍，長八丈，出水遨戲於庭，炫耀日光。曼延者，獸名也。」此言魚龍表演著各種遊戲。千門，言宮殿之壯觀。《史記・孝武本紀》：「於是作建章宮，度為千門萬戶。」❻深仁洽蠻徼二句　蠻徼，邊疆少數民族地區。蠻，指少數民族。徼，邊界；邊疆。一作「貊」。愷樂，即和樂。《詩經・小雅・魚藻》：「王在在鎬，豈樂飲酒。」豈，通「愷」。周、洽，皆遍也。寰縣，猶言全國。❼宣室召羣臣二句　謂皇帝仁政普施，人神共護。宣室，漢未央宮前殿之正室，為漢帝接見大臣之處。漢文帝曾在宣室接見賈誼，問鬼神之本，見《史記・屈原賈生列傳》。此喻指唐宮。明庭，祭拜神靈的地方。一作「明廷」。《史記・封禪書》：「皇帝接萬靈明廷。」❽仰德還符日　仰德，言天下萬物仰天子之恩德。符日，就如太陽一般。《北堂書鈔・帝德》「就之如日，望之如雲」條注引《淮南子》

曰：「(天子）紀綱八極，經緯六合。覆露照導，普汜而無私。翾飛蠕動，莫不仰德而生補。」❾襄城非牧豎二句　非牧豎，謂己非襄城指點治術的牧童。傳云黃帝將見神人大隗於具茨之山，至襄城之野而迷途，遇牧馬童子而問之，童子具說之。黃帝異之，又問為天下。小童曰：「予少有頭昏目眩之病，而自遊於六合之內，有長者教予曰：『若乘日之車，而遊於襄城之野。』今予病少痊，予又且復遊於六合之外。夫為天下者，奚以異乎牧馬者哉，亦去其害馬者而已矣。」見《莊子．徐无鬼》。襄城，今屬河南許州。巴人，楚通俗樂曲名。宋玉〈對楚王問〉：「客有歌於郢中者，其始曰〈下里〉、〈巴人〉，國中屬而和者數千人。」此作者謙稱這篇奉和酺宴的作品為普通的〈巴人〉之曲。

【語　譯】祥瑞的五緯星聚於天子的宮殿，日月星的光輝照耀著博望苑。百官公卿在此講論至高無上的道術，天子拜受盛德有益之言。春天雷雨興起，百果草木皆發芽，星回於天，一歲將終，新的一年將開始。寒涼的秋景籠罩了瑤臺，銀闕也灑滿秋色。魚龍表演著各種雜戲，宮殿千門萬戶，宏麗壯觀。深切的仁愛遍及邊疆，和睦歡樂充滿全國。在宣室召見羣臣，在明庭祭祀百神。人民仰天子之德就像萬物向太陽，霑受到帝王的恩澤，更像沐浴春風。我非襄城乘日而行、指點治術的牧童，而獻上這首拙詩，像是楚國都城中奏出的〈下里〉、〈巴人〉之曲。

【研　析】此詩先鋪敘周隋動盪不安，「祆星」、「沴氣」彌漫人間之形勢。而「蒼生欲問天」一句，極言中國分崩離析、百姓痛苦無處告訴。緊接以「開寶命」、「昭靈慶」、「睹真人」、「逢聖政」、「玄澤遠」、「休光盛」等事一氣直下，極言唐主奉天承運給人們帶來的巨大喜悅。「大號域中平」以下四句，承「甲乙遇災年，周隋送上弦」二句而來，言李唐統一中國，威震天下，文物昭彰，聲名周浹。「漢后三章令」以下十四句，上應「大號」二句，敘唐帝國之「武功」：突出其掃平匈奴邊地之正義戰爭，而天下震驚、國家統一、百姓安定、風調雨順，可知矣；「下武發禎祥」以下至「卜代盈千億」十二句，上應「參辰」二句，言唐主之「文治」：突出其「金泥封日觀，璧水匝明堂」文物之盛美，極言其功業之盛、輿圖之廣，並敘其「敬時」而不敢懈怠，欲使孝思無窮、前人禮法得到光大而至千秋萬代。此與「祆星六丈出，沴氣七重懸」構成鮮明的反照，亦順承「祖宗玄澤遠，文武休光盛」之句。「五緯」以下四句，言各地君臣歡聚一堂，共商國是、協和萬邦之景。

「雷解」二句，寫春天之景，將新紀元「上元」年號的開始，比喻為春天的到來，應題中「上元」二字。「瑤臺」二句，寫酺宴時景。「百戲」以下八句，寫皇帝酺宴、萬國和樂之景。此應題中「酺宴應詔」四字。「襄城」二句，言自己不揣愚陋，大膽寫下這首粗俗的詩歌以歌頌聖明之君，應題中「奉和」二字。

此詩氣勢宏大，周正典雅。惜其大體蹈襲陳言，歌功頌德。且諸多數字在詩中不厭其煩地反復出現，其意欲使大唐帝國的宏大氣象炫人耳目，卻多少使詩歌顯得有些勉強而乾癟。

從軍行

【題解】《從軍行》，樂府舊題，屬《相和歌辭》。《樂府解題》云：「皆軍旅苦辛之辭。」咸亨元年（西元六七〇年）四月，吐蕃寇邊，以迅雷急電之勢占領邊境十八州，又攻陷安西首府龜茲撥換城，舉國震動。朝廷急派右威衛大將軍薛仁貴出征，大批年輕武士和文人要求從軍。此詩即作於此時。時作者待制弘文館已多年。詩借豐滿而鮮明的想像，寫出青年士人要求從軍報國的心聲。

烽火照西京❶，心中自不平。牙璋辭鳳闕，鐵騎遶龍城❷。雪暗凋旗畫❸，風多雜鼓聲。寧為百夫長❹，勝作一書生。

【注釋】❶烽火照西京 烽火，古代邊防報警信號，以柴草，或雜以狼糞（因狼糞煙大，白天易見）置高臺上燃燒。從邊塞至京城，沿途高築烽火臺，有敵情時即點火示警，續相傳遞。根據敵情之緩急，逐級增加烽火的炬數。唐制：烽火的炬數，最高可達四炬。一炬至州縣，二炬以上都要到京城。此云照西京，當為十分緊急的軍情。照，通知。此處解為「照耀」。西京，唐都長安。❷牙璋辭鳳闕二句 牙璋，調兵的符牒。兩塊合成，朝廷和主帥各執其半，嵌合處呈齒狀，故名。此處指代奉命出征的將帥。鳳闕，漢武帝所建的建章宮上有銅鳳，故稱鳳闕。後泛稱帝王宮闕。鐵騎，精銳的騎兵。指唐軍。龍城，漢時匈奴大會祭天之處，地在今蒙古鄂爾渾河東側。或言其西側和碩柴達木湖附近。此泛指敵方要塞。❸雪暗凋旗畫　謂西北邊塞大雪彌漫，遮掩了軍旗上鮮豔的圖案。凋，原意是草木枯敗凋零，此指色彩黯淡。❹百夫長　軍中管一百人的小頭目。泛指下級武官。

【語　譯】邊塞烽火綿延而至，照耀著西京，心中久久不能平靜。將軍手執牙璋拜別宮廷，率領鐵騎圍住敵人的龍城。大雪遮天蔽日，軍旗上的圖畫為之晦暗，暴風夾雜著戰鼓聲。我寧願到邊塞當一名百夫長，強似做一個無用的書生。

【研　析】開頭二句寫形勢的緊急，以燃燒的烽火，反射內心的激蕩。「照」，本意約為照達、通知。但在此詩中作「照耀」解，似更切合詩意的誇張。作者血液中那份浪漫的激情、青春的躁動，全在此一字寫破。三、四兩句，一特寫主帥的英武神勇，一概寫部隊的雄壯精銳，令人憧憬；五、六兩句，一以視覺，一以聽覺，渲染出邊地環境的艱苦、戰鬥場面的激烈，充滿刺激。一般書生通過科舉考試博取功名乃是正途，而到邊塞從軍實屬不得已而為之。何況詩人正待制弘文館，總比「百夫長」要有前途得多。即使以中央文館文人的身分下到邊塞營地，大約亦不止於作「百夫長」的。最後一聯，一「寧」字，表現詩人視宦途如敝屣的爽朗；一「勝」字，突出詩人對立功邊塞的神往。屈復《唐詩成法》評云：「一二總起，三四從大處寫其寵赫，五六從小處寫其熱鬧，方逼出『寧為』、『勝作』事。起陡健，結亦宜爾，但結句淺直耳。」然此詩直抒胸臆，正由淺直，方得剛健豪爽之俠氣。不但與六朝的靡靡之音劃清了界線，亦反歷代「苦辛之辭」的口吻，痛快之至。或云後二句乃書生被壓抑不得出的憤懣之語。以楊炯生平經歷觀之，自然會因久困弘文館而生憤慨。但在國家、民族的大是大非面前，還較量個人的得失榮辱，算什麼？果以「憤懣」詮釋全詩意境，則不惟小視詩人，亦錯看了詩人所處的時代，為大謬不然，乃真「淺直」矣。

劉　生

【題　解】樂府舊題，屬〈橫吹曲辭〉。《樂府解題》云：「劉生不知何代人，齊梁以來為〈劉生〉辭者，皆稱其任俠豪放，周遊五陵三秦之地。或云抱劍專征為符節官，所未詳也。」此詩寫游俠豪放之性，及其急於求售奇技、實現奇志而無知音的苦悶。當在長安校書郎任上所作。

卿家本六郡，年長入三秦❶。白璧酬知己，黃金謝主人❷。劍鋒生赤電，馬足起紅塵❸。日暮歌鐘發，喧喧動四鄰❹。

【注　釋】❶卿家本六郡二句　卿，對人的尊稱。魏晉以來，對於爵位較低者或平輩表示親暱也稱卿。六郡，指漢隴西、天水、安定、北地、上郡、西河等六郡。三秦，秦亡後，項羽把秦國之地分給秦朝的三個降將。封章邯為雍王，統治關中西部；司馬欣為塞王，統治關中東部；董翳為翟王，統治上郡（今陝北地區）。故稱「三秦」。此指長安一帶。❷白璧酬知己二句　謂慷慨結交，輕財重義。白璧、黃金，古以為重寶。《戰國策・燕策》：「蘇代為燕說齊。未見齊王，先說淳于髡曰：『……足下有意為臣伯樂乎，臣請獻白璧一雙、黃金千鎰以為馬食。』」又，《史記・蘇秦列傳》：「蘇秦之燕，貸百錢為資。……及得富貴，以百金償之。」知己，言如伯樂之人。主人，言如貸錢與蘇秦之人。❸劍鋒生赤電二句　謂其劍術、騎術之精湛。赤電，舞劍時的赤色閃光。紅塵，騎馬飛揚的塵土。❹日暮歌鐘發二句　謂黃昏人定時，其歌唱洪亮超邁。歌鐘，本為打擊樂器名，即編鐘。此泛指樂歌聲。喧喧，混雜喧鬧。

【語　譯】你家鄉本在古風猶存的西北六郡，年長之後方纔遊歷到三秦。你為酬贈知己捨白璧，為報答主人不惜重金。你舞劍時劍鋒生出赤色閃電，騎上駿馬，馬蹄騰起一溜紅煙塵。太陽落山後你又敲打樂器，引吭高歌，那陣陣豪邁的曲子飄蕩在大街小巷，震撼人心。

【研　析】首句「六郡」二字不凡。據《漢書・宣宗紀》及〈地理志〉云：六郡良家子善騎射，選給羽林、期門，以材力為官，名將多出焉。劉生當然引以為傲。「三秦」乃首府長安之所在，劉生遠來此地，必懷奇技、奇志而欲求售。「年長」二字尤不可放過，因為年紀老大之後方「入三秦」，其求售奇技、實現奇志的心態則尤為急迫。頷聯言其豪放本色，頸聯寫其身懷絕技。尾聯「歌鐘發」，乃有尋求知音或媒介之意存焉。「日暮」二字與首聯「年長」相呼應。時不待我，這正是他一天忙到黑的內在原因。「四鄰」二字亦寓深意，暗示著遠別故土妻兒的劉生，在「三秦」之地無一親人和朋友，更何談什麼「知己」、「主人」。雖歌鐘「喧喧」，然四鄰之中又有誰真正聽得明白他的歌聲呢？果聽懂了，又如何能幫他呢？通首寫任俠豪放，煞是熱鬧，結乃淒然。《聞鶴軒初盛唐近體讀本》評云：「凡結有二法，或總繳，或另意。此另出一意法也。」

送臨津房少府

【題　解】臨津，縣名。屬劍南道劍州。本漢梓潼縣界地，隋開皇七年，改為臨津縣。見《元和郡縣志》卷三十四。地在今四川蒼溪縣以西。少府，唐人稱縣尉。房少府，未知何人。詩寫與房少府分別的痛苦。在梓州司法參軍任時所作。

岐路三秋別，江津萬里長❶。煙霞駐征蓋，絃奏促飛觴❷。階樹含斜日，池風泛早涼。贈言未終竟，流涕忽沾裳❸。

【注　釋】❶岐路三秋別二句　岐路，送別的岔路口。三秋，秋季的三個月。《詩經・王風・采葛》：「一日不見，如三秋兮。」此指秋天。江津，江邊渡口。❷煙霞駐征蓋二句　煙霞，五彩雲氣。何遜〈南還道中送贈劉諮議別〉：「天末靜波浪，日際斂烟霞。」此指山水勝景。駐，暫為停留。征蓋，行旅之車蓋。絃奏，泛指音樂。促，催促。此言勸酒。飛觴，頻繁舉杯。左思〈吳都賦〉：「里讌巷飲，飛觴舉白。」❸贈言未終竟二句　贈言，臨別祝福。《荀子・非相》：「贈人以言，重於金石珠玉。」終竟，猶言結束、終了。流涕，即流淚。

【語　譯】在秋天的岔路口與君分別，從這江邊渡頭出發，前路茫茫萬里之長。這裏的山水勝景請您停下遠行的車蓋，演奏著優美的曲子，勸您舉起手中的酒杯。夕陽的餘暉灑滿路階邊的大樹，池塘中的晚風透著早秋的涼意。臨別祝福的話沒有說完，淚水忽然打濕了衣裳。

【研　析】楊泉《物理論》引《意林》云：「面歧路者，有行迷之慮。」首二句即敘面歧路而值三秋的惆悵。此時被貶，且前路遙遠，悲情之濃烈可想而知。中四句以樂景「煙霞」、「絃奏」寫離別之哀情，然一「駐」一「促」之間加倍增其哀樂。樹「含」斜日，應「駐」字；風「泛」早涼，應「促」字，別有意致。末二句逼出胸臆。《唐詩選脈會通評林》評云：「所別日長，所居地遠，兩句已盡離情矣。三四見去，蓋雖或暫停，而餞酒終莫遲留也。五六即送別之景。贈言終未能竟者，因嗚咽深重故也，結盡交情之至。」

送豐城王少府

【題　解】豐城，今江西豐城。少府，唐代縣尉的別稱。王少府，未知何人。詩寫送別王少府時依依不捨之情，並表達對王少府的深切同情與祝福。未知何時所作。

愁結亂如麻❶，長天照落霞。離亭隱喬樹，溝水浸平沙❷。左尉才何屈，東關望漸賒❸。行看轉牛斗，持此報張華❹。

【注　釋】❶愁結亂如麻　鮑照〈采菱歌〉：「秋心不可蕩，春思亂如麻。」❷離亭隱喬樹二句　離亭，路旁驛亭。地遠者稱離亭，近者稱都亭。溝水，本指御溝之水。《玉臺新詠》古樂府詩〈皚如山上雪〉：「今日斗酒會，明旦溝水頭。躞蹀御溝上，溝水東西流。」此代指朋友分別。平沙，廣漠的沙面。❸左尉才何屈二句　左尉才何屈，謂王少府才高位卑。左尉，指西漢成帝時大隱梅福。九江人。曾為南昌左尉，後忽然捨妻子，不知所之，傳云得仙。見《水經注・贛水》。東關望漸賒，此謂王少府遷升無望。東關，即東遷函谷關。漢武帝元鼎三年冬，樓船將軍弘農楊僕，以數有大功，恥為關外民，上書乞徙東關。武帝於是徙關於新安，去弘農三百里。見《漢書・武帝紀》顏師古注。❹行看轉牛斗二句　用豐城劍氣事。傳說三國時，斗、牛二星之間常有紫氣。豫章人雷煥妙達緯象，言紫氣為豫章豐城寶劍之精，上徹於天。尚書令張華即密令雷煥尋之。煥到縣，掘獄屋基，得龍泉、太阿二劍。其夕，紫氣不復見。見《晉書・張華傳》。此以喻王少府英氣勃發。行看，猶言且看。

【語　譯】憂愁交織如一團亂麻，遼闊的天空映照著晚霞。遠遠的驛亭被高大的樹木所遮蔽，東西分流的溝渠水漫上廣漠的沙面。你像左尉梅福有高才，卻受到何等的委屈，像楊僕那樣立功受寵的希望也慢慢變得渺茫。且看那豐城寶劍之精氣直沖牛斗，你抱著它們報答張華。

【研　析】首二句，以「落霞」二字映出歲月不居之愁。次二句，以「離亭」、「溝水」言離別之愁。左尉句，言懷才不遇之愁；東關句，言升遷無望之愁。末二句以豐城劍氣之典形容王少府還入豐城，並致以美好祝願，照應題面，轉折如有神力。此詩在布局上可謂與〈夜送趙縱〉同出一轍。

送鄭州周司空

【題　解】鄭州，地名。周初管叔鮮封於此，為管國。北周置滎州。隋開皇三年為鄭州。唐初改為管州。參《太平寰宇記》卷九。此用舊名。司空，主管囚徒的官。周司空，未知何人。詩寫送別周司空時依依不捨的深情。在長安任職時所作。

漢國臨清渭，京城枕濁河❶。居人下珠淚，賓御促驪歌❷。望極關山遠，秋深煙霧多。唯餘三五夕，明月暫經過❸。

【注　釋】❶漢國臨清渭二句　漢國，漢代國都。此指唐都長安。國，即國都。《國語・周語》：「國有班事，縣有序民。」渭，關中平原的河流。河清，故稱清渭。《詩經・邶風・谷風》：「涇以渭濁，湜湜其沚。」《經典釋文》：「涇，濁水也；渭，清水也。」京城，即京邑。春秋時邑名。漢置京縣。故城在今河南滎陽東南。此指鄭州。濁河，指黃河。濁，原作「蜀」，非。❷居人下珠淚二句　居人，停留之人，與遠行之人相對而言。鮑照〈東門行〉：「居人掩閨臥，行子夜中飯。」此自指。珠淚，即眼淚。眼淚如珠，故稱。賓御，賓客與侍御者。《文選》鮑照〈東門行〉：「離聲斷客情，賓御皆涕零。」六臣注：「賓，謂送別之人；御，御車者。」促，急促；催促。此即唱起之意。驪歌，告別之歌。劉孝綽〈陪徐僕射晚宴於兒宅〉：「洛城雖半日，愛客待驪歌。」❸唯餘三五夕二句　三五夕，十五月圓之夜。謝靈運〈南樓中望所遲客〉：「與我別所期，期在三五夕。圓景早已滿，佳人猶未適。」暫，暫且。

【語　譯】漢朝的都城長安在清清的渭水旁，鄭州靠著黃河。居止之人流下了悲傷的淚水，賓客和駕車人急促地唱起了離別的歌。遙望天盡頭，關山遙遠，深秋之時，雲霧繚繞。只留下這十五的孤獨夜晚，明月暫且從此經過。

【研　析】首句點明己在清渭之濱送別友人，次句言周司空遠赴黃河岸邊。「居人」二句寫送別場景，以「驪歌」襯「珠淚」，以鬧襯靜，具寫離別之痛，與「漢國」句照應；「望極」二句，寫別後對周司空之深切思念，與「京城」句呼應。末二句承上二句，言己之一方別後的淒清、孤獨，實則對周司空之思念更透一層，語態婉轉而意境超妙。

驄　馬

【題解】樂府舊題。據《樂府詩集》卷二十四，屬〈橫吹曲辭〉，乃言關塞征役之事者。一作〈驄馬驅〉。此詩狀寫長安俠少英氣勃發之態，而頗具老成持重之心。在長安任職時所作。

驄馬鐵連錢，長安俠少年❶。帝畿平若水，官路直如弦❷。夜玉粧車軸，秋金鑄馬鞭❸。風霜但自保，窮達任皇天❹。

【注釋】❶驄馬鐵連錢二句　沈炯〈長安少年行〉：「長安好少年，驄馬鐵連錢。」驄馬，青白色的馬，又名菊花青馬。鐵連錢，一種身上有黑色錢形斑點的良馬，即所謂連錢驄者。俠少年，少年豪俠。❷帝畿平若水二句　帝畿，猶京畿，京城及其近郊。平若水，極言其平坦廣大。《文選》鮑照〈代結客少年場行〉：「九塗平若水，雙闕似雲浮。」李善注：「莊子曰：平者，水停之盛也。」官路，官府修建的大道。後泛指大道。官，一作「宮」。直如弦，《後漢書・五行志一》：「順帝之末，京師童謠曰：直如弦，死道邊。曲如鉤，反封侯。」❸夜玉粧車軸二句　夜玉，夜晚發光的玉。《尹文子・大道上》：「其夜玉明光照一室。」粧，裝飾。秋金，言金之精純者。猶言精金。按古代五行天文之說，秋本屬金。《漢書・天文志六》：「西方，秋，金義也。」《藝文類聚・產業部》漢曹大家〈針縷賦〉：「鎔秋金之剛精，形微妙而直端。」金，一作「風」。❹風霜但自保二句　風霜，喻旅途所經之艱難困苦。吳均〈春怨〉：「幾度過風霜，猶能保煢獨。」窮達，窮困潦倒與飛黃騰達。曹植〈豫章行〉：「窮達難豫圖，禍福信亦然。」皇天，上天。

【語譯】青白色的駿馬身上長著美麗的錢斑，騎著牠的是長安市上的少年豪俠。京城和京郊平坦廣闊，官府修建的大路直如弓弦。用夜裏能閃閃發光的美玉裝飾著車軸，用精純之金鑄造馬鞭。一路多少艱難困苦，只能靠自己保護自己，潦倒或發達聽任上天的安排。

【研　析】首二句寫俠少騎著驄馬，實亦是以驄馬映襯少年，見其威風凜凜之貌。次二句寫驄馬所行駛之道路的平與直，更反襯出其意氣飛揚之態。第五句寫車騎之美，與首句呼應；第六句寫俠少騎手之英武，與第二句呼應。「風霜」、「窮達」二句，寫其出塞的心理準備。分別著一「但」字、一「任」字，似寫俠少已有過許多不平凡的歷練，顯得有些老成持重。或許此二句言外之意頗為深曲，然在結構上未免與三四二句所描寫的「平若水」、「直如弦」有些不稱，前後的過渡顯得突兀。

出　塞

【題　解】樂府舊題，屬漢〈橫吹曲辭〉。或云曲乃漢武帝時李延年造；或云漢高帝戚夫人善歌〈出塞〉、〈入塞〉之曲，則秦漢初已有之。參見《樂府詩集》卷二十一。詩歌讚美征人在國難當頭之際勇赴疆場、決勝千里之外的英雄形象。在長安任職時所作。

塞外欲紛紜，雌雄猶未分❶。明堂占氣色，華蓋辨星文❷。二月河魁將，三千太乙軍❸。丈夫皆有志，會是❹立功勳。

【注　釋】❶塞外欲紛紜二句　紛紜，盛多的樣子。班固〈西都賦〉：「千乘雷起，萬騎紛紜。」此指戰亂。一作「紛紛」。雌雄，勝負。《漢書・陳勝項籍傳》：「(項羽)迺使人謂漢王曰：『天下匈匈，徒以吾兩人。願與王挑戰決雌雄，毋徒罷天下父子為也。』」❷明堂占氣色二句　謂觀天文以測勝負。明堂，星宿名。《史記・天官書》：「東宮蒼龍，房、心。心為明堂。」《索隱》引《春秋說題辭》：「房、心為明堂，天王布政之宮。」此代指天子。氣色，猶言氣象、景象。《六韜・兵徵》：

「凡攻城圍邑，城之氣色如死灰，城可屠。」華蓋，亦星宿名。《晉書・天文志》：「天皇大帝上九星曰華蓋，所以覆蔽大帝之座也。」此代指將軍。星文，星象。❸二月河魁將二句　河魁，主將設置軍帳之方位，於其方則堅不可犯。唐李筌《神機制敵大白陰經》：「春分二月中，日月合宿，奎十四度於辰，在戍為降婁，於野魯分徐州，於將河魁。」太乙，北極星神名。《抱朴子》：「兵在太乙玉帳之中，不可攻也。」此言我軍攻無不克。一作「太一」。❹是　一作「見」。

【語　譯】邊塞之地騷亂和戰爭紛起，誰勝誰負尚未見分曉。依明堂星占測戰爭的氣象，觀華蓋星辨別星象。春分二月時，河魁主將設置軍帳堅不可犯，太乙玉帳之中的三千精兵，攻無不克。大丈夫都有雄心壯志，自當在邊疆立下汗馬功勳。

【研　析】首二句言塞外戰爭的興起，氣氛的激烈，且到了敵我勝負難分的最關鍵時期。一開始的敘述即抓住讀者的心，讓讀者呼吸緊張。「明堂」二句，「占氣色」、「辨星文」與首句「塞外欲紛紜」相呼應，言準備之充足，且充滿神秘的色彩。「二月」二句，與次句「雌雄猶未分」相照應，言我方將士之精銳。末二句，言奔赴疆場，充滿必勝之信心，貼緊題面。「丈夫」句著一「皆」字，好極。不但與朋輩競爭，亦與古人爭勝，有一股蓬勃剛強之英氣逼面而來。

有所思

【題　解】樂府舊題，屬〈鼓吹曲辭〉。《樂府解題》云：「古詞言『有所思，乃在大海南，何用問遺君？雙珠玳瑁簪。聞君有他心，燒之黨風揚起灰。從今以往，勿復相思而與君絕』也。……若齊王融『如何有所思』、梁劉繪『別離安可再』，但言離思而已。」此篇亦言離思。通過對女主人公心理的細膩描繪，反映出戰爭給人民帶來的痛苦，表達了詩人的厭戰情緒和對不幸者的深切同情。具有深刻的時代意義。在長安任職時所作。

賤妾留南楚，征夫向北燕❶。三秋方一日，少別比千年❷。不掩嚬紅縷，無論數綠錢❸。相思明月夜，迢遞白雲天❹。

【注釋】❶賤妾留南楚二句　賤妾，古代女子自稱。南楚，春秋戰國時，楚國在中原以南，故後世稱南楚。宋玉〈登徒子好色賦序〉：「且夫南楚窮巷之妾，焉足為大王言乎？」此以南楚、北燕謂兩地懸隔。❷三秋方一日二句　三秋，秋季的三個月。或言三年。《詩經・王風・采葛》：「一日不見，如三秋兮。」少別，短暫離別。少，稍。《文選》江淹〈別賦〉：「暫游萬里，少別千年。」李善注：「《神仙傳》曰：……見安期生語神女曰：昔與女郎游於安息西海之際，意此未久，已二千年矣。」方、比，猶言似。❸不掩嚬紅縷二句　不掩，猶言忍不住。掩，掩飾。嚬，皺眉。紅縷，紅色燈芯。縷，即鳳縷，以彩色絲線捻成的燈芯。蕭綱〈妾薄命行〉：「玉貌歇紅縷，長嚬串翠眉。」無論，不用說。綠錢，苔蘚。因形圓似錢，故名。《文選》沈約〈冬節後至丞相第詣世子車中作〉：「賓階綠錢滿，客住紫苔生。」李善注：「崔豹《古今注》曰：空室中無人行，則生苔蘚，或紫或青，一名綠錢。」❹相思明月夜二句　范雲〈思歸〉：「幾回明月夜，飛夢到郎邊。」鮑照〈白雲〉：「一逐白雲去，千齡猶未旋。」迢遞，高遠的樣子。

【語譯】我留在南楚的家鄉，行軍作戰的丈夫奔向燕國北地。一日不見如隔三秋，短暫的分離就像經歷了一千載。忍不住緊皺眉頭對著燃燒的燈芯，更不用說去數那階砌上的苔蘚。明月如水的夜晚，相思不絕如縷，天空飄著白雲，多麼遙遠。

【研析】首聯言因為戰爭爆發，征夫與少婦生生分別，且兩地相距遙遠。頷聯言天荒地老的相思苦。頸聯以「嚬紅縷」、「數綠錢」幾個動作本可寫出深閨婦女對青春容顏慢慢消逝的憂懼，對獨居生活的煩悶，而句前冠以「不掩」、「無論」二詞，則新意陡見，言此女除了夜以繼日地對遠方征夫的思念之外，再無其他，而又不見其憂懼和煩悶，癡憨之態躍然紙上。質言之，這是一份忘我的思念，那麼純潔，一往情深。尾聯緊承頸聯，言「不掩」、「無論」之原因，全在相思的遠方。詩律工整，韻調和諧，色彩絢爛。「紅縷」、「綠錢」、「明月」、「白雲」，斑爛多彩，媚而不俗。「三秋」、「一日」、「少別」、「千年」，數詞疊加，意境深入而不覺得堆砌繁冗。僅僅八句詩，完美地雕刻出一位思婦纏綿悱惻的鮮活形象。

梅花落

【題解】樂府舊題，屬〈橫吹曲辭〉，笛中曲也。博望侯張騫入西域傳其法於西京，李延年改為新聲，以為武樂，給邊將之用。見《古今注・音樂》。詩寫閨中少婦對征人的刻苦思念，譴責戰爭給人帶來的痛苦。在長安任職時所作。

窗外一株梅，寒花五出開❶。影隨朝日遠，香逐便風❷來。泣對銅鉤障，愁看玉鏡臺❸。行人斷消息，春恨幾徘徊。

【注釋】❶窗外一株梅二句　蘇武〈梅花落〉：「中庭一樹梅，寒多葉未開。」詩用其意。五出，猶言五瓣。《宋書・五行志》：「壽陽公主臥含章殿檐下，梅花落公主額上。成五出花，拂之不去。」❷便風　猶言順風。❸泣對銅鉤障二句　寫思婦獨守空閨的悲戚與惆悵。鉤，連結或懸掛帷帳的工具，多以銅製。障，帷帳；步障。《漢宮舊事》：「碧障，漆竿、銅鉤。」《世說新語・汰侈》：「君夫（王愷）作紫絲布步障碧綾裡四十里，石崇作錦步障五十里以敵之。」玉鏡臺，《世說新語・假譎》：「溫公喪婦。從姑劉氏家值亂離，唯有一女，甚有姿慧。姑以屬公覓婚。公密有自婚意……卻數日，公報姑云：『已得婚處，門地粗可。壻身不減嶠。』因下玉鏡臺一枚。」

【語譯】窗外有一株梅花樹，天寒時花朵成五瓣開放。白色的花影隨著早上的太陽出現而變得看不清，花的香氣追逐著順風陣陣飄來。悲傷地面對著銅鉤連結的步障，憂愁地看著裝有玉鏡的梳妝檯。遠行的人沒有消息傳來，滿懷春怨，徘徊不已。

【研析】「窗外」二句，與「泣對」二句，乃是窗外與窗內的對比。「影隨」二句與「行人」二句，「春恨」與「香風」照應，「消息」與「影」照應。對遠行人的思念，因有銅鉤障的阻礙，又因玉鏡中容顏的日漸衰損，再加之消息的斷絕，女主人公的思念更加焦灼難耐。詩中「行人」二字本可指一般遠遊在外的浪子。而聯繫詩題目之，〈梅花落〉乃「給邊將之用」武樂樂府舊題，則此「行人」顯是指邊將或征夫的。行人無故而「斷消息」，或許是行人已在邊地戰死。詩末所言「春恨」，實是對戰爭的譴責。

折楊柳

【題解】樂府古題，屬〈橫吹曲辭〉。《樂府詩集》卷二十二引《宋書・五行志》：「晉太康末，京洛為〈折楊柳〉之歌，其曲有兵革苦辛之辭。」詩寫閨中少婦盼望征夫早日歸來的急迫心情。在長安任職時所作。

邊地迷無極❶，征人去不還。秋容凋翠羽❷，別淚損紅顏。望斷流星驛，心馳明月關❸。藁砧何處在，楊柳自堪攀❹。

【注釋】❶迷無極　謂迷茫望不到盡頭。迷，一作「遙」。❷秋容凋翠羽　秋容，猶言秋色。凋，凋敝。翠羽，翠鳥的羽毛。此喻翠色的樹葉。❸望斷流星驛二句　望斷，望而不見。流星驛，流星般的驛站和驛卒，言其數量之多，來往之速。流星，星轉行如流水。明月關，明月照耀下的邊關。❹藁砧何處在二句　藁砧，搗草石。《玉臺新詠》卷十〈古絕句〉：「藁砧今何在，山上復有山。何當大刀頭，破鏡飛上天。」《古樂府解題》卷下云：「藁砧，趺也，問夫何處也。山上復有山，重山為出字，言夫不在也。何當大刀頭，刀頭有環，問夫何時當還也。破鏡飛上天，言月半當還也。」楊柳，古人以之指離別之景。《詩經・小雅・采薇》：「昔我往矣，楊柳依依。」《玉臺新詠》卷七〈折楊柳〉：「楊柳亂成絲，攀折上春時。……曲中無別意，併為久相思。」

【語　譯】邊地迷茫望不到盡頭，出征的人一去不回還。滿眼是秋天的景象，綠色的樹葉在凋零，離別的淚水使青春的容顏變得憔悴。瞭望流星般的驛站而不見音信，心兒飛向了明月照耀下的邊關。藁砧如今在什麼地方，楊柳又綠了，又可以獨自攀折了。

【研　析】首二句寫征夫遠行無消息，次二句寫思婦感傷時光流逝、紅顏易老。五六兩句接首二句，「望斷」、「心馳」與「迷無極」、「去不還」相呼應，寫思婦對征夫之深切思念；末二句與次二句相合，欲寄言遠行人，又到春柳依依之時，急盼其歸期，然竟無處可寄。末句著「自堪攀」三字，以輕鬆之語寫沈痛之情。相思至此，可謂癡絕。

紫騮馬

【題　解】樂府舊題，屬漢〈橫吹曲辭〉。《古今樂錄》云：「古辭云：『十五從軍征，八十始得歸。道逢鄉里人，家中有阿誰？』又梁曲曰：『獨柯不成樹，獨樹不成林。念郎錦裲襠，恒長不忘心。』蓋從軍久戍，懷歸而作也。」詩寫俠客縱橫周遊，矢志保衛邊疆、為國立功的英武形象。在長安任職時所作。題或作〈紫騮〉。

俠客重周遊，金鞭控紫騮❶。蛇弓白羽箭，鶴轡赤茸鞦❷。發跡來南海，長鳴向北州❸。匈奴今未滅，畫地取封侯❹。

【注　釋】❶俠客重周遊二句　俠客，又稱游俠。指見義勇為，急人所難，言必信、行必果之人。見《史記・游俠列傳序》。

周遊，謂遊歷四方。金鞭，以黃金所飾的馬鞭。控，勒馬。庾信〈俠客行〉：「俠客重連鑣，金鞍被桂條。」紫騮，又名紫燕騮，駿馬名。《西京雜記》卷二：「文帝自代還，有良馬九匹，皆天下之駿馬也，……一名紫燕騮。」❷蛇弓白羽箭二句　蛇弓，弓如蛇形。應劭《風俗通義》「世間多有見怪驚怖以自傷者」條：「(應郴)以夏至日請見主簿杜宣，賜酒。時北壁上有懸赤弩，照於盃中，其形如蛇。宣畏惡之，然不敢不飲。」此言弓之華美。白羽，《文選》司馬相如〈上林賦〉：「彎蕃弱，滿白羽。」李善注引文穎曰：「以白羽為箭，故言白羽也。」鶴轡，猶言鶴駕。《文選》江淹〈別賦〉：「駕鶴上漢，驂鸞騰天。」李善注：「《列仙傳》曰：王子晉吹笙作鳳鳴，遊伊洛之間，道士浮丘公接上嵩高。三十餘年後，……果乘白鶴住山，下望之不能得到。」此美言車駕如白鶴。赤茸，赤色的茸毛。鞦，同「緧」。套車時拴在駕轅牲口屁股上的皮帶。❸發跡來南海二句　發跡，猶言起身、出發。來南海，即從南海而來。北州，北方邊遠州郡。南海、北州，極言征途之遙遠。❹匈奴今未滅二句　匈奴今未滅，《漢書・霍去病傳》：「去病為票騎將軍，上為治第，令視之，對曰：『匈奴不滅，無以家為也。』」畫地，以手或物在地上畫形或寫字。猶言指日、計日。

【語　譯】俠客以橫行四方而驕傲，握著黃金裝飾的馬鞭，勒著紫騮駿馬。雕弓如蛇，箭如白羽，車駕如仙鶴，赤色的套車皮鞦毛茸茸。起身從遙遠的南海而來，發出長長的嘶鳴，奔向遙遠的北地。匈奴現在還沒有消滅，指日可以取得功勳以封侯。

【研　析】本詩借舊題抒寫殺敵立功的思想。結構亦同前首。首二句，言俠客重周遊而騎駿馬，威風凜凜，不可一世。三四二句，承第二句，美言其作戰之裝備，亦神氣活現。五六兩句，與第一句相應，「來」、「向」二字補足「周遊」二字。末二句，將全詩一氣貫通，氣吞萬里之游俠形象破紙而出。

戰城南

【題　解】樂府舊題，屬漢〈鐃歌古辭〉。《樂府古題要解》卷上：「大略言：戰城南，死郭北，野死不得葬，為烏鳥所食。願為忠臣，朝出攻戰，而暮不得歸也。」此詩寫邊地苦寒之狀及戰士矢志報國之心。在長安任職時所作。

塞北途遼遠，城南戰苦辛。幢旗如鳥翼，甲冑似魚鱗❶。凍水寒傷馬，悲風愁殺人❷。寸心明白日，千里暗黃塵❸。

【注釋】❶幢旗如鳥翼二句　言軍旗之盛，戰士之多。本指支撐旌旗的木杆。後亦代指旌旗。一作「旛」。甲冑，鎧甲和頭盔。❷凍水寒傷馬二句　寒傷馬，用陳琳〈飲馬長城窟行〉「飲馬長城窟，水寒傷馬骨」之意。愁殺人，用〈古詩十九首〉「白楊多悲風，蕭蕭愁殺人」之意。❸寸心明白日二句　寸心，此處指忠心，報國之心。明白日，謂日月可鑒。黃塵，戰爭所起之塵囂。《藝文類聚》卷二十九劉景素〈代收就長路〉詩：「黃塵昏白日，悲風起浮雲。」

【語　譯】塞北之地征途遙遠，在邊城之南激戰多麼辛苦。旌旗像鳥翅一樣翻飛，鎧甲和頭盔像魚的鱗片。冰冷的河水可以凍傷馬骨，呼呼的悲風簡直讓人傷心欲死。我們的報國忠心就像太陽一樣明亮，千里沙場一片昏暗，黃塵四起。

【研　析】此與前數首一樣，是用樂府舊題寫的五言律詩。首聯交代戰爭的地點，展示一個塞外廣袤的背景，暗寓「戰城南，死郭北，野死不葬烏可食」的悲壯。頷聯用近似白描的手法描繪戰場的景象：戰旗獵獵，盔明甲亮，刀光血影隱隱可見。頸聯轉入抒情性的敘述。「凍水寒傷馬」，化用陳琳〈飲馬長城窟行〉詩意，字面是寫馬，實則寫人，而比直寫人更能巧妙地表達邊地苦寒之意；「悲風愁殺人」，直抒胸臆，真實地反映了廣大塞外將士的思想和情緒。尾聯以強烈的對比作結：大漠黃沙遮天之景，渲染出戰爭的激烈；而戰士的心中卻充滿了明亮的陽光。同為寫戰爭苦辛，樂府舊題〈戰城南〉詩中烏雲密布，陰風淒淒。而此詩的格調雄渾激越，抒情主人公不畏辛苦，豪情滿懷，信心百倍，充滿了勝利的希冀。李調元《雨村詩話》評此詩云：「渾厚朴茂，猶開國風氣。」良是。

送梓州周司功

【題解】梓州，因梓潼水而名，屬益州大都督府管轄。州治即今四川三臺。司功，官名。即司功參軍事。唐代於府稱功曹參軍，州稱司功參軍，縣稱司功佐。掌官員、考課、祭祀、禮樂、學校、選舉之事。周司功，不知何人。詩寫送別周司功時依依不捨的心情。在長安任職時所作。

御溝一相送，征馬屢盤桓❶。言笑方無日，離憂獨未寬❷？舉盃聊勸酒，破涕暫為歡❸。別後風清夜，思君蜀路難。

【注釋】❶御溝一相送二句　御溝，本指宮城護城河。《玉臺新詠》古樂府詩〈皚如山上雪〉：「今日斗酒會，明旦溝水頭。躞蹀御溝上，溝水東西流。」後代指朋友分別。征馬，遠行之馬。盤桓，徘徊；逗留。江淹〈別賦〉：「驅征馬而不顧，見行塵之時起。」此反用其意。❷言笑方無日二句　言笑，即談笑。陶淵明〈移居〉：「相思則披衣，言笑無厭時。」無日，無一日間斷。猶言天天。離憂，離別的憂傷。《楚辭・九歌・山鬼》：「思公子兮徒離憂。」獨，豈；難道。寬，寬釋。❸舉盃聊勸酒二句　劉琨〈答盧諶〉：「時復相與舉觴對膝，破涕為笑，排終身之積慘，求數刻之暫歡。譬由疾疢彌年，而欲一丸銷之，其可得乎？」此用其意。

【語譯】在護城河邊送一送您，將要遠行的馬兒一次又一次地在原地徘徊。我們之間正天天談笑不止，離別的憂愁難道沒有得到寬釋？舉起酒杯姑且勸您飲酒，停住流淚，暫時強顏歡笑。離別之後的月白風清之夜，只能思念著您在蜀道上艱難行走的情景了。

【研析】全詩詩意在「盤桓」二字生發。「盤桓」已是依依難捨之沈重情景，盤桓且再且三，下一「屢」字，與「一相送」呈對照，奇意陡出。不說人，而說馬，奇意又深入一層。不說自己送人之不捨，反說對方別己之「盤桓」不捨，奇意又入一層。總之含蓄之至。頷聯反接「盤桓」二字，言數日談笑不斷，難道還不能釋懷？你還有什麼「盤桓」不去的呢？又入一層。正因為談笑無日，方見出其友誼如膠投漆，不能割捨。頸聯順承「盤桓」二字，再勸酒，試圖「暫歡」以忘依依之情，破「盤桓」之景。末聯終是控制不住，交代自己不捨友人的隱情，未來清風明月之夜，而我良友或已在難於上青天之蜀道矣。朋友在難中，我心何得而獨樂耶？語似清亮，而意則澀極。

送楊處士反初卜居曲江

【題　解】處士，未做官的人。楊處士，其人未詳。反初，猶言恢復原來的身分。這裏指從寺僧還入世俗。卜居，定居。曲江，縣名，即今廣東曲江縣。詩寫送楊處士遠赴南國曲江以終老時的離愁別恨。在長安任職時所作。

雁門歸去遠，垂老脫袈裟❶。蕭寺休為客，曹溪便寄家❷。綠琪千歲樹，黃槿四時花❸。別怨應無限，門前桂水斜❹。

【注　釋】❶雁門歸去遠二句　雁門，山名，即句注山。傳云雁出其門，故地有雁門關。在今山西代縣西北三十里。垂老，即將老去。袈裟，和尚披的法衣，由許多長方形布片拼綴而成。❷蕭寺休為客二句　蕭寺，佛寺。因梁武帝蕭衍信奉佛教，大建寺院，因以其姓稱佛寺為蕭寺。客，一作「相」。曹溪，水名。在曲江縣東南雙峯山下。高宗儀鳳中，邑人曹叔良捨宅建寶林寺，因名水為曹溪。❸綠琪千歲樹二句　琪，玗琪樹。傳說中的仙樹。《山海經‧海內西經》：「開明北有視肉珠樹、文玉樹、玗琪樹。」黃槿，即木槿。常綠喬木。分布於今廣東、廣西和臺灣地區。木槿花黃，故稱黃槿。四時，即四季。❹門前桂水斜　據《漢書・地理志八》，曲江屬桂陽郡。桂陽郡有桂水。顏師古注引應劭曰：「桂水所出，東北入湘。」又，《楚辭・招隱士》：「桂樹叢生兮山之幽，……攀援桂枝兮聊淹留。」此或言隱居之所有桂樹、溪水，故稱桂水。

【語　譯】就像大雁從雁門歸家，路途遙遠，您將近老年而脫下袈裟。不再做佛寺中的僧客，去到曲江的曹溪就便安家。那裏有千年常綠的玗琪仙樹，高大的木槿一年四季開著黃色的花。我們分別的憂傷大約沒有盡頭，就像您門前的桂水斜斜地流淌。

【研　析】首四句應題，敘楊處士垂老還俗卜居曲江之事。又將此事比喻為大雁的南歸，語巧極而不見其巧，樸實貼切，耐人回味。後四句補足題中「卜居曲江」四字，以虛筆寫曲江之奇美、離思之深長。以美景寫深情，其用意在與前「垂老」二字形成照應。垂老而別，言與楊處士交誼之厚；「千歲」、「四時」之樹、花，亦是對垂老之人的良好祝願。語淺而味厚。

送劉校書從軍

【題　解】校書，掌校理典籍之官。漢有校書郎中，三國魏始置秘書省校書郎。唐人以是職為起家之良選。劉校書，不知何人。詩寫送劉校書從軍時依依不捨之情，並讚校書文武雙全，必得大用。在長安任職時所作。

天將下三宮，星門召五戎❶。坐謀資廟略，飛檄佇文雄❷。赤土流星劍，烏號明月弓❸。秋陰生蜀道，殺氣繞湟中❹。風雨何年別，琴尊此日同❺。離亭不可望，溝水自西東❻。

【注　釋】❶天將下三宮二句　天將，天子之兵將。三宮，《漢書·終軍傳》：「三宮之文質。」服虔注：「明堂、辟雍、靈臺為三宮。」後因以三宮指朝廷。星門，猶軍門。《隋書·天文志中》：「北落師門一星，在羽林南。……師，眾也。師門猶軍門也。長安城北門曰北落門，以象北也。主非常，以候兵。有星守之，虜入塞中，兵起。」召，一作「啟」。五戎，五種兵車，代指軍隊。❷坐謀資廟略二句　資，幫助。廟略，猶言廟算，指朝廷的重大決策。廟，廟堂；朝廷。飛檄，速遞檄文。檄，多用於聲討和征伐的文書。《晉書·慕容暐載記》：「飛檄三輔，仁聲先路。」佇，待。文雄，言文詞之雄壯者。此指劉校書。❸赤土流星劍二句　赤土，紅土。《晉書·張華傳》：傳說三國時，斗、牛二星之間常有紫氣。雷煥掘豐城獄，得雙劍曰龍泉、太阿，以一送張華。雷煥以南昌紅土拭劍，張華以為不如用華陰赤土。因以一斤致煥，煥更以拭劍，倍益精明。流星，形容寶劍之美。《文選》張協〈七命〉：「流綺星連，浮彩艷發。」李善注：「《越絕書》曰：王取純鉤，薛燭觀其鈲，爛如列星之行。」烏號，良弓名。傳云黃帝鑄鼎於荊山下，得道而仙，乘龍而上。從者七十餘人，乃悉持龍髯。龍髯拔墮，墮黃帝之弓，百姓乃抱其弓與胡髯號哭。故後世因名其處曰鼎湖，其弓曰烏號。見《史記·封禪書》。或云烏號乃桑柘枝所製也。見《文選》枚乘〈七發〉「左烏號之雕弓」李善注。明月，以弓持滿有如月圓也。❹秋陰生蜀道二句　蜀道，蜀中的道路，古稱險阻難行。殺氣，殺伐之氣。指戰事。湟中，指今青海省湟水兩岸，為羌、月氏胡等少數民族聚居處。此泛指邊塞。❺風雨何年別二句　風雨，喻指人生聚散離合。何年，說不定哪年。猶言隨時。琴尊，琴與酒杯。即彈琴飲酒為歡。尊，同「樽」。❻離亭不可望二句　離亭，路旁驛亭。見〈送豐城王少府〉注❷。溝水，御溝水。本指宮城護城河，古常以代指朋友分別。見〈送梓州周司功〉注❶。

【語　譯】天子的兵將從三宮派下來，軍門召集各路軍隊。坐在帷帳之內謀劃，為朝廷的重大決策奉獻智慧，速遞檄文，有待於您這等文壇豪雄。寶劍像用華陰赤土擦拭過，如流星般閃光，張著烏號般的美弓，滿如明月。秋天的陰霾籠罩著艱難的蜀道，殺伐之氣在湟中繚繞不去。人生如風雨聚散，我與您隨時都可能分別，今日且聚在一起彈琴舉杯。不忍心去路旁的驛亭瞭望，我們即將像御溝的流水各奔東西。

【研　析】詩的前半截從開首至「烏號明月弓」，寫詩題之「劉校書從軍」。首二句，寫戰爭的神秘氣氛。「天將下三宮」，閃耀著戰無不勝的神奇色彩，帶一種朝氣蓬勃的基調。次二句，美言劉校書之地位與才華。「資廟略」，與首二句緊銜，說不定這次的軍事行動，其中就有劉校書的計畫。「飛檄」，點明劉校書從軍之職任頗重——為軍中書記，草寫檄文。「佇」，逗起「從軍」之意。五、六二句，寫從軍，借弓劍而反襯其才美、勇武。

詩的後半截自「秋陰生蜀道」至詩末，著力寫詩題中「送」之一字。「秋陰生蜀道」二句，點明當時戰爭的緊張形勢，與「天將下三宮」二句相呼應。「風雨何年別」二句，寫人生之聚少離多。末二句，「不可望」而實望之，言分別之不由人，見雙方依依不捨之情。前後穿插照應，曲盡其妙。

遊廢觀

【題解】詩寫遊廢觀時所見所感，抒其厭惡俗塵而嚮往清靜生活之志。未知何時何地所作。

青嶂倚丹田，荒涼數百年❶。猶知小山桂，尚識大羅天❷。藥敗金爐火，苔昏玉女泉❸。歲時無壁畫，朝夕有階煙❹。花柳三春節，江山四望懸❺。悠然出塵網，從此狎神仙❻。

【注釋】❶青嶂倚丹田二句　青嶂，如屏障似的青山。丹田，道家謂煉丹之所，即道觀。沈約〈鍾山詩應西陽王教〉：「鬱律構丹巘，崚嶒起青嶂。」涼，一作「原」。❷猶知小山桂二句　猶，一作「獨」。小山，即淮南小山，西漢淮南王劉安的一部分門客的共稱。為招致山谷潛伏之士，曾撰〈招隱士〉一篇，有云：「桂樹叢生兮山之幽，偃蹇連蜷兮枝相繚……攀援桂枝兮聊淹留。」此指隱居於青山之觀中。大羅天，道教所稱三十六天中最高一重天。舊題晉葛洪《枕中書》引《真記》：「去都玉京七寶山，周回九萬里，在大羅之上。」此指廢觀。❸藥敗金爐火二句　敗，毀壞。金爐，煉丹之具。《靈寶五符經》卷下：「白玉嵯峨，甘泉無窮。日月垂光，金鑪隆崇。或在離宮，或在命門。歷火過水，經方入圓。」玉女泉，殆煉丹爐旁的水池名。❹歲時無壁畫二句　歲時，每年一定的季節或時間。此言道教舉每年行祭祀活動之時。壁畫，魏晉到唐宋時期，佛道兩教盛行在寺院道觀壁上繪菩薩像。《洞玄靈寶三洞奉道科戒營始》卷二「造像品」：「科曰：夫大像無形，至真無色。……所以存真者，係想聖容，故以丹青金碧，摹圖形相。……十二者素畫，十三者壁畫……一念發心，得福無量。」階煙，言荒廢的臺階雲霧繚繞。❺花柳三春節二句　花柳，鮮花和楊柳。此泛指春景。節，到達盛開的時節。懸，猶懸隔。❻悠然出塵網二句　出塵網，猶言掙脫塵世間名利的束縛。江淹〈許徵君自序〉：「五難既灑落，超跡絕塵網。」狎神仙，與神仙為友。狎，親近；親密。一作「學」。

【語譯】煉丹之道觀倚著屏障似的青山，荒涼了幾百年。依然能認出淮南小山招隱的那棵桂樹，還能辨識大羅之天的痕跡。金爐的火早已熄滅，丹藥也毀敗，玉女泉邊長滿昏暗的苔蘚。見不到每年舉行祭祀活動之時的壁畫，只早晚有煙靄在石階上繚繞。春日裏鮮花盛開，楊柳依依，眺望四方，江山懸隔阻絕。安然澹泊地脫離世俗的糾纏，從此去學神仙之道。

【研析】詩首至「朝夕有階煙」八句，著力描寫廢觀之所見。首二句，「青」、「丹」二形容詞的連用，頗能給人視覺的刺激。這無疑是一個美的所在。然緊接以「荒涼」二字承之，且荒涼年代久遠，幾乎為人忘卻，未免使人抱惜感歎久之。三、四二句承第一句，言此處道觀的特徵尤可辨識；五、六、七、八四句，著意寫其荒廢毀敗之景。此數句雖句句寫廢觀，然句句可見「遊」字在其中。「花柳三春節」以下四句，寫「遊廢觀」之所感。「花柳」句寫遊之時間，也描畫出一片生機盎然之景；此句從「荒涼數百年」轉出，與荒涼之景形成強烈的對比。「江山四望懸」句，從「青嶂倚丹田」句轉出，展現一片開闊明朗之氣象。廢觀之內儘管荒敗，然而清靜，是修身養性之良所；而廢觀之外天地清明，不也是悠然嚮往的神仙境界嗎？於是自然逗出末二句之「出塵網」、「狎神仙」。此詩當寫出貶謫蜀地時。作者的心情無疑是煩悶頹唐的。「出塵網」、「狎神仙」之類，似乎只是自寬之辭。

和石侍御山莊

【題解】石侍御，即石抱忠，名屬文，長安人。初置右臺，自清道率府長史為殿中侍御史。《新唐書》有傳。作者〈庭菊賦〉亦提及其人。此詩寫山莊清雅之景及超凡脫俗的生活。約於永淳初年為酬和石侍御〈山莊〉詩而作。

煙霞非俗宇，巖壑只幽居❶。水浸何曾畎❷，荒郊不復鋤。影濃山樹密，香淺澤花疏。闊塹防斜徑❸，平堤夾小渠。蓮房若箇實，竹節幾竿虛❹。蕭然隔城市，酌醴焚枯魚❺。

【注釋】❶煙霞非俗宇二句　煙霞，優美的山林風景。非俗宇，謂山莊屋宇不俗。非，一作「排」。宇，一作「累」。幽居，寧靜的隱居之所。❷水浸何曾畎　水浸，猶言陂塘、湖澤。畎，疏通。一作「畝」。❸闊塹防斜徑　塹，壕溝。防，隔斷。❹蓮房若箇實二句　蓮房，即蓮蓬。若箇，即幾個。竿，一作「重」。❺蕭然隔城市二句　蕭然，瀟灑；悠閒。《抱朴子・刺驕》：「高蹈獨往，蕭然自得。」醴，酒。焚，燒烤魚以供食。一作「夢」。枯魚，乾魚。應璩〈百一詩〉：「田家無所有，酌醴焚枯魚。」

【語譯】優美的山林風光中沒有庸俗之地，山巖深谷之間只有這座寧靜的隱居之所。陂塘什麼時候疏浚過？荒涼的郊野也不再去鋤理它。樹蔭深濃，因為山間樹林很密，香氣淺淡，因為湖澤中的野花稀疏。寬闊的壕溝阻斷了歪斜的小路，平坦的堤壩夾著小水渠。蓮蓬有幾個已經結子，又有幾竿虛心的竹子節節往上長出。瀟灑地與喧嚷的城市隔絕，飲著清酒，吃著燒烤的乾魚。

【研　析】此詩著力所寫山莊的不俗與幽靜。開首二句以「煙霞」二字襯托山莊之高雅脫俗，以「巖壑」二字點明山莊乃人跡不到之幽處。「水浸何曾畎」至「香淺澤花踈」四句，言山莊之自然而不著人工痕跡，以「影」之視覺和「香」之嗅覺寫山莊之幽。因不曾畎，故花疏而香淺；因不復鋤，故樹密而影濃。「閣塹防斜徑」至「竹節幾竿虛」四句，以「防」、「夾」二字，寫山莊人工布置之美；以蓮「實」竹「虛」，寫山莊之雅致。詩末「蕭然隔城市」句，言其幽；「酌醴焚枯魚」句，言其雅，亦暗合題中「和」之一字，不僅言山莊之雅，而主人更雅。

和崔司空傷姬

【題　解】司空，主管囚徒的官。崔司空，未知何人。和，酬和也。此詩哀悼崔司空姬之亡，並對崔司空寄予深厚同情。當在長安任職時為酬和崔司空〈傷姬〉詩而作。題一本「姬」下有「人」字。

昔時南浦別，鶴怨寶琴絃❶。今日東方至，鸞銷珠鏡前❷。水流銜砌咽❸，月影向牕懸。粉匣棲餘淚，薰爐滅舊煙❹。晚庭摧玉樹，寒帳委金蓮❺。佳人不再得，白日幾千年❻。

【注　釋】❶昔時南浦別二句　南浦，南方的水濱。泛指送別之地。《文選》江淹〈別賦〉：「送君南浦。」張銑注：「南浦，送別之處。」鶴怨，琴曲有〈別鶴操〉。崔豹《古今注》：「〈別鶴操〉，商陵牧子所作也。娶妻五年而無子，父兄將為之改娶。妻聞之，中夜起，倚戶而悲嘯。牧子聞之，愴然而悲，乃援琴而歌。後人因為樂章焉。」❷今日東方至二句　言崔司空剛到家而姬亡。東方至，〈古豔歌羅敷行〉：「東方千餘騎，夫婿居上頭。何以識夫婿，白馬從驪駒。」此指崔司空至家。

鸞鎖珠鏡，傳聞昔罽賓王獲一鸞鳥，甚愛之。飾以金樊，饗以珍羞，而戚容不改，三年不鳴。乃懸鏡以映之，鸞睹鏡見同類之影，悲鳴哀響，沖霄一奮而絕。見范泰〈鸞鳥詩序〉。此指姬亡。❸水流衝砌咽　衝，一作「銜」。砌，臺階。❹粉匣棲餘淚二句　粉匣棲餘淚，一作「妝匣淒餘粉」。粉匣，婦女裝胭脂香粉的匣子。薰爐，用於燻香的爐子。薰，一作「熏」。滅，一作「減」。❺晚庭摧玉樹二句　玉樹，美好的樹木。多喻美好的子弟。《晉書・謝玄傳》：「玄與從兄朗，俱為叔安所器重。……譬如芝蘭玉樹，欲其生於庭階耳。」此轉指美麗的姬人。摧，毀折。亦即死亡。《隋書・五行志》：「禎明中，後主作新歌詞，甚哀怨……其詞曰：『玉樹後庭花，花開不復久。』時人以歌讖，此其不久兆也。」委，通「萎」。衰亡。金蓮，金製的蓮花。《南史・齊紀下・廢帝東昏侯》：「鑿金為蓮華以帖地，令潘妃行其上，曰：『此步步生蓮華也。』」後因以稱美人步態之美。此處代指姬人。❻佳人不再得二句　佳人，謂美人。《玉臺新詠》李延年〈歌詩〉：「北方有佳人，絕世而獨立。一顧傾人城，再顧傾人國。傾城復傾國，佳人難再得。」白日幾千年，謂永遠不能重見陽光。《西京雜記》卷四載：滕公（夏侯嬰）駕至東都門，馬不肯前，以足跑地久之。掘地得石槨，上有銘曰：「佳城鬱鬱，三千年，見白日。吁嗟滕公，居此室。」滕公死遂葬焉。陶淵明〈擬挽歌辭〉：「幽室一已閉，千年不復朝。」白，一作「雲」。

【語　譯】昔日在南浦一別，你在寶琴弦上奏著哀怨的〈別鶴操〉。今日東方的夫婿剛回來，鸞鳥卻在珠鏡之前消逝。水流撞擊著石階發出悲傷的嗚咽聲，月亮孤單地懸掛在窗前。香粉盒還殘存著你的淚水，薰爐已經不再冒香煙。黃昏的屋旁，一棵玉樹被風摧折，冷寂的帷帳中美麗的金蓮凋萎了。今生不會再遇見這樣的佳人，她長眠墓中再也見不到太陽。

【研　析】詩首二句敘生離。此是姬之所傷，而崔司空之歉疚、自責隱在其中。三四二句敘死別，此是傷姬。生離之下即將重逢，本是苦盡甘來，樂莫樂焉；不曾想迎接崔司空的卻是永別，樂極而生悲，悲何如哉。「水流」二句，側筆渲染其悲傷、孤單之狀。「粉匣」二句，承「鶴怨」句而來，悼姬傷之狀；「晚庭」二句，接「鸞鎖」句，反復言傷姬之情。末二句作結，言悔恨無地、相思不絕。亦合題中「和」之一字，是作者傷姬，亦傷崔司空之辭。詩中多用故典，於傷之一字加倍焉。且迴環往復，纏綿悱惻，淒美之至。

和蹇右丞省中暮望

【題解】右丞，尚書右丞。唐制，尚書省設左右丞各一人，掌辨六官之儀，糾正省內，劾御史舉不當者。蹇右丞，疑指蹇味道。陳子昂〈賢不可疑科〉有「如裴炎、劉禕之、蹇味道、周思茂，固蒙神皇信任之矣。然竟背德辜恩……」之語。省，指尚書省。和，酬和。詩於高宗永淳年間（西元六八二年）在長安任職時為酬和蹇右丞之〈省中暮望〉詩而作者，讚美尚書省之肅穆、右丞之清雅。

故事閑臺閣，仙門藹已深❶。舊章窺複道，雲幌肅重陰❷。玄律葭灰變，青陽斗柄臨❸。年光搖樹色，春氣繞蘭心❹。風響高窗度，流痕曲岸侵❺。天門揔樞轄，人鏡辨衣簪❻。日暮南宮靜，瑤華振雅音❼。

【注釋】❶故事閑臺閣二句　故事，猶言先例，舊日的慣例。臺閣，指尚書省。龍朔二年，改尚書省曰中臺，光宅元年，曰文昌臺，故云。仙門，宮門。尚書省設在宮廷中，故云。藹，眾多的樣子。❷舊章窺複道二句　舊章，舊日的典章。王先謙《釋名疏證補》「觀」條：「《詩經・子衿》正義引孫炎注：宮門雙闕，舊章懸焉，使民觀之。」複道，架空連接宮闕樓閣的通道。雲幌，高掛著的帷幕。肅，肅瑟；肅殺。重陰，重重陰氣、寒氣。《莊子・田子方》：「至陰肅肅。」成玄英疏：「肅肅，陰氣寒也。」此指寒風峻烈。❸玄律葭灰變二句　玄律，謂冬季十二月。見《文選》謝惠連〈雪賦〉「若乃玄律窮，嚴氣升」呂延濟注。葭灰變，猶言節候變。葭灰，蘆葦灰。古人將葦膜燒成灰，放在十二律管中，置於密室，以測氣候。某一節候來臨，相應律管中的葭灰就會飛出。見《後漢書・律曆志上》。此指春天就要來臨。青陽，即春天。《尸子・仁意》：「春為青陽，夏為朱明。」斗柄臨，斗柄指向了春天的方位。斗柄，北斗七星的第一至第四星象斗，第五至第七星（即玉衡、開陽、搖光）象柄。《鶡冠子・環流》：「斗柄東指，天下皆春；斗柄指南，天下皆夏；斗柄西指，天下皆秋；斗柄北指，天下皆冬。」❹年光搖樹色二句 謂春天來到，草木先知。年光，猶春光。王績〈春桂問答〉之一：「年光隨處滿，何事獨無花？」蘭，芳草。庾信〈詠春近餘雪應詔〉：「絲條變柳色，香氣動蘭心。」❺風響高窗度二句 謂冬去春來的景象。風響，謂春風拂拂。高窗，指尚書省。流痕，謂冰雪融化之跡。沈約〈學省愁臥〉：「愁人掩軒臥，高牕時動扉。」❻天門摠樞轄二句 天門，言皇宮之門。此代指朝廷。門，一作「明」，一作「民」。摠，統管。樞轄，猶言樞紐。中央政府的機要部門。唐設中書、門下、尚書三省，以三省長官中書令、門下侍郎、尚書令共行宰相職權。故此稱尚書省為樞轄。人鏡，以人為鏡。唐太宗曾把魏徵比作人鏡，謂「以銅為鏡，可以正衣冠；以古為鏡，可以知興替；以人為鑒，可以明得失」。貞觀三年，魏徵以秘書監參與朝政，也就是行使宰相的職權。七年，為侍中。尚書省滯訟不決者，詔徵平治。見《新唐書・魏徵傳》。衣簪，衣冠簪纓，古代仕宦的服裝。此借指朝官。❼日暮南宮靜二句 南宮，尚書省的別稱。尚書省象列宿之南宮星，故稱。《後漢書・鄭弘傳》：「建初，為尚書令……弘前後所陳有補益王政者，皆著之南宮，以為故事。」瑤華，即美麗的佩玉。這裏比喻對蹇右丞〈省中暮望〉一詩的美稱，故寫此詩以和之。

【語　譯】按舊日的慣例，尚書省比較清閒，它在重重宮門的深處。從複道中可以窺見宮觀前掛滿的舊日典章，連雲的布幃為重重陰風所吹動。寒冬臘月季節正經歷著變化，斗柄也指向了春天的方位。春光漸漸改變冬日樹木的顏色，春的氣息已經在蘭花草芯中散發。春風從高窗上拂過，開始融化的冰雪水侵向彎曲的河岸。宮門中的尚書省統管著朝廷的機要部門，以人為鏡，糾正百官的偏失。日暮時分南宮靜寂無聲，您美麗的佩玉發出雅正的鏘鏘之音。

【研　析】詩首二句寫題中之「省中」二字，並暗及「望」字，言省中之閒、之深，故能望、可望。「舊章」二句，敘望之過程：既窺複道，又望雲幌；亦寫所望之內容：「舊章」、「重陰」。自「玄律」句至「春氣」句，承「雲幌」句而來，寫由雲幌而念及律曆的變化，冬去春來的生機湧動；由肅重陰而彷彿看到萬物復甦的希望。自「風響」句至「人鏡」句，承「舊章」句而來，寫「複道」之聽覺與視覺，寫「舊章」之尊榮。詩中句式多變，主賓倒置，造成錯落跌宕之美。

和劉侍郎入隆唐觀

【題　解】劉侍郎，指劉守悌。高宗末官至刑部侍郎。楊炯與其兄延嗣垂拱二年（西元六八六年）都因受貶而相遇於梓州，也有交往。參見〈和劉長史答十九兄〉詩注。隆唐觀，《冊府元龜》卷五十三：「後周武帝天和四年二月……仍勅於（潘）師正所居置隆唐觀。」和，酬和。此詩約於高宗永淳元年（西元六八二年）在長安任職時，為酬和劉守悌〈入隆唐觀〉詩而作。寫入觀所見所感，讚隆唐觀位之尊、景之美，亦讚劉侍郎文才之富贍。

福地陰陽合，仙都日月開❶。山川臨四險，城樹隱三臺❷。伏檻排雲出，飛軒遶澗回❸。參差凌倒影，瀟灑軼浮埃❹。百果珠為實，羣峯錦作苔。懸蘿暗疑霧，瀑布響成雷❺。方士燒丹液，真人泛玉杯❻。還如問桃水，更似得蓬萊❼。漢帝求仙日，相如作賦才❽。自然金石奏，何必上天台❾。

【注　釋】❶福地陰陽合二句　福地、仙都，道家謂神仙居住的地方。此處指隆唐觀。陰陽合，謂名山大川可為宮觀、梵宇之福地者，皆陰陽之氣交合蘊萃而成。日月開，謂隆唐觀幽靜廣豁，而日月開明。❷山川臨四險二句　臨，一作「淩」。與後句「參差淩倒影」重，誤。四險，四方險要之地。《史記・劉敬叔孫通列傳》：「且夫秦地被山帶河，四塞以為固。」又，〈留侯世家〉：「夫關中左殽、函，右隴、蜀，此所謂金城千里，天府之國也。」三臺，《初學記》卷二十四引《五經異義》曰：「天子有三臺，靈臺以觀天文，時臺以觀四時施化，囿臺以觀鳥獸魚鱉也。」此指宮觀。❸伏檻排雲出二句　伏檻，登山時可供憑倚的欄檻。伏，憑靠。《楚辭・招魂》：「坐堂伏檻，臨曲池些。」排雲，排開雲層。形容高峻。郭璞〈遊仙詩〉：「神仙排雲出，但見金銀臺。」飛軒，即廊宇。回，曲折。❹參差凌倒影二句　參差，高低不齊的樣子。倒影，指天上最高處，日月之光反由下上照，而於其處下視日月，其影皆倒，故稱天上最高處為「倒影」。《文選》張協〈七命〉：「承倒景而開軒。」李善注《陵陽子明經》：「倒影，氣去地四千里，而景皆倒在下。」此形容道觀所處之地高峻險絕。瀟灑，超逸脫俗貌。軼，超出。❺懸蘿暗疑霧二句　蘿，藤蘿。疑，一作「凝」。瀑布，飛泉懸水。❻方士燒丹液二句　方士、真人，均指道士。丹液，道教稱長生不老之藥。《抱朴子・微旨》：「九丹金液，最是仙主。然事大費重，不可卒辦也。」玉杯，玉製的杯。《史記・孝文本紀》：「十七年，得玉杯，刻曰『人主延壽』。」此指美酒。❼還如問桃水二句　還，又。桃水，即桃花源。陶淵明〈桃花源記〉：晉太元中武陵漁人忽逢桃林夾岸，沿溪而入，逢人，稱為秦時避世者。既出，復至而迷不知處。蓬萊，神話傳說中的海上仙山之一。《史記・秦始皇本紀》：「齊人徐市等上書，言海中有三神山，名曰蓬萊、方丈、瀛洲，仙人居之。請得齋戒，與童男女求之。」❽漢帝求仙日二句　《史記・孝武本紀》：「是時李少君亦以祠灶、穀道、卻老方見上，上尊之。」乃遣方士入海求仙。又，《史記・司馬相如列傳》：相如既奏〈子虛〉之賦，見上好仙道，以為列仙之傳居山澤間，形容甚臞，此非帝王之仙意也，乃作〈大人賦〉。既奏，天子大說，飄飄有凌雲之氣，似游天地之間矣。❾自然金石奏二句　金石奏，《世說新語・文學》：「孫興公作〈天台賦〉成，以示范榮期，云：『卿試擲地，要作金石聲。』」此美稱劉侍郎〈入隆唐觀〉詩。天台，山名。在浙江天台。傳云漢明帝永平五年，剡縣劉晨、阮肇共入天台山，遇二美女，遂留半年。及歸，親舊零落，邑屋改異，無復相識，訊問得七世孫。」見《藝文類聚・山部》引《幽明錄》。

【語　譯】此處洞天福地是陰陽二氣交合薈萃而成，隆唐觀可謂仙都，日月光明而開豁。這裏的山水為四方險峻的關隘所包圍，城郭的樹林隱藏著宮觀。登山時倚伏的欄檻排開雲層往上延伸，高高的屋宇曲折環繞著山澗而建。山頂高高低低的觀宇似乎凌駕於天上最高處，超逸脫俗，高出凡塵之上。各色的果樹結著珠寶一樣的果實，連綿的山峯鋪著錦繡似的青苔。高懸的暗綠色藤蘿彷彿青霧，瀑布飛流而下，響若巨雷。方術之士在燒製丹藥，神仙似的道士在悠閒地飲著美酒。猶如尋找到了桃花源之水，又像登上了蓬萊仙山。今日就好像漢武帝求仙之時，您又有司馬相如作賦的才華。自然能寫出擲地有聲的佳作，何必要像劉晨、阮肇一樣登上那天台山呢。

【研 析】詩首「福地」二句，言隆唐觀地形之美，陰陽和諧，日月明媚；「山川」二句，扣緊前二句，言隆唐觀位置之尊：都城所在的關中地區地勢險要，為天府之國，此為觀之「福」；而隆唐觀即建築在都城城郊的樹蔭裏，此為觀之「仙」也。「伏檻」四句，敘「入」觀之過程，「排雲」而「遶澗」，「凌倒影」而「軼浮埃」。此又回應首二句之「日月開」與「陰陽合」的大氣象。「百果」以下六句寫入隆唐觀所見：百果、羣峯、懸蘿、瀑布、丹液、玉杯之類的描寫，活現了一個「福地」、「仙都」的神話世界，即使作者再多描寫幾個、十幾個如此的圖景，讀者亦不多嫌。「還如」二句，概寫入觀之所感：言福地如「桃水」，「仙都」似「蓬萊」也。「漢帝」以下四句，落實題中之「和」字。「漢帝求仙日」讚隆唐觀之建置；「相如作賦才」讚劉侍郎之才美。「自然」二句讚劉侍郎之〈入隆唐觀〉詩。全詩結構縝密，重點突出，用典不著痕跡。

和輔先入昊天觀

【題 解】輔先，未知何人。昊天觀，在長安萬年縣保寧坊。宋敏求《長安志》卷七：「貞觀初為晉王宅。顯慶元年，為太宗追福，立為觀。高宗御書額並製歌。」和，酬和。此詩敘輔先入昊天觀之盛舉，讚昊天觀之宏大氣勢及君主之英明。未知何時作。一本題作〈和輔先入昊天觀星瞻〉。

遁甲爰皇里，星占太乙宮❶。天門開奕奕，佳氣鬱蔥蔥❷。碧落三乾外，黃圖四海中❸。邑居環弱水，城闕抵新豐❹。玉檻崐崘側，金樞地軸東❺。上真朝北斗，元始詠〈南風〉❻。漢君祠五帝，淮王禮八公❼。道書藏竹簡，靈液灌梧桐❽。草茂瓊階綠，花繁寶樹紅❾。石樓紛似畫，地鏡❿淼如空。桑海年應積，桃源路不窮⑪。黃軒若有問，三月住崆峒⑫。

【注　釋】❶遁甲爰皇里二句　遁甲，古代方術之一種，又稱奇門遁甲。以除「甲」之外天干中的九干變化組合來推算人或國家的吉凶禍福，因「甲」隱而不露，故稱「遁甲」。爰皇，此指通曉方術之道士。《太平御覽・時序部二》：「〈遁甲開山圖榮氏解〉曰：五龍，受爰皇後君也。兄弟四人，皆人面龍身。……父子同得仙，治在五方。今五行之神也。」星占，以星象占驗吉凶的方術。一作「占星」。太乙，傳說中的天神。《古今合璧事類備要》卷五十九「宮觀門」「漢武帝祠太乙于甘泉。時有祠名，而無其宮也。」爰皇里、太乙宮，均指昊天觀。❷天門開奕奕二句　天門，天宮之門。奕奕，開闊清朗之意。《漢書・禮樂志》：「天門開，詄蕩蕩。」佳氣，美好的雲氣。古以為祥瑞之象。❸碧落三乾外二句　碧落，即天空。三乾，猶三天。道教稱清微天、禹余天、大赤天為三天。黃圖，本指書名。《隋書・經籍志》著錄《黃圖》一卷，言京城三輔宮觀、陵廟、辟雍、郊畤等事。此借指中國。王勃〈九成宮頌〉：「曦望環周，未出黃圖之域。」四海，古以為中國四境有東海、南海、西海、北海環繞。《尚書・益稷》：「予決九川，距四海。」❹邑居環弱水二句　弱水，即今甘肅境內的張掖河，俗稱黑河。《尚書・禹貢》：「導弱水，至于合黎，餘波入于流沙。」弱，一作「若」。新豐，縣邑名，漢高祖七年，劉邦為綏太上皇故鄉之思，依照家鄉豐縣街道的格局，改建秦驪邑而成。故城在今陝西臨潼東北。❺玉檻崐崘側二句　玉檻，玉石欄杆。《山海經・海內西經》：「崑崙之墟，方八百里……面有九井，以玉為檻。」崐崘，又作昆侖，山名，亦道家所稱的仙境，相傳為西王母所居。金樞，門上轉軸之美稱。地軸，古代傳說中大地的軸。張華《博物志》卷一：「地有三千六百軸，犬牙相舉。」❻上真朝北斗二句　上真，猶言上仙。真，真人；仙人。此殆指輔先。北斗，天樞、天璇、天璣、天權、玉衡、開陽和搖光七星因在北天排列成斗（或勺）形，故稱。後以指京城。《三輔黃圖・漢長安故城》：「城南為南斗形，北為北斗形，至今人呼漢京城為斗城。」此指京城的昊天觀。元始，即元始天尊，是道教神仙中的第一位尊神。《初學記》卷二十三引《太玄真一本際經》云：「無宗無上，而獨能為萬物之始，故名元始。」此似指高宗皇帝，以唐主自稱老子之後故。南風，詩名。相傳為舜所作。《孔子家語・辨樂解》：「昔者舜彈五弦之琴，造〈南風〉之詩。其詩曰：『南風之薰兮，可以解吾民之慍兮……』」❼漢君祠五帝二句　祠，祭祀。五帝，《史記・五帝本紀》以黃帝、顓頊、帝嚳、堯、舜為五帝。八公，指漢淮南王劉安的八個門客蘇非、李尚、左吳、田由、雷被、毛被、伍被、晉昌。見高誘〈淮南子注序〉。魏晉以後，八公被道家附會為神仙。❽道

書藏竹簡二句　道書，指道教典籍。藏，一作「編」。靈液，即仙液。郭璞〈遊仙詩〉：「圓丘有奇草，鍾山出靈液。」液，一作「藥」。梧桐，道家以為聖潔之樹木。《莊子・秋水》：「鵷鶵發於南海而飛於北海，非梧桐不止，非練實不食，非醴泉不飲。」❾草茂瓊階綠二句　茂，一作「蔓」。瓊階，玉階。階之美稱。寶樹，道教傳說中生長於仙山之樹。《無上秘要》卷二十三：「太上無極虛皇大道君治在玉京山七寶樹。」吳筠〈思還淳賦〉：「寶樹瓊軒，凌雲照日。」❿地鏡　傳說中的寶鏡。《庾子山集・道士步虛詞之九》倪璠注引《地鏡圖》云：「欲知寶所在地，以大鏡夜照，見影若光在鏡中者，物在下也。」此指昊天觀中的池水。⓫桑海年應積二句　桑海，桑田滄海的省稱。《神仙傳・麻姑》：「麻姑自說云，接待以來，已見滄海三為桑田。」比喻世事變遷巨大。桃源，陶淵明〈桃花源記〉中虛構的和平安樂的理想社會。參見〈和劉侍郎入隆唐觀〉注❼。⓬黃軒若有問二句　黃軒，黃帝軒轅氏的簡稱。黃帝被道家奉為始祖，與老子並稱，號「黃老」。住，一作「往」。崆峒，又作空同，山名。黃帝曾在崆峒山見廣成子問道。地在今甘肅平源西。見《莊子・在宥》。

【語　譯】在爰皇里操弄遁甲之術，在太乙宮中占驗星象。天宮之門敞開，光明閃亮，美好的雲氣鬱鬱蔥蔥。碧藍的天空在微天、禹余天、大赤天之上，莊嚴的中國在四海之中。里邑住宅被弱水所環繞，宮殿一直連到新豐。玉石欄杆在西王母所居的崑崙山之側，天門的轉軸在地軸的東部。真仙來京城朝拜，元始天尊高詠〈南風〉之詩。漢主祀奉上古的五帝，淮南王禮拜著名的八公。竹簡之中蘊藏著深奧的道典精義，仙露澆灌著聖潔的梧桐。春草繁茂，玉階變綠，鮮花盛開，仙樹紅豔豔。石樓座座聳立如美麗的圖畫，地鏡似的池水浩淼如天空。桑田變滄海，年歲應已久遠，通往桃花源沒有盡頭。黃帝軒轅氏如果問起，我在春三月住入崆峒之山。

【研　析】昊，元氣博大貌。《尚書・堯典》：「乃命羲和，欽若昊天，歷象日月星辰，敬授人時。」又，西方曰昊天。觀名寓此二意。首二句寫入昊天觀所為，「遁甲」、「星占」冠諸詩句乃至全篇之首，撲面給人帶來一種莊嚴隆重、肅穆神秘的氣氛，應昊天觀命名之深意。亦暗示輔先此次入昊天觀是配合國家祭祀活動而來。這二句給全詩定下了如此基調，以下便逐次演繹開來。「天門」四句寫「遁甲」、「星占」之象。其中「天門」二句之「奕奕」、「蔥蔥」，寫天門開闊而佳氣濃郁之狀。「碧落」二句寫天門開之後所仰見與俯視所得的深遠宏大之景。「碧落」二句與「天門」二句實際應該倒置，然以「天門」二句置前者，乃是為了突出表現國力的強盛、國運的吉祥。「邑居」以下四句寫爰皇里之「環弱水」、「抵新豐」，以及太乙宮之「崐崘側」、「地軸東」的地理位置和宏偉氣象。此四句實際又與前四句形成一個倒置結構。「上真」四句，敘輔先入觀之原因。「上真」、「八公」，指輔先等道士；「元始」、「漢君」，指當今君主。此與詩首二句遙接。「朝」、「詠」、「祠」、「禮」，即為「遁甲」「星占」而來者。「道書」以下八句著力寫入昊天觀所見：「竹簡」、「道書」、「靈液」、「梧桐」，乃道觀之標誌所在。所描寫之瓊階草、寶樹花、石樓、地鏡等，與前之「邑居」四句形成呼應。「桑海」以下四句，著重點明入昊天觀之時間。總體說來，此詩最大的特點是：大倒置結構中套小倒置結構，以突出「昊天」之印象。

和酬虢州李司法

【題　解】虢州，今屬河南靈寶。司法，官名。主刑法。唐制：在府稱法曹參軍，在州稱司法參軍。李司法，未知何人。此詩讚虢州地理之不凡、李司法性情之高雅，亦敘及與李司法之交誼。當在長安任職時為酬和李司法贈詩而作。

脣齒標形勝，關河壯邑居❶。寒山抵方伯，秋水面鴻臚❷。君子從游宦，忘情任卷舒❸。風霜下刀筆，軒蓋擁門閭❹。平野芸黃變，長洲鴻雁初❺。菊花宜泛酒，蒲葉好裁書❻。昔我芝蘭契，悠然雲雨疎❼。非君重千里，誰肯惠雙魚❽。

【注　釋】❶脣齒標形勝二句　寫虢州地理形勢。脣齒，《左傳》僖公五年：晉侯復假道於虞（今山西平陸）以伐虢。宮之奇諫曰：「虢，虞之表也；虢亡，虞必從之。……諺所謂『輔車相依，唇亡齒寒』者，其虞、虢之謂也。」標，表明。形勝，地理形勢優越。關河，虢州北瀕黃河，與潼關接壤。壯，使雄壯。邑居，州邑所在地。❷寒山抵方伯二句　方伯，指方伯堆。在虢州弘農縣東南五里，宋奮武將軍魯方平所築。鴻臚，水名。過弘農縣北十五里，入靈寶界，溉田四百餘頃。並見《元和郡縣志》卷七。❸君子從遊宦二句　從，隨意。遊宦，指外出求官或做官。卷舒，收斂與舒張。指隱居或出仕。《淮南子・俶真》：「盈縮卷舒，與時變化。外從其風，內守其性。」❹風霜下刀筆二句　風霜，本指天氣的寒冷。此形容李司法製作文書之犀利。刀筆，古時書寫於竹簡，有誤則用刀削去，以筆重寫。此指法律案牘。《史記・李斯列傳》：「高固內官之廝役也，幸得以刀筆之文進入秦宮，管事二十餘年。」軒蓋，指豪貴所乘之車蓋。門閭，里巷。❺平野芸黃變二句　平野，平坦廣闊的原野。芸黃，形容花草枯萎焦黃。《詩經・小雅・苕之華》：「苕之華，芸其黃矣。」孔穎達疏：「芸為極黃之貌。」芸，一作「雲」。變，一作「遍」。長洲，水中長形陸地。《楚辭・九章・思美人》：「擥大薄之芳茝兮，搴長洲之宿莽。」洲，一作「州」。鴻雁初，即鴻雁剛剛南飛。❻菊花宜泛酒二句　《西京雜記》：「菊華舒時，并采莖葉，雜黍米釀之。至來年九月九日始熟，就飲焉，故謂之菊華酒。」陶淵明〈飲酒〉：「采菊東籬下。」蒲葉，《漢書・路溫舒傳》：溫舒少時牧羊，取澤中蒲，截以為牒編，用寫書。稍習善，求為獄小吏，因學律令，轉為獄史，縣中疑事皆問焉。主張「尚德緩刑」、「省法制，寬刑法」。此以比李司法。❼昔我芝蘭契二句　芝蘭契，芝、蘭均為香草，喻指君子之交。契，契合。悠然，久遠的樣子。悠，一作「攸」。雲雨，古常以喻分離。王粲〈贈蔡子篤〉詩：「風流雲散，一別如雨。」❽非君重千里二句　重千里，朋友之間的情誼，雖遠別而不忘。曹丕〈代劉勛妻王氏見出而為之詩〉：「誰言去婦薄，去婦情更重。千里不唾井，況乃昔所奉。」謂嘗飲此井，雖捨而去之，亦不忍唾也。又，何遜〈相送絕句〉：「客心已百念，孤遊重千里。」雙魚，書信。〈古樂府〉：「客從遠方來，遺我雙鯉魚。呼兒烹鯉魚，中有尺素書。」後因以雙鯉魚或雙魚代指書信。此代指李司法之贈詩。

【語　譯】自古虢國與虞國互為唇齒，虢稱形勝，臨近潼關與黃河，使城邑顯得很雄壯。寒山連綿直伸向方伯堆，一泓秋水迎接著鴻臚河。君子在外宦遊，不管是從政還是隱居，都悠然自得。製作文書的刀筆如風霜般犀利，貴人的車蓋填滿門閭。平坦廣闊的原野上花草枯萎焦黃，水中的沙洲聚集著剛剛南還的大雁。金黃的菊花最適於泡酒喝，澤中的蒲葉最方便裁為牒編來寫書。往日您是我最要好的朋友，卻久久地像雨雲一樣分離。如果不是重視千里分別的友誼，誰肯惠賜我這封詩函。

【研　析】前四句言虢州之文化地理：這裏歷史悠久，形勢險要，有著名的方伯堆和鴻臚水。「關河」與「唇齒」相應。方伯、鴻臚雖是山水名，又是職官名，故其中有雙關之意。直接逗起「遊宦」一詞。其中四個動詞頗可玩味。「標」，言其突出；「壯」，言其雄偉；「扺」，言山脈之綿長；「面」，言水域之寬闊。此皆有「君子」正大之象。有此背景，「君子」遊宦方能任意舒卷，忘情超俗。此並未明言君子即李司法，然李司法定然是來宦虢州的君子之一員。「風霜」，言下刀筆之峻厲也。有此吏才，方有「軒蓋擁門閭」的盛況。此李之「舒」也。「平野」二句言季節的變化，草木衰落，大雁南歸。此中雖未言及人事，但人事之變更已隱然於其中矣。不提及，故可稱「忘情」。「菊花」二句，正面用陶淵明飲菊花酒之故事，反其意用路溫舒少時裁蒲葉寫書之事，以勸慰李司法年歲老大而寫書，寫足了「卷」之一字。「昔我」以下四句，言與好友的分別，以「悠然」二字形容之，似乎「忘情」；而「惠雙魚」則明其「重千里」，則又非「忘情」者。有所為，有所不為，此非君子而何？

和旻上人傷果禪師

【題　解】上人、禪師，對德行高尚之僧人的敬稱。楊炯有〈送并州旻上人詩序〉，云：「雞山法眾，餞行於素滻之濱；麟閣良朋，祖送於青門之外。」則旻上人殆并州人，楊炯與旻上人在長安相識，此詩亦當作於長安，為酬和旻上人〈傷果禪師〉詩者。果禪師，未詳。詩敘及果禪師在生時之高德及殊榮，對其寂滅深表痛惜。

淨業初中日，浮生大小年❶。無人本無我，非後亦非前❷。簫鼓旁喧地，龍蛇真應天❸。法門摧棟宇，覺海破舟船❹。書鎮秦王餉，經文宋國傳❺。聲華周百億，風烈被三千❻。蕪沒青園寺，荒涼紫陌田❼。德音殊未遠，拱木已生煙❽。

【注釋】❶淨業初中日二句　淨業，佛家語。業，指身、口、意三方面的活動，稱三業。這些業又分為善、不善、非善非不善三種。淨業是清淨之善業，意指出家為僧。初中日，即初日和中日。《金剛經·持經功德品》：「須菩提！若有善男子、善女人初日分以恒河沙等身布施，中日分復以恒河沙等身布施，後日分亦以恒河沙等身布施，如是無量百千萬億劫以身布施；若復有人聞此經典，信心不逆，其福勝彼。」此指不斷地修習淨業。浮生，猶言人生。《莊子·刻意》：「其生若浮，其死若休。」大小年，指年壽的長短。《莊子·逍遙遊》：「小知不及大知，小年不及大年。」❷無人本無我二句　無我，佛家語，亦云非我，即否定世界上有物質上的實在自體的存在。《金剛經·究竟無我分》：「是故佛說：一切法無我、無人、無眾生、無壽者。」非前非後，謂善緣不分先後。《大乘玄論》卷二：「諦智因緣，不一不二，亦非前非後，而為前緣開因緣前後方便之教。」❸簫鼓旁喧地二句　簫鼓，二種樂器名。此指喪葬的樂奏。喧地，震動大地。龍蛇，指辰年和巳年。古代迷信以為凶歲。《後漢書·鄭玄傳》：「五年春，夢孔子告之曰：『起，起，今年歲在辰，來年歲在巳。』既寤，知命當終。」李賢注：「北齊劉晝《高才不遇傳》論玄曰：『辰為龍，巳為蛇，歲至龍蛇賢人嗟，玄以讖合之。』」真應，一作「直映」。應天，順應天命。指果禪師寂滅。❹法門摧棟宇二句　法門，佛家語，指佛門。摧，毀折。棟宇，本指房屋。此言果禪師為法門棟梁。覺海，指佛教。佛以覺悟為宗。海，喻教義之深廣無邊。舟船，喻果禪師為導引眾生到達彼岸之導師。❺書鎮秦王餉二句　書鎮，壓書、紙的文具。秦王，指唐太宗李世民。《新唐書·太宗紀》：「武德元年，為尚書令、右翊衛大將軍，進封秦王。」餉，同「饗」。賞賜。經文，指經書。宋國，指蕭瑀。唐高祖時封為宋國公，世代佞佛。兩《唐書》有傳。傳，遞送。❻聲華周百億二句　聲華，美好的名聲。百億，《金剛經》：「若人以此般若波羅密經，乃至四句偈等，受持讀誦，為他人說，於前福德，百分不及一，百千萬億分，乃至算數譬喻，所不能及。」此亦指世界及眾生。風烈，遺風餘烈。此指其德業福慧。三千，即佛教語三千大千世界。❼蕪沒青園寺二句　青園寺，今南京市郊覆舟山麓有之。東晉恭思皇后褚氏所創。竺道生嘗住此講頓悟成佛之義。劉宋景平元年，佛殿震動，傳有龍升天，遂改名龍光寺。此殆泛指寺廟。紫陌，指帝都郊野的道路。王粲〈羽獵賦〉：「倚紫陌而并征。」❽德音殊未遠二句　德音，善言。《魏書·宗欽傳》：「足下兼愛為心，每能存顧，養之以風味，惠之以德音。」拱木，指墓旁樹木。婉指已死。《左傳》僖公三十二年：「爾何知？中壽，爾墓之木拱矣。」生煙，言樹木茂盛蔥鬱，望之如雲然。

【語 譯】修習淨業，不捨初日分和中日分，人的年壽卻有長有短。佛法本來要消除人、我的執著妄念，善緣也沒有後先之別。簫鼓在一旁奏響，震動大地，賢人在龍蛇之年真應了天命而去。佛門的棟梁摧折了，無邊的覺海喪失了一隻引人去往彼岸的船。所用的書鎮是秦王李世民所賜，所誦習的經文是宋國公蕭瑀所贈送。美好的名聲廣泛流傳在一切眾生之口，德業福慧普及於三千大千世界。青園寺已經掩沒於荒草之間，帝都郊野的田園變得荒涼。您的善言還沒有離我們很遠，墓塔周圍的樹木已長得鬱鬱蔥蔥。

【研 析】詩首「淨業」四句，言佛法大義，辨思無礙，圓轉如珠：只要修持淨業，足以了脫生死。以此說去，生也何喜，死亦何傷。緊接「簫鼓」四句言禪師之死。「喧地」且加「旁」字，不知是傷是喜；「應天」且加「真」字，則知死為生命之喜無疑也。「法門」二句，「摧」、「破」字畢竟是傷。「書鎮」四句，言禪師之生，其遇之殊榮、其德之廣遠，畢竟是喜。大喜與大傷兩相比襯，其傷倍之。故末四句，只一意惋惜。再回頭細看，其實首四句亦正傷禪師恰值「中日分」而去，浮生只得「小年」。所謂「無我」、「無人」、「非前」、「非後」，只可作痛定後之寬釋語看。而「旁」、「真」二字下得尤妙，可見詩人於禪師之死未敢即信，未敢面對。此悲傷之極至也。

和鄭校讎內省眺矚思鄉懷友

【題 解】校讎，官名。唐初中書省崇文館設之，掌校理典籍。鄭校讎，未詳。當曾與作者在崇文館任職時為同僚。內省，指中書省。眺矚，登高望遠。和，酬和之意。從末四句味之，此詩當於任梓州司法參軍時，為酬和鄭校讎〈內省眺望思鄉懷友〉詩而作，在讚美鄭校讎內省生活的同時，抒發己之思鄉懷友之情。

銅門初下辟，石館始沈研❶。遊霧千金字，飛雲五色牋❷。樓臺橫紫極，城闕俯青田❸。暄入瑤房裏，春迴玉宇前❹。霞文埋落照，風物澹歸煙❺。翰墨三餘隙，關山四望懸❻。頹風暌酌羽，流水曠鳴絃❼。雖欣承〈白雪〉，終恨隔青天❽。

【注釋】❶銅門初下辟二句　銅門，猶金門，即金馬門，漢官署門，在未央宮。門傍有銅馬，因謂之金馬門。東方朔、主父偃、嚴安等皆待詔金馬門，然後進入仕途。此處喻指中書省所在的宮門。下辟，下達徵召的詔令。即授予官職。石館，即石渠閣，西漢皇室藏書處，在長安未央宮殿北。《漢書・劉向傳》：「講論五經於石渠。」此指崇文館。沈研，深入研讀。❷遊霧千金字二句　遊霧、飛雲，傳說中龍蛇飛動之勢。《韓非子・難勢》：「慎子曰：飛龍乘雲，騰蛇遊霧。」此形容字寫得如龍遊霧，瀟灑飄逸。岑文本〈奉述飛白書勢〉詩：「鳳舉崩雲絕，鸞驚遊霧疎。」千金字，形容文字價值極高。《史記・呂不韋列傳》：「……以為備天地萬物古今之事，號曰《呂氏春秋》。布咸陽市門，懸千金其上，延諸侯游士賓客有能增損一字者予千金。」五色牋，印有各種顏色的小幅華貴的紙張，古時用以題詠或寫書信。❸樓臺橫紫極二句　言崇文館似神仙所居。樓臺，指皇宮。紫極，星名。《文選》潘岳〈西征賦〉：「厭紫極之閒敞。」李善注：「紫極，星名，王者為宮以象之。」此泛指天空。極，一作「氣」。青田，山名。在今浙江青田西北，為道家三十六洞天之一，名青田大鶴天。此泛指仙境。❹暄入瑤房裏二句　暄，太陽的溫暖。瑤房、玉宇，並指華美的宮室。此亦指崇文館為神仙所居。❺霞文埋落照二句　霞文，指晚霞。落照，落日。風物，風光、景物。物，一作「色」。澹，恬靜、安然的樣子。歸煙，指暮靄。❻翰墨三餘隙二句　翰墨，原指筆墨。借指文章書畫。三餘，指空閒時間。三國時魏人董遇教學生利用三餘時間讀書，謂「冬者歲之餘，夜者日之餘，陰雨者時之餘。」見《三國志・魏書・王肅傳》裴松之注。關山，關隘和山嶺。懸，謂懸遠、遙遠。❼頹風暌酌羽二句　頹風，從上而下的暴風。《詩經・小雅・谷風》：「習習谷風，維風及頹。」乃思念友人之典。此指思念故鄉。風，一作「峯」。暌，同「睽」。分離；遠隔。酌羽，《漢書・外戚傳》：班婕妤退處東宮，作賦自傷曰：「……顧左右兮和顏，酌羽觴兮銷憂。」顏師古注：「劉德曰：酒行疾如羽也。」此指相聚。流水，用伯牙、鍾子期聽琴知音之事。《列子・湯問》：「伯牙鼓琴，志在高山，鍾子期曰：『善哉，峨峨兮若泰山。』志在流水，曰：『洋洋兮若江河。』」這裏用來懷友。陸雲〈征〉：「擠哀響於穨風，寓悲音於絕弦。」曠，久廢而不彈。❽雖欣承白雪二句　白雪，楚人在郢都所奏高雅之歌曲名。見宋玉〈對楚王問〉。此以美言鄭校讎所贈〈內省眺矚思鄉懷友〉詩。青天，《晉書・樂廣傳》：衛瓘與樂廣一見情契，嘆曰：「若披雲霧而睹青天。」此謙言慕鄭而可望不可即。

【語　譯】金馬門剛下達徵召之命，您就來到石渠閣開始深入研習。您的字寫得飄逸如騰蛇乘霧，書牋上像是鋪滿飛翔的五色雲彩。皇宮樓臺高高橫亙在天空，華美的城闕俯視神仙洞天。溫暖的太陽照進瑤房之中，美麗的春天回到玉宇之前。晚霞掩沒了夕陽，風光美好，安然恬靜地飄浮著暮靄。利用三餘的時間遊戲於文章書畫之間，四顧周圍的關隘和山嶺，都是那麼懸隔遙遠。從天而降的暴風阻斷了我與家鄉親友的聚飲，高山流水之曲也久久不在琴弦上奏響。雖然高興地得到您的〈陽春〉、〈白雪〉般的高雅詩作，終以不能與青天一般的您相見為憾。

【研　析】詩首四句寫鄭校讎內省生活。「銅門」、「石館」點明鄭之內省校書官的身分。「初下辟」、「始沈研」既見其殊榮，亦見其勤奮，還暗寓遠別家鄉的孤獨寂寞。「遊霧」、「飛雲」，見鄭之才美。此為鄭校讎於內省的每日功課，既是銅門徵辟的原因，亦是石館沈研的結果。「樓臺」以下八句，寫其於內省「眺矚」所得。樓臺、城闕、瑤房、玉宇，均指「內省」周圍的宮觀景象。這是他之前不曾感受過的，與長期「沈研」的內省生活相反。「晴入」四句，細數溫暖和煦、生機蓬勃、和平安祥的景象，不能不讓眺矚者流連忘返。「翰墨」二句，言其此次登樓遠眺機會之難得，而其視線終為阻隔，「思鄉懷友」之情隱然可見。「穨風」以下四句，言與鄭校讎分別之後的思念，貼合題中「和」之一字。以〈白雪〉曲，美言鄭校讎〈內省眺矚思鄉懷友〉詩，也與「遊霧」、「飛雲」相應。「恨」字，突出思鄉懷友之主題。

和劉長史答十九兄

【題解】長史，官名。為隋唐時州、府幕僚之長而無實際職任，故有元僚之稱。多安排閒散及貶謫人員。劉長史，即劉延嗣。文明年間為潤州司馬，屬徐敬業作亂攻潤州，延嗣固守不降。城破被執，為人救免。俄而賊敗，竟以裴炎近親，不得敘功，遷為梓州長史。見《舊唐書》卷七十七。楊炯因其從父弟參與徐敬業起兵，受株連而出為梓州司法參軍。二人因此相識。參見〈和劉侍郎入隆唐觀〉題解。十九兄，未詳何人。和，酬和。此詩乃為酬和劉延嗣〈答十九兄〉詩而作者，讚美劉延嗣高貴的身世、高華的風度以及在抗擊徐敬業兵亂時的貢獻，並為其貶職後的兄弟高誼所感。作於武后垂拱二年（西元六八六年）。

帝堯平百姓，高祖宅三秦❶。子弟分河岳，衣冠動縉紳。盛名恒不隕，歷代幾相因❷。街巷塗山曲，門閭洛水濱❸。五龍金作友，一子玉為人❹。寶劍豐城氣，明珠魏國珍❺。風標自落落，文質且彬彬❻。共許刁元亮，同推周伯仁❼。

【章旨】敘劉長史高貴的身世及高華的風度氣質。

【注釋】❶帝堯平百姓二句　敘劉氏祖先，上溯到帝堯和漢高祖劉邦。據《新唐書・宰相世系表》：劉氏出自祁姓。帝堯陶唐氏子孫生子有文在手曰「劉累」，因以為名。秦時徙居沛，漢高祖劉邦生焉。平百姓，商量、處理百官。《尚書・堯典》：「克明俊德，以親九族。九族既睦，平章百姓。」孔氏傳：「百姓，百官。言化九族而平和章明。」宅三秦，指定都關中。見《史記・高祖本紀》。三秦，見楊炯〈劉生〉詩注❶。此指關中。❷子弟分河岳四句　言劉邦以後，劉氏成為世家大族，歷代都有人做大官。河岳，黃河和五嶽的並稱。《詩經・周頌・時邁》：「懷柔百神，及河喬嶽。」此泛指全國。衣冠，指世家大族、士大夫。縉紳，縉，同「搢」。插。紳，寬衣帶。搢笏而垂紳帶，是朝廷大官吏的裝束，借指大官吏。據《新唐書・宰相世系表一上》，劉延嗣一系先祖乃是從漢高祖劉邦七世孫漢宣帝傳下來的。宣帝以後歷代都有做大官者。❸街巷塗山曲二句　寫劉延嗣的籍貫鄉里。塗山，即今安徽蚌埠當塗山，相傳為夏禹會合諸侯處。《左傳》哀公七年：「禹合諸侯於塗山。」

杜氏注：「塗山在壽春東北。」《新唐書・劉德威傳》：「劉德威，徐州彭城人。」德威，延嗣伯父。徐州也可以看作是在塗山腳下，故云「街巷塗山曲」。又，延嗣一家可能在洛陽住過，故云「門閭洛水濱」。曲，山灣；山角。閭，里巷之門。❹五龍金作友二句　五龍之號，史上多有。陶潛《集聖賢群輔錄》錄東漢公沙穆之五子並有美名，京師號曰「公沙五龍」。此喻指劉延嗣兄弟都是優秀人才。金作友，即良友、益友。一子，指劉延嗣。玉為人，謂人的資質像玉一般皎潔。《晉書・裴楷傳》：「楷風神高邁，容儀俊爽，時人謂之玉人。」❺寶劍豐城氣二句　豐城氣，即劍氣。晉張華見斗、牛之間有劍氣上沖霄漢，後來果然在豐城掘得龍泉、太阿兩把寶劍。此指劉延嗣英氣勃發。魏國珍，《三國志・魏文帝紀》：「文帝問蘇則曰：『前破酒泉張掖，西域通使，敦煌獻徑寸大珠，可復求市益得否？』則對曰：『若陛下化洽中國，德流沙漠，即不求自至；求而得之，不足貴也。』帝默然。」此喻指劉延嗣有德治。❻風標自落落二句　風標，猶言風采。落落，豁達的樣子。文質彬彬，原形容人既文雅又樸實。《論語・雍也》：「質勝文則野，文勝質則史。文質彬彬，然後君子。」後形容人文雅有禮貌。❼共許刁元亮二句　許，推許。許，一作「計」。刁元亮，晉刁協字。刁協曾參與東晉朝廷各項制度的創立，為帝室所信賴。刁，一作「陶」，誤。周伯仁，晉周顗字。王敦叛亂，周顗給以嚴厲斥責，終為王敦所害。《晉書》並有傳。此並以喻指劉延嗣。

【語譯】劉氏遠祖帝堯辨別彰明百官秩序，漢高祖劉邦定都關中。劉氏子弟分封到各個地方，世家大族中動輒有朝廷大員。崇高的聲望永遠不減損，歷代總是一脈相承。祖上的街坊在塗山腳下，家居里巷在洛水之濱。兄弟都是優秀人才，其中一人號稱玉人。就像豐城的寶劍氣沖斗牛，又像魏國廣被德化而致的明月寶珠。風神豁達大度，文雅又有禮貌。人們都讚許為刁元亮，共推重為當代周伯仁。

石城俯天闕，鍾阜對江津❶。驥足方遐騁，狼心獨未馴❷。鼓鼙鳴九域，風火集重闉❸。城勢餘三版，兵威乏四鄰❹。居然混玉石，直置保松筠❺。耿介酬天子，危言數賊臣❻。鍾儀琴未奏，蘇武節猶新❼。受祿寧辭死，揚名不顧身。精誠動天地，忠義感明神❽。

【章　旨】言劉延嗣至潤州恰遇徐敬業之亂，城破被俘，而堅貞不屈。

【注　釋】❶石城俯天闕二句　石城，即石頭城。鍾阜，即鍾山。均指江寧（今南京）。江寧時屬潤州。天闕，山名，又名牛頭山，在江寧縣。山有二峯，東西相對，形似雙闕，故名。江津，江邊渡口。❷驥足方遐騁二句　驥足，千里馬放蹄前奔。喻從政得以施展手腳。《三國志．蜀書．龐統傳》：「龐士元非百里才也，使處治中別駕之任，始當展其驥足。」遐騁，馳騁遠方。喻指劉延嗣志向和前途遠大。狼心，狠毒貪婪之心。《後漢書．南匈奴傳論》：「自是匈奴得志，狼心復生。」此指徐敬業起兵反武則天。馴，順服。❸鼓鼙鳴九域二句　鼓鼙，指大鼓和小鼓。古時軍中常用的樂器。《禮記．樂記》：「君子聽鼓鼙之聲，則思將帥之臣。」九域，九州；天下。風火，指戰亂。《後漢書．皇甫嵩傳》：「今賊依草結營，易為風火。若因夜縱燒，必大驚亂。」風，一作「烽」。重闉，重重城門。此指潤州城門。❹城勢餘三版二句　言潤州城形勢危急。版，古代築城牆用的夾版，長或一丈，高二尺。三版，即三丈長六尺高。《史記．趙世家》：「三國攻晉陽，歲餘，引汾水灌其城，城不浸者三版。」❺居然混玉石二句　居然，猶竟然。玉石，猶言玉石俱焚。指潤州城被徐敬業攻破。直置，只如此；只是。松筠，松與竹。此喻指劉延嗣節操堅貞高尚，寧死不降。❻耿介酬天子二句　耿介，執節守度。宋玉〈九辯〉：「獨耿介而不隨兮。」王逸注：「執節守度不枉傾也。」危言，厲言；不畏危難而直言。《論語．憲問》：「邦有道，危言危行。」何晏《集解》：「包曰：危，厲也。」數，數落；罵。據《舊唐書》卷七十七：城陷，敬業執延嗣，邀之令降。延嗣數之，求速死。敬業大怒，將斬之。❼鍾儀琴未奏二句　鍾儀，春秋時楚人。據《左傳》成公九年：鍾儀為鄭所獲，獻之晉國。晉景公知其世為伶人，乃命他奏琴。鍾儀於是奏出了楚國的樂曲。范文子讚鍾儀為不忘本、不忘舊之君子。鍾儀，一作「鍾期」，誤。蘇武節，蘇武出使匈奴所持之節。據《漢書．蘇武傳》：天漢元年，漢武帝遣蘇武以中郎將的身分持節使匈奴，被扣留後遣送至北海牧羊十九年。蘇武仗漢節，臥起操持，節旄盡落。此處鍾儀、蘇武均喻指劉延嗣。❽明神　即神明。以押韻故而倒置。

【語　譯】潤州石城俯視著天闕峯，鍾山遙對著江邊渡口。千里馬正要放蹄前奔，逆臣的狠毒貪婪之心卻沒有馴服。靖難的戰鼓聲響遍全國，戰火包圍了潤州的重重城門。形勢危急，只剩下極少的城牆沒有被侵占，軍威不振，缺乏四方的增援。竟然玉石俱焚，只是保持了松竹一樣的堅貞不屈。執節守度以報答天子，不畏危難而厲言數落亂臣賊子。鍾儀的琴沒有奏響，蘇武使節上的節旄也沒有脫落。接受了君主的俸祿怎肯躲避死亡？使美好的名聲流傳後世，不顧身家性命。滿懷至誠驚動天地，忠貞義烈感動神靈。

怪鳥俄垂翼，修蛇竟暴鱗❶。來朝拜休命，述職下梁岷❷。善政馳金馬，嘉聲繞玉輪❸。三荊忽有贈，四海更相親❹。宮徵諧鳴石，光輝掩燭銀❺。山川遙滿目，零露坐沾巾❻。友愛光天下，恩波浹後塵❼。懦夫仰高節，〈下里〉繼〈陽春〉❽。

【章旨】敘亂後劉延嗣來梓州就職，得到十九兄的贈詩，劉延嗣邀作者同為酬和。

【注釋】❶怪鳥俄垂翼二句　謂徐敬業不久兵敗。怪鳥，《禽經》「怪鵩塞耳」條：「一名休鶹。《廣雅》曰：江東呼為怪鳥，聞之多禍。人惡之，掩塞耳矣。」俄，一作「來」。垂翼，垂下翅膀。形容不得志。修蛇，《淮南子・本經》：「逮至堯之時……猰貐鑿齒，九嬰大風，封豨脩蛇，皆為民害。」暴鱗，猶言翻鱗。蛇死後蛇皮翻起狀。❷來朝拜休命二句　謂劉延嗣回朝未得功賞，而被派往梓州當長史。休命，多指天子或神明的旨意。《尚書・說命下》：「敢對揚天子之休命。」述職，猶言就職。梁岷，《文選》王粲〈贈文叔良〉：「君子于征，爰聘西鄰，臨此洪渚，伊思梁岷。」李周翰注：「梁、岷，蜀二山名。」代指蜀地。❸善政馳金馬二句　稱讚劉延嗣的政績。金馬，漢宮門。《文選》揚雄〈解嘲〉：「公孫創業於金馬，驃騎發跡於祁連。」李善注引孟康曰：「公孫弘對策於金馬門。」這裏指代朝廷。玉輪，地名。汶江出岷山西玉輪坂下而南行，後東注於大江。見《水經注・江水》。輪，一作「綸」。❹三荊忽有贈二句　三荊，一株三枝的荊樹。傳云昔有田氏兄弟三人將別而分家產。庭有一株三枝之荊樹，三人欲一人折一枝。將分，荊樹一夕萎黃。兄弟乃相謂曰：「荊樹尚然，況我兄弟乎！」遂不分，荊復悅茂。見《文選》陸機〈豫章行〉「三荊歡同株」劉良注。後常以「三荊」喻同胞兄弟。四海，猶言天下。《論語・顏淵》：「君子敬而無失，與人恭而有禮，四海之內，皆兄弟也。」此指劉延嗣與十九兄相隔遙遠。❺宮徵諧鳴石二句　宮徵，五音聲階宮、商、角、徵、羽中的兩個音階，代指五音。此指贈詩之美，音律協暢。鳴石，撞擊而傳聲甚遠的石頭，可作砧石、磬石。《山海經・中山經》：「（長石之山）其西有谷焉，……其中多鳴石。」郭璞注：「似玉，色青，撞之聲聞七八里。」燭銀，精光閃耀的銀子。劉孝威〈謝齊熊白啟〉：「色麗燭銀，將堪穆王之寶。」銀，一作「輪」。❻零露坐沾巾　零露，降落的露水。《詩經・鄭風・野有蔓草》：「野有蔓草，零露漙兮。」〈詩序〉云：「〈野有蔓草〉，思遇時也。君之澤不下流民。」此暗含劉延嗣希望得朝廷識拔之意。坐，徒然。❼恩波浹後塵　恩波，天子的恩澤。浹，浹洽，深入沾潤。後塵，謂跟隨在別人車駕揚起的塵土後的人。此乃作者自指。❽懦夫仰高節二句　懦夫，作者自謙之辭。下里，楚地流行的通俗歌曲名。陽春，楚地較高雅的歌曲名。參見〈和鄭校讎內省眺矚思鄉懷友〉注❽。此以〈陽春〉曲喻指劉延嗣〈答十九兄〉詩，而〈下里〉喻指本詩。

【語　譯】怪鳥突然垂下羽翼，長蛇最終翻鱗片而亡。您來到朝廷拜受天子的詔命，又下到蜀地去就職。您的善政很快為朝廷所知，美好的名聲就像汶江繞著玉輪一樣被傳頌。十九兄忽然有詩讚揚您，雖然相隔遙遠而更加顯得親切。詩的聲律就像撞擊鳴石一樣協暢，辭采的光芒超過精光閃耀的銀子。放眼四望，與京城山川遙隔，露水落下，徒然打濕手巾。您兄弟之間的友愛照耀天下，天子的恩澤也深入沾潤到了我這個無名之輩。我敬仰您崇高的節概，用這首〈下里〉俗歌來賡和您的〈陽春〉雅曲。

【研　析】此詩乃酬和劉〈答十九兄〉之作。可分三部分。第一部分自詩首至「共推周伯仁」十六句，從劉延嗣有帝堯、漢高祖高貴的血緣寫起，敘及塗山曲、洛水濱的家庭出身，和劉延嗣本人的交遊及個人氣質、才幹。第二部分自「石城俯天闕」至「忠義感明神」十八句，敘劉延嗣在徐敬業亂中的英勇經歷。劉延嗣本該有養尊處優的命運，然而當他來到潤州為司馬時，偏逢徐敬業作亂，因賊勢兇猛，又缺乏援兵，最終城破被俘。被俘後不受威逼利誘，厲言數賊，誓死不屈，其精誠忠義感動天地。此段敘述頗為曲折，然正在曲折中更能見劉延嗣的美質，也為同情劉延嗣後來的遭遇埋下伏筆。第三部分，自「怪鳥俄垂翼」至「嘉聲繞玉輪」數句，寫亂平後劉延嗣遷梓州長史之不公正待遇，以及任職期間之善政嘉聲。自「三荊忽有贈」至詩末，寫與十九兄之友情，及作者和詩之意，扣緊題面。張志烈《初唐四傑年譜》云：「劉延嗣比楊炯早幾個月到梓州。由於雙方特殊的經歷（劉在抗徐敬業中立功，楊則因族弟參與徐敬業行動而累貶）及現在的上下級關係，決定了彼此複雜的內心。楊炯詩末云：『懦夫仰高節，〈下里〉繼〈陽春〉。』顯出主動修好、卑辭交結的態度。」誠乃知人論世，不為空談。

此詩的特點是：一、用典密集，熟練貼切而不覺堆砌。二、題本為和劉長史詩，然詩本身偏重讚劉長史的人格及經歷，而忽其〈答十九兄〉詩。三、結構縝密，其中有幾句在結體上的作用不可忽視，如「共許刁元亮，同推周伯仁」與「驥足方遐騁，狼心獨未馴」句接，「鍾儀琴未奏，蘇武節猶新」與「怪鳥俄垂翼，修蛇竟暴鱗」接，草蛇灰線，首尾相顧。

送李庶子致仕還洛

【題　解】李庶子，即李義琰。魏州昌樂人。據《舊唐書》本傳：上元中，累遷中書侍郎，授太子右庶子、同中書門下三品。弘道元年（西元六八三年），授銀青光祿大夫，致仕。將歸東都田里，公卿以下祖餞於通化門外。楊炯此詩即作於此時。致仕，交還官職，即辭官。詩敘李庶子致仕東歸時的殊榮，亦表依依不捨之離情。

此地傾城日，由來供帳華❶。亭逢李廣騎，門接邵平瓜❷。原野煙氛匝，關河遊望賒❸。白雲斷巖岫，綠草覆江沙。詔賜扶陽宅，人榮御史車❹。灞池一相送，流涕向煙霞❺。

【注　釋】❶此地傾城日二句　謂設宴相送之盛況。傾城，猶言全城、滿城。孫楚〈征西官屬送于陟陽侯作〉：「傾城遠追送，餞我千里道。」供帳，陳設供宴會用的帷帳、用具、飲食等物。亦謂舉行宴會。班固〈東都賦〉：「爾乃盛禮興樂，供帳乎雲龍之庭。」❷亭逢李廣騎二句　謂李庶子風致高逸。李廣，漢初名將。曾罷官家居，與人飲酒夜歸，遭霸陵尉的呵斥，並令其宿於亭下。見《史記·李將軍列傳》。此反其意而用之，言友朋之高雅。邵平，秦東陵侯。秦亡，居長安東門（青門）

外種瓜。瓜美，號東陵瓜。見《史記・蕭相國世家》。❸原野煙氛匝二句　煙氛，煙靄雲霧。江淹〈草木頌・杉〉：「長入煙氛，永參鸞螭。」煙，一作「炎」。匝，環繞。遊望，放眼觀望。睠，遠。❹詔賜扶陽宅二句　扶陽，《史記・建元以來侯者年表》：本始三年，韋賢封扶陽侯，為丞相五歲。多恩，不習吏事，免相就第。丞相致仕自賢始。據《新唐書》本傳，李義琰為相，宅無正寢。此言李義琰為官之清廉，致仕之殊遇。御史車，用郭泰、李膺事。《後漢書・郭太傳》：郭泰與河南尹李膺一面訂交，於是名震京師。後歸鄉里，公卿大夫士送至河上，車數千兩。郭泰惟與李膺同舟而濟，眾賓望之，以為神仙焉。又據《後漢書・桓帝紀》，李膺曾為御史中丞。❺灞池一相送二句　灞池，指灞水上的送別處。灞，亦作霸。《文選》謝朓〈休沐重還道中〉詩：「霸池不可別，伊川難重逢。」李善注引潘岳《關中記》：「霸陵，文帝陵也。上有池，有四出道以為寫水。」煙霞，五彩雲氣。何遜〈南還道中送贈劉諮議別〉：「天末靜波浪，日際斂煙霞。」

【語　譯】長安傾城送客之日，從來宴會就很豪華。驛亭下遇上李廣打獵的坐騎，家門接到邵平所種之瓜。原野上布滿煙靄雲霧，放眼觀望，關山和河川是多麼遙遠。白雲消失在峯巒之間，綠草覆蓋著江邊的沙地。天子賜給您扶陽侯宅第的恩榮，人們羨慕您與李膺一般的名宦同車。在灞池上送您遠去，流著眼淚遙望天邊的風景。

【研　析】詩首二句寫送李庶子宴會之盛，以「傾城」一詞盡之。然供帳之繁華由來已久，並非送李庶子之宴會所獨有者。緊接「亭逢」二句，寫宴會之雅。「李廣騎」、「邵平瓜」乃隱者之代名詞，為士人所豔稱，而這才是送李庶子之獨特風景。這兩個典故，暗合題中「致仕」二字。自「原野煙氛匝」以下四句，寫送別的另一幅圖景。原野、關河、白雲、綠草等組成的這幅圖景無疑是優美的，同時也是寂寞冷清而令人傷懷的，與長安傾城相送的熱鬧氣氛形成鮮明的對照。「詔賜」句，言李庶子之致仕；「人榮」句，以李膺、郭泰相友之典暗喻李庶子之還洛。「灞池」二句，言送別之黯然傷懷。所謂「煙霞」者，即前「原野煙氛匝」四句所寫之景。此亦是以美景寫傷情之一例。

早　行

【題　解】詩寫清晨離開某地時依依不捨的情景。當在蜀中所作。

敞朗東方徹，闌干北斗斜❶。地氣俄成霧，天雲漸作霞。河流纔辨馬❷，巖路不容車。阡陌經三歲，閭閻對五家❸。露文❹沾細草，風影轉高花。日月從來惜，關山猶自賒❺。

【注　釋】❶敞朗東方徹二句　敞朗，天亮時天空逐漸寬闊高朗。徹，透亮。闌干，橫斜的樣子。北斗，星宿名。古人把天樞、天璇、天璣、天權、玉衡、開陽、搖光七星聯繫起來，想像為古代舀酒的斗形，故稱。❷辨馬　泛起洶湧波濤。《莊子・秋水》：「秋水時至，百川灌河，涇流之大，兩涘渚崖之間，不辨牛馬。」又，枚乘〈七發〉：「沌沌渾渾，狀如奔馬。」❸阡陌經三歲二句　阡陌，田間小路。三歲，《詩經・小雅・采芑》：「薄言采芑，于彼新田，于此菑畝。」毛亨傳：「田一歲曰菑，二歲曰新田，三歲曰畬。宣王能新美天下之士，然後用之。」閭閻，里巷的門。五家，《釋名・釋州國》：「五家為伍，以五為名也。又謂之鄰。……又曰比，相親比也。」❹露文　露珠。❺日月從來惜二句　謂時光易逝，路途猶遠。惜，吝惜。賒，遠。

【語　譯】天空變得寬闊高朗，東方已透亮，北斗星依稀橫斜在天邊。地氣上冒，一會兒就成了白霧，天上白雲慢慢地成了彩霞。河流正泛著洶湧波浪，山巖上的道路狹窄，幾乎不能讓車子通過。田間的小路走過了三年，里巷的門對著五戶人家。露珠沾濕路邊的小草，風中的影子在搖轉，那是里巷高樹上的鮮花。時光從來就那麼吝惜，途經的關隘和山嶺還是那麼遙遠。

【研　析】首二句言早晨星象之變化，次二句言早晨雲氣之變化。「河流」二句，言水陸車船之難行；「阡陌」二句，言鄉土人事之難捨。此是實情。「露文沾細草，風影轉高花」二句寫俯仰之所見，景中含難堪之情：花草是阡陌、閭閻中最為熟悉而多情之物，露則似草上淚；風轉花不定，正是早行人迷茫心態之寫照。詩末「日月從來惜」句，對前之「阡陌經三歲」句；「關山猶自賒」句，應前之「閭閻對五家」句。直寫胸臆，言早行之無奈，其中充滿對人事的懷念，頗為動情。詩寫離別，而無送行人，只寫「河流」、「巖路」、「阡陌」、「閭閻」、「細草」、「高花」。何者？以其行之早且匆匆，人皆不知也。

途中

【題　解】楊炯因從弟楊神讓參與徐敬業起兵討武則天而受株連，於垂拱元年（西元六八五年）被貶為梓州（今四川三臺）司法參軍。此詩寫離別京城時的依依不捨和不耐千里征途的孤獨不安之情。大概作於前往梓州途中。

悠悠辭鼎邑，去去指金墉❶。途路盈千里，山川亘百重。風行常有隊，雲出本多峯❷。鬱鬱園中柳，亭亭山上松❸。客心殊不樂，鄉淚獨無從❹。

【注　釋】❶悠悠辭鼎邑二句　悠悠，形容憂傷，戀戀不捨。鼎邑，《左傳》桓公二年：「武王克商，遷九鼎於雒邑。」後遂以「鼎邑」指洛陽。此指長安。金墉，西方的城。《文選》張衡〈西京賦〉：「橫西洫而絕金墉。」薛綜注：「墉，謂城也。……橫越西池，而度金城也。西方稱之曰金。」❷風行常有隊二句　謂其旅途之孤獨。風行，指大雁結隊乘風而行。隊，一作「地」。雲出，用陶淵明〈歸去來辭〉「雲無心以出岫，鳥倦飛而知還」之意。❸鬱鬱園中柳二句　鬱鬱，茂盛的樣子。〈古詩十九首〉：「青青河畔草，鬱鬱園中柳。」亭亭，高大的樣子。劉楨〈贈從弟〉：「亭亭山上松，瑟瑟谷中風。」❹客心殊不樂二句　反用「忽如遠行客，斗酒相娛樂」之意。不，一作「未」。無從，沒有來由。

【語譯】戀戀不捨地辭別長安，開赴遙遠的西方之城。一路上足有千里，山川橫亙無數重。大雁乘風而行，總是成羣結隊，白雲本來是從眾多的山峯中冒出。庭園中的柳樹長得鬱鬱蔥蔥，山上的松樹亭亭如蓋。遊宦在外的心情很不愉快，思鄉之淚特別沒有來由，奪眶而出。

【研析】詩的前四句，言辭別京城而遷往西部邊城路途的遙遠及艱難。「盈千里」應「悠悠」，「亘百重」對「去去」也。感慨怨歎行役之勞，如泣如訴，語悲辭切。「風行」四句，「有隊」與「多峯」襯出己之征途的孤獨，「園中柳」與「山上松」寫其對家園與親人的不捨。末二句直出胸臆，令人惻然。此詩情景交融，比興得體，不尚藻飾，清新剛健，氣骨蒼蒼，絕似漢魏風格。而「悠悠」、「去去」、「鬱鬱」、「亭亭」諸字疊用，如流水淙淙，平添了詩的音韻美。

夜送趙縱

【題解】趙縱，未詳何人。詩寫對分別友人的依依之情和美好祝願。未知何時作。

趙氏連城璧，由來天下傳❶。送君還舊府，明月滿前川❷。

【注釋】❶趙氏連城璧二句　謂趙氏璧天下共以為美。趙氏璧，即和氏璧。連城，價值抵多個城池。《史記・廉頗藺相如列傳》：趙惠文王得楚和氏璧。秦昭王聞之，使人遺趙王書，願以十五城請易璧。相如奉璧入秦。秦得璧而無意償趙城。相如設計使完璧歸趙。❷送君還舊府二句　舊府，猶言趙國故鄉。滿，一作「照」。

【語 譯】趙國價值連城的美璧，其故事從來為天下傳為美談。今夜也送您趙縱回到家鄉，明月如水，靜靜地瀉在前行的平川。

【研 析】從詩意推測，趙縱是一位才德兼美的文士，大約因仕途失意而辭歸故里。在明月當空的夜晚，在奔流不息的河邊，詩人為其送別。首句以比起興，以國之瑰寶和氏璧比喻趙縱的品貌。次句借美玉的名傳天下，進一步托出趙縱的名氣。第三句照應首句，「完璧歸趙」之故事呼之而出，語涉雙關，寓意深邃，可謂妙手偶得。清毛先舒《詩辯坻》云：「第三句一語完題，前後俱用虛境。……二十字中二遊刃如此，何等高筆。」結句以明月之皎潔光輝映帶璧、人，祝福友人前程之不可限量，亦切題中「夜」字。全詩借景傳情，憂傷而不頹唐，洵為初唐高格。

盧照鄰詩歌

詠史四首

【題解】《舊唐書・盧照鄰傳》云：「年十餘歲，就曹憲、王義方授《蒼》、《雅》及經史。」據《舊唐書・王義方傳》，義方貞觀二十三年（西元六四九年）授洹水丞。照鄰從王義方就學，當在此時。此讀史言志之作，當作於早年從王義方學經史期間。「季生昔未達」一首詠季布重然諾與孤且直的美好品性。其二詠郭泰在小人橫行的漢末而「卷舒得其真」的崇高形象。其三詠鄭泰懷奇志而不遇其主，屢遭挫敗的悲劇。其四詠朱雲不畏強權，博學曠達，德高望重。

其一

季生昔未達，身辱功不成❶。髡鉗為臺隸，灌園變姓名❷。幸逢滕將軍，兼遇曹丘生❸。漢祖廣招納，一朝拜公卿❹。百金孰云重，一諾良匪輕❺。廷議斬樊噲，羣公寂無聲❻。處身孤且直，遭時坦而平❼。丈夫當如此，唯唯❽何足榮。

【注釋】❶季生昔未達二句　季生，謂漢季布。身辱，謂經歷困辱。季布曾為項羽將，數窘漢王。項羽滅，高祖懸賞求布。

季布因削髮上枷，藏匿民間。見《史記・季布欒布列傳》。❷髡鉗為臺隸二句　《史記・季布欒布列傳》：季布以高祖求之甚急，匿濮陽周氏。周氏乃髡鉗季布，穿上粗布衣服，置廣柳車中，賣與朱家。朱家心知是季布，乃買而置之田。髡，古剔髮之刑。鉗，古刑名，以鐵束頸。臺隸，最低級的奴僕。《左傳》昭公七年：「士臣皁，皁臣輿，輿臣隸，隸臣僚，僚臣僕，僕臣臺。」灌園，即澆園，從事田園勞動。變姓名，即隱姓埋名。❸幸逢滕將軍二句　《史記・季布欒布列傳》：朱家既容季布，乃入洛陽見汝陰侯滕公夏侯嬰，求滕公找機會在高祖面前替季布說情。高祖乃赦季布，拜為郎中。又，楚辯士曹丘生，數招權顧金錢，季布輕視之。曹丘生干謁季布，曰：「楚人諺曰『得黃金百，不如得季布一諾』，足下何以得此聲於梁楚間哉？且僕楚人，足下亦楚人，僕游揚足下之名於天下，顧不重邪？」布乃大悅，引為上客。季布名所以益聞者，曹丘生揚之也。❹漢祖廣招納二句　《史記・季布欒布列傳》：因滕公之請，高祖赦季布，拜為郎中。孝惠時為中郎將，又為河東守。孝文時，欲以為御史大夫，以故未成。詩言「一朝拜公卿」者，蓋因此。御史大夫，為三公之一。祖，一作「主」。❺百金孰云重二句　見本詩注❸曹丘生引楚諺。匪，通「非」。❻廷議斬樊噲二句　《史記・季布欒布列傳》：孝惠時，單于嘗為書，於呂太后不遜。召諸將議之。上將軍樊噲請以十萬眾橫行匈奴中。布曰：「樊噲可斬也！夫高帝將兵四十餘萬眾，困于平城，噲時亦在其中。今噲奈何以十萬眾橫行匈奴中？面謾！且欲搖動天下。」是時殿上皆恐，太后罷朝，遂不復議擊匈奴事。❼處身孤且直二句　孤且直，孤高而正直。鮑照〈擬行路難〉：「自古聖賢皆貧賤，何況我輩孤且直！」遭時，所生活的時代。《史記・季布欒布列傳》：人有言季布賢，文帝欲以布為御史大夫；而又有人言季布好勇而使酒難近，終見罷。季布因進曰：「夫陛下以一人之譽而召臣，一人之毀而去臣，臣恐天下有識聞之，有以闚陛下也。」上默然慚。坦而平，言其時無戰爭，英雄無用武之地。亦暗刺其時代之平庸。❽唯唯　順從的應答聲。引申為一味地順從逢迎。《韓非子・八姦》：「此人主未命而唯唯，未使而諾諾。」

【語　譯】季布從前還沒有做官時，經歷了困辱而功名不成。被剃光頭髮、戴上鐵鉗脖，做著低級的奴僕，隱姓埋名，從事著田園的勞動。幸好遇上了滕將軍夏侯嬰，又遇到了曹丘生。因此漢高祖不計前嫌而招納入朝廷，很快就拜他為公卿。誰說黃金百斤就很了不起，得到季布的一個承諾實在是不簡單。在朝廷之上議論政事，公然提出要殺了樊噲，公卿百官當時驚得啞口無聲。立身處世孤高正直，卻遇到一個和平而平庸的時代。男子漢大丈夫就應該如此，唯唯諾諾有什麼值得光榮。

【研　析】本詩攝取季布兩個有戲劇性的經歷，即「灌園變姓名」與「廷議斬樊噲」，以刻劃其作為「丈夫」的一生。一個叱吒風雲，差點殺掉高祖劉邦的將軍，因為失敗而遭到追捕，只能「髡鉗為臺隸」，隱姓埋名，說話的權利被剝奪。而「一朝拜公卿」（實未至公卿）之後，在國家民族的大是大非面前，他不懼強權、敢於直言，驚得廷上羣公說不出話。他的重然諾與樊噲的信口開河形成對照，又與廷上公卿的「唯唯」形成反差。以其孤直重然諾，即使在「坦而平」的時代官未達，在風雲突變的時代功不成，亦不失大丈夫本色。

其二

大漢昔云季，小人道遂振❶。玉帛委奄尹，斧鑕嬰縉紳❷。邈哉郭先生，卷舒得其真❸。雍容謝朝廷，談笑獎人倫❹。在晦不絕俗，處亂不違親❺。諸侯不得友，天子不得臣❻。沖情甄負甑，重價折角巾❼。悠悠天下士，相送洛橋津。誰知仙舟上，寂寂無四鄰❽。

【注　釋】❶大漢昔云季二句　謂東漢季世，宦官勢力昌熾。季，末；衰。小人，指人格卑汙之人。《易．否》：「小人道長，君子道銷。」❷玉帛委奄尹二句　玉帛，指玉器和絲織品。古時用於祭祀。此指國家大權。奄尹，主管宮廷事務的宦官頭目。奄，一作「閹」。斧鑕，即鐵鍖，古刑具，置人於鍖上以斧砍之。嬰，同「纓」。纏繞。縉紳，紳插笏於帶間。縉，通「搢」。紳，大帶。古代士大夫垂紳縉笏，因稱士大夫為縉紳。後漢末宦者勢焰張天。凡稱善士，莫不罹被災毒。僅靈帝建寧二年冬十月，中常侍侯覽諷有司奏前司空虞放、太僕杜密、長樂少府李膺、司隸校尉朱宇、穎川太守巴肅、沛相荀翌、山陽太守翟超皆為鉤黨，下獄，死者百餘人。見《後漢書．黨錮傳》。❸邈哉郭先生二句　邈哉，感歎其高遠而不可及。郭先生，指漢末名士郭泰，字林宗。《後漢書》有傳，范曄以避父諱作「郭太」。卷舒，指出處。《論語．衛靈公》：「邦有道，則仕；邦無道，則可卷而懷之。」真，謂人之真性。亦可謂得孔子古訓之真諦。❹雍容謝朝廷二句　雍容，形容儀態溫文爾雅。謝朝廷，指辭謝朝廷的徵辟。《後漢書・郭太傳》：司徒黃瓊辟，太常趙典舉有道，並不應。或勸林宗仕進者，對曰：「吾夜觀乾象，晝察人事，天之所廢，不可支也。」獎人倫，褒獎人物。《後漢書・郭太傳》：性明知人，好獎訓士類，於芻牧、郵置、屠酤、卒伍之中識拔者不勝數。如左原、茅容、孟敏等，或改惡遷善，或銳意向學，慕義成名，並有可觀。倫，猶類。❺在晦不絕俗二句　在晦，即隱居不出。絕俗，與世俗隔絕。《後漢書・郭太傳》評范滂曰：「隱不違親，貞不絕俗。天子不能臣，諸侯不得友。吾不知其它。」不違親，用介之推事。介之推從重耳亡命他國，後還國論功弗及，亦不求之，與母偕隱而死。見《左傳》僖公二十四年。違親，一作「為親」，非是。❻諸侯不得友二句　范滂讚郭林宗語，見本詩注❺引。而此二語實出於《莊子・讓王》。諸侯，即各地方大臣。❼沖情甄負甑二句　沖情，淡泊的情懷。甄，察。負甑，指孟敏事。《後漢書・郭太傳》：（孟敏）客居太原，荷甑墮地，不顧而去。林宗見而問之，對曰：「甑以破矣，視之何益？」林宗以此異之，因勸令遊學。十年知名，三公俱辟，並不就。折角巾，《後漢書・郭太傳》：「嘗於陳、梁間行，遇雨，巾一角墊，時人乃故折巾一角，以為『林宗巾』。其見慕皆如此。」言林宗人既為時仰慕，一舉一動人皆重之。❽悠悠天下士四句　《後漢書・郭太傳》：郭泰就成皋屈伯彥學，三年業畢。乃遊於洛陽，與河南尹李膺一面而定交，名震京師。後歸鄉里，衣冠諸儒送至河上，車數千兩。林宗唯與李膺同舟而濟，眾賓望之，以為神仙焉。悠悠，周流的樣子。《史記・孔子世家》：「桀溺曰：『悠悠者天下皆是也，而誰以易之？』」

【語　譯】從前東漢到了桓、靈末世，小人之道開始盛行。國家政權落入宦官手中，正直的士大夫動輒遭刑戮。德高識遠的郭先生，或做官或隱居都得其性情之本真。雍容爾雅地辭謝當朝的徵辟，談笑之間獎訓優秀的人物。雖然隱居不出，卻並不與世隔絕，身處亂世，能像介之推那樣不違背親人的心願。地方大臣不能強求與他為友，天子也不能強求他做官。襟懷坦蕩，識拔荷甑墮地而不顧的孟敏，途中遇雨而隨意折巾一角，世人爭相效仿。滿天下的士大夫，都到洛橋邊來送別。誰知道那令人傾羨的仙舟上，只靜靜地與李膺攜手，再沒有其他人。

【研　析】此詩抓住「卷舒」二字下筆，寫郭先生的為人處世。詩首「大漢昔云季」以下四句概寫東漢末「小人道長，君子道消」的黑暗背景。於一般士大夫而言，在此背景下乾脆隱居起來，不問世事。「邈哉郭先生」

二句，突出了大背景上的一個亮點。而郭先生之「邈」，在於「卷舒得其真」。何謂「真」？此有二意：一謂性情之真，即詩中所謂的「在晦不絕俗，處亂不違親」；一謂孔子古訓「邦有道則仕，邦無道則可卷而懷之」的真諦。一般士大夫「謝朝廷」，誠可謂「卷」，但他的內心實際「卷」得不甘心，一旦有機會又很快「舒」開。而郭先生的卷舒以「雍容」二字盡之。於朝廷一方，「諸侯不得友，天子不得臣」，可謂「卷」矣；而於民間，則「談笑獎人倫」，「沖情甄負甑」即為「獎人倫」之一例，則又分明是「舒」。這不是與孔子周遊列國而不售，最後講學授徒一樣嗎？從此說，其「卷舒」可謂得孔子之真。此詩突出郭先生的「卷舒」雍容之態，足貶當時之俗士。

其三

公業負奇志，交結盡才雄。良田四百頃，所食常不充❶。一為侍御史，慷慨說何公。何公何為敗？吾謀適不同❷。仲穎恣殘忍，廢興良在躬❸。死人如亂麻，天子如轉蓬❹。干戈及黃屋，荊棘生紫宮❺。鄭生運其謀，將以清國戎。時來命不遂，脫身歸山東❻。凜凜千載下，穆然❼懷清風。

【注釋】❶公業負奇志四句　公業，即鄭泰（范曄為避父諱而作鄭太），字公業，河南開封人。少有奇志。家富於財，有田四百頃，而食常不足。靈帝末，知天下將亂，陰交結豪傑之士，名聞山東。見《後漢書》本傳。才雄，即豪傑。❷一為侍御史四句　侍御史，官名。位在御史大夫下，行監察等職。見《後漢書．百官志》。何公，指大將軍何進。《後漢書．鄭太傳》：何進輔政時，以鄭泰為尚書侍郎，遷侍御史。何進將誅宦官，擬召并州牧董卓為助。鄭泰急勸止之，以為卓將恣凶欲，必危朝廷。何進不聽。乃棄官去。何進不久遇害，而卓果作亂。❸仲穎恣殘忍二句　董卓，字仲穎，隴西臨洮人。性粗猛有謀。應何進之召帶兵入洛陽。恣意妄為，脅太后，廢少帝，而立陳留王為獻帝。見《後漢書．董卓傳》。在躬，在一人。言天下事董卓一人說了算。❹死人如亂麻二句　《後漢書・董卓傳》：「盡徙洛陽人數百萬口於長安，步騎驅蹙，更相蹈藉，飢餓寇掠，積屍盈路。」如亂麻，言其多也。《史記・天官書》：「秦遂以兵滅六王，併中國，外攘四夷，死人如亂麻。」天子如轉蓬，《三國志・魏書・董卓傳》：董卓以山東豪傑並起，恐懼不寧。初平元年二月，乃徙獻帝於長安。轉蓬，言如蓬蒿隨風四處飄轉。❺干戈及黃屋二句　黃屋，天子之車。見《文選》任昉〈齊竟陵文宣王行狀〉李善注。荊棘，泛指叢生的雜草。言其荒涼之狀。《漢書・伍被傳》：「淮南王陰有邪謀，被曰：『昔子胥諫吳王，吳王不用，迺曰：臣今見麋鹿游姑蘇之臺。今臣亦將見宮中生荊棘，露沾衣也。』」紫宮，即紫微宮。指皇宮。《三國志・魏書・董卓傳》：「卓既遷都長安，卓部兵燒洛陽城外四百里。又自將兵燒南北宮及宗廟、府庫、民家，城內掃地殄盡。」❻鄭生運其謀四句　《後漢書・鄭太傳》：「卓既遷都長安，天下飢亂，士大夫多不得其命。……（鄭太）乃與何顒、荀攸共謀殺卓。事洩，顒等被執，公業等脫身自武關走，東歸袁術。」清國戎，謂清除亂賊，靖息兵戎。山東，華山之東。此指袁術所據之南陽。❼穆然　猶肅然。然，一作「如」。

【語　譯】鄭公業懷抱大志，散財結交的都是豪傑之士。家有良田四百頃，而常常食不裹腹。一旦做了朝中的侍御史，情緒激昂地勸說謀誅宦官的何進。何進為什麼卻失敗了呢？正是因為他與我的計謀不一樣。董卓恣意肆虐，殺掠無辜，廢立皇帝全在他一人的主意。道路上堆滿紛亂如麻的死屍，天子也好像轉蓬一樣不安定。兵器威脅到天子的車駕，皇宮荒蕪，長出了荊棘。鄭生與二三大臣布置策劃，準備殺掉董卓，平息國家的兵亂。可惜沒有把握時機，大事不成，逃脫生命危險，投奔了華山之東的袁術。千載之下令人肅然起敬，默默懷念著您的清雅之風。

【研　析】詩首二句直言鄭泰負有奇志而交結才雄，並因此家擁「良田四百頃」而「所食常不充」，可見其為實現奇志之苦心。「一為侍御史」以下十四句，敘鄭泰為實現「奇志」而辛苦奔忙的兩段經歷。一則為侍御史時「慷慨說」何進誅殺宦官，卻因「謀不同」而敗；一則董卓亂國，鄭泰與何顒、荀攸等共「運其謀」殺之，又因「謀未密」而敗，往依他方。此雖兩段經歷，而事則一也。何進謀宦官而招董卓之亂國，實乃前因後果，愈演愈烈。鄭公有「奇志」，亦遭「時來」。所謂時來，一則指時代之亂，所謂「亂世出英雄」；一則指時機，有何進、何顒等大臣同心戮力，何事不可成？而竟連連失敗，非命而何？雖曰「命不遂」，實則由其謀未洽、謀未周而致。可見其「奇志」其實亦並不算「奇」，其結交的所謂「才雄」並非成事之人。惟家有「良田四百頃」而「所食常不充」的清風，千載之下讓人感懷不已。詩的結構頗有強烈的戲劇性，且其中似有諷諭之意。

其四

昔有平陵男，姓朱名阿游❶。直髮上衝冠，壯氣橫三秋❷。願得斬馬劍，先斷佞臣頭❸。天子玉檻折，將軍丹血流。捐生不肯拜，視死其若休❹。歸來教鄉里，童蒙遠相求。弟子數百人，散在十二州❺。三公不敢吏，五鹿何能酬❻。名與日月懸，義與天壤儔❼。何必疲執戟，區區在封侯❽。偉哉曠達士，知命固不憂❾。

【注釋】❶昔有平陵男二句　平陵，漢昭帝陵。地在今陝西興平東北。《漢書・朱雲傳》：「朱雲，字游，魯人也，徙平陵。」❷直髮上衝冠二句　《漢書・朱雲傳》：「少時通輕俠，借客報仇。長八尺餘，容貌甚壯，以勇力聞。」直髮上衝冠，用荊軻刺秦事。《戰國策・燕策》：燕太子丹派荊軻刺秦王，送之於易水之上。荊軻歌曰：「風蕭蕭兮易水寒，壯士一去兮不復還。」為壯聲，則怒髮衝冠。三秋，指秋天。❸願得斬馬劍二句　得，一作「請」。斬馬劍，漢少府屬官尚方所藏，故又稱尚方寶劍。其利可以斬馬。佞臣，指漢成帝師張禹，為丞相而「上不能匡主，下亡以益民」。朱雲乃上書「請賜尚方斬馬劍，斷佞臣一人，以勵其餘」。見《漢書・朱雲傳》。❹天子玉檻折四句　《漢書・朱雲傳》：朱雲請斬張禹書上，成帝大怒，以為「廷辱師傅，罪死不赦」。御史將雲下，雲攀殿檻，檻折。雲呼曰：「臣得下從龍逄、比干遊於地下，足矣！未知聖朝何如耳！」左將軍辛慶忌免冠解印綬，叩頭流血，以死諫諍，事乃得已。捐生，捨棄生命。視死其若休，言視死如疲勞休息。語出《莊子・刻意》。❺歸來教鄉里四句　朱雲上書言斬張禹之後，不復仕，常居鄠田，時出乘牛車，教授諸生。九江嚴望及望兄子元，能傳雲學，皆為博士。望至泰山太守。見《漢書・朱雲傳》。十二州，漢武帝分置十三州，後漢無朔方，故為十二州。

此泛言全國。❻三公不敢吏二句　三公，西漢大司馬、大司徒、大司空為三公。此指丞相薛宣。朱雲往見薛宣，宣謂雲曰：「在田野無事，若留我東閣，可觀天下士。」雲曰：「我乃欲相吏耶？」宣不復敢言。五鹿，即五鹿充宗，以《易》學貴為少府。元帝令充宗與諸儒論《易》，諸儒莫能與抗。獨雲登堂抗首，音動左右。故諸儒為之語曰：「五鹿嶽嶽，朱雲折其角。」見《漢書・朱雲傳》。酬，應對。❼名與日月懸二句　《史記・屈原賈生列傳》：「推此志也，雖與日月爭光可也。」《戰國策・齊策》：「業與三王爭流，名與天壤相敝也。」儔，相等。❽何必疲執戟二句　疲，一作「披」，非是。執戟，指宮廷侍衛之官。《史記・滑稽列傳》：「(東方朔)悉力盡忠，以事聖帝，曠日持久，積數十年，官不過侍郎，位不過執戟。」區區，謂內心執著於某物，不辭辛苦，愛慕不已。〈古詩十九首〉：「一心抱區區，懼君不識察。」封侯，《後漢書・班超傳》載：班超家貧，常為官傭書以供養。久勞苦，嘗輟業投筆，嘆曰：「大丈夫無他志略，猶當立功異域，以取封侯，安能久事筆研間？」❾知命固不憂　《易・繫辭上》：「樂天知命，故不憂。」

【語　譯】從前平陵有一個男子漢，姓朱名叫阿游。像荊軻一樣怒髮衝冠，壯氣橫掃秋天的大地。一心想得到鋒利的尚方寶劍，先斬了佞臣張禹的頭。天子的殿檻被你攀折，將軍辛慶忌為救你而叩頭流血。你寧願捨棄生命而不肯屈服，將死亡當作一種休息。回到家鄉教授鄉里後生，童蒙之人千里之外聞風慕道。賢弟子約有數百人，分散在全國各地。三公不敢以你為屬吏，在皇帝面前論《易》，五鹿充宗怎能與你相應對。你的名字如日月高懸，永不磨滅，你的高義偉行與天地並列不朽。為什麼一定要辛苦地做執戟守衛之臣，為什麼一定要執著地追求立功封侯。偉大啊，你這個心胸寬廣的人，樂天知命，當然不會憂心忡忡。

【研　析】宋葛立方《韻語陽秋》謂此詩乃刺傅遊藝用事。按兩《唐書》，傅遊藝為宰相在武則天以周革唐之時，則此首似作於天授初。詩首二句直言平陵、朱阿游之地名、人名，似了無詩意。且並不呼其名，而以字代之；並不尊為「子」、「君」，而平呼為「男」，表面看似有昵俗之嫌。然自「直髮上衝冠」至「視死其若休」數句，飛筆潑墨，將一個頂天立地的壯士畫出，讓人歎為觀止；自「歸來教鄉里」至「五鹿何能酬」數句，緩筆渲染，將一個德高望重、博學善辯的夫子形象塑成，讓人頂禮膜拜。詩從「名與日月懸」以下為議論。「名與日月懸」與前「姓朱名阿游」形成照應。其名本「雲」，字面亦合。「義與天壤儔」與「昔有平陵男」

相應。「何必」四句，與「捐生不肯拜，視死其若休」照應。結體謹嚴如此。

結客少年場行

【題解】據《樂府詩集》引《樂府解題》云，〈結客少年場行〉乃樂府雜曲歌辭，多言輕生重義，慷慨立功名也。此詩塑造游俠平日鬥雞走馬、無視功名，而國難當頭時勇赴沙場、橫掃千軍的可親可敬形象，抒發作者獻身邊塞的心志。當作於高宗龍朔（西元六六一—六六三年）初，在鄧王府奉使西行塞外時。

長安重游俠，洛陽富財雄❶。玉劍浮雲騎，金鞭明月弓❷。鬥雞過渭北，走馬向關東❸。孫賓遙見待，郭解暗相通❹。不受千金爵，誰論萬里功❺。將軍下天上，虜騎入雲中❻。烽火夜似月，兵氣曉成虹❼。橫行徇知己，負羽遠從戎❽。龍旌昏朔霧，鳥陣卷胡風❾。追奔瀚海咽，戰罷陰山空❿。歸來謝天子，何如馬上翁⓫。

【注釋】❶長安重游俠二句　長安，西漢都城。張衡〈西京賦〉：「都邑游俠，張趙之倫……輕死重氣，結黨連羣。」游俠，指見義勇為，急人所難，言必信、行必果之人。見《史記．游俠列傳序》。財雄，指行俠重義之豪富。〈漢書敘傳〉：「始皇之末，班壹避地於樓煩，致馬牛羊數千羣……以財雄邊。」鮑照〈詠忠〉：「五都矜財雄，三川養聲利。」財，一作「才」。❷玉劍浮雲騎二句　浮雲，良馬名。《西京雜記》卷二：「文帝自代還，有良馬九匹，一名浮雲。」明月弓，言弓如滿月。庾信〈三月三日華林園馬射賦〉曰：「弓如明月對堋，馬似浮雲向埒。」❸鬥雞過渭北二句　鬥雞，使公雞相鬥為戲。渭北，渭水北岸，代指長安。走馬，即跑馬、賽馬。關東，函谷關以東，指洛陽。曹植〈名都篇〉：「鬥雞東郊道，走馬長楸間。」❹孫賓遙見待二句　孫賓，為東漢解救趙岐之孫賓石省稱，豪俠也。郭解，漢代著名游俠。為人短小精悍。少時陰賊，及長，折節為儉，以德報怨，厚施而薄望，然其自喜為俠益甚。見《史記・游俠列傳》。❺不受千金爵二句　魯仲連卻秦軍而解邯鄲之圍，平原君欲封之，不受；欲以千金為壽，不納。見《戰國策・趙策三》。又，《後漢書・班超傳》載：班超不願為官傭書，嘗行詣相者，曰：「祭酒，布衣諸生耳。而當封侯萬里之外。」❻將軍下天上二句　將軍，指漢周亞夫。亞夫以中尉為太尉，東擊吳楚。趙涉說之曰：「兵事上神密，將軍何不從此右去，走藍田，出武關，抵洛陽，間不過差一二日。直入武庫，擊鳴鼓，諸侯聞之，以為將軍從天上而下也。」見《漢書・周亞夫傳》。庾信〈同盧記室從軍〉：「地中鳴鼓角，天上下將軍。」雲中，秦漢郡名。轄地在今山西西北、內蒙西南一帶。❼兵氣曉成虹　兵氣，戰爭氣氛。即殺氣。李淳風《觀象玩占》卷四十一：「凡攻城，有虹從城外入，飲城中水者，城破；從外順虹攻之，勝。」❽橫行徇知己二句　橫行，即縱橫馳騁於戰場。徇知己，為知己者死。羽，弓箭。古代箭尾飾有羽毛，故稱。❾龍旌昏朔霧二句　龍旌，即龍旗。為主帥之旗，旗上畫有龍的圖形。《詩經・商頌・玄鳥》：「龍旂十乘。」旂，同「旗」。鳥陣，即鳥雲之陣。《左傳》昭公二十一年：「鄭翩願為鸛，其御願為鵝。」杜預注：「鸛、鵝，皆陣名。」《六韜》卷五：「以車騎分為鳥雲之陣，此用兵之奇也。所謂鳥雲者，鳥散而雲合，變化無窮者也。」胡風，一作「寒風」。❿追奔瀚海咽二句　瀚海，即北海。約在今蒙古高原東北境，疑即今呼倫湖與貝爾湖。古亦指蒙古大沙漠。漢霍去病北伐，封於狼居胥山，禪姑衍，臨瀚海而還。見《史記・匈奴列傳》。咽，充塞。陰山，崑崙山北支，即今河套以北、大漠以南諸山之統稱。⓫馬上翁　指東漢馬援。少年時亦是游俠一類人物，後屢為戰功，年六十二仍請領軍征五溪蠻。帝念其老，未許。援即披甲上馬，據鞍顧眄，以示可用。帝笑曰：「矍鑠哉！是翁也。」見《後漢書・馬援傳》。

【語　譯】長安崇尚游俠之風，洛陽城多有豪傑英雄。腰掛寶劍，騎著浮雲駿馬，手舞金鞭，射箭時拉開滿月的弓。在渭北市上鬥雞，又參加賽馬來關東。孫賓石遠遠見了也擺著笑臉，與郭解那樣的大俠心心相通。不把高官厚祿放在眼裏，也不想去萬里征戰博取大功。將軍就像突然從天而降，敵人的鐵蹄已經踏入我雲中。烽火像月兒將夜晚照亮，緊張的戰爭氣氛似乎在清晨升起了一道虹。男兒縱橫馳騁為知己者死，背著羽箭遠赴邊塞軍營。我軍龍旗舞起來就像北方的霧，使天空昏暗，擺著飛鳥似的戰陣，捲起呼嘯的寒風。勇往直前追擊敵寇，廣袤的沙漠為之壅塞，鳴金收兵後，陰山沈默得像真空。凱旋上朝，辭別天子，神氣像不像漢代的馬上翁。

【研　析】本詩可分二截。「長安重游俠」至「誰論萬里功」為前截。首二句概寫長安、洛陽二京地區游俠風氣之盛，且暗張雙方既溝通又對峙之勢。此是綱領，以下數句都圍繞此二句展開：「玉劍」聯，言其奢侈，補足「財雄」二字；「鬥雞」聯，寫其荒遊，使「游俠」二字形象可見。「孫賓」一聯，「遙見待」三字言人對游俠之「重」；著「暗相通」三字，則其「富」可知。且分屬不亂，因為孫賓石居洛陽，而郭解乃長安大俠也。「不受」聯，言其視功名如敝屣，決絕中可見豪氣干雲。

「將軍下天上」句以下為後截，寫游俠縱橫沙場而為英雄。「將軍」聯，言國家形勢的激變。游俠被捲入戰爭這巨大的漩渦而轉變身分是勢所必然的，而勇赴急難亦是游俠根本的性格特徵。在結構上，後截緊扣前截：「長安」、「游俠」與「天上」、「將軍」，「洛陽」、「財雄」與「雲中」、「虜騎」形成對照。「烽火」聯與「玉劍」聯相襯，「橫行徇知己」聯與「孫賓遙見待」聯相通。而「龍旌」、「鳥陣」聯與前截「鬥雞」、「走馬」的相比照，最富於戲劇的色彩。「追奔」、「戰罷」一聯，極言戰鬥之慘烈，暗襯出「鬥雞」、「走馬」之類的可笑。「橫行」一聯，言游俠參軍只為「知己」而死，其意反接「不受千金爵」一聯。結尾「歸來謝天子，何如馬上翁」一聯，又給「不受千金爵」聯一個有力的呼應。

綜觀全詩，其前後對比而一氣貫通的戲劇化結構，造成一種巨大張力，足以讓人在閱讀中尖叫。〈結客少年場行〉本是樂府舊題，盧照鄰用它塑造了一個出塵脫俗、青春陽光的游俠羣象，並展示了一個從游俠浪子到英雄的飛躍過程，洋溢著新鮮的浪漫主義氣息。

贈李榮道士

【題解】李榮，唐高宗時名道士。蜀梓州人。《全唐詩》卷八百六十九錄其〈詠興善寺佛殿災〉詩一首，題下注云：「榮，巴西人。」著有《老子道德經注》。駱賓王有〈代女道士王靈妃贈道士李榮〉詩，可參看。此詩自稱「南冠客」，乃總章二年（西元六六九年）照鄰在蜀中因橫事下獄時作。據《文苑英華》卷二百二十七題下注，原有詩序。序今不可見。此詩主要表達對李榮道士奉天子之命祭祀山川之事的豔羨，亦表白自己以橫事下獄的窘況，大約有求援之意存焉。

錦節銜天使，瓊仙駕羽君❶。投金翠山曲，奠璧清江濆❷。圓洞開丹鼎，方壇聚絳雲❸。寶貺❹幽難識，空歌迥易分。風搖十洲影，日亂九江文❺。敷誠歸上帝，應詔佐明君❻。獨有南冠客，耿耿泣離羣❼。遙看八會所，真氣曉氤氳❽。

【注釋】❶錦節銜天使二句　錦節，道士佩節之美稱。銜天使，謂李榮奉朝廷之命外出祭祀。《禮記・檀弓上》：「銜君命而使。」瓊仙，即仙女許飛瓊，西王母侍女。見《漢武帝內傳》。羽君，猶羽客、羽人，道士之稱。❷投金翠山曲二句　《抱朴子・內篇・黃白》：「余曾諮於鄭君曰：『老君云：不貴難得之貨。而至治之世，皆投金於山，捐玉於谷。不審古人何用金玉為貴而遺其方也。』」按照鄰有〈益州至真觀主黎君碑〉稱：「薦璧投金，歲時於岳瀆。」既云歲時，則投金、奠璧當是道家祠禱山川諸神以求至治之儀式。奠璧，猶言沈璧。《初學記》卷九引皇甫謐《帝王世紀》：「堯率諸侯羣臣沈璧於洛河，受圖書。」奠，獻。濆，水邊，沿河的高地。❸圓洞開丹鼎二句　丹鼎，煉金為丹之鼎。見《文選》江淹〈別賦〉「煉金鼎而方堅」李善注。方壇，平地上用土築的高臺，道士祠祀祈禱的祭場。絳雲，紅色的雲彩。傳說天帝所居處常有紅雲擁之。❹寶貺　道士口中祈求天神賜福的咒辭。寶，一作「資」。貺，賜。❺風搖十洲影二句　十洲，道家稱大海中神仙居住的十處名山勝境。亦泛指仙境。題東方朔《十洲記》：「八方巨海之中，有祖洲、瀛洲、玄洲、炎洲、長洲、元洲、流洲、生洲、鳳麟洲、聚窟洲。」九江，指長江的九條支流。《尚書・禹貢》：「九江孔殷。」此與十洲相對。指李榮所居近之江。❻敷誠歸上

帝二句　敷誠，表達、陳述忠誠。上帝，指道家尊奉的玉皇大帝。據《雲笈七籤・日月星辰部》「北斗七星」所引玉皇名目，則玉皇非只一神。應詔，即首句所謂「銜天使」。指奉命出祭。據《法苑珠林》、《佛祖統紀》卷三十九等載，李榮於顯慶四年、五年及龍朔初多次被詔入宮，與沙門高僧辯論。佐，一作「在」。明君，指唐高宗李治。❼獨有南冠客二句　南冠，即楚冠。《左傳》成公九年：「晉侯觀於軍府，見鍾儀，問之曰：『南冠而縶者，誰也？』」後代指囚徒。耿耿，煩躁不安的樣子。《詩經・邶風・柏舟》：「耿耿不寐，如有隱憂。」離羣，離別朋友。《禮記・檀弓》：「吾離羣而索居，亦已久矣。」鄭注：「羣，謂同門朋友也。」❽遙看八會所二句　八會所，指李榮所居，謂其處藏有珍秘道籍。八會，述道家最高教義之書。《漢武帝內傳》：「上元夫人語帝曰：『阿母今以瓊笈妙韞，發紫臺之文，賜汝八會之書，五岳真形，可謂至真且貴，上帝之玄觀矣。』」真氣，猶仙氣。氤，一作「氛」。

【語　譯】奉天帝之命而持著錦節出使的羽客，仙女許飛瓊為其駕著羽車。在青翠的山谷裏投金，在清澈的江水邊沈璧。在圓圓的石洞中建築丹灶，在方壇之上聚集著紅色祥雲。您口中祈求天神賜福的咒辭幽微而難以識別，空中的仙曲高亢而容易辨聽。清風吹動海中十洲的幻影，太陽照射九江而閃爍著波紋。您表白忠誠之心而歸依上帝，應詔而輔佐明君。只有我這個戴著南冠的囚徒，煩躁不安地為隔絕人羣而傷悲。遙望您那藏有珍貴秘笈的居所，清晨彌漫著高妙的仙氣。

【研　析】詩從「錦節銜天使」至「空歌迥易分」八句，基本採取順敘的方式落筆，寫李榮道士奉朝廷之命祭祀河川。「錦節」句寫應詔，「瓊仙」句寫出使，「投金」、「奠璧」寫祭祀地點，「開丹鼎」、「設方壇」為祭祀方式，「寶咒」、「空歌」寫祭祀的內容。「風搖十洲影」以下四句，寫祭祀的背景。此四句在結構上的意義特別值得注意。「風搖」、「日亂」二句，呼應詩首「瓊仙駕羽君」一句，復現天地清明、風和日麗之景。「敷誠」、「應詔」二句，呼應詩首「錦節銜天使」一句，暗示朝野和平吉祥之時。而此四句，又與緊接而來的「南冠客」耿耿而泣的處境形成對比。詩末「遙看八會所」句，見其求援之意婉在其中矣；「真氣曉氤氳」句，與「敷誠歸上帝」句照應，讚其道德之純美。句中「曉」字亦堪注意。「曉」乃一天之始，於此時已「氤氳」矣，則日中更不待言矣。又，一早就「遙看」，似暗示詩人通宵不寐，急於擺脫拘繫之心態。

早度分水嶺

丁年游蜀道，斑鬢向長安❶。徒費周王粟，空彈漢吏冠❷。馬蹄穿欲盡，貂裘敝轉寒❸。層冰橫九折，積石凌七盤❹。重溪既下漱，峻峯亦上干❺。隴頭聞戍鼓，嶺外咽飛湍❻。瑟瑟松風急，蒼蒼山月圓❼。傳語後來者，斯路誠獨難❽。

【題　解】分水嶺，地志中所見者不一有，此所詠者乃今陝西寧強北之嶓冢。詩作於總章元年（西元六六八年）冬，時任益州新都尉，奉命暫赴長安經此地。詩寫早度分水嶺時撫今追昔，感慨萬千，表達人生多艱的主題。

【注　釋】❶丁年游蜀道二句　丁年，丁壯之年。照鄰於高宗顯慶二年（西元六五七年）二十三歲時為鄧王府典籤期間奉使益州。丁，一作「千」。斑鬢，鬢髮花白。潘岳〈秋興賦〉：「斑鬢髟以承弁兮，素髮颯以垂領。」寫作此詩時照鄰三十四，未必斑鬢，著意指年歲老大。李陵〈答蘇武書〉：「丁年奉使，皓首而歸。」❷徒費周王粟二句　言功名無成。周王粟，亦即天子之粟，朝廷俸祿。《史記・伯夷列傳》：「武王已平殷亂，天下宗周，而伯夷、叔齊恥之，義不食周粟，隱於首陽山。」此處反其意而用之。空彈漢吏冠，謂官場為官空歡喜一場。彈冠，見《漢書・王吉傳》「吉與貢禹為友，世稱『王陽在位，貢父彈冠』」顏師古注。❸馬蹄穿欲盡二句　馬蹄，《莊子・馬蹄》：「馬蹄可以踐霜雪。」貂裘，《戰國策・秦策》：蘇秦始將連橫，說秦王書十上而不納，黑貂之裘敝，黃金百鎰盡，資用乏絕，去秦而歸。敝，一作「故」。❹層冰橫九折二句　層冰，重疊的冰塊。橫，充塞。九折，即九折坂。《水經注・江水》：「夏則凝冰，冬則毒寒，王子陽按轡處也。」在今四川滎經西邛崍山之南。凌，高出；聳立。七盤，即七盤嶺，在今四川廣元與陝西寧強交界處，嶺上有七盤關。參《清一統志・保寧府》。❺重溪既下漱二句　重溪，極深的溪水。漱，吞吐。指溪水迅猛沖激而下。干，干犯；抵觸。❻隴頭聞戍鼓二句　隴頭，秦州（今甘肅天水市）有大坂名曰隴坻，其坂九迴，上有清水四注下。俗歌曰：「隴頭流水，其聲嗚咽；遙望秦川，肝腸斷絕。」見《通典・州郡門》。此是藉以泛指險絕處，非必在秦州也。戍鼓，關防的鼓聲。嶺，一作「雲」。咽，聲塞，指山石阻塞，水流不暢而產生的聲響。❼瑟瑟松風急二句　瑟瑟，風聲。劉楨〈贈從弟〉：「亭亭山上松，瑟瑟谷中風。」蒼蒼，言山月之色白。圓，一作「團」。❽斯路誠獨難　斯路，即蜀道。蜀道險阻，自古稱難行。《樂府詩集》注引《樂府解題》曰：「〈蜀道難〉，備言銅梁、玉壘之阻。」陰鏗〈蜀道難〉：「蜀道難如此，功名詎可要！」獨，特別；非常。

【語　譯】二十來歲來遊蜀道，如今斑鬢之年又沿此路回長安。這些年白吃國家許多俸祿，當年的彈冠相慶無非是空歡喜一場。馬蹄就要跑穿，黑貂裘也破得不能再禦寒。厚厚的冰塊填塞九折坂，嶙峋的山石聳立在七盤關。深深的溪水奮力地往下吐，險峻的山峯直指頭頂的那片天。爬上隴頭聽到戍鼓響，分水嶺下吞咽著激流飛湍。松間風兒瑟瑟吹不停，月亮的臉凍得白又圓。禁不住題下此詩告訴後來過路客，走這條路實在很難。

【研　析】從「丁年」來遊蜀道，到「斑鬢」方回向長安，此頗堪玩味。蜀道之「難」雖不言，而畏難之情已在其中矣。人生最好年華飄零在外，自然生出許多感慨，於是引出下一聯：「徒費周王粟」與「斑鬢」句相接，慨一事無成；而「空彈漢吏冠」與「丁年」句相應，感人生如夢。緊接「馬蹄」一聯，借用蘇秦遊說的故典，並突出「馬蹄」、「貂裘」形象，見斑鬢遊蜀人之慘慘戚戚。下一聯，承「敝轉寒」出「層冰」句，承「穿欲盡」而出「積石」句，以虛筆攝取蜀道上「九折坂」、「七盤關」之寒、之險狀。一來概寫遊蜀道之難，一來也以此襯托出蜀道極難之「分水嶺」。「重溪」聯，一以俯視、一以仰視視角突出分水嶺之峯之峻、溪之深，與「層冰」聯相映，形成虛實的兩面。「隴頭」聯分別以近、遠距離的聽覺形象暗示度嶺人的心理變化：雖此分水嶺地不在秦州，但度嶺人同樣生了「隴頭流水，其聲嗚咽；遙望秦川，肝腸斷絕」的亙古悲愁。「瑟瑟」句，以疾風之聲暗示度嶺之急速；「蒼蒼」句，以未落山的月亮，反襯度嶺人之早行。詩至此聯，則可反見首二句「斑鬢」二字，諸般無奈與失意在言外，蒼涼苦澀之極，而身不由己之憤懣呼之欲出。尾二句，直通通逼出一「難」字，可見其委屈之深，字中帶淚，而似有嚎啕之聲聞焉。況且不點明「蜀道」，而說「斯路」，語意淵深。「斯路」者何也？儻僅指「蜀道」則直言之可也，而不言者則另有所指：「蜀道」之難，而人生道路之難尤難。既照應開頭，且言外之意不盡。詩題〈早度分水嶺〉，而詩意著力於一「早」字，可見作者本意不在寫蜀道之難，而在寫人生之難。「分水嶺」，其實就是一個殘酷的象徵。因為登上嶺來，自己「丁年」時來遊蜀的情形彷彿就在眼前，而如今就在同一個地方看到了自己鬢髮花白的歲月了。這，何嘗不是人生道路的「分水嶺」。

三月曲水宴得樽字

【題解】古代於農曆三月上巳日在水濱宴飲，祓除不祥。後人因引水環曲成渠，流觴取飲為樂，稱為曲水。晉永和九年三月三日，會稽內史王羲之於山陰蘭亭與名士謝安等四十二人宴集，流觴曲水，風流藉盛。後世文人多仿之，相沿成習。此詩約作於咸亨元年（西元六七〇年）或二年（西元六七一年）春。時王勃亦在蜀中，參與宴集並賦詩。得樽字，言多人同題賦詩，各探一字為韻，照鄰探得樽字為韻。詩寫曲水宴之雅、之美、之樂，表達對世外生活的嚮往之情。題或無「得樽字」三字。

風煙彭澤里，山水仲長園❶。繇來棄銅墨，本自重琴樽❷。高情邈不嗣，雅道今復存❸。有美光時彥，養德坐山樊❹。門開芳杜逕，室距桃花源❺。公子黃金勒，仙人紫氣軒❻。長懷去城市，高詠狎蘭蓀❼。連沙飛白鷺，孤嶼嘯玄猿❽。日影巖前落，雲花江上翻。興闌❾車馬散，林塘夕鳥喧。

【注釋】❶風煙彭澤里二句 風煙，猶風光、景象。陶淵明〈歸園田居〉：「曖曖遠人村，依依墟里煙。」彭澤里，指晉陶淵明之所居。陶曾任彭澤令而辭去，後世稱陶彭澤。仲長園，東漢仲長統之園林。統字公理，性倜儻，敢直言。每避州郡之召。欲卜居清曠，得良田美宅，以樂其「陵霄漢、出宇宙」之志。見《後漢書・仲長統傳》。❷繇來棄銅墨二句　繇來，猶言從來。棄銅墨，謂棄官。《漢書・百官公卿表》：凡吏，「秩比六百石以上，皆銅印墨綬。」琴樽，琴與酒。《宋書・陶潛傳》：「潛不解音聲，而蓄素琴一張，無絃，每有酒適，輒撫弄以寄其志。」❸高情邈不嗣二句　高情，沖虛淡泊之情。謝靈運〈述祖德詩〉：「達人貴自我，高情屬天雲。」邈不嗣，高遠而無人能繼。雅道，猶雅事、雅風。江總〈莊周畫頌〉：「丹青可久，雅道斯存。」❹有美光時彥二句　有美，擁有美好的品德。《詩經・野有蔓草》：「有美一人，清揚婉兮。」時彥，當代賢俊、名流。養德，涵養德性。《後漢書・蘇竟傳》：「聞君前權時屈節，北面延牙，乃後覺悟，棲遲養德。」山樊，猶山傍、山邊。《莊子・則陽》：「夏則休乎山樊。」❺門開芳杜逕二句　芳杜，即杜若，香草名。《楚辭・九歌・湘君》：「采芳洲兮杜若。」距，通「拒」。抵；至。亦即連著、臨近之意。距，一作「拒」。見《文選》謝朓〈和王著作八公山〉「西距孟諸陸」李善注。桃花源，陶淵明〈桃花源記〉所述之世外桃源。此喻主人所居寧靜優美，無世俗煩囂。❻公子黃金勒二句　公子，指少年豪俠。黃金勒，以黃金鑲製的馬絡頭。漢樂府〈雞鳴〉：「黃金絡馬頭。」仙人，指道士。紫氣軒，道士所乘之輕車。傳云老子乘青牛西遊過潼關時，關令尹喜望見有紫氣浮關。見《史記・老子韓非列傳》司馬貞《索隱》引《列異傳》。「公子」、「仙人」均指來集「曲水宴」之客。❼長懷去城市二句　長懷，指情懷高遠。高詠，高雅的詩篇。狎，親近。蘭蓀，蘭草與荃，皆香草。❽孤嶼嘯玄猿　嶼，小島。玄猿，黑猿。司馬相如〈長門賦〉：「玄猨嘯而長吟。」猨，同「猿」。❾興闌　猶言興盡。

【語譯】這裏有陶淵明故居的氣象，又有仲長統園林的山水風光。從來就不願意做官，本性崇尚琴酒自適的生活。沖虛淡泊的情懷是那麼高遠難追，風雅之誼今天仍還保留。擁有美好的品德引導當代賢俊，坐在山林之旁涵養品性。門對著長滿芳香杜若草的小徑，屋室臨近桃花源。訪客中有騎著華美駿馬的豪俠公子，有駕著輕車的道士。懷著高遠的情致離開喧嚷的城市，高雅的詩篇吟詠著蘭草與荃等香草。連綿的沙灘上白鷺在飛翔，孤獨的小島上有黑猿在鳴叫。夕陽的影子在懸崖前沈沒，雲霞像花兒在江面上翻舞。興盡之後車馬散去，樹林中和池塘邊，黃昏歸巢的鳥兒在歡唱。

【研　析】此詩自「風煙」句以下六句，寫曲水宴之設。首二句是虛托出存於一般文士及下層官僚內心的生活夢想圖景——彭澤里、仲長園，特別是在陽春三月的美好時刻，文人更容易發出這樣的囈語。「繇來」二句是由首二句自然得出的議論：倘得在山水勝景中飲酒奏琴，誰還希罕那複雜、沈重的官職？「高情」二句中，「高情」、「雅道」實是互文，均指設曲水宴。「邈不嗣」，歎高情、雅道之難得；「今復存」，見其得之之欣喜跳躍。「有美」句以下四句，點明設曲水宴的主人及地點。「有美」、「養德」、「芳杜逕」、「桃花源」等，這分明就是詩首所虛托的文人夢境的真實展現。「公子」句以下四句，正寫曲水宴的高雅場景。「連沙」句以下四句，攝取白鷺飛、玄猿嘯、日影落、雲花翻四個鏡頭，側筆渲染宴會的熱鬧氣氛，「高情」、「雅道」均於其中得見。以「興闌」二句結之，言宴會之令人回味無窮。

奉使益州至長安發鍾陽驛

【題　解】益州，唐屬劍南道，州治成都（即今四川成都）。見《舊唐書·地理志》。鍾陽驛，唐綿州巴西縣五鎮之一，古為中原入成都之重要驛站。見《元豐九域志》卷七。地在今四川綿陽西三十里，今稱皂角鎮。此詩殆奉鄧王元裕之命使益州之後，返長安途中作。詩借寫鍾陽驛春景，托出征旅辛苦勞頓之情。

躋險方未夷，乘春聊騁望❶。落花赴丹谷，奔流下青嶂❷。葳蕤曉樹滋，滉漾春江漲❸。平川看釣侶，狹逕聞樵唱。蝶戲綠苔前❹，鶯歌白雲上。耳目多異賞，風煙有奇狀。峻阻埒長城，高標吞巨防❺。聯翩事羈靮，辛苦勞疲恙❻。夕濟幾潺湲，晨登每惆悵。誰念復芻狗，山河獨偏喪❼？

【注　釋】❶躋險方未夷二句　躋險，攀登險峯。躋，一作「踰」。夷，平坦；平易。《老子》：「大道甚夷，而民好徑。」騁望，縱目遠望。屈原〈九歌・湘夫人〉：「白薠兮騁望，與佳期兮夕張。」❷嶂　似屏障的山峯。《文選》左思〈蜀都賦〉：「臨谷為塞，因山為障。」❸葳蕤曉樹滋二句　葳蕤，草木茂盛的樣子。《楚辭・七諫》：「上葳蕤而防露兮，下泠泠而來風。」曉，一作「雜」。滋，潤澤。滉漾，水深廣的樣子。曹植〈節遊賦〉：「望洪池之滉漾，遂降集乎輕舟。」春江，指涪江水，流經綿州巴西縣。❹蝶戲綠苔前　《玉臺新詠》卷六劉令嫻詩：「鳴鸝葉中舞，戲蝶花間鶩。」蝶，一作「魚」。❺峻阻埒長城二句　峻阻，高峻的關隘。埒，與某相等。一作「將」。標，大樹梢曰標。故凡高聳之物如峯、塔等皆可稱高標。呑，高出；掩蓋。巨防，謂連山高峙如大堤防。《呂氏春秋・慎山》：「巨防容螻而漂邑殺人。」《文選》左思〈蜀都賦〉：「峻阻塍埒長城，豁險呑若巨防。」防，一作「舫」。❻聯翩事羈靮二句　聯翩，鳥飛的樣子。形容前後相接、連續不斷。陸機〈文賦〉：「浮藻聯翩，若翰鳥纓繳而墜曾雲之峻。」事羈靮，騎馬趕路。喻為公務而奔忙。羈靮，馬絡頭與馬韁。《禮記・檀弓下》：「如皆守社稷，則孰執羈靮而從？」疲恙，猶言疲憊。❼誰念復芻狗二句　復，存省；慰問。芻狗，草和狗。微賤之物。《老子》：「天地不仁，以萬物為芻狗；聖人不仁，以百姓為芻狗。」此自指。山河，指蜀川大地。獨，難道。表反問語氣。偏喪，本意為喪夫寡居。此處指拋棄「芻狗」。《詩經・小雅・鴻雁》：「之子于征，劬勞于野。爰及矜人，哀此鰥寡。」鄭玄《箋》：「是時民既離散，邦國有壞滅者。侯伯久不述職，王使廢於存省，諸侯於是始復之，故美焉。」

【語　譯】開始攀登險峯，還沒有到達平坦之地，乘著這春光，隨意地縱目遠望。落花向紅色的山谷墜落，奔騰的河流直衝向青色屏障似的山峯。繁茂樹木在清晨顯得很滋潤，春天深廣的涪江開始漲起來。在平坦的川原上看那垂釣之友，在狹窄的山徑上聽樵歌。蝴蝶在綠色的苔蘚前嬉戲，黃鶯好像在雲端歌唱。耳目得到美好的享受，風景變幻奇特的面目。險峻的關隘可與長城相比，高聳的山峯突出於連綿如堤壩的眾山之上。前後不斷地為公務奔忙，辛苦而疲憊不堪。晚上渡過多少條潺湲的河水，早上登上高山屢屢感歎憂傷。誰來繫念、撫慰芻狗一樣的我？蜀地山河難道要拋棄我而獨樂嗎？

【研　析】詩人奉使自益州至長安，從鍾陽驛出發，面臨著一段令人生畏的險途。此詩首句「躋險方未夷」，即扣緊題中「發鍾陽驛」四字。此一句滿含憂懼、煩悶之情。為了舒憂緩悶，於是逗出下一句「乘春聊騁望」。

「聊」字妙，因為路「險」方未夷，並未對騁望以舒憂抱有多大希望；且使命在身，未敢恣意騁望。自「落花赴丹谷」至「風煙有奇狀」十句，均為「聊騁望」所得的益州春景。「落花」、「曉樹」、「釣侶」、「蝶戲」，寫目力所及；「奔流」、「春江」、「樵唱」、「鶯歌」，寫耳之所聞。這些都是詩人在「聊」一「騁望」所捕捉到的「異賞」、「奇狀」。其實，這些景象並算不得「異賞」、「奇狀」的。他寫下來時，也是用最為原始的排比賦法，談不上奇特的構思運筆。然而正因為這平凡和原始，才反映出整日疲於奔命的詩人對於春景的渴望。就像男兵營突然來了一個女人，士兵們驚得目瞪口呆，以為女人的任何部位都是世界最美的曲線。自「峻阻埒長城」以下，寫其旅途的艱險、煩悶、惆悵，與詩首「躋險方未夷」形成照應。「誰念」句，還怒於山河春景，尤可玩味。其口吻不像個使者，倒像個孩童。

和王奭秋夜有所思

【題解】王奭，《新唐書·孝友傳》載有「永泰王奭」，屬「事親居喪著孝行者」。據《元和郡縣志》卷三十四，劍南道梓州有永泰縣。則照鄰所和者或即此人否？和，酬和。此詩乃為酬和王奭〈秋夜有所思〉詩而作，讚美王奭人物之雅、詩思之妙，而謙言自己身處窮巷，欲和不能也。詩中多涉長安典故，則似作於長安者。

寂寂南軒夜，悠然懷所知❶。長河落雁苑，明月下鯨池❷。鳳臺有清曲❸，此曲何人吹？丹唇間玉齒，妙響入雲涯❹。窮巷❺秋風葉，空庭寒露枝。勞歌欲有和，星鬢已將垂❻。

【注釋】❶寂寂南軒夜二句　寂寂，一作「秋寂」。南軒，猶南窗。軒，長廊之有窗者。悠然，閒適的樣子。陶淵明〈飲酒〉之五：「采菊東籬下，悠然見南山。」所知，即朋友。❷長河落雁苑二句　長河，指天上的銀河。雁苑，指上林苑。《漢書・蘇武傳》：常惠「教使者謂單于，言天子射上林中，得雁」，故稱。鯨池，指昆明池。《西京雜記》卷一：「昆明池刻玉石為鯨魚，每至雷雨，鯨魚常鳴吼，鬐尾皆動。」❸鳳臺有清曲　秦穆公時，蕭史善吹簫，與穆公女弄玉結為夫婦，能作鳳鳴，吹似鳳聲，鳳凰來止其屋，穆公為作鳳臺居之。一日，皆隨鳳凰飛去。見《列仙傳》。鳳臺故址在今陝西寶雞東南。李雲逸《盧照鄰集校注》以為王奭蓋與郡主、縣主結婚者，故以鳳臺喻指其府邸。清曲，指王奭〈秋夜有所思〉詩。❹丹唇間玉齒二句　曹植〈洛神賦〉：「丹唇外朗，皓齒內鮮。」妙響，指美妙的歌曲。《列子・湯問》：秦青「撫節悲歌，聲震林木，響遏行雲。」雲涯，雲際。❺窮巷　冷僻簡陋的小巷。❻勞歌欲有和二句　勞歌，憂傷之歌。〈孔雀東南飛〉：「舉手長勞勞，二情共依依。」星鬢，花白的鬢髮。謝朓〈詠風〉詩：「時拂孤鸞鏡，星鬢視參差。」

【語　譯】寂靜的夜晚，靠著南窗，悠閒無事，懷念朋友。天上銀河似乎已傾入上林苑之內，明月降落在昆明池中。鳳凰臺上飄著清脆悠揚的歌曲，這曲子是誰在吹奏？紅色的嘴唇和玉白色的牙齒一開一合，美妙的音樂高入雲際。偏僻小巷中到處是秋風吹落的樹葉，空落的庭院裏滿是霜露摧敗的樹枝。我想用這首憂愁的詩酬和您，花白的頭髮已出現在我的鬢角。

【研　析】自詩首至「妙響入雲涯」八句，以讚美之筆觸，虛寫王奭秋夜懷所思之景，並讚其〈秋夜有所思〉詩。「寂寂」言夜深之時，「悠然」見主人優雅之態。「長河落雁苑，明月下鯨池」，言夜闌更深，可見主人夜不能寐、輾轉反側之狀。此亦是「南軒」所望也，應「寂寂」二字；「鳳臺有清曲，此曲何人吹」，此是有所思之表白，以喻王奭作〈秋夜有所思〉詩，應「懷」字。「丹唇間玉齒，妙響入雲涯」，美言王奭詩思之高妙，將「悠然」二字做足坐實。自「窮巷」句至詩末，寫題中「和」之一字。「窮巷」與「南軒」相對。「窮巷秋風葉，空庭寒露枝」與前「長河」二句形成極為強烈的反襯，以此謙言欲和而不能也，極為得體。

望宅中樹有所思

【題　解】〈有所思〉，本樂府曲名。此詩借寫懷想家宅庭院之樹，表達對妻子的思念之情。不知何時何地作。

我家有庭樹，秋葉正離離❶。上舞雙棲鳥，中秀合歡枝❷。勞思復勞望，相見不相知❸。何當共攀折，歌笑北堂垂❹。

【注　釋】❶離離　紛披繁茂的樣子。《詩經・王風・黍離》：「彼黍離離，彼稷之苗。」❷中秀合歡枝　秀，茂盛；蓄秀。合歡，植物名。葉似槐，至晚則合，故亦稱合昏，俗稱夜合花。古常以合歡贈人，言可以消怨和好。又以「合歡」暗示男女好合，愛情美滿。此形容鳥兒在樹枝上之歡合親愛。❸勞思復勞望二句　勞，憂傷。相知，即相愛。❹何當共攀折二句　何當，猶言何時。北堂，古代居室的北屋，為婦女盥洗處。見《儀禮・士昏禮》「婦洗在北堂」鄭玄注。北，一作「此」。垂，通「陲」。即旁邊。鮑照〈望宅中樹有所思〉：「何當共攀折，歌笑此堂陲。」

【語　譯】我家的庭院中有一棵樹，秋天到來它正樹葉茂盛。樹上有一對鳥兒在跳舞，樹中突出一根繁茂的合歡枝。憂傷地望著鳥兒，又憂傷地思念著你，你我相見而不能相愛。何時才能與你像那樹枝上的雙棲鳥，一起在北堂邊歌唱歡笑。

【研　析】此詩用傳統的比興手法寫古老的相思主題，樸實無華，情真意切。詩的前四句，描寫秋葉離離的樹枝上棲鳥的歡愛場景，讓人豔羨。後四句寫單戀中的女主人「勞思復勞望，相見不相知」的苦澀。而之前「秋夜正離離」一句，正也暗示了女主人年歲已大，有「何當共攀折」的焦灼及「歌笑北堂垂」的切望。然而這一切似乎都要被失望所吞沒，因為秋已深，冬天就要來臨，讓人深痛。詩題曰「望」，實際是想像、懷念中之

「望」；「宅中樹」並非在作者眼前，而在千里之外的家鄉。

宿晉安亭

【題解】晉安，唐屬山南道閬州。地在今四川南部縣西北。晉安亭，指晉安縣中客亭。此詩為咸亨元年（西元六七〇年）夏、秋間遊閬州時作。詩描寫夜宿晉安亭所見之美景，並抒發其旅途悽惶之情。題一作〈宿晉安寺〉，然詩中並無涉及佛典，非是。

聞有弦歌地，穿鑿本多奇❶。遊人試一覽，臨翫❷果忘疲。窗橫暮捲❸葉，簷臥古生枝。舊石開紅蘚，新荷覆綠池。孤猿稍斷絕，宿鳥復參差❹。泛灩月華曉，徘徊星鬢垂❺。今日刪書客，悽惶君詎知❻？

【注釋】❶聞有弦歌地二句　弦歌，《論語・雍也》：「子之武城，聞弦歌之聲。」因子游任武城宰，以弦歌為教民之具，後以「弦歌」代指出任縣令，「弦歌地」代指縣署。穿鑿，開山鑿池之謂。此指縣亭建築結構之美。❷臨翫　觀賞、遊玩。徐陵〈奉和山池〉：「樓臺非一勢，臨玩自多奇。」❸捲　一作「落」。❹孤猿稍斷絕二句　稍，張相《詩詞曲語辭匯釋》：「猶纔也。」宿，一作「百」。參差，不齊的樣子。形容宿鳥鳴聲雜亂。徐陵〈奉和山池〉：「雲生對戶石，猨掛入欄枝。」此二句用其意。❺泛灩月華曉二句　泛灩，浮光的樣子。江淹〈雜詩・休上人〉：「露彩方泛灩，月華始徘徊。」星鬢，花白的頭髮。見〈和王奭秋夜有所思〉注❻。❻今日刪書客二句　刪書客，指孔子。《史記・孔子世家》：孔子之時，周室微而禮樂廢。乃追跡三代之禮，序《書傳》，上紀唐虞，下至秦繆，編次其事。又，從三千餘篇詩中，取可施於禮義者三百五篇。此處以孔子自喻，言其如孔子生活漂遊不定。悽惶，同「栖皇」。奔波、忙碌不安的樣子。《論語・憲問》：「微生畝謂孔子曰：

「丘何為是栖栖者與?無乃為佞乎?」」惶,一作「遑」。君,應指晉安縣令。

【語譯】傳聞您弦歌而治的縣署,自然多有穿山鑿池之美。遊客計畫到這裏作一參觀,身臨其境果然不知疲倦。夜晚從窗戶望去,地上橫鋪著落葉,屋簷下躺著古樹新枝。年代很舊的階石上長著紅苔蘚,剛出水的荷葉覆蓋在碧綠的池水上。孤猿的鳴聲纔停止,鳥巢裏的鳥高高低低叫開了。月輝如水,灑落在即將天明的大地,我徘徊不止,低垂著花白的頭。今日我這個刪書之人,東西飄蕩,奔波忙碌,您可知道?

【研 析】詩首四句總寫其聞見,開門見山,以「多奇」與「忘疲」二辭領起,為後來的描寫打開局面。「窗橫」以下六句,寫亭之「多奇」:窗之奇、簷之奇、石之奇、池之奇、猿鳥之奇,這些都給人視聽的美好享受,讓人覺得平靜悠閒。因為是寫「宿」晉安亭之所玩,故作者視聽所得者皆為夜景。「舊石開紅蘚」一句,尤值得玩味。「紅蘚」者,實際是夜燈灑落綠色蘚苔上所致。用「開」字,而不用「鋪」或「長」,乃是形容石上之苔稀疏,且紅豔如花。固可稱「奇」,然實是作者的錯覺,而這錯覺正亦暗合夜宿之特殊場景。「泛灩」二句,言遊覽奇景或自夜達旦,或夜中僅作小憩,天剛亮又要離開此地了,對此地奇景依依不捨,故徘徊不已。這正寫其「忘疲」二字。然而忘疲,僅是「覽奇」之下的短暫反應,事實上他還是「疲」的。「徘徊星鬢垂」的另一層含義就是:年歲老大還奔波在旅途。這實在讓人同情。末二句,「刪書客」,在結構上是應詩首之「弦歌地」而來者,原是古代文人用以代稱孔子的。而此處用以自指,實含自嘲,因為他實際上不過是一個小小的書記而已,卻也「悽惶」不可終日。「君詎知」三字,含對晉安亭主的豔羨,也對己之疲憊之自憐。因著「悽惶」二字,其中的「徘徊」多了一份焦灼,他對晉安亭奇景的流覽可能是心不在焉的,怪不得會有「舊石開紅蘚」的錯覺。從末句推測,此詩似有所干請而作。

于時春也慨然有江湖之思寄此贈柳九隴

【題解】九隴，唐初曾屬益州，後屬彭州。以境內有九隴山而名。地在今四川彭縣西。柳九隴，據王勃〈春思賦序〉，即九隴縣令柳明，字太易。又名明獻，字太初。河東人。此詩敘其半生遊宦的疲憊經歷，繼而表其在春晚時節慨然有江湖之思，並寄言同道柳九隴無需在外浪度光陰。當作於咸亨二年（西元六七一年）春為新都縣尉時。

提琴一萬里，負書三十年❶。晨攀偃蹇樹，暮宿清泠泉❷。翔禽鳴我側，旅獸過我前。無人且無事，獨酌還獨眠。遙聞彭澤宰，高弄武城弦❸。形骸❹寄文墨，意氣託神仙。我有壺中要，題為〈物外篇〉❺。將以貽好道，道遠莫致旃❻。相思勞日夜，相望阻風煙。坐惜春華晚❼，徒令客思懸。水去東南地，氣凝西北天❽。關山悲蜀道，花鳥憶秦川❾。天子何時問，公卿本不憐❿。自哀還自樂，歸藪⓫復歸田。海屋銀為棟，雲車電作鞭⓬。倘遇鸞將鶴，誰論貂與蟬⓭。萊洲頻度淺，桃實幾成圓⓮。寄言飛鳧舄，歲晏共聯翩⓯。

【注釋】❶提琴一萬里二句　古人以琴、書連用，代指讀書求學生活。《史記．孔子世家》：「後世因廟藏孔子衣冠琴車書，至於漢二百餘年不絕。」陶淵明〈與子儼等疏〉：「少學琴書，偶愛閑靜。」負書，《戰國策．秦策》：蘇秦始將連橫，說秦王書十上而不納。資用乏絕，去秦而歸。羸縢履蹻，負書擔橐，形容枯槁，面目犁黑，狀有歸色。作者約生於唐太宗貞觀九年（西元六三五年），是時年已四十。自十餘歲時外出遊學求官，已近三十年，故有倦意。❷晨攀偃蹇樹二句　偃蹇，高的樣子。《楚辭．招隱士》：「桂樹叢生兮山之幽，偃蹇連蜷兮枝相繚……攀援桂枝兮聊淹留。」王逸注：「所持美木，喻美行也。」清泠泉，清涼的溪水。❸遙聞彭澤宰二句　彭澤宰，指陶淵明。《宋書・陶潛傳》：「(潛) 謂親朋曰：『聊欲弦歌，以為三徑之資可乎？』執事者聞之，以為彭澤令。」此代指柳明。武城弦，即武城宰之弦歌。見〈宿晉安亭〉注❶。❹形骸　指人的形體、外表。❺我有壺中要二句　壺中要，神仙之道的要旨。《後漢書・費長房傳》：汝南人費長房，曾為市掾，見市中有老翁賣藥，懸一壺於肆頭，及市罷，輒跳入壺中。長房異焉。詣翁，翁乃與俱入壺中，見玉堂嚴麗，旨酒甘肴盈衍其中。後長房隨翁學仙。物外篇，《莊子》篇名。此指神仙道術一類著作。物外，指塵世之外。❻將以貽好道二句　貽，贈。好道，愛好神仙道術之人。旃，之焉的合音。〈古詩十九首〉：「將以遺所思」、「路遠莫致之」。❼坐惜春華晚　坐，《詩詞曲語辭匯釋》：「坐，猶徒也；空也；枉也。」春華，春光美景。蘇武〈古詩〉：「努力愛春華，莫忘歡樂時。」❽水去東南地二句　據《淮南子・天文》：天地之陰陽精氣凝積而生日月星辰。共工氏嘗與顓頊爭為帝，怒觸不周山，天柱折，地維絕。天傾西北，故日月星辰移焉；地不滿東南，故水潦塵埃歸焉。二句從此化出，言與友朋兩地懸隔。❾秦川　指秦嶺以北的渭河平原。❿天子何時問二句　天子何時問，用漢文帝徵見賈誼於宣室而問鬼神之事。公卿本不憐，亦用賈誼事。《史記・屈原賈生列傳》：「天子議以為賈生任公卿之位。絳、灌、東陽侯、馮敬之屬盡害之。……於是天子後亦疏之，不用其議。」不，一作「亦」。⓫藪　水淺草茂的澤地。泛指山野。⓬海屋銀為棟二句　海屋，《史記・封禪書》：「此三神山 (指蓬萊、方丈、瀛洲) 者，其傳在渤海中。其物禽獸盡白，而黃金銀為宮闕。」此泛指神仙居處。棟，一作「柱」。雲車，《博物志》卷八：漢武帝好仙道，「七月七日夜漏七刻，王母乘紫雲車而至於殿西。」電作鞭，《淮南子・覽冥》：「電以為鞭，策雷以為車輪。」⓭倘遇鸞將鶴二句　鸞、鶴，代指仙人。見《文選》江淹〈別賦〉「駕鶴上漢，騎鸞騰天」李善注。將，猶與。貂與蟬，冠上飾物。司馬彪《後漢書・輿服志》：武冠，「侍中、中常侍加黃金璫，附蟬為文，貂尾為飾，謂之趙惠文冠。」代指高位顯爵。⓮萊洲頻度淺二句　萊洲，指蓬萊仙山。頻度淺，幾次度海時海水變淺。葛洪《神仙傳》：東海人王方平過吳，住胥門蔡經家，因遣人招麻姑，麻姑自說云：「接待以來，已見東海三為桑田。向到蓬萊，水又淺於往日會時略半，將復為陵陸也。」桃實，班固《漢武帝內傳》載：王母命侍女以玉盤盛仙桃與帝食，味甘美。帝食輒收其核，欲種之。母曰：「此桃三千年一生實。」帝乃止。⓯寄言飛鳧舄二句　傳云王喬為葉令，每月朔常來詣臺朝，而不乘車騎。人見其臨至時，常有雙鳧從東南飛來。舉羅張之，得一雙舄。視之，實王喬之官履也。見應劭《風俗通・正失》。後常以鳧舄指代縣令。歲晏，猶言歲晚。共，一作「同」。聯翩，鳥飛的樣子，此指羽化飛升。

【語　譯】我扛著琴遊歷一萬里，背著書包求學三十年。清晨攀援著高高的桂樹，晚上露宿在清泠的泉水旁。飛鳥在我旁邊鳴叫，野獸經過我的身前。沒有人可以交往，也無所事事，一個人獨自飲酒，獨自昏睡。遠遠地聽說您有陶彭澤的風采，您像武城宰子游一樣無為而治彈奏著高雅的琴弦。您表面上遊戲於吟詩作賦，您的志願和精神卻追求神仙長生之道。我有關於神仙之道的要旨，題名為〈物外篇〉。我將以此贈給那追求此道的朋友，然而因路遠沒有能夠將它送達。只有日日夜夜憂愁地思念，相互遙望卻為風塵所阻隔。徒然惋惜春光美景流逝，只讓遊子空有相思之苦。江河滾滾向東南奔去，日月星辰遙掛西北之高天。為蜀道上關隘山川之險阻而悲歎，看見春花春鳥，不禁想起秦川。天子何時能存問於我，公卿大夫本來就不憐惜我的才華。自己悲傷著，自己快樂著，回到山野去吧，回到田園去吧。海中仙山金銀為屋室，仙人的雲車以雷電作馬鞭。如果遇到鸞鳳與仙鶴，誰還在意什麼有貂尾和蟬飾的官帽。渡海去蓬萊仙山，海水淺了好幾回，王母的蟠桃也結了好幾輪圓圓的果實。我想對您這位駕著飛鳧的縣令說，時間已經很遲了，我們一起飛升吧。

【研　析】詩分三節。自詩首至「獨酌還獨眠」八句為第一節，自敘其漫長而艱辛的求學生活。「一萬里」，言其所歷之廣，旅途之勞頓；「三十年」，言其漫長而堅持也。「晨攀」、「暮宿」二句言其志向之高潔，「翔禽」、「旅獸」二句扣緊前二句寫樹上、泉邊生活之苦況，「無人」、「獨酌」二句亦扣緊「翔禽」、「旅獸」二句言其孤獨無友。總之，這一段都在首二句的統攝之下，使「一萬里」、「三十年」不再是枯燥、乾癟的數據，而是活動的、豐滿的生活畫面，我們甚至可以觸摸到它的溫度。自「遙聞」以下十二句為第二節，言欲與柳九隴修好而道遠莫致。在「一萬里」、「三十年」之極端孤獨無奈的情況下，亟需得到友人的幫助。一旦聽聞九隴縣令柳君有陶彭澤、子游之風采，「形骸寄文墨，意氣託神仙」，自是欣喜若狂。而我在「無人且無事，獨酌還獨眠」的日子裏亦修得「壺中要」，二人可謂「好道」。然終究是「遙聞」，欲修好而為道遠所阻，只剩「相思」、「相望」而已。「坐惜春華晚，徒令客思懸」二句與首二句形成照應，可見其焦灼、苦惱更深更強。同時，亦點明題中「于時春也」之意。自「水去」以至詩末為第三節，寫其江湖之思，並寄言同道柳九隴。「水去東南地，氣凝西北天」，言冬去春來，時光飛逝。「關山」二句言空間懸隔，去往京城之路阻斷。「天子」二句，言未受朝中重視，回應前「無人還無事」一句；「自哀」二句，言其絕望之情，使前「獨酌還獨眠」之意更透一層。以上言進入朝中無望。而這不僅是我的處境，似乎亦是柳九隴之同有者。「海屋」句以下言江湖之思也。「萊州」二句，與「水去」二句形成照應，言仙界時間的變化。「歲晏」二字頗可玩味，題中明言「于時春也」，為何言「歲晏」呢？可見其內心「時不我與」之焦灼。

至望喜矚目言懷貽劍外知己

【題　解】據嚴耕望《唐史研究叢稿・唐代金牛成都道驛程述》，望喜，乃唐代驛站名，在利州益昌縣（今四川廣元西南）。劍外，指劍門以南，即蜀中。觀「無繇召宣室」句，時作者似被外任，當作於總章二年（西元六六九年）五月赴新都尉途中。詩寫奉使西蜀的艱辛經歷及孤獨無依之感。

聖圖夷九折，神化掩三分❶。緘愁赴蜀道，題拙奉虞薰❷。隱轔度深谷，遙裔上高雲❸。碧流遞縈注，青山互糾紛❹。澗松咽風緒，巖花濯露文❺。思北常依馭，圖南每喪群❻。無繇召宣室，何以答吾君❼。

【注　釋】❶聖圖夷九折二句　聖圖，天子的雄圖大略。夷，使之平坦。九折，即九折坂。在今四川滎經西邛崍山。山路險阻迴曲，須九折乃得上。見〈早度分水嶺〉注❹。神化，天子的德化。三分，指魏、蜀、吳三國割據。諸葛亮〈前出師表〉：「今天下三分，益州疲弊。」此概言全國，而專意於蜀。❷緘愁赴蜀道二句　緘愁，含愁。江總〈七夕〉詩：「橫波翻瀉淚，束素反緘愁。」題拙，被冠以「拙」字來評價，或以性拙自命。潘岳〈閒居賦序〉云：「自弱冠涉乎知命之年……雖通塞有遇，抑亦拙者之效也。昔通人和長輿之論余也，固謂『拙於用多』。稱多則吾豈敢，言拙信而有徵。」此言滿腔愚忠也。奉，接受；承受。虞薰，指舜歌南風之詩。薰，即薰風，南風。《孔子家語・辨樂解》：「昔者舜彈五弦之琴，造南風之詩。其詩曰：『南風之薰兮，可以解吾民之慍兮……』」此指天子恩澤。❸隱轔度深谷二句　隱轔，突起不平的樣子。見《文選》司馬相如〈上林賦〉「隱轔鬱壘」郭璞注。遙裔，遠的樣子。謝靈運〈擬魏太子鄴中集〉：「遙裔起長津。」❹碧流遞縈注二句　遞，交替；順次更迭。縈注，迴旋流入。糾紛，重疊交結。見《文選》司馬相如〈子虛賦〉「交錯糾紛，上干青雲」李善注。❺澗松咽風緒二句　左思〈詠史〉：「離離山上苗，鬱鬱澗底松。」風緒，即緒風，風之餘者。《楚辭・九江・涉江》：「欸秋冬之緒風。」露文，露珠的光彩。江淹〈別賦〉：「露下地而騰文。」一本無「澗松」以下四句。❻思北常依馭二句　思北，〈古詩十九首〉：「胡馬依北風，越鳥巢南枝。」依馭，依靠、親附駕車的人。馭，駕車的人。《莊子・盜跖》：「顏回為馭，子貢為右。」此處比喻能選賢任能的執政大臣。圖南，謂大鵬展翅南飛。《莊子・逍遙遊》：「鵬之徙於南冥也，水擊三千里，摶扶搖而上者九萬里……而後乃今將圖南。」此喻南行入蜀。❼無繇召宣室二句　無繇，無從；無由。宣室，《漢書・賈誼傳》：「文帝思誼，徵之。至，入見，上方受釐，坐宣室。……乃拜誼為梁懷王太傅。」顏師古注引蘇林曰：「宣室，未央前正室也。」此代指朝廷。

【語　譯】天子的雄圖大略欲使九折坂變得平坦，朝廷的德化遍及到全國。含著憂愁踏上赴蜀之路，自以為才性拙劣，卻承受天子的恩惠薰風。度過突兀不平的深山幽谷，路途遙遙像伸向高高的雲天。青綠的河水交替迴旋環繞，青翠的羣山重重疊疊，連綿起伏。澗底的松樹吞吐著餘風，山巖上的花朵沾著晶瑩的露珠。懷念北地，總寄希望於那些選賢任能的執政者，此次南行蜀國，卻經常失羣孤飛。沒有來由像賈誼那樣在宣室被召見，我將如何報答我的君主。

【研　析】自詩首至「遙裔上高雲」六句，寫題中「至望喜」三字，其中「聖圖」四句點明此次南行乃是奉朝廷之命而為，是天子「聖圖」、「神化」的具體實施。「夷九折」，言「聖圖」之雄；「掩三分」，言「神化」之廣。「蜀道」即「九折」、「三分」也，「虞薰」即「聖圖」、「神化」也。其實「赴蜀道」即是「奉虞薰」也。「隱轔」二句，下「度」、「上」二動詞，具寫赴蜀道之狀，其中即暗含「至」之一字矣。自「碧流」以下四句，言矚目遊望所得。「碧流」縈注、「青山」糾紛，言其盛多之狀，然似皆披「聖圖」；「澗松」亦能咽風緒，「巖花」亦得濯露文，可見其艱險之勢，然皆沾「神化」。「思北」以下四句，乃言懷也。「思北」二句寫其孤獨無依；「無繇」二句，寫其報國無門。其實在詩的前一部分詩人已經透露了他的心跡：蜀道既已「夷」、蜀地既已「掩」，故詩人「緘愁」赴之，但畢竟本自有「愁」；既能識「聖圖」、「神化」，又何必「題拙」，殆非「識」拙，而是「性」拙也。孤獨無依，「愁」也；報國無門，「拙」也。仔細咀嚼此數字，方可理解作者因拙遭貶殊方的真實情形。

赤谷安禪師塔

【題解】赤谷，《漢書‧西域傳》：「烏孫國大昆彌治赤谷城，去長安八千九百里。」安禪師，殆即赤谷人歟？或云赤谷在今陝西眉縣東南，以赤谷水得名。或云在今甘肅天水市郊暖和灣，杜甫有〈赤谷〉詩云「晨發赤谷亭，險艱方自茲」，即此。具體未詳。禪師，僧侶之尊稱。塔，即塔廟，僧人說法處。詩讚安禪師所居之雅、修行持德之高，並表達對禪師的崇敬與嚮往之情。未詳何時所作。

獨坐巖之曲，悠然無俗氛❶。酌酒呈丹桂❷，思詩贈白雲。煙霞朝晚聚，猿鳥歲時聞❸。水華競秋色，山翠含夕曛❹。高談十二部，細覈五千文❺。如如數冥昧，生生理氤氳❻。古人有糟粕，輪扁情未分❼。且當事芝朮，從吾所好云❽。

【注釋】❶俗氛　世俗的煩擾。氛，一作「紛」。❷丹桂　即桂酒，用桂花浸製的酒。❸煙霞朝晚聚二句　晚，一作「暝」。歲，一作「四」。❹水華競秋色二句　競，爭逐。競，一作「鏡」。夕曛，黃昏的陽光。謝靈運〈晚出西射堂〉詩：「曉霜楓葉丹，夕曛嵐氣陰。」❺高談十二部二句　十二部，佛家語，指十二部經。佛家將一切經分為修多羅、祇夜、伽陀、尼陀那、伊帝目多、闍多伽、阿浮達摩、阿波陀那、優婆提舍、優陀那、毗弗略、和伽羅等十二類。詳見《智度論》卷三十三。此泛指佛經。覈，核驗；對照。五千文，又稱「五千言」，指老子《道德經》。《史記・老子韓非列傳》：「老子乃著書上下篇，言道德之意五千餘言而去。」❻如如數冥昧二句　如如，佛家指真如常在、圓融而不凝滯的境界。《大乘義章》三：「如義非一，彼此皆如，故曰如如。如非虛妄，故復經中亦名真如。」冥昧，幽暗。《易・乾鑿度》：「物之生於冥昧。」生生，謂流轉輪迴，孳息不絕。《楞嚴經》三：「生死死生，生生死死，如旋火輪，未有休息。」理氤氳，謂佛家輪迴之說浩如元氣，充塞天地。氤，一作「氛」。❼古人有糟粕二句　《莊子・天道》：齊桓公讀書於堂上，輪扁斫輪於堂下。輪扁謂桓公所讀者乃古人之糟魄也。桓公問其故，輪扁以斫輪之技為喻，謂其「得之於手而應於心，口不能言，有數存焉於其間，臣不能以喻臣之子，臣之子亦不能受之於臣……古之人與其不可傳也，死矣。然則君之所讀者，古人之糟魄已夫。」情，語辭。實在；確實。❽且當事芝朮二句　事芝朮，從事於服食求仙。芝，菌類植物的一種，古人以為瑞草。朮，草名，又名山薑、山連。道教徒謂服食此二種可以成仙。從吾所好，順從自己的意願做事。《論語・述而》：「子曰：富而可求也，雖執鞭之士，吾亦為也。如不可求，從吾所好。」

【語　譯】獨自坐在山巖的角落，悠閒而沒有世俗的煩擾。斟上芬芳的丹桂美酒，吟詩奉贈飄逸的白雲。美麗雲霞早晚聚集於此，一年四季都能聽到猿鳴鳥唱。水上的美好風光表露出秋天的氣象，山中青翠的森林灑滿夕陽的餘暉。高聲談論佛家的各類經典，細細考核老子的《道德經》。論述圓融無礙的幽深佛理，梳理浩如元氣的輪迴之說。古人造設諸說尚有無用的糟粕，而輪扁又其實並未分清楚。還是應該去從事服食求仙之事，順從我內心的喜好去做吧。

【研　析】詩的前四句，言安禪師性雅而才美，俗人可仰而不可及。此「無俗氛」之「巖之曲」或即題中所稱之「赤谷」。「煙霞」以下四句寫安禪師塔，然此四句並不正面寫塔之本身，而用側筆寫塔周圍之景色：煙霞、猿鳥、水華、山翠。究其實這是安禪師塔中長年坐禪的生活背景。如果說「酌酒」二句寫其「悠然」，則此四句寫其「無俗氛」。「高談」四句，寫禪師說法之高妙。「古人有糟粕」四句，寫登塔聽法之感受。因禪師說法

「數冥昧」、「理氤氳」，故覺輪扁「糟粕」之說的浮淺，而自己則更不及輪扁，在深奧幽微的佛法面前蒙昧無知，故只能望洋興歎而已。「事乏朮」云者，與安禪師之「十二部」相較，殆「俗人」所為也。

贈益府裴錄事

【題解】益府，即益州大都督府。據《舊唐書・地理志》，龍朔二年由西南道行臺升置，駐成都。錄事，官名。《新唐書・百官志四》：「大都督府錄事參軍一人，正七品上；錄事二人，從九品上。」省稱「錄事」。掌總錄眾官署文簿，舉善彈惡。裴錄事，名未詳。詩抒寫歲晚時節對遠隔異地朋友的深切懷念。約於咸亨元年（西元六七〇年）秋晚作。

忽忽歲云暮，相望限風煙❶。長歌欲對酒，危坐遂停弦❷。停弦變霜露❸，對酒懷朋故。朝看桂蟾晚，夜聞鴻雁度❹。鴻度何時還，桂晚不同攀❺。浮雲映丹壑，明月滿青山。青山雲路深，丹壑月華臨。耿耿離憂積，空令星鬢侵❻。

【注釋】❶忽忽歲云暮二句　歲云暮，猶言到了年底。〈古詩十九首〉：「凜凜歲云暮。」云，句中語辭，無義。風煙，猶風塵。梁吳均〈與宋元思書〉：「風煙俱靜，天山共色。」❷長歌欲對酒二句　長歌，樂府歌辭有長歌行、短歌行。晉崔豹《古今注・音樂》：「長歌、短歌，言人生壽命長短分定，不可妄求也。」又長歌、短歌，言其發聲之短長也。停弦，罷琴。❸霜露　此指《詩經・國風・秦風》：「蒹葭蒼蒼，白露為霜。所謂伊人，在水一方。」乃懷人之詩。❹朝看桂蟾晚二句　桂蟾，指月亮。古時傳云月中有桂樹。見隋杜公瞻《編珠・天地部》引晉虞喜〈天安論〉。又傳云月中有蟾蜍。見《藝文類聚》卷一引《五經通義》。❺桂晚不同攀　用淮南小山〈招隱士〉「攀桂枝兮聊淹留」句意。❻耿耿離憂積二句　耿耿，煩躁不安的樣子。星鬢，花白頭髮。見〈和王奭秋夜有所思〉注❻。鬢，一作「髮」。

【語　譯】忽然就要到年底，相互惦念，卻為風塵所阻隔。唱起長歌行，想要就飲美酒，端坐無聊，於是停止弦奏。停止弦奏，改奏「白露為霜」的曲調，就飲美酒，懷念故友。早晨遙看月亮落山之景，夜晚諦聽鴻雁北飛的聲音。鴻雁北飛什麼時候能南還，倘歲晚桂樹枯黃，則不能同時攀折。浮雲的光彩映在紅色的澗谷，月光灑滿青翠的山嶺。青山上的小路通向浮雲深處，丹壑上月暉如水傾瀉。我煩躁不安，離愁別恨填滿胸中，徒然使白髮爬上兩鬢。

【研　析】此詩以歲暮懷友發起，以抒發時不我待的焦灼作結。主題簡潔明瞭，然其結構卻複雜多變，幾次換韻，見其節奏之繁促。而文字上又用雙線頂針格，使其結構緊密無縫。文字、音韻的交錯連綴，構築一種文斷意不斷，韻斷文不斷、迴環流轉的整體效果，讓讀者氣短意迷。四傑詩多用頂針格，此大約本為歌辭所有，便於歌者，對於表達九曲迴腸的感情亦有特殊的意義。此詩雖非長篇，卻是典型。

贈益府羣官

【題　解】本詩自敘其艱難曲折的經歷及孤獨無依的處境，表達歲晚思鄉的急切心情。此與前詩皆稱「歲云暮」，又作於益府，且結構亦有類似痕跡，當為同時作。

一鳥自北燕，飛來向西蜀。單棲劍門上，獨舞岷山足❶。昂藏❷多古貌，哀怨有新曲。羣鳳從之遊，問之何所欲。答言寒鄉子，飄颻萬餘里❸。不息惡木枝，不飲盜泉水❹。常思稻粱遇，願棲梧桐樹❺。智者不我邀，愚夫余不顧。所以成獨立❻，耿耿歲云暮。日夕苦風霜，思歸赴洛陽。羽翮毛衣短❼，關山道路長。
明月流客思，白雲迷故鄉。誰能借風便，一舉凌蒼蒼❽。

【注　釋】❶一鳥自北燕四句　據《舊唐書》本傳，盧照鄰為幽州范陽人。范陽，古屬燕地，今河北涿州。單，孤獨。劍門，即大劍山。在劍州普安縣西北，亦稱梁山。此泛指蜀山。岷山，今四川西北部諸山之總稱。岷，一作「崏」。❷昂藏　器宇軒昂不凡的樣子。陸機〈晉平西將軍孝侯周處碑〉：「汪洋廷闕之傍，昂藏寮寀之上。」❸答言寒鄉子二句　寒鄉子，言出身偏僻。鮑照〈代東武吟〉：「僕本寒鄉士，出身蒙漢恩。」飄飆，飛動的樣子。飆，一作「飄」。❹不息惡木枝二句　息，一作「識」，誤。惡木，賤劣的樹。盜泉，水名。《水經注・洙水》：「洙水西南流，盜泉水注之。」《文選》陸機〈猛虎行〉：「渴不飲盜泉水，熱不息惡木陰。」李善注：「孔子至於勝母，暮矣而不宿；過於盜泉，渴矣而不飲。惡其名也。」❺常思稻粱遇二句　稻粱遇，謂恩遇。《文選》劉峻〈廣絕交論〉：「分雁鶩之稻粱。」李善注引《韓詩外傳》：「田饒謂魯哀公曰：『黃鵠止君園池，啄君稻粱。』」梧桐樹，《莊子・秋水》：「南方有鳥，其名為鵷鶵……夫鵷鶵發於南海，而飛於北海，非梧桐不止。」鵷雛，鸞鳳之屬。❻立　一作「坐」，似誤。❼羽翮毛衣短　翮，羽莖，也代指鳥翼。毛衣，即鳥羽。曹植〈白鶴賦〉：「承邂逅之僥倖兮，得接翼於鸞凰。同毛衣之氣類兮，信休息之同行。」❽一舉凌蒼蒼　《史記・留侯世家》：「鴻鵠高飛，一舉千里。」

【語　譯】一隻鳥自北國燕地飛來，又飛向遙遠的西蜀。孤單地棲息在劍門之上，獨自在岷山腳下旋舞。器宇軒昂，古貌不凡，鳴聲哀怨，自唱新曲。諸多鳳鳥與牠一起遊處，問牠有什麼願望。牠答道：我是來自窮鄉僻壤的人，飄蕩外鄉一萬多里。不棲息於醜陋的樹枝，不飲使人起貪念的盜泉水。常常思念報答主人的恩遇，希望棲息在梧桐樹上。上智者不願邀我同行，下愚之人我又不願意理睬。所以變得很孤立，憂悶中不覺又到了歲末。黃昏時為風霜所苦，想要歸家奔赴洛陽。鳥翅羽毛很短，而關隘山川道途很長。明月的光輝像遊子的鄉愁無邊無際，白雲茫茫，看不清故鄉的方向。誰能借我大風的便利，使我一飛衝向高高的青天。

【研　析】這是一首寓言體詩。以一鳥自喻，以羣鳳比羣官，設為問答，以抒寫其意。詩分三節。自詩首至「哀怨有新曲」為第一節。「一鳥」二句，寫其漂泊之遠；「單棲」二句，寫其孤獨無助；「昂藏」句，寫其器宇不凡；「哀怨」句，寫其內心苦悶，並言及贈益府羣官之意。自「羣鳳從之遊」以下十二句為第二節。乃繼「哀怨有新曲」句而來者，此「新曲」乃自敘其經歷、性情及志願及處境，寫足其「昂藏」之一面，及解釋其孤獨、哀怨之緣由。自「日夕苦風霜」句至詩末為第三節，寫道阻且長，思歸而無力的哀怨，並表達希求幫助之意。孤獨而思歸，乃自然之理。「日夕苦風霜」緊接「耿耿歲云暮」一句而來，何況已到歲末風霜苦逼之時。然「羽翮毛衣短」，不足以禦寒。且由此地「歸赴洛陽」，道阻且長，而思鄉愈切。「明月」句寫夜晚客思難耐。「白雲」句寫日望故鄉而愈遠。這也正是詩人「哀怨」之最切者。末二句直托出其歸鄉熱望。此詩情深意切，委婉動人。祝尚書《盧照鄰集箋注》以為時蓋有離新都尉之意。而李雲逸《盧照鄰集校注》以為時照鄰辭官，在蜀盤桓一歲，倦遊思歸。

失羣雁

【題　解】詩前有序云：「溫縣明府以〈雁詩〉垂示。余以為古之郎官，出宰百里，今之墨綬，入應千官，事止雁行，未宜傷歎；至如羸臥空巖者，乃可為失羣慟耳！聊因伏枕多暇，以斯文應之。」謂「伏枕多暇」云者，則此詩蓋作於儀鳳三年（西元六七八年）前後數年臥病洛陽東龍門山時。溫縣臨近洛陽。此詩為酬答溫縣明府某〈雁詩〉而作，自敘其萬里長征而最終羽毛摧頹的淒慘經歷，並對溫縣明府表示欽羨和安慰。

三秋北地雪皚皚，萬里南翔度海來❶。欲隨石燕沈湘水，試逐銅烏繞帝臺❷。

帝臺銀闕距金塘，中間鵷鷺已成行❸。先過上苑傳書信，暫下中州戲稻粱❹。虞人負繳來相及，齊客虛弓忽見傷❺。毛翎顦顇❻飛無力，羽翮摧頹君不識。唯有莊周解愛鳴，復道郊歌重奇色❼。惆悵驚思悲未已，徘徊自憐中罔極❽。傳聞有鳥集朝陽，詎勝仙鳧邇帝鄉❾。雲間海上應鳴舞，遠得鵾弦猶獨撫❿。金龜全寫中牟印，玉鵠當變萊蕪釜⓫。願君弄影鳳凰池，時憶籠中摧折羽⓬。

【注釋】❶萬里南翔度海來　《詩經・鴻雁》：「鴻雁于飛。」孔疏：「春則避陽暑而北，秋則避陰寒而南。」度海，用《漢書・蘇武傳》所載有雁由北海至上林傳書事。度，一作「渡」。❷欲隨石燕沈湘水二句　《水經注・湘水》：「(湘水)逕石燕山東。其山有石，紺而狀燕，因以名山。其石或大或小，若母子焉。及雷風相薄，則石燕羣飛，頡頏如真燕矣。」湘水，即今湖南湘江。銅烏，傳云長安靈臺上有相風銅烏，千里風至，此烏乃動。見《三輔黃圖》卷五。帝臺，本神仙名。其於伊闕西南之鼓鐘山宴會百神。見《山海經・中山經》。此借以言東都洛陽。❸帝臺銀闕距金塘二句　銀闕，《史記・封禪書》：「蓬萊、方丈、瀛洲三神山皆「黃金銀為宮闕」。金塘，以石緣邊之池。金，言其色黃且質堅也。劉楨〈公讌〉詩：「菡萏距金塘。」銀闕、金塘，並喻指宮苑。距，抵。猶言連著。鵷鷺，皆鳥名。此二類鳥羣飛而有序，因以喻朝官班行。《隋書・音樂志》：「懷黃綰白，鵷鷺成行。」❹先過上苑傳書信二句　上苑，即上林苑。秦置，漢武帝時擴建，供天子春秋田獵時所用。地在今陝西長安、盩厔、戶縣界。上苑傳書，用漢蘇武事。見本詩注❶。中州，猶言中原。稻粱，謂恩遇。見〈贈益府羣官〉注❺。州，一作「洲」。❺虞人負繳來相及二句　虞人，古代掌山澤園囿及田獵之官。見《周禮・地官・山虞》。繳，繫在箭上的生絲繩，射鳥用。齊客，指齊人更羸。傳云更羸善射。雁從東方來，飛徐而鳴悲，更羸以虛發而下之，曰：「飛徐者，故瘡痛也；悲鳴者，久失羣也。故瘡未息而驚心未去也，聞弦音引而高飛，故瘡隕也。」見《戰國策・楚策四》。❻顦顇　枯槁的樣子。一作「頻頓」。❼唯有莊周解愛鳴二句　《莊子・山木》：莊周行於山中，見大木無所取材，為伐木者所捨，而得終其天年。又舍於故人家，故人欲殺雁以待之。豎子請曰：「其一能鳴，其一不能鳴。殺誰？」曰：「殺不能鳴者。」則雁以不材而死。弟子問人生何處？曰：周將處乎材與不材之間。郊歌，指漢樂府〈郊祀歌〉，古代帝王於郊外祭祀天地時所唱的歌曲。《漢書・禮樂志》載〈郊祀歌〉十九章，第十八章為〈象載瑜〉，序曰：「(武帝)太始三年行幸東海，獲赤雁，作。」

其辭有「赤雁集，六紛員，殊翁雜，五彩文」等句，故云「重奇色」。❽罔極　無窮無盡。《詩經・小雅・蓼莪》：「欲報之德，昊天罔極。」❾傳聞有鳥集朝陽二句　有鳥，即鳳鳥。有，語辭，無義。朝陽，山的東面。《詩經・國風・卷阿》：「鳳凰鳴矣，於彼高岡。梧桐生矣，於彼朝陽。」《毛傳》：「山東曰朝陽。」比喻百官之在朝也。詎，豈；難道。仙鳧，用王喬事。傳云王喬為葉令，每月朔詣臺朝，常乘雙鳧飛來。張羅致之，乃王喬雙履也。後常以鳧舄指代縣令。見〈于時春也慨然有江湖之思寄此贈柳九隴〉注⓯。邇，近。帝鄉，神話中天帝所居處。《莊子・天地》：「千歲厭世，去而上仙。乘彼白雲，至於帝鄉。」此指溫縣臨近東都洛陽。❿雲間海上應鳴舞二句　雲間，言飛之高。海上，言飛之遠。鮑照〈舞鶴賦〉：「指蓬壺而翻翰，望崑閬而揚音。」又，「唳清響於丹墀，舞飛容於金閣。」鵾弦，鵾雞好鳴，故古人用鵾雞筋做琴弦。又，古琴曲名有〈鵾弦〉。此用子游為武城宰事。參見〈宿晉安亭〉注❶。鵾弦，一作「鵾絃」。⓫金龜全寫中牟印二句　金龜，漢代丞相、三公、列侯、將軍之印制，均為金印、龜紐。見《漢舊儀・補遺上》。此泛指官員印信。寫，熔鑄。《國語・越語下》：「王命金工以良金寫范蠡之狀而朝禮之。」中牟印，代指中牟縣令。此用漢魯恭事。恭為中牟令，以德化為治，祥瑞頻見。蟲不犯境，化及鳥獸，豎子有仁心。後為司徒，子弟貴盛。見《後漢書・魯恭傳》。此句言魯恭能位至三公，佩金印龜紐，全因他曾在中牟任上的德治。玉鵠，即玉鼎、鵠鳥。《楚辭・天問》：「緣鵠飾玉，后帝是饗。」王逸注：「后帝謂殷湯。言伊尹始仕，因緣烹鵠鳥之羹，修玉鼎以事湯，湯賢之，遂以為相。」萊蕪釜，用後漢末范冉事。范冉漢桓帝時為萊蕪長，遭母憂，不到官。後辟太尉府，因遁身逃命於梁、沛之閒。衣食簡樸，時或斷炊，而窮居自若。閭里歌之曰：「甑中生塵，范史雲。釜中生魚，范萊蕪。」見《後漢書・獨行傳》。此句實謂萊蕪釜能變成玉鵠。⓬願君弄影鳳凰池二句　祝願溫縣令能進入朝廷，掌握樞要。鳳凰池，指中書省。《文選》謝朓〈直中書省〉詩：「茲言翔鳳池，鳴珮多清響。」李善注引《晉中興書》：「荀勖徙中書監為尚書令，人賀之，乃發恚曰：『奪我鳳凰池，卿諸人何賀我耶？』」羽，羽毛。代指鳥。左思〈詠史〉：「習習籠中鳥，舉翮觸四隅。」此自喻。

【語　譯】秋天的北國已經白雪皚皚，鴻雁向南飛越萬里沙漠。想要和石燕一起飛向湘江之濱，且將追逐靈臺上的相風銅烏繞帝都迴翔。帝都的銀闕和金塘相連，中間有高貴的鵷鷺成隊成行。先到上林苑去傳遞遠方的書信，再下到中原戲啄稻粱。掌管田獵的虞人背著生絲繩和箭矢緊隨而來，忽然被齊人更贏的虛弓而引發舊傷。毛羽枯槁稀落無力飛翔，翅膀被折斷的痛苦，您不會知道。惟有莊周理解大雁為什麼喜歡鳴叫，再說郊祀之歌也看重有五彩紋的大雁。我失意而驚訝，悲傷不已，我徘徊著，心中充滿無邊無際的自憐之意。傳說鳳鳥會集於朝陽的東山，豈能比過駕仙鳧的王喬臨近洛陽。仙鳧在雲霄之上、大海之間鳴叫翔舞，您遠得古人的鵾弦，獨自彈奏。漢魯恭位至三公，全憑他在中牟令上積下功德，您將像伊尹以玉鼎烹調鵠鳥羹而為殷湯之相，改變您目前「萊蕪釜生魚」的狀況。但願您在鳳凰池中撫弄自己的影子時，時常記起我這隻籠中摧折毛羽的窮鳥。

【研　析】這是一首寓言體詩。溫縣明府先贈之以〈雁詩〉，云「出宰百里」、「事止雁行」，為沒有實現自己更為宏大的抱負而傷歎。照鄰在此酬和詩裏，將「羸臥空巖」的自己比作一隻本已受傷失羣而被齊人更羸虛發而下的孤雁，來安慰溫縣明府，並鼓勵明府多行德治。詩分三節。自詩首至「暫下中州戲稻粱」八句，寫大雁離開自己的家鄉孤獨地萬里南翔，準備「沈湘水」、「繞帝臺」，又「過上苑」、「下中州」，可見其有多麼崇高的志願、美麗的夢想。「欲隨」、「試逐」、「先過」、「暫下」一連串的動詞，顯示牠忙碌、緊張、愉快的飛翔過程。「三秋」句，寫北地氣候之惡劣；「萬里」句，可見其勇敢追求理想的大氣概。自「虞人負繳來相及」至「徘徊自憐中罔極」八句為第二節。八句中的前四句寫孤雁在萬里南翔中忽遭不測，毛翎顛頷、羽翮摧頹。這是理想的幻滅，生命因此徹底失去顏色。家在萬里之外，又無朋友，誰會理解這種哀傷。牠雖是一隻哀鳴的大雁，一隻羽色奇美的大雁，只有莊周能理解其才美，但莊周已死；只有天子郊祀時方能受到重視，但又到不了天子身邊。「復道」一詞，尤為沈重。不道則已，一道則更為鬱悶。「惆悵」、「驚思」、「悲」是與前二句「唯有」、「復道」相對應的。「徘徊自憐」亦與「君不識」形成照應。自「傳聞有鳥集朝陽」至詩末八句為第三節。前二句「鳳鳥朝陽」喻百官在朝，「仙鳧」一典以漢王喬事喻〈雁〉詩作者在外任小縣令。「邇帝鄉」，言溫縣臨近洛陽。帝鄉，實亦即仙鄉也。雲間、海上，指仙鄉；「鵾弦」，用子游事。故在溫縣為縣令，朝陽的鳳凰哪得如此逍遙自在呢？「金龜」二句用漢魯恭、范雲之事，美言溫縣縣令有德政，必將「弄影鳳池」，列於公卿之位。末二句照應前篇以表達美好的祝願為結。此詩的中心是給溫縣明府以寬釋，也將自己心中多年的鬱積一瀉而出。

行路難

【題解】《樂府詩集》引《樂府解題》云：「備言世路艱難及離別悲傷之意，多以『君不見』為首。」此詩通過對渭橋邊一段枯木歷史的描述，抒寫人世榮華富貴不足恃、不如及時行樂的感慨。當作於咸亨四年（西元六七三年）前後。

君不見長安城北渭橋邊，枯木橫槎臥古田❶。昔日含紅復含紫，常時留霧亦留煙。春景春風花似雪，香車玉輦恒闐咽❷。若箇遊人不競攀❸，若箇娼家不來折。娼家寶襪蛟龍帔❹，公子銀鞍千萬騎。黃鶯一一向花嬌，青鳥雙雙將子戲❺。千尺長條百尺枝，月桂星榆相蔽虧❻。珊瑚葉上鴛鴦鳥，鳳凰巢裏雛鵷兒❼。巢傾枝折鳳歸去，條枯葉落任風吹。一朝憔悴無人問❽，萬古摧殘君詎知。

【章旨】謂古木昔日榮華熱鬧，而一旦摧敗無人問。

【注釋】❶君不見長安二句　渭橋，漢唐時長安城北渭水上的橋。《三輔黃圖》卷六：「渭橋，秦造橫橋。漢承秦制，廣六丈三百八十步，置都水令以掌之，號為石柱橋。」橫槎，枯木殘留的根茬。古田，猶言荒地。❷春景春風花似雪二句　花似雪，指柳絮。《藝文類聚》卷八十九引晉伍輯之〈柳花賦〉：「揚零華而飛雪。」香車玉輦，指精美華貴的車子。闐咽，即充滿。❸若箇遊人不競攀　若箇，猶言哪個。人，一作「童」。❹娼家寶襪蛟龍帔　襪，古代女子抹胸，或稱腰綵。《玉臺新詠》卷八徐賢妃〈賦得北方有佳人〉：「纖腰宜寶襪，紅衫豔織成。」蛟龍帔，繪有蛟形圖案的裙。《方言》：「裙，陳魏之間謂之帔。」❺青鳥雙雙將子戲　青鳥雙雙，一作「兩兩三三」，似誤。青鳥，《文選》張衡〈西京賦〉：「況青鳥與黃雀。」薛綜注引杜預曰：「青鳥，鶬鶊也。」❻月桂星榆相蔽虧　古時傳云月中有仙人桂樹。見隋杜公瞻《編珠．天地部》引晉虞喜〈天安論〉。梁簡文帝〈傷別離〉：「月中含桂樹，留影自徘徊。」星榆，謂天星密布，如榆樹林立。《玉臺新詠》卷一〈隴西行〉：「天上何所有，歷歷種白榆。」月桂星榆，一作「丹桂青榆」。❼珊瑚葉上鴛鴦鳥二句　珊瑚葉，謂樹葉美如珊瑚。《史記》載司馬相如〈上林賦〉：「珊瑚叢生。」《正義》引郭璞云：「珊瑚生水底石邊，大者樹高三尺餘，枝格交錯，無有葉。」鳳凰巢，泛指鳥巢。雛鵷兒，《莊子．秋水》：「南方有鳥，其名為鵷鶵。」成玄英《疏》：「鵷鶵，鸞鳳之屬，亦言鳳子也。」泛指幼鳥。❽巢傾枝折鳳歸去三句　巢傾枝折鳳歸去，一作「巢傾折，鳳歸去」。傾，一作「空」。鳳歸，一作「飛鳳」。任，一作「狂」。憔悴，一作「零落」。

【語譯】您不見長安城北的渭橋邊，有棵枯樹根茬橫臥在荒地上。昔日樹上掛著又紅又紫的花，常常雲霞煙靄繚繞。春光明媚、春風和煦時繁花像雪一樣，來遊春的華貴車子擠不開。哪個遊人不來競相攀樹為戲，又有哪個歌妓不來折枝贈人。歌妓穿著細細的腰綵和繪有蛟形圖案的裙子，公子哥兒騎著數不清的配有銀鞍的寶馬。無數黃鶯在花間嬌滴滴地啼叫，對對鶬鶊與雛鳥在樹上嬉戲。千尺的長樹條和百尺的短樹枝，月亮和星星都被擋住看不見。如珊瑚一樣美麗的樹葉上棲息著鴛鴦鳥，鳳凰巢中有鵷鶵兒。樹枝折斷，鳥巢傾覆，鳳凰飛去，樹條枯萎，樹葉凋落，一任狂風吹打。一天之內容顏毀損，沒有人來光顧，就這樣永永遠遠的摧敗廢棄，您可知道。

人生貴賤無終始，倏忽須臾難久恃。誰家能駐西山日，誰家能堰東流水❶。

漢家陵樹滿秦川❷，行來行去盡哀憐。自昔公卿二千石，咸擬榮華一萬年❸。不見朱唇將玉貌，唯聞青棘與黃泉❹。金貂有時須換酒，玉麈恒搖莫計錢❺。寄言坐客神仙署，一生一死交情處❻。蒼龍闕下君不來，白鶴山頭我應去❼。雲間海上邈難期，赤心❽會合在何時？但願堯年一百萬，長作巢由也不辭❾。

【章旨】謂人生富貴亦不可恃，不如脫身而去遊樂。

【注釋】❶誰家能堰東流水　誰家，猶言誰。堰，擋水的堤壩。此乃阻擋之意。❷漢家陵樹滿秦川　據《三輔黃圖》卷六，西漢帝王陵寢分布在長安至咸陽一帶，故云滿秦川。❸自昔公卿二千石二句　二千石，指俸祿。漢代內自九卿郎將，外至郡守尉之俸祿皆二千石，又分中二千石、二千石、比二千石三等，月得祿米分別為百八十斛、百二十斛、百斛。後因稱郎將、郡守和知府為二千石。擬，設想。一萬年，極言福祚之長。《漢書・高惠高后文功臣表》：漢高祖封侯十三人，「封爵之誓曰：『使黃河如帶，泰山若厲，國以永存，爰及苗裔。』」注引應劭曰：「封爵之誓，國家欲使功臣傳祚無窮也。」❹不見朱唇將玉貌二句　朱唇、玉貌，謂青春年華。玉，一作「白」。將，張相《詩詞曲語辭匯釋》卷三：「將猶與也。」青棘、黃泉，皆代指墳墓。青，一作「素」。棘，酸棗，泛指雜樹。桓譚《新論》：「雍門周以琴見孟嘗君曰：『竊悲千秋萬歲後，墳墓生荊棘，狐兔穴其中。』」《文選》繆襲〈挽歌〉：「暮宿黃泉下。」李善注引服虔《左氏傳》注曰：「天玄地黃，泉在地中，故言黃泉也。」❺金貂有時須換酒二句　金貂，即金璫、貂尾。古代近臣的冠飾。《晉書・阮孚傳》：「遷黃門侍郎、散騎常侍。嘗以金貂換酒。」玉麈，玉柄麈尾。古以麈（即駝鹿，俗稱四不像）尾為拂塵，六朝時名士、僧道多執之。《世說新語・容止》：「王夷甫（衍）容貌整麗，妙於談玄，恒捉白玉柄麈尾。」須換，一作「便換」，一作「換美」。恒，一作「但」。❻寄言坐客神仙署二句　神仙署，《初學記》卷十一引司馬彪《續漢官志》：「尚書省在神仙門內。」後稱尚書省諸曹郎曰仙署。又，藏書處亦比之為蓬萊山（見《後漢書・竇章傳》），故唐秘書省亦稱仙室。李雲逸《盧照鄰集校注》云：「坐客」疑指秘書少監崔行功。昇之與崔行功友善，有〈雙槿樹賦〉與之唱和。一生一死，《史記・汲鄭列傳》：初，翟公為廷尉，賓客闐門；及廢，門外可設雀羅。翟公復為廷尉，賓客欲往，翟公乃入署其門曰：「一死一生，乃知交情。一貧一富，乃知交態。一貴一賤，交情乃見。」❼蒼龍闕下君不來二句　蒼龍闕，在漢未央宮東。見《文選》陸倕〈石闕銘〉「蒼龍玄武之制」李善注引《三輔舊事》。此代指朝廷。不來，言留戀而不願離開。來，一作「留」。白鶴山頭，謂仙遊之處。據《列仙傳》：王子晉吹笙作鳳鳴，遊伊洛之間，道士浮丘公接上嵩高。三十餘年後，上見恒良曰：「告我家，七月七日，待我緱氏山頭。」果乘白鶴住山，下望之不能得到。頭，一作「前」。❽赤心　真誠之心。❾但願堯年一百萬二句　堯年，《史記・五帝本紀》載堯壽逾百歲。後因以「堯年」稱頌帝王長壽。作，一作「與」。巢由，指巢父、許由。據《高士傳》：巢父，堯時隱人，以樹為巢而寢其上，故人號為巢父。許由，堯舜皆師之。隱乎沛澤之中。堯舜致天下而讓焉，由乃退而遁耕於中岳穎水之陽，箕山之下。

【語　譯】人生的貴賤沒有始終不變的，變化在眨眼之間，難以永遠擁有。誰能讓西山的太陽永遠停留，誰又能築堤擋住東流的河水。漢家陵墓的樹布滿秦川，來來往往見了，心中充滿哀憐。從前的公卿大夫擁有二千石祿米，都想將此榮華富貴保持到一萬年。至今不見那些朱唇玉貌之人，只見到墳冢累累。有的時候真應該拿金璫、貂尾去換酒喝，常搖著玉柄麈尾談玄，不要計較這錢那錢。我想對坐在神仙省署裏的人說，那是一死一生交情反復無常之地。你不願意離開蒼龍闕到我這兒來，我也應該到白鶴山上去求仙訪道。那海上白雲之間的帝鄉邈遠難以達到，我們何時才能真心相會在一起？但願這美好的時代可以到一百萬年，我就可以長久地做巢父、許由一樣的隱士，永不後悔。

【研　析】此亦是寓言詩。詩分明顯的二部分。第一部分自詩首至「萬古摧殘君詎知」共二十句，寫渭橋邊的枯木由青春繁華轉而摧敗無人問的經歷。此節偏於敘述和描寫，首二句一開始將讀者的眼球定在長安城北渭橋邊這個宏大背景下的一棵不起眼的枯木槎上。長安乃都城，渭橋乃是歷史悠久的名橋。有太多的人事可以說，為什麼卻注意這個呢？然而正是它，經歷了許多人都不曾經歷的繁華。「昔日」以下具寫之。由一棵美樹倏忽之間變作一段無人理會的枯木槎，這種現象也太多了，只不過渭橋邊的這棵樹因其特殊的位置而經歷非同一般，具有代表性而已。樹固如此，人又何嘗不是如此？第二部分自「人生貴賤無終始」至詩末共二十句，寄言友人：富貴不可恃，隱居學仙方為長久計。此一段偏於議論和抒情。因為在寫樹的一段其實已觸及到人的影子，故此段一開頭撲面就來兩句議論，看似突兀，實則是一個自然的抒發。因為省了許多細枝末節，故顯得乾淨有力，足以讓人警醒，忽視過眼雲煙般的繁華，追求人生真正的快樂。全詩由古及今，由樹及人，給人展示了兩幅形象生動的畫面，兩相映照，深入淺出，寓意深刻。此詩非閱歷既久、艱辛備嘗者不能為。

長安古意

【題解】「古意」之題，六朝以來詩中習見。此乃擬古之作，揭露了長安城中繁華喧鬧的表象下，物欲橫流的可怕本質，表達遠離俗塵、進德修業之心志。當作於高宗永徽三年（西元六五二年）在長安參選期間。

長安大道連狹斜，青牛白馬七香車❶。玉輦縱橫過主第，金鞭絡繹向侯家❷。
龍銜寶蓋承朝日，鳳吐流蘇帶晚霞❸。百丈遊絲❹爭繞樹，一羣嬌鳥共啼花。啼
花戲蝶千門側，碧樹銀臺萬種色❺。複道交窗作合歡，雙闕連甍垂鳳翼❻。梁家
畫閣天中起，漢帝金莖雲外直❼。樓前相望不相知，陌上相逢詎相識。借問吹簫
向紫煙❽，曾經學舞度芳年。得成比目❾何辭死，願作鴛鴦不羨仙。比目鴛鴦真
可羨，雙去雙來君不見。生憎帳額繡孤鸞，好取門簾帖雙燕❿。雙燕雙飛繞畫梁，
羅幃翠被鬱金香⓫。片片行雲著蟬鬢，纖纖初月上鴉黃⓬。鴉黃粉白車中出，含
嬌含態情非一。妖童寶馬鐵連錢，娼婦盤龍金屈膝⓭。

【章旨】言長安豪貴競比豪奢，妖童娼婦填塞道路。

【注釋】❶長安大道連狹斜二句　狹斜，亦作「狹邪」。小街巷。古樂府〈長安有狹斜行〉：「長安有狹斜，狹斜不容車。」青牛白馬，古代駕車，牛、馬並用。《漢書・朱雲傳》：「時出乘牛車從諸生。」七香車，以多種香木製成或多種香料塗飾的華美車乘。《玉臺新詠》梁簡文帝〈烏棲曲〉：「青牛丹轂七香車，可憐今夜宿倡家。」❷玉輦縱橫過主第二句　玉輦，本帝王乘輿。潘岳〈藉田賦〉：「天子乃御玉輦，蔭華蓋。」此泛指貴族所乘車。主第，公主之第宅。絡繹，往來不絕，前後相接。侯家，王侯之家。侯為古代五等爵之一。《禮記・王制》：「王者之制祿爵，公、侯、伯、子、男，凡五等。」❸龍銜寶蓋承朝日二句　龍銜寶蓋，車蓋的支柱雕成龍形，龍口似銜著車蓋。寶蓋，即華蓋，車上所豎的傘狀車篷。流蘇，一種鞍馬的裝飾，以彩色羽毛或繒繡結成球，綴以絲縷而下垂。見《文選》張衡〈東京賦〉「飛流蘇之騷殺」李善注。❹遊絲　蟲類所吐絲縷，常飄遊空中。❺啼花戲蝶千門側二句　啼花，一作「遊蜂」。千門，即宮門。《史記・孝武本紀》：「於是作建章宮，度為千門萬戶。」碧樹銀臺，仙人所居。《淮南子・墬形》：「掘昆侖墟以下地，中有增城九重。……碧樹瑤樹在其北。」此指長安宮殿。❻複道交窗作合歡二句　複道，又稱閣道。架空連接樓閣的通道。闕，宮門前的望樓。甍，屋脊。垂鳳翼，《文選》張衡〈西京賦〉「銅雀鐵鳳之工」薛綜注：「圓闕上作鐵鳳凰，令張兩翼，舉頭敷尾。」❼梁家畫閣天中起二句　畫閣，指後漢梁冀華美的府第。冀為大將軍，大起第舍，堂寢皆有陰陽奧室，連房洞戶。柱壁雕鏤，圖以雲氣仙靈。見《後漢書・梁冀傳》。天中起，極言其高。金莖，即漢武帝所作銅柱。上有銅露盤，承天露和玉屑飲之以求長生。見《文選》張衡〈西京賦〉「立修莖之仙掌，承雲表之清露」李善注。❽借問吹簫向紫煙　吹簫，秦穆公時，蕭史善吹簫，與穆公女弄玉結為夫婦。能作鳳鳴，吹似鳳聲。一日皆隨鳳凰飛去。見《列仙傳》。向紫煙，猶言升仙。紫煙，紫色雲霞。此句以弄玉比擬長安女子。❾比目　《爾雅・釋地》：「東方有比目魚焉，不比不行。」比喻夫婦。❿生憎帳額繡孤鸞二句　生憎，猶言最恨。據《詩詞曲語辭匯釋》卷二。孤鸞，離羣獨居的鸞鳥。據范泰〈鸞鳥詩序〉：昔罽賓王獲一鸞鳥，飾以金樊，饗以珍羞，而三年不鳴。其夫人曰：「嘗聞鳥見其類而後鳴，何不懸鏡以映之？」王從其言。鸞睹影，悲鳴哀響，沖霄一奮而絕。門簾，一作「開簾」。⓫鬱金香　唐釋慧琳《一切經音義》卷三十九《不空羂索陀羅尼經》：「鬱金，香草名也。」出罽賓國。⓬片片行雲著蟬鬢二句　行雲，狀鬢髮蓬鬆，有如流動的雲彩。蟬鬢，崔豹《古今注・雜注》：「魏文帝宮人有莫瓊樹，乃製蟬鬢。縹眇如蟬，故曰蟬鬢。」初月、鴉黃，指女子所描月形黃色額飾。鴉黃，嫩黃。蕭綱〈美女篇〉：「約黃能效月。」又，虞世南〈應詔嘲司花女〉：「學畫鴉黃半未成。」⓭妖童寶馬鐵連錢二句　妖童，指貴家容貌嬌美、服飾華麗的歌童或少年男僕。鐵連錢，一種身上有黑色錢形斑點的良馬。沈炯〈長安少年行〉：「驄馬鐵連錢。」娼婦，指歌伎舞女。亦為貴家隨從，即上文「鴉黃粉白車中出」者。金屈膝，連接屏風的金鉸鏈。《鄴中記》：「石季倫作金鈿屈膝屏風。」

【語　譯】長安城大路連著小巷，到處是青牛白馬駕著的華美車乘。貴族所乘的玉輦縱橫交錯而來，拜訪公主的宅第，金鞭所驅趕的馬兒絡繹不絕，向王侯之家奔去。雕成龍形的支柱撐著車蓋，沐浴在朝陽之中，裝飾有鳳形圖案、以彩色羽毛為流蘇的鞍馬，映照著晚霞。長長的遊絲相互纏繞在樹枝間，一羣嬌滴滴的小鳥在花叢中啼叫。宮門之旁，花間有啼叫的小鳥和遊戲的蝴蝶，碧綠的樹木和用金銀裝飾的樓臺色彩繽紛。閣道相通，綺窗相交，製成合歡之狀，圓闕相連的宮室屋脊上，垂著張開羽翼的鐵鳳凰。梁冀家的精美閣樓高入天半，漢武帝所造的銅柱也直插霄漢。在閣樓前相望而不相互瞭解，在大路上相逢豈會相互認識。請問與蕭史一起吹簫而飛升上天的弄玉，在何處學習歌舞而度過青春年華。倘若能夠與你化作比目魚，死也不推辭，願意與你成為鴛鴦鳥，叫我成仙我也不稀罕。比目魚、鴛鴦鳥真讓人羨慕，那成雙成對飛去飛來的幸福勁兒，你大概沒有看見。最討厭帷帳上繡著孤單的鸞鳳，我喜歡拿雙燕的圖案貼在門簾上。雙燕繞著華麗的屋梁齊飛，我和你相擁在散發著鬱金香味的羅帳、翠被之內。你烏黑的蟬鬢像一片片飄浮的烏雲，你的眉毛塗上嫩黃額飾像剛升上天空的月牙兒。你嫩黃的額飾、粉白的臉龐從車中露出，含著嬌羞之態魅力四射。帶著美貌的歌童，騎著鐵連錢的寶馬，歌伎舞女隨侍在畫有盤龍圖案、飾有金鉸鏈的屏風之間。

御史府中烏夜啼，廷尉門前雀欲棲❶。隱隱朱城臨玉道，遙遙翠幰沒金堤❷。

挾彈飛鷹杜陵北，探丸借客渭橋西❸。俱邀俠客芙蓉劍，共宿娼家桃李蹊❹。娼家日暮紫羅裙，清歌一囀口氛氳❺。北堂夜夜人如月，南陌朝朝騎似雲❻。南陌北堂連北里，五劇三條控三市❼。弱柳輕槐拂地垂，佳氣紅塵暗天起❽。漢代金吾千騎來，翡翠屠蘇鸚鵡杯⑨。羅襦寶帶為君解，燕歌趙舞為君開⑩。

【章　旨】言社會上各色人等宿娼嫖妓之淫風盛行。

【注　釋】❶御史府中烏夜啼二句　御史，官名，掌糾察彈劾之事。所居官署，稱御史府或御史臺。漢御史府中列柏樹，常有野烏數千棲宿其上，晨去暮來，號曰「朝夕烏」。見《漢書・朱博傳》。後以烏喻嫖客，以烏棲指宿娼。梁簡文帝〈烏棲曲〉：「倡家高樹烏欲棲，羅帷翠帳向君低。」庾信〈烏夜啼〉：「御史府中何處宿，洛陽城頭那得棲。」廷尉，掌執法的官。《史記・汲鄭列傳》：「始，翟公為廷尉，賓客闐門；及廢，門外可設雀羅。」❷隱隱朱城臨玉道二句　朱城，即宮城。幰，車帷。金堤，美言護城河岸。❸挾彈飛鷹杜陵北二句　挾彈飛鷹，言貴遊子弟遊樂之態。《後漢書・袁術傳》：「少以俠氣聞，數與諸公子飛鷹走狗。」《晉書・潘岳傳》：「少時常挾彈出洛陽道。」杜陵，《元和郡縣志・京兆府・萬年縣》：「在縣東南二十里，漢宣帝陵也。」探丸，指游俠殺人報仇。《漢書・尹賞傳》：「長安中姦猾浸多，閭里少年羣輩殺吏，受賕報仇，相與探丸為彈，得赤丸者斫武吏，得黑者斫文吏。」借客，《漢書・朱雲傳》：「少時輕俠，借客報仇。」顏注：「借，助也。」❹俱邀俠客芙蓉劍二句　芙蓉劍，春秋時越王劍。《越絕書》卷十一：秦客薛燭善相劍，越王以歐冶子所鑄之寶劍純鉤示之，薛燭曰：「光乎如屈陽之華，沈沈如芙蓉始生于湘。」此泛指寶劍。桃李蹊，《史記・李將軍列傳》：「諺曰：桃李不言，下自成蹊。」此指娼妓居處，一則以桃李喻美色，一則指尋花問柳者眾。❺清歌一囀口氛氳　囀，婉轉歌唱。氛氳，香氣很濃的樣子。此處指妓女歌唱時散發出來的口脂香氣濃郁。❻北堂夜夜人如月二句　北堂，古代居室東廂北部，是婦女盥洗處，後因指主婦居留之處。此泛指北邊的屋子。人如月，指娼妓之貌美。南陌，指冶遊地。梁簡文帝〈烏棲曲〉：「浮雲似帳月如鉤，那能夜夜南陌頭。」❼南陌北堂連北里二句　北里，即長安平康里。據《北里志・海論三》，是諸妓聚居之處。五劇，數條街道交錯。《爾雅・釋宮》郭璞注：「今南陽冠軍樂鄉，數道交錯，俗呼之五劇鄉。」三條，《文選》班固〈西都賦〉：「披三條之廣路。」張銑注：「三條，三達之路也。」控，貫通。三市，《文選》左思〈魏都賦〉：「廓三市而開廛。」張載注引《周禮》曰：「大市，日昃而市。朝市，朝時而市。夕市，日夕而市。此三市之謂也。」此二句謂北里與繁華街市相通。❽弱柳輕槐拂地垂二句　輕槐，一作「青槐」。紅塵暗天，無名氏〈擬蘇李詩〉：「紅塵蔽天地，白日何冥冥。」❾漢代金吾千騎來二句　金吾，即執金吾。掌京師治安之官。《漢書・百官公卿表上》「有兩丞、候、千人」注引應劭曰：「吾者，御也，掌執金革以御非常。」唐置左右金吾衛。翡翠，形容酒的顏色翠綠。屠蘇，酒名。宗懍《荊楚歲時記》謂風俗於正月初一飲屠蘇酒。鸚鵡杯，一種用鸚鵡螺製成的天然酒杯。此形容酒杯精美。庾信〈謝滕王集序啟〉：「琉璃泛酒，鸚鵡承杯。」❿羅襦寶帶為君解二句　寶帶，猶言寶襪，女性所戴抹胸。《史記・滑稽列傳》：淳于髡諫齊威王長夜飲云：「日暮酒闌，合尊促坐，男女同席，履舄交錯。杯盤狼藉，堂上滅燭。……羅襦襟解，微聞薌澤。」燕歌趙舞，古燕、趙之地以歌舞著名，古詩有「燕趙多佳人」之語，故云。此處用以泛指美妙的歌舞。

【語　譯】御史府中的柏樹上，夜晚烏鵲在啼叫，廷尉門前，烏雀想要棲息於此。幽深的宮城在白色的大路之旁，漸行漸遠的翠蓋之車隱沒在金色的河堤之外。白天在杜陵北面放飛雄鷹、挾彈射鳥，在渭橋以西為主顧殺人報仇。結伙邀遊佩戴芙蓉寶劍的俠客，一起夜宿於桃李蹊邊的娼家。日暮黃昏時娼家穿著紫羅裙，發聲一唱清雅之歌，滿口芬芳馥郁的氣息。北堂上每晚都有如月亮一樣的美人，南邊大路上每天都有騎馬的公子來往如雲。南陌、北堂與娼妓聚居的北里相通，這裏有條條大路貫穿繁華的街市。柔弱的柳條、輕飛的槐花拂於地面，美麗雲霞和滾滾紅塵飄浮起來，使天空變暗。漢代掌管京師治安的執金吾，騎著無數的駿馬來了，端出翠綠的屠蘇酒，斟滿精美的鸚鵡杯。綢製的短衣和珍寶裝飾的寶襪為你們解下，筵宴為你們安排了美妙的燕歌趙舞。

　別有豪華稱將相，轉日回天不相讓❶。意氣繇來排灌夫，專權判不容蕭相❷。
專權意氣本豪雄，青虯紫燕坐春風❸。自言歌舞長千載，自謂驕奢凌五公❹。節物風光不相待，桑田碧海須臾改❺。昔時金階白玉堂❻，即今唯見青松在。寂寂寥寥揚子居，年年歲歲一床書❼。獨有南山桂花發，飛來飛去襲人裾❽。

【章　旨】言富貴權勢將須臾不在。潔淨自修，才得流芳百世。

【注　釋】❶轉日回天不相讓　極言將相有權勢。《後漢書．單超傳》：左悺封上蔡侯，時謂之「左回天」。日、天喻皇帝，故「轉日回天」，指能左右天子。❷意氣繇來排灌夫二句　排，排斥；不放在眼裏。灌夫，字仲孺，潁陰人。景帝時以軍功為中郎將，歷代相、燕相。後坐法免。《史記．魏其武安侯列傳》：「灌夫為人剛直使酒，不好面諛。」與魏其侯竇嬰交結，而同丞相武安侯田蚡不協。田蚡陷害之，終被族誅。判，判然；全然。蕭相，指蕭望之。《漢書．蕭望之傳》：宣帝時為御史大夫、太子太傅。元帝時為前將軍，被中書令宦者石顯陷害，自殺。宣帝曾謂望之「才任宰相」，望之自殺時亦自歎「吾嘗備位將相」，故稱「蕭相」。❸青虯紫燕坐春風　青虯，《楚辭．九章．涉江》：「駕青虬兮驂白螭。」王逸注：「虬、螭，神獸，宜於駕乘。」此代指馬。紫燕，駿馬名。《西京雜記》卷二：「文帝自代還，有良馬九匹，皆天下之駿馬也，……一名紫燕騮。」坐春風，在春風中馳騁。春，一作「生」。❹五公　《文選》班固〈西都賦〉：「冠蓋如雲，七相五公。」李善注引《漢書》曰：「張湯為御史大夫，徙杜陵。杜周為御史大夫，徙茂陵。蕭望之為前將軍，徙杜陵。馮奉世為右將軍，徙杜陵。史丹為大將軍，徙杜陵。」❺節物風光不相待二句　節物，應時節的景物。陸機〈擬古詩．擬明月何皎皎〉：「踟躕感節物，我行長已久。」桑田，葛洪《神仙傳》：王方平過吳，見麻姑，麻姑自說云：「接待以來，已見東海三為桑田。向到蓬萊，水又淺於往日會時略半耳，豈將復為陵陸乎？」❻昔時金階白玉堂　金階白玉堂，漢樂府〈相逢行〉：「黃金為君門，白玉為君堂。」❼寂寂寥寥揚子居二句　揚子居，揚雄居宅。《漢書．揚雄傳》：「家素貧，耆酒，人希至其門。」左思〈詠史〉：「寂寂揚子居，門無卿相輿。」一床書，謂揚雄以著書為意。揚雄〈解嘲〉：「顧默而作《太玄》五千文，枝葉扶疏，獨說十餘萬言。……然而位不過侍郎，擢纔給事黃門。」庾信〈寒園即目〉：「隱士一床書。」❽獨有南山桂花發二句　南山，即終南山。又名中南山、太乙山、南山。在今陝西西安南。桂花發，用《楚辭．招隱士》「攀援桂枝兮聊淹留」意。裾，前衣襟。

【語　譯】另有擁有豪華生活的，要數那些出將入相之人，他們能操縱天子的行為，爭權奪利而不相讓。他們氣焰囂張，從來不把灌夫放在眼裏，他們這樣專橫擅權，根本容不下蕭望之。他們專橫擅權、氣焰囂張，本性豪雄，駕著青虯、紫燕之類的駿馬馳騁在春風中。自稱歌舞宴樂的生活能過千年之久，自稱驕奢侈靡的生活超過了名望很高的五公。應時的風光景物不會停在那兒等你，桑田碧海時間不久就會發生根本的改變。從前黃金砌階、白玉為堂之處，今天只見到青松一片。寂靜空廓的揚子雄所居，年年歲歲堆滿一床的圖書。只有南山的桂樹開花時節，花兒隨風飄來飄去，輕拂衣襟。

【研 析】此詩大致可分三部分。第一部分從詩首到「娼婦盤龍金屈膝」共三十二句，描寫長安街市上一天到晚車水馬龍、鶯歌燕舞之繁華圖景。作者對豪貴階層追歡逐樂的生活並沒有全面鋪敘，而是用大段文字寫豪門中歌兒舞女的放蕩、奢侈，以概見豪門生活之一斑。「借問」四句與「比目」四句，用內心一唱一和的獨白式語言，以「何辭死」、「不羨仙」、「真可羨」、「生憎」、「好取」等反復果決的表態，極寫其愛戀的狂熱與痛苦。「雙燕雙飛」句以下，寫貴家歌姬舞女閨房香豔、情態妖嬈。

第二部分從「御史府中烏夜啼」到「燕歌趙舞為君開」共二十句，主要以市井娼家為中心，寫形形色色人物的夜生活。挾彈飛鷹的浪蕩公子，暗算公吏的不法少年，仗劍行遊的俠客，甚至怠忽職守的禁軍軍官等各類角色在夜幕下紛紛出場，流連於娼門、北堂，花天酒地，尋歡作樂。淫蕩的空氣彌漫長安之夜，真可謂「顛狂中有戰慄，墮落中有靈性」（聞一多〈宮體詩的自贖〉），非貧血而萎靡的宮體詩所可比擬。

第三部分從「別有豪華稱將相」至詩末共十六句，其前八句寫長安上層社會除追逐情欲而外，別有一種權力欲，驅使著文武權臣互相傾軋。「青虯紫燕坐春風」句，表現得意者驕橫一時之神氣，與前兩部分中關於車馬、歌舞的描寫呼應關聯。「自言」而又「自謂」二句，將其驕橫嘴臉寫出，諷意十足。「節物風光不相待」以下四句趁勢轉折，如天驟下坡，一舉掃空前兩部分提到的各類角色，恰如沈德潛所說：「自謂可永保富貴矣，然轉瞬滄桑，徒存墟墓。」（《唐詩別裁》）不但內容上與前面的長篇鋪敘形成對比，形式上也盡洗藻繪，語言轉為素樸了。「寂寂寥寥」以下四句在上文今昔縱向對比的基礎上，再以窮愁著書、流芳百世的揚雄自況，與長安豪華人物作橫向的對照。這個結尾明顯受到左思〈詠史〉「濟濟京城內」一詩影響，不但在迥然不同的生活情趣中寄寓著對驕奢庸俗生活的批判，而且帶有不遇於時者的憤慨寂寥之感和自我寬解之意。

全詩主要採用賦法，迴環照應，詳略有致；而結尾又頗具興義，耐人含詠。它一般以四句一換景或一轉意，詩韻更迭轉換，形成生龍活虎般騰踔的節奏。同時，在轉意換景處多用連珠格，或前分後總的複還層遞句式，使意換辭聯，形成一氣到底、精華瀏亮而又纏綿往復的旋律。漢魏六朝以來，以長安、洛陽為背景，描寫豪門貴族、公子王孫、俠客倡優生活的作品不少。但這樣感情充沛，力量雄厚的洋洋巨製，卻為初唐前所未見。這不僅是盧照鄰的代表作，也是初唐七言歌行的代表作之一。

明月引

【題解】引，樂府新題體裁名。《唐音癸籤》卷一〈體凡〉：「新題者，古樂府所無，唐人新製為樂府題者也。其題或名歌，亦或名行，或兼名歌行。又有曰引者，曰曲者，曰謠者，曰辭者，曰篇者。……凡此多屬之樂府，然非必盡譜之於樂。」本詩描寫明月之美及月下離思之淒涼，表達強烈的思歸之情。作年不詳。

洞庭波起兮鴻雁翔，風瑟瑟兮野蒼蒼❶。浮雲捲靄，明月流光❷。荊南兮趙北，碣石兮瀟湘❸。澄清規於萬里，照離思於千行❹。橫桂枝於西第，繞菱花於北堂❺。高樓思婦，飛蓋君王❻。文姬絕域，侍子他鄉❼。見胡鞍之似練，知漢劍之如霜❽。試登高而騁目，莫不變而迴腸❾。

【注釋】❶洞庭波起兮鴻雁翔二句　洞庭，湖名。在今湖南北部。《楚辭・九歌・湘夫人》：「嫋嫋兮秋風，洞庭波兮木葉下。」鴻雁翔，《禮記・月令》：孟秋之月，「鴻雁來。」瑟瑟，風聲。劉楨〈別從弟〉：「瑟瑟谷中風。」❷浮雲捲靄二句　捲，收斂。靄，雲氣。流光，月光如水傾灑。曹植〈七哀〉詩：「明月照高樓，流光正徘徊。」❸荊南兮趙北二句　荊，楚之古稱。都郢，即今湖北江陵。趙，戰國時國名，在今河北西南及山西北部一帶。碣石，古山名，在今河北昌黎西北。瀟湘，即湘水。《水經注・湘水》：「大舜之陟方也，二妃從征，溺於湘江，神遊洞庭之淵，出入瀟湘之浦。瀟者，水清深也。」在今湖南境內。徐陵〈答族人梁東海太守長孺書〉：「蒸南趙北，地角天涯。」二句亦以荊、趙、瀟湘、碣石代指南北，謂其懸隔。❹澄清規於萬里二句　清規，指月亮。月圓如規而明澈，故稱。千行，言離人相思淚多。❺橫桂枝於西第二句　桂枝，此處指月光，因傳說月中有桂樹。西第，梁冀有西第，馬融嘗為之作頌。見《後漢書・馬融傳》。此指魏文帝曹丕之西園，文人常雅集於此。參見本詩注❻。菱花，本指窗格飾為菱花形。此言月光透過窗格而灑落地上如菱花。邢劭〈新宮賦〉：「布菱花之與連蒂。」北堂，婦女所居。《儀禮・士昏禮》：「婦洗於北堂。」❻高樓思婦二句　高樓，曹植〈七哀〉詩：「明月照高樓，流光正徘徊。上有愁思婦，悲歎有餘哀。」飛蓋，《文選》曹植〈公讌〉詩：「公子敬愛客，終宴不知疲。清夜遊西園，飛蓋想追隨。明月澄清影，列宿正參差。」李善注：「公子，謂文帝。」時曹操在，故稱公子。❼文姬絕域二句　文姬，《後漢書・列女傳》：蔡琰，字文姬。蔡邕女。博學有才辯。興平中，天下喪亂，文姬為胡騎所獲，沒於南匈奴左賢王，在胡十二年。曹操遣使贖之歸漢。絕域，極遠之邊地。侍子，古代諸侯或屬國國王遣子入侍皇帝，稱侍子。《後漢書・光武紀下》：建武二十一年，「鄯善王、車師王等十六國皆遣子入侍奉獻，願請都護。」❽見胡鞍之似練二句　胡鞍，此猶言胡馬。練，白色的熟絹。言胡馬飛快，遠望之如白練。如霜，言劍之鋒利。《西京雜記》卷一載：高祖斬白蛇劍，劍在匣中，光影猶照於外，刃上常若霜雪，光彩射人。此言異域小國之侍子遠在漢國為質，生命無保障，總是擔心突然被殺。❾試登高而騁目二句　騁目，極目四望。騁目，一作「極目」。迴腸，謂愁思輾轉不解。司馬遷〈報任安書〉：「腸一日而九迴。」

【語　譯】洞庭湖的水波揚起了啊，鴻雁開始南翔，秋風瑟瑟啊，大地一片蒼茫。浮雲煙靄消散，明月傾灑清光。從荊楚之南啊，至趙國之北，自海畔碣石啊，乃至瀟湘之濱。月亮之光澄澈如水，照耀萬里，照亮離別之人相思淚千行。月光就像金黃的桂枝橫在西第，又像菱花通過窗戶繞著北堂。高樓上有憂愁的婦女，飛馳的車蓋奔向君王的宴集。文姬在極遠的邊地，侍子羈押在異國他鄉。目睹胡兒的馬像白練，深知漢國的寶劍利如雪霜。姑且登上高臺放眼瞭望，沒有人不變得百轉愁腸。

【研　析】首二句乃俯視之所得：「洞庭波」乃南方之景，「風瑟瑟」乃北國之狀。次二句寫仰視所得，又與前二句緊密鉤結：「浮雲捲靄」應「風瑟瑟」，「明月流光」應「洞庭波」，而「明月流光」是「浮雲捲靄」的結果。五、六句「荊南」、「瀟湘」應「洞庭波」；「趙北」、「碣石」應「風瑟瑟」，這是對首二句的具體化。「澄清規」擬「明月」，「照離思」言「流光」。「橫桂枝於西第」以下四句，寫明月之下的相思渴慕，應「澄清規於萬里」；「文姬絕域」以下四句，寫「流光」之中的異域鄉思，應「照離思於千行」。末二句總結全詩。此詩屬於新題樂府，楚辭體樂歌的特徵較為明顯，每兩句對偶，兩兩長短不齊，句中多用兮字。這樣的詩音調和諧流暢、低迴婉轉，再加之意境柔美哀怨，即使不譜之於樂，其音樂性亦明顯強於其他類詩賦。不但句式呈現兩兩對偶之格局，其詩意在兩句之中所涉言的地點在兩句之中呈南北相對之勢，而在四句之中又基本呈天地高下相對之勢。這樣一個廣袤的背景描寫，對於一個思歸主題的表達是極為適宜的。

懷仙引

【題解】此亦新題樂府。引，見前篇題解。詩以奇絕的想像，敘述一次令人回味無窮的美好仙遊。未知何時所作。

若有人兮山之曲，駕青虯兮乘白鹿❶，往從之遊願心足。披澗戶，訪巖軒❷。石瀨潺湲橫石徑，松蘿羃䍥掩松門❸。下空濛而無鳥，上巉巖而有猨❹。懷飛閣，度飛梁❺。休余馬于幽谷，掛余冠於夕陽❻。曲復曲兮煙莊邃，行復行兮天路長❼。修途杳❽其未半，飛雨忽以茫茫。山坱軋，磴連褰❾。攀石壁而無據，泝泥谿而不前⑩。向無情之白日，竊有恨於皇天⑪。迴行遵故道，通川遍流潦⑫。迴首望羣峯，白雲正溶溶⑬。珠為闕兮玉為樓，青雲蓋兮紫霜裘⑭。天長地久時相憶，千齡萬代一來遊。

【注釋】❶若有人兮山之曲二句　若有人，《楚辭・九歌・山鬼》：「若有人兮山之阿。」王逸注：「若有人，謂山鬼也。」此指所懷之仙人。曲，山之一隅。青虯，《楚辭・九章・涉江》：「駕青虯兮驂白螭。」王逸注：「虯、螭，神獸，宜於駕乘。」此代指馬。白鹿，傳說亦為仙人所乘。《樂府詩集》卷二十九：「王子喬，參駕白鹿雲中遨。」❷披澗戶二句　澗戶，以山澗為門戶。巖軒，山崖下的小屋。❸石瀨潺湲橫石徑二句　石瀨，石上的淺淺激流。松蘿，附生於松樹上的女蘿。女蘿，兔絲。《詩經・頍弁》：「蔦與女蘿，施於松柏。」冪䍦，古代婦女障面之巾。《北史・隋宗室諸王傳》：「為妃作七寶冪䍦。」此言松蘿掩映，有如冪䍦。❹下空蒙而無鳥二句　空蒙，混蒙迷茫之狀，多形容煙嵐、雨霧。蒙，一作「濛」。巉巖，山險峻的樣子。❺懷飛閣二句　飛閣、飛梁，凌空建築的閣道和橋梁。❻掛余冠於夕陽　《後漢書・逢萌傳》：「解冠掛東城門，歸將家屬浮海。」後稱辭官為掛冠。此泛指脫帽。❼曲復曲兮煙莊邃二句　江淹〈別賦〉：「怨復怨兮遠山曲，去復去兮長河湄。」二句從此化出。煙莊，煙霧彌漫之路。《爾雅・釋宮》：「六達為之莊。」天路，高入雲端的路。❽杳　昏暗；深遠。❾山坱軋二句　坱軋，高低不平的樣子。磴，石級。磴，一作「嶝」。連蹇，即連蹇，艱難。《易・蹇》：「往蹇來連。」王弼注：「往來皆難，故曰往蹇來連。」❿泝泥谿而不前　泝，逆流而上。谿，同「溪」。山間的河溝。⓫皇天　許慎《五經異義》引《尚書說》：「天有五號，尊而君之則曰皇天。」⓬通川遍流潦　溪流都漲滿大水。通川，溪流。流潦，雨後的大水。⓭白雲正溶溶　白雲，指神仙所居，即帝鄉。《莊子・天地》：「千歲厭世，去而上仙，乘彼白雲，至於帝鄉。」雲，一作「雪」。溶溶，雲盛的樣子。⓮珠為闕兮玉為樓二句　珠闕、玉樓，指仙人所居。王融〈法樂詞〉：「翠羽文珠闕。」舊題東方朔《十洲記》：稱崑崙山有玉樓十二所。青雲蓋，以青雲為車蓋。紫霜裘，以紫霜為裘。

【語譯】彷彿有一個人在山谷一隅，駕著青虯似的駿馬和白鹿，跟隨他一起遨遊我的願望就已滿足。打開溪澗之門，探尋山崖下的小屋。淺淺清溪緩緩流淌，橫貫在石板路上，松樹上的女蘿像遮面的冪䍦，掩蓋屋門一樣的松樹。山下煙霧彌漫，看不見飛鳥，山頂險峻，有猿猴在跳躍。繞過淩空而建的閣道，度過淩空而建的橋梁。讓我的馬在幽深的山谷中休息，將我的帽子掛在夕陽邊。煙霧彌漫的大道彎又彎，伸向遠方，在高入雲天的小徑上走啊走，真是漫長。長路昏暗還沒有走完一半，天上突然降下茫茫的雨幕。山峯高低起伏，石級行走艱難。攀登石壁而沒有可以倚靠歇息之處，在渾濁的溪水中逆流而上，不能前行。面對無情的夕陽，心中對皇天暗生怨恨。沿著以前的路往回走，條條溪流漲滿了大水。回頭看連綿的山峯，被濃濃的白雲所包圍。珠寶裝飾宮闕啊美玉裝飾樓臺，青雲作車蓋啊紫霜作輕裘。天長地久，但願我們時時思念著對方，千年萬年之後再一起聚遊。

【研　析】懷仙，其實是現實世界中動輒得咎的人在虛擬世界裏天馬行空式的超脫。所以這種詩與其說帶有神話色彩，毋寧說是一份苦澀的夢囈。詩首「若有人」三字，雖是套用古語，但已透露了詩人的意識已經迷離恍惚的信息。詩人迷濛的眼中，那人駕青虯、乘白鹿，超凡脫俗。「往從之遊願心足」，這又是意識強烈的直白。自「披澗戶」以下乃至「通川遍流潦」二十二句，寫「從之遊」的經過。先是「披澗戶」、「訪巖軒」、「懷飛閣」、「度飛梁」，頗感於「煙莊邃」、「天路長」。繼又在半途遇飛雨。最後在「坱軋」之山峯前、「連褰」之石磴上遇阻不進，遵故道而返。自「迴首望羣峯」至詩末，寫告別僅遊歷一半的仙境，戀戀不捨。「珠為闕兮玉為樓」寫仙境、「青雲蓋兮紫霜裘」寫仙人。「天長地久時相憶，千齡萬代一來遊」與前「往從之遊願心足」形成照應，充滿對仙境、仙人的嚮往。其結構與前首相似。「向無情之白日，竊有恨於皇天」二句尤堪回味。

劉　生

【題　解】此樂府舊題。《樂府詩集》引《樂府解題》云：「劉生，不知何代人，齊梁以來為〈劉生〉辭者，皆稱其任俠豪放，周遊五陵三秦之地。或云抱劍專征，為符節官，所未詳也。」又引《古今樂錄》曰：「梁

〈鼓角橫吹曲〉有〈東平劉生歌〉，疑即此〈劉生〉也。」此詩歌詠知恩圖報、奮勇專征的豪俠形象。未知何時作。

劉生氣不平，抱劍欲專征❶。報恩為豪俠，死難在橫行❷。翠羽裝劍鞘，黃金鏤馬纓❸。但令一顧重，不吝百身輕❹。

【注釋】❶專征　古代諸侯或將帥經特許而自行出兵征伐。《竹書紀年》上帝辛三年：「王錫命西伯得專征伐。」❷報恩為豪俠二句　豪俠，強橫任俠。《漢書‧趙廣漢傳》：「（杜）建素豪俠，賓客為奸。」橫行，縱橫馳騁。《史記‧季布欒布列傳》：「上將軍樊噲曰：『臣願得十萬眾，橫行匈奴中。』」❸翠羽裝劍鞘二句　翠羽，翡翠鳥的羽毛。劍，一作「刀」。鏤，一作「飾」。纓，套馬的革帶，駕車用。纓，一作「鈴」。❹但令一顧重二句　一顧重，《戰國策‧燕策二》：「人有賣駿馬者，比三旦立市，人莫之知。往見伯樂曰：『臣有駿馬，欲賣之，比三旦立於市，人莫與言，願子還而視之，去而顧之，臣請獻一朝之費。』伯樂乃還而視之，去而顧之，一旦而馬價十倍。」謝朓〈和王主簿季哲怨情〉詩：「平生一顧重，宿昔千金賤。」吝，一作「惜」。百身輕，《詩經‧秦風‧黃鳥》：「如可贖兮，人百其身。」此乃哀惜為秦穆公殉葬之子車氏三子奄息、仲行、鍼虎，皆秦之良也。謂三子之中一個人，就值得一百人為他去死。此句化用其意，謂自己死一百次猶不足報「一顧」之恩。

【語譯】劉生滿腔不平之氣，抱著寶劍準備自行出征。因為報答恩情而強橫任俠，死也要死在沙場縱橫馳騁之時。用翡翠鳥羽裝飾劍鞘，用黃金裝飾套馬駕車的革帶。只要得到君主的一次關心重視，死上一百次也在所不惜。

【研析】詩中刻劃的是一個熱血沸騰的豪俠。其為報恩而一意「專征」、「橫行」，儘管有「翠羽」裝劍鞘，「黃金」鏤馬纓，也十有八九在死難之列。然倘得「一顧重」，即使拚上「百身」又有何辭。多麼猛烈的氣概！

「翠羽」劍鞘、「黃金」馬飾，這固然能說明劉生才美，有「專征」、「橫行」之本領，然並非多麼地特殊，能稱得上「豪俠」的人大多如此。而只有其「專征」之氣概一點都不掩飾，真正「豪俠」本色，特別的值得關注，所以詩的一開首即特別托出之。末二句「但令一顧重，不吝百身輕」，這才是劉生的內美，「一」和「百」的對比極為刺眼，足見其「氣不平」之程度，非一般俠客所有。故此詩詩眼在「氣不平」三字。「但令」二字，尤其不可忽視，倘漏看此二字，則忽視了「氣不平」的另一層含義。「但」在此表示斬絕的設想和許願，而現實是沒有一個人「顧重」之，他沒有得到一次「顧重」，故更為「氣不平」。從此，可見此劉生是一個內美異常而懷才不遇的劉生。

隴頭水

【題解】此乃樂府舊題。據《樂府詩集》引《樂府解題》云，為李延年所造。此詩詠歎思鄉的主題。或為作者出使西北時有感而作，故有「勤王」之語。

隴阪高無極，征人一望鄉❶。關河別去水，沙塞斷歸腸❷。馬繫千年樹，旌❸懸九月霜。從來共嗚咽，皆是為勤王❹。

【注釋】❶隴阪高無極二句　《漢書・地理志下》隴西郡顏師古注：「隴坻謂隴阪，即今之隴山也。」又，《太平御覽》卷五十六引《三秦記》：「隴西關其坂九迴，不知高幾里，欲上者七日乃越。……去長安千里，望秦川如帶。又關中人上隴者，還望故鄉，悲思而歌，則有絕死者。」山在今陝西隴縣西北。梁元帝〈隴頭水〉：「故鄉迷遠近，征人分去留。」一望，一作「望故」。❷關河別去水二句　去水，逝水。征人西去而水東流，故云「別去水」。沙塞，塞外沙漠地區。❸旌　一作「旗」。

❹從來共嗚咽二句　共，一作「苦」。《秦川記》：隴西郡隴山，「其上懸巖吐溜，於中嶺泉停，因名萬石泉。泉溢，漫散而下，溝澮皆注，故北人升此而歌：『……隴頭流水，鳴聲嗚咽。遙望秦川，肝腸斷絕。』」江總〈隴頭水〉：「人將蓬共轉，水與啼俱咽。」勤王，為王事盡力，多指出兵救援王朝。此指從軍戍邊。

【語　譯】隴山高得望不到頭，征人站在這兒總要回頭望一望故鄉。征人去到遠方的關隘河川，告別隴頭東逝的流水，沙塞茫茫，想起故鄉心悲傷。將馬繫在千年古樹旁，旌旗高揚在九月的霜天。自古以來經過這兒，隨流水一起傷心哽咽的人，都是去遠方戍邊的人。

【研　析】此詩借隴頭的一望，抒寫遠戍西北邊陲的戰士極度深痛的鄉愁。山「高無極」，悲；最後的「一望」，悲；「千年」，悲；「九月」，悲；水「嗚咽」，同悲。慘極苦極，可悲可恨。結語更有無限感慨之思，含而不露。

巫山高

【題　解】〈巫山高〉，漢〈鐃歌〉曲名。《樂府詩集》入〈鼓吹曲辭〉。作者似嘗經三峽出蜀，故此詩雖用樂府舊題，蓋亦紀實之作。借巫山之美景及神話傳說的描述，表達對情人的思念之情。

巫山望不極，望望下朝氛❶。莫辨啼猿樹，徒看神女雲❷。驚濤亂水脈，驟雨暗峯文❸。沾裳❹即此地，況復遠思君。

【注　釋】❶巫山望不極二句　巫山，在今重慶市巫山縣東，巴山山脈於此特起，有十二峯。望不極，望不到山頂。朝氛，指朝雲。宋玉〈高唐賦序〉：「昔者楚襄王與宋玉遊於雲夢之臺，望高唐之觀，其上獨有雲氣。……王問玉曰：『此何氣也？』

玉對曰：『所謂朝雲者也。』」氛，一作「雰」。❷莫辨啼猿樹二句　啼猿樹，《水經注・江水》：巫峽「每至晴初霜旦，林寒澗肅，常有高猿長嘯，屬引淒異，空谷傳響，哀轉久絕」。神女雲，《文選》宋玉〈高唐賦序〉：「昔者先王嘗遊高唐，怠而晝寢，夢見一婦人，曰：『妾巫山之女也，為高唐之客。……妾在巫山之陽，高丘之阻；旦為朝雲，暮為行雨。朝朝暮暮，陽臺之下。』旦朝視之，如言，故為立廟，號曰朝雲。」❸峯文　指巫山美景。❹沾裳　《水經注・江水》：巫峽常有高猿長嘯，故漁者歌曰：「巴東三峽巫峽長，猿鳴三聲淚沾裳。」裳，一作「衣」。

【語　譯】巫山之高，一眼望不到頂，望呀望，清晨的雲霧從山頂飄下。看不清兩岸有猿在鳴叫的樹林，只看見神女所化的朝雲。峽中的驚濤駭浪攪亂了水流的方向，突降的雲雨使十二峯也變得昏暗。使過客淚灑衣襟的就是這裏，更何況還在深深思念你。

【研　析】首句「望不極」，除巫山高之一因外，還因其為迷濛不散的「朝氛」籠罩。此句不但點題，也暗示了詩人在旅途中惆悵迷惘之情。因為朝氛籠罩，故只聽得猿的啼鳴，見不到猿棲息的樹木。時移事遷，那美麗的巫山雲雨神話中的主人不復可睹，只見得千年不散令人憂鬱的雲彩。「驚濤亂水脈」二句，寫眼前景。一「亂」一「暗」，使詩人的心情更加難堪。「沾裳即此地」與「莫辨啼猿樹」一句呼應，亦是「亂」、「暗」的必然結果；「況復遠思君」與「徒看神女雲」呼應，實亦是「望」的真正原因。《樂府詩集》卷十六引《樂府解題》云：「古詞言江淮水深，無梁可度，臨水遠望，思歸而已。若齊王融『想像巫山高』，梁范雲『巫山高不極』，雜以陽臺神女之事，無復遠望思歸之意也。」如果說王融、范雲之詩尚是「雜」以陽臺神女之事，而此詩則用典全在陽臺神女之事，藉此表達男女相思的主題。

芳　樹

【題　解】〈芳樹〉，樂府古題，屬「橫吹曲辭」。詩借結翠開紅的芳樹在春晚容色凋落，表達女子痛苦的相思。未知何時所作。

芳樹本多奇，年華復在斯。結翠成新幄，開紅滿故枝❶。風歸花歷亂❷，日度影參差。容色朝朝落❸，思君君不知。

【注釋】❶結翠成新幄二句　幄，帷帳。故，一作「舊」。❷風歸花歷亂　風歸，猶言風止。花，一作「聲」。歷亂，猶言爛漫。❸容色朝朝落　本謂樹的花兒凋零。此喻婦女容顏憔悴。陸機〈放歌行〉：「容華夙夜零，無故自消歇。」

【語譯】美好的樹木本來就非常美麗，況且正處在青春年華之時。茂密翠綠的樹葉結成嶄新的帷帳，紅花開放，掛滿舊的枝椏。春風止息，花兒飄落大地，太陽照耀，樹影斑駁不齊。容顏一天天在憔悴，我思念著你，你卻不知我的心思。

【研析】首二句陳敘芳樹本質多美，又言正值春天花繁葉茂之時，這是芳樹生命中最為旺盛的季節。次二句緊接首二句，細細描寫，具現其「本」及「年華」。「結翠」、「開紅」寫其「本多奇」，「新幄」、「故枝」，正筆反筆寫其「復在斯」。然盛極之時，衰落的消息亦在其中。「風歸」二句，寫其「歷亂」，「參差」即可見矣。「容色」句，由樹及人，點明題旨。春華之時「思君」，為自然之理。「朝朝落」，言思君之「切」；「君不知」，言思君之「苦」。《樂府詩集》卷十六引《樂府解題》：「古詞中有云『妬人之子愁殺人，君有他心，樂不可禁。』若齊王融『相思早春日』，謝朓『早玩華池陰』，但言時暮，眾芳歇絕而已。」而照鄰此詩則在借舊題寄相思矣。

雨雪曲

【題解】〈雨雪曲〉，樂府舊題，屬「橫吹曲辭」。《詩經・小雅・采薇》：「昔我往矣，楊柳依依。今我來思，雨雪霏霏。」又，《穆天子傳》載：天子遊於黃屋之曲，日中寒風雨雪，有凍人，天子作詩三章以哀之，曰「我徂黃竹」是也。《樂府詩集》卷二十四以為〈雨雪曲〉蓋本諸此。詩寫邊塞征夫的苦寒生活及其忠君報國之心。未知何時所作。

虜騎三秋❶入，關雲萬里平。雪似胡沙暗，冰如漢月❷明。高闕❸銀為闕，長城玉作城。節旄零落盡❹，天子不知名。

【注釋】❶三秋　謂秋季三個月。《詩經・王風・采葛》：「一日不見，如隔三秋兮。」❷漢月　秦漢時築長城邊防，故後世稱長城之月為漢月或秦月。❸高闕　《水經注・河水》：「長城之際，連山刺天，其山中斷，兩岸雙闕，……故有高闕之名也。」❹節旄零落盡　《漢書・蘇武傳》：「仗漢節牧羊，臥起操持，節旄盡落。」節旄，使節或邊將所持以示信的旌節上，綴有犛牛尾和彩色鳥羽飾物。

【語譯】敵人的騎兵一到秋天就來入侵，關塞的秋雲一望無際。大雪像北地的沙塵昏暗，冰塊如長城的明月一樣明亮。高高的山闕變成銀闕，長城看上去似乎是玉做的城。旌節上的節旄都掉盡了，天子已不知道我的名字。

【研析】首句寫邊塞三秋特殊的氣象。「三秋」之時，天氣轉寒，草木枯黃，就有匈奴騎兵入侵了，而此時也最能引征人起思鄉情。「萬里」既寫邊塞戰場之廣袤，也寫故鄉之遙遠。「胡沙」，可見與虜騎戰鬥在沙場的激烈情景，與「三秋」呼應；「漢月」，可見征人望月思鄉之哀怨情景，與「萬里」呼應。「三秋」即有暗「雪」明「冰」，可見此地的嚴寒，與中原之地絕不相類。「明」、「暗」之間的比襯，使征人思鄉的主題更為鮮明突出。「高闕」二句，用重疊反復的修辭手法，實寫邊地冰雪奇景，也暗寫對朝廷的懷念。「節旄零落盡」二句，用漢蘇武出使匈奴之故事以託己之悲思，見其忠誠、敦厚。

昭君怨

【題解】〈昭君怨〉，本古琴曲名。蔡邕《琴操》：「昭君在外，恨帝始不見遇，乃作怨思之歌，後人名為〈昭君怨〉。」題或作〈王昭君〉。而〈王昭君〉屬「樂府相和歌辭」，殆〈昭君怨〉之後起者。詩極寫昭君對漢廷的深苦思念。未知何時所作。

合殿恩中絕❶，交河❷使漸稀。肝腸辭玉輦❸，形影向金微❹。漢地❺草應綠，
胡庭❻沙正飛。願逐三秋雁，年年一度歸。

【注釋】❶合殿恩中絕　合殿，即合歡殿，漢宮殿名。《三輔黃圖》卷三：「武帝時，後宮有八區，有昭陽、飛翔、增成、合歡……等殿。」此代指漢元帝。恩中絕，指遣昭君遠嫁。《西京雜記》卷二：「元帝後宮既多，不得常見，乃使畫工圖形，案圖召幸之。諸宮人皆賂畫工，……獨王嫱（昭君）不肯，遂不得見。後匈奴入朝，求美人為閼氏，於是上按圖，以昭君行。」❷交河　《元和郡縣志・隴右道・西州・交河縣》：「本漢車師前王庭也。……貞觀十四年於此置交河縣，與州同置。交河，出縣北天山，水分流於城下，因以為名。」地在今新疆吐魯番西。此代指匈奴王庭。❸辭玉輦　辭，一作「隨」。玉輦，帝王坐的車子。❹形影向金微　形影，謂形單影隻。李密〈陳情表〉：「煢煢獨立，形影相弔。」金微，山名。《後漢書・耿夔傳》：「精將騎八百，……於金微山斬閼氏、名王以下五千餘級。」山即今新疆北部及蒙古境內之阿爾泰山，唐稱金山，並置有金微都護府。此代指匈奴。微，一作「徽」，誤。❺地　一作「宮」。❻胡庭　胡地。匈奴謂單于所在地曰「庭」。《漢書・匈奴傳》：「歲正月，諸長小會單于庭，祠。」

【語譯】合歡殿裏君恩突然中斷，來到交河的使節漸漸稀少。肝腸寸斷，拜辭天子的玉輦，形影相弔，獨自

去往金微山。漢地的草應該還是翠綠的吧，而胡地的沙塵正開始漫天飛舞。我希望追逐著秋天的大雁，一年一度回到南方的故土。

【研　析】首二句敘昭君離開漢廷，而漢廷派往交河的使節日漸稀少。「絕」與「稀」，可見「怨」字在其中矣。末二句表白心跡，「願」是「怨」的一種表達方式，也可見其「怨」之背後埋藏著深深的眷戀，也許孤獨無人知，其依戀變得異常深、異常烈，以至成怨。其願望愈單純，其怨愈烈。中間四句分兩股，「肝腸」二句寫「恩中絕」後之悲傷、孤獨；「漢地」二句寫「使漸稀」之後的思念。

折楊柳

【題　解】〈折楊柳〉，樂府古題，屬「橫吹曲辭」。據《樂府詩集》卷二十一，此曲為漢李延年造。又，晉太康末京洛為之〈折楊柳〉之歌，其曲有兵革苦辛之辭。此詩寫閨中少婦對邊塞征人的思念。未知何時所作。

倡樓啟曙扉，楊柳正依依❶。鶯啼知歲隔，條變識春歸❷。露葉凝秋黛，風花亂舞衣❸。攀折將安寄？軍中音信稀❹。

【注　釋】❶倡樓啟曙扉二句　倡樓，倡女所居處。楊柳正依依，句出《詩經・小雅・采薇》，狀離別出征之景。楊，一作「園」。依依，柔條隨風飄拂的樣子。❷鶯啼知歲隔二句　鶯啼，一作「鳥鳴」。歲隔，又過了一年。條變，柳樹枝條變綠。❸露葉凝秋黛二句　凝秋黛，一作「疑啼臉」。秋黛，猶言愁黛。女子多愁而緊鎖的眉頭。蕭綸〈代舊姬有怨〉：「怨黛舒還斂，啼粧試更垂。」秋，一作「愁」。黛，古時女子用以畫眉之顏料，因以稱美眉。風花，指因風而起的柳絮。《世說新語・言語》：謝安寒雪日在家召集文會，欣然曰：「白雪紛紛何所似？」兄女謝道韞曰：「未若柳絮因風起。」亂，一作「落」。

❹攀折將安寄二句　《三輔黃圖》卷六〈橋〉：「霸橋在長安東，跨水作橋，漢人送客至此橋，折柳贈別。」將安，一作「聊將」。音，一作「書」。

【語　譯】倡女所居的高樓迎著曙光打開樓門，楊柳正在晨風中輕輕飄拂。黃鶯啼叫，知道又過了一年，樹枝變綠，標誌著大地春回。帶露的柳葉就像樓上女子的愁眉，因風而起的柳絮沾惹著倡女的舞衣。攀折一條柔枝將要寄贈到哪裏？軍中征人的音信很少傳來。

【研　析】此詩抒寫主人公「倡樓」女子「啟曙扉」後見楊柳依依所泛起的複雜情感。「鶯啼知歲隔」，是其「啟曙扉」前所聞；「楊柳正依依」，是其「啟曙扉」後所見。「知」字、「正」字展示了一個印證的過程。「識春歸」三字內涵豐富。「露葉」二句具寫楊柳之葉、之花，大地春回，生機勃勃的美景不斷在女主人公的眼前清晰而豐富，其內心的喜悅也漸次濃烈。末二句急轉直下，「攀折」是女主人公在觀賞楊柳時的舉動，是美麗青春的自然生發。而「寄」，亦是在攀折之後的浪漫計畫。折楊柳的背後其實有一個故事：因為她曾經在這樣的時刻、這樣的美景中亦有折楊柳，送給親愛的情人。那時候情人雄姿英發、鬥志昂揚，懷著滿腔的熱血和激情。可如今，情人不但沒有在身邊，且「軍中音信稀」。著「將安」二字，天地頓時變色。這是一個由忘情到失落，由賞春的喜悅到對遠方征人的擔憂的劇烈轉折，讓人心疼。後王昌齡〈閨怨〉云：「閨中少婦不知愁，春日凝妝上翠樓。忽見陌頭楊柳色，悔教夫婿覓封侯。」與之異曲同工。

梅花落

【題　解】〈梅花落〉，樂府古題，屬「橫吹曲辭」。《樂府詩集》卷二十四云：「〈梅花落〉，本笛中曲也。」詩寫少婦對邊塞征人的思念。未知何時所作。

梅院花初發，天山雪未開❶。雪處疑花滿，花邊似雪迴❷。因風入舞袖，雜粉向妝臺❸。匈奴幾萬里，春至不知來。

【注　釋】❶梅院花初發二句　梅院，指上林苑之種梅處。《西京雜記》卷一：「初修上林苑，羣臣遠方，各獻名果異樹，亦有製為美名以標奇麗。……梅七：朱梅、紫葉梅、紫華梅、同心梅、麗枝梅、燕梅、猴梅。」此代指長安。或以為梅院指虔州虔化縣（今江西寧都）東北之梅嶺山，殆誤。院，一作「嶺」。天山，即祁連山。《史記・匈奴列傳》司馬貞《索隱》：「祁連一名天山，亦曰白山也。」又，《元和郡縣志・隴右道・西州・前庭縣》：「天山，夷名折羅曼山，在縣北三十里。」或云今新疆境內之天山。此泛言邊地。雪未開，指雪未融化。❷雪處疑花滿二句　謂雪如梅花，梅花似雪。蕭綱〈詠雪〉：「看花言可折，定自非春梅。」江總〈梅花落〉：「偏疑粉蝶散，乍似雪花開。」雪，一作「處」，疑誤。迴，迴旋；飄舞。❸因風入舞袖二句　《世說新語・言語》：謝安寒雪日內集論文義，天驟雪。安曰：「白雪紛紛何所似？」侄女謝道韞曰：「未若柳絮因風起。」《初學記》卷十五引王訓〈應令詠舞〉：「袖輕風易入。」雜粉，謂梅花和著香粉。《太平御覽》卷九百七十引《宋書》：謂宋武帝女壽陽公主人日臥於含章殿簷下，梅花落額頭，成五出之花，拂之不去，自後有梅花妝，故云妝臺。

【語　譯】梅嶺的花兒剛剛開放，祁連山的雪還未融化。大雪降落的地方好像開滿梅花，梅花的花瓣好像雪花飄舞。隨著風兒吹入舞袖，與香粉一起飄向妝臺。匈奴在幾萬里之外，春天到了，征人卻不知道已經來臨。

【研　析】首二句言「梅院」與「天山」之間氣候的懸殊，暗示天山環境惡劣、生活之艱難。次二句，變化范雲〈別詩〉「昔去雪如花，今來花似雪」詩意而勝之，乃回筆寫「雪」、「花」，用「疑」、「似」二字，寫女主人公對天山雪的想像。這種想像非一般程度的，而是一種焦灼的思念與牽掛，以至出現錯覺。「因風入舞袖」二句，將雪、梅花進一步擬人化，賦予其情感，似與女主人公心靈相通了，一份溫情撲面而來。末二句「匈奴幾萬里」呼應開頭「梅院」、「天山」之句。「春至不知來」，想像著心中所牽掛的人的生活場景。春天早已來到，而他還懵然不知，我在思念他，他或許也不知道吧？一種愛憐和惆悵湧上心頭。此詩採用迴環往復的修辭方法，音韻婉轉，情意纏綿。

關山月

【題　解】〈關山月〉，樂府古題，屬「橫吹曲」。《樂府詩集》卷二十三引《樂府解題》曰：「〈關山月〉，傷離別也。」此詩寫征人在行軍途中對閨中少婦的思念。未知何時所作。

塞垣通碣石，虜障抵祁連❶。相思在萬里，明月正孤❷懸。影移金岫北，光斷玉門前❸。寄言閨中婦，時看鴻雁天❹。

【注　釋】❶塞垣通碣石二句　塞垣，本指漢代為抵禦鮮卑所設的邊塞。後亦指長城。見《文選》鮑照〈東武吟〉「追虜窮塞垣」李善、張銑注。塞，一作「寒」。碣石，山名。見〈明月引〉注❸。《寰宇記・河東道・雲州・雲中縣》引《冀州圖》云：紫塞長城，在大同以西，紫河以東，橫亙而東至碣石以來，綿亙千里。虜障，在邊境險要處防敵的堡寨。《史記・秦始皇本紀》：「築亭障以逐戎人。」障，一作「陣」。祁連，漢稱天山。參見盧照鄰〈梅花落〉注❶。❷正孤　一作「不長」。❸影移金岫北二句　金岫，未知何處。當指碣石一帶之山，與玉門相對而言。斷，猶盡。見《詩詞曲語辭匯釋》卷三。玉門，關名。《元和郡縣志・隴右道・沙洲・壽昌縣》：「玉門故關，在縣西北一百一十七里。……（班超上疏）曰：『臣不敢望酒泉郡，但願生入玉門關』，即此是也。」❹寄言閨中婦二句　寄言閨中婦，一作「寄書謝中婦」。言，一作「信」。時，一作「愁」。鴻雁天，書信的到來。古謂鴻雁能傳書。

【語　譯】塞垣與碣石相連，防敵的堡寨一直延伸到祁連山。相思之人遠隔萬里，明月正孤獨地懸在夜空。月影移動至金岫之北，月光消失在玉門關之前。我想對閨中的思婦說，時時張望天空，等待鴻雁南歸的消息。

【研析】首二句，寫征人在碣石和祁連之間的長途行軍中。「通」、「抵」二字，可以明之。次二句，寫孤獨中對戀人的思念。「萬里」二字表相距之遠，而思念不止，可見愛之深；明月「孤懸」，顯示征人與所思身心的隔絕。大約是久不通書信，征人頗有埋怨。五、六兩句，寫月的光與影隨著征人的腳步和視線移動。言其一直心繫所思之專注。末二句直抒胸臆，請他所思的閨中少婦，也能夠像他這樣「時」寄相思。然而他的「寄言」，閨中婦是聽不到的，他只是在苦澀而沈重的相思中，聊作自慰而已。「鴻雁」或許不能給他的所思帶去什麼好消息，他的歸鄉也不知要等到何時。這樣轉念一想，他對閨中婦的怨艾，又變成帶血的歉疚了。這首詩，表現了一段男人的柔情，不脫粗獷本質，但頗耐人尋味。

上之回

【題解】〈上之回〉，漢「鼓吹曲鐃歌」名。吳競《樂府古題要解》卷上：漢武帝元封初因至雍而通回中道，後數出遊幸焉。〈上之回〉之歌稱帝「遊石闕，望諸國，月支臣，匈奴服」，皆美當時事。此詩敘大漢天子巡行回中督征匈奴之事，歌頌皇威振振，國家一統的美好氣象。未知何時所作。

回中道路險，蕭關烽堠多❶。五營屯北地，萬乘出西河❷。單于拜玉璽，天子按雕戈❸。振旅汾川曲，秋風橫大歌❹。

【注釋】❶回中道路險二句　回中，地名。《史記・秦始皇本紀》：二十七年（西元前二二〇年），「始皇巡隴西、北地，出雞頭山，過回中。」《集解》引應劭曰：「回中在安定高平。」地在今陝西隴縣西北。蕭關，關塞名。《漢書・武帝紀》：元封四年冬十月，「行幸雍，祠五時。通回中道，遂北出蕭關。」《元和郡縣志・關內道・原州・平高縣》：「蕭關故城，在縣東南三十里。《漢書》文帝十四年，匈奴入蕭關，殺北地都尉，是也。」其地在今甘肅固原東南。烽堠，即烽火臺，古代邊防報警的土堡哨所。❷五營屯北地二句　五營，漢代皇帝儀衛五營校尉的合稱。《後漢書・順帝紀》：「調五營弩師。」李賢注：「五校也，謂長水、步兵、射聲、胡騎、車騎等五校尉也。」北地，郡名，秦漢所置。其轄境在今甘肅東南部和寧縣南部一帶。見《讀史方輿紀要》卷二〈北地郡〉。北，一作「右」，誤。萬乘，帝王的別稱。周制：天子地方千里，出兵車萬乘，故以萬乘代天子。西河，郡名。《漢書・地理志下》：「西河郡，武帝元朔四年置。」地在今內蒙古、山西、陝西北部之黃河南北流向一帶。《漢書・武帝紀》：元封元年冬十月，「行自雲陽，北歷上郡、西河、五原，出長城……」❸單于拜玉璽二句　《漢書・武帝紀》：元封元年冬十月，「勒兵十八萬騎，旌旗徑千餘里，威震匈奴。遣使者告單于曰：『……單于能戰，天子自將待邊；不能，亟來臣服。』」玉璽，皇帝的玉印。此處指鈐有皇帝玉印的詔諭。按，即指揮。雕戈，刻有花紋的戈。《國語・晉語三》：「穆公衡雕戈出見使者。」此代指軍隊。❹振旅汾川曲二句　《尚書・大禹謨》：「班師振旅。」偽《孔傳》：「兵入曰振旅，言整眾。」汾川曲，即汾水河川曲折之處。此指汾陰。《漢書・武帝紀》：元鼎四年冬十月，「行至夏陽，東幸汾陰。」《漢武帝故事》：「上行幸河東，祠后土，顧視帝京，欣然中流，與羣臣飲燕。上歡甚，乃自作〈秋風辭〉曰：『秋風起兮白雲飛，草木黃落兮雁南歸。……歡樂極兮哀情多，少壯幾時兮奈老何！』」

【語　譯】通往回中的道路艱險，蕭關的烽火臺也很多。五營校尉駐紮在北地郡，天子出巡經過西河。單于拜受大漢天子的詔諭，天子親自指揮軍隊威震沙塞。在汾水河曲整頓軍旅，天子高唱著氣動山河的〈秋風辭〉。

【研　析】這是一首帶有歌頌意味的古樂曲。首四句言天子出巡邊地。「道路險」、「烽堠多」，寫沿途所見，見戰爭形勢之危急、殺氣之濃烈。緊接二句以「五營屯」、「萬乘出」，寫天子出巡之場面。「北地」，應「蕭關」；「西河」，應「回中」。四個地名錯落而下，見我軍氣勢如虹。「單于」二句，以「拜」、「按」二動詞相對照，以單于之卑屈渺小，見大漢天子偉岸如山、威嚴如霜。末二句結題，「振旅」，即言班師回朝；「秋風橫大歌」，展現一個秋水揚波的壯闊意境，洋溢著浪漫的英雄主義激情。

紫騮馬

【題　解】〈紫騮馬〉，樂府古題，屬「橫吹曲辭」。《樂府詩集》卷二十四引《古今樂錄》：「〈紫騮馬〉，古辭云：『十五從軍征，八十始得歸。道逢鄉里人，家中有阿誰？』」又梁曲曰：『獨柯不成樹，獨樹不成林。念郎錦裲襠，恒長不忘心。』蓋從軍久戍，懷歸而作也。」此詩名為寫馬，實則寫豪俠不畏邊塞寒苦，不惜流血犧牲的英武形象。未知何時所作。詩題一作〈君馬黃〉。

騮馬照金鞍❶，轉戰入皐蘭❷。塞門❸風稍急，長城水正寒❹。雪暗鳴珂重，山長噴玉難❺。不辭橫絕漠❻，流血幾時乾❼。

【注　釋】❶騮馬照金鞍　騮馬，即紫騮馬，又名紫燕騮。漢文帝自代還，得良馬九匹，皆天下之駿馬也。其一名紫燕騮。見《西京雜記》卷二。照，照耀；映襯。❷皐蘭　《漢書・武帝紀》：元狩二年，「遣驃騎將軍霍去病出隴西，至皐蘭。」顏注：「皐蘭，山名也。〈霍去病傳〉云『過焉支山千有餘里，合短兵鏖皐蘭下。』即此山也。」山在今甘肅蘭州北部。❸塞門　長城邊關。《文選》顏延之〈赭白馬賦〉：「簡偉塞門。」李善注：「塞，紫塞也，有關，故曰門。」❹長城水正寒　陳琳〈飲馬長城窟行〉：「飲馬長城窟，水寒傷馬骨。」❺雪暗鳴珂重二句　鳴珂，馬奔走時，馬籠頭上的玉珂發出聲響。長，一作「頭」。噴玉，馬噓氣或鼓鼻時噴散雪白的唾沫。謂馬氣勢雄猛。《穆天子傳》卷五：「使宮樂謠曰：黃之池，其馬歕沙，皇人威儀；黃之澤，其馬歕玉，皇人受穀。」❻橫絕漠　橫渡沙漠。絕漠，極遠的沙漠。《史記・匈奴列傳》：「大將軍（衛青）出定襄，驃騎將軍（霍去病）出代，咸約絕幕匈奴。」幕，通「漠」。❼流血幾時乾　《漢書・武帝紀》：「貳師將軍李廣利斬大宛王首，獲汗血馬來。作〈西極天馬之歌〉。」顏師古注引應劭曰：「大宛舊有天馬種，踏石汗血。汗從前肩髆出，如血。號一日千里。」

【語　譯】紫色的騮馬照著金黃的馬鞍，輾轉作戰進入皋蘭山。長城邊關的秋風漸漸吹得勁急，長城腳下的水也正變得寒冷。雪下得很大，馬籠頭上的玉珂響聲變得沈重，山路很長，駿馬疲憊乏力，氣喘吁吁。不推辭橫渡無邊的沙漠，流出的汗血不知道何時會乾涸。

【研　析】首二句寫騮馬轉戰邊塞的英武逼人。次二句寫「皋蘭」邊塞形勢的嚴峻。「風稍急」、「水正寒」，固然寫自然的氣候，而在這麼艱難的形勢還得行軍打仗，可見戰爭氣氛的緊張。五、六兩句，「鳴珂重」、「噴玉難」似乎是因「雪暗」、「山長」而起，實際可見戰鬥的激烈、艱苦。然騮馬並不為艱難困苦而壓倒。末二句，表明其心跡，願意戰鬥到最後一息；「不辭橫絕漠」，與首二句「轉戰入皋蘭」呼應；「流血幾時乾」與「騮馬照金鞍」呼應。仔細咀嚼，此詩開首之一「照」字尤有意味。一般而言，馬因金鞍的襯托而美，而此處乃指騮馬所流之血染紅了金鞍。此詩每二句一轉，愈轉愈深。通過寫馬，歌頌了邊塞將士為保衛國家領土不受侵犯而大義凜然、視死如歸的氣概。

戰城南

【題　解】〈戰城南〉，樂府古題，漢「鐃歌」十八曲之一。敘戰陣之事。此詩歌頌將軍保家衛國、英勇善戰的可敬形象。未知何時所作。

將軍出紫塞，冒頓在烏貪❶。笳喧雁門北，陣翼龍城南❷。雕弓夜宛轉，鐵騎曉驂驔❸。應須駐白日，為待戰方酣❹。

【注　釋】❶將軍出紫塞二句　紫塞，即長城，秦漢時修築。以土色皆紫，故稱。見《古今注・都邑》。鮑照〈蕪城賦〉：

「北走紫塞雁門。」冒頓，秦末漢初匈奴單于名。原為頭曼太子，後以鳴鏑射殺頭曼，自立單于。見《史記・匈奴列傳》。此泛指敵虜首領。烏貪，烏貪訾離國之省稱。《漢書・西域傳下》：「烏貪訾離國，王治于婁谷……東與單桓、南與且彌、西與烏孫接。」其地在今新疆綏來。此代指塞外之地。❷笳喧雁門北二句 笳，古管樂器名。漢時流行於西域一帶少數民族間，初捲蘆葉吹之，與樂器相和，後以竹為之。雁門，山名。即句注山。《山海經・海內西經》：「雁門山，雁出其間。在高柳北。」山有雁門關，自古為戍守重地。地在今山西代縣西北。陣，戰陣，作戰時部隊的戰鬥隊形。翼，像鳥翼一樣覆蔽。龍城，漢時匈奴地名，又稱龍庭。匈奴於每歲五月在此大會各部酋長祭其祖先、天地、鬼神。見《史記・匈奴列傳》。地在今蒙古鄂爾渾河境。❸雕弓夜宛轉二句 雕弓，刻鏤文彩之弓。宛轉，本為纏弓的繩。見《爾雅・釋器》「有緣者謂之弓」郭璞注。此指弓隨人迴旋曲折地前進。鐵騎，披甲之馬，也指騎兵。驂驔，《文選》嵇康〈琴賦〉：「或參譚繁促。」李善注：「參譚，相隨貌。」驂驔，一作「參潭」。❹應須駐白日二句 應須，猶言應當。戰方酣，戰鬥正激烈。《淮南子・覽冥》：「魯陽公與韓搆難，戰酣，日暮，援戈而撝之，日為之反三舍。」

【語　譯】將軍出兵到長城之外，匈奴冒頓單于在遙遠的烏貪。胡笳在雁門山以北吹響，戰陣像鳥翼一樣遮蔽了龍城之南。夜晚士兵背著美麗的弓弦迴旋曲折地行軍，清晨一隊隊的騎兵相隨前行。應當使太陽停下來不走，為我們等到戰鬥最激烈的時候。

【研　析】首二句言戰事起，節奏較為舒緩。且我方將軍「出」，而敵方冒頓「在」，言下之意似乎我挑釁於冒頓，而冒頓本自老實本分，不動。這樣的敘事，讓人迷惑不解。次二句一下，方解此惑。原來，先是笳喧，而我軍方出動，且以迅猛不可阻擋之勢出動。「陣翼」二字，極為形象地將我軍比擬成一隻神速的大雕。五、六兩句寫通夜達旦的行軍。「雕弓」、「鐵騎」，言我軍的英武無敵；「宛轉」、「驂驔」二疊韻詞的運用，戲劇性地展示了我軍征戰的輕鬆、愉快。末二句更是奇思異想，言時間過得飛快，我們的戰鬥最激烈的場面還未上演，「白日」就要下班，真替它惋惜！此詩用神話的筆法，寫殘酷的戰鬥；以我軍的豪情滿懷，反示冒頓的狼狽不堪。與從前苦寒之辭不啻天壤。

十五夜觀燈

【題　解】十五夜，指正月十五上元節夜。其夜又稱元夜、元宵，有觀燈之俗。《初學記》卷四引《史記・樂書》曰：「漢家以望日祀太一，從昏時到明。」附注曰：「今夜遊觀燈，是其遺跡。」此詩借描寫錦里芳宴之花燈美、人物美，歌頌美好的春天。似作於高宗乾封初出使益州時。

錦里開芳宴，蘭缸豔早年❶。縟綵遙分地，繁光遠綴天。接漢❷疑星落，依樓似月懸。別有千金笑，來映九枝前❸。

【注　釋】❶錦里開芳宴二句　錦里，《華陽國志》卷三：夷里橋南岸，「其道西城，故錦官也。錦工製錦，濯其中則鮮明，濯他江則不好，故曰錦里也。」後為成都之代稱。芳宴，宴會的美稱。謝朓〈侍宴華光殿曲水奉敕為皇太子作〉：「嘉樂具矣，芳宴在斯。」蘭缸，以蘭膏燃點之燈。蘭膏，澤蘭（草本植物名）所煉之油。《楚辭・招魂》：「蘭膏明燭，華容備些。」早年，指年初。❷漢　河漢；銀河。❸別有千金笑二句　千金笑，指美人之笑。崔駰〈七依〉：「回顧百萬，一笑千金。」九枝，一幹九枝的花燈。《西京雜記》卷一記趙飛燕女弟所送物品，有「七枝燈」。《漢武帝內傳》：「乃修除宮掖，燃九光之燈。」沈約〈傷美人賦〉：「陳九枝之華燭。」

【語　譯】在錦官城擺設這美好的宴會，點燃蘭缸將這年初的夜晚照亮。絢麗的色彩，使宴會與其他地方形成很大反差，紛繁的燈光遠遠地與天上星光相連。連接銀河，就好像星星墜落人間，依著高樓，彷彿明月懸在夜空。另有美人的笑臉，來與九枝花燈相映照。

【研　析】首二句貼題，「錦里」言地美，「芳宴」言場合美，「早年」言時美，「蘭缸」言燈美。「開」、「豔」

二動詞的連用，實是概「觀」之所得，也透露了主人公在「四美」之中喜悅無比的心情，逗起了其參與其中，細細觀賞的濃厚興趣。「縟綵」二句，寫遠望之燈景。「縟綵」、「繁光」具寫「豔」字；「遙分地」、「遠綴天」具寫「開」字。這實在是「芳宴」，與「早年」的喜慶氣氛極為相宜。此是實寫。「接漢」二句，寫仰望之燈景。這是在前二句基礎上自然深入。「接漢」承「遠綴天」而來，「依樓」承「遙分地」而來。「星落」應「繁光」，「月懸」應「縟綵」。此是虛寫。末二句，單寫燈下之美人。此乃極美之景也。倘有美景而無美女，豈不讓人悵然若失？倘美人又得美景陪襯，豈非讓人置身仙界而何？「觀燈」云者，實是為「觀人」而作幌子也。作者就像高明的攝影師，由遠及近的視角移動，由長鏡頭而漸至特寫鏡頭的變換，視野愈小，而所攝的圖像愈清晰美觀。

入秦川界

【題　解】秦川，即關中平原。作者於高宗顯慶三年（西元六五八年）春晚自蜀中返長安，此詩與〈奉使益州至長安發鍾陽驛〉、〈至陳倉曉晴望京邑〉等殆同時之作。詩描寫秦川美好的春日景象，抒發即將入京時的喜悅心情。

隴阪❶長無極，蒼山望不窮。石徑縈疑斷，回流映似空❷。花開綠野霧，鶯囀紫巖風❸。春芳勿遽❹盡，留賞故人同。

【注　釋】❶隴阪　即隴山。山在今陝西隴縣西北。參見〈隴頭水〉注❶。❷映似空　言水極清澈。沈約〈八詠〉詩：「水潔望如空。」❸花開綠野霧二句　紫巖，山名。《華陽國志・蜀志》：「綿水出紫巖山，經綿竹（縣）入洛。」謝靈運〈入彭蠡湖口作〉：「春晚綠野秀，巖高白雲屯。」❹遽　匆忙；突然。

【語　譯】隴山之路不知道有多長，青山一片望不到頭。石路盤迴曲折，似斷又連，迂迴的河水映照，彷彿明澈的天空。花兒開放在像綠霧一樣青蔥的原野，黃鶯鳴囀在紫巖山的清風中。春天的美景請不要那麼快地消逝，我願留住它以便與故人同賞。

【研　析】隴阪是秦隴之分界處。作者遠征邊塞時曾經此地，寫下〈隴頭水〉一詩，有「隴阪高無極，征人一望鄉」的嗚咽之聲。今天歸鄉又經此，心情大為不同。首二句用「長無極」、「望不窮」，言遠遊歸鄉之情切，恨不得插兩隻翅膀飛回家鄉的院落。「石徑」以下四句反復寫景：「花開」句，承「回流映似空」句而來；「鶯囀」句，承「石徑縈疑斷」而來。前「疑斷」二字下之景，非目力所及者，而是聽覺之下的印象。原來是鶯聲停止，故以為「石徑」斷了。「似空」，原亦非真正的天空，而是湛藍的江水上映照著碧綠原野上的輕霧。以既熟悉又陌生的視聽，寫重回秦川的親切，真切地反映了「入」秦川之開放、舒張的心態。末二句寫遊子回鄉的、近似童稚的畏懼心理，又與「長無極」、「望不窮」的焦急形成呼應，以襯出「入」之極樂。然極樂中亦有極心酸處：遠征歸來，兩手空空，沒有什麼讓親朋故舊感到光榮的，只有祈求這眼前的美景不要消失，一直陪伴他回到家鄉，讓親朋故舊一樂。

文翁講堂

【題　解】文翁，廬江（今屬安徽）人。景帝末，為蜀郡守。見蜀地僻陋有蠻夷風，乃選郡縣小吏開敏有材者十餘人，詣京師受業。又修起學官於成都市中，招下縣子弟入學。蜀地由是大化。漢武帝令天下郡國立學官，自文翁為之始。文翁終於蜀，吏民為立祠堂，歲時祭祀不斷。事見《漢書．循吏傳》。《華陽國志．蜀志》：「始，文翁立文學精舍、講堂，作石室，一曰玉室，在城南。」此詩描寫瞻仰文翁講堂之景，緬懷文翁對蜀地所作的巨大文化貢獻。乃高宗顯慶二年（西元六五七年）秋作於成都。

錦里淹中館，岷山稷下亭❶。空梁無燕雀，古壁有丹青❷。槐落猶疑市❸，苔深不辨銘。良哉二千石，江漢表遺靈❹。

【注　釋】❶錦里淹中館二句　錦里，即成都。見〈十五夜觀燈〉注❶。淹中，《漢書・藝文志》：「《禮》古經者，出於魯淹中。」顏師古注引蘇林曰：「淹中，里名也。」在曲阜。此代指孔門講學處。岷山，《水經注・江水》：「在蜀郡氐道縣，大江所出。」即今四川、甘肅邊界綿延山脈之總稱，此代指蜀郡。稷下，《史記・田敬仲完世家》：「（齊）宣王喜文學，是以齊稷下學士復盛，且數百千人。」《索隱》引《齊地記》：「齊城西門側系水左右，有講堂址存焉。」地在今山東臨淄北。亭，行人停留食宿的處所，如驛亭、客亭等。此言蜀中講學之盛。❷空梁無燕雀二句　無燕雀，反用薛道衡〈昔昔鹽〉「暗牖懸蛛網，空梁落燕泥」之意，言其荒廢。丹青，即丹砂、青雘，作畫顏料。此代指畫。《元和郡縣志・成都府・成都縣》引李膺《益州記》，謂文翁石室「壁上悉圖古之聖賢」。❸槐落猶疑市　以長安槐市喻文翁講堂。《三輔黃圖》：長安常滿倉北為槐市，「列槐樹數百行為隊，無墻屋。諸生朔望會此市，各持其郡所出貨物及經傳書記、笙磬樂器，相與買賣，雍容揖讓，或議論槐下」。❹良哉二千石二句　良哉，語辭。猶言好啊。《尚書・益稷》：「股肱良哉！庶事康哉！」二千石，古代郡守俸祿為二千石。此稱文翁。江漢，指大江（岷江）和西漢水（嘉陵江），源出岷山。《水經注・江水》引《益州記》：「故其（指岷山）精則井絡纏曜，江漢炳靈。」表，標記。此解為紀念。

【語　譯】這是成都的淹中館，這是蜀中的稷下亭。屋梁空空，沒有燕雀飛來，古舊的屋壁上還留著古聖賢的壁畫。槐樹葉落，彷彿能看出當時諸生雍容揖讓槐市的情景，青苔深深，已經辨不清石碑的銘文。您真是一個好太守啊，您的精神就像這岷江和嘉陵江的流水萬古不滅。

【研　析】這是一首詠懷古跡的詩。首二句切題中「講堂」二字，極讚其在蜀中的崇高地位，讓讀者對此產生悠然神往之情。錦里、岷山偏於西南一隅，其文化學術的發展遲緩，似不能與中華文明的發祥地中原一帶媲美，然此地乃「天下郡國立學官之始」。以「淹中館」、「稷下亭」作比，似是藉以美言之，實亦是暗示其並峙之意。中四句以虛室相錯之筆，寫瞻仰講堂之所得。「空梁」寫其寂靜，「槐落」句寫其聲響，以聽覺來感受講堂。此是虛寫。「古壁」句，寫牆上教學古畫之清晰可睹，「苔深」句寫其紀事碑銘之模糊不辨，以視覺來追尋往跡。言講堂年深月久，雖不復昔日盛況，然保存完好，古賢高風猶存。此是實寫。「良哉」二句，直寫胸臆，表達對文翁的敬仰，歌頌其精神與江漢同在，照應了開頭「錦里」、「岷山」二詞。此詩風骨凜然，情韻並茂，可追風騷。《唐詩選脈會通評林》評云：「渾厚整飭，脫六朝之糾纏，立有唐之標準。」良是。

相如琴臺

【題　解】琴臺，據《太平寰宇記・成都府》引《益部耆舊傳》云：在成都少城中笮橋下司馬相如故宅。琴臺遺跡已不存。今成都撫琴臺，乃後人誤以王建墓為相如琴臺而建。此詩描寫相如琴臺寂寞之景，抒發人去園空之悲情。約於高宗顯慶三年（西元六五八年）春作。

聞有雍容地❶，千年無四鄰。園院風煙古，池臺松檟❷春。雲疑作賦客，月似聽琴人❸。寂寂啼鶯❹處，空傷遊子神。

【注　釋】❶雍容地　指相如宅。《史記・司馬相如列傳》：司馬相如，字長卿。蜀郡成都人。事孝景帝為武騎常侍。後從梁孝王遊。梁孝王薨，相如歸，而家貧。相如之臨邛，從車騎，雍容閒雅甚都。雍容，謂從容閒雅。❷松檟　松與檟，材木可以製棺。因以松檟代指墓地。任昉〈為范始興作求立大宰碑表〉：「人之云亡，……松檟成行。」❸雲疑作賦客二句　相如以辭賦名世，故稱「作賦客」。月似，一作「花影」。聽琴人，指卓文君。《史記・司馬相如列傳》：相如善鼓琴，應富人卓王孫宴。是時卓王孫有女文君新寡，好音，故相如以琴心挑之。文君乃夜亡奔相如。❹鶯　一作「烏」。

【語　譯】傳聞成都有一個從容閒雅的地方，千年以來沒有能與它相媲美的。屋宇、院落的氣象古色古香，池水琴臺旁的松樹和櫝樹春意盎然。悠遊的雲彩彷彿當年的作賦之人，月亮就好像善解琴心的卓文君。當年黃鶯啼叫處如今寂然無聲，徒然讓遊覽之人黯然神傷。

【研　析】詩首二句以「聞」字入筆，讚琴臺及其主人之「雍容」。這主要是從《史記》的書本上和鄉老的口傳中得來相如、卓文君的故事。下「千年」二字，言其永久的獨絕，由此而產生一睹真跡的決心。中四句寫遊覽琴臺所見之今景。「園院」二句，實寫風景之古，以「松櫝春」映之。「雲疑」二句，虛寫池臺之千年不變的雲、月，念及早已逝去的主人。末二句以「寂寂」二字作結，見今景之淒清，與所「聞」之熱鬧、風流形成強烈的對比。所聞與所見的不符，逼出「空傷」二字。畢竟千年過去，斯人不再，因此引發對歷史與生命空虛的感慨。

石鏡寺

【題　解】傳云武都有一丈夫化為美女子，蜀王納為妃。不久物故，蜀王乃遣五丁往武都擔土，於成都北角為妃作冢，高七丈，上有石鏡。其冢又曰武擔山。見《華陽國志・蜀志》。地在今成都北較場。武擔山唐時有寺，王勃有〈晚秋遊武擔山寺序〉，石鏡寺殆即武擔山寺。此詩描寫武擔山古墓與佛寺之景，歌詠死亡與永生的主題。約於顯慶二、三年在成都作。

古墓芙蓉塔，神銘松柏煙❶。鸞沈仙鏡底，花沒梵輪前❷。缽衣千古佛，寶月兩重圓❸。隱隱香臺夜，鐘聲徹九天❹。

【注　釋】❶古墓芙蓉塔二句　芙蓉塔，又稱蓮花塔，指寺塔。庾信〈奉和法筵應詔〉詩：「千柱蓮花塔，由旬紫紺園。」此指石鏡寺。神銘，即指墓碑銘。神銘，一作「明神」，誤。松柏煙，古時墓旁植松柏。煙，言其蓊鬱。❷鸞沈仙鏡底二句　仙鏡，即石鏡。據范泰〈鸞鳥詩序〉：昔罽賓王獲一鸞鳥，甚愛之。為博其一笑，乃懸鏡以映之，鸞睹鏡見同類之影，悲鳴沖霄，一奮而絕。見〈長安古意〉第一部分注❿。此以鸞喻蜀王妃，鸞鏡喻石鏡。言蜀王妃死葬石鏡之下。花沒，猶言花落。花，喻蜀王妃。梵輪，佛家語，即法輪。謂佛轉梵輪，普渡眾生。《大智度論》二五：「說梵輪、法輪無異。」此以梵輪代指佛寺，謂蜀王妃葬於此地。❸鉢衣千古佛二句　鉢衣，此有二重意義，一言冢中物，二言佛法。鉢為飯器，衣即袈裟，乃佛家師徒相傳之具。此轉指寺。鉢，一作「銖」。兩重，指石鏡與法輪二寶如月。圓，一作「懸」。❹隱隱香臺夜二句　香臺，焚香禮佛的高臺。江總〈明慶寺〉：「夜梵聞三界，朝香徹九天。」此指石鏡寺。

【語　譯】古墓之旁有蓮花寺塔，古老的碑銘在蓊鬱的松柏之中。鸞鳥沈埋在仙鏡之下，鮮花墜落在佛寺之前。衣鉢傳承千古的佛法，石鏡與法輪如明月兩相映照。香臺之夜香煙彌漫，鐘聲響徹雲寰。

【研　析】「古墓」指整個的武擔山冢，「芙蓉塔」指山冢上的佛寺，則此佛寺似乎成了武擔山墓冢的墓塔。「神銘」指寺碑，亦即古墓之碑。松柏煙，本指武擔山墓冢之樹木蓊鬱，此則形容寺廟掩映在翠綠的樹蔭中。「鸞沈」二句喻王妃之魂靈已皈依佛法，得佛超度。「鉢衣」句扣緊首二句，言冢與寺千年不滅；「寶月」句扣緊三、四兩句，言仙鏡與梵輪如天空明月永在。末二句寫深夜之景，以聽覺側寫寺塔之高。因香臺之高，故鐘聲似在雲外飄響，人在塔下聽來便有「隱隱」之狀。總起來說，前四句寫山冢，後四句寫石鏡寺。又，首二句與末二句由視覺轉聽覺，實寫晝與夜的景色變化；中四句借神話與宗教，虛寫死亡與超脫的主題。

辛司法宅觀妓

【題　解】司法，即司法參軍，掌律令，定罪盜贓贖之事。辛司法，名里未詳。詩寫妓舞之美，觀妓之樂。雖無多意義，亦一時之風俗云。當於顯慶二年（西元六五七年）在蜀中作。司法，一作「法司」，當誤。詩一題作王績詩，非。

南國佳人至，北堂羅薦開❶。長裙隨鳳管，促柱送鸞杯❷。雲光身後落，雪態掌中迴❸。到愁金谷晚，不怪玉山頹❹。

【注　釋】❶南國佳人至二句　南國，謂江南。曹植〈雜詩〉：「南國有佳人，容華若桃李。」北堂，婦女所居。羅薦，綾羅製作的舞墊。謝偃〈觀舞賦〉：「羅薦周設。」❷長裙隨鳳管二句　長裙，指舞衣。《文選》傅毅〈舞賦〉：「羅衣從風，長袖交橫。」李善注引《韓子》：「長袖善舞。」鳳管，伴奏的管樂器。《列仙傳》上：「王子喬者，周靈王太子晉也。好吹笙，作鳳凰鳴，遊伊洛之間。」促柱，謂急弦。〈古詩十九首〉：「絃急知柱促。」《文選》謝靈運〈魏太子〉詩：「急絃動飛聽。」李善注引侯瑾〈箏賦〉：「急絃促柱，變調改曲。」鸞杯，飾有鸞鳳花紋的酒杯。此指美酒。❸雪態掌中迴　雪態，謂飛雪之狀。張衡〈舞賦〉：「袖如迴雪。」曹植〈洛神賦〉：「飄颻兮若流風之迴雪。」掌中迴，《趙飛燕外傳》：「成帝獲飛燕，身輕欲不勝風。恐其飄翥，帝為造水晶盤，令宮人掌之而歌舞。」❹到愁金谷晚二句　到，同「倒」。反而。金谷，晉石崇在洛陽金谷澗築園，與賓客宴樂，世稱金谷園。此代指辛司法宅。玉山頹，形容人大醉的樣子。《世說新語・容止》：「嵇叔夜之為人也，巖巖若孤松之獨立；其醉也，傀俄若玉山之將崩。」

【語　譯】南國美女來到這裏，北堂擺滿綾羅製的舞墊。長長的舞袖隨著鳳管所奏的美妙樂曲而動，急促多變的弦樂將一杯杯美酒送入口中。美人之舞像雲彩在身後飄落，又像風雪在掌中迴旋。反而怨金谷園的時間過得很快，也不以自己已經喝得酩酊大醉為失態。

【研析】首句敘南國佳人而被邀至北堂，難得一觀。二句寫觀舞之場面，言其豪華、鄭重也。三、四句寫伴舞之音樂與美酒，五、六句寫高超的舞技與絕美的舞姿。「雲光」、「雪態」具寫首句「佳人至」三字。「身後落」、「掌中迴」承「羅薦開」而來。末二句寫觀妓所感，其樂不可支，不但放浪忘形，甚至埋怨時間的流逝。

春晚山莊率題二首

【題解】此二詩乃咸亨三年（西元六七二年）棄官歸隱洛陽時作。其一寫漫步山莊瞭望田園春日風光，歌唱自由不羈的生活。歌詠山莊之高雅、自然之真趣，並表依依不捨之情。率題，率意而作。

其一

顧步三春晚❶，田園四望通。遊絲❷橫惹樹，戲蝶亂依叢。竹懶偏宜水，花狂不待風。唯餘詩酒意，當了一生中。

【注釋】❶顧步三春晚　顧步，徒步閒遊，且走且看。《文選》陸機〈日出東南隅行〉：「顧步咸可懽。」李善注：「〈蒼頡篇〉曰：顧，視也。王逸《楚辭》注：步，徐行也。」三春，春天的第三個月。❷遊絲　蟲類所吐絲縷，常飄遊空中。庾信〈擬歌行〉：「洛陽遊絲百丈連。」

【語譯】在這春天的夜晚徒步閒遊，一步一回頭，田園風光四望無邊。蟲類所吐的遊絲橫粘在樹枝上，蝴蝶隨意地在花叢中嬉戲飛舞。懶洋洋的竹子特別喜愛生長在水邊，花枝招展，似乎並不一定要迎著風。我只剩下這點飲酒作詩的興頭，應當能以此了卻這一生。

【研　析】時間是三春晚，正是花繁葉茂之時。地點在田園，亦即題中所謂「山莊」。「四望通」，言其視野開闊，心情舒暢。中四句寫「望」之所得。遊絲、戲蝶、竹花，這些都是三春田園的典型風景，算不得什麼特別的。然著「橫」、「亂」、「懶」、「狂」四個形容詞，則突出了個性的色彩。雖是無拘無束的田園物態，然亦可見山莊主人無思無欲的心態。末二句言「望」後之感。「詩酒意」，亦即面對田園風光飲酒作詩之意。末句下一「當」字，意猶未盡，餘音繚繞，耐人尋味，讓人思忖起田園之外那個纏繞不清的世俗社會。《唐詩選脈會通評林》鍾惺評云：「盧此一詩清潤可敵子安，此即其高於駱丞處。」

其　二

田家無四鄰，獨坐一園春。鶯啼非選樹，魚戲不驚綸❶。山水彈琴盡，風花酌酒頻❷。年華已可樂，高興❸復留人。

【注　釋】❶鶯啼非選樹二句　非選樹，《左傳》哀公二十一年：「鳥則擇木，木豈能擇鳥。」此反其意而用之。驚綸，為釣餌所誘惑。綸，釣絲。此指誘餌。❷山水彈琴盡二句　山水，用《呂氏春秋·本味》所載伯牙鼓琴意在泰山、志在流水之意。風花，春風及春花。或指用華麗辭藻寫景狀物的詩文。❸高興　高情雅興。殷仲文〈南州桓公九井作〉：「獨有清秋日，能使高興盡。」

【語　譯】田家沒有周圍鄰居，孤獨地守著一園春色。黃鶯啼叫，並非為了選擇棲息的樹木，魚兒在水中嬉戲而不為釣餌所誘惑。在山水之間彈琴盡意，在春風中欣賞春花，頻頻飲酒。美好的時光已經足以讓人快樂，高情雅興又讓人留連不去。

【研　析】首二句言賞春之悠然自在。田家，即前詩所謂的「田園」，亦即詩題所謂的「山莊」。「無四鄰」絕非寂寞，而是對世俗的擺脫，難能可貴。「獨」亦並非孤獨，而是難得的自由解放。天真無邪的「鶯啼」、不為世俗誘惑的「魚戲」，曲盡「一園春」的物態之美。在一塵不染的山水中「彈琴」，面對和煦的春風和浪漫的春花飲酒，且飲且彈，極寫「無四鄰」的人情之雅。「年華」二句總結全詩，極讚山莊之晚。雖是「率題」，且前四句失粘，然因其心與物溝通為一，故隨意取景，景中含情，字字不亂，結體天成。

江中望月

【題解】此詩描寫江水中明月的美好形象，表達千里相思之情。詩云「江水向涔陽」，涔陽在今湖北公安，則詩當為作者由三峽出蜀而經江漢平原時紀行之作。

江水向涔陽，澄澄寫月光❶。鏡圓珠溜澈，弦滿箭波長❷。沈鉤搖兔影，浮桂動丹芳❸。延照相思夕，千里共沾裳❹。

【注釋】❶江水向涔陽二句　涔陽，《楚辭・九歌・湘君》：「望涔陽兮極浦。」王逸注：「涔陽，江碕名，近附郢。」寫，通「瀉」。陶弘景〈水仙賦〉：「中天起浪，分地寫波。」❷鏡圓珠溜澈二句　鏡圓、弦滿，皆月圓之狀。珠溜，謂月圓轉明澈如珠。《楚辭・九章・涉江》：「被明月兮珮寶璐。」五臣注：「明月，珠名。」澈，一作「徹」。箭波，謂水流甚速。《慎子・外篇》：「河之下龍門，其流駛如竹箭，駟馬追弗能及。」❸沈鉤搖兔影二句　沈鉤，形容倒映在江水中的缺月。搖兔影，相傳月中有兔，故云。屈原〈天問〉：「夜光何德，死而又育？厥利維何，而顧兔在腹？」又，古時傳云月中有仙人桂樹。月初生時見仙人之足漸已成形，而桂樹後生。見隋杜公瞻《編珠・天地部》引晉虞喜《安天論》。蕭綱〈水月〉：「非關顧兔沒，豈是桂枝浮。」❹延照相思夕二句　延照，長照。沾裳，猶言落淚。謝莊〈月賦〉：「美人邁兮音塵闕，隔千里兮共明月。」此用其意。

【語譯】江水向涔陽流去，清澄的月光從天傾瀉而下。月影圓圓，江水被映射得像珍珠一樣閃亮明澈，水流猶如射出的箭一樣，長流不斷。月亮如沈鉤倒映在江中，搖漾著兔影，又如桂樹浮在水面，彷彿散發著芳香。久久地照著深夜兩地相思的人，千里相隔而一同傷心落淚。

【研析】這是一首旅途望月懷人詩。詩首「江水」句寫詩人旅行江中，「澄澄」句寫明月的大印象。「鏡圓」句，寫水如明月；「弦滿」句，寫明月如水。此二句均從月寫起。「沈鉤」句，寫水中月；「浮桂」句，寫月中水。此二句均從水起筆。四句以「鏡圓」、「弦滿」、「沈鉤」、「浮桂」四個習用的比喻，寫出細緻的詩思。這反反復復地望月，亦暗示作者內心思緒的複雜激烈的變化。遊子漂蕩在外千萬里，於此「鏡圓」、「弦滿」之「相思夕」，最是多愁善感。結句下「沾裳」二字，乃此人於此時此地望月的自然結果。此詩雖無殊致引人咀嚼，但情真意切，扣人心弦。

元日述懷

【題解】元日，即正月初一。此詩寫元日世外之美好春光，並表達退隱生活之樂趣。約咸亨三年（西元六七二年）正月在洛陽作。題一作〈明月引〉，誤。

筮仕無中秩，歸耕有外臣❶。人歌小歲酒❷，花舞大唐春。草色迷三徑，風光動四鄰❸。願得長如此，年年物候❹新。

【注釋】❶筮仕無中秩二句　筮仕，古人出仕前先占吉凶，謂筮仕。《左傳》閔公元年：「畢萬筮仕於晉。」後泛指做官。中秩，朝中官員的品階。外臣，方外之人，指隱居不仕者。《南齊書‧明僧紹傳》：「卿兄高尚其事，亦堯之外臣。」❷人歌

小歲酒　小歲，本指十二月初九日，後或又有冬至夜，而此處即指元日。《太平御覽》卷三十三引崔寔《四民月令》：「臘明日謂小歲。」明謝肇淛《五雜俎・天》：「臘之次日謂小歲，今俗以冬至夜為小歲。然盧照鄰〈元日〉詩云『人歌小歲酒，花舞大唐春』，則元日亦可謂之小歲矣。」據《初學記》卷四引《玉燭寶典》：元日「庭前爆竹，進椒柏酒，服桃湯，進敷于散，造五辛盤。」❸草色迷三徑二句　迷，一作「薰」。三徑，西漢末王莽專權，兗州刺史蔣翊辭官歸里，於院中闢三徑，唯羊仲、求仲從之遊。見趙岐《三輔決錄・逃名》。後常以三徑指家園。陶淵明〈歸去來辭〉：「三徑就荒，松菊猶存。」風光，猶言風景。《文選》謝朓〈和徐都曹〉：「風光草際浮。」李周翰注：「風本無光，草上有光色，風吹動之，如風之有光也。」
❹物候　動植物隨季節氣候變化而出現的週期現象。泛指時令。《初學記》卷三引梁簡文帝〈晚春賦〉：「嘆物候之推移。」

【語　譯】入仕以來，沒有做過朝中的官，歸耕田園，多了一個方外之人。人們歌唱著飲元日的椒柏酒，花兒在大唐的春天裏飛舞。青翠的草色掩蓋了庭院的小路，春風的光彩使周圍鄰居喜動於色。我願永遠都能像今天這樣，年年都享有萬象更新的喜悅。

【研　析】此詩言隱居之樂。首二句言性拙而辭官歸隱，語氣之中毫無怨怒，大以為本當如此，且以「外臣」為自豪者。「人歌」二句化用帝堯之世〈擊壤歌〉「日出而作，日入而息；鑿井而飲，耕田而食。帝力於我何有哉」詞意，歌頌當代聖明之世，亦言其樂於隱居。「草色」二句，化用陶淵明〈歸去來辭〉賦意，言其安於歸隱。末句述懷。「物候」即總結前四句所言「人歌」、「花舞」、「草色」、「風光」者。「新」，應題中「元日」二字。

益州城西張超亭觀妓

【題　解】張超亭，在成都城西，餘未詳。此詩主要寫妓之歌喉之美，讚其冶豔多情，而其舞姿之美尚未及睹。或顯慶二、三年（西元六五七—六五八年）首次入蜀時作。詩一題「王勔作」，一題「王績作」，誤。

落日明歌席，行雲逐舞人。江前飛暮雨，梁上下輕塵❶。冶服看疑畫，妝樓望似春❷。高車勿遽返，長袖欲相親❸。

【注　釋】❶江前飛暮雨二句　謂妓女色美且舞姿輕盈。《文選》宋玉〈高唐賦〉謂巫山神女「旦為朝雲，暮為行雨」。李善注：「朝雲、行雨，神女之美也。」江，謂錦江，岷江流經成都附近的一段。梁上下輕塵，陸機〈擬城東一何高〉：「一唱萬夫呼，再嘆梁塵飛。」李善注引《七略》曰：「漢興，魯人虞公善雅歌，發聲盡動梁上塵。」❷冶服看疑畫二句　冶服，豔麗的服裝。妝樓，婦女居住的樓房。樓，一作「臺」。❸高車勿遽返二句　高車，即高車蓋，可立乘。《史記・劉敬叔孫通列傳》：「王必欲高車，臣請教閭里使高其梱。」此指官車。遽，匆忙；疾速。長袖，舞衣袖長。《韓非子・五蠹》：「長袖善舞。」徐陵〈詠舞〉：「當由好留客，故作舞衣長。」此處指代舞女。

【語　譯】夕陽照亮歌舞之筵，流雲似乎追逐著舞女。舞姿綽約，就像錦江前飛灑的暮雨，歌聲高亢，震落了屋梁上的輕塵。豔麗的服飾看上去像是圖畫，舞女所居的樓房妝扮得像春天。所乘的高車請不要那麼急著返回，舞女們的長袖想把你挽留住。

【研　析】「落日」句言歌舞筵宴舉行時間，「行雲」句言「妓」出場。「江前」句承「行雲」句，「暮雨」應「行雲」，形容舞女舞姿之美；「梁上」句應首句，言歌聲高亢嘹亮。「冶服」句言妓的形態之美，「妝樓」句稱「亭」因妓之歌舞而美。末二句，言人情之美。與前〈辛司法宅觀妓〉一詩側重寫觀客之感受不同，此詩側重寫妓之多情，讓人百般愛憐。

還京贈別

【題　解】此詩敘寫與蜀中為客之友人依依不捨的別情。約咸亨二年（西元六七一年）秋於成都作。

風月清江夜，山水白雲朝。萬里同為客，三秋❶契不凋。戲鳧分斷岸，歸騎別高標❷。一去仙橋道，還望錦城遙❸。

【注釋】❶三秋　此指三年，泛言長久。《詩經・采葛》：「一日不見，如隔三秋兮。」❷戲鳧分斷岸二句　鳧，指鳧舟，雕刻成鳧形的船。《文選》張衡〈七命〉：「乘鳧舟兮為水嬉。」李善注引郭璞曰：「舟為鳧形制，今吳之雀舫，此其遺像也。」斷岸，江邊絕壁。標，大樹梢。大凡高聳的物體如峯、塔等皆可稱高標。此處指蜀中的高山，如岷山、大劍山等。❸一去仙橋道二句　仙橋，指昇仙橋。《華陽國志・蜀志》：成都「城北十里有昇仙橋，有送客觀」。《蜀中名勝記》卷三引《成都記》：「城北有昇仙山，昇仙水出焉。相傳三月三日張伯子道成，得上帝詔，駕赤文於菟（即虎）於此上昇也。」昇仙橋故址即今成都駟馬橋。還望，猶言回望。錦城，即成都，因成都舊有錦官，有錦里，故稱。

【語譯】在清江之上的夜晚享受清風明月，在白雲悠悠的早上欣賞青山綠水。萬里之外你我同為遊子，三年來情投意合，從未有嫌隙。乘鳧舟而遊玩，在江邊的絕壁前分手，跨上歸鄉的坐騎，告別了高峻的岷山。一離開通往昇仙橋的路，回望越來越遠的錦官城。

【研析】首二句「風月」、「山水」寫美景，代表著與友人一起度過的美好的日日夜夜。次二句承首二句而來，言在「萬里」之外的客鄉相聚。「三秋」言為客時間之長，「契不凋」言友情經久不衰。以上回憶三年異鄉相聚之情洽。「戲鳧」二句言分別，「一去」二句言難捨。不直說難捨友人，而說難捨「仙橋」、「錦城」，此即所謂「意在言外」，含蓄不露，而意更深、情更濃。或是不忍直言，顧左右而言他，則更見其情洽，更見其不捨。

至陳倉曉晴望京邑

【題解】陳倉，《元和郡縣志・鳳翔府・寶雞縣》：「本秦陳倉縣，秦文公所築，因山以為名。」在今陝西寶雞東。京邑，指長安。此詩描寫陳倉曉望之晴好美景，抒發久別後又將回到長安時的興奮之情。約於咸亨二年（西元六七一年）秋末冬初自蜀北歸而即將到京時作。

拂曙驅飛傳❶，初晴帶曉涼。霧斂長安樹，雲歸仙帝鄉❷。澗流漂素沫，巖景靄朱光❸。今朝好風色，延瞰極天莊❹。

【注釋】❶拂曙驅飛傳　拂曙，拂曉。傳，驛站車馬。《左傳》成公五年：「晉侯以傳召宗伯。」杜預注：「傳，驛。」❷雲歸仙帝鄉　謂白雲消失得無影無蹤。仙帝鄉，即傳說中神仙所居。《莊子．天地》：「乘彼白雲，至於帝鄉。」❸巖景靄朱光　謂高峻山崖的雲氣泛著紅色的光輝。景，同「影」。朱光，即日光。張載〈七哀詩〉：「朱光馳北陸，浮景忽西沈。」❹延瞰極天莊　延瞰，登高遠望。天莊，通向長安的大道。《爾雅．釋宮》：「六達謂之莊。」

【語譯】拂曉趕著飛快的驛車前行，天剛剛放晴，還帶著清晨的涼意。迷霧收斂消散，露出了長安的樹林，白雲也消失，回到了仙帝之鄉。山澗的溪流漂著白沫，高峻山巖上的雲靄泛著紅色的霞光。今天早上的風色確實是好，登高望遠可以看到通向長安的大道。

【研析】此詩寫自蜀地北歸長安途中，在陳倉望長安的情景。遠貶他方，一旦回到京城，其心情自然是愉快莫名的。首二句敘清晨早起驅車前行，切題中「曉」字。「拂曙」，猶言觸著曙光；「飛傳」，將所乘車傳比喻成一隻飛鳥。「初晴」則暗示著前此數日甚或十幾日均為陰濕的天氣，同時也暗示了一段艱苦的跋涉北歸的過程。今日「初晴」，自是天公作美，心情開朗如天空；且是清晨，太陽還未全出，故有「曉涼」。天氣是帶有涼意的，拂著人的面頰、皮膚，會有微麻的快感，而他的內心則是火燒火燎般的激動著。中四句寫景，「霧斂」二句，是作者心目中想像之景，足見其人雖在陳倉，而其心已回到長安了。雲消霧散，他似乎看到了長安青翠的樹和仙鄉一般的宮殿城闕。此是虛寫。「澗流」二句，則實寫他身處陳倉眼前之景。水中的素沫，為巖前的紅色霞光映照，構成一幅充滿希望的吉祥圖景。詩末「今朝」句，直以「好風色」三字將眼前虛實相參的美景概言之，又具寫了「晴」之一字。「延瞰」句，即切題中「望」字，也總括前四句所寫之美景。「極天莊」，切題中「京邑」二字。

晚渡滹沱敬贈魏大

【題解】滹沱，水名。出今山西繁峙東之泰戲山，流經今河北平山、正定、晉縣、河間、任丘、獻縣等，至天津會漳水入海。魏大，未詳。陳子昂有〈送魏大從軍〉詩，未知是否一人。此詩描寫晚渡滹沱河的孤獨情景，表達對魏大的依戀之情。約為永徽二十三年自幽州南下赴長安時作。滹沱，一作「浮沱」。

津谷朝行遠，冰川夕望曛❶。霞明深淺浪，風捲去來雲。澄波泛月影，激浪聚沙文❷。誰忍仙舟❸上，攜手獨思君。

【注釋】❶津谷朝行遠二句　津谷，猶言渡口。冰川，指滹沱河。《後漢書·光武紀》：「至呼沱河，無船，適遇冰合，得過，未畢數車而陷。」《元和郡縣志·深澤縣》：「滹沱河，縣南二十五里。」亦述光武事，謂冰合處時名「危渡口」。曛，黃昏時落日。❷沙文　沙因水浪積聚沖刷而成的波紋。❸仙舟　用郭泰、李膺事。郭泰與河南尹李膺一見而相友善，於是名震京師。後歸鄉里，衣冠諸儒相送至河上，車數千輛。郭泰惟與李膺同舟而濟，眾賓望之，以為神仙焉。見《後漢書·郭太傳》。

【語譯】清晨從渡口出發，越行越遠，黃昏在號稱冰川的滹沱河上遙望落日。晚霞照亮時深時淺的波浪，晚風將白雲吹去又吹來。澄澈的水波飄泛著月亮的圓影，洶湧澎湃的波浪衝擊沙灘而聚為整齊的圖案。誰忍心在這渡河的船上，孤獨地回味著與你攜手送別的情景。

【研析】首二句寫早晨津谷，黃昏冰川，敘及「晚渡滹沱」之事。著一「遠」字、一「曛」字，足見依依不捨的深情。「冰川」，並非冰凍的河川，而是以《後漢書》中的典故來代稱滹沱河的。中四句描寫滹沱河口之晚景。「深淺浪」、「去來雲」、「泛月影」、「聚沙文」的景象，都觸動詩人漂泊無依的遊子之思，以及與朋友交而聚少離多的傷愁。末二句，用漢李膺、郭泰之典，言與魏大友情之洽，以至於離別之痛從早到晚都沒有稍卻。分別固然傷痛，而孤獨一人在寒風捲雲、大浪淘沙的滹沱河上，則更傷痛。故著「誰忍」，反言「獨思君」之悲。「仙舟攜手」似乎是樂景，然而愈樂愈哀。

和吳侍御被使燕然

【題解】侍御，即侍御史，御史臺屬官，掌糾舉百僚，推鞫獄訟。從六品下。另有殿中侍御史，從七品下。參《舊唐書・職官志三》。吳侍御，名未詳。燕然，當指燕然都護府。《資治通鑑》卷二百胡三省注：「燕然都護府在黃河北，北至陰山七十里。……龍朔三年改曰瀚海都護府，總章二年改為安北大都護府。」被使，即奉命出使。被，猶「披」。和，酬和。此詩乃為酬和吳侍御〈被使燕然〉之贈詩而作者，對吳侍御的出使北疆深表榮羨並致美好的祝願。當在長安時所作。

春歸龍塞❶北，騎指雁門垂❷。胡笳〈折楊柳〉，漢使采燕支❸。戍城聊一望，
花雪幾參差❹。〈關山〉有新曲，應向笛中吹❺。

【注釋】❶龍塞　即龍城。其地在今蒙古鄂爾渾河境。見盧照鄰〈戰城南〉注❷。此泛指邊塞。❷雁門垂　雁門，山名，

即句注山。山有雁門關，自古為戍守重地。在今山西代縣西北。見盧照鄰〈戰城南〉注❷。此代指燕然。垂，同「陲」。邊塞。❸胡笳折楊柳二句　折楊柳，樂府橫吹曲名。其曲多敘兵革苦辛。見〈折楊柳〉詩題解。采燕支，《漢書．西域傳上》：大宛國，「宛王蟬封與漢約，歲獻天馬二匹。漢使采蒲陶、目宿種歸。」此化用其事。燕支，字亦作「胭脂」，草名。出西域。中國人謂之紅藍，以染粉潤面，謂之燕支粉。見《古今注．草木》。又為山名，在匈奴境內（今甘肅永昌西），產燕支草，故名。《太平寰宇記》卷一百五十二引《西河舊事》云：焉支山，其水草美茂宜畜牧，與祁連山同。匈奴失祁連、燕支二山，歌曰：「失我祁連山，使我六畜不蕃息；失我焉支山，使我婦女無顏色。」此以燕支代指燕然。亦寫中國之強大，北疆胡人不能為患。燕，一作「條」，非。❹花雪幾參差　花雪，即雪花。以雪片六出，形似花瓣，故云。幾，多少。參差，紛亂不齊的樣子。❺關山有新曲二句　關山，指〈關山月〉，漢樂府橫吹曲名。曲多傷離別之辭。見〈關山月〉詩題解。句謂吳侍御出使途中又將有新作產生，並被譜成新曲流傳。

【語譯】春天已經來到龍城以北，征騎直指雁門邊關。胡笳聲聲，吹奏著〈折楊柳〉之曲，漢國使節，來到這遙遠的邊地採摘燕支。站在戍守的邊城，隨意地望一望，像花朵一樣的無數雪片在高低飛舞。你的詩就像〈關山月〉的新曲，應用悠揚的笛子來吹奏。

【研析】首二句，敘出使燕然事。龍塞、雁門，古均指北地邊關，此代指遙遠的燕然。「騎指」，即出使前往。「春歸」，言吳侍御把像春風一樣的朝廷恩旨帶到燕然邊疆，實亦即出使之代詞。中四句，寫邊地風光。〈折楊柳〉是流傳於西北邊塞的古曲，而「采燕支」代表吳侍御此次奉命出使。以前燕支山之地非我國版圖，之間常有攻奪的戰爭，而現在已然是國家領土的一部分。故「采」字表現出一份從容若定、悠然自得之神態，也透露出國力強大的氣象。「戍城」，代指守疆的將士；「花雪」句，言燕支時尚在冬天，然有漢使帶來溫暖的慰問，在將士眼中，一時冬雪似乎變成了春花。此與詩首「春歸」二字照應。末「〈關山〉新曲」，與〈折楊柳〉照應。全詩充滿歡樂的氣氛。

七夕泛舟二首

【題解】七夕，《文選》曹植〈洛神賦〉李善注引曹植〈九詠注〉：「牽牛為夫，織女為婦。織女牽牛之星，各處河之旁，七月七日乃得一會。」詩前原有序，有云：「諸公跡寓市朝，心游江湖，訪奇交於千里，惜良辰於寸陰。常恐辜負琴書，荒涼山水，於是脫屣人事，鳴棹川隅，言追掛犢之才，用卜牽牛之賞。」此二詩為咸亨元年（西元六七〇年）七月七日於綿州（今四川綿陽東北）與諸同僚朋友休閒泛舟之作。其一寫七夕泛舟江中的熱烈歡快場景，歌詠官場之外自由、真純的生活。其二寫泛舟翠塘時仰望天河所感，抒發對長安的深切思念。

其一

汀葭肅徂暑❶，江樹起初涼。水疑通織室，舟似泛仙潢❷。連橈渡急響，鳴棹下浮光❸。日晚菱歌❹唱，風煙滿夕陽。

【注釋】❶汀葭肅徂暑　汀葭，初秋季節沙洲上的蘆葦。汀，一作「河」。《詩經·蒹葭》：「蒹葭蒼蒼，白露為霜。」《毛傳》：「葭，蘆也。」肅，冷清；蕭條。徂暑，《詩經·四月》：「四月維夏，六月徂暑。」鄭箋：「徂，猶始也。四月立夏矣，至六月乃始盛暑。」後稱盛夏為徂暑。❷水疑通織室二句　白居易《六帖·石部》：「《集林》曰：昔有人尋河源，見婦人浣紗，問之，曰：『此天河也。』乃與一石，而歸問嚴君平，君平曰：『此織女支機之石。』」仙潢，即天潢。本星名，後指天河、銀河。《史記·天官書》：「王良……旁有八星，絕漢，曰天潢。」《索隱》引宋均曰：「天潢，天津也。」❸連橈渡急響二句　連橈、鳴棹，均指划船。橈，船槳。棹，亦划船撥水的工具。急響，流水的迅疾的響聲。即指江流。浮光，美言江水為珠水或玉水，閃爍美麗光芒。陸機〈文賦〉：「石韞玉而山輝，水懷珠而川媚。」此指水面泛著夕陽餘暉。❹菱歌古代楚地歌名。《楚辭・招魂》：「〈涉江〉、〈采菱〉，發〈揚荷〉些。」《爾雅翼・釋草》：「吳楚之風俗，當菱熟時，士女子相與採之，故有采菱之歌以相和，為繁華流蕩之極。」因菱音諧「憐」，故菱歌實亦愛情之歌。

【語譯】沙洲上蘆葦蕭疏，盛夏暑熱消退，江邊樹林刮起了初秋的涼風。河水遙遙，彷彿通向天上織女的織坊，遊船好像漂浮在天上的銀河。不斷地划槳，渡過迅疾轟響的江水，船棹撥水時叩擊船梆，行進在美麗的珠水上。黃昏時分，菱歌唱起來，江面晚風習習、暮靄沈沈，灑滿夕陽。

【研析】詩首二句寫初秋之景。「肅」、「起」二字點明季節的變化，也暗示抒情主人公心理的波動。惱人的酷暑已經過去，可人的秋涼到了。此時萬物清明，而心情也變得爽朗喜悅了。故三、四兩句緊接而來，以「通織室」、「泛仙潢」這樣豐富大膽的聯想，既形象地寫水的悠遠飄渺、人的意興洋洋，又自然切合「七夕」之典。「七夕」畢竟是人間男女借古老的傳說為名，而表達歡情的時刻。「連橈」四句，即寫所目寓之青年男女在秋水波光間歡快熱烈的泛舟情景，展示了七夕河邊賞心悅目的視聽之美：「急響」與「菱歌」此起彼伏，相為應和；河水泛起的「浮光」、「風煙」與夕陽灑落的餘暉相映。而此是「市朝」中絕不可遇的良辰美景。

其二

鳳杼秋期至，鳧舟野望開❶。微吟翠塘側，延想白雲隈❷。石似支機罷❸，槎疑犯宿來❹。天潢殊漫漫，日暮獨悠哉❺。

【注釋】❶鳳杼秋期至二句　鳳杼，雕有鳳鳥花紋的織布梭子。神話傳說中，天上織女終日織作，故以「鳳杼」代指織女。鳳，一作「風」，非。秋期，神話中織女渡河與牽牛相會的日子，即夏曆七月七日。見《藝文類聚》卷四引吳均《續齊諧記》。鳧舟，雕刻成鳧形的船。見〈還京贈別〉注❷。❷微吟翠塘側二句　翠塘，花木蔥蘢的池塘。延想，遐想。隈，角落；曲深之處。❸石似支機罷　支機，宗懍《荊楚歲時記》：「張騫使大夏，尋河源，經月而至一處，見城郭如州府，室內有一女織。

又見一丈夫牽牛飲河。織女取支機石與騫而還。」❹槎疑犯宿來　張華《博物志》卷十：有人乘槎至天河，見牽牛人，並問此是何處，答曰：「君還，至蜀郡訪嚴君平，則知之。」竟不上岸而還。後至蜀，問君平，曰：「某年月日有客星犯牽牛宿。」計年月，正是此人到天河時也。❺悠哉　悠閒自得。

【語　譯】織女與牽牛秋天相會的日子到了，乘鳧形船在江中泛遊，瞭望著四野。在花木蔥蘢的池塘邊低吟詩歌，思緒已飛到白雲悠悠的天邊。江邊的石頭，像是為織女支過織布機的那一塊，江上的木筏，又彷彿是無意間漂上天河而遇見牽牛的那一隻。這天河似的江水是多麼迷茫無邊，日暮時分我獨自在這兒悠閒的漂遊。

【研　析】如果第一首是寫詩人所見青年男女七夕泛舟的情景，而此首則寫自己在七夕泛舟時的魏闕之思。首二句切題，「鳳杼秋期」即指七夕，「鳧舟野望」即指泛舟。「微吟」二句，寫其泛舟時所為及所想。所謂「微吟」即指寫「七夕泛舟」之詩，「延想」即指悠遠複雜的內心活動，「翠塘側」指他所處的綿州，而「白雲隈」指神話傳說中牛郎織女生活的仙鄉，也指他朝思暮想的遙遠的長安帝都。「石似」二句，既是實寫遊泛「微吟」時所見「翠塘側」之物，又是虛寫「延想」不已的「白雲隈」之事。「天潢」二句，寫泛舟所感，言下之意是：織女的秋期已至，而自己回歸朝廷的日子還很渺茫。「獨」字是全詩之眼。而「悠哉」云者，實乃自寬之辭。

送梓州高參軍還京

【題　解】梓州，因梓潼水而名，屬益州大都督府管轄。州治即今四川三臺。參軍，唐代州刺史屬員。高參軍，名未詳。此詩抒寫與高參軍分別時的複雜心情。約在高宗總章二年（西元六六九年）或咸亨元年（西元六七〇年）秋作。

京洛風塵遠，褒斜煙霧深❶。北遊君似智，南飛我異禽❷。別路琴聲斷，秋山猿鳥吟。一乖青巖酌，空佇白雲心❸。

【注　釋】❶京洛風塵遠二句　京洛，本指洛陽。因東周、東漢曾建都於此，故稱。陸機〈為顧彥先贈婦〉詩：「京洛多風塵。」此處指唐東、西二都。風塵，風吹塵揚。喻指人事的紛擾。褒斜，谷名。為褒、斜二水形成的河谷。唐時由蜀至長安之主要通道。《文選》班固〈西都賦〉：「右界褒斜。」李善注引《梁州記》：「萬石城，泝漢上七里，有褒谷，南口曰褒，北口曰斜，長四百七十里。」地在今陝西勉縣褒城鎮至眉縣西南三十里處。霧，一作「露」。❷北遊君似智二句　北遊，典出《莊子．知北遊》：「知北遊於玄水之上。」知，同「智」。假託的人名。句以智之北遊喻高參軍還京。南飛，典出《莊子．逍遙遊》：「有鳥焉，其名為鵬，背若太山，翼若垂天之雲，摶扶搖羊角而上者九萬里，絕雲氣，負青天，然後圖南，且適南冥也。」此以南飛鵬自喻滯蜀，然沈於下位，非能摶扶搖而上者，故云「異禽」。❸一乖青巖酌二句　乖，違；背離。白雲心，形容隱居山中者心情的悠閒自得、灑脫淡泊。

【語　譯】這裏離京洛之地的風塵很遠，褒斜谷迷濛的煙霧越來越深重。你就像向北遊的智，而我則不能與那南飛的大鵬相比。離別之路，琴聲斷絕，只聽得秋日空山之中有猿鳥在悲鳴。一旦喝完這杯送別的酒，我只有徒然佇立在青山白雲間思念著遠方的你。

【研　析】首句切題中「還京」二字，寫高參軍。次句切題中「梓州」二字，寫己。亦總言高參軍要越過梓州漫漫煙霧，離別我而去到遙遠的京城了。著「遠」、「深」二字，憐己憐高參軍之意可見；以「風塵」、「煙霧」寫其前程，又見其為高參軍之前途、己之處境而憂。然憐也罷，憂也罷，只是不說破，而強詞下「北遊君似智」句，因為京洛畢竟是人所寤寐求之、悠然神往之處；又以我之南飛禽之窘況、滯留褒斜之困苦與之比較，莫非是為了更貼心鼓勵之、慰勉之。「別路」二句具寫褒斜煙霧之深，愁意兀兀冒出；「一乖」二句，應京洛風塵之遠，不捨之痛隱然。

大劍送別劉右史

【題解】大劍山，亦稱劍門、梁山。在今四川劍閣北。其北三十里許有小劍山。右史，即起居舍人，屬門下省，與起居郎共掌錄天子起居法度。見《舊唐書・職官志》。劉右史，名未詳。詩寫與劉右史分別時的心情，表達對友誼的珍重，對長安的懷念。當作於龍朔三年（西元六六三年）至咸亨元年（西元六七〇年）間。

金碧禺山遠，關梁蜀道難❶。相逢屬晚歲❷，相送動征鞍。地咽綿川冷，雲凝劍閣寒❸。倘遇忠孝所❹，為道憶長安。

【注釋】❶金碧禺山遠二句　金碧，神名。《漢書・郊祀志下》：「或言益州有金馬碧雞之神……於是遣諫議大夫王褒使持節而求之。」據《漢書・地理志》，其神在青蛉縣禺同山，即今雲南楚雄州大姚縣北。此「金碧禺山」代指蜀，言極遠之地。關梁，關隘與橋梁。❷晚歲　遲熟的莊稼。曹植〈贈徐幹〉：「良田無晚歲，膏澤多豐年。」此處引申為年歲老大之時。❸地咽綿川冷二句　地咽綿川冷，一作「地險綿川咽」。綿川，即綿水。源出今四川綿竹北，南流至廣漢入雒水。劍閣，棧道名。在今四川劍閣東北大劍山與小劍山之間，相傳為諸葛亮所修築，是川陝間的主要通道，軍事戍守要道。見《水經注・漾水》。❹忠孝所　指當時屬益州的綿竹縣。以境內有綿竹故城，魏征西將軍鄧艾伐蜀，諸葛瞻（亮之子）、瞻子尚臨難取義，父子同日戰死於此。晉干寶稱曰：「瞻雖智不足以扶危，勇不足以拒敵，而能外不負國，內不改父之志，忠孝存焉。」見《三國志・蜀書・諸葛亮傳》及裴松之注。

【語譯】傳聞金馬碧雞之神所住的禺山是那麼遙遠，到處是關隘和橋梁的蜀道是多麼艱難。我與你相逢在年歲老大之時，在這裏又將你送上離別遠行的鞍馬。大地上嗚咽著的綿河水冰冷刺骨，烏雲聚集的劍閣道寒風凜凜。倘若你路過綿竹諸葛瞻父子盡忠守孝而死之地，請轉達我懷念長安的心意。

【研析】首二句言其患難相逢，友誼深厚。三、四兩句言其本已相見恨晚，而又遽爾分別。五、六兩句數言其情不能堪，怨不可銷。下「地咽」、「雲凝」、「冷」、「寒」等字，數言劉右使還赴長安，己則仍滯留偏遠、艱難之地而不能同行。末二句固是以古人自寬，然詩的境界和品味至此驟然飛躍，庸常頓然化為神奇，令人不由得脫帽致敬。

凌晨

【題解】此詩底本無，祝尚書《盧照鄰集箋注》據宋趙孟奎《分門類纂唐歌詩・天地山川類》補。詩云「鴻都」，似言長安或洛陽。又云「帳北壑」，似北邊有山，則疑作於洛陽也。詩寫黃昏至凌晨隨時間推移而景物之變化。未知何時所作。

日掩鴻都夕，河低亂箭移❶。蟲飛明月戶，鵲繞落花枝❷。蘭襟帳北壑，玉匣鼓文漪❸。聞有啼鶯處，暗幄曉雲披。

【注釋】❶日掩鴻都夕二句　日掩，言太陽慢慢升起。掩，掩蓋；漫過。河低，謂河漢西落，天將曉。亂箭，本形容水流極快。見〈江中望月〉注❷。此處形容光陰似箭。❷蟲飛明月戶二句　《詩經・齊風・雞鳴》：「蟲飛薨薨，甘與子同夢。」《鄭箋》：「蟲飛薨薨，東方且明之時，我猶樂與子臥而同夢，言親愛之無已。」鵲繞，用曹操〈短歌行〉「月明星稀，烏鵲南飛。繞樹三匝，何枝可依」意。❸蘭襟帳北壑二句　蘭襟，衣襟之美稱。漢班婕妤〈擣素賦〉：「侈長袖於妍袂，綴半月於蘭襟。」此代指為山峯阻擋一半的月亮。帳，同「障」。遮蔽；阻隔。壑，山谷。玉匣，精美的琴匣。鮑照〈擬行路難〉：

「奉君金卮之美酒，瑇瑁玉匣之雕琴。」文漪，高雅的樂曲。此形容優美如水的月光。

【語　譯】太陽升起，驅卻了大都洛陽的夜色，河漢西斜，光陰快如亂箭。蟲子在掛著明月的門戶中飛起，烏鵲旋繞著花兒落盡的樹枝。像綴在芬芳衣襟上的月亮落進北邊的山谷，月光像精美琴匣中奏出高雅樂曲。聽見有黃鶯在高處啼叫，幽暗的帷幄之外，清晨的雲霧漸漸消散。

【研　析】首二句寫凌晨天色的細緻變化；「日掩」，由下而上之景，其慢可見；「亂箭移」，由上而下之景，其快固然。三、四兩句，言明月未落，東方且明。「蟲飛」，借《詩經》典故，言其昨夜溫情；「鵲繞」，反用曹操〈短歌行〉詩意，言今朝依依不捨。「蘭襟」二句，寫月光之優美。末二句寫黃鶯啼叫，曉雲迷漫之景。此詩純是綺豔的齊梁筆法，辭藻堆砌，詩意晦澀，似非照鄰一貫之清麗詩風。其本集不收此詩，良有以也。

酬楊比部員外暮宿琴堂朝躋書閣率爾見贈之作

【題　解】比部，官署名。三國魏始設，屬尚書省。唐時屬刑部。員外，正員以外的官員，即員外郎。楊員外，其人未詳。此詩為酬和楊員外之〈暮宿琴堂朝躋書閣率爾見贈〉詩而作，讚美其清雅脫俗的隱居生活。未知何時作。或題為王維作。堂，一作「臺」。

閒拂簷塵看，鳴琴候月彈❶。桃源迷漢姓，松徑有秦官❷。空谷歸人少，青山背日寒。羨君棲❸隱處，遙望在雲端。

【注　釋】❶閒拂簷塵看二句　簷塵，屋簷上的灰塵。《文選》陸機〈擬東城一何高詩〉：「一唱萬夫呼，再嘆梁塵飛。」李善注引《七略》：「漢興，魯人虞公善雅歌，發聲盡動梁上塵。」二句謂楊員外琴聲美妙高亢，驚動簷塵。候，一作「俟」。

❷桃源迷漢姓二句　陶淵明〈桃花源記〉敘武陵漁人巧遇桃花源，美麗而和平。其中人不知有漢，無論魏晉。源，一作「花」。松徑，松間小路。《三輔決錄・逃名》：「蔣詡歸鄉里，荊棘塞門，舍中有三徑，不出，唯求仲、羊仲從之遊。」後因以「三徑」指歸隱者的家園。陶淵明〈歸去來辭〉：「三徑就荒，松菊猶存。」徑，一作「樹」。秦官，指漢初召平，本秦東陵侯，秦亡，為民，種瓜於長安城東。此代指隱士。❸棲　一作「歸」。

【語　譯】悠閒地拂拭書閣簷上的灰塵看一看，在琴堂等待著月亮出來將琴奏響。桃花源裏不知道漢家天子姓什麼，植有松樹的小徑上有秦時的舊官。空空的山谷之中很少從外面歸來的人，青山在背陽的一面顯得陰冷。我羨慕您這個隱居棲息之處，遠遠望去就好像在白雲之上。

【研　析】此詩為酬和楊員外〈暮宿琴堂朝躋書閣率爾見贈〉詩而作。「閒拂」二句，應和楊詩「暮宿琴堂」之意；「桃源」二句，應楊詩「朝躋書閣」之意，稱其古雅清高。「空谷」句，言其脫塵絕俗，「青山」句，言其心遠地偏。「羨君」二字切題中「酬」字，美言其隱居之地頗具神仙色彩，高不可及。

同臨津紀明府孤雁

【題　解】臨津，縣名。屬劍州。地在今四川蒼溪縣以西。紀明府，紀姓縣令，名未詳。同，酬和。此詩為酬和臨津縣令紀某〈孤雁〉詩而作者，寫孤雁萬里南翔的艱難經歷及堅定信念。當是總章二年（西元六六九年）「以橫事下獄」後在蜀中所作。

三秋違北地❶，萬里向南翔。河洲花稍白，關塞葉初黃❷。避繳風霜勁，懷書道路長❸。水流疑箭動，月照似弓傷❹。橫天無有陣，度海不成行❺。會刷能鳴羽，還赴上林鄉❻。

【注釋】❶地 一作「雁」。❷河洲花稍白二句 稍，張相《詩詞曲語辭匯釋》卷二：「猶纔也，方也，正也。」葉初黃，《禮記・月令》：季秋之月，「草木黃落。」❸避繳風霜勁二句 繳，繫於箭上的生絲繩。《淮南子・說山》：「好弋者先具繳與矰。」此代指短箭。《淮南子・脩務》：「夫雁，……含蘆而翔，以避矰弋。」懷書，傳聞鴻雁可傳書信。❹水流疑箭動二句 水流疑箭動，謂水流甚速。箭動，用《慎子・外篇》「河之下龍門，其流駛如竹箭，駟馬追弗能及」之典。又。箭乃鴻雁之最畏懼者。月照似弓，言缺月如弓。傳云更羸善射，以弓虛發而射落一受傷、驚心、失羣之雁。見《戰國策・楚策四》。❺橫天無有陣二句 陣，雁羣飛而次第儼然如兵陣，故稱。《易林・復・豐》：「九雁列陣。」度海，指《漢書・蘇武傳》所載有雁由北海至上林傳書事。不成行，《文選》沈約〈詠湖中雁〉：「亂起未成行。」李善注引《白虎通》：「雁飛則成行。」此言雁孤飛。❻會刷能鳴羽二句 會，猶當，應。刷，振。沈約〈詠湖中雁〉：「刷羽同搖漾。」能鳴，《莊子・山木》：「夫子出於山，舍於故人之家。故人喜，命豎子殺雁而烹之。豎子請曰：『其一能鳴，其一不能鳴，殺誰？』主人曰：『殺不能鳴者。』」上林鄉，即上林苑，秦漢時宮苑，地在今陝西長安、盩厔、戶縣界。此用蘇武事。

【語譯】秋天離開北地，不遠萬里飛向南方。河洲上的蘆花才變白，邊塞的樹葉已開始發黃。躲避短箭，在風霜很盛的時候飛翔，帶著書信，越過千山萬水。河水流動，像竹箭那樣迅速，缺月照臨，像一把弓能把大雁射傷。橫飛在天空，沒有儼然的隊形，渡越大海，也形單影隻不成行。應當振動能鳴之雁的羽翅，回到上林苑故鄉。

【研析】首二句切題，「三秋」、「萬里」言孤雁南飛絕苦之狀。「河洲」二句，具寫「三秋」之景，然「萬里」二字隱然其中；「避繳」二句，寫足「萬里」二字，而「三秋」二字分明可見。「水流」四句，言「橫天」、「度海」之憂懼、孤單，同情之心鬱然。末二句，讚孤雁有「能鳴」之姿，並祝願其能回到上林苑。此詩結構嚴謹，意境宏闊，用典貼切，措辭得體。非有類似「孤雁」的痛苦深刻的經歷，必不能至。

西使兼送孟學士南游

【題解】孟學士，李雲逸《盧照鄰集校注》疑為孟利貞，華州華陰人，嘗為太子司議郎，兼崇賢館直學士。《舊唐書・文苑傳》有傳。作者西使時間，不確。詩寫二人共有漂泊命運而壯心干雲，未知何時所作。

地道巴陵北，天山弱水東❶。相看萬餘里，共倚一征蓬❷。零雨悲王粲，清尊別孔融❸。徘徊聞夜鶴，悵望待秋鴻❹。骨肉胡秦外，風塵關塞中。唯餘劍鋒在，耿耿氣成虹❺。

【注釋】❶地道巴陵北二句　《文選》郭璞〈江賦〉：「爰有包山洞庭，巴陵地道。」李善注引郭璞《山海經注》：「洞庭地穴在長沙巴陵。吳縣南太湖中有苞山，山下有洞庭穴道，潛行水底，云無所不通，號為地脈。」巴陵，據《元和郡縣志》，本巴丘地，吳於此置巴陵縣，唐武德六年為岳州。即今湖南岳陽。天山，古稱祁連山。唐時稱伊州、西州以北（今新疆哈密、吐魯番一帶）的山脈。見盧照鄰〈梅花落〉注❶。弱水，《尚書・禹貢》：「導弱水，至於合黎，餘波入於流沙。」即今甘肅省內張掖河。❷征蓬　喻行人漂泊。《商君書・禁使》：「飛蓬遇飄風而行千里。」❸零雨悲王粲二句　零雨，慢而細的小雨。王粲〈贈蔡子篤詩〉：「翼翼飛鸞，載飛載東。我友云徂，言戾舊邦。……風流雲散，一別如雨。」尊，同「樽」。孔融，後漢人。性寬容，好士，及退閒職，賓客盈門。常歎曰：「坐上客恒滿，樽中酒不空，吾無憂矣。」見《後漢書・孔融傳》。句以孔融擬孟學士。❹徘徊聞夜鶴二句　樂府琴曲有〈別鶴操〉，其古辭曰：「將乖比翼兮隔天端……攬衣不寐兮食忘餐。」又，《文選》蘇武〈詩四首〉：「黃鵠一遠別，千里顧徘徊。」鵠，即鶴。待秋鴻，即等待書信。傳聞鴻雁能傳書信。❺唯餘劍鋒在二句　喻指二人志氣高尚。裴景聲〈文身劍銘〉：「良劍耿介，體文經武……九功斯象，七德是輔。」《晉書・張華傳》

謂豐城寶劍之精上徹於天，「牛斗之間常有紫氣」。耿耿，明亮的樣子。

【語　譯】地下的水道通到巴陵以北的洞庭湖，天山之東有綿延不絕的弱水。中間隔著一萬多里的路程，我們都依託那隨風飄轉的飛蓬。在零星的小雨中分手，懷著王粲之悲，清酒一杯，告別好客的孔融。流連不去，傾聽深夜鶴的悲鳴，惆悵的仰望，等待秋天南歸的飛鴻。骨肉分離千里萬里，被煙塵迷茫的關塞所阻隔。我們只有銳利的劍鋒，耿耿不滅的精氣上沖斗牛，結成美麗的彩虹。

【研　析】詩首句言孟學士南遊，次句言己之西使，切題。「地道」、「天山」均極遠之地，暗示旅途的艱危。「相看萬餘里」句，即承「北」、「東」二字而來，言南北的懸隔，日後相見之殊不容易。「共倚一征蓬」句，言你我旅行方向雖異，命運卻相似。「零雨」二句言別情。「王粲」，言己之意悲；「孔融」，美言孟學士之情高。「徘徊」二句，言別後之兩地相思。「骨肉」句與「地道」二句照應，復言分離之痛。「風塵」句與「相看」二句照應，復言旅途之艱危。末二句，宕開一層，言建功立業之壯志，其用典更切合孟學士南遊之事。此詩溫雅俊整，無限低迴。《聞鶴軒初盛唐近體讀本》引陳德公曰：「首末四韻，爽亮沈雄，中二稍為率直。四傑筆法多爾。」

送鄭司倉入蜀

【題　解】鄭司倉，名未詳。司倉，據《舊唐書・職官志三》：州置司倉參軍，京縣、畿縣置司倉，掌租調、倉庫、市肆等。詩既言「丹水北」，則似作於洛陽。又言「霜氛落早鴻」、「潘年三十外」者，則似作於臥病洛陽東龍門山時。詩寫送別鄭司倉時的落寞孤寂之情。

離人丹水北，遊客錦城東❶。別意還❷無已，離憂自不窮。朧雲朝結陣❸，江

月夜臨空。關塞疲征馬，霜氛落早鴻。潘年三十外，蜀道五千中❹。送君秋水曲，
酌酒對清風❺。

【注釋】❶離人丹水北二句　丹水，發源於陝西商縣，東入河南境，與淅水會合後入均水。見《漢書‧地理志‧弘農郡》。錦城，即成都。❷別意還　一作「客恨良」。❸隴雲朝結陣　隴，指隴山，又名隴坻、隴坂。見〈隴頭水〉注❶。結陣，言雲集結如兵陣。徐陵〈出自薊北門行〉：「天雲如地陣。」❹潘年三十外二句　潘年，《文選》潘岳〈秋興賦序〉：「晉十有四年，余春秋三十二，始見二毛。」李善注：「《左氏傳》宋襄公曰：『不禽二毛。』杜預注：『頭白有二毛色也。』」五千，指入蜀里程。《元和郡縣志‧劍南道上》：「成都府……東北至上都二千一十里。東北至東都二千八百七十里。」此殆指往返之程。❺送君秋水曲二句　曲，江水曲折之處。清，一作「秋」。

【語譯】將要離別的人在丹水以北，遊子將往錦城之東。分手的惆悵仍然不能止息，離別的憂傷自然不可斷絕。清晨隴山的烏雲集結如兵陣，錦江的月亮高掛在夜空。長征邊塞的戰馬疲倦至極，霜霧漫天，使早歸的鴻雁落下。潘安仁的年歲已三十開外，往返蜀道約五千里之內。將您送到這秋江水灣，我們面對清風痛飲一杯。

【研析】首二句敘在丹水之北送別即將入蜀之鄭司倉，切題。次二句，直言離情別意，「無已」、「不窮」，反復言之，足見其纏綿悱惻，難捨難分。全詩結穴在此二詞。「隴雲」以下四句，「隴雲」、「關塞」言遊子遠行疲苦；「江月」、「霜氛」言送別之人的思念不已。「潘年」二句復言「別意」、「離憂」，亦回應前「別意」二句，補足「無已」、「不窮」二詞。末二句結於「送」之一字上，意境清明含蓄。

綿州官池贈別同賦灣字

【題解】綿州，據《舊唐書．地理志》為益州大都督府所轄州名，在今四川綿陽境。官池，猶言官署。此詩約作於顯慶三年暮春，照鄰自蜀北上長安，途經綿州時有宴集，同以灣字為韻賦詩。詩寫綿州官池宴集之歡洽，散集時離情之依依。贈，一作「餞」。

輶軒遵上國，仙佩下靈關❶。樽酒方無地，聯綣喜暫攀❷。離言欲贈策，高辯正連環❸。野徑浮雲斷，荒池春草斑❹。殘花落古樹，度鳥入澄灣。欲敘他鄉別，幽谷有綿蠻❺。

【注釋】❶輶軒遵上國二句　輶軒，使者所乘輕車。《文選》任昉〈為范始興求立太宰碑表〉：「輶軒不知所適。」劉良注：「輶軒，使車也。」遵，猶言赴。上國，中原之地，此指長安。仙佩，言玉佩，官員所佩戴者。《禮記．玉藻》：「古之君子必佩玉，……進則揖之，退則揚之，然後玉鏘鳴也。」佩，一作「珮」，一作「氣」。靈關，《文選》左思〈蜀都賦〉：「廓靈關以為門。」劉淵林注：「靈關，山名。在成都西南漢壽界。」此指綿州官池。靈，一作「雲」。❷聯綣喜暫攀　聯綣，同「連卷」、「連蜷」。屈曲的樣子。此形容官池中幽徑紆曲的樣子。暫，突然。❸離言欲贈策二句　離言，離別贈言。《荀子．非相》：「贈人以言，重於金石珠玉。」贈策，《左傳》文公十三年：「(士會)將行，繞朝贈之以策，曰：『子無謂秦無人，吾謀適不用也。』」策，簡策、策書。此處謂朋友贈以忠言。辯，一作「辨」。連環，本謂連結成串不可解之玉串。《戰國策．齊策六》：「秦始皇(當作昭王)嘗使使者遺君王后玉連環，曰：『齊多知，而解此環不？』君王后以示羣臣，羣臣不知解。君王后引椎椎破之，謝秦使者曰：『謹以解矣。』」此以形容才高學富的朋友辯才無礙，道理圓融，猶如成串的玉連環一般。❹野徑浮雲斷二句　浮雲斷，《文選》蘇武〈詩四首〉：「仰視浮雲翔。」李善注謂浮雲「以喻良友各在一方，播遷而無所託。《楚辭》曰：『仰浮雲而永嘆。』」浮，一作「遊」。荒池春草，謝靈運〈登池上樓〉：「池塘生春草。」此反其意而用。❺幽谷有綿蠻　《詩經．小雅．伐木》：「出自幽谷，遷于喬木。」《毛傳》：「君子雖遷於高位，不可以忘其朋友。」綿蠻，鳥鳴聲。《詩經．小雅．緜蠻》：「緜蠻黃鳥，止于丘阿。」

【語譯】我出使的輕車開赴長安，戴著美麗玉佩的眾官來到靈關。想要飲酒，正找不到地方，卻突然愉快地高攀到這幽徑迂曲的官府池臺中。離別贈言，想要贈以最衷心的祝福，高談闊論，正好像成串的玉連環一般。原野小徑的浮雲消散，荒廢的池塘長滿斑駁陸離的春草。殘花從古樹上凋落，飛鳥進入碧波蕩漾的水灣。想要在他鄉敘離別情，我們就好像幽谷中的嚶嚶鳥鳴。

【研析】首二句敘奉使還赴長安，乘輶軒經由綿州，而綿州眾官員聞知亦會聚官池，仙珮琅琅，喜樂非凡。句中雖無「別」字，然離愁別緒隱然在其中矣。以下「樽酒」句即承「輶軒」句而深入一層，「無地」二字，點明離別之愁；「聯綣」句承「仙佩」句而轉出一意，「暫攀」二字，讚美送別之人。「離言」二句，言宴集之祥和氣氛，各官員之情深意厚。「野徑」以下四句，著意寫「綿州官池」，野徑浮雲、荒池春草、古樹殘花、澄灣飛鳥……這一切都是那麼地熟悉與親切。如今一別，則又不知何時方能再見，戀戀不捨之情無法言說。末二句總結全篇。「幽谷綿蠻」之景應詩的前半部分，寫官池人情之厚。「他鄉」二字尤堪玩味，乃承詩的後半部對綿州官池的深情描寫而來。綿州雖非故鄉，官池友人雖非親人，而較之故鄉之別，情味更深一層。

還赴蜀中貽示京邑遊好

【題解】還赴，猶言再赴。遊好，即關係親密的好友。此詩寫初春時節離別長安的戀戀不捨之情。約總章二年（西元六六九年）春作。

籞宿花初滿，章臺柳向飛❶。如何正此日，還望昔多違❷。悵別風期阻，將乖雲會稀❸。斂袵辭丹闕，懸旗陟翠微❹。野禽喧戍鼓，春草變征衣❺。回顧長安道，關山起夕霏❻。

【注釋】❶籞宿花初滿二句 籞宿，漢長安苑名。亦作「御宿」、「篽宿」。見《漢書·元后傳》「夏遊篽宿、鄠、杜之間」顏師古注。在今陝西西安南三十七里之御宿川。章臺，亦宮名。戰國秦所建。《史記·廉頗藺相如列傳》記秦王坐章臺見相如，即此。臺下有街名章臺街。《漢書·張敞傳》有「走馬章臺街」語。地在今陝西咸陽渭水之南。此處籞宿、章臺均借指唐代宮苑。向，將。向，一作「尚」。❷還望昔多違 還望，猶言回望。望，一作「喜」。多違，多不順心、失意。❸悵別風期阻二句 風期、雲會，言雙方友誼、情誼之親，猶如風吹送雲、雲依從風一樣。❹斂衽辭丹闕二句 斂衽，提起衣襟夾於帶間，表示敬意。丹闕，赤色的宮門。指朝廷、宮禁及其所在的都城。懸旗，喻心神不定。鮑照〈紹古辭〉：「離心壯為劇，飛念如懸旗。」旗，一作「津」。翠微，淡青的山色。也指青山。見《爾雅·釋山》。❺變征衣 陸機〈為顧顏先贈婦〉：「京洛多風塵，素衣化為緇。」此謂在途日久，服色變換。❻夕霏 傍晚的雲霞。謝靈運〈石壁精舍還湖中作〉：「雲霞收夕霏。」

【語譯】長安籞宿苑中的花兒剛剛掛滿枝頭，章臺的柳絮將要飛揚。為什麼正在這樣美好的日子，還像以前那樣地與你們少歡聚多分離。一別之下朋友的音信將被阻隔，令我悵然若失，將要分離，朋友間的相聚將會很少。將衣襟提起夾於帶間，告別都城，心神不定地登上青翠的山嶺。野鳥喧鬧，伴隨著戍營咚咚的鼓聲，春草綠了，我們也更換征衣的顏色。回望通往長安的道路，關山之間騰起了迷茫的暮靄。

【研析】首二句描寫長安春光美景，「籞宿花」、「章臺柳」是長安春景的代表。次二句言還赴蜀中。在此美好時光不能恣意享受，卻又像以前一樣離開了。因非止一二次如此，而是經常，故下「多違」一語，心中之鬱悶、無奈可知。「悵別」二句，言離別之後與京邑遊好難得一聚，甚或音問不通，此猶是最令人難堪者。「斂衽」二句，敘赴蜀。「斂衽」表恭敬，暗示身不由己；「懸旗」言憂愁，暗示前路迷茫、憂心忡忡。「野禽」二句，寫征途之景，與前之「籞宿花」、「章臺柳」形成對比，暗言其孤獨寂寞。末二句，以懷念京邑遊好作結，切題。「關山起夕扉」一語，意象闊大，含蓄多思。

和夏日幽莊

【題解】幽莊，幽靜的莊園。此詩不知何時為和某友人〈夏日幽莊〉詩而作。寫夏日幽莊之美景，讚美友人之高標脫俗。和，一作「初」。

聞有高蹤客，耿介坐幽莊❶。林壑人事少，風煙鳥路❷長。瀑水含秋氣，垂藤引夏涼。苗深全覆隴❸，荷上半侵塘。釣渚青鳧❹沒，村田白鷺翔。知君振奇藻，還嗣海隅芳❺。

【注釋】❶聞有高蹤客二句　高蹤客，隱居不仕的人。耿介，正直、守志不趨時。宋玉〈九辯〉：「獨耿介而不隨兮，願慕先聖之遺教。」❷鳥路　鳥飛行之路線。謝朓〈暫使下都夜發新林至京邑贈西府同僚〉：「風雲有鳥路。」❸隴　田埂；丘隴。❹青鳧　即野鴨。狀似鴨而小，雜青白色。❺知君振奇藻二句　振奇藻，指提筆寫詞采奇妙的詩文。《文選》曹植〈與楊德祖書〉：「公幹振藻於海隅。」李善注：「公幹，東平寧陽人也。寧陽邊齊，故云海隅。」嗣，接續、賡和對方的詩。海隅，猶言海角。《列仙傳》謂安期生嘗賣藥海邊。此處以安期生比「高蹤客」。

【語譯】聽說有隱居的高人，氣定神閒地坐守在幽靜的山莊。山林深谷中人事紛擾很少，風雲之上鳥路漫長。瀑布含著秋日的淒清之氣，垂掛在崖上的藤蘿招來夏日涼爽。禾苗深深，將田埂全部覆蓋，荷葉露水面，長滿半個池塘。在釣魚的沙洲上，野鴨出沒不定，鄉村的水田中有白鷺在飛翔。得知您寫了奇妙的詩篇，我也用這首詩來沾您這海角神仙的美譽。

【研析】首二句言「高蹤客」「耿介」脫俗，身隱幽莊，詩人殆亦未得親見其風采，只是因為寄贈了一篇〈夏日幽莊〉詩來，方才知之。故此下一「聞」字，極有分寸。「林壑」句，言其清靜，應「高蹤」二字；「風煙」句，言其偏遠，補足「幽莊」二字。「瀑水」以下六句，憑視力的由近及遠，具寫山莊之風物。末二句切題。「奇藻」云者，即高蹤客所寫的〈夏日幽莊〉詩；而「還嗣」即切題中「和」之一字。在詩篇結構上，此二句還與首二句前後呼應，「知」與「聞」相應，更證實作者與此高蹤客並未相見。「奇藻」亦即首句所言之「高蹤」之一種，而「海隅」代己，與前「高蹤客」之「幽莊」相呼應。

山莊休沐

【題解】休沐，即休假，謂休息以洗沐也。據《唐會要・休假》載，唐官員十日一休沐，稱旬休。是詩首句言「蘭署乘閒」，當作於高宗顯慶末任職秘書省期間。寫田家優美風景，抒寫脫離俗塵後的清雅之情。題一作〈和夏日山莊〉。

蘭署乘閒日，蓬扉狎遁棲❶。龍柯疏玉井，鳳葉下金堤❷。川光搖水箭❸，山氣上雲梯。亭幽聞唳鶴，窗曉聽鳴雞。玉軫臨風奏，瓊漿映月攜❹。田家自有樂，誰肯謝❺青谿。

【注釋】❶蘭署乘閒日二句　蘭署，官署名。又稱蘭臺，即秘書省。《初學記》卷十二：「初，漢御史中丞在殿中掌蘭臺秘書圖籍。唐以秘書省為蘭臺，因斯義也。」蓬扉，編蓬為門。謂窮人的住屋。狎，親近。遁棲，《文選》郭璞〈遊仙詩〉：「山林隱遁棲。」李善注引郭璞《山海經注》：「山居為棲。」又曰：「遁者，退也。」❷龍柯疏玉井二句　龍柯，樹木枝柯盤曲如虬龍，故曰龍柯。玉井，井的美稱。鳳葉，樹葉之美稱。金堤，即石堤。色黃，故美言之。❸川光搖水箭　水箭，本指水流急速。《慎子・外篇》：「河之下龍門，其流駛如竹箭，駟馬追弗能及。」此指水的波光閃閃如箭，刺人眼目。❹玉軫臨風奏二句　玉軫，指琴瑟之類。軫，琴瑟等腹下轉動弦的木柱。瓊漿，喻美酒。《唐音癸籤》卷二十七：唐朝廷「待臣下法禁頗寬，恩禮從厚。凡曹司休假，例得尋勝讌樂，謂之旬假，每月有之。」❺謝　辭別。

【語　譯】乘著秘書省休假之日，到山莊柴門中去享受隱居之樂。盤曲如虯龍的古樹枝柯，稀疏地覆蓋井欄，樹葉飄落在金堤之上。河川上閃爍著波光，像箭矢一樣耀眼，山坡雲氣瀰漫，猶如登山之梯。亭子深幽，傳來白鶴的叫聲，窗戶間露出曙光，聽到雄雞的鳴唱。端著琴瑟在清風中彈奏，提著美酒，和著月光痛飲。田家自有快樂，誰願意離開這青青的山谷。

【研　析】首二句敘其休假而往山莊，切題。「蘭署」乃是作者供職之處，固然豪貴。然無疑是單調、枯燥而緊張的，總讓人頗感約束和不適。而「蓬扉」則是自然隨意的，雖然這是貧寒的所在。「乘閒」即題中所謂的「休沐」。然「乘閒」的去處千千萬，為什麼偏要選擇「遁棲」呢？著一「狎」字，固然表示與「蓬扉」的親密，然亦不能斷然認定這不是附庸風雅之舉。「龍柯」以下四句，寫山莊給他的視覺美感。「龍柯」、「鳳葉」寫莊內疏放之趣；「川光」、「山氣」寫莊外開闊舒張的大背景。「亭幽」以下四句，寫山莊帶給他的聽覺感受。「鶴唳」、「雞鳴」，乃山野所獨有；「玉軫」之奏、「瓊漿」之飲，可見山莊之雅致。這樣認真的觀察、細心的體會，這樣不厭其煩的鋪陳，可見他對遁棲生活的真愛，是附庸風雅之人做不來的。末二句總結全篇，突出一「樂」字。子曰：「好之者不如樂之者。」此一「樂」字，與前「狎」字相呼應。「誰肯謝青谿」言明心跡：不願意離開，然又不得不離開。樂中又露出一點點厭煩和無奈。

山林休日田家

【題　解】此詩寫田家平靜和美之景。約於咸亨三年秋（西元六七二年）作。

歸休乘暇日，饁稼返秋場❶。徑草疏王篲，巖枝落帝桑❷。耕田虞訟寢，鑿井漢機忘❸。戎葵朝委露，齊棗夜含霜❹。南澗泉初冽，東籬菊正芳❺。還思北窗下，高臥偃羲皇❻。

【注　釋】❶歸休乘暇日二句　歸休，離去；止息。《莊子・逍遙遊》：「歸休乎君，余無所用天下為。」此處特指休假。饁稼，給田間收割者送食。《詩經・豳風・七月》：「同我婦子，饁彼南畝，田畯至喜。」《毛傳》：「饁，饋也。」秋場，把成熟的穀物收割並運回到打曬的場地。〈七月〉：「九月築場圃。」孔《疏》：「蹂踐禾稼則謂之場。」❷徑草疏王篲二句　王篲，《爾雅・釋草》：「葥，王篲。」郭璞注：「王帚也。似藜，其樹可以為掃帚。江東呼之曰落帚。」此代指掃帚。疏，言徑草因常掃而變得稀疏。帝桑，據《山海經・中山經》：宣山有桑，大五十尺，其枝四衢，其葉大尺餘，名曰帝女之桑。此泛指桑。❸耕田虞訟寢二句　耕田、鑿井，為村野和平之景。《藝文類聚》卷十一引《帝王世紀》：堯時「天下大和，百姓無事。有五十老人擊壤於道，……曰：『吾日出而作，日入而息，鑿井而飲，耕田而食，帝何力於我哉！』」虞訟寢，謂虞舜之時，歷山之農相侵略，舜往耕，朞年而耕者讓畔，訴訟糾紛之事自然平息。見《史記・五帝本紀》張守節《正義》。漢機，指漢陰丈人所謂「機心」。傳云子貢過漢陰，見一丈人鑿隧入井，抱瓮而出灌，力多而功寡。子貢建議鑿木為機以出水，丈人笑曰：「有機事者必有機心。吾非不知，羞而不為也。」見《莊子・天地》。❹戎葵朝委露二句　戎葵，蜀葵。似葵，華如木槿華。見《爾雅・釋草》郭璞注。委露，因朝露而凋萎。齊棗，齊地所產之棗，又謂之楊徹。齊棗，一作「薺草」。❺南澗泉初冽二句　南澗，用《詩經・召南・采蘋》「于以采蘋，南澗之濱」詩意。東籬，用陶淵明〈飲酒〉「采菊東籬下，悠然見南山」詩意。❻還思北窗下二句　陶淵明〈與子儼等疏〉：「常言：五六月中，北窗下臥，遇涼風暫起，自謂是羲皇行人。」偃，仰倒；仰臥。此引申為仰慕。羲皇，即伏羲氏，傳說為三皇之一。《藝文類聚》卷十一引《帝王世紀》：「太昊帝庖羲氏，風姓也。蛇首人身，有聖德，都陳。」

【語　譯】在休假時得空，給田間收割者送飯，返回到曬穀場。用掃帚將小路上的野草打掃乾淨，在山巖上採摘桑樹葉。耕田而食，虞舜平息了歷山的糾紛，鑿井而飲，漢陰老人忘卻機心。戎葵在朝露中凋萎，齊棗經受著夜晚的寒霜。南澗採蘋時，泉水開始顯得寒冷，在東籬採菊，花香正濃。懷念著高臥北窗下的生活，仰慕做羲皇上人的悠閒自在。

【研　析】此詩寫休假之日體驗田家生活的快樂自在。詩題中「田家」二字，並非只是指在田家度假，且指過真正的田家生活。詩的開首「饁稼返秋場」就點明此意。「徑草」以下四句，緊接「饁稼」句而來，寫足體驗田家生活之樂。除草、採桑、耕田、鑿井，這是實實在在的田家生活。無論男女老幼，都是沈浸在勞動的幸福中。「戎葵」以下四句，寫山林之景，突出其休沐之樂。末二句，用陶淵明之故事，寫田家之高趣。全詩樸素古雅，情韻悠然。

宴梓州南亭得池字

【題　解】梓州，因梓潼水而名，屬益州大都督府管轄。即今四川三臺。詩前序有云：「梓州城池亭（即南亭）者，長史張公聽訟之別所也。」詩寫梓州南亭秋日之美景，讚主人之熱情好客。殆作於總章二年秋或咸亨元年秋。

二條開勝跡，大隱叶沖規❶。亭閣分危岫❷，樓臺遶曲池。長薄❸秋煙起，飛梁古蔓垂。水鳥翻荷葉，山蟲咬桂枝。遊人惜將晚，公子❹愛忘疲。願得迴三舍❺，琴樽長若斯。

【注　釋】❶二條開勝跡二句　二條，指大路。梁元帝〈臨秋賦〉：「遵二條之廣路，背九仞之高城。」大隱，王康琚〈反招隱〉詩：「小隱隱林藪，大隱隱朝市。」叶，符合。沖規，淡泊虛靜之道。《老子》：「道沖而用之。」又，「大盈若沖。」沖，虛。❷亭閣分危岫　亭，一作「齋」。分，猶言半。危，高。❸薄　草木叢生處。❹公子　當指梓州長史張公，名未詳。應瑒〈侍五官中郎將建章臺集〉詩：「公子敬愛客，樂飲不知疲。」❺迴三舍　《淮南子‧覽冥》：「魯陽公與韓搆難，戰酣，日暮，援戈而撝之，日為之反三舍。」舍，日行黃道所次宿。黃道附近有二十八宿，一宿為一舍。見《文選》郭景純〈遊仙詩〉李善注引《淮南子》許慎注。

【語　譯】寬廣的道路通向風景優美之處，大隱士一舉一動符合淡泊沖虛之道。亭閣建在高高的半山腰，樓臺環繞著彎曲的池水。長長的灌木林中冒出秋霧，架空而設的橋梁上垂著蒼古的蔓藤。水鳥在荷葉間翻飛，山蟲咬嚙著芬芳的桂樹枝。遊人珍惜太陽落山的時光，公子好客而不知疲倦地宴集。真希望日頭為我們退返三舍，慢點落山，琴聲這麼悠揚，不要停息。

【研　析】首二句切題中「梓州」二字。梓州是蜀地的大都市，且風景優美，故下「二條開勝跡」五字概言之。而「大隱叶沖規」句，亦反筆寫出其為繁華都市。「亭閣」以下六句，寫危岫亭閣、曲池樓臺、長薄秋煙、飛梁垂蔓、水鳥翻荷、山蟲咬桂之美景，切題中「南亭」二字，亦補足首句「勝跡」二字。「遊人」以下四句，寫在此南亭舉行宴集的歡樂。遊人的「惜將晚」、願「迴三舍」，側筆稱時間不知不覺的消逝；公子（亦即詩首所言的「大隱」）的「愛忘疲」、「長若斯」，正筆美言主人的盛情。總之都寫宴集之樂。

山行寄劉李二參軍

【題　解】參軍，唐代州刺史屬員。劉、李二參軍，名里未詳。詩寫春日山中羈旅之愁。既云「萬里煙塵客」，則當作於蜀中。

萬里煙塵客，三春桃李時。事去紛無限，愁來不自持❶。狂歌欲歎鳳❷，失路反占龜❸。草礙人行緩，花繁鳥度遲。彼美參卿事❹，留連求友詩❺。安知倦遊子，兩鬢漸如絲。

【注釋】❶自持　自禁；自我控制。❷狂歌欲歎鳳　以孔子自喻，自傷不遇時，道不能行。《論語・微子》：「楚狂接輿歌而過孔子，曰：『鳳兮鳳兮，何德之衰！往者不可諫，來者猶可追。』」謂自今以後尚可自止而避亂隱居。又，《論語・子罕》：「子曰：『鳳鳥不至，河不出圖，吾已矣夫！』」歎，一作「道」。❸失路反占龜　失路，比喻人不得志。揚雄〈解嘲〉：「當塗者入青雲，失路者委溝渠。」占龜，用燒灼龜甲所見的坼裂紋理來占卜吉凶。《楚辭・卜居》：屈原既放三年，「心煩慮亂，不知所從。往見太卜鄭詹尹曰：『余有所疑，願因先生決之。』詹尹乃端策拂龜。」❹彼美參卿事　彼美，指劉、李二參軍。《詩經・邶風・簡兮》：「彼美人兮，西方之人兮。」參卿事，晉孫楚才藻卓絕，爽邁不羣，嘗參石苞驃騎軍事，頗侮易於苞。初至，長揖曰：「天子命我參卿軍事。」事見《晉書・孫楚傳》。❺求友詩　《詩經・小雅・伐木》：「相彼鳥矣，猶求友聲。矧伊人矣，不求友生？」

【語譯】不遠萬里，遊子風塵僕僕來這裏，正是春天桃李開放之時。經過的事情多得數不清，憂愁襲來，不能自持。想效仿孔子那樣狂歌，悲歎鳳鳥不至，無路可走，反復地占卜吉凶。路邊的野草阻礙行人，使之腳步放緩，春花繁盛，鳥兒飛越時也慢下來。那風雅卓絕的劉、李二參軍的事務，就是讓我流連於此吟詠友誼的詩篇。可否知道我這個厭倦在外遊蕩的人，兩鬢漸漸白髮如絲。

【研析】此詩寫山行所感，表達對征旅生活的厭倦，抒發老大無成的悲傷。首句「萬里」二字，見其所經旅途的漫長勞頓。「事去」句，順承首句，言其經歷十有八九不如人意。「三春」句，言此時正值桃李盛開。「愁來」句，與「三春」句反接，以樂景襯傷情。「狂歌」二句用典，深入寫愁字。「草礙人行緩」二句，具寫「桃李時」之美景。「人行緩」之人，非作者自指，而指劉、李二參軍，見其悠遊之態。「彼美參卿事」二句，即寫二人流連於桃李時之花草美景，而欲寫詩歌唱。末二句表明心跡，以兩鬢之絲寫愁。「桃李時」，再加之「參卿事」，俱足使詩人倍加傷感於己之落魄。

首春貽京邑文士

【題解】首春，農曆正月。此詩寫歲末年初之時閒情逸景，表達對友誼的珍重之情。約總章二年（西元六六九年）正月作於長安。

寂寂罷將迎，門無車馬聲❶。橫琴答山水，披卷閱公卿❷。忽聞歲云晏，倚仗出簾櫺❸。寒辭楊柳陌，春滿鳳凰城❹。梅花扶院吐，蘭葉繞階生。覽鏡改容色，藏書留姓名❺。時來不假問，生死任交情❻。

【注釋】❶寂寂罷將迎二句　罷將迎，不再送往迎來。《莊子・知北遊》：「無有所將，無有所迎。」又謝靈運〈初去郡〉詩：「負心二十載，於今廢將迎。」門無車馬，用陶淵明〈飲酒〉：「結廬在人境，而無車馬喧」詩意。❷橫琴答山水二句　答，答謝。山水，用高山流水之典。傳云伯牙鼓琴，意在泰山，鍾子期曰：「善哉！巍巍若泰山。」俄而志在流水，子期曰：「善哉！湯湯乎若流水。」子期死，伯牙破琴絕弦，終身不復鼓琴，以為世無賞音者。見《呂氏春秋・本味》。披卷，打開書卷與古人對話。《北史・崔鴻傳》：「苟必官須此人，人稱此職，或超騰昇陟，數歲而至公卿，或長兼、試守稱允當遷進者，披卷則人人而是，舉目則朝貴皆然。」❸忽聞歲云晏二句　歲云晏，猶言歲晚。仗，一作「杖」。簾，一作「簷」。櫺，廳堂門柱。❹鳳凰城　蕭史、弄玉吹簫作鳳鳴，鳳凰止於京城。後因稱京城為鳳凰城。此指長安。凰，一作「皇」。❺藏書留姓名　司馬遷〈報任少卿書〉：「僕誠已著此書，藏之名山，傳之後人。」曹丕《典論・論文》：「年壽有時而盡，未若文章之無窮。」

「是以古之作者，寄身於翰墨，見意於篇籍，……而聲名自傳於後。」❻生死任交情　漢文帝時翟公任廷尉，賓客盈門，及罷官，門可羅雀。後復廷尉，賓客欲往，翟公在門上寫道：「一死一生，乃知交情；一貧一富，乃知交態；一貴一賤，交情乃見。」見《漢書·汲黯傳》。此反用其意。

【語　譯】靜悄悄地，我不再送往迎來，門外再也沒有車馬的喧闐聲。將琴擺出來，答謝山水的清音，打開書本，欣賞古代公卿才德之美。忽然聽說一年又近尾聲，拄著手杖走出門戶。冬寒退出了植滿楊柳的大路，長安處處充滿春天的氣象。梅花沿著院牆開放，蘭草繞著階砌長出。觀覽鏡子，看見自己改變了容貌，著書藏之名山，使自己的姓名流傳後世。不用問哪天時來運轉，生死富貴聽之任之，與朋友的交情最重。

【研　析】詩首「寂寂」以下四句，言一年將近尾聲，不再沈陷於繁忙的應酬，可以暫時輕鬆地彈琴自娛、讀書消日。因「門無車馬聲」而顯「寂寂」，因「罷將迎」而可「答山水」、「閱公卿」矣。「忽聞」以下六句，寫首春之景。「寒辭」二句，概言冬去春來，生機一片。「梅花」二句，具寫首春之美景，雖然梅花開放、蘭葉繞階而生是無聲無息的，但著一「吐」和「生」字，足見萬物蘇生的聲音彷彿一曲歡樂的歌唱。故此前下「忽聞」一語，前與「寂寂」二字呼應，後又暗示所寫的春景，似乎是先聞其聲後見其景的。「覽鏡」，是作者在目睹萬物復蘇的自然動作。一年將去一年又來，鏡中的自己將是什麼樣子呢？「改容色」三字，一來是表明自己容顏又老了一歲；一來也在梅花吐、蘭葉生的感召下作者「振作」的容色。而這一層意思無疑是主要的、核心的。只是不說破，顯得溫婉含蓄。「藏書」，謂著書而藏之名山留之後世也，此與「披卷閱公卿」相應。末二句「時來」應首春，「不假問」應「留姓名」之意；「生死任交情」用漢翟公典，殆亦是「披卷閱公卿」時所得之故事也，用來「貽京邑文士」，以表達友愛之情，是最合時宜的。文意環環相扣，嚴謹殆無虛詞浪語。

贈許左丞從駕萬年宮

【題　解】許左丞，當即許圉師，安陸（今屬湖北）人。據《舊唐書・高宗紀》，上元二年（西元六七五年）以左丞許圉師為戶部尚書。則其為尚書左丞，當在咸亨至上元初。從駕，謂扈從皇帝出遊。萬年宮，即九成宮。地在今陝西麟遊。據《舊唐書・高宗紀》：咸亨四年（西元六七三年）冬十月「庚子，還京師。乙巳，至自九成宮」，則此詩當即作於此時。詩寫許左丞從駕萬年宮之殊榮，表示極度的崇敬和羨慕之情。

聞道上之回，詔蹕下蓬萊❶。中樞移北斗，左轄去南臺❷。黃山聞鳳笛，清蹕侍龍媒❸。曳日朱旗捲，參雲金障開❹。朝驂五城柳，夕宴柏梁杯❺。漢時光如月，秦祠聽似雷❻。寂寂芸香閣❼，離思獨悠哉。

【注　釋】❶聞道上之回二句　上之回，本漢「鼓吹曲辭鐃歌」名。見〈上之回〉詩題解。此以漢武帝遊幸回中宮喻指高宗之幸萬年宮。回，一作「迴」，誤。詔蹕，即皇帝出行。蹕，古代帝王出行時，禁止行人以清道。蓬萊，傳說為海中三神山之一。山有宮闕，仙人所居。此亦代指萬年宮。❷中樞移北斗二句　中樞，即中央。北斗，即北斗七星。《史記・天官書》：「斗為帝車，運於中央，臨制四鄉。」司馬貞《索隱》引宋均曰：「言是大帝乘車巡狩，故無所不紀也。」此謂高宗起駕。左轄，《大唐六典》卷一：「左右丞，掌管轄省事，糾舉憲章。」以故，左丞稱左轄。南臺，猶南省。唐尚書省在大明宮以南，故稱南省、南臺。此謂許左丞離開朝省，侍駕西遊。❸黃山聞鳳笛二句　黃山，宮名。《漢書・地理志上》：「右扶風槐里，有黃山宮，孝惠二年起。」在今陝西興平西。此代指萬年宮。鳳笛，用蕭史教弄玉吹簫作鳳鳴事。見《列仙傳》。此以形容皇帝儀仗中的笛聲。笛，一作「吹」。侍龍媒，《漢書・武帝紀》：太初四年春，「貳師將軍廣利斬大宛王首，獲汗血馬來。作〈西極天馬之歌〉。」《漢書・禮樂志》錄〈郊祀歌十九章〉之十〈天馬〉：「天馬徠，龍之媒。」言天馬者乃神龍之類。句以龍媒喻許左丞。❹曳日朱旗捲二句　曳日，搖曳於日光之中。朱旗，此指皇帝羽衛之旗。參雲，直插雲霄。金障，即障扇，緝雉羽為之，以障翳風塵。見《古今注》卷上。❺朝驂五城柳二句　驂，即陪駕。一作「參」。五城，傳說為神仙所居。《史記・封禪書》：「方士有言黃帝時為五城十二樓，以候神人於執期，命曰迎年。」此代指萬年宮。柏梁，漢臺名。《漢書・武帝紀》：元鼎二年春，「起柏梁臺。」《三輔舊事》：「以香柏為梁也。帝嘗置酒其上，詔羣臣和詩，能七言詩者乃得上。」❻漢畤光如月二句　漢畤，指泰畤，古代祭天地五帝之處。光如月，《漢書・郊祀志上》：元鼎五年十一月，漢天子郊拜泰一時，其祠列火滿壇，是夜有美光，及晝，黃氣上屬天。秦祠，指陳寶祠。《史記・封禪書》：作鄜畤後九年，秦文公獲若石云，於陳倉北坂城祠之。命曰陳寶。裴駰《集解》引臣瓚曰：「陳倉縣有寶夫人祠，或一歲二歲與葉君合。葉君神來時，天為之殷殷雷鳴。」陳倉縣，地在今陝西寶雞東。❼芸香閣　指秘書省。《初學記》卷十二引魚豢《典略》：「芸臺香辟紙魚蠹，故藏書臺稱芸臺。」此作者自指。閣，一作「署」。

【語　譯】聽說皇上去往回中，出行到達蓬萊仙山。天子車乘起駕，就像北斗移動，許左丞隨之離開南臺。在黃山宮聽見引鳳的笛聲奏響，清潔的大道，等候天子的龍媒駿馬到來。皇帝羽衛的紅旗迎風招展，搖曳在日光之中，金色的障扇張開，高入雲霄。清晨駕著車馬行駛在五城樓的柳蔭中，夜晚在柏梁臺上舉杯宴集。泰時祭天的火光如明月，陳寶祠禱神的聲音如殷殷雷鳴。我在這寂靜的秘書省芸香閣，獨自沈浸在悠長的離別之思中。

【研　析】前二句言皇帝欲駕幸萬年宮，然尚未成行，故云「聞道」、「詔蹕」。雖未行，而其聲勢聳動，令人為之亢奮激越。「中樞」句曰駕移。「左轄」句曰從駕。「黃山」二句，言左丞為吹玉笛以招引鳳鳥之蕭史，為招徠神龍之天馬，讚「左轄去南臺」為皇帝陪駕開道之事美。「曳日」二句，承「中樞移北斗」句而來，稱皇帝出遊之氣勢浩蕩雄偉。「朝驂」二句，言扈從之榮樂；「漢畤」二句，言郊祀之盛況。末二句，字面輕描淡寫言離思，而實則有強烈的羨慕之情。這一層意思隱而不露，而更見其神往情深。作者並未親歷其事，而敘事繁複，節奏急促，其所營造之意境莊嚴神秘，可見其聯想之豐富。用典之密集、貼切，亦足見其作為秘書省官員對典章之熟稔。

晚渡渭橋寄示京邑遊好

【題　解】渭橋，唐時長安城北渭水上的橋。見〈行路難〉第一部分注❶。詩中謂「一赴青泥道」，則作者此行乃入蜀。詩敘寫年歲老大而離京赴蜀，描寫渡渭橋時所見之美景，以表達對京邑友好的依依不捨之情。蓋作於總章二年（西元六六九年）初夏赴新都尉時。

我行背城闕，驅馬獨悠悠❶。寥落百年事❷，徘徊萬里憂。途遙日向夕，時晚鬢將秋。滔滔俯東逝，耿耿泣西浮❸。長虹掩鈎浦，落雁下星洲❹。草變黃山曲，花飛清渭流❺。迸水驚愁鷺，騰沙起狎鷗。一赴青泥道，空思玄灞遊❻。

【注　釋】❶我行背城闕二句　背，離開。城闕，指長安。悠悠，深思；憂思。《詩經·邶風·終風》：「風往莫來，悠悠我思。」❷寥落百年事　寥落，荒廢、空虛。百年事，指一生的功業、抱負等。❸滔滔俯東逝二句　東逝，言東流的渭水。《論語·子罕》：「子在川上，曰：『逝者如斯夫！不舍晝夜。』」耿耿，煩躁不安的樣子。《詩經·邶風·柏舟》：「耿耿不寐，如有隱憂。」西浮，傳云老子乘青牛西遊過潼關時，關令尹喜望見有紫氣浮關。見《史記·老子韓非列傳》司馬貞《索隱》引《列異傳》。又，老子過關後，有到成都青羊宮之說，見曹學佺《蜀中廣記》引《蜀本紀》。故以代指入蜀。❹長虹掩鈎浦二句　長虹，本指天上彩虹。後人喻橋亦曰虹。此指渭橋。星洲，像星一樣散布的小島。洲，水中的陸地。❺草變黃山曲二句　黃山，亦名黃麓山。《文選》張衡〈西京賦〉：「繞黃山而款牛首。」地在今陝西興平北。曲，幽深之處。清渭，《詩經·邶風·谷風》：「涇以渭濁。」《釋文》：「涇，濁水也；渭，清水也。」❻一赴青泥道二句　青泥道，《元和郡縣志·

山南道・興州・長舉縣》：「青泥嶺，在縣西北五十三里接溪山東……行者屢逢泥淖，故號青泥嶺。」地在今甘肅徽縣南，陝西略陽西北，為入蜀之路。青，一作「清」。玄灞，《文選》潘岳〈西征賦〉：「南有玄灞素滻。」李善注：「玄、素，水色也；灞、滻，二水名也。」灞水在長安附近，此即代指長安。

【語　譯】我將要離開都城長安，獨自趕著馬兒踏上征途，浮想聯翩。一生的理想抱負變得空虛，徘徊不已，彷彿憂愁充滿天地。征途是那麼遙遠，太陽即將西下，歲月已晚，鬢髮變得稀疏。俯瞰滔滔不絕的東流水，為出使西蜀而煩躁不安地哭泣。渭橋像長長的彩虹架在垂釣的河浦上，大雁落在水中分散的小洲上歇息。綠草長滿了黃麓山幽深的山谷，花兒隨風飄落在清清的渭水中。奔騰的河水嚇跑了憂愁的白鷺，隨風而起的沙塵驅走了飛舞的沙鷗。一旦踏上青泥嶺的路，就只能憑空幻想著青青灞水之遊了。

【研　析】首二句，言驅馬遠行，百感交集。因為「背」，又「獨」，故有「悠悠」之愁。「寥落」二句，具寫「悠悠」二字。「百年」，言憂之深；「萬里」，狀憂之廣。「寥落」言其絕望，而「徘徊」又言其不忍、不捨、不甘，其所感之複雜、沈重可見。「途遙」二句，切題中「晚渡」二字。「日向夕」、「鬢將秋」是「悠悠」之背景，亦是「悠悠」之根源。「滔滔」二句，實寫橋下流水之狀，亦是寫憂愁之狀，切題中「渭橋」二字。「耿耿」二字借老子西浮過關之典，虛筆以寫憂愁之態。水東逝，而人西浮，正與首句之「背」字相映。「長虹」以下六句，寫晚渡渭橋所見和平優美之晚景，見其對「城闕」之深深依戀。末二句，切題中「寄示京邑遊好」，表達臨別不捨之情。「玄灞遊」之所以讓詩人如此眷戀，乃因其美好也。然作者並未著一「好」字，只是從前六句渭橋美景中見出。

羈臥山中

【題　解】羈，寄居。此詩作於晚年臥病洛陽東龍門山時。詩寫羈臥山中與世隔絕的隱居求仙生活，隱然可見對世俗的怨忿。

臥壑迷時代，行歌任死生❶。紅顏意氣盡，白璧故交輕❷。澗戶無人跡，山窗聽鳥聲。春色❸緣巖上，寒光入溜平。雪盡松帷暗，雲開石路明。夜伴饑鼯宿，朝隨馴雉行❹。度谿猶憶處，尋洞不知名。紫書常日閱，丹藥幾年成❺。扣鐘鳴天鼓，燒香厭地精❻。倘遇浮丘鶴，飄颻凌太清❼。

【注　釋】❶臥壑迷時代二句　臥壑，棲息山中。行歌，邊走邊歌唱。《漢書‧朱買臣傳》：「買臣獨行歌道中。」❷紅顏意氣盡二句　紅顏意氣，指年輕時的理想與氣概。《史記‧李將軍列傳》：「會日暮，吏士皆無人色，而廣意氣自如。」白璧故交，指故友中之富貴者。古以白璧為重寶，惟富貴者有之。《史記‧平原君虞卿列傳》：「虞卿者，遊說之士也。躡蹻擔簦，說趙孝成王，一見，賜黃金百鎰，白璧一雙；再見為趙上卿。」❸色　一作「蘚」，似非。❹夜伴饑鼯宿二句　鼯，鼠名。俗稱飛鼠。形似蝙蝠，能滑翔。見《爾雅‧釋鳥》。馴雉，順服安處、見人不驚之山雞。《後漢書‧魯恭傳》載，恭為中牟令，教化大行。雉安止人之旁，童兒不捕之。此詩用之，言山中之和平無欺。❺紫書常日閱二句　紫書，即道書。《漢武帝內傳》：「地真素訣，長生紫書。」日，一作「自」。丹藥，道家所煉丹砂之類，傳可治病。作者〈與洛陽名流朝士乞藥直書〉：「幽憂子學道於東龍門山精舍。」又云：「客有過而哀之者，青囊中出金花子丹方相遺之，服之病愈。……意者欲以開五歲五月穀子熟時，試合此藥。」❻扣鐘鳴天鼓二句　扣鐘，道家修煉之法。《雲笈七籤》卷三十一引《高上寶神明科經說》：「叩齒之法，左左相叩名曰扣天鐘，右右相叩名曰搥天磬，中央上下相對相叩名曰鳴天鼓。」扣，一作「撞」。厭，指燒香供奉而使之滿足，以消除將來可能發生的災禍。地精，即灶神。《酉陽雜俎》卷十四：「竈神名隗……常以月晦日上天白人罪狀，大者奪紀，紀三百日；小者奪算，算一百日。故為天地督使，下為地精。」❼倘遇浮丘鶴二句　遇，一作「過」。浮丘鶴，《文選》江淹〈別賦〉：「駕鶴上漢，驂鸞騰天。」李善注引《列仙傳》：「王子晉吹笙作鳳鳴，遊伊洛之間，道士浮丘公接上嵩高。」

三十餘年後，上見恒良曰：告我家，七月七日，待我緱氏山頭。果乘白鶴住山，下望之不能得到。」颻，一作「飄」。太清，指天空。《靈寶太乙經》：「四人天外曰三清境：玉清、太清、上清，亦名三天。」《楚辭・九歎・遠遊》：「譬若王僑之乘雲兮，載赤霄而凌太清。」

【語　譯】棲臥於山中，不知道外面過了多少日子，邊走邊唱，不去勞神什麼生死之事。年輕時的理想與氣概都已消磨殆盡，為故友中的富貴者所輕視。山澗口沒有人跡出入，山窗之間只能聽到春鳥的鳴囀。春天的景色沿著山巖而上，春水緩緩流淌，閃著寒冷的波光。積雪融盡，帷帳似的松樹林顯得昏暗，雲霧消散，山上石路豁然開朗。夜晚與飢餓的鼯鼠相伴，清早和馴良的雉鳥一起漫步。度過谿谷，還能記起曾經來過此地，尋找石洞，不知道它們的名字。道書經常天天翻閱，長生的丹藥不知道要幾年才能煉成。將牙齒上上下下左左右右地叩著，燒香供灶神，以滿足他的願望。倘若讓我遇到浮丘公的白鶴，就能飄飄凌駕在太清之上了。

【研　析】詩首四句概言羈臥山中的生活。既「迷時代」，自然亦「任死生」矣。「意氣盡」乃羈臥之因，「故交輕」則是羈臥之果了。「澗戶」以下八句，寫山中之景。澗戶無人，山窗聽鳥，伴饑鼯而宿，隨馴雉而行，似「迷時代」矣，然能辨春色，感春光，知雪盡雲開，似又不迷也。「度谿」以下八句，寫山中之事。度谿、尋洞、閱紫書、煉丹藥、駕鶴凌太清，似「任死生」矣，然有「猶憶處」的清醒、「幾年成」的焦灼、「鳴天鼓」的堅持、「燒香」的虔誠，又分明不「任」矣。末二句表達對長生成仙的希望，則不惟不願死，且願長生，只是不願長生在此界而已。聯繫前「紅顏」二句，可見其對世俗的怨憤。著一「倘」字，實見「迷」、「任」之無奈而已。

酬張少府東之

【題　解】張東之，字孟將，襄陽人。進士擢第，累補青城丞。於武則天末年發動宮廷政變，擁中宗李顯復位。

兩《唐書》有傳。少府，唐人稱縣尉。據照鄰本詩，則史載青城丞是青神尉之誤。此詩當作於乾封二年（西元六六七年）左右為新都尉時。詩寫與張少府十年的深厚交誼與久別的思念，讚張少府才高志遠，並為其淪落江曲的命運鳴不平。

昔余與夫子，相遇漢川陰❶。珠浦龍猶臥，檀谿馬正沈❷。價重瑤山曲，詞驚丹鳳林❸。十年睽賞慰❹，萬里隔招尋。毫翰風期阻，荊衡雲路深❺。鵬飛俱望昔，蠖曲共悲今❻。誰謂青衣道，還歎〈白頭吟〉❼。地接神仙礀，江連雲雨岑❽。飛泉如散玉，落日似懸金。重以瑤華贈，空懷舞詠心❾。

【注釋】❶昔余與夫子二句　昔，當指顯慶三年（西元六五八年）左右，作者蓋以襄州刺史鄧王元裕王府典籤住襄陽，與張柬之相識。夫子，對有地位的男子的尊稱。漢川陰，即漢水南岸，代指襄陽。❷珠浦龍猶臥二句　珠浦，即明珠之浦，亦指襄陽。《文選》張衡〈南都賦〉：「遊女弄珠於漢皐之曲。」李善注引《韓詩外傳》：「鄭交甫將南適楚，遵彼漢皐臺下，乃遇二女，佩兩珠，大如荊雞之卵。」漢皐山，一名萬山，在襄陽縣西。龍猶臥，此喻張柬之。其時柬之才秀人微，鮮為人知，猶如龍臥珠浦。檀谿，在今湖北襄樊西南。傳云劉備嘗赴劉表宴會，宴中劉備覺有詐，潛乘的盧馬以遁。馬墮襄陽城西檀溪水中，溺不得出，備急曰：「的盧，今日厄矣，可努力！」的盧乃一踴三丈而過。見《三國志・蜀書・蜀先主傳》裴注引《世語》。此以的盧馬喻張柬之。❸價重瑤山曲二句　瑤山，指崑崙羣玉之山，相傳為藏典籍之所。見《穆天子傳》。此代指朝廷典文之署。丹鳳，舊時喻下達詔書的使者。梁簡文帝〈漢高廟賽神〉：「白雲蒼梧去，丹鳳咸陽來。」此喻指文士。❹十年睽賞慰　十年，自顯慶三年（西元六五八年）至今，約為十年。睽，隔離。賞慰，推賞慰藉。江總〈夏日還山庭〉：「停樽無賞慰。」❺毫翰風期阻二句　毫翰，指羽翅。左思〈吳都賦〉：「理翮振翰。」風期，此指乘風飛去之期。此指朋友相會之期。荊衡，指古荊州。《尚書・禹貢》：「荊及衡陽惟荊州。」此代指張柬之之所在。❻鵬飛俱望昔二句　鵬飛，用

《莊子・逍遙遊》「鵬之徙於南冥也，水擊三千里，摶扶搖而上者九萬里」之典。蠖曲，《易・繫辭下》：「尺蠖之屈，以求信（伸）也。」清郝懿行《爾雅義疏・釋蟲》：「其行先屈後申，如人布手知尺之狀，故名尺蠖。」喻人不得志。曲，一作「屈」。❼誰謂青衣道二句　青衣，水名。又傳說有青衣神，故以名縣。見《元和郡縣志・眉州・青神縣》。此青衣道代指青神縣，今四川樂山市。白頭吟，樂府楚調曲名。辭中云：「今日斗酒會，明旦溝水頭。躞蹀御溝上，溝水東西流。……男兒重義氣，何用錢刀為。」據《西京雜記》卷三載，司馬相如將聘茂陵女為妾，卓文君以此歌自絕。此處言朋友間的分別。❽地接神仙磵二句　神仙磵，指青城山。在青城縣西北。上有流泉懸澍，一日三時灑落，謂之潮泉。見《元和郡縣志・劍南道・蜀州・青城縣》。江，指岷江。雲雨岑，指巫山，用巫山雲雨事，以喻友情之洽。❾重以瑤華贈二句　瑤華，《楚辭・九歌・大司命》：「折疏麻兮瑤華，將以遺兮離居。」洪興祖補注：「說者云：瑤華，麻花也。其色白，故比於瑤。此花香，服食可致長壽，故以為美，將以贈遠。」此喻優美的詩文。舞詠心，自由無拘束、逍遙物外之心。《論語・先進》：「暮春者，春服既成，冠者五六人，童子六七人，浴乎沂，風乎舞雩，詠而歸。」

【語　譯】從前我與張夫子，相遇於漢水南。您就像臥龍依然在明珠之浦，又像劉備的的盧馬正沈在檀溪中。瑤山之上您的聲名、身價很高，您的詞采驚動整個儒林。十年之間沒有得到您的推賞慰藉，萬里隔絕，您我不能來往。我真想插上羽翅乘風飛到您身邊，卻被阻斷，荊衡之地雲深路杳，不能到達。從前都希望像大鵬一樣展翅南飛，如今都悲哀地像尺蠖一樣委屈不得志。誰想到會在青神縣這個地方，又唱起分手的〈白頭吟〉。此處與青城山相接，大江通向傳說中的雲雨巫山。泉水從高處飛下，就好像散落碎玉，夕陽的餘暉，就好像懸掛著黃燦燦的金子。您再折一枝白色的神麻花贈給我，而我徒然懷著一顆逍遙物外之心。

【研　析】詩首「昔余」以下六句，敘十年前與張少府在襄陽的一次相聚，對張少府的才秀而人微既讚又憐。自「十年」以下四句，概寫十年的分別與思念。十年未見而相互掛念不忘，這最能說明二人情洽意得，也暗示二人才俱美、氣相通。故「鵬飛」二句著一「俱」字，言相互期許之殷切；著一「共」字，言同病相憐之深厚。而「誰謂」二句，著「誰謂」一語，表示突然的驚訝；著「還歎」一語，表示十年的惋惜。這四句溝通了虛實，關合了今昔，聯繫了你我，具有強烈的感染力。「地接」四句，寫相聚「青衣道」所見之景。此景與十年前在襄陽所遇之景則明顯不同矣，顯得相對空靈和飄渺。此時的你我經歷了太多的人情世故，且又都落魄他鄉，以前的書生意氣未免沖淡了許多。「重以瑤華贈」二句切題，也表達了如今與世無爭的心志，與十年前的「俱」、「共」不可並論矣。「重」字，暗示十年前的襄陽相遇亦有詩歌酬贈，故云今之酬贈為「重」矣。

過東山谷口

【題　解】此詩疑為咸亨二年（西元六七一年）自蜀中歸洛陽後作。東山，當距洛陽不遠。詩寫遠離名利途而歸隱山野田園的自由美好生活，表達對世俗的厭倦、對升仙的渴望。

不知名利險，辛苦滯皇州❶。始覺飛塵倦，歸來事綠疇❷。桃源迷處所，桂樹可淹留❸。跡異人間俗，禽同海上鷗❹。古苔依井被，新乳❺傍崖流。野老堪成鶴，山神或化鳩❻。泉鳴❼碧澗底，花落紫巖幽。日暮餐龜殼，天寒御鹿裘❽。不辨秦將漢，寧知春與秋❾。多謝青谿客，去去赤松遊❿。

【注　釋】❶皇州　即京城。鮑照〈結客少年場〉：「昇高臨四關，表裏望皇州。」此指東都洛陽。❷始覺飛塵倦二句　飛塵，指宦途。飛，一作「風」。陸機〈為顧彥先贈婦〉：「京洛多風塵，素衣化為緇。」又，陶淵明〈歸園田居〉：「誤落塵網中，一去三十年。」事綠疇，即歸耕田園。《文選》謝朓〈和徐都曹〉：「言歸望綠疇。」李善注引賈逵《國語》注曰：「一井為疇。」❸桃源迷處所二句　陶淵明〈桃花源記〉，謂晉太元中，武陵漁人入桃花源，既出，處處誌之。後復往尋之，不復得路。桂樹，代指隱居處。《楚辭・招隱士》：「桂樹叢生兮山之幽，……攀援桂枝兮聊淹留。」❹禽同海上鷗　《列子・黃帝》：「海上之人有好漚鳥者，每旦之海上，從漚鳥游，漚鳥之至者，百住而不止。」漚，同「鷗」。❺乳　指石鐘乳。庾信

〈奉和趙王隱士〉：「洞風吹戶裏，石乳滴窗前。」❻野老堪成鶴二句　成鶴，言壽高。滎陽郡南百餘里有蘭巖，傳云昔夫婦俱隱此，年數百歲，化成仙鶴。山神或化鳩，傳聞沛國戴文諶居陽城山，有神降焉，其妻疑是妖魅。神遂化作一五色鳥，白鳩數十隻後。以上並見《初學記．鳥部》引王韶之《搜神記》。❼鳴　一作「明」，似誤。❽日暮餐龜殼二句　餐龜殼，《太平廣記》卷四百七十二引《抱朴子》：「千歲靈龜，五色具焉。……乃剔取其甲，火炙，搗服。方寸七日三。盡一具，壽千歲。」天，一作「開」。御鹿裘，以粗劣的裘衣來禦寒。《晉書．隱逸傳》：大司馬桓溫嘗往宣城郡界文脊山中見瞿硎先生，「既至，見先生被鹿裘，坐於石室，神無忤色。溫及僚佐數十人皆莫測之。」御，披；穿。❾不辨秦將漢二句　不辨，不知道。陶淵明〈桃花源記〉：晉太元中，武陵漁人入桃花源，其中人自云先世避秦亂，率妻子邑人來此絕境，不復出。「問今是何世，乃不知有漢，無論魏晉」。將，猶言與。春與秋，一年四季的變化。❿多謝青谿客二句　謝，辭別。谿，一作「浦」。赤松，《史記．留侯世家》：「願棄人間事，欲從赤松子遊耳。」《列仙傳》：「赤松子者，神農時雨師也。服水玉以教神農，能入火自燒。往往至崑崙山上，常止西王母石室中，隨風雨上下。」

【語譯】不懂得名利之途的險惡，辛辛苦苦地留滯在京城。開始感到仕途的疲倦，歸來體驗田園耕種之趣。桃花源已經找不到在什麼地方，但山中桂樹尚可棲息逗留。為人處事不同於世間的習慣，就好像海上的鷗鳥自由飛翔。古苔靠著井欄而生長，新鮮的石鐘乳沿著懸崖流出。村夫野老年壽很高，可以成為仙鶴，山神或許已經化作白鳩。泉水在碧綠的山澗下鳴響，山花落在紫色懸崖深處。日暮時分以龜殼為晚餐，天冷時披著粗劣的衣服來禦寒。不管現在是秦代還是漢代，不必知道一年四季的交替。殷勤地辭謝青山谿谷中的隱士，一步一回頭地告別這次赤松子的仙遊。

【研析】此詩大約可以認作陶淵明〈桃花源記〉的翻版。陶淵明所寫的是一個武陵漁人的誤打誤撞，而此詩則寫下層官僚的有意尋訪。其自然天真與人工著痕之別，稍讀則辨之。首四句，言過訪東山谷口的原因：因為宦遊京都太累，倦「飛塵」之煩悶而欲呼吸「綠疇」之清新空氣。「桃源」以下四句，概寫東山谷口之高雅氣氛。「古苔」以下六句，具寫東山谷口之神奇景物。「日暮」以下四句，寫東山谷口居民與世隔絕的悠然生活。畢竟其「倦」才剛剛開始，「事綠疇」只不過是休閒而已；故只過訪「谷口」，並未深入谷中去。故詩中的寫景繁密而節奏單調，缺乏深情和真愛。其用典之多且與「綠疇」之人物並非十分貼切，甚至讓人懷疑他在有意賣弄腹笥，把田野歪曲成了一個修道學仙之所了。尤其要詬病的是末二句，率爾收筆，中間缺乏一個情感的過渡，僅為了與「始覺」二句形成結構上的呼應，頗為生硬與突兀。

送幽州陳參軍赴任寄呈鄉曲父老

【題解】幽州，據《舊唐書·地理志》，武德元年（西元六一八年），改隋涿郡為幽州總管府；後改為都督府，轄有幽州。參軍，州府屬官。陳參軍，未詳。詩當作於咸亨二年作者由蜀返長安時。陳參軍赴幽州任，而照鄰幽州范陽人，故特作此詩送之。詩敘寫離別故鄉多年的辛苦經歷，表達對鄉閭的深情思念。父，一作「故」。

薊北三千里，關西二十年❶。馮唐猶在漢，樂毅不歸燕❷。人同黃鶴遠，鄉共白雲連❸。郭隗池臺處，昭王樽酒前❹。故人當已老，舊壑幾成田。紅顏如昨日，衰鬢似秋天。西蜀橋應毀，東周石尚全❺。灞池水猶綠，榆關月早圓❻。塞雲初上雁，庭樹欲銷蟬。送君之舊國，揮淚獨潸然。

【注釋】❶薊北三千里二句　薊北，即薊縣。據《舊唐書·地理志》：自晉至唐，幽州刺史皆以薊為治所。其地「在京師東北二千五百二十里」。關西，即函谷關以西，指長安一帶。按作者約於永徽三年（西元六五二年）離開故鄉西入長安後並非常住於此，二十年間曾多次遊宦外出，此言其大略。❷馮唐猶在漢二句　馮唐，《史記·張釋之馮唐列傳》：其先乃趙人，後徙代地。文帝時為中郎署長，景帝時為楚相。「武帝立，求賢良，舉馮唐。唐時年九十餘，不能復為官。」《文選》左思〈詠史〉詩：「馮公豈不偉，白首不見招。」李善注引荀悅《漢紀》：「馮唐白首屈於郎署。」樂毅，據《史記·樂毅列傳》：

中山人。以好兵，輾轉於趙、魏、燕數國之間，屢有軍功而不得信用。此二句言及馮唐、樂毅，皆北人之去國者，故以自喻。❸人同黃鶴遠二句　黃鶴，《文選》蘇武〈詩四首〉：「黃鵠一遠別，千里顧徘徊。」李善注引《韓詩外傳》：「田饒謂魯哀公曰：『夫黃鵠一舉千里。』」白雲，謂極遙遠之地。作者〈五悲・悲昔遊〉：「舊鄉舊國白雲邊。」❹郭隗池臺處二句　《史記・燕召公世家》：燕破，燕昭王卑身厚幣以招賢者，欲報仇雪恨。郭隗曰：「王必欲致士，先從隗始。況賢於隗者，豈遠千里哉！」於是昭王為隗改築宮而師事之。池臺，指黃金臺。《文選》鮑照〈代放歌行〉：「豈伊白璧賜，將起黃金臺。」李善注引《上谷郡圖經》：「黃金臺在易水東南十八里。燕昭王置千金於臺上，以延天下之士。」燕昭王在位時，燕國達於極盛。此二句緬懷故鄉最為光榮之歷史。❺西蜀橋應毀二句　西蜀橋，當指成都城北昇仙橋。參〈還京贈別〉注❸。橋應毀，極言經過次數之多。東周，代指洛陽，東周曾建都於此。東周石，未審何謂。《藝文類聚》卷六引《博物志》：「桃林，在弘農湖城縣休牛之山。有石焉，曰帝臺之棋也，五色而文，狀如鶉卵。」弘農地屬東周，疑即指此。❻灞池水猶綠二句　灞池，灞陵乃漢文帝之陵，上有池。見《文選》謝朓〈休沐重還道中〉詩「霸池不可別，伊川難重逢」李善注引潘岳《關中記》。灞，亦作霸。榆關，即今山海關，在長城最東。也作「渝關」。《隋書・高祖紀》：「開皇三年，城渝關。」此代指幽州之地。

【語　譯】離開薊北三千里，在函谷關以西過了二十年。白髮蒼蒼的馮唐仍在漢朝廷中，樂毅也沒有回到燕國。人就像黃鶴一樣一飛千里之遠，故鄉與天邊的白雲相連。郭隗黃金臺所在之處，燕昭王招賢納士的美酒之前。我的朋友大概都已經年歲老大，昔日的山谷也差不多成了農田。年輕貌美的時光好像還在昨天，轉眼間就已鬢毛稀疏像野草到了秋天。成都城北的昇仙橋都差不多被我走得要坍塌了，洛陽附近的桃林石還完好無損。灞池的水仍然鮮綠，山海關的圓月最早升起。邊塞的白雲之上，一隻鴻雁剛剛起飛，庭院的樹木上蟬聲似乎就要停止。送君前往我的故鄉，獨自潸然淚下。

【研　析】首句言與故鄉隔絕太遠，遊子之辛苦可知；次句言與故鄉別離太久，鄉愁之深切可見。三、四兩句，以馮唐、樂毅喻年歲老大而事業無成。五句言我之處境，結前「薊北」四句；六句寫故鄉消息不通，啟後「郭隗」四句。「郭隗」以下四句，方具寫其鄉思，與前「薊北」四句，因「人同」二句的支撐而形成對稱的兩扇。「紅顏」二句，寫年歲倏忽老大，應「關西二十年」句。「西蜀」二句，寫遊歷之廣，應「薊北三千里」之句。

「灞池」以下四句，反復分寫長安與幽州之境，暗寓「送」之一字。詩末「送君之舊國」句切題，結束「灞池」四句。「揮淚」句，直寫胸臆，托出題旨。「獨」字再與「三千里」、「二十年」照應。此詩頗具蒼勁之姿。

哭金部韋郎中

【題　解】金部，屬尚書省戶部。《通典》卷二三：「金部郎中一人，從五品上。……掌庫藏出納之節、金寶財貨之用、權衡度量之制，皆總其文籍而頒其節制。」韋郎中，未詳。詩對韋郎中的遽爾喪亡深表哀悼。未知何時所作。

金曹初授拜，玉地始含香❶。翻同五日尹，遽見一星亡❷。賀客猶扶路❸，哀人遂上堂。歌筵長寂寂，哭位自蒼蒼❹。歲時賓徑斷，朝暮雀羅張❺。書留魏主閣，魂掩漢家床❻。徒令永平帝，千載罷撞郎❼。

【注　釋】❶金曹初授拜二句　金曹，即金部。分職辦事之官署曰曹。曹，一作「霄」，誤。授，一作「受」。玉地，猶言玉陛，指朝廷宮殿。含香，代指為郎。《通典》卷二十二：漢「尚書郎口含雞舌香，以其奏事答對，欲使氣息芬芳也。」❷翻同五日尹二句　五日尹，《漢書・張敞傳》：任京兆尹九年，因與楊惲罪案有牽連，被人彈劾，位將不久。其部下賊捕掾絮舜拒絕執行張敞之命，稱：「今五日京兆耳，安能復按事？」此言韋郎中上任未久。遽，突然。一星，謂韋郎中。《後漢書・明帝紀》：「郎官上應列宿。」李賢注引《史記》：「太微宮後二十五星，郎位也。」❸賀客猶扶路　賀客，祝賀其升官的來賓。扶路，猶言沿路絡繹而來。陶淵明〈桃花源記〉：「便扶上路，處處誌之。」❹哭位自蒼蒼　哭位，內外親屬哭悼死者之位。自，一作「日」。蒼蒼，本指親友所著喪服之色。《新唐書・禮樂志》：諸臣之喪，「其內外哭位如始死之儀」，「男子白布衣，被髮徒跣；婦人女子青縑衣，去首飾」。此處猶言黑壓壓，形容弔客之多。❺歲時賓徑斷二句　賓徑斷，謂人亡客疏。雀羅張，極言人亡後門庭冷落。《史記・汲鄭列傳》：「始，翟公為廷尉，賓客闐門；及廢，門外可設雀羅。」❻書留魏主闍二句　書留，用三國韋誕之事。韋誕善楷書，魏宮觀多誕所題。見《世說新語・巧藝》劉孝標注引衛恒《四體書勢》。魏主闍，指曹丕宮觀。闍，一作「闕」。魂掩，用後漢韋彪事。《後漢書・韋彪傳》：建武末舉孝廉，除郎中，遷魏郡太守，拜大鴻臚。永元元年卒，詔尚書：「故大鴻臚韋彪，在位無愆，方欲錄用，奄忽而卒。」掩，猶言消失。床，停屍之榻。《禮記・喪大記》：「始死，遷尸于牀。」❼徒令永平帝二句　永平，漢明帝劉莊年號。《後漢書・鍾離意傳》：「（漢明帝）嘗以事怒郎藥崧，以杖撞之。崧走入床下，帝怒甚，疾言曰：『郎出！郎出！』崧曰：『天子穆穆，諸侯煌煌。未聞人君，自起撞郎。』帝赦之。」此喻韋郎中耿直。

【語　譯】剛剛授給您金部郎中的職位，才在宮廷之上上完奏章。卻好像即將離職的五日京兆尹，突然看到一顆星辰墜落消失。慶賀您上任的客人還在半道，哀悼的人就上了您的靈堂。歌舞之筵永遠沈寂了，哭位前臨弔的親友黑壓壓一片。昔日家中賓客來往不絕，而今再無人跡，從早到晚，門外可以設羅捕雀。您的事跡昭然，就像韋誕書法仍留在魏主宮殿上，而人卻像韋彪死在將被漢天子任用之際。可惜讓漢永平皇帝，千載之下停止用杖擊打他的郎官。

【研　析】詩分二節。第一節自詩首至「哭位自蒼蒼」八句，敘韋郎中方得金部授命而遽爾逝去之事。八句中著「初」、「始」、「翻」、「遽」、「猶」、「遂」、「長」、「自」等虛字，勾勒出一個從歡樂巔峯墜入悲痛深谷的短暫過程，見逝者生命之虛無飄渺，捉摸不定；亦見哭者之莫名驚詫。第二節自「歲時賓徑斷」至詩末六句，以虛室相錯之筆，寫人們對韋郎中的不盡思念。「雀羅張」本用漢廷尉翟公之典，譏刺趨炎附勢之世態，然此處只是形容淒涼景況。與前所寫賓客扶路、哀人上堂之景對照，更增對韋郎中的一層悲傷。六句中連用「斷」、「張」、「留」、「掩」、「令」、「罷」六動詞，見對韋郎中的痛悼之情。

哭明堂裴簿

【題解】明堂，縣名。《元和郡縣志・京兆府・萬年縣》：「乾封元年，分置明堂縣，理永樂坊。長安三年廢。」裴簿，一作「裴主簿」，名未詳。主簿，縣令屬官。盧照鄰妻裴氏，此主簿或為盧照鄰姻親。詩云「締歡三十載」，或指與裴氏結婚時起即與之相交。若以二十餘歲推之，則此詩當作於武后垂拱前後照鄰五十歲之際。詩寫與明堂裴簿的特殊友誼，對其遽然亡逝表示驚悼。

締歡三十載，通家數百年❶。潘楊稱代穆，秦晉忝姻連❷。風雲洛陽道，花月茂陵田❸。相悲共相樂，交騎復交筵❹。始謂調金鼎，如何掩玉泉❺。黃公酒壚處，青眼竹林前❻。故琴無復〈雪〉❼，新樹但生煙。遽痛蘭襟斷，徒令寶劍懸❽。客散同秋葉，人亡似夜川。送君一長慟，松臺❾路幾千。

【注釋】❶締歡三十載二句　締歡，結歡；交好。通家，世交之家。也指姻親。《宋書・顏延之傳》：「妹適東莞劉憲之，穆之之子也。穆之既與延之通家，又聞其美，將仕之。」裴、盧皆北方舊士族，歷代通交，故曰數百年也。❷潘楊稱代穆二句　《文選》潘岳〈楊仲武誄〉：「既藉三葉世親之恩，而子之姑，余之伉儷焉。……潘楊之穆，有自來矣。」後因稱姻親為「潘楊」。代穆，即世睦。代，通「世」。避太宗諱而改。穆，通「睦」。謂世代交好。秦晉，本指春秋時秦、晉二國。因其世為婚姻，後因稱兩姓聯姻為秦晉之好。《世說新語・言語》劉孝標注引《衛玠別傳》：「衛玠娶樂廣女，裴叔道曰：『妻父有冰清之姿，壻有璧潤之望，所謂秦晉之匹也。』」❸風雲洛陽道二句　風雲、花月，猶言風流時光。《世說新語・容止》：「潘岳妙有姿容，好神情。少時挾彈出洛陽道，婦人遇者莫不連手共縈之。」《漢書・司馬相如傳》：「相如既病免，家居茂陵。」茂陵在今陝西興平。❹交騎復交筵　交騎，騎馬並肩而行。交筵，同席連坐而飲。❺始調調金鼎二句　調金鼎，謂入仕輔佐皇帝治理天下，如調鼎中之羹。《史記・殷本紀》：「阿衡欲奸湯而無由，乃為有莘氏媵臣，負鼎俎，以滋味說湯，致於王道。」鼎，三足兩耳，和五味之寶器。玉泉，黃泉之婉稱。即地下。❻黃公酒壚處二句　黃公酒壚、青眼，俱用阮籍事。《世說新語・傷逝》：「王濬沖為尚書令，著公服，乘軺車，經黃公酒壚下過，顧謂後車客：『吾昔與嵇叔夜、阮嗣宗共酣飲於此壚，竹林之遊，亦預其末。……』」劉孝標注：「壚，酒肆也。以土為墮，四邊高似壚也。」壚，一作「爐」。又，《晉書・阮籍傳》：「籍又能為青白眼，見禮俗之士，以白眼對之。……（嵇康）齎酒挾琴造焉，籍大悅，乃見青眼。」竹林，《世說新語・任誕》：阮籍、嵇康、山濤、劉伶、阮咸、向秀、王戎等七人常集於竹林之下，肆意酣暢，故世稱「竹林七賢」。❼故琴無復雪　《世說新語・傷逝》：王子猷、子敬俱病篤，而子敬先亡。子猷來奔喪，取子敬之琴坐靈床上彈之，弦既不調，擲地云：「子敬子敬！人琴俱亡。」雪，指宋玉〈對楚王問〉所謂〈陽春〉、〈白雪〉，高雅之曲。❽遽痛蘭襟斷二句　蘭襟，衣襟之美稱。古人弔喪舉襟而哭。因極哀痛，故言「斷」。《說苑・復恩》：「鮑叔死，管仲舉上衽而哭之，泣下如雨。」此指知心朋友。寶劍懸，用吳季札事。《史記・吳太伯世家》：「季札之初使，北過徐君。徐君好季札劍，口弗敢言。季札心知之，為使上國，未獻。還至徐，徐君已死，於是乃解其寶劍，繫之徐君冢樹而去。」❾松臺　指墳墓。《文選》〈古詩十九首〉：「松柏夾廣路。」李善注引仲長統《昌言》：「古之葬者，松柏梧桐，以識其墳也。」

【語　譯】我們結交三十年，而且家族間數百年世代交好。就像潘楊二姓代代和睦，我也有幸與您裴家忝締秦晉婚姻。我們在洛陽道風流快活，在茂陵度過美好的時光。有福同享，有難同當，騎馬並肩而行，同席連坐而飲。當初認為您能像伊尹一樣有宰執之材，卻為什麼突然掩埋在黃泉之下。在黃公酒壚痛飲之處，在嵇康露出青眼的竹林之前。一張老琴再也彈奏不出〈陽春〉、〈白雪〉的高雅之曲，只有墳墓前新植的樹木青蔥如煙。哀痛突然來臨，哭喪的蘭襟扯斷，徒然讓寶劍空掛在墓樹之上。賓客散去如同秋葉凋零，人的亡故就像黑夜的流水。大哭一聲為君送行，黃泉之路不知道有幾千里。

【研　析】詩分二節。第一節自詩首至「交騎復交筵」共八句，用極深情歡快的筆調敘述了與裴主簿親密無間的友誼。以其情到筆隨，故首二句「三十載」、「數百年」數字的反復連用，以言其世代交好，不覺其枯燥、囉嗦；「潘楊」二句中兩個幾乎同義的普通用典，亦不覺其爛俗而堆砌。「風雲」二句，具寫其友誼的美好印象；「相悲」二句，具寫其交遊的情態。情之深，而悲之之切也。第二節自「始謂」句至「徒令寶劍懸」共八句，筆鋒一轉，痛明堂主簿之亡。「黃公」句以下四句，寫美好的記憶被撕毀，其痛可知。與全詩的二句一意不同，此四句一意，使原來的較快的節奏在這裏受阻變慢，表現作者對死亡的將信將疑，對美好友情的深切留戀。詩末「客散」二句，側筆寫裴主簿亡後的淒涼，其「哭」再深一層。「送君」二句，正筆寫己之「哭」。「長慟」、「路幾千」，寫其悲思無限。全詩著意於一「哭」字，由極喜至極悲，其痛可知。

同崔錄事哭鄭員外

【題解】錄事，即錄事參軍。唐京、府、州、縣皆置之，掌總錄文簿。員外，即員外郎。唐各部皆有之，位在郎中之次。崔錄事、鄭員外，名並未詳。據詩中「已陪東嶽駕」句，知事在乾封元年（西元六六六年）高宗東封泰山後不久。參後〈登封大酺歌四首〉題注。同，酬和。此詩乃酬和崔錄事〈哭鄭員外〉詩而作，對鄭員外生前才美位尊極表榮羨，而對其忽然云亡深表歎惋。

文學秋天遠，郎官星位尊❶。伊人表時彥，飛譽滿司存❷。楚席光文雅，瑤山侍討論❸。鳳詞凌漢閣，龜辯罩周園❹。已陪東嶽駕，將逝北溟鯤❺。如何萬化盡，空歎九飛魂❻。白馬西京驛，青松北海門❼。夜臺無曉箭，朝奠有虛尊❽。一代儒風沒，千年隴❾霧昏。梁山送夫子，湘水弔王孫❿。僕本多悲淚，沾裳不待猿⑪。聞君絕弦曲，吞恨更無言⑫。

【注釋】❶文學秋天遠二句　文學，官名。《舊唐書・職官志三》：唐代親王府置文學二人，從六品上。鄭員外當歷其職。秋天遠，謂議論高卓。《鹽鐵論・相刺》：「文學言治高於唐虞，言義高於秋天。」郎官星位，《史記・天官書》：「(太微宮)後聚一十五星，蔚然，曰郎位。」因郎官上應列宿，故稱「位尊」。句言鄭員外榮任員外郎。❷伊人表時彥二句　伊人，猶言這個人。《詩經・秦風・蒹葭》：「所謂伊人，在水一方。」時彥，當時俊美之才。司存，職掌。此處猶言有司，指朝廷的顯貴。沈約〈恩倖論〉：「階闥之任，各有司存。」❸楚席光文雅二句　楚席，指教席，楚元王敬禮儒生的筵席。《漢書・楚元王傳》：穆生、白生、申公善為《詩》，仕楚為中大夫，「元王敬禮申公等。穆生不耆酒，元王每置酒，常為穆生設醴。」瑤山，當指崑崙羣玉之山。《穆天子傳》：「天子升於崑崙之丘，……至於羣玉之山，先王之所謂冊府。」此代指朝廷典文之署。二句謂侍奉太子討論經典精義。❹鳳詞凌漢閣二句　鳳詞，《西京雜記》：「揚雄著《太玄經》，夢吐白鳳。」漢閣，指漢代藏書處天祿閣，揚雄曾校書於此。見《漢書・揚雄傳》。龜辯，《莊子・秋水》：莊子釣於濮水，楚王使大夫二人欲禮聘之。莊子持竿不顧，曰：「吾聞楚有神龜，死後楚王將牠供奉在廟堂之上。請問：這龜是寧願死後留一塊骨頭被楚王供著，還是活著在泥水中搖尾呢？」二大夫曰：「寧願活著搖尾。」莊子說：「你們走吧！我也想活著搖尾。」罩，超過。謂能言善辯超過莊周。周園，指周之漆園。莊子名周，嘗為蒙漆園吏。❺已陪東嶽駕二句　已陪東嶽駕，指扈從高宗東封泰山。東嶽，即泰山。北溟鯤，《莊子・逍遙遊》：北溟有魚，其名為鯤，化而為鳥，其名為鵬。「鵬之徙於南冥也，水擊三千里，摶扶搖而上者九萬里。」❻如何萬化盡二句　萬化盡，謂其已死。任昉〈出郡傳舍哭范僕射〉：「一朝萬化盡。」萬化，指人生各種事變。《莊子・田子方》：「且萬化而未始有極也。」九飛，《楚辭・哀郢》：「魂一夕而九逝。」本謂魂馳神往於故國。此謂魂魄消散，溘然長逝。❼白馬西京驛二句　謂摯友為之送葬。《後漢書・獨行傳》載：山陽范巨卿與汝南張玄伯遊太學時曾為友。後玄伯死，喪已發引而柩不肯進。移時乃見范巨卿素車白馬號哭而來，並執紼而引柩，柩乃前。會葬者千人，咸為揮淚。此以白馬代崔錄事。西京驛，《漢書・鄭當時傳》：「孝景時，為太子舍人。每五日休沐，常置驛馬長安諸郊，請謝賓客。」謂鄭員外生前樂善好客，頗有西漢鄭當時之風。北海門，指鄭玄通德門。《後漢書・鄭玄傳》：鄭玄，字康成，北海高密人。學於馬融，著書義據通深，北海國相孔融深敬之，告高密縣特為立一鄉，曰：「今鄭君鄉宜曰『鄭公鄉』，……可廣開門衢，令容高車，號為「通德門」。」蓋鄭員外為鄭玄族裔，故云。句謂其歸葬高密祖塋。❽夜臺無曉箭二句　夜臺，指墳墓。《文選》陸機〈輓歌〉：「送子長夜臺。」李周翰注：「墳墓一閉，無復見明。」無曉箭，謂墓中永無光明。曉，一作「晚」。箭，古代計時器漏壺內標記時刻之物，晝夜共百刻。詳見《隋書・天文志上》「漏刻」。朝奠，清晨的祭奠。虛尊，祭奠死者的酒。人死已不能享用，故稱虛尊。尊，同「樽」。❾隴　同「壟」。墳墓。❿梁山送夫子二句　梁山，即梁父，泰山下小山名。梁父治鬼，其說自漢初已盛。見《水經注・汶水》引《開山圖》。夫子，指曾子。曾子嘗耕於泰山之下，值天寒雨雪，旬月不得歸。思其父母，故作〈梁山操〉。參蔡邕《琴操》。王孫，指屈原。屈原為楚之同姓，故稱。因遭讒流放湘江之濱，後自沈汨羅。賈誼〈弔屈原賦〉：「造託湘流兮，敬弔先生。」此指鄭員外。⓫僕本多悲淚二句　江淹〈恨賦〉：「於是僕本恨人，心驚不已。」沾裳，《水經注・江水》：巫峽常有高猿長嘯，故漁者歌曰：「巴東三峽巫峽長，猿鳴三聲淚沾裳。」⓬聞君絕弦曲二句　君，即崔錄事。絕弦曲，為知音之死亡而彈奏的最後一支樂曲。傳云伯牙善鼓琴，鍾子期善聽。子期死，伯牙破琴絕弦，終身不復鼓琴，意為高山流水之曲，世無賞音者。見《呂氏春秋・本味》。吞恨，江淹〈恨賦〉：「自古皆有死，莫不飲恨而吞聲。」

【語　譯】您作為親王府的文學侍從，議論高卓不可追，郎官的職位上應星宿，尊貴無比。您超乎於時賢之上，崇高的聲譽在朝廷顯貴間傳播。在教席上光大文雅之事，在朝廷典文之署侍奉太子討論經典精義。文才凌駕於在天祿閣校書的揚雄之上，能言善辯超過了曾做漆園吏的莊周。已經陪侍過皇帝舉行登封東嶽的盛典，即將像北溟之鯤化為大鵬展翅高飛。為什麼突然之間一切都終止，讓人空歎您的溘然長逝。白馬故人來到西京驛站為您送行，青松植上北海的墓門。九泉之下再也沒有天亮的時候，清晨祭奠之時有一杯虛設的清酒。足以影響一代的儒學高風消失了，千年的墳墓上籠罩著昏沈的霧氣。梁甫山之下送別曾子，湘水之濱弔念屈原。我本有太多悲傷的眼淚，不需要聽三峽的猿聲就已灑滿衣襟。聽到您的斷弦之曲，滿懷遺恨，再也說不出一句話。

【研　析】此詩可分三節。第一節自詩首至「將逝北溟鯤」十句，由遠及近敘鄭員外經歷、才華、前程。首四句敘其歷文學、郎官時已嶄露頭角，具有時譽；「楚席」四句，敘其在遠方和朝廷之中為教席和侍讀時顯示其才學老成，超古邁今；「已陪」二句，敘其最近扈從天子東封泰山之光榮，預示其前程遠大。此節前八句每四句一換筆，節奏雍容閒雅，而後二句敘事節奏驟然加快逼緊，預示了突變的來臨。第二節自「如何萬化盡」至「千年隴霧昏」八句，敘鄭員外之遽爾亡歿。「如何」、「空歎」二語表驚詫、痛悼之情，與前「已陪」、「將逝」二語緊密承接。「白馬」二句，用鄭當時與鄭玄二典以喻鄭員外，切合其姓，讚其不辱宗門，與前段敘述亦相稱、得體。「無曉箭」、「有虛尊」、「儒風沒」、「隴霧昏」兩個場景的反襯對接，亦構成巨大的藝術張力。「白馬」、「青松」二句，筆調沈痛、低迴、哀婉，與前段之驕傲、高亢、激昂的筆勢構成鮮明的反照，足見其「空歎」之切、之深。第三節自「梁山送夫子」至詩末六句，寫其傷逝之情，突出題中之「哭」字，並表明「和崔錄事」之意。「梁山」二句，乃悼人之常典，作者用之於此處，見其並不刻意，其悲情真而自然；「僕本」二句，言其「哭」之深；「聞君」二句，言崔錄事之哭之悲，而己之哭更悲。

七日登樂遊故墓

【題解】七日，即正月七日，又名人日。是日古有郊遊登高之俗。樂遊，即樂遊苑，漢宣帝時建。在今陝西西安南郊。是詩本集原不錄，祝尚書《盧照鄰集箋注》據《古今歲時雜詠》五、李雲逸《盧照鄰集校注》據《全唐詩》卷四十一等補。從之。詩寫七日登樂遊故墓之樂，歌頌春光之美好。

四序周緹籥，三正紀璿曜❶。綠野變初黃，暘山開曉眺❷。中天擢露掌，匝地分星徼❸。漢寢睠遺靈，秦江想餘弔❹。蟻泛青田酌，鶯歌〈紫芝調〉❺。柳色搖歲華，冰文蕩春照。遠跡謝羣動，高情符眾妙❻。蘭遊澹未歸，傾光下巖窈❼。

【注　釋】❶四序周緹籥二句　四序，猶言四季。緹籥，即緹縵、籥管，古時用以候氣的律管。據《後漢書・律曆志上》：為密室三重，室中設十二木案應十二律，按方位在木案上加置律管。將葦膜燒成灰，置律管內。到某一節氣，相應的律管內的灰就會自行飛散出。據此，可預測節氣的變化。籥，一作「鑰」。三正，《尚書・甘誓》陸德明《釋文》引馬融曰：「建子、建丑、建寅，三正也。」夏正建寅，殷正建丑，周正建子。正，即歲首。璿曜，《尚書・舜典》：「在璇璣玉衡，以齊七政。」孔穎達疏謂璣、衡即漢以來之渾天儀，俱以玉飾。「曜」即日、月五星，乃七政之天象。❷綠野變初黃二句　綠野，此處泛言原野。初黃，猶言嫩黃。暘山，猶暘谷，傳說為日所出之處。《尚書・堯典》：「分命羲仲宅嵎夷，曰暘谷。」《孔傳》：「日出於谷而天下明，故稱暘谷。」古時以日喻天子，天子所駐蹕之處亦可稱暘谷。故此處暘山可指首都長安。❸中天擢露掌二句　中天，即天中。擢，猶言拔。露掌，指漢武帝所造仙人承露掌。見《文選》班固〈西都賦〉「抗仙掌以承露，擢雙立之金莖」李善注。匝地，周圍之地。此指長安一帶，古為秦地。分星徼，謂星之分野。《史記・天官書》：「東井為水事。其西曲星曰鉞。」張守節《正義》：東井八星，鉞一星，皆秦之分野。❹漢寢睠遺靈二句　漢寢，漢代帝王陵墓之正殿，即寢殿，為祭祀之所。此當指宣帝陵。睠，反顧；懷念。遺靈，古人的靈魂。秦江，秦地之江，此指曲江。據《雍錄》卷六，黃渠水自城外南來，隋世遂包之入城為芙蓉池，即曲江池。樂遊苑即在附近。❺蟻泛青田酌二句　蟻泛，指酒糟浮起如蟻。青田酌，青田酒。《古今注》卷下：烏孫國有青田核，得清水則有酒味出，如醇美好酒。核大如六升瓠，空之以盛水，俄而成酒，名曰青田酒。紫芝調，即〈紫芝曲〉，又稱〈採芝操〉、〈四皓歌〉。相傳為秦末四皓（東園公、綺里季、夏黃公、甪里先生）隱居商山時作，其辭有「曄曄紫芝，可以療饑」句，故名。❻遠跡謝羣動二句　遠跡，遠離人事。羣動，各種活動。陶淵明〈飲酒〉：「日入羣動息。」眾妙，指自然萬物的奧妙。《老子》：「玄之又玄，眾妙之門。」❼蘭遊澹未歸二句　蘭遊，秉蘭而遊，此指郊遊。《詩經・溱洧》：「士與女，方秉蕑兮。」《毛傳》：「蕑，蘭也。」澹，通「憺」。安然。《楚辭・九歌・東君》：「觀者憺兮忘歸。」傾光，夕暉。

【語　譯】一年四季隨著緹室中籥管灰飛，周而復始，三代的歲首因璇璣玉衡所測驗的日月五星之象而定。原野開始長出嫩黃的春芽，暘谷日出，清晨的大地一望無際。高入雲天的，那是銅柱擎起的仙人承露掌，長安四周，是上應天星的諸侯封地。瞻仰漢宣帝的陵寢，回顧那已逝的英靈，流連曲江，懷想殘存的憑弔之處。綠蟻泛起在青田美酒中，黃鶯喧叫，像是在歌唱那古老的〈紫芝曲〉。翠綠的柳樹條隨風搖曳，搖出一年的美好景象，冰冷的水波蕩漾出曼妙的春光。遠離人跡，謝絕各種人事活動，高雅脫俗的情懷與自然萬物的奧妙相契合。這次美好愉快的郊遊，遊興正濃而不想歸來，可惜夕陽就已下到山崖深處去。

【研　析】首二句言時序周替，已至正月，切題中「七日」二字。「綠野」二句，寫「七日」之景；「中天」四句，乃「曉眺」所得及所想之景：「擢露掌」、「分星徼」、「漢寢」、「秦江」等，由古及今，點面相映，虛實交融；「蟻泛」以下六句，寫遊樂遊苑故墓之樂，具寫題中「登」字。「蟻泛」、「鶯歌」二句，寫遊情之古雅高絕；「柳色」、「冰文」寫遊景之賞心悅目。「遠跡」句總繫「柳色」二句；「高情」句總繫「蟻泛」二句。末二句，以不覺時光飛逝而暗示遊興之高作結，文淺而意深。詩題名曰「遊故墓」，而不見有弔古之傷情，滿紙混漾著冬去春來的喜氣。其體頗為特別。

登玉清

【題　解】玉清，道書中所載有玉清、上清、太清三境，皆天帝所居。後轉指道觀。陶弘景〈水仙賦〉：「迎九玄於金闕，謁三素於玉清。」此詩所詠者不詳所在，亦不知何時所作。詩寫玉清觀之高峻，及登觀之所感。

絕頂橫臨日，孤峯半倚天。徘徊拜真老❶，萬里見風煙。

【注　釋】❶真老　即真人，道教所謂仙人。

【語　譯】山的最高處突然太陽照臨，特立高聳的山峯直插天半。在此地徐徐行走拜仙人，能見到萬里之外乘風飄浮的白雲。

【研　析】首二句言玉清觀所在峯頂之高，「橫臨」與「半倚」又約摸可見其奇情異趣。三句一轉，意有深致，

「徘徊」二字尤耐咀嚼。此並非蓬萊仙境，而「拜真老」，只需誠心，三炷香足矣，為何「徘徊」不去？四句乃逼出一景，原來因其山高，故視力可及萬里之外，任由憑眺，氣象開闊雄壯，令人迷幻於其中而不能去。

曲池荷

【題　解】曲池，當即長安曲江池。有河水曲折經此，故稱。隋宇文愷鑿之以為池，包黃渠水為芙蓉池，且為芙蓉園，「三月三日，九月九日，京都士女咸即此祓禊。」見《雍錄》卷六。地在今陝西西安東南。詩以荷之質美而不為人知，寫其年歲老大而懷才不遇的苦悶。不知何時所作。題一作〈曲江池〉。

浮香繞曲岸，圓影覆華池❶。常恐秋風早❷，飄零君不知。

【注　釋】❶圓影　指荷葉。華池，傳說崑崙山上的仙池。王充《論衡·談天》：「《禹本紀》言河出崑崙……其上有玉泉、華池。」此處指荷花生長之池。圓，一作「園」，殆非。❷常恐秋風早　漢樂府〈長歌行〉：「常恐秋節至，焜黃華葉衰。」

【語　譯】飄浮的香氣繞著彎曲的池岸，圓圓的荷葉覆蓋在美麗的池塘上。時時擔憂秋風過早來到，您不知道荷葉何時就突然飄零。

【研　析】首二句雖寫荷之形質美，「繞曲岸」、「覆華池」之含情含態，令人頓生愛憐。三句「常恐」之意實是從前二句「繞」、「覆」二字中抽繹而出者。「常恐」二字中反射其盛時的寂寞，又可見其倔強的孤獨、堅持的辛酸。美人遲暮，懷才不遇，傳統的寫法是以暮春花卉凋零為喻，此詩卻以夏荷為喻，特為新警。

浴浪鳥

【題解】詩寫浴浪鳥勤飛不息，志存高遠之形象，令人起敬。未知何時所作。

獨舞依磐石❶，羣飛動輕浪。奮迅碧沙前❷，長懷白雲上。

【注釋】❶磐石　大石。磐，一作「盤」。❷奮迅碧沙前　奮迅，即精神振奮，行動迅疾。碧沙，綠色的沙灘。謝靈運〈行田登海口盤嶼山〉：「遨遊碧沙渚，游衍丹山峯。」

【語譯】依著在江中的磐石獨自舞蹈，與眾鳥一起飛翔，就像江中波浪緩緩湧動。精神振奮地在綠色的沙灘前疾飛，遙想著一飛沖向白雲之上。

【研析】此詩描繪了一幅鳥飛圖。「磐石」、「輕浪」、「碧沙」、「白雲」構成一個色彩鮮明而意象壯闊的背景。獨舞、羣飛、奮迅，實摹鳥在海上勤苦飛翔之狀。四句「長懷白雲上」，寫其壯志凌雲。雖是虛筆，傳神正在阿睹。

臨階竹

【題解】詩借臨階竹形象，表達混跡世俗的無奈。未知何時所作。

封霜連錦砌，防露拂瑤階❶。聊將儀鳳質，暫與俗人諧❷。

【注　釋】❶封霜連錦砌二句　錦砌、瑤階，階砌之美稱。❷聊將儀鳳質二句　儀鳳，《尚書・益稷》：「簫韶九成，鳳凰來儀。」鳳有儀容，故曰儀鳳。質，實。此處轉指品質。傳說鳳凰非竹實不食。《莊子・秋水》：「夫鵷鶵，……非梧桐不止，非練食不食，非醴泉不飲。」成玄英《疏》：「練食，竹實也。」又，《韓詩外傳》卷八：「鳳乃止帝東園，集帝梧桐，食帝竹實。」諧，諧洽。此處有混同之義。

【語　譯】沿著美麗的階沿種上連串的竹子以隔開風霜，輕掃白玉般的臺階以防雪露的侵襲。姑且委屈地將這儀態翩翩的鳳凰崇尚的品質，暫時與世俗之人和諧相處。

【研　析】竹子本生於山野中，而今被移來階砌之旁；本是傳說中高貴的鳳凰的糧食，如今卻被附庸風雅的富貴人家用作「封霜」、「防露」之物。這也算是「不遇」之一種吧。且所遇非人，尤窘於不遇。「暫」字，代表一種無奈的妥協，妥協中藏著一份孤傲，孤傲中又有自慰。

含風蟬

【題　解】詩借秋蟬形象，以表年歲老大而壯心不改。未知何時所作。

高情臨爽月，急響送秋風❶。獨有危冠意，還將衰鬢同❷。

【注　釋】❶高情臨爽月二句　高情，指蟬的高尚品質。曹植〈蟬賦〉：「內含和而弗食，與眾物而無求；棲高枝而仰首，漱朝露之清流。」臨，相遇。爽月，涼爽的季節，即秋季。急響，急促的鳴叫。《禮記・月令・孟秋之月》：「涼風至，白露降，寒蟬鳴。」張正見〈賦得秋蟬唱柳應衡陽王教詩〉：「風高知響急。」❷獨有危冠意二句　危冠，高冠。此指武冠。《後漢書・輿服志》：「武冠，……諸武官冠之。侍中、中常侍加黃金璫，附蟬為文，貂尾為飾，謂之『趙惠文冠』。」武冠附蟬為文，取其清高。將，猶言與、同。

【語　譯】高尚淡遠的情懷遇上這涼爽的季節，急促的鳴叫被秋風所傳送。只有這武冠附蟬為文之意，依然與鬢毛稀疏之人心思相通。

【研　析】此詩前二句寫蟬，後二句寫人。以蟬喻人，而略貌取神。以其危冠及衰鬢，托出抒情主人公年歲老大而心志不減，身處逆境而依然堅持的精神，令人讀之肅然。

葭川獨泛

【題　解】葭川，不詳所在。疑為葭萌水。《水經注・漾水》：「白水出西傾山，東南流經葭萌縣，亦謂之葭萌水。」葭萌縣在今四川廣元東南，葭萌水即今之白水江。詩當作於蜀中。寫葭川獨泛的經歷，表達遠離俗塵而嚮往自由之心志。

倚棹春江上，橫舟石岸前❶。山暝行人斷，迢迢獨泛仙❷。

【注　釋】❶倚棹春江上二句　倚棹，靠著船槳。猶言泛舟。橫舟，猶言停舟。橫置而不前進。❷山暝行人斷二句　暝，昏暗。迢迢，遙遠的樣子。獨泛仙，獨泛銀河的仙人。張華《博物志》卷十：「舊說云天河與海通。近世有人居海渚者，年年八月，有浮槎去來，不失期。人有奇志，立飛閣於槎上，多齎糧，乘槎而去。」

【語　譯】靠著船槳，在春江上從流飄蕩，將船暫停在石岸前。山間昏暗，沒有行人，遠遠地就像獨自在天河遊泛的神仙。

【研　析】因朦朧的山間無人羣雜囂與世俗雜務，又因其江迢迢無際，與天相接，故有「泛仙」的美麗幻覺。人間、天上，這詩實際重疊了兩幅虛實相映的春江泛遊圖。

送二兄入蜀

【題　解】二兄，一作「元兄」。未詳其名。照鄰同父兄弟四人，長於照鄰者僅一人。唐人以同曾祖之兄弟而排行，故此殆其同曾祖而排行第二的兄弟。此詩當作於長安。寫二兄遠行入蜀時的分別痛苦。

關山客子路，花柳帝王城❶。此中一分手，相顧憐無聲。

【注　釋】❶花柳帝王城　謂長安正當春日。

【語　譯】重重關隘和山川，那是遊子將要行經之路，鮮花怒放、柳樹成蔭，這裏是帝王之都。在這裏一旦分手，互相對視而悲傷得說不出話。

【研　析】帝王城乃人心所向的繁華之地，「花柳」又是良辰美景，卻要面臨別離，且是去遙遠的蜀地，走艱難的蜀道。再者，離別之人非一般朋友，而是其手足。其傷痛如何！「無聲」二字，最可涵詠。二十字能寫如此深情，實凝練之至。

宿玄武二首

【題　解】玄武，唐時屬梓州。今四川中江縣東有玄武山。詩當作於咸亨元年（西元六七〇年）。時王勃等人亦遊於玄武山。參後〈九月九日登玄武山旅眺〉題解。詩其一寫欲訪友玄武山而終不遇的落寞心情。其二寫羈旅中宿居玄武山的感激，以及離別的深情。

其一

方池❶開曉色，圓月下秋陰。已乘千里興，還撫一弦琴❷。

【注釋】❶方池　當是玄武山聖泉所積水池之一。王勃〈聖泉宴詩序〉：「玄武山有聖泉焉，浸淫數百千年。……碧波千頃。」❷已乘千里興二句　已乘千里興，用東晉王徽之事。徽之嘗居山陰，夜雪初晴，月朗星稀，忽憶剡溪戴安道。遂連夜乘小船訪之，天明至其門而返。人問其故，徽之曰：「本乘興而來，興盡而反，何必見戴？」見《晉書・王徽之傳》。一弦琴，古琴之一種。《晉書・孫登傳》：「好讀《易》，撫一絃琴。」

【語　譯】方池反映出清晨的景色，圓月灑下秋日的陰涼月光。已經乘興度越一千里來到這裏，卻回頭撫弄著獨弦琴。

【研　析】「圓月」句寫夜中情景，而「方池」句則寫曉色。大約抒情主人公經夜在秋陰的旅途，至曉而至方池，故自然聯想到「千里興」這個典故。末句寫其訪人未見，孤獨之意存焉。

其二

庭搖北風柳，院繞南溟禽❶。累宿恩方重，窮秋歎不深❷？

【注釋】❶南溟禽　指將徙於南海之禽。《莊子・逍遙遊》：「海運則徙於南冥也。」溟，一作「飛」。❷累宿恩方重二句　累宿，累夕留宿。窮秋，深秋九月。鮑照〈白紵曲〉：「窮秋九月荷葉黃。」

【語　譯】屋庭前柳樹在北風中搖曳，院落被將遷徙於南海的飛禽旋繞。在這裏連著住宿幾晚，恩情真厚重，在這窮秋九月離別的感慨難道不會如此深沈？

【研　析】首二句「搖」、「繞」二字，與三句「恩方重」照應，見別情依依。在此窮秋之際，恩尤重也。「歎不深」，表反問語氣，即「歎深」之謂也。不直謂而曲言之，更見其深。此詩搖曳情深，耐人回味。

九隴津集

【題　解】九隴，益州屬縣。垂拱二年後始屬彭州，今屬四川彭州市。見〈于時春也慨然有江湖之思寄此贈柳九隴〉題解。九隴津，當指廣濟江渡口。集，宴集。詩寫九隴津美景，讚宴集之美、主人之雅。約咸亨二年（西元六七一年）春作。

落落❶樹陰紫，澄澄水華碧。復有翻飛禽，徘徊疑曳舄❷。

【注　釋】❶落落　樹木高大不凡的樣子。❷復有翻飛禽二句　用漢王喬為葉令時飛鳧舄之事。見〈于時春也慨然有江湖之思寄此贈柳九隴〉注⓯。

【語　譯】高大不凡的樹蔭變成紫色，澄澈的流水翻著碧綠的浪花。還有那飛舞不止的鳥兒，在空中來來回回，彷彿是王喬的飛鳧舄。

【研　析】前二句借九隴津地面景物描寫，暗示宴集之美。後二句以天空之景，稱主人之多情。「曳舄」，用漢王喬故事，既暗示主人的身分，亦見出其有高雅的品性，有仙風道骨。此詩不直寫自己的感受，而從對方入筆，則己之感受更深入一層，頗見巧思。

遊昌化山精舍

寶地乘峯出，香臺接漢高❶。稍覺真途近❷，方知人事勞。

【題　解】《元和郡縣志・彭州・唐昌縣》：「昌化山，在縣北九里；九隴山，在縣北十三里。」今唐昌屬郫縣，昌化山屬彭州市。精舍，僧人或道士講讀居住之所。詩敘寫在昌化山精舍的遊歷，表達其厭倦宦遊之感。在蜀中作。

【注　釋】❶寶地乘峯出二句　寶地，即佛地。王融〈出家順善篇頌〉：「將安寶地，誰留化成。」此即指精舍。香臺，燒香之臺。代指佛殿。漢，天漢；銀河。❷稍覺真途近　稍，漸漸。真途，神仙之路。

【語　譯】佛地依著山峯之勢而聳立，燒香的佛殿更是高插雲霄。漸漸感到離神仙之途越來越近，才知道人世間的事情是多麼辛苦。

【研　析】前二句寫精舍之高，為實寫；後二句寫遊精舍之感，稱精舍之清靜，為虛寫。

登封大酺歌四首

【題　解】登封，登泰山封禪。《史記・封禪書》：「遂登封太山，至於梁父，而後禪肅然。」《正義》：「此泰山上築土為壇以祭天，報天之功，故曰封。此泰山下小山上除地，報地之宮，故曰禪。」封禪為古代朝廷大禮。大酺，古代帝王為表示歡慶特許的大會飲。此組詩乃唐高宗乾封元年（西元六六六年）春參加益州大都督府舉行的酺宴時所作。據《舊唐書・高宗紀》：麟德三年（西元六六六年）春正月初一，車駕至泰山頓。帝升山行封禪之禮。改年號為乾封，大赦天下，賜酺七日。其一讚明主封禪而致國泰民安、福祚永久。其二寫日觀峯及大小天門的封禪場景，讚其歡洽無極。其三寫介丘封禪場景，讚仙氣繚繞、人壽無疆。其四讚國家太平昌盛，聖主英明，民風淳樸。

其一

明君封禪日重光，天子垂衣曆數長❶。九州四海常無事，萬歲千秋樂未央❷。

【注釋】❶明君封禪日重光二句　日重光，《尚書・顧命》：「昔君文王、武王，宣重光，奠麗陳教則肄。」《經典釋文》：「重光，馬（融）云：日、月、星也。太極上元十一月朔旦冬至，日月如疊璧，五星如連珠，故曰重光。」垂衣，《易・繫辭下》：「黃帝、堯、舜垂衣裳而天下治。」王充《論衡・自然》：「垂衣裳者，垂拱無為也。」曆數，天道。也指朝代更替的次序。《尚書・大禹謨》：「天之曆數在汝躬，汝終涉元后。」孔穎達疏：「歷數謂天曆運之數，帝王易姓而興，故言歷數為天道。」歷，同「曆」。❷九州四海常無事二句　九州，《尚書・禹貢》以冀、豫、雍、揚、兗、徐、梁、青、荊為九州。此泛指全國。四海，指中國四邊荒遠地區。《爾雅・釋地》：「九夷、八狄、七戎、六蠻，謂之四海。」《尚書・大禹謨》：「文命敷于四海。」未央，未盡。《詩經・小雅・庭燎》：「夜如何其，夜未央。」

【語譯】聖明的君主祭祀天地，日月五星大放光明，天帝之子垂衣裳而治天下，天道長久。九州四海永遠沒有戰爭與災難，萬歲千秋歡樂無極。

【研析】首二句讚明君封禪之事，喻之以古聖王「垂衣而治」。後二句為前二句之衍，因「日重光」，故「常無事」；因「曆數長」，故「樂未央」。語淺而易歌。

其二

日觀仙雲隨鳳輦，天門瑞雪照龍衣❶。繁弦綺席方終夜，妙舞清歌歡未歸❷。

【注釋】❶日觀仙雲隨鳳輦二句　日觀，指泰山東南山頂之日觀峯。《水經注・汶水》引應劭《漢官儀》：日觀者，雞一鳴時，見日始欲出，長三丈許，故以名焉。仙雲，仙界之雲。鳳輦，天子之車駕。《通典》卷六十六：「大唐製輦有七，一曰大鳳輦。」天門，《初學記・地理部・泰山》：「《漢官儀》及《泰山記》云：盤道屈曲而上，凡五十餘盤，經小天門、大天門。仰視天門，如從穴中視天窗矣。」龍衣，天子所服龍袞。《禮記・禮器》：「天子龍袞。」❷繁弦綺席方終夜二句　繁弦，細碎的樂聲。蔡邕〈琴賦〉：「曲引興兮繁弦撫。」綺席，華麗的筵席。《初學記》卷二十五〈器物部〉引《漢舊儀》：「祭天，紫壇紺席，六采綺席。」未歸，猶言未盡。

【語譯】日觀峯的仙雲隨著天子的鳳輦飛揚，天門的瑞雪映照著天子所穿的龍袞。細碎的音樂在華麗的筵席奏響，正通宵達旦，美妙的舞蹈伴隨清揚的歌曲，歡樂沒有盡頭。

【研析】首二句寫「登封」，有「仙雲」、「瑞雪」之吉；後二句寫「大酺」，有「繁弦綺席」、「妙舞清歌」之歡。

其三

翠鳳逶迤登介丘，仙鶴徘徊天上遊❶。借問乾封何所樂，人皆壽命得千秋❷。

【注釋】❶翠鳳逶迤登介丘二句　翠鳳，即翠鳳之輦。《漢書・揚雄傳》：「撫翠鳳之駕。」顏師古注：「天子所乘車，為鳳凰之形，而飾以翠羽也。」逶迤，蜿蜒曲折的樣子。《漢書・禮樂志・郊祀歌》：「要然逝，旗逶迤。」介丘，猶言大山。在泰山東巖。仙鶴徘徊，道家謂仙人常騎鶴，又謂泰山為神仙所居，故云。《初學記・地理部・泰山》引《茅君內傳》：「岱宗山之洞，周迴三千餘里，名三宮空洞之天。」❷借問乾封何所樂二句　乾封，唐高宗麟德三年正月初二、初三，高宗封禪，初五日改元乾封。見題解。壽命得千秋，應劭《風俗通》卷二：「俗說岱宗上有金篋玉策，能知人年壽修短。武帝探策得十八，因讀曰「八十」，其後果用耆長。」

【語　譯】天子所乘的翠鳳之輦蜿蜒曲折地登上介丘，仙鶴在天上來來回回地翱翔。請問改年號為乾封歡樂在何處，人人的壽命都能夠達到一千歲。

【研　析】喻「登封」為駕鶴仙遊，長生之願存焉，故云「壽命得千秋」。不曰「一人」，而曰「人皆」，是登封祭天地之所用意。氣象之博大，於此二字可見。

其　四

千年聖主應昌期，萬國淳風王化基❶。請比上古無為❷代，何如今日太平時。

【注　釋】❶千年聖主應昌期二句　千年聖主，謂唐高宗。時臻於太平盛世，又舉千年失修之禮。《舊唐書・禮儀志三》：「封禪之禮，自漢光武之後，曠世不修。」昌期，昌盛興隆之期。萬國，指全國各地及友邦近鄰。《資治通鑑》卷二百零一：麟德二年十月丙寅，高宗封禪，發自東都，「東自高麗，西至波斯、烏長諸國，朝會者，各帥其屬扈從，穹廬毳幕，牛羊駝馬，填咽道路。」淳風，敦厚樸實的風俗。王化基，《詩經・周南・關雎》小序：「〈周南〉、〈召南〉，正始之道，王化之基。」此言以君王的德化為基礎。❷無為　化治於無形曰無為。《論語・衛靈公》：「無為而治者，其舜也歟？」

【語　譯】千歲的聖明君主應此昌盛興隆之期而出現，全國各地及友好鄰邦的淳樸之風是君王德化所致。請將上古聖王無為而治的時代來相比，怎能比得上今天這樣的太平盛世。

【研　析】「昌期」之來，乃「千年」之期盼。「太平」尤為來之不易，經歷過三國魏晉南北朝紛爭動亂的漫長歲月，方得天下一統。幸福、興奮之情無以言說，故著「何如」二字。

九月九日登玄武山旅眺

【題解】玄武山，見〈宿玄武二首〉題解。咸亨元年（西元六七〇年）九月九日，照鄰與王勃、邵大震等在玄武縣同遊，均有同題之作。旅眺，客中望鄉。詩寫萬里鄉思之情。題一本無「旅眺」二字。

九月九日眺山川❶，歸心歸望積風煙。他鄉共酌金花酒❷，萬里同悲鴻雁天。

【注釋】❶九月九日眺山川　據《續齊諧記》：費長房謂桓景曰：「九月九日，汝家中當有災。令家人各作絳囊盛茱萸以繫臂，登高飲菊花酒，此禍可除。」景如言，舉家登山，夕還，見雞犬牛羊一時暴死。長房曰：「此可代也。」今世人九日登高飲酒，婦人帶茱萸囊，蓋始於此。❷金花酒　菊花酒。菊色黃，故曰金花。《西京雜記》卷三：「九月九日，佩茱萸，食蓬餌，飲菊華酒，令人長壽。」

【語譯】九月九日登高眺望萬水千山，歸家的心情和願望為層層風塵所阻隔。在他鄉異地和朋友共飲一杯菊花酒，在萬里之外一同悲傷地仰望著鴻雁掠過藍天。

【研析】九月九日與家人共飲菊花酒、佩茱萸，乃由來已久的祈福祛災之俗。此時的作者卻羈留在遙遠的他鄉。首二句寫遠望所得的迷茫之景，後二句寫在他鄉飲菊花酒、仰望飛鴻的難堪之情。因是在一次宴集上的同題之作，故有「共」、「同」二字。此詩意象闊大，而寫情則未深。

中和樂九章

【題　解】中和，乃儒家的理想境界。《禮記・中庸》：「喜怒哀樂之未發謂之中，發而皆中節謂之和……致中和，天地位焉，萬物育焉。」中和樂，即中正平和的樂詩。此組詩乃郊廟歌辭之類，為照鄰私撰之而欲獻諸有司者也。殆非一時一地所作。

歌登封第一

【題　解】登封，登泰山封禪。參見〈登封大酺歌四首〉題解。此詩歌頌登封泰山時的宏偉氣象。約乾封元年（西元六六六年）春作。

炎圖喪寶，黃曆開璿❶。祖武類帝，宗文配天❷。玉鑾垂日，翠華陵烟❸。東雲干呂，南風入絃❹。山稱萬歲，河慶千年❺。金繩永結，璧麗長懸❻。

【注　釋】❶炎圖喪寶二句　隋代以火德王，故曰炎圖。《隋書・高祖紀上》：開皇元年六月癸未，「詔以初受天命，赤雀降祥，五德相生，赤為火色。其郊及社廟，依服冕之儀，而朝會之服，旗幟犧牲，盡令尚赤。」圖，指圖籙、圖讖，乃宣揚王者受命徵驗之書。喪寶，政權失墜。寶，指寶位、帝位。黃曆，指李唐，唐以土德王，色尚黃。《唐語林》卷五：「唐承隋代火運，故為土德，衣服尚黃。」開璿，謂唐重正天文曆法。璿，即璇璣玉衡。《史記・曆書》：「王者易姓受命，必慎始初，改正朔，易服色，推本天元，順承厥意。」此言唐興。❷祖武類帝二句　《禮記・祭法》：「周人禘嚳而郊稷，祖文王而宗武王。」鄭玄注：「禘、郊、祖、宗，謂祭祀以配食也。」祖文、宗武，皆就周人而言。在唐高宗之時，當為祖高祖而宗太宗也。武、文，為唐高祖、唐太宗諡號。《舊唐書・高宗紀》：「麟德三年春正月戊辰朔……是日親祀昊天上帝於封祀壇，以高祖、太宗配饗。」類帝，即祭天。《尚書・舜典》：「肆類於上帝。」孔穎達疏：「所言類者，皆是祭天之事。」❸玉鑾垂日二句　玉鑾，皇帝車駕上的鑾鈴。垂日，指登臨泰山。日出於東，泰山為東嶽，故云。翠華，用翠羽飾於竿頂上的旗，為皇帝儀仗。司馬相如〈上林賦〉：「建翠華之旗。」陵烟，超乎雲彩之上。❹東雲干呂二句　東雲，即東嶽之雲。干呂，干犯律呂。呂，古代音樂術語。十二律中之陰律曰六呂，即大呂、夾鐘、中呂、林鐘、南呂、應鐘。《初學記》卷一引東方朔《十洲記》曰：「天漢三年，月氏國獻神香，使者曰：『國有常占：東風入律，百旬不休，青雲干呂，連月不散，意中國將有妙道君，故搜奇異而貢神香。』」南風，和煦的風。《初學記》卷一引《帝王世紀》曰：「舜彈五弦琴，歌〈南風〉詩曰：『南風之薰兮，可以解吾民之慍兮。』」❺山稱萬歲二句　山稱，《史記・封禪書》：「三月，遂東幸緱氏，禮登中嶽太室。從官在山下，聞若有言『萬歲』云。」河慶，《拾遺記》卷一：「又有丹丘千年一燒，黃河千年一清，皆至聖之君，以為大瑞。又黃河清而聖人生。」❻金繩永結二句　金繩，古封禪儀式，以金為繩，而編玉簡，謂之策。藏策於玉匱中，纏以金繩五周，其外又為石礮以容玉匱，纏金繩五周如其內，復用石檢十枚以檢石礮。見《舊唐書・禮儀志三》。璧麗，日月如合璧而附麗於天。《易・離》：「日月麗乎天。」日月圓而有光，皆可稱璧。《藝文類聚》卷一引《易坤靈圖》：「至德之明，日月若連璧。」

【語　譯】以火德王的隋代喪失政權，以土德王的唐代重正天文曆法。祭天帝時以高祖配饗，祭天神時以太宗配饗。皇帝車駕上的玉鸞好像垂掛在太陽上，用翠羽飾於竿頂上的旗淩駕於雲煙之上。東嶽之雲干犯律呂，和煦的南風進入琴弦。泰山高呼萬歲，黃河千年一清以表慶祝。金繩永遠繫結玉簡，日月如合璧永遠附麗懸掛天穹。

【研　析】首四句言皇朝開啟新運，接續先聖的遺跡而禱告於天。「玉鑾」四句，寫登封之舉。「山稱」四句，言登封之舉感動山河日月。詞旨典雅，氣象宏偉。

歌明堂第二

【題　解】明堂，古代帝王宣明政教之所。凡朝會、祭祀、慶賞、選士、養老、教學等大典，均在此舉行。《資治通鑑》卷二百零一：總章元年（西元六六八年），「朝廷議明堂制度略定，三月，庚寅，赦天下，改元（按改乾封為總章）。」殆作於此後不久。此詩歌頌天子明堂之制度。

穆穆聖皇，雍雍明堂❶。左平右城，上圓下方❷。調均風雨，制度陰陽❸。四窗八達，五室九房❹。南通夏火，西瞰秋霜❺。天子臨御，萬玉鏘鏘❻。

【注釋】❶穆穆聖皇二句　穆穆，端莊盛美的樣子。《禮記・曲禮下》：「天子穆穆。」雍雍，和諧的樣子。《禮記・少儀》：「鸞和之美，肅肅雍雍。」孔穎達疏：「雍雍是和貌。」❷左平右城二句　左平右城，班固〈西都賦〉：「於是左城右平，重軒三階。」李善注引摯虞《決疑要注》曰：「左城右平，平者，以文磚相亞次也；城者，為陛級也。」此處之左、右互言，不必泥定。上圓下方，《大戴禮・盛德》：「明堂者，古有之也。……以堂蓋頂，上圓下方。」❸調均風雨二句　謂明堂制度按陰陽之數而建置，以調和風雨。❹四窗八達二句　古之明堂建制失於記載，漢儒以來眾說紛紜。《大戴禮・盛德》：「明堂者……凡九室。一室而有四戶八牖，凡三十六戶、七十二牖。」《三輔黃圖》卷六：「〈考工記〉曰：明堂五室。稱九室者取象陽數也。八牖者，陰數也，取象八風。……四闥者，象四時四方也。五室者，象五行也。皆無明文，先儒以意釋之耳。」闥，夾室；寢室左右的小屋。字本作「達」。古代堂中間叫正室，兩旁的叫房。❺南通夏火二句　《禮記・月令》：「孟夏之月，……是月也，以立夏。先立夏三日，太史謁之天子曰：『某日立夏，盛德在火。』……立夏之日，天子親帥三公、九卿、大夫，以迎夏於南郊。」又曰：「孟秋之月，……是月也，以立秋。先立秋三日，太史謁之天子曰：『某日立秋，盛德在金。』……立秋之日，天子親帥三公、九卿、諸侯、大夫，以迎秋於西郊。」故云「夏火」、「秋霜」。❻萬玉鏘鏘　《禮記・玉藻》：「古之君子必佩玉，……進則揖之，退則揚之，然後玉鏘鳴也。」萬玉，萬國諸侯大夫、羣臣所佩之玉。鏘鏘，玉珮之聲。

【語譯】端莊盛美的神聖君主，和和睦睦的明堂。左面平坦，右面有臺階，上有圓頂，下為方形院宇。調和風雨，按陰陽之數建置。四個大窗，八個小屋，五間正室，九個偏房。南邊與夏火相通，西邊可察秋霜。天子君臨天下萬國，諸侯大夫所佩之美玉發出鏘鏘的聲響。

【研析】「穆穆」、「雍雍」，此詩關鍵在此二語，神氣亦在此二語。「左平」以下六句，寫「穆穆」；「南通」以下四句，寫「雍雍」。

歌東軍第三

【題解】東軍，指李唐王朝東伐高麗、百濟的軍隊。據《舊唐書・高宗紀》，即位以來，多次派兵討伐百濟、高麗。此詩歌頌東征軍隊的赫赫戰功。未的知何時所作。

遐哉廟略，赫矣台臣❶。橫戈碣石，倚劍浮津❷。風丘拂籜，日域清塵❸。鳥夷復祀，龍伯來賓❹。休兵宇縣，獻馘天闉❺。旆海凱入，耀輝震震❻。

【注釋】❶遐哉廟略二句　廟略，指天子、朝廷對國家大事的謀劃。因事前告於宗廟，議於明堂，故稱。赫矣，顯赫盛大。矣，一作「以」。台臣，台輔；重臣。❷橫戈碣石二句　碣石，山名，即《漢書・地理志下》右北平郡驪成縣（今河北樂亭）西南之大碣石山。此泛指渤海海濱之山。浮津，浮海而渡的港口、渡口。❸風丘拂籜二句　風丘，張華《博物志・雜說上》：「風山之首方高三百里，風穴如電突，深三十里，春風自此而出也。」風丘當即此風山。此泛指徼外之地。丘，一作「兵」。拂籜，吹拂著竹子。籜，即竹皮、筍殼。此處借指竹子。日域，《漢書・揚雄傳》引〈長陽賦〉：「東震日域。」顏師古注：「日域，日初出之處也。」此借指高麗。清塵，塵埃不起，喻安定和平。❹鳥夷復祀二句　鳥夷，古代本指我國東部近海一帶的居民。鳥，又作「島」。此處用以借指高麗國。復祀，謂伐有罪之國，誅無道之君，而復立其後，使不絕其宗廟之祭祀。龍伯，國名。《列子・湯問》：「龍伯之國有大人……至伏羲神農時，其國人猶數十丈。」此與鳥夷相對為文，指遠方之國。來賓，即遠方之人來歸附。❺休兵宇縣二句　宇縣，猶天下。《史記・秦始皇本紀》：「大矣哉！宇縣之中，順承聖意。」獻馘，古時作戰殺敵，割取左耳以計功論賞。《詩經・魯頌・泮水》：「矯矯虎臣，在泮獻馘。」《毛傳》：「馘，所格者之左耳。」天闉，猶天闕、宮門。此處特指宗廟之門。《資治通鑑》卷二百零一：總章元年（西元六六八年）十月，「李勣將至，上（高宗）命先以高藏（藏為高麗王）等獻於昭陵，具軍容，奏凱歌，獻於太廟。十二月丁巳，上受俘於含元殿。」❻旆海凱入二句　旆海，旌旆揚於海上。旆，旗幟的通稱。凱入，奏凱而歸。震震，威嚴的樣子。左思〈魏都賦〉：「赫赫震震，開武有謐。」

【語譯】遠大啊，天子對國家大事的謀略，盛大啊，朝廷擁有諸多重臣。在濱海碣石揮戈，在浮海的渡口亮劍。邊徼的風丘竹子隨風搖擺，日出之處塵埃不起。使海島叛臣之後再立其宗廟之祀，遠方的龍伯國又來歸附。使天下不再有戰爭，在宗廟之門獻上敵人的左耳。旌旆揚於海上而凱旋，光輝閃爍，威嚴無比。

【研析】首二句言東軍之出為遠大顯赫的台臣廟略，氣勢不凡。「橫戈」二句，威武雄壯；「風丘」二句，和平清明。「鳥夷」二句，與「橫戈」句呼應；「休兵」二句，與「倚劍」句呼應，言東軍之功績。末二句，言東軍班師，照應首二句，反映台臣廟略之英明偉大。

歌南郊第四

【題解】南郊，古代帝王每年冬至日在圜丘祭天，因祭壇在國都南郊，故稱南郊大祀。見《周禮・春官・大宗伯》「以禮禋祀昊天上帝」鄭玄注。此詩歌頌天子在圜丘祭祀天帝之情景。未的知何時所作。

虔郊上帝，肅事圜丘❶。龍駕四牡，鸞旗九斿❷。鐘歌晚引，紫煬高浮❸。日麗蒼璧，雲飛鳴球❹。皇之慶矣，萬壽千秋❺。

【注釋】❶虔郊上帝二句　虔郊，虔誠地祭上天。郊，即郊祀。肅，恭敬。《廣雅・釋天》：「圜丘大壇，祭天也。」圜，通「圓」。❷龍駕四牡二句　龍，駿馬。《周禮・夏官・廋人》：「馬八尺以上為龍。」四牡，蔡邕《獨斷》：「天子出……有五色安車、五色立車各一，皆駕四馬。」牡，公馬。九斿，旗名。即九旒。舊時天子出遊時旌旗上的九條絲織垂飾。《史記・禮書》：「龍旂九斿，所以養信也。」❸鐘歌晚引二句　鐘歌，謂祭天時所奏的下神之樂。《周禮・春官・大司樂》：「凡樂，……冬日至，於地上之圜丘奏之，若樂六變，則天神皆降，可得而禮矣。」晚引，猶言長奏、長鳴。紫煬，古代燔柴祭天。

《禮記・祭法》：「燔柴於泰壇，祭天也。」孔穎達疏：「謂積薪於泰壇上，而取玉及牲置柴上燔之，使氣達於天也。」此即言其煙火。煬，即以大火炙烤。❹日麗蒼璧二句　麗，照耀。蒼璧，《周禮・春官・大宗伯》：「以蒼璧禮天。」鄭玄注：「璧圜象天。」賈公彥疏：「天用玄者，蒼、玄皆是天色，故用蒼也。」鳴球，《尚書・益稷》：「戛擊鳴球。」孔疏：「球，玉也。樂器惟磬用玉，故球為玉磬。」鳴球，一作「外求」。❺皇之慶矣二句　謂祭祀完畢羣臣慶賀。《史記・封禪書》：「天子從禪還坐明堂，羣臣更上壽。」皇，大。

【語譯】虔誠地郊祀上帝，恭敬地在圓頂大壇上舉行祭祀活動。天子所乘之車由四匹駿馬所駕，繡著鸞鳥的旗幟有九條絲織垂飾。鐘鼓樂歌長鳴，紫色的煙靄高高的浮起。太陽照耀著祭天的蒼璧，玉磬奏響，聲達白雲之端。這樣偉大的慶典，萬代千秋不磨滅。

【研析】「鐘歌」句與「雲飛」句，寫聽覺之盛；「紫煬」句與「日麗」句，寫視覺之壯。南郊之事有如此，可謂「虔」矣，亦可謂「肅」矣。

歌中宮第五

【題解】中宮，皇后所居之宮，因代稱皇后。《周禮・天官・內宰》：「以陰禮教六宮。」鄭玄注：「謂之六宮，若今稱皇后為中宮矣。」此詩歌美唐高宗皇后武則天之懿範。未的知何時所作。

祥遊沙麓，慶洽瑤衣❶。黃雲晝聚，白氣宵飛❷。居中履正，禀和體微❸。儀刑赤縣，演教椒闈❹。陶鈞萬國，丹青四妃❺。河洲在詠，風化攸歸❻。

【注釋】❶祥遊沙麓二句　沙麓，古山名。《春秋》僖公十四年：「秋，八月辛卯，沙鹿崩。」杜預注：「沙鹿，山名。平陽元城縣東有土山。」故址在今河北大名東。據《後漢書・元后傳》載，春秋晉國有史官以為沙麓崩陷乃「陰為陽雄，土火相乘」之象，斷言六百四十五年後宜有聖女興。因以「沙麓」作為頌揚皇太后、皇后之詞。此以頌揚武后。瑤衣，即玉衣。《三國志·魏書·后妃傳》裴松之注引《魏書》曰：「（文昭甄皇后）每寢寐，家中仿佛見如有人持玉衣覆其上者。……後相者劉良相后及諸子，良指后曰：『此女貴乃不可言。』」乃皇后瑞兆之典。此以甄后喻武后。❷黃雲晝聚二句　黃雲，即黃氣。《三國志·魏書·后妃傳》裴注引《魏書》：「（武宣卞皇后）以延熹三年十二月己巳生齊郡白亭，有黃氣滿室移日。」白氣，《宋書·符瑞志上》：「主癸之妃曰扶都，見白氣貫月，意感，以乙日生湯，號天乙。」謂武后產貴子。❸居中履正二句　居中履正，指皇后之位。《易·家人》六二：「無攸遂，在中饋，貞吉。」王弼注：「居內處中，履得其位，以陰應陽，盡婦人之正。」稟和，稟性順和。《禮記·中庸》：「發而皆中節謂之和。」體微，指體察深微之理。《尚書·大禹謨》：「道心惟微。」❹儀刑赤縣二句　儀刑，猶言法式，作為楷模。《詩經·大雅·文王》：「儀型文王，萬邦作孚。」刑，通「型」。赤縣，古代對中國的別稱。《史記·孟子荀卿列傳》：「中國名曰赤縣神州。」演教，宣示、推廣教化。椒闈，即椒房。《漢書·車千秋傳》：「椒房，殿名，皇后所居也。」❺陶鈞萬國二句　陶鈞，本指製造陶器的轉輪。引申為治理國家。《漢書·鄒陽傳》：「是以聖王制世御俗，獨化於陶鈞之上。」顏師古注：「陶家名轉者為鈞，蓋取周回調勻耳。言聖王制馭天下，亦猶陶人轉鈞。」丹青，丹砂和青雘，繪畫顏料。故又可稱繪畫。四妃，唐代皇后之下的四位妃子。《舊唐書·后妃傳》：「唐因隋制，皇后之下，有貴妃、淑妃、德妃、賢妃各一人，為夫人，正一品。」句謂皇后為嬪妃的榜樣。❻河洲在詠二句　《詩經·周南·關雎》：「關關雎鳩，在河之洲。窈窕淑女，君子好逑。」〈毛詩序〉：「〈關雎〉，后妃之德也。風之始也，所以風天下而正夫婦也。故用之鄉國焉，用之邦國焉。風，風也，教也。風以動之，教以化之。」

【語　譯】吉祥的雲彩在沙麓飄遊，皇后的玉衣充滿喜慶之氣。黃雲白晝聚集在室內，白氣在夜晚飛入月亮之中。居內處中，盡婦人之正，秉持沖和的性情，體察事物入微。在全國婦女中樹立楷式，在椒房之中推行教化。規範、感化全國各地，做宮中嬪妃的榜樣。河洲關關雎鳩的詠唱不絕，風教有所依歸。

【研　析】「居中履正，秉和體微」二句，是皇后之美質，亦此歌所詠之核心。詩中化用諸多典故以美皇后，了無斧鑿痕跡。

歌儲宮第六

【題解】儲宮，指太子。《舊唐書・孝敬皇帝弘傳》：弘為武后子，「顯慶元年（西元六五六年），立為皇太子。」此詩當在此時所作。歌頌太子孝親、勤學之美德。

波澄少海，景麗前星❶。高禖誕聖，甲觀升靈❷。承規翠所，問寢瑤庭❸。宗儒側席，問道橫經❹。山賓皎皎，國胄青青❺。黃裳元吉❻，邦家以寧。

【注釋】❶波澄少海二句　少海，喻太子。《淮南子・墬形》：「東方曰大渚，曰少海。」後以皇帝喻大海，以太子喻少海。前星，指太子。《漢書・五行志下》：「劉向以為《星傳》曰：『心，大星，天王也。其前星，太子；後星，庶子也。』」❷高禖誕聖二句　高禖，媒神。帝王祀以求子。《禮記・月令・仲春之月》：「是月也，玄鳥至。至之日，以太牢祠於高禖，天子親往。」誕聖，太子誕生。太子為儲君，故亦可稱為聖。甲觀，皇太子宮中的樓觀。《漢書・成帝紀》：「元帝在太子宮生甲觀畫堂，為世嫡皇孫。」顏注：「如淳曰：甲觀，觀名；畫堂，堂名。《三輔黃圖》云太子宮有甲觀。」❸承規翠所二句　承規，承受法度、教誨。陸機〈皇太子宴玄圃宣猷堂有令賦詩〉：「體輝重光，承規景數。」翠所、瑤庭，皆皇帝居所。此代指皇帝。問寢，據《禮記・文王世子》：文王之為世子，每日早、中、晚朝於王季三次，問寢食安否。安則喜，不安則色憂。❹宗儒側席二句　謂師事儒臣，求學問道。側席，《後漢書・章帝紀》「側席異聞」李賢注：「側席謂不正坐，所以待賢良也。」橫經，擺放經書以閱之。《北齊書・儒林傳序》：「故橫經受業之侶，遍於鄉邑。」按《舊唐書・孝敬皇帝弘傳》高宗嘗語侍臣曰：「弘仁孝，賓禮大臣。」又嘗從郭瑜受《春秋左氏》及《禮》。❺山賓皎皎二句　山賓，指商山四皓。《史記・留侯世家》：高祖欲廢太子，張良設計，從商山請來四皓輔佐太子，四人對高祖道：「竊聞太子為人仁孝，恭敬愛士，天下莫不延頸欲為太子死者，故臣等來耳。」高祖曰：「彼四人輔之，羽翼已成，難動矣。」國胄，國子。即王侯公卿之子。青青，《詩經・子衿》：「青青子衿，悠悠我心。」青衿，學子之所服。謂太子有德高望重的老臣輔佐，有青年才俊以為輔翼。❻黃裳元吉　《易・坤》：「六五，黃裳元吉。」孔穎達疏：「黃是中之色，裳是下之飾。坤為臣道，五居君位，是臣之極貴者也。能以中和通於物理，居於臣職，故云黃裳元吉。元，大也，以其德能如此，故得大吉也。」黃為中央的正色，象徵中道與尊貴；裳為下身的服飾，象徵謙下的品德。

【語　譯】東方少海水波澄清，太子之星光芒璀璨。祀高禖之神而誕生太子，神應在甲觀之宮。在翠所承受皇帝的法度，在瑤庭向皇帝侍寢問安。於側席恭敬地師事儒臣，橫陳經籍，受業問道於賢良之士。商山四皓白髮蒼蒼，國子才俊的衣領青青。身處於尊位而能保持謙下之德，即能獲得大吉大利，國家因此而得安寧。

【研　析】首二句以「少海」、「前星」歌頌太子，寓國之希望。「高禖」以下四句，歌太子得天意之護持、父皇之教訓。「宗儒」二句承「承規」二句而來，「山賓」二句呼應「高禖」二句。此四句，歌太子內美之隆、羽翼之豐。末二句照應首二句，讚太子為國運昌盛之依靠。

歌諸王第七

【題　解】諸王，《初學記》卷一引蔡邕《獨斷》：「漢制：皇子封為王，其實諸侯也。」此詩歌頌諸王保國輔政之美。

星陳帝子，嶽列天孫❶。義光帶礪，象著乾坤❷。我有明德，利建攸存❸。苴以茅社，錫以犧樽❹。藩屏王室，翼亮堯門❺。八才兩獻❻，夫何足論。

【注　釋】❶星陳帝子二句　《史記·天官書》：「大星天王，前後星，子屬。」《索隱》引《洪範·五行傳》：「心之大星，天王也。前星，太子；後星，庶子。」庶子即諸王，故云「星陳」。嶽列，《博物志》卷一：「太山，天帝孫也。」太山為東嶽，其餘有西嶽、南嶽、北嶽、中嶽等，故云「嶽列」。❷義光帶礪二句　帶礪，指河變為衣帶而山變為磨刀石。《史記·高祖功臣侯者年表》：「封爵之誓曰：『使河如帶，泰山如厲。國以永寧，爰及苗裔。』」謂國家欲使功臣傳祚無窮。象著，《易·繫辭下》：「黃帝堯舜垂衣裳而天下治，蓋取諸乾坤。」言使封建諸王如星陳、嶽列，即所謂取象乾（天）坤（地）

也。❸我有明德二句　明德，盛德；美德。《尚書．君陳》：「明德惟馨。」利建，《易．屯》：「勿用有攸往，利建侯。」孔疏：「世道初創，其物未寧，故宜利建侯以寧之。」張華〈祖道趙王應詔詩〉：「崇選穆穆，利建明德。」❹苴以茅社二句　苴，粗劣的草。茅社，即茅土。《藝文類聚》卷五十一引《漢雜事》：「天子太社，以五色為壇。封諸侯者，取其土，苴以白茅，授之，各以所封方之色，以立社於其國，故謂之受茅土。漢興，唯皇子封為王者得茅土。」犧樽，禮器。刻尊為犧牛之形以祭天。《禮記．禮器》：「犧樽疏布鼏樿杓。」古代封建王侯，皆以犧尊賜之。《詩經．閟宮》：「乃命魯公，俾侯於東。……白牡騂剛，犧尊將將。」❺藩屏王室二句　藩屏，猶言保衛。即屏障一方。《尚書．康王之誥》：「乃命建侯樹屏，在我後人。」《左傳》定公四年：「昔武王克商，成王定之，選建明德，以藩屏周。」翼亮，猶言輔佐。《三國志．魏書．高堂隆傳》：「鎮撫皇畿，翼亮帝室。」堯門，代指唐王朝。堯曾封於唐，故云。❻八才兩獻　《左傳》文公十八年：「高辛氏有才子八人：伯奮、仲堪、叔獻、季仲、伯虎、仲熊、叔豹、季貍。……謂之八元。」杜宇注：「元，善也。」兩獻，猶兩賢。《尚書．益稷》：「萬邦黎獻，共惟帝臣。」偽《孔傳》：「獻，賢也。」按「兩獻」指周公、召公。《宋書．臨川王道規傳》：「遠猷侔於二南，英雄邁於兩獻。」

【語　譯】皇子如星辰分布，天帝的孫子像山嶽排列。取義於山河不變而封爵傳祚永久，取象於高天卑地使國家安寧。我有芳馨之美德，乃是封土建侯之依據。用粗劣的茅草包著封土以祭地，賜給刻有犧牛之形的酒樽以祭天。各領一方，保衛王室，輔佐大唐王朝。高辛氏的所謂八才，周代的周、召二公，他們與你們相比，似乎不值得提及。

【研　析】末二句「八才兩獻，夫何足論」云者，未免有虛誇之過，甚不得體，與前數句不稱。殆以其在鄧王府下就職，情有所私之故也。

歌公卿第八

【題　解】公卿，即三公九卿。《舊唐書．職官志一》：「武德元年（西元六二六年）定令：以太尉、司徒、司空為三公，……太常、光祿、衛尉、宗正、太僕、大理、鴻臚、司農、太府為九寺。」九寺之卿，即九卿。

此泛指唐朝廷官僚。此詩歌頌百寮之盛美。未的知何時所作。

蹇蹇三事，師師百寮❶。羣龍在職，振鷺盈朝❷。豐金耀首，佩玉鳴腰❸。青蒲翼翼，丹地翹翹❹。歌雲佐漢，捧日匡堯❺。天工人代，邈邈昭昭❻。

【注釋】❶蹇蹇三事二句　蹇蹇，忠直的樣子。《易・蹇》：「王臣蹇蹇，匪躬之故。」三事，即三公。《詩經・小雅・雨無正》：「三事大夫，唯三公耳。」師師，莊嚴恭敬的樣子。《尚書・皐陶謨》：「百僚師師，百工惟時。」寮，通「僚」。❷羣龍在職二句　羣龍，《易・乾》：「用九，見羣龍無首，吉。」王弼注：「夫以剛健而居人之首，則物之所不與也。……故乾吉在無首。」此以羣龍喻羣臣。振鷺，《詩經・周頌》篇名。本以鷺之潔白，喻賓客之容貌修整。後因以「振鷺」喻操行純潔的賢人。《文選》揚雄〈劇秦美新〉：「振鷺之聲充庭，鴻鸞之黨漸階。」李善注：「振鷺、鴻鸞，喻賢也。」❸豐金耀首二句　豐，言其多。金，指冠飾金璫。《後漢書・輿服下》：武冠，「侍中、中常侍加黃金璫。」耀，一作「輝」。佩玉，《禮記・玉藻》：「古之君子必佩玉，……進則揖之，退則揚之，然後玉鏘鳴也。」❹青蒲翼翼二句　青蒲，即青色蒲團。《漢書・史丹傳》：「丹以親密臣得侍視疾。候上間獨寢時，丹直入臥內，頓首伏青蒲上。」翼翼，恭慎的樣子。《詩經・大明》：「維此文王，小心翼翼。」句謂深得皇帝信任。丹地，指丹墀，天子所居。《文選》張衡〈西京賦〉：「青瑣丹墀。」李善注引《漢官典職》：「丹漆地，故稱丹墀。」翹翹，高的樣子。《詩經・漢廣》：「翹翹錯薪，言刈其楚。」❺歌雲佐漢二句　漢高祖劉邦〈大風歌〉：「大風起兮雲飛揚，威加海內兮歸故鄉，安得猛士兮守四方。」此取「守四方」之義，謂盡其臣職。捧日，《三國志・魏書・程昱傳》裴注引《魏書》：「昱少時嘗夢上泰山，兩手捧日。昱私異之，以語荀彧。……於是彧以昱夢白太祖。太祖曰：『卿當終為吾腹心。』」匡堯，匡正天子。❻天工人代二句　天工人代，語出《尚書・皐陶謨》。孔疏引王肅曰：「天不自下治之，故人代天居之，不可不得其人也。」邈邈，久遠的樣子。昭昭，光明的樣子。

【語譯】三公忠直，百官莊嚴恭敬。羣臣恪守自己的職責，操行純潔的賢人充滿朝廷。很多官帽上都飾金璫，頭上金光燦燦，腰間都佩有美玉，鏘鏘作響。在青蒲上恭慎地奏事，丹墀顯得那麼崇高。武臣如風起雲揚，輔佐皇帝守衛四方，文臣做夢都兩手捧日，匡正天子。上天統治之事由天子諸臣代理，久遠而又光明。

【研　析】「蹇蹇」、「師師」、「翼翼」、「翹翹」、「邈邈昭昭」，一批疊詞之運用，不惟使音節和諧瀏亮，亦使公卿隆盛之形象活躍可睹。此歌在八歌之中最有詩美。

總歌第九

【題　解】此是對前八歌之總，並表白身處偏遠而不忘忠信、心繫朝廷。當作於流連蜀地時。

明明天子兮聖德揚，穆穆皇后兮陰化❶康。登若木兮坐明堂，池蒙汜兮家扶桑❷。武化偃兮文化昌，禮樂昭兮股肱良❸。君臣已定兮君永無疆，顏子更生兮徒皇皇❹。若有人兮天一方，忠為衣兮信為裳。餐白玉兮飲瓊芳，心思荃兮路阻長❺。

【注　釋】❶陰化　《禮記・昏義》：「天子理陽道，后治陰德。」《後漢書・皇后紀序》：「所以能述宣陰化，修成內則，閨房肅雍，險謁不行也。」❷登若木兮坐明堂二句　登，進獻。若木，傳說生長於日入處之樹木。《山海經・大荒北經》：「大荒之中，有衡石山、九陰山、洞野之山，上有赤樹，青葉，赤華，名曰若木。」郭璞注：「生昆侖西西，附兮極，其華光赤下照地。」坐，一作「座」。池蒙，傳說太陽出於湯谷，停息於蒙汜。張衡〈西京賦〉：「日月於是乎出入，象扶桑與蒙汜。」又《山海經・海外東經》：「湯谷上有扶桑，十日所浴，在黑齒北。」此扶桑、蒙汜，指日出、日入處，謂皇家版圖極其遼闊。蒙，一作「濛」。❸武化偃兮文化昌二句　偃，停止。《尚書・武成》：「乃偃武修文。」偽《孔傳》：「行禮射，設庠序，修文教。」股肱，輔佐君主的大臣。《尚書・益稷》：「元首明哉，股肱良哉，庶事康哉。」《左傳》昭公九年：「君之卿佐，是謂股肱。」❹君臣已定兮君永無疆二句　君臣已定，《禮記・樂記》：「天尊地卑，君臣定矣。」顏子，指顏回，孔子高徒。曾隨孔子周遊。皇皇，同「惶惶」。義同「栖栖」，忙碌不安的樣子。《論語・憲問》：「丘何為是栖栖者與？」❺若有人兮天一方四句　若有人，作者自謂。《楚辭・九歌・山鬼》：「若有人兮山之阿，被薜荔兮帶女蘿。」餐白玉、飲瓊芳，言其品德、修為之美。《楚辭・九章・涉江》：「登崑崙兮食玉英。」又，〈九歌・東皇太一〉：「盍將把兮瓊芳。」瓊芳，猶玉漿。荃，《楚辭・離騷》：「荃不察余之中情兮。」王逸注：「荃，香草，以喻君也。」阻長，言險阻且遙遠。《詩經・秦風・蒹葭》：「溯洄從之，道阻且長。」按作者時在蜀，官止縣尉，故云。

【語　譯】光明正大的天子啊，發揚至高無上的道德，儀容美好、行止端莊的皇后啊，修成內則而使國家安寧。進獻西極的若木啊，天子坐於明堂，以東方的蒙汜為池啊，以扶桑為我的家邦。放棄武力的統治啊，使文教昌盛，禮樂之事昭明啊，輔佐大臣真賢良。君臣尊卑之序已定啊，君主的統治萬壽無疆，即使顏回再世啊，也是無所作為，徒自奔忙。像我這麼一個小人物啊，在遠離京城的天邊，以忠誠為衣啊，以信義為裳。以白玉之屑為食啊，飲著玉漿，心中懷念君主啊，可惜路途艱難而悠長。

【研　析】「明明」以下七句，總前八歌頌揚之意，而「顏子更生兮徒皇皇」乃翻空出奇，以反筆頌美盛世。此句實又以己作比，言下之意云顏子都將不敢贊一詞，何況我輩！「若有人兮」四句，又從「顏子」句轉出，言其忠心美質，且有欲效之而不可得之遺憾。八歌以四言頌體，典重莊嚴；總歌以騷體，婉轉高亢，意頗深微。

釋疾文三歌

【題　解】釋，解。作者是時病篤，所謂「釋疾」，意在以死了之。故此文乃其絕筆。當作於武后長壽年間（西元六九二—六九四年）或之後。〈釋疾文〉分〈粤若〉、〈悲夫〉、〈命曰〉三篇。文前有序。以下三歌，分屬三篇之末。其一言今生已矣，痛其懷才不遇。其二痛其臥病十年，理想幻滅。其三言不以己悲，一笑釋愁疾。

其一

歲將暮❶兮歡不再，時已晚兮憂來多。東郊絕此麒麟筆❷，西山秘此鳳凰柯❸。死去死去今如此，生兮生兮奈汝何。

【注釋】❶暮 一作「宴」。❷東郊絕此麒麟筆 東郊，指陽翟縣。據《新唐書・地理志二》，陽翟在洛陽之東，為畿縣，故稱。絕此麒麟筆，《春秋左傳》：「哀十有四年春，西狩獲麟。」杜預注：「仲尼傷周道之不興，感嘉瑞之無應，故因魯春秋而修中興之教，絕筆於獲麟之一句。所感而作，固所以為終也。」❸西山秘此鳳凰柯 伯夷、叔齊隱於首陽山。及其餓且死，乃作歌曰：「登彼西山兮，采其薇矣。」此照鄰指其臥病之陽翟縣具茨山。秘，藏。鳳凰柯，指梧桐枝。《詩經・大雅・卷阿》：「鳳凰鳴矣，於彼高崗。梧桐生矣，於彼朝陽。」鄭玄《箋》：「鳳凰之性，非梧桐不棲，非竹實不食。」

【語譯】年歲將要到頭啊，歡樂不再有，時令已經很晚啊，各種憂愁襲來。病臥洛陽東郊，擱下這枝能像孔聖修史興教的筆，隱居西山，將這鳳凰棲息的樹枝掩埋。今天就要這麼死去了，生命啊，生命啊，我拿你有什麼辦法。

【研析】此為〈粵若〉一文所附之歌。首二句感歎時命不濟。次二句以孔子故事，言懷才不遇。末二句與首二句照應，言生已無歡，死又何憂。有《楚騷》遺韻。

其二

歲去憂來兮東流水，地久天長兮人共死。明鏡羞窺兮向❶十年，駿馬停驅兮幾千里。麟兮鳳兮❷，自古吞恨❸無已。

【注釋】❶向　將近。❷麟兮鳳兮　用孔子見麟絕筆事。見本詩其一注❷、❸。鳳，《論語・子罕》：「子曰：『鳳鳥不至，河不出圖，吾已矣夫！』」❸吞恨　含恨。

【語譯】歲月消磨，憂愁襲來，就像東逝的流水，地久天長啊，人卻都難免一死。羞於去明鏡前偷窺自己啊，將近十年了，駿馬停下奔跑啊，捨棄了幾千里的路程。麟獸啊，鳳鳥啊，自古以來含恨無窮盡。

【研析】此為〈悲夫〉一文所附之歌。首二句言歲月消逝，生命一去不返，而憂愁如水長流不斷。次二句敘其臥病十年「歲去憂來」的不堪經歷。末二句，用孔子故事自比，言其理想破滅的痛苦。〈悲夫〉一文有「重曰」云：「春秋冬夏兮四序，寒暑榮悴兮萬端。……聖人知性情之紛糾，故嘆之曰『余欲無言』。吾將焉往而適耳？箕有峯兮潁有瀾。」歌中所謂「吞恨」，亦即「余欲無言」之意。

其三

茨山有薇兮❶，潁水有漪❷。儒為柏兮秋有實❸，叔為柳兮春向飛❹。倏爾而笑，泛滄浪兮不歸❺。

【注釋】❶茨山有薇兮　茨山，即具茨山。薇，《史記・伯夷列傳》：「隱於首陽山，採薇而食之。」❷潁水有漪　晉皇甫謐《高士傳》「許由」條：「由於是遁耕於中岳潁水之陽，箕山之下。」後世遂以隱者所居為箕潁。漪，微波。❸儒為柏兮秋有實　儒，原作「夷」。《莊子・列禦寇》：「鄭人緩也呻吟裘氏之地。祇三年而緩為儒，……使其弟墨。儒墨相與辯，其父助翟。十年而緩自殺。其父夢之曰：『使而子為墨者，予也。闔胡嘗視其良，既為秋柏之實矣。』」成疏：「化為異物，秋柏子實，生於墓上。」良，《釋文》：「冢也。」❹叔為柳兮春向飛　叔，指緩之弟。向，一作「雨」。❺泛滄浪兮不歸　據兩《唐書》本傳，盧照鄰終以疾甚，不堪其苦，自投潁水而死。此即示其投潁之意已決。此句末一有「焉」字，一作「此」字。

【語譯】具茨山有薇可採而食啊，潁水泛著漣漪。鄭國儒士緩墳墓上的柏樹啊，有了秋實，其弟也化為柳樹啊，春天將作柳絮飛。嘴角忽然掠過一絲微笑，將遊於滄浪水中一去不回。

【研析】此為〈命曰〉一文所附之歌。〈命曰〉一文有「重曰」云：「夫如是……生死不能為其壽夭，變化適足寄其騰遷。」歌中首二句言不以其臥病之生活為悲。次二句言「儒為柏」、「叔為柳」乃變化之常態。末二句，以一笑釋疾，瀟灑超脫之極。值得注意的是，以上三歌是首尾相接的，作者實際是用它們在結構上溝通各有側重的〈釋疾文〉三篇，使之成為一個整體。

勞作詩

【題解】是詩底本無，皎然《詩式・跌宕格・二品・駭俗》引，存二句，題〈勞作詩〉。未知全詩何意。未知何時所作。

城狐尾獨束，山鬼面參覃❶。

【注釋】❶城狐尾獨束二句　《文選》鮑照〈蕪城賦〉：「木魅山鬼，野鼠城狐。」李善注：「《楚辭・九歌》有祭山鬼……魏明帝〈長歌行〉曰：『久城青狐兔。』」獨束，同「獨速」。尾搖動的樣子。參覃，同「驂驔」。又作「參譚」。《文選》嵇康〈琴賦〉：「或參譚繁促。」李善注：「參譚，相隨貌。」

【語譯】城牆上的狐狸尾巴搖搖，山中的鬼魅變幻著不同的臉。

斷句一

十層碧瓦搖虛空❶，四十門開面面風。

【注釋】❶十層碧瓦搖虛空　搖，往上升。虛空，猶言天空。

【語　譯】十層高樓的碧瓦直插入高空，四十個門戶大開，迎來東南西北四面風。

【研　析】此全詩不可見。宋張舜民《畫墁錄》：「慈恩與含元殿正相直。其來以高宗每天陰則兩手心痛，知文德皇后常苦捧心之病，因鍼而差，遂造寺建塔，欲朝坐相向耳。始置十層，後減七層，所以盧照鄰詩云『十層碧瓦搖虛空，四十門開面面風』。夫高宗知母之誠篤哉，而報母之恩何其薄也。」此斷句所自來也。二句寫樓之高大。

斷句二

漢家金騕褭❶。

【注　釋】❶騕褭　《文選》張衡〈思玄賦〉：「斥西施而弗御兮，縶騕褭以服箱。」李善注：「應劭曰：騕褭，古之駿馬也。赤喙玄身，日行五千里。」

【語　譯】漢家天子的金色騕褭。

【研　析】此句見黃希、黃鶴撰《集千家注分類杜工部詩・春日戲題惱郝使君兄》「細馬時鳴金騕褭」句注引，云：「馬謂之金騕褭，因漢武帝鑄金為麟趾褭蹄，詩人遂用之。盧照鄰詩：『漢家金騕褭。』」

斷句三

古城聊一望，荒棘幾千叢。

【語　譯】在古城牆上略微望一望，長著野生的荊棘數千叢。

【研　析】此兩句見宋潘自牧《記纂淵海》卷七十四引。意境遼闊而深邃。

駱賓王詩歌

上吏部侍郎帝京篇

【題解】吏部侍郎，為吏部次官，隋大業三年始置。「是為銓衡之任，凡初仕進者，無不仰屬焉。」見《通典・職官五》。雍州理長安、萬年二縣，秦漢以來稱帝京，總章元年（西元六六八年）析置明堂縣。張鷟《朝野僉載》：「明堂主簿駱賓王《帝京篇》。」上元三年（西元六七六年）駱賓王由武功縣丞調任此職，而裴行儉在吏部，賓王應裴行儉之命而上此篇。詩前有啟，中云：「昨引注日，垂索鄙文。」詩以漢代京城生活為背景，極寫貴族生活的奢華腐朽及世態炎涼、人情翻覆無常，並表達才人不遇的千古悲憤。題一作《帝京篇》。

山河千里國，城闕九重門❶。不睹皇居壯，安知天子尊❷。皇居帝里崤函谷，鶉野龍山侯甸服❸。五緯連影集星躔，八水分流橫地軸❹。秦塞重關一百二，漢家離宮三十六❺。桂殿陰岑對玉樓，椒房窈窕連金屋❻。三條九陌麗城隈，萬戶千門平旦開❼。複道斜通鳷鵲觀，交衢直指鳳凰臺❽。劍履南宮入，簪纓北闕來❾。

聲明冠寰宇，文物象昭回⑩。鉤陳肅蘭戺，璧沼浮槐市⑪。銅羽應風迴，金莖承露起⑫。校文天祿閣，習戰昆明水⑬。朱邸抗平臺，黃扉通戚里⑭。

【章　旨】謂帝京山河之險，城闕之繁，皇居之壯，天子之尊。

【注　釋】❶山河千里國二句　山河，指帝京周圍的山河險阻。《史記・劉敬叔孫通列傳》：「且夫秦地被山帶河，四塞以為固。」又，〈留侯世家〉：「夫關中左殽、函，右隴、蜀，此所謂金城千里，天府之國也。」國，國畿。《周禮・大司馬》：「方千里，曰國畿。」闕，指宮闕。九重門，舊稱天子之門九重，即路門、應門、雉門、庫門、皐門、城門、近郊門、遠郊門、關門。見鄭玄《禮記・月令》注。❷不睹皇居壯二句　皇居，即帝京。《史記・高祖本紀》：蕭何造未央宮等，壯甚，高祖怒。蕭何曰：「天子以四海為家，非壯麗無以重威。」高祖乃悅。❸皇居帝里殽函谷二句　帝里，即皇帝所居。殽，崤山，古為出關之險絕重地。在今河南洛寧北。函谷，函谷關，秦置，東至崤山，西至潼津，深險如函，故名。東漢隗囂將王元說囂請以一丸泥東封函谷關，即此。參《元和郡縣志・河南道・河南府》。在今河南靈寶南。鶉，星宿名。古人將星空的劃分和地面的區域聯繫起來，地面上的某一區域在星空的某一範圍之內，稱為分野。秦地在鶉首之次，故鶉野指關中一帶。龍山，龍首山，在長安北十里。傳云秦時有黑龍從南山出飲渭水，其行道因成土山。見宋敏求《長安志》。侯甸服，即侯服和甸服，古以京城為中心，方圓千里稱王畿，其外方圓五百里稱侯服，又其外方圓五百里為甸服。見《周禮・夏官・職方氏》。即指京城附近地區。❹五緯連影集星躔二句　五緯，即金、木、水、火、土五星。星，一作「天」。躔，太陽運行之軌道。八水，即關中之霸水、滻水、涇水、渭水、灃水、鎬水、潦水、潏水，皆出入上林苑。今大都湮沒。地軸，古代傳說地有三百六十大軸。見張華《博物志・地類》。後用來泛指大地。❺秦塞重關一百二句　秦塞，《史記・蘇秦列傳》：「秦，四塞之國。」張守節《正義》：「東有黃河，有函谷、蒲津、龍門、合河等關；南有南山及武關、嶢關；西有大隴山及隴山關、大震、烏蘭等關；北有黃河南塞。」百二，《漢書・高帝紀》：「秦，形勝之國也。帶河阻山，縣隔千里。持戟百萬，秦得百二焉。」顏師古注引蘇林曰：「百二，得百中之二，二萬人也。秦地險固，二萬人足當諸侯百萬人也。」離宮，古代帝王於正式宮殿之外別築的宮室。三十六，概指宮殿之多。班固〈西都賦〉：「離宮別館，三十六所。」❻桂殿陰岑對玉樓二句　桂殿，未央宮漸臺西之桂宮中有明光殿。陰岑，高大的樣子。陰岑，一作「嶔崟」。玉樓，建章宮南之玉堂。見《三輔黃圖》卷二。椒房，殿名，在未央宮，為后妃之室。以椒和泥塗壁，取其溫而芬芳也。窈窕，幽深的樣子。金屋，用漢武帝金屋藏嬌事。武帝年數歲，長公主指阿嬌曰：「與子作婦，好否?」帝曰：「若得阿嬌，當作金屋貯之。」見《藝文類聚・寶玉部》引《漢武帝故事》。❼三條九陌麗城隈二句　條，大路。陌，街道。周制：國都方圓九里，每面開三門，每門一條大路。班固〈西都賦〉：「披三條之廣路，立十二之通門。」又，《三輔黃圖》卷二引《三輔舊事》：「長安城中，八街九陌。」此處言街衢之多。麗，糾纏。城隈，城牆腳。萬戶千門，言宮闕之盛。平旦，即清晨。❽複道斜通鳷鵲觀二句　複道，樓閣間架設之上下兩重通道。鳷鵲觀，在甘泉苑內，故址在今陝西淳化西北。交衢，御車行走之大道。各路交匯之處，四通八達之地亦稱交衢。鳳凰臺，秦穆公時，蕭史與穆公女弄玉結為夫婦，善吹簫，吹似鳳聲，鳳凰來止其屋，穆公為作鳳臺居之。見劉向《列仙傳》卷上。故址在今陝西寶雞東南。❾劍履南宮入二句　言朝官早朝威儀。劍履，佩劍與官履。此指得皇帝特許，上朝時不去劍、不脫履的大臣。南宮，在洛陽。簪纓，官吏的冠飾。此指朝中顯貴。北闕，即長安未央宮之北門。並見《漢書・高帝紀》。❿聲明冠寰宇二句　聲明，指聲音和光彩。明，一作「名」，誤。寰宇，猶言天下。文物，舊指禮樂、典章制度。昭回，謂天上星辰光耀回轉。《詩經・大雅・雲漢》：「倬彼雲漢，昭回于天。」⓫鉤陳肅蘭戺二句　鉤陳，星名。在紫微垣內，最近北極。又以指稱後宮。見《晉書・天文志》。蘭戺，以蘭草裝飾的階砌。戺，堂前階石的兩端。璧沼，即璧池，學宮前半圓形的水池。此指學宮，天子養老與教學之所。槐市，長安市場名。在常滿倉北，因其地多槐樹而得名。長安小學、太學諸生每月朔望聚於此，各持其郡所出貨物及經傳、書記、笙磬、樂器相與買賣，雍雍揖讓，論義槐下。參見《藝文類聚》卷八十三引《三輔黃圖》。⓬銅羽應風回二句　銅羽，即銅烏，漢時所設測風器。在長安宮南靈臺上，千里風至，此烏乃動。見《三輔黃圖》卷五引《述征記》。金莖，漢武帝時在建章宮作承露盤，以銅為之。上有仙人掌，承露和玉屑飲之。金莖，即銅柱。班固〈西都賦〉：「抗仙掌以承露，擢雙立之金莖。」⓭校文天祿閣二句　天祿閣，蕭何造，以藏秘書、處賢才。劉向於成帝之末，在此校書。習戰，練習作戰。武帝元狩三年，欲伐越嶲昆明國，發謫吏穿昆明池，以象滇池，習水戰。池在長安西南，周回四十里。見《漢書・武帝紀》顏師古注。⓮朱邸抗平臺二句　諸侯王宅舍以朱紅漆門，稱朱邸。抗，相敵。言朱邸之多與連屬平臺宮殿盛況相當。抗，一作「接」。平臺，在今河南商丘東北，相傳魯襄公十七年宋皇國父所築。漢梁孝王築東苑，擴建睢陽城，大治宮室，為複道，連屬平臺三十餘里，與鄒陽、枚乘等文士遊於平臺之上。見《漢書・文三王傳》。黃扉，即黃門、禁門，官署名。以宦官主之，稱黃門令。戚里，帝王外戚聚居之處。

【語譯】京畿之地山環水繞，方圓千里，可稱天府之國，這裏城郭、宮闕之門有九重。如果沒有看到這麼壯偉的皇都，又怎麼能理解天子的尊嚴。帝都之東有崤山、函谷關之屏障，鶉野龍山所在的關中平原是它的門戶之區。天地五星都在此集中運行，八條河水在大地上流淌。這裏關塞險要，易守難攻，這裏宮殿林立，富麗堂皇。金黃的桂殿遙對著雪白的玉堂，溫婉芳香的椒房深深，連著阿嬌的金屋。條條大路交纏著通向城邊，宮闕的千門萬戶迎著朝陽一齊打開。層層複道斜連著甘泉宮內的鳷鵲觀，寬闊的御道連著那鳳凰臺。朝官帶著佩劍、穿著官履進入南宮，簪纓大臣彙集到北闕。皇帝的聲音和光彩照臨百官，煌煌禮樂典章像天上星辰光輝燦爛。後宮以蘭草裝飾階砌，莊嚴肅穆，學宮的璧池前熙熙攘攘，槐市上莘莘學子在揖讓談論。靈臺上的銅烏搧動羽翼，迎來了千里風，建章宮承露盤的銅柱高高聳立，承接著天上的仙露。儒士在天祿閣校理文籍，將士在昆明池演習水戰。諸侯的官邸就像皇國父的平臺逶迤連綿，黃門的官署緊連著外戚的居處。

平臺戚里帶崇墉，炊金饌玉待鳴鐘❶。小堂綺帳三千戶，大道青樓十二重❷。寶蓋雕鞍金絡馬，蘭窗繡柱玉盤龍❸。繡柱璿題粉壁映，鏘金鳴玉王侯盛❹。王侯貴人多近臣，朝游北里暮南鄰❺。陸賈分金將宴喜，陳遵投轄正留賓❻。趙李經過密，蕭朱交結親❼。丹鳳朱城白日暮，青牛紺幰紅塵度❽。俠客珠彈垂楊道，倡婦銀鉤采桑路❾。倡家桃李自芳菲，京華游俠盛輕肥❿。延年女弟雙鳳入，羅敷使君千騎歸⓫。同心結縷帶，連理織成衣⓬。春朝桂尊尊百味，秋夜蘭燈燈九微⓭。翠幌珠簾不獨映，清歌寶瑟自相依⓮。且論三萬六千是，寧知四十九年非⓯。

【章旨】謂王侯貴戚奢侈無度，宴遊不息。

【注釋】❶平臺戚里帶崇墉二句　墉，城牆。炊金饌玉，以桂色黃而誇言為金，以米之白而誇言為玉。炊，燃燒。饌，食。極言貴族生活之奢華。鳴鐘，貴族之家列鼎而食，食時擊鐘奏樂。《左傳》哀公十四年：「左師每食擊鐘。」❷小堂綺帳三千戶二句　小堂，精緻豪華的歌舞之筵。綺帳，華美的絲織帷帳。三千戶，言其數量眾多。戶，一作「萬」。青樓，指豪貴家所築居的閨閣。十二重，誇言樓閣高聳。❸寶蓋雕鞍金絡馬二句　寶蓋，以珠寶裝飾的車頂覆幔，代指車。雕鞍，裝飾華美的馬鞍。金絡馬，以黃金作馬絡頭。蘭窗，言蘭草所飾之窗。玉盤龍，屋柱窗簷之上刻繪的盤曲交結之龍紋。非以玉刻繪，言其色美。鮑照〈代陳思王京洛篇〉：「繡桷金蓮花，桂柱玉盤龍。」❹繡柱璿題粉壁映二句　璿題，言榱椽之頭飾以美玉。題，額。揚雄〈甘泉賦〉：「璿題玉英。」粉壁，以香粉塗壁。鏘金鳴玉，王侯將相佩帶之金玉之飾發出聲響。言王侯進退有儀。鏘，鳴金玉之聲。《國語・楚語》：「趙簡子鳴玉以相。」《晉書・樂志上》引成公綏〈正旦大會行禮歌〉：「多士盈朝，莫匪俊德。……濟濟鏘鏘，金聲玉振。」❺朝遊北里暮南鄰　南鄰、北里，非確指，泛言朝南暮北，宴遊不息。❻陸賈分金將宴喜二句　陸賈，楚人。漢高祖時出使南越有功，拜太中大夫。有五男，後將其出使南越時所得物件，賣千金，分每兒二百金，令為生產。自己則常乘安車駟馬，宴遊為樂。見《漢書・陸賈傳》。宴喜，宴飲戲樂。宴，一作「燕」。陳遵，字孟公，為列侯近臣所貴重。每宴飲，賓客滿堂，輒取客車轄投井中，雖有急不得去。見《漢書・游俠傳》。❼趙李經過密二句　趙李，當指西漢宦者貴倖趙談、李延年之流。參清梁章鉅《文選旁證》。經過，即過從、交往。阮籍〈詠懷〉詩：「西游咸陽中，趙李相經過。」蕭朱，指漢代蕭育與朱博為友，相互薦達。見《漢書・蕭育傳》。交結，互相拉攏提攜。❽丹鳳朱城白日暮二句　相傳秦穆公之女弄玉吹簫，鳳降於京城。後因稱京都曰鳳城。朱城，即宮城。白日暮，言時光飛逝，一天轉眼便過。曹植〈贈白馬王彪〉詩：「白日忽西匿。」為五品以上官員所用。見《隋書・禮儀志》。亦指張設紺幰的車駕。《拾遺記》：魏文帝愛美人薛靈芸，以青牛駕文車十乘迎之，日行三百里。紺幰，天青色車幔。紅塵，飛揚的塵土，形容繁華熱鬧之處。❾俠客珠彈垂楊道二句　俠客，又稱游俠。指見義勇為，急人所難，言必信、行必果之人。見《史記・游俠列傳序》。珠彈，以鐵石之丸射鳥為戲。《莊子・讓王》：「以隋侯之珠，彈千仞之雀，世必笑之。」倡婦，即女伎，從事歌舞的女藝人。銀鉤，採桑葉的工具。❿倡家桃李自芳菲二句　倡家桃李自芳菲，以桃李花之盛貌，喻女伎之美。曹植〈雜詩〉：「南國有佳人，容華若桃李。」京華，即京都。盛，一作「事」。輕肥，即輕車肥馬。⓫延年女弟雙鳳入二句　延年，漢武帝侍者，善歌舞。

言其妹傾城傾國之貌，得幸，是為李夫人。見《漢書・外戚傳》。雙鳳，前秦慕容沖姊弟有殊色，堅納幸之，專寵。長安歌曰：「一雌復一雄，雙飛入紫宮。」見《晉書・苻堅載記》。鳳，一作「飛」。羅敷，古樂府中女主人公，美麗而有貞操。使君，即為羅敷美色而迷惑之太守。〈古艷歌羅敷行〉：「使君從南來，五馬立踟躕……東方千餘騎，夫婿居上頭。」而此處則轉指其夫君。⑫同心結縷帶二句　同心、連理，皆指交織在情人衣服、帶子上，表達堅貞愛情的花紋。劉孝威〈郄縣遇見人織率爾寄婦詩〉：「鏤玉同心帶，雜寶連理枝。」⑬春朝桂尊尊百味二句　桂尊，以水漬桂而做成的酒樽。尊，同「樽」。百味，形容酒之味美，耐回味。蘭燈，以蘭膏點的燈。九微，亦燈名。傳云漢武好仙道，王母乘紫雲車而至，帝設九微燈以迎。見張華《博物志》引《史補》。⑭翠幌珠簾不獨映二句　翠，青綠色美玉。瑟，樂器。二十五弦。《史記・孝武本紀》：「泰帝使素女鼓五十弦瑟，悲。帝禁不止，故破其瑟為二十五弦。」⑮且論三萬六千是二句　三萬六千，指人生百年三萬六千日。三萬六千，一作「二八千金」，一作「二十八年」。四十九年，指人生大半。《淮南子・原道》：「故蘧伯玉年五十，而知四十九年非。何者？先者難為知，而後者易為攻也。」言人生苦短，未來不能預設，而過後又往往不滿意。

【語譯】平臺與外戚之居中間連著高高的城牆，桌上擺滿精美的飲食，等待著開宴的鐘聲響起。小堂上華美的帷帳無以計數，大道上豪貴之家的樓閣高聳入雲。車蓋裝飾著珠寶，馬鞍精雕細刻，金製的馬絡頭，窗欞上裝點著蘭花草，雕梁畫棟上盤曲著玉雕的蛟龍。榱椽之頭裝飾著美玉，與粉白的牆壁相輝映，朝堂之上王公大臣絡繹不絕，衣裾上的玉飾鏘鏘鳴響。那些王侯貴戚大多是天子近臣，他們頻頻遊宴，早上在北里，黃昏又到了南鄰。陸賈分散財物後宴飲嬉戲於公卿間，陳遵亦緊閉家門，強留名公巨卿聚飲為歡。趙談、李延年等幸臣來往頗密，蕭育、朱博等貴人互相拉攏提攜如親兄弟。京都宮城的白天過得真快，一眨眼入夜，一輛輛覆有天青色車幔的牛車經過，捲起滾滾紅塵。俠客在綠楊垂蔭的大道上以珠彈鳥為戲，女伎撐著銀鉤在路邊採桑。倡家女子自是像桃李一樣美豔，京都的游俠炫耀著他們的輕車肥馬。李延年妹、慕容沖姊因貌美召幸，和兄弟成雙成對入宮，大美女羅敷巧對色迷迷的太守，她的夫君領著東方千人馬隊而回。佩戴打成同心結的履帶，穿著織有連理紋的衣服。春天的早晨啜飲著用桂樽盛的美酒，秋天的夜晚以芳香四溢的蘭膏點著九微燈。翡翠裝飾的紗帳和珠玉點綴的門簾互相映襯，清脆的歌喉自然貼切地隨和著寶瑟的伴奏。就說人生一百歲時間很長，哪裏知道這過去的大半輩子是對是錯。

古來榮利若浮雲，人生倚伏信難分❶。始見田竇相移奪，俄聞衛霍有功勳❷。未厭金陵氣，先開石槨文❸。朱門無復張公子，灞亭誰畏李將軍❹。相顧百齡皆有待，居然萬化咸應改❺。桂枝芳氣已銷亡，柏梁高宴今何在❻。春去春來苦自馳，爭名爭利徒爾為❼。久留郎署終難遇，空掃相門誰見知❽。莫矜一日擅繁華❾，自言千載長驕奢。倏忽摶風生羽翼，須臾失浪委泥沙❿。黃雀徒巢桂，青門遂種瓜⓫。黃金銷鑠素絲變，一貴一賤交情見⓬。紅顏宿昔白頭新，脫粟布衣輕故人⓭。故人有湮淪，新知無意氣⓮。灰死韓安國，羅傷翟廷尉⓯。

【章旨】寫漢代帝京官場鬥爭之慘烈，人情之冷酷。謂世間榮利、人生禍福如過眼煙雲。

【注釋】❶古來榮利若浮雲二句　浮雲，喻榮利飄忽難捉摸。《論語・述而》：「不義而富且貴，於我如浮雲。」倚伏，謂禍福不定。《老子》：「禍兮福之所倚，福兮禍之所伏。」❷始見田竇相移奪二句　田，指田蚡。竇，指竇嬰。皆西漢貴戚，前後封侯，為太尉、丞相，權勢此消彼長。後竇嬰為田蚡所劾，被殺。見《漢書・竇田灌韓傳》。移奪，一作「傾代」。衛霍，指衛青、霍去病。霍去病，大將軍衛青之外甥。從青擊匈奴，有功，日以親貴，而青不得益封。門人故吏趨炎附勢者，多棄衛而投霍。參見《漢書・衛青霍去病傳》。❸未厭金陵氣二句　厭，鎮壓；抑制。金陵，地即今南京及江寧。秦始皇時，有望氣者云五百年後金陵有天子氣，故欲壓之，改其地曰秣陵。見《晉書・元帝紀》。後此地仍屢為帝王之都，故曰未厭。石槨文，石棺上的銘文。衛靈公死，卜葬於沙丘而吉，而沙丘乃靈公之子蒯聵卜葬之處。掘之得石椁，上有銘曰：「不馮其子。」靈公奪而埋之。見《莊子・則陽》。言子孫不可依靠。❹朱門無復張公子二句　朱門，指宮門。張公子，指漢成帝近臣富平侯張放。成帝嘗微服私訪，張放隨侍。過陽阿主第作樂，成帝見舞者趙飛燕而幸之。時童謠曰：「燕，燕，尾涎涎。張公子，時相見。木門倉琅根，燕飛來，啄皇孫。皇孫死，燕啄矢。」木門蒼琅根，謂宮門銅鍰，言趙飛燕將尊貴。後遂立為皇后。灞亭，漢霸陵亭。漢飛將軍李廣出雁門擊匈奴時，為俘虜得脫，贖為庶人。某日在終南山射獵晚歸，還至灞亭，灞亭尉傾輕侮之。見《漢書・李廣傳》。❺相顧百齡皆有待二句　百齡，百歲。皆有待，謂皆有一死。萬化，言世間萬物。《莊子・大宗師》：「若人之形者，萬化而未始有極也，其為樂可勝計邪？……又況萬物之所係，而一化之所待乎。」此用其意，而言萬物皆不可恃，及時行樂者為上。❻桂枝芳氣已銷亡二句　言繁華不永。漢武帝〈傷悼李夫人賦〉：「秋氣憯以淒淚兮，桂枝落而銷亡。」以桂枝形容李夫人的芳質、美德。柏梁，柏梁臺，漢武帝在長安城中北門內所建，嘗在此開宴詔羣臣和詩。參見《漢書・武帝紀》。❼爭名爭利徒爾為　《戰國策・秦策》：「張儀曰：臣聞爭名者於朝，爭利者於市。」❽久留郎署終難遇二句　久留郎署，用漢顏駟事。漢文帝時顏駟即為宿衛之郎官，文帝好文，而駟好武；至景帝好美，而駟貌醜；武帝喜選拔少壯而駟已年老。是以三世不遇，厖眉皓髮仍在郎署。見《後漢書・張衡傳》注引《漢武故事》。空掃相門，用漢魏勃事。漢初魏勃少時家貧，欲求見齊相曹參，乃常早埽於齊相舍人門外，求其引薦。參見《漢書・高五王傳》。按：各本多無「春去春來」以下四句，陳熙晉箋注本據《文苑英華》補。❾莫矜一旦擅繁華　莫矜，一作「當時」。繁，一作「豪」。❿倏忽摶風生羽翼二句　《莊子・逍遙遊》：「摶扶搖而上者九萬里。」扶搖，旋風。後稱鳥乘風捷上為摶風。揚雄〈解嘲〉：「當途者升青雲，失路者委溝渠。」委，拋棄。⓫黃雀徒巢桂二句　漢成帝時歌謠曰：「桂樹華不實，黃爵巢其顛。」桂，赤色，漢家象。華不實，無繼嗣。黃爵，即黃雀，喻王莽。巢其顛，言王莽雖竊漢柄，終致覆敗。見《漢書・五行志》。青門，長安城東門，又稱霸城門。其門色青，故稱青門。廣陵人邵平為秦東陵侯，秦破，為布衣，種瓜青門外。瓜美，時人謂之東陵瓜。見《三輔黃圖》卷一。⓬黃金銷鑠素絲變二句　言年壽不固，而交誼最重。銷鑠，即熔化。劉孝威〈塘上行〉：「黃金坐銷鑠，白玉遂緇磷。」素絲，即白髮。一貴一賤，漢文帝時翟公罷廷尉，賓客散去，門可羅雀。後復廷尉，賓客欲往，翟公拒之，於門上書：「一死一生，乃知交情；一貧一富，乃知交態；一貴一賤，交情乃見。」見《漢書・汲黯傳》。⓭紅顏宿昔白頭新二句　紅顏，即青春年華。宿昔，一夜之間。猶言短暫。顏之推〈聽鳴蟬篇〉：「紅顏宿昔同春花，素鬢俄頃變秋華。」白頭新，猶言變老。脫粟，粗糧；糙米。漢公孫弘為丞相，仍以脫粟、布被招待故人高賀，高賀怨之。弘歎曰：「寧逢惡賓，不逢故人。」見《西京雜記》。謂時勢改變，故人之間亦難以溝通。⓮故人有湮淪二句　謂人一旦處於困難之境，則朋友之類就不會照拂了。新知，即新友。《楚辭・九歌・少司命》：「樂莫樂兮新相知。」故人、新知，相對而言，泛指朋友。湮淪，困滯；沈淪。意氣，情誼；恩義。司馬遷〈報任安書〉：「曩者辱賜書，……意氣勤勤懇懇。」⓯灰死韓安國二句　漢韓安國曾犯法抵罪，獄吏田甲輕辱之。安國說：「死灰也有復燃的一天。」田甲說：「死灰燃起，我以尿澆之。」見《漢書・竇田灌韓傳》。羅傷，門可羅雀之狀使翟廷尉傷心。參見本詩第三部分注⓬。

【語　譯】自古以來榮名利祿就好像天上的浮雲一樣難以把握，人生禍福災祥也難解難分。剛看到田蚡、竇嬰兩人爭權奪利，突然又聽說霍去病的功勳蓋過了大將軍衛青。秦始皇沒有壓住金陵的王氣，衛靈公先打開他兒子石槨的銘文。宮門之內再也沒有貴人張公子來訪，灞亭也沒有誰敬畏失勢的李將軍。每人都希望長命百歲，卻總有一死，萬事萬物到頭來都會互相轉化。李夫人被比作桂枝，而其芳香已經消亡，漢武帝高高的柏梁臺今天在哪裏。一年四季到處奔波，苦了自己，爭名爭利純粹是白白地浪費生命。顏駟頭髮花白了還待在原來的郎署，終究是沒有走運，像魏勃那樣去掃丞相舍人的大門，沒人睬你。不要因你一時擁有了美麗大世界而沾沾自喜，自以為永遠會這樣嬌貴奢靡。忽然像一隻大鵬生出了大翅膀，扶搖直上，轉眼或許又會像失去波浪的魚，被拋棄在沙灘。黃雀徒然以桂樹為巢，終會墜落，東陵侯邵平最後在青門種瓜。黃金熔化，青絲變白髮，經歷過發達和倒霉的時候，人間的交情就看出來了。青春年華短暫，一夜之間就生出了白頭髮，用糙米和布衣招待故人，卻被故人所抱怨。無論是故人，還是新知，一旦困滯沈淪，都不會顧及感情和恩義。韓安國獄中遭辱，夢想著死灰復燃，賓客散去，門可羅雀，不知道多傷翟廷尉的心。

　　已矣哉，歸去來❶。馬卿辭蜀多文藻，揚雄仕漢乏良媒❷。三冬自矜誠足用，
十年不調幾邅回❸。汲黯薪逾積，孫弘閣未開❹。誰惜長沙傅，獨負洛陽才❺。

【章　旨】傷古來才士之不遇，藉以自寬鬱悶也。其中暗寓希求裴侍郎薦拔之意。

【注　釋】❶歸去來　即歸去。來，語助詞。晉陶潛有〈歸去來辭〉。❷馬卿辭蜀多文藻二句　漢司馬相如字長卿，省稱馬卿。他離開蜀地之後，客遊梁國，撰〈子虛賦〉；武帝召見，作〈上林賦〉，文采富麗。見《漢書・司馬相如傳》。揚雄，漢蜀成都人。年四十餘來京師，為黃門給事郎，當成、哀、平間，三世不徙官。見《漢書・揚雄傳》。良媒，好的推介人。❸三冬自矜誠足用二句　三冬，即三個冬季、三年。《漢書・東方朔傳》：「臣朔少失父母，長養兄嫂，年十二學書，三冬文史足用。」矜，自負。十年不調，即十年不升遷。《後漢書・馬融傳》：「頌奏忤鄧氏，滯於東觀，十年不得調。」文史中其他有關「十年不調」事尚多。賓王其他詩文亦屢歎「十年不調」，實為用典，非確指。邅回，徘徊不進，喻指生活多周折。❹汲黯薪逾積二句　漢汲黯為九卿時，公孫弘、張湯尚為小吏。後弘、湯官位漸高於汲黯，汲黯不免有些怨氣，對武帝說：「陛下任用官員像堆柴火，後來者居上。」見《漢書・張馮汲鄭傳》。漢公孫弘從平民起用為官，數年至宰相，封侯。於是起客館以延賢人，與參謀議。見《漢書・公孫弘傳》。❺誰惜長沙傅二句　惜，憐惜。長沙傅，即賈誼，洛陽人，少有俊才。年二十餘得廷尉吳公賞拔，文帝召為博士，為太中大夫。當朝宿老不滿，肆加詆毀。天子後亦疏之，貶誼為長沙王太傅。見《漢書・賈誼傳》。

【語　譯】算了吧，回家吧。司馬相如離開蜀國，因為他作賦時辭藻富麗，揚雄出仕漢朝三世不遇，沒人提拔推薦他。三年讀書所得的文史知識，自以為還可以拿得出手，卻十年不提升職位，生活充滿周折。漢代汲黯埋怨朝廷用人如堆柴火，如今是柴火越堆越高，我怎麼就碰不到公孫弘開閣延賓的好時候。有誰憐惜那被貶的長沙王太傅賈誼，只有像他空抱滿腹才華而孤獨地自我欣賞。

【研　析】此詩分為四部分，第一部分從「山河千里國」至「黃扉通戚里」共二十八句，狀寫帝京山河之雄險和城闕之壯觀、天子之尊嚴。開篇四句，振起全局，氣勢雄渾，感情激越，給人一種曠遠、博大、深邃的氣魄。「皇居帝里崤函谷」以下六句，寫遠景，宏觀展現了一幅龐大壯麗的立體圖景。此為對首句「山河千里國」的細緻繪寫。「桂殿陰岑對玉樓」以下六句，寫近觀，乃對「城闕九重門」的具體刻劃。「劍履南宮入」以下十二句，著力而細緻地描寫皇居之壯，表示對「天子尊」的敬畏和想像。「皇居壯」乃「睹」之所得，是實寫；「天子尊」乃據目睹而推測，是虛寫。

第二部分從「平臺戚里帶崇墉」到「寧知四十九年非」共三十句，重點描繪長安上流社會及其附庸驕奢縱欲的生活。「平臺戚里」以下八句，承上「朱邸」、「黃扉」二句，寫王侯貴人居宅之美，與「皇居」之壯形成對比。「王侯貴人」以下六句，寫貴族交遊宴飲之無度，與「天子尊」形成反襯。「丹鳳朱城」以下十六句，展現日暮之驕奢淫逸的帝京夜生活場景。一邊是豔若桃李的娼妓，一邊是年少英俊的俠客。碧紗帳裏，彩珠簾內，皇帝與寵妃，使君與羅敷，王侯貴人與歌兒舞女，出雙入對，相互依偎，歌舞場上，輕歌曼舞，沈迷於燈紅酒綠的夢幻裏。

第三部分從「古來榮利若浮雲」至「羅傷翟廷尉」共三十句，把西漢一代帝王將相、皇親國戚殘酷的鬥爭景象和世態人情的炎涼，寫得淋漓盡致。「古來榮利」以下十句，承前二句而來，言禍福倚伏之無常；「桂枝芳氣」以下十二句，言榮利之變幻不定，「黃金銷鑠」以下八句，言人情世態之薄。此是對「皇居壯」、「天子尊」的顛覆。考究的用典，精到的議論，生動的描繪，細膩的抒情，驚醒的詰問，交叉使用，縱橫捭闔，舉重若輕。

第四部分從「已矣哉」至結尾，共十句，慨才人之不遇。詩人列舉了漢代著名的賢才志士，如司馬相如、揚雄、汲黯、賈誼等，其命運都不取決於個人學識才智的高低，而在於統治者的好惡。「十年不調幾邅回」，語意雙關，既說古人，也是歎自己的境遇。這一結尾，婉轉地表達了忠直之士難以被容納之意。沈德潛評〈帝京篇〉：「作〈帝京篇〉，自應冠冕堂皇，敷陳主德。此因己之不遇而言，故始盛而以衰颯終也。……『已矣哉』以下，傷一己之湮滯。此非詩之正聲也。」主張溫柔敦厚的沈德潛見不得半點的批評。李因培《唐詩觀瀾集》卷五評云：「藻麗沿六朝，而愈增繁縟，唐初四子往往如此。此詩警豪華之難保，戒驕奢之終衰，移風易俗，有賈生之志焉。義近於風。」聞一多評此篇是「宮體詩的自贖」，賦體詩中添入諷諭的因子，無異於給蒼白的宮體詩輸入了強心劑和熱血。實為有見。

該詩取材於漢代京城長安的生活故事，以古喻今，抒情言志，氣韻流暢。它是初唐長篇詩歌的代表作之一，可與盧照鄰的〈長安古意〉媲美，當時以為絕唱。因是呈給吏部侍郎的，因此內容比〈長安古意〉顯得更為莊重嚴肅，氣勢也更大。形式較自由活潑，七言間以雜言，長短交錯，振盪迴旋。鋪敘、抒情、議論也各盡其妙。詞藻富麗，鏗鏘有力，雖然承襲陳隋之遺，但體製雅騷，翩翩合度，為歌行體闢出了一條寬闊的新路。「五緯」以下八句連用五、八、一百二、三十六、三條九陌、萬戶千門等數字，後又有「小堂綺帳三千戶，大道青樓十二重」、「且論三萬六千是，寧知四十九年非」等句。這些數據巧妙地構成詩歌的鮮豁之境和獨特景象。舊以為張鷟《朝野僉載》卷六所載「賓王好以數對，如『秦塞重關一百二，漢家離宮三十六』，時人號為算博士」是譏諷之語，其實未必。

夏日游德州贈高四

【題解】德州，地在今山東德州。高四，未詳，殆德州人。詩敘寫歸義烏家鄉之前在德州與高四度過的一段美好時光，讚美真誠的友情，歌唱快樂的隱居生活，表達對官場的厭倦、對鄉野生活的熱愛以及對宗教信仰的追求。作於隱居金華時。

日觀鄰全趙，星臨俯舊吳❶。鬲津開巨浸，稽阜鎮名都❷。紫雲浮劍匣，青山孕寶符❸。封疆恢霸道，問鼎競雄圖❹。神光包四大，皇威震八區❺。風煙通地軸，星象正天樞❻。天樞限南北，地軸殊鄉國❼。辟門通舜賓，比屋封堯德❽。言謝垂釣隱，來參負鼎職❾。天子不見知，羣公詎相識❿。未展從東駿，空戢圖南翼⓫。時命欲何言，撫膺長歎息⓬。歎息將如何，遊人意氣⓭多。白雪梁山曲，寒風易水歌⓮。泣魏傷吳起，思趙切廉頗⓯。悽斷韓王劍，生死翟公羅⓰。羅悲翟公意，劍負韓王氣。驕餌去易論，忌途良可畏⓱。夙昔懷江海，平生混涇渭⓲。千載契風雲，一言忘賤貴⓳。

【章　旨】自敘其生平經歷與理想。謂嘗自期一用於明時，然仕途不遂，終起江海之思。

【注　釋】❶日觀鄰全趙二句　日觀，即泰山東南巖日觀峯。《水經注・汶水》引應劭《漢官儀》：「日觀者，雞一鳴時，見日始欲出，長三丈所，故以名焉。」此以代德州。全趙，春秋戰國時趙國全境。德州古屬齊國北地，相鄰趙國。星臨，謂星所照耀之區。古代把天上二十八宿或十二星次與地上九州土地相對應，稱分星、分野或星土。從星相學的角度說，賓王家鄉婺州在春秋戰國時屬於越國，比鄰於吳國。吳、越的分野，與斗、牽牛星相應。❷鬲津開巨浸二句　鬲津，古黃河下游「九河」之一，東流入海，漢時已淤塞。故道在今山東德州附近。開，通向。巨浸，大水澤，此指鬲津所匯入的渤海。稽阜，指會稽山。阜，土山；丘陵。此言婺州古時屬會稽名都之區。《通典・州郡門》：「婺州，秦屬會稽郡，二漢置會稽西部都尉，理於此。」❸紫雲浮劍匣二句　紫雲，猶言紫氣。祥瑞之象。用豐城劍氣事。傳說三國時，斗、牛二星之間常有紫氣，豫章人雷煥妙達緯象，言紫氣為寶劍之精，上徹於天。尚書令張華密令雷煥往豐城尋之，得龍泉、太阿二劍。見《晉書・張華傳》。斗、牛的分野正是吳、越之地。雲，一作「雷」，非。孕，孕育；包藏。寶符，神秘的符命。春秋趙簡子告諸子曰：「吾藏寶符於常山上，先得者賞。」諸子均無所得，惟太子毋卹還而報曰：「已得符矣！從常山上臨代，代可取也。」後乃攻取代地，轉為強盛。見《史記・趙世家》。❹封疆恢霸道二句　封疆，建立疆界。恢，恢拓；擴大。霸道，指憑藉武力等進行統治。據《管子・小匡》：管仲提出封疆以安四鄰之策，幫齊桓公建立霸業。問鼎，《左傳》宣公三年：「楚子伐陸渾之戎，觀兵於周疆……問鼎之大小輕重焉。」鼎為周王朝政權的象徵，楚子問鼎，則意欲取而代之。雄圖，宏大的志願。因吳、越於戰國時俱入楚，故用楚國典事。❺神光包四大二句　神光，神的光輝。四大，《老子》：「故道大，天大，地大，王亦大。」佛家以地、水、火、風為四大，認為宇宙萬物和道理都蘊含在此四者之中。皇威，君主的威力。八區，四方（東、南、西、北）及四隅（東南、西南、西北、東北），即全天下。❻風煙通地軸二句　風煙，猶風塵。梁吳均〈與宋元思書〉：「風煙俱靜，天山共色。」通，一作「連」。地軸，古代傳說大地有三百六十大軸。見張華《博物志》。後用來泛指大地。星象，指星體明、暗、薄、飾等現象。古人據以占驗人事的吉凶。天樞，北斗七星之第一星。也用以比喻國家的權柄。唐太宗〈臨層臺賦〉：「門無關於地軸，戶不納於天樞。肆黎元於耕鑿，一文軌於車書。」❼天樞限南北二句　因天樞斗柄指北，故云限南北也。而地有三千六百軸，用以代指各方鄉土。❽辟門通舜賓二句　辟門，打開大門。舜賓，《尚書・舜典》：「賓於四門，四門穆穆。」孔安國傳：「四方諸侯來朝者，舜賓迎之，皆有美德。」比屋，連屋；家家戶戶。陸賈《新語・無為》：「堯舜之民，可比屋而封；桀紂之民，可比屋而誅者，教化使然也。」❾言謝垂鈎隱二句　呂望年七十，隱居垂釣於渭渚。周文王見之，以為輔助。參《史記・齊世家》。鈎，一作「鉤」。阿衡欲干商湯，乃負鼎為有莘氏媵臣，以滋味說湯，致於王道。湯使人聘迎之，並舉任以國政。參《史記・殷本紀》。言、來，皆語辭。❿天子不見知二句　《史記・田單列傳》：「田單者，齊諸疏屬也。湣王時，單為臨菑市掾，不見知。」《左傳》襄公二十九年：「吳公子札聘於鄭，見子產如舊相識。」⓫未展從東駿二句　展，即展足，施展開手腳。《三國志・蜀書・龐統傳》：「龐士元非百里才也，使處治中別駕之任，始當展其驥足。」從東駿，《漢書・禮樂志》：「天馬徠，歷無草。徑千里，循東道。」謂天馬從西而千里來東者。戢，斂。圖南，飛向南海。傳云大鵬之自北冥飛南冥，水擊三千里，摶扶搖而上者九萬里。見《莊子・逍遙遊》。⓬時命欲何言二句　時命，猶言運氣。揚雄〈反離騷〉：「夫聖哲之遭兮，固時命之所有。」撫膺，捶胸。表示悵惋、慨歎。⓭意氣　謂鬱積於胸的不平之氣。⓮白雪梁山曲二句　雪，一作「雲」，非。梁山曲，曾子所造。曾子嘗耕於泰山之下，值天寒雨雪，旬月不得歸。思其父母，故作〈梁山操〉。參蔡邕《琴操》。梁山，即泰山腳下之梁甫山。易水歌，《戰國策・燕策》：燕太子丹派荊軻刺秦王，送之於易水之上。荊軻歌曰：「風蕭蕭兮易水寒，壯士一去兮不復還。」⓯泣魏傷吳起二句　吳起，戰國時衛國人，曾仕魏國為將守西河。後遭讒言而含淚離開魏國。不久，西河為秦攻下。見《呂氏春秋・長見》。切，急切。廉頗，春秋時趙國名將。趙悼襄王時，廉頗不為用。因總惦記為趙國出力，故雖奔於魏、楚，心不在焉而無戰功。見《史記・廉頗藺相如列傳》。⓰悽斷韓王劍二句　悽斷，悲痛欲絕。韓王劍，用戰國蘇秦遊說韓宣惠王事。蘇秦說韓王曰：「有道是：『寧為雞口，無為牛後。』您政治賢明，軍隊強大，卻追隨秦之後，私下為您不安。」於是韓王勃然作色，按劍仰天歎息，決意抗秦。見《史記・蘇秦列傳》。翟公羅，謂人間交道淺薄。見〈上吏部侍郎帝京篇〉第三部分注⓬。⓱驕餌去易淪二句　驕餌，驕君之誘餌，即爵祿。《漢書敘傳》：「不絓聖人之網，不齅驕君之餌。」淪，淪沒；迷失而不能自拔。忌途，即畏途。《莊子・達生》：「夫畏途者，十殺一人，則父子兄弟相戒，必盛卒徒而後敢出。」此指仕途。⓲夙昔懷江海二句　夙昔，向來。江海，指隱士所居。《莊子・

讓王》：「身在江海之上，心居乎魏闕之下。」此反其意而用之。混涇渭，猶言辨不清官場形勢。謂不為當道所用。涇渭，二水名，涇清而渭濁。在今甘肅、陝西境內。⑲千載契風雲二句　風雲，本指人的際遇。此指朋友間的一見相合。契，契合；交會。徐陵〈為貞陽侯與太尉王僧辯書〉：「通期管、樂，冥契風雲。」此用前者。一言，即一句意氣相投的話。殆言與高四的結識因緣。

【語　譯】從日觀峯遠望，德州與古趙國相鄰，以星象來俯視，婺州與吳國相連。鬲津河奔向遼闊的渤海，會稽山鎮守婺州名都。紫色雲氣浮於劍匣之外，青青常山埋藏著強國的寶符。管仲提出封疆之策以推廣霸術，楚子問鼎於周王，顯露自己的雄心壯志。神的光芒包羅著世間萬物，皇帝的威勢震驚四面八方。風塵四起，貫穿整個大地，星象分明，正指向北斗七星第一星。天樞星限定了南北的方向，地軸也劃分了各鄉各地的區域。開門納賢，與舜迎賓之德相通，家家可封爵，有如唐堯教化之美。我告別像呂尚那樣垂釣渭濱的生活，像伊尹那樣背著鍋鼎干謁有司。不為天子所知，豈會被羣公所賞拔。駿馬未能展足千里，奔向東方，大鵬徙自收斂翅膀，不能乘風飛翔南海。這全是命中注定，無話可說，只有捶胸頓足，一聲歎息。歎息又能怎樣，漂泊之人的鬱悶將鬱積更多。大雪天曾子耕於梁山下，奏〈梁山操〉，荊軻刺秦，寒風中唱易水歌。吳起為西河即將不守而哭，廉頗深切地懷著為趙國出力的心思。韓王按劍長歎，悲痛欲絕，廷尉翟公看著門前的雀羅，陡起生死之憤。雀羅使翟公悲憤不已，長劍使韓王氣吞斗牛。一旦沾上驕君的爵祿就易迷失，仕途實在可怕。向來就有放浪江海之志，平素分不清涇渭，不會為當道所用。風雲契合，千載難得，一言而訂交，不管身分賤貴。

去去訪林泉，空谷有遺賢❶。言投爵里刺，來泛野人船❷。締交君贈縞，投分我忘筌❸。成風郢匠斲，流水伯牙弦❹。牙弦忘道術，漳濱恣閒逸❺。聊安張蔚廬，詎掃陳蕃室❻。虛室狎招尋，敬愛混浮沈❼。一諾黃金信，三復白珪心❽。霜松貞雅節，月桂朗沖襟❾。靈臺萬頃浚，學府九流深❿。談玄明毀璧，拾紫陋籯金⓫。鷺濤開碧海，鳳彩綴詞林⓬。林虛星華映，水澈霞光淨⓭。霞水兩分紅，川源四望通⓮。霧卷天山靜，煙銷太史空⓯。鳥聲流迴薄⓰，蝶影亂芳叢。柳陰低塹水，荷氣上薰風⓱。風月芳菲節，物華紛可悅⓲。將歡促席賞，遽軫言歸別⓳。積水帶吳門，通波連禹穴⓴。贈言雖欲盡，機心庶應絕㉑。潘岳本自閒，梁鴻不因熱㉒。一瓢欣狎道，三月聊棲拙㉓。

【章旨】敘在德州與高四度過夏季三個月快樂的隱居生活。

【注釋】❶去去訪林泉二句　去去，越行越遠。表決絕之意。蘇武〈古詩〉：「去去從此辭。」訪林泉，表示隱遁。林泉，指幽靜的山谷。遺賢，被人遺忘的世外賢人。《尚書・大禹謨》：「野無遺賢。」❷言投爵里刺二句　爵里刺，交際場合表示地位、身分、籍貫之名片。見劉熙《釋名・釋書契》。投刺，拋棄已有的名分與地位。蕭衍〈孝思賦序〉：「便投刺解職，以遵歸路。」野人，沒有爵祿的庶人。庾信〈奉和趙王隱士〉詩：「雖無亭長識，終見野人船。」言、來，皆語辭。❸締交君贈縞二句　贈縞，贈送貴重物品。縞，細白的生絹。《左傳》襄公二十九年：「吳公子札聘於鄭，見子產如舊相識，與之縞帶。子產獻紵衣焉。」杜預注：「吳地貴縞，鄭地貴紵。」投分，志向相合。分，情誼；志向。忘筌，得魚之後，興奮至極而忘記捕魚的器具。見《莊子・外物》。喻友人相得甚洽。❹成風郢匠斲二句　成風，指運斤成風。《莊子・徐无鬼》：郢地有人鼻尖偶有小白粉，匠石揮斧削去，卻未傷及鼻子，而郢人也立不失容。流水，即高山流水曲。《呂氏春秋・本味》：春秋時伯牙善奏琴，而鍾子期善聽。子期死，伯牙破琴絕弦，以為世上再沒人能聽懂琴聲了。以上二句謂朋友相得，舉世無兩。❺牙弦忘道術二句　牙弦，代指高四。忘道術，謂沈迷於道德、學術之中。《莊子・大宗師》：「魚相忘乎江湖，人相忘乎道術。」

漳濱，作者自指。漳河，在今山西、河北、河南境內。劉楨〈贈五官中郎將〉詩：「余嬰沈痼疾，竄身清漳濱。」後常用「漳濱」、「清漳」等代指臥病或失意滯留他鄉。此處指作者滯留德州。恣閒逸，放縱無檢束、盡情地遊玩。❻聊安張蔚廬二句　張蔚，即張仲蔚。東漢平陵（今陝西咸陽）人。常居窮素，所處蓬蒿沒人，時人莫識，唯劉龔知之。見皇甫謐《高士傳》。詎掃，豈掃。即不掃。陳蕃嘗閒處一室，而庭宇蕪穢。謂人曰：「大丈夫處世，當掃除天下，安事一室乎。」見《後漢書・陳王傳》。❼虛室狎招尋二句　虛室，謂心能空虛如室。見《莊子・人間世》。狎，親密。招尋，指友朋交往。李嶠〈蘭〉詩：「虛室重招尋，忘言契斷金。」敬愛，《呂氏春秋・必己》：「敬愛人者，己也；見敬愛者，人也。君子必在己者，不必在人者也。必在己，無不遇矣。」混，混同。浮沈，喻隱顯。❽一諾黃金信二句　一諾，一個許諾。漢季布重然諾，楚人有「得黃金百斤，不如得季布一諾」之諺。見《史記・季布欒布列傳》。三復，多次考慮。孔子弟子南容讀《詩》至「白圭之玷，尚可磨也，斯言之玷，不可為也」之句，乃反復念誦無已。因此，孔子以其兄之子妻之。見《論語・先進》。後用以形容言行十分謹慎。❾霜松貞雅節二句　《論語》曰：「歲寒，然後知松柏之後凋也。」雅節，高尚堅正的節操。月桂，傳說月中有桂樹，高五百丈。見隋杜公瞻《編珠・天地部》引晉虞喜《安天論》。此指月光。沖襟，恬靜空虛的胸懷。❿靈台萬頃浚二句　靈台，謂心。萬頃，言其廣闊。《後漢書・郭太傳》：「太曰：叔度之器，汪汪若千頃之陂。」浚，清也。學府，喻學問富贍。九流，指先秦學術史上的九個流派，即儒家、道家、陰陽家、法家、墨家、從橫家、雜家、農家、小說家。見《漢書・藝文志》。此指各類學問。⓫談玄明毀璧二句　談玄，談論玄理。毀璧，即毀玉。傳云庚市子乃無欲之聖人，人有爭財而相鬥者，庚市子毀玉於其間，而鬥者止。見《文選》張協〈七命〉「蓋理有毀之，而爭實之訟解」句李善注引《莊子后解》。拾紫，謂博取官位。漢制：丞相、太尉，皆金印紫綬，御史大夫銀印青綬。《漢書・夏侯勝傳》：「士病不明經術。經術苟明，其取青紫如俛拾地芥耳。」陋，鄙棄。籯金，《漢書・韋賢傳》：「韋賢為相五歲。少子玄成，復以明經歷位至丞相。故鄒魯諺曰：『遺子黃金滿籯，不如一經。』」籯，筐籠類之盛物竹器。⓬鷺濤開碧海二句　謂高四文思怒發，辭藻富麗。鷺濤，謂白浪翻滾如鷺之飛翔。枚乘〈七發〉：「衍溢漂疾，波涌而濤起。其始起也，洪淋淋焉若白鷺之下翔。」鳳彩，以鳳毛具五色而美。此形容詞采。綴，連綴；彙聚。詞林，彙集的文辭。⓭林虛星華映二句　描繪山林、流水早晚變化的美麗景象。此化用謝靈運〈石壁精舍還湖中作〉「林壑斂暝色，雲霞收夕霏」句意。澈，一作「徹」。⓮霞水兩分紅二句　兩分，即兩邊。川源，平原和河流。⓯霧卷天山靜二句　霧卷，即霧收束、消散。天山，以文法推之，當為德州山名，與下文太史相似。太史，古代九河之一。據清郝懿行《爾雅郭注正義》引《導河書》，在德州安德縣東南。⓰迴薄　迥，幽深。迥，一作「向」，一作「迴」。

薄，草木叢生處。⑰柳陰低塹水二句　塹，壕溝；護城河。薰風，和暖的南風，或曰清明風。⑱風月芳菲節二句　風月，清風明月。芳菲，花草。也指花草的芳香。物華，自然景色。⑲將歡促席賞二句　將、言，皆語辭。促席，古人席地而坐，為示親密而將座位靠近稱促席。遽軫言歸別，一作「遽爾又歸別」。遽，馬上；突然。軫，痛苦。《楚辭・九章・哀郢》：「出國門而軫懷兮，甲之鼂吾以行。」⑳積水帶吳門二句　積水，深水。吳門，即今蘇州。通波，汪洋暢達的水面。禹穴，傳說禹巡狩至會稽而崩，因葬焉。穴，即陵墓。《史記・太史公自序》：「上會稽，探禹穴。」㉑贈言雖欲盡二句　贈言，劉向《說苑・雜言》：「子路將行，辭於仲尼，曰：『贈汝以車乎？以言乎？』子路曰：『請以言。』」機心，機巧變詐的心計。傳云子貢過漢陰，見一丈人鑿隧入井，抱瓮而出灌，力多而功寡。子貢建議鑿木為機以出水。丈人笑曰：「有機事者必有機心。吾非不知，羞而不為也。」見《莊子・天地》。㉒潘岳本自閒二句　潘岳，晉滎陽中牟人。少以才穎見稱，既仕宦不達，乃作〈閒居賦〉。梁鴻，後漢咸陽人。少孤，嘗獨止而不與人同食。鄰居先炊已，梁鴻不因人熱，待火熄滅後再燃灶做飯。見《世說新語・德行》。㉓一瓢欣狎道二句　堯時布衣許由，巢居穴處而野食，渴而以手捧水飲之。人以一瓢遺之，由以瓢掛樹，風吹有聲。由覺煩擾，遂取損之。見蔡邕《琴操》。狎，親近。道，一作「遁」。棲拙，猶養拙。棲，止息。拙，粗劣的本性，自謙之辭。

【語　譯】遠離世俗去幽靜處隱居，深谷中有被人遺忘的賢人。拋棄代表榮利的名片，划著山野小船遨遊江湖。結交時你贈給我貴重的縞帶，志向相合，我就像捕得大魚扔掉捕魚的筌。像郢人運斤成風削去朋友鼻尖的白粉，又像子期的耳朵伯牙的弦。你悠然自得於道德學術之中，我失意滯留在德州，過著閒逸的生活。暫且安居在張蔚長滿蓬蒿的茅廬，也像陳蕃一樣，怎麼會掃一家的房屋。心中坦蕩，朋友自然來往親密，你敬我愛，不分隱居之士還是顯達之人。像季布那樣一諾千金重信譽，像南容那樣常懷謹行慎言之心。經霜的松樹，其高雅之節顯得更加堅正，仰望秋月，沖淡的胸懷更加清朗。你的心靈像萬頃碧波那樣清澈，你的學問之富，比九家九派還要淵深。你的談論，使人茅塞頓開，有庚市子毀玉之風采，你經術彰明，勝過滿筐黃金，卻不屑於博取官位。你文思飛揚，如大海翻滾驚濤，詞采富麗，彙聚起來著作等身。星光閃映而使山林顯得更加空寂，霞光淨美而使水流顯得更為清澈。雲霞與流水互相映照，一片通紅，放眼一望，平原和河流茫茫無邊。

迷霧退去，藍天與青山顯得那麼安詳，煙塵消散，太史古河一下子變得虛空。鳥聲像流水一樣在幽深的樹叢中響不停，美麗的蝴蝶起舞，與鮮花鬥豔。青翠的柳樹低拂在護城河上，荷葉的清香飄散在和暖的南風中。清風明月點綴著這鮮花盛開的季節，自然風光，目不暇接。正興奮地攜手享受這份快樂，突然又要痛苦地告別。潘岳本來就閒居無事，梁鴻從不貪圖別人的餘熱。愉快地效仿許由，將水瓢掛在樹上，在此地過了三個月簡陋的隱居生活。

棲拙隱金華，狎道訪仙查❶。放曠愚公谷，消散野人家❷。一頃南山豆，五色東陵瓜❸。野衣裁薜葉，山酒酌藤花❹。白雲離望遠，青溪隱路賒❺。儻憶幽巖桂，猶冀折疏麻❻。

【章　旨】敘分別後各自的隱居生活，並希望高四贈詩以表相思。

【注　釋】❶棲拙隱金華二句　金華，山名。在今浙江金華北。道家傳為赤松子得道處。道，一作「遁」。仙查，仙人所乘之木筏。常以喻歸隱。查，木筏。本作「楂」，通「槎」。❷放曠愚公谷二句　放曠，放浪、曠達而不拘禮俗。愚公谷，傳云齊桓公出獵時逐鹿而走入一老翁所居之谷。因老翁養母牛而生崽，賣牛崽而買一小馬崽。人或云：「牛如何能生馬？」乃將老翁買的馬崽牽走。自此，鄰里稱老翁為愚公，稱此谷為愚公谷。見《說苑・政理》。地在今山東臨淄西。消散，逍遙、散漫。野人，鄉野之人。庾信〈小園賦〉：「名為野人之家，是謂愚公之谷。」❸一頃南山豆二句　南山，向陽的山坡。《漢書・楊惲傳》：楊惲〈報孫會宗書〉曰：「田彼南山，蕪穢不治。種一頃豆，落而為萁。人生行樂耳，須富貴何時。」東陵，指秦東陵侯召平。秦破，為布衣，種瓜於長安城東。見《史記・蕭相國世家》。阮籍〈詠懷〉詩：「昔聞東陵瓜，近在青門外。……五色曜朝日，嘉賓四面會。」❹野衣裁薜葉二句　薜葉，薜荔之葉。薜荔，香草名。隱士所服。《楚辭・九歌・山鬼》：「若有人兮山之阿，被薜荔兮帶女蘿。」酌藤花，以藤花杯飲酒。崔豹《古今注》引張騫《出關志》云：酒杯藤出西域，藤大如臂，葉似葛花。花實堅，可以酌酒。土人提酒來至藤下，摘花酌酒，仍以實銷酒。❺白雲離望遠二句　謂訪道求仙之難。《莊子．天地》：「(聖人)千歲厭世，去而上仙，乘彼白雲，至於帝鄉……則何辱之有？」青溪，隱士所居。郭璞〈遊仙詩〉：「青谿千餘仞，中有一道士。」睽，遠。❻儻憶幽巖桂二句　幽岩桂，深谷招隱之桂樹。《楚辭．招隱士》：「桂樹叢生兮山之幽。」此代指隱士。疏麻，傳說中一種神麻。《楚辭．九歌．大司命》：「折疏麻兮瑤華，將以遺離居。」此處借喻詩歌。

【語　譯】在金華過著簡陋的隱居生活，我嚮慕道術，去訪求隱居的高士。愚公谷中放浪曠達而不拘禮俗，鄉野人家逍遙散漫而與世無爭。在南山之下種一頃地的豆子，又像東陵侯一樣做一個青門之外的瓜農。穿著山野的粗布衣裳，喝著藤花杯盛的清酒。飄往帝鄉的白雲越來越遠，去到青溪山的道路怎會那麼長。惦記著我這個深巖中的隱居之人，還希望你折一枝美麗的疏麻贈給我。

【研　析】此詩寫於隱居金華時。詩序中言：「僕少負不羈……而太夫人在堂，義須捧檄，因長安而就日，赴帝鄉以望雲。雖文闕三冬，而書勞十上。嗟乎！入門自媚，誰相謂言？致使君門隔於九重，中堂遠於千里……幸而敬止敝廬，朅來初服。」即言其歸金陵家鄉。之前於夏季三個月之中，詩人曾遊於德州，與高四相交，度過了一段美好的時光，故此寫詩贈之，表相思之情。「夏日遊德州，贈高四」，是回憶之筆。或以為是寫於作者因仕途不遂折回齊魯閒居的前期，而高四為金華人，誤。

此詩分三部分。第一部分自「日觀鄰全趙」至「一言忘賤貴」共四十句。敘其生平理想及無人賞識之苦悶。詩首「日觀」以下八句，分詠德州與婺州兩地的歷史、地理。「神光」以下八句，言此為聖明之世，區域一統，德化遍及天下。然既言「八區」，為何只拈出德州與婺州二處呢？因為此二處分別為高四與詩人自己所在之地，亦暗示詩人此去的遊蹤。詩中云：「將歡促席賞，遽軫言歸別。積水帶吳門，通波連禹穴。」似能證明之。言此二地，亦是開門見山之切題法。最重要的是，此二地又是詩人最為熟悉者。金華乃詩人的故鄉；而德州之地，詩人很早就隨父來博昌，生活於此一帶，亦可謂第二故鄉。由其長期生活之地寫到全國，實際上也隱括了其青少年時期的生活與理想。視野宏闊，筆勢雄峻，充滿自豪與自信，為其「言謝垂釣隱，來參負鼎職」蓄勢。「言謝」以下八句，敘其出仕而無人賞識的經歷。他來干明主，誰知竟是「天子不見知，羣公詎相識」，千里馬不能展足，鯤鵬不能舉翅。這無疑是他所遭受的最致命的打擊，是心靈的劇痛。「歎息將如何」以下十二句，以古代不遇時之人來自我寬釋其「意氣」，並得出「驕餌易淪，忌途可畏」的結論。「夙昔懷江海」以下四句，寫其平生懷遨遊江湖之夢。「千載契風雲，一言忘賤貴」的理想遇合，與官場上「天子不見知，羣公詎相識」的現實形成鮮明的對照。

第二部分從「去去訪林泉」至「三月聊棲拙」共四十六句。敘與高四的交遊契合。「去去」以下八句，敘與高四的訂交。用「贈縞」、「忘筌」、「郢匠斫」、「伯牙弦」形容其風雲契合，親密無間。這又一次與「天子不見知，羣公詎相識」形成對比。「牙弦忘道術」以下十六句，盛讚高四的道德學問。將其比作張蔚、陳蕃、季布、南容等史上的名士。他節操高尚，胸襟坦蕩，學問淵深，辯思無礙，文彩富麗，一點也不比朝廷羣公差。與他交往是一種榮幸和滿足。「林虛星華映」以下十二句，敘其夏季三個月與高四在德州度過的快樂時光。「將歡促席賞」以下十句，敘其與高四的分別。「積水帶吳門，通波連禹穴」，自言將離開德州，前往金華。「潘岳本自閑」，自喻；「梁鴻不因熱」，喻高四。言其毫無世俗氣味的自然而平淡的分離。

第三部分從「棲拙隱金華」至詩末共十二句，分敘二人離別後的隱居訪道生活。「棲拙」句，乃自敘；「狎道」句，敘高四。「放曠」句，寫高四，以愚公谷在齊地也；「消散」句，寫己。以下各句大致亦可視為分詠。「白雲離望遠」以下四句，寫高四；「青溪隱路賒」，寫己。

此詩雖為長篇，或敘事，或抒情，或寫景，或互為交融，隱顯有致。或敘一人，或分敘二人，都不失地步。又以頂針、轆轤之手法結構全篇，或韻斷而意連，或韻連而意轉，迴環曲折，別有韻味。

在江南贈宋五之問

【題解】江南，《唐會要》載：「貞觀元年，分為十道。江南道，古揚州之地。」此或指金華。宋之問，汾州人。甫冠，武后召與楊炯分直習藝館，累轉尚書監左奉宸內供奉。景龍中，遷考功員外郎。見《新唐書・文藝傳》。或以為賓王並無與詩人宋之問（排行十一）交往，此宋五之問當為另一人。此詩抒懷才不遇、奔波疲累之苦悶，並歌詠與宋之問之友愛，興同病相憐之慨。殆寫於上元三年（西元六七六年）秋詩人奉使江南時。

井絡雙源浚，潯陽九派長❶。淪波通地穴，委輸下歸塘❷。別島籠朝蜃，連洲擁夕漲❸。韞珠澄積潤，讓璧動浮光❹。浮光凝折水，積潤疏圓沚❺。玉輪涵地開，劍匣連星起❻。風煙標迥秀，英靈信多美❼。懷德踐遺芳，端操慚謀己❽。謀己謬觀光，牽迹強悽惶❾。揆拙迷三省，勞生昧兩忘❿。彈隨空被笑，獻楚自多傷⓫。一朝殊默語，千里易炎涼⓬。炎涼幾遷貿，川陸疲臻湊⓭。積水架吳濤，連山橫楚岫⓮。風月⓯雖殊昔，星河猶是舊。姑蘇望南浦，邯鄲通北走⓰。

【章　旨】謂己感明時之召而入仕，然不為時用，川陸奔湊，重入江南。

【注　釋】❶井絡雙源浚二句　以星相學而言，岷山地區上應井星，故稱井絡。其地崍山、崌山分別是長江二支流中江和北江的發源地。見《華陽國志・蜀志》及《水經注・江水》引《河圖括地象》。潯陽，郡名。治所在今江西九江市。潯陽，一作「陽侯」，非。長江自潯陽分為九道，有九江（即烏江、蚌江、烏白江、嘉靡江、畎江、源江、廩江、提江、菌江）之稱。派，水分流的樣子。此二句化用郭璞〈江賦〉「源二分於崌崍，流九派乎潯陽」意。❷淪波通地穴二句　謂九江之波通乎洞庭。淪，沈陷的樣子。地穴，指洞庭湖。地在今湖南岳陽。傳云太湖中有洞庭山，下游穴道通於洞庭湖。見《山海經・海內東經》郭璞注。委輸，即運轉、運送。歸塘，乃渤海東極遠處之大壑，天上地下之水皆注之，而無增減。見《列子・湯問》張湛注。

❸別島籠朝蜃二句　別島，言遠處的島嶼。別，分開；分列。朝蜃，早上的蜃氣。海面風平浪靜時，遠處偶有因折光形成的城郭樓宇等幻象。古人誤以為此乃蜃（大蛤蜊）所吐之氣形成，故稱蜃氣。連洲，近處連接不斷的沙洲。擁，圍裹。漲，一作「陽」，非。❹韞珠澄積潤二句　韞珠，即藏玉。澄，沈澱。積潤，厚積的潤澤。讓璧，用河宗沈璧於河事。《穆天子傳》卷一：「天子授河宗璧，河宗伯夭受璧西向，沈璧於河。」讓，將己所有者與人。浮光，閃爍的光芒。陸機〈文賦〉：「石韞玉而山輝，水懷珠而川媚。」❺浮光凝折水二句　凝，一作「疑」。《淮南子・墬形》：「水圓折者有珠，方折者有玉。」折水，謂玉水也。沚，水中的小洲。《詩經・秦風・蒹葭》：「溯游從之，宛在水中沚。」❻玉輪涵地開二句　玉輪，地名。汶江出岷山西玉輪坂下而南行，後東注於大江。見《水經注・江水》。開，此指水從地下湧出。劍匣連星，傳說三國時，斗、牛二星之間常有紫氣，為豐城寶劍之精上徹於天。見〈夏日游德州贈高四〉第一部分注❸。連星，即連斗、牛二星也。❼風煙標迥秀二句　風煙，猶言風物。迥秀，即高遠、挺拔。英靈，指傑出的人才。多美，多而美。❽懷德踐遺芳二句　懷德，謂感念恩德。《楚辭・九辯》：「鳥獸猶知懷德兮，何云賢士之不處。」遺芳，古人遺存的美好品德。端操，審視自己的操行。《楚辭・遠遊》：「內惟省以端操兮，求正氣之所繇。」慚，自謙之辭。謀己，為自己考慮。此指求仕。❾謀己謬觀光二句　謬，猶言忝列。自謙之辭。觀光，謂觀見國之盛德輝光。《易・觀》六四：「觀國之光，利用賓於王。」牽跡，謂行事、行動。悽惶，憂戚、倉惶的樣子。此二句似言自己做官的經歷。❿揆拙迷三省二句　揆，揣度；估量。拙，謙辭，言自己拙劣的品性。三省，反復地自我思考。《論語・學而》：「吾日三省吾身：為人謀而不忠乎？與朋友交而不信乎？傳不習乎？」勞生，為自己的生存而勞苦。兩忘，榮譽是非，二者俱忘。《莊子・大宗師》：「與其譽堯而非桀也，不如兩忘而化其道。」⓫彈隨空被笑二句　彈隨，謂自己大材小用，為人嗤笑。《莊子・讓王》：「今且有人於此，以隋侯之珠，彈千仞之雀，世必笑之。是何也？則其所用者重，而所要者輕也。」隨，一作「冠」，非。獻楚，傳云楚人和氏得玉璞而先後獻之厲王、武王，均以為石，而刖左、右足。文王即位，和抱璞於楚山之下而哭其冤。王乃使玉人理其璞，而得寶焉，遂命曰和氏之璧。見《韓非子・和氏》。謂看錯對象，費力做事而反傷害自己。⓬一朝殊默語二句　一朝，言時間短暫。默語，語指說話，默指沈默。喻指出仕或隱居。《子夏易傳》卷七：「君子之道，出處語默，途雖殊，其致一也。」又，陶淵明〈與殷晉安別〉：「語默自殊勢，亦知當乖分。」易，一作「暴」，一作「異」。炎涼，氣候的冷暖。以喻世態交道。江總〈南還尋草市宅〉詩：「無人訪語默，何處敘寒溫。」⓭炎涼幾遷貿二句　遷貿，變化；改換。臻湊，言奔波不暇。臻，到達。湊，水上奔赴。⓮積水架吳濤二句　概寫奉使江南之經歷。吳濤，吳越之地的潮汐。一般以八月中旬最為壯盛。楚岫，楚地的山谷，喻指偏遠地區。⓯風月　猶

言山川風物。⑯姑蘇望南浦二句 姑蘇，山名。地在今蘇州。山上有姑蘇臺，相傳為吳王闔閭或夫差所築。《史記・河渠書》太史公「上姑蘇，望五湖」，即此。後也稱蘇州曰姑蘇。南浦，泛指面南的水濱。《楚辭・九歌・河伯》：「子交手兮東行，送美人兮南浦。」後泛指為友人送別之處。邯鄲，在邯山盡頭，戰國時為趙國都。地在今河北。《史記・張釋之馮唐列傳》：一日，漢文帝至霸陵，慎夫人從，上指示慎夫人新豐道曰：「此走邯鄲道也。」夫人乃邯鄲人，頓起鄉思之情。乃鼓瑟，上自倚瑟而歌，意慘淒悲懷。走，趨。

【語譯】 從岷山所出的中江和北江源頭是那麼清浚，潯陽之地九條河流淵遠流長。水波沈淪地底，與洞庭相通，河水日夜不息地輸入無底的歸墟。遠處的島嶼被早上的蜃氣所籠罩，近處的沙洲，圍裹著傍晚上漲的潮汐。山中藏有美玉，使山林更加潤澤，河中有沈璧，水波閃爍光芒。閃爍的光芒，凝結在珠水之上，豐厚的潤澤，使藏玉的小洲更加疏朗。玉輪坂之汶江從地底湧出，劍匣的紫氣直衝於牛斗二星之間。突出於風塵之中，顯得高遠挺拔，不凡的人才，確實眾多而且俊秀。感念恩德，繼承前人的美行，審視自己的操行，慚愧地為自己的下一步作謀劃。為自己的前途考慮，也曾來到京都，錯誤地忝列朝廷官吏，行事卻很牽強拘謹，棲棲遑遑。以自己愚拙的品性而言，時時自我反思也想不明白，為生存而奔波勞苦，弄不清這裏頭的是非得失。就像以隨侯珠來彈射千仞之鳥，空讓人嗤笑，像和氏那樣殷勤獻璧，而屢被傷害。一天之內由出仕到擯落閒居，就好像千里內外冷熱不齊。經歷了多少次氣候的冷熱變化，水陸兼程為王事奔命不暇。深水湧起兇狂的吳濤，綿連不絕的羣山一直通向邊遠的楚地。山川風物雖然與往日不同，天上的銀河依舊還是那麼清淺。登上姑蘇山遙望南浦傷心之處，遙望邯鄲之路伸向北方的盡頭。

北走平生親，南浦別離津。瀟湘一超忽，洞庭多苦辛❶。秋江無綠芷，寒汀有白蘋❷。采之將何遺，故人漳水濱❸。漳濱已遼遠，江潭未旋返❹。為聽〈短歌行〉，當憶長洲苑❺。露金熏菊岸，風佩搖蘭阪❻。蟬鳴稻葉秋，雁起蘆花晚❼。晚秋雲日明，亭皐風露清❽。獨負平生氣，重牽搖落情❾。占星非聚德，夢月詎懸名❿。寂寥傷楚奏，淒斷泣秦聲⓫。秦聲懷舊里，楚奏悲無已。郢路少知音，叢臺富奇士⓬。溫輝凌愛日，壯氣驚寒水⓭。一顧重風雲，三冬足文史⓮。文史盛紛綸，京洛多風塵⓯。猶輕五車富，未重一囊貧⓰。李仙非易託，蘇鬼尚難因⓱。不惜勞歌盡，誰為聽〈陽春〉⓲。

【章旨】作詩贈宋之問，敘昔日江南之交遊，抒發懷才不遇之鬱悶，並寄同病相憐之慨。

【注釋】❶瀟湘一超忽二句　瀟湘，指湘江，因水清深而得名。瀟，深清。超忽，曠遠的樣子。屈原〈九歌・國殤〉：「平原忽兮路超遠。」洞庭，洞庭湖，在今湖南岳陽西南。柳惲〈江南曲〉：「洞庭有歸客，瀟湘逢故人。」❷秋江無綠芷二句　言思念友人而不得見。芷，香草名。蘋，水草名。王僧孺〈湘夫人〉：「白蘋徒可望，綠芷竟空滋。」❸采之將何遺二句　言與故人相隔。〈古詩〉：「涉江采芙蓉，蘭澤多芳草。采之欲遺誰，所思在遠道。」漳水濱，劉楨〈贈五官中郎將〉詩云：「余嬰沈痼疾，竄身漳水濱。」敘流落、病居他鄉之苦，後世因以「漳濱」、「清漳」代稱臥病異地或偃蹇滯留他鄉。❹江潭未旋返　江潭，幽隱之處。《楚辭・漁父》：「屈原既放，遊於江潭。」旋返，猶言還返。❺為聽短歌行二句　短歌行，樂府相和歌辭曲名。晉崔豹《古今注・音樂》：「長歌、短歌，言人生壽命長短分定，不可妄求也。」又長歌、短歌，言其發聲之短長也。當憶，一作「當想」。長洲苑，漢吳王所治宮苑，以江水洲為苑。地在今蘇州西南。❻露金熏菊岸二句　露金，即霜中的菊花。熏，一作「薰」。風佩，風中的環佩。阪，小山坡。曹植〈公宴〉詩：「秋蘭佩長坂，朱華冒綠池。」❼蟬鳴稻葉秋二句　蟬鳴、雁起，皆表秋天的到來。❽亭皐風露清　亭皐，水邊地。露，一作「霧」。❾獨負平生氣二句　獨，副詞，表反問語氣。氣，即志氣。一作「志」。陶潛〈歸去來辭序〉：「於是悵然慷慨，深愧平生之志。」重，難。一作「空」。搖落，凋謝、零落。宋玉〈九辯〉：「悲哉秋之為氣也，蕭瑟兮草木搖落而變衰。」❿占星非聚德二句　謂時運不濟，仕途失意。占星，候視星象而知吉凶。德，指德星，又稱福星。後亦比喻賢士。後漢陳寔從諸子侄訪荀淑父子，於時德星聚，太史奏：「五百里內有賢人聚。」見劉敬叔《異苑》。夢月，《會稽先賢傳》載：吳侍中闞澤，在母胎八月，而叱聲震外。年十三，夜夢名字炳然縣在月，後遂昇進。詎，豈。⓫寂寥傷楚奏二句　寂寥，靜寂。楚奏，《左傳》成公九年載：晉侯見楚囚鍾儀，知其世為伶人，乃與之琴，命奏樂。鍾儀操楚音。淒斷，猶淒切。庾信〈夜聽搗衣〉詩：「哀怨聲淒斷。」秦聲，《史記・張儀列傳》：陳軫奔楚，復使於秦，秦惠王曰：「子去寡人之楚，亦思寡人不？」軫對曰：「越人莊舄仕楚執珪，猶尚越聲也。今臣雖棄逐之楚，豈能無秦聲哉！」後以「楚奏」、「秦聲」寓思鄉懷舊之情。⓬郢路少知音二句　郢，戰國楚國的國都。《楚辭・涉江》：「惟郢路之遼遠兮，江與夏之不可涉。」知音，能聽懂音樂的人。傳云客有歌於郢中者，其始為〈下里〉、〈巴人〉，國中屬而和者數千人。其為〈陽陵〉、〈采薇〉，國中屬而和者數百人。其為〈陽春〉、〈白雪〉，國中屬而和者數十人而已也。引商刻角，雜以流徵，國中屬而和者不過數人。其曲彌高者，知音而和者彌寡。見《新序》卷一。叢臺，戰國時趙國邯鄲城內有叢臺。因數臺連聚，故名。《漢書・鄒陽傳》：「夫全趙之時，武力鼎士袨服叢臺之下者，一旦成市。」又，《漢書・蒯伍江息夫傳》：「燕趙固多奇士。」⓭溫輝凌愛日二句　溫輝，溫暖的光輝。借指恩德。凌，逾越；超過。愛日，冬日的太陽。《左傳》文公七年：「趙衰，冬日之日也；趙盾，夏日之日也。」杜預注：「冬日可愛，夏日可畏。」壯氣，用荊軻刺秦王事。燕太子丹白衣冠送荊軻易水上，荊軻起而歌曰：「風蕭蕭兮易水寒，壯士一去兮不復還。」為壯聲，人皆流涕。⓮一顧重風雲二句　一顧，指受人注意和揄揚。謝朓〈和王主簿李哲怨情〉詩：「生平一顧重，宿昔千金賤。」風雲，即意氣相合。《隋書・音樂志》：「〈圜丘歌辭〉：星漢就列，風雲相顧。」三冬，即三個冬季、三年。文史，指文書記事之本領。泛指才學。《漢書・東方朔傳》：「年十二學書，三冬文史足用。」⓯文史盛紛綸二句　紛綸，猶浩博。《後漢書・逸民傳》：「井丹，字大春。少受業太學，通五經，善談論，故京師為之語曰：『五經紛綸井大春。』」風塵，風起塵揚。喻指京洛之地人事紛擾。陸機〈為顧彥先贈婦〉詩：「京洛多風塵，素衣化為緇。」⓰猶輕五車富二句　猶輕，一作「由來」。五車，指學問。《莊子・天下》：「惠施多方，其書五車。」重，一作「奉」。一囊貧，用東漢趙壹事，指滿腹經綸的寒士。趙壹漢靈帝時官至上計吏。他恃才傲物，為鄉黨所棄，屢次得罪，幾乎被殺，經友人相助才倖免於難。作〈刺世疾邪賦〉，其中有「文章雖滿腹，不如一囊貧」之語。見《後漢書・趙壹傳》。後用為自傷失意，憤世嫉俗之典。⓱李仙非易託二句　《後漢書・郭太傳》：郭泰與河南尹李膺一面訂交，於是名震京師。後歸鄉里，公卿大夫送至河上，車數千兩。郭泰惟與李膺同舟而濟，眾賓望之，以為神仙焉。非，一作「悲」。蘇鬼，《戰國策‧楚策》：「蘇秦之楚，三日乃得見乎王。談卒，辭而行，謂楚國米珠薪桂，謁者難得見如鬼，王難得見如天帝。鬼，一作「曲」。因，依靠。⑱不惜勞歌盡二句　勞歌，憂愁之歌。謝混〈游西池〉詩：「悟彼蟋蟀唱，信此勞者歌。」陽春，即〈陽春〉、〈白雪〉之曲。參見本詩第二部分注⑫。言國中無人賞識。

【語　譯】向北的方向是我一生的依戀，南浦是充滿離愁別恨的碼頭。瀟湘之水一旦奔向遠方，去那微茫的洞庭之淵，多麼辛苦。秋江上再不見綠色的芷草，寒冷的沙洲上橫臥著白蘋。採摘白蘋用來贈給什麼人，我的老友在憂愁的漳水之濱。漳水之濱是那麼遙遠，不能回還到那幽靜的江潭隱居之地。聽聽那歌唱人生苦短的〈短歌行〉，自然就想念起快樂的長洲苑。霜露中金黃的菊花芳香漫岸，山坡長滿蘭花兒，像是美麗的環佩在風中搖曳。蟬在鳴叫，秋天的稻葉一片金黃，大雁南飛，水邊蘆荻瑟瑟作響。深秋天高雲淡，豔陽普照，水邊之地風清露白。難道能辜負平生的志向，不敢輕易牽動內心悲秋之情。占星則沒有福星高照，又怎麼像闞澤夢見自己名字掛在月亮之上。在孤獨寂寞之中唱起楚地的曲子最為傷感，在他鄉操著鄉音，就如淒切的哭泣。操著秦音，懷念故鄉，彈起楚曲，悲淚泉湧。楚國郢都缺乏高雅的知音，趙地叢臺之下多奇特之士。溫暖的光輝勝過冬日的太陽，悲壯的氣概似乎使易水寒波翻騰。你得到別人一個讚揚就赴湯蹈火，情義重過風雲交會，三冬的文書記事本領完全能滿足需要。你書本的知識自謂紛繁浩博，無奈京洛之地人事複雜。學富五車尚且不易立足，更不會看得起你囊中羞澀、一貧如洗。李膺郭泰天仙般的交誼不是那麼容易就能得到，蘇秦見楚地的官老爺難得像見鬼，如今卻是難得有見鬼的機會。我不惜將煩悶憂愁之歌都唱完，可是有幾個人會聽。

【研　析】此詩大略可分兩部分。第一部分從詩首至「邯鄲通北走」共三十二句，謂己懷德端操，感明時之召入仕，而仕途遭遇挫折，水陸臻湊，還歸江南。「井絡」以下六句，詩人首先以雄渾之筆，展現了一個大江奔騰入海的壯闊畫面。「韞珠」以下八句，讚江南之地風物絕美，地靈人傑。詩人在描寫九江入海之壯闊，讚美江南風物多美時，筆端飽蘸激情。因為詩人就誕生於江南，一提到故鄉，心中自然充滿無限的自豪與親切。

這也是「懷德踐遺芳，端操慚謀己」的內在動力。「謀己謬觀光」以下八句，敘其入仕而不得賞識重用。「炎涼」以下八句，敘其不勝旅途辛勞，終起故鄉之思。

第二部分從「北走平生親」至詩末共四十句，贈詩故人宋之問，敘離別之情，亦抒懷才不遇之苦悶。「北走」以下八句，回顧多年前與故人的離別情景，亦想起了曾失意流落江南而與相處的故人。「北走平生親」一句，承上而來，言己與江南之地不可分割的關係，照應了「井絡雙源浚」至「英靈信多美」一段。然「平生親」三字中除對故鄉的思念之外，更多的似乎是慚愧、委屈之情，尤其是目睹「南浦別離津」時，想起當年仗劍去國、雄姿英發的情形，對照目前的處境，無疑有「無顏見江東父老」之意存焉。與前部對江南的描寫相比，此三字是哽咽、苦澀的。「漳濱」以下八句，敘與宋之問曾在秋日遊歷江南的情景，以勾起故人美好的回憶。「晚秋雲日明」句以下至「淒斷泣秦聲」，寫此時秋日江南的孤獨無知音。「秦聲懷舊里」以下至詩末，憐宋之問質奇才美而不遇，故贈此歌，寄同病相憐之慨。

全詩結構謹嚴，雖內容不斷轉換，然以轆轤輾轉的承接方式，以至迴環流轉，不留痕跡。

棹歌行

【題解】棹歌，船工引棹划水行船時所唱之歌。〈棹歌行〉，屬「相和歌曲」。魏明帝時將用舟師平吳，故作是歌，以明王化所及。後之作者，多言方舟鼓棹之興。見鄭樵《通志・樂略》。此詩抒寫女子相思之愁苦。當作於出使江南時。

寫月圖黃罷，凌波拾翠通❶。鏡花搖芰日，衣麝入荷風❷。葉密舟難蕩，蓮疏浦❸易空。鳳媒羞自託，鴛翼恨難窮❹。秋帳燈華翠，倡樓粉色紅❺。相思無別曲❻，並在棹歌中。

【注　釋】❶寫月圖黃罷二句　指畫眉塗粉。月，眉如彎月。圖，一作「塗」。黃，額黃，六朝至唐，婦女施於額上之黃色圖飾；或指黃星靨。段成式《酉陽雜俎》載：三國吳孫和嘗醉舞如意，誤傷鄧夫人頰，後有如意赤點，視之益妍。諸婢乃皆以丹青點頰而邀寵。淩波，形容女性步履輕盈。曹植〈洛神賦〉：「淩波微步，羅襪生塵。」此指泛舟。拾翠，婦女拾取翠鳥羽毛為首飾。曹植〈洛神賦〉：「或采明珠，或拾翠羽。」此以形容婦女沿著青翠蓮浦嬉遊。通，與「罷」相對，即開始、暢通之意。❷鏡花搖芰日二句　鏡花，鏡中之花。此謂婦女手中妝鏡在太陽下的閃光。搖，閃動之意。芰，即菱花。其花開背日。庾信〈夢入堂內〉詩：「日光釵焰動，窗影鏡花搖。」清倪璠注：「《飛燕外傳》：有七出菱花鏡一奩。故云鏡花。」衣麝，指衣服上的麝香氣味。麝，一種香料。或為麝香草，即鬱金香。梁簡文帝〈雍州曲〉：「荷香亂衣麝，橈聲送急流。」❸浦　指池、塘、江河等水面。❹鳳媒羞自託二句　鳳媒，用司馬相如卓文君事。《史記．司馬相如列傳》：卓文君新寡，好音。相如以琴挑之，其辭曰：「鳳兮鳳兮歸故鄉，游遨四海求其凰。有一艷女在此堂，室邇人遐毒我腸。何由交接為鴛鴦……」文君乃夜奔相如。鴛翼，用韓憑妻事。干寶《搜神記》載：宋康王舍人韓憑娶妻美，康王殺憑而奪其妻。妻遂自投臺，遺書願與韓憑合葬。王怒，埋之而冢相望也。宿昔之間，便有文梓木生於二家之端，根枝交錯。有鴛鴦雌雄各一恆棲樹上，晨夕不去，交頸悲鳴。宋人遂號其木曰相思樹。❺秋帳燈華翠二句　秋，一作「愁」。燈華，即燈花。燈心的餘燼，爆成花形。古人以燈花為吉兆。華，一作「光」。倡樓，歌舞伎人賣藝場所。〈古詩十九首〉：「盈盈樓上女，皎皎當窗牖。娥娥紅粉妝，纖纖出素手。昔為倡家女，今為蕩子婦。」粉，女性化妝品。❻相思無別曲　相思，男女之思慕。《古今樂錄》：「梁武帝敕法雲為〈相思曲〉。」

【語　譯】塗抹眉毛，貼罷額黃，開始沿著青翠的蓮浦泛舟。荷花中美麗的妝鏡在太陽下閃爍著光芒，衣服上麝香草的芬芳襲入荷風的清香。荷葉密密麻，舟兒蕩不起，蓮子被採得所剩無幾，河浦顯得很空曠。羞於像司馬相如追卓文君鳳求凰式的自我表白，鴛鴦不能比翼飛翔，其根綿綿。秋帳之中燈花跳躍著翠綠的光焰，歌樓女子的胭脂塗得鮮紅欲滴。我對你的思念不用別的曲子來傳達，都寄託在這熱烈的棹歌中。

【研 析】首二句寫女子形貌及體態之優美，精心妝扮後在蓮浦泛舟，就如曹植筆下凌波微步的神女。三句寫採蓮女的鏡花，與「寫月圖黃」相應；四句寫其「衣麝」，與「凌波拾翠」相應。首二句正筆寫其貌，此二句側筆傳其神。「葉密」二句寫其泛舟採蓮之事，而最能見其苦心。見「葉密」而知「舟難蕩」，故亦來蕩，不畏勞之心可感；睹「蓮疏」而知採蓮人之多以至「浦易空」，尚亦來採，不輕棄之思顯在。「鳳媒」二句直抒胸臆，言表白無由、相思不通之羞恨。「秋帳」二句，以「燈華翠」、「粉色紅」二意象寫出盛年婦女相思之烈。故此逼出末二句「相思無別曲，並在棹歌中」，像雷鳴電閃，照徹全篇。

望月有所思

【題 解】梁劉孝綽詩有〈望月有所思〉題，為古樂府〈有所思〉之變體。此詩殆襲其題，寫征夫、閨婦的兩地相思之苦。約作於咸亨二年（西元六七一年）從軍出塞期間。

九秋涼氣肅，千里月華開❶。圓光隨露湛，碎影逐波來❷。似霜明玉砌，如鏡寫珠胎❸。曉色依關近，邊聲雜吹哀❹。離居分照耀，愁緒共徘徊❺。自繞南飛羽，空忝北堂才❻。

【注 釋】❶九秋涼氣肅二句 九秋，即秋天。以秋季九十天，故曰九秋。涼氣，秋涼的露氣。或指涼風。氣，一作「風」。月華，即月光。❷圓光隨露湛二句 圓光，亦即月亮。露，一作「霧」，非。湛，霧濃重的樣子。碎影，即月光照在水波上，閃閃如碎銀。唐太宗〈謁并州大興國寺〉詩：「圓光低月殿，碎影亂風筠。」❸似霜明玉砌二句 玉砌，用玉石裝飾的牆壁、臺階或地面。此是對潔白臺階等的美稱。寫，照。珠胎，《文選》揚雄〈羽獵賦〉：「剖明月之珠胎。」李善注：「明月珠、蚌子珠，為蚌所懷，故曰胎。」此處言月光如鏡，鏡中美人梳妝，面皎潔而似月懷珠胎。❹曉色依關近二句　曉，一作「晚」。關，謂關塞。邊聲，謂邊關風聲、馬鳴等。李陵〈與蘇武書〉：「胡笳互動，牧馬悲鳴。吟嘯成群，邊聲四起。」吹，指軍中簫鼓之聲。❺離居分照耀二句　分照耀，謂分處兩地而望月。江淹〈去故鄉賦〉：「愛桂枝而不見，悵浮雲而離居。」愁，一作「怨」。❻自繞南飛羽二句　飛羽，即飛鳥。曹操〈短歌行〉：「月明星稀，烏鵲南飛。繞樹三匝，何枝可依。」北堂才，此指陸機。因陸機有著名的〈擬明月何皎皎〉詩，中有「安寢北堂上，明月入我牖」云。空忝，謂徒然不知如何寫有關月亮的詩。忝，有愧於作某事。自謙之辭。此指仿陸機而寫月亮詩。

【語　譯】秋天涼風肅殺，明月的光華照耀千里。月光在濃濃秋露之中顯得很沈重，河水湧來，細碎的波光片片閃動。像是秋霜打在玉階上，玉階更加耀眼，又像鏡中照出美人化妝時的臉蛋。曉月好像就掛在關門之上，邊地的風聲、馬嘯及簫鼓之聲相雜，令人傷懷。月兒照著分居的你和我，在各自的處所，滿懷愁緒地徘徊不前。遙望月亮感覺前途迷茫，獨自繞著樹枝的南端飛旋，徒然面對陸機「安寢北堂上」的詩，不知如何下筆。

【研　析】前四句寫「月」。「九秋」，點明時令，正是思鄉懷人之時。「千里」，言兩地相隔懸遠，既點明「望」之背景，亦暗示相思之劇。「圓光」二句，具寫「月華開」三字，細緻傳神。「似霜」以下四句，為「望月」。「似霜」二句寫深閨怨婦之望月；「曉色」二句，寫邊塞征夫之望月。「離居」以下四句，寫「有所思」。「離居」二字總寫，「自繞」二句分寫。句句詠月。末句「空忝北堂才」，只是平常用典。或以為北堂為秘書省，而云賓王在秘書省任，誤。

早發諸暨

【題　解】諸暨，因境內有暨、浦諸山而名。縣治南有浣江，又稱蒲陽江。今屬浙江省。詩寫離別家鄉的依戀，及對前途的憂懼。乃永徽六年（西元六五五年）作者落第長安後歸省江南，而後從江南家鄉義烏出發回返長安，經諸暨時所作。

征夫懷遠路，夙駕上危巒❶。薄煙橫絕巘，輕凍澀回湍❷。野霧連空暗，山風入曙寒。帝城臨灞涘，禹穴枕江干❸。橘性行應化，蓬心去不安❹。獨掩窮途淚，長歌〈行路難〉❺。

【注釋】❶征夫懷遠路二句　征夫，遠行之人。蘇武〈古詩〉：「征夫懷遠路，遊子戀故鄉。」夙駕，謂清早出發。《詩經・鄘風》：「星言夙駕。」危巒，即高崗。《詩經・周南・卷耳》：「陟彼高崗，我馬玄黃。我姑酌彼兕觥，維以不永傷。」❷薄煙橫絕巘二句　煙，即霧。絕巘，陡峻的山峯。凍，即冰。回湍，回旋峻急的流水。❸帝城臨灞涘二句　帝城，即長安。灞涘，灞水邊。灞水為關中八川之一，古名滋水，秦穆公霸世，改名灞水，以顯霸名。參《水經注》卷十六。謝朓〈晚登三山還望京邑〉詩：「灞涘望長安，河陽視京縣。」禹穴，傳說禹巡狩至會稽而崩，因葬焉。上有孔穴，民間云禹入此穴。穴，即陵墓。江干，即江邊。江，即浦陽江。《水經注・漸江水》：「浙江又徑永興縣北……江水導源烏傷縣，東徑諸暨縣，與泄溪合。」顧祖禹《讀史方輿紀要》：「(浦陽江)入諸暨縣界自源徂流，凡百二十里始通舟楫。」❹橘性行應化二句　《淮南子・原道》：「今夫徙樹者失其陰陽之性，則莫不枯槁。故橘樹之江北，則化而為枳。」蓬，即蓬蒿。秋枯根拔，隨風飛轉，故曰飛蓬。顏延年〈北使洛〉詩：「蓬心既已矣，飛薄亦殊然。」此以橘、蓬自喻，對前途感到迷茫。❺獨掩窮途淚二句　掩，一作「有」。窮途，《世說新語・棲逸》劉孝標注引《魏氏春秋》曰：「阮籍常率意獨駕，不由徑路。車迹所窮，輒慟哭而反。」行路難，雜曲歌辭。吳兢《樂府古題要解》：「備言世路艱難，及離別悲傷之意。」庾信〈擬詠懷〉其四：「雪泣悲去魯，淒然憶相韓。唯彼窮途慟，知余行路難。」此詩用其意。

【語譯】遠行之人為遙遠的征途而傷懷，一大早就騎著馬兒登上高崗。薄薄的煙靄飄浮在陡峻的山峯上，剛結的冰塊減緩了飛快的激流。原野上的秋霧使天空暗淡，山澗的風使清晨時分更加寒冷。帝京長安依傍灞水邊，禹穴枕著浙江岸。我就像一棵橘樹，遠行他鄉怕變了本性，我就像一撮飛蓬，離別故鄉心懷戚戚。孤獨地像阮籍那樣悲泣，長歌一曲〈行路難〉。

【研　析】首二句切題中「早發」二字。詩人一大早就登上「危巒」，遙望前面的漫漫征途，心中迷茫不安；再仔細端詳即將別離的故鄉，心中又充滿依戀。「薄煙」以下四句，是實寫「危巒」上所睹諸暨之景：薄煙、輕凍、野霧、山風，在詩人眼裏儘管有無窮的親切感，然而此時都蒙上了一重濃重得化不開的憂傷，讓人讀來亦頗覺氣短。「帝城」二句，是心中浮現的虛景，這頭是故鄉的「禹穴」，那頭是他鄉的「帝城」。這二處，作者立於危巒上並沒有親見，即首句所說的「遠路」。「禹穴」已成作者懷鄉的一個標誌；而京城還相當陌生，只是一個虛幻的概念。與前四句所描寫的眼前實景相比，此二句似乎顯得乾癟，然情感更加複雜，耐人咀嚼。「橘性」二句，關合首句之「懷」字。「行應化」、「去不安」，表明其對「遠路」的擔憂。末二句，寫「夙駕」之感。於一般人而言，去往帝京是一條光明坦途，而作者卻將它喻為「窮途」，這說明此次去鄉實是身不由己，而前往京城遊宦亦是前途難卜。「行路難」之歎，又與首二句之「上危巒」照應。

晚泊江鎮

【題　解】江鎮，陳熙晉《駱臨海集箋注》以為是潤州，即鎮江。此詩乃永徽六年（西元六五五年）作者由故鄉義烏赴長安途經江鎮時的紀遊詩。詩寫江鎮新秋之景，抒離別故鄉之愁及宦途之勞苦。

四運移陰律，三翼泛陽侯❶。荷香銷晚夏，菊氣入新秋。夜烏喧粉堞，宿雁下蘆洲❷。海霧籠邊徼❸，江風繞戍樓。轉蓬驚別緒，徙橘愴離憂❹。魂飛灞陵岸，淚盡洞庭秋❺。振影希鴻陸，逃名謝蟻丘❻。還嗟帝鄉遠，空望白雲浮❼。

【注　釋】❶四運移陰律二句　四運，即一年四季。《莊子・知北遊》：「陰陽四時，運行各得其序。」移陰律，此指由炎熱的夏季進入涼爽的秋季。陰律，本古樂調術語。古樂分為六陽律（黃鐘、太簇、姑洗、蕤賓、夷則、無射）、六陰律（大呂、夾鐘、仲呂、林鐘、南呂、應鐘）。《呂氏春秋》始以律與曆相附會，以十二律對應十二月，單月為陽律，雙月為陰律。三翼，古戰船名。有大翼、中翼、小翼，合稱三翼。見《文選》張協〈七命〉「浮三翼」李善注。陽侯，傳說晉陽國侯溺水，因為大海之神。見《戰國策・韓策》高誘注。此借指洪波。❷夜烏喧粉堞二句　烏，即烏鵲。粉堞，用白灰塗飾的城堞。堞，城上如齒狀的矮牆。蘆洲，即長滿蘆葦的河洲。❸邊徼　邊地。徼，邊界。❹轉蓬驚別緒二句　謂離開故鄉，頗感前途渺茫。轉蓬、徙橘，參見〈早發諸暨〉注❹。曹操〈卻東西門行〉：「田中有轉蓬，隨風遠飄揚。長與故根絕，萬歲不相當。」❺魂飛灞陵岸二句　魂飛，謂爽然自失。灞陵，古地名。故址在今陝西西安東。王粲〈七哀詩〉：「南登灞陵岸，回首望長安。」淚盡，傳說舜南巡不返，葬於蒼梧。舜妃娥皇、女英追隨不及，止於洞庭。思帝不已，淚下沾竹，竹悉成斑。此用《楚辭・九歌・湘夫人》「帝子降兮北渚，目眇眇兮愁予。嫋嫋兮秋風，洞庭波兮木葉下」意。秋，一作「流」。❻振影希鴻陸二句　振影，謂使己振拔，超忽眾人。陸機〈謝平原內史表〉：「振景拔迹，顧邈同列。」景，同「影」。鴻陸，「鴻漸于陸」之省稱。《易・漸》自初六皆以次而進，漸至高位。至上九鴻漸於逵，其羽可用為儀，最居上極。後以鴻漸于陸喻仕進。逃名，孔子遊楚，舍於蟻丘賣漿者之家。其鄰人乃隱姓埋名、混跡於世俗的聖人，見孔子乃棄屋而逃。孔子慚曰：「彼且以我為汲汲於功名的佞人。」見《莊子・則陽》。謝，慚愧。❼還嗟帝鄉遠二句　帝鄉，神話中天帝之所居，無患無殃，亦無榮辱。《莊子・天地》：「乘彼白雲，至於帝鄉。」陶淵明〈歸去來辭〉：「富貴非吾願，帝鄉不可期。」此處語兼雙關，而實指帝都京城。

【語　譯】氣候開始由夏季進入秋季，三翼大船漂浮在滾滾洪濤之上。荷花的清香消散在夏末，菊花的氣味潛入到初秋。夜晚烏鵲的鳴叫使白色的女牆顯得很熱鬧，南飛的大雁宿息在蘆花洲。海上的霧籠罩著邊疆，江中的風旋繞著戍守的城樓。我就像一撮飄蓬，不堪別恨，心神不定，又像由南遷徙到北的橘樹，滿懷離憂。魂兒飛向灞陵岸邊，淚眼枯竭在洞庭之秋。我希望振作精神，在仕途有所出息，又像孔丘慚愧地面對逃名的聖者蟻丘。回首感歎仙都遙遠，徒自望著白雲在天邊飄浮。

【研　析】首二句敘季節更換之時遠征他鄉，且泛舟險波。此時心理的變化較一般時候是顯著的。首句深細，次句高遠。「荷香」二句，點明秋季之時令，具寫「四運移陰律」一句。「夜烏」以下四句，暗喻晚泊江鎮，切題，亦與「三翼泛陽侯」形成照應。「轉蓬」以下四句，寫旅泛之愁。詩人將此次遠征比喻「轉蓬」、「徙橘」，「驚」字應首句之「移」字，亦啟後之「魂飛」二字；「愴」字應次句之「泛」字，亦啟後之「淚盡」二字。「振影」以下四句，寫晚泊江鎮之複雜心情。從「轉蓬」以下四句目之，此詩約寫於〈早發諸暨〉詩之後不久，其用典立意近似。陳熙晉《駱臨海集箋注》云此江鎮即為鎮江，是有道理的。此時大約離其故鄉尚未遠，離愁別緒依然濃烈。

晚憩田家

【題解】憩，休息。田家，即農家。詩寫田家古樸之景，抒旅途疲累厭倦及思鄉之情。未知何時所作。

轉蓬勞遠役，披薜下田家❶。山形類九折，水勢急三巴❷。懸梁接斷岸，澀路擁崩查❸。霧巖淪曉魄，風溆漲寒沙❹。心跡一朝舛，關山萬里賒❺。龍章徒表越，閩俗本殊華❻。旅行悲泛梗，離贈折疏麻❼。唯有寒潭菊，獨似故園花。

【注釋】❶轉蓬勞遠役二句　轉蓬，蓬草隨風飄轉。魏武帝〈卻東西門行〉：「田中有轉蓬，隨風遠飄揚。」此以自喻。遠役，去遠方他鄉公幹。陶淵明〈歸去來辭〉：「于時風波未靜，心憚遠役。」披薜，即穿著隱士的服裝。《楚辭・九歌・山鬼》：「若有人兮山之阿，披薜荔兮帶女蘿。」薜為一種藤類植物。此代指粗布衣裳。❷山形類九折二句　類，一作「如」。九折，即九折坂，在今四川滎經西邛崍山。山路險阻迴曲，須九折乃得上，故名。相傳漢王陽為益州刺史，路過此地，畏懼不前，託病辭官。見《漢書・王尊傳》。三巴，地名。《太平寰宇記・渝州》引《三巴記》云：「閬、白二水東南流，曲折三回，如巴字，故謂三巴。」地在今重慶市。❸懸梁接斷岸二句　懸梁，即高懸的橋梁。澀路，難行之路。崩查，破舊之柴門。崩，破敗。查，同「楂」。柴門。❹霧巖淪曉魄二句　曉魄，早上月亮將沒時的微光。丘遲〈夜發密巖口〉詩：「驚明曉魄懸。」激，水邊。漲寒沙，風高水低而沙始起將成嶼。❺心跡一朝舛二句　心跡，存心與行世，猶言理想與現實。舛，違背；事與願違。關山，關塞及山川。賒，遠。❻龍章徒表越二句　龍章，本古代帝王、諸侯的禮服。《晉書・趙志傳》：「表龍章於裸壤。」表越，即表彰裸壤之意。閩，古民族名。聚居在今福建沿海一帶。殊，一作「非」。華，古指中原文化發達之處。❼旅行悲泛梗二句　泛梗，桃梗隨流飄蕩。《戰國策・齊策》：孟嘗君將入秦，蘇代寓言以勸止之。云經淄上時，聞有桃梗人對土偶人說：「八月大水至，你就要被沖壞了。」土偶人與桃梗人說：「我本為土，被沖壞後又重歸於土，有什麼不好。而你是東國之桃梗，大水一來你將又漂往何處呢？」後常以「泛梗」喻生活動蕩不安、無所依歸。折，一作「斷」。疏麻，傳說中一種神麻。《楚辭・大司命》：「折疏麻兮瑤華，將以遺離居。」

【語譯】像轉蓬一樣長途奔波很疲勞，我穿著隱士的粗布衣裳來到農家。山的形貌好像陡峭曲折的九折坂，流水之峻急超過了三巴。高懸的小橋連接著被沖垮的堤岸，坑窪不平的小路連著破敗的柴門。一輪曉月沈沒在飄著晨霧的山巖口，寒風呼呼的水邊，水消沙漲。理想與現實一旦發生錯位，就好像遠隔關山萬里之遙。高貴的禮服到了越國徒然無用，閩地的風俗本來就不同於中原。此次遠遊就像隨流漂蕩的桃梗一樣，令人悲傷，離別時隨手折下山中疏麻相贈。惟有這寒潭邊的秋菊，特別像故鄉的小花。

【研析】首二句寫其遠役途中來到田家休息，入題。「山形」以下六句，寫田家山水之景。「山形」、「霧巖」、「懸梁」三句分寫山；「水勢」、「澀路」、「風激」三句分寫水。著力突出其險、急及古野、寧靜。「心跡」以下四句，寫憩田家之感。言「披薜」之心與「轉蓬」之跡，懸隔錯位有如關山萬里之遙，又如龍章表越之徒然，閩俗與華風之不通。其痛苦、惋惜之情在這反復的詠歎中分明可見。自「旅行」句至詩末，寫離別田家。「悲泛梗」，言其無奈；「折疏麻」，用《楚辭》意，敘其離居之思；「寒潭菊」、「故園花」，言其依依不捨。

題中曰「晚憩」，然通篇不見一晚字，「曉」字倒有一見。題誤耶？或詩中「曉」字誤耶？其實並不誤。既是「憩」，則說明詩人並不住宿，只是在極晚之時歇腳而已，而在將曉未曉時又要驅馬前行。此行當然為晚愬，此時所見月亮當然為「曉魄」。作者攝取此時此景寫此情，「轉蓬勞遠役」突現矣，而「披薜下田家」似乎只是其萬里之遙的一個虛幻美夢而已。「泛梗」之悲亦寓於題中之「晚」、詩中之「曉」之錯亂間矣。構思之奇警，頗為少見。

宿山莊

金陵一超忽，玉燭幾環周❶。露積吳臺草，風入郢門楸❷。林虛宿斷霧，磴險掛懸流❸。拾青非漢策，化緇類秦裘❹。牽跡猶多蹇，勞生未寡尤❺。獨此他鄉夢，空山❻明月秋。

【題解】此詩寫宦遊之苦，思鄉之深。殆作於貶職臨海時。

【注釋】❶金陵一超忽二句　金陵，古地名。即今之南京及江寧縣地。超忽，曠遠的樣子。《楚辭・國殤》：「出不入兮往不反，平原忽兮路超遠。」玉燭，《爾雅・釋天》：「四氣和謂之玉燭。」郭璞注：「道光照。」邢昺疏：「道，言也。言四時和氣，溫潤明照，故曰玉燭。」此指四季。環周，玉環之一圈。謂四時寒暑周而復始，循環無極。環，一作「還」。❷露積吳臺草二句　吳臺，吳王闔閭所建之宮殿。《漢書・伍被傳》：「淮南王陰有邪謀，被曰：『昔子胥諫吳王，吳王不用，迺曰：臣今見麋鹿游姑蘇之臺。今臣亦將見宮中生荊棘，露沾衣也。』」郢門，楚東城門龍門。楸，木名。《楚辭・哀郢》：「望長楸而太息兮，涕淫淫其若霰。過夏首而西浮兮，顧龍門而不見。」王逸注：「龍門，楚東門也。」❸林虛宿斷霧二句　林虛，謂林谷之中靜寂空曠。宿，積納。斷霧，即殘餘之霧。《初學記》卷三隋煬帝〈悲秋〉詩：「斷霧時通日，殘雲尚作雷。」磴，登山石階。懸流，即飛瀑。❹拾青非漢策二句　拾青，即拾取青紫。喻博取官位。漢制：丞相、太尉，皆金印紫綬，御史大夫銀印青綬，此三府官最崇貴。《漢書・夏侯勝傳》：「士病不明經術。經術苟明，其取青紫如俛拾地芥耳。」非漢策，謂今已非漢時。即不遇時。漢策，猶言漢制。化緇，謂素衣變黑。言仕途艱辛勞苦，人事紛擾。陸機〈為顧彥先贈婦〉詩：「京洛多風塵，素衣化為緇。」秦裘，蘇秦所穿之貂裘。據《戰國策・秦策》：蘇秦說秦王，書十上而不見納，黑貂之裘弊，黃金百斤盡，資用乏絕，去秦而歸。形容枯槁，面目犁黑，狀有歸色。❺牽跡猶多蹇二句　牽跡，謂行事、行動。蹇，艱難。勞生，為自己的生存而勞苦。寡尤，少過失。《論語・為政》：「言寡尤，行寡悔，祿在其中矣。」❻空山　空寂無人之山。言其孤獨。

【語　譯】一旦遠別金陵，時間不知又過了多少年。白露積壓在吳臺荒草之上，秋風吹打著郢門的楸樹。森林中那麼空寂，飄著零星的煙霧，上山的石階險峻，頭上高掛著飛瀑。去博取功名吧，現在不是漢代重經術的時代，奔波勞累以至衣服變黑，倒是很像當年蘇秦的破貂裘。一舉一動總是那麼艱難，為自己的生存而勞苦時時要受到指責。孤獨地在他鄉借宿入夢，秋夜空寂的山林中一輪明月高懸。

【研　析】首二句敘與故鄉的久別，思念之情自見。「露積」二句，「吳臺草」一典切故鄉情事；「郢門楸」雖非關其故鄉，然亦是悲思故鄉之名典。此二句除寫其思鄉之情外，還以「露」、「風」二字點明當下時令。「林虛」二句，寫山莊之景。「拾青」以下四句，寫其宦途之辛苦、多曲折、動輒得咎等種種不如意。此是「宿山莊」的背景。正因有此四句，方更能見出其鄉思之烈；亦正有此四句，方見出其山莊之宿之珍貴。末二句寫宿山莊之感。「空山明月秋」，既是夢，亦是實景。言其純淨、美好、溫馨。此詩典故與實景、夢與現實互為交融，惚兮恍兮，不能分離。可見情到深處，無往而不適。

初秋登王司馬樓宴得同字

【題　解】司馬，三國魏晉至隋唐均置，與別駕、長史並為州郡上佐。位重而無具體職事，多用以安置貶謫大臣及閒散官。王司馬，未詳。得同字，古代文人宴集唱和分韻賦詩，人得一字為韻，作者此詩分得「同」字為韻。詩前有序，交代作詩緣起。詩寫參與王司馬樓宴的榮喜之情。未知何時所作。

展驥端居暇，登龍喜宴同❶。締賞三清滿，承歡六義通❷。野晦寒陰積，潭虛夕照空。顧慚非夢鳥，濫此廁雕蟲❸。

【注　釋】❶展驥端居暇二句　展驥，千里馬放蹄前奔。喻從政得以施展手腳。《三國志・蜀書・龐統傳》：「龐士元非百里才也，使處治中別駕之任，始當展其驥足。」端居，猶言平居。《梁書・傅昭傳》：「終日端居，以書記為樂，雖老不衰，博極古今。」登龍，《後漢書・黨錮傳》：「李膺復拜司隸校尉，獨持風裁，以聲名自高。士有被其容接者，名為登龍門。」喻王司馬有李膺之風，預其宴為登龍門。喜，一作「嘉」。❷締賞三清滿二句　締賞，相結交而互賞。三清，酒名。即清酒。潘岳〈橘賦〉：「三清既設，百味星爛。」承歡，迎合人意，博取歡心。六義，即儒家詩教之風、賦、比、興、雅、頌。此指賦詩。❸顧慚非夢鳥二句　謙言自己無文采風流。夢鳥，傳云晉羅含嘗晝臥，夢一鳥文彩異常，飛入口中。自此後藻思日新。見《晉書・文苑傳》。濫，湊數。廁，混跡於眾人之中。雕蟲，謙言雕辭琢句。揚雄《法言・吾子》謂作賦乃「童子雕蟲篆刻」，「壯夫不為也」。此自謙之辭，指寫上這首和詩。

【語　譯】司馬公在政務之餘過上幾天清閒的家居日子，我得登龍門之幸，也和同仁一併來到這喜宴中。因您賞識而結交，舉起滿杯的美酒，為讓您歡心，朋友們踴躍賦詩，六義貫通。原野昏暗，寒雲聚集，潭水清澈見底，夕陽照射其中。我慚愧沒有夢見鳳鳥之人的文采，也混在詩友們中間濫竽充數，勉強寫上這首拙詩。

【研　析】詩前之序，敘王司馬於秋日開筵文會，自己能被邀入宴會而頗感榮幸。詩首句以王司馬如龐統故事，正面讚其才雄；次句以我之預宴為登龍門，側面讚其德高。因其端居而暇，故有喜宴，此二句點題。次二句言喜宴之美。因是喜宴，故有三清美酒；因是端居，以書記為樂，故「承歡」而賦詩以展示「六義」。此二句是正筆。五、六兩句則側筆寫景，「野晦」、「夕照」，言時晚；「寒陰積」，言天寒；「潭虛」，言魚類沈入深潭。以此數景，反襯喜宴之熱烈歡暢，令人不覺其寒凍而流連忘歸。末二句，寫己之榮喜。雖是自謙，然亦忘形之極也。「雕蟲」與「登龍」之比，極為得體且有味。

秋日餞尹大往京

【題　解】詩序中云：「重以清江帶地，間吳會於星津；白雲在天，望長安於日路。」則此詩作於江南。尹大，未詳其人。詩寫送別尹大時的不捨與期待。題一作〈秋日送尹大赴京〉。

挂瓢余隱舜，負鼎爾干湯❶。竹葉離樽滿，桃花別路長❷。低河耿秋色，落月抱寒光❸。素書如可嗣，幽谷佇賓行❹。

【注　釋】❶挂瓢余隱舜二句　挂瓢，指堯時布衣許由。由巢居穴處，飢則采食於山，渴則以手捧河水而飲之。人以一瓢遺之，由以瓢掛樹，風吹瓢響，由以為煩擾而損之。堯招他繼天子位，由以使者言為不善，乃臨河洗耳。舜禪位，乃隱於箕山。參見〈夏日游德州贈高四〉第二部分注㉓。鼎，烹調之器。傳說伊尹背著鼎求見商湯王，以滋味說湯。後湯舉任以國政。見《史記・殷本紀》。後以負鼎指喻干時求進用。干湯，求仕於商湯。❷竹葉離樽滿二句　言別情依依。竹葉，酒名。即竹葉青。桃花，馬名。其毛色黃白相雜，故名。張正見〈賦得日中市朝滿〉詩：「竹葉當爐滿，桃花帶綬輕。」❸低河耿秋色二句　低河，謂銀河清淺。耿，明亮的樣子。月，一作「日」。❹素書如可嗣二句　素書，古人書信寫在白絹上，故稱素書。古辭〈飲馬長城窟行〉：「呼兒烹鯉魚，中有尺素書。」嗣，即嗣音，連續傳遞音信。《詩經・鄭風・子衿》：「縱我不往，子寧不嗣音？」幽谷，深幽的山谷。隱士所居。《詩經・小雅・伐木》：「伐木丁丁，鳥鳴嚶嚶。出自幽谷，遷于喬木。嚶其鳴矣，求其友聲。」佇賓行，即等待傳遞友情的書信。舊時云大雁能傳書。賓行，即遲到的鴻雁。《淮南子・時則》：「季秋之月，候雁來賓。」高誘注：「雁以仲秋先至者為主，後至者為賓。」雁飛結隊成行，故曰賓行。

【語　譯】我如挂瓢隱於舜時的許由，你就像背著鼎干湯的伊尹。竹葉美酒斟滿離別的酒樽，騎上桃花馬，前行的路很長。天明時分銀河清淺，現出一派鮮明的秋日景象，落山的月兒抱著一團寒光。如果能不斷地得到你別後的音問，我深居幽谷，翹首期盼晚歸的大雁。

【研　析】首二句以挂瓢、負鼎之典，點明主滯留而客赴京之形勢，都不失地步，得體之極。雖二人人生取徑頗殊，然情誼融洽存於字裏行間。「竹葉」二句，切題中「餞」字，情深乃見。「低河」二句，側筆寫天將曉之際景色，見二人之情深，竟通宵言別。「素書」二句，臨別重之以期望，其癡情令人動容。

春夜韋明府宅宴得春字

【題　解】唐人呼縣令為明府。韋明府，未知何人。本集有〈上瑕丘韋明府啟〉，殆與此詩所詠為同一人。詩寫參與韋明府宴的榮喜感激之情。當是長安落第後回瑕丘時所作。

酌桂陶芳夜，披薜嘯幽人❶。雅琴馴魯雉，清歌落范塵❷。宿雲低迴蓋，殘月上虛輪❸。幸此承恩洽❹，聊當故鄉春。

【注　釋】❶酌桂陶芳夜二句　酌桂，即飲桂酒。桂酒，切桂置酒中而成者。《漢書・禮樂志》：「尊桂酒，賓八鄉。」陶，陶醉。芳夜，美好的夜晚。披薜，即穿著隱士的衣服。參見〈晚憩田家〉注❶。嘯，蹙口而出聲。見其自得貌。幽人，即隱士。指韋明府。❷雅琴馴魯雉二句　雅琴，《呂氏春秋・察賢》：「宓子賤治單父，彈鳴琴，身不下堂而單父治。」馴，使之馴良。魯雉，用後漢魯恭事。恭為中牟令，以德化為治。郡國螟傷稼，而獨不入中牟。河南尹袁安派肥親去訪查實情，見魯恭隨行阡陌，與民俱坐桑下。有雉過止童兒之旁而不捕之，問之，兒言：「雉方將雛。」肥親瞿然而起，對魯恭說：「蟲不犯境，化及鳥獸，豎子有仁心。此賢者三異也。」見《後漢書・魯恭傳》。清歌，清脆的歌聲。范塵，用後漢末范冉事。范冉，字史雲。桓帝時為萊蕪長，遭母憂，不到官。後辟太尉府，因遁身逃命於梁、沛之間。衣食簡樸，時或不濟，而窮居自若。閭里歌之曰：「甑中生塵，范史雲。釜中生魚，范萊蕪。」見《後漢書・獨行傳》。❸宿雲低迴蓋二句　宿雲，晚間的殘雲。迴蓋，往返的車蓋。虛輪，即朦朧的月輪。❹恩洽　恩澤的沾潤。洽，一作「賞」。

【語　譯】飲著桂花酒，陶醉在這美好的夜晚，穿著粗布衣裳的隱士嘯傲自得。高雅的琴聲感化魯恭的雉鳥，清脆的歌聲震落了范冉甑中的灰塵。傍晚的雲霞低拂著友人的車蓋，朦朧的殘月掛在寂靜的天空。幸運地參與宴會接受恩澤的沾潤，就好像沐浴著故鄉的春風。

【研　析】首句點明題中「宴」字、「春夜」字，言宴之美。次句以「幽人嘯」之形象寫設宴之主人，見其高雅不羣。「雅琴」、「清歌」，既是實寫韋明府宅宴之所設，讚其氣氛熱烈；又是用典，讚韋明府之德政和清廉。「宿雲」二句，側筆寫景，言時已晚，反襯宴會之歡暢，而客人之忘歸。末二句，直抒榮喜感激之情。「聊當」暗示其他鄉苦悶，「故鄉春」三字，情真意深。賓王父宰博昌，父歿後遂久客瑕丘。故鄉，本指義烏。此則轉以瑕丘為故鄉矣，既甜美而又苦澀、酸楚。

在兗州餞宋五之問

【題　解】兗州，東漢始置。貞觀十四年，改置都督府。治所在瑕丘（今山東舊滋陽西北）。參《元和郡縣志・河南道・兗州》。宋之問，見前〈在江南贈宋五之問〉題解。詩寫在兗州與故友宋之問分別時的離愁別恨。殆作於高宗開耀元年（西元六八一年）奉使燕齊時。

淮沂泗水地，梁甫汶陽東❶。別路青驪遠，離尊綠蟻空❷。柳寒凋密翠，棠晚落疏紅❸。別後相思曲，淒斷入琴風❹。

【注　釋】❶淮夷泗水地二句　淮夷，古代居於淮水流域的少數民族。此指淮北一帶。泗水，發源於濟陰乘氏縣（今山東泗水縣陪尾山）。因其四源合為一水，故稱。流經今山東曲阜、魚臺、江蘇徐州，至洪澤湖畔龍集附近入淮。梁甫，泰山下的一座小山，在兗州泗水縣。古者帝王封泰山而禪梁父，朝諸侯而一天下。見《大戴禮．保傅》。汶陽，古地名。屬兗州。汶水流經此，土田平暢而肥沃。❷別路青驪遠二句　青驪，青黑色的馬。綠蟻，酒上浮起的綠色泡沫。亦代指美酒。❸棠晚落疏紅　棠，樹名。即棠棣，李。《詩經．小雅．常棣》：「常棣之華，鄂不韡韡。凡今之人，莫如兄弟。」喻與宋之問的兄弟般情誼。常，通「棠」。疏紅，稀疏的落花。❹淒斷入琴風　淒斷，淒切而聲斷。琴風，《文選》謝朓〈郡內高齋閑坐答呂法曹〉：「已有池上酌，復此風中琴。」李善注：「風中琴，謂致琴風中令自鳴，聽之以為樂也。」此反其意用之。

【語　譯】淮夷居住之處在泗水流域，梁甫山在汶陽之東。青驪馬在離別之路上愈行愈遠，分手時痛飲綠蟻酒，也已杯中空空。柳樹密密的翠葉在寒風中凋謝，秋晚的棠棣之花也稀疏地飄零。分別之後兄弟之間相思之曲，隨著秋風在琴弦上淒切地嗚咽不止。

【研　析】詩人兩年前因直言招禍，被劾下獄。獲釋後又奉使各方。此時來到第二故鄉兗州，又碰上故友宋之問，情緒之激動可想而知。首二句點明餞送之地點。「泗水地」、「汶陽東」，均指兗州。反復詠之，可見其曲折多情。「別路」二句，寫餞後朋友遠去之傷感。「青驪遠」，暗言情深依依，難捨難分；「綠蟻空」，暗襯意有所失，惆悵迷茫之態。「柳寒」四句，點明時令，同時以此不堪之秋景與秋聲，從視覺和聽覺全方位強烈地烘托離愁別緒。不以太多筆墨直寫「餞」，而著意於寫餞後情景，是其構思奇特處。

游兗部逢孔君自衛來欣然相遇若舊

【題　解】兗部，即兗州。古代區域單位稱部。孔君，未詳。衛，春秋衛國地。唐貞觀初治所在汲縣。地在今河南境。若舊，如舊相識。詩寫在兗州與孔君一見如故的欣喜之情。詩言「背客隔淮來」，則當是作者從江南遊兗州時所作。

遊人自衛返，背客❶隔淮來。傾蓋金蘭合，忘筌玉葉開❷。繁花明日柳，疏蕊落風梅❸。將期重交態，時慰不然灰❹。

【注　釋】❶背客　背井離鄉之人。❷傾蓋金蘭合二句　傾蓋，謂人之初次相接。因談話投機，互相將車移近以示好，故曰傾蓋。《史記・魯仲連鄒陽列傳》：「諺曰：有白頭如新，傾蓋如故。」又，《孔子家語・致思》：「孔子之郯，遭程子於塗，傾蓋而語終日，甚相親。」金蘭，言友朋意氣相投。《易・繫辭上》：「二人同心，其利斷金；同心之言，其臭如蘭。」忘筌，謂得魚之後，興奮至極而忘記捕魚的器具。《莊子・外物》：「筌者所以在魚，得魚而忘筌。」此喻友人相得甚洽。玉葉，雲彩之美稱。《古今注》卷上：「(黃帝)與蚩尤戰於涿鹿之野，常有五色雲氣金枝玉葉止於帝上，有花葩之象。」後以玉葉開比喻朋友的遇合。陸機〈浮雲賦〉：「金柯分，玉葉散。」❸疏蕊落風梅　梁簡文帝〈梅花賦〉：「春風吹梅畏落盡，賤妾為此斂蛾眉。」此用其意。❹將期重交態二句　交態，即交情。《史記・汲鄭列傳》：「一貧一富，乃知交態。」不然灰，用漢韓安國受田甲辱之事，用以指仕途受挫之人。參見〈上吏部侍郎帝京篇〉第三部分注⑮。然，同「燃」。

【語　譯】遊子從衛國回到兗州，背井離鄉之人從淮河對岸來。傾蓋一見成金蘭之交，意氣相投，興奮得像得到魚兒忘了筌，天上美麗的雲彩為我們打開。柳樹的繁華點點在太陽照耀下顯得更加鮮豔，梅花稀疏的花蕊在春風中凋落。希望你我珍重友情，時時問候我這堆不燃的死灰。

【研　析】首二句言二人由不相識而在兗州相遇。「遊人」謂孔君。既言「返」，則孔君應是自兗州出遊而返回者，甚或即兗州人。「背客」，自謂也，「隔淮來」，亦即離開自己的故鄉而來。「傾蓋」二句，作者將「傾蓋」、「忘筌」、「金蘭」、「玉葉」等常見之典壓縮其中，顯得詞密而意繁，極能表現相遇而相知之「欣然」。此是正筆。「繁花」二句，寫春末夏初明麗熱烈景象，側筆烘托其一見如故之友誼。詩末二句，表達對友誼長存的期待。此詩殆作者落職時所作也，他以輕鬆的自嘲口吻，將自己比作「不然灰」，可見其對仕途否泰的不以為意，而對友情的格外尊重。

送宋五之問得涼字

【題　解】詩寫在他鄉送別宋之問時的難堪情景。以詩首句目之，此詩當在兗州作。

願言遊泗水，支離去二漳❶。道術君所篤，筌蹄余自忘❷。霜威❸侵竹冷，秋爽帶池涼。欲驗離襟切，岐路在他鄉❹。

【注　釋】❶願言遊泗水二句　願言，《詩經・邶風・二子乘舟》：「二子乘舟，汎汎其景。願言思子，中心養養。」鄭玄箋：「願，念也。念我思此二子，心為之憂，養養然。」泗水，見〈在兗州餞宋五之問〉注❶。支離，分散。去，離開。二漳，漳河有清漳、濁漳，故稱。流經今河北、河南兩省邊境。古人常用「漳濱」、「清漳」等喻指臥病他鄉或失意滯留他鄉。參見〈夏日游德州贈高四〉第二部分注❺。此即指泗水。❷道術君所篤二句　道術，道德、學術。《莊子・大宗師》：「魚相忘乎江湖，人相忘乎道術。」筌蹄余自忘，《莊子・外物》：「筌者所以在魚，得魚而忘筌。」此喻友人相得甚洽。君、余二字互義。❸霜威　寒霜肅殺之威。❹欲驗離襟切二句　驗，體會；知道。驗，一作「諗」。離襟，即離愁別緒。岐路，岔道。《後漢書・鄧彪傳論》：「方軌易因，險途難御。故昔人明慎於所受之分，遲遲於歧路之間也。」

【語　譯】想我二人曾聚遊於泗水之地，又分散離開那憂愁失意的河邊。道德學術你我執著切磋，忘我地享受著友誼的快樂。白霜肅殺之氣打在竹葉上，多麼寒冷，秋高氣爽，池水泛涼。想要知道離愁別緒之深切，就在他鄉分別的岐路上。

【研析】首二句，言與宋聚遊泗水，而宋又將離別這失意之地，格調是低沈而憂鬱的。次二句，言其友情之融洽。正因此，故前此忘卻了失意的煩悶，而此後的痛苦又將加倍矣。「霜威」二句，言明時令，亦暗示二人友誼的堅貞不衰。末二句，以「岐路在他鄉」之形象，曲筆倍寫離情。「欲驗」二字，言此令人不堪之情於己一方不敢說，或不想說，故託之於人。

秋晨同淄州毛司馬秋九詠

【題解】淄州，高祖武德元年（西元六一八年）置。屬濟南郡。今山東淄川，其地與博昌相距極近。司馬，官名。見〈初秋登王司馬樓宴得同字〉題解。毛司馬，其人未詳。同，和詩。毛司馬先有詠秋詩九題贈賓王，而後賓王和之。此詩歌詠秋日平常景物，而寓意深遠。當與前數首同時或前後所作。州，一作「川」。

秋風

【題解】此詩狀寫秋風之態，並借舞女之形象，寫秋風之愁人。

紫陌炎氛歇，青蘋晚吹浮❶。亂竹搖疏影，縈池織細流。飄香曳舞袖，帶粉泛妝樓❷。不分君恩絕，紈扇曲中秋❸。

【注釋】❶紫陌炎氛歇二句　紫陌，指帝都郊野的道路。王粲〈羽獵賦〉：「倚紫陌而并征。」炎氛，即暑氣。氛，一作「氣」。青蘋，一種生於淺水中的草本植物。宋玉〈風賦〉：「夫風生於地，起於青蘋之末。」晚吹，即晚風。❷飄香曳舞袖

二句　言舞女的香粉味兒在秋風中飄散。〈古詩十九首〉：「盈盈樓上女，皎皎當窗牖。娥娥紅粉妝，纖纖出素手。」❸不分君恩絕二句　不分，猶言不料。分，一作「忿」。紈扇，細絹織成的團扇。班婕妤〈怨歌行〉：「新裂齊紈素，皎潔如霜雪。裁為合歡扇，團團似明月。出入君懷袖，動搖微風發。常恐秋節至，涼風奪炎熱。棄捐篋笥中，恩情中道絕。」此二句化用其意。

【語譯】帝都郊野的道路上，炎熱的氣浪消失了，青蘋在晚風中飄浮起舞。竹葉在亂風中顫動著稀疏的影子，池面也縈迴地織著一圈圈細細的泉流。舞袖飄動著，香氣襲人，香粉隨風飄散在妝樓中。沒想到君恩突然斷絕，手執紈扇，哀怨的曲子和著這淒清的秋風。

【研析】前四句寫物之感秋風。「紫陌」二句寫風涼，「亂竹」二句寫風影。所攝取之意象，都極能傳秋風之神，不可移於寫春、夏、冬季之風也。後四句寫人之感秋風，所取之典故，亦能傳寫秋風之愁人。然「飄香」二句寫景泛泛，移於寫春風，不亦宜乎。「不分」，或作「不忿」，即不服、怨憤之意，這似乎不合溫柔敦厚之旨。還是作「不分」，解為「不料」的好。

秋雲

【題解】此詩寫秋雲之態，並表達不遇之愁。

南陸銅渾改，西郊玉葉輕❶。泛斗瑤光動，臨陽瑞色明❷。蓋陰連鳳闕，陣影翼龍城❸。詎知時不遇，空傷流滯情❹。

【注釋】❶南陸銅渾改二句　謂氣候轉為秋季。南陸，指夏天。司馬彪《續漢書‧律曆志》：「是故日行北陸謂之冬，西陸謂之秋，南陸謂之夏，東陸謂之春。」銅渾改，指天象、季節發生變化。銅渾，即張衡所造銅製渾天儀。在長安南靈臺上，以測天象。見《初學記・天部》引《西征記》。西郊，古時立秋之日行祭祀之禮，天子親率三公、九卿、大夫，迎秋於西郊。故以西郊代表秋季。見《淮南子・時則》。玉葉，指祥雲。參見〈游兗部逢孔君自衛來欣然相遇若舊〉注❷。❷泛斗瑤光動二句　斗，謂北斗七星。斗，一作「沼」。瑤光動，代表氣候的變化。瑤光，謂北斗杓第七星。動，一作「暗」。臨陽，謂迎著秋日。陽，一作「碭」。瑞色明，謂瑞雲之色，臨日而愈明也。❸蓋陰連鳳闕二句　蓋陰，如車蓋的雲彩。魏文帝〈雜詩〉：「西北有浮雲，亭亭如車蓋。惜哉時不遇，適與飄風會。吹我東南行，行行至吳會。吳會非我鄉，安得久留滯。」鳳闕，漢武帝造宮闕名。高二十餘丈。上有銅鳳凰，故名。見《三輔黃圖》。後泛指宮闕。陣影，謂雲聚集如戰陣。翼，戰陣兩側或左右兩軍皆曰翼。此亦可解為遮蔽。龍城，漢時匈奴地名。地在今蒙古人民共和國鄂爾渾河西側和碩柴達木湖附近。漢武帝元光六年（西元前一二九年），衛青至龍城，獲首虜七百級。見《史記・匈奴列傳》。李世民〈同賦含峰雲〉詩：「橫天結陣影，逐吹起羅文。」❹詎知時不遇二句　用曹丕〈雜詩〉意，見本詩注❸所引。詎，一作「誰」。流滯，在他鄉飄泊、淹留。流，一作「留」。

【語　譯】夏季的天象發生了改變，秋天的祥雲輕飄飄地徜徉。瑤光在北斗七星中閃動它的光輝，雲彩的祥瑞之色在秋陽中更加鮮豔。如車蓋似的雲影遠連鳳闕，又像齊整的戰陣之狀，翼蔽了龍城。哪知道時運不濟，浮雲淹留他鄉，徒自悲傷。

【研　析】前四句寫氣候、天象之變化，以一「輕」字寫秋雲之質，一「明」字寫秋雲之色，最能傳秋高雲淡、豔陽普照之氣象。後四句寫秋雲之勢，表滯留他鄉之愁。

秋蟬

【題　解】此詩寫秋蟬之危困處境及悲鳴無人憐惜之狀。

九秋❶行已暮，一枝聊暫安。隱榆非諫楚，噪柳異悲潘❷。分形妝薄鬢，鏤影飾危冠❸。自憐疏響斷，荒林夕吹❹寒。

【注　釋】❶九秋　即秋天。以秋季九十天，故曰九秋。❷隱榆非諫楚二句　諫楚，傳云楚莊王將興師伐晉，孫叔敖諫曰：臣園中榆樹上有蟬，奮翼欲飲清露，而不知螳螂在後欲攫食之。螳螂欲食蟬，又不知黃雀在後欲啄食之。黃雀方欲食螳螂，不知童子挾彈丸在下迎而欲彈之。童子方欲彈黃雀，不知前有深坑後有窟也。此皆言前之利而不顧後害者也。見《韓詩外傳》卷十。悲潘，潘岳〈秋興賦〉有「蟬嘒嘒而寒吟兮，雁飄飄而南飛」、「斑鬢髟以承弁兮，素髮颯以垂領」之句，自悲其鬢有二毛，年華虛度而一事無成。❸分形妝薄鬢二句　分形，指將頭髮梳妝成兩邊分張之形，如蟬張翼。薄鬢，即蟬鬢。傳為魏文帝宮人莫瓊樹所制。見崔豹《古今注・雜注》。鏤影，指漢代侍中、中常侍等所戴武冠，加黃金璫、貂尾為飾，並畫蟬為文，取其居高飲潔之意，謂之趙惠文冠。見《續漢書・輿服志》劉昭注。❹夕吹　即晚風。

【語　譯】九十天的秋季已近尾聲，暫且安穩地棲息在一根樹枝上。藏身在榆樹間哀鳴，並非為了向楚莊王進諫，在秋柳中聒噪，也不同於潘岳自悲虛度年華。貴婦們將鬢髮梳妝成兩邊分張之形，好像我薄薄的翼，王公為表示自己的高潔，在高高的帽子上畫上我的像。我獨自憐惜稀落的鳴叫聲就要停止，荒野樹林中晚風呼呼，一天比一天嚴寒。

【研　析】首二句寫秋蟬之處境危困。「一枝」句，從盧思道〈聽鳴蟬篇〉「輕身蔽數葉，哀鳴抱一枝」聯中化出。「聊暫安」，即言其即將不安矣。「隱榆」二句，寫蟬聲；「分形」二句，寫蟬貌。然「諫楚」、「悲潘」、「薄鬢」、「危冠」，皆是人類之熱鬧，於秋蟬何干。故末二句有「自憐」二字。人不知憐之，反以之取鬧，故此二字極沈痛，且怨憤在焉。「疏響斷」、「夕吹寒」，應首二句。

秋　露

【題　解】此詩寫秋露之態，並借此抒思古之幽情。

玉關寒氣早，金塘秋色歸❶。泛掌光逾淨，添荷滴尚微❷。變霜凝曉液，承月委圓輝❸。別有吳臺上，應濕楚臣衣❹。

【注　釋】❶玉關寒氣早二句　玉關，即玉門關，漢武帝置。在今甘肅敦煌西北。金塘，猶金堤。言其色黃，與玉關相對。劉楨〈公宴詩〉：「芙蓉散其華，菡萏溢金塘。」❷泛掌光逾淨二句　漢武帝造神明臺以祭仙人。上有承露盤，有銅仙人舒掌捧銅盤、玉杯，以承雲表之露。取露和玉屑服之，以求長生。見《三輔黃圖》卷三。荷，一作「河」，誤。滴，露珠。陸雲〈芙蓉詩〉：「盈盈荷上露，灼灼如明珠。」此用其意。❸變霜凝曉液二句　變霜，秋天空中水氣遇冷而結晶。《詩經・秦風・蒹葭》：「蒹葭蒼蒼，白露為霜。」曉液，即露水。虞世南《北堂書鈔・天部》引蔡邕〈月令章句〉云：「露者，陰液也，釋為露，結為霜。」圓輝，即露珠的光輝。❹別有吳臺上二句　吳臺，即姑蘇臺，吳王闔閭所築。楚臣，用伍子胥諫吳王、伍被諫淮南王事。二人皆楚人。《漢書・伍被傳》：淮南王陰有邪謀，中郎伍被諫曰：「昔子胥諫吳王，吳王不用……今臣亦將見宮中生荊棘，露沾衣也。」見〈宿山莊〉注❷。

【語　譯】玉門關寒冷的氣象早早開始，金堤上也已然是一派秋日景色。打在銅仙人的手掌上，更加晶瑩明澈，鋪灑在荷葉上，細密如珠點。秋霜變成清晨的露水，在曉月下滴落，閃著光輝。在遙遠的吳臺之上，應該沾濕了楚臣伍被的衣裳。

【研　析】首二句點明時令，而取境闊大。玉、金等狀詞，皆切秋字。次二句以傳說中的仙人承露盤上之晶瑩寫露光，以荷葉上之圓溜寫露滴，都極典型。五、六兩句，寫露之形成過程，細膩入微。末二句，用伍被諫吳王之舊典，又切己之處境、身分，意極沈痛。

秋　月

【題　解】此詩描寫秋月之態，並表達旅途思歸、宦遊求遇之情。

雲披玉繩淨，月滿鏡輪圓❶。裛露珠暉冷，凌霜桂影寒❷。漏彩含疏薄，浮光漾急瀾❸。西園徒自賞，南飛終未安❹。

【注釋】❶雲披玉繩淨二句　披，開；散。玉繩，星名。《文選》張衡〈西京賦〉：「上飛闥而仰眺，正睹瑤光與玉繩。」李善注引《春秋元命苞》曰：「玉衡北兩星為玉繩。」也泛指星光。月，一作「潮」。輪，一作「光」。❷裛露珠暉冷二句　裛，沾濕。陶潛〈雜詩〉：「秋菊有佳色，裛露掇其英。」珠暉，一作「朱花」。珠，言明月如珠。吳均〈秋念〉詩：「團團珠暉轉，照照漢陰移。」凌霜，冒著霜。桂影，古時傳云月中有仙人桂樹。見隋杜公瞻《編珠．天地部》引晉虞喜《安天論》。桂影，一作「紈扇」。❸漏彩含疏薄二句　漏彩，從樹林中漏下的月光。薄，林薄；草木叢生處。光，一作「波」。急瀾，迅疾的大波浪。❹西園徒自賞二句　西園，漢末曹操建於鄴都，建安文士常宴遊於此，唱和賦詩。曹丕〈芙蓉池作〉：「乘輦夜行游，逍遙步西園。……丹霞夾明月，華星出雲間。」南飛，用曹操〈短歌行〉「月明星稀，烏鵲南飛。繞樹三匝，何枝可依」詩意。

【語譯】雲開霧散，玉繩星是那麼明淨，十五的月亮也像鏡子那麼圓光。沾著露水，如珠的明月也很冷，冒著嚴霜，桂樹陰影也孤寒。稀疏的叢林中，斑斑光彩漏下，浮光鋪水面，隨著激流蕩漾。西園才子只對著月亮自我欣賞，南飛的烏鵲終究不知什麼枝頭可以棲息。

【研析】首聯切題。玉繩為西方之星，暗表秋字。又以鏡圓比喻滿月，表現一個高朗的意象。頷聯以「裛露」、「凌霜」表秋，「珠暉」、「桂影」代月，突出其清寒形象。頸聯以「漏彩」寫陸上草樹中之月光，「浮光」寫水上波浪中之月光。因薄疏，可見樹葉凋零；因瀾急，可見水流清淺。故雖不著「秋」字，而實是寫秋月之巧而工者，移於寫春、夏、冬之月，絕不可。尾聯寫歷史上人間秋月也。以五行觀念而言，西方屬秋，故言西園，實亦即秋園也。「徒自賞」言其孤獨思鄉思親，亦是秋月中的剪影。「月明星稀，烏鵲南飛」之典，用來形容秋月，是人所共知者，幾成表達旅途無歸、賢才不遇的千古不變的符號。

秋水

【題解】此詩寫秋水之態，並借以抒離愁別緒。

貝闕寒流徹，玉輪秋浪清❶。圖雲錦色淨，寫月練花明❷。泛曲鵾弦動，隨軒鳳轄驚❸。唯當御溝上，淒斷送歸情❹。

【注釋】❶貝闕寒流徹二句　貝闕，以貝殼裝飾的水中宮闕。《楚辭・九歌・河伯》：「魚鱗屋兮龍堂，紫貝闕兮朱宮。」王逸注：「言河伯所居，以魚鱗蓋屋，堂畫蛟龍之文，紫貝作闕。」貝，一作「金」。玉輪，本指月亮。此指月光，言水如月光清明。或言水波之流動，如玉輪運轉。❷圖雲錦色淨二句　圖雲，畫上雲彩。寫月，月光鋪灑。寫，通「瀉」。李嶠〈江詩〉：「霞津錦浪動，月浦練花開。」❸泛曲鵾弦動二句　泛曲，奏響曲子。鵾弦，用鵾雞筋做的琵琶弦，也指古曲〈鵾雞曲〉。隨軒，《後漢書・馬皇后紀》載：外家問起居者，車如流水，馬如游龍，以至驚動帝王。鳳轄，即指帝王貴族所乘之車。吳均《續齊諧記》云：漢宣帝以皂蓋車一乘賜霍光，每夜車轄上有金鳳凰飛去，至曉乃還。有黃君仲者於北山羅鳥，得一小鳳子，入手即化紫金，詣闕上之。帝置之承露盤上，俄而飛入光家，止車轄上。帝取其車，每游行即乘御之。❹唯當御溝上二句　古樂府〈皚如山上雪〉：「蹀躞御溝上，溝水東西流。淒淒復淒淒，嫁娶不須啼。」此詩用其意。

【語譯】寒水如在龍宮貝闕中流淌，秋浪猶如月光一樣清明。像在錦緞上畫上白雲，色彩更明淨，又如在白練上灑滿月光，花紋更鮮妍。它的聲音就像鵾弦撥動，悅耳動聽，它川流不息如皇家的車馬，濺起浪花就像車轄上的金鳳被驚起。正像御溝中的水東西分流，嗚咽淒切地送別歸人，離情不能承受。

【研析】首聯以水底貝闕龍宮和天上月宮為比，極言秋水之清澈。頷聯以錦上之雲、練上之月，比水之明淨。頸聯以鵾弦動、鳳轄驚，寫秋水迅疾動聽之聲響。尾聯寫目睹秋水之情，以御溝水東西分流之意象表之，最能牽動離愁。

秋螢

【題解】此詩寫秋螢之態，並讚美勤奮好學之人。

玉虯分靜夜，金螢照晚涼❶。含輝疑泛月，帶火怯凌霜❷。散彩縈虛牖，飄花繞洞房❸。下帷如不倦，當解惜餘光❹。

【注釋】❶玉虯分靜夜二句　玉虯，渾天儀上的虯形裝置，以玉為之。《初學記．器物部》引張衡〈漏水轉渾天儀制〉：「以玉虯吐漏，水入兩壺，右為夜，左為晝。」虯，傳說中的獨角龍。金螢，以螢火色金黃，故稱。潘岳〈螢火賦〉：「飄熲熲，若流金之在沙。」❷含輝疑泛月二句　泛月，在如水的月光中行船。帶火，《藝文類聚．蟲豸部》引《呂氏本草》：「螢火，一名救火，一名景天，一名據火，一名挾火。」❸散彩縈虛牖二句　虛牖，虛掩的窗子。蕭和〈螢火賦〉：「乍依欄而回亮，或傍牖而舒光。」飄花，言螢火飛繞樹間，像花開花落。梁簡文帝〈詠螢〉詩：「騰空類星隕，拂樹若花生。」洞房，連接相通而深邃的房屋。❹下帷如不倦二句　下帷，指讀書講學。《漢書．董仲舒傳》：「下帷講誦，弟子傳以久，次相授業，或莫見其面。」惜餘光，謂愛惜螢火，讀書以之照明。《晉書．車允傳》：「字武子，恭勤不倦，博覽多通。家貧不常得油，夏月則練囊盛數十螢火以照書，以夜繼日焉。」惜，一作「借」。

【語譯】渾天儀上的玉虯將靜夜與白晝分開，金色的螢火蟲照耀著，給秋涼的夜晚帶來溫暖和光明。牠的身體含著光輝，好像在月光中泛舟，帶著一把小火，生怕遇上寒霜。像散碎的彩霞，縈迴在虛掩的窗牖間，像樹上的花朵飄落，圍繞著深邃的洞房。倘若降下簾帷，讀書講學不倦，應當懂得愛惜小小螢火的餘光。

【研析】首聯貌似平平敘來，然一「照」字實是一篇之總，不可放過。後「含輝」、「帶火」、「散彩」、「飄花」

云云，都是「照」。特別是尾聯，更見此「照」字之可貴。秋螢雖小，然以其「照」而讓人愛惜。「下帷如不倦」之典，言秋螢給勤奮好學之貧寒士子帶來的不僅僅是微光，更有溫情脈脈的安慰和鼓勵。「含輝疑泛月」一句，乃是從南朝陳楊縉〈照帙秋螢詩〉「含明自不息，夜月空徘徊」一聯中提煉而來，神韻自出。張志烈《初唐四傑年譜》評云：「詩語整飭而內容洵為『學生腔』，當為二十歲之前之作。」此說殆未安。

秋菊

擢秀三秋晚，開芳十步中❶。分黃俱笑日，含翠共搖風❷。碎影涵流動，浮香隔岸通❸。金翹徒可泛，玉斝竟誰同❹。

【題　解】此詩寫秋菊之態，並思孤高自持之同道。

【注　釋】❶擢秀三秋晚二句　擢秀，草木之欣欣向榮。亦可以草喻人，謂人才之出眾。三秋，指秋天。開芳，謂綻放花蕾，散發香氣。十步，謂不遠處。《說苑・談叢》：「十步之澤，必有香草。十室之邑，必有忠士。」❷分黃俱笑日二句　分黃，謂吐露黃色的花瓣。笑日，如開口向太陽歡笑。翠，謂菊葉。❸碎影涵流動二句　菊花喜生水邊，故風動而水中影碎，浮香漫岸。涵流，水搖盪流動。涵，一作「臨」。❹金翹徒可泛二句　金翹，謂菊花。蘇彥〈秋夜長賦〉：「貞松隆冬以擢香，金菊吐翹以凌霜。」斝，古代酒器，多以玉、銅製。竟誰同，言無人可共飲。

【語　譯】菊花在深秋怒放，十步之內就能聞到它散發芬芳。吐露著黃色花瓣，都仰頭向太陽笑得歡，葉兒青翠，一同在風中自在地搖曳。碎碎的影子隨流水緩動，風吹花香，一直迷茫到溪水對岸。這菊花像翹起的金子，徒自漂浮在美酒中，究竟誰能同我一起舉起這玉杯。

【研　析】首聯，寫秋菊之開放。頷聯，分寫花瓣和菊葉。頸聯，分寫花影與花香，從江總〈庚寅年二月十二日游虎丘山精舍〉「貝塔涵流動，花臺偏領芬」稍稍變化而出，而更顯「秋菊」清疏之致。尾聯，借惜菊而懷高士，孤高之情見矣，與前之「擢秀」、「開芳」相應。

秋　雁

【題　解】此詩寫秋雁之態，並表思鄉之情。

聯翩辭海曲，遙曳指江干❶。陣去金河冷，書歸玉塞寒❷。帶月凌空易，迷煙逗浦難❸。何當同顧影，刷羽泛清瀾❹。

【注　釋】❶聯翩辭海曲二句　聯翩，鳥成羣結隊而飛。海曲，猶言海隅、海島。此指北方沿海偏僻地區。遙曳，即搖曳。猶言飄蕩、遠遊。江干，即江邊。干，水邊。《易・漸》初六：「鴻漸於干。」❷陣去金河冷二句　雁羣飛成人字隊形，故曰陣。《易林》：「九雁列陣。」金河，水名。其泥色紫，故名。今名大黑河。流經內蒙古中部，在托克托入黃河。書歸，即雁歸。舊時謂鴻雁可傳書。庾信〈王昭君〉詩：「寄信秦樓下，因書秋雁歸。」玉塞，即玉門關，在今甘肅敦煌西北。此謂邊疆苦寒之地。❸帶月凌空易二句　帶月，謂隨著月亮。凌空，飛入空際。迷煙，謂為秋霧所迷。逗浦，在水邊停留。江淹〈別賦〉：「春草碧色，春水淥波。送君南浦，傷如之何。」此用其意。❹何當同顧影二句　何當，猶言何時。顧影，即自顧其影。有自矜、自負且自憐之意。《後漢書・南匈奴傳》：「昭君豐容靚飾，光明漢宮。顧影徘徊，竦動左右。」刷羽，刮洗羽毛。鳥飛行，亦可謂刷羽。沈約〈詠湖中雁〉詩：「刷羽同搖漾，一舉還故鄉。」

【語　譯】成羣結隊地飛離海島，飄蕩的方向是遙遠的江岸。雁隊飛走後金河冷冷清清，書信到家時玉門關已經進入苦寒的冬天。在明月當空時易於凌空飛翔，在秋霧如煙的水邊迷失而艱難地停滯不前。何時才能一同顧影刷洗自己的毛羽，飛翔在清清的波瀾上。

【研　析】此篇託雁以自況。首二句言秋天大雁開始由北方向南飛翔。中四句寫其征途之遙遠而艱辛。「陣去」二句著「冷」、「寒」二字，「帶月」二句著「易」、「難」二字，意在言外。末二句表達思歸之情。「何當」句應「聯翩」句，「刷羽」句應「遙曳」句，意境極其高遠。此詩中間二聯失粘。

傷祝阿王明府

【題　解】祝阿，縣名。天寶元年，改名禹城縣。見《元和郡縣志．河南道．齊州》。今屬山東濟南。明府，唐人稱縣令。按詩前序所云，王明府乃作者友人，殆在升職之前而歿。詩中極讚王明府的個人修養及施於地方之惠政，並對其亡歿深表痛惜。未知何時所作。

洛川真氣上，重泉惠政融❶。含章光後烈，繼武嗣前雄❷。與善良難驗，生涯忽易窮❸。翔鳧猶化履，狎雉尚馴童❹。錢滿荒階綠，塵浮虛帳紅❺。夏餘將宿草，秋近未驚蓬❻。煙晦泉門閉，日盡夜臺空❼。誰堪孤隴外，獨聽白楊風❽。

【注　釋】❶洛川真氣上二句　洛川，即洛水，在今河南洛陽。真氣上，仙人變形而登天。傳云曾為葉縣令的王喬遊伊、洛之間，道士浮邱公接以上嵩高山。三十餘年後，人見其駐山頭，舉手謝時人，乘白鶴而去。見劉向《列仙傳》。重泉，地名。故城在今陝西蒲城東南。後漢蜀郡人王阜為重泉令，用法平正寬慈，政治肅清，吏民向化。鸞鳥集於學宮，阜奏雅樂，鳥應聲而舞，十餘日乃去。見《東觀漢記．王阜傳》。融，長遠。❷含章光後烈二句　含章，即具有內美。《易．坤》六三：「含章可貞。」後烈，即後世有志於建功立業之人。繼武，足跡相連。武，足跡。言繼承前人事業。❸與善良難驗二句　謂王明府善人而不得善終。《史記．伯夷列傳》：「或曰：天道無親，常與善人。若伯夷、叔齊可謂善人者非耶？積仁潔行如此而餓死。……天之報施善人，其何如哉！」與善，一作「契與」。良，一作「誠」。生涯，即生命。《莊子・養生主》：「吾生也有涯，而知也無涯。」窮，盡。❹翔鳧猶化履二句　翔鳧，據應劭《風俗通・正失》：王喬為葉令，每月朔常詣臺朝，而不乘車騎。人見其臨至時，常有雙鳧從東南飛來，舉羅張之，得一雙舄。視之，乃王喬之官屬履也。後常以鳧舄指代縣令。狎雉，用後漢魯恭事。恭為中牟令，以德化為治而多瑞應，乃至螟不傷稼、鳥獸馴良而兒童有仁心。參見〈春夜韋明府宅宴得春字〉注❷。馴，使之馴良。❺錢滿荒階綠二句　謂王明府身後之荒涼情狀。錢，指路階之苔蘚。崔豹《古今注》曰：「空室無人行則生苔蘚，或青或紫，一名綠錢。」沈約〈冬節後至丞相第詣世子車中作〉：「實階綠錢滿，客位紫苔生。」帳紅，謂帷帳布滿塵土。王儉〈春夕〉詩：「虛閨稍疊草，幽帳日凝塵。」❻夏餘將宿草二句　宿草，隔年的草。《禮記・檀弓上》：「曾子曰：朋友之墓有宿草而不哭焉。」孔穎達疏：「宿草，謂陳根也。草經一年則根陳也，朋友相為哭一期，草根陳乃不哭也。」後喻墓地，用以傷逝。驚蓬，疾飛的斷蓬。《說苑・敬慎》：「是猶秋蓬惡於根本，而美於枝葉。秋風一起，根且拔矣。」言明府之行事，人將淡忘矣。實亦傷逝。❼煙晦泉門閉二句　謂明府長逝不返。煙，謂雲霞、雲煙。泉門，泉臺之門，即墓門也。閉，一作「夕」。盡，一作「遠」。夜臺，即墳墓，亦指陰間。❽誰堪孤隴外二句　隴，即丘隴、墳墓。白楊，墓上之木。〈古詩十九首〉：「白楊多悲風，蕭蕭愁殺人。」

【語譯】洛水上的仙人變形登天而去，重泉縣令的惠政永垂不朽。你文質彬彬，足為後世英俊的楷模，又沿著先輩的足跡，你的事業無愧於前任的賢哲。天報善人，此話實在難以驗證，生命有定限，容易忽然耗盡。飛翔的鳧鳥所化的官舄還在，可愛的雉鳥仍然親近馴良的兒童。臺階上已然長滿綠色的錢苔，帷帳上也沾滿了一層紅塵。夏季已近尾聲，你的墳上就要長宿草，秋天將來臨，田中飛蓬還沒有隨風拔離本根。煙霞晦暗，泉門緊閉，太陽落山，墳場空寂。誰能忍受在這孤獨的墳頭，獨自一人聽那白楊樹間呼呼的風聲。

【研析】詩前有一篇典雅沈鬱的駢體序文，稱頌王明府之道德才華，對其正欲升職而遽爾云逝表示沈痛哀悼。此詩自詩首至「生涯忽易窮」六句，傷王明府之生。首二句以王喬故事讚王明府有仙風道骨，又以王阜故事讚王明府具有德政美聲。既是王姓，又曾都是縣令，用典信手拈來，極為自然貼切。次二句「含章」言其內美，與前「真氣」相應；「繼武」言其德高，與前「惠政」照應。以上四句以正筆和側筆，反復詠歎王明府生前之形象。與「與善良難驗」寫明府之逝的二句連綴讀之，方覺其中沈重之情，歎善人不得善終、仁者不必壽。自「翔梟」以下十句，傷王明府之死。「翔梟」二句，言其人去；「錢滿」二句，言其樓空。「夏餘」二句，傷原野之時景；「煙晦」二句，想夜臺之冷寂。末二句，言己之傷不能自抑。「翔梟」二句，與詩首「洛川」二句形成呼應，使前後結構緊湊不亂。

於紫雲觀贈道士

【題解】紫雲觀，據《舊唐書・高宗紀》，乃乾封元年正月於兗州界置。詩前有序。此詩寫道士仙風高邈，而己之落魄無依，表達及時行樂之思。約於高宗儀鳳元年（西元六七六年）秋在兗州作。於，一作「游」。雲，一作「霞」。

碧落澄秋景，玄門啟曙關❶。人疑列禦至，客似令威還❷。羽蓋徒欣仰，雲車未可攀❸。只應傾玉醴，時許寄頹顏❹。

【注釋】❶碧落澄秋景二句　碧落，即天空。玄門，《老子》：「玄之又玄，眾妙之門。」後以玄門指道教。此指道觀之門。❷人疑列禦至二句　人，指道士。列禦，春秋時鄭人，名禦寇，得仙乘風而行。《莊子・逍遙遊》：「夫列子御風而行，泠然善也，旬有五日而後反。」客，自喻。令威，即丁令威。本遼東人，學道於靈虛山。後化鶴歸遼，人不復識。有少年欲舉弓彈之，乃徘徊空中而言曰：「有鳥有鳥丁令威，去家千年今始歸。城郭如故人民非，何不學仙冢纍纍。」遂高上沖天。見陶潛《搜神後記》。❸羽蓋徒欣仰二句　傳說中仙人車駕，以羽為飾，以雲為車。葛洪《神仙傳・茅君》：「與父母親族辭別，乃登羽蓋車而去。」又，《神仙傳・李少君》：「爾乃駕神虬以上昇，騁雲車以涉遠。」❹只應傾玉醴二句　玉醴，傳說中的仙藥，服之可長生。見葛洪《抱朴子・內篇》。時許，猶言或許。頹顏，衰老的樣子。亦即頹齡。陶淵明〈九日閑居〉：「酒能祛百慮，菊為制頹齡。」此謂只有借酒打發餘年。

【語譯】天空湛藍，秋高氣爽，道觀一大早打開大門。主人好像列禦寇下凡，我好像是遠遊回鄉的丁令威。徒然欣羡仰慕神仙的羽蓋，悠遊的雲車也不能追攀。只有倒一杯長生延年的玉醴服食，或許能寄託這衰殘之年。

【研析】首二句寫紫雲觀之秋景，亦點明遊觀之時令，意象高遠明澈。中四句寫遊觀。「人疑」句，寫道士之飄逸。「客似」句，寫己之落魄。此詩前序有云：「余鄉國一辭，江山萬里。昔年離別，還同塞北之梟；今日歸來，即似遼東之鶴。」蓋少時從父遊宦博昌，遂僑居齊魯間，因以兗州為鄉國，故有此句。歎紫雲觀是家鄉之神仙帝鄉，而自己這許多年在外漂泊之滄桑感自然可見。「羽蓋」二句，承前二句而來，「羽蓋」、「雲車」乃仙人所駕，以形容道士；「徒」、「未可」言己之不能與道士相接。末二句，寫遊觀所感，表達人生苦短、及時行樂之思。

於西京守歲

【題解】西京，漢以長安為都，東漢後都洛陽，以長安在其西，故稱西京。唐人亦沿用舊稱。守歲，舊俗於農曆除夕夜與家人同坐，終夜不眠，送舊迎新。詩寫他鄉除夕夜孤寂落魄，歸鄉無期之複雜感情。不知何時所作。題一本無於字。

閒居寡言宴，獨坐慘風塵❶。忽見嚴冬盡，方知列宿❷春。夜將寒色去，年共曉光新。耿耿他鄉夕，無由展舊親❸。

【注釋】❶閒居寡言宴二句　言宴，謂歡樂。言，語辭。宴，亦作晏。《詩經・衛風・氓》：「總角之宴，言笑晏晏。」風塵，風起塵揚。喻世俗的擾攘。陸機〈為顧彥先贈婦〉詩：「京洛多風塵，素衣化為緇。」慘，淒慘。此指厭倦。❷列宿　眾星宿。亦指全國各地。《史記・天官書》：「天有五星，地有五行。天則有列宿，地則有州域。」❸耿耿他鄉夕二句　耿耿，謂激動、煩躁、不安。《詩經・邶風・柏舟》：「耿耿不寐，如有隱憂。」展舊親，謂盡親親之道，使親者近者益見其親近。舊，指故交。親，指親人。《尚書・族獒》：「分寶玉於伯叔之國，時庸展親。」

【語譯】閒居長安，少有歡樂，孤獨坐守一隅，厭倦紛擾的生活。忽然見到嚴冬已經過去，才知九州大地又悄然回春。寒冷氣象與除夕夜一同過去，又是一年和曙光一樣嶄新。遊子在他鄉通夜心懷不安，無法回到親人和朋友身邊，讓他們開心。

【研析】前二句言其獨坐，而未知是守歲，竟以為是「閒居」。中四句，由「忽見」而至「方知」，寫其驚愕。「夜將」二句寫「忽見」之景，而「方知」乃與首二句之「寡」、「慘」之心理形成照應連綴。先是懵然不知，既「方知」矣，該高興了罷？然又未也。由末二句「耿耿」目之，則知其獨坐他鄉，遠離親友，於此萬家同慶之時，其「寡」、「慘」之心更強烈了。此詩寫心理細緻如畫。「閒」字最堪玩味。於新年時節，人都忙於張羅年事，迎來送往，而詩人卻「閒」。暗示其他鄉孤寂；過年之時方得一閒，說明其一年到頭都是在忙碌奔波之中，忘記了時間，甚至忘記了親人。「夜將」二句，用薛道衡〈歲窮應教〉詩「故年隨夜盡，初春逐曉生」之意，見提煉之功。

途中有懷

【題　解】此詩寫不遇時之痛苦。約作於太宗貞觀十六年（西元六四二年）前後首次上京謀仕不成，而返回故鄉義烏省親的途中。

眷然懷楚奏，悵矣背秦關❶。涸鱗驚煦轍，墜羽怯虛彎❷。素服三川化，烏裘十上還❸。莫言無皓齒，時俗薄朱顏❹。

【注　釋】❶眷然懷楚奏二句　眷，反顧；戀戀不捨。眷，一作「睠」。《詩經・小雅・大東》：「睠言顧之，潸焉出涕。」楚奏，謂楚人奏楚地的音樂。寓思鄉懷舊之情。見〈在江南贈宋五之問〉第二部分注⓫。悵，失落而怨恨。背秦關，用蘇秦事。蘇秦將連橫，說秦王書十上而不成，資用乏絕，無奈而去秦東歸。見《戰國策・秦策》。❷涸鱗驚煦轍二句　涸鱗，《莊子・外物》寓言云：莊周家貧而借粟，途中遇一車轍中快要乾死的鮒魚，云是東海之波臣。亟請斗升之水以活命。後遂以涸轍之鱗喻身陷困境、亟待救援的人。煦，晴熱；乾熱。煦，一作「照」。墜羽，射鳥使下。虛彎，虛引弓。傳云齊國更羸善射，雁從東方來，飛徐而鳴悲，更羸以虛發而下之，曰：「飛徐者，故瘡痛也；悲鳴者，久失羣也。故瘡未息而驚心未去也，聞弦音引而高飛，故瘡隕也。」見《戰國策・楚策》。後以「驚弓之鳥」喻受過驚嚇，略有風吹草動就害怕的人。❸素服三川化二句　喻仕途人事紛擾，艱辛勞苦。素服，白色衣服。三川，即涇、渭、洛水，代指京洛地區。陸機〈為顧彥先贈婦〉詩：「京洛多風塵，素衣化為緇。」此用其意。烏裘，即蘇秦所穿黑色貂裘衣。蘇秦始將連橫，說秦王書十上而說不行，黑貂之裘破，黃金百斤盡，資用乏絕，落魄而歸。參見〈宿山莊〉注❹。❹莫言無皓齒二句　謂不遇時。皓齒，美人潔白的牙齒。《漢書・司馬相如傳》：「皓齒粲爛，宜笑的皪。」朱顏，美麗的容貌。曹植〈雜詩〉：「時俗薄朱顏，誰為發皓齒。」

【語　譯】戀戀不捨地奏響楚曲，懷念故國，悵然地離開秦關。快要乾死的魚兒最怕乾熱的車轍，受傷往下墜的鳥兒連聽虛發的弓響都膽寒。白色的衣服被京洛的風塵染黑，黑貂裘在十次上書不納後被帶回家。不要說我沒有雪白的牙齒，當下的社會見到美女不動心。

【研析】作此詩的數年前，作者父親終於博昌任上，就地安葬。喪期服畢，賓王奉母移居兗州瑕丘縣。後隻身上京干謁應試，然投靠無門，進退失據。於是又回到義烏，欲向親友求助。首二句寫其離都返鄉及其不快之心情，點題。這是全詩的綱。以下「涸鱗」二句，寫其仕途所遭受的窘迫與傷害，以「驚」、「怯」二字表「悵矣」失望之深。「素服」二句，寫其在京都的辛苦和不遇，於是有「眷然」懷鄉之切。末二句鳴其不平之氣，言自己非無內美，乃時不我顧，再次深化「悵矣」、「眷然」二語。

出石門

【題解】以石門命名之地頗多。陳熙晉以為此指山西解縣境內之石門，誤。此石門在今湖北棗陽大洪山下。此詩寫石門之景，並抒求仙之想。殆是賓王遷臨海丞南歸途中，思家而作也。

層巖遠接天，絕嶺上棲煙❶。松低輕蓋偃，藤細弱鉤懸❷。石明如掛鏡，苔分似列錢❸。暫策為龍杖，何處得神仙❹。

【注釋】❶層巖遠接天二句　謂石門夾鄣層峻。棲煙，停雲。言嶺高入雲霄。❷松低輕蓋偃二句　蓋，即車蓋。《抱朴子・對俗》引《玉策記》曰：「千歲松樹，四邊枝起。上杪不長，望而視之，有如偃蓋。」鉤，一作「絲」，非。❸石明如掛鏡二句　謂石門內鐘乳穴素崖壁立如鏡。列錢，謂穴中人跡罕至，長滿綠苔。錢，即苔蘚。見〈傷祝阿王明府〉注❺。❹暫策為龍杖二句　用費長房騎竹杖歸家事。《神仙傳》卷九：費長房隨壺公學仙，而思家不已。「公以竹杖與之曰：『但騎此到家耳。』長房辭去，騎杖，忽然如睡，已到家。……長房以所騎竹杖投葛陂中，視之，乃青龍耳。」按長房汝南人，此石門地與汝南相去不遠，故用此典。策，拄杖。

【語　譯】重疊的山巒遠與天相接，陡峭的山嶺高插雲霄。千年古松的青枝低低下壓，如亭亭車蓋，野藤像細弱的鐵鉤懸在半空。鐘乳石明晃晃如鏡子倒掛，苔蘚一片一片像擺著銅錢。姑且拄一根竹杖當作傳說中的龍杖，卻不知往何處去學成神仙。

【研　析】此詩首二句，言石門之高聳。「接天」、「棲煙」之景，讓人睹之自然生出塵之想。中間四句寫松蓋、懸藤、石鏡、苔錢，言其古野之趣，似人跡罕至的世外之境。《水經注．溳水》：「(大洪)山在隋郡之西南，竟陵之東北。盤基所跨，廣圓一百餘里。峯曰懸鉤，處平縣眾阜之中，為諸嶺之秀。山下有石門，夾鄣層峻，巖高皆數百許仞。入石門，又得鍾乳穴，穴上素崖壁立，非人迹所及。穴中多鍾乳，凝膏下垂，望齊冰雪。微津細液，滴瀝不斷。幽穴潛遠，行者不極窮深。」此詩所寫與《水經注》所載相符。末二句，寫此行之感，何處得神仙之慨完全是由此境而生此心。另外，又因此地距汝南為近，自然讓他聯想到傳說中得道成仙的費長房。再者，此二句言外之意，亦是倦於旅途之勞也。

至分陝

【題　解】分陝，相傳西周周公、召公分陝二治，有陝陌石柱為界。見《漢書．地理志上》〈弘農郡〉。陝，即今河南陝縣。此詩寫分陝之地雍和之勝景，讚當今王化之美，並抒思古之幽情。此殆是遷臨海丞南歸途中紀行之作。作於〈出石門〉詩之前。

陝西開勝壤，召南分沃疇❶。列樹巢維鵲，平渚下睢鳩❷。憩棠疑勿剪，曳葛似攀樛❸。至今王化美，非獨在隆周❹。

【注　釋】❶陝西開勝壤二句　陝西，即陝右關中地區。《公羊傳》隱公五年：「自陝而東者，周公主之；自陝而西者，召公主之。」勝壤，地之美者。召南，即岐山之陽，召伯所治，故稱召南。沃疇，地之肥沃者。《戰國策・秦策》：「沃野千里，蓄積饒多。」❷列樹巢維鵲二句　言周、召二公分治下人民和樂之氣象。列樹，言鵲巢所結之樹之多也。維鵲，即鵲。維，語辭。《詩經・召南・鵲巢》：「維鵲有巢，維鳩居之。」鄭玄《箋》云：「鵲之作巢，冬至架之，至春乃成，猶國君積行累功。」平渚，河中小洲。雎鳩，水鳥名。相傳此鳥雌雄有定偶，故喻君子之配偶。《詩經・周南・關雎》：「關關雎鳩，在河之洲。」❸憩棠疑勿剪二句　憩，息。棠，一種小樹。《詩經・召南・甘棠》：「蔽芾甘棠，勿翦勿敗，召伯所憩。」應劭《風俗通義・皇霸》：「(召公)當農桑之時，重為所煩勞，不舍鄉亭，止于棠樹之下，聽訟決獄，百姓各得其所。……後人思其德美，愛其樹而不敢伐，詩〈甘棠〉之所作也。」剪，一作「翦」。葛，一種藤類蔓生植物。樛，向下彎曲的樹木。《詩經・周南・樛木》：「南有樛木，葛藟纍之。樂只君子，福履綏之。」此句言樛木樹枝彎曲向下，葛藟蔓延向上，上下相交而俱繁茂。喻周公之化，上下熙洽和樂。❹至今王化美二句　言周、召二公德化永垂不朽。亦言今之王化興盛，一如周、召二公之時。王化，君王的德化。子夏〈詩序〉：「〈周南〉、〈召南〉，正始之道，王化之基。」隆周，教化昌盛的周代。

【語　譯】陝石以西展開一片美麗的土地，岐山之陽召公所分治的是肥沃的田野。一排排大樹上安居著鵲巢，平曠的沙渚飛下關關和鳴的雎鳩。召公所歇憩的甘棠樹好像從來就沒有忍心剪過，牽繞的葛藤似乎在攀扯著彎曲的樛木。直到現在君王的德治依然是那麼美好，不僅僅是在當年隆盛的周朝。

【研　析】首二句入題，寫其行蹤已至分陝，「開」、「分」二字，暗示詩人正游目分陝東西之美麗富饒的土地，心緒肅然，浮想聯翩。「列樹」二句，著「巢」、「下」二字，「列樹」、「平渚」乃心目中實景，而實中見虛。「憩棠」二句，著「疑」、「似」二字，「憩棠」、「曳葛」乃心中之幻象，而幻從實生。總之以虛象實景、今事故典互為交融，讚美周、召二公在陝西、召南這兩塊土地上王化崇美、人民熙洽和樂的時代。以上四句既是分部歌詠，末二句為合唱，既頌古人，又美今王，其聲自然合度，激越高亢，餘音繚繞。此為行旅詩，寫分陝之地實景，又借分陝之地歷史文化典故，歌頌古代聖跡，亦讚美當代之王化。寫景與抒情，懷古與頌今融為一體，意旨深厚，韻味悠遠，非一般行旅詩或頌體詩可比者。

至分水戍

【題　解】分水戍，《水經注・淯水》：「淯水又東，魯陽關水注之。水出魯陽縣南分水嶺，南水自嶺南流，北水從嶺北注。故世俗謂此嶺為分頭也。」地在今河南平頂山市與南陽之間。詩寫行至分水嶺所見之景，抒行旅之愁。當是遷臨海丞南歸途中之作。

行役總離憂，復此愴分流❶。濺石回湍咽，縈叢曲澗幽❷。陰巖常結晦，宿莽競含秋❸。況乃霜晨早，寒風入戍樓❹。

【注　釋】❶行役總離憂二句　行役，因公務或服役跋涉在外。《詩經・魏風・陟岵》：「父曰：嗟！予子行役。」總，一作「忽」。離憂，即離愁。分流，即分水嶺。❷濺石回湍咽二句　謂魯陽關澗深流急，草木繁茂。《水經注・淯水》：「其水南流徑魯陽關，左右連山插漢，秀木干雲。」回湍，迂曲的激流。咽，水聲嗚咽。縈叢，旋回攀繞的草木。此二句用其意。❸陰巖常結晦二句　謂分水戍中陰氣逼人。巖，一作「崖」。晦，陰暗；不見陽光。宿莽，卷施草，一種經冬不枯、拔心而不死的草。《楚辭・離騷》：「朝搴阰之木蘭兮，夕攬洲之宿莽。」❹況乃霜晨早二句　霜晨，指秋天的早晨。戍樓，指古魯陽關，在魯陽縣東南，為軍事重鎮。見《通典・州郡七》。

【語　譯】服役遠行，心中總懷著離別的憂愁，又在此傷心地見到分水嶺的南北分流。迂迴的激流嗚咽著衝擊石岸，濺著水花，在叢林的覆蓋下，曲折的山澗顯得很幽深。晦暗陰森的懸崖常年不見陽光，卷施草茂盛地生長在秋日的寒氣中。何況在秋天的清晨早早出發，冰冷的風吹拂高高的古戍樓。

【研　析】今甘肅天水市清水縣、陝西寧強嶓冢均有分水嶺。以〈出石門〉至〈北眺春陵〉等五詩，皆沿途相次，故作者所詠者即此魯陽關之分水嶺無疑。此詩首二句，言行役之中本來充滿離愁別緒，見分水戍而離愁倍增也。「濺石」句，具寫回湍嗚咽之狀，與前「愴分流」三字呼應。「縈叢」句，總寫曲澗幽暗之狀，啟下「陰巖」、「宿莽」二句，「幽」字與「晦」字、「秋」字相照應。末二句，寫霜風凜冽的清晨到達此地，暗示其通宵行旅之匆忙，「寒風入戍樓」的辛酸勞碌之感，與首二句「離憂」、「愴」相通。此分水戍所在魯陽關，與作者長期生活的兗州地界的魯陽關同名。《史記・田敬仲完世家》：「三年三晉滅晉後而分其地，六年魯伐我入陽關。」正義引《括地志》云：「魯陽關故城，在兗州博城縣南二十九里，西臨汶水也。」故作者至此，自然會引發思鄉之愁。又，此地的魯陽關，流傳有孝子司馬芝的故事。據《三國志・魏書》：「司馬芝，字子華，河內溫人也。少為書生，避亂荊州。於魯陽山遇賊，同行者皆棄老弱走，芝獨坐守老母。賊至，以刃臨芝，芝叩頭曰：『母老，唯在諸君。』賊曰：『此孝子也，殺之不義。』遂得免。官至大司農。」想起此故典，作者的思親之情亦在心中暗湧，因之而「離憂」愈重，「愴」情更烈。

過張平子墓

【題　解】張衡，字平子。南陽（今河南南陽）人。東漢傑出科學家、政治家、辭賦家。據《通典・州郡七》載：「漢西鄂縣故城在今縣南。有魯陽關，及魯陽山，及精山。漢張衡墓亦在縣南，崔瑗作碑，見在。」此詩殆賓王遷臨海丞南歸時，路由南陽張衡墓所作。詩寫張衡墓的現況，並緬懷張衡的生平業績。

西鄂該通理，南陽擅德音❶。玉巵浮藻麗，銅渾積思深❷。忽懷今日昔，非復昔時今❸。日落豐碑暗，風來古木吟❹。惟歎窮泉下，終鬱羨魚心❺。

【注　釋】❶西鄂該通理二句　謂張衡通曉物理，且具德政美名。西鄂故城在向城縣南，屬南陽郡，唐時張衡故宅餘址猶存。見《元和郡縣志・鄧州・向城縣》。此以西鄂、南陽之地代指張衡。該，通「賅」。完備。通理，通曉物理。見《易・坤》「君子黃中通理」孔穎達正義。崔瑗〈張平子墓碑文〉：「焉所不學，亦何不師。……一物不知，實以為恥。」《後漢書・張衡傳贊》：「三才理通，人靈多蔽。」德音，美好的名聲。《後漢書・張衡傳》：「永和初，出為河間相，上下肅然，稱為政理。」❷玉卮浮藻麗二句　玉卮，指地動儀。本銅製，形似酒樽。見《後漢書・張衡傳》。玉卮云者，既美言之，亦避下文也。藻麗，美麗的辭藻。指張衡善作賦，計有〈二京賦〉、〈南都賦〉、〈溫泉賦〉、〈思玄賦〉、〈冢賦〉、〈歸田賦〉、〈髑髏賦〉、〈舞賦〉、〈羽獵賦〉、〈定情賦〉、〈扇賦〉和〈鴻賦〉等。崔瑗〈張平子墓碑文〉：「道德漫流，文章雲浮。」《後漢書・張衡傳》：「衡少善屬文，游於三輔，因入京師，觀太學，遂通五經，貫六藝。」銅渾，即銅製渾天儀。《後漢書・張衡傳》：「衡善機巧，尤致思於天文、陰陽、曆算……遂乃研核陰陽，妙盡璇璣之正，作渾天儀，著《靈憲算罔論》，言甚詳明。」❸忽懷今日昔二句　謂時光不再，斯人難追。今日昔，謂今日眼前之張衡墓及碑銘也。昔時今，謂心中之昔時張衡其人風采。❹日落豐碑暗二句　豐碑，古代下棺之具，斫大木為之。漢以後樹大石於墓前，為文表死者言行。《水經注・淯水》：「淯水又徑西鄂縣南，水北有張平子墓，墓之東側，墳有平子碑，文字悉是古文篆額，是崔瑗之辭。」後陳翕復刊碑陰為銘。二首並存。古木，古時墓旁多植白楊樹。〈古詩十九首〉：「白楊多悲風，蕭蕭愁殺人。」❺惟歎窮泉下二句　謂張衡到底未能實現其願望，深為之憾。據《後漢書》本傳，永和初，衡為閹豎所讒毀，出為河間相。張衡〈歸田賦〉：「游都邑以永久，無明略以佐時。徒臨川以羨魚，俟河清乎未期。」窮泉，猶言九泉、黃泉。地下死者之所居。鬱，蘊結；不得伸展。

【語　譯】張衡精通世間萬物的真理，又享有政治人格上的美好名聲。地動儀像精美的玉杯，杯中又浮著華麗的文辭，銅製的渾天儀積聚著深刻的思想智慧。偶然來到你的陵寢憑弔，已然不見你昔時的風采。太陽落山，墓碑變得晦暗，秋風吹來，古楊樹嗚嗚悲鳴。只歎惜九泉之下的人，永遠懷著一份不大用於世的遺恨。

【研　析】首二句極讚張衡的一生，拈出「該通理」與「擅德音」最有代表性的兩端。三、四兩句即詠其「該通理」之一端。以「玉卮浮藻」、「銅渾積思」兩個鮮麗的形象，巧妙地將其天文學、地球學及文學、思想等方面的成就表現出來。「忽懷今日昔，非復昔時今」二句，初讀之下，讓人摸不著頭腦。其實正常的句法應是

「今日忽懷昔，昔時非復今」，言今日忽然來到墓前，平子已不得復見矣。切題中「過」之一字。然之所以將句式打亂，以「忽懷」、「非復」二虛詞冠諸句端，把兩個跨度很大的「今日昔」、「昔時今」擠壓在一起，乃是故意造成一個模糊、混亂，讓人氣短意迷之象，以表達不勝今昔之變之感。「日落」二句，寫古墓淒清、落寞之景。其實這詩人目中之實景，亦即前二句感懷之來由。「豐碑」著一暗字，「古木」尚有哀「吟」，則古墓中人似有不平歟？於是抽繹出末二句：「惟歎窮泉下，終鬱羨魚心。」因張衡「該通理」一端前已表之，「擅德音」之一端尚無著落。以此二句作結，呼應了開頭，將張衡作為政治家而不為人熟知的遺恨托出，真可謂別出心裁，殆亦張衡之千古知音。此篇在結構上不用對稱法（玉卮一聯下本應表「德音」一端，卻以悲懷接之），而用層折之法，更為動人。

北眺春陵

【題解】春陵，鄉名。屬零陵泠道縣，漢景帝孫春陵侯之邑也。元帝時，徙南陽，仍號春陵。故城在今湖北隨州棗陽縣東。詩寫行至春陵附近遠眺所得之景。抒行旅之愁苦。當是遷臨海丞時南歸途中紀行之作。

總轡疲宵邁，驅馬倦晨興❶。既出封泥谷，還過避雨陵❷。山行明照上，谿宿密雲蒸❸。登高徒欲賦，詞殫獨撫膺❹。

【注　釋】❶總轡疲宵邁二句　謂為王事夙興夜寐，風塵勞碌。總轡，策馬趕路。總，一作「攬」。轡，駕馭牲口用的嚼子和韁繩。宵邁，夜晚前行。《詩經・召南・小星》：「肅肅宵征，夙夜在公，寔命不同。」晨興，清早起來。《詩經・衛風・氓》：「夙興夜寐，靡有朝矣。」❷既出封泥谷二句　封泥谷，即函谷關，在今河南陝州靈寶。澗道之狹，車不方軌，號曰天險。東漢王元說隗囂以一丸泥封之可圖王霸，即此。避雨陵，即崤山，在今河南洛寧北。山有南、北二陵，北陵即文王所避風雨處。並見《水經注・河水》。按二者皆非實指，而避雨陵喻指春陵也。張載〈敘行賦〉：「經嶔岑之險巇，想姬文之避雨。」詩用其意，誇言其征途遙遠、多險阻而無休息。❸山行明照上二句　明照，指山路上見到的月亮和太陽。謂晝夜兼程。《易・離卦象》曰：「明兩作離，大人以繼明照于四方。」王弼注：「明照相繼，不絕曠也。」谿宿，在山谷間露宿。密雲蒸，雲霧堆積的樣子。《易・小畜》：「密雲不雨。」❹登高徒欲賦二句　賦，謂詠詩。《漢書・藝文志》：「傳曰：不歌而誦謂之賦。登高能賦，可以為大夫。」詞殫，謂心情不能用語言來表達。撫膺，猶捶胸，表示悵惋。

【語　譯】攢轡連夜趕路，真是疲勞，一大早起來又騎馬前行，實在苦命。出了天險函谷關後，又要過文王的避雨陵。跋涉山路，月亮剛下山太陽又照在頭頂，露宿谿谷，密雲堆積很嚇人。登上高崗，想要賦詩也是白想，累得一句話都不願說，只有捶捶胸而已。

【研　析】首二句反復慨歎旅途宵邁晨興之疲倦，不平之氣呼之欲出。次二句實是對首二句的具體化，「既出」、「還過」云者，實即「宵邁」、「晨興」也。以比喻手法點出「春陵」之地，一來言其地之險阻，行進之艱難；二來用典亦貼合，春陵乃長沙王發之子春陵侯之封邑，避雨陵乃文王避雨之處，封泥谷亦因王元說隗囂以一泥封之而涉王事。而作者此行經春陵，不也是為王事服勞嗎？五、六兩句寫過春陵之疲倦情形，「明照」敘在山澗中行走，太陽和月亮相繼照耀，與「疲宵邁」相呼應；「谿宿」敘其在谿谷中就地宿營的辛苦，與「倦晨興」相呼應。末二句寫其遠眺之感。因地涉古代王事，故雅興偶發，然此興稍縱即逝。一來地位卑微，與「登高能賦，可以為大夫」之故典聯繫，讓人自慚形穢；二來旅途奔波，艱難疲累，實無閒情理會之；三來感人生之辛苦，而無處安慰，如欲作賦，亦全是不平之氣。所有這些，都源於「疲」、「倦」二字，都結於「獨撫膺」三字之中。

望鄉夕泛

【題解】望鄉，謂望義烏也。夕泛，夜間行船。此詩寫其即將到家時激動不安、喜憂叢集之情態。未的知何時所作。

歸懷剩不安，促榜犯風瀾❶。落宿含樓近，浮月帶江寒❷。喜逐行前至，憂從望裏寬。今夜南枝鵲，應無繞樹難❸。

【注釋】❶歸懷剩不安二句　謂近鄉而情怯。剩，通「賸」。猶言更加。剩，一作「到」。促榜，言敦促船公前行。榜，指榜人、船公。犯，冒著。風瀾，即風浪。❷落宿含樓近二句　落宿，謂下垂的星宿。浮月，謂月亮隨著船浮水前行。❸今夜南枝鵲二句　反用曹操〈短歌行〉「月明星稀，烏鵲南飛。繞樹三匝，何枝可依」詩意。南枝鵲，賓王南人，故稱南枝。

【語譯】歸家的心情更加激動不安，敦促船公強冒著風浪揚帆不停。下垂的星辰是那麼近，似乎就在家鄉的屋頂，船隨著月亮緩緩向前，涼意襲人。歡喜的心像竹箭，比腳步先到家院，離別的憂愁也在瞭望家鄉時寬釋。今夜棲息南枝的烏鵲，也該不再有繞樹三匝的辛酸。

【研析】首句「剩不安」三字是全詩之關鍵，最能形容遊子回到家門口的激動、膽怯、按捺不住而又故作平靜、想笑而又淚流滿面的複雜情態。此時的世界似乎只有自己的家，故風急浪險都要促榜前行。吳筠〈贈別〉詩云「行衣侵曉露，征船犯夜湍」，此是無奈之「泛」，而賓王此句所云者乃是勇敢之「泛」。第二聯「落宿含樓」、「浮月帶江」，這是親切的「鄉」；第三聯「喜」與「憂」的變化，都繫於「不安」的「望」。「望裏寬」，言望鄉而鄉思得到寬釋，實則愈激動「不安」。尾聯用故典而出新義：今夜烏鵲不再繞樹三匝，固不「難」矣，然終究還沒有到家，雖不難而更「不安」矣。著一「應」字，極有分寸，頗能傳神，與「不安」亦很好地呼應了。倘用「定」字，則與「不安」不接矣。

秋日山行簡梁大官

【題解】簡，以詩代信相問候。大官，古人稱排行第一之人。梁大官，其人不詳。此詩寫秋日山行所見之景及所感，抒發厭倦宦遊、樂於隱居之情。當作於高宗永淳元年（西元六八二年）前後貶任臨海丞時。

乘馬陟層阜，回首睇山川❶。攢峯銜宿霧，疊巘架寒煙❷。百重含翠色，一道落飛泉❸。香吹分巖桂，鮮雲抱石蓮❹。地偏心易遠，致默體逾玄❺。得性虛遊刃，忘言已棄筌❻。彈冠勞巧拙，結綬倦牽纏❼。不如從四皓，丘中鳴一弦❽。

【注釋】❶乘馬陟層阜二句　乘，一作「東」。陟層阜，登上高峻的土崗。《詩經・周南・卷耳》：「陟彼崔嵬，我馬虺隤。」睇，視。❷攢峯銜宿霧二句　攢峯、疊巘，簇擁、重疊的山峯。孔稚珪〈北山移文〉：「列壑爭譏，攢峯竦誚。」宿霧，多日的霧、濃霧。寒煙，秋霧。❸百重含翠色二句　百重，謂重重山巒。翠，一作「秀」。飛泉，謂瀑布。❹香吹分巖桂二句　香吹，謂香風。分，吹拂。抱，繚繞包圍。❺地偏心易遠二句　地偏，謂遠離世俗塵囂。陶潛〈雜詩〉：「心遠地自偏。」致默，情致到達無言境界。體，本體，即所謂「道」。揚雄〈解嘲〉：「是故知玄知默，守道之極。」《老子》：「玄之又玄，眾妙之門。」玄，神妙不可言。❻得性虛遊刃二句　得性，謂得性情之真，或言得養生之術。虛遊刃，恢闊而遊刃有餘。《莊子・養生主》：「庖丁為文惠君解牛，恢恢乎其於游刃必有餘地矣。」忘言、棄筌，極言得道之後的愉快。《莊子・外物》：「筌者所以在魚，得魚而忘筌……言者所以在意，得意而忘言。」❼彈冠勞巧拙二句　彈冠，將入仕而互相慶賀。《漢書・王吉傳》：「王吉，字子陽。與貢禹為友，世稱『王陽在位，貢禹彈冠』，言其取舍同也。」巧拙，為官場的精明或笨拙。潘岳〈閒居賦序〉：「岳嘗讀〈汲黯傳〉，至司馬安四至九卿而良史書之以巧宦之目，未嘗不慨然廢書而嘆曰：嗟乎！巧誠有之，拙亦宜然。」結綬，繫結印帶。喻出仕做官。《漢書·蕭育傳》：蕭育少與陳咸、朱博為友，著聞當世。「故長安語曰：『蕭、朱結綬，王、貢彈冠。』言其相薦達也。」牽纏，謂人事的紛繁牽繞。左思〈招隱詩〉：「結綬生纏牽，彈冠去埃塵。」❽不如從四皓二句　四皓，指秦末漢初東園公、甪里先生、綺里季、夏黃公四老人。見秦政苛虐，乃共入商嶺上洛，隱地肺山。丘中，即山中。左思〈招隱詩〉：「巖穴無結構，丘中有鳴琴。」又，《晉書·隱逸傳》：「孫登，字公和。好讀《易》，撫一弦琴。」

【語　譯】騎馬登上高峻的土崗，回頭掃望這綺麗的山河。簇擁的山峯間繚繞著濃霧，重疊的懸崖上掛著寒冷的暮靄。上上下下滿眼青翠，一道泉水飛落九天。香風呼呼有聲，吹拂著懸崖上的桂花，鮮豔的雲朵包圍著山石間的蓮花。地處偏僻，心思自然容易超邁，情致達到無言境界，所持之道也更加玄妙。得生命之真性，就遊刃有餘毫無掛礙，得到真意之後忘了怎麼說話，捕得魚後忘拿捕魚的筌。彈冠入仕無論工巧笨拙，都很辛苦，拉幫結派而做官，人事上的纏繞很傷腦筋。不如學商山的四皓大隱士，在深山中抱一把獨弦琴愛怎麼彈就怎麼彈。

【研　析】此詩為作者貶職臨海期間秋日登山之作。可分兩節來讀。詩首至「鮮雲抱石蓮」八句為第一節，寫秋日山行所見。首二句切題中「山行」二字，而「睇山川」三字啟示下文。「攢峯」以下六句，寫景大致以由遠及近的視角來進行，所攝取的景物似無足奇，且所寫景物之秋日特色並不明顯，卻顯淳樸。貫串其中的「銜」、「架」、「含」、「落」、「分」、「抱」六個動詞，使景物有了性格和情致，給人開闊、寧靜、和諧、清新脫俗之感。目睹此景，不覺讓人有凌虛御風、飄飄欲仙之念。

第二節自「地偏心易遠」至詩末，寫山行所感。「地偏」以下四句，承上抒「睇山川」之感。「地偏」，乃指此處遠離世俗塵囂；「致默」，言其境界寧靜。此二點，前面的六句寫景足以說明之。而所謂「得性」、「忘言」，極言與山行所見之景相遇之親切如故交。「心易遠」與「虛遊刃」，「體逾玄」與「已棄筌」，均寫其忘我之狀。「彈冠」以下四句，表其對官場生活的極度厭倦。這是山行所感的最深層內容，與「地偏」四句形成對比，顯得激烈；又因有前六句寫景的襯托，方顯得自然而不突兀。

夏日游山家同夏少府

【題　解】山家，山居的人家。同，指和其詩。少府，唐人稱縣令為明府，縣尉（或縣正）為縣令之佐，故稱少府。夏少府，其人未詳。此詩寫夏日遊山家所見之景及所感，抒發擺落塵累的輕鬆愉快之情。未知何時所作。

返照下層岑，物外狎招尋❶。蘭徑薰幽珮，槐庭落暗金❷。谷靜風聲徹❸，山空月色深。一遣樊籠累，唯餘松桂心❹。

【注　釋】❶返照下層岑二句　返照，謂落日。層岑，猶言高崗。物外，謂世外，超脫於世事之外。狎，親暱；親近。招尋，謂你來我往。張衡〈歸田賦〉：「苟縱心於物外，安知榮辱之所如。」❷蘭徑薰幽珮二句　蘭徑，長有蘭草的小路。幽珮，幽香的佩飾。此指摘蘭草為飾。《楚辭・離騷》：「扈江離與辟芷兮，紉秋蘭以為佩。」槐庭，長滿槐樹之庭。《西京雜記》卷四：「公孫詭為〈文鹿賦〉曰：麀鹿濯濯，來我槐庭。食我槐葉，懷我德聲。……呦呦相召，小雅之詩。」暗金，夏日槐花本黃，至黃昏而色暗。此二句借「金」、「蘭」暗指朋友間的深情厚誼。《周易・繫辭上》：「君子之道，或出或處，或默或語，二人同心，其利斷金，同心之言，其臭如蘭。」❸谷靜風聲徹　此句從《詩經・小雅・谷風》中化出，以敦勵友道。〈詩序〉：「〈谷風〉，刺幽王也，天下俗薄，朋友道絕焉。」❹一遣樊籠累二句　《莊子・養生主》：「澤雉十步一啄，百步一飲，不蘄畜乎樊中。」《南齊書・蘇侃傳》：「悟樊籠之或累，悵遐心以栖玄。」松桂心，喻貞潔本性。張正見〈白頭吟〉：「平生懷直道，桂松比真風。」

【語　譯】夕陽落下了高崗，我擺脫俗務和你親切地來往。長著蘭花草的小徑上盛開芬芳的蘭花，槐樹繁茂的庭院落滿了暗黃的槐花。山谷幽靜，呼呼的晚風貫通其中，山林空寂，月色如水傾瀉而下。一旦放下樊籠一樣的世俗牽累，只剩下松桂般堅貞、高雅的友情。

【研　析】首二句點題。「狎」字表遊興之高。玩了一整天，太陽落山了都不知，非「狎」而何？次二句寫山家蘭徑、槐庭之夏景。薰幽珮，見其香；落暗金，寫其色。「蘭徑」、「暗金」二詞，暗示其與夏少府之情密。五、六兩句，寫谷靜山空、風聲月色，是山家寧靜清涼之夜景。「風聲徹」與「蘭徑」二句照應，可知「薰」和「落」之由；「月色深」與首二句照應，見其「返照」後之幽、「物外」之靜。末二句寫遊感，「樊籠」與「物外」形成對比的呼應。

鏤雞子

【題　解】鏤雞子，即在雞蛋上刻花紋以相鬥。是流行於六朝、唐代寒食節的一種風俗。宗懍《荊楚歲時記》寒食「鬬雞、鏤雞子、鬬雞子」條引《玉燭寶典》：「古之豪家，食稱畫卵。今代猶染藍茜雜色，仍加雕鏤，遞相餉遺，或置盤俎。」此詩敘清明節觀看一位善於鏤雞子的老藝人獻藝的情景，讚鏤雞子之美，鏤雞子藝人技藝之高。未知何時所作。

幸遇清明節，欣逢舊練人❶。刻花爭臉態，寫月競眉新❷。暈罷空餘月，詩成併道春❸。誰知懷玉者，含響未吟晨❹。

【注　釋】❶幸遇清明節二句　清明節，農曆二十四節氣之一，在春分之後。然此處實指清明前一日或二日、天氣清明爽朗之寒食節。舊練人，猶言老成人。《文心雕龍．定勢》：「舊練之才，則執正以馭奇。新學之銳，則逐奇而失正。」此指鏤雞子的老手、能手。❷刻花爭臉態二句　臉態，臉型的變化。寫月，即畫眉如新月。指在雞子上刻劃人物爭新出奇。❸暈罷空餘月二句　暈，即在雞卵上描畫月暈。據《漢書．郊祀志五》顏師古注：「如淳曰：牡荊，荊之無子者皆絜齊之道。……月暈刻之為券，以畏病者。」牡荊，象徵剛強之意。殆鏤雞子乃一種求子、祛病的習俗。空餘月，謂月亮暈去而月更明，喻不祥之氣被祛除。詩，謂以手承下而托負之。《儀禮．特牲．饋食禮》：「詩懷之。」鄭玄注：「謂奉納之懷中。」併道春，互致春天的祝福。❹誰知懷玉者二句　懷玉，謂懷有內美而不外露。《老子．知難章》：「是以聖人被褐懷玉。」王弼注：「聖人之所以難知者，以其同塵而不殊，懷玉而不渝。」此指「舊練人」。含響，謂鏤雞子鳴聲不發於外。陸機〈演連珠〉：「臣聞適物之技，俯仰異用。……賁鼓密而含響，朗笛疏而吐音。」未吟晨，謂鏤雞子不能鳴而司晨。

【語　譯】幸運地在此碰上清明佳節，又高興地遇見鏤雞子的能人。在雞子上刻上新奇的花紋，就像美人臉上的嫵媚表情，畫上彎彎的新月，就好像美女的細眉。月暈褪去，只剩下明月，將其托於手中，互致春天的祝福。有誰賞識這有內美而不外露的人，就像這鏤雞子鳴聲不發於外，未能鳴叫司晨。

【研　析】首二句敘不僅遇鏤雞子之節，且遇鏤雞子之老藝人。「幸遇」，見其喜氣洋洋；「欣逢」，見其大喜過望。次二句言其刻卵之過程，「刻花」、「寫月」、「爭」、「競」等突出其精湛的手藝，具寫「舊練」二字。「暈罷」二句，言以精美的鏤雞子來表達對生活的希望，互致春天的祝福。與「清明節」三字照應。末二句，語帶雙關，既讚鏤雞子之精美，又讚舊練人具有內美而不外露，惜其不為世人所知。此外，亦微露身世之感。

詠雲酒

【題　解】雲酒，以雲為名之美酒。此詩詠雲酒之美，並抒懷才不遇之慨。未知何時所作。

朔空曾紀曆❶，帶地舊疏泉❷。色泛臨碭瑞❸，香流赴蜀仙❹。款交欣散玉❺，洽友悅沈錢❻。無復中山❼賞，空吟吳會篇❽。

【注釋】❶朔空曾紀曆　傳說中黃帝代神農氏，而邑於涿鹿之阿。以其有雲瑞，故以雲紀事。官名皆以雲，命為雲師。涿鹿在北方，故曰朔空。見《史記・五帝本紀》。紀曆，紀載時曆，以經國安邦。❷帶地舊疏泉　帶地，疏理泉流，使之如帶子在地上流動。《後漢書・馮衍傳》：「日月經天，江河帶地。」《漢書・地理志》：「酒泉郡，武帝太初元年開。」顏師古注：「舊俗傳云城下有金泉，泉味如酒。」❸碭瑞　即指芒碭山祥雲之瑞。《漢書・高祖紀》：高祖隱於芒碭山澤間，其居止之上常有雲氣。故呂后與人俱求，常得之。芒碭山，在今安徽碭山縣東南。❹香流赴蜀仙　香流，即香酒。蜀仙，即欒巴，成都人。為尚書郎，一日皇帝賜酒而不飲，向西南方向吐之，曰：「臣適見成都市上火，故潄酒救之，非敢不敬。」發驛書問成都，果奏言：「食後失火，須臾有大雨三陣，從東北來，火乃止。雨著人，皆作酒氣。」見葛洪《神仙傳》。❺散玉　即玉葉散開。玉葉，對雲彩的美稱。後以「玉葉開」比喻朋友的遇合。陸機〈浮雲賦〉：「金柯分，玉葉散。」參見〈游兗部逢孔君自衛來欣然相遇若舊〉注❷。❻沈錢　崔豹《古今注・草木》載：漢鄭宏行官京洛途中，宿一埭，於埭逢故舊友人，四顧荒郊，酤酒無處。乃以錢投水中，依口而飲，飲盡酣暢，皆得大醉。明旦更為沈釀川。地在今紹興。❼中山　指晉劉玄石。玄石曾於中山酒家飲「千日酒」，歸家而醉不醒。家人以為死，葬之。千日滿，酒家憶玄石醉當醒，往視之，云玄石已葬三年。於是開棺，醉始醒。見張華《博物志・雜說》。中山，在今河北定州。❽吳會篇　魏文帝〈雜詩〉：「西北有浮雲，亭亭如車蓋。惜哉時不遇，適與飄風會。吹我東南行，行行至吳會。吳會非我鄉，安能久留滯。」吳會，即吳都，今之蘇州。

【語譯】黃帝曾都於北方的涿鹿，用天空的雲來紀載時曆，漢武帝時開酒泉郡，城下有泉水如帶子在地上流淌。像碭山上隨高祖飄浮的白雲呈祥瑞之色，如蜀仙欒巴噴向成都救火的仙雨那麼香。殷勤地迎接故交，如玉葉散開，欣然與朋友相會，如鄭宏以錢沈水而暢飲。可惜美酒再沒有劉玄石來品嘗，徒自吟誦著「吳會非我鄉」這首令人感傷的詩篇。

【研析】此詩題為〈詠雲酒〉，應該是讚美一種以雲命名的美酒的。而全詩卻採用每二句均分詠雲和酒的並列結構，並非詠「雲酒」。且大量用典，將一些和雲、酒相關的深奧而複雜的歷史文化事件排列開來，雖高雅整肅，精緻富贍，對仗工整，然雲酒是何物，讀者卻雲蒸霧罩。假如把詩題拿掉，竟不知其所云。多虧有幾個與酒相關的熟悉的字眼，如「色」、「香」、「款交」、「洽友」、「賞」、「吟」等，讀者才能看出一點端倪。可見一味地玩弄典故與技巧，費力而不討好。也許是因為雲酒高貴，無人能賞，故作者在此「空吟」罷。如此看，末二句倒微有「興寄」。

冬日宴

【題解】此詩寫冬日與友人宴集之雅興。當作於閒居齊魯的初期，即高宗顯慶二年（西元六五七年）前後。

二三物外友，一百杖頭錢❶。賞洽袁公地，情披樂令天❷。促席鸞觴滿，當壚獸炭然❸。何須攀桂樹❹，逢此自留連。

【注釋】❶二三物外友二句　物外友，即隱士，或不以世務為意的朋友。王僧孺〈與何炯書〉：「豈復得與二三士友，抱接膝之歡。」杖頭錢，謂買酒錢。《晉書・阮修傳》：「性簡任，不修人事。常步行以百錢挂杖頭，至酒店，便獨酣暢。」❷賞洽袁公地二句　賞洽，即洽賞。猶言和樂。袁公，即南朝宋袁粲。行事灑脫放逸。郡南一家頗有竹石之美，袁粲不與主人打招呼，直造竹所，嘯詠自得，與主人語笑款然。見《南史・袁粲傳》。情披，謂心胸袒露。樂令，即樂廣。《晉書・樂廣傳》：性沖約，有遠識。尚書令衛瓘奇之，曰：「此人之水鏡，見之瑩然，若披雲霧而睹青天也。」❸促席鸞觴滿二句　促席，古人席地而坐，將坐具拉近以示親密。鸞觴，刻有鸞鳥圖紋的酒杯。嵇康〈雜詩〉：「鸞觴酌醴，神鼎烹魚。」當壚，即賣酒。壚，酒肆。《世說新語・任誕》載：阮籍鄰家婦有美色，當壚酤酒。阮籍常去飲酒，醉便眠婦側。此處云當壚，指煮酒。獸炭，《晉書・外戚傳》：羊琇性豪侈，揮霍無度，「屑炭和作獸形以溫酒，洛下豪貴咸競效之。」❹何須攀桂樹　攀桂樹，謂到隱士所居之深谷去。《楚辭・招隱士》：「攀援桂枝兮聊淹留。」

【語　譯】與兩三個世外高人相聚，杖頭隨時掛一吊買酒錢。和樂自然，如袁粲來郡南人家，心胸坦蕩，如見樂廣而雲開霧散。將坐席拉近，把高雅的酒杯斟滿，當壚煮酒，燃燒著獸炭。何必到深山空谷中攀折桂枝，遇到這種場合也讓人不願走開。

【研　析】首二句言赴冬日宴。「二三」對「一百」，可見其友風流藉甚。「賞洽」二句，言友情之高雅，與首句「二三物外友」相應。「促席」二句，言冬日宴之歡洽。而「鸞觴」、「獸炭」雖高雅流蕩，皆富豪之場面，用典之不當，與「一百杖頭錢」句的逸士所應有者不相稱矣。末二句直言題旨，言此市上之聚會，亦可與深山幽隱相拼，微露對俗務之厭倦。此詩清麗脫俗，與宮體浮豔詩風頗有不同。

冬日野望

【題　解】野望，謂在野外遠望故鄉。此詩寫冬日遙望所得之景，並抒懷鄉思歸之情。不知何時作。

故人無與晤，安步陟山椒❶。野靜連雲卷，川明斷霧❷銷。靈巖聞曉籟，洞浦漲秋潮❸。三江歸望斷❹，千里故鄉遙。勞歌徒自奏，客魂誰為招❺。

【注　釋】❶安步陟山椒　安步，緩步。《戰國策・齊策》：「安步以當車。」山椒，即山陵、山頂。❷斷霧　猶言殘霧。楊堅〈悲秋〉詩：「斷霧時通日，殘雲尚作雷。」❸靈巖聞曉籟二句　靈巖，山名。即古石鼓山，又名硯石山。吳王離宮在此。越王獻西施於此山，琴臺在其上。風吹萬物有聲曰籟。聞，響起；傳出。洞浦，洞庭湖邊水涯。浦，瀕水之地。《楚辭・九歌・湘夫人》：「帝子降兮北渚，目眇眇兮愁予。嫋嫋兮秋風，洞庭波兮木葉下。」此借言其鄉愁。❹三江歸望斷　三江，

《尚書・禹貢》：「三江既入，震澤底定。」陸德明《釋文》引韋昭云：「謂吳松江、錢塘江、浦陽江也。」即指作者故鄉。歸望，回望，謂望鄉。斷，目力窮盡。❺勞歌徒自奏二句　勞歌，勞役者之歌。客魂，客居思鄉之情。王逸〈楚辭序〉：「招魂者，宋玉之所作也。宋玉憐哀屈原厥命將落，故作〈招魂〉。」

【語譯】沒有朋友可以聚首敘懷，緩步登上高丘。原野靜悄悄，滿天的雲彩收卷起來，平川開闊晴朗，殘霧消盡。靈巖山傳來清晨的天籟，洞庭之濱漲起了愁人的秋波。回望三江卻望不到頭，故鄉在千里之外，距離迢遙。獨自奏響終日勞役的心曲，有誰肯為我招回旅魂。

【研析】首二句引題，與故人無由相晤，此乃「陟山椒」之目的，乃在望故人也。「野靜」以下四句，寫「陟山椒」所望得之景。「野靜」、「川明」是眼中之實景，「靈巖」、「洞浦」是心中之幻象。既是冬日野望，何言「秋潮」？此僅借《楚辭・九歌・湘夫人》之典言鄉愁也。亦是身處北地而心在家鄉之故，思鄉至極，以為北地已入冬而南方則尚秋也。此二聯虛實相生，因其野靜，故彷彿能聽遠方之虛聲，而更顯其靜；因川明，故彷彿可見極遠之秋潮，而更顯其明。「曉籟」、「秋潮」本不可聞見卻又似聞見之，可知詩人思鄉懷友之切。「三江」以下四句，寫「故人無與晤」且望之亦不能到之愁恨。「歸望斷」、「故鄉遙」是野望意迷至極之後的清醒之語，字字沈痛。「徒自奏」、「誰為招」，反復歎其孤獨，詠其鄉思之苦，與首句「無與晤」相呼應。

夏日遊目聊作

【題解】遊目，隨意瞻望。此詩寫夏日休沐時來到田園所見之景，並寫擺脫塵累的逍遙自適。未知何時所作。

暫屏囂塵累，言尋物外情❶。致逸心逾默，神幽體自輕❷。浦夏荷香滿，田秋麥氣清❸。詎假滄浪上，將濯楚臣纓❹。

【注釋】❶暫屏囂塵累二句　屏，擯棄。囂塵，喧鬧的塵俗。言尋，即尋。言，語辭，無義。物外，世俗之外。❷致逸心逾默二句　致逸，興致閒逸。默，玄妙不可言。何劭〈雜詩〉：「心虛體自輕，飄颻若仙步。」❸田秋麥氣清　田秋，謂穀物成熟。《禮記・月令・孟夏之月》：「農乃登麥。天子乃以彘嘗麥，先薦寢廟。……靡草死，麥秋至。」❹詎假滄浪上二句　詎假，猶言豈用。滄浪，水名，即漢水。濯，洗滌。楚臣，指楚大夫屈原。纓，帽帶子。《楚辭・漁父》：「屈原既放，遊於江潭，行吟澤畔。顏色憔悴，形容枯槁。……漁父莞爾而笑，鼓枻而去，歌曰：『滄浪之水清兮，可以濯吾纓；滄浪之水濁兮，可以濯吾足。』」此乃自喻。

【語譯】暫時拋開紛繁人事的糾纏，去尋找清靜之處散散心。興致超逸，心思越發玄妙不可言傳，神氣幽靜，身體也覺飄飄欲仙。水塘中夏日的荷香撲鼻，農田裏成熟的麥穗氣息清新宜人。哪裏用得著到滄浪之水，去洗滌我沾滿塵土的帽纓。

【研析】題雖為「遊目」，而並不寫所見之景，僅用二句稍寫所聞得之夏日荷香、麥氣。其餘六句，皆抒寫物外之情。故與其說「遊目」，不如說是「遊心」更合適。然細細回味，似又不然。一「滿」字，寫荷香之形；一「清」字，寫麥氣之色。非「遊目」所得之景而何？將嗅覺形象與視覺形象打通，必是心情極為愉悅清朗時方有之境界。殆因其往日塵累太重，一旦擺脫，則無往而不適。只要心神寧靜超脫，任何地方都是仙境，任何物事都是美景，哪怕閉眼聞聞土地的芳香，亦是最美的享受。「遊目」云者，大約所睹景物太多，故乾脆略其貌而取其神。

詠美人在天津橋

【題解】天津橋，隋煬帝都洛陽，以洛水貫都，有天漢津梁之象，故建橋，名曰天津橋。見《元和郡縣志》

卷六。橋在今河南洛陽西南。此詩專意摹寫美人妖媚迷人之態。未知何時所作。題一作〈天津橋上美人〉。

美女出東鄰，容與上天津❶。整衣香滿路，移步襪生塵❷。水下看妝影，眉頭畫月新❸。寄言曹子建，個是洛川神❹。

【注釋】❶美女出東鄰二句　東鄰，喻美女。宋玉〈登徒子好色賦〉：「天下之佳人莫若楚國，楚國之麗者莫若臣里，臣里之美者莫若臣東家之子。……眉如翠羽，肌如白雪，腰如束素，齒如含貝。嫣然一笑，惑陽城，迷下蔡。」容與，從容自得。《楚辭・離騷》：「遵赤水而容與。」此狀美女之嫻雅。❷整衣香滿路二句　謂步態輕盈飄逸。曹植〈洛神賦〉：「凌波微步，羅襪生塵。」整衣，即端正容飾，矜持之貌。整，一作「動」。❸眉頭畫月新　眉細美如新月。❹寄言曹子建二句　曹子建，即曹植，字子建。撰〈洛神賦〉，其序云：「古人有言：斯水之神，名曰宓妃。感宋玉對楚王神女之事，遂作斯賦。」個，猶今之言「這」。洛川，即洛水。

【語譯】美女從東鄰之家款款走出，嫻雅從容地去了天津橋。整整衣裳端正容飾，香風灑滿一路，移動芳步，羅襪帶起粉塵。從水面端詳精心妝扮的倩影，眉頭像剛剛升起兩彎新月。我想告訴曹子建，這個才是真正的宓妃洛川神。

【研析】首二句點題。「出東鄰」，用宋玉〈登徒子好色賦〉之典，言「美女」之貌美；「容與」，寫其步態嫻雅自得。「整衣」二句，正面描寫其步態，具足「容與」二字。「水下」二句，側面用筆，借橋下水面之倒影寫其貌美，應首句「美女」二字，亦與次句「上天津」三字相合。末二句，以奇特的想像，貼切的典故、幽默的口吻，讚美女登上天津橋，耐人尋味。「水下看妝影」一聯，乃是從庾肩吾〈詠美人詩〉「看妝畏水動」，及何思澄〈和繆郎視月〉「泠泠玉潭水，映見蛾眉月」化出，見出此女之自然大方而又不無矜持之態。

和李明府

【題　解】明府，唐人稱縣令。李明府，未知何人。和，以詩酬贈。此詩讚李明府有內美，有德政，前途遠大。未知何時所作。

傳聞葉縣履，飛向洛陽城❶。馳道臨層掖，津門對小平❷。霞殘疑製錦，雲度似飄纓❸。藻掞潘江澈，塵虛范甑清❹。詎憐衝斗氣，猶向匣中鳴❺。

【注　釋】❶傳聞葉縣履二句　用東漢葉縣令王喬官履化鳧，乘飛入朝事。見〈傷祝阿王明府〉注❹。❷馳道臨層掖二句　馳道，天子、公卿車馬所行之道。《史記・秦本紀》：「治馳道。」層掖，正門之旁門為掖門，殿旁垣為掖垣，宮旁舍為掖庭，故曰層掖。見《初學記・居處部》。層，重。津門，洛陽南面西頭門，一名津陽門。見《後漢書・百官志・司馬》。小平，即小平津，古渡口名。又名河陽津。東漢末在此置關戍守。見《水經注・洛水》。在今河南孟縣東北。❸霞殘疑製錦二句　製錦，織造美錦。《左傳》襄公三十一年：子皮欲使尹何治理一邑，子產曰：「您有美錦，不使人學，而使人學治理大官大邑。這存身保民之道，比製美錦更重要啊！」此言李明府如子皮，治理教化之美多多。雲度，雲彩飄過。飄纓，官纓飄動。指在朝做官。《尚書・中候》：「青雲浮至。」此謂李明府將得美官厚祿。❹藻掞潘江澈二句　藻掞，詞藻的抒發。潘江，鍾嶸《詩品》：「陸才如海，潘才如江。」潘，指潘岳。澈，清澈。謂其文筆有如潘岳之勝。澈，一作「徹」。范甑，用東漢范冉窮居，甑中生塵事。見〈春夜韋明府宅宴得春字〉注❷。此言李明府之清廉。❺詎憐衝斗氣　憐，吝惜。衝斗，用豐城劍氣事。見〈夏日游德州贈高四〉第一部分注❸。匣中鳴，《拾遺記》：「帝顓頊高陽氏有曳影之劍，騰空而舒。若四方有兵，此劍則飛起。指其方，則剋伐。未用之時，常於匣裏如龍虎之吟。」此喻李明府乃國之寶器。

【語　譯】傳說葉縣令王喬的官履，化成鳧鳥飛向洛陽都城。寬闊平坦的馳道緊挨著重重的掖庭，津陽門直通向渡口小平津。殘留的彩霞彷彿子皮所製的美錦，天上青雲浮動，好像華麗的官纓搖擺。文采如潘岳一樣富麗清通，人品如甑釜覆塵生魚的范冉一樣清高。你難道吝惜自己的衝斗之紫氣而不露，依然躺在劍匣中作嗚嗚的龍吟。

【研　析】首二句敘李明府入京述職。「葉縣履」，是指縣令去往朝廷述職的名典，此借王喬讚李明府有仙風道骨。詩首冠以「傳聞」二字，見出其對李明府的歆羨。「馳道」四句，乃展現「飛向洛陽城」之雄大氣勢及吉祥景象，暗喻李明府既有德政，又前途遠大。而「霞殘」二句，在篇章結構中所起之作用是不可小覷的。「霞殘」、「雲度」，既是設想「葉縣履」飛翔時空中之美景，切首二句之「飛」字，又與詩末「詎憐衝斗氣」之典關合；又用「疑」、「似」二字連接「製錦」、「飄纓」，設譬以讚其德政和前程，與其下二句「藻掞」、「塵虛」讚美其才美德高，形成排比關係。詩末「詎憐衝斗氣」，讚其為國寶器，必得大用，又暗示李明府之贈詩中有自謙之辭，此回應他，寫出詩題中之「和」字。

寓居洛濱對雪憶謝二

【題　解】洛濱，即洛水之濱，指東都洛陽。謝二，未詳其人。此詩寫洛陽觀雪景時所感，讚謝二之高逸，暗寓旅居之孤寂情思。未知何時所作。題一作〈洛濱對雪憶謝二兄弟〉。

旅思眇難裁，衝飆恨易哀❶。曠望洛川晚，飄颻瑞雪來❷。積彩明書幌，流韻繞琴臺❸。色奪迎仙羽，花避犯霜梅❹。謝庭賞方逸，袁扉掩未開❺。高人儻有訪，興盡詎須回❻。

【注　釋】❶旅思眇難裁二句　旅思，謂客愁。眇，即渺茫，迷濛無邊際。裁，裁除。衝飆，即暴風。恨，一作「憤」。❷飄颻瑞雪來　飄颻，即飄搖。曹植〈洛神賦〉：「飄颻兮若流風之迴雪。」瑞雪，古人以初春之雪預兆豐年，故稱。❸積彩明書幌二句　積彩，即積雪之光。彩，一作「朗」。《文選》任昉〈為蕭楊州作薦士表〉：「至乃集螢映雪。」李善注：「《孫氏世錄》曰：孫康家貧，常映雪讀書。清介，交游不雜。」幌，以帛製成的窗簾。流韻，經久不息的琴聲。《北堂書鈔・樂部》「美人獨處」條：「司馬相如〈美人賦〉云：有女獨處，婉然在床。……遂設旨酒，進鳴琴。臣遂撫弦為〈幽蘭〉、〈白雪〉之曲，女乃歌曰：獨處室兮廓無依，思佳人兮情傷悲。」此指風雪之聲。琴臺，奏琴之處。❹色奪迎仙羽二句　色奪，使失去顏色。迎仙羽，陶弘景《真誥》卷五：「君曰仙道有白羽紫蓋，以游五嶽。」避，使之迴避。霜，一作「雪」，一作「靈」，非。❺謝庭賞方逸二句　謝，指謝安。謝安寒雪日在家召集文會，欣然曰：「白雪紛紛何所似？」兄子謝朗曰：「撒鹽空中差可擬。」兄女謝道蘊曰：「未若柳絮因風起。」見《世說新語・言語》。袁，指東漢袁安。天大雪時，袁安閉門僵臥於家，曰：「大雪人皆餓，不宜出去打擾別人。」洛陽令以為賢，舉為孝廉。見《後漢書・袁安傳》章懷太子注引《汝南先賢傳》。❻高人儻有訪二句　用東晉王徽之事。徽之嘗居山陰，夜雪初晴，月朗星稀，忽憶剡溪戴安道。遂連夜乘小船訪之，天明至其門而返。人問其故，徽之曰：「本乘興而來，興盡而反，何必見戴？」見《晉書・王徽之傳》。此句反其意而用之。

【語　譯】客愁迷茫，沒法消除，暴風讓離別之恨更令人憂傷。放眼望洛川的傍晚，飄搖的瑞雪紛紛墜落。積雪的光芒照亮書房的簾帷，風雪之聲像美妙樂曲在琴臺上迴旋。白雪顏色足以使迎仙的白羽車蓋黯然無光，白雪花瓣可以和淩霜盛開的梅花媲美。謝家庭院賞雪的興致正高，袁安的家門被大雪緊閉不開。這時若有高人雅士來訪，豈會像王徽之盡興不見而折回。

【研　析】詩首四句言「寓居」之情，「曠望」句應「旅思」句，「衝飆」句啟「飄颻」句。首句直接襲用謝朓〈離夜詩〉「翻潮尚知恨，客思眇難裁」之成句，只覺古雅，不著痕跡。「積彩」四句，以虛實相襯之筆，寫雪之光、聲、色、貌，具足題中「對雪」二字，可見詩人用心之專深，亦可知旅居之中的孤寂及對友情的期待。「謝庭」句，乃想像之辭，以謝安雪中宴集之典讚美謝二兄弟之才情逸美；「袁扉」句，是實情，以孤處一室之袁安喻己。用典貼切而得體，不失身分，各占地步。末二句寫題中之「憶」字，反用王徽之雪夜訪戴安道之典，向謝二發出邀請，饒有新意。

秋日餞陸道士陳文林得風字

【題解】陸道士、陳文林，未知何人。文林，即文林郎。文散官名。據詩前序云：陸道士將游西輔，陳文林欲返東吳。西輔，即右扶風，今陝西眉縣一帶。東吳，即今江蘇南京、蘇州一帶。此詩寫餞別陸道士、陳文林，抒依依不捨之情。未知何時在洛陽作。當與前二詩為同時之作。餞，一作「送」。

青牛遊華嶽，赤馬走吳宮❶。玉柱〈離鴻〉怨，金罍浮蟻空❷。日霽崤陵雨，

塵起洛陽風❸。唯當玄度❹月，千里與君同。

【注釋】❶青牛遊華嶽二句　青牛，指青牛所駕之車。劉向《列仙傳》載：道家世祖老子為周守藏史，感周德衰敗，乃騎青牛而去，入秦。漢方士封君達亦常騎青牛，號青牛道士。後以青牛作道士通名。華嶽，即西嶽華山，在陝西華陰境內。此句謂陸道士遊西輔。赤馬，船名。崔豹《古今注・雜注》：「孫權時名舸為赤馬，言如馬之走陸也。」吳宮，指三國吳孫權之建業。此句謂陳文林返東吳。❷玉柱離鴻怨二句　玉柱，箏琴之類樂器，其柱或以玉為之。離鴻，古曲名。春秋衛靈公時音樂家師涓造新曲以代古樂，有春、夏、秋、冬四時之樂。〈離鴻〉為春之歌之一種。見王嘉《拾遺記・周靈王》。後以離鴻喻分離的朋友。金罍，銅製的酒樽，刻為雲雷之形。《詩經・周南・卷耳》：「我姑酌彼金罍，維以不永懷。」浮蟻，浮於酒上的泡沫，如螞蟻，故稱。後用以指代美酒。❸日霽崤陵雨二句　霽，雨後天晴。崤陵，即崤山，在今河南洛寧北。山有南、北二陵，北陵即文王嘗避風雨處。見《左傳》僖公三十二年。塵起，謂陸、陳二人即將從洛陽出發。揚雄〈羽獵賦〉：「若夫壯士忼慨，殊鄉別趣。……山谷為之風猋，林叢為之生塵。」又，陸機〈為顧彥先贈婦〉詩：「京洛多風塵，素衣化為緇。」洛，一作「陟」。❹玄度　指月亮。《列仙傳・關令尹》：「挹漱日華，仰玩玄度。」

【語　譯】騎著青牛入關遊華嶽，乘著赤馬奔赴吳宮。玉柱寶琴奏響〈離鴻曲〉表達分別之恨，金樽美酒也飲空。太陽出來了，崤山避雨陵的雨停了，征塵飛起來，伴隨著洛陽的風。只有在明月當空之時，你我千里共相思。

【研　析】詩前有駢體小序，簡要交代了餞行的對象、場面、時間、地點，並抒發惜別之情，對詩歌的理解有一定的參考作用。詩首二句，言陳、陸二人分赴二地，以「青牛」、「赤馬」極為形象出色。次二句，寫題中之「餞」字，難捨難分之態破紙而出。「日霽」、「塵起」言餞之時間、地點，亦與首二句之「遊」、「走」相應。末二句「唯當玄度月，千里與君同」，稍稍變化鮑照〈玩月城西門廨中詩〉「三五二八時，千里與君同」，顯得更為簡練而省豁。此與次二句相應，重表別情無限。

送王贊府上京參選賦得鶴

【題　解】贊府，唐人呼縣丞為贊府。參選，官吏參加銓選。賦得，科舉考試時考官以古人詩句或各種物事為題，使作五言排律六韻或八韻，稱為試帖，題用「賦得」字。然此詩非排律，殆一般文人宴集分題詩。詩敘王贊府上京參選，並抒別情，表祝福。約作於高宗永淳元年（西元六八二年）貶任臨海丞時。題一作〈送王明府參選賦得鶴〉。

振衣遊紫府，飛蓋背青田❶。虛心恒警露，孤影尚凌煙❷。離歌淒妙曲，〈別操〉繞繁弦❸。在陰如可和，清響會聞天❹。

【注　釋】❶振衣遊紫府二句　振衣，抖衣去塵。《楚辭・漁父》：「新沐者必彈冠，新浴者必振衣。」紫府，道家稱仙人所居。《抱朴子・袪惑》：「及到天上，先過紫府，金床玉几，晃晃昱昱，真貴處也。」此指京城。飛蓋，指驅車。蓋，車蓋。背，謂離開。青田，山名。在今浙江青田西北，為道家三十六洞天之一。傳云青田洙沐溪有一雙白鶴，年年生子，精白可愛。長大便飛去，惟餘父母一雙在耳。見《初學記・鳥部》引《永嘉郡記》。此借言贊府之離開縣衙入京赴選。❷虛心恒警露二句　言贊府終日惕厲，有君子德。虛心，《莊子・知北遊》：「昔之昭然也，神者先受之。」郭象注：「虛心以待命，斯神受也。」警露，《藝文類聚・鳥部》引《風土記》曰：「鳴鶴戒露。此鳥性警，至八月白露降，流於草上，滴滴有聲，因即高鳴相警，移徙所宿處，慮有變害也。」凌烟，猶言淩雲、淩風。❸離歌淒妙曲二句　離歌，傷別之歌。別操，古曲有〈別鶴操〉。見崔豹《古今注・音樂》。此即泛指離別之曲。繁弦，細碎而急促的樂聲。❹在陰如可和二句　《易・中孚》九二：「鳴鶴在陰，其子和之。我有好爵，吾與爾靡之。」九二之爻處內而居陰位，然履中守正，物與之應，故其子和之也。謂王贊府位卑而操端，必能得賞拔。會，猶言將。《詩經・小雅・鶴鳴》：「鶴鳴于九皐，聲聞于天。」謂贊府將在京一鳴驚人。

【語　譯】整頓衣裳去悠遊天帝紫府，駕著飛快的馬車離開青田山。虛心待命，每到霜露降下就高鳴相警，形單影孤，也期望一飛沖天。離別的歌曲唱起來，是那麼美麗而哀傷，〈別鶴操〉那急促的調子，在琴弦上不停地奏響。居於下位而人品中正的你如果得到賞識，清亮的叫聲一定能傳達到朝廷。

【研　析】首二句敘其赴京。次二句言其終日惕勵，常懷凌雲之志，暗切題中「參選」字。「離歌」二句表別情，與首二句呼應。末二句，乃臨別祝願，希望他得到賞拔，與次二句相照應。以上四句，切題中「送」字。既是「賦得鶴」，故詩中用典幾乎句句與鶴相關，技巧極純熟自然。

夏日夜憶張二

【題　解】張二，未詳其人。此詩寫夏夜旅居之孤寂，及對張二之深切思念。不知何時所作。

伏枕憂思深，擁膝獨長吟❶。烹鯉無尺素，筌魚勞寸心❷。疏麻空有折，芳桂湛無斟❸。廣庭含夕氣，閑宇澹虛陰❹。織蟲垂夜砌，驚鳥棲暝林❺。驩娛百年促，羈病一生侵❻。詎堪孤月夜，流水入鳴琴❼。

【注釋】❶伏枕憂思深二句　《詩經·陳風》：「輾轉伏枕。」擁膝，即抱膝。《世說新語·棲逸》：「阮籍往觀，見其人擁膝巖側。」❷烹鯉無尺素二句　古人書信寫在白絹上，故稱尺素、素書。烹鯉，謂發書閱讀。古樂府〈飲馬長城窟行〉：「客從遠方來，遺我雙鯉魚。呼兒烹鯉魚，中有尺素書。」筌魚，捕魚的筌和魚。此用《莊子·外物》「得魚而忘筌」之語，以喻摯友。寸心，小小的心意。此謂思念。❸疏麻空有折二句　疏麻，傳說中的一種神麻。《楚辭·九歌·大司命》：「折疏麻兮瑤華，將以遺離居。」此指表達友情的音信。芳桂，即芳香的桂酒，切桂置酒中而成。《漢書·禮樂志》：「尊桂酒，賓八鄉。」❹廣庭含夕氣二句　夕氣，指黃昏清涼之氣。陶淵明〈飲酒〉：「山氣日夕佳。」虛陰，指月光。❺織蟲垂夜砌二句　織蟲，即蜘蛛。以其善於牆角織網，故稱。沈約〈直學省愁臥〉詩：「網蟲垂戶織。」驚鳥，謂飛翔在外不安居之鳥。❻驩娛百年促二句　驩娛，即歡樂。百年促，謂一生短暫。羈病，謂勞累和煩惱。羈，束縛；拖累。侵，襲擾。❼流水入鳴琴　《呂氏春秋·本味》云：伯牙善鼓琴，而鍾子期善聽。子期死，伯牙破琴絕弦，意高山流水之曲，再無知音者。

【語譯】躺在床上輾轉反側，憂思難眠，縮身抱膝，孤獨地不斷歌吟。我天天盼望，卻不見朋友的來信，筌和魚不相得，我苦苦地牽掛你。我白白折下滿把的疏麻無人贈，端出芳香清冽的桂酒卻無人同斟。空闊的庭院滿是黃昏清涼的景象，閑靜的屋宇灑落清幽如水的月輝。蜘蛛將網垂掛在階砌，驚動不安的鳥棲息在黃昏的山林。人的一生快樂只是短暫的，而勞碌和煩惱卻無時不侵擾你。怎麼能忍受得了這孤獨的月夜，傷心地聽那高山流水的琴曲。

【研析】首二句以「伏枕」、「擁膝」形象寫其憂愁、孤獨而至徹夜不眠。接下四句，以烹鯉而無書，下筌而不得魚，折疏麻而無處贈，設芳桂而無人共酌，寫其與友隔絕之苦，具足「伏枕」、「擁膝」之因由，切題中

「憶」字。「廣庭」四句，寫「夏日夜」在廣庭、閑宇感受夕氣、虛陰，此是夏季乘涼之景；蜘蛛結網，驚鳥棲林，亦是夏日自然界之現象。而其中隱含比喻，即以纖蟲自喻，以驚鳥喻友人張二，可見其對在外漂泊的張二之關切，故有「伏枕」、「擁膝」之事。「驪娛」二句，言人生聚少離多，讓人深痛。末二句，以「流水入鳴琴」之象，襯托與張二相知而不得相聚之苦。全詩結構謹嚴，意境優美，情意纏綿悱惻。

同辛簿簡仰酬思玄上人林泉四首

【題　解】上人，佛教稱具有德智善行的人。《大品般若經・堅固品》云：「若菩薩摩訶薩能一心行阿耨多羅三藐三菩提，護持心不散亂，稱為上人。」此指僧人。同，謂和辛簿簡之〈仰酬思玄上人林泉〉詩。殆思玄上人先有〈林泉〉詩，而後辛簿簡酬和之，作者又和辛簿簡。辛簿簡、思玄上人，未知何人。此詩大約亦寫於齊魯閒居期間。其一寫思玄上人林泉之古趣。其二寫林泉之景，並表友人間的相思。其三寫林泉美景，並表不能久住的遺憾。其四寫林泉之美、主人之雅，並扣緊詩題，表追和思玄上人詩之意。

其一

聞君招隱地，仿佛武陵春❶。緝芰如違楚，披榛似避秦❷。崩查年祀積，幽草歲時新❸。一謝滄浪水，安知有逸人❹。

【注　釋】❶聞君招隱地二句　招隱，招人歸隱。漢淮南王劉安之徒，閔傷屈原名德顯聞而與隱處山澤無異，作〈招隱士〉賦，寓招隱士出仕之旨。而晉陸機有〈招隱士〉詩，詠隱居之樂。此與陸詩同趣。武陵春，陶淵明〈桃花源記〉云：晉太原中，武陵捕魚者忽逢桃花林，夾岸數百步，芳草鮮美，落英繽紛，別有洞天。其中良田、美池、桑竹、阡陌、雞犬、男女衣著、往來種作，與世無異。而和平熙樂之氣象，實外間所無也。❷緝芰如違楚二句　緝芰，將荷葉連起來。屈原〈離騷〉：「製芰荷以為衣兮，集芙蓉以為裳。」芰，菱。違楚，指屈原遭譖被放出都。如違楚，一作「知還楚」。違，或作「遠」，非。違，離也。披榛，拔開、砍去叢生的草木前行。謂不畏艱難。陶潛〈歸園田居〉：「披榛步荒墟。」避秦，即陶淵明〈桃花源記〉中桃源人自云「先世避秦時亂，來此絕境」。❸崩查年祀積二句　謂隱居之地一任自然，無世俗擾攘。崩查，破敗的柴門。崩，破敗。查，通「楂」。柴門。年、祀、歲，並指歲。見劉熙《釋名・釋天》。❹一謝滄浪水二句　一謝，猶言告訴。滄浪，水名，即漢水。用《楚辭・漁父》「滄浪之水清兮，可以濯我纓。滄浪之水濁兮，可以濯我足」意。見〈夏日遊目聊作〉注❹。逸人，即隱居的高人。

【語　譯】聽說您的隱居之地，彷彿春天的武陵源。將荷葉連起來披在身上，如離開楚國的三閭大夫，拔開叢生的草木前行，好像桃花源逃避暴秦的人。破舊的柴門不知經歷了多少年歲，深山的草木隨著歲月黃了又綠。我要對滄浪水上的漁父說一聲，你哪裏想得到此處也有高人。

【研　析】首二句以武陵春比招隱地，言思玄上人所隱居的林泉是鮮為人知的寧靜之處。前冠以「聞君」二字，表其歆羨之情，同時亦切題中「仰酬」二字，意為此乃從辛簿簡處聞知者。「緝芰」二句，寫其人之高逸。「崩查」二句，寫其地之古樸，與首二句照應。末二句，以滄浪漁父與思玄上人作比，突出其逸，與「緝芰」二句照應。結構之縝密如此。

其二

芳晨臨上月，幽賞狎中園❶。有蝶堪成夢，無羊可觸藩❷。忘懷南澗藻，蠲思北堂萱❸。坐歎華滋歇，思君誰為言❹。

【注　釋】❶芳晨臨上月二句　芳晨，美好的時光。上月，即天上的月亮。幽賞，猶言深愛。狎，玩賞。一作「洽」。中園，即園中。❷有蝶堪成夢二句　有蝶堪成夢，《莊子・齊物論》：「昔者莊周夢為胡蝶……不知周之夢為胡蝶與？胡蝶之夢為周與？」後多以比喻生命變幻無常，而此處指隱者的悠然心態。觸藩，《易・大壯》九三：「羝羊觸藩，羸其角。」後以觸藩喻所至碰壁，進退兩難。❸忘懷南澗藻二句　忘懷，即忘情。南澗藻，《詩經・召南・采蘋》：「于以采蘋，南澗之濱。于以采藻，于彼行潦。」藻，水草，生水底。此以藻之淨潔且生水底，喻隱居。陸機〈招隱詩〉：「朝采南澗藻，夕息西山足。」蠲思，猶言忘憂。蠲，捐棄。北堂萱，《詩經・衛風・伯兮》：「焉得諼草，言樹之背。」傳云：「諼草令人忘憂。背，北堂也。」北堂，古為母親所居。❹坐歎華滋歇二句　坐，徒然。華滋，指茂盛的花葉。誰為言，謂無人轉達。

【語　譯】在這美好時分對著天上明月，我們在這庭園中盡情地欣賞。此處有美麗蝴蝶，可成莊周之夢，不像那碰壁的羝羊，我們悠然自得。盡情地在南澗採藻，在北堂種上萱草，忘卻世俗的雜念。在春芳凋零的時刻徒然歎息，深深思念你，卻無人代為轉達。

【研　析】此詩寫中園之幽賞，而獨無人共賞，因有「坐歎」。一借對方思念自己的口吻，表未能參與林泉之遊的遺恨。末二句從〈古詩十九首〉「庭中有奇樹，綠葉發華滋。攀條折其榮，將以遺所思」中化出，四句煉為二句，遺貌取神，雖少搖曳之姿，卻意轉深永。

其　三

林泉恣探歷❶，風景暫裴徊。客有遷鶯處，人無結駟來❷。聚花如薄雪，沸水若輕雷❸。今日徒招隱，終知異鑿坏❹。

【注　釋】❶林泉恣探歷　指於隱居之所盡情遊賞。林泉，山林和泉石。指幽靜宜於隱居之所。恣探歷，盡情遊賞。❷客有遷鶯處二句　遷鶯，《詩經・小雅・伐木》：「伐木丁丁，鳥鳴嚶嚶。出自幽谷，遷于喬木。」古人常以出谷之鳥為黃鶯，以鶯遷為升擢或遷居之美辭。結駟，四馬並轡駕一車。喻高貴者。《史記・仲尼弟子列傳》：「原憲亡在草澤中。子貢相衛，而結駟連騎，排藜藿，入窮閻，過謝原憲。」❸聚花如薄雪二句　聚花，謂花枝如簇。沸水，言水奔湧若沸也。❹今日徒招隱

二句　謂招隱不來，終知所招非其人。鑿坏，鑿穿屋後牆而逃。《淮南子・齊俗》：「顏闔，魯君欲相之而不肯。使人以幣先焉，闔鑿坏而遁之。」高誘注：「顏闔，魯隱士。坏，屋後墻也。」

【語譯】在林泉幽隱之地盡情地遊歷玩賞，暫且流連於美麗的林泉風光。朋友中有人遷往高處做官，此地卻沒有高車駟馬來訪。花開爛漫，枝頭上像灑上一層薄雪，泉水奔湧，谿谷中像輕輕雷鳴。今日徒然寫上這首招隱詩，到底知道所招之人與真正的逃名士不同。

【研析】首二句既寫林泉探奇之忘情，又表若有所失之意。次二句言友人遷官離去，卻不再回來同賞。這就是「風景暫裴徊」的原因。「聚花」二句，寫林泉之奇美，與「恣探歷」相照應。然「如薄雪」之林究竟有迷茫之感，「若輕雷」之泉似表心中不平之氣。遂有末二句之怨，一「徒」字，深表失望之情。又照應開頭「暫裴徊」三字。如前詩一樣，既是仰酬友人，則是借友人失望之口吻以自責，也深表不能久住的遺憾。詩人因仕途不遂而閒居齊魯，故云「異鑿坏」也。

其四

俗遠風塵隔，春還初服遲❶。林疑中散地，人似上皇時❷。芳杜〈湘君曲〉，
幽蘭楚客詞❸。山中有春草❹，長似寄相思。

【注釋】❶俗遠風塵隔二句　風塵，風起塵揚，以喻世俗煩擾。初服，指辭去官職，重新穿上入仕前的衣服。《楚辭・離騷》：「退將復修吾初服。」❷林疑中散地二句　中散，指晉嵇康。曾與魏宗室婚，拜中散大夫，日彈琴詠詩以自娛。所與神交者，惟阮籍、山濤、向秀、劉伶、王戎及籍兄子咸，為竹林之遊，世謂竹林七賢。見《晉書・嵇康傳》。上皇，謂伏羲、三皇之最先者。陶淵明〈與子儼等疏〉：「常言五六月中，北窗下臥，遇涼風暫至，自謂是羲皇上人。」此用其意。❸芳杜湘君曲二句　舜南巡而死於蒼梧，二妃從之不及，止於江湘之間而死，俗謂之湘君。湘君曲，乃謂《楚辭・九歌・湘君》，詞

云：「采芳洲兮杜若，將以遺兮下女。」楚客，謂屈原。其《楚辭・離騷》以「幽蘭」表達心曲，云：「時曖曖其將罷兮，結幽蘭而延佇。」又，楚曲有〈幽蘭〉之名。《文選》謝惠連〈雪賦〉：「楚謠以〈幽蘭〉儷曲。」李善注引宋玉〈諷賦〉：「臣援琴而鼓之，為〈幽蘭〉、〈白雪〉之曲。」❹山中有春草　劉安〈招隱士〉：「王孫游兮不歸，春草生兮萋萋。」又，「王孫兮歸來，山中兮不可以久留。」

【語　譯】遠離世俗，隔絕風塵的煩擾，春回大地，我慢慢換上出仕前的衣服。竹林就好像嵇康等人曾聚遊之地，主人也好像是悠閒的上皇時人。芬芳的杜若，讓人想起〈湘君曲〉，散著幽香的蘭花，曾經被屈原寫進〈離騷〉。這山中也有淒淒春草，像是表達對您深長的相思之情。

【研　析】「俗遠」句，讚思玄上人林泉。「春還」句，言己未能追及辛簿簡之遊。「林疑」二句，讚林泉風流蘊藉、思玄上人淳樸高古。「芳杜」二句，讚林泉之會上所作詩文之高雅。末二句以山中春草之繁茂表相思之深，暗寓同辛簿簡「仰酬」之意。

浮查

【題　解】浮查，漂浮在海上的木筏。詩借寫浮查今昔之變，抒發漂泊無依、懷才不遇的沈痛感慨。當作於高宗顯慶三年（西元六五八年）前後齊魯閒居時。詩前有序。查，一作「槎」。

昔負千尋質，高臨九仞峯❶。貞心凌晚桂，勁節掩寒松❷。忽值風飆折，坐為波浪衝❸。摧殘空有恨，擁腫遂無庸❹。渤海三千里，泥沙幾萬重❺。似舟飄不定，如梗泛何從❻。仙客終難託，良工豈易逢❼。徒懷萬乘器，誰為一先容❽。

【注釋】❶昔負千尋質二句　謂浮查本為高山之大樹。尋，度人之兩臂為尋，或說八尺，或說七尺。仞，約與一尋等。九仞，形容山極高。❷貞心凌晚桂二句　晚桂，言其堅貞。寒松，言其勁節。《論語・子罕》：「歲寒，然後知松柏之後凋也。」❸忽值風飆折二句　值，遇。風飆，暴風。坐，遂；於是。❹擁腫遂無庸　擁腫，同「臃腫」。隆起不平的樣子。無庸，無用。《莊子・逍遙遊》：「惠子謂莊子曰：『吾有大樹，人謂之樗。其大本擁腫而不中繩墨，其小枝卷曲而不中規矩。立之塗，匠者不顧。……』」❺渤海三千里二句　謂浮查為波浪所挾，到處漂流。《列子・湯問》：「渤海不知幾億萬里，有大壑焉，名曰歸墟。」郭璞〈江賦〉：「或泛瀲於潮波，或混淪乎泥沙。」❻似舟飄不定二句　言其東西飄然無定所。《莊子・列禦寇》：「汎若不繫之舟，虛而遨遊者也。」梗泛，漂泛在水上的桃梗。喻動蕩漂泊不定。參見〈晚憩田家〉注❼。❼仙客終難託二句　仙客，求仙得道之人。古稱道士。良工，技藝高超的工匠。❽徒懷萬乘器二句　萬乘器，謂可為天子之用。萬乘，即天子。先容，美言、推薦。《漢書・孟嘗傳》：「槃木朽株為萬乘用者，左右為之容耳。」

【語譯】往昔以千尋干雲之品質而自負，高高地聳立在九仞之峯。貞潔之心超過深秋之桂，堅勁之節甚於歲寒之松。忽然遇到暴風將它折斷，於是被波浪衝擊到遠方。在摧殘之下只剩有怨恨，臃腫醜陋沒有什麼用途。被挾入渤海遙遙三千里，不知在泥沙中滾過幾萬回。像不繫的小船飄搖不定，像桃梗一樣不知飄向何方。去海上求仙，到底是令人難以相信，傳說中的古代良工，哪裏能輕易遇見。白白地懷著可為萬乘之用的才華，誰能為我作一作推薦。

【研析】詩的前四句，寫浮查之「昔」，其不但有「千尋質」，且有優越的地位，高聳在「九仞峯」之上。且內美超羣，其貞心、勁節蓋過松桂。然而，「木秀於林，風必摧之」，「忽值」以下六句，敘其為飆風所折，美樹忽然變為浮查而漂泊遠方的痛苦經歷。「三千里」、「幾萬重」與前「千尋質」、「九仞峯」這兩組數字，構成極為鮮明、強烈的對比，讓人讀來，不勝唏噓。「似舟」以下六句，寫浮查漂泊無依、懷才不遇的悲憤。

詩人仕途不遂，返回齊魯閒居，而身在江湖、心懷魏闕。此詩前有長達三百餘字的序，先從「遊目川上睹一浮查」入手，讚其資質不凡，而惜其委根險岸，終為衝飆所摧殘，奔浪迅波所激射。又不甘於盛衰之變，仍懷想居「玉璜之路」，為「萬乘之器」。此序是一篇工整典雅、酣暢淋漓的駢文，託物自況之意甚明。而詩則是序的押韻版罷了，並不見有比序更精彩出色之處，甚至頗為遜色。與盧照鄰〈行路難〉「君不見長安城北渭城邊」詩相比，一為五言，一為七古，雖立意相同，但無疑盧詩形象之豐滿和氣勢之雄峻都在駱詩之上。

賦得白雲抱幽石

【題解】賦得，科舉試士詩之一體。見〈送王贊府上京參選賦得鶴〉題解。謝靈運〈過始興別墅詩〉：「白雲抱幽石，綠筱媚清漣。」此詩即依謝詩為題者。似本應有六韻，然僅為四韻。詩寫白雲與幽石之態，讚其堅貞不渝之品德。未知何時所作。

重巖抱危石，幽澗曳輕雲❶。繞鎮仙衣動，飄蓮羽蓋分❷。錦色連花靜，苔光帶葉熏❸。詎知吳會影，長抱穀城文❹。

【注釋】❶重巖抱危石二句　重巖，謂重疊的峯巒。危石，高而險的巖石。幽澗，深谷。曳，牽曳。謂白雲漂浮如縷。❷繞鎮仙衣動二句　鎮，即山鎮，鎮山之巨石。又，雲彩亦可化為山鎮。《靈臺密苑》卷四：「帝王氣，氣內赤外黃。……或加五色，多在晨昏見，則如山鎮，或如高樓，又如青衣人垂手在日西。」蓮，指蓮花。羽蓋，以翠羽為飾的車蓋。分，開；排列。❸熏　陰暗。通「曛」。❹詎知吳會影二句　吳會影，用魏文帝〈雜詩〉「西北有浮雲，亭亭如車蓋。……吹我東南行，行至吳會」意。吳會，即吳都，今之蘇州。胡三省《通鑑辨誤》：「太史公謂吳為江南一都會，故後人謂吳為吳會。」穀城文，用黃石公化石事。漢張良嘗遊下邳，遇一老父示以《太公兵法》，曰：「讀此，則為王者師矣。後十年興。十三年，孺子見我濟北穀城山下，黃石即我矣。」後十三年，良從高帝過濟北，果見穀城山下黃石，取而葆祠之。留侯死，并葬黃石冢。見《史記・留侯世家》。穀城山，一名黃山，在今山東東阿。文，指黃石公的約定。

【語譯】重疊的峯巒托抱著高而險的巨石，深谷之中牽曳著縷縷白雲。繞著山鎮，像仙女的衣服飄動，飄浮在蓮花中，像神仙的羽蓋車排開。白雲像繡在錦緞上的花朵，神態那麼閒靜青苔鋪上玉一樣的雲彩，顯得很幽暗。豈知張良如飄往吳會之地的浮雲，久久地守著穀城黃石公的曠世之約。

【研析】這首詩保留了六朝宮體詩的痕跡，詩題就是宮廷詩派習用之題。首句點明重巖之危石，次句寫幽澗之輕雲。「繞鎮」句寫白雲繞危石，「飄蓮」句寫白雲浮於幽澗蓮花之中。「錦色」句寫危石與白雲之色，「苔光」句寫幽澗之苔與白雲之光。惟末二句才真正寫「白雲抱幽石」之題，讚其堅貞不渝之深情，主題不可謂不高尚，然又與前六句不太相干，前後相接，竟有突兀之感。可見詩人在用宮體詩的路子來創作時，失去了自我。

賦得春雲處處生

【題解】謝朓〈望海詩〉：「往往孤山映，處處春雲生。」此詩即依以為題。詩寫春雪處處飄蕩之優美景象，暗寓思念帝京之情。未知何時所作。

千里年光❶靜，四望春雲生。暫日祥光舉，疏雲瑞葉輕❷。蓋陰籠迥樹，陣影抱危城❸。非將吳會遠，飄蕩帝鄉情❹。

【注釋】❶年光　一元復始的美好光景。❷暫日祥光舉二句　暫，乍；突然。暫，一作「蹔」。祥光，祥瑞之氣。瑞葉，即玉葉，指祥雲。參見〈游兗部逢孔君自衛來欣然相遇若舊〉注❷。❸蓋陰籠迥樹二句　言春雲籠罩於林巒、城垣之上。蓋，車蓋。迥，遠。陣，戰陣。李世民〈同賦含峰雲〉詩：「橫天結陣影。」❹非將吳會遠二句　將，以為。吳會，即吳都，今之蘇州。飄蕩，在空中飄升。帝鄉，指仙都。《莊子・天地》：「乘彼白雲，至於帝鄉。」陶淵明〈歸去來辭〉：「富貴非吾願，帝鄉不可期。」此當指帝京。

【語　譯】千里大地的風光多麼靜謐，遙望四方春天的白雲升起。太陽突然冒出，祥和的雲氣上升，疏朗的雲霞如瑞葉輕柔舒張。像羽蓋籠罩著遠方的樹林，又像戰陣包圍著孤危的邊城。並不以吳會為遙遠，飄蕩而去，滿載對帝鄉的嚮往之情。

【研　析】首二句破題。「千里」、「四望」，應題中「處處」二字。次二句承上「生」字，寫太陽乍出、春雲上升之狀。此是近景。五、六兩句，寫春雲集結飄浮之狀，並啟下文「飄蕩」二字。此是遠景。末二句點明題旨，以春雲飄蕩之形象，表達對帝鄉的思念嚮往之情。

和王記室從趙王春日遊陀山寺

【題　解】記室，王府屬官，掌表啟書疏的文字工作，從六品上。見《舊唐書・職官志》。王記室殆是其詩友，或是昔日同事。趙王李福，太宗第十三子。貞觀十三年受封。曾任秦州、梁州都督。咸亨元年薨。陀山寺，各地多有，未知何處。和，即酬和。從，陪侍。此詩是酬和王記室〈從趙王春日遊陀山寺〉詩而作者。詩讚王記室陪侍趙王春日遊訪陀山寺之美、之樂，並表酬和之意。大約寫於高宗乾封二年至總章二年（西元六六七—六六九年）之間作者任職奉禮郎時。

鳥旟陪訪道，鷲嶺狎棲真❶。四禪明淨業，三空廣勝因❷。祥河疏疊澗，慧日皎重輪❸。葉暗龍宮密，花明鹿苑春❹。雕談筌奧旨，妙辯漱玄津❺。雅曲終難和，徒自奏〈巴人〉❻。

【注　釋】❶鳥旟陪訪道二句　鳥旟，繪有鳥隼圖畫的旗。帝王出行時，侍衛之官屬所載。《周禮．夏官．大司馬》：「百官載旟。」訪道，謂拜訪寺院。王筠〈開善寺碑〉：「至如訪道峒山……或宗仰黃老之談，景慕神仙之術。」鷲嶺，即靈鷲山。在中印度，為佛說法之地。後常用以指寺廟。狎，親近。狎，一作「洽」。棲真，道家以性命之根本為真，故謂保其根本、養其元神為棲真。佛家以明心見性，覺己覺人為本，亦可謂棲真。❷四禪明淨業二句　禪，梵語。即靜息思慮之意。佛教有觀禪、練禪、熏禪、修禪四種禪功，稱為四禪。淨業，佛家指清淨之善業。三空，佛家依所執而分空為三種，即我空、法空、俱空。見《金剛疏論纂要》卷上。勝因，即善因，與「惡業」對稱。隋智顗《修習止觀坐禪法要》：「止是禪定之勝因，觀是智慧之由藉。」❸祥河疏疊澗二句　祥河，即尼連河，佛修行時常浴於此河。釋義淨《大唐西域求法高僧傳》卷上：「祥河濯流，竹苑搖芊。翹心念念，渴想玄玄。」此指陀山寺附近的河水。慧日，普照一切的法慧、佛慧。此指照耀陀山寺的太陽。重輪，日、月周圍光線經雲層冰晶的折射而形成的光圈，古以為祥瑞之象。崔豹《古今注．音樂》：「漢明帝為太子，樂人作歌，以贊太子之德。其一曰〈日重光〉，其二曰〈月重輪〉，其三曰〈星重輝〉，其四曰〈海重潤〉。」❹葉暗龍宮密二句　謂陀山寺僧舍眾多，林茂花繁。龍宮，佛教傳說中海底龍王之宮殿。為佛說法處。此指陀山寺。鹿苑，即鹿野苑。傳說昔如來與提婆達多俱為鹿王，於此蓄鹿。每日食一鹿。後有雌鹿懷子垂產，菩薩鹿王願以身代之。王感仁慈，盡免其命，故又名施鹿苑。見《大唐西域記》卷七。在迦尸國波羅奈城東北十里所，佛始成道時於此說四真諦。此指陀山寺。❺雕談筌奧旨二句　謂法師的講論開示很玄妙。雕談，深微精妙的談論。戰國齊人騶衍言天事，善閎辯；騶奭采騶衍之術以紀文。齊人因稱騶衍為「談天衍」，騶奭為「雕龍奭」。見《史記．孟子荀卿列傳》。筌，捕魚之笱。此通「詮」。解釋、詮釋。化用《莊子．外物》「得魚忘筌、得意忘言」之典。妙辯，佛教指圓融無礙的論析。辯，一作「辨」。漱，涵詠。此指反復討論。玄津，指佛法。《文選》王巾〈頭陀寺碑文〉：「釋網更維，玄津重柵。」張銑注：「釋網、玄津，並佛法也。」❻雅曲終難和二句　指王記室之詩高雅絕倫，自己甘拜下風。巴人，楚地俚俗之曲。參見〈在江南贈宋五之問〉第二部分注⑫。

【語　譯】載著鳥旟陪侍大王拜訪頭陀寺，在鷲嶺上親身體驗棲真之術。明習四禪之清淨善業，增廣三空之善因。尼連河水貫通條條澗流，佛慧使祥瑞的重輪更皎潔。頭陀寺林茂葉密，陰涼如海底龍宮，鮮花爛漫如春天的鹿苑。法師精湛的說法詮釋深微的道理，你玄妙的辯論反復涵詠佛典要義。高雅的樂曲到底是難以唱和，我只能寫下這首通俗的拙詩獻醜。

【研析】首二句切題。鳥旗，即趙王侍從所扛之繪有鳥形圖案的旗子，此代指王記室；訪道、鷲嶺、棲真等，均指遊陀山寺。「四禪」以下四句，承「鳥旗陪訪道」而來。「四禪」二句，寫訪道之具體內容；「祥河」二句，寫訪道所得之福慧。疊澗，喻指王記室等一干侍從；重輪，喻指趙王。「葉暗」以下四句，具寫「鷲嶺狎棲真」一句。「葉暗」二句，寫陀山寺之景，點明題中「春日」二字；「雕談」二句，敘趙王、王記室與法師之間的辯論探討，足見棲真之「狎」。詩末二句，切題中之「和」字，讚王記室之詩為〈陽春〉、〈白雪〉，謙言自己所和之詩為〈下里〉、〈巴人〉。舊時酬贈之詩，多有如此客套。

遊靈公觀

【題解】靈公，道士名。靈公觀，殆長安道觀。詩寫靈公觀地理建築及風景之美，深表豔羨之情。從詩末「別在青門外」二句看來，此詩大約作於高宗儀鳳二至三年（西元六七七—六七八年）賓王母歿服喪期間。詩人在〈疇昔篇〉中，描述這一段生活時，有「我住青門外，家臨素滻濱……時有桃源客，來訪竹林人」之句，可證。

靈峯標勝境，神府枕通川❶。玉殿斜連漢，金堂迥架煙❷。斷風疏晚竹，流水切危弦❸。別有青門外，空懷玄圃仙❹。

【注釋】❶靈峯標勝境二句　靈峯、神府，神仙之府。並指道士所居。《冥通記》：「受學仙宮，任帙神府。」峯，一作

「岑」。標，突出；聳立。勝境，幽勝之地。境，一作「地」。枕，臨近；靠近。通川，寬闊的河川。司馬相如〈上林賦〉：「醴泉涌於清室，通川過於中庭。」❷玉殿斜連漢二句　玉殿、金堂，以金、玉美飾之殿堂。極言靈公觀之莊嚴富麗。《晉書‧許邁傳》：「自山陰南至臨安，多有金堂玉室，仙人芝草。」連漢，即連接霄漢。連，一作「臨」。架煙，即與如煙的水波相接。❸斷風疏晚竹二句　斷風，斷斷續續的陣風。疏，流通。戴凱之《竹譜》：「上密防露，下疏來風。」流水，暗用伯牙鼓琴「志在流水」事。切，合。危弦，高亢急促的音樂。危，一作「寒」。❹別有青門外二句　言己為京門小吏，望此仙鄉而莫可攀。青門，長安城東出南頭第一門，即霸城門。其門色青，故稱。廣陵人邵平為秦東陵侯，秦破，為布衣，種瓜青門外。參見《三輔黃圖》卷一。玄圃，又稱縣圃。傳說為崑崙山頂神仙所居。見《淮南子‧墬形》。此指道觀。

【語　譯】道士所居之峯兀立在風景幽勝之境，靈公觀靠近寬闊的河川。玉殿斜插雲霄，金屋與浩渺的煙波遙遙相接。斷斷續續的晚風刮過竹林，流水的聲響簡直像高亢急促的樂曲。卻有人徘徊在青門之外，徒然渴慕著這玄圃的神仙。

【研　析】此詩首二句，點明靈公觀所處的位置，讚其風景絕美，地勢開闊。「標勝境」、「枕通川」為全詩之綱。「玉殿」二句，即承「標勝境」三字而來。「斜連」、「迥架」說明詩人乃取仰望之勢，其中一「斜」字，尤為形象傳神地表出玉殿高聳之態，寫足首句中的「標」字；「玉殿」、「金堂」寫道觀之美，呼應「勝境」二字。「斷風」一聯，承「枕通川」三字而來，因是「通川」，故有風吹疏竹，十分清爽愜意；而「通川」流水淙淙聲響，如美妙樂曲，悅耳動聽。此取俯視之勢，兼寫聽覺。末二句抒遊觀之感，言其既羨此地神仙似的生活而又不能徹底放下官場。此乃仕途失意之人常見的心靈煎熬。

春晚從李長史游開道林故山

【題　解】長史，官名。為隋唐時州、府幕僚之長而無實際職任，故有元僚之稱。多安排閒散及貶謫人員。李長史，未知何人。開道林故山，未知何處。詩寫春晚陪李長史遊訪開道林故山所見之美景，並抒其榮喜之情。

未知何時所作。

幽尋極幽壑，春望陟春臺❶。雲光棲斷樹，霞影入仙杯❷。古藤依格上，野徑約山隈❸。落蕊翻風去，流鶯滿樹來❹。興闌荀御動，歸路起浮埃❺。

【注釋】❶幽尋極幽壑二句　幽尋，猶言探幽，尋訪幽勝之地。極，窮盡。幽壑，幽深而靜謐的山谷。春望，即欣賞春景。春臺，登眺遊玩的勝處。《老子・異俗章》：「眾人熙熙，如享太牢，如登春臺。」此指開道林故山。❷雲光棲斷樹二句　雲光，雲層罅縫中漏出的晨光。高樹與天相接，晨光似鳥出沒於樹林，故曰棲。斷樹，高聳孤立之樹。霞影，月出時之晚霞。《論衡・道虛》云：曼都好道學仙，有仙人領上天，居月之旁，其寒淒愴，飢輒飲流霞一杯。霞，一作「靈」，非。❸古藤依格上二句　格，支架。約，屈曲。山隈，山之彎曲角落。❹落蕊翻風去二句　落蕊，即落花。翻風，謂隨風飄灑。流鶯，謂黃鸝鳥的叫聲如流水。❺興闌荀御動二句　興闌，猶言興盡。荀御，《後漢書・黨錮傳》載：荀爽嘗就謁李膺，因為其御。既還，喜曰：「今日乃得御李君矣。」榮慕不已。此以荀喻己，而以李比李長史也。起浮埃，寫其歡快之情。《淮南子・俶真》：「仿佯于塵埃之外，而消搖于無事之業。」

【語　譯】尋訪幽勝之地遊遍了這幽靜的山谷，欣賞春景而登上春光四溢的高臺。曙光從高聳的樹梢上露出，晚霞似入了傳說中曼都的酒杯。古藤攀著架子往上生長，山野小路沿著山腳曲折向前。落花隨風墜下，會唱歌的嬌鶯飛來，站滿了樹枝。興盡之後為您駕著馬車，歸路騰起歡快的塵埃。

【研　析】首二句破題，敘春日尋幽探勝，來到春光如畫的開道林故山。「雲光」二句，言山之高絕，應首二句之「極」、「陟」二字。「古藤」二句，以「上」、「約」二動詞，見其山之古野幽靜，罕有人跡，寫足首句之「幽」字。「落蕊」二句，謂山之春景迷人。既寫足次句之「春」字，亦切題中「春晚」二字。末二句，言陪長史遊山而歸駕，既寫遊山之歡快，又寫己陪從榮喜之情，乃應題之筆。此詩多襲用前人詩之成句，如蕭瑱

〈春日貽劉孝綽〉詩「新禽爭弄響，落蕊亂從風」、沈約〈三日率爾成篇〉「流鶯復滿枝」、徐陵〈洛陽道〉「洛陽馳道上，春日起塵埃」等，然筆力渾厚，信手拈來，一味自然。

春日離長安客中言懷

【題解】此詩寫春日離別長安時的依依不捨。並感歎懷才不遇、苦無出路與知音。約作於奉使離京後，與朋友宴集時。題一作〈春霽早行〉。

年華開早律，霽色蕩芳晨❶。城闕千門曉，山河四望春。御溝通太液，戚里對平津❷。寶瑟調中婦，金罍引上賓❸。劇談推曼倩，驚坐揖陳遵❹。意氣一言合，風期萬里親❺。自惟安直道，守拙忌因人❻。談器非先木，圖榮異後薪❼。揶揄慚路鬼，憔悴切波臣❽。《玄》草終疲漢，烏裘幾滯秦❾。生涯無歲月，岐路有風塵❿。還嗟太行道，處處白頭新⓫。

【注釋】❶年華開早律二句　年華，指一年的時光。早律，即春天三個月。律，本古音樂術語，分陰陽各十二律。後以律與曆相附會，以十二律應十二月。參見〈晚泊江鎮〉注❶。蕩，充溢；搖曳。芳晨，美好的晨光。❷御溝通太液二句　御溝，流入宮內的河道。見《三輔黃圖．雜錄》。太液，池名。或言漢代在建章宮承天地陰陽津液以作池。見《漢書．昭帝紀》始元元年紀。戚里，帝王外戚聚居之處。平津，地名。漢武帝時，封丞相公孫弘為平津侯。見《漢書．公孫弘傳》。故地在今河北鹽山縣南。此句言平津，乃就平津侯長安官第而言，非封地。❸寶瑟調中婦二句　瑟，古樂器。古樂府〈相逢行〉：「大婦織綺羅，中婦織流黃。小婦無所為，挾瑟上高堂。」此言中婦調瑟者，以避聲病故。金罍，銅製酒樽，刻為雲雷之形。《詩經・周南・卷耳》：「我姑酌彼金罍。」上賓，上等賓客。《漢書・枚乘傳》：「乘久為大國上賓，與英俊游。」❹劇談推曼倩二句　劇談，滔滔不絕的談吐。漢有儒生惠莊遊長安，人問之而不能答。遂逡巡而去，拊心謂人曰：「吾口不能劇談，此中多有。」見《西京雜記》。又，揚雄亦口吃不能劇談。見《漢書・揚雄傳》。而東方朔則詼諧善戲謔，嘗至太中大夫。見《漢書・東方朔傳》。曼倩，東方朔，字曼倩。驚坐，驚動客人。漢陳遵容貌甚偉，贍於文辭，所到之處，士人爭與之接。時又有一人與陳遵同姓氏者，每欲至人門，座中莫不震動。既至而非，因號其人曰「陳驚坐」。見《漢書・游俠傳》。❺意氣一言合二句　意氣，指情誼、恩義。魏徵〈唐故邢國公李密墓誌銘〉：「感意氣於一言，托風雲於千載。」風期，指人的品格、風度、襟抱。❻自惟安直道二句　自惟，猶言反思。惟，思。司馬遷〈報任安書〉：「所以自惟。」直道，正直之道。《論語》：「直道而事人。」守拙，保持自己的品性。拙，愚拙。自謙之詞。陶潛〈歸園田居〉詩：「守拙歸田園。」忌，一作「忘」。因人，謂借助於人。《左傳》僖公三十年：「因人之力而敝之，不仁。」❼談器非先木二句　談器，論及任用或不任用。器，器量；器用。非先木，言己非人樂意推薦之木也。《後漢書・孟嘗傳》：「士以稀見為貴，槃木朽株為萬乘用者，左右為之容耳。」先，看重。圖榮，圖取榮名。後薪，後來居上的柴火。用漢汲黯對武帝抱怨己不遷官，而資歷低於自己的人官位超出自己之事。參見〈上吏部侍郎帝京篇〉第四部分注❹。❽揶揄慚路鬼二句　晉襄陽羅友有才學而桓溫不用。一日，桓溫為某新赴郡守任者餞行，羅友遲到，解釋說：「早上出門，於中路逢一鬼，大揶揄云：『我祗見汝送人作郡，何以不見人送汝作郡耶？』遂慚怖卻回，耽擱了。」見《世說新語・任誕》「羅友」條劉孝標注。揶揄，耍笑；嘲弄。憔悴，本指顏色黃瘦。此指生活困頓。波臣，《莊子・外物》：莊周於借粟途中遇車轍中有條快要乾死的鮒魚，呼斗升之水以救命。問之，乃東海之波臣。後遂以波臣、涸轍之鱗比喻身陷危難，亟待救援的人。❾玄草終疲漢二句　玄草，猶言草《玄》。指漢哀帝時揚雄撰《太玄》。時丁傅、董賢用事，諸附之者或起家至二千石，而揚雄以撰述自守，雖疲困而泊如也。見《漢書・揚雄傳》。烏裘，指蘇秦入秦連橫失敗而歸，黑貂之裘破，黃金白金盡。見《戰國策・秦策》。❿生涯無歲月二句　生涯，猶言生活。沈炯〈獨酌謠〉：「生涯本漫漫。」岐路，即岔道。陸機〈長安有狹邪行〉：「伊洛有岐路。」風塵，此以飛塵喻生活煩擾。陸機〈為顧彥先贈婦〉：「京洛多風塵。」⓫還嗟太行道二句　太行，山名。綿延於今山西、河北、河南三省。多以喻世路險絕。劉峻〈廣絕交論〉：「嗚呼！世路險巇一至於此，太行、孟門，豈云嶄絕。」白頭新，言相識而不相知。鄒陽〈獄中上書〉：「語云：白頭如新，傾蓋如故。」

【語　譯】一年的春天開始了，美好的早晨充滿雨後天晴的氣象。千重城門打開迎接旭日升起，山河大地滿眼春光。御溝之水通向太液池，外戚聚居之地遙對著平津侯的門第。家中的媳婦彈奏著寶瑟，金樽美酒招待貴賓。海闊天空地談吐要數東方朔最擅長，驚動四座，向陳遵鞠躬。人們之間的友誼可謂一拍即合，風度、襟懷相同，萬里之遙也可結交。自覺安分於直道處事，保持秉性而怕沾別人的光。論及被任用，我不是別人看重的那塊材料，希冀榮華，卻非公孫弘等後來居上之薪。被路上遇見的鬼所嘲笑，困頓窘迫就如掉在車轍中的東海波臣。揚雄甘於撰述《太玄》最終到老疲憊地守著漢郎位，穿著黑貂裘的蘇秦意欲連橫，而多年滯留秦國。勞累的生活不知何時是個頭，歧路迷茫而到處飛塵滿天。又感歎人生之路如太行險峻，到處是相見不相識的人。

【研　析】此詩可分兩節。詩首「年華」四句，寫長安「春日」，美麗開闊而生機蓬勃。「御溝」以下八句，寫長安「客中」。「御溝」、「太液」、「戚里」、「平津」顯示此地的繁華、客人的尊貴。「寶瑟」、「金罍」二句，寫其宴集的高雅氣氛。「劇談」、「驚坐」二句，寫主客之間情洽如春。「意氣」二句，是對以上六句的概括與提煉，極讚宴會中朋友對自己的深厚情誼。「自惟」以下，筆鋒急轉，進入「言懷」節，抒發仕途偃蹇的鬱悶。「自惟」四句，表白自己的秉性與才質，暗示自己的不順心實亦是咎由自取、命中注定。「揶揄」四句，寫其宦途的困窘，暗示其離京的根本原因。「生涯」四句，表露其對離京的不捨，對前途的擔憂。這一節語勢峻急，情調低沈，滿含怨氣，與前一節的舒緩、溫和、興奮形成鮮明的對照。乍讀之下，似為兩截。然細味之，則又一氣貫通。所言之懷，一任喜憂怨憤，真誠坦蕩、酣暢淋漓，亦只是在客中摯友面前方能有此。

別李嶠得勝字

【題　解】李嶠（西元六四四—七一三年），趙州贊皇（今屬河北）人。富才思，高宗時以文章與駱賓王、劉光業齊名。兩《唐書》有傳。高宗咸亨元年（西元六七〇年）四月，吐蕃寇邊，朝廷發兵討伐。詩人於上年冬因事遭譴，罷東臺詳正學士之職，而此時乃上書吏部侍郎裴行儉，請求從軍邊塞，獲允以奉禮郎之職出使。李嶠有〈送駱奉禮從軍〉詩壯其行，云：「玉塞邊烽舉，金壇廟略申。羽書資銳筆，戎幕引英賓。劍動三軍氣，衣飄萬里塵。琴尊留別賞，風景惜離晨。笛梅含晚吹，營柳帶餘春。希君勒石返，歌舞入城闉。」此詩乃與李嶠分韻酬唱而作。詩寫與李嶠深厚而純潔的友情。後四句或題〈送別〉而別為一首，誤。

芳尊徒自滿，別恨轉難勝❶。客似遊江岸❷，人疑上灞陵❸。寒更承夜永，涼景向秋澄❹。離心何以贈，自有玉壺冰❺。

【注釋】❶芳尊徒自滿二句　芳尊，謂斟滿美酒之杯。此指美酒。尊，同「樽」。顏之推〈觀我生賦〉：「對皓月以增悲，臨芳尊而無賞。」轉，反而；更。勝，經受；消受。❷客似遊江岸　袁宏少孤貧，以運租自活。時謝尚鎮牛渚，微服泛江，會宏在舫中諷詠其〈詠史〉之作，聲既清會，辭又藻拔。遂邀入舟，與之譚論，通宵不寐。自此名譽日茂。不久因為參軍。見《晉書・文苑傳》。此以袁宏喻李嶠之文章風流。❸人疑上灞陵　灞陵，故址在今西安東。王粲〈七哀詩〉：「南登霸陵岸，回首望長安。」此句喻己之漂泊。❹寒更承夜永二句　寒更，寒夜更漏聲。承，古人以漏壺接水以計時。此引申為計算。潘岳〈秋興賦〉：「覽涼夜之方永。」涼景，謂清秋風物。江淹〈自序〉：「素秋澄景，則獨酌虛空。」❺離心何以贈二句　離心，離別之情。玉壺冰，謂冰清玉潔。以喻人格、友誼的純潔無瑕。鮑照〈代白頭吟〉：「直如朱絲繩，清如玉壺冰。」玉壺，玉製的壺。

【語譯】徒然將美酒斟滿，離別之恨更難以消受。你像是袁宏在江岸泛遊漫步，我像那到處飄蕩的王粲登上灞陵。寒冷的更漏計算著漫漫長夜，秋涼的風景變得更加明澈。在這離別之際用什麼與你贈別，自有一顆心像是玉壺中晶瑩的冰。

【研 析】首二句言別恨。倒滿美酒，對著酒杯，離愁別恨變得更加難以控制，竟喝不下一口。著「徒自滿」三字，情態如畫，意味深厚。中四句，以正側虛室之筆，寫其別景。「客似」、「人疑」二句，分寫李嶠與自己將各奔前途，讚李之風流，表己之落魄。此是正筆，卻是虛寫。「寒更」、「涼景」二句，寫秋夜話別，暗示二人難捨難分。此是側筆，卻是實寫。末二句表白心跡，以「玉壺冰」純潔剔透的形象，形容自己對友人的美好情誼。

晚渡黃河

【題 解】詩寫晚渡黃河所見之景，抒發強烈的思歸之情。殆作於返歸齊魯時。

千里尋歸路，一葦亂平源❶。通波連馬頰，迸水急龍門❷。照日榮光淨❸，驚風瑞浪翻。棹唱臨風斷，樵謳入聽喧❹。岸迥秋霞落，潭深夕霧繁。誰堪逝川上，日暮不歸魂❺。

【注 釋】❶千里尋歸路二句 千里，代指黃河。《爾雅·釋水》：「河出崑崙虛，色白。所渠并千七百一川，色黃。百里一小曲，千里一曲一直。」此以黃河喻己。一葦，謂一束浮水而渡的蘆葦。《詩經·衛風·河廣》：「誰謂河廣，一葦杭之。」此喻小船。亂，橫渡。《尚書·禹貢》：「亂於河。」傳：「正絕流曰亂。」平源，浩渺的河川。此或指渡河之地名。今屬山東。《水經注·河水五》：「《續漢書》曰：延熹九年，濟陰東郡、濟北平源，河水清。」❷通波連馬頰二句 通波，汪洋暢達的水面。馬頰，即馬頰河。經今山東平原縣北。《爾雅·釋水》郭璞注：「河勢上廣下狹，狀如馬頰。」迸，奔湧激蕩。龍門，在今陝西韓城和山西河津之間。其中孟門謂龍門上口，崩浪萬尋，驅馬追之不及，尤為險絕。見《水經注·河水》。❸照

曰榮光淨　榮光，五彩雲氣。《初學記・地部》：「《尚書・中侯》曰：『榮光出河，休氣四塞。』鄭玄注云：『榮光，五色，從河水中出。』」淨，一作「渾」。❹棹唱臨風斷二句　棹唱、樵謳，為船夫、樵子所唱山野水濱之歌。斷，為風吹散。謳，一作「歌」。入聽，猶言入耳。❺誰堪逝川上二句　謂離家日久，歸心似箭。逝川，比喻時光不再。《論語・子罕》：「子在川上曰：逝者如斯夫，不舍晝夜。」不歸，一作「他鄉」。

【語　譯】黃河迂曲千里而尋找歸海之路，我乘著小船橫渡浩渺的河川。汪洋的水波通向馬頰河，此處的激流比龍門還迅疾。夕陽照河而現五色美景，疾風拂水而翻祥瑞之浪。船夫的棹曲被風吹散，樵夫的山歌聽起來很熱鬧。遠岸上秋日的晚霞消逝，深潭中夜霧逐漸加濃。有誰能忍受在這滾滾向前的河川上，黃昏時分懷著這份不能歸家的愁恨。

【研　析】首二句切題，敘其渡黃河之事。首句睹物興懷，以千里奔騰入海的形象，寫己思鄉之情。以黃河「千里」之闊大與己「一葦」之渺小對比，突出其思歸之情執著不移。「通波」以下四句，寫河面之遼闊，流水之迅疾，以及斜陽照河、驚風推浪的喜氣洋洋景象，具寫「千里尋歸路」的急切與歡樂。「棹唱」以下四句，寫河中棹唱、岸上樵謳、天邊秋霞、水面夕霧，具足「一葦亂平源」時所見渡口晚歸情景。末二句，直寫思歸之情。黃河千里而尋歸路，渡口亦全是歸家之人，而自己於他鄉夕陽下尚在渡河，故其不歸的失落惆悵心情，實只能以「誰堪」二字概之。

晚泊河曲

【題　解】河曲，在今山西永濟西蒲州。河水自此折而東入芮城縣界，故稱。詩寫晚泊河曲所見之景，抒發羈旅勞頓之苦情。未知何時所作。

三秋倦行役，千里泛歸潮❶。通波竹箭水，輕舸木蘭橈❷。金堤連曲岸，貝闕影浮橋❸。水淨千年近，星飛五老遙❹。疊花開宿浪，浮葉下涼飆❺。浦荷疏晚菂，津柳漬寒條❻。恓惶勞梗泛，淒斷倦蓬飄❼。仙槎不可託，河上獨長謠❽。

【注　釋】❶三秋倦行役二句　三秋，猶言三年、多年。《詩經・王風・采葛》：「一日不見，如隔三秋兮。」行役，因公務或服役跋涉在外。《詩經・魏風・陟岵》：「父曰：嗟！予子行役。」歸潮，歸家的水路。❷通波竹箭水二句　通波，汪洋的水波。竹箭，言水之疾。《慎子・外篇》：「河之下龍門，其流駛如竹箭，駟馬追弗能及。」輕舸，揚雄《方言》：「南楚江湘，凡船大者謂之舸。」木蘭橈，以木蘭做的船楫。《漢武洞冥記》卷三：「影娥池中有游月船、觸月船、鴻毛船、遠見船，載數百人。……或以木蘭之心為楫。」楫謂之橈，或謂之棹。❸金堤連曲岸二句　金堤，美言堤色黃且堅，似金鑄成。曲，一作「遠」。貝闕，以貝殼裝飾的龍宮宮門。此處喻河水。《楚辭・九歌・河伯》：「紫貝闕兮朱宮。」參〈秋晨同淄州毛司馬秋九詠・秋水〉注❶。浮橋，即浮梁，連舟而為橋。《方言》：「艁舟謂之浮梁。」❹水淨千年近二句　水淨，猶言水清。《拾遺記》：「又有丹邱，千年一燒；黃河，千年一清。至聖之君，以為大瑞。」星飛，傳云堯升首山觀河渚，有五老人飛為流星，上入昴。以此瑞應，號其山為五老山。見《元和郡縣志・河東道・永樂縣》。地在今山西永樂東北，與河曲相近。❺疊花開宿浪二句　宿浪，永不停息的波浪。涼飆，即勁急的秋風。❻浦荷疏晚菂二句　蓮子被涼風吹落，故曰疏。柳條被涼風吹折入水，故曰漬寒條。菂，蓮房中之蓮子。見《爾雅・釋草》。❼恓惶勞梗泛二句　恓惶，即棲遑，不安居的樣子。梗泛，桃梗隨流飄蕩。喻生活動蕩不安、漂泊不定。參見〈晚憩田家〉注❼。淒斷，極其淒涼而傷心。蓬飄，隨風飄轉的蓬蒿。❽仙槎不可託二句　仙槎，又作「仙查」。仙人所乘之木筏。傳云堯時有巨查浮繞四海，羽人棲息其上。見王嘉《拾遺記》。長謠，即長歌。徒歌而無伴奏曰謠。

【語　譯】多年在外宦遊，已很疲倦，乘船返鄉，水路千里之遙。在急如竹箭的汪洋水面上，用木蘭船棹划著輕飄飄的船兒。金色的堤壩連著曲折的河岸，水中倒映著浮橋。傳說中千年一清的河水近在咫尺，五老人飛升而成的星辰是那麼遙遠。一排排不停息的波浪捲起層層浪花，隨秋風墜落的秋葉浮在水面。水邊的荷葉隨風搖擺，抖落了成熟的蓮子，渡口柳樹的枝條被寒冷的河水浸泡。行蹤栖遑不定，如桃梗人一樣辛苦，心情哀傷，像飄蓬一樣疲勞。不能寄望遇見仙人的巨槎，在河上獨自慷慨長歌。

【研　析】詩首二句，言其厭倦行役而終得返鄉。「三秋」言其「倦」之情苦，「千里」言其「泛」之路遙，心情並不輕鬆而帶淡淡的憂愁。「潮」字，亦喻其激動之歸鄉情懷。三、四兩句以「竹箭」寫歸心之急切，「木蘭」寫歸途之美好。「金堤」以下八句，寫「晚泊河曲」。「金堤」二句著意寫「泊」字。船停靠在美麗的堤岸，水面上所停之舟頗多，形似浮橋，倒映水中，有如龍宮貝闕。「水淨」二句，著意寫「晚」字，以有關此地的典故寫河水之淨、天空星辰之高。「疊花」二句寫所睹河面淒清之秋景。「悽惶」以下四句，寫晚泊河曲之感。「梗泛」、「蓬飄」語是睹河曲淒清之景而自然生發的身世之感，與首二句形成照應。「仙槎不可托」二語，深慨人世之倦勞，且夕夢遙遙，無處安慰。

同崔駙馬曉初登樓思京

【題　解】駙馬，官名。公主之婿必任駙馬都尉之職，從五品下。見《新書・百官志》。崔駙馬，未知何人。同，酬和。此詩乃酬和崔駙馬〈曉初登樓思京〉詩而作者。詩寫思念帝京之苦情。未知何時所作。

麗譙通四望，繁憂起萬端❶。綺疏低曉魄，鏤檻肅初寒❷。白雲鄉思遠，黃圖歸路難❸。惟餘西向笑，暫似當長安❹。

【注　釋】❶麗譙通四望二句　麗譙，亦作「麗樵」。華麗的高樓。《莊子・徐无鬼》：「君亦必無盛鶴列於麗譙之間。」郭象注：「麗譙，高樓也。」萬端，猶言萬種。❷綺疏低曉魄二句　綺疏，飾有美麗花紋的窗牖。《後漢書・梁冀傳》：「窗牖皆有綺疏青瑣。」注：「綺疏，謂鏤為綺文。」曉，一作「晚」。魄，月出月沒時的微光。《尚書・康誥》：「惟三月哉生魄。」此指月亮。鏤檻，刻劃精美的階砌欄杆。蕭統〈七召〉：「綺疏交映，鏤檻相望。」❸白雲鄉思遠二句　白雲鄉，言帝鄉，為神仙所居。《莊子・天地》：「千歲厭世，去而上仙，乘彼白雲，至於帝鄉。」黃圖，指京城。《藝文類聚》卷六十三江總〈雲堂賦〉：「覽黃圖之棟宇，規紫宸於太清。」❹惟餘西向笑二句　《文選》曹子建〈與吳季重書〉李善注引桓子《新論》：「人聞長安樂，則出門向西而笑；知肉味美，對屠門而大嚼。」此喻思念長安。

【語　譯】登上這華麗的高樓瞭望四方，心中泛起萬種憂愁。清晨快要落山的月亮，低掛在美麗的窗牖間，刻鏤精美的欄杆阻擋了初秋寒氣襲入。到白雲帝鄉求仙訪道，頗覺遙遠，回到帝京的路也是那麼艱難。只剩下向西大笑的份兒，暫且把這一笑當做到了長安。

【研　析】從詩末二句「惟餘西向笑，暫似當長安」目之，此詩當是出使河曲時所作。首二句破題，「四望」、「萬端」二語並用，極言其憂愁充塞天地，無處可化。次二句，「綺疏」、「鏤檻」言樓之美，「低曉魄」、「肅初寒」表登樓之時間，切題中之「曉初」二字。「白雲」二句，應「萬端」二語，言其求仙不得，仕途亦難，總為不快。「惟餘」二句，與「四望」語呼應。言其滿眼都是愁，而西望之愁最不堪，於是淒然一笑，藉以慰渴。情思至此，不寫淚，而寫笑，苦絕，癡絕。

送郭少府探得憂字

【題　解】古人集會，多以詩韻為籌，各摸取一籌，或分籌，得某籌者，以某字為韻作詩。此即探韻。此詩以憂字為韻。少府，唐人稱縣尉。郭少府，未知何人。詩寫送別郭少府時依依不捨之情。未知何時所作。

開筵枕德水，輟棹艤仙舟❶。貝闕桃花浪，龍門竹箭流❷。當歌淒別曲，對酒泣離憂❸。還望青門外，空見白雲浮❹。

【注　釋】❶開筵杭德水二句　杭，渡河。《詩經・衛風・河廣》：「誰謂河廣，一葦杭之。」杭，一作「枕」。德水，即黃河。《史記・封禪書》：「昔秦文公出獵，獲黑龍，此其水德之瑞。於是秦更命河曰德水。」輟棹，停止划槳。艤舟，將船划向岸。仙舟，後漢河南尹李膺送郭泰返鄉，攜手渡河，美似神仙。見〈在江南贈宋五之問〉第二部分注⓱。此喻與郭少府之情誼。❷貝闕桃花浪二句　貝闕，以貝殼裝飾的水下龍宮。喻河水。參見〈秋晨同淄州毛司馬秋九詠・秋水〉注❶。桃花浪，即桃花水。仲春之月桃花開時，雨水亦下，故謂之桃花水。見《漢書・溝洫志》顏師古注。龍門竹箭，喻河水迅疾。見〈晚泊河曲〉注❷。❸當歌淒別曲二句　當歌，聽著歌曲。魏武帝〈短歌行〉：「對酒當歌，人生幾何。」別曲，離別之曲。離憂，離愁別恨。《楚辭・九歌・山鬼》：「思公子兮徒離憂。」❹還望青門外二句　謂青門種瓜人邵平已不見。此喻郭少府。青門，漢長安城東出南頭第一門。參見〈上吏部侍郎帝京篇〉第二部分注⓫。白雲浮，言思念神仙之鄉。《莊子・天地》：「千歲厭世，去而上仙，乘彼白雲，至於帝鄉。」此指思念帝京。

【語　譯】在渡黃河的船上擺上筵席，停下船槳，將船停靠河岸。河中泛起了桃花水，龍門的水流之急如竹箭。聽著悽愴的離別歌曲，飲著美酒，離別的憂愁讓人潸然淚下。回望青門之外，只見到白雲朵朵飄向遠方。

【研　析】此詩是作者行役時途次黃河之濱，送別郭少府之作。首二句，點明送客之地點及所送之人。「德水」，借古典以代指黃河，示其宴集之雅；「艤仙舟」，用後漢李膺等人送郭泰之典，切合郭少府之姓，並讚其有郭泰之風流。「貝闕」二句，寫黃河水之美，襯宴集之美，與次句相照應，側筆暗示郭少府之即將遠別，及送行之人心情的依依不捨。「當歌」二句，與首二句相照應，直寫送別之情。末二句，寫別後相思，亦寄其懷才不遇、孤獨寂寞之情。

秋夜送閭五還潤州

【題解】潤州，舊治在今江蘇鎮江市。閭五，未知何人。詩題云「還」，且據詩前序云：「閭五官言返維桑，修途指金陵之地；李六郎交深投漆，開筵浮白玉之樽。」則閭五官為潤州人，李六郎是宴集之主。詩寫送別閭五時的依依不捨之情。未知何時所作。

通莊抵舊里，溝水泣新知❶。斷雲飄易滯，連霧積難披❷。傃風啼迥堞，驚月繞疏枝❸。無力勵短翰，輕舉送長離❹。

【注釋】❶通莊抵舊里二句　通莊，猶言通衢。指通暢的大路。抵，至。舊里，猶言故鄉。溝水，古常用為朋友傷別離之辭。古樂府〈皚如山上雪〉：「今日斗酒會，明旦溝水頭。躞蹀御溝上，溝水東西流。」新知，新相交。《楚辭·九歌·少司命》：「悲莫悲兮生別離，樂莫樂兮新相知。」舊里、新知，新舊二字乃互文。❷斷雲飄易滯二句　斷雲，殘雲。此謂分離之雲。曹丕〈雜詩〉：「西北有浮雲，亭亭如車蓋。惜哉時不遇，適與飄風會。吹我東南行，行行至吳會。吳會非我鄉，安能久留滯。」連霧，《晉書·樂廣傳》：衛瓘與樂廣一見情契，如睹水鏡，若披雲霧而睹青天。披，開。二句謂一旦云別，再難相見。❸傃風啼迥堞二句　傃風，猶言向風。啼，一作「翻」。堞，女牆。驚月，用曹操〈短歌行〉「月明星稀，烏鵲南飛。繞樹三匝，何枝可依」詩意。❹無力勵短翰二句　謂己不能隨閭五一同前往。勵翮，振翅飛翔。揚雄〈解嘲〉：「矯翼勵翮。」輕舉，飄升。《楚辭·遠游》：「悲時俗之迫厄兮，願輕舉而遠游。」長離，神鳥名。潘岳〈為賈謐作贈陸機〉：「婉婉長離，凌江而翔。長離云誰，諮爾陸生。」此喻閭五。

【語譯】你沿著康莊大道回故鄉，溝水好像在為相知的朋友分離而悲泣。分離的浮雲飄飄，容易滯留他鄉，連續的濃霧積聚著，再也難消散。在遙遠的城牆上向風鳴叫，在明月中不安地繞著樹枝飛翔不止。我羽毛很短，無力振翅而飛，飛上高空送你一程。

【研　析】首句言閻還故鄉，次句言己與之泣別。「通莊」與「溝水」之比，可見二人心情之別。「斷雲」句用曹丕詩意，言己留滯他鄉之不堪；「連霧」句用樂廣之典，言與閻分別後的鬱悶心情。「傃風」二句，借烏鵲以喻己，訴其不得歸鄉之苦。「無力」二句，以反筆出之，言不送以送，曲折多情。「無力」二字，亦需從紙背讀之。其實非無力也，是不忍心之謂也。

初秋於竇六郎宅宴得風字

【題　解】此是諸友集會時所賦分韻詩。竇六郎，未知何人。詩前有序云：「六郎道合採葵，嘯懸鶉而契賞；諸君情諧伐木，仰登龍以締歡。」詩極寫朋友交樂，與〈夏日游德州贈高四〉所流露出的情致相似，殆作於閒居齊魯時期。

千里風雲契，一朝心賞同❶。意盡深交洽，神靈俗累空❷。草砌銷寒翠，花釭斂夜紅❸。唯將澹若水，長揖古人風❹。

【注　釋】❶千里風雲契二句　風雲，即如風從雲，指朋友間的際遇。契，契合；交會。心賞，謂相契於心，欣然默許。❷意盡深交洽二句　《世說新語・棲逸》：阮籍往見蘇門山真人，談論終日。真人箕踞相對，目不轉睛，而不交一言。籍因對之長嘯，乃笑曰：「可更作。」籍復嘯，意盡而退。還半嶺許，聞上有聲如數部鼓吹，林谷傳響。顧視之，乃蘇門山真人嘯也。深交洽，一作「通家冷」。深交，深度交往。褚遂良〈諫寢殿側置太子院疏〉：「且朋友不可以深交，深交必有怨。」此反其意而用之。神靈，即心神空靈。俗累，俗務的牽纏。《莊子・天下》：「不累於俗，不飾於物。」❸草砌銷寒翠二句　寫夜宴歡會達旦之情景。砌，一作「帶」。釭，高燈。釭，一作「枝」。斂夜紅，謂天明時分，燈火熄滅。斂，一作「發」。❹唯將澹若水二句　《莊子・山木》：「君子之交澹若水，小人之交甘若醴。」澹，恬靜、安然的樣子。長揖，相見時拱手自上而至極下以為禮。郭璞〈遊仙詩〉：「高蹈風塵外，長揖謝夷齊。」揖，一作「挹」。

【語　譯】相隔千里而風雲交會，一見之下兩心相許。心意毫無保留地表白，交誼更深更融洽，心神空靈，擺落世務的紛擾。初秋階砌上青翠的草色變黃，天明時分花燈上的紅色火焰也熄滅了。但願保持這份淡如清水的交情，永久效仿古人的君子之風。

【研　析】此詩每二句所詠都切「風」字，又切「宴」字，與題關合緊密，結構謹嚴不亂。首二句，言宴集時客人一見如故，心意之融洽，就如風從雲一般契合。「意盡」二句，是對首二句「風雲契」、「心賞同」二語的深化。同時，亦暗用晉樂廣「披雲霧而睹青天」之典。「草砌」二句，寫宴集之景。雖不見「風」字，而「風」字實在其中：秋風起，綠草黃；夜風吹，釭火滅。末二句，寫宴集並無美酒、伎樂的熱鬧喧嘩，只是平靜而澹泊的交心，具古之高風。

送鄭少府入遼共賦俠客遠從戎

【題　解】少府，唐人對縣尉的俗稱。遼，即遼州。地在今山西左權。或以為是遼寧遼陽，殆非是。此乃送別鄭少府宴集時友朋賦詩，共以「俠客遠從戎」詩句為題者，而此句未知出自誰詩。詩寫俠客英武形象，勉勵鄭少府凱歌而還。未知何時所作。

邊烽警榆塞，俠客度桑乾❶。柳葉開銀鏑，桃花照玉鞍❷。滿月臨弓影，連星入劍端❸。不學燕丹客，空歌易水寒❹。

【注　釋】❶邊烽警榆塞二句　烽，指烽火。古代邊防報警信號。指邊境有外敵入侵。榆塞，本指榆林塞。《漢書・韓安國傳》：「累石為城，樹榆為塞，匈奴不敢飲馬於河。」注：「如淳曰：塞上種榆也。」故址在今內蒙古準噶爾旗。也用以泛指邊塞。桑乾，水名。源出今山西馬邑桑乾山，東入河北省界。❷柳葉開銀鏑二句　柳葉，指射箭。《戰國策・西周策》：「楚有養由基者，善射，去柳葉者百步而射之，百發百中。」銀鏑，銀製的箭鏃，美稱。桃花，指桃花馬。以其毛色黃白相雜，故名。玉鞍，即以玉製的馬鞍。亦美稱。《古今注・輿服》：「孫文臺獲青玉馬鞍，其光照衢。」❸滿月臨弓影二句　臨，照映。連星，形容寶劍之美。《文選》張協〈七命〉：「流綺星連，浮彩艷發。」李善注：「《越絕書》曰：王取純鉤，薛燭觀其鈲，爛如列星之行。」❹不學燕丹客二句　燕丹子荊軻入秦，太子與知謀者皆素衣冠送之於易水之上。荊軻歌曰：「風蕭蕭兮易水寒，壯士一去兮不復還。」為壯聲，則怒髮衝冠；為哀聲，則士皆流涕。入秦，圖窮而匕首見，事敗被殺。參《戰國策・燕策》。此反其意而用之，謂鄭少府此行必功成而返。空，一作「徒」。

【語　譯】邊地的烽火傳來榆塞的警報，俠客將渡桑乾河。裝上能百步射柳的銀箭，跨上配有玉鞍的桃花駿馬。滿月如弓，兩相照映，寶劍雪亮，好像星星閃爍在劍端。決不像那燕丹子的刺客荊軻，徒然悲歌「風蕭蕭兮易水寒」。

【研　析】這是一首情調激越高昂的贈別詩。首二句言邊事緊急，俠客慷慨從軍。中四句，寫俠客的鏑、鞍、弓、劍，粗線條勾勒出一個彎弓射箭、仗劍躍馬的俠士形象。又以柳葉、桃花、滿月、連星等景物來渲染之，借典故和習用之比喻以刻劃之，則其雄氣勃發、英武無敵的精神面貌躍然紙上。末二句，借歷史上燕丹子在易水上送荊軻刺秦，荊軻慷慨悲歌而功業無成之典故，警策、激勵鄭少府立功沙場。因是「共賦」，並非一人來送鄭少府，大家宴集一處，氣氛既悲壯又熱烈，很容易想及燕丹送荊軻的場面，故詩人信手拈來。但此時畢竟與歷史不同，在英雄的時代，詩人滿懷必勝的信心，故出之以幽默的口吻，使氣氛顯得親切而活躍。

餞鄭安陽入蜀

【題　解】安陽，縣名，屬相州。今屬河南。鄭安陽，未知何人，安陽或其郡望。詩寫送別即將入蜀的鄭安陽時依依不捨之情，並勉勵鄭安陽多行德政。未知何時所作。

彭山折阪外，井絡少城隈❶。地是三巴俗，人非百里材❷。畏途君悵望，岐路我裴徊❸。心賞風煙隔，容華歲月催❹。遙遙分鳳野，去去轉龍媒❺。遺錦非前邑，鳴琴即舊臺❻。劍門千仞起，石路五丁開❼。海客乘槎渡，仙童馭竹回❽。魂將離鶴遠，思逐斷猿哀❾。唯有雙鳧舄，飛去復飛來❿。

【注　釋】❶彭山折阪外二句　彭山，即彭門。山，一作「門」。秦蜀守李冰謂汶山為天彭門。睹湔氐縣兩山對如闕，因號天彭闕。在今四川彭州西北。九折坂，在滎經縣西邛崍山。山路險阻迴曲，須九折乃得上，故名。井絡，四川岷山地區，以古星相學而言，上應井星，故稱井絡。少城，舊稱今四川成都府城的南城為太城，而其西城稱少城，又稱小城。參《華陽國志・蜀志》。隈，山腳。❷地是三巴俗二句　三巴，指巴郡、巴東、巴西。其民質直好義，土風敦厚，而其失在於重遲魯鈍，俗素樸。見《華陽國志・巴志》。百里材，指治理一邑的才能。《三國志・蜀書》：龐統為耒陽令，在縣不治，免官。吳將魯肅給劉備寫信說：「龐統非百里才也，使處治中別駕之任，始當展其驥足耳。」諸葛亮亦如是說，故以為治中從事。材，一作「才」。❸畏途君悵望二句　畏途，謂蜀道難行。《漢書・王尊傳》載王陽為益州刺史，過九折坂而畏懼不前，託病辭官。悵望，望亦即悵，猶言怨恨。畏，一作「悵」，一作「長」。歧路，岔道。歧，一作「蹊」，一作「別」。《後漢書・鄧彪傳論》：「統之方軌易因，險途難御。故昔人明慎於所受之分，遲遲於歧路之間也。」裴徊，留滯不前。❹心賞風煙隔二句　心賞，謂相契於心，欣然默許。風煙，猶言風塵。容華，即容顏姣好。❺遙遙分鳳野二句　鳳野，用《楚辭・惜逝》「獨不見鸞鳳之高翔大皇之野，循四極而周迴，見盛德而后下」之意，謂鄭安陽為鸞鳳，而皇朝有盛德也。此泛指原野。龍媒，謂天馬。天馬乃神龍之類。見《漢書・禮樂志》「天馬徠，龍之媒」顏師古注。❻遺錦非前邑二句　遺錦，喻德政。三國蜀漢閻憲官綿竹令，以禮讓為治，民皆向化。有男子杜成夜行，拾得布錦二十五匹，求其主而還之，曰：「縣有明君，何敢負其化？」見《華陽國志》。鳴琴即舊臺，司馬相如宅在少城中笮橋下百許步，有琴臺在焉。見《太平寰宇記・成都府》。然此用春秋魯國宓子賤治單父故事。其曰彈鳴琴，身不下堂而單父治。見《呂氏春秋・尊賢》。二句謂鄭安陽亦將如閻憲、單父以德化治其邑。❼劍門千仞起二句　劍門，山名。在今四川北部。高入雲端，峭壁中斷，兩崖相嵌，形似劍門，故稱。是關中入蜀的主要通道。見《水經注・漾水》。張載〈劍閣銘〉：「惟蜀之門，作固是鎮。是曰劍閣，壁立千仞。」五丁，五個大力士。傳說秦惠王欲伐蜀而不知入蜀之道，作五石牛，以金置尾下，言能屎金。蜀王乃令五力士將五石牛拉回蜀地，蜀道因之而開。見《水經注・沔水》。又傳云秦惠王以五美女嫁蜀王，蜀王因遣五丁迎之。還至梓潼，見一大蛇入穴中，五人拽蛇尾，山崩，壓殺五人及秦五女，而山分為五嶺。今其山或名五丁冢。見《華陽國志・蜀志》。❽海客乘槎渡二句　海客，謂浮海仙客。明曹學佺《蜀中廣記》卷一引《道教靈驗記》云：「成都（嚴君平）卜肆支機石，即海客攜來，自天河所得，織女令問嚴君平者也。」槎，即仙槎，仙人所乘之木筏。見〈晚泊河曲〉注❽。仙童馭竹，《後漢書・郭伋傳》：郭伋前在并州有恩德，後復為并州牧。伋始至，有童兒數百，各騎竹馬迎拜。童兒又與郭伋約，回朝時當再來相送。郭伋亦不違其期。此以譽鄭安陽。❾魂將離鶴遠二句　離鶴，即別鶴。《古今注・音樂》引古曲〈別鶴操〉：「將乖比翼隔天端，山川悠遠路漫漫，攬衾不寐食忘餐。」斷猿，謂斷腸之猿。《世說新語・黜免》：「桓公入蜀，至三峽中，部伍中有得猿子者，其母緣岸哀號，行百餘里不去。遂跳上船，至便即絕。破視其腹中，腸皆寸寸斷。公聞之，怒命黜其人。」《水經注・江水》：「每至晴初霜旦，林寒澗肅，常有高猿長嘯，屬引淒異。空谷傳響，哀轉久絕。」魂，一作「形」。❿唯有雙鳧舄二句　言願鄭安陽常來朝，得與會面。雙鳧舄，用漢葉縣令王喬化鳧入朝事。後常以鳧舄代指縣令。見〈傷祝阿王明府〉注❹。

【語　譯】彭門在九折阪以西，成都西城就在岷山之腳。三巴之地風俗醇厚，而你也並不是安於治理一縣的高材。你在令人生畏的蜀道憂鬱地悵望，我在歧路迷茫地徘徊。我們兩心相許，卻為風塵阻隔，青春容顏隨著歲月的流逝而變老。你如鸞鳳飛向廣袤的原野，又像天馬馳向遠方。歸還別人遺落的錦緞，這裏不是三國時閻憲所管的舊縣，效宓子賤鳴琴而治，這裏恰好有司馬相如的琴臺。劍門關高聳千仞，石路是蜀王所派的五力士所開。浮海仙客乘槎渡天河取來了支機石，仙童騎著高竹馬歡快地拜迎縣令上任。你隨著離別的仙鶴遠去，我的哀傷之情就像斷腸之猿。彷彿見到一雙鳧舄，在天空中飛去又飛來。

【研 析】從詩意目之，此詩殆寫於高宗儀鳳元年（西元六七六年）前後詩人離蜀回京未久。首二句拈出幾個有代表性的地名以寫蜀地，意象闊大而渾成，並不給人以堆砌之感。「外」、「隈」二字，又表現鄭安陽所到之處的遼遠和偏僻。這二句賦予了深情，詩人似乎看到了那個偏遠小縣的溝溝坎坎，一草一木，彷彿赴任的不是鄭安陽，而是詩人自己。當然，詩人一方面對這個曾經生活過的地方傾注了感情，更多的是對鄭安陽寄予了祝福和同情。以下二句就表明了這種複雜的感情：「地是三巴俗，人非百里材。」「畏途」二句，寫分別時二人的難堪。所謂「畏途」，亦即蜀道。沒有去過蜀地的人只是耳聞「蜀道難」之歎，但詩人曾親身經歷，「蜀道」確實很難，但亦並不可怕。這就是詩人為什麼在一開篇就以深情之筆寫彭山、折阪、井絡、少城的緣故了，莫非是為了給鄭安陽以安慰。所謂的「岐路」，即指詩人自己的仕途迷茫不知所歸。這和鄭安陽一樣，是抱著懷才不遇的鬱悶的。「心賞」二句，言朋友不得長相聚，歲月逝去，不知何年才能相見，充滿依依惜別之情。「遙遙」以下四句，祝福鄭安陽入蜀後努力施行德治，造福一方。此與「地是三巴俗，人非百里材」相應。「劍門」以下四句，言蜀地是一片神奇之區，人民也淳樸向化。此與「彭山折阪外，井絡少城隈」二句相應。「魂將離鶴遠」以下四句，再抒離情，重表祝福。詞繁而意深，婉轉而多情。

渡瓜步江

【題 解】瓜步江，在今江蘇六合。唐初以瓜步為南北往來之津。見《新唐書‧地理志》。此詩寫渡瓜步江時的激動不安之情，表達建功立業之志。應該是詩人早年北上為官時所作的詩。或以為寫於高宗儀鳳元年（西元六七六年）秋天詩人奉使江南時，似未確。

捧檄辭幽徑，鳴榔下貴洲❶。驚濤疑躍馬，積氣似連牛❷。月迥寒沙淨❸，風急夜江秋。不學浮雲影，他鄉空滯留❹。

【注釋】❶捧檄辭幽徑二句　捧檄，謂奉命就任。檄，召命；官符，猶後來之委任狀。《後漢書・孝章皇帝紀》：「毛義以孝行稱。以義為守令之府檄方至，喜形於色，白母。母死，棄官。賢良公車徵，皆不就。南陽張奉歎曰：「賢者之心故不可測。往日之喜，乃為親也。所謂家貧親老，不擇官而仕也。」辭幽徑，辭別隱居時的小路。謂出仕。鳴榔，以長木擊船舷作聲，猶叩舷而歌。潘岳〈西征賦〉：「鳴榔厲響。」榔，長木。貴洲，在京口附近。此即指瓜步。洲，一作「州」。❷驚濤疑躍馬二句　驚濤，攝人心魄的波濤。躍馬，枚乘〈七發〉：「沌沌渾渾，狀如奔馬。」積氣，本指江上夜霧。此暗用豐城劍氣直衝斗、牛事。見〈夏日游德州贈高四〉第一部分注❸。❸月迥寒沙淨　迥，遠。寒，一作「黃」。❹不學浮雲影二句　謂不必再在長安空事干謁。他鄉，謂長安。曹丕〈雜詩〉：「西北有浮雲，亭亭如車蓋。惜哉時不遇，適與飄風會。吹我東南行，行行至吳會。吳會非我鄉，安能久留滯。」此反其意而用之。

【語譯】我辭別隱居之處，奉命赴任，敲著船舷，渡瓜步江。攝人心魄的波濤如奔馬一樣迅疾，迷濛的江霧好像寶劍之精連著斗、牛二星。月亮高掛天穹，寒冷的沙洲更加明淨，河風迅急，夜晚的江水透著秋涼。不願像白雲隨風飄浮，徒然滯留在遙遠的他鄉。

【研析】首句云「捧檄」，用後漢毛義為孝親而出仕之典。次句「鳴榔」，可見其興奮榮喜之情。中四句，是出仕渡瓜步江時所見之景：江中驚濤、岸上濃霧在一般旅者眼中大約為常見之景，但在詩人眼中，竟如「躍馬」、「連牛」，可謂壯懷激烈；天空明月照沙、江面秋風拂水，在他人眼中多少帶有些憂愁，而詩人似乎感到更加興奮不已。末二句，寫渡江之感，「不學浮雲影」是直承「風急」句而來者，表示要在他鄉建功立業，絕不虛此行。從「月迴」一聯看，此次的渡江，竟是在夜裏進行的，可見詩人日夜兼程的進取之心。

陪潤州薛司空丹徒桂明府遊招隱寺

【題　解】潤州，舊治即今江蘇鎮江市。丹徒，地在今鎮江市東南。招隱山，又名黃鵠山、戴公山。在丹徒縣西南。戴顒曾隱於此，後捨宅為寺。見《元和郡縣志・江南道・潤州》。薛司空、桂明府，未知何人。詩寫初遊招隱寺所見之景及其激動忘懷之情。當是出使江南時所作。

共尋招隱寺，初識戴顒家❶。還依舊泉壑，應改昔雲霞❷。綠竹寒天筍，紅蕉臘月花❸。金繩倘留客，為繫日光斜❹。

【注　釋】❶共尋招隱寺二句　戴顒，父祖三代隱遁，有高名。後居止黃鵠山，山北有竹林精舍，林澗甚美。宋太祖每欲見顒為榮，曰：「吾東巡之日，當宴戴公山也。」見《宋書・隱逸傳》。❷還依舊泉壑二句　泉壑，林泉澗谷。雲霞，指山間雲霞、風景，隱士日與相處者。《南齊書・高逸傳》：「顧歡上表曰：臣志盡幽深，無與榮勢。自足雲霞，不須祿養。」❸綠竹寒天筍二句　寒天筍，即冬筍。其味美於春夏時筍。紅蕉，即美人蕉。形似芭蕉而矮小，花色紅豔。春夏開，至歲寒尤芳。臘月，即農曆十二月。❹金繩倘留客二句　謂遊興猶在，戀戀不捨。金繩，佛教傳說云離垢國以黃金為繩，界其道側。見《法華經・譬喻品》。此指招隱寺。此語雙關，而轉指繩索。沈炯〈幽庭賦〉：「那得長繩繫落日，年年月月但如春。」

【語　譯】與你們一起探訪招隱寺，第一次見識了戴顒之家。這裏還依傍著舊時的林泉澗谷，而昔日的雲霞風光大約不同了吧。綠竹在冬天長出鮮嫩的竹筍，美人蕉在十二月開著紅豔的花。倘若金繩能留住遊客，我要用它縛住太陽不讓它墜下。

【研　析】首二句破題，言此遊招隱寺為「初識」，「初」字是全詩之眼。這說明在此之前，只是聽說，或者從史籍中知此寺院是江南名士戴顒的宅舍，但並沒有真正遊歷過。倘有遊，亦只是「夢遊」而已。由來已久的渴求一遊的願望，而今終於實現。不僅是遊，且是「共遊」，與朋友一起來分享這遊的快樂。「共」字，應題「陪潤州薛司空丹徒桂明府」數字。次二句暗用謝靈運〈石壁精舍還湖中作〉「林壑斂暝色，雲霞收夕霏」詩意。「還依」、「應改」二語，即承上傍「初」字而下，極有分寸。詩人在將眼前之景和昔日或耳聞或閱讀或夢遊之景對照，其兒童般的好奇、激動表現得淋漓盡致，充滿生機，溫暖如春。此是虛筆。「綠竹」二句，表現了鮮明的視覺形象，意味深長。這是一種讓人感到刺激的感官享受。這必是初來時靈敏的眼睛所捕捉到的，倘「再識」、「三識」，大約不會有如此強烈的新鮮感。此是實寫。當然「綠竹」、「紅蕉」只是戴顒家的代表景物而已，其餘一切一切都是新鮮的，只不過詩中忽略不寫罷了。末二句，以神話的想像，寫其對招隱寺的依依不捨。此是側面寫其寺景之美。

送費元之還蜀

【題　解】費元之，一作「費六」。未詳何人。此詩寫送別費元之時的不捨與孤獨。以首二句目之，此詩當是作者出使江南時所作。

星樓望蜀道，月峽指吳門❶。萬行流別淚，九折切驚魂❷。雪影含花落，雲陰帶葉昏❸。還愁三徑晚，獨對一清樽❹。

【注　釋】❶星樓望蜀道二句　星樓，建業北十里有落星樓，北臨大江。見《文選》左思〈吳都賦〉李善注。地在今南京市東北。月峽，即明月峽，在四川廣元境。峽首南岸壁高四十丈，壁有圓孔若滿月，故名。見《太平寰宇記・山南西道・渝州・巴縣》。吳門，即蘇州。吳王闔閭築城，周迴三十里，水陸十有二門。❷九折切驚魂　九折，即九折坂，在今四川滎經西邛崍山。山路險阻迴曲，須九折乃得上，故名。切，接。驚魂，漢王陽為益州刺史，過九折坂時畏懼不前，竟託病辭官。參見〈晚憩田家〉注❷。❸雲陰帶葉昏　雲影變化如葉。陸機〈浮雲賦〉：「金柯分，玉葉散。」葉昏，喻朋友離別。❹還愁三徑晚二句　言別後的孤獨與思念。還，更。三徑，指隱居之家園。漢末兗州刺史蔣詡棄官歸田，於園中闢三徑，唯羊仲、求仲從之遊。見《三輔決錄・逃名》。陶潛〈歸去來辭〉：「三徑就荒，松菊猶存。」清樽，謂美酒。

【語　譯】在落星樓遙望艱難的蜀道，明月峽似乎正指向姑蘇吳門。離別的淚水不斷流淌，忐忑不安的心似乎飛到了九折坂。白色的花朵像雪片一樣飄落，雲彩像玉葉一樣蒙上了黃昏的陰影。在隱居中我更憂愁，此後只能一人獨對清樽美酒。

【研　析】首句寫己思念費，次句寫費掛念己。「萬行流別淚」，寫己念費之深；「九折切驚魂」，寫費在蜀地之艱苦。未行時即已將分別後之情景預設寫出，且冠之篇首，可見二人關係之密切，亦是送客之奇語也。「雪影」二句，寫送別之背景，這是冬日昏暗的下雪天，淒慘已極。「還愁」二句，暗用劉苞〈望夕雨〉「清樽久不薦，淹留遂待君」詩意，又是預設別後孤獨之情。總之，此詩從別後入手，以別後收筆，寫「送」字透過一層，比直寫「送」之場面要深情動人多多。按末句本應為「一樽清」方稱對仗，而作「一清樽」者，以就韻也。

送劉少府遊越州

【題　解】少府，唐人稱縣尉。劉少府，未詳其人。越州，即今之浙江紹興。詩寫秋日送別劉少府的不捨與孤獨。未知何時所作。

一丘余枕石，三越爾懷鉛❶。離亭分鶴蓋，別岸指龍川❷。露下蟬聲斷，寒來雁影連。如何溝水上，淒斷聽離弦❸。

【注　釋】❶一丘余枕石二句　一丘，退隱所居之極小偏僻處。〈漢書自敘〉：「栖遲於一邱，則天下不易其樂。」枕石，以石為枕，席地仰天而臥。指隱居山林。《三國志・蜀書・彭羕傳》：「枕石漱流，吟咏縕袍。」三越，指吳越、閩越、南越。古時泛指東南沿海野蠻之區。此指越州。懷鉛，揣著石墨筆，以備隨時記錄。常用以指勤學好記。《西京雜記》卷三：「揚子雲好事，常懷鉛提槧，從諸計吏，訪殊方絕域四方之語，以為裨補輶軒。」❷離亭分鶴蓋二句　離亭，即路旁驛亭。地遠者稱離亭，近者稱都亭。鶴蓋，即車蓋，以形如鶴張翼而稱。指，通向。龍川，唐前稱錢塘西湖也。見《文選》左思〈吳都賦〉「或涌川而開瀆」劉逵注。吳、越以錢塘江為界，故曰別岸指龍川也。❸如何溝水上二句　溝水，朋友傷別離之辭。見〈秋夜送閭五還潤州〉注❶。淒斷，淒切而聲斷。吳均〈閨怨〉詩：「胡笳屢淒斷。」離弦，送別之曲。陳周弘直〈賦得荊軻〉：「市中傾別酒，水上擊離弦。」

【語　譯】我安臥在這偏僻的一丘之地，你懷揣鉛槧漫遊越州。離亭之上鶴蓋分飛，離別的河岸通向錢塘西湖。霜露降下，秋蟬聲也已經消歇，天氣轉寒，大雁聯翩南還。而我為何還徘徊在東西分流的溝水之上，聽著淒切而嗚咽的送別之曲。

【研　析】首句言己隱居一隅，次句寫劉少府遊學他方。「離亭」二句，言二人之分別。此四句是實寫，已是依依不捨。後四句是虛筆，先側寫寒蟬無聲、雁影聯翩，再正寫離弦淒斷、溝水分流，以烘托映襯之法，將離情寫到哀婉動人。

四月八日題七級

【題　解】四月八日為佛生日。據《魏書・釋老志》，是夜釋迦從母右脅而生。又據《荊楚歲時記》，是日諸寺設齋，以五色香水浴佛，共作龍華會。七級，或稱七級浮圖，即七層佛塔。此詩寫登某寺所見所感，又襯以其顯赫歷史，不勝今昔之慨。疑出使江南時在杭州靈隱寺所作。

化城分鳥堞，香閣俯龍川❶。複棟侵黃道，重簷架紫煙❷。銘書非晉代，壁畫是梁年❸。霸略今何在，王宮尚巋然❹。二帝曾遊聖，三卿是偶賢❺。因茲遊勝侶，超彼託良緣❻。我出有為界，君登非想天❼。悠悠青曠裏，蕩蕩白雲前❽。今日經行處，曲音號蓋煙❾。

【注　釋】❶化城分鳥堞二句　化城，《法華經》卷三〈化城喻品〉所舉「法華七喻」之一。傳云某一羣人在取寶途中的暫時休憩之所，乃由領隊的導師所化現而出，故名之曰「化城」。後稱佛寺為化城。分，排列。鳥堞，即雉堞。此泛指城牆。香閣，指寺廟。《維摩詰所說經・香積佛品》：「其界一切，皆以香作樓閣。」龍川，參見〈送劉少府遊越州〉注❷。陳熙晉《駱臨海集箋注》以為此龍川「為杭州之龍川無疑」，即西湖。❷複棟侵黃道二句　複棟，重屋。重簷，就外簷下壁，復安板簷以避風吹日曬之防護壁。《禮記・明堂位》：「複廟重檐。」黃道，古人認為太陽繞地球而行的軌道。《漢書・天文志》：「日有中道，月有九行。中道者，黃道，一曰光道。」紫煙，謂祥瑞的雲煙。極言廟宇之高。❸銘書非晉代二句　銘書，即銘文。靈隱寺乃晉咸和初沙門慧理建。前有飛來峯、理公巖。巖上下多晉以來人所鐫小羅漢佛菩薩像。寺有梁簡文帝石像記。參朱彝尊《曝書亭集・靈隱寺題名》。❹霸略今何在二句　霸略，謂帝王霸業。王宮，謂梵王宮，即寺廟。王延壽〈魯靈光殿賦序〉：「自西京未央、建章之殿，皆見隳壞，而靈光巋然獨存。」❺二帝曾遊聖二句　二帝，指梁武帝蕭衍、梁簡文帝蕭綱。曾大興佛寺，且遊靈隱寺，為作詩、記。三卿，即《大乘玄論》卷五所云「三賢十聖住果報，惟佛一人居淨土」之三賢，為大乘佛教之菩薩修善根而制伏煩惱，使心調和的三種修行階位。卿，一作「鄉」。❻因茲遊勝侶二句　勝侶，猶言良伴。江總〈棲霞寺碑頌〉：「名僧宴息，勝侶薰修。」超彼，超越二帝也。良緣，即善緣。《隋書・隱逸傳》：「晉王下書曰……冀得度受上法，式建良緣。」❼我出有為界二句　有為界，即有為法之境界。有為法是因緣和合而生的一切理法；無為法是無因緣造作的理法，也就是無生滅變化而寂然常住之法。非想天，即非想非非想天，為佛教二十八天之一。此天沒有慾望與物質，僅有微妙的思想。❽悠悠青曠裏二句　青曠，即碧空。白雲，指白雲帝鄉，神仙所居。《莊子・天地》：「乘彼白雲，至於帝鄉。」❾曲音號蓋煙　曲音，指佛曲之音。蓋煙，猶淩煙。蓋字蜀本闕，據陳熙晉《駱臨海集箋注》本補。

【語　譯】化城上排列著矮矮的女牆，香煙繚繞的廟宇俯瞰著西湖。鱗次櫛比的樓閣與黃道相接，重重疊疊的閣下篷簷像架設在祥雲中。出自晉人手筆的塔上銘文已經流傳到今代，屋壁的繪畫也是梁代所遺存。古人的王霸之業今天哪裏還看得到，而這座寺廟卻還巋然屹立。梁武帝、簡文帝曾經遊訪此聖地，感受著大乘三賢十聖的勝境。今天我們也結良伴而遊此地，超越二帝而建立善緣。我超出於有為界之外，你也登上了非想非非想天。湛藍的晴空悠悠萬里，白雲隨風自在飄蕩。今日來這七級浮屠，聆聽到的高妙佛曲之音可謂直上九天。

【研　析】這是一首題壁詩。首二句取俯瞰視角，寫寺廟及塔之地理位置。次二句以仰視視角寫塔之高聳，給人以莊嚴吉祥之印象。「銘書」以下四句，以石上銘書及壁間佛像，聯想及廟宇的歷史，將世間之功業與出世間之塔相對而言，不勝今昔之慨。「二帝」以下至詩末，寫遊塔。「二帝」二句敘梁武帝、梁簡文帝曾遊歷此地，是從「銘書」四句中轉出。「因茲」二句又直承「二帝」二句而來，寫今日我等亦效仿二帝來遊，將歷史與現實貫通，更見人生、歷史之飄忽而王宮歸然之滄桑感。「我出」二句，即所謂「超彼」所至之境界。「悠悠」四句，寫登臺之所見之景、所聞之聲。格調飄逸，意境悠遠。

寒夜獨坐遊子多懷簡知己

【題　解】簡，信札。此乃以詩為寄之意。詩寫遊子思歸，又寫懷才不遇，處境孤寂。未知何時所作，或作於長安客居中。

故鄉眇千里，離憂積萬端。鶉服長悲碎，蝸廬未卜安❶。富鉤徒有想，貧鋏為誰彈❷。柳秋風葉脆，荷曉露文團❸。晚金叢岸菊，餘佩下幽蘭❹。〈伐木〉傷心易，維桑歸去難❺。獨有孤明月，時照客庭寒。

【注釋】❶鶉服長悲碎二句　鶉服，即鶉衣。鶉鳥尾禿，故稱衣服破舊襤褸為鶉衣。《荀子・大略》：「子夏貧，衣若縣鶉。」蝸廬，像蝸牛一樣小的屋舍。見《三國志・魏書・管幼安傳》裴松之注引《魏略》。卜安，選擇居室。❷富鉤徒有想二句　富鉤，富貴之兆。《搜神記》卷九：有鳩飛入長安張氏之林，即入張氏懷。以手探之，不見鳩之所在，而得一金鉤。自是子孫漸富，資財萬倍。貧鋏，用馮驩敲劍事。《史記・孟嘗君列傳》：馮驩投孟嘗君之門而不即用之，置之傳舍十日。馮驩貧甚，有一劍而無劍鞘，用草繩縛劍而已。日彈其劍而歌曰「長鋏歸來乎！食無魚」、「長鋏歸來乎！出無車」、「長鋏歸來乎！無以養家」。孟嘗君皆一一給其所願。鋏，劍把。❸柳秋風葉脆二句　脆，弱。團，渾圓的露珠。謝朓〈京路夜發〉詩：「猶沾曉露團。」❹晚金叢岸菊二句　晚金，晚秋菊花呈金色，故稱晚金。晚，一作「亂」。李世民〈秋日〉：「露凝千片玉，菊散一叢金。」餘佩下幽蘭，摘蘭草為飾。《楚辭・離騷》：「紉秋蘭以為佩。」❺伐木傷心易二句　伐木，典出《詩經・小雅・伐木》：「伐木丁丁，鳥鳴嚶嚶……相彼鳥矣，猶求友聲。」〈詩序〉：「〈伐木〉，燕朋友故舊也。」此言與朋友分離之苦。維桑，古時於屋旁種桑樹與梓樹等，後以桑梓代指家鄉。維，語辭。《詩經・小雅・小弁》：「維桑與梓，必恭敬止。」

【語譯】故鄉遠在千里之外，萬種離愁別恨堆積。總是很悲哀地穿著破碎的鶉衣，連一間小小的廬舍也沒法安居。像張氏那樣得到富鉤，只是白日做夢罷了，貧窮的劍把，又能向誰彈響。秋風中弱柳最先零落，早晨荷葉上露珠團團。河岸邊一叢叢秋菊像散碎的金子，摘下幽香的蘭花草作僅有的佩飾。吟誦〈伐木〉之詩最容易讓人傷心，賦維桑之篇，卻有家難歸。只有孤零零的明月，不時地照臨著這寒冷的客舍。

【研　析】首二句破題，言「遊子多懷」，以「千里」對「萬端」，見其憂懷之激烈。「鷞服」二句，言其貧窶；「富鉤」二句，言其與富貴無緣，空有抱負而又無賞識之人。「柳秋」四句，寫客庭所見之景。「柳秋」、「荷曉」是秋天之景，最易勾起思鄉情懷，故引出「維桑歸去難」之句；「金菊」、「幽蘭」是高潔之物，自古為友誼的象徵，最易讓人心生懷友之情，故引出「〈伐木〉傷心易」之句。末二句結題，言其獨坐客庭之寒寂，照應開頭。而「客庭」二字，亦與「蝸廬未卜安」一句呼應。

冬日過故人任處士書齋

【題　解】過，訪；探望。處士，未出仕或隱居不仕的人。任處士，未知何人。此詩寫過訪故人書齋所見，表達對故人的深切悼念。未知何時所作。

神交尚投漆，虛室罷游蘭❶。網積窗文亂，苔深履跡殘❷。雪明書帳冷，水靜墨池寒❸。獨此琴臺夜，流水為誰彈❹。

【注　釋】❶神交尚投漆二句　神交，精神相通、道義相高的朋友。《初學記・人部》引袁宏《山濤別傳》：「一與（阮籍、嵇康）相遇，便為神交。」投漆，後人用以膠投漆形容朋友的契合而不可分。〈古詩十九首〉：「以膠投漆中，誰能別離此。」虛室，本喻指心，後常用虛室形容清澈明朗的境界。《莊子・人間世》：「虛室生白，吉祥止止。」此指幽僻的隱居處。游蘭，即與朋友交。《大戴禮記・曾子疾病》：「與君子游，苾乎如入蘭芷之室。」罷，停止。罷游蘭，即無朋友來光顧。❷網積窗文亂二句　網，指蛛網。苔深，久無人行處則生苔蘚。江淹〈青苔賦〉：「寂兮如何，苔積網羅。」❸雪明書帳冷二句　謂任處士勤於學問道藝。雪明，以雪光為照明讀書。南朝孫伯翳性清介，交遊不雜。家貧，常映雪讀書。見《南史・范雲傳》。

墨池，晉王羲之曾與人書云：「張芝臨池學書，池水盡黑。使人耽之若是，未必後之也。」見《晉書・王羲之傳》。靜，一作「淨」。❹獨此琴臺夜二句　謂摯友已去，無從再訴舊情。琴臺，相如琴臺在成都市橋西笮橋下。參見〈寓居洛濱對雪憶謝二〉注❸。流水，用高山流水之典。參見〈夏日游德州贈高四〉第二部分注❹。

【語　譯】與人相交，最嚮往以膠投漆似的神交，而在這幽僻之處，斷絕了朋友來往。蜘蛛結的網凌亂地掛在窗間，階砌上少有人跡，苔蘚長得很深。雪光把冷寂的書帳照亮，墨池平靜的水面閃著寒光。在這孤獨的琴臺之夜，高山流水之曲為誰奏響。

【研　析】首二句，謂正當友誼融洽、交往頻繁之時，故人猝然離去，不勝哀惋。中四句，寫書齋人去樓空之景，不勝物是人非之慨。末二句，寫訪故人書齋之悲情，用伯牙、子期高山流水之賞的舊典，寫其知音之誼，亦表故人亡後，己之孤獨無訴之悶。

月夜有懷簡諸同寮

【題　解】簡，以詩寄之。此詩寫羈旅生活的寂寥孤獨和對親人的深切思念。未知何時所作。寮，一作「病」。

閑庭落景盡，疏簾夜月通❶。山靈響似應，水淨望如空❷。棲枝猶繞鵲，遵渚未來鴻❸。可歎高樓婦，悲思杳難終❹。

【注　釋】❶閑庭落景盡二句　閑庭、疏簾，寫其退班後孤寂之狀。落景，謂夕陽。❷山靈響似應二句　山靈，山空而似有神靈。劉楨〈遂志賦〉：「信此山之多靈，何神分之煌煌。」似，一作「自」。空，空明。❸棲枝猶繞鵲二句　棲枝，用曹操〈短歌行〉「月明星稀，烏鵲南飛。繞樹三匝，何枝可依」詩意。遵渚來鴻，指鴻鳥沿著水濱沙洲而至。《詩經・豳風・九罭》：

「鴻飛遵渚，公歸無所，於女信處。」《毛傳》：「鴻不宜循渚也。」鄭玄《箋》：「鴻，大鳥也，不宜與鳧鷖之屬飛而循渚。比喻周公今與凡人處東都之邑，失其所也。」後因以「鴻飛遵渚」美稱達官、偉人之下臨。此乃美稱「同寮」。❹可歎高樓婦二句　高樓婦，謂思婦。曹植〈七哀詩〉：「明月照高樓，流光正徘徊。上有愁思婦，悲嘆有餘哀。借問嘆者誰，言是宕子妻。」此客中自喻。杳，遼闊無際的樣子。

【語譯】夕陽的餘暉從安靜的庭院中消失了，靜夜的月光又照進了稀疏的竹簾。山谷神秘，它的清響此起彼伏似有呼應，潭水明澈，望上去像空無一物。烏鵲不停地繞著樹枝飛翔，沙洲上卻沒有鴻雁飛來。最可憐是那高樓的思婦，她們對遊子的思念永無止息。

【研析】首二句入題。「閒庭」、「疏簾」見其孤寂。從「落景盡」直到「夜月通」，是一段較長而沈默等待的時光，其「有懷」無疑。山響而水淨，是靜坐中的視覺和聽覺，鮮明而易感，可見其內心之多思。此是實寫。渚未來鴻，而枝猶繞鵲，顯然非詩人眼中所見，而是目中見有樹枝、有沙渚，心中所生之幻象而已。鵲繞枝，喻己之不安；未來鴻，喻「同寮」不來相聚。末二句，以婦之思己，反寫己之遊蕩不歸、一事無成之悲，曲折而有深致。

秋日送侯四得彈字

【題解】侯四，未知何人。得彈字，謂友人分韻賦詩時探得「彈」字為韻。詩寫送別侯四時的依依不捨之情。未知何時所作。

我留安豹隱，君去學鵬摶❶。岐路分襟易，風雲促膝難❷。夕漲流波急，秋山落日寒。惟有〈思歸引〉，淒斷為君彈❸。

【注　釋】❶我留安豹隱二句　豹隱，《列女傳‧陶荅子妻》：「妾聞南山有玄豹，霧雨七日而不下食者，何也？欲以澤其毛而成文章也，故藏而遠害。」後因以比喻隱居伏處，潔身自好。鵬摶，謂大鵬凌風飛翔。《莊子‧逍遙遊》：「鵬之徙於南冥也，水擊三千里，摶扶搖而上者九萬里。」喻奮發有為。❷岐路分襟易二句　岐路，岔道。喻朋友分別處。參見〈送宋五之問得涼字〉注❹。分襟，即別離。促膝，古人席地而坐，膝與膝靠近，故稱。此喻朋友的風雲會合。❸惟有思歸引二句　思歸引，琴曲名。據蔡邕《琴操》：春秋時衛女欲歸不得，心悲憂傷，援琴而歌，因作此曲。淒斷，淒切而聲斷。

【語　譯】我留止於此，安於隱居伏處，您離開此地，像大鵬凌風飛翔。在人生的十字路口朋友最容易分離，像風雲會合促膝談心很難。潮汐漲起來，流水迅疾，夕陽西下，秋天的山谷顯得寒寂。只有那一曲悲傷的〈思歸引〉，在嗚嗚咽咽地為您奏響。

【研　析】此詩當寫於齊魯閒居時期。首二句敘與侯四的分別。用「鵬摶」之典加之侯四，本含歆羨與祝福之意，然前冠一「學」字，則意轉深一層，深含著為摯友的前途擔憂之心。此亦更可見其與侯四友情之深。次二句宕開一層，言社會古今之普遍現象，似有開脫之意，然其別情在「易」、「難」二字之間更顯沈重。「夕漲」二句，以「流波急」喻侯四的即將離去，「落日寒」喻己送別之憂愁。流波、秋山，暗用高山流水之典，然際此分離慘澹之景，伯牙、子期相得之故事，更讓離人傷感不已。故末二句以「〈思歸引〉」出之，流轉如珠，自然合度。

送吳七遊蜀

【題　解】吳七，未詳何人。此詩寫送別吳七時的孤獨與不捨之情。由首二句目之，詩寫於齊魯閒居期間。

日觀分齊壤，星橋接蜀門❶。桃花嘶別路，竹葉瀉離樽❷。夏盡蘭猶茂，秋新柳尚繁❸。霧銷山望迥，風高野聽喧。勞歌徒欲奏，贈別竟無言❹。唯有當秋月，空照野人園❺。

【注　釋】❶日觀分齊壤二句　謂吳七由齊地遊蜀。日觀，即泰山東南巖日觀峯。見〈夏日游德州贈高四〉第一部分注❶。因泰山是齊魯分界，日觀峯在魯國境內，故曰分齊壤。星橋，即七星橋，在成都北，秦太守李冰造。橋各一鐵鎖，以上應日、月、五星，故名。見《太平寰宇記・劍南西道・益州》引《華陽國志》。接，一作「抵」。蜀門，山名。即劍門。在今四川劍閣北。❷桃花嘶別路二句　桃花，即桃花馬。以其毛色黃白相雜，故名。竹葉，酒名。即竹葉青。見《文選》張協〈七命〉「乃有荊南烏程，豫北竹葉」李善注。❸夏盡蘭猶茂二句　盡，一作「老」。蘭，指蘭草。古人以蘭為佩飾，以喻君子之德。《楚辭・離騷》：「紉秋蘭以為佩。」新，一作「深」，非。又，古有折柳送別之習。柳尚繁，則柳尚可折。❹勞歌徒欲奏二句　勞歌，離別憂愁之歌。竟，一作「競」。無言，言其情深。❺唯有當秋月二句　當，正值。空，言其無聊徒然之狀。野人，山野之人。亦指不出仕的隱士。

【語　譯】日觀峯與齊地分離，七星橋與劍門相接。桃花馬在離別之路上嘶鳴，竹葉青酒倒滿餞行的酒樽。夏天已去，蘭花草依然豐茂，秋季剛到，柳枝仍舊繁密。早霧散去，山巒看上去很高遠，大風吹著原野萬物，聽起來很喧鬧。想彈奏離別之曲，竟不能奏響，滿腹道別的話語，張嘴卻無一字。只有正值秋天的月亮，無聊地照著野人的庭院。

【研　析】首二句以地理言吳七由齊遊蜀，意境開闊雄壯。「桃花」二句，寫「送」之一字，亦豪爽高邁。「夏盡」句，言友誼長存；「秋新」句，言柳尚可折；「霧銷」句，寫其開朗；「風高」句，言其熱鬧。此寫景之四句，竟無一絲豪爽之氣。在這樣的背景下再奏離歌，說一些纏綿悱惻的話，多不合適，連秋月想來添一份憂愁的氣氛，也是徒然懸空而已！多麼浪漫而奇特的離別，在賓王筆下，似獨此一份。

敘寄員半千

【題解】員半千，齊州全節（今山東章丘）人。少師事王義方，義方嘉之曰：「五百年一賢，足下當之矣。」因改名半千。陳熙晉《駱臨海集箋注》云：「『薄宦三河道』及『刀筆吏』云云，當是員為武陟尉時而駱寄之也。」而此時賓王以事罷東臺詳正學士而居武功縣主簿職。詩中對員半千「自負」而抱怨懷才不遇之事提出勸誡，並表明自己欲擺落世事、獨訪林泉之心志。

薄宦三河道，自負十餘年❶。不應驚若厲，祇為直如弦❷。坐歷山川險，吁嗟陵谷遷❸。長吟空抱膝，短翮詎沖天❹。魂歸滄海上，望斷白雲前❺。釣名勞拾紫，隱迹自談玄❻。不學多能聖，徒思鴻寶仙❼。斯志良難已，此道豈徒然。嗟為刀筆吏，恥從繩墨牽❽。岐路情難狎，人倫地本偏❾。長揖謝時事，獨往訪林泉❿。寄言二三子，生死不來旋⓫。

【注釋】❶薄宦三河道二句　薄宦，謂官職卑微。《宋書・陶潛傳》：「潛弱年薄宦，不潔去就之跡。」三河，漢以河內、河南、河東三郡為三河，即今河南洛陽黃河南北一帶。自負，即自恃多才而睥睨一切。據《新唐書》本傳，員半千上元初應舉，授武陟（今屬河南）尉。因連年旱災饑饉，而私發倉粟，遭有司按驗。又，曾向高宗上書自陳，云：「請陛下召天下才子三五千人，與臣等同試詩策判箋表論，勒字數定，一人在臣先者，陛下斬臣頭、粉臣骨，懸於都市，以謝天下才子。」其自負如此。❷不應驚若厲二句　驚若厲，言謹慎憂懼。《易・乾》：「九三：君子終日乾乾，夕惕若厲。無咎。」直如弦，言性情耿直。《後漢書・五行志》：「順帝之末，京都童謠曰：直如弦，死道邊。曲如鉤，反封侯。」❸坐歷山川險二句　坐，於是。山川險，言世路崎嶇。陵谷遷，本指地面高低形勢的變動，後亦借指世事的變遷。❹長吟空抱膝二句　言員半千甚為自負，而羽翼未豐。抱膝，謂員半千自比諸葛亮。建安初，亮在荊州遊學，惟觀其大略，而晨夜從容，常抱膝長嘯。見《三國志・蜀書・諸葛亮傳》裴松之注。翮，羽莖。亦指鳥翼。沖天，即衝入雲霄。楚莊王即位三年而不聽國政，伍舉諫曰：「有一大鳥，集楚國之庭，三年不飛，亦不鳴。此何鳥也？」於是莊王曰：「此鳥不飛，飛則沖天；不鳴，鳴則驚人。」見《吳越春秋內傳》。❺魂歸滄海上二句　言員半千遭人攻擊而莫辯，欲求仙學道以自遣。滄海、白雲，謂求仙以飛舉。《論語・公冶長》：「道不行則乘桴浮於海。」白雲，指白雲帝鄉，神仙之所居。《莊子・天地》：「乘彼白雲，至於帝鄉。」❻釣名勞拾紫二句　釣名，獵取虛名。《管子・法法》：「釣名之人，無賢士焉。」拾紫，指博取官位。見〈夏日游德州贈高四〉第二部分注⓫。隱迹，隱遁。談玄，魏晉六朝談論老莊之說，以此為風流。❼不學多能聖二句　多能聖，謂孔子勤於事物。《論語・子罕》：「太宰知我乎？吾少也賤，故多能鄙事。君子多乎哉，不多也。」鴻寶，用漢劉向事。漢成帝復興神仙方術之事，劉向獻淮南王所藏言神仙方術之書《枕中鴻寶苑秘書》，以迎合之。見《漢書・楚元王傳》。此言退而求仙學道以求進。❽嗟為刀筆吏二句　疑指員半千擅發倉粟，有司見案事。刀筆吏，即主辦文案的鈔胥小吏。刀筆，古代常用的書寫工具。繩墨，猶言官場的規矩和法度。《漢書・循吏傳》：「(張敞)與邑書曰：直敞遠守劇郡，馭於繩墨，固亡奇也。」❾岐路情難狎二句　自言安分守己，不作榮利之想。岐路，岔道。此處指仕途。狎，安習。人倫，社會中人的等級關係。《孟子・滕文公上》：「使契為司徒，教以人倫：父子有親，君臣有義，夫婦有別，長幼有序，朋友有信。」地本偏，陶淵明〈雜詩〉：「問君何能爾，心遠地自偏。」賓王〈上廉察使啟〉曰：「力農賤事，未免東皐之勞；反哺私情，遽切南陔之詠。蓋志在奉母，非圖榮利也。」❿長揖謝時事二句　自言脫離時事糾紛，退隱林泉。長揖，與對方相見時拱手自上而至極下為禮。謝，辭別。林泉，山林與泉石，指幽靜的退隱處。⓫寄言二三子二句　二三子，猶言諸位。此處單指員半千。旋，回歸。

【語　譯】你在三河道做小官，心高氣傲過了十幾年。你不是那種成天謹小慎微的人，而恰恰生性筆直像根弓弦。於是遇到了人生的溝溝坎坎，感慨世事無常、滄海桑田。抱膝長歎，無非白費心思，羽毛短短，怎麼能一飛沖天。你欲乘桴浮海，又不能乘著白雲到神仙之鄉。對取虛名、博官位之事感到厭煩，你去隱居談玄。不學儒家多能的孔聖人，而徒然去效仿劉向獻《枕中鴻寶苑秘書》以升仙。你仕途奮進之志的確難以放下，而求仙學道豈是徒然無用。你做那種從事文字工作的小吏也夠委屈，恥於受那些條條框框的紀律拘牽。在紛擾的仕途上很難安習，而地位卑微，仕處也很偏。我想遠離人事糾紛，獨自隱居到幽靜的鄉間。我想對朋友們講，珍惜寶貴的生命，它將一去不復還。

【研　析】此詩從篇末「長揖謝時事」數句目之，又對照〈疇昔篇〉之「誰能跼跡依三輔，會就商山訪四翁」之語，可知其時有萬念俱灰、棄官退隱之思。員半千是詩人早年寓居博昌時的朋友，後來移居晉州。為人剛直，頗為自己的才學而自負。一心想幹一番轟轟烈烈的大事業，仕進之心頗勁，而常感歎懷才不遇。然經過那一次私自開倉賑濟遭按驗之事後，很長時間仕途不得意。此詩首二句寫員半千的特殊經歷：既是遠離京城的「薄宦」，則毫不讓人留戀，然而半千在那兒一待就十來年。這固然是讓人同情的，然此詩的意旨似不在此。作者明確點出，半千這十餘年來，都是在「自負」中過來的。語氣之斬絕，似毫無半分同情在。三、四兩句敘其不謹慎，直如弦的行為，正寫其「自負」；五、六兩句言其不知自省反埋怨世事無常，側筆寫「自負」。「長吟」以下四句，一「空」字點出自命不凡，脫離實際；一「斷」字點明他不識時務，想入非非。「釣名」以下四句，諷言半千間走偏鋒，不用正道自勵，而企圖以談玄、學仙來聳動視聽，曲線撈取名位。「斯志」以下四句，語意反復，宛如轉珠。在結構上是全詩關鍵，不但對以上的種種「自負」作總結，並宕出一層，對其「恥從繩墨牽」給予一定的同情和理解。既遙相呼應了開首「薄宦」二字，又自然地牽出「歧路」以下四句。「歧路」四句寫自己的安於「人倫」，雖與半千的「自負」判然二途，但在詩的結構上並不是毫無關聯的兩截，恰恰是深入一層規勸半千的「自負」。結尾二句乾脆作結，以「生死」二字照應開頭的「十餘年」，著意提醒半千及早擺脫「自負」的誤區，以「自重」為上。不啻是一記沈痛的警鐘。

這是一首友朋間的贈答詩，賓王長於半千，故下筆不假顏色。結尾言「二三子」，似與題不符，然實際上就是指半千一人。不明說半千，而說「二三子」，是有意使前段稍微尖銳的語氣緩和些、溫厚些而已。要之語重心長，頗為得體。在格律上屬聲律未協的排律，除尾聯外，通首對句，帶有明顯的齊梁格調。句式稍嫌單調板滯，然曲折多情，故仍不害其結構的靈動。《駱臨海集》有〈答員半千書〉，語意略與贈詩同，可以參看。

秋日送別

【題解】此詩寫送別友人的孤寂、不捨之情，並抒發懷才不遇的哀怨。詩當作於詩人服母喪後閒居京城期間，從「東陵有故侯」用邵平之事可知。

寂寥心事晚，搖落歲時秋❶。共此傷年髮，相看惜去留❷。當歌應破涕，哀命返窮愁❸。別後能相憶，東陵有故侯❹。

【注釋】❶寂寥心事晚二句　寂寥，孤獨寂寞之狀。心事，心中所憂之事。晚，遲暮疲累之時。搖落，風吹萬物而凋殘。《楚辭・九章》：「悲哉秋之為氣也，蕭瑟兮草木搖落而變衰。」❷共此傷年髮二句　傷年髮，謂因年歲增加兩鬢斑白而感傷。去，指離人。留，指送別者。❸當歌應破涕二句　當歌，猶言聽著歌曲。曹操〈短歌行〉：「對酒當歌，人生幾何。」破涕，猶言止住眼淚而笑。劉琨〈答盧諶詩序〉：「時復相與舉觴對膝，破涕為笑。」哀命，感歎命運。嚴忌〈哀時命〉：「哀時命之不及古人兮，夫何予生之不遇時。」窮愁，窮苦而憂傷。❹別後能相憶二句　能，猶言能否。故侯，即秦末廣陵人邵平。曾為東陵侯，秦破，為布衣，種瓜長安青門外。事見《史記・蕭相國世家》。後以東陵侯指代隱者。

【語譯】孤獨寂寞，心中滿懷遲暮疲累之感，萬物凋殘，正是秋風肅殺季節。我們都感傷於年歲的老大，四目相對，依依惜別。聽著美妙的歌曲，應該擦乾眼淚歡笑，哀歎命途不偶，又更因窮苦而愁悶。分別之後你還能記得我麼，那個青門種瓜的老東陵侯。

【研析】首二句入題，點明送別之時為「歲時秋」，又寫此時心態。「搖落」與「寂寥」相并，心與物相煎，令人難堪。「共此」二句寫情最深，「傷年髮」乃從前二句轉出，一「此」字可證。著「共」字，說明去、留的二人年歲相仿，或許經歷、遭際都有相似，可謂同病相憐，聲氣相通。走過的歲月實屬不易，如今分別，更不知何時相聚，或者相聚無日矣。每念及此，去者不肯去，意欲拋開一切相守而終；留者竟也不忍留，意欲相隨而去，形影不離。「當歌」二句，言本熱情以歌送別，反添窮愁之感。末二句，以疑問語氣表達別後相思，亦合日暮窮愁之人傷心不安的心態。此詩寫送別之景落盡繁華，盡見真淳，如沏茶夜話。中四句最堪玩味，而實只寫「相看」、「當歌」兩個動作而已。

樂大夫挽歌詩五首

【題　解】大夫，即御史臺大夫。樂大夫，未知何人。挽歌詩，哀悼死者的詩。此組詩表達對樂大夫的沈痛哀悼。未知何時所作。詩，一作「詞」。其一感歎人生短促而世事薄涼。其二哀痛死亡不可逃脫迴避。其三感歎人生無常，死生之速。其四寫其對樂大夫亡去的不捨。其五寫其對樂大夫的不盡思念。

其一

可歎浮生促，吁嗟此路難❶。丘陵一起恨，言笑幾時歡❷。蕭索郊埏晚，荒涼井徑寒❸。誰當門下客，獨見有任安❹。

【注　釋】❶可歎浮生促二句　浮生，即人生。老莊以人生在世，虛浮無定。《莊子・刻意》：「其生若浮，其死若休。」後因稱人生為浮生。促，短暫。吁嗟，猶言嗚呼。傷痛之辭。此路，謂人生之路。陸機〈嘆逝賦〉：「瞻前軌之既覆，知此路之良難。」❷丘陵一起恨二句　謂人一旦死去，舊日友朋的歡宴不復再來。丘陵，皆墳冢。一起，猶言一堆。《莊子・天運》：

「一死一生，一僨一起，所常無窮。」言笑，歡笑的樣子。《詩經・衛風・氓》：「言笑晏晏。」此指生前故舊而言。❸蕭索郊埏晚二句　蕭索、荒涼，謂景物淒涼。庾信〈慕容寧神道碑〉：「邑里蕭索，宅帷荒涼。」埏，墓隧；墓道。井徑，《文選》鮑照〈蕪城賦〉：「井徑滅兮丘隴殘。」六臣注：「屋三為井。徑，道。言人屋室遷毀，行道荒蕪。」❹誰當門下客二句　謂人死勢去，攀附者鳥散。當，猶言「是」。任安少孤貧，在長安市中為人駕車，後乃為衛將軍舍人。衛青失勢，門下故人多轉而攀附得勢的霍去病，唯任安不肯。見《史記・衛將軍驃騎列傳》。此以衛青比樂大夫，任安自指。

【語　譯】人生短暫，真讓人感歎，啊，人生之路最是艱難。一旦變成墳墓一堆，滿是遺憾，昔日朋友的歡笑能維持到幾時。墓隧的黃昏蕭森索敗，荒蕪的屋室道路寒氣逼人。誰還願意繼續自稱是門下客，只見到有一個任安。

【研　析】首二句，感歎人生的短促與艱難，用「可歎」與「吁嗟」，反復致意，哀傷如潮。次二句，言樂大夫之亡，見浮生之促；門庭之冷落，見此路之難。「蕭索」二句，寫墓地寂寥之景，正寫其「恨」；「誰當」二句，寫門下士之鳥散，反寫其「歡」。前四句傷生，後四句悼亡。

其二

蒿里誰家地，松門何代丘❶。百年三萬日，一別幾千秋❷。返照寒無影，窮泉凍不流❸。居然同物化，何處欲藏舟❹。

【注　釋】❶蒿里誰家地二句　蒿里，山名。在泰山之南，為死葬之地。《漢書・廣陵王傳》：「蒿里召兮郭門閱。」顏師古注：「蒿里，死人里。」又，崔豹《古今注・音樂》：「薤露、蒿里，並喪歌也。……其二章曰：『蒿里誰家地，……』」松門，即墓門。古時墓兩旁植松柏，故稱。見《文選・古詩十九首》「白楊何蕭蕭，松柏夾廣路」李善注。丘，墓。❷百年三萬日二句　三萬日，指人生短暫。幾千秋，謂永遠。陶淵明〈擬挽歌辭〉：「幽室一已閉，千年不復朝。」❸返照寒無影二句　返照，謂夕陽。窮泉，九泉，古人稱死後所居。❹居然同物化二句　居然，不經意之間。物化，即人死亡。不忍斥言其人死，故言隨萬物而化。《莊子・刻意》：「聖人之生也天行，其死也物化。」〈古詩十九首〉：「奄忽隨物化。」藏舟，謂長生不死。《莊子・大宗師》：「藏舟於壑，藏山於澤，謂之固矣。然而夜半有力者負之而走，昧者不知也。」謂萬物變化不覺。舟以為藏於壑，而忽然間壑已非故壑，舟亦非故舟矣。

【語　譯】蒿里又新添了誰家的墳地，這松柏之門裏是什麼年代的丘墓。人的一生最多有三萬個日子，一旦離去卻要經歷多少個千年。寒冷的夕陽照此墓地不見其投影，九泉之水冰封而不見流淌。在不經意之間，人隨萬物而化，哪裏有地方能永久藏舟船而牢固不壞。

【研　析】前二句寫墳冢之盛，以「誰家」、「何代」設問，感死不可逃；次二句寫人生短促，以「三萬」、「幾千」相對，歎生不可恃。「返照」二句，寫蒿里、松門之景。「居然」二句，言百年之易壞。此詩似無一語言及樂大夫，然又無一語不言及死亡。不言樂大夫而只言人之云亡，哀之深、傷之廣也。

其　三

昔去梅笳發，今來薤露晞❶。彤騶朝帝闕，丹旐背王畿❷。城郭猶疑是，原陵稍覺非❸。九京如可作，千載與誰歸❹。

【注　釋】❶昔去梅笳發二句　謂樂大夫昔為遠征，今已作古。梅笳，即古曲〈梅花落〉，漢「鼓角橫吹十五曲」之一。其辭本於胡笳，初由邊徼所傳。見《通志・樂略》。薤露晞，指人死亡。薤露，古挽歌名。據崔豹《古今注・音樂》：漢初田橫自殺，門人傷之，為作悲歌，言人命薤上露易晞滅。❷彤騶朝帝闕二句　彤騶，古代貴官出行時前導開路的朱衣騶卒。見《新唐書・儀衛志》。帝闕，指京城。丹旐，古時祭祀或葬禮中用的銘旌。見《禮記・檀弓上》「綢練設旐」鄭玄注。背王畿，謂送往郊外。王畿，古指王城附近周圍千里的地域，此處即指京城。❸城郭猶疑是二句　驚疑於世事變化之速。傳云遼東人丁令威離家學道，後化鶴歸，集城門華表柱，徘徊空中而言曰：「有鳥有鳥丁令威，去家千年今始歸。城郭如故人民非，何不學仙冢纍纍。」見《搜神後記》。原陵，本為漢光武帝陵墓，此泛指死葬之所。稍覺非，謂新墳所起，人不敢遽信樂大夫之逝。

❹九京如可作二句　九京，地名。又作「九原」。為春秋晉卿大夫之墓地。地在今山西新絳北。《禮記．檀弓下》：「趙文子與叔譽觀乎九原。文子曰：『死者如可作也，吾誰與歸？』叔譽曰：『其陽處父乎？……利其君，不忘其身；謀其身，不遺其友。』」言倘能讓墓下之人死而復生，將與陽處父這樣的人一同遊處。此指樂大夫。

【語　譯】往日出發遠征時的梅笳聲還在耳邊迴響，今天回來卻已經變了古人。朝帝闕時還帶著前導開路的朱衣騶卒，而今離開王畿卻被葬禮中的銘旌所引。城郭如故，而你駕鶴遠逝，這墓地新起的墳，真讓人不敢相信就是你的葬所。這九京墓地裏的人如果還能起來，我將和誰一起千載相遊處。

【研　析】前四句言樂大夫昔日功名榮華轉瞬不再，「猶疑」、「稍覺」之辭，驚歎於人生之無常也。五、六兩句順承前四句，感樂大夫其亡之速；末二句反接前四句，以陽處父讚樂大夫之功業人品，為其蓋棺定論也。

其　四

一旦先朝菌，千秋掩夜臺❶。青烏新兆去，白馬故人來❷。草露當春泣，松風向暮哀❸。寧知荒壟外，弔鶴自裴徊❹。

【注　釋】❶一旦先朝菌二句　謂早逝而永訣。朝菌，或名舜英，木槿花。天陰生糞上，見日則死。《莊子．逍遙遊》：「朝菌不知晦朔。」夜臺，墳墓。陸機〈挽歌〉：「按轡遵長薄，送子長夜臺。」❷青烏新兆去二句　青烏，漢魏時方士名，善葬術。兆，又作「垗」。劃定墓地四旁的界限。即指墓穴。白馬故人，指樂大夫之生前摯友。此用後漢范巨卿素車白馬為張玄伯送葬事。《後漢書．獨行傳》載：山陽范巨卿與汝南張玄伯遊太學時曾為友。後玄伯死，喪已發引而柩不肯進。移時乃見范巨卿素車白馬號哭而來，並執紼而引柩，柩乃前。會葬者千人，咸為揮淚。❸草露當春泣二句　草露，喻人生短暫如草上之露易晞。松風，古人墓旁植松柏以誌墓，故有松風。❹寧知荒壟外二句　寧，豈；難道。《世說新語．賢媛》劉峻注引《陶侃別傳》云：陶母湛氏，賢明有法訓。及侃丁母憂，在墓下忽有二客來弔，儀服鮮異，知非常人。遣隨視之，但見雙鶴沖天而去。此處言樂大夫賢明，而弔鶴自喻。荒壟，即墓冢。

【語譯】一旦比朝生暮死的朝菌還先死去，永永遠遠地掩埋在墳墓之中。善相墓的青烏才選定了墓址，故人就騎著白馬飛奔而來送葬。草上的露珠在春天裏哭泣，墓旁的松樹間風聲在哀鳴。你哪裏知道在這墓冢之外，還有弔念的鶴客徘徊不去。

【研析】首二句，言樂大夫長逝。「青烏」二句，言摯友為之送葬。「草露」二句，應首二句，寫「夜臺」冷寂之景。「寧知」二句，以弔鶴自喻，亦悼樂大夫之賢明。此乃應「青烏」二句，表「白馬故人」之哀。墓旁物亦為之哀泣，哀之甚也。

其　五

忽見泉臺路，猶疑水鏡懸❶。何如開白日，非復睹青天❷。華表迎千歲，幽扃送百年❸。獨嗟流水引，長掩伯牙弦❹。

【注釋】❶忽見泉臺路二句　謂人死而風範猶存。泉臺，謂墓穴。水鏡，言人品性冰清玉潔。晉樂廣性沖約，有遠識。尚書令衛瓘奇之，曰：「此人之水鏡，見之瑩然，若披雲霧而睹青天也。」見《晉書・樂廣傳》。❷何如開白日二句　《西京雜記》卷四載：滕公（夏侯嬰）駕至東都門，馬不肯前，以足跑地久之。掘其地，得石槨，上有銘曰：「佳城鬱鬱，三千年，見白日。吁嗟滕公居此室。」死遂葬焉。青天，即用《晉書・樂廣傳》「披雲霧，睹青天」事。見本詩其五注❶。❸華表迎千歲二句　謂樂大夫仙化，必將如鶴歸來。華表，古代立於宮殿、城垣或陵墓前的石柱，柱身往往刻有花紋，故稱。迎千歲，猶言迎千歲之鶴。傳云遼東人丁令威，學道於靈虛山，後化鶴歸遼，集城門華表柱，徘徊空中而言曰：「有鳥有鳥丁令威，去家千年今始歸。城郭如故人民非，何不學仙冢纍纍。」見《搜神後記》。幽扃，幽謂幽房、墓室；扃，門戶，或關閉門戶的木栓。百年，謂人的一生。❹獨嗟流水引二句　言良朋已逝，無復生趣。流水，即高山流水之曲。參見〈夏日游德州贈高四〉第二部分注❹。引，古代音樂術語，即曲。掩，關閉。

【語　譯】你忽然就奔赴泉臺之路，我將信將疑，以為你依然像水鏡一樣高懸。多麼像滕公打開了「三千年見白日」的墓穴，卻不再能看到青天一樣的高人。立在墓前的華表，在迎接千年的歸鶴，墓道的門一閉，送走了你的百年。只感歎高山流水之曲再無人聽，就像伯牙一樣永遠合上琴不再彈。

【研　析】首四句寫對樂大夫的哀悼。「何如」應「忽見」，「非復」對「猶疑」，反復交叉地詠歎，哀婉動人。「華表」四句，言樂大夫一去不返，令人長痛不已，思念不絕。

丹陽刺史挽歌詩三首

【題　解】丹陽，即潤州，州治鎮江。刺史，一州之行政長官。此組詩表達對丹陽刺史的沈痛哀悼。未知何時所作。詩，一作「詞」。其一哀歎美好生命的隕落。其二寫其子女兄弟的哀悼。其三寫於墓地致祭。

其一

百齡嗟倏忽，一旦向山阿❶。丹桂銷已盡，青松哀更多❷。薰風虛聽曲，〈薤露〉反成歌❸。自有藏舟處，誰憐隙駟過❹。

【注　釋】❶百齡嗟倏忽二句　百齡，即百歲，指人的一生。倏忽，極言短暫。庾信〈小園賦〉：「百齡倏忽，光華兮已晚。」山阿，陵墓之所在。陶潛〈挽歌〉：「死去何所道，托體同山阿。」❷丹桂銷已盡二句　丹桂，桂樹之一種，皮赤。此言丹桂者，一者以桂色丹故，一者以此喻丹陽太守故。漢武帝〈傷悼李夫人賦〉：「桂枝落而銷亡。」青松，指墓旁之松。《西京雜記》卷三載：杜子夏葬長安北，墓前種松柏樹五株。❸薰風虛聽曲二句　言刺史仰古聖之德化而施政於民，惜其忽然云逝。薰風，即和暖的南風，或曰清明風。古代聖王舜彈五弦之琴，歌〈南風〉之詩，詩曰：「南風之薰兮，可以解吾民之慍兮……」

見《孔子家語・辨樂解》。薤露，古挽歌名。見〈樂大夫挽歌詩五首〉其三注❶。❹自有藏舟處二句　藏舟，謂萬物變化而不覺。見〈樂大夫挽歌詩五首〉其二注❹。此反意用之，喻刺史有遺愛，雖死而猶生。隙駟過，如於一隙中觀駿駟奔過。《禮記・三年問》：「若駟之過隙。」多以喻人生匆匆。

【語譯】人的一生真是太倉促，一眨眼就進了山頭的墳墓。生命的丹桂氣質已銷亡殆盡，墳間的青松之悲更深。〈南風〉之曲餘音繞梁，而彈奏者已離去，〈薤露〉的挽歌反而被人們唱響。刺史自有他藏舟而永垂不朽的地方，誰會歎惜他生命的短暫。

【研析】此首感歎生命的短暫，於首二句見題旨。次二句，惜其芳質銷殞。「薰風」二句，惜其德音不再。末二句，頌其永垂不朽。

其二

惻愴桓山羽，留連棣萼篇❶。佳城非舊日，京兆即新阡❷，城郭三千歲，丘陵幾萬年❸。唯餘松柏壟，朝夕起寒煙❹。

【注釋】❶惻愴桓山羽二句　言刺史兄弟、子女之情倫頗厚。惻愴，悲傷。桓山羽，羽即鳥。《孔子家語・顏回》：孔子在衛，聞哭聲甚哀。顏回曰：「非但為死者而已，又有生離別者也。聞桓山之鳥生四子焉，將分於四海，其母悲鳴而送之，聲有似於此。謂其往而不返也。」孔子使人問哭者，果云有父死家貧，賣子以葬，與之長決者。桓，一作「恒」。留連，憂愁而徘徊不去的樣子。棣萼篇，指《詩經・小雅・常棣》，云：「常棣之華，鄂不韡韡。凡今之人，莫如兄弟。」❷佳城非舊日二句　言時代變遷，而事則與古人同也。佳城，指墓地。用《西京雜記》所載滕公得鐫有銘文之石槨事。參見〈樂大夫挽歌詩五首〉其五注❷。京兆即新阡，謂建了像京兆阡一樣榮貴的墳墓。據《漢書・游俠傳》：初，漢武帝時，京兆尹曹氏葬茂陵。世人榮之，謂其墓道為京兆阡。後原涉父為南陽太守，死後在南陽買地開道，大起冢舍，十分豪奢。立表署為「南陽阡」。時人不從，稱為「原氏阡」。阡，墓道。❸城郭三千歲　遼東人丁令威離家學道，後化鶴歸遼，集城門華表柱，徘徊空中而言曰：「城郭如故人民非，何不學仙冢纍纍。」見《搜神後記》。又，《西京雜記》卷四：滕公得石槨，有「三千年見白日」之銘文。此句兼雜二典而用之。❹唯餘松柏壟二句　古人常於墓旁植松柏以識之。漢杜子夏葬長安北四里，墓前種松柏樹五株，茂盛異常。見《西京雜記》。《文選・古詩十九首》：「白楊何蕭蕭，松柏夾廣路。」壟，墳地。壟，一作「樹」。寒煙，指松柏樹鬱茂，呈青黛色，遠望淒清如煙。

【語譯】桓山鳥的叫聲多麼淒慘，弟兄情深義厚，徘徊不去，就像〈常棣〉篇所歌詠的那樣。佳城所見者非昔時的白日，墓道就像新開的茂陵京兆阡。丁令威三千歲後才回到舊城郭，陵墓中的歲月要過幾萬年。只留下松柏所包圍的丘壟，從早到晚都泛著淒清的寒霧。

【研析】此首寫其子女、兄弟之哀傷，於首二句見題旨。其餘反復詠其墓葬，以表哀情無限，讀之蕩氣迴腸。

其三

短歌三獻曲，長夜九泉臺❶。此室玄扃掩，何年白日開❷。荒郊疏古木，寒隧積陳荄❸。獨此傷心地，松聲薄暮來❹。

【注釋】❶短歌三獻曲二句　短歌，即挽歌。《古今注・音樂》：「挽歌亦謂之長、短歌，言人壽命長短定分，不可妄求也。」此用「短歌」，而不用「長歌」者，以與下文「長夜」相避故。三獻，古代郊祭時，陳祭品後要三次獻酒，即初獻爵、亞獻爵、終獻爵。見《禮記・禮器》。長夜，人死長埋於地下，處於黑夜中。九泉臺，謂墳墓。阮瑀〈七哀詩〉：「冥冥九泉室，漫漫長夜臺。」❷此室玄扃掩二句　玄扃，即玄室之門戶。玄室，幽暗之墓室。白日，用《西京雜記》滕公得上有銘文「佳城鬱鬱，三千年見白日」之石槨事。參見〈樂大夫挽歌詩五首〉其五注❷。❸寒隧積陳荄　隧，地下通道。古多指墓道。《周禮・春官・冢人》：「及竁，以度為丘隧。」陳荄，隔年的草根。多指墓地傷逝景物。❹獨此傷心地二句　傷心地，謂墓地。陸機〈弔魏武帝文〉：「今乃傷心百年之際，興哀無情之地。」松聲，古多植松以識其墓，故有松風之聲。薄暮，即黃昏時分。薄，迫；近。

【語譯】祭祀時三次獻酒，唱著悲傷的短歌行，你安眠在漫漫長夜中的九泉臺。這間墓室的門一旦關上，不知道要到什麼時候才能重見天日。這荒郊野外古木稀疏，淒冷的墓道卻長滿陳年的草根。獨自在這傷心之地，黃昏時分松間的風聲更令人神傷。

【研析】此首乃祭祀之歌，於首二句見其題旨。以玄扃永閉、古木凋零、陳荄積隧、薄暮松聲之景，渲染哀情。

同張二詠雁

【題解】張二，未詳何人。同，酬和。此首為酬和張二〈詠雁〉詩而作，寫大雁長征之苦而所食者少，微露懷才不遇之傷懷。以下詠雪、水、塵灰、初月、塵、照之什，或與之同詠耶？未知何時所作。

唼藻蒼江遠，銜蘆紫塞長❶。霧深迷曉景，風急斷秋行❷。陣照通宵月，書封幾夜霜❸。無復能鳴分，空知愧稻粱❹。

【注釋】❶唼藻蒼江遠二句　唼藻，雁以水藻為食。唼，鳥吃食。《楚辭・九辯》：「鳧雁皆唼夫粱藻兮。」蒼江，泛稱江水。代表南方，與北方紫塞長城相對。此謂大雁春天往北飛。蒼江，一作「滄江」，一作「蒼梧」，非。銜蘆，雁飛翔時嘴裏銜著蘆葦，以防箭矢的射擊。《淮南子・脩務》：「夫雁順風以愛氣力，銜蘆而翔以備矰弋。」高誘注：「銜蘆，所以令繳不得截其翼也。」紫塞，指長城，秦漢時修築。以土色皆紫，故稱。見《古今注・都邑》。此謂大雁秋天自北往南飛。❷霧深迷曉景二句　霧深，寫春天雁往北飛之景。迷，迷失。曉，一作「晚」，非。風急，寫秋天雁為秋風所阻而南還之狀。斷，阻斷。❸陣照通宵月二句　雁成羣結隊而飛，成人字形，故曰陣。為在霜霧中飛行或遭矰繳時不致迷失。故此句應上「迷」字。

《易林》：「九雁列陣。」舊時謂鴻雁可傳書。庾信〈王昭君〉詩：「寄信秦樓下，因書秋雁歸。」❹無復能鳴分二句　謂如此艱難困苦的南來北往，又不能鳴叫，有愧於主人賜予的稻粱。實慨歎自己不能施展抱負。能鳴，《莊子・山木》：夫子舍於故人之家，故人乃命豎子殺雁而待之。豎子請曰：「其一能鳴，其一不能鳴。殺誰？」主人曰：「殺不能鳴者。」稻粱，穀物的總稱。即生存之資。虞世南〈侍宴歸雁堂詩〉：「刷羽同栖集，懷恩愧稻粱。」

【語　譯】吃完水藻，穿越青青的江波遠征，銜著蘆葦草，你又由長城紫塞開始漫漫的南歸路程。早晨的大霧使你們的北飛之旅迷失方向，秋風勁急，阻斷了前進的隊伍。月亮照耀著通宵飛行的行陣，經受幾夜的風霜，傳書的大雁終得回歸。我這隻笨拙的大雁不再有善鳴的本領，只知道有愧於充腹的口糧。

【研　析】首二句，寫大雁南來北往飛翔之途遙遠而所食者少。次二句，寫其長征之險阻。「陣照」二句，寫其通宵達旦之勞累。末二句，「愧稻粱」，與「唼藻」、「銜蘆」相照應。實是以反語出之，非不能鳴，無空間鳴，且無人知賞；非愧稻粱，是食不飽、力難任，且勞而無賞也。南北分詠，結構謹嚴。詠雁，實亦詠征人也。此詩與前〈秋晨同淄州毛司馬秋九詠・秋雁〉詩相比，〈秋雁〉詩英氣充滿，而此詩則微露懷才不遇的怨憤。

詠　雪

【題　解】此詩讚美雪潔白飄逸之態、高雅脫俗之魂。未知何時所作。

龍雲玉葉上，鶴雪瑞花新❶。影亂銅烏吹，光銷玉馬津❷。含輝明素篆，隱跡表祥輪❸。幽蘭不可儷，徒自繞〈陽春〉❹。

【注　釋】❶龍雲玉葉上二句　龍雲，《晉書・天文志》：「越雲如龍，蜀雲如囷。」此泛指雲。玉葉，華美的雲彩。見〈游究部逢孔君自衛來欣然相遇若舊〉注❷。鶴雪，極寒之雪。劉敬叔《異苑》：「晉太康二年冬大雪，南州人見二白鶴語於橋下曰：『今茲寒不減堯崩年也。』」瑞花，祥瑞的雪花。《宋書・符瑞志》：「大明五年正月戊午元日，花雪降殿庭上，以為瑞。於是公卿并作〈花雪〉詩。」❷影亂銅烏吹二句　銅烏，漢時長安宮南靈臺上所設測風器。千里風至，此烏乃動。見《三輔黃圖》卷五引《述征記》。吹，風。光銷，言白雪融化。玉馬津，謂玉馬之津液。劉敬叔《異苑》卷四載：晉永嘉元年，車騎大將軍司馬騰於常山屯營。時大積雪，獨常山門前方數丈融液不積。騰怪而掘之，得玉馬，高尺餘。騰以為馬者國姓，稱吉祥焉。❸含輝明素篆二句　含輝，猶言聚光。素篆，謂書冊上的文字。素，供書寫的素布。篆，古文字。《文選》任昉〈為蕭揚州作薦士表〉「至乃集螢映雪」李善注《孫氏世錄》：「孫康家貧，常映雪讀書。」隱跡，猶言隱遁。謂積雪因太陽照耀而融化。《文選》謝惠連〈雪賦〉：「玄陰凝，不昧其節；太陽曜，不固其節。」六臣注：「不隨玄陰而昧者，質正也；日既耀不守節者，知退也。」表，一作「奉」。祥輪，謂日。❹幽蘭不可儷二句　言白雪之高潔不可比。謝惠連〈雪賦〉：「楚謠以〈幽蘭〉儷曲。」李善注：「宋玉〈諷賦〉曰：臣嘗行至主人，獨有一女置臣蘭房之中，臣援琴而鼓之，為〈幽蘭〉、〈白雪〉之曲。賈逵曰：儷，偶也。」陽春，即〈陽春〉、〈白雪〉，古高雅之曲。見〈在江南贈宋五之問〉第二部分注⓬。

【語　譯】從華美的雲彩之上，剛飄落寒冷而吉祥的雪花。銅烏風動，雪影零亂，玉馬騰液，雪光消失。在夜晚，它所蘊含的光輝能照亮書上的文字，祥和的太陽一出，它卻融化隱跡。作為美妙的音樂，〈幽蘭〉之調不能和它相比，只有獨自和著〈陽春〉這首高雅之曲。

【研　析】這是一首雪的讚歌。首二句，寫雲彩化雪之過程。「雲」前冠一「龍」字，形容雲彩的飛動之態；「雪」前冠一「鶴」字，寫其色白而飄逸。將雲比作玉葉，將雪比作瑞花，落雪就彷彿天上仙樹開花，饒有思致。次二句，寫雪影遇風而亂，雪光遇水而銷之變態。以上四句用典都牽涉神話傳說，極富浪漫色彩。「含輝」以下四句，寫白雪精神之美。「含輝」二句，言雪光能為貧窮士子照亮書頁，策其連夜奮發攻讀；而太陽出來時，就自動隱退消融，不與之爭光。末二句，語含雙關。一是借用寓言故事，讚其為〈陽春〉之曲；二是承「含輝」二句而來，讚美白雪不自棄、不炫己，默默奉獻的崇高品質，非他物能企及。

詠水

【題解】此詩讚美水的晶瑩剔透之態及善利萬物而不爭的品質。未知何時所作。

列名通地紀，疏派合天津❶。波隨月色淨，態逐桃花春❷。照霞如隱石，映柳似沈鱗❸。終當挹上善，屬意澹交人❹。

【注釋】❶列名通地紀二句　列名，謂水或以江、河名，或以湖、海名。地紀，猶言大地。紀，綱紀。《文選》左思〈蜀都賦〉：「地以四海為紀。」李善注：「非日月無以觀天文，非四海無以著地理。故聖人仰觀俯察、窮神盡微者，必須綱紀也。」疏派，謂地上流水如天上銀河相應。派，水分流的樣子。天津，星名。或名曰銀河。見《晉書・天文志》。李世民〈春日就海〉詩：「積流橫地紀，疏派引天潢。」❷桃花春　謂桃花水。仲春之月桃花開時，雨水亦下，故謂桃花水。見《漢書・溝洫志》顏師古注。❸照霞如隱石二句　照霞，《水經注・漸江水》：「中道夾水有紫色磐石，石長百餘丈，望之如朝霞。又名此水為赤瀨，蓋以倒影在水故也。」沈鱗，沈魚。陶宏景〈答謝中書書〉：「夕日欲頹，沈鱗競躍。」❹終當挹上善二句　挹，通「揖」。作揖致敬。上善，善的最高境界。《老子》：「上善若水，水善利萬物而不爭。」屬意，即注意、傾心。澹交，謂君子之交。《莊子・山木》：「且君子之交淡若水。」

【語譯】列名有海、河、江之類，都可以作為大地的綱紀，派絡疏通，與天上的銀漢相合。流波如月光一樣明淨，形態可以和桃花爭春。霞光照映其中，就好像隱藏著赤石，柳葉的倒影似那水中的游魚。人生最終應當向這上善之物致敬，傾心於淡若水的君子之交。

【研析】首二句，詠水之分布廣闊。中四句，以常用之典故，言水貌之美。末二句，言水之品質及給予人的啟示。

詠塵灰

【題解】此詩讚美塵灰的靈動活躍、光影照人，表白自己不甘自棄、願效一用之微志。未知何時所作。題一無詠字。

洛川流雅韻，秦道擅苛威❶。聽歌梁上動，應律管中飛❷。光飄神女襪，影落羽人衣❸。願言心未翳，終冀效輕微❹。

【注釋】❶洛川流雅韻二句　洛川，即洛水，貫穿後漢帝都洛陽。雅韻，謂高雅的篇什。歷來文士詠及洛陽之塵者多有，著名者如班固〈東都賦〉：「雨師泛灑，風伯清塵。」曹植〈洛神賦〉：「凌波微步，羅襪生塵。」陸機〈為顧彥先贈婦〉：「京洛多風塵，素以化為緇。」秦道，秦國的道路。此喻指秦治國之道術。秦任商鞅之法，用嚴苛之法以立國威，如殷代對棄灰於道施以斷手之刑。見《史記・李斯列傳》。❷聽歌梁上動二句　梁上動，用虞公善歌事。《文選》陸機〈擬東城一何高〉詩：「一唱萬夫呼，再嘆梁塵飛。」李善注引《七略》：「漢興，魯人虞公善雅歌，發聲盡動梁上塵。」應律，古人占驗氣候變化之法，將葭灰放在律管內，置密室。到某一節氣，相應的律管內的灰就會自行飛散出。見《後漢書・律曆志上》。❸光飄神女襪二句　光飄，謂神女光彩四射，耀及飛塵。神女，即洛川之神宓妃。曹植〈洛神賦〉：「凌波微步，羅襪生塵。」羽人，指以羽為衣或衣上飾羽的飛仙。陸機〈東武吟行〉：「濯髮冒雲冠，洗身被羽衣。」❹願言心未翳二句　謂己處於貧賤，雖志行輕微，終不願為塵灰。願言，猶言我想、我願。《詩經・伯兮》：「願言思伯，使我心痗。」鄭玄《箋》：「言，我；願，思也。」翳，目疾引起的障膜。此借指心病。輕微，本指飛塵而言，而此則引申謂珠玉金銀。《漢書・食貨志》：「夫珠玉金銀，饑不可食，寒不可衣，然而眾貴之者，以上用之故也。其為物輕微易臧，在於把握，可以周海內而亡饑寒之患。」

【語　譯】洛川一帶傳誦著關於你的高雅詩文，秦國的治道擅用對棄灰於路者施以酷刑以立國威。聽著虞公的雅歌，灰塵在梁上微動，律管中的蘆灰應著節氣而飛出。神女光彩四射，照亮了羅襪上的塵土，你的影子從飛仙的羽衣上抖落。但願我的心不因思念而蒙上灰塵，最終希望從事於灰塵般的輕微之物。

【研　析】塵灰本是卑微低賤之物，歷來為人所厭棄。詩人卻對它極力讚美，以為文人雅士吟詠時、權臣顯貴施政處、神女仙人漫步中、歌舞場、候氣室等，無處不在。前六句以各色的典故，詠塵灰並非無情之物，而時時處處靈動活躍、光影照人。故末二句以塵灰自喻，表其心志，願效一用。此詩格調甚高。

玩初月

【題　解】初月，謂農曆月上旬的月亮，即上弦月。此詩寫端詳初月之態的深刻思索。未知何時所作。一本作沈佺期詩。

忌滿光先缺，乘昏影暫流❶。既能明似鏡，何用曲如鉤❷。

【注　釋】❶忌滿光先缺二句　忌滿，《管子．白心》：「日極則仄，月滿則虧。」劉熙《釋名．釋天》：「月，缺也。滿則缺也。」昏，日暮昏昧之時。暫，乍。暫，一作「漸」。❷既能明似鏡二句　曲如鉤，言初月之形狀。既，一作「自」。

【語　譯】月亮忌諱盈滿，每月先以缺的形狀出現，在太陽落山時，它的光輝突然灑落。待到月滿時既能明如鏡，當初又何必曲如鉤。

【研　析】做事須留地步，不搶風頭；即使滿腹經綸，亦應謙虛謹慎。這是詩人在玩初月時得到的一個人生感悟。然詩人或許畢竟不習慣於明哲保身的處事原則，故仍致問於初月，以「何用」而出之，似對官場上惺惺作態人物的一種反感。漢順帝時京都童謠曰：「直如弦，死道邊。曲如鉤，反封侯。」（見《後漢書・五行志一》）難道這些忌滿先缺的滑頭，是寄希望於封侯的麼？既是「玩」，矛盾複雜的心態是一定的。此詩似有所針砭也。

詠塵

凌波起羅襪，含風染素衣❶。別有知音調，聞歌應自飛❷。

【題解】此詩歌詠塵的風情萬種。未知何時所作。

【注釋】❶凌波起羅襪二句　凌波，用曹植〈洛神賦〉「凌波微步，羅襪生塵」之意。謂洛川之神風姿綽約，步態輕盈，微風生塵。染素衣，將白色衣服染黑。陸機〈為顧彥先贈婦〉：「京洛多風塵，素衣化為緇。」❷別有知音調二句　《呂氏春秋・長見》：晉平公鑄大鐘而使工聽之，皆以為調矣。獨師曠曰不調，請更鑄之，平公不可。後師涓果知鐘之不調。故云師曠為後世之知音者。《文選》陸機〈擬東城一何高〉詩：「一唱萬夫呼，再嘆梁塵飛。」李善注：「《七略》曰：漢興，魯人虞公善雅歌，發聲盡動梁上塵。」

【語譯】洛神凌波微步，羅襪生塵，飄浮在洛陽之風中，染黑了遊客的白衣。另有梁上那比師曠的耳朵還懂音調的塵土，聽到虞公的雅歌自會飛騰而起。

【研析】塵本無情之物，但因與人事牽連，竟亦懂風情，亦參與世俗的紛擾，且還有知音的耳朵。在詩人筆下，它竟成了一個小精靈。用典嫻熟，措意暢快。可與前〈詠塵灰〉詩同賞。

詠照

寫月無芳桂，照日有花菱❶。不持光謝水，翻將影學冰❷。

【題　解】照，即鏡子，古稱照子。此詩言鏡子品性多變而不可捉摸。未知何時所作。題一作〈詠鏡〉。

【注　釋】❶寫月無芳桂二句　寫月，比擬為月亮。芳桂，古時傳云月中有仙人桂樹。見〈夏日游德州贈高四〉第二部分注❾。蕭綱〈傷別離〉：「月中含桂樹。」花菱，美麗的荷花。庾信〈鏡賦〉：「臨水則池中月出，照日則壁上菱生。」❷不持光謝水二句　光謝水，謂鏡子的光使水的光失色。謝，使遜讓。影學冰，謂鏡子冷漠，或亦冷落無人用之。蕭綱〈鏡〉詩：「如冰不見水，似扇長含輝。」

【語　譯】將它比作月亮，其中沒有芳香的桂樹。將它和太陽相照，它能閃爍出美麗的菱花。不保持其能使水光遜色的亮澤，反而將影子變得像冰塊一樣冷落。

【研　析】首二句言鏡子之狀與美麗的日月相左右。末二句言鏡子雖有光彩，而其中的照影卻冷漠無情。似諷刺世間華而不實者耶？

挑燈杖

【題　解】挑燈杖，用來撥動燈芯使增明的小莖。此詩歌頌挑燈杖默默奉獻的崇高品質。未知何時所作。

稟質非貪熱，焦心豈憚熬❶？終知不自潤，何處用脂膏❷？

【注釋】❶稟質非貪熱二句　謂挑燈杖頻頻入火，然其本性是不貪熱的。焦心，謂挑燈杖之尖嘴不斷被燒焦。熬，乾煎。❷終知不自潤二句　用東漢初孔奮事。時天下未定，士多不修操節，孔奮卻清正廉潔。姑臧為當時富庶之地，人為長令數年厚積，而奮在職四年，財產無所增，乃為眾人所笑。或以為身處脂膏，不能以自潤，徒益苦辛耳。見《後漢書·孔奮傳》。自潤，自己沾點油水。

【語譯】挑燈杖的秉性是不貪熱的，它被燒焦的心難道還怕熱火的煎熬？從頭到尾知道自己不會占便宜，哪裏用得著油脂油膏？

【研析】挑燈杖雖小而不起眼，然其稟質高尚：不貪熱、不憚熬、不自潤。雖苦了自己，然其為人帶來更多光明。人只屬意於燈火的明暗，何嘗在乎手中挑燈杖的獻身？詩用直筆，無所謂什麼「賦」、「比」、「興」。是直截的「頌」體，卻出以平常心裏話。讀之肅然，既敬且愧。這或許也是使詩人「不汲汲於榮名，不戚戚於卑位」(〈上吏部裴侍郎書〉)的思想根源之一吧。

詠鵝雜言

【題解】雜言，古詩之一種，出於樂府。每句字數不等，長短句間雜，用韻也較自由。此詩歌頌鵝的高貴與純潔。傳為賓王七歲時作。題一作〈詠鵝〉。

鵝，鵝，鵝，曲項向天歌❶。白毛浮綠水，紅掌撥清波。

【注　釋】❶鵝三句　描摹其自然、高傲之態。蔡元度《毛詩名物解》引《卞子》曰：「蓋鵝峨首似傲，故曰傲也。名之曰鵝，其謂是歟？」曲，轉動的樣子。

【語　譯】鵝呀鵝，扭扭你的脖，向藍天唱歌。白毛浮在綠水面，紅掌撥著清水波。

【研　析】詩首「曲項向天歌」句形象令人肅然起敬。「向天歌」言其志向不凡也。「曲項」者，實可見其不屈也。詩末「白毛」、「紅掌」浮撥於「綠水」、「清波」之間，足可見其純潔無瑕，不沾染半點俗累。此詩形象鮮妍，形聲具備，童趣天成，歷來為兒童喜詠。

餞駱四得鐘字

【題　解】駱四，未知何人。詩寫餞別駱四時醉飲之樂，而離愁別恨寓其中。未知何時所作。此詩與下一首〈失題〉詩，各本賓王集均合稱〈餞駱四二首〉。陳熙晉《駱臨海集箋注》將其釐為二。此二詩亦並見《李嶠集》。

生平何以樂，斗酒❶夜相逢。曲終驚別緒❷，醉裏失愁容。星朗懸秋漢❸，風香入曙鐘。明日臨溝水❹，青山幾萬重。

【注　釋】❶斗酒　以斗飲酒。斗，酒器。❷別緒　猶言離愁。❸星朗懸秋漢　星朗，星星明亮。朗，一作「月」。秋漢，秋夜的天河。漢，即雲漢，又稱天河。❹溝水　指朋友分別。用〈古白頭吟〉「平生共城中，何嘗斗酒會。今日斗酒會，明旦溝水頭」之意。

【語　譯】人生有什麼樂趣，他鄉相逢只不過斗酒為歡而已。一曲終了，又突然意識到馬上面臨別離，酒醉之中暫時收起愁苦的面容。閃耀的星星懸掛在秋夜的銀河上，陣陣香風之中雜著遠處飄來的報曉鐘聲。明天又要站在分手的溝渠上，一別之下不知道隔絕青山多少重。

【研析】首二句，言其生活之辛酸勞苦。「何以樂」云者，實乃「無以樂」之謂也。相逢以「斗酒」即能為樂，見其樂何如薄，平生之苦何其多也。云「夜相逢」，而非「日相逢」，見其平日之奔波勞碌不得閒也。此二句用〈古詩十九首〉「斗酒相娛樂，聊厚不為薄」之意，而愈轉愈深。「曲終」二句，短暫相逢之後又面臨離別，酒與樂能使人暫時麻醉，然曲終杯停，又面帶愁容了。此二句從《淮南子・原道》「解車休馬，罷酒徹樂……樂作而喜，曲終而悲」化出，而云「醉裏失愁容」者，反筆寫愁，透過一層，動人心魄。「星朗」二句，言酒醒後之情景，暗示與友人通宵夜話，依依不捨。「風香」者，言酒香入風也。末二句言即將來臨的遠別，與「夜相逢」形成強烈的對比，亦無怪乎故友相逢他鄉的「驚」與「失」了。

失　題

【題解】詩寫歡快高雅的宴飲，末露聚散無常之悲情。未知何時所作。此詩舊與前首誤連，今依陳熙晉《駱臨海集箋注》別為一首。

甲第驅車入，良宵秉燭遊❶。人追竹林會，酒獻菊花秋❷。霜吹飄無已，星河漫不流❸。重嗟歡賞地，翻召別離憂。

【注釋】❶甲第驅車入二句　甲第，豪門貴族之宅第。因分甲乙次第，故曰第。此美言宴集主人之宅第。秉燭遊，謂及時行樂。〈古詩十九首〉：「晝短苦夜長，何不秉燭遊。」此謂達旦宴飲。❷人追竹林會二句　竹林會，《晉書・嵇康傳》載：嵇康拜中散大夫，日彈琴詠詩以自娛。所與神交者，惟陳留阮籍、河內山濤、河內向秀、沛國劉伶、籍兄子咸、琅邪王戎。

遂為竹林之遊，世謂竹林七賢。菊花，菊花酒，高士所飲，以求長生延年也。《西京雜記》：「菊華舒時，并采莖葉，雜黍米釀之。至來年九月九日始熟，就飲焉，故謂之菊華酒。」陶淵明〈飲酒〉：「采菊東籬下。」❸霜吹飄無已二句　霜吹，即霜風。星河，即銀河。

【語　譯】貴族的豪宅有高車貫入，他們手秉紅燭通宵宴遊。來客高雅如竹林集會，飲著延年益壽的菊花酒。霜風吹個不停，銀河迷濛，凝止不動。深歎在這歡樂愉快的地方，卻反而招來了別離的憂愁。

【研　析】詩首二句，入甲第而逢良宵，借〈古詩十九首〉「人生不滿百，常懷千歲憂」之意，寫宴集之華美侈樂。次二句，以宴集之人、所供之酒，寫宴飲之風流藉甚。此四句筆力飽滿，用典繁密而無滯塞之感。「霜吹」二句，寫憂傷之景。「霜吹」言歲晚也，「星河」示憂愁無邊也。末二句，從前六句所寫之「驅車」、「秉燭」之短暫歡會與霜吹不已、星河迷漫之歲晚情景對比中，言聚散之無常。「重嗟」、「翻召」，又托出〈古詩十九首〉「人生不滿百，常懷千歲憂」之意。樂中含悲，樂極而悲，此最不堪。

詠懷古意上裴侍郎

【題　解】詠懷古意，即擬古以抒發自己的情懷。裴侍郎，即裴行儉。河東聞喜人。咸亨初為吏部侍郎，以知人善任稱，文人往往向他獻詩以求知遇。據《舊唐書‧高宗紀》，上元三年（西元六七六年）閏三月，吐蕃入寇鄯、廓、河、芳等四州。以洮州道行軍元帥周王李顯、涼州道行軍元帥相王李輪率軍討之。裴行儉任安西都護。此時賓王罷東臺學士職，上書請求從軍而作此詩。詩中極言其苦無出路，而嚮往軍旅生活，並信誓旦旦云：「若不犯霜雪，虛擲玉京春！」而時隔一月賓王又有〈上吏部裴侍郎書〉，以母老辭職，從軍之事未成。

三十二餘罷，鬢是潘安仁。四十九仍入，年非朱買臣❶。縱橫愁繫越，坎壈倦遊秦❷。出籠窮短翮，委轍涸枯鱗❸。磨鉛不沾用，彈鋏欲誰申❹。天子未驅策，歲月幾沈淪❺。輕生長慷慨，效死獨慇懃❻。徒歌易水客，空老渭川人❼。一得視邊塞，萬里何苦辛❽。劍匣胡霜影，弓開漢月輪❾。金方動秋色，鐵騎拍風塵❿。為國堅誠款，捐軀忘賤貧⓫。勒功思比憲，決略暗欺陳⓬。若不犯霜雪，虛擲玉京春⓭。

【注　釋】❶三十二餘罷四句　潘安仁，即西晉潘岳，字安仁。才名冠世，為眾所疾，十餘年不得遷。潘岳〈秋興賦序〉：「余春秋三十有二，始見二毛。以太尉掾兼虎賁中郎將，寓直於散騎之省。」朱買臣，吳人。家貧，好讀書而不治產業。每自言：「年五十當富貴，今已四十餘矣。」《漢書》有傳。四句言年歲老大而不遇，希望渺茫。❷縱橫愁繫越二句　言遊歷多年，備嘗艱辛。縱橫，驅馳四方。繫越，《漢書·終軍傳》：「軍自請願受長纓，必羈南越王而致之闕下。」坎壈，即坎坷。《楚辭》宋玉〈九辯〉：「坎壈兮貧士，失職而志不平。」喻仕途遇到阻礙。倦遊秦，用蘇秦入秦說秦王書十上而說不行事。見〈途中有懷〉注❶。❸出籠窮短翮二句　翮，鳥羽翼。枯鱗，指落入車轍中快要乾死的魚。典出《莊子·外物》。後以喻身陷困境，亟待救援的人。見〈途中有懷〉注❷。❹磨鉛不沾用二句　言無用武之地，亦無人援引。磨鉛，將鈍而脆的鉛刀磨利，以期一用。班固〈賓戲〉：「搦朽摩鈍，鉛刀皆能一斷。」左思〈詠史〉：「鉛刀貴一割，夢想騁良圖。」磨鉛，一作「窮經」。彈鋏，用馮驩敲劍事。見〈寒夜獨坐遊子多懷簡知己〉注❷。鋏，劍把。❺天子未驅策二句　言未被天子應用，光陰虛度。驅策，提拔應用。《三國志·魏書·蔣濟傳》：「濟上疏曰：當今柱石之臣雖少，至于行稱一州，知效一官，忠信竭命，各奉其職，可并驅策。」沈淪，汩沒；埋沒。《後漢書·循吏傳》：「沈淪草莽，好爵莫及。」❻輕生長慷慨二句　慷慨，壯士不得志之態。〈古詩十九首〉：「一彈再三嘆，慷慨有餘哀。」效死，盡死效力。慇懃，情意懇切。❼徒歌易水客二句　易水客，即荊軻。將刺秦，燕太子丹白衣冠送荊軻易水上，荊軻歌曰：「風蕭蕭兮易水寒，壯士一去兮不復還。」為壯聲，人皆流涕。見《戰國策·燕策》。渭川人，即呂望。年七十釣於渭渚，三日三夜無魚上鉤。後依異人之言，細其綸，芳其餌，徐徐而投，遂乃得鯉。刺魚腹得書，書文曰「呂望封於齊」。見《藝文類聚・產業部》引《說苑》。❽一得視邊塞二句　視邊塞，謂督視邊塞。何苦辛，言征途之艱。何，語辭，猶言多麼。〈古詩十九首〉：「轗軻長苦辛。」❾劍匣胡霜影二句　形容裴行儉之功業勞績。胡霜，言裴行儉所持寶劍之鋒利，寒光閃閃如胡地之霜。漢月輪，言弓弦之勁。此謂裴行儉由漢庭出塞。❿金方動秋色二句　金方，即西方。《後漢書・西羌傳》：「(西羌)性堅剛勇猛，得西方金行之氣焉。」鐵騎，古戰馬皆披甲，故稱鐵甲馬為鐵騎。拍，一作「想」。風塵，風起塵揚，此喻戰亂。《後漢書・南匈奴傳論》曰：「控弦抗戈，覘望風塵。」⓫為國堅誠款二句　謂不顧身分地位，勇赴國難。曹植〈白馬篇〉：「捐軀赴國難，視死忽如歸。」《楚辭・九章・惜誦》：「思君其莫我忠兮，忽忘身之賤貧。」誠款，謂耿耿忠心。款，真誠；懇摯。⓬勒功思比憲二句　勒功，銘刻戰功於石。漢永元元年，車騎將軍竇憲出雞鹿塞，與北匈奴戰於稽落山，大破之。遂登燕然山，刻石勒功而還。見《後漢書・和帝紀》。決略，決策。略，一作「策」。暗，奇詭莫測。漢陳平從高帝攻反者韓王信於代。至平城，為匈奴所圍，七日不得食。高帝用陳平奇計，使單于閼氏圍以得開。其計秘，世莫得聞。實乃詐許以女色。見《史記・陳丞相世家》。⓭若不犯霜雪二句　犯霜雪，猶言經受戰爭的洗禮。《後漢書・光武紀》：「晨夜兼行，蒙犯霜雪。」玉京，即帝京。春，美好的時光。

【語　譯】三十二歲多就罷了職，鬢髮花白像潘安仁。在五十歲以前入朝做官，又還沒到朱買臣的年紀。南來北往，因不能像終軍長纓繫越王而愁眉緊鎖，遊秦之路處處碰壁，疲憊傷神。出籠的小鳥羽翼太短飛不遠，躺在車轍中的魚兒乾渴得翻白鱗。鉛刀磨呀磨，卻找不到試一試的地方，像馮驩那樣敲劍發牢騷，又有誰願聽。天子還沒有到驅策職臣之時，多少歲月消逝得無蹤無影。我鬱鬱不平，寧願捨棄生命，為國效死，我耿耿忠心。像荊軻易水悲歌，徒勞無功，像呂望垂釣渭河，更是虛度光陰。一旦有機會巡視邊塞，萬里長征多麼苦辛。寶劍出匣，如北地的霜雪光閃閃，拉開弓弦，就像思家的滿月輪。西方到處都是肅殺的秋天氣象，騎著戰馬捲起迷漫的沙塵。為了國家的安寧，意志堅定，英勇捐軀，不顧自己地位的賤貧。殺敵立功，像竇憲大將軍那樣燕然勒石，出謀劃策，比陳平當年更莫測高深。若不到邊地經受風霜雨雪的考驗，豈不浪費長安多年的美好青春。

【研　析】此詩從開頭至「空老渭川人」句為第一節，借古人之酒杯澆己之塊壘，反復詠歎罷職後的苦悶及尋找出路的渴望。首二句實寫「罷」職閒居如潘安仁；三四句虛表其未有五十方「入」的朱買臣的耐心。第三聯「縱橫」句言其理想無由成為現實，著一「愁」字點明三四句；「坎壈」句概言其「罷」前的仕途，著一「倦」字突出首二句。「出籠」聯，言仕途無援手，反思其「罷」，「倦」字不言而喻；「磨鉛」聯，言前路無知音，瞻望其「入」，「愁」字立見。「天子」聯宕開一層，言生不逢時；「輕生」聯直抒胸臆，言其壯志難伸。深入寫「倦」和「愁」。「徒歌」聯緊承「輕生」聯一氣而下，「徒」字與「空」字分別置於二句句頭，將「倦」和「愁」意寫滿。自「一得視邊塞」至詩末為第二節。如果前節是做足了「詠懷古意」的文章，則後節就該轉入做「上裴侍郎」的文章了。此時的裴侍郎是要作為敵前指揮部成員去邊塞的，故上書請求從軍。「一得」六句，讚裴侍郎之不畏邊塞勞苦。「為國」以下四句，讚裴侍郎功業之高。結尾二句合題，直言其願隨裴侍郎效死邊疆的決心，不但有力地照應開頭，亦顯明題旨。

通觀之，前節用典密集，顯得滯重；後節明快開闊，神氣躍然。全詩對仗工整、結構謹嚴而具吞吐曲折之致，較之前篇〈敘寄員半千〉似更勝一籌。需要特別一提的是，現代研究家或有根據此詩首二句以斷賓王出生年者，恐不妥。儻承認「三十二餘罷」實寫，那麼「四十九仍入」必是虛筆。否則這就不是「詠懷」詩，而真是「算博士」了。

從軍行

【題　解】〈從軍行〉，樂府古題。《樂府解題》云：「〈從軍行〉，皆軍旅苦辛之詞。」此詩塑造一個知恩圖報、勇赴國難的英雄形象。殆高宗咸亨元年（西元六七〇年）秋辭東臺詳正學士之職後入塞之作。

平生一顧重，意氣溢三軍❶。野日分戈影，天星合劍文❷。弓弦抱❸漢月，馬足踐胡塵。不求生入塞，唯當死報君❹。

【注　釋】❶平生一顧重二句　顧重，指受到關注、重視。謝朓〈和王主簿怨情〉詩：「生平一顧重，宿昔千金賤。」參見〈在江南贈宋五之問〉第二部分注⓮。重，一作「念」。意氣，意志與氣概。《史記・李將軍列傳》：「會日暮，吏士皆無人色，而廣意氣自如。」三軍，軍隊的統稱。❷野日分戈影二句　謂戰場氣氛之緊張。野日，指戰地之日光。分，辨別。此引申為「反射」之意。《梁書・元帝紀》：「霜戈照日，則晨離奪暉。」劍文，謂夜裏寶劍的閃光如星辰燦爛。《越絕書》：「寶劍……觀其釽，爛如列星之行。」❸抱　抱持。猶言守衛。❹不求生入塞二句　生入塞，用漢飛將軍李廣事。廣出雁門擊匈奴，兵少失敗被俘。廣時傷病，胡兒置廣兩馬間，絡而盛臥廣。行十餘里，廣睨其旁有一胡兒騎善馬，騰而取其弓、馬，南馳入塞，匈奴騎數百追之不及。見《史記・李將軍列傳》。報，報效。

【語　譯】平生一旦得到重視，雄心壯志就超出部隊所有的人。戰地的太陽照射著戈矛，發出強烈的反光，寶劍的文彩，就像天上的星漢燦爛。弓弦抱懷，就像家鄉的明月，奔馳的馬蹄踐起漫天的胡塵。不希求像李廣那樣活著回到塞內，只應當效死報答君主。

【研　析】首二句，言俠士時懷殺敵報國之心，一旦有機會，即意氣沖天。「一顧」與「三軍」的對比強烈，動人心魄。中四句，寫其「戈影」、「劍文」、「弓弦」、「馬足」，莫非是突出其氣勢之雄，具足「溢三軍」三字。末二句，「不求」、「唯當」言其抱定一死之決心，以報答「一顧重」之恩。此詩氣象渾厚淳正，與楊炯「寧為百夫長，不作一書生」的尖利決絕，大異其趣。明徐用吾《唐詩分類繩尺》評云：「此篇詞語不下楊炯，而意氣勝之。」

王昭君

【題　解】王昭君，名嬙，字昭君。漢元帝宮人。匈奴單于入朝，元帝以王嬙賜之，單于驩喜，上書願保塞上谷以西至敦煌，以休天子人民。昭君戎服乘馬，提琵琶入塞。見《漢書・匈奴傳》。後世有關其故事傳說頗盛，亦製樂曲頌美。〈王昭君〉，即〈相和歌吟嘆〉四曲之一。見鄭樵《通志・樂略》。詩寫王昭君遠嫁匈奴而時時不忘故國之極苦。未知何時所作。題一作〈昭君怨〉。

斂容辭豹尾，緘恨度龍鱗❶。金鈿明漢月，玉箸染胡塵❷。妝鏡菱花暗，愁眉柳葉顰❸。唯有清笳曲，時聞〈芳樹春〉❹。

【注　釋】❶斂容辭豹尾二句　斂容，嚴肅、端莊其容。宋玉〈神女賦〉：「整衣服，斂容顏。」豹尾，指豹尾車。皇帝行幸時的從屬車，上懸豹尾。《漢書・揚雄傳》：「是時趙昭儀方大幸，每上甘泉，常法從，在屬車間豹尾中。」緘恨，將離愁別恨埋在心底。恨，一作「怨」。龍鱗，即言龍城，乃匈奴祭天處。以其地西面有蒲昌海，風吹而成龍形，故名。古詩文中常以龍城指代匈奴。地在今蒙古人民共和國鄂爾渾河境。參見〈秋晨同淄州毛司馬秋九詠・秋雲〉注❸。❷金鈿明漢月二句　金鈿，金花釵。婦女首飾。徐陵〈玉臺新詠序〉：「反插金鈿，橫抽寶樹。」玉箸，又稱玉筯。本指玉製的筷子，詩文中以喻眼淚。蕭綱〈楚妃嘆〉：「金玄鬢下垂，玉筋衣前滴。」❸妝鏡菱花暗二句　妝，一作「古」。菱花，妝鏡名。見〈棹歌行〉注❷。庾信〈王昭君詩〉：「鏡失菱花影。」柳葉，形容婦女眉之細。顰，眉蹙。❹唯有清笳曲二句　言昭君出塞之孤獨。笳，即胡笳。我國古代北方民族的管樂器，相傳漢張騫從西域傳入。其音悲愴。後世傳〈胡笳十八拍〉為昭君所製。見《新唐書・儀衛志》。又，《通志・樂略》：「漢短簫鐃歌二十二曲，有〈芳樹〉。」聞，一作「同」。

【語　譯】打扮得端莊嚴肅，告別皇帝的豹尾車，將離愁別恨封藏起來，艱難地度過龍鱗海。金花釵如漢地的明月一樣閃亮，兩行玉箸染著匈奴大漠的沙塵。菱花妝鏡黯然無光，愁眉緊蹙如細細的柳葉。只有在淒清的胡笳聲中，時時能聽到〈芳樹春〉的樂曲。

【研　析】此詩殆作於西域從軍的後期，主旨是借王昭君故事來抒發懷京思親之情。首二句，敘昭君離別漢宮而遠赴邊塞。「辭豹尾」而「度龍鱗」，對一鬚眉男子而言亦是痛苦莫名之事，而昭君卻「斂容」、「緘恨」，足證其深明大義，為著民族和國家的利益，不辭萬難，勇於犧牲。其形象千載如生，令人仰視。中四句，筆鋒一轉，以「金鈿」之明，言其夜有所思而至通夜不寐；以「妝鏡」之暗，言其白日神色黯然而無心妝扮。此與「斂容」形成對比。「玉箸」染塵，承上寫其「度龍鱗」之愁恨也；「愁眉」顰柳，承上寫其「辭豹尾」之失容也。此與「緘恨」形成反照。一斂一失，一緘一釋，刻劃昭君心理變化入微。末二句，言其再不能目睹漢地風光，只能以樂曲中的〈芳樹春〉想像春暖花開之景，以慰相思。語極苦澀，催人淚下。《韻語陽秋》卷十九評云：「古今人詠王昭君多矣……石季倫、駱賓王輩徒序事而已也。」以此語評賓王，實為不審。

西行別東臺詳正學士

【題解】據《唐會要．門下省》，龍朔二年（西元六六二年）至咸亨元年（西元六七〇年），門下省改為東臺。詳正學士，儀鳳中置，屬東臺，掌校理圖籍等。此詩作於高宗咸亨元年（西元六七〇年）秋從軍西行時。二三年前，詩人以奉禮郎而兼任東臺詳正學士，一度激情滿懷，正如〈疇昔篇〉回憶當時的情形：「文昌隱隱皇城里，由來奕奕多才子。潘陸詞鋒絡繹飛，張曹翰苑縱橫起。」然由於秉性好打不平，處事不慎，終遭讒謫。如今為國從軍，沒有表達慷慨激昂之情，亦未提及蒙垢受辱的舊事，只言別情。正，一作「政」。

意氣坐相親❶，關河別故人。客似秦川上，歌疑易水濱❷。塞荒行辨玉，臺遠尚名輪❸。洩井懷邊將，尋源重漢臣❹。上苑梅花早，御溝楊柳新。只應持此曲，別作邊城春❺。

【注　釋】❶意氣坐相親　意氣，謂情誼、恩義。《文選》盧諶〈贈劉琨〉：「意氣之間，靡軀不悔。」李善注：「侯生為意氣刎頸。」坐，正。相親，互相親近。司馬相如〈長門賦〉：「交得意而相親。」❷客似秦川上二句　秦川，水名。即今甘肅清水縣的清水。秦州（今甘肅天水市地區）有大坂名曰隴坻，亦曰隴山。其坂九迴，上有清水四注下。俗歌曰：「隴頭流水，鳴聲幽咽。遙見秦川，肝腸斷絕。」見《通典・州郡門》。似，一作「自」。疑，一作「從」。易水濱，用荊軻刺秦事。燕太子丹派荊軻入秦，素衣冠送之於易水之上。荊軻歌曰：「風蕭蕭兮易水寒，壯士一去兮不復還。」參《戰國策・燕策》。秦川、易水皆為離別斷腸之地。❸塞荒行辨玉二句　塞，指玉塞，即玉門關。在今甘肅敦煌西北。臺，即輪臺，漢武帝時曾遣戍屯田於此。唐貞觀中置縣，治所在今新疆米泉。參《新唐書・地理志》。❹洩井懷邊將二句　洩井，言井水噴洩而出。漢校尉耿恭引兵據疏勒城，城下澗水為匈奴擁絕，吏士渴乏。恭乃向井再拜，為吏士禱。有頃，水泉噴出，眾皆稱萬歲。乃令吏士揚水以示虜。虜以為神明，遂引去。見《後漢書・耿恭傳》。尋源，探尋黃河之源。漢臣，謂張騫。張騫出使西域後曾探尋河源。見《漢書・張騫傳》。❺上苑梅花早四句　上苑，即上林苑。供皇帝玩賞、打獵的園林。《西京雜記》卷一：「初修上林苑，群臣遠方，各獻名果異樹，亦有製為美名以標奇麗。……梅七：朱梅、紫葉梅、紫華梅、同心梅、麗枝梅、燕梅、猴梅。」梅花、楊柳，以長安之景，諧邊地之曲名。漢橫吹曲有〈梅花落〉、〈折楊柳〉，博望侯張騫由西域傳入西京，李延年改為新聲，以為武樂，給邊將之用。見《古今注・音樂》。御溝，流經皇宮的河道。

【語　譯】正互相親近，情誼加深，老朋友卻被山河關塞所隔絕。就像秦川之上肝腸斷絕的遊子，慷慨悲歌，就像當年的荊軻在易水之濱。即將到達的荒塞大約就是玉門關吧，而所要去到的輪臺路途還十分遙遠。懷念那為屬下洩井的邊地校尉耿恭，敬重那不辭辛勞尋找河源的漢臣張騫。上林苑的梅花早早地開，御溝的楊柳又生發了新綠。應該只有彈奏起這〈梅花落〉、〈折楊柳〉的曲子，當作邊城之春。

【研　析】首句著一「坐」字，言別之突然，情之難捨，故作此詩。次句不言其他原因使「別」，而云關河使意氣正相親之故人相別，見其別之無可奈何，身不由己，而亦見相別之遙，離情之難堪。「客似」以下六句，「秦川」、「易水」、「塞荒」、「臺遠」、「洩井」、「尋源」，正切「關河」二字，此乃設想中「西行」之景，既悽愴而又浪漫。「上苑」二句，寫上苑梅花、御溝新柳，是離別時之景。「只應」二句，承上而轉，翻空出奇，言將來在邊地只能以〈梅花落〉、〈折楊柳〉之邊曲當作春天了。樂景生悲，寫依戀故鄉之情極苦。

早秋出塞寄東臺詳正學士

【題　解】此詩寫早秋邊塞之景，並回憶供職東臺之樂。表達對東臺詳正學士的懷念，對自己人生多變的無奈。疑與前首同時或稍後而作。正，一作「政」。

促駕逾三水，長驅望五原❶。天街分斗極，地理接樓煩❷。漢月明關隴，戎雲聚塞垣❸。山川殊物候，風壤異涼溫❹。戍古秋塵合，沙寒宿霧繁❺。昔余迷學步，投跡忝詞源❻。蘭渚浮延閣，蓬山款禁園❼。彯纓陪紱冕，載筆偶璵璠❽。汲冢寧詳蠹，秦牢詎辨冤❾？一朝從篚服，千里騖輕軒❿。鄉夢隨魂斷，邊聲入聽喧。南圖終鎩翮，北上遽摧轅⓫。弔影慚連茹，浮生倦觸藩⓬。數奇何以託，桃李自無言⓭。

【注　釋】❶促駕逾三水二句　促駕，催車速行。三水，縣名。以縣界自羅川谷有三泉並流，故以為名。在今陝西邠縣。長驅，指車隊疾速前進。五原，謂龍游原、乞地干原、青嶺原、可嵐貞原、橫槽原。見《元和郡縣志·關內道·鹽州》。在今寧夏境內。❷天街分斗極二句　天街，星名。《漢書·天文志》：「畢、昴間，天街也。街北，胡也；街南，中國也。」街，一作「衢」，又作「階」。斗極，星斗所主的界限。地理，《易·繫辭上》：「仰以觀於天文，俯以察於地理。」孔穎達疏：「天有懸象，而成文章，故稱文也。地有山川原隰，各有條理，故稱理也。」樓煩，古縣名。地在今山西神池、五寨二縣境。此處指漢時樓煩人居住的朔方郡，地在今內蒙古河套西北部及後套地區。❸漢月明關隴二句　關隴，指函谷關以西、隴山以東一帶地區，乃漢唐政治、文化中心地帶。戎，古時對西北邊境少數民族的蔑稱。戎，一作「胡」。塞垣，關塞之牆，即指邊塞地區。《文選》鮑照〈東武吟〉：「追虜窮塞垣。」李善注：「蔡邕上疏曰：秦築長城，漢起塞垣，所以別外內，異殊俗。」❹山川殊物候二句　物候，本指萬物應節之氣象。此指時令。風壤，猶言風土。溫，一作「暄」。❺戍古秋塵合二句　戍，戍守之營驛。合，一作「冷」。宿霧，積聚多日不散的沙塵、雲霧。❻昔余迷學步二句　迷學步，傳云春秋時壽陵餘子聞邯鄲人步態優美，於是往學。學竟不成，又忘故步，乃匍匐而歸。見《莊子・秋水》。此指沈迷於讀書問學。投跡，言高攀附。此指來到京城。顏延之〈拜陵廟作〉：「逮事休命始，投迹階王庭。」詞源，以水源喻文辭之湧流不息。❼蘭渚浮延閣二句　蘭渚，長滿蘭草的沙洲。曹植〈應詔詩〉：「朝發鸞臺，夕宿蘭渚。」此指皇宮藏書室蘭臺。延閣，亦藏書室。《宋書・百官志》：「漢西京圖籍所藏，有天府、石渠、蘭臺、石室、延閣、廣內之府是也。」蓬山，本傳說中神仙居處。此處乃指禁園中園池名。參宋敏求《長安志・宮室》。款，至。禁園，皇家園囿。❽彯纓陪紱冕二句　彯纓，指在朝廷做官。彯，飄。纓，結冠的帶子。鮑照〈詠史〉詩：「仕子彯華纓。」紱，印綬。冕，大夫以上冠也。班固〈西都賦〉：「英俊之域，紱冕所興。」載筆，攜帶文具記錄王事。《禮記・曲禮上》：「史載筆，士載言。」鄭玄《注》：「筆，謂書具之屬。」璵璠，寶玉名，君子所佩戴。曹植〈贈徐幹〉：「亮懷璵璠美，積久德愈宣。」此指德才俱美的人物。以上四句謂曾在禁苑藏書處任東臺詳正學士。❾汲冢寧詳蠹二句　汲冢，晉太康二年汲郡人不準，盜發魏襄王墓（或言安釐王冢），得竹書數十車。武帝以其書散亂斷壞，付秘書校綴次第，尋考指歸。束皙得觀竹書，隨疑分析，皆有疑證。見《晉書・束皙傳》。蠹，書中蛀蟲。此轉指書中被蟲蛀的內容。秦牢，秦始皇所設監獄。傳云秦獄所在地生一種名叫「怪哉」的蟲，如生肝狀。東方朔視之，以為是獄中怨氣鬱結而成。見《北堂書鈔・刑法部》引《東方朔別傳》。此二句言自己蒙冤遭謗，罷東臺詳正學士之職。❿一朝從篚服二句　篚服，本指筐篚之類。盛物竹器，方曰筐，圓曰篚。《詩經・小雅・鹿鳴序》：「〈鹿鳴〉，燕羣臣嘉賓也，既飲食之，又實幣帛筐篚，以將其厚意，然後忠臣嘉賓，得盡其心矣。」此指皇帝恩賜的隨軍出使的禮服。鶩，野鴨飛。言車之速。輕軒，輕車。使者之車。此二句言蒙恩謫戍。⓫南圖終鎩翮二句　南圖，謂大鵬展翅南飛。《莊子・逍遙遊》：「鵬之徙於南冥也，水擊三千里，摶扶搖而上者九萬里……背負青天，而莫之夭閼者，而後乃今將圖南。」鎩翮，羽毛摧落。猶言折翅。左思〈蜀都賦〉：「鳥鎩翮，獸廢足。」喻壯志消沈。遽，突然。摧輈，即車被毀。言征途之艱險。魏文帝〈苦寒行〉：「北上太行山，艱哉何巍巍。羊腸阪詰曲，車輪為之摧。」輈，車前駕牲畜的直木。⓬弔影慚連茹二句　弔影，即對影自憐。形容孤獨無依。連茹，《易・泰》初九：「拔茅茹，以其彙，貞吉。」王弼注：「茅之為物，拔其根而相牽引者也。茹，相牽引之貌。」後因以「連茹」表示擢用一人而連帶起用其他人。慚連茹，謂面對連根的茅茹而感到羞慚。喻不好意思求別人援引自己，以連累別人。浮生，即人生。觸藩，《易・大壯》九三：「羝羊觸藩，羸其角。」後以觸藩喻所至碰壁，進退兩難。喻仕途不遂。

⑬數奇何以託二句　數奇，即命運不順當。此用漢飛將軍李廣事。漢文、景之世，李廣以力戰為名，文帝惜其不生於高祖世以揚名封侯。武帝立，乃召拜廣為右北平太守，而匈奴數歲不敢入右北平，廣因此無戰功，無官爵。後李廣年老，大將軍衛青不讓他與匈奴單于正面交鋒，因迷路而耽誤戰機，大將軍衛青使長史急責之。廣遂引刀自剄。「桃李不言，下自成蹊」，司馬遷所引俗諺以讚李廣者。言桃李以華實感物，故人不期而往，其下自成蹊徑。以喻廣口雖不能道辭，而其忠心能使物感動也。見《史記・李將軍列傳》。

【語　譯】趕著車馬越過了三水縣，急速向前，就快到了五原。天街的南北，乃為畢、昴星所主的界限所分，地理的走向與樓煩縣相接。漢家的月亮照耀著關隴之地，戎地的雲霧積聚在塞垣長城。山川各有不同的物產、風光，氣候土壤也有寒涼、溫和之別。古老的戍驛被秋天的飛塵所籠罩，寒冷的沙漠堆積著濃濃的煙霧。往日我沈迷於在文壇上邯鄲學步，並來到京城忝列詞臣之位。蘭臺之上高聳著延閣書室，神仙所居的蓬山似乎來到了皇宮禁苑。冠帶飄飄，陪侍著王公大臣，攜帶著文具，與英俊之士並排而坐。汲冢書被蟲吃了的內容哪裏弄得懂？秦牢中的冤獄難道能辯得清說得明？一旦穿上隨軍出使的禮服，駕著輕車飄馳到千里之外。思鄉之夢隨著旅魂飄蕩，邊地的嘈雜聲聽起來很喧鬧。鳥羽折斷，飛往南海的希望化為泡影，車轅摧毀，北征的路途真艱難。形影相弔，羞於央求別人的援引，人生若浮，感到動輒得咎的日子很煩。命運不好能怨得了誰，桃李本不會說話來表白。

【研　析】此詩可分兩節。自詩首至「沙寒宿霧繁」共十句，入題寫「早秋出塞」。首二句冠以「促駕」、「長驅」，寫出塞之急速，也暗示其事之突然。「天街」以下四句言戎漢兩地分隔的遙遠。「漢月」應「天街」，寫足句中之「逾」、「分」、「明」字；「塞垣」應「樓煩」，且與「三水」、「五原」一溜直下，寫足句中之「望」、「接」、「聚」字。結構章法之謹密巧妙，用詞造句之一絲不亂，於此可見一斑。「山川」以下四句寫塞垣風光。

「殊物候」、「異涼溫」，短時間內兩地氣候的驟然變化，亦可反證行軍之速、之突然，暗應「促駕」、「長驅」二語。「秋塵合」、「宿霧繁」，見塞上風光之壓抑，與「漢月」、「戎雲」二句形成映襯。

自「昔余迷學步」至詩末共十八句，寫「寄東臺詳正學士」。「昔余迷學步」以下六句，回憶朝中任東臺詳正學士之職時的美好生活。蘭渚、延閣、蓬山、禁園、影纓、載筆，多麼充滿希望而令人羨慕！與關隴漢月、塞垣戎雲、古戍秋塵、寒沙宿霧形成天壤之別。由朝中而出塞，不能不讓人扼腕興歎。「紱冕」，言官高位尊；「璵璠」，言才美德盛。以喻「東臺詳正學士」也。因曾「陪」之「偶」之，有共事之誼，彼亦當為我之遭遇而不解；我亦應向彼作一告別交代也。「汲冢」二句，即寫其遭遇。此中情節複雜，或許連自己都莫名其妙，故以反問語氣輕輕含糊帶過。此以一當百，最有分寸，亦最能得同事之理解。「一朝」、「千里」二句與「促駕」、「長驅」遙接。以下之「鄉夢」、「邊聲」、「南圖」、「北上」四句純寫心理，與前「漢月」、「戎雲」、「戍古」、「沙寒」等實景，交錯相通。「弔影」以下四句，又應「汲冢」二句，寫其對出塞之認命，此最得體，亦能得同事之同情。

夕次蒲類津

【題　解】次，停留。蒲類津，即蒲類海渡口。《元和郡縣志・隴右道・庭州》：「蒲類縣，貞觀十四年置，因蒲類海為名。」地在今新疆巴里坤哈薩克自治縣境。此詩寫夕次蒲類津之景，抒寫羈旅之愁，亦亮為國效死之志。或以為此詩約作於高宗咸亨元年（西元六七〇年）吐蕃入寇時。時薛仁貴為邏娑道行軍大總管，率郭待封等以擊之，屯於大非川，為吐蕃四十餘萬眾所圍，官軍大敗，仁貴坐除名。見《舊唐書・薛仁貴傳》。陳熙晉《駱臨海集箋注》云：「末四句蓋指烏海之事。」然蒲類津與烏海並不在一處。題一作〈晚泊蒲類〉。

二庭歸望斷❶，萬里客心愁。山路猶南屬，河源自北流❷。晚風連朔氣，新月照邊秋。竈火通軍壁，烽煙上戍樓❸。龍庭但苦戰，燕頷會封侯❹。莫作蘭山下，空令漢國羞❺。

【注釋】❶二庭　唐時西突厥分為二庭。乙毗沙鉢羅咥利失可汗建庭於雖合水北，為南庭；咄陸建庭於鏃曷山西，為北庭。二庭以伊列水為界。去長安八千九百里，北與匈奴接。貞觀十四年八月，以西突厥地為庭州，並置蒲類縣。見《舊唐書・地理志》。地在今新疆境內。❷山路猶南屬二句　山路，即祁連山之路。古稱祁連山，有南北之分。南祁連，地在今新疆南部，即《漢書・西域傳》所稱之南山。北祁連，即今新疆之天山，橫貫新疆中部。南屬，謂祁連猶連著南方，度祁連時還可以回望中原。河源，黃河發源地。清徐松《西域水道記》卷一：「《漢書》曰：河有二源，一出蔥嶺，一出于闐。于闐在南山下，其河北流，與蔥嶺河合。」自，自然；自是。❸竈火通軍壁二句　竈，行軍炊物之處。《史記・孫子吳起列傳》：「齊軍入魏地為十萬竈，明日為五萬竈，又明日為三萬竈。」軍壁，即營壘。軍營周圍的防守工事。烽煙，古代邊防報警的信號。❹龍庭但苦戰二句　龍庭，即龍城，匈奴單于祭天、大會諸國處。其地在今蒙古人民共和國鄂爾渾河西側和碩柴達木湖附近。漢代邊將與匈奴屢有艱苦卓絕之戰爭。燕頷，舊時相者謂燕頷虎頸之人有王侯貴相。《後漢書・班超傳》：「班超為人有志，不修細節。其後行詣……相者指（班超）曰：『生燕頷虎頸，飛而食肉。此萬里侯相也。』」❺莫作蘭山下二句　用西漢李陵事。天漢二年（西元前九九年），陵自請將其步卒五千人，到蘭干山南以當單于兵。遂經居延海（在今內蒙古額濟納旗），至浚稽山（即今蒙古戈壁阿爾泰山），與單于數萬騎戰，追殺數千人。後單于知李陵無後援，遂遮道急攻陵，陵弓矢皆盡而敗。自以無面目報陛下，遂降。見《漢書・李陵傳》。蘭山，即蘭干山，地近浚稽山。

【語譯】身處二庭之地，望鄉的視線被阻斷，萬里之外，遊子的心充滿憂愁。祁連山之路依然還連著南方，黃河的于闐山之源本來就向北流。晚風中摻雜著北地的寒氣，彎彎新月照著邊疆的秋夜。一堆堆竈火連通眾多的兵壘，戍樓上點燃筆直的烽煙。只顧在龍城艱難地戰鬥殺敵，終當如燕頷虎頸的班超以軍功封萬里侯。莫像蘭山下落敗被俘的李陵，徒然讓朝廷蒙羞。

【研　析】首二句劈空直寫思鄉之客愁，以「斷」、「萬里」形容之，極言其愁苦。「山路」句，言其「歸望」本自不斷，而「河源自北流」句，則證實是「斷」矣。「晚風」二句，寫題中「夕」字，正是勾引「客心愁」之衰景。「竈火」二句，寫征調之軍、屯守之戍，應題中「次蒲類津」四字。「竈火」、「烽煙」，是軍壘中最有代表性之景象，目睹其景，殺敵立功之決心不禁勃然興起。正因前所言「歸望斷」，故此景所觸發之決心愈烈。於是下四句自然而湧出，「龍庭」、「燕頷」、「蘭山」都是借故典寫心胸，雅正而淳厚。其氣概之高，直逼古人。

晚度天山有懷京邑

【題　解】天山，唐時稱西州（今新疆吐魯番及鄯善地區）以北一帶山脈。山南設有天山縣。縣東南約百里即蒲類海。見《舊唐書・地理志》。京邑，即京城。詩寫晚度天山時強烈的念國思歸之情。從詩中「歸期未及瓜」的話看來，此詩應作於詩人到邊塞的第二年，即高宗咸亨二年（西元六七一年）春天。

忽上天山路，依然想物華❶。雲疑上苑葉，雪似御溝花❷。行歎戎麾遠，坐憐衣帶賒❸。交河浮絕塞，弱水浸流沙❹。旅思徒漂梗，歸期未及瓜❺。寧知心斷絕，夜夜泣胡笳❻。

【注　釋】❶忽上天山路二句　物華，美好景物。《宋書・謝靈運傳》：「怨物華之推擇，慨舟壑之遞遷。」路，一作「望」。❷雲疑上苑葉二句　雲疑上苑葉，即雲似上林苑之樹葉。上苑，即上林苑。參見〈西行別東臺詳正學士〉注❺。御溝，流入宮內的河道。因植楊其上，又稱楊溝。見《三輔黃圖》。❸行歎戎麾遠二句　行，即將。戎麾，指揮行軍的旗幟。坐，突然。憐，一作「令」。衣帶賒，謂人瘦而衣帶鬆緩。〈古詩十九首〉：「相去日已遠，衣帶日已緩。」❹交河浮絕塞二句　交河，

《元和郡縣志・西州》：「出縣北天山，水分流於城下，因以為名。」地在今吐魯番西北的雅爾和屯。浮，流向。絕塞，絕遠的邊塞。弱水，即今甘肅境內的張掖河，俗稱黑河。《尚書・禹貢》：「導弱水，至于合黎，餘波入于流沙。」合黎山，在張掖西北二百里。流沙，即指居延沙漠。在縣東北一千六百里。見《元和郡縣志・隴右道・甘州・張掖縣》。❺旅思徒漂梗二句　漂梗，隨波漂流無方的桃梗人。見〈晚憩田家〉注❼。及瓜，指瓜熟時節赴戍，到來年瓜熟時節任職期滿，由另人接替。即「及瓜而代」。典出《左傳》莊公八年。據《舊唐書・百官志》：唐時軍中下級軍官每二年一代。❻寧知心斷絕二句　寧知，猶言豈知。斷絕，痛苦至極。鮑照〈東門行〉：「涕零心斷絕。」泣胡笳，李陵〈答蘇武書〉：「涼秋九月，塞外草衰。夜不能寐，側耳遠聽，胡笳互動，牧馬悲鳴。……晨坐聽之，不覺淚下。」

【語　譯】忽然踏上天山之征途，眼前依然浮現京華的美景。這裏的雲彩就像上林苑中美麗的樹葉，漫天飛雪彷彿御溝的白色楊花。正感歎行軍的旗幟越來越遠，突然可憐地發現自己的衣帶已變寬。交河流向絕遠的邊塞，弱水浸入居延流沙。滿懷旅愁，徒然像隨波漂流的桃梗，歸期未到，瓜還沒有熟透。哪裏知道我的心痛苦至極，夜夜聽著胡笳落淚。

【研　析】首二句破題，寫行軍天山時懷念京邑。一「忽」字言其自京邑上天山之速，彷彿在剎那之間，實則是自己懷京邑之深，一刻也不能忘京邑之故。次二句，即承「想」字而下。「雲」、「雪」乃天山上所見之實景，「上苑葉」、「御溝花」乃想念中之「物華」也。「行歎」句，應「忽」字；「坐憐」句，應「想」字，因「想」之苦而令人瘦也。「交河」四句，寫其天山旅程之遙遠，漂泊之艱辛，並非一「忽」字了得。非一「忽」字而能概之，而下一「忽」字者，言時光如箭，年歲之無情也。「心斷絕」則是不想，而又「依然想」，可見其「想」字之內涵複雜深刻，「想」之程度令人癲狂也。末句下「夜夜泣胡笳」一語，應題中「晚度」字，足以寫盡「想」字。

軍中行路難同辛常伯作

【題　解】《樂府詩集》引《樂府解題》云：「〈行路難〉，備言世路艱難，及離別悲傷之意。多以『君不見』為首。」王昌齡有〈變行路難〉，殆亦〈行路難〉之變體。常伯，官名。《新唐書・百官志》：「龍朔二年，改尚書省曰中臺，尚書曰太常伯，侍郎為少常伯。」辛常伯，未知何人。同，即唱和。此詩以雄渾之筆敘其征旅生活，表達不畏勞苦、為國立功之決心。約咸亨元年（西元六七〇年）由東臺詳正學士從征吐蕃抵達邊塞時作。此詩或題辛常伯作。

君不見玉關塵色暗邊庭，銅鞮雜虜寇長城❶。天子按劍徵餘勇，將軍受脤事
橫行❷。七德龍韜開玉帳，千重龜壘動金鉦❸。陰山苦霧埋高壘，交河孤月照連
營❹。連營去去無窮極，擁旆遙遙過絕國❺。陣雲朝結晦天山，寒沙夕漲迷疏勒❻。
龍鱗水上開魚貫，馬首山前振雕翼❼。長驅萬里讋祁連，分麾三令武功宣❽。百
發烏號遙碎柳，七尺龍文迥照蓮❾。春來秋去移灰琯，蘭閨柳市芳塵斷❿。雁門
迢遞尺書稀，鴛被相思雙帶緩⓫。行路難，行路難，誓令氛祲靜皋蘭⓬。但使封
侯龍頟貴，詎隨中婦鳳樓寒⓭。

【注　釋】❶君不見玉關二句　玉關，即玉門關。邊庭，猶言邊疆。銅鞮，春秋晉邑。漢置縣，屬上黨郡。《漢書・高帝紀》

載高祖擊韓王信於銅鞮，斬其將，即此。地在今山西沁縣。雜虜，對北方匈奴、突厥等犯邊之敵的蔑稱。長城，此喻堅固的邊防。❷天子按劍徵餘勇二句　按劍，將劍往下壓，意欲拔劍。鮑照〈出自薊北門行〉：「天子按劍怒，使者遙相望。」徵，徵集。餘勇，謂勇力有餘之人。脤，古代出兵時祭社稷用的生肉。《左傳》閔公二年：「帥師者受命於廟，受脤於社。」此指受命出征。事，從事。橫行，謂縱橫沙場。《漢書·季布傳》：「上將軍樊噲曰：『臣願得十萬眾，橫行匈奴中。』」❸七德龍韜開玉帳二句　七德，《左傳》宣公十二年：「楚子曰：夫武，禁暴、戢兵、保大、定功、定民、和眾、豐財者也。」杜預注：「此武七德。」龍韜，古兵書《六韜》中之一韜。《隋書·經籍志》：「《太公六韜》五卷，謂文韜、武韜、龍韜、虎韜、豹韜、犬韜。」此泛指兵略。玉帳，征戰時主將所居的軍帳。《抱朴子·外篇》：「兵在太乙玉帳之中，不可攻也。」又指兵書。《新唐書·藝文志》著錄李靖《玉帳經》一卷。千重，言攻打龜壘之敵我兩軍之盛。龜壘，即龜茲國。《後漢書·西羌傳》：「時吐蕃陷龜茲城，出師收復其地，故云龜壘。」龜壘，一作「鼉鼓」。動，一作「疊」。鉦鼓，古代行軍所用樂器。鳴鉦以為鼓節。《詩經·小雅·采芑》：「鉦人伐鼓。」毛亨傳：「鉦以靜之，鼓以動之。」❹陰山苦霧埋高壘二句　陰山，今河套以北、大漠以南諸山的統稱。《漢書·匈奴傳》：「北邊塞至遼東外有陰山……本冒頓單于依阻其中，治作弓矢，來出為寇，是其苑囿也。」高壘，高築的壁壘，防禦工事。交河，古城名。漢元帝時在此設戊己校尉，掌管屯田等事務。唐貞觀十四年，置交河縣，為高昌首府。參見〈晚度天山有懷京邑〉注❹。連營，形容營壘之多。❺擁旆遙遙過絕國　擁旆，舉著旗幟。旆，旗幟的通稱。此指軍旗。絕國，極遠的邦國。此指西域邊塞。此地古時多有少數民族建立的王國，故稱。❻陣雲朝結晦天山二句　陣雲，戰地煙雲。《史記·天官書》：「陣雲如立垣。」晦，使陰暗。寒沙，寒冷的沙漠。疏勒，漢西域城國。唐置疏勒都督府。地在今新疆喀什噶爾一帶。❼龍鱗水上開魚貫二句　龍鱗，即言龍城。以其地西面有蒲昌海，風吹而成龍形，故名。地在今蒙古人民共和國鄂爾渾河西側和碩柴達木湖附近。詩文中往往以龍城指代匈奴。參見〈秋晨同淄州毛司馬秋九詠·秋雲〉注❸。魚貫，言行軍連續行進，如魚羣游行水中，相接不斷。《三國志·魏書·鄧艾傳》：「將士皆攀木緣崖，魚貫而進。」馬首山，《漢書·地理志·遼西郡》：「柳城，馬首山在西南，參柳水，北入海。」在今遼寧朝陽、遼陽一帶。此處所指當為疏勒都督府一帶山名。振翼，起飛。雕，大鷙鳥。一名鷲，為猛禽。雕，一作「鵰」。❽長驅萬里讋祁連二句　長驅，指軍隊疾速前進。讋，使恐懼。祁連，祁連山，又名天山、白山。《史記·匈奴列傳》：「驃騎將軍過居延，攻祁連山。」《索隱》：「東西二百餘里，北百里有松柏五木，美水草，冬溫夏涼，宜畜牧養。匈奴失二山，乃歌曰：『失我祁連山，使我六畜不蕃息；失我焉支山，使我嫁婦無顏色。』」分麾，分選各路將軍以指揮。三令，戰前的反復誥誓、動員。《史記·孫子吳起列傳》：「約束既布，乃設鈇鉞，即三令五申之。」令，一作「命」，非。武功，戰功；捷報。《詩經・大雅・文王有聲》：「文王受命，有此武功。」❾百發烏號遙碎柳二句　百發烏號遙碎柳，指箭術的高超。《戰國策・西周策》：「楚有養由基者，善射，去柳葉者百步而射之，百發百中。」烏號，良弓名。乃堅勁之桑柘枝所製。見《文選》枚乘〈七發〉「左烏號之雕弓」李善注。七尺、龍文、蓮，皆謂寶劍之美者。七尺，《後漢書・馮異傳》：「車駕送至河南，賜以乘輿，七尺具劍。」龍文，張華《博物志・器名考》：「干將，陽，龍文；莫邪，陰，漫理。此二劍吳王使干將作。」蓮，指寶劍之首以玉作井鹿盧形，上刻木作山形，如蓮花初生未敷時。見《漢書・雋不疑傳》「帶櫑具劍」顏師古注。❿春來秋去移灰琯二句　謂在邊地已有年矣。灰琯，亦作灰管。古人占驗氣候變化時，內加置蘆灰的律管。參見〈詠塵灰〉注❷。蘭閨，《後漢書・曹皇后紀贊》：「班政蘭閨，宣禮椒屋。」章懷太子注：「蘭林，殿名，故言蘭閨。」此泛指女子居處。柳市，漢代長安九市之一，豪俠所遊處。見《漢書・游俠傳・萬章》。芳塵，謂豪俠在長安市狎妓遊玩的蹤跡。⓫雁門迢遞尺書稀二句　雁門，即雁門關，古為戍守重地。地在今山西代州西北三十里。迢遞，遠望懸絕。尺書，即書信。〈古詩〉：「呼童烹鯉魚，中有尺素書。」鴛被，繡有鴛鴦鳥的被子。〈古詩十九首〉：「文彩雙鴛鴦，裁為合歡被。著以長相思，緣以結不解。」雙帶，謂男女雙方的衣帶。緩，因相思而瘦，衣帶顯寬。〈古詩十九首〉：「相去日已遠，衣帶日已緩。」⓬暫令氛祲靜皋蘭　氛祲，不祥之雲氣。此指敵人挑起的戰事。皋蘭，山名。在今甘肅蘭州。漢元狩二年，驃騎將軍霍去病出隴西，過焉支山千有餘里，鏖戰皋蘭山下，即此。見《漢書・霍去病傳》。⓭但使封侯龍頟貴二句　謂男兒當封侯邊疆，豈能終日遊戲裙釵之間。龍頟，漢縣名。武帝以千三百戶封韓說為龍頟侯，故名。見《史記・衛將軍驃騎列傳》。故城在今河北景縣東。中婦，猶言內室。《古樂府・清調曲・相逢行》：「大婦織綺羅，中婦織流黃。小婦無所為，挾瑟上高堂。」大婦、中婦、小婦者，互言。鳳樓，即婦女居處。江淹〈征怨〉詩：「蕩子從征久，鳳樓簫管閑。」

【語譯】 君不見玉門關煙塵使邊庭變得昏暗失色，那是銅鞮的胡兵公然侵犯長城。天子按劍而怒，徵集各地的壯士參軍，將軍受命出征，縱橫沙場。將軍的武德崇茂、韜略弘深，幕府玉帳洞開，千軍萬馬將龜茲城圍得水泄不通，戰鼓金鉦響個不停。陰山的迷霧將高高的壁壘遮掩得看不清，孤獨的明月照耀著交河兩岸連續不斷的營壘。連續不斷的出征部隊蜿蜒向前望不到頭，扛著軍旗經過遙遠的絕塞邦國。早上戰地煙雲積聚，使天山一片昏暗，晚上大漠寒沙飛揚，使疏勒城變得迷茫。蒲昌海上行軍的隊伍魚貫前進，馬首山前神雕振翅飛翔。萬里飛奔，使祁連山的胡人感到震恐，兵分幾路，再三誥誓，捷報頻傳。拉滿烏號弓，百步射柳百發中，手舞七尺龍文劍，頭頂的閃光似蓮花。律管灰飛，春來秋去又一年，長安蘭閨和柳市見不到豪俠嬉遊狎妓的蹤跡。雁門關是那麼遙遠，書信稀疏，獨臥鴛被，相思令人衣帶漸寬。行路難啊行路難，誓將戰爭的氣氛澄清，讓皐蘭早日和平。熱血男兒只希望像韓說那樣殺敵立功封龍頟侯，豈能在鳳樓中守著老婆打寒顫。

【研　析】此詩三次換韻，其內容亦基本隨韻而轉，可分三節。第一節自「君不見」至「交河孤月照連營」，共八句。「君不見」以下四句，寫銅鞮雜虜挑起戰事，天子將軍震動，徵兵出戰，表戰事之危急。「七德」以下四句，寫戰事規模之大，其氣氛緊張而激烈。第二節自「連營去去」至「七尺龍文迴照蓮」，共十句，寫其行軍的生活。「連營去去」、「擁旆遙遙」、「開魚貫」、「振雕翼」、「讋祁連」、「武功宣」、「遙碎柳」、「迴照蓮」等意象，無不充滿著浪漫的激情。即使「陣雲朝結」、「寒沙夕漲」，在詩人筆下也成了沙場上一道奇特的風景。第三節自「春來秋去移灰琯」至詩末，共九句。表其甘願忍相思之苦、為國立功之決心。〈行路難〉這一樂府舊曲，本是言世路艱難及離別悲傷之意的，但在作者筆下卻是一派鬥志昂揚氣象。作者未嘗沒有感到世路之艱難，詩中亦如古曲兩次慨歎「行路難」；作者亦未嘗不感到離別之悲傷，如詩中言「雁門迢遞尺書稀，鴛被相思雙帶緩」。但在「天子按劍」、「將軍受脤」之際，這一切都如輕風薄霧消散了，「誓令氛祲靜皐蘭」的英雄主義情懷激蕩不已。這是對舊曲的新變，是舊瓶裝新酒的典型一例。《刪補唐詩選脈箋釋會通評林》卷十四引周珽曰：「賓王性質忠烈，故語多憤激，所志惟欲為君國樹勛雪恥。……若此篇，托意征戍之士，謂既受天子閫外之寄，則揚塵遠路，奮勇忘家，有所不辭者。前段敘軍行節制所自，中段寫軍行威武所及，末段言軍行志願不負所期許。味『誓令氛祲靜皐蘭』一語與尾二句，忠義之氣凜凜，不獨見於討武氏一檄矣。」所言極是。

邊庭落日

【題解】此詩敘萬里征旅之苦，表其為國盡忠之心。與前詩同時作。庭，一作「城」。

紫塞流沙北，黃圖灞水東❶。一朝辭俎豆，萬里逐沙蓬❷。候月恒持滿，尋源屢鑿空❸。野昏邊氣合，烽迥戍煙通❹。膂力風塵倦，疆埸歲月窮❺。河流控積石，山路遠崆峒❻。壯志凌蒼兕，精誠貫白虹❼。君恩如可報，龍劍有雌雄❽。

【注釋】❶紫塞流沙北二句　紫塞，指北方邊塞。見〈同張二詠雁〉注❶。流沙，即指居延沙漠。參見〈晚度天山有懷京邑〉注❹。黃圖，即帝都。參見〈同崔駙馬曉初登樓思京〉注❸。灞水，本名霸水。為關中八川之一。秦穆公更滋水以為名，以顯其霸功。見《水經注・渭水》。❷一朝辭俎豆二句　俎豆，古代宴請、朝聘、祭祀用的禮器。《論語・衛靈公》：「俎豆之事，則嘗聞之矣。」此言出塞前在朝為奉禮郎兼東臺詳正學士之職。此時罷學士之職，以奉禮郎戍邊。李嶠有〈送駱奉禮從軍〉詩，可證。沙蓬，沙塵和蓬草。喻飄泊不定。鮑照〈蕪城賦〉：「孤蓬自振，驚沙坐飛。」❸候月恒持滿二句　候月，古兵家伺望星月虧盈而決定其軍事行動。《史記・匈奴列傳》：「舉事而候星月。月盛壯則攻戰，月虧則退兵。」持滿，拉滿弓弦，處於緊張備戰狀態。尋源，探尋黃河之源。漢張騫出使西域時有探河源之事。見《史記・大宛列傳》。又，唐太宗時李靖、侯君集、任城王道宗等擊破吐谷渾，次星宿川，達柏海上，望積石山，覽觀河源。見《新唐書・吐谷渾傳》。鑿空，猶言開通道路。《史記・大宛列傳》：「張騫既至烏孫，……於是西北國始通於漢矣。然張騫鑿空，其後使往者皆稱博望侯。」《索隱》：「案謂西域險阨，本無道路，今鑿空而通之也。」❹野昏邊氣合二句　邊氣，邊塞征戰之聲氣。庾信〈擬行路難〉：「胡笳哀急邊氣寒。」烽，即瞭望所、報警臺。戍，即營地。庾信〈至老子廟應詔〉詩：「野戍孤烟起。」❺膂力風塵倦二句　謂在邊地歲月既久，所經戰事繁多，固有所疲倦也。膂力，謂體力。《詩經・小雅・北山》：「膂力方剛，經營四方。」

風塵，風起塵揚。喻戰爭。疆場，本作疆埸。國之疆界。《左傳》成公三年：「鄭人怒君之疆埸。」後人訛為疆場，即為戰場之場。❻河流控積石二句　黃河所經有大積石山，今名大雪山，在今青海南部，大禹導河自此。又經小積石山，在今甘肅臨夏西北，唐儀鳳二年（西元六七七年）置積石軍於此。參《讀史方輿紀要．臨洮府．河州》。此處指小積石山。控，為積石山所約束。崆峒，山名。亦作空桐、空同等。在今甘肅平涼西。《史記．五帝本紀》：「（黃帝）西至於空桐，登雞頭。」即此。❼壯志淩蒼兕二句　蒼兕，水獸名，勇猛善奔突，能覆舟。貫白虹，即白虹貫日，古人以為乃精誠之心感動上天之兆。貫，直達。《史記．魯仲連鄒陽列傳》：「昔者荊軻慕燕丹之義，白虹貫日，太子畏之。」❽君恩如可報二句　龍劍，古有寶劍名龍淵、龍泉。後因稱寶劍為「龍劍」。雌雄，據晉干寶《搜神記》載：楚人干將、莫邪夫婦為楚王鑄雌雄二劍，三年乃成。干將以誤期自分必死，乃留雄劍囑其妻曰：若生男，告以劍所在。干將果被殺。其子成年後，得客助捨身為父復仇。

【語　譯】紫塞在居延大沙漠以北，帝都的東面是灞水。一旦辭去朝廷奉禮郎之職，到萬里之外追逐沙塵和蓬草。伺望月亮的虧盈以攻擊敵人，一直保持緊張的戰備狀態，探尋河源，屢屢打開通往異方的道路。邊地的兵氣集聚，使原野變得昏暗，營地燧火臺上的烽煙一簇一簇通向遠方。體力在不斷的戰爭中漸感不支，歲月在沙場上消耗殆盡。黃河流水被積石山所約束，上山的石路比攀登崆峒仙山還要遙遠。胸懷大志，比能覆舟的蒼兕更勇猛，精誠之氣像報燕的荊卿可以上衝白日。國君的恩情如果有機會能報答，我將亮出鋒利無比的雌雄龍劍。

【研　析】首四句，敘其罷職而辭別京城，來到萬里之外的沙塞從軍。「萬里」應「北」、「東」二字而下，極言沙塞與京城相去之遠；又與「一朝」相對，言其征途之艱辛委屈。對京城之懷思，對昔日君恩之眷顧，雖不明說，而實寓其中。「候月恒持滿」以下六句，選取「邊庭落日」剪影，寫足「逐沙蓬」三字。「候月」雖是用月滿來形容弓箭之勁者，然此處亦暗示時間正在日落而月未上升之際。「野昏」、「戍煙」等即是日落時之邊景。風塵勞碌，時間之匆匆，是望落日時易自然引發之感思。「河流控積石，山路遠崆峒」，是對前六句的總結，寫足「萬里」二字。「壯志」二句，緊承「河流」二句而來。「淩蒼兕」，應「河流」；「貫白虹」，應「崆峒」。「君恩」二句，以干將之子攜雌雄劍為父報仇事，具說其「壯志」和「精誠」。此又與前四句相呼應，此「精誠」和「壯志」正是詩人從黃圖灞水遠來紫塞流沙之動力，亦是他辭俎豆後來逐沙蓬的精神支柱。總之，詩如滾雷，一貫到底。

在軍中贈先還知己

【題　解】此詩寫從軍邊塞之苦，及對京國的強烈相思。約寫於詩人從軍的次年，即高宗咸亨二年（西元六七一年）。

蓬轉俱行役，瓜時獨未還❶。魂迷金闕路，望斷玉門關❷。獻凱多慚霍，論封幾謝班❸。風塵催白首，歲月損紅顏❹。落雁低秋塞，驚鳧起暝灣❺。胡霜如劍鍔，漢月似刀環❻。別後邊庭樹，相思幾度攀。

【注　釋】❶蓬轉俱行役二句　謂久在邊塞征戰，而歸期無望。蓬，草名。即蓬蒿。秋枯根拔，風捲而飛轉。常以喻人生漂泊不定。見〈早發諸暨〉注❹。行役，因公務或服役跋涉在外。《詩經・魏風・陟岵》：「予子行役。」瓜時，指瓜熟時而換防回鄉。參見〈晚度天山有懷京邑〉注❺。❷魂迷金闕路二句　魂迷，謂日夜思鄉，乃至神魂顛倒。金闕，本謂神仙所居，此即以稱帝闕。玉門關，在甘肅敦煌西北一百五十里所，古為通西域要道。❸獻凱多慚霍二句　獻凱，謂獻功。凱，通「愷」。《周禮・夏官・大司馬》：「若師有功，則左執律，右秉鉞，以先愷樂獻于社。」鄭康成注：「《兵樂》曰：愷獻于社，獻功于社也。」霍，謂霍去病，功高蓋世。《漢書・霍去病傳》載：票騎將軍去病，凡六出擊匈奴，斬首虜十一萬餘級，渾邪以眾降數萬，開河西酒泉之地，四益封，凡萬七千七百戶。論封，按功而封侯賞地。謝，慚愧之意。班，謂班超。《後漢書・班超傳》載：班超於漢明帝永平十六年（西元七三年）出使西域，使西域五十餘城國皆臣屬漢。前後在西域三十一年，官至西域都護，封定遠侯。❹風塵催白首二句　風塵，風起塵揚。喻邊塞生活。紅顏，謂年輕時光，與白首相對而言。❺落雁低秋塞二句　落雁，本指驚弓而落之雁。傳云一雁瘡痛而離羣，驚心未定，更羸虛發而下之。見〈途中有懷〉注❷。此指離羣而掉隊的孤雁。驚鳧，即失羣而受驚的鳧鳥。《文選》木華〈海賦〉：「鷸如驚鳧之失侶。」言其驚飛之急速。灣，水曲曰灣。❻胡霜如劍鍔二句　胡霜，言寶劍之鋒利而色白。鍔，劍刃。漢月，言刀環之圓。刀環，《漢書・李陵傳》：昭帝遣使至匈奴見陵，未得私語，即目視陵而數數自循其刀環，陰諭之可還歸漢。吳兢《樂府古題要解・藁砧今何在》：「『何當大刀頭』，刀頭有環，問夫何時當還也。」

【語　譯】我們都像秋蓬一樣遠征邊疆，到了瓜熟季節我卻不能回還。魂兒丟失在夢回京城的路上，望鄉的視線被玉門關阻斷。向朝廷獻功，和霍將軍比真是太慚愧，論封行賞，和班超比也自然是甘拜下風。戰地的艱苦生活催人變老，歲月流逝，洗去了青春容顏。離羣掉隊的孤雁低低地沿著秋天的邊塞飛行，受驚的鳧鳥刷拉拉飛出黃昏的水灣。胡地的秋霜像劍刃那樣刺人肌骨，家鄉的明月像圓圓的刀環。分別後在這邊塞的樹上，我按捺不住對您的思念，無數次爬上去瞭望遠方。

【研　析】首四句，言與知己俱行役邊塞，到瓜代之時知己得還而己則仍羈留不得還。一「俱」一「獨」字的對照，極顯心中不解和不平。故有「魂迷」、「望斷」之語接連而下。「望斷」語反用班超「生入玉門關」之意，頗顯憤激與無奈。然這並非針對「知己」而來者。詩人以戴罪之身從軍邊塞，自然與旁人不同。《詩經・召南・小星》：「肅肅宵征，夙夜在公。實命不同！」「獻凱」以下四句，重在抒情。寫自己在邊塞空度光陰，沒有立下什麼功勳。與「蓬轉俱行役」句照應。「落雁」以下四句，重在寫景，寫目睹邊塞風光，更觸動歸思。與「瓜時獨未還」之句呼應。景中含情，如「如劍鍔」，言邊地苦寒難耐；「似刀環」，見鄉思之痛。此八句分別以霍去病、班超喻先還知己；又以「落雁」、「驚鳧」自喻久在邊塞而不能歸家，極為得體，不失地步。末二句，深表離思，從盧思道〈從軍詩〉：「庭中奇樹已堪攀，塞外征人殊未還」二句化出。盧詩寫思婦望夫，此轉寫征夫望鄉懷人，其苦自深一層。方回《瀛奎律髓》曰：「賓王詩近似庾信，時有平仄字不協。此篇乃字字入律，工不可言。」

久戍邊城有懷京邑

【題　解】京，指京都長安。邑，指家鄉吳越一帶。此詩的寫作時間與〈在軍中贈先還知己〉大致相同。詩中回顧了自己一生的仕途生活，又敘久在邊城的苦樂，抒發對京邑生活的眷念與嚮往。

擾擾風塵地，遑遑名利途❶。盈虛一易舛，心跡兩難俱❷。弱齡小山志，寧期大丈夫❸。九微光貫玉，千仞忽彈珠❹。棘寺遊三禮，蓬山簉八儒❺。懷鉛慚後進，投筆願前驅❻。北走非通趙，西之似化胡❼。錦車朝促候，刁斗夜傳呼❽。戰士青絲絡，將軍黃石符❾。連星入寶劍，半月上雕弧❿。拜井開疏勒，鳴桴動密須⓫。戎機習短蕉，妖祲淨長榆⓬。季月⓭炎初盡，邊庭草早枯。層陰籠古木，窮色變寒蕪。海鶴聲嘹唳，城烏尾畢逋⓮。葭繁秋引急，桂滿夕輪孤⓯。

【章　旨】言拋棄少時理想，先到京城為官，後又從軍邊塞，過著緊張、艱苦的軍旅生活。

【注　釋】❶擾擾風塵地二句　擾擾，動蕩的樣子。鮑照〈行樂詩〉：「擾擾游宦子。」風塵，指京邑之地人事紛擾。遑遑，匆忙的樣子。名利途，即仕途。❷盈虛一易舛二句　盈虛，指事物的好與壞、滿與空。《易・豐》：「天地盈虛，與時消息。」比喻命運的好壞。舛，困厄。心跡，存心與行世，即理想與現實。謝靈運〈初去郡〉詩：「顧己雖自許，心迹猶未并。」❸弱齡小山志二句　弱齡，弱冠之年。小山志，即淮南小山之志。指賦詩作文。王逸《楚辭章句・招隱士》：「昔淮南王安博雅好古，招天下俊偉之士……各竭才智，著作篇章，分造辭賦，以類相從。故或稱小山，或稱大山。其義猶《詩》有〈小雅〉、〈大雅〉也。」小山，淮南王劉安及其門下客的共稱。寧期，難道期望，表反問。大丈夫，用班超不甘事筆硯之典。《後漢書・班超傳》載：班超家貧，常為官傭書以養母。久勞苦，嘗輟業投筆，歎曰：「大丈夫猶當效傅介子、張騫立功異域，以取封侯，安能久事筆研間？」❹九微光賁玉二句　謂陪侍於朝與遊戲於市。九微，燈名。傳云漢武好仙道，七月七日夜，設九微燈以迎王母。見張華《博物志》。賁，盛美。彈珠，以鐵石之丸射鳥為戲。《莊子・讓王》：「以隋侯之珠，彈千仞之雀。」喻懷才不遇、滿腹經綸而只得一小官。❺棘寺遊三禮二句　棘寺，九卿官署。陳熙晉《駱臨海集箋注》以為此棘寺為太常寺，駱曾為太常寺奉禮郎。三禮，即天、地、人之禮。見《尚書・舜典》「有能典朕三禮」孔安國傳。蓬山，本傳說中神仙居處。此處乃指禁園中書閣名。參見〈早秋出塞寄東臺詳正學士〉注❼。簉，同「萃」。聚集。八儒，《韓非子・顯學》：「自孔子之死也，有子張之儒，有子思之儒，有顏氏之儒，有孟氏之儒，有漆雕氏之儒，有仲良氏之儒，有孫氏之儒，有樂正氏之儒。儒分為八。」此謂弘文館薈萃了大批儒士，已曾任東臺詳正學士，亦預其間。❻懷鉛慚後進二句　懷鉛，揣著石墨筆，以備隨時記錄。常用以指勤學好記。參見〈送劉少府遊越州〉注❶。投筆，用班超事。見本詩第一部分注❸。前驅，猶言先鋒部隊。《詩經・衛風・伯兮》：「伯也執殳，為王前驅。」❼北走非通趙二句　謂此次往西北方向行進，非是求功名，而是如春秋時老子教化胡人，即推行王化。北走，《史記・張釋之馮唐列傳》：「釋之從行至霸陵，居北臨廁。是時慎夫人從，上指示慎夫人新豐道曰：『此走邯鄲道也。』」慎夫人乃邯鄲人，故曰通趙。後以北走邯鄲道喻求功名之路。化胡，風俗習慣與胡人同化。劉向《列仙傳》：「關令尹喜者，周大夫後，與老子俱之流沙之西。化胡，服苣勝實，莫知其所終。」❽錦車朝促候二句　錦車，以錦為飾的車。《漢書・西域傳》載：馮嫽，能史書習事。嘗為公主使，錦車持漢節，行賞賜於城郭諸國。促候，猶斥候，指偵查敵情。刁斗，古代軍中行軍用具。以銅作鐎，受一斗。晝炊飯食，夜擊持行，故名曰刁斗。參《漢書・李廣傳》「程不識正部曲行伍營陣，擊刁斗，吏治軍簿至明」顏師古注。❾戰士青絲絡二句　青絲絡，用柳樹條做的馬籠頭。〈陌上桑〉：「青絲繫馬尾，黃金絡馬頭。」黃石符，用黃石公授張良《太公兵法》事。參見〈賦得白雲抱幽石〉注❹。❿連星入寶劍二句　連星，形容寶劍之美。參見〈在江南贈宋五之問〉第一部分注❻。雕弧，刻劃有文彩的箭弓。⓫拜井開疏勒二句　拜井，用漢戊己校尉耿恭拜井得水終保疏勒事。參見〈西行別東臺詳正學士〉注❹。鳴桴，以桴鳴鼓。桴，鼓槌。密須，商時姞姓國名。為周文王所滅。地在今甘肅靈臺西。⓬戎機習短蔗二句　戎機，指軍事。習短蔗，用曹丕與鄧展以甘蔗為兵器比武之事。曹丕素聞奮威將軍鄧展有臂力，曉五兵，能空手入白刃。嘗酒酣耳熱，方食甘蔗，便以為杖，下殿數交，曹丕三中其臂，左右大笑。見《三國志・魏書・文帝紀》「博聞強記，才藝兼該」裴松之注。妖祲，不祥之氣。多指兵氣。淨長榆，使長榆塞的戰爭氣氛得到平息。長榆，塞名。漢時王恢在此廣植榆林為塞，故名。見《史記・淮南衡山列傳》。故址在今內蒙托克托至陝西榆林北一帶。此泛指西北邊塞。⓭季月　一年四季每季的最末一月。此指夏季的最末一月。⓮海鶴聲嘹唳二句　寫秋天征人遠行役之情景。海鶴，海鳥名。或說即江鷗。鮑照〈秋夜〉：「霽旦見雲峰，風夜聞海鶴。」嘹唳，響亮淒清的叫聲。城烏，夜間棲於城牆上的烏鵲。畢逋，烏尾擺動的樣子。《後漢書・五行志》：「桓帝之初，京都童謠曰：城上烏，尾畢逋。公為吏，子為徒。」⓯葭繁秋引急二句　葭，古樂器名。同「笳」。秋引急，或作秋色引。秋引，商聲。此指邊地悲傷的胡笳曲。謝莊〈月賦〉：「聽朔管之秋引。」桂滿，指月亮已圓。桂，古時傳云月中有桂樹。見〈詠照〉注❶。孤，一作「虛」，非。

【語　譯】在人事紛擾的京城過得不踏實，整日匆忙在仕途中奔波。運氣的好與壞，多麼容易發生陰差陽錯，理想與現實很難兩相符合。年輕時有志於讀書寫作，哪裏會想到做立功邊塞的大丈夫。宮中的九微燈將美玉照射得閃亮，就好像以隋珠射落了千仞之上的小鳥兒，得了一官半職。在太常寺從事於邦國禮樂之事，禁苑書閣中聚集各路文人大儒。勤學好記，以落後於同輩而羞慚，投筆從戎，願為國衝鋒陷陣。向北馳走，並非是走謀取功名的邯鄲路，向西進發，就像尹喜一樣與胡人同化。清晨駕著錦車視察敵情而前行，夜晚聽著刁斗在營地傳響。戰士騎著青絲絡頭的戰馬，將軍精通黃石公的兵符。寶劍舞起來，寒光閃閃如星辰，懷抱美麗的弓，像天上的半邊月。望井而拜，占據了疏勒城，敲響戰鼓，進攻密須國。以短蔗為戲，進行軍事訓練，使長榆塞的戰爭氣氛得到平息。季夏的炎熱氣息開始消退，邊疆的草也早早地枯萎。重重陰霾籠罩著參天古樹，寒秋的雜草變成一片蒼白。海上仙鶴的叫聲非常響亮淒清，城頭烏鵲在不停地搖動著尾巴。胡笳聲繁，急促地吹奏著悲傷的曲子，滿月像一個孤獨的輪子掛在天穹。

行役風霜久，鄉園夢想徒❶。灞池遙夏國，秦海望陽紆❷。沙塞三千里，京城十二衢❸。楊溝連鳳闕，槐路擬鴻都❹。璧殿規宸象，金堤法斗樞❺。雲浮西北界，日照東南隅❻。寶帳垂連理，銀床轉轆轤❼。廣筵留上客，豐饌引中廚❽。漏緩金徒箭，嬌繁玉女壺❾。秋濤飛喻馬，秋水泛仙艫❿。意契風雲合，言忘道術趨⓫。共矜名已泰，詎肯沫相濡⓬。有志慚雕朽，無庸類散樗⓭。關山暫超忽，形影歎艱虞⓮。結網空知羨，圖榮豈自誣⓯。忘情同塞馬，比德類宛駒⓰。隴阪肝腸絕，陽關亭障迂⓱。迷魂驚落雁，離恨斷飛鳧⓲。春去榮⓳華盡，年來歲月蕪。邊愁傷郢調，鄉思繞吳歈⓴。河氣通中國，山途限外區㉑。相思若可寄，冰泮有銜蘆㉒。

【章　旨】久在邊城而深懷京邑的友誼與愛情生活，表達無限相思之情。

【注　釋】❶鄉園夢想徒　園，一作「關」。徒，或作「辜」、「徂」、「孤」。❷灞池遙夏國二句　灞池，文帝陵霸陵上有池，有四出道以寫水。見潘岳〈關中記〉。夏國，古國名。《史記・大宛列傳》：「大夏在大宛西南二千餘里媯水南。」地在今阿富汗北部一帶。秦海，我國古時稱羅馬帝國為大秦國，以在海西，故稱海西國。見《後漢書・西域傳》李賢注。陽紆，在馮翊池陽，一名具圃。古九藪之一。見《淮南子・墜形》「秦之楊紆」高誘注。地在今陝西涇陽一帶。❸沙塞三千里二句　沙塞，即沙漠邊塞也。三千里，李陵〈與蘇武書〉：「陵前提步卒五千，深入匈奴右地三千餘里。」十二衢，周制：國都方圓九里，每面開三門，每門一條大路。四面則十二門、十二通衢。此處言街衢之多。鮑照〈詠史〉詩：「京城十二衢，飛甍各鱗次。」❹楊溝連鳳闕二句　楊溝，即御溝，流經皇宮的河道。因高植楊樹而名。見崔豹《古今注・都邑》。鳳闕，漢武帝造宮闕名。高二十餘丈，上有銅鳳凰，故名。見《三輔黃圖》。後泛指宮闕。槐路，即長安槐市之路。各地在長安小學、太學等就學的儒生，每月朔望聚於此，雍雍揖讓，論義槐樹下。參見〈上吏部侍郎帝京篇〉第一部分注⓫。鴻都，東漢宮門名。光和元年於其內置學及書庫，其中諸生皆敕州郡三公舉召，相課試至千人。見《後漢書・靈帝紀》。❺璧殿規宸象二句　璧殿，指建章宮內玉堂，因其有壁門，故稱。見《三輔黃圖》卷二。規，仿照。宸象，北極星象。金堤，指京城的護城河堤。言金堤者，美言其堅。張衡〈西京賦〉：「周以金堤，樹以柳杞。」斗樞，北斗七星的第一星，即天樞。京城所在地雍州的星分野為天樞。見《廣雅・釋天》。又，《三輔黃圖》：「漢長安故城，周回六十五里。城南為南斗形，北為北斗形，至今人呼漢京城為斗城是也。」❻雲浮西北界二句　魏文帝〈雜詩〉：「西北有浮雲，亭亭如車蓋。」〈陌上桑〉：「日出東南隅，照我秦氏樓。」二句用其意。界，一作「蓋」。❼寶帳垂連理二句　謂女性所居處。寶帳，華美的帷帳。《西京雜記》卷二：「武帝為七寶床，雜寶案，廁寶屏風，列寶帳，設於桂宮。時人謂為四寶宮。」垂連理，謂繡連理之紋於帳。連理，交織在情人衣服、帶子上以表達堅貞愛情的花紋。銀床，白色的井欄。《晉書・樂志》：「〈淮南王篇〉：後園鑿井銀作床，金瓶素綆汲寒漿。」轆轤，井上汲水的起重裝置。郭璞〈井賦〉：「鼓轆轤，彈勁索。」❽廣筵留上客二句　廣筵，賓客眾多之宴會。上客，尊貴的客人。豐饌，豐美的飲食。中廚，即廚中。曹植〈箜篌引〉：「中廚辦豐膳，烹羊宰肥牛。」❾漏緩金徒箭二句　漏緩，喻時間過得很慢。漏，古代計時器。以銅受水，漏水於下。器上刻節，晝夜百刻。金徒箭，指張衡所造漏水轉渾天儀計時器上，以別天時早晚的金鑄之胥徒像所抱之箭。見《文選》陸倕〈新刻漏銘〉「金徒抱箭」李善注。《神異經・東荒經》云：「東荒山中有大石室，東王公居焉。……恒與一玉女投壺。」嬌繁玉女壺，指玉女以箭投壺。徐陵〈玉臺新詠序〉：「雖復投壺玉女，為歡盡於百嬌。」嬌，一作「矯」。❿秋濤飛喻馬二句　此乃回憶吳越的生活。秋濤，殆指秋八月於浙江觀潮。枚乘〈七發〉：「沌沌渾渾，狀如奔馬。」仙艫，即仙舟。用郭泰與李膺同舟而濟洛河事。參見〈在江南贈宋五之問〉第二部分注⓱。此喻與邑中友人之情誼。⓫意契風雲合二句　契，一作「氣」。風雲合，即朋友間因緣際會，意氣相合，如風從雲。言忘，即忘言。用《莊子・外物》「得意而忘言」之意，喻友人相得甚洽。道術趨，指朋友因對方的道德、學術而相合。《莊子・大宗師》：「魚相忘乎江湖，人相忘乎道術。」⓬共矜名已泰二句　名已泰，指名位安穩，生活舒適。《晉書・石崇傳》：「士當身名俱泰，何至以甕牖語人。」詎肯，豈肯。詎，一作「誰」。沫相濡，《莊子・大宗師》：「泉涸，魚相與處於陸，相呴以濕，相濡以沫，不如相忘於江湖。」謂泉水枯竭，魚兒在陸地上互相噓氣、吐口水以保持身體濕潤。這種危難中的友誼固然讓人感懷，但不如在江湖中互相忘記而來得逍遙自在。⓭有志慚雕朽二句　謂自己空有抱負而才用拙劣。《北史・儒林傳》：「鏤冰雕朽，迄用無成。」無庸，無用。散樗，一種無用之樹。《莊子・逍遙遊》：「吾有大樹，人謂之樗。……立之塗，匠石不顧。」郭象注：「不在可用之數，故曰散木。」⓮關山暫超忽二句　超忽，曠遠的樣子。形影，猶形影相弔。喻孤立無援。艱虞，艱難憂患。⓯結網空知羨二句　謂羨慕榮利而不委屈自己。《淮南子・說林》：「臨河而羨魚，不如歸家織網。」

圖榮，即謀榮利。自誣，委屈自己；迷失自我。《韓詩外傳》：「內不自誣，外不誣人。」⑯忘情同塞馬二句　忘情，對於喜怒哀樂之事，不動感情，淡然若忘。塞馬，即塞翁之馬。傳云近塞上之人有善術者，馬無故亡而入胡。人皆弔之，其父曰：「此何遽不為福乎？」居數月，其馬將胡駿馬而歸。人皆賀之，其父曰：「此何遽不能為禍乎？」其子好騎，墮馬而折其髀。人皆弔之，其父曰：「此何遽不如福乎？」居一年，胡人大入塞，丁壯者引弦而戰，近塞之人死者十九，此獨以跛之故，父子相保。見《淮南子・人間》。比德，論品德；論天資。宛駒，大宛國的馬駒，即優等駿馬。大宛國高山上有馬，不可得。因取五色母馬置其下，與交，生駒汗血，因號曰天馬子。見《史記・大宛列傳》。⑰隴阪肝腸絕二句　隴阪，又名隴山、隴坻，為六盤山的別稱。在今陝西隴縣至甘肅平涼一帶，為陝甘要隘。肝腸絕，謂傷心至極。隴阪九迴，山勢險峻，又有水東西分流。東人西役到此，瞻望莫不悲思，每歌曰：「隴頭流水，鳴聲幽咽。遙見秦川，肝腸斷絕。」見《元和郡縣志・隴右道・秦州・清水縣》。陽關，在今甘肅敦煌西南，以居玉門關以南而得名。為漢通西域的要隘。亭障，古代邊塞的堡壘。障，一作「堠」。迂，遠。⑱迷魂驚落雁二句　迷魂、離恨，言遠別京邑親朋而情傷。落雁，即驚弓而落之雁。見〈途中有懷〉注❷。此以落雁喻久在邊塞而不能歸之人。飛鳧，即失羣而受驚的鳧鳥。言其疾速。⑲榮　一作「容」。⑳邊愁傷郢調二句　郢調，猶楚歌。郢，楚都。吳歈，吳地的歌曲。歈，歌。㉑河氣通中國二句　河氣，河流的氣勢、走向。通中國，指與中原之地相通。《漢書・西域傳》：「蒲昌海去玉門陽關三百餘里，廣袤三百里。其水亭居，冬夏不增減，皆以為潛行地下，南出於積石，為中國河云。」山途，謂登積石山之途。外區，猶言西域。《後漢書・西域傳論》：「遏矣西胡，天之外區。」㉒相思若可寄二句　謂春天來時，託鴻雁傳書以表相思。冰泮，謂冰凍融解。《文選》左思〈蜀都賦〉：「木落南翔，冰泮北徂。」李善注：「冰泮，春時也。」銜蘆，雁飛時銜蘆草以自衛。此代指雁。

【語　譯】在外征戰經歷了長長歲月，對家鄉的日思夜想終是徒然。灞池離夏國是那麼遙遠，在大秦國遙望關中的陽紆。深入沙漠邊塞三千餘里，想念京城的條條街衢。御溝聯通宮闕，槐市路上的雍雍揖讓彷彿東漢的鴻都宮。建章宮內的玉堂，仿照北極星象而建，護城河堤，效法天樞星而設。浮雲在西北天上飄蕩，太陽照耀東南角的妝樓。華美的帷帳垂下連理花紋，白色井欄上轉動著汲水的轆轤。場面宏大的宴席延請上等的賓客，豐美的飲食陸續從廚中端出。報時的金徒像抱箭所指示的銅漏滴水很慢，玉女以箭投壺，快樂無窮。秋天的波濤如奔馬，秋天的河水上泛著仙舟。意氣相投，如風雲相合，得意忘言，沈迷於道德學術的切磋之中。

都矜持於名位安穩，生活舒適，豈肯相濡以沫，而以逍遙於江湖相高。我空有抱負，而羞慚於朽木不可雕，無用之狀倒真像散木大樗樹。忽然遠在關塞山河之外，形影相弔，真可謂備嘗艱難困苦。退而結網，懂得臨淵羨魚之徒勞無用，貪圖榮名，豈肯委曲求全。無悲無喜，就像塞翁失馬，論天資，有如大宛國的汗血駒。登上隴阪，肝腸斷絕，行軍陽關之外，亭障、堡壘延伸到極遠處。失魂落魄，就像虛弓而落之雁，離恨滿懷，就像失羣而受驚的飛鳧。春天過去，繁茂的花朵落盡，將近一年的歲月消失得無影無蹤。邊塞愁思因無人理解而傷感，就像郢調無人唱和，思鄉之情發為吳地曼妙的歌曲。河流的走向與中原相通，積石山是西域的界線。如果相思之情可以郵寄，只有託付春天南飛的大雁吧。

【研　析】前四句謂身在擾擾遑遑的仕途，命運不容易把握，理想與現實很難統一。此四句是全詩的綱。第一部分從詩首至「桂滿夕輪孤」，共三十二句，寫題中「久戍邊城」四字。詩首至「蓬山簉八儒」十句，寫其「弱齡」懷小山之志，期以讀書作文為業，卻來到京城「千仞忽彈珠」的經歷。「九微」、「千仞」、「三禮」、「八儒」，幾組數字的排列，讓人眼花繚亂。這是在名利途和風塵地的第一次「盈虛」之外、「心跡」不俱。「懷鉛慚後進」以下至「妖祲淨長榆」，寫其從朝廷來到邊城後的軍旅生活。少時不期望做從軍邊塞、立功封侯的「大丈夫」，而此時偏偏來到了邊塞。來到邊塞卻又非為通趙的功名，而像是西入化胡的關令尹喜。這是第二次的「盈虛」之外、「心跡」不俱。「季月炎初盡」以下至「桂滿夕輪孤」，共八句，寫邊城秋景，應題中之「久」字。

第二部分自「行役風霜久」至詩末，共四十四句，寫題中「有懷京邑」四字。「行役風霜久」至「京城十二衢」六句，緊承寫邊城秋景的文字而來，自然帶出懷想京邑的內容。「鄉園夢想」綴一「徒」字，一是因為「風霜久」不得歸，二是因為具「三千里」之遠而不得望。此又是「盈虛」之外，「心跡」不俱。「楊溝」以下四句，懷京邑之美景；「雲浮」以下六句，懷京邑之交遊。此與第一部分「九微光賁玉」以下六句形成照應。「有志慚雕朽」至「比德類宛駒」乃是感歎自己自京邑而遠戍邊塞之有志而無用，懷才而不遇，再次呼應「盈虛一易舛，心跡兩難俱」之句。「隴阪肝腸絕」至詩末十二句結題，前六句極言「久戍邊城」之苦，後六句極言「有懷京邑」之深情。實亦是抒發「心跡兩難俱」之鬱悶。此與第一部分「季月炎初盡」以下八句似斷實連，前後呼應。

此是作者五言排律的代表性作品。用事典雅貼切，對偶整肅工致。且一韻到底，音節瀏亮。抒情、寫景、敘事熔於一爐，婉轉曲折，而結構謹嚴，穿插照應，愈轉愈深，一絲不亂。

從軍中行路難

【題　解】題或作〈行軍軍中行路難〉、〈軍中行路難〉，蓋樂府古題〈行路難〉變體。此詩乃寫詩人由蜀入滇，從軍姚州的苦難經歷，並表達矢志報國之心。據《舊唐書・地理志三》載：咸亨元年（西元六七〇年）四月，吐蕃陷安西，罷四鎮。長壽二年十一月，武威軍總管王孝傑克復四鎮。此殆賓王由蜀至姚州從軍時作。或云辛常伯作，題為〈軍中行路難與駱賓王同作〉。

君不見封狐雄虺自成羣，馮深負固結妖氛❶。玉璽分兵徵惡少，金壇授律動將軍❷。將軍擁旄宣廟略，戰士橫戈靜夷落❸。長驅一息背銅梁，直指三巴登劍閣❹。閣道岧嶢起戍樓，劍門遙裔俯靈丘❺。邛關九折無平路，江水雙源有急流❻。

【章　旨】謂邊事陡起，戰士應征向西南急進。

【注　釋】❶君不見封狐二句　封狐，大狐。雄虺，大毒蛇，一身九頭，常喜吞人魂魄。《楚辭・招魂》：「蝮蛇蓁蓁，封狐千里些。雄虺九首，往來倏忽，吞人以益其心些。」此指吐蕃之寇。馮深負固，即憑藉其複雜地形和堅固堡壘。馮，通「憑」。妖氛，不祥之氣。此指吐蕃挑起戰事。❷玉璽分兵徵惡少二句　玉璽，皇帝專用的玉印。《新唐書・車服志》：「天子有傳國璽及八璽，皆玉為之。……天子信璽，以召兵四夷。」分兵，派兵。徵，徵發。惡少，指街市上游手好閒的無賴少年。《漢書・李廣利傳》：「太初元年，以廣利為貳師將軍，發屬國六千騎及郡國惡少年數萬人以往。」此指剽悍勇猛的年輕人。金壇，主將所居之處。《史記・淮陰侯列傳》：漢王從蕭何之議，齋戒設壇場，拜信為大將軍，一軍皆驚。壇場本築土而高者，謂金壇者，美言之也。授律，猶授命。令狐德棻《周書・文帝紀》：「幕府以受律專征，便即討伐。」律，軍令。《易・師》：「師出以律。」動，一作「勸」。❸將軍擁旄宣廟略二句　旄，竿頂飾有旄牛尾的旗。持有旄鉞，即表示擁有軍權。《三國志・蜀後主傳》「五年春，丞相亮出屯漢中」陳壽注引《諸葛亮集》劉禪三月詔：「今授之以旄鉞之重，付之以專命之權。」宣廟略，推行朝廷頒布的方略。《晉書・羊祜傳》：「外揚王化，內經廟略。」夷落，蠻夷所聚居之地。左思〈魏都賦〉：「蠻陬夷落，譯導而通。」❹長驅一息背銅梁二句　長驅，快速的行軍。一息，一呼一吸。形容時間極短。背，離開。銅梁，山名。地在今重慶市合川。綿延二十餘里，山頂平整，有石梁橫亙，色如銅，故稱。三巴，地名，在今重慶市。見〈晚憩田家〉注❷。巴，一作「危」。登，一作「逾」。劍閣，山峯名，即劍門。是關中入蜀的主要通道。見〈餞鄭安陽入蜀〉注❼。❺閣道岧嶢起戍樓二句　閣道，即劍閣的棧道。岧嶢，高聳的樣子。劍門，指劍門關。樂史《太平寰宇記・劍州・劍門縣》：「諸葛武侯相蜀，於此立劍門，以大劍山至此有隘束之路，故曰劍門。」遙裔，猶言遙遠。裔，一作「倚」。靈丘，即神山。傳云蜀王遣五丁迎秦惠王所許五美女，還到梓潼，山崩，壓殺五人及秦五女，而山分為五嶺。今其山或名五丁冢。見〈餞鄭安陽入蜀〉注❼。❻邛關九折無平路二句　邛關，即邛崍關，在今四川滎經西南七十里。隋置，唐亦因之不改。九折，即九折坂。在今四川滎經西邛崍山。見〈晚憩田家〉注❷。江水雙源，岷山地區邛崍山、崌山是長江二支流中江和北江的發源地。見《水經注・江水》。

【語　譯】君不見大狐狸大毒蛇本自成羣結隊，憑藉複雜地形和堅固堡壘攪起戰爭的不祥之氣。天子派遣軍隊，徵集剽悍勇猛的後生赴邊，在金壇之上發布軍令，將軍開始行動。將軍持著旄鉞，推行朝廷的作戰方略，戰士揮動兵戈，平定蠻夷之區。全速前進，一口氣跨越了銅梁山，直奔三巴之地，登上劍閣峯。在高高的劍閣棧道上，戍樓凌空而建，劍門關遙遙俯瞰著神奇的五丁山。邛崍山上的九折坂沒有平坦的大路，長江的兩條支流滾滾向前。

征役無期返，他鄉歲月晚❶。杳杳丘陵出，蒼蒼林薄遠❷。途危紫蓋峯，路澀青泥坂❸。去去指哀牢，行行入不毛❹。絕壁千重險，連山四望高。中外分區宇，夷夏殊風土❺。交趾枕南荒，昆彌臨北戶❻。川原饒毒霧，谿谷多淫雨。行潦四時流，崩查千歲古❼。漂梗飛蓬不暫安，捫藤引葛度危巒❽。昔時聞道從軍樂，今日方知行路難。滄江綠水東流駛，炎洲丹徼南中地❾。南中南斗映星河，秦川秦塞阻煙波❿。三春邊地風光少，五月瀘中瘴癘多⓫。

【章旨】描述征戍殊方之勞苦，及思鄉之憂愁。

【注釋】❶他鄉歲月晚　歲月晚，猶言歲月久。〈古詩十九首〉：「思君令人老，歲月忽已晚。」月，一作「華」。❷杳杳丘陵出二句　杳杳，深遠幽暗的樣子。丘陵，連綿起伏的山坡地。蒼蒼，繁盛的樣子。林薄，竹木雜草叢生處。❸途危紫蓋峯二句　紫蓋峯，唐李沖昭《南嶽小錄》：「紫蓋峯，去地高四千五百丈九尺。其形崟峩，有似麾蓋，因以為名。」在今湖南衡山縣西北。澀，難。青泥坂，又稱青泥嶺，在今陝西略陽西北，古為入蜀要道。懸崖萬仞，上多雲雨，行者屢逢泥淖，故名。❹去去指哀牢二句　去去、行行，重言行動之艱難。哀牢，我國古代西南少數民族。東漢永平年設置哀牢縣，屬永昌郡。見《後漢書・西南夷傳》。地在今雲南保山縣北。哀，顏本作「危」，非。不毛，言無法種植五穀的蠻荒之地。諸葛亮〈出師表〉：「故五月渡瀘，深入不毛。」此指姚州一帶。❺中外分區宇二句　區宇，疆土境域。夷夏，猶中外也。夷，古代對少數民族的蔑稱。夏，漢族自稱。風土，風俗習慣和地理環境。重，一作「里」。❻交趾枕南荒二句　交趾，本指五嶺以南一帶的地方，漢置交趾郡。《元和郡縣志・嶺南道・交州》：「名曰交趾者，交以南諸夷，其足大趾廣，兩足并立，則交焉。西北至姚州，水陸相兼，未有里。」昆彌，漢時烏孫王的名號。烏孫有大、小二昆彌，各有人民、土地。見《漢書・西域傳》。❼川原饒毒霧四句　指吐蕃之地氣候惡劣，人跡罕至。原，一作「源」。饒，一作「繞」。行潦，即衍潦，指地上積水。《後漢書・馬援傳》：「下潦上霧，毒氣重蒸。」崩查，朽散的木筏。查，一作「厓」，一作「槎」。❽漂梗飛蓬不暫安二句　漂梗飛蓬，常以喻生活動蕩不安、漂泊不定。暫，一作「自」。危巒，即高崗。❾滄江綠水東流駛二句　滄江，本泛稱江水。因江水呈青蒼色，故稱。此殆特指瀾滄江。源出青海唐古拉山，經西藏昌都，東南流貫雲南西部，出國境後稱湄公河。參見《讀史方輿紀要・雲南・瀾滄江》。駛，指水流迅疾如馬奔。炎洲，傳云南海中的洲名。上有風生獸、火光獸及火林山，出火浣布。見舊題東方朔《十洲記》。丹徼，南方邊境。崔豹《古今注・都邑》：「南方徼色赤，故稱丹徼。為南方之極也。」❿南中南斗映星河二句　南中，泛指國土南部，即今川、滇、黔一帶，也指嶺南。參見《華陽國志・南中志》。南斗，星名。南斗六星：殉星、妖星、義星、仁星、將星、慈母星，總稱斗宿。見《爾雅・釋天》。秦川秦塞，指京都所在關中地區川原關塞。川，一作「關」。煙，一作「風」。⓫五月瀘中瘴癘多　瀘中，瀘水流經之地。瀘水即今雅礱江下游及金沙江會合雅礱江以後一段江流。時有瘴氣，三月四月觸之必死。非此時，猶令人悶吐。五月以後，瘴氣稍輕，行者差得無害。見《水經注・若水》。諸葛亮〈出師表〉：「故五月渡瀘，深入不毛。」中，一作「川」。瘴，一作「障」。

【語譯】 出征服役沒有返鄉的定期，在他鄉的歲月過了很長。深遠幽暗的山丘出現在眼前，繁茂的叢生草木漸漸遠去。長征之路比紫蓋峯更高峻，比青泥坂更艱難。走呀走，走向哀牢縣，行呀行，來到五穀不生的地方。一路上絕壁險象環生，連綿不斷的山巒望不到頭。中原地區和邊遠蠻荒確實有區別，蠻夷與華夏民族風土人情大為不同。交趾安於南荒之地，昆彌蠻接近北疆。河流和平原到處都騰著毒霧，山谷谿澗經常淫雨霏霏。一年四季地上的積水流個不止，河上漂浮著不知哪個朝代的朽散木筏。就像從流飄蕩的木梗、隨風飛揚的轉蓬，一刻也不能安歇，攀扯著懸崖的藤葛，度過險峻的高山。從前聽說從軍是如何快樂，今天才知道行路之艱難。碧綠的瀾滄江水滾滾奔流，奔流在南方這似烈火烤炙的紅土地。在國土的南端，仰望南斗在星河中閃耀，關中的川原關塞被重重煙波所阻，看不到影子。春天的邊疆之地絕少有美好的風景，五月的瀘水地區到處是瘴癘之氣。

朝驅疲斥候，夕息倦樵歌❶。向月彎繁弱，連星轉太阿❷。重義輕生懷一顧，東征西伐凡幾度❸。夜夜朝朝斑鬢新，年年歲歲戎衣故。故人霸城隅，遊子滇池水❹。天涯望轉遙，地際行無已❺。徒覺炎涼節物非，不知關山千萬里❻。棄置勿重陳，重陳多苦辛❼。且悅清笳〈楊柳曲〉，詎憶芳園桃李人❽。絳節朱旗分日羽，丹心白刃酬明主❾。但令一被君王知，誰憚三邊❿征戰苦。行路難，行路難，歧路幾千端。無復歸雲憑短翰，空餘望日想長安⓫。

【章旨】謂不畏遠別家鄉、東征西伐之苦，但願丹心報明主。

【注釋】❶朝驅疲斥候二句　驅，急速行軍。斥候，即放哨。斥，遠。候，偵察。樵歌，山野水濱之歌。此指俚曲。❷向月彎繁弱二句　向月，形容弓箭之勁。繁弱，大弓名。見《左傳》定公四年「封父之繁弱」杜預注。連星，形容寶劍之美。參見〈在江南贈宋五之問〉第一部分注❻。太阿，也作「泰阿」，古寶劍名。據《越絕書・外傳》，相傳為春秋時歐冶子、干將所鑄。❸重義輕生懷一顧二句　重義輕生，猶捨生取義。《孟子・告子上》：「生，亦我所欲也；義，亦我所欲也。二者不可得兼，捨生而取義者也。」一顧，即得到推薦而受到君主的重視、留意。參見〈在江南贈宋五之問〉第二部分注⓮。東征西伐，指連年征討。崔鴻《十六國春秋・前秦錄》：「東征西伐，所向無敵。」❹故人霸城隅二句　霸城，《太平寰宇記・關西道・雍州・萬年縣》：「秦襄王葬於其坂，謂之霸上。其城即秦穆公所築，漢為縣。」地在今陝西西安東。此指京城。隅，一角。滇池，也稱昆明池、昆明湖。《華陽國志・南中志》：「晉寧郡滇池縣，郡治，故滇國也。有澤水周迴二百里，所出深廣，下流淺狹如倒流，故曰滇池。」在今雲南昆明西南，北流入金沙江。此二句，一本作「灞城隅，滇池水」。❺天涯望轉遙二句　轉遙，變得越來越遠。遙，一作「積」。地際，猶言地角。指極遠之處。❻徒覺炎涼節物非二句　炎涼，氣候的冷暖。張贊〈秋雨賦〉：「炎涼改於今昨。」節物，應時節的景物。關山，關隘和山川。此二句陳熙晉《駱臨海集箋注》本作「徒覺炎涼節，忽復離寒暑。物華非不知，關山千萬里」。❼棄置勿重陳二句　棄置，猶言拋棄。此指不被任用。勿重陳，猶言不再多說。劉琨〈扶風歌〉：「棄置勿重陳，重陳令心傷。」重陳，一作「征行」。苦辛，猶言艱難。〈古詩十九首〉：「轗軻長苦辛。」❽且悅清笳楊柳曲二句　清笳，淒清的胡笳聲。楊柳曲，即漢橫吹曲有〈折楊柳〉，見《古今注・音樂》。楊，一作「梅」。芳園，指京城園囿。桃李人，謂面如桃李花之美人。❾絳節朱旗分日羽二句　絳節，使者所持的紅色符節。朱旗，紅旗。多指戰旗。曹植〈責躬詩〉：「朱旗所拂，九土披攘。」朱，一作「紅」。分日羽，猶言與太陽爭輝。日羽，指太陽的光芒。梁元帝〈藩難未靜述懷〉：「霜戈臨塹白，日羽映流紅。」日，一作「白」。丹心，赤誠之心。白刃，鋒利的刀刃。❿三邊　漢代指幽、并、涼三州，其地都在邊疆。此處泛指邊疆。⓫無復歸雲憑短翰二句　歸雲，猶行雲。《漢書・禮樂志》：「籥歸云，撫懷心。」短翰，短的毛羽。喻無力飛翔。望日，古代以帝王喻日。故望日即望京城長安。《史記・五帝本紀》：「彼堯者，……就之如日，望之如雲。」《索隱》：「如日之照臨，人咸依之，若葵藿傾心以向日也。」

【語　譯】清早急行軍，站崗放哨讓人疲憊，晚上歇息，聽厭了粗俗的軍中小調。將繁弱彎弓拉滿，恰如明月當空，舞動寶劍，寒光閃閃像燦爛的星辰。重義輕生，對君主的顧重耿耿不忘，四處征討，算起來也有好幾回。時間一天一天過去，鬢髮變白，一年一年還是穿著以前的戎衣。老友在霸城之隅，遊子卻遠在滇池水邊。人在天涯，前路越來越遠，通往地角的行程，好像沒有盡頭。徒然覺得氣候炎涼變化，季節的景物已完全不同，轉眼之間不知道已經越過關山幾千萬里。被愛情所拋棄，真是無話可說，說起來令人很傷感。暫且高興地聽聽清越的胡笳〈楊柳曲〉，哪裏會憶起姹紫嫣紅的花園中色若桃李的美人。手持絳節和紅旗，好像和太陽光爭輝，一顆紅心，手持白刃，報答明主。只要讓我有機會被君王賞識，誰怕到邊疆去吃衝鋒陷陣的苦。行路難啊，行路難，人生的岔路千萬條。只憑短短的羽毛，不再有那凌雲之志，只徒然剩下望著太陽想念長安的份兒。

【研　析】此詩塑造了一個典型可敬的「惡少」形象。大體可分三部分。自詩首至「江水雙源有急流」共十二句，為第一部分。前六句寫邊事驟起，封狐雄虺，言其狡猾兇毒；馮深負固，言其氣焰囂張。玉璽分兵、金壇授律，言軍情之急迫；將軍擁旄、戰士橫戈，言軍威振振。後六句言其行路之曲折高峻、進軍之飛速勇猛，具足「擁旄」、「橫戈」之勢。此一部分用七言長句，顯得節奏急促，氣氛緊張，很好地表現出戰士一往無前的英雄氣概。

自「征役無期返」至「五月瀘中瘴癘多」共二十八句，為第二部分。「征役」二句筆鋒一轉，由前部高亢激昂的敘述進入憂鬱低沈的描寫和抒情。在結構上，這二句是全詩的樞紐，承上啟下。自「杳杳丘陵出」至「崩查千歲古」寫征戍之地的情景，具足「他鄉」二字。杳杳、蒼蒼、去去、行行，表征戍之途遙遙。諷誦之下，音節自然舒緩。絕壁、連山、中外、夷夏、交趾、昆彌、川原、谿谷、行潦、崩查等，連續不斷、變化無多的排比句式，使得音調顯得滯澀，表現出一種煩悶無奈的感情。「漂梗」以下十句，筆鋒又一轉，以七言長句的快板，寫冬去春來的異鄉行旅生活，具足「歲月晚」三字。「昔時聞道從軍樂，今日方知行路難」二句，從王粲〈從軍詩〉「從軍有苦樂，但問所從誰」、劉孝儀〈從軍行〉「何謂從軍樂，往反速如飛」二詩化出，表現了征人的巨大心理變化。因詩首二句即交代「封狐雄虺自成羣」且「馮深負固」，自然預示此一戰爭是一場持久的惡戰。故此部分第一句承前而言「征役無期返」。戰士出征前，實際已經有「無期返」的思想準備，也有此決心。

第三部分自「朝驅疲斥候」至詩末的二十七句，就從「征役無期返」一句引申開去，表其不畏勞苦、報主保國之心。「朝驅」以下至「年年歲歲戎衣故」，敘其遙遙無期而單調乏味的戰地生活；「故人」以下至「不知關山千萬里」，寫其戰事的緊張而忘我；「棄置」以下至「詎憶芳園桃李人」，寫其他鄉生活的孤獨寂寞。「絳節」以下四句，一掃之前一切幽怨，托出報主為國之誠款。「誰憚」二字，見出好一個「惡少」本色！「行路難」以下，反復詠歎，見其「重義輕生」之決心。

此詩結構嚴謹，而語多反復，節奏多變，感情熱烈而真摯。

豔情代郭氏贈盧照鄰

【題解】豔情，即豔情詩，乃以男女情愛為題材的詩歌。盧照鄰，幽州范陽（今屬河北涿州）人。博學善屬文。與王勃、駱賓王、楊炯合稱四傑。初授鄧王府典籤，後拜新都尉。因染風疾去官，臥病洛陽，竟投潁水自盡。兩《唐書》有傳。高宗咸亨四年（西元六七三年）春，賓王從西域返回，又經由蜀中出征姚州。在逗留成都時，遇上盧照鄰的舊情人郭氏。郭氏向賓王訴說與盧照鄰的戀情及別後相思之苦，賓王義憤填膺，為之代筆作書，寫下此詩，歌頌堅貞不渝的愛情，鞭笞移情他戀的負心漢。贈，一作「答」。

迢迢芋路望芝田，眇眇函關限蜀川❶。歸雲已落涪江外，還雁應過洛水廛❷。洛水傍連帝城側，帝宅層甍垂鳳翼❸。銅駝路上柳千條，金谷園中花幾色❹。柳葉園花處處新，洛陽桃李應芳春。妾向雙流窺石鏡，君住三川守玉人❺。此時離別那堪道，此日空床對芳沼。芳沼徒游比目魚，幽徑還生拔心草❻。流風迴雪儻便娟，驥子魚文實可憐❼。擲果河陽君有分，貰酒成都妾亦然❽。莫言貧賤無人重，莫言富貴應須種❾。綠珠猶得石崇憐，飛燕曾經漢皇寵❿。

【章　旨】具寫蜀中郭氏對洛川盧照鄰的相思與嗔怨。

【注　釋】❶迢迢芋路望芝田二句　謂兩地相思，望眼欲穿。迢迢、眇眇，皆遙遠之意。芋路，猶言大路。揚雄《方言》：「芋，大也。」芋，或作芊，誤。芝田，謂仙人種芝草處。見《文選》曹植〈洛神賦〉「秣駟乎芝田」李善注。此喻指帝都長安。函關，函谷關，秦置，在今河南靈寶南。東至崤山，西至潼津，深險如函，故名。參見〈上吏部侍郎帝京篇〉第一部分注❸。限，界。謂視線被阻斷。限，一作「恨」。蜀川，猶言蜀地。《唐音癸籤・詁箋六》：「芋是蜀事，芝是商洛事。時盧在秦中，郭在蜀中，二語當句作對，言相望情。誤本芋作芊，改者愈謬，遂不可通。」❷歸雲已落涪江外二句　歸雲，猶行雲。涪江，也稱內水。出廣漢屬國剛氏道邊界，至成都入江。見《水經注・涪水》。還雁，即歸雁。雁春往北飛，秋則南還也。郭在蜀，盧在洛，故云。洛水，《水經注・洛水》：「洛水又東過洛陽縣南，伊水從西來注之。」廛，古稱一家所居之房地。

《漢書・揚雄傳》：「有田一廛。」廛，一作「瀍」，一作「壥」。❸洛水傍連帝城側二句　洛水，指洛水所經之洛陽。後漢都於此，隋唐時置東都。其皇城、宮城、苑囿崇廣富麗，高宗時常居之以聽政。武后號曰金城。見《新唐書・地理志》。層甍，重重屋棟。垂鳳翼，言在屋棟中央作鐵鳳凰，令舉頭張翼。下有轉樞，常向風如欲飛。見《文選》張衡〈西京賦〉「鳳騫翥於甍標，咸溯風而欲翔」薛綜注。❹銅駝路上柳千條二句　銅駝，銅鑄的駱駝。《太平寰宇記》卷三「洛陽縣」引陸機《洛陽記》云：「漢鑄銅駝二枚，在宮之南四會道，夾路相對。俗語云：『金馬門外聚羣賢，銅駝陌上集少年。』言人物之盛也。」金谷園，洛陽西北有金谷澗，有水流經此，謂之金谷水。晉太康中石崇築園於此，曰金谷園。參見《水經注・穀水》。❺妾向雙流窺石鏡二句　雙流，縣名。在成都附近。以縣在江安河、府河二江之間，取左思〈蜀都賦〉「帶二江之雙流」意，改名雙流。參見《元和郡縣志・劍南道・成都府》。石鏡，傳云武都有一丈夫化為美豔女子，蜀王納為妃。不久故去，蜀王哀之，乃於成都西北角為妃作冢，高七丈，上有石鏡。見《華陽國志・蜀志》。三川，洛陽一帶有河、洛、伊三條河流，故曰三川。此處指洛陽地區。玉人，喻人容貌如玉之美。《世說新語・容止》：「（裴楷）麤頭亂服皆好。時人以為玉人。」❻芳沼徒游比目魚二句　芳沼，長有鮮花芳草的水池。比目魚，《爾雅・釋地》：「東方有比目魚焉，不比不行，其名謂之鰈。」拔心草，即卷施草，又稱宿莽。一種經冬不枯、拔心而不死的草。見《爾雅・釋草》。比喻愛情之堅貞。❼流風迴雪儻便娟二句　流風迴雪，指雪花隨風飄轉。曹植〈洛神賦〉：「飄颻兮若流風之迴雪。」儻，同「倘」。儻，一作「舞」。便娟，輕盈美麗的樣子。《楚辭・大招》：「豐肉微骨，體便娟只。」娟，一作「妍」。驥子，良馬名。魚文，即魚文箙，用魚獸皮製成的裝箭器。《文選》左思〈蜀都賦〉：「并乘驥子，俱服魚文。」可憐，可愛；可羨。❽擲果河陽君有分二句　猶言君固風流，妾亦文雅。擲果河陽，用晉潘岳事。《晉書・潘岳傳》：「岳美姿儀，少時常挾彈出洛陽道，婦人遇之者，皆連手縈繞，投之以果，遂滿載以歸。」言河陽者，以岳曾為河陽令。貰酒成都，用漢卓文君事。司馬相如初與卓文君還成都，貧，文君遂於成都賣酒，相如親著犢鼻褌，滌器。見《西京雜記》卷二。貰，賒；賣。貰，或作貨、賣。❾莫言貧賤無人重二句　似郭氏自言出身貧賤而不甘被拋棄。《戰國策・齊策》：「富貴則就之，貧賤則去之。此事之必至，理之固然者。」《史記・陳涉世家》：「吳廣召令屬曰：『王侯將相，寧有種乎？』」❿綠珠猶得石崇憐二句　綠珠，晉白州博白縣（今屬廣東）人。美而豔，能吹笛，又善舞。石崇甚寵愛之，以〈明妃曲〉教之，又製〈懊惱曲〉以贈之。後孫秀使人求綠珠，崇勃然曰：「綠珠吾所愛，不可得也！」見《晉書・石崇傳》。飛燕，即趙飛燕。本長安宮人，體長而纖便輕細，學歌舞，舉止翩然，人謂之飛燕。成帝嘗微行出，見飛燕而說之，召入宮，大幸，貴傾後宮。見《漢書・外戚傳》。

【語　譯】大路遙遙，通向仙人的芝田，遠遠的函谷關，阻斷了蜀川瞭望洛陽的視線。浮雲已飄落在涪江之外，南還的大雁應過洛水邊的小屋。洛水依偎流連在帝城旁，皇宮的重重屋棟上，鐵鳳鳥垂著翅膀凌風欲飛。銅駝路上柳樹成蔭，金谷園中繁花似錦。柳葉、園花處處呈現出一派嶄新氣象，洛陽的桃李也應該正是芳菲季節。我在雙流縣偷窺石鏡，想你住在洛陽也應該守身如玉。此時的離愁別恨，哪裏可以言說，今日獨守空床，呆望著美麗的池沼。池沼中只有兩條比目魚翔游淺底，幽靜的小徑上又生長著拔心不死的卷施草。倘若將輕盈美麗的洛神比作隨風飛舞的雪花，那麼騎著驢子、挎著魚文箭服的成都少年也實在英俊可愛。你有如引得婦女擲果滿筐的潘岳那樣風流貌美，我就像在成都市上當壚賣酒的卓文君。不要說貧賤夫妻沒人在意，更不要說富貴人應該是天生的種。綠珠就得到大豪貴石崇的憐惜，趙飛燕曾被漢成帝寵愛得不得了。

良人何處醉縱橫，直如循默守空名❶。倒提新縑成慊慊，翻將故劍作平平❷。離前吉夢成蘭兆，別後啼痕上竹生❸。別日分明相約束，已取宜家成誡勗❹。當時擬弄掌中珠，豈謂先摧庭際玉❺。悲鳴五里無人問，腸斷三聲誰為續❻。思君欲上望夫臺，端居懶聽〈將雛曲〉❼。沈沈落日向山低，簷前歸燕並頭棲。抱膝當窗瞻夕兔，側耳空房聽曉雞❽。舞蝶臨階只自舞，啼鳥逢人亦助啼。獨坐傷孤枕，春來悲更甚。峨眉山上月如眉，濯錦江中霞似錦❾。錦字回文欲贈君，劍壁層峯自糾紛❿。平江淼淼分清浦，長路悠悠間白雲⓫。

【章　旨】謂別後更經失子之痛，孤獨難熬，相思尤烈。

【注釋】❶良人何處醉縱橫二句　良人，古時夫妻互稱。《孟子・離婁下》：「良人者，所仰望而終身也，今若此！」此妻稱夫。縱橫，醉酒的樣子。曹植〈酒賦〉：「於是飲者并醉，縱橫喧嘩。」循默，循規蹈矩、緘默無言。空名，無用之虛名。❷倒提新縑成慊慊二句　謂人新不如故。倒提，猶言倒持。新縑，新織的細絹。喻新人。〈古詩〉：「新人從門入，故人從閤去。新人工織縑，故人工織素。……持縑將比素，新人不如故。」慊慊，嫌恨；不滿。故劍，喻舊妻。《漢書・外戚傳》載：漢宣帝少時娶許平君。及登位，平君為婕妤。公卿更議立霍光女為皇后。宣帝乃下詔「徵求故劍」，大臣知其意，遂立許婕妤為皇后。後因稱舊妻為故劍。平平，一般；普通。江總〈怨詩〉：「奈許新縑傷客意，無由故劍動君心。」此二句用其意。❸離前吉夢成蘭兆二句　謂離別前已有身孕，別後相思至苦。吉夢，即好夢。蘭兆，懷孕生男的夢兆。《左傳》宣公三年：「鄭文公有賤妾曰燕姞，夢天使與己蘭。……既而文公見之，與之蘭而御之，生穆公，名之曰蘭。」啼痕上竹生，用舜妃事。張華《博物志・史補》：「舜之二妃，曰湘夫人。舜崩，二妃啼，以涕揮竹，竹盡斑。」❹別日分明相約束二句　約束，猶言約定。宜家，指適時嫁娶。《詩經・周南・桃夭》：「之子于歸，宜其室家。」誡勖，告誡、鼓勵。❺當時擬弄掌中珠二句　似謂所生兒女未成活。掌中珠，極為珍愛之物。傅休奕〈短歌行〉：「昔君視我，如掌中珠。」此喻兒女。摧，毀折。庭際玉，庭階之玉樹。多喻美好的子弟。《晉書・謝玄傳》：「玄與從兄朗，俱為叔安所器重。……譬如芝蘭玉樹，欲其生於庭階耳。」❻悲鳴五里無人問二句　悲鳴五里、腸斷三聲，皆極言其悲痛。明顏文選《駱丞集》注引《物類志》：「春秋時，膠東猿盛，踐人禾稼，楚昭王使養由基射之，遇子母猿，中其子，死，母長鳴三聲，五里之外，諸猿聞之俱死。」又，《世說新語・黜免》：「桓公入蜀，至三峽中，部伍中有得猿子者，其母緣岸哀號，行百餘里不去，遂跳上船，至便即絕。破視，其腹中腸皆寸寸斷。公聞之，怒，命黜其人。」❼思君欲上望夫臺二句　言思夫傷子。望夫臺，亦稱望夫石。各地多有。《元和郡縣志・劍南道・劍州・普安縣》：「石新婦神，在縣東北四十九里，大劍東北三十里。夫遠征，婦極望忘歸，因化為石。」端居，猶言平居，終日閒居無事。將雛曲，即古曲〈鳳將雛歌〉，漢車騎將軍沈充所製。見《晉書・樂志》。因郭氏子亡，故聞之傷悲。將雛，將養、帶領子女。❽抱膝當窗瞻夕兔二句　抱膝，手抱膝而坐，孤獨而有所思之狀。劉琨〈扶風歌〉：「抱膝獨摧藏。」瞻，一作「看」。夕兔，古代傳云月中有兔搗藥，後以兔輪、兔影指代月亮。《楚辭・天問》：「夜光何德，死則又育。厥利維何，而顧兔在腹。」聽曉雞，言通夜不寐。曹植〈棄婦篇〉：「憂懷從中來，嘆息通雞鳴。」❾峨眉山上月如眉二句　峨眉山，在四川峨眉西南。因山勢逶迤，有山峯相對如蛾眉，故名。濯錦江，即岷江。過成都稱錦江。《華陽國志・蜀志》：「蜀郡錦江，織錦濯其中則鮮明，濯他江則不好。故命曰錦里也。」❿錦字回文欲贈君二句　回文，字句回旋往返均能成義可誦之詩文。回，令所思之人回歸或回心轉意。相傳前秦時竇滔為秦州刺史，徙流沙，其妻蘇蕙思之，因織錦為回文。參見崔鴻《十六國春秋》。劍壁，謂劍閣之峯高聳陡峭。張載〈劍閣銘〉是曰：「劍閣壁立千仞。」糾紛，重疊交結。左思〈蜀都賦〉：「岡巒糾紛。」⓫平江淼淼分清浦二句　淼淼，水波漫漫無邊際。清浦，水濱，為離人分別處。江淹〈擬謝光祿郊游〉詩：「翠山方藹藹，青浦正沈沈。」清，一作「青」。

【語　譯】親愛的人兒你在何處沈醉，性子耿直，守著循規蹈矩的空名。倒持新織的細絹，滿懷嫌恨情緒，翻過來又把故劍看得平平常常，一點也不重視。分手之前就已經懷上你的孩子，離別之後以淚洗臉，就像湘妃竹生出淚斑。告別之日你明明有過約定，你已經將「宜其室家」四字告誡自己。那時你準備將未出生的孩子當作掌中的珠子愛惜，哪裏知道大風摧折了庭階的玉樹。就像母猿一樣悲號五里地而沒人慰問，哀鳴三聲，肝腸寸斷，誰給我安撫。思念著你，真想成為望夫臺上的一塊石頭，閒居之時，不願聽那〈將雛曲〉。夕陽慢慢地沈落到山下，屋簷前的歸燕頭並頭棲息在窩中。我一人抱著膝蓋靠窗仰望月中的玉兔，獨守空房，支起耳朵聽報曉的雞鳴。嬉戲的蝴蝶牠只管跳著牠的舞，悲啼的鳥兒遇上傷心人啼叫得也更傷心。獨坐傷懷，孤枕難眠，春來鳥語花香，卻更是悲愁時節。峨眉山上的月兒如不展的愁眉，濯錦江的霞光就如天織的美錦。我真想擷取一片霞光，寫滿回文詩贈給你，可是劍門的層層峯巒緊緊交結，無法寄出。離人分別的水濱，平靜的江水浩淼無邊，天上的白雲悠悠，靜靜地飄向遙遠的他鄉。

也知京洛多佳麗，也知山岫遙虧蔽❶。無那短封即疏索，不在長情守期契❷。傳聞織女對牽牛，相望重河隔淺流❸。誰分迢迢經兩歲，誰能脈脈待三秋❹。情知唾井終無理，情知覆水也難收❺。不復下山能借問，更向盧家字莫愁❻。

【章　旨】心知聚合無望，而故作自寬，且祝福盧照鄰。

【注　釋】❶也知京洛多佳麗二句　京洛，指京都地區，盧照鄰之所在。佳麗，美麗的女性。曹植〈贈丁儀王粲〉詩：「壯哉帝王居，佳麗殊百城。」山岫，即蜀地。以其多山，故稱。郭氏自謂。虧蔽，謂殘闕、遮蔽。《史記・司馬相如列傳》：「岑巖參差，日月蔽虧。」裴駰《集解》：「按《漢書音義》曰：高山壅蔽，日月虧缺半見。」❷無那短封即疏索二句　無那，猶言無奈。短封，猶言短書。疏索，猶言稀疏、冷淡。長情，深情。長情，一作「長門」。期契，誓約。❸傳聞織女對牽牛二句　吳均《續齊諧記》：桂陽成武丁有仙道，一日忽謂其弟曰：「七月七日織女當渡河，暫詣牽牛，諸仙悉還宮。吾向已被召，不得停，與爾別矣。吾去後三千年當還耳。」明日，失武丁所在。世人至今猶云織女嫁牽牛。望，一作「對」。重河，謂天河、銀河。曹丕〈燕歌行〉：「牽牛織女遙相望，爾獨何辜限河梁。」重，一作「銀」。❹誰分迢迢經兩歲二句　分，料想。迢迢，謂久。脈脈，相視的樣子。〈古詩十九首〉：「盈盈一水間，脈脈不得語。」三秋，即三年。《詩經・王風・采葛》：「一日不見，如隔三秋兮。」❺情知唾井終無理二句　情知，猶言實知、深知。唾井，喻遺忘舊情。《事文類聚》續集卷十引《金陵記》：江南小吏止於傳舍間，離開時以為自己不會再來，乃以馬殘草瀉於井中。不久復由此飲，遂為昔時銼刺喉而死。後人戒之曰：「千里井，不瀉莝。」莝，謂為莝所哽。後莝訛為唾。曹丕〈代劉勛妻王氏見出而為之〉詩：「千里不唾井，況乃昔所奉。」謂嘗飲此井，雖舍而去之，亦不忍唾。覆水也難收，謂事已成定局，很難挽回。《天中記》卷十九「棄夫」條：太公望少為馬氏婿，老而見去。及封齊，其前妻再拜求合，公取盆水傾地，曰：「若言離更合，覆水定難收。」此二句表示不再埋怨盧照鄰。❻不復下山能借問二句　下山能借問，用〈古詩〉「上山采蘼蕪，下山逢故夫。長跪問故夫，新人復何如」詩意。盧家字莫愁，用梁武帝〈河東之水歌〉「河中之水向東流，洛陽女兒名莫愁。莫愁十三能織綺，十四采桑南陌頭。十五嫁為盧家婦，十六生兒字阿侯」詩意。此寓任由盧照鄰另覓新歡之意。

【語　譯】我也知道，京洛之地美女如雲，我也知道，像我這等山野女子不會被你記起。無奈何你很少寄來片言隻字，大約不會像我這樣深情地守著誓約。傳說天上的織女遙對著牽牛星，隔著淺淺的天河相望而不相通。誰料到一別就是長長的兩年，誰能忍受脈脈地等待三秋。深深知道「千里井，不可唾」，唾井沒有道理，深深知道你我的婚姻覆水難收。不再像古代被棄的女子下山問故夫，而任他去娶洛陽盧家女兒莫愁為婦吧。

【研　析】此詩可分三部分。第一部分自詩首至「飛燕曾經漢皇寵」，共二十四句。首四句，寫郭氏由蜀地遙望洛水之態。「迢迢」，言芋路、芝田之間相隔遙遠，「望」之辛苦；「眇眇」，言關河多阻，「望」而無果。見

「歸雲」而推測大雁，用「應過」二字，見其癡情可掬。「洛水傍連帝城側」句以下，不寫蜀地風景，而連下六句寫想像中洛陽之景，是兒女相思口吻，亦應「應」字，寫情至深至癡。「妾向雙流窺石鏡」以下六句，言其守空床而睹春景，見比目魚、拔心草，而對盧照鄰的相思彌深。「流風回雪」以下八句，口吻急轉，頗帶幽怨，甚有嗔怒賭氣之語。然此實亦是相思之變態也。

第二部分自「良人何處醉縱橫」至「長路悠悠間白雲」，共二十八句。「良人」以下四句，是猜疑之辭，相思中男女最愛有此。此起承上啟下之用。此猜疑是前一部分「流風回雪」以下至「飛燕曾經漢皇寵」八句幽怨嗔怒之所由，然其幽怨嗔怒乃至猜疑的更主要原因是在「離前吉夢成蘭兆」以下的十八句所敘。「離前吉夢」以下四句，寫其分別前已有身孕，並準備成家。然盧照鄰回到洛陽，美好的計畫被打破。更令人悲痛的是，所生之子亦夭折。「當時擬弄」以下十二句，反復寫其思夫傷子之悲情。除用寫景、比喻等側面渲染手段之外，又以抱膝、側耳等動作的刻劃，展示郭氏內心之悲戚，極具感染力。「獨坐傷孤枕」以下八句，以樂景襯哀情，突出其「傷孤枕」、「悲更甚」，因欲託信贈盧照鄰而道阻且長。

第三部分自「也知京洛多佳麗」至「更向盧家字莫愁」，共十二句。「也知京洛」二句，語氣又一轉，表現出溫柔敦厚、善解人意的一面。此與前「莫言貧賤無人重，莫言富貴應須種」之類的嗔怨語同出一口，這對於一個剛經歷過沈痛打擊「悲鳴五里無人問，腸斷三聲誰為續」的棄婦和母親來說，是多麼不容易！「無那短封即疏索」以下六句，以牛郎織女為銀河阻隔而不得常聚為解，何況自己與盧照鄰都只是人間凡夫！不但給自己寬慰，並亦原諒了對方。「情知」以下四句，念盧照鄰之舊恩、之處境，遠致祝福。

全詩多從人、我雙方落筆，惟表喪子之痛時純從自己之一方痛訴，表情極為真摯細膩，曲折深微。又多用反復句式，如「莫言……莫言……」、「也知……也知……」、「誰分……誰能……」、「情知……情知……」，從雙方、正反各方面，援情入理，重疊反復，絮絮叨叨。詞繁意復，如昵昵兒女語，是一種香豔之體。然脫去六朝脂粉，天然可貴。且塑造一個怨而不怒、默默承擔、外柔內剛、令人既憐且敬的婦女形象。聞一多稱駱賓王「天生一副俠骨，專喜歡管閒事，打抱不平、殺人報仇、革命、幫癡心女子打負心漢」（〈宮體詩的自贖〉）。然而這次的打抱不平卻是一個誤會。盧因病去官，在洛陽山中療疾。詩中郭氏訴說盧在洛陽已有新歡，其實是因信息隔絕的臆測。

代女道士王靈妃贈道士李榮

【題解】李榮，唐高宗時名道士。蜀梓州人。《全唐詩》卷八百六十九錄有〈詠興善寺佛殿災〉詩一首，題下注云：「榮，巴西人。」著有《老子道德經注》。此詩讚美了女道士王靈妃對道士李榮的堅貞不渝的愛情，譴責了李榮的負情絕義行徑。盧照鄰有〈贈李榮道士〉詩，云：「錦節銜天使，瓊仙駕羽君。……敷誠歸上帝，應詔佐明君。」案此當是李赴蜀中，而靈妃在長安。賓王此代贈之作，蓋作於長安。

玄都五府風塵絕，碧海三山波浪深❶。桃實千年非易得，桑田一變已難尋❷。

別有仙居對三市，金闕銀宮相向起❸。臺前鏡影伴仙娥，樓上簫聲隨鳳史❹。鳳樓迢遞絕塵埃，鶯時物色正徘徊❺。靈芝紫檢參差長，仙桂丹花重疊開❻。雙童綽約時遊陟，三鳥聯翩報消息❼。盡言真侶出遨遊❽，傳道風光無限極。輕花委砌惹裾香，殘月窺窗覘幌色❾。個時無數並妖妍，個裏無窮總可憐❿。別有眾中稱黜帝，天上人間少流例⓫。洛濱仙駕啟遙源，淮浦靈津符遠筮⓬。自言少小慕幽玄，只言容易得神仙⓭。珮中邀勒經時序，簫裏尋思復幾年⓮。尋思許事真情

變，二八容華識少選⑮。漫道燒丹止七飛，空傳化石曾三轉⑯。寄語天上弄機人，
寄語河邊值查客⑰。乍可匆匆共百年，誰使遙遙期七夕⑱。

【章　旨】言神仙渺遠難求，而人間愛情最可寶貴。

【注　釋】❶玄都五府風塵絕二句　玄都五府，道教傳說中仙人所居。《十洲記》：「玄洲在北海之中，上有太玄都，仙伯真公所治。」《上清大洞真經》卷四：「列圖玉皇，并襟帝晨。五府生華，六液龍源。」風塵絕，即無世俗的擾攘而冰清玉潔。碧海，傳云由東海之東岸陸行一萬里，復有碧海，水作碧色，甘香味美。見東方朔《海內十洲記》。三山，即傳說中海上的蓬萊、方丈、瀛洲三神山。參見《漢書・郊祀志》。❷桃實千年非易得二句　桃實千年，班固《漢武帝內傳》載：王母命侍女以玉盤盛仙桃給武帝吃，吃完後收其核，欲種之。王母曰：「此桃三千年一生實。中夏地薄，種之不生。」又，葛洪《神仙傳》載：東海人王遠過吳，見麻姑至，自說云：「接待以來，已見東海三為桑田。」謂傳說中的神仙難得一睹，世事變遷極速。❸別有仙居對三市二句　三市，長安繁華之地。《文選》班固〈西都賦〉：「內則街衢洞達，閭閻且千。九市開場，貨別隧分。」李善注引《漢宮闕疏》曰：「長安立九市，其六市在道西，三市在道東。」金闕銀宮，本指神仙所居宮室。此李榮所居之道觀。相向，相對。❹臺前鏡影伴仙娥二句　臺，謂仙人所居。《漢武洞冥記》載：帝於望鵠臺西起俯月臺，臺下穿池。登臺以眺月，影入池中，使仙人乘舟弄月影。因名影娥池。鏡影，即月影。仙娥，代指女冠。鳳史，用秦穆公時蕭史吹簫事。參見〈上吏部侍郎帝京篇〉第一部分注❽。此代指道士李榮。❺鳳樓迢遞絕塵埃二句　迢遞，遠望懸絕。鶯時，春光明媚之時。物色，猶言景物、景色。❻靈芝紫檢參差長二句　靈芝、仙桂，神仙服食之物。紫檢，紫色的甲殼。❼雙童綽約時遊陟二句　雙童，指神童。曹丕〈西山〉詩：「西山一何高，高高殊無極。上有兩仙童，不飲亦不食。與我一丸藥，光耀有五色。」此稱道童。綽約，美麗而柔弱的樣子。《莊子・逍遙遊》：「藐姑射之山，有神人居焉。肌膚若冰雪，綽約若處子。」遊陟，謂登高遊玩。三鳥，《山海經・大荒西經》載：王母之山有三青鳥，皆西王母所使也。聯翩，結隊飛翔的樣子。消息，即音信。薛道衡〈豫章行〉：「願作王母三青鳥，飛去飛來傳消息。」❽盡言真侶出遨遊　真侶，仙侶。指道士。遨遊，謂遠遊、漫遊。❾輕花委砌惹裾香二句　委砌，花朵凋落而堆積階砌之上。惹，牽惹。裾，衣服的前襟。窺窗，

王延壽〈魯靈光殿賦〉：「玉女窺窗而下視。」窺，覘視。幌，帛製的窗帷。❿個時無數並妖妍二句　個，猶言這個。妖妍，豔麗；嫵媚。可憐，猶言可愛。⓫別有眾中稱黜帝二句　黜帝，為天帝所黜，謫生人世。猶言謫仙。《搜神記》：「濟北弦超，嘉平中夜夢神女從之。自稱天上玉女，東郡人，姓成公，字智瓊，早失母。天帝哀其孤苦，令得下嫁從夫。」此二句暗用其事。流例，猶言一般慣例。⓬洛濱仙駕啟遙源二句　仙駕，神仙之車駕。《神仙傳．李少君》：「爾乃駕神虬以上昇，騁雲車以涉遠。」啟，出發。遙源，遙遠的河源。淮浦，即淮河水濱。靈津，指天河、銀河。遠筮，子孫繁衍無窮之卦占。《晉書．王導傳》載：王導渡淮，使郭璞筮之。卦成，璞曰：「吉無不利：淮水絕，王氏滅。」言其後子孫繁衍無窮。二句分別暗喻李、王二人。⓭自言少小慕幽玄二句　自言，指靈妃向李自說也。幽玄，幽深玄妙之道，即神仙之道。只言，李向王氏誇言。⓮珮中邀勒經時序二句　珮，環佩。邀勒，強求、逼勒。《列仙傳》卷上：「江妃二女，遊於江濱，逢鄭交甫。交甫不知何人也，目而挑之，女遂解佩與之。交甫受佩而去，行數十步，空懷無佩，女亦不見。」時序，季節的變化。指相當長一段時間。簫裏尋思，《楚辭．九歌．湘君》：「望夫君兮未來，吹參差兮誰思。」王逸注：「參差，洞簫也。言已瞻望於君而未肯來，則吹簫作樂，君當復誰思念。」此言王氏亦有意於李。⓯尋思許事真情變二句　許事，這樣的事。即求仙學道之事。二八，指十六歲之青春年華。容華，姣好的容貌。少選，須臾。⓰漫道燒丹止七飛二句　漫道，猶言莫說。燒丹、化石，即煉丹。道教徒用朱砂等煉長生不老之藥。石，指朱砂石、硫磺等。飛，煉藥時的炮製方法。即研藥物為細末，置水中漂去浮於水面的粗屑。轉，環轉變化。道家燒丹，丹砂燒成水銀，積變又還成丹砂。《抱朴子內篇．金丹》：「三轉之丹，服之一年得仙。」⓱寄語天上弄機人二句　天上弄機人，即傳說中的織女。〈古詩十九首〉：「迢迢牽牛星，皎皎河漢女。纖纖擢素手，札札弄機杼。」河邊值查客，謂河邊駕著木筏探尋河源的人。值，持。此指駕船。查，指探尋河源之船。用張華《博物志》載有人乘仙查到達天河牽牛渚之典。⓲乍可匆匆共百年二句　謂求仙不可輕易得。乍可，猶言只可、寧可。共百年，謂平平凡凡地廝守一生。七夕，《文選》謝惠連〈七月七日夜詠牛女〉詩：「雲漢有靈匹，彌年闕相從。」李善注：「牛、女為夫婦，七月七日得一會同也。」

【語　譯】玄都五府與世俗的風塵擾攘相隔絕，傳說中的三神山在碧海波濤的深處。仙桃的果實三千年一生，不能輕易吃到，桑田一旦變為滄海，已經很難尋找舊跡。在另一處仙人的所居對著皇都的三市，面對面建築的金闕銀宮鱗次櫛比。仙人所居之池臺前，仙娥伴著月影而起舞，樓上的洞簫之聲好像鳳凰臺上的蕭史所吹奏。鳳樓遠在世俗塵埃之外，鸞飛草長時風景變化應接不暇。靈芝帶著紫色甲殼參差不齊的長著，仙桂的紅花重重疊疊地開放。風姿綽約的仙童時時登高覽勝，王母的青鳥結隊飛翔傳遞愛的信息。都說仙侶要外出漫遊，傳言那裏風光美好得沒法形容。花兒隨風輕落在階砌上，將美人裙裾染香，殘缺的月亮照射簾幌，窺視著窗內美人之色。這時數不清的女孩漂亮嫵媚，這裏佳麗如雲，可愛之極。在眾美人當中，特別有一個稱是天仙下凡，其貌美天上人間少有先例。洛水之濱李仙的車駕啟動，開往遙遠的河源，淮河水濱像天上銀河，王氏符合子孫繁衍無窮之卦占。我自說年輕時就嚮慕神仙之道，他只說是得成仙道輕而易舉。像鄭交甫在漢水邊強求仙女解珮一樣，你向我求愛也有了很長時間，像湘夫人吹著洞簫思念夫君一樣，我喜歡你，也一晃好多年。我仔細思考這樣的事，真正動了感情，青春美好的容顏，只在須臾之間。不要說煉丹要經過七次複雜的炮製工序，空言煉丹要經過三次的反復變化。我想告訴天上織布的仙女，我想告訴駕著木筏探尋河源的仙客。寧可在這匆匆百年中白頭偕老，誰願去久久地等待著一年一度的七夕相會。

想知人意自相尋，果得深心共一心。一心一意無窮已，投漆投膠非足擬。只將羞澀當風流，持此相憐保終始❶。相憐相念倍相親，一生一代一雙人。不把丹心比玄石，誰將濁水況清塵❷。只言柱下留期信，好欲將心學松蕣❸。不能京兆畫蛾眉，翻向成都騁騶引❹。青牛紫氣度靈關，尺素赬鱗去不還❺。連苔上砌無窮綠，修竹臨壇幾處斑❻。此時空床難獨守，此日別離那可久。梅花如雪柳如絲，年去年來不自持❼。初言別在寒偏在，何悞春來春更思❽。春時物色無端緒，雙枕孤眠誰分許❾。不忿嬌鶯一種啼，生憎燕子千般語❿。

【章　旨】謂李榮赴蜀中不返，愛情得而復失，難耐孤獨寂寞。

【注　釋】❶想知人意自相尋六句　言兩心相許，以期白頭到老。相尋，尋思。深心，猶言內心。一心，同心。投漆投膠，謂兩情廝守不可分離。〈古詩〉：「以膠投漆中，誰能別離此。」羞澀，因羞愧而舉止拘束。當，猶言相配。風流，有才而不拘禮法。葛洪《西京雜記》：「卓文君十七而寡，為人放誕風流，故悅長卿之才而越禮焉。」相憐，互相愛憐。❷不把丹心比玄石二句　不把，一作「不投」。丹心比玄石，用《詩經・邶風・柏舟》「我心匪石，不可轉也」意。濁水，清塵，原意謂二人地位不同。曹植〈七哀詩〉：「君若清路塵，妾若濁水泥。浮沈各異勢，會合何時諧。」此謂二人愛情堅貞不渝、和諧美滿。❸只言柱下留期信二句　柱下留期信，謂戀人相約的誓言。傳云魯人尾生與女子相約於橋下，女子不來，水至而堅守不去，抱橋柱而死。見《莊子・盜跖》。學，效仿；比擬。松蕣，謂松與蕣。松，代指堅貞之性。蕣，木槿。夏秋開花，朝開暮落。此指脆弱之性。王僧孺〈為何庫部舊姬擬蘼蕪之句〉：「妾意在寒松，君心逐朝槿。」❹不能京兆畫蛾眉二句　京兆畫蛾眉，用漢張敞事。敞為京兆尹時，善為婦畫眉，長安中傳「張京兆眉憮」。見《漢書・張敞傳》。騁騶引，用漢司馬相如事。天子拜相如為中郎將，建節往使西夷。馳四乘之傳過蜀，蜀太守以下郊迎，縣令負弩矢先驅，卓王孫、臨邛諸公皆獻牛酒以交驩。見《史記・司馬相如列傳》。騶引，猶言騶唱。即引馬騎卒傳呼開道。騶，主駕車馬之吏。此言李榮出使成都。❺青牛紫氣度靈關二句　傳云老子乘青牛西遊過潼關時，關令尹喜望見有紫氣浮關。見《史記・老子韓非列傳》索隱引《列異傳》。靈關，山名。在成都西南。尺素，古指書信。古樂府〈飲馬長城窟行〉：「客從遠方來，遺我雙鯉魚。呼童烹鯉魚，中有尺素書。」赬，赤。❻連苔上砌無窮綠二句　上砌，謝朓〈直中書省〉詩：「紅藥當階翻，蒼苔依砌上。」修竹臨壇幾處斑，此喻別後靈妃終日以淚洗面。修竹臨壇《三洞群仙錄》卷十六引《集仙錄》：「雲華夫人，名瑤姬，西王母女也。……神女乃化為石，今巫山有神女石，即其所化也。又有神壇，壇側有竹垂之若篲，或飛物著壇上者，竹則因風而掃之，終歲常瑩潔焉。」斑，張華《博物志・史補》：「堯之二女，舜之二妃，曰湘夫人。舜崩，二妃啼，以涕揮竹，竹盡斑。」參見〈豔情代郭氏贈盧照鄰〉第二部分注❸。❼自持　控制自己。❽初言別在寒偏在二句　別在，隔絕在他方。別在，一作「別去」。司馬相如〈長門賦序〉：「孝武皇帝陳皇后，時得幸，頗妒。別在長門宮，愁悶悲思。」悞，同「誤」。錯謬、乖舛。悞，一作「悟」。❾春時物色無端緒二句　物色，猶言景色。無端緒，猶言心緒煩亂無頭緒。誰分許，誰會料到這樣。❿不忿嬌鶯一種啼二句　謂身處孤獨，不喜熱鬧。不忿，即不怨。不忿，一作「憤念」。一種，猶言一樣。生憎，即最恨、偏恨。《詩經・

邶風・燕燕》：「燕燕于飛，頡之頏之。……燕燕于飛，上下其音。」

【語譯】要想知道對方的心意，先問問自己的心，果然達到在內心深處兩心相通。你我一心一意恩愛綿綿，用以膠投漆之喻也不能夠比擬。只將我的舉止拘束來配合你的風流倜儻，以此來保持相互愛戀永不變心。加倍的相愛、相念、相親，一生一世你我不分離。我們不把赤誠之心比可卷可轉的玄石，誰又會將清路塵、濁水泥來比喻我倆。只說像古代女子留下與尾生橋柱下相約的誓言，好證明他的心是青松還是木槿。不能像張敞那樣對夫人恩愛有加，反而像司馬相如在成都市上耀武揚威。你騎著青牛紫氣沖天，度過靈關，沒有半點音訊，一去不還。階砌上到處長滿翠綠的青苔，瑤姬神壇上的修竹沾著我多少淚斑。這時空床最難獨守，此日的離別哪這麼長久。梅花像雪，春柳就像纏綿的絲線，一年去了一年來，此時我心裏最難受。當初說離別，冬天偏偏就離別，我做錯了什麼，春天來到更受這份相思的煎熬。春天的景色來無端倪，好沒道理，誰會料到兩個枕頭一個人睡。不怨嬌滴滴的黃鸝鳥那單調的鳴叫，最恨的就是一窩燕子嘰嘰喳喳吵不停。

朝雲旭日照青樓，遲暉麗色滿皇州。落花泛泛浮靈沼，垂柳長長拂御溝❶。御溝大道多奇賞，俠客妖容❷遞來往。寶騎連花鐵作錢，香輪鶩水珠為網❸。香輪寶騎競繁華，可憐今夜宿倡家❹。鸚鵡杯中浮竹葉，鳳凰琴裏〈落梅花〉❺。許輩多情偏送款，為問春花幾時滿❻。千回鳥語說眾諸，百過鶯啼說長短❼。長短眾諸判不尋，千回百過浪關心❽。何曾舉意西鄰玉，未肯留情南陌金❾。南陌西鄰咸自保，還轡歸期須及早。為想三春狹邪路，莫辭九折邛關道❿。假令白里似長安，肯使青牛學劍端⓫。蘋風入馭來應易，竹杖成龍去不難⓬。龍飆去去無消息，鸞鏡朝朝減容色⓭。君心不記下山人，妾欲空期上林翼⓮。上林三月鴻欲稀，華表千年鶴未歸⓯。不分淹留桑路待，只應直取桂輪飛⓰。

【章旨】謂春日長安繁華奢侈，誘惑多多。而靈妃對愛情堅貞不渝，希望李榮早日歸來。

【注釋】❶朝雲旭日照青樓四句　青樓，指豪貴家所築居的閨閣。曹植〈美女篇〉：「青樓臨大路，高門結重關。」遲暉，猶言春光。《詩經・豳風・七月》：「春日遲遲，采蘩祁祁。」皇州，即帝都、京城。靈沼，《三輔黃圖》卷四：「周文王靈沼，在長安西三十里。」御溝，流經皇宮的河道。❷妖容　謂美貌女子。陸機〈擬青青河畔草〉：「粲粲妖容姿，灼灼美顏色。」❸寶騎連花鐵作錢二句　寶騎，珍貴的坐騎。連花鐵作錢，即鐵連錢，一種身上有黑色錢形斑點的良馬。香輪，即用香木做的車。泛指華美的車或轎。騖，飛奔。珠，指車輪在水中飛奔所濺起的白色水花。網，即輞。指車輪的外周。見《釋名・釋車》。❹可憐今夜宿倡家　可憐，猶言可羨。倡家，即倡樓，歌舞伎人賣藝場所。❺鸚鵡杯中浮竹葉二句　鸚鵡杯，一種用鸚鵡螺製成的純天然酒杯。此形容酒杯的精美。竹葉，美酒名。即竹葉青。鳳凰琴，《西京雜記》卷五：「趙后有寶琴曰鳳凰，皆以金玉隱起為龍鳳螭鸞、古賢列女之象。」此泛指美琴。落梅花，漢橫吹曲之一。見《太平御覽・樂部五》引《樂志》。❻許輩多情偏送款　許輩，指西王母侍女許飛瓊之輩。《漢武帝內傳》：「於坐上酒觴數過，王母乃命侍女王子登彈八琅之璈，又命侍女董雙成吹雲龢之笙，又命侍女石公子擊昆庭之鐘，又命侍女許飛瓊鼓震靈之簧……」送款，指獻殷勤。此化用王僧孺〈在王晉安酒席數韻〉「轉盼非無以，斜扇還相矚。詎減許飛瓊，多勝劉碧玉。何因送款款，伴飲杯中醁」詩意。❼千回鳥語說眾諸二句　千回，百過，猶言千遍、百遍。眾諸，猶言多種。鳥語，鶯啼，形容女性的嬌聲軟語。語，一作「信」。長短，聲喧鬧狀。❽長短眾諸判不尋二句　判不尋，猶言判不清，分辨不清。尋，探問。浪關心，猶言白白留意。浪，輕率、徒然。❾何曾舉意西鄰玉二句　謂己心無旁騖，不為輕佻之子所侮。舉意，猶言屬意。西鄰玉，用宋玉〈登徒子好色賦〉「天下之佳人……莫若臣東家之子」之意。言東家，則宋玉在西，故云西鄰玉。此泛指好色之徒。南陌金，用魯秋胡子侮妻事。秋胡子與妻新婚而別。五年後一日，妻採桑路傍，遇一男子，許以金錢，欲調戲之，妻堅拒不從。歸至家，方知為其夫也。

遂憤而投河死。見《古列女傳・節義》。南陌，向南的大路。❿為想三春狹邪路二句　三春，多指春季的三個月。狹邪路，小街曲巷。因倡女一般聚居於狹路曲巷，後遂以狹邪指娼妓居處。此借指靈妃所居。九折，即九折坂，在今四川滎經西邛崍山。參見〈晚憩田家〉注❷。邛關，即邛崍關，在四川滎經西南，道路艱險。⓫假令白里似長安二句　白里，未詳。疑為蜀中地名。肯，疑問詞。肯，一作「須」。學，效仿。青牛，《玉臺新詠》梁簡文帝〈烏棲曲〉：「青牛丹轂七香車，可憐今夜宿倡家。」清吳兆宜箋注引《拾遺記》云：「魏文帝所愛美人薛靈芸，以文車十乘迎之，車皆鏤金為輪輞，丹畫其轂，軛加青色之牛，日行三百里。」劍端，劍門關之端。⓬蘋風入馭來應易二句　蘋風，即風。宋玉〈風賦〉：「夫風生於地，起於青蘋之末。」故稱蘋風。馭，即「御」。《莊子・逍遙遊》：「夫列子御風而行，泠然善也。旬有五日而後反。」竹杖成龍，傳云費長房從蜀地壺公學仙，騎竹杖須臾歸家，投杖成龍。參見〈出石門〉注❹。⓭龍飆去去無消息二句　龍飆，蒙上二句，謂乘龍杖御風而去。鸞鏡，飾有鸞鳥圖案的妝鏡。傳聞昔罽賓王獲一鸞鳥，甚愛之。然三年不鳴。乃懸鏡以映之，鸞睹鏡見同類之影，悲鳴哀響，沖霄一奮而絕。見范泰〈鸞鳥詩序〉。此喻靈妃相思之苦。⓮君心不記下山人二句　下山人，自喻。用〈古詩〉「上山采蘼蕪，下山逢故夫。長跪問故夫，新人復何如」詩意。空期，徒然希望。上林，《漢書・蘇武傳》：「天子射上林中，得雁，足有繫帛書，言武等在某澤中。」⓯華表千年鶴未歸　華表，古代立於宮殿、城垣或陵墓前的石柱。柱身往往刻有花紋，故稱。傳云遼東人丁令威學道於靈虛山，後化鶴歸遼，集城門華表柱。見《搜神後記》。此言李榮不歸。⓰不分淹留桑路待二句　不分，不服氣、不該。淹留桑路，謂秋胡子妻採桑路傍，以盼夫歸。無奈秋胡子歸而孝義俱亡，乃自投河而死。見本詩第三部分注❾。直取桂輪飛，謂嫦娥直往月中而飛。據干寶《搜神記》：羿請不死之藥於西王母，嫦娥竊之以奔月。取，往。桂輪，指月亮。古時傳云月中有仙人桂樹。見隋杜公瞻《編珠・天地部》引晉虞喜《安天論》。

【語　譯】早上的太陽和雲彩照耀著貴家的閨閣，春光美景遍布皇都。落花朵朵漂浮在靈沼水上，長長的垂柳輕拂著御溝之波。御溝兩旁的大道上有很多奇特的景觀，俠客和美女來來往往。俠客騎著鐵連錢寶馬，美女的香車在水中飛奔，濺出白色的水珠。香車、寶馬競相攀比著豪華熱鬧，讓人豔羨的是，今夜落宿在歌舞喧闐的倡樓之中。鸚鵡杯中斟滿竹葉美酒，鳳凰琴上奏著清越的〈落梅花〉曲。許飛瓊之類的多情美女給你暗送秋波，借問春天的花朵什麼時候最豐豔。像呢喃的鳥語千遍百遍說這說那，像嗲嗲的鶯啼一聲長一聲短。長聲短氣、說這說那，我一概不去打聽，千遍也好、百遍也罷，我才懶得去關心。我什麼時候對西鄰的浮浪子動過心，從來不肯對大路上的挑逗假以顏色。南陌也好、西鄰也罷，請你們多加自重，你駕車還歸的日子也應該趕早。請想一想春天狹邪路上的快樂，你不要推辭走那九折坂、邛崍關的險道。假如蜀中亦如長安之繁華，你真願意駕著青牛車到劍門關頭來迎我。駕著青蘋之風而來應該很容易，騎著青龍竹杖歸去也不難。青龍和蘋風一去再無消息，對著鸞鏡形影相弔，容顏一日比一日憔悴。你心裏不記掛被棄的人，而我一直期望看到上林苑的大雁繫書。陽春三月，上林苑的大雁漸少，離家千年繞華表而飛的仙鶴還沒有歸來。真不該像秋胡妻那樣苦苦守候在桑路旁，而欲像嫦娥直往月亮上飛去，擺脫相思的煎熬。

【研　析】此詩和前篇主題思想和表現形式基本相同，可稱姊妹篇。可分三部分。第一部分自詩首至「誰使遙遙期七夕」，共三十六句。開首四句寫仙界難求，而人事易改。「別有仙居」以下六句，寫長安道觀之美景。此亦與神話傳說中的玄都五府、碧海三山一樣，有仙女、仙樂、仙景，是「絕塵埃」的仙境。因為是人間仿仙之境，不再虛無飄渺，可得而遊觀也。「雙童綽約」以下六句，以「雙童綽約」、「三鳥聯翩」、「輕花委砌」、「殘月窺窗」的描寫，暗示道觀的風月浪漫。「個時」以下六句，敘李、王的相識與相戀過程。「自言少小」是年輕的靈妃表白少女情懷，而「只言容易」是李的誇談。「尋思」以下八句，言靈妃經過深刻的思考，決定珍惜美好的愛情，與心上人度過平凡的一生。此又以煉丹化石以求長生與平凡人生中的愛情作比，靈妃毅然選擇了後者。總之，此一部分是以層層遞進、對比轉折之法，以仙界微茫而讚美人間，以捨煉丹化石之神仙事幽玄難期，轉而追求美好的愛情。此中出現的兩次「別有」二字，在結構上的作用，不可忽視。

第二部分從「想知人意自相尋」至「生憎燕子千般語」，共二十八句。「想知」以下十句，寫李、王二人甜蜜幸福的結合。此一段敘述的節奏歡快，多用虛詞，如「想知」、「果得」、「只將」、「持此」、「不把」、「誰將」，又多用重疊反復句式，如「一心一意」、「投漆投膠」、「相憐相念倍相親」、「一生一代一雙人」等，語言流麗，音節和諧。「只言柱下留期信」以下八句，言李榮赴蜀一去不返，杳無音信。「此時空床難獨守」以下十句，寫別後相思難耐。此是以樂景寫哀情的典型。

第三部分從「朝雲旭日照青樓」至「只應直取桂輪飛」，共三十六句。「朝雲」以下十六句，寫長安春日俠客妓女之間的浮浪生活。此與第一部分所描寫的道觀風月形成映照，來得更加熱鬧。靈妃所受到的愛情攻勢更強烈。身處此時此地，面對此情此景，被愛情拋棄的靈妃確實面臨一場不小的考驗。她可以有更多更好的選擇，稍不留意即可動搖。「長短眾諸判不尋」以下四句，言靈妃堅守著「一生一代一雙人」的愛情理想，面對誘惑毫不動心。「南陌西鄰」以下八句，乃寄語身在西蜀之李榮，不要被路途的遙遠艱險所嚇倒，儘早回來。這亦實是善解人意的靈妃給負義絕情的李榮以臺階。「龍飆去去」以下，言久待不回且杳無音信，靈妃憤而表決絕之心，而實則思李更苦。「不分淹留桑路待，只應直取桂輪飛」，既言其癡情，又表其絕望後意欲求仙的憤然。這與詩首所言「玄都五府風塵絕，碧海三山波浪深」之飄渺難求形成頗有意味的呼應。這是愛到極苦時的憤然，是彷徨中的堅守。

此詩意境豐美婉約，然無六朝脂粉氣，格高調逸，為後世所取法。王闓運手批《唐詩選》：「『春時物色無端緒，雙枕孤眠誰分許。分念嬌鶯一種啼，生憎燕子千般語』，極其妖媚，開李商隱輕薄一派。」聞一多〈宮體詩的自贖〉亦特稱此詩在「一氣到底而又纏綿往復的旋律之中，有著欣欣向榮的情緒。」

憶蜀地佳人

【題解】蜀地佳人，殆遊蜀地時而相戀者。此詩寫對蜀地佳人的深切相思。似在出使吳地時作。

東西吳蜀關山遠，魚來雁去兩難聞❶。莫怪嘗有千行淚，只為陽臺一片雲❷。

【注釋】❶東西吳蜀關山遠二句　東西吳蜀，一作「東吳西蜀」。關山，關隘和山川。魚來雁去，指書信往來。古時以魚書、雁書代書信。❷莫怪嘗有千行淚二句　謂男女相思之深。庾信〈寄王琳〉詩：「獨下千行淚，開君萬里書。」嘗，一作「常」。陽臺，宋玉〈高唐賦序〉：楚懷王嘗游高唐，怠而晝寢，夢巫山之女，因幸之。去而辭曰：「妾在巫山之陽，高邱之岨。旦為朝雲，暮為行雨。朝朝暮暮，陽臺之下。」後以喻男女幽會歡合。陽臺，一作「巫山」。

【語譯】吳蜀兩地分處東西，關山遠隔，你我魚雁傳書，相思難通。不要怪我眼裏常含淚水，只因為我與你擁有一段銘心刻骨的愛情。

【研析】此詩是詩人現存詩歌中惟一一首七絕。約寫於高宗儀鳳元年（西元六七六年）秋天，其時詩人奉使江南，途中念及曾在蜀地有過歡情的情人。前二句言其隔絕之遙，不惟不能相守、相見，且音問亦難得一通。後二句以男兒之「千行淚」對「一片雲」，可見蜀地佳人之色美而多情。前二句寫憶之難，後二句寫憶之深。中以「莫怪」二字作轉，見「憶」之奇也。

和孫長史秋日臥病

【題解】長史，唐代都督府、州均設長史，為都督和刺史之副手，職任頗重。孫長史，未知何人。賓王從軍時或與之交遊。和，詩歌酬和。此詩為和孫長史〈秋日臥病〉詩而作。詩分敘孫長史從軍邊塞時的戰功，及臥病長安時的閒逸，並對其贈詩深表榮謝。未知何時所作。

霍第疏天府，潘園近帝臺❶。調弦三婦至，置驛五侯來❷。尚想歡娛洽，吁嗟歲月催。金壇分上將，玉帳引瓌材❸。決勝鯨波靜，騰謀鳥谷開❹。白雲淮水外，紫陌灞陵隈❺。節變鶯哀柳，笳繁思落梅❻。調神和玉燭，掞藻握珠胎❼。悵兮欣懷土，居然欲死灰❽。還因承雅曲，暫喜躍沈鰓❾。

【注釋】❶霍第疏天府　霍第，霍去病的府邸。第，一作「地」。《漢書·霍去病傳》：「去病為票騎將軍，上為治第，令視之，對曰：『匈奴不滅，無以家為也。』由此，上益重愛之。」此指孫長史從軍所在之將軍幕府。疏天府，謂離長安很遠。天府，指京城所在的關中地區。《漢書·婁敬傳》：「且夫秦地被山帶河，四塞以為固……因秦之故資，甚美膏腴之地，此所謂天府。」潘園，謂潘岳閒居之地。潘岳〈閒居賦〉：「太夫人乃御版輿，升輕軒，遠覽王畿，近周家園。」謂長史有文學之材，且去職閒居。帝臺，本神仙名。其於伊闕西南之鼓鐘山宴會百神。見《山海經·中山經》。此借言京城。❷調弦三婦至二句　謂長史閒居時的悠遊生活。三婦，古樂府〈清調曲·相逢行〉：「大婦織綺羅，中婦織流黃。小婦無所為，挾瑟上高堂。丈人且安坐，調弦未遽央。」置驛，即置驛馬。鄭當時孝景時為太子舍人，每五日洗沐，常置驛馬於長安諸郊，存諸故人，請謝賓客，夜以繼日。見《史記·汲鄭列傳》。五侯，《漢書·元后傳》：漢元帝一日之間分封五舅平阿侯、成都侯、紅陽侯、曲陽侯、高平侯，世謂之五侯。此言長史閒居時常結交豪貴。❸金壇分上將二句　金壇，主將所居之處。漢劉邦曾設壇場，拜信為大將軍。見〈從軍中行路難〉第一部分注❷。玉帳，征戰時主將所居的軍帳，堅不可犯。見〈軍中行路難同辛常伯作〉注❸。瓌材，奇偉、珍貴之材。❹決勝鯨波靜二句　決勝，取得勝利。《史記·留侯世家》：「高帝曰：『運籌帷幄中，決勝千里外，子房功也。』」鯨波，鯨魚掀起之巨浪。《晉書·石趙載記》：「朝市淪胥，若沈航於鯨浪。」此喻戰亂。騰謀，猶言運謀，出謀劃策。鳥谷，猶鳥道，只有鳥才能飛越的險峻小道。❺白雲淮水外二句　淮水外，指己將遠赴淮水以南。紫陌，帝都郊野的道路。王粲〈羽獵賦〉：「倚紫陌而并征。」灞陵隈，指孫長史臥病之處。灞陵，又作霸陵。漢文帝陵寢在此。故址在今陝西西安東。此指京城一角。❻節變驚衰柳二句　節變，物候的變化。落梅，即古曲〈梅花落〉，漢〈鼓角橫吹十五曲〉之一。見《通志·樂略·鼓角橫吹十五曲》。❼調神和玉燭二句　玉燭，《爾雅·釋天》：「四氣和謂之玉燭。」邢昺疏：「言四時和氣溫潤明照，故曰玉燭。」掞藻，抒發辭藻，施展文才。左思〈蜀都賦〉：「幽思絢道德，摛藻掞天庭。」珠胎，《文選》揚雄〈羽獵賦〉：「剖明月之珠胎。」李善注：「明月珠，為蚌所懷，故曰胎。」此喻辭藻之美。❽悵兮欣懷土二句　自謂家居於鄉，世事不掛於心。欣懷土，《論語·里仁》：「子曰：君子懷德，小人懷土。」欲死灰，《莊子·齊物論》：「南郭子綦隱几而坐，仰天而噓，嗒焉似喪其耦。顏成子游立侍乎前，曰：何居乎？形固可使如槁木，而心固可使如死灰乎？」❾還因承雅曲二句　謂得到孫長史所贈之〈秋日臥病〉詩，榮喜而和之。雅曲，對別人詩作的美稱。沈鰓，即沈魚。《莊子．齊物論》：「毛嬙、麗姬，人之所美也。魚見之深入，鳥見之高飛，麋鹿見之決驟，四者孰知天下之正色哉。」謂沈魚於美色無動於衷。此反其意而用之。鰓，一作「腮」。

【語　譯】霍去病征戰所居之帷幄遠離關中天府之地，潘岳閒居的家園與東都接近。調弦彈瑟的大、中、小三婦齊齊上堂，備辦驛馬請來的五侯也已來到。還在回味著歡娛的融洽氣氛，忽又感歎歲月的匆匆。皇帝設金壇授命於上將，將軍玉帳之中招引奇偉之材。取得勝利，戰亂得到平息，運用謀略，使險峻的鳥道打開。我像悠悠白雲飄往淮海之外，你在郊野大路所通的灞陵一角養病。衰柳突然感覺節物的變化，胡笳聲聲，奏著〈梅花落〉。你調理心神，如玉燭和氣溫潤，容光煥發，施展文才，辭藻之美就像手握珠胎。我滿懷惆悵，激動地懷念故土，心無旁騖，如死灰一樣毫無繫念。卻因為承蒙您讓我欣賞大作，突然得到榮喜，像沈魚一樣躍起和作一首。

【研　析】首二句「霍第」，指孫長史有在軍中幕府從事的經歷；「潘園」，言孫長史落職閒居京城，即題中所謂「臥病」。此是全詩的綱領。「調弦」二句，寫其臥病帝臺時的閒逸生活；「尚想」二句，言臥病中歡娛短暫，歲月催人老。此四句乃應「潘園近帝臺」句而來。「金壇」二句，言將軍受命出征，而長史應招入幕參軍事；「決勝」二句，言將軍英明果斷，而長史足智多謀。此四句應「霍第疏天府」句而下。「白雲」句一下，筆鋒一轉，分寫己與長史二人。「白雲淮水外」，言己將離開京城到淮水以南去；「紫陌灞陵隈」，言長史臥病長安。「節變」二句，言長史離開軍職回京，「衰柳」、「落梅」應題中「秋日」二字。「調神」二句，言長史臥病，以文史度日，調理身心。「掞藻」句，也讚長史之〈秋日臥病〉詩。此四句應「紫陌灞陵隈」句而來。「悵兮」二句，言己即將離京去江南，心無繫念；「還因」二句，言己得到長史之贈詩，欣喜地和作一首。此四句應「白雲淮水外」句。此詩的前後二截，似乎轉得較為突兀，但後半截「節變」以下四句，與前半截「調弦」以下四句，是前後照應的。「還因承雅曲」與「掞藻握珠胎」也是呼應而來。可見其結構頗為謹嚴。

憲臺出縶寒夜有懷

【題　解】憲臺，東漢時為御史臺之別稱。職掌彈劾、糾察等。唐高宗龍朔二年（西元六六二年）曾改御史臺為憲臺，咸亨元年（西元六七〇年）復舊名。參見《通典・職官門》。據《唐書》本傳，賓王曾仕至侍御史，武則天時頻貢章疏諷諫，忤旨。又因為長安主簿時坐贓得罪，約於調露元年（西元六七九年）冬入獄。出縶，即解除拘禁。此詩寫於解除拘禁的前夜。詩寫身陷囹圄的孤獨與迷惘。

獨坐懷明發，長謠苦未安❶。自應迷北叟，誰肯問南冠❷。生死交情異，殷憂歲序闌❸。空餘朝夕鳥，相伴夜啼寒❹。

【注　釋】❶獨坐懷明發二句　懷，懷親友。明發，即黎明、平明。《詩經・小雅》：「明發不寐，有懷二人。」毛傳：「明發，發夕至明。」長謠，猶言長歌。劉琨〈答盧諶〉詩：「何以敘懷，引領長謠。」❷自應迷北叟二句　迷，迷信。北叟，即塞翁失馬故事中的塞翁。謂禍福變化不可測。參見〈久戍邊城有懷京邑〉第二部分注⓰。南冠，即楚冠。《左傳》成公九年：「晉侯觀於軍府，見鍾儀，問之曰：『南冠而縶者，誰也？』」後代指囚徒。❸生死交情異二句　生死交情，用漢翟公起廢之間賓客之態多變之事。參見〈上吏部侍郎帝京篇〉第三部分注⓬。殷憂，深深的憂慮。《詩經・邶風・柏舟》：「耿耿不寐，如有殷憂。」歲序闌，指一年將盡。❹空餘朝夕鳥二句　謂其孤獨無助。朝夕鳥，本作朝夕烏。漢御史府中列柏樹，常有野烏數千棲宿其上，晨去暮來，號曰「朝夕烏」。見《漢書・朱博傳》。後《顏氏家訓・文章》以為《漢書》所謂「朝夕烏」者原作「朝夕鳥」。此處喻指憲臺。

【語　譯】獨坐縶中懷念親友，至黎明而不寐，引領長歌，心中的苦惱得不到平靜。自然應該沈迷於北叟失馬之喻，誰肯來慰問我這個楚囚。經歷過這一次的生死變化，世人的交誼也將不同，滿懷隱憂，在這一年將盡的時刻。只剩下憲臺朝去暮來的烏鵲，伴著我在寒夜中悲啼。

【研　析】首二句，言其獨坐縶中等待天明的到來，即將出縶的心情最是激動不安。中四句，寫「長謠」所「懷」之內容。「自應」句，言應該以塞翁失馬的故事來安慰自己的此次遭劾入獄，禍亦未嘗不可以轉為福。「誰肯」句與「自應」句相對，言無人來慰問、看望囚禁中人，更不用說施以援手了。此二句即獨坐所「懷」。「生死」句，承前二句而下，用漢翟公對賓客之典，言人情淡薄古來如此。「殷憂」句，言年歲已晚而遭此橫禍，憂懷萬端。此四句應「長謠」所「苦」。末二句，寫憲臺夜景，襯其「苦未安」。「空餘」應詩首之「獨坐」，「夜啼」應詩首之「長謠」。「烏」與「誰」相應，「寒」與「歲序闌」相應。《唐詩鏡》卷二評云：「淡淡語含情無限，結語甚悲。」

獄中書情通簡知己

【題　解】觀詩中「三緘慎禍胎」、「絕縑」、「疑璧」云，似由上疏言事忤旨，後橫被酷吏，訊以贓罪。從詩中「青陸春芳動」、「蟄戶未驚雷」語看，約寫於高宗永隆元年（西元六八〇年）春。通簡，猶言通書，致信告知。此詩敘述自己入獄的經過和蒙冤受屈的情況，抒發內心的悲憤，且希求援引。獄中，一作「幽縶」。

昔歲逢楊意，觀光貴楚材❶。穴疑丹鳳起，場似白駒來❷。一命淪驕餌，三緘慎禍胎❸。不言勞倚伏，忽此遘邅迴❹。驄馬刑章峻，蒼鷹獄吏猜❺。絕縑非易辨，疑璧果難裁❻。揆畫慚周道，端憂滯夏臺❼。

【注　釋】❶昔歲逢楊意二句　謂早年得到貴人推薦而受當朝重視。楊意，即楊得意。漢武帝時為狗監。司馬相如善作賦，得其推薦。見《史記・司馬相如列傳》。楊意，或作「陽歷」。觀光，《易・觀》：「觀國之光。」即目睹國都之盛德光輝。貴楚材，《左傳》襄公二十六年：「杞梓皮革，自楚往也。雖楚有材，晉實用之。」謂由家鄉來到長安為官，而所謂楊意者未知何人。貴，一作「賁」。❷穴疑丹鳳起二句　丹鳳，丹穴之鳳。據《山海經・南山經》，丹穴之山有鳥名曰鳳皇，飲食自然，自歌自舞，見則天下安寧。白駒，白色小駿馬，以喻賢人或隱士。《詩經・小雅・白駒》：「皎皎白駒，食我場苗。」此自喻，指職務得到升遷。❸一命淪驕餌二句　一命，周時官階從一命到九命，一命為最低官階。《周禮・春官》：「壹命受職。」後用以指低微的官職。淪驕餌，謂沾上驕君的爵祿。參見〈夏日游德州贈高四〉第一部分注⓱。三緘，謂不斷警醒自己緘默。《孔子家語・觀周》：「孔子觀周，遂入太祖后稷之廟，有金人焉，參緘其口，而銘其背曰：古之慎言人也。」禍胎，枚乘〈上書諫吳王〉云：「福生有基，禍生有胎。」注：「服虔曰：基、胎，皆始也。」此言己因上書忤旨得罪。❹不言勞倚伏二句　不言，猶言不料。勞，因疲倦而忽略。倚伏，指事物禍福的相互轉化。《老子》：「禍兮福之所倚，福兮禍之所伏。」遘，遭遇。邅迴，徘徊不進的樣子。嚴忌〈哀時命〉：「車既敝而馬罷兮，蹇邅迴而不能行。」此指入獄。❺驄馬刑章峻二句　驄馬，《後漢書・桓典傳》：後漢桓典為侍御史時，常乘驄馬，京師畏憚，為之語曰：「行行且止，避驄馬御史。」後因以「驄馬」為御史或執法嚴峻之典。比喻御史臺。刑章峻，謂刑法嚴酷。蒼鷹，鷙鳥名。《史記・酷吏列傳》：「郅都遷為中尉，列侯宗室見都，側目而視，號曰蒼鷹。」後以喻酷吏。猜，猶言猜忍，殘暴無情。❻絕縑非易辨二句　謂己被誣而無法辯白。絕縑，用漢薛宣斷獄事。傳云臨淮有人往市賣疋縑，道遇雨，後人求共被戴之，雨霽當別時那人竟說縑是他的，二人爭鬥不已。太守薛宣乃呼騎吏中斷縑，各與半。後人歡喜。因詰責之，具服，悉俾還本主。見《太平御覽・刑法部》引《風俗通》。絕，一作「爭」。疑璧，據《史記・張儀列傳》：張儀嘗從楚相飲，而楚相亡璧。門下疑張儀所偷，執之。掠笞數百，不服而釋之。裁，分判。❼揆畫慚周道二句　揆畫，即揣度、推演。慚周道，言無周文王之高深道術。《史記・周本紀》：「崇侯虎譖西伯於殷紂，乃囚西伯於羑里。其囚羑里，蓋益《易》之八卦為六十四卦。」端憂，猶言深憂。夏臺，夏代的監獄名。地在今河南禹州南。此泛指監獄。

【語　譯】早年我遇到朋友的推薦，由家鄉來到朝廷侍奉君主，受到重視。就像從丹鳳之穴中飛出，又像是從白駒場圃中走來。做低級的官吏，沾沾自喜於吃上了皇糧，不斷告誡自己少說話，警惕禍從口出。不料卻因疲累而忽略了禍福相倚的道理，忽然遇到這種挫折。法官所定的刑法條例是那麼峻厲，管理監獄的官吏殘酷無情。像薛宣那樣將縑截斷也不容易辯白清楚，像張儀那樣被懷疑偷了玉璧，真的很難判別。在獄中思前想後，我卻沒有周文王那麼高深的道術，只有滿懷憂愁，無聊地滯留在這個監獄中。

生涯一滅裂，岐路幾徘徊❶。入阱方搖尾，迷津正曝腮❷。圓扉長寂寂，疏網尚恢恢❸。青陸春芳動，黃沙旅思催❹。覆盆徒望日，蟄戶未驚雷❺。霜歇蘭猶敗，風多木屢摧。地幽蠶室閉，門靜雀羅開❻。自憫秦冤痛，誰憐楚奏哀❼。漢陽窮鳥客，梁甫臥龍才❽。有氣還衝斗，無時會鑿坏❾？莫言韓長孺，長作不然灰❿。

【注　釋】❶生涯一滅裂二句　生涯，猶言人生、生活。《莊子・養生主》：「吾生也有涯。」滅裂，謂言行粗疏草率。岐路，岔道口。此指仕途。❷入阱方搖尾二句　入阱，言入陷阱。此指打入監獄。方，一作「先」。搖尾，卑屈柔順之態。司馬遷〈報任安書〉：「猛虎在深山，百獸震恐。及在檻阱之中，搖尾而求食。」迷津，迷失在渡口。曝腮，亦作「曝鰓」。《文選》謝朓〈觀朝雨詩〉：「乖流畏曝鰓。」李善注：「《三秦記》曰：河津，一名龍門。兩傍有山，水陸不通，龜魚莫能上。江海大魚，薄集龍門下，上則為龍；不得上，曝鰓水次也。」後以喻挫折、困頓。此言人迷茫之態。❸圓扉長寂寂二句　圓扉，古代監獄以圓木為扉，故稱圓扉。圓，一作「圜」。疏網，指寬鬆的法律。恢恢，寬闊廣大的樣子。《老子》：「天網恢恢，疏而不失。」❹青陸春芳動二句　青陸，即青道。月亮運行的軌道。《文選》顏延之〈三月三日曲水詩序〉：「日躔胃維，月軌青陸。」李善注：「〈河圖帝覽嬉〉曰：立春春分，月從東青道。」此指春天。春芳，春天的花草。黃沙，監獄名。《晉書・武帝紀》：「太康五年六月，初置黃沙獄。」案各本「岐路」句下係接「青陸」二句，此二句係在「疏網」句下。陳熙晉《駱臨海集箋注》本據《初學記》乙正。❺覆盆徒望日二句　覆盆，倒扣的盆。喻黑暗。司馬遷〈報任安書〉：「僕以為戴盆何以望天。」謂沈冤難雪。蟄戶，蟄蟲伏處的洞穴。驚雷，驚動萬物的雷聲。《禮記・月令》：「仲春之月，雷乃發聲，始電，蟄蟲咸動，啟戶始出。」此殆喻大赦令。驚，一作「經」。❻地幽蠶室閉二句　蠶室，受宮刑者所居之溫密獄室。司馬遷〈報任安書〉：「李陵既生降，隤其家聲，而僕又佴之蠶室。」此泛指監獄。雀羅開，謂陷入冤獄，而無人施以援手。《史記・汲鄭列傳》：「始翟公為廷尉，賓客闐門；及廢，門外可設雀羅。」❼自憫秦冤痛二句　秦冤，秦獄之冤。楚奏，謂楚人所奏楚地的音樂。後以喻思鄉懷舊之情。參見〈在江南贈宋五之問〉第二部分注⓫。❽漢陽窮鳥客二句　窮鳥客，指後漢漢陽郡西縣（今甘肅禮縣）趙壹，著名辭賦家。為人耿直狂傲，受地方鄉黨排斥，屢次得罪而幾乎被殺。經友人救免，乃貽書謝恩曰：「余畏禁不敢班班顯言，竊為〈窮鳥賦〉一篇。」見《後漢書・文苑傳》。臥龍，指諸葛亮。亮躬耕南陽，好為梁父之吟，嘗自比管仲、樂毅，其友稱之為臥龍。❾有氣還衝斗二句　衝斗，用豐城劍氣事。參見〈夏日游德州贈高四〉第一部分注❸。喻己正氣浩然。無時，言沒有遇到時運。《後漢書・趙岐傳》：「有志無時，命也奈何。」會，當。鑿坏，鑿開屋後牆。《淮南子・齊俗》：魯君欲相隱士顏闔，不肯，鑿屋後牆而遁之。❿莫言韓長孺二句　謂自己能東山再起。不然灰，用漢韓安國獄中受辱事。參見〈上吏部侍郎帝京篇〉第三部分注⓯。

【語　譯】人生稍有疏忽草率，就會迷失方向而徘徊不前。掉入陷阱才知道搖尾乞憐，迷失前途，就像龍門下的魚兒無奈地翻鰓。監獄太寂寞，法網廣布掙脫不了。春天一到，萬物生長，坐在黃沙監獄中，羈旅之愁一陣陣襲來。在覆置的盆裏徒勞無益地想見到陽光，蟄蟲伏處洞穴之中尚未聽到驚雷。嚴霜不再下，蘭花草仍舊敗毀，狂風大作，樹木屢屢被摧折。地處幽僻，這監獄關得死緊，門前安靜得可以張網捕雀。只有自己體恤冤情的痛苦，誰會可憐你思鄉懷舊的悲哀。就像漢陽郡作〈窮鳥賦〉的趙壹，又像經常吟誦梁父之歌的諸葛亮。我本有沖天的志向，沒有遇到時運，就該像顏闔那樣鑿開屋後壁逃走？不要說韓安國身陷囹圄，會永遠做一堆不復燃的死灰。

【研　析】前四句，言其早年得貴人賞識而入朝為官，具體指由長安主簿而入為侍御史。「逢楊意」三字，一開始就應題中「簡知己」三字，可見其內心之煎迫。以司馬相如自比，又自命楚材、丹鳳、白駒，可見其自負如此。正因為自以為如此引人注目，故遭猜忌之可能比平凡之輩要多多。「一命」以下四句，言儘管三緘其口，謹慎從事，還是遭此官司而入獄。儘管是意料中事、遲早之事，而詩云「不言」、「忽」，可見詩人之不平。「驄馬」以下六句，言其在獄中所遭的不公正待遇，因此而有強烈的不平。「生涯」以下六句，言其入獄之難堪情狀及後悔莫及之心態。「一滅裂」對「三緘」、「幾徘徊」應「一命」，「圓扉」、「疏網」之境，「搖尾」、「曝腮」之狀，與「穴疑丹鳳起，場似白駒來」形成多麼強烈的反照，讓人讀來深長噓唏。「青陸」以下六句，抒時光流逝而沈冤未雪之委屈與苦悶。此又一不平。「地幽」以下四句，言昔日賓友無人理會冤情，只獨自咀嚼做楚囚的滋味。此則尤不平者。「漢陽」以下六句，表其獄中之志。用漢陽趙壹遭獄而為友人所救事，暗表希求知己之一助，用諸葛亮、韓長孺自比，言其非平平之輩，從另一方面證明自己值得知己之一顧。此又與詩首之「逢楊意」、「貴楚材」、「丹鳳」、「白駒」云云相呼應。胡應麟《詩藪・內編》卷四：「賓王〈幽縶書情〉（即〈獄中書情〉）十八韻，精工儷密，極用事之妙，老杜多出此，如『地幽蠶室閉，門靜雀羅開』，『自憫秦冤痛，誰憐楚奏哀』，『絕縑非易辨，疑璧果難裁』，『覆盆徒望日，蟄戶未驚雷』之類，皆前所未有。」認為日後杜甫用事的成功是從賓王此詩中汲取了經驗，評價極高。

在獄詠蟬

【題解】唐高宗儀鳳三年（西元六七八年），剛升為侍御史的駱賓王因上書忤旨，又誣以在長安主簿任上坐贓，得罪入獄。此獄中詠蟬詩借微弱的蟬唱，宣洩自己的冤情，痛苦至極。詩前有長序。題一作〈詠蟬〉。

西陸蟬聲唱，南冠客思侵❶。那堪玄鬢影，來對〈白頭吟〉❷。露重飛難進，
風多響易沈。無人信高潔，誰為表予心❸。

【注　釋】❶西陸蟬聲唱二句　西陸，指秋天。《隋書・天文志》曰：「周天行東陸謂之春行，南陸謂之夏行，西陸謂之秋行，北陸謂之冬行，以成陰陽寒暑之節。」南冠，即楚冠。代指囚徒。參見〈憲臺出縶寒夜有懷〉注❷。❷那堪玄鬢影二句　玄鬢影，即指蟬。古代婦女將頭髮梳成兩邊分張、形如蟬翼之形，叫蟬鬢。參見〈秋晨同淄州毛司馬秋九詠・秋蟬〉注❸。白頭吟，古樂府曲名。或說卓文君作，古詞有「願得一心人，白頭不相離」云，言男女情愛。後鮑照等仿作，有「直如朱絲繩」等語，自傷清直芬馥，而遭鑠金點玉之謗。見吳兢《樂府古題要解》。又，時作者年已花甲，故自稱白頭。❸無人信高潔二句　高潔，言蟬高棲樹上，餐風飲露，故古人用以象徵清高廉潔的品質。誰為，猶言為誰。為，一作「謂」。表，表白。

【語　譯】秋天蟬聲開始鳴唱，囚徒的思鄉之情一陣陣襲來。哪裏忍受得了振動著烏黑雙翅的蟬，伴著我唱悲傷的〈白頭吟〉。露水濃重，你難向高處飛進，秋風呼號，你的吟唱容易被掩沒。世上無人相信你有高潔清正之性，誰來表白我的苦心。

【研　析】賓王一生豪蕩不羈，經歷頗多，但對其暮年下獄，心情格外沮喪。詩前長序詳盡地闡述了託蟬言志的創作意圖。首云：「余禁所禁垣西，是法曹廳事也，有古槐數株焉。……每至夕照低陰，秋蟬疏引，發聲幽息，有切嘗聞。」言蟬的悽楚吟唱引起了自己強烈的共鳴。序中又極讚秋蟬的高潔品性，蛻皮以潔其身，候時而順陰陽，應節以審藏用，目光犀利，自奉簡約，居喬木之高枝，飲清秋之墜露。最後，表明自己對待「失路艱虞，遭時徽墨」的態度，並點明作詩的目的是「見螳螂之抱影，怯危機之未安」，並「感而綴詩，貽諸知己」，希望得到朋友的同情。

〈詠蟬〉之類，本為詠物詩，而在前冠以「在獄」二字，則性質完全變了，成了一首感情濃烈的抒情詩。此詩首二句入題，託物起興。因為是南冠，獨閉一室，只能靠耳朵來感知外界的變化。故聞「蟬聲」嗚嗚咽咽地鳴唱，而知「西陸」秋天之到來。秋天是感傷的季節，遊子最是思鄉，更何況此時身陷囹圄！落筆入情，動人心弦。「那堪」二句，以烏黑的蟬影比襯白頭人，痛傷其老景頹唐。四句形影錯亂相對，可見抒情主人公之急躁煩悶之態。事實上，「玄鬢影」云云，只是抒情主人公的想像，他深處幽縶之中，並不能見到蟬的影子。故下「露重飛難進」句與「那堪」句相應，「風多響易沈」與「西陸」句相應。「露重」二句，乃從張正見〈寒樹晚蟬疏〉「葉迴飛難住，枝殘影共空。聲疏飲露後，唱絕斷弦中」詩中化出。露重，隱言冤情很重，很難脫身；風多，似言樹敵太多，有口莫辯。詩末「無人」句對「蟬聲唱」而言，「誰為」句對「白頭吟」而言，表其絕望與憤慨。此詩託物抒情，風骨凝練，感情真摯，淒婉深沈，聞一多〈四傑〉一文稱其為初唐詩壇的「完璧」。

疇昔篇

【題解】疇昔，猶往日。賓王殆借此詩抒寫遭誣入獄之痛，表白自己清白的秉性，而其生平行跡亦具於此篇見之。當作於出獄之後、未除臨海丞時。

少年重英俠，弱歲賤衣冠❶。既託寰中賞，方承膝下歡❷。遨遊灞陵曲，風月洛城端❸。且知無玉饌，誰肯逐金丸❹。金丸玉饌盛繁華，自言輕侮季倫家❺。九陌爭馳千里馬，三條競鶩七香車。掩映飛軒乘落照，參差步障引朝霞。池中舊水如懸鏡，屋裏新妝不讓花❻。意氣風雲倏如昨，歲月春秋屢回薄。上苑頻經柳絮飛，中園幾見梅花落。當時門客今何在，疇昔交朋已疏索❼。莫教憔悴損容儀，會得高秋雲霧廓❽。淹留坐帝鄉，無事積炎涼。一朝披短褐，六載奉長廊❾。賦文慚昔馬，執戟歎前揚。揮戈出武帳，荷筆入文昌❿。文昌隱隱皇城裏，由來奕奕多才子。潘陸詞鋒駱驛飛，張曹翰苑縱橫起⑪。卿相未曾識，王侯寧見擬⑫。垂釣甘成白首翁，負薪何處逢知己⑬。判將運命賦窮通，從來奇舛任西東。不應永棄同芻狗，且復飄颻類轉蓬⑭。容鬢年年異，春華歲歲同。榮親未盡禮，徇主欲申功⑮。

【章　旨】敘其少年志趣、兩京漫遊、在王府和朝廷的仕宦及其落職閒居的曲折經歷。

【注　釋】❶少年重英俠二句　英俠，即豪俠。弱歲，男子弱冠之年。衣冠，古代士以上戴冠。此指循規蹈矩的禮法之士。❷既託寰中賞二句　寰中，猶言宇內、天下。膝下歡，謂孩幼之時嬉戲於父母之膝下。❸遨遊灞陵曲二句　灞陵曲，猶言灞水邊。此指長安。陵，一作「水」。風月，清風明月。指閒適之事。洛城，指東都洛陽。❹且知無玉饌二句　玉饌，即玉食，精美的飲食。金丸，奢華的遊戲。《西京雜記》卷四：「韓嫣好彈，常以金為丸，所失者日有十餘。長安為之語曰：『苦飢寒，逐金丸。』京師兒童每聞嫣出彈輒隨之，望丸之所落，輒拾焉。」此謂無玉饌、不逐金丸，暗示其家境寒微而志向頗高。❺自言輕侮季倫家　輕侮，言為豪貴所輕弄。季倫，指西晉豪貴石崇。生活奢華，任俠無行檢，嘗與王愷鬥富，又與徐州刺史高誕爭酒相侮。後被殺。《晉書》有傳。❻九陌爭馳千里馬六句　九陌、三條，言京城街衢之寬且多。參見〈上吏部侍郎帝京篇〉第一部分注❼。九陌，一作「五霸」，非。鶩，飛奔。七香車，以多種香木製成或多種香料塗飾的華美車乘。飛軒，飛馳的小車。步障，古時一種用來遮擋風塵、視線的屏風。《晉書・石崇傳》：「崇與貴戚王愷、羊琇之徒，以奢靡相尚。……愷作紫絲步障四十里，崇作錦步障五十里以敵之。」如懸鏡，一作「涵明月」。新妝，穿著新妝的美人。❼意氣風雲倏如昨六句　言四時屢變，人情無常。意氣，情誼；恩義。風雲，即意氣相合。歲月春秋，一作「歲去年來」。回薄，謂循環相迫而變化。上苑，即漢宮上林苑。中園，即園中。見，一作「番」。朋，一作「游」。疏索，猶言稀疏、冷淡。❽莫教憔悴損容儀二句　憔悴，瘦弱萎靡的樣子。容儀，容貌舉止。雲霧廓，使雲霧開散澄清。《隋書・楊素傳》：「霧廓雲除，冰消瓦解。」謂使交好運，前途光明。❾淹留坐帝鄉四句　言罷官閒居後又到外地供職。淹留，長期逗留、羈留。帝鄉，本神話中天帝居住之處。

此指帝都京城。積炎涼，猶言度過了幾個冬夏，亦喻熟悉了太多世態交道。積，一作「度」。炎涼，氣候的冷暖。披短褐，以「寒不擇衣」喻屢年求仕不得，一旦遇上王府屬吏小官亦樂於從事。披，一作「被」。短褐，粗布短衣。《史記・秦始皇本紀》：「寒者利短褐，饑者甘糟糠。」短，一作「裋」。長廊，上有頂的通道，尤指通到分隔間或房間的通道。此指皇帝之下的王府。賓王初為道王府屬，非在京內，故曰奉長廊。❿賦文慚昔馬四句　馬，謂西漢司馬相如，善辭賦而為郎。見《史記・司馬相如列傳》。執戟，秦漢時郎官值勤時手持長戟。賓王曾為奉禮郎，故云。歎，一作「慕」。揚，謂西漢揚雄，因奏〈羽獵賦〉為執戟之臣。見《文選》曹植〈與楊德祖書〉李善注。揮戈，猶言執戟，喻己曾為奉禮郎。武帳，設有兵器的帷帳。帝王或大臣所用。《漢書・汲黯傳》：「上嘗坐武帳，黯前奏事。」文昌，即文昌臺，亦即尚書省。⓫文昌隱隱皇城裏四句　言弘文館內才子之多。隱隱、奕奕，盛多的樣子。潘陸，謂潘岳、陸機。詞鋒，犀利如劍鋒的文筆或辯才。詞，一作「辭」。駱驛，不絕的樣子。張曹，謂張衡、曹植。翰苑，文翰薈萃之處。縱橫，四散。喻文采飛揚、學術富盛。⓬見擬　被注意。⓭垂釣甘成白首翁二句　垂釣，《史記・齊世家》：呂望年七十，釣於渭渚。周文王見之，以為輔助。負薪，《論衡・書虛》：相傳延陵季子夏五月出遊而見路有遺金，恰有一披裘而負薪者經過，季子呼之拾遺金。薪者瞋目拂手而言曰：「天熱如此，我猶披裘而薪，豈取金小人！」此二句，一作「徒勞倦負薪，何處逢知己」。⓮判將運命賦窮通四句　判將，捨棄。窮通，猶言窮達。劉峻〈辯命論序〉：「余謂士之窮通，無非命也。」奇舛，猶言乖舛。背離；不一致。應，一作「分」。芻狗，古代祭祀時用草紮成的狗。《老子》：「天地不仁，以萬物為芻狗；聖人不仁，以百姓為芻狗。」後以喻微不足道的事物或言論。轉蓬，蓬蒿隨風飄轉。喻飄泊流離。⓯榮親未盡禮二句　榮親，謂出仕而使父母光榮。盡禮，竭盡禮數。徇主，為國君而獻身。《史記・春申君列傳》：「歇為人臣，出身以徇其主。」申功，猶言立功。申，通「伸」。舒展。

【語　譯】少年時崇尚英俊的豪俠，弱冠之歲很瞧不起衣冠楚楚的禮法之士。既承蒙鄉邦的欣賞，也正在父母的愛護下嬉戲為歡。來到灞水之濱遨遊，又欣賞著洛都城頭的清風明月。雖心知自己非出於金鼎玉食之家，誰又肯去逐拾那豪貴所彈的金丸。金丸之戲、精美飲食顯得多麼繁華，還自稱很羞慚，比不上石崇的家。在京城的馬路上競賽著駕千里馬奔跑，在寬闊的大街上乘著飛馳的七香車。來來往往的輕車與夕陽晚霞相掩映，高高低低的步障連接著朝霞。池沼中平靜的積水好像懸掛著的鏡子，房屋裏美人的新妝像花朵似的鮮妍。朋友間的情誼、交遊忽然過去，就像昨天，年年歲歲，春夏秋冬，迴環往復。上林苑的柳樹經過多少春的飛絮，園中的梅花幾度開了又落。當年門下的食客如今到什麼地方去了，往日的朋友已所剩無幾。不要讓這些煩心事使自己變得容顏憔悴，天空總有一天會變得雲開霧散、秋高氣爽。長期逗留於長安，百無聊賴中過了好幾個冬夏。一旦揀選了穿粗布短衣的生活，六年間陪侍在王府的幕府中。登高作賦很慚愧，比不上昔日的司馬相如，執戟為郎，感歎自己不如揚雄。不應總是被看不起，不會總是像轉蓬找不到歸宿。手持戈矛出入武帳，攜帶筆墨來到尚書省弘文館。皇宮裏的弘文館巍峨盛大，從來就彙聚了全國眾多的文人才子。如潘岳、陸機的詞鋒犀利，落筆如飛，如張衡、曹植的學術富盛，辯論風生。卿相不曾賞識，王侯豈會接近。甘願去做白髮蒼蒼的垂釣翁，心性高傲的打柴人去哪裏尋找知音。捨棄對命運或窮促或發達的表白和期待，命途乖舛，一直就是聽任它隨時西東。不應該永遠像芻狗一樣被遺棄，又像蓬蒿一樣隨風飄轉。容貌、鬢髮一年年地衰老，春花每一年照樣地開。沒有盡到禮數讓父母光榮，只想為君主獻身而建立功業。

脂車秣馬辭京國，策轡西南使邛僰❶。玉壘銅梁不易攀，地角天涯眇難測❷。
鶯囀蟬吟有悲望❸，鴻來雁度無音息。陽關積霧萬里昏，劍閣連山千種色❹。蜀
路何悠悠，岷峯阻且修。迴腸隨九折，迸淚連雙流。寒光千里暮，露氣二江秋❺。
長途看束馬，平水且沈牛❻。華陽舊地標神制，石鏡峨眉真秀麗❼。諸葛才雄已
號龍，公孫躍馬輕稱帝❽。五丁卓犖多奇力，四士英靈用文藝❾。雲氣橫開八陣
形，橋影遙分七星勢❿。川平煙霧開，遊戲錦城⓫隈。墉高龜步轉，水淨雁文迴⓬。
尋姝入酒肆，訪客上琴臺⓭。不識金貂重，偏惜玉山頹⓮。他鄉冉冉消年月，帝

里沈沈限城闕⑮。不見猿聲助客啼⑯，唯聞旅思將花發。我家迢遞⑰關山裏，關山迢遞不可越。故園梅柳尚有餘，春來勿使芳菲歇⑱。解鞅欲言歸，執袂愴多違⑲。北梁俱握手，南浦共沾衣。別情傷去蓋，離念惜徂輝⑳。知音何所託，木落雁南飛。

【章旨】寫其從軍姚州及在蜀地的漫長客居。

【注釋】❶脂車秣馬辭京國二句　脂車秣馬，給車軸塗好油脂，餵飽馬。指準備出征。京，一作「鄉」。策轡，抓著馬韁。猶言策馬前往。使，一作「吏」。邛，即邛州，在今四川邛崍東南。僰，即雅州，即今四川雅安。❷玉壘銅梁不易攀二句　玉壘，山名。在成都西北岷山界。銅梁，山名。在今重慶市合川。劉孝威〈蜀道難〉：「玉壘高無極，銅梁不可攀。」地角天涯，言極遠之邊地。又，地角、天涯為成都之二石。參見明曹學佺《蜀中廣記・詩話記》引《游宦紀聞》。❸悲望　猶言悲怨。❹陽關積霧萬里昏二句　陽關，戰國時巴地所置關名。見常璩《華陽國志・巴志》。即今重慶市東石洞關。劍閣，棧道名。在今四川劍閣東北大劍山與小劍山之間，是川陝間的主要通道。見《水經注・漾水》。❺蜀路何悠悠六句　悠悠，綿長的樣子。岷峯，即岷山。在今四川松潘北，綿亙川、甘兩省邊境。阻，艱難。修，長。迴腸，喻思慮憂愁盤旋於腦際。九折，即九折坂，在今四川滎經西邛崍山。山路險阻迴曲，須九折乃得上，故名。參見〈晚憩田家〉注❷。連，一作「下」。雙流，縣名。今屬四川成都。因縣在江安河、府河二江之間而得名。見〈豔情代郭氏贈盧照鄰〉第一部分注❺。二江，即成都南郫江、撿江，為秦蜀太守李冰於修都江堰時所開。見常璩《華陽國志・蜀志》。❻長途看束馬二句　束馬，將馬、車及人、貨等用吊車裝運到別處。言山路之險阻艱難。平水，謂沈靜的深淵。且，一作「見」。沈牛，古代祭山川林澤時的儀式。傳云成都西南舊有石牛門橋，下乃石犀淵，秦蜀守李冰作石犀五頭於此，以厭水精。後轉犀牛二頭，一頭在市橋門，一頭沈之於淵。見《水經注・江水》。❼華陽舊地標神制二句　華陽，地名。古稱今陝西秦嶺以南、四川和雲南、貴州一帶為華陽國。因其地在華山以南而得名。神制，神靈所定的規模。石鏡，傳云蜀王為其愛妃在成都北角作冢，高七丈，上有石鏡。參見〈豔情代郭氏贈盧照鄰〉第一部分注❺。峨眉，山名。在四川峨眉西南。因山勢逶迤，有山峯相對如蛾眉，故名。❽諸葛才雄已號龍二句　諸葛，謂諸葛亮。隱隆中時人稱臥龍。公孫，謂公孫述。扶風人。王莽時為導江卒正。後恃其地險眾附，遂自立為天子。左思〈蜀都賦〉：「公孫躍馬而稱帝。」❾五丁卓犖多奇力二句　五丁，傳說蜀國開通秦地通蜀之道的五個大力士。參見〈餞鄭安陽入蜀〉注❼。四士，指西漢辭賦家司馬相如、王褒、揚雄，經學家嚴君平，皆蜀人。《華陽國志・蜀志》：「近則江漢炳靈，世載其英。蔚若相如，皭若君平。王褒韡曄而秀發，揚雄含章而挺生。」用，一作「富」。❿雲氣橫開八陣形二句　八陣形，即八陣圖。相傳為諸葛亮練兵時創於魚腹平沙之下（今重慶市奉節西七里）。或云八陣圖凡三，今四川新都、陝西沔縣亦有之。橋影遙分七星勢，李冰在成都西南兩江建七橋，以上應七星。七星，謂五星、日、月。見《華陽國志・蜀志》。⓫錦城　城名。成都舊有大城、少城。少城為掌織錦官員之官署，因稱錦官城。⓬墉高龜步轉二句　墉，城牆。龜步，傳云成都城牆為秦惠王時張儀所築，初屢不成，後有一大龜周行旋走，於是依其狀而築，遂得樹立。見《元和郡縣志・成都府・成都縣》。步，一作「望」。轉，一作「出」。雁文迴，《藝文類聚・鳥部・雁》引《荊州記》及《梁州記》：梁州汶陽郡有雁塞山，其間東西嶺高入天際。朔雁達塞，望崖迴翼。又，山有大池水，雁棲集之，故名。此形容錦江水被風吹皺如雁文泛起。⓭尋姝入酒肆二句　姝，美女。此指卓文君。客，謂司馬相如。《史記・司馬相如列傳》：卓文君與相如夜奔，之臨邛，買一酒舍酤酒，文君當壚，相如身自著犢鼻褌，與保庸雜作，滌器於市中。琴臺，成都有相如琴臺。相如以琴挑卓文君之處。⓮不識金貂重二句　金貂，朝中顯宦官帽以金璫、貂尾為飾。此泛指官帽。《晉書・阮孚傳》：「遷黃門侍郎、散騎常侍，以金貂換酒，復為有司彈劾。」玉山頹，醉酒的樣子。《世說新語・容止》：「嵇叔夜之為人也，巖巖若孤松之獨立。其醉也，傀俄若玉山之將崩。」⓯他鄉冉冉消年月二句　冉冉，慢慢行進之狀。《楚辭・離騷》：「老冉冉其將至兮，恐修名之不立。」冉冉，一作「苒苒」。帝里，即京城。沈沈，遙深的樣子。司馬相如〈上林賦〉：「沈沈隱隱。」沈沈，一作「悠悠」。限城闕，為城闕所包圍而望不見。⓰猿聲助客啼　《水經注・江水》：「每至晴初霜旦，林寒澗肅，常有高猿長嘯，屬引淒異。空谷傳響，哀轉久絕。故漁者歌曰：『巴東三峽巫峽長，猿鳴三聲淚沾裳。』」⓱迢遞　遠望懸絕。⓲故園梅柳尚有餘二句　梅柳，一作「桃李」。有餘，一作「餘春」。春來，一作「來時」。芳菲，謂春花、春景。《楚辭・離騷》：「芳菲菲而難虧兮，芬至今猶未沬。」⓳解鞅欲言歸二句　解鞅，即放馬，猶言解脫公職，不再征役。《左傳》襄公十八年：「抽劍斷鞅。」鞅，套在馬頭用以負軛的皮帶。鞅，一作「袂」。執袂，拉著衣袖。形容友朋分別時依依不捨之情。多違，猶言離多聚少。⓴北梁俱握手四句　北梁、南浦，古泛指送別之地。王褒〈九懷・陶壅〉：「濟江海兮蟬蛻，絕北梁兮永辭。」梁，橋。《楚辭・九歌・

河伯》：「子交手兮東行，送美人兮南浦。」握手，別時依依之狀。蘇武〈古詩〉：「握手一長嘆，淚為生別滋。」去蓋，遠去的車蓋。徂輝，逝去的年華。徂，一作「光」。

【語譯】給車軸塗好油，將馬餵飽，離京出征，策馬前往西南，出使邛州和雅州。玉壘山、銅梁山，還真的不好登攀，地角、天涯真是渺遠不知有多少里路。春鶯的鳴囀、秋蟬的鳴叫似乎滿含悲怨，鴻雁來了又去總是沒有帶來消息。秋天陽關的濃霧使萬里天空變得昏暗，春季劍閣道上連綿起伏的山嶺開滿各色各樣的花朵。蜀路是多麼遙遠，岷山之道艱險而漫長。愁腸翻轉就如九折坂一樣曲折，迸湧的淚水似乎連著江安河、府河。千里山川籠罩在寒冷的夕陽暮色中，郫江、撿江彌漫著秋天的白露。在長長的山路上看那吊車束馬而運，平靜的深淵中沈著一頭石犀牛。華陽古國表現神靈所定規制的偉大，石鏡和峨眉真是天造地設，秀麗非常。號稱臥龍的諸葛亮在此輔佐劉備建立蜀國，可謂才雄一世，公孫述也躍馬橫戈，據此一方輕易稱帝。傳說中的五丁奇特而多神力，司馬相如、王褒、揚雄、嚴君平這四個傑出文士富有文采。雲氣突然消散，八陣圖歷歷可觀，遠望七星橋影分列兩江之旁，與天上七星呈一一對應之勢。川原平坦，煙開霧散，我們遊戲在錦官城一角。高高的城牆依神龜周行旋走之步形而建，清瑩的錦江水泛著雁文漣漪。到酒店尋找美女，到琴臺上找琴客。不知道官帽上的金璫、貂毛之重要，偏喜歡拿它們換酒醉得東倒西歪。在他鄉慢慢地消磨時光，遙深的帝都被城闕包圍而望不見。聽不見兩岸讓遊客落淚的淒厲猿鳴，只見到鬱積的羈旅愁思催著山花開放。我的家鄉在遙遠的關山之內，遙遠的關山不能插翅飛越。故鄉的梅樹、柳樹應該都還留存著吧，不要讓春天的芬芳美景稍有減損。卸除公職，準備回家，拉著朋友的衣袖，感慨人生聚少離多。在北橋上兩雙手緊握不放，在南浦一同灑落依依不捨的淚水。別情的傷感最數那一去不返的車蓋，那夕陽餘暉讓人憐惜。知音在何處，樹葉凋落，大雁也南歸。

回來望平陸，春來酒應熟❶。相將菌閣臥青溪，且用藤杯泛黃菊❷。十年不調為貧賤，百日屢遷隨倚伏❸。只為須求負郭田，使我再干州郡祿❹。百年鬱鬱少騰遷，萬里迢迢入鏡川❺。吳江拂潮衝白日，淮海長波接遠天❻。叢竹凝朝露，孤山起暝煙❼。賴有邊城月，來伴客旌懸❽。東南美箭稱吳會，名都隱軫三江外❾。塗山執玉應昌朝，曲水開襟重文會❿。仙鏑流音鳴鶴嶺，寶劍分輝落蛟瀨⓫。未看白馬對蘆芻，且覺浮雲似車蓋⓬。江南節序多，文酒屢經過。共踏〈春江曲〉，俱唱〈采菱歌〉⓭。舟移疑入鏡，棹舉若乘波。風光無限極⓮，歸楫礙池荷。眺聽煙霞正流盼，即從王事歸艫轉⓯。芝田花發屢徘徊，金谷佳期重游衍⓰。登高南適嗤梁叟，憑軾西征想潘掾⓱。峯開華岳聳疑蓮，水激龍門急如箭⓲。

【章旨】敘回京任畿縣主簿及奉使江南的生活。

【注釋】❶回來望平陸二句　回來望平陸，一作「飛鳥轉南陸」。回來，用顏回之事。《莊子・讓王》：「孔子謂顏回曰：『回來！家貧居卑，胡不仕乎？』顏回對曰：『不願仕。回有郭外之田五十畝，足以給飦粥；郭內之田十畝，足以為絲麻。鼓琴足以自娛，所學夫子之道者足以自樂也。回不願仕。』」平陸，平坦的原野。酒應熟，陶淵明〈問來使〉：「歸去來山中，山中酒應熟。」❷相將菌閣臥青溪二句　菌閣，形如菌狀之閣。王褒〈九懷・匡機〉：「菌閣兮蕙樓，觀道兮縱橫。」臥青溪，隱居於碧綠的溪水之旁。藤杯，用藤實做的酒杯。《太平廣記・草木部》：「藤實杯出西域，藤大如臂，葉似葛花，實如梧桐。實成堅固，皆可酌酒，自有文章，映徹可愛。」❸十年不調為貧賤二句　十年不調，《後漢書・馬融傳》：「頌奏忤鄧氏，滯於東觀，十年不得調。」文史中其他有關「十年不調」事尚多。賓王詩文屢歎「十年不調」，實為用典，非確指。百日屢遷，用後漢荀爽事。漢獻帝時，董卓徵荀爽，爽欲遁命而不得去，因復就拜平原相，復迫為光祿勳。視事三日，進拜司空。

爽自被徵命，及登臺司，九十五日。見《後漢書・荀爽傳》。倚伏，言禍福變化不定。❹只為須求負郭田二句　須，求。負郭田，近城郭肥沃之田。《史記・蘇秦列傳》：「秦為從約長，并相六國，喟然嘆曰：『且使我有洛陽負郭田二頃，吾豈能佩六國相印乎！』」再干州郡祿，謂再到州郡中去求職。干，求。❺百年鬱鬱少騰遷二句　騰遷，猶言升遷。鏡川，指鏡湖。漢順帝永和五年，會稽太守馬臻所開，在會稽、山陰兩縣界。《初學記・州郡・江南道》引《輿地志》曰：「山陰南湖，縈帶郊郭，白水翠岩，互相映發，若鏡若圖。故王逸少云：『山陰上路行，如在鏡中游。』」❻吳江拂潮衝白日二句　吳江，吳地江水。吳，一作「涘」。拂，一作「沸」。潮，江水朝夕波浪尤大者。日，一作「浪」。淮海，即淮河。❼孤山起暝煙　孤山，山名。在杭州西湖中，孤峯獨聳，秀麗清幽。暝煙，即暮靄。❽來伴客旌懸　來伴，一作「常伴」。伴，一作「傍」。客旌，官吏出使或上任時在途中所用的旌節。❾東南美箭稱吳會二句　東南美箭，指會稽之竹箭。見《爾雅・釋地》。吳會，即吳郡和會稽。此指會稽。隱軫，繁盛的樣子。三江，指吳松江、錢塘江、浦陽江。參見〈冬日野望〉注❹。❿塗山執玉應昌朝二句　塗山，即會稽山。傳云禹會諸侯及娶妻之地。執玉，指諸侯來朝會。《春秋左氏傳》哀公十年：「大夫對孟孫曰：『禹會諸侯于塗山，執玉帛者萬國。』」昌朝，昌盛興隆的時代。朝，一作「期」。曲水，古代於農曆三月上巳日在水濱宴飲，祓除不祥。後人因引水環曲成渠，流觴取飲，相與為樂，稱為曲水。王羲之〈三日蘭亭詩序〉：「此地有崇山峻嶺，茂林修竹。又有清流激湍，映帶左右，引以為流觴曲水。」開襟，敞開衣襟。謂忘懷之態。文會，文酒之會。⓫仙鏑流音鳴鶴嶺二句　仙鏑，仙人之箭。鶴嶺，指白鶴山。傳云山有鶴為仙人取箭。漢太尉鄭宏嘗采薪於山，得一遺箭，還之。宏謂神人曰：「常患若邪溪載薪為難，願旦南風，暮北風。」後果然，人呼為鄭公風。見《後漢書・鄭宏傳》章懷太子注。落蛟瀨，傳說中佽非斬蛟的急流。《淮南子・道應》：荊有佽非，得寶劍於干隊，兩蛟夾繞其船。佽非攘臂拔劍，赴江刺蛟，遂斷其頭，船中人盡活，風濤畢除。⓬未看白馬對蘆芻二句　白馬對蘆芻，白馬吃黑色草料。傳云孔子與顏淵登魯東山，望吳閶門，顏淵曰：「見一匹練，前有生藍。」孔子曰：「此白馬盧芻。」使人視之，果然。見《太平寰宇記・江南東道・蘇州・吳縣》。蘆芻，即蘆葦草，黑色草料。浮雲似車蓋，言人的行蹤飄轉不定。曹丕〈雜詩〉：「西北有浮雲，亭亭如車蓋。惜哉時不遇，適與飄風會。吹我東南行，行行至吳會。」⓭江南節序多四句　節序，猶言節令、節日。文酒，謂飲酒賦詩等雅事。共，一作「莫」。踏，踏歌，眾人連手而歌，以足踏地為節奏。春江曲，《玉臺新詠》入雜曲歌辭。俱，一作「但」。采菱歌，清商曲詞。羅願《爾雅翼・釋草》：「吳楚之風俗，當菱熟時，士女相與采之。故有采菱之歌以相和，為繁華流蕩之極。」⓮極　一作「數」。⓯眺聽煙霞正流眄二句　眺聽，猶視聽，耳目所及。煙霞，山水勝景。流眄，謂目光流轉，應接不暇。王事，君王之事；公事。歸艫，猶言歸舟。艫，船尾。泛言船隻。⑯芝田花發屢徘徊二句　芝田，仙人種芝草處。發，一作「月」。金谷，即金谷園。洛陽西北有金谷澗，晉太康中豪貴石崇築園於此，曰金谷園。參見《水經注・穀水》。佳期，原謂與佳人約會。《楚辭・九歌・湘夫人》：「與佳期兮夕張。」後凡歡會之約，皆稱佳期。佳期，一作「德明」，非。游衍，謂恣意遊逛。⑰登高南適嗤梁叟二句　南適，一作「北望」。嗤梁叟，即「梁叟嗤」之倒言。梁叟，謂梁鴻。梁鴻，扶風平陵人。東出關，過京師，作〈五噫之歌〉曰：「陟彼北芒兮，噫！顧覽帝京兮，噫！宮室崔嵬兮，噫！人之劬勞兮，噫！遼遼未央兮，噫！」朝廷求捕鴻，乃易姓名，輾轉逃亡齊魯及吳地。見《後漢書・逸民傳》。憑軾，倚在車前橫木上。謂駕車出征。潘掾，謂潘岳，曾為晉太尉賈充掾。後遷長安令，作〈西征賦〉，云：「潘子憑軾西征，自京徂秦。」見《晉書》本傳。⑱峯開華岳聳疑蓮二句　華嶽有蓮峯。《初學記・地部》引《華山記》云：「山頂有池，生千葉蓮華，服之羽化，因曰華山。」龍門，黃河在今陝西韓城和山西河津之間的險隘。其水崩浪萬尋，縣流千丈。慎子下乘浮竹過此，快如竹箭。見《水經注・河水》。

【語　譯】顏回家貧不仕，回望平陸之田，春天來到，酒應該已釀熟。一同隱居於碧綠溪水旁的菌閣中，用那藤杯飲著黃菊泡製的酒。有人十年都不升職，都因貧賤之故，有人百日之內屢屢升官，禍福之事真難說清。就為了得到那靠近城郭的田產，使我再去到州郡幕府中求職。憂傷苦悶一生，絕少升遷，萬里迢迢來到會稽鏡川。吳江潮水湧動，波峯之高似乎衝擊天上的白日，淮海滾流不息的波浪直奔向天邊。竹林叢生，竹葉上凝結著晶瑩的朝露，西湖中孤山上泛起暮靄。幸好有隨我從邊城一路走來的月兒，伴隨著我旅途中飄飄的旌節。東南竹箭之美以會稽為最，這座繁華的名都座落在三江之外。在大禹那樣一個昌明的時代，各地諸侯執玉帛朝會於會稽山，三月曲水，王羲之等人開懷暢飲，有風流文酒之宴。仙人之箭的美好故事在白鶴山上代代流傳，斬蛟之劍的光輝永遠在落蛟瀨上閃耀。沒有看到閶門外白馬對著黑色草料的景觀，卻覺得自己像一片如車蓋飄向東南的浮雲。江南之地的節令很多，文酒之會屢屢舉辦。士女一起聯手踏著〈春江曲〉的節奏舞蹈，同聲合唱〈采菱歌〉。船兒好像在鏡中遊行，船槳舉在空中隨波逐流。風光無限美好，池塘的荷葉牽阻著歸船之槳。遠看、聆聽著山色和鳥鳴，可謂應接不暇，卻馬上要為公事而回轉船頭。芝田之中開著仙花，我徘徊不忍離去，金谷園與道友約會，再一次恣意遊逛。登上高處到南方去，發出梁鴻那樣沈重的感歎，駕車西征，又想起了潘岳。華山之上的山峯像盛開的蓮花聳立在山頂，龍門之水比竹箭還要迅疾。

人事謝光陰，俄遭霜露侵❶。偷存七尺影，分沒九泉深❷。窮途行泣玉，憤路未藏金❸。茹荼空有歎，懷橘獨傷心❹。年來歲去成銷鑠，懷抱心期漸寥落❺。掛冠裂冕已辭榮，南畝東皐事耕鑿❻。賓階客院常疏散，蓬徑茅齋終寂寞。自有林泉堪隱棲，何必山中事丘壑❼。我住青門外，家臨素滻濱。遙瞻丹鳳闕，斜望黑龍津❽。荒衢通獵騎，窮巷抵樵輪。時有桃源客，來訪竹林人❾。

【章　旨】此敘為母服喪及閒居都下的生活。

【注　釋】❶人事謝光陰二句　謝光陰，謂時光流轉。霜露侵，《禮記・祭義》：「霜露既降，君子履之必有淒愴之心，非其寒之謂也。」鄭玄注：「非其寒之謂，謂淒愴及怵惕，皆為感時念親。」言其遭親喪。❷偷存七尺影二句　謂隱忍苟活。偷存，猶言白活。七尺影，《淮南子・精神》：「吾生也有七尺之形，吾死也有一棺之土。」分，應該。沒九泉，猶言去死。❸窮途行泣玉二句　言無人賞識，宦名不立，又無應急之資。泣玉，用卞和獻玉而遭冤屈事。參見〈在江南贈宋五之問〉第一部分注⓫。憤，猶恨。藏金，用晉隗照通《易》善卜，死前在堂屋東頭埋金以備家人遇荒年時急用之事。見《晉書・藝術傳》。❹茹荼空有歎二句　茹荼，吃苦菜。《詩經・邶風・谷風》：「誰謂荼苦，其甘如薺。」比喻受盡苦難。懷橘，《三國志・吳書・陸績傳》：績年八歲，於九江見袁術。術出橘，績懷三枚去，曰：「欲歸遺母。」術大奇之。後以喻思親、孝親。❺年來歲去成銷鑠二句　銷鑠，猶言消耗、消逝。枚乘〈七發〉：「雖有金石之堅，猶將銷鑠而挺解也。」懷抱心期，猶言志向、期望。寥落，猶言稀疏、冷淡。❻掛冠裂冕已辭榮二句　掛冠裂冕，《後漢書・逸民傳》：「逢萌，字子慶。時王莽殺其子宇，萌，即解冠挂東都城門，歸將家屬浮海，客於遼東。」後以掛冠、裂冕為辭官之代詞。辭榮，逃避富貴榮華的生活。此指辭職。南畝東皐，泛言田野。耕鑿，耕田鑿井。王充《論衡・感虛》：「堯時擊壤者曰：鑿井而飲，耕田而食。」此喻鄉居生活。❼賓階客院常疏散四句　賓階，客人所升之階。古時賓主相見，賓自西階上。見《尚書・顧命》「王麻冕黼裳，由賓階隮」孔安國注。客院，門客所居處。此賓階、客院，即指賓客、故舊。疏散，分離、散開。蓬徑，雜草叢生之小路。茅齋，茅草蓋的屋舍。指客人罕到的隱居處。茅齋，一作「柴扉」。林泉，指山林與泉石。泛指幽靜宜於隱遁之所。丘壑，深山幽谷。❽我住青門外四句　青門，長安城東出南頭霸城門。廣陵人邵平曾在此種瓜。參見〈上吏部侍郎帝京篇〉第三部分注⓫。素，水色白。滻，河流名。在今陝西西安東，已湮沒。丹鳳闕，長安東內大明宮之南門。見宋敏求《長安志・宮室》。望，一作「傍」。黑龍津，即秦時黑龍飲渭之處。參見〈上吏部侍郎帝京篇〉第一部分注❸。❾荒衢通獵騎四句　荒衢，荒野大路。衢，四通八達的大道。獵騎，騎馬打獵的人。窮巷，冷僻簡陋的小巷。樵輪，打柴的小車。桃源客，本指陶潛〈桃花源記〉所敘的避秦隱居的桃花源居民。此謂探訪桃花源的客人。竹林人，謂瀟灑風流的竹林七賢。參見〈失題〉注❷。

【語譯】人生光陰似箭，突然遭遇喪親之痛。我這七尺之軀白活了，真應該立刻死到九泉深淵中去。路到盡頭，只能像和氏懷璞而悲泣，悔恨沒有像隗照藏金以備不時之需。父母含辛茹苦一輩子，我只有徒然悲歎，懷橘孝親，只有獨自傷心。一年一年的時光像流水般消逝，志向、期望都已成空。辭去官職，逃避這所謂榮華富貴的道路，我到田野水邊去過耕田而食、鑿井而飲的生活。以前的朋友們都離我遠去了，雜草叢生小路和茅草蓋的屋舍，一天到晚冷清寂寞。這裏自然有山林和泉石可以隱居安身，何必到深山幽谷之中過野人般的生活。我住在青門之外，家靠近滻水之濱。可以遙遙地看到丹鳳宮城，斜望過去就是傳說中的黑龍津。荒野的大路可以供打獵騎馬，冷僻簡陋的小巷子也可以停放柴車。時時有桃花林裏的淳樸訪客，也偶爾可以與友人聚會，作竹林之遊。

昨夜琴聲奏悲調，旭日含顰不成笑❶。果乘驄馬發嚚書，復道郎官稟綸詔❷。

冶長非罪曾縲絏，長孺然灰也經溺❸。高門有閱不圖封，峻筆無聞斂敷妙❹。適離京兆謗，還從御府彈❺。炎威資夏景，平曲況秋翰❻。畫地終難入，書空自不安❼。吹毛未可待，搖尾且求餐❽。丈夫坎壈多愁疾，契闊迍邅盡今日❾。慎罰寧憑兩造辭，嚴科直掛三章律❿。鄒衍含悲繫燕獄，李斯抱怨拘秦桎⓫。不應白髮頓成絲，直為黃沙暗如漆⓬。紫禁終難叫，朱門不易排⓭。驚魂聞葉落，危魄逐輪埋⓮。霜威遙有厲，雪枉遂無階⓯。含冤欲誰道，飲氣獨居懷⓰。忽聞驛使發關東，傳道天波萬里通⓱。涸鱗去轍還遊海，幽禽釋網便翔空⓲。舜澤堯曦方有極，讒言巧佞儻無窮⓳。誰能跼跡依三輔，會就商山訪四翁⓴。

【章　旨】此敘遭讒被劾而入獄，及蒙恩遇赦的生活。

【注　釋】❶昨夜琴聲奏悲調二句　琴聲奏悲調，表懷才不遇之意。劉向《說苑・尊賢》：應侯聞賈午子鼓琴之聲悲，問之，曰：「張急而調下也。急張者，良材也；調下者，官卑也。取夫良材而卑之官，安能無悲乎。」旭旦，日出時分。《詩經・邶風・匏有苦葉》：「旭日始旦。」含顰，蹙眉的樣子。❷果乘驄馬發囂書二句　驄馬，謂御史。參見〈獄中書情通簡知己〉第一部分注❺。發囂書，審閱讒毀的密信。囂，讒毀。《詩經・小雅・十月之交》：「無罪無辜，讒口囂囂。」郎官，謂侍郎、郎中等職。綸詔，即詔書。《禮記・緇衣》：「王言如絲，其出如綸。」高宗自永徽以後大獄，以尚書刑部、御史臺、大理寺雜按，謂之三司，而法吏以慘酷為能。武后稱制，乃修告密之法，詔官司受訊有言密事者，馳驛奏之。見《新唐書・刑法志》。詔，一作「誥」。❸治長非罪曾縲絏二句　治長，即公治長，孔子弟子。《論語・公治長》：「子曰：公治長可妻也。雖在縲絏之中，非其罪也。」言公治長解鳥語報案反被誣入獄事。見皇侃《義疏》引《論釋》。縲絏，拘繫犯人的繩索，引申為牢獄。長孺，漢韓安國字。然灰也經溺，謂安國坐法抵罪，遭獄吏田甲辱之事。參見〈上吏部侍郎帝京篇〉第三部分注⓯。❹高門有閱不圖封二句　高門，《漢書・于定國傳》：于定國父為縣獄吏，治獄公平，自謂有陰德，子孫必有興者。因高大其門，令能容高車駟馬。其後定國果為丞相。後以指為官賢明而子孫顯貴的人。高，一作「于」。閱，本指閥閱、功勳，此謂陰德。閱，一作「闇」。封，封官。峻筆，深刻的文筆。斂敷，停止寫佞巧之文。江淹〈齊大祖高皇帝誄〉：「寅亮大寶，敷綸妙秘。」斂，一作「欲」。❺適離京兆謫二句　京兆謫、御府彈，謂賓王為京兆長安主簿遭讒毀，又在侍御史任上遇彈劾。賓王由明堂簿改簿長安、遷臺院。府，一作「史」。❻炎威資夏景二句　謂憲臺之拷問嚴厲。夏景，夏日的太陽。《左傳》文公七年：「趙衰冬日之日也，趙盾夏日之日也。」杜預注：「冬日可愛，夏日可畏。」平曲，即「曲平」之倒文。《後漢書・孝明八王傳》：「不意陛下聖德，枉法曲平。」章懷太子注：「曲平，曲法申恩，平處其罪。」後因以「曲平」謂不依法律而予寬大處理。此倒謂之「平曲」，則意為巧立名目而使平者變曲。況，比。秋翰，秋天的飛鳥。翰，鳥羽。《詩經・大雅》：「王旅嘽嘽，如飛如翰。」正義曰：「鳥飛已是迅疾，翰又疾於飛。」❼畫地終難入二句　畫地，即畫地為牢。《文選》司馬遷〈報任安書〉：「故士有畫地為牢，勢不可入；削木為吏，議不可對。」謂士人寧死不受辱。即使在地上畫一個圈讓他進去，他也不敢進；刻一個木頭的官吏來審問他，他也不敢對質。書空，《晉書・殷浩傳》：殷浩被黜，終日以手在空中書「咄咄怪事」四字。言其冤屈憤慨。❽吹毛未可待二句　似言諫武后忤旨而入獄之事。吹毛，用齊景公去仲尼之事。仲尼為政於魯，教化大行，齊景公患之。黎且曰：「去仲尼猶吹毛耳。」景公乃從之言，以計使哀公怠於政。仲尼諫之，不聽，去而之楚。見《韓非子・內儲說下》。未，一作「猶」。搖尾，卑屈柔順之態。司馬遷〈報任安書〉：「猛虎在深山，百獸震恐。及在檻阱之中，搖尾而求食。」❾丈夫坎壈多愁疾二句　坎壈，猶言坎坷。《楚辭》宋玉〈九辯〉：「坎壈兮貧士，失職而志不平。」指仕途遇到阻礙。愁疾，謂深愁。契闊，勤苦。《詩經・邶風・擊鼓》：「死生契闊，與子成說。」迍邅，言處境不利、困頓。《易・屯》六二：「屯如邅如。」❿慎罰寧憑兩造辭二句　慎罰，謹慎處理刑罰之事。《尚書・康誥》：「克明德慎罰。」兩造，謂原告與被告雙方。《尚書・呂刑》：「兩造具備，師聽五辭。」嚴科，嚴厲的法律。科，條律。三章律，三條律令。《漢書・刑法志》：「高祖初入關，約法三章曰：殺人者死，傷人及盜抵罪。」泛指簡單明確的法律或規章。⓫鄒衍含悲繫燕獄二句　鄒衍，戰國齊臨淄人。《論衡・感虛》：「傳書言鄒衍無罪，見拘於燕，當夏五月，仰天而嘆，天為隕霜。」衍，一作「陽」。燕，一作「梁」。李斯，楚上蔡人。至秦，輔佐秦始皇兼併天下，為丞相。後為趙高拘執於囹圄中，乃仰天而歎曰：「嗟乎！悲夫不道之君，何可為計哉！」竟腰斬咸陽市。見《史記・李斯列傳》。秦桎，秦獄。桎，一作「格」。⓬直為黃沙暗如漆　黃沙，獄名。參見〈獄中書情通簡知己〉第二部分注❹。暗如漆，既言其監獄環境之黑暗，又言獄吏之無理。⓭紫禁終難叫二句　紫禁，舊以紫微垣比喻帝居，故稱禁中為紫禁。叫，叩門。朱門，指王公貴人之門。以其色紫，故稱。易，一作「可」。

排，排門，猶言推門。⓮危魄逐輪埋　危魄，不安的靈魂。輪埋，《後漢書．張綱傳》：漢順帝時大將軍梁冀專權，朝政腐敗。漢安元年選派張綱等八人巡視全國，糾察吏治。餘人皆受命，而綱獨埋其車輪於洛陽都亭，曰：「豺狼當路，安問狐狸！」遂上書彈劾梁冀等，揭其罪惡，京都為之震動。後以「埋輪」為不畏權貴直言正諫之典。⓯霜威遙有厲二句　霜威，嚴霜至而花木凋零。喻嚴威。有厲，猶言暴酷。雪枉，使冤屈得以昭雪。遂，一作「更」。無階，沒有門路。⓰飲氣獨居懷　飲氣，猶言忍氣。任孝恭〈為汝南王檄〉：「魏文飲氣吞聲，志伸讎怨。」居懷，埋藏在心中。⓱忽聞驛使發關東二句　驛使，驛站傳送朝廷文書者。關東，指洛陽。《元和郡縣志．河南道．河南府》：「顯慶二年，置東都。則天改為神都。唐都關內，故以洛城為關東。」天波，滔天的波瀾。喻天子恩澤。此指大赦令。陸機〈謝平原內史表〉：「哀臣零落，罪有可察。……則塵洗天波，謗絕眾口。」⓲涸鱗去轍還游海二句　涸鱗，指落入車轍中快要乾死的魚。喻身陷困境、亟待救援的人。參見〈途中有懷〉注❷。去，脫離。幽禽釋網，謂被拘禁的鳥從羅網中放出。《史記．商本紀》：湯見野張網四面，乃去其三面，祝曰：「欲左左，欲右右。不用命，乃入吾網。」諸侯聞之，曰：「湯德至矣，及禽獸。」⓳舜澤堯曦方有極二句　謂遇恩獲釋，而讒言尚未已。舜澤堯曦，言聖主的恩澤、光輝。儻，或者。⓴誰能跼跡依三輔二句　謂將離開是非之地，隱居他處。跼跡，猶言跼蹐。謹慎小心、恐懼畏縮的樣子。《詩經．小雅．正月》：「謂天蓋高，不敢不跼；謂地蓋厚，不敢不蹐。」三輔，原指西漢治理京畿地區的三個職官，即左、右內史和都尉。後更名主爵都尉為右扶風，治渭城以西；右內史謂京兆尹，治長安以東；左內史謂左馮翊，治長陵以北。治所皆在長安城中。見《三輔黃圖．三輔沿革》。即指京畿地區。商山，山名。在今陝西商縣東。四翁，即商山四皓，漢初四個隱士：東園公、甪里先生、綺里季、夏黃公。此四人當秦之世，避而入商洛深山。參見〈秋日山行簡梁大官〉注❽。

【語　譯】昨夜的琴聲奏著低沈、急躁而悲痛的樂調，早晨日出，仍然雙眉緊蹙，沒有半點笑容。果然乘著驄馬的御史威嚴地審閱了讒毀信，又說侍郎已得到皇帝下發的逮捕令。公治長無罪卻遭牢獄之災，韓長孺也有過死灰復燃遭溺的屈辱。像漢代御史于公那樣為子孫積陰德而高大門戶，不貪圖封爵，深刻的文章沒有名聲，卻能巧立名目。剛剛受到在長安主簿任上的誹謗，又遭侍御史任上的彈劾。可怕的威嚴比夏天的太陽還灼熱，巧立名目的速度像秋天的飛鳥那麼快。在地上畫一個圈，我也不敢輕易入內，像殷浩用手在空中寫「咄咄怪事」，心中感到莫名其妙。我未能像被齊景公輕易貶黜的孔子那樣正直敢諫，還在監獄裏搖尾乞憐。男子漢遭遇挫折，百憂叢集，一日之內備嘗艱難困苦的滋味。說是要謹慎處理刑罰之事，可哪裏憑藉被告、原告雙方的訟辭，嚴厲的法律，只標出簡單的條文。紫禁帝居到底是難以叩開，王公貴人家也不容易推門而入。聽到葉落之聲，感到心驚肉跳，不安的靈魂追隨著埋輪直諫的張綱。法官高高在上，威嚴暴酷，使冤枉得以洗清，到底沒有機會。滿肚子冤屈向誰訴說，只有忍氣吞聲，深埋在心裏。忽然聽說傳送朝廷文書的驛使從洛陽而來，說是皇上的恩澤像滔天波瀾通達萬里，洗清我的罪名。快要乾死的魚兒離開乾涸的車轍，又游向大海，被拘禁的鳥兒從網中放出，立即飛翔天空。聖主的恩澤、光輝總有極限，而讒言巧佞之辭可能是永無窮盡的。誰能彎腰屈膝地在三輔之地苟且偷生，應當到商山之中訪求隱居的高士。

【研　析】此詩是自傳體詩，長達一百韻。第一部分自詩首至「徇主欲申功」共四十八句，寫少年時代在兩京地區放浪不羈的漫遊生活。前四句，「重英俠」、「賤衣冠」，言其志向孤高，毫不以仕宦為意，而追求風流浪漫的豪俠生活；「寰中賞」、「膝下歡」，言其資質奇挺，似乎讓人看到一個高吟「鵝，鵝，曲項向天歌」的天才少年。「遨遊」以下四句，承「寰中賞」、「膝下歡」而下，言其初到兩京地區漫遊的閒適生活。「金丸玉饌」以下十句，承「重英俠」、「賤衣冠」而下，鋪陳其放浪不羈的游俠生活，可謂極大地滿足了其少年的追求與叛逆。《舊唐書·文苑傳》亦載：「駱賓王少善屬文，然落魄無行，好與博徒遊，固不羈之士也。」「意氣風雲」以下八句言時光飛逝，而年歲已大，對少年的浪漫也已有厭倦之心。從所謂的「寰中賞」到舊時的狐朋狗友散去，在這一過程中作者有了反思。「莫教憔悴損容儀，會得高秋雲霧廓」二句，仍是豪俠心腸，與首二句相呼應。「淹留」以下四句，筆鋒一轉，敘其度過一段無所事事的時間後，進入王府供事。「六載」一語，極顯其此一時期生命的暗淡與無聊。「賦文」以下八句，言其進入弘文館為詳正學士時的經歷。在弘文館中，他看到了另一個世界、另一種生活，「潘陸詞鋒駱驛飛，張曹翰苑縱橫起」的勝景與「九陌爭馳千里馬，三條競騖七香車」的放浪畫面形成鮮明的對照。故「賦文」下著一「慚」字，「執戟」下著一「歎」字，並非是「少年英俠」的自謙之辭，而是真正發自內心的感喟、懊悔。「卿相」以下八句，言其被卿相王侯冷落、落職閒居及短暫外出從軍經歷。此與少年時的「賤衣冠」、「寰中賞」形成反照。「容鬢」以下四句，言其年歲老大，而未能讓親人感到驕傲，於是有「申功」之願，此與「膝下歡」暗應。這一部分實際上敘述其如何從懵懂少年到中年的成長、覺悟與成熟的歷程。

第二部分從「脂車秣馬辭京國」至「木落雁南飛」，共四十八句。「脂車」以下四句，承上「徇主欲申功」句而來，敘其從軍姚州的經歷。「鶯囀」以下四句，寫途中景物，並襯托其心情。「蜀路」以下二十四句，寫自姚州歸而久客蜀中的生活。「蜀路」以下八句，寫蜀道之自然風景；「華陽」以下八句，寫蜀地的人文景觀；「川平」以下八句，寫其在成都的風流快活。此又與前在兩京地區放浪不羈的游俠生活相映照，然與「少年重英俠」之浪漫全然異趣，這是不得志的中年人在孤獨苦悶時的尋歡作樂，帶著苦澀。「他鄉」以下八句，寫其思鄉之情。以「冉冉」、「沈沈」、「迢遞」等狀詞，可見其鄉思極苦乃至迷離恍惚。「不見」猿啼、「唯聞」花發，此亦是極寫其神思錯亂之態；「勿使芳菲歇」，以童稚之口吻，見其歸心似箭。「解鞅」以下八句，言其與蜀地友人的依依惜別。此與第一部分「當時門客今何在，疇昔交朋已疏索」形成照應。

第三部分從「回來望平陸」至「水激龍門急如箭」，共四十句，敘其自蜀中回長安後的閒居生活、為求生活之資而再赴州郡之任的經歷，以及奉檄赴江南之事。奉使江南，是此段敘述的重點，著意於寫江南之地悠久的人文歷史、美麗的風土人情。此江南之遊，又與前所描繪的兩京浪遊和成都遠遊不同。江南是賓王久別的故土，有天然的親切感。或許是出使江南的時間不長，故「眺聽煙霞正流盼」時，「即從王事歸艫轉」了，其留戀之情溢於言表。「眺聽」以下八句，言其奉命歸京，又有一段芝田「屢徘徊」、金谷「重游衍」的短暫經歷。

第四部分自「人事謝光陰」至「來訪竹林人」，共二十四句。「人事」以下八句，寫其遭母喪之事。「俄」字言其驚悼之情。「偷存」、「分沒」、「行泣玉」、「未藏金」、「空有歎」、「獨傷心」，一氣連下，極言其既悲且悔之心。與前「方承膝下歡」、「榮親未盡禮」相呼應。「年來」以下十六句，敘其為母服喪閒居的生活。母喪對於賓王來說是一個沈痛的打擊，而服喪生活是一個徹底的失落。其孝母深情，千載如見。

第五部分自「昨夜琴聲奏悲調」至詩末，共四十句。「昨夜」以下四句，寫其為長安主簿擢侍御史時橫遭讒毀且被劾入獄。由「昨夜」至「旭旦」，言其時間極短，事出突然。「果」發囂書，「復」秉綸詔，言其一而再也。「治長」以下四句言其遭讒，具足「峻筆無聞斂敷妙」一句；「適離」以下四句言其被劾，具足「果乘驄馬發囂書」一句。「適離」以下四句言其遭讒之速，與「果乘」、「復道」二句相發明。「畫地」以下十六句，穿插言其獄中冤屈及申辯。「畫地」二句、「丈夫」二句、「鄒衍」四句，言冤曲不平；「吹毛」二句、「慎罰」二句、「紫禁」四句，言其申辯也。此五、七言交替，冤曲之狀與申辯之態，反復穿插，在結構形式上造成錯亂之感，很形象地表達出詩人在獄中憤怒、焦灼、彷徨的複雜心情。「霜威」以下四句，言其雪枉無望而飲泣吞聲。「忽聞」以下四句，言其蒙恩遇赦。遇赦本是讓人大喜過望之事，然此只用四句輕輕帶過，說明其受傷害之深，對人生世事失望之極。「舜澤」以下四句，言其為提防讒言不欲再在京城苟且偷生，而要去隱居山中。「一朝被蛇咬，十年怕井繩」，他變得小心翼翼、疑神疑鬼。少年時的英俠之氣、放浪不羈，再無半點蹤影！倒是用另一種決絕的方式，表示了少年時的「賤衣冠」之志。

此詩雖篇幅宏大，然章法清通。大部分都按次順敘，而在關鍵事件的敘述上亦穿插倒敘之法。如敘遭讒入獄一段，突下「昨夜」二句，離奇不測，而憑空先敘陷罪，下方點出京兆御史之彈劾。若從遷官上疏，說到獲罪，不僅平直寡味，且章法冗塞。《刪補唐詩選脈箋釋會通評林》引黃家鼎評此詩曰：「鋪敘有法，抑揚有韻。借古文辭，寫己胸臆，而首尾照應，脈絡無爽，豈湊砌堆垛者比。」此篇措辭用韻亦大有考究。《唐詩緒箋》：「六朝七言古詩，通章尚用平韻轉聲，七字成句，讀未大暢。至此韻則平仄互換，句則三五錯綜，而又加以開闔，傳以神情，宏以風藻，七言之體至是大備矣。」鄭振鐸的《插圖本中國文學史》評云：「無疑是這時代中最偉大的一篇巨作，足可以和庾子山的〈哀江南賦〉列在同一型類中的。……這樣以五七言雜組成文的東西，誠是空前之作。當時的人，嘗以他的〈帝京篇〉為絕唱，而不知〈疇昔篇〉之更遠為弘偉。」

宿溫城望軍營

【題解】溫城，《晉書‧唐彬傳》：「自溫城洎於碣石，綿亘山谷且三千里。」據《新唐書‧高宗紀》：調露元年（西元六七九年）十一月，禮部尚書裴行儉為定襄道行軍大總管，以伐突厥。此詩殆駱賓王為行儉所招而從軍定襄時所作。詩寫夜宿溫城望軍營之雄偉氣象，表達建功立業以報明君的深心。

虜地寒膠折，邊城夜柝聞❶。兵符關帝闕，天策動將軍❷。戍靜胡笳徹，沙明楚練分❸。風旗翻翼影，霜劍轉龍文❹。白羽搖如月❺，青山亂若雲。煙疏疑卷祲，塵滅似銷氛❻。投筆懷班業，臨戎想霍勳❼。還應雪漢恥，持此報明君❽。

【注釋】❶虜地寒膠折二句　虜地，猶言胡地。寒膠折，指秋天宜於行軍之時。《漢書‧鼂錯傳》：「欲立威者，始於折膠。」顏師古注：「蘇林曰：秋氣至，膠可折，弓弩可用。匈奴常以為候而出軍。」夜柝，巡夜的梆聲。❷兵符關帝闕二句　兵符，調遣軍隊的憑證。分兩半，一半由皇帝掌握，一半由帶兵之將軍掌握。關，即兵符兩半相合，可以發兵。帝闕，即帝京。天策，帝王的謀略。武德四年，李世民以生擒建德、降服王世充之功，封為天策上將。見《舊唐書‧太宗紀》。❸戍靜胡笳徹二句　戍，指邊塞軍營。戍，一作「塞」。楚練，原指楚國步兵所穿的練袍。《左傳》襄公三年：「楚子重使鄧廖帥組甲三百，被練三千，以侵吳。」孔穎達疏：「賈逵云：以帛綴甲，步卒服之。」後以「楚練」泛指征衣。此指身著征衣的戰士。❹風旗翻翼影二句　翼影，因軍旗有鳥隼之象，又在風中飄揚，故言翼影。霜劍，言白亮的利劍。龍文，劍上刻的龍形花紋。陶宏景《古今刀劍錄》：「後漢明帝以永平元年歲次戊午鑄一劍，上作龍形，沈之於洛水中。水清時，常有見之者。」❺白羽搖如月　白羽，軍中主帥所執的軍旗，又稱白旄。亦泛指軍旗。《孔子家語‧致思》：「孔子北游於農山，子路進曰：「由願得白羽若月，赤羽若日，鐘鼓之音上震於天，旌旗繽紛下蟠於地。由當一隊而敵之。」」❻煙疏疑卷祲二句 卷祲、銷氛，謂使戰爭氣氛平定。祲，指陰、陽二氣相侵而成的不祥雲氣。祲，一作「幔」。氛，預示災禍的凶氣。❼投筆懷班業二句 投筆，用班超投筆從軍事。參見〈久戍邊城有懷京邑〉第一部分注❸。臨戎，言來到軍中。霍，謂霍去病，功高蓋世。《漢書·霍去病傳》：凡六出擊匈奴，其四出以將軍，斬首虜十一萬餘級，渾邪以眾降數萬，開河西酒泉之地，四益封，凡萬七千七百戶。霍，一作「召」，一作「顧」。❽還應雪漢恥二句 雪漢恥，為國家刷清恥辱。《漢書·傅常鄭甘陳段傳》：「延壽、湯為聖漢揚鉤深致遠之威，雪國家累年之恥。」明君，聖明君主。

【語　譯】北虜之地到了秋天寒膠可折之時，邊城巡夜的梆聲敲響了。調遣軍隊的兵符在皇帝宮闕之內合上，將軍遵帝王的謀略而出征。戍樓寂靜，胡笳聯營響起，沙漠白得耀眼，身著征衣的戰士分布其中。軍旗隨風飄揚，像鳥振翅飛翔，手舞白色的利劍，像蛟龍在躍動。白羽旗搖搖，像明月一樣耀眼，青山無數，紛亂如綠雲。狼煙稀少，彷彿敵人的妖氣已被風捲走，沙塵絕跡，似乎戰爭的惡氣已銷亡。扔下筆墨從軍，羨慕班超的業績，來到軍中，渴望建立霍去病那樣的功勳。真應該為國報仇雪恥，以此報答聖明的君主。

【研　析】首四句言戰事興起，且有一年一度、連續不斷之慣勢。「虜地」二句，從敵方說，戰事由虜方挑起，非正義；「兵符」二句，以我方回應，乃正義之師。「戍靜」以下八句，皆「望軍營」所得之景。「戍靜」四句寫近景，乃俯瞰所得；「白羽」四句寫遠景，乃仰望所得。然既是「宿」，則均為夜景，故有「沙明」、「如月」等景；又有「胡笳」、「煙疏」、「塵滅」等以顯寂靜。「投筆」以下四句，寫夜宿軍營所感，遙想古人而及今時，故有建功立業以報明主之心滾滾如潮，與前四句呼應頗密。

邊夜有懷

【題　解】此詩寫由邊夜所見景象而引發的羈旅離愁，以及對人生窮通倚伏的諸多感慨。當與前詩同時作。

漢地行逾遠，燕山去不窮❶。城荒猶築怨，碣毀尚銘功❷。古戍煙塵滿，邊庭人事空。夜關明隴月，秋塞急胡風❸。倚伏良難定，榮枯豈易通❹。旅魂勞泛梗，離恨斷征蓬❺。蘇武封猶薄，崔駰宦不工❻。惟餘北叟意，欲寄南飛鴻❼。

【注釋】❶漢地行逾遠二句　漢地，猶言漢朝統治的中原之區。燕山，山名。自河北薊縣東南蜿蜒而東數百里，直至海濱。❷城荒猶築怨二句　城，指長城。築怨，即修怨。班彪〈北征賦〉：「劇蒙公之疲民兮，為彊秦乎築怨。」言蒙恬驅使百姓為秦修築長城，而民怨沸騰，導致秦亡。碣，指碑石。方者為碑，圓者為碣。銘功，《後漢書・竇憲傳》：竇憲為車騎將軍，大破北單于於稽落山。遂登燕然山刻碣石勒功，令班固作銘。❸夜關明隴月二句　隴月，即山月、邊塞之月。隴，指隴山，在今陝西隴縣至甘肅平涼一帶。山勢險峻，為陝甘要隘。此泛指邊塞。胡風，北方邊地的風。❹倚伏良難定二句　倚伏，指事物禍福的轉化。《老子》：「禍兮福之所倚，福兮禍之所伏。」榮枯，指事物的盛衰。❺旅魂勞泛梗二句　泛梗，隨流漂蕩的桃梗人。常以喻生活動蕩無所依歸。見〈晚憩田家〉注❼。征蓬，隨風飄轉的蓬蒿。❻蘇武封猶薄二句　蘇武於漢武帝天漢元年出使匈奴，留匈奴凡十九歲。始以強壯出，及還，鬚髮盡白。漢昭帝乃詔武奉一太牢謁武帝園廟，拜為典屬國，爵位不顯。後其子因事坐死，武自求免官。見《漢書・蘇武傳》。崔駰，《後漢書》本傳：竇憲擅權驕恣，駰為主簿，前後奏記數十，指切短長。憲不能容，出為長岑長。駰不得意，遂不之官而歸。宦不工，言不會做官。❼惟餘北叟意二句　北叟，謂北地塞上之善馬者。用「塞翁失馬焉知非福」之意。參見〈憲臺出縶寒夜有懷〉注❷。南飛鴻，謂南飛傳送書信的大雁。

【語譯】中原之地越離越遠，燕山之路綿亙不絕。長城一派荒蕪，似乎還殘留著疲民築城之怨恨，碑碣斷毀，還依稀可辨銘功的文字。古老的戍臺上滿是狼煙，邊疆之地空闊無際，不見人跡。夜晚的關隘被山月照得明如白晝，秋天的邊塞吹著勁急的北風。禍福相倚之事實在難以斷定，人世間繁華或衰敗的現象豈是那麼容易弄明白。漂泊的人心神疲倦，就像隨流漂蕩的桃梗，離別愁緒就如秋天隨風飄轉的征蓬。蘇武的封爵尚且很低，崔駰對做官可謂一竅不通。只剩下這點看透世事的心情，想託南飛的大雁寄給遠方的親友。

【研　析】此詩可分為二節。前半節自「漢地行逾遠」至「秋塞急胡風」八句，寫題中「邊夜」二字。前四句敘其征途漫長及沿途所見。「行逾遠」、「去不窮」表其疲累、厭倦。「城荒」句對「漢地」句。「猶築怨」，用秦時舊典，表時事之多艱，亦暗示己之厭煩心態。「碣毀」句對「燕山」句。「尚銘功」，用竇憲之典，亦暗諷戰事之不斷。「古戍」以下四句，寫邊庭夜景，排列「古戍」、「邊庭」、「夜關」、「秋塞」之景，只不過後二句句式稍有變化，將「隴月明」、「胡風急」改為「明隴月」、「急胡風」，仍顯單調和板滯。但也許正因為如此才更能表現出其疲乏、厭倦之態。

後半節自「倚伏良難定」至「欲寄南飛鴻」，寫題中「有懷」二字。「倚伏」二句，突兀而出，似與前節在結構上連綴並不緊密，僅從「秋塞」二字，見其暗用「塞翁」之典而已，亦似牽強。然在思想感情的表達上，卻是草蛇灰線，與「怨」、「勞」、「斷」、「封猶薄」、「宦不工」等一氣貫通。故此二句感情激烈豐富，最堪玩味。「旅魂」二句，承首二句而來，言其漂泊流離之苦。「蘇武」二句，以歷史典故，寫忠心耿耿之人，表其封爵及宦途不顯之事。此是對「城荒」二句的呼應，亦是對「倚伏」二句的疏解。「惟餘」二句，以「北叟」自遣，反照「倚伏」二句。從末二句「欲寄」二字看，此詩是寄內地親友者。在一般讀者而言，「倚伏」二句可能突兀，然則親舊來看，其意則又是自然不過了。

於易水送人一絕

【題　解】易水，一名故安河，在今河北易縣。此詩寫於永隆元年（西元六八〇年）年底或開耀元年（西元六八一年）年初出獄後不久，時詩人奉使燕齊，北征溫城，途經易水。此詩送別友人，而以燕丹與友人作比，表現其深切同情與美好祝願。題一作〈於易水送人〉。

此地別燕丹，壯士髮衝冠❶。昔時人已沒，今日水猶寒。

【注釋】❶此地別燕丹二句　戰國燕太子丹遣荊軻刺秦王，素衣冠送之於易水之上。荊軻歌曰：「風蕭蕭兮易水寒，壯士一去兮不復還。」高漸離擊筑，宋如意和之。為壯聲，士髮皆衝冠；為哀聲，士皆流涕。見《水經注・易水》。壯士髮衝冠，一作「壯髮上衝冠」。

【語譯】就在這裏與燕太子丹分別，壯士荊軻怒髮衝冠。當時的人已一去不返，今天的易水依然有刺骨之寒。

【研析】一般而言，面對易水，自然想起荊軻「風蕭蕭兮易水寒」之慷慨悲歌。此詩前二句將歷史的畫面托出，以暗示今時的分別。「壯士」二字，既指「已沒」之荊軻，亦指所送之友人。而「水寒」著一「猶」字，既是以荊軻的遭遇警醒友人，又有對遠行友人的真摯同情和美好祝願在其中。其情感既深沈悲壯，又雄渾激越。《詩境淺說續編》：「此詩一氣揮灑，而重在『水猶寒』三字。一見人雖沒，而英風壯采，懍烈如生；一見易水寒聲，至今日猶聞嗚咽。懷古蒼涼，勁氣直達，高格也。」

蓬萊鎮

【題解】蓬萊縣，唐屬河南道登州。昔漢武帝於此望蓬萊山，因以為名。貞觀八年，於此置蓬萊鎮。見《元和郡縣志》。今屬山東省。此詩寫夜望蓬萊鎮之景象，抒發年歲老大、奔波勞頓而一事無成之愁恨。作於高宗開耀元年（西元六八一年）春，時詩人出獄不久，奉使燕齊，路出登州蓬萊鎮。

旅客春心斷❶，邊城夜望高。野樓疑海氣，白鷺似江濤❷。結綬疲三入，承冠泣二毛❸。將飛憐弱羽，欲濟乏輕舠❹。賴有〈陽春曲〉，窮愁且代勞❺。

【注　釋】❶旅客春心斷　春心，春日的傷感心情。《楚辭・招魂》：「目極千里兮傷春心。」斷，傷心至極。❷野樓疑海氣二句　謂鎮樓之美、海之壯闊。海氣，即海市蜃樓。《史記・天官書》：「海旁蜃氣象樓臺，廣野氣成宮闕。」白鷺似江濤，謂白浪翻滾如鷺之飛翔。枚乘〈七發〉：「衍溢漂疾，波涌而濤起。其始起也，洪淋淋焉若白鷺之下翔。」❸結綬疲三入二句　結綬，繫結印帶。喻出仕做官。見〈秋日山行簡梁大官〉注❼。三入，謂三次做官。應璩〈百一詩〉：「問我何功德，三入承明廬。」承冠，言裹髻以戴帽。承，接。冠，指官帽。《文選》潘岳〈秋興賦〉：「斑鬢髟以承弁兮，素髮颯以垂領。」呂延濟注：「見斑白之髮或承冕，或垂領也。」二毛，黑白相雜的頭髮。謂年已老大。潘岳〈秋興賦序〉：「余春秋三十有二，始見二毛。」❹將飛憐弱羽二句　弱羽，稚弱的羽毛。輕舠，小船。❺賴有陽春曲二句　賴有，猶言幸有。陽春，古曲名。即〈陽春〉、〈白雪〉之類高雅樂曲。見〈在江南贈宋五之問〉第二部分注⓬。此指自己寫的詩歌。窮愁，困窮而憂傷。《史記・平原君虞卿列傳》：「然虞卿非窮愁亦不能著書，以自見於後世云。」代勞，謂以寫詩來消除疲勞。

【語　譯】遊子傷春之情痛苦至極，邊城的夜景高遠無邊。原野中的樓臺彷彿海市蜃樓，翻滾的江濤恰似飛翔的白鷺。繫結印帶，我已三次朝中為官，身心疲憊，裹髻以戴帽時，傷心地發現自己長出了白髮。將要高飛，可惜只有短羽毛，想要渡河到彼岸，卻沒有輕快的小船。幸好還可以寫寫詩，我的困苦憂愁暫且用此來打發。

【研　析】首四句入題寫景，因登蓬萊鎮的時間是在春天的夜裏，故望樓著一「疑」字，觀濤著一「似」字，總是模糊之狀。而正因此，其景愈美，「海氣」、「白鷺」，寫海濱小鎮之仙境如畫，暗合題中「蓬萊」二字。「白鷺似江濤」實是「江濤似白鷺」之倒置。「結綬」二句，寫其年歲老大，而征途勞累，以「疲」、「泣」二字，應首句「春心斷」三字。「將飛」二句，言其欲飛蓬萊而無由。「將飛」、「欲濟」與「野樓」、「白鷺」相呼應；「憐弱羽」、「乏輕舠」與「疲」、「泣」相呼應。末二句言其孤獨中以詩消愁。「陽春曲」用郢中歌者為〈陽春〉、〈白雪〉，其曲彌高，其和彌寡之典。暗示其孤獨，與「春心斷」又成呼應之勢。

遠使海曲春夜多懷

【題解】海曲，《元和郡縣志・河南道・密州》：「莒縣，漢海曲縣，在縣東一百六十里。」今屬山東日照。此詩寫出使途中春夜海曲之景，並由此引發人生多艱、身為形役之慨。其寫作時間及背景大致與〈蓬萊鎮〉相同。

長嘯三春晚，端居百慮盈❶。未安蝴蝶夢，遽切魯禽情❷。別島連環海，離魂斷戍城❸。流星疑伴使，低月似依營❹。懷祿寧期達，牽時匪徇名❺。艱虞行已遠，昧迹自相驚❻。

【注釋】❶長嘯三春晚二句　長嘯，蹙口而作聲，其聲高而長。此猶言長歌。三春，謂春季三個月。此泛言春天。端居，猶言平居，終日閒居無事。百慮，許多思慮。❷未安蝴蝶夢二句　蝴蝶夢，《莊子・齊物論》：「昔者莊周夢為胡蝶……不知周之夢為胡蝶與？胡蝶之夢為周與？」後多以喻生命的變幻無常，而此句指隱者的悠然心態。見〈同辛簿簡仰酬思玄上人林泉四首〉其二注❷。遽，竟。魯禽情，違背本性而為人所養、身不由己之悲憂。據《莊子・達生》：昔有鳥止於魯郊，魯君為具太牢以饗之，奏〈九韶〉以樂之。鳥憂懼而不敢飲食。若以鳥棲之深林，浮之江湖，食之則樂。此指為朝廷出使海曲而多拘纏。❸別島連環海二句　別島，不相連的島；孤島。連，猶言包圍。環海，即大海。環，一作「寰」。離魂，指遊子思鄉之情。斷，猶言失落。❹流星疑伴使二句　流星，《晉書・天文志》：「流星，天使也。自上而降曰流，自下而升曰飛。」伴使，陪伴出使海曲之人。使，謂己。低，一作「行」。依營，靠著行營。❺懷祿寧期達二句　謂己此次出使海曲非為利祿顯達。懷祿，留戀爵祿。《大戴禮・曾子制言》：「不得志，不安貴位，不懷厚祿。」期達，期望顯達。牽時，為時事所拘牽、拖累。

徇名，捨身以求名。《莊子・盜跖》：「小人殉財，君子殉名。」❻艱虞行已遠二句 艱虞，指艱難憂患。昧迹，違背自己心願而行事。指在宦途奔走。昧，一作「時」。

【語　譯】在這春天的夜晚獨自長嘯，終日閒居無聊，百憂叢集。心境並不像莊周夢蝶那樣悠閒安寧，竟像違背自己本性而止於魯郊之海鳥身不由己。與大陸分離的孤島為大海所包圍，滿懷離愁別緒的心失落在戍守的邊城。飛馳的流星，彷彿陪伴著海曲的使者，低垂的月亮，似乎靠著營帳。還捨不得這份爵祿，豈是期望顯達富貴。被世事所牽累，絕非為了名位。在艱難憂患中走了很遠，違背自己的心願而行事真是自己嚇自己。

【研　析】前四句，敘其春日突然奉使海曲。「魯禽情」意帶雙關，一來自喻為被魯君籠養而不安的海禽，二來暗示自己真的出使來到了魯地海濱，成了「魯禽」。「別島」四句，寫出使途中的海曲夜景。「懷祿」四句，寫其「多懷」，言其懷祿、牽時之艱虞。端居時，因有「百慮盈」，故「未安」；遠使他方，又不堪「離魂斷」。此乃「懷祿」、「牽時」而「昧迹」之過。「驚」字與「遽切魯禽情」之「遽」字呼應，為其人生疲累之狀傳神寫照。

海曲書情

【題　解】此詩由出使海曲所見之景引起，而感慨於奔波遊宦、身不由己之苦。與前二篇同為奉使燕齊海曲時之作。

薄游倦千里，勞生負百年❶。未能槎上漢，詎肯劍遊燕❷。白雲照春海，青山橫曙天。江濤讓雙璧，渭水擲三錢❸。坐惜風光晚，長歌獨塊然❹。

【注　釋】❶薄遊倦千里二句　薄遊，為薄祿而宦遊於外。倦，謂倦遊。勞生，為自己的生存而勞苦。《莊子・大宗師》：「夫大塊載我以形，勞我以生，佚我以老，息我以死。」負百年，猶言辜負平生。❷未能槎上漢二句　槎上漢，乘仙槎而上天。據張華《博物志》：有人曾在海邊乘槎上天，在銀河邊遇見織女。槎，一作「查」。漢，銀漢；銀河。劍遊燕，用荊軻仗劍遊燕事。據《史記・刺客列傳》：荊軻者，衛人也。好讀書擊劍，又嗜酒。既至燕，日與燕之狗屠及善擊筑者高漸離醉飲於燕市，且歌且泣，旁若無人。❸江濤讓雙璧二句　讓雙璧，傳云河伯不受穆天子之璧，而轉投璧於江水中。見《穆天子傳》卷一。渭水，流經今陝西關中地區。擲三錢，《藝文類聚・獸部》引〈三輔決錄〉：「安陵清者有項仲山，每飲馬渭水，常投三錢。」讓璧、擲錢，皆潔己、慎獨，不妄取之喻。此以江濤、渭水千里奔海喻己之漂泊。❹坐惜風光晚二句　坐惜，自然憐惜。風光，猶言時光、風景。謝朓〈和徐都曹出新亭渚〉詩：「日華川上動，風光草際浮。」塊然，獨居的樣子。《荀子・性惡》：「天下不知之，則傀然獨立。」

【語　譯】為薄祿而離家疲憊地宦遊於千里之外，辛苦勞碌一生真不值。沒有能夠坐著仙筏遨遊天河，豈是心甘情願仗劍來遊燕地。白雲飄浮在春天的大海上，青山橫亙綿延在黎明的天邊。江濤因祭河時河伯沈雙璧而滾滾向前，渭水因項仲山投三錢而不停地湧流。自然憐惜時光之匆匆，塊然獨立於海曲，引吭高歌。

【研　析】前四句抒情，寫其薄遊千里之「倦」，勞生百年之「負」。「未能」二句具寫其「負」：「未能」已是一負；「詎肯」而竟來遊，此是再負。「負百年」，與〈蓬萊鎮〉「結綬疲三入，承冠泣二毛」之語同慨。「白雲」二句，寫海曲之景。「白雲照春海」，承「槎上漢」而用《莊子・天地》「乘彼白雲，至於帝鄉」之意；「青山橫曙天」，承「劍遊燕」而用何遜〈學古〉「獨好青山勇，思為北地雄」之意。雖悠然壯闊，然其心態極不諧調，其中「倦」情、「負」意則更劇。「江濤」二句，以「讓雙璧」、「擲三錢」之故典言其「薄」，以江濤、渭水滾滾東流入海之形象見其「倦」。「坐惜」二句，承「白雲」二句而來，海天之壯與己之塊然孤獨形成巨大反照。故末有「長歌」之不平。

早發淮口回望盱眙

【題　解】淮口，又名公路浦。三國袁術將奔袁譚，道出斯浦。袁術字公路，故以名浦。見《太平寰宇記・淮南道・楚州・山陽縣》。地在今江蘇淮安。盱眙，縣名。今屬江蘇。從詩中「一朝從捧檄，千里倦懸旌」語來看，此詩或寫於高宗儀鳳元年（西元六七六年）秋奉使江南途中。詩寫由淮口回望盱眙之早景，表其雖為養親而官遊千里，然其隱居避世之心不改。

養蒙分四瀆，習坎奠三荊❶。徙帝留餘地，封王表舊城❷。岸昏涵蜃氣，潮滿應雞聲❸。洲迥連沙淨，川虛積溜❹明。一朝從捧檄，千里倦懸旌❺。背流桐柏遠，逗浦木蘭輕❻。小山迷隱路，大塊切勞生❼。唯有貞心在，獨映寒潭清。

【注　釋】❶養蒙分四瀆二句　養蒙，謂以蒙昧自隱，修養正道。《易・蒙》：「蒙以養正，聖功也。象曰：山下出泉，蒙。」孔穎達疏：「能以蒙昧隱默，自養正道，乃成至聖之功。」此指涵養水源。四瀆，四條單獨入海河流。瀆，溝渠；河川。《爾雅・釋水》：「江、河、淮、濟，為四瀆。四瀆者，發源注海者也。」淮水為四瀆之一。習坎，《周易・坎》彖辭：「習坎，重險也。」又：「天險不可升也，地險山川丘陵也，王公設險以守其國。」後稱險阻為「習坎」。三荊，即三楚。《水經注・淮水》：「淮以北，沛、陳、汝南、南郡為西楚；彭城以東，東海、吳、廣陵為東楚；衡山、九江、江南、豫章、長沙為南楚。是為三楚者也。」盱眙為西楚州也。❷徙帝留餘地二句　徙帝，秦二世二年，項羽奉楚懷王之孫心為義帝，都盱眙。三年徙都彭城。後又徙義帝長沙郴縣，而陰令衡山臨江王擊殺之江中。見《史記・項羽本紀》。據《太平寰宇記・河南道・泗州》，盱眙縣東有義帝祠。封王，指項羽立楚懷王孫心為懷王，都盱眙。又據《漢書・平帝紀》：漢元始二年，封江都易王孫盱眙侯宮為廣川王。❸岸昏涵蜃氣二句　蜃氣，海濱因折光所形成的城郭、樓宇、人物等幻象。古人以為蜃氣，即為蜃（大蛤蜊）吐氣所致。見《史記・天官書》。潮滿應雞聲，題東方朔《神異經》：東海中扶桑山上有玉雞。玉雞鳴，則金雞、石雞、天下之雞悉鳴，時潮水應之而漲。❹積溜　眾多小股水流匯集而成的淺水灣。❺一朝從捧檄二句　捧檄，謂奉命就任。見〈渡瓜步江〉注❶。捧，一作「奉」。懸旌，懸掛旌旗。指赴任。❻背流桐柏遠二句　背流，離開源頭而流向遠方。謝靈運〈會吟行〉：「連峯競千仞，背流各百里。」桐柏，山名。在今河南桐柏西南。淮河源出桐柏山。《尚書・禹貢》：「導淮自桐柏。」逗浦，在淮口逗留不去。浦，河流注入江海的地方。木蘭，船名。❼小山迷隱路二句　小山，即淮南小山。是淮南王劉安及其門客的合稱。其人皆天下俊偉之士，名德顯著而身自沈淪，與隱處山澤無異，故曰迷隱路。大塊，大地。《莊子・大宗師》：「夫大塊載我以形，勞我以生，佚我以老，息我以死。」此指人世間。

【語譯】大地蒙昧隱沒，卻涵養了四瀆奔流，歷重重險阻，而奠定三楚之雄偉。項羽遷徙義帝，留下這塊空地，數人前後封王於此，使這個舊城名聞於世。黃昏的淮河兩岸彌漫著神奇的蜃氣，早上潮水湧起，應和著海島仙山上的雞鳴。河洲遼遠，連綿的黃沙非常潔淨，平原空闊，水流匯集的水灣明亮耀眼。一旦接受皇帝的召命赴任，持著旌旗，開始辛苦的千里遠征。淮水離桐柏山奔向遠方，我在這浦口逗留，乘著一葉輕飄飄的木蘭舟。淮南小山沈迷在歸隱之路，偌大的人世間，生活真的很艱難。只有堅守心靈的貞潔，孤獨地與寒潭清水相映照。

【研析】「養蒙」二句，寫淮口之自然地理。「徙帝」二句，寫淮口之歷史人文。「岸昏」四句，以聽覺和視覺寫黎明時分淮口之景。「一朝」四句，以河與人相比，寫其千里旅途之倦。「小山」四句，表其人生雖勞，而貞心不改。此四句，又與首四句形成大小、物我的對照。

久客臨海有懷

【題解】臨海，據《元和郡縣志》，唐臨海縣屬江南道台州。今屬浙江。此詩寫天涯流離之孤懷。約作於高宗開耀元年（西元六八一年）夏出獄後貶任臨海丞時。

天涯非日觀，地岊望星樓❶。練光搖亂馬，劍氣上連牛❷。草濕姑蘇夕，葉下洞庭秋❸。欲知淒斷意，江上步安流❹。

【注　釋】❶天涯非日觀二句　天涯，猶言天邊。〈古詩十九首〉：「相去萬餘里，各在天一涯。」此指臨海。在此能觀日出。日觀，即泰山東南巖日觀峯。見〈夏日游德州贈高四〉第一部分注❶。地岊，猶言地角，地之極遠處。岊，山角落。星樓，即落星樓，在建鄴（今江蘇南京）東北，北臨大江。見《文選》左思〈吳都賦〉「饗戎旅乎落星之樓」李善注。❷練光搖亂馬二句　練光，如白練一樣的雲光。據王充《論衡・書虛》載：孔子與顏淵俱上魯太山，東南望吳閶門外有練光如繫白馬之狀。劍氣，用豐城寶劍氣衝斗牛事。見〈夏日游德州贈高四〉第一部分注❸。此指紫色晚霞。❸草濕姑蘇夕二句　草濕，即言露濕草。姑蘇，蘇州別稱。因此地有姑胥山，又有吳王所築姑蘇臺，故名。《史記・淮南衡山列傳》：淮南王劉安欲反，召伍被與謀，被悵然曰：「臣聞子胥諫吳王，吳王不用，乃曰：『臣今見麋鹿游姑蘇之臺。』今臣亦見宮中生荊棘，露沾衣也。」葉下洞庭，用《楚辭・九歌・湘夫人》「裊裊兮秋風，洞庭波兮木葉下」意。❹欲知淒斷意二句　淒斷，淒切而聲嗚咽。江，臨海縣西北有始風溪、樂安溪二水合為一水。見《元和郡縣志》。步，一作「涉」。安流，舒緩平穩的流水。《楚辭・九歌・湘君》：「令沅湘兮無波，使江水兮安流。」王逸注：「言已乘船，常恐危殆。願湘君令沅湘無波涌，使江水順徑徐流，則得安也。」此寓思君念親之意。

【語　譯】觀看日出卻不在泰山日觀峯，腳下是海濱天涯，在這遠離故鄉的地角，可以望見落星樓。傳說孔子、顏回望見此地閶門外有白馬如搗練，又傳說有豐城寶劍龍泉、太阿之精氣直衝斗牛。姑蘇臺的夜晚，露濕衰草，樹葉飄零，洞庭秋早。若問遊子歌聲淒切嗚咽的含義，只是願在江上安安穩穩地順流泛舟。

【研　析】首二句，言身處臨海，與天涯流離之孤懷。賓王少時即長於博昌，父母之墳冢皆在焉。故以齊魯為家鄉，而言臨海為天涯也。「練光」句，承「日觀」而來，意中由泰山望海濱，鄉思寓焉耳。「劍氣」句，應上「望星」二字，用豐城劍氣事。「草濕」二句，言秋意已見，思鄉愈切。又，「草濕」用伍被諫淮南王之典，暗寓其因進諫而忤旨入獄，出獄後又貶為臨海丞之失意。此二句寓遷謫之意。末二句，用《楚辭》之典，表孤臣念國之忠心。

在軍登城樓

【題　解】唐中宗嗣聖元年（西元六八四年）二月，武則天廢中宗為廬陵王，立小兒子李旦為皇帝，令居別殿，一切政事由自己裁決，皇帝不得干預。同年九月，武則天又下令改元光宅，更改百官名稱、服飾，同時追封其祖，作為武氏紀年的開始。一時朝野譁然。於是唐開國元勳李勣之孫李敬業在揚州發動武裝起義，討伐武則天。詩人亦加入討武的行列，被署為「藝文令」，代李敬業起草了著名的〈討武氏檄〉文，聲討武氏「竊窺神器」、「一抔之土未乾，六尺之孤何托」。起義前後持續三個月，此詩即寫於這一時期。詩寫軍中高昂之士氣與勇猛鬥志。

城上風威冷，江中水氣寒❶。戎衣何日定，歌舞入長安❷。

【注　釋】❶城上風威冷二句　風威，言寒風勁吹。水氣，水的溫度。❷戎衣何日定二句　《尚書・武成》：「一戎衣，天下大定。」孔安國傳：「一著戎服而滅紂。言與眾同心，動有成功。」歌舞，謂凱旋時載歌載舞。班固《白虎通德論》：「殷紂為惡日久……武王起兵，前歌後舞。克殷之後，民人大喜。」

【語　譯】城上冷風呼呼撲面，江中水溫寒入肌骨。戎衣著身，何時一舉平定天下，載歌載舞進入長安城。

【研　析】首二句「風威冷」、「水氣寒」，含蓄地渲染討武之師的威風凜凜，讓人神爽氣旺。「城上」句，逗「戎衣定」。見江中水氣奔騰入海，設想我等亦如浪濤滾滾，凱歌入長安也。「何日」二字，尤可玩味，見其內心之熾熱，與「寒」、「冷」反照。末句直接襲用祖挺〈從北征詩〉「方繫單于頸，歌舞入長安」而來，勁挺而貼切。

夕次舊吳

【題　解】舊吳，即蘇州。周時吳太伯置城。後闔閭遷都於此。秦漢時屬會稽郡。後漢置為吳郡。隋開皇九年改為蘇州，因姑蘇山為名。見《元和郡縣志・江南道》。此詩寫舊吳輝煌的歷史與慘澹的現實，表其孤臣遷謫之意。作於出獄後遷臨海丞而路出蘇州時。

維舟背楚服，振策下吳畿❶。盛德弘三讓，雄圖抗九圍❷。黃池通霸業，赤壁暢戎威❸。文物俄遷謝，英靈有盛衰❹。行歎鳴夷沒，遽惜湛盧飛❺。地古煙塵暗，年深館宇稀❻。山川四望是，人事一朝非。懸劍空留信，亡珠尚識機❼。鄭風遙可託，闞月眇難依❽。西北雲逾滯，東南氣轉微❾。徒懷伯通隱，多謝買臣歸❿。唯有荒臺露，薄暮濕征衣⓫。

【注　釋】❶維舟背楚服二句　維舟，用大繩索繫船，使之停留。《詩經・小雅・采菽》：「泛泛楊舟，紼纚維之。」背，離開。楚服，楚國之境。服，京畿以外之地。停舟吳地，故曰背楚服。振策，揚鞭驅馬。策，馬鞭。吳畿，即吳都。❷盛德

弘三讓二句　盛德弘三讓，《論語・泰伯》：「泰伯其可謂至德也已矣，三以天下讓，民無得而稱焉。」泰伯乃周太王子，季歷之兄。季歷賢，且有聖子昌。太王欲立季歷以及昌。於是太伯乃奔荊蠻，文身斷髮，示不可用。自號勾吳。太王薨，而季歷立，一讓也；季歷薨，而文王立，二讓也；文王薨，而武王立，遂有天下，三讓也。見《史記・吳太伯世家》張守節《正義》。雄圖，用三國陸遜事。陸遜，蘇州人。三國吳丞相、軍事指揮。有併吞天下之壯志。陸雲〈吳故丞相陸公誄〉：「舉旗清阻，奮鉞夷荒。悠結沈維，峻極公綱。將撫遠績，括地九圍。」抗，對峙；抵禦。此指引申為掃平之義。抗，一作「枕」。九圍，猶言九州。見《詩經・商頌・長發》「帝命式于九圍」毛亨傳、孔穎達疏。❸黃池通霸業二句　黃池，春秋時地名。在今河南封丘西南。霸業，指稱霸諸侯的事業。《春秋左氏傳》哀公十三年：「公會晉侯及吳子于黃池。」杜預注：「陳留封丘縣南有黃亭，近濟水。夫差欲霸中國，尊天子，自去其僭號而稱子，以告令諸侯。」業，一作「跡」。赤壁，三國時吳蜀聯軍擊敗曹操之處。地在今湖北蒲圻西北。《三國志・吳書・周瑜傳》：「劉備遣諸葛亮詣權，權遂遣瑜及程普等，與備并力逆曹公，遇於赤壁……頃之，烟炎漲天，人馬燒溺死者甚眾。（曹）軍遂敗。」蘇州有周瑜墓。暢，宣揚。戎威，即軍威。❹文物俄遷謝二句　文物，歷史上的繁華勝跡。遷謝，衰頹敗落。英靈，傑出的人才。❺行歎鴟夷沒二句　鴟夷，革囊。《史記・伍子胥列傳》：伍子胥忠直而諫，吳王怒，賜之死。伍子胥對其舍人曰：「必樹吾墓上以梓，令可以為器。而抉吾眼懸吳東門之上，以觀越寇之入滅吳也。」吳王聞之大怒，乃取子胥尸，盛以鴟夷革，浮之江中。湛盧，劍名。相傳春秋時歐冶子所造。越國獻之吳王。據《吳越春秋・闔閭內傳》：湛盧之劍惡闔閭之無道，乃去而出，水行如楚。所謂湛盧飛，指此。❻地古煙塵暗二句　煙塵，喻戰亂。此指古時戰場的遺跡、灰燼。館宇，指吳王所建築的館舍，如館娃宮等。❼懸劍空留信二句　懸劍，用季札留劍事。吳公子季札朝周天子時，道訪徐君，徐君好季札劍而不敢言。季札心知之，默許還歸時獻之。而還至徐，徐君已死。乃解劍繫之徐君冢樹而去，曰：「始吾心已許之，豈以死倍吾心哉？」見《史記・吳太伯世家》。信，承諾。亡珠，據《韓非子・說林上》：子胥出走而被邊候扣留。子胥曰：「上以我有美珠而抓我。今我把珠丟了，我就說是你搶走吞下了。」邊候害怕，趕緊放走子胥。識機，懂得隨機應變。❽鄭風遙可託二句　鄭風，漢太尉鄭宏之惠風。據《水經注・漸江水》：漢太尉鄭宏少以苦節自居，恒躬采伐，用貿糧膳。每出入溪津，常感神風送之，雖憑舟自運，無杖楫之勞。村人貪藉風勢，常依隨往還。有淹留者，徒輩相謂：「汝不欲及鄭風耶？」其感致如此。漢時舊吳亦屬會稽郡，故用此典。闞月，《太平御覽・人事部》引《會稽先賢傳》曰：「吳侍中闞澤，字德潤，山陰人也。在母胎八月而叱聲震外。年十三，夜夢名字炳然縣在月，後遂昇進也。」闞，一作「關」。眇，一作「耿」。❾西北雲逾滯二句　雲逾滯，喻己將滯留吳地。用曹丕〈雜詩〉「西北有浮雲，亭亭如車蓋。惜哉時不遇，適與飄風會。吹我東南行，行行至吳會。吳會非我鄉，安能久留滯」詩意。吳會，即吳都。氣轉微，王氣慢慢消失。《三國志・吳書・趙達傳》裴松之注：「孫盛曰：達知東南當有王氣，故輕舉濟江。」⑩徒懷伯通隱二句　伯通，即吳人皐伯通。據《後漢書・逸民傳》：梁鴻因作〈五噫之歌〉而遭朝廷通緝，乃隱姓埋名逃往吳地，在皐伯通家為人賃舂。每歸，妻為具食，舉案齊眉。伯通察而異之，以為非凡人，乃舍之於家。謝，慚愧，言不能、不如。買臣，即朱買臣，吳人。後為會稽太守，衣錦還鄉，悉召故人及有恩者，一一報答之。見《漢書・朱買臣傳》。⑪唯有荒臺露二句　謂只有姑蘇臺的露水沾濕征衣。言其征途勞累。荒臺露，用伍被諫淮南王事。見〈宿山莊〉注❷。

【語　譯】將船泊岸，離開了楚國之地，揚鞭驅馬，到了吳國的都城。吳太伯有三讓之至德，陸遜有掃平九州之宏圖。吳王夫差在黃池開通建立霸業之路，周瑜在赤壁宣揚了強大的軍威。歷史的繁華勝跡頃刻間頹敗，英雄人物的出現也有盛有衰。正在感歎伍子胥的革囊沈沒，突然歎惜湛盧劍飛向楚國。此地歷史古舊，殘留陳舊模糊的戰亂痕跡，年代久遠，館宇變得稀疏殘敗。四周的山川河流還是保持從前的原貌，而人事轉眼之間變化甚大，面目全非。季札懸劍於徐君之樹，徒然兌現從前留下的一個心願，伍子胥以「亡珠」的謊言脫身，還是懂得隨機應變。可以到會稽山去享受一下若耶溪的鄭公風，像鬮澤那樣夢月而升進，則渺遠而不能效仿了。西北的浮雲在他鄉滯留得越來越久，東南的王氣慢慢地消失。空懷一腔像梁鴻依皐伯通而隱的願望，慚愧於自己不能像朱買臣一樣的衣錦還鄉。只有這姑蘇荒臺的露珠，黃昏時分打濕了遊子的征衣。

【研　析】此為紀遊詩。從詩首二句「背楚服」、「下吳畿」即可見詩人是奉命自北而南下，經楚而至吳的。陳熙晉以為此詩當為賓王亡命後所作，大誤。倘是亡命之徒，連太陽都不敢見，大路亦不敢走，更何談「維舟」、「振策」？「維舟」二語與「楚服」、「吳畿」相兼而用，非單言楚服之前乘舟、往吳畿時乘馬。意謂一路水陸兼程，可見王命之急，亦可見詩人即將到達舊吳之地時的興奮。「盛德」四句，敘在舊吳之地發生的轟轟烈烈的巨大歷史事件，歌頌這塊具有霸王之氣而英雄輩出的土地。此是虛寫。「文物」以下八句，是實寫下吳畿之所見及所感，與虛中之歷史形成鮮明對照，「弘三讓」、「抗九圍」、「通霸業」、「暢戎威」似乎是發生在昨天的事，英雄豪傑似也歷歷在目，而眼前的這塊土地上卻只有暗淡的煙塵和稀疏的館宇，「行歎」而「遽惜」，昨是而今非的歷史幻滅感撞擊著詩人的心扉。「懸劍」四句，言欲以歷史人物自勵。「懸劍」二句，與「行歎鴟夷沒，遽惜湛盧飛」二句相呼應。「劍已飛」，故曰「空留信」；「人已沒」，但子胥在吳地的業績不滅，故曰「尚識機」。此又是以季札與伍子胥自況，言自己雖不能像季札，而可擬子胥，功業無成而忠心尚在。「鄭風」可託，言其尚可為百姓出一份力；「闕月」難依，表其功名之心已淡。「西北」以下六句，寫次舊吳的身世之感。「西北」句，借浮雲喻己之飄泊。「東南」句與「文物俄遷謝，英靈有盛衰」相承，言世易時移，東南不再繁華，故覺此次南來，竟有譴謫之意。「徒懷」四句，承此二句而下，感如梁鴻之隱跡固難，故著「徒」字；如買臣發達更難，故著「謝」字，而惟剩一顆忠直之心可表天下。

過故宋

【題解】故宋，即古宋國舊地。《漢書・地理志》：「梁國睢陽，故宋國，微子所封。」睢陽故城在今河南商丘南。此詩與前首殆前後作，都是出獄後出任臨海丞時路過故宋時所作。詩寫過故宋之地所見所感，亦興孤臣遷謫之慨，抒寫壯志銷磨的苦悶。

舊國千年盡，荒城四望通❶。雲浮非隱帝，日舉類遊童❷。綺琴朝化洽，祥石夜論空❸。馬去遙奔鄭，蛇分近帶豐❹。池文斂束水，竹影漏寒叢❺。園兔承行月，川烏避斷風❻。故宋誠難定，從梁事未工❼。惟當過周客，獨愧吳臺空❽。

【注釋】❶舊國千年盡二句　舊國、荒城，並指睢陽，即春秋宋國的都城。周武王封商微子之地。❷雲浮非隱帝二句　雲浮非隱帝，傳云漢高祖嘗隱匿於芒碭山澤巖石之間。呂后與人俱求，以其所居之上常有雲氣，故往往得之。見《史記・高祖本紀》。芒碭山屬宋地。日舉，謂日東升。遊童，童子遊戲。傳云黃帝將見大隗於具茨之山，至襄城之野而迷塗，遇牧馬童子而問之。黃帝異之，又問為天下。小童曰：「予少有頭昏目眩之病，而自遊於六合之內，有長者教予曰：『若乘日之車，而遊於襄城之野。』今予病少痊，予又且復遊於六合之外。夫為天下者，亦若此而已矣。」見《莊子・徐无鬼》。具茨山，古屬鄭國。在今河南密縣。乘日之車，謂趁日出時而出遊。❸綺琴朝化洽二句　綺琴，即綠綺。傅玄〈琴賦序〉：「司馬相如有琴曰綠綺。」此泛指美琴。化洽，用宓子賤治單父鳴琴而治事。參見〈春夜韋明府宅宴得春字〉注❷。《元和郡縣志・河南道・宋州》：「單父縣，古魯邑也。貞觀十七年，隸宋州。」祥石，即隕石。《左傳》僖公十六年：「春，隕石於宋五。……周內史叔興聘於宋，宋襄公問徵祥吉凶焉。對曰：『今茲魯多大喪，明年齊有亂。君將得諸侯而不終。』退而告人曰：『君失問。是陰陽之事，非吉凶所生也。吉凶由人，吾不敢逆君故也。』」論空，謂所言者無意義。據《元和郡縣志》：宋城縣有隕石水。春秋時，隕石於宋，其處為潭。❹馬去遙奔鄭二句　《左傳》宣公二年：春，鄭公子歸生伐宋，宋華元、樂呂御之。宋師敗績，囚華元等。宋人以兵車百乘、文馬百駟以贖華元於鄭。半途而華元反奔鄭，立於門外，告而入，見因私隙而在戰場上故意將華元送入鄭軍的御者叔牂曰：「子之馬然也？」對曰：「非馬也，其人也。既合而來奔。」蛇分，傳云高祖醉酒夜行至豐西澤中，前有大蛇當徑。高祖乃拔劍擊斬蛇，蛇分為兩，徑開。行數里，有一老嫗夜哭，曰：「吾子白帝子也，化為蛇，當道。今為赤帝子斬之，故哭。」忽不見。見《史記・高祖本紀》。張守節《正義》引《括地志》云：「斬蛇溝，源出徐州豐縣中平地。」宋州東至徐州界二百許里，故云「近帶豐」。❺池文斂束水二句　漢梁孝王故宮有釣臺，謂之清泠臺，在宋城縣東北二里。又有修竹園在縣東南十里，睢水經焉。見《太平寰宇記・河南道・宋州》。束水，束帶之水。寒叢，清幽的叢竹。❻園兔承行月二句　園，指梁孝王所建之兔園。《西京雜記》卷二：「梁孝王好營宮室苑囿之樂，作曜華之宮，築兔園。」承行月，上接月亮。舊傳云月中有兔搗藥，後以兔輪、兔影指代月亮。《楚辭・天問》：「夜光何德，死則又育？厥利維何，而顧兔在腹？」川烏，烏慈水之烏。《水經注・睢水》：烏慈水出縣西南烏慈渚，而北流注於睢。《藝文類聚・天部》引《述征記》曰：「長安宮南有靈臺，有相風銅烏，或云此烏遇千里風乃動。」烏，一作「禽」。斷風，猶言殘風。❼故宋誠難定二句　難定，難以攻下。用墨子勸阻楚王攻宋事。見《墨子・公輸》。事未工，指齊人羊勝、公孫詭、鄒陽之徒，從梁王謀反未成。《史記・梁孝王世家》：竇太后欲立梁王為太子，大臣及袁盎等議不可。梁王乃與羊勝、公孫詭之屬計，使人刺殺袁盎及他議臣十餘人。於是天子覆按梁王，捕公孫詭、羊勝。王乃命勝、詭皆自殺。❽惟當過周客二句　過周客，〈詩序〉：「〈黍離〉，閔宗周也。周大夫行役至于宗周，過故宗廟宮室，盡為禾黍。閔周室之顛覆，彷徨不忍去，而作是詩。」獨愧，深愧。吳臺，

《吳越春秋・夫差內傳》：「子胥受劍，徒跣褰裳下堂，中庭仰天呼怨曰：『吾今日死，吳宮為墟，庭生蔓草。越人掘汝社稷，安忘我乎？』」《漢書・伍被傳》：「昔子胥諫吳王，吳王不用，迺曰：『臣今見麋鹿游姑蘇之臺。』」

【語譯】古老的封國廢棄千年之久，站在荒蕪的城牆上瞭望四方。白雲飄飄，那已不是隨漢高祖隱居的白雲，太陽升起，那還是傳說中牧馬童乘以遨遊的太陽。單父曾在這裏彈著美琴，整日享受無為而治的快樂，周內史和宋襄公曾在此就夜中隕石空論吉凶。宋華元駕著馬遠遠地投奔到鄭國，漢高祖在豐縣的斬蛇之處離這裏很近。漢梁王的清冷池匯集著束帶似的流水，泛著圈圈漣漪，修竹園清幽的叢竹中露出疏落的竹影。兔園似乎承接著行走在月亮中的兔子，烏慈水從這裏流過，似乎是長安靈臺上那隻銅烏在這裏躲避殘風。古宋國確實很難攻下，羊勝等人隨梁王謀反之事也沒有成功。我只應是那經過宗周故地的周大夫，深深地慚愧於吳臺的空蕩無存。

【研析】這也是一首紀遊詩。陳熙晉據「故宋誠難定，從梁事未工。惟當過周客，獨愧吳臺空」四句，將此詩解釋成是討武失敗後的亡命之作，誤。首二句，概寫故宋封地歷千年而荒敗之狀。「雲浮」以下六句，敘寫故宋的奇特歷史與神話傳說。其中「馬去遙奔鄭」與「日舉類遊童」二句，雖所詠之事不同，而皆與「馬」之事、「鄭」之地有關；「蛇分近帶豊」與「雲浮非隱帝」二句，雖所詠之事為二，而皆繫於漢高祖一人。兩兩呼應，關合緊密。「池文」以下四句，寫清泠臺和兔園之景，都出於漢梁孝王之故事。「故宋誠難定」句，用墨子之舊語，總結「雲浮」六句，暗寓世事維艱，而壯志未酬之慨。因其雲可以隱高祖，其山可以迷黃帝，「朝化洽」而「夜論空」，馬奔鄭而蛇當道，故云其地「難定」。「從梁事未工」句，用羊勝、公孫詭之徒失敗自殺之事，結「池文」四句。總括言之，皆「四望」之情景。景物依舊不改，而人事則一概煙滅矣，故云「通」。以此，末二句亦自然帶出一「空」字。詩人過故宋，而以「過周客」自況，又與「吳臺空」之慨，發世界四望茫然、萬物千年成空之悲情，可見其內心失意、孤獨之極。意境闊大，撼人心魄。

詠懷

【題解】此詩悲歎事難成、交難定、壯志難酬。殆作於晚年。

少年識事淺，不知交道難。一言芬若桂，四海臭如蘭❶。寶劍思存楚，金椎許報韓❷。虛心徒有託，循跡諒無端❸。太息關山險，吁嗟歲月闌❹。忘機殊會俗，守拙異懷安❺。阮籍空長嘯，劉琨獨未歡❻。十步庭芳斂，三秋隴月團❼。槐疏非盡意，松晚故凌寒❽。悲調弦中急，窮愁醉裏寬❾。莫將流水引，空向俗人彈❿。

【注釋】❶一言芬若桂二句　芬若桂，沈約〈齊故安陸昭王碑文〉：「蘭桂有芬，清暉自遠。」臭如蘭，像蘭花一樣芬芳。臭，氣味。《周易・繫辭》：「同心之言，其臭如蘭。」❷寶劍思存楚二句　謂心存報國之志。《越絕書・外傳記寶劍》：楚王派人請吳歐冶子、干將鑄鐵寶劍龍淵、太阿、工市。晉、鄭聞而求之，不得，興師圍楚之城三年。楚王乃引太阿之劍，登城而麾之，三軍破敗，流血千里，晉、鄭之頭畢白。存楚，謂保全楚國。《史記・伍子胥列傳》：始，伍員與申包胥為交。伍員逃亡時，謂包胥曰：「我必覆楚。」包胥曰：「我必存之。」後子胥率吳師滅楚，申包胥乞師秦庭，敗吳存楚。金椎，謂鐵錘。報韓，為韓國報仇。《史記・留侯世家》：張良，其先韓人。秦滅韓，良為報韓仇，於淮陽以重金求大力士，為鐵椎重百二十斤，擊秦皇帝博浪沙中。而誤中副車，報仇未果。❸虛心徒有託二句　謂報國之心無處寄託。虛心，謙恭待人。賈誼《新書・過秦》：「元元之民，冀得安其性命，莫不虛心而仰上。」徒有託，謂所望成空。循跡，追隨左右。諒，信。無端，沒有盡頭。❹太息關山險二句　感歎人生艱險，而歲月如流，希望愈加渺茫。太息、吁嗟，皆歎息之意。關山，關隘和山川。闌，盡。❺忘機殊會俗二句　忘機，指無巧詐之心，與世無爭。《莊子・天地》：「功利機巧，必忘夫人之心。」殊會俗，與時俗格格不入。《北史・裴藻傳》：「性方古，不會俗。」守拙，守住本分。陶潛〈歸園田居〉詩：「守拙歸田園。」懷安，留戀妻室，貪圖安逸。《左傳》僖公二十三年：「姜氏（謂重耳）曰：『行也！懷與安實敗名。』」又，襄公十七年：「子庚嘆曰：『君王其謂午懷安乎，吾以利社稷也。』」❻阮籍空長嘯二句　長嘯，撮口而呼，聲高且長。《晉書・阮籍傳》：阮籍字嗣宗，晉陳留尉氏人。世為魏室，及文帝輔政，讓九錫，公卿將勸進，使籍為其辭，籍沈醉忘作。又，籍嘗於蘇門山遇孫登，與商略終古及栖神道氣之術。登皆不應，籍因長嘯而退。至半嶺聞有聲若鸞鳳之音，響乎巖谷，乃登之嘯也。劉琨，字越石，晉中山魏昌人。未歡，即憂鬱不樂。《晉書・劉琨傳》：晉室南渡後，劉琨任侍中太尉，堅守并州，與石勒、劉曜對抗，志在恢復。後因兵敗投段匹磾，謀未果，竟為匹磾所拘。自知必死，為〈五言詩〉贈其別駕盧諶，攄暢幽憤。又有〈答盧諶書〉云：「國破家亡，親友凋殘。塊然獨處，則百憂俱至。時復相與舉觴對膝，破涕為笑，排終身之積慘，求數刻之暫歡，譬由疾疢彌年，而欲以一丸銷之，其可得乎。」❼十步庭芳歛二句　十步，謂不遠處。《說苑・談叢》：「十步之澤，必有香草。十室之邑，必有忠士。」歛，凋謝。隴月，隴頭明月。見〈邊夜有懷〉注❸。團，圓。❽槐疏非盡意二句　謂不以遲暮而變其節。槐疏，《晉書・殷仲文傳》：仲文因月朔與眾至大司馬府，府中有老槐樹，顧之良久而歎曰：「此樹婆娑，無復生意。」此反其意而用之。松晚凌寒，用《論語・子罕》「歲寒然後知松柏之後凋」之意。故，一作「夜」。❾悲調弦中急二句　弦中急，音調急促高亢。〈古詩〉：「音響一何悲，弦急知柱促。」醉裏寬，以酒澆愁。蘇武〈南征〉詩：「故鄉夢中近，邊愁酒上寬。」❿莫將流水引二句　流水引，猶言高山流水之曲。參見〈夏日游德州贈高四〉第二部分注❹。引，古代音樂術語，即曲。

【語譯】 年輕時認識世事很淺薄，不知交友之道是那樣艱難。一言相合，感到有如桂樹芬芳，得同心之言，彷彿四海之內都充滿蘭花的氣息。楚王的寶劍，總是懷著保衛楚國的忠心，張良結交的力士手提金椎，誓為韓國報仇。謙恭待人，所寄予的期望卻成空，追隨左右，實在無來由也無結果。歎息關山險阻難通，可惜歲月無多。忘記機巧之心，與時俗格格不入，守住本分不妄動，並非貪圖安逸。阮籍長嘯，徒然無人相應，劉琨孤單單地憂鬱不樂。十步屋室之中的香草凋殘了，秋天隴頭之月又圓了。槐樹的葉子稀疏了，並非生機全無，歲寒時節的松柏固然是更加堅貞。琴弦上奏出高亢而急促的悲傷曲調，深深的憂愁只能以醉酒來打發。不要將高山流水的高雅曲子，白白地向那些俗人去彈。

【研析】此詩自詩首至「金椎許報韓」六句，敘其少年心事，豪俠之氣可掬。「交道難」，自古而然。《後漢書·王丹傳》云：「交道之難，未易言也。世稱管、鮑，次則王、貢。張、陳凶其終，蕭、朱隙其末。故知全之者鮮矣。」陸機〈贈馮文熊遷斥邱令詩〉：「人亦有言，交道實難。」詩云「不知」，實是因「識事淺」而不信也。「虛心」以下四句，言其所託非人，理想幻滅。「虛心」二句，直承「寶劍」二句而下；「太息」二句，與首二句呼應。「忘機」以下四句，言其隱居遁跡之孤獨苦悶。這是對少年輕信徒託的反動。「十步」以下四句，言其年歲老大而壯心未泯，惜庭芳衰歇，欲託無人矣。「十步」二句與「一言」二句形成呼應。「悲調」四句，言其將齎志以沒而與俗人決絕矣。此詩語淺意近，雖純是寫懷，然一生行跡尤隱約可觸，可稱〈疇昔篇〉之精華版。陳熙晉《箋注》以為此篇敘述生平徘徊歲晚，悲憤無聊之慨，長歌當哭之辭，信遁逃後所作。非。明胡應麟謂作於廣陵起義之前，差是。

靈隱寺

【題解】靈隱山，本號稽留山，亦稱武林、靈苑等。相傳晉咸和中有僧慧理來此，稱此為中天竺國靈鷲之小嶺，不知何年飛來。因掛錫造靈隱寺，號飛來峯。見《太平寰宇記·江南東道·杭州·錢塘縣》。在今杭州西。此詩寫靈隱寺之美景及遊寺之愉快心情。當是貶臨海丞後遊杭州時所作。或題宋之問作，後世各詩評家亦多以為非賓王所作。姑存之。

鷲嶺鬱岧嶢，龍宮鎖寂寥❶。樓觀滄海日，門聽浙江潮❷。桂子月中落，天香雲外飄❸。捫蘿登塔遠，刳木取泉遙❹。霜薄花更發，冰輕葉未凋。夙齡尚遐異，搜對滌煩囂❺。待入天台路，看余度石橋❻。

【注釋】❶鷲嶺鬱岧嶢二句　鷲嶺，即靈鷲山，在中印度。傳云佛說法於此。見唐釋玄應《妙法蓮華經音義》。岧嶢，高峻的樣子。龍宮，佛教傳說中海底龍王之宮殿。為佛說法處。後常以鷲嶺、龍宮指寺廟。❷樓觀滄海日二句　滄海，指東海。聽，一作「對」。浙江潮，即錢塘潮。浙江流經靈隱山，山有高涯洞穴，左右有石室三所，又有孤石壁立。浙江潮常以月晦及望尤大，至二月、八月最高，峨峨二丈有餘。見《水經注・漸江水》。❸桂子月中落二句　古時傳云月中有仙人桂樹。參見〈秋晨同淄州毛司馬秋九詠・秋月〉注❷。又，據《咸淳臨安志》卷二十三載：靈隱山有月桂峯，相傳月中桂子嘗墜此峯，生成大樹，色丹而花白。天香，佛教傳說中的天界之香。〈勝天王般若波羅蜜平等品第六〉：「城名難伏，七寶羅網，彌覆其上。角懸金鈴，日夜六時，諸天空中，散眾天香，及天妙華。」此指桂花之香。此二句亦見於宋之問〈台州作〉。❹捫蘿登塔遠二句　捫蘿，攀援葛藤。塔，即佛塔。據《讀史方輿紀要》載：北高峯為靈隱最高處，頂上舊有七級浮圖。刳木，剖鑿木頭用以作舟。《易・繫辭》：「刳木為舟。」取泉遙，謂往西湖汲泉。《讀史方輿紀要・浙江杭州府》：「西湖出武林山武林泉，今南北諸泉澗，皆匯於西湖。」❺夙齡尚遐異二句　夙齡，謂早年。遐異，怪異之跡。搜對，猶言搜見，即通過搜尋而得面對。煩囂，喧擾；嘈雜。❻待入天台路二句　天台，天台山，在今浙江天台北三里。或名大、小台山，以石橋大小得名。入山者路由福溪，水險而清，前有石梁，下臨絕壑，逾梁而上，攀藤梯壁始得平路。見《讀史方輿紀要・浙江台州府・天台縣》。據劉義慶《幽冥錄》：劉晨、阮肇同入此山採藥遇仙。

【語譯】靈隱山崇隆高峻，靈隱寺緊鎖，寂靜空闊。站在寺樓，可以看見滄海日出，坐在山上的石室洞穴邊，可以聽到浙江潮水的澎湃之聲。桂樹所結的子粒從月中墜落，桂花的馨香從雲外飄來。攀援葛藤，登上高高的佛塔，鑿木為舟，遠到西湖去取泉。樹上結一層薄薄的白霜，花朵依然開放，冰雪初下，綠葉尚未凋零。我早年崇尚遠方奇異之景，搜訪而欣賞它，可洗去人世的煩囂。待到踏入天台山之路，請看我如何度過那險絕的石橋。

【研析】「鷲嶺」句，言寺之高；「龍宮」句，言寺之靜。「鬱岧嶢」和「鎖寂寥」是全詩的綱領。「樓觀」、

「門聽」二句，應「鎖寂寥」而來，以山頂所遠望之壯美的視覺和聽覺，反寫寂寥之狀。「桂子」、「天香」二句，應「鬱岧嶢」而來，以山底仰望所得之清涼的觸覺和幽微的嗅覺，寫岧嶢之姿。「捫蘿」、「刳木」二句，通過「樓觀」、「門聽」二句，與「鷲嶺」句連成一線。塔，即觀日之樓也，往西湖汲泉，故著意聽遠潮也。「霜薄」、「冰輕」二句，通過「桂子」、「天香」二句與「龍宮」句連成一線。「桂子落」，而桂葉未凋；「花更發」，故天香飄也。「夙齡」以下四句，言遊寺之感想。「夙齡」二句，言通過搜覓終得在中年滿足了早歲尚遐異的願望，且洗去了人生的煩惱與牽累。「遐異」二字是對靈隱寺景的一個點睛之筆。此是正寫。「待入天台路，看余度石橋」與前「捫蘿登塔遠，刳木取泉遙」呼應。可見是作者「尚遐異」之心一旦被美麗的靈隱寺勾起，一發不可收拾了。其是否真要去天台，不可得知，但可見遊靈隱寺時激動之心躍然紙上。此是側寫。

稱心寺

【題解】據《嘉泰會稽志》卷七：稱心資德寺在會稽縣東北四十五里，梁大同三年建。在今浙江紹興。此詩寫遊歷稱心寺所見美景。當是貶臨海丞時遊會稽所作。詩亦見於《宋之問集》。

征帆恣遠尋，逶迤過稱心❶。凝滯蘅茳岸，沿洄楂柚林❷。穿潊不厭曲，艤潭惟愛深❸。為樂凡幾許，聽取舟中琴❹。

【注　釋】❶征帆恣遠尋二句　征帆，遠行之船。恣，猶言恣意、盡情。逶迤，曲折婉轉的樣子。過，探訪。❷凝滯蘅茳岸二句　凝滯，水停止流動，此指船不進。《楚辭・九章・涉江》：「船容與而不進兮，淹回水而凝滯。」蘅茳，皆水濱香草。《楚辭・離騷》：「雜杜蘅與芳芷。」茳、芷通。沿洄，即來回上下探尋。沿，緣水而下。洄，逆流而上。楂，果似梨而味酸。柚，似橙而味酸。❸穿溆不厭曲二句　溆，水邊。曲，曲折。《楚辭．九章．涉江》：「入溆浦余儃佪兮，迷不知吾之所如。」艤，停船靠岸。❹為樂凡幾許二句　凡，大約。幾許，猶言多少。舟中琴，《晉書．文苑傳》：張翰縱任不拘時。會稽賀循赴命入洛，經吳閶門，於船中彈琴。翰初不相識，乃就循談論，便大相欽悅。問循，知其入洛，便同載即去。此指在舟中彈琴為樂。

【語　譯】旅途中的船兒，恣意地遠遊探訪，沿著千回百轉的水波經過稱心寺。船停留不前，靠在長滿蘅茝香草的岸邊，來來回回地欣賞著長滿楂柚的樹林。在水邊穿行，不厭煩其曲折多致，將船靠在水潭邊，只愛它的幽深。以此為樂，其樂幾何，請聽那船中美妙的琴聲。

【研　析】首二句「恣遠尋」與「逶迤」二語，可稱一詩之關鈕。「凝滯」以下四句因之而啟開。「凝滯」，言船停留不動。此非船拋錨，或江水難行，乃因此岸邊蘅茝芬芳美景而沈迷不動。「沿洄」二字應第二句之「逶迤」二字，言來來回回地遊而不願離開，可見楂柚林之引入入勝。「穿溆」二句，「穿」應「凝滯」二字，「艤」應「沿洄」二字。「不厭」、「惟愛」應「恣」字；「曲」與「深」應「遠」字。「為樂」二句，「為樂」二字是一詩之結穴。賞著「逶迤」的美景，彈著悠揚的美曲，人生之樂無過於此者。詩題為〈稱心寺〉，卻無一字及佛寺者。只在第二句提及「稱心」。其實，專程遠道而來，又沿洄不去，已足見其對佛陀世界之心向了。在格律上，此詩尚帶有齊梁體的痕跡，並非純然的近體詩。

秋日仙遊觀贈道士

【題　解】此詩亦見《王子安集》。《全唐詩》收錄，題下注云：「一作駱賓王，無首四句。」注釋、語譯、研析均見王勃詩歌譯注部分。

石圖分帝宇，銀牒洞靈宮。迴丹縈岫室，複翠上巖櫳。霧濃金竈靜，雲暗玉壇空。野花常捧露，山葉自吟風。林泉明月在，詩酒古人同。待余逢石髓，從爾命飛鴻。

蕩子從軍賦

【題解】蕩子，指辭家遠出、羈旅忘返的男子。題雖云賦，然從語意、用韻及結篇目之，乃是詩體。此詩寫蕩子從軍之艱辛備嘗及閨中思婦之相思難耐。未知何時所作。

胡兵十萬起妖氛，漢騎三千掃陣雲❶。隱隱地中鳴戰鼓，迢迢天上出將軍❷。邊沙遠雜風塵氣，塞草長萎霜露文❸。蕩子辛苦十年行，回首關山萬里情。遠天橫劍氣，邊地聚笳聲❹。鐵騎朝常警，銅焦夜不鳴❺。抗左賢而列陣，屯右校以疏營❻。滄波積凍連蒲海，雨雪凝寒徧柳城❼。若乃地分玄徼，路指青波❽。邊城暖氣從來少，關塞寒雲本自多。嚴風凜凜將軍樹，苦霧蒼蒼太史河❾。既拔距而從軍，且揚麾而挑戰❿。征旆凌沙漠，戎衣犯霜霰。樓船⓫一舉爭沸騰，烽火四連相隱見。戈文耿耿懸落星，馬足駸駸擁飛電⓬。終取俊而先鳴，豈論功而後殿⓭。

征夫行樂踐榆溪，倡婦銜怨坐空閨⑭。蘼蕪舊曲終難贈，芍藥新詩豈易題⑮。池前怯對鴛鴦伴，庭際羞看桃李蹊⑯。花有情而獨笑，鳥無事而恒啼。蕩子別來年月久，賤妾空閨更難守⑰。鳳凰樓上罷吹簫，鸚鵡杯中休勸酒⑱。聞道書來一雁飛，此時緘怨下鳴機⑲。裁鴛貼夜被，薰麝染春衣。屏風宛轉蓮花帳，牕月朧朧翡翠帷⑳。箇日新粧始復罷㉑，只應含笑待君歸。

【注釋】❶胡兵十萬起妖氛二句　妖氛，惡氣。此指戰爭。陣雲，如戰陣之雲。陣，一作「障」。❷隱隱地中鳴戰鼓二句　隱隱，盛多的樣子。見《文選》司馬相如〈上林賦〉「沈沈隱隱，砰磅訇礚」李善注。迢迢，高遠的樣子。天上出將軍，用漢周亞夫事。據《漢書·周亞夫傳》：亞夫以中尉為太尉，東擊吳楚。趙涉說之曰：「兵事上神密，將軍何不從此右去，走藍田，出武關，抵洛陽，間不過差一二日。直入武庫，擊鳴鼓，諸侯聞之，以為將軍從天上而下也。」庾信〈同盧記室從軍〉：「地中鳴鼓角，天上下將軍。」❸塞草長萎霜露文二句　萎，一作「垂」。霜露文，即霜露水。江淹〈別賦〉：「露下地而騰文。」❹遠天橫劍氣二句　橫劍氣，用豐城寶劍氣衝斗牛事。邊地聚笳聲，用李陵〈答蘇武書〉「胡笳互動，牧馬悲鳴，吟嘯成群，邊聲四起」意。❺鐵騎朝常警二句　鐵騎，披鐵甲的戰馬，借指精銳的騎兵。朝常警，言白天多戰事。銅焦，銅製的鐎器，軍中白天用來做飯，晚上用來打更，稱刁斗。夜不鳴，用李廣事。據《史記·李將軍列傳》：李廣用兵，行軍無部伍行陣，人人自便，不擊刁斗以自衛，然亦遠斥候。❻抗左賢而列陣二句　左賢，即左賢王，匈奴貴族的高級封號。《史記·李將軍列傳》：「匈奴左賢王將四萬騎圍廣。」《後漢書·南匈奴傳》：「其大臣貴者左賢王，次左谷蠡王，次右賢王，次右谷蠡王，謂之四角。」屯，一作「比」。右校，即右校尉。《後漢書·耿國傳》：「上言宜置度遼將軍左、右校尉，屯五原以防逃亡。……顯宗追思國言，後遂置度遼將軍左、右校尉如其議焉。」疏營，《左傳》成公十六年：「陳於軍中而疏行首。」杜預注：「疏行首者，當陳前決開營壘為戰道。」❼滄波積凍連蒲海二句　波，一作「浪」。蒲海，即蒲類海。《後漢書·竇固傳》：「(竇固)擊呼衍王……追至蒲類海。」李賢注：「蒲類海，今名婆悉海。」即今新疆維吾爾自治區東部巴里坤湖。兩雪，用公孫瓚事。《後漢書．公孫瓚傳》：「張純復與畔胡邱力居等寇漁陽、河間、渤海，入平原。瓚追擊戰於屬國石門，虜遂大敗。瓚深入無繼，反為邱力居等所圍。於遼西管子城二百餘日，糧盡食馬，馬盡煮弩楯。力戰不敵，乃與士卒辭訣，各分散還。時多雨雪，墜坑死者十五六。」雨，一作「白」。柳城，《通典．州郡門》：「古冀州柳城郡營州，今理柳城縣。」今遼寧朝陽。❽若乃地分玄徼二句　若乃，猶言「至於」，用於句首，表另起一事。班固〈西都賦〉：「若乃觀其四郊，浮遊近縣，則南望杜霸，北眺五陵。」玄徼，北方的邊塞。徼，即塞。北方色尚青，故曰玄徼。青波，地名。即青陂。在今河南新蔡西南。亦泛指楚地。《史記．陳涉世家》：「鄱盜當陽君黥布之兵相收，復擊秦左右校，破之青波，復以陳為楚。」裴駰《集解》引《漢書音義》：「青波，地名也。」❾嚴風懍懍將軍樹二句　懍懍，寒冷的樣子。一作「凜凜」。將軍樹，據《後漢書．馮異傳》載：馮異為人謙虛誠厚，每止舍，諸將並作論功，異常獨居樹下，軍中號為「大樹將軍」。此處泛指邊塞的樹木。太史河，古代九河之一，在山東德州安德縣東南。見〈夏日游德州贈高四〉第二部分注⓯。❿既拔距而從軍二句　拔距，亦作「拔拒」。即比腕力。或說拔距即跳躍，古代的一種練武活動。參見《漢書．甘延壽傳》：「少以良家子善騎射為羽林，投石拔距絕於等倫，嘗超踰羽林亭樓，由是遷為郎」顏師古注。且，一作「亦」。揚麾，即揮舞旗幟，指揮作戰。麾，軍中的旗幟。⓫樓船　有樓的大船。古代多用作戰船。亦代指水軍。《史記．平準書》：「是時越欲與漢用船戰逐，乃大修昆明池，列觀環之。治樓船，高十餘丈，旗幟加其上，甚壯。」⓬戈文耿耿懸落星二句　戈文，兵器的形影。耿耿，明亮的樣子。駸駸，馬走得很快的樣子。⓭終取俊而先鳴二句　取俊，獲得驍勇豪俊者。《左傳》莊公十一年：「得俊曰克。」孔穎達《正義》：「戰勝其師，獲得其雄俊者。」先鳴，先他人而鳴鼓進攻，後殿，即殿後，指落在後面。⓮征夫行樂踐榆溪二句　榆溪，即榆溪塞，在今內蒙古準噶爾旗境內。坐，一作「守」。⓯蘼蕪舊曲終難贈二句　蘼蕪舊曲，指〈古詩〉「上山採蘼蕪，下山逢故夫」之辭。芍藥新詩，即《詩經．鄭風．溱洧》：「維士與女，伊其相謔，贈之以芍藥」之詩，描寫清明節時青年男女郊遊示愛的場面。⓰池前怯對鴛鴦伴二句　鴛鴦伴，鴛鴦成雙成對。桃李蹊，本指桃李以花實引人紛至遝來，其下自成蹊徑。此指倡妓風流之處。⓱花有情而獨笑四句　鳥無事而啼句後有「見空陌之草積，知暗牖之塵栖」二句。事，一作「情」。閨，一作「房」。⓲鳳凰樓上罷吹簫二句　鳳凰樓，即鳳凰臺。蕭史、弄玉善吹簫，作鳳凰鳴。秦穆公為建鳳凰臺。故址在今陝西寶雞東南。見〈上吏部侍郎帝京篇〉第二部分注❽。鸚鵡杯，一種用鸚鵡螺製成的天然酒杯。見〈代女道士王靈妃贈道士李榮〉第三部分注❺。休，一作「臨」。⓳此時緘怨下鳴機　緘怨，即含怨。緘，一作「銜」。鳴機，正在工作中鳴響的紡布機。⓴牕月朧朧翡翠帷　朧朧，一作「玲瓏」。指月光。翡翠帷，飾有翡翠羽的帷帳。㉑箇日新粧始復罷　箇，猶言「那」。始，一作「如」。

【語　譯】胡地發兵十萬挑起戰爭，漢軍以三千騎兵橫掃陣地的陰雲。隆隆的戰鼓在大地之中轟鳴，將軍好像從遙遠的天空降下。風塵之中摻雜著遙遠邊地的塵沙，關塞的枯草上久久地掛著白霜珠露。蕩子在外經歷十年的辛苦長征，回首遙望萬里關山心潮澎湃。劍氣橫亙在遙遠的天邊，邊塞笳聲此起彼伏。披著鐵甲的戰馬常常一早就處在警戒狀態，刁斗在夜晚並不鳴響。與左賢王抗衡而擺開戰陣，像右校尉一樣疏散營壘為戰道。蒲類海上滿眼滄波變成凍冰，雨雪將整個柳城變成寒冷的冰窖。至於營地在北方的邊塞，歸路指向南楚的青陂。邊城從來就感受不到多少溫暖的氣息，關塞上本來就布滿寒冷的陰雲。懍懍的寒風吹打邊塞的樹木，太史河被無邊無際的濃霧所籠罩。比腕力勝出後而從軍，又揮舞戰旗向敵人挑戰。扛著遠行的旗幟跨過沙漠，身穿軍服冒著霜霰前進。高大的戰船一旦起航，河水開始沸騰，四方烽煙燃起，此消彼長。戰戈光芒四射，像是天上的星星垂下，馬蹄狂奔，像是帶了飛電。終於獲得驍勇豪俊之士，搶先鳴鼓進攻，豈肯在殺敵立功之時，落在別人後面。邊防戰士行樂來到榆溪塞，倡樓的思婦滿含悲怨獨坐空閨。「上山採蘼蕪」的舊曲最終難以寄贈，「伊其相謔，贈之以芍藥」的新詩難道那麼容易寫就。池塘前怕面對成雙成對的鴛鴦鳥，庭院邊羞於看那桃李爭妍的小路。桃李花含情而獨自媚笑，鴛鴦鳥沒事而總是叫個不停。蕩子一別，眨眼過了很久的歲月。而我獨守空閨更苦悶。鳳凰樓上的簫聲不再吹響，鸚鵡杯中也不再倒滿美酒。聽說鴻雁捎來了書信，這時才含怨走下唧唧鳴響的織布機。裁製鴛鴦圖案貼上床被，用麝香薰染春衣。用繡有蓮花圖案的布帳做成宛轉的屏風，玲瓏的牕月透過飾有翡翠羽的紗帷。從那日起，新妝就已經卸去。只得含笑等待著你的歸期。

【研　析】此賦七言凡三十四句，五言八句，通常賦體運用的四、六言，才十二句。《文苑英華》、《全唐文》及陳熙晉《駱臨海集箋注》據題定為賦體，而有人把它列為七言歌行。可以說這是以詩為賦，或者說以賦為詩的成功例子。首六句，言邊塞胡兵驟然挑起戰事，而我軍以少勝多，神勇無比。又以「邊沙」、「塞草」渲染邊地艱苦的戰爭環境。「蕩子辛苦十年行」以下至「苦霧蒼蒼太史河」共十六句，描寫主人公「蕩子」漫長的戍邊經歷，具足「邊沙」二句。自「既拔距而從軍」至「豈論功而後殿」共十句，敘其英勇的戰鬥生活。自「征夫行樂踐榆溪」至「鸚鵡杯中休勸酒」十二句，寫蕩子從軍後思婦獨守空閨之愁恨。自「聞道書來一雁飛」至詩末，描寫妻子得悉戰爭勝利、丈夫即將回家團聚的消息時的喜悅。賓王天生一副豪俠心腸，又有久戍邊城，慷慨臨戎的經歷。此賦不但寫自己的心曲，亦體現了一定的時代精神，思想內容質樸剛健，充溢著高昂的氣概。

在藝術表現形式上，以絕塞煙塵與空閨風月作比，以蕩子和思婦並重，而蕩子一方尤詳，文託豔冶，而義協風騷。寫得虎虎有神，麗而不靡，勁而不直。讀來抑揚頓挫，迴環流轉，鏗鏘悅耳，極有藝術感染力，是現存賦中第一篇描繪邊塞征戰生活的成功之作。

◎新譯李白詩全集

郁賢皓／注譯

李白是中國詩歌史上最璀璨的明星，他以獨特的成就，把古代詩歌藝術推上了頂峰。李白詩歌融合屈原和莊周的藝術風格，感情真率，語言自然，每每運用豐富的想像、生動的比喻、充沛的氣勢，形成獨特的雄奇、奔放的風格，贏得「詩仙」的美譽。李白一生創作了約一千首詩歌，全面而深刻地反映時代的精神風貌和社會生活。本書將李白的全部詩歌進行校勘、注譯和研析，幫助讀者領悟每首詩的詩意，進一步欣賞其藝術魅力。

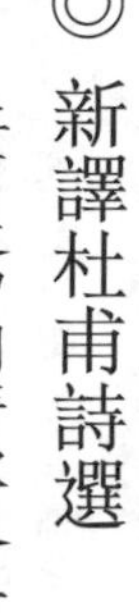

◎新譯杜甫詩選

張忠綱、趙睿才、綦維／注譯

杜甫是中國詩歌史上最傑出的詩人。他的詩作充滿真摯的情感、愛國的情操，而且真實地反映生活時代的風貌，所以有人尊他為「詩聖」，有人譽之為「詩史」。杜甫總共創作了一千四百五十八首詩，對於忙碌的現代人來說，這麼多作品勢必無法一一欣賞，本局乃邀請杜詩名家注譯一最適合今人閱讀的杜詩選本。本書選錄杜詩二百二十一題，二百七〇首，篇目以編年為序。讀者可從中看到杜甫踽踽獨行的步履與憂患的一生，同時也見證唐朝由盛轉衰的關鍵。

◎新譯白居易詩文選

陶敏、魯茜／注譯

白居易是中唐有名的社會寫實詩人，詩歌平易近人，老嫗能懂。他所倡導的新樂府運動，重視文學的實用性，帶動詩歌革新，影響深遠。本書精選其詩文共二二〇首（篇），入選作品以詩歌為主，並適當選入較多的制、策、奏、判等應用文，以全面反映白居易的文學成就。注釋簡明，語譯淺近，力求保留作品原有的風致和神韻。研析以文本藝術鑑賞為中心，並適時介紹學界相關研究成果。

◎新譯駱賓王文集

黃清泉／注譯　陳全得／校閱

駱賓王是「初唐四傑」中最典型的悲劇詩人。終其一生，仕途坎坷，懷才不遇。因此理想與現實的矛盾，形成他文學創作的悲劇性境界。本書以四部叢刊《駱賓王文集》十卷本為底本，校以顏文選本《駱丞集》等，確實補錄脫簡、訂正佚字。詩歌的語譯，則將直譯與意譯相結合，力求保持詩的色澤、韻味。完整呈現《駱賓王文集》中深厚的歷史、文化意蘊，以及深沉的憂患意識。